W0024723

BASTEI
LÜBBE
TASCHENBUCH

Weitere Titel des Autors:

Der Junge, der Träume schenkte

Titel auch als Hörbuch und E-Book erhältlich

Luca Di Fulvio

DAS MÄDCHEN, DAS DEN HIMMEL BERÜHRTE

Roman

Aus dem Italienischen von
Katharina Schmidt und Barbara Neeb

BASTEI LÜBBE TASCHENBUCH
Band 16 777

6. Auflage: April 2013

Dieser Titel ist auch als Hörbuch und E-Book erschienen

Originalausgabe

Titelillustration: © Special Photographers Archive/
The Bridgeman Art Library; © shutterstock/Antonio Abrignani
Umschlaggestaltung: Kirstin Osenau
Satz: Urban SatzKonzept, Düsseldorf
Gesetzt aus der Caslon
Druck und Verarbeitung: CPI – Ebner & Spiegel, Ulm
Printed in Germany
ISBN 978-3-404-16777-7

Sie finden uns im Internet unter
www.luebbe.de
Bitte beachten Sie auch:
www.lesejury.de

Der Preis dieses Bandes versteht sich einschließlich
der gesetzlichen Mehrwertsteuer.

Für Carla

Wenn ich mit Menschen- und mit Engelszungen redete,
und hätte der Liebe nicht, so wäre ich ein tönend Erz oder
eine klingende Schelle. Und wenn ich weissagen könnte und
wüsste alle Geheimnisse und alle Erkenntnis und
hätte allen Glauben, also dass ich Berge versetzte,
und hätte der Liebe nicht, so wäre ich nichts.

1. Korinther, Kapitel 13

ERSTER TEIL

IM JAHRE DES HERRN 1515

Rom – Narni – Zentralapennin – Adriatisches Meer –
Po-Delta – Adria – Mestre – Venedig – Rimini

1

Der Dreckkarren, der im Stadtbezirk Sant'Angelo gemeinhin etwas derber »Scheißekarren« genannt wurde, kam einmal die Woche vorbei. Und zwar immer montags.

An diesem Montag schob sich der Dreckkarren nach fünf Tagen ununterbrochenen Regens nur mühsam durch die enge Gasse Vico della Pescheria, ab und an schrappten die Naben der Räder an den Hauswänden entlang. Die sechs Sträflinge, die am Geschirr des Karrens angekettet waren, versanken bis zu den Knöcheln im Schlamm und stöhnten vor Anstrengung, wenn sie wieder einmal die Räder aus tiefen Löchern in der Straße herauswuchten mussten. Ihre dicken, zerrissenen Hosen aus schlechter Wolle waren bis über die Leisten verdreckt. Vor dem Karren gingen zwei weitere mit Ketten aneinandergefesselte Sträflinge, deren Aufgabe es war, die mit Abfällen und Exkrementen gefüllten Eimer vor den Haustüren oder in den Innenhöfen einzusammeln und sie in den riesigen Bottich auf der Ladefläche des Karrens zu entleeren. Die acht Sträflinge wurden von vier Soldaten überwacht, je zwei gingen vor und zwei hinter ihnen.

Hinter dem Karren hatte sich eine kleine, bunt gemischte Menschenmenge angestaut, mehr Fremde als Einheimische, was in der Heiligen Stadt keine Seltenheit war: zwei deutsche Gelehrte mit schweren Büchern unterm Arm, drei Nonnen, die mit gesenkten Köpfen voranschritten, wobei die Spitzen ihrer mächtigen Hauben sich nach oben wölbten, ein Sarazene mit einer Haut so dunkel wie geröstete Haselnüsse, und zwei spanische Soldaten. Letztere trugen die typischen Beinkleider in den

Landesfarben, ein Hosenbein gelb und das andere rot, und sie hielten die Augen beim Laufen halb geschlossen, damit sich ihre Kopfschmerzen nach der durchzechten Nacht nicht noch verschlimmerten. Sie bangten, dass sie noch rechtzeitig in ihr Quartier kämen, um nicht als fahnenflüchtig zu gelten. Unter der Menge war sogar ein Inder mit Turban, der ein laut brüllendes Kamel hinter sich herzerrte und vermutlich zu dem Zirkus am anderen Tiberufer wollte, sowie ein jüdischer Kaufmann, den man an seinem vom Gesetz vorgeschriebenen gelben Hut erkannte. Und allen stand derselbe angeekelte Ausdruck im Gesicht wegen des Gestanks, der sogar noch zunahm, je mehr sie sich der Piazza Sant'Angelo in Pescheria näherten, denn nun gesellten sich zu den Ausdünstungen des Dreckkarrens noch die der Abfälle des Fischmarkts, die seit sechs Tagen auf dem Boden vor sich hin faulten.

Als sie endlich den Platz erreicht hatten, überholte die angestaute Menge den Karren, und die Leute zerstreuten sich in dem Menschengewühl auf dem Platz vor der Kirche Sant'Angelo in Pescheria.

Auch der Kaufmann, sein Name war Shimon Baruch, beschleunigte seinen Schritt und blickte sich ständig ängstlich um. Er hatte soeben auf dem nahegelegenen Seilmarkt mit dem Verkauf einer großen Partie geflochtener Taue, die vor Kurzem per Schiff im Stadthafen Ripa Grande eingetroffen war, ein ausgezeichnetes Geschäft abgeschlossen und dafür statt der üblichen Kreditbriefe die gesamte Summe in bar erhalten. So lief er nun gebückt vorwärts und zog den Mantel mit beiden Händen fest um sich, aus lauter Sorge, dass ihm der Beutel voller Münzen an seinem Gürtel in den Straßen Roms abhanden käme.

Shimon Baruch fiel ein Würdenträger aus irgendeinem exotischen Land ins Auge, der einen mächtigen gezwirbelten Schnurrbart trug und von zwei riesigen dunkelhäutigen Männern eskortiert wurde, an deren Seiten prächtig verzierte Säbel mit Griffen aus Elfenbein baumelten. Er bemerkte außerdem einige Gaukler mit olivfarbener Haut, wahrscheinlich Makedonier oder Albaner, dann ein Grüppchen alter Männer, die auf Korbstühlen vor ihren Behausungen saßen und in einer Holzkiste auf dem Boden würfelten, und schließlich drei arme Frauen, die um die Marmortheken der Fischverkäufer strichen, obwohl dort nur mehr wenige Weidenkörbe mit Makrelen aus Fiumicino und Süßwasserbarschen aus dem Braccianosee standen. Die Frauen wühlten in den Abfällen auf dem Boden, auf der Suche nach dem Kopf oder Schwanz eines Fisches, mit dem sie ihrer Suppe aus Wildkräutern ein wenig Würze verleihen konnten, denn mehr würden sie am Abend nicht auf den Tisch bringen. Zwei von ihnen waren um die vierzig, und ihre fest zusammengepressten Lippen waren augenfällig gekräuselt, was darauf hindeutete, dass ihnen bereits viele Zähne im Kiefer fehlten. Die dritte dagegen war sehr jung, fast noch ein Mädchen. Sie hatte dunkelrotes Haar und eine Haut, die unter einer dicken Schmutzschicht alabasterweiße Zartheit vermuten ließ. Shimon Baruch musste bei ihrem Anblick an die Erzählung von Susanna im Buche des Propheten Daniel denken, die von den beiden alten Richtern bedrängt wurde.

»Haut ab, ihr Schlampen, sonst schmeiße ich euch auch noch in den Bottich«, rief einer der Sträflinge vom Dreckkarren und machte mit der Schaufel in der Hand ein paar Schritte auf die Fischabfälle zu. Die Soldaten lachten laut und bedeuteten den Frauen, dass sie sich entfernen sollten.

Shimon Baruch eilte mit gesenktem Kopf auf das Marcellustheater zu, dort würde er endlich sein Geld in Sicherheit wissen. Doch dann wandte er sich noch einmal um, um einen letzten Blick auf das hübsche Mädchen mit dem Kupferhaar zu werfen. Dabei bemerkte er, wie sie zu einem zerlumpten kleinen Jungen mit einer ungesund gelblichen Gesichtsfarbe hinübersah, dessen lange Haare so schmutzig waren, dass sie am Kopf klebten. Er saß etwas abseits bei den Ruinen des Portikus der Octavia und warf mit Steinen nach einer Brennnesseln und Glaskraut fressenden Ziege. Einen Moment lang kam es Shimon Baruch so vor, als habe er den Jungen schon einmal gesehen, vielleicht sogar an diesem Morgen auf dem Seilmarkt. Als er zu ihm hinüberschaute und sich dabei instinktiv noch kleiner machte, fing der Junge seinen Blick auf und rief ihm zu: »Euer Hut ist aus gutem Stoff, Herr Jude! Möge Euer Reichtum erblühen!«

Schnell wandte sich Shimon Baruch ab und sah nun, dass ein grobschlächtiger junger Kerl, der vorher mit etwas dümmlichem Gesicht an der Mauer auf der anderen Seite des Platzes gelehnt hatte, mit ausgestreckter Hand auf ihn zu rannte. Ein Riese mit dichtem, strohblondem Haar, dessen Ansatz so tief lag, dass fast die ganze Stirn darunter verschwand. Er war in Lumpen gehüllt und bewegte sich linkisch auf seinen kräftigen, kurzen Beinen, sein untersetzter Leib schwankte dabei unsicher hin und her. Auch seine Arme waren unverhältnismäßig kurz. Er sieht aus wie ein Riesenzwerg, schoss es dem Kaufmann durch den Kopf. Shimon sah ihm gleich an, dass er schwachsinnig war, und erhielt die Bestätigung dafür, als der Riese ängstlich die Augen aufriss, als fürchtete er, verprügelt zu werden, und ihn mit heiserer, eintöniger Stimme in einer eigentümlich vernuschelten Sprache anredete: »Gebt Münschen, Herr ... Scheid scho gud und gebt ein baar Münschen der Barmherschischkeit, ehrwürdigschter Herr.«

»Verschwinde«, erwiderte der Kaufmann hastig und wedelte mit einer Hand durch die Luft, als wollte er eine lästige Fliege verjagen.

Der Riese hob schützend die Hände vors Gesicht, blieb aber trotzdem wie angewurzelt stehen und wiederholte: »Eine Münsche, allerehrwürdigschter Herr ... nur eine einschige Münsche.« Und dann packte er ihn genau vor der Fassade der Kirche Sant'Angelo kraftvoll am Arm.

Shimon Baruch zuckte erschrocken zusammen. »Nimm deine dreckigen Hände von mir!«, knurrte er den Riesenzwerg an und versuchte dabei zu verbergen, dass die Angst ihm bereits die Kehle zuschnürte.

Im gleichen Moment bog ein etwa sechzehnjähriger schlaksiger Kerl mit gebräunter Haut, pechschwarzem Haar und einer schräg über die Stirn gerutschten gelben Kopfbedeckung im Laufschritt um die Ecke der Kirche. Der Junge stolperte fast über den Kaufmann und musste sich an seinen Schultern festhalten, um nicht hinzufallen. »Verzeiht, Herr«, entschuldigte er sich sofort, um dann, als er den gelben Hut auf dem Kopf seines Gegenübers bemerkte, hinzuzufügen: »*Shalom Aleichem*«, während er sich respektvoll verneigte.

»*Aleichem Shalom*«, antwortete Shimon Baruch wie selbstverständlich, einerseits erleichtert darüber, einen Glaubensbruder vor sich zu haben, andererseits immer noch beunruhigt, weil es ihm nicht gelang, sich aus dem Griff des Schwachsinnigen zu befreien.

»Nein, den habe isch schuerscht geschehen!«, protestierte der Riese laut an den Neuankömmling gewandt. »Der gude Herr hier wollde mir gerade Almoschen geben!« Und während er den Arm des Kaufmanns weiter umklammert hielt, stieß er den Kerl mit dem gelben Hut kräftig weg. »Vaschwinde!«

»Lass mich los, du erbärmlicher Tölpel!«, schrie Shimon Baruch den Schwachsinnigen an, seine Stimme klang nun leicht panisch.

»Lass ihn los!«, schrie nun auch der Junge und ging mutig auf den Riesen los, der ihm allerdings einen so mächtigen Fausthieb in den Magen versetzte, dass er sich nach vorn zusammenkrümmte. Dennoch gab der Junge nicht auf, sondern stürzte sich erneut auf den großen Kerl und schlug ihn mitten ins Gesicht.

Der Riese gab ein heiseres Knurren von sich, ließ den Kaufmann los und packte nun wütend den Jungen. Er wirbelte ihn durch die Luft und schleuderte ihn gegen Shimon Baruch, sodass schließlich beide hinfielen.

Die Soldaten, die zunächst besorgt herbeigeeilt waren, um die Schlägerei zu schlichten, brachen in schallendes Gelächter aus, als sie sahen, wie sich die beiden Männer mit den gelben Hüten im Schlamm wälzten, als wollten sie miteinander ringen. Und alle Fischweiber stimmten mit wogendem Busen in das Gelächter ein, die Hände in die Hüften gestemmt. Auch der Würdenträger des Großwesirs lachte und ebenso die beiden Mohren mit ihren Krummsäbeln. Es lachten die albanischen Gaukler, die nun keine Bälle mehr in die Luft warfen, und die beiden spanischen Soldaten, die zwar nicht langsamer gingen, sich aber umgewandt hatten und nun rückwärts liefen, damit sie nichts von dem Spektakel verpassten. Und sogar die deutschen Gelehrten lachten, nachdem sie stehen geblieben waren und sich ihre Brillen aufgesetzt hatten. »Bring sie um!«, schrie der Junge, der in einiger Entfernung mit Steinen nach der Ziege geworfen hatte, um den Idioten anzustacheln. Auch die Sträflinge lachten, und einer rief dem Riesenkerl zu: »Los, zeig's ihnen! Verpass ihnen ein paar saftige Tritte in den Hintern!«

Und da trat der Schwachsinnige dem jungen Mann mit der gelben Mütze in den Bauch, als dieser gerade dem Kaufmann beim Aufstehen half. Der schlaksige Kerl stöhnte auf, drehte sich zu Shimon Baruch um und rief ihm mit angstgeweiteten Augen zu: »Bitte, flieht!« Dann stürzte er sich mit dem Mut der Verzweiflung schreiend auf den Riesen und schlug noch einmal auf ihn ein, bevor er das Weite suchte.

Der Riese rannte dem jungen Mann mit dem gelben Hut Richtung Tiberufer hinterher, und sofort heftete sich der Junge mit der ungesunden gelben Gesichtsfarbe an ihre Fersen und schrie: »Verdammter Drecksjude! Du bist schon tot, verdammter Jude!«

Shimon Baruch überlegte einen kurzen Moment lang, dass er

dem jungen Glaubensbruder eigentlich zu Hilfe kommen müsste. Doch dann überwog die Furcht, die sein Leben von jeher beherrscht hatte, und der Kaufmann floh in die entgegengesetzte Richtung auf das Marcellustheater zu.

Die Fischweiber, Sträflinge, Soldaten und alle übrigen auf der Piazza Sant'Angelo in Pescheria versammelten Menschen sahen dem kleinen Jungen und dem Riesen, die dem jungen Kerl mit dem gelben Hut hinterhersetzten, lachend nach.

In dem allgemeinen Durcheinander steckte das Mädchen mit der alabasterweißen Haut, das in den Abfällen gewühlt hatte, eine Hand in einen Weidenkorb am äußersten Rand der Marmorplatte eines Verkaufsstandes. Sie packte so viele Makrelen, wie sie greifen konnte, ließ sie in einen Ärmel ihres Gewandes gleiten und verschwand dann mit angehaltenem Atem, ohne dass die Fischweiber es bemerkten.

Inzwischen war der junge Mann mit dem gelben Hut um die Ecke gebogen, die beiden Verfolger hatten ihn nun beinahe erreicht und grölten weiter Schmähungen gegen das Volk der Juden. Ein Betrunkener stellte sich schwankend mit ausgebreiteten Armen mitten auf die Gasse und schrie dem auf ihn zukommenden Kerl entgegen: »Bleib stehen, du dreckiger Judas!«

Der blieb einen Schritt vor dem Betrunkenen stehen. »Antworte mir: Auf einer Skala von eins bis zehn, wie dumm bist du da wohl?«

Reglos und mit einfältigem Gesichtsausdruck glotzte ihn der Betrunkene an.

Der junge Mann nahm den Hut ab und warf ihn dem verdutzten Kerl feixend an den Kopf. »Trink lieber noch einen, während du darüber nachdenkst«, sagte er. Dann drehte er sich zu dem Jungen mit der gelblichen Haut und dem Riesen um, die ihn mittlerweile eingeholt hatten. »Los, bewegt euch«, befahl er ihnen.

Der Betrunkene starrte ihn verständnislos an.

»Dreckskerl!«, rief der Junge mit der gelblichen Haut und spuckte ihn an.

Schweigend gingen sie zu dritt weiter. Als sie um die nächste Ecke gebogen waren, versetzte der junge Mann dem Riesen mit dem Ellenbogen einen kräftigen Stoß in die Seite: »Du erbärmlicher Schwachkopf, lern gefälligst, nicht so fest zuzuschlagen«, fuhr er ihn an.

Der Riese blickte nun erschrocken drein. »Enschuldige ...«, sagte er kläglich.

Dann drehte der schlaksige Kerl sich zu dem Jungen um. »Und du, versuch gefälligst, deine Bestie im Zaum zu halten.« Er krümmte sich mit schmerzverzerrtem Gesicht. »Mit dem Tritt hat er mir fast den Magen zerquetscht, der Schwachkopf.«

»Entschuldige dich bei ihm«, befahl der Kleine dem Idioten.

»Enschuldige, Mercurio ...«, wimmerte der Riese. »Bitte Ercole nich abstech'n.«

»Ich stech dich schon nicht ab, Idiot«, sagte Mercurio und richtete sich wieder auf.

Der Kleine stieß den Riesen in die Seite. »Geht es nicht in deinen Kopf, dass du so stark bist wie ein Elefant?«, fragte er ihn.

»Doch, Zolfo ...«, erwiderte der Riese kleinlaut und nickte eifrig. »Ercole Idiod.«

»Ja, ja, schon gut«, murrte Zolfo. Dann wandte er sich an Mercurio. »Du wirst schon sehen, aus dem wird noch was ...«

In dem Moment hörte man von der Piazza Sant'Angelo in Pescheria einen entsetzten Schrei: »Man hat mich beraubt! Haltet den Dieb!«, rief der Kaufmann. Daraufhin lachte die Menge schallend, denn nun hatten die Leute begriffen, was sich zugetragen hatte, und amüsierten sich nur umso mehr. »Ich bin ruiniert! Haltet den Dieb! Verfluchte Mistkerle! Verflucht sollt ihr alle sein!« Und je verzweifelter Shimon Baruch schrie, desto lauter und dröhnender wurde das Gelächter, wie im Theater.

»Verschwinden wir von hier«, sagte Mercurio.

Sie kletterten über den Damm gegenüber der Tiberinsel, und während sie zu einem zwischen Brombeergestrüpp verborgenen Kanaldeckel hinabstiegen, gesellte sich das Mädchen mit den kupferroten Haaren und der Alabasterhaut zu ihnen. »Wir haben ein Abendessen«, verkündete sie stolz und zeigte den anderen die fünf Makrelen, die sie gestohlen hatte.

»Wir haben viel mehr als das, Benedetta«, sagte Zolfo.

Mercurio holte den Beutel voller Münzen hervor, den sie dem Kaufmann gestohlen hatten. Dabei bemerkte er, dass auf das Leder eine rote Hand aufgemalt war. Er löste das Band, hockte sich hin und schüttete den Inhalt auf den Boden. Das Rot der untergehenden Sonne ließ die Münzen wie glühende Kohlen aufblitzen.

»Die sind ja aus Gold!«, rief Zolfo aus.

Mercurio hielt einen Moment überrascht inne. Dann zählte er schnell die Münzen und teilte sie in zwei Haufen, einen kleinen für die anderen und einen doppelt so großen für sich.

»Aber wir sind zu dritt ...«, beschwerte sich Zolfo.

»Es war mein Plan«, entgegnete Mercurio barsch. »Ich bin hier der Betrüger, ihr an meiner Stelle würdet sofort geschnappt.« Dann musterte er sie von oben herab. »Ihr seid bloß zwei, oder besser gesagt anderthalb, denn der Schwachkopf zählt nur halb. Und dazu ein Mädchen, das Schmiere steht.« Er steckte den eigenen Anteil in den Beutel und verschloss ihn wieder. Dann stand er auf und zeigte auf die Münzen am Boden. »Das ist euer Anteil, und ich war mehr als großzügig. Wenn euch etwas nicht passt, dann arbeitet doch allein.« Er starrte sie herausfordernd an.

»Das geht schon in Ordnung«, sagte Benedetta und hielt seinem Blick stand.

Zolfo bückte sich und sammelte die Münzen ein.

»Zumindest merkt man, wer bei euch das Sagen hat«, sagte Mercurio grinsend.

»Willst du mit uns die Fische essen?«, fragte ihn Benedetta.

Zolfo sah Mercurio hoffnungsvoll an.

»Ich esse nicht gern in Gesellschaft«, antwortete Mercurio abweisend. »Wenn ich euch brauche, weiß ich ja, wo ich euch finde.« Er hob den Kanaldeckel hoch. »Und erzählt Scavamorto nichts davon, sonst nimmt er euch alles weg.«

»Wir könnten doch bei dir bleiben«, schlug Zolfo hoffnungsvoll vor.

»Verschwindet«, fuhr ihn Mercurio an. »Ich komm allein zurecht. Und das hier ist mein Platz.«

Und damit schlüpfte er in den Abwasserkanal, in dem er zu Hause war.

2

Als Mercurio hörte, wie sich die anderen schweigend durch den Matsch schlurfend entfernten, zog er den Kanaldeckel hinter sich zu und kroch auf allen vieren durch den niedrigen, engen Gang vorwärts. Der mit kleinen viereckigen Steinen gepflasterte Boden war mit glitschigen Algen überzogen. Sobald der schlaksige Junge die ebene Platte ertastete, die er so gut kannte, stand er auf und neigte den Kopf nach links, denn er wusste, dass an dieser Stelle in der Decke ein Stein hervorstand.

Hier unten war vom Lärm der Heiligen Stadt nichts mehr zu hören. Es herrschte Stille. Eine dauerhafte Stille, die nur vom beständigen Tropfen des Wassers und dem hastigen Trippeln der Ratten durchbrochen wurde. Mercurio fühlte sich plötzlich leer, Eiseskälte erfüllte seinen Magen. Er drehte sich um und kroch noch einmal bis zum Kanaldeckel zurück, um den anderen zu sagen, dass sie doch die Nacht zusammen verbringen könnten. Aber als er den Damm erreichte, waren Benedetta, Zolfo und Ercole schon verschwunden. »Du bist ein dummer Sturkopf«, beschimpfte er sich selbst. Dann kroch er zurück und bog in einen Gang ein, in dem er aufrecht gehen konnte und dessen gewölbte Decke aus Tuffstein bestand. Auf dem Boden verlief in der Mitte träge ein dünnes Rinnsal Jauchebrühe, und alle zehn Schritte passierte er einen Pfeiler aus Ziegelsteinen. Nachdem er drei Ziegelsteinpfeiler hinter sich gelassen hatte, schlüpfte er durch eine schmale Öffnung im Tuffstein. Er rieb den Feuerstein, den er in der Tasche bei sich trug, und entzündete damit eine Fackel, die in der Mauer steckte.

Die zitternde Flamme der pechgetränkten Lumpen beleuchtete nun einen quadratischen Raum, der mehr als zwei Mann hoch war. An der Mitte der hinteren Wand stand ein grob zusammengezimmertes Gerüst, das keinen besonders stabilen Eindruck machte. Über vier Pfosten quer gelegte Bretter bildeten eine grobe, zwei mal zwei Schritt große Plattform, auf der Mercurio vor der Feuchtigkeit des Untergrunds geschützt schlafen konnte. Sein Strohlager wurde durch zwei Pferdedecken mit dem aufgestickten päpstlichen Wappen ergänzt, die er in einem Stall des Viertels gestohlen hatte. Ein Teil des Gerüsts war hinter einem schweren, an mehreren Stellen eingerissenen Vorhang verborgen, allem Anschein nach ein altes Segel.

Mercurio stieg eine wacklige Leiter hoch und steckte die Fackel in ein Loch, das er mit einem Meißel in die Wand gehauen hatte. Vorsichtig holte er den Beutel hervor, den er dem Kaufmann gestohlen hatte, öffnete ihn und schüttete die Münzen auf den Holzbrettern der Plattform aus. Dann betrachtete er die funkelnde Pracht. Er zählte sie noch einmal: vierundzwanzig Goldmünzen. Ein Vermögen. Doch er konnte sich nicht recht darüber freuen, denn in seinen Ohren hallte immer noch der Fluch des Kaufmanns wider. Er befürchtete, dass deswegen Unheil über ihn hereinbrechen könnte. Schließlich erzählte man sich, dass die Juden mit dem Teufel im Bunde stünden und Hexer wären. Mercurio bekreuzigte sich. Dann fiel sein Blick auf die rote Hand auf dem Lederbeutel. Die Zeichnung machte ihm Angst, deshalb warf er ihn fort und steckte die Münzen in einen anderen, leichteren Beutel aus Leinen.

Er holte ein Stück hartes Brot aus seinem ledernen Quersack, wickelte sich in die Decken ein und knabberte an dem trockenen Kanten, wobei er immer wieder gegen die Versuchung ankämpfen musste, so schnell wie möglich sein Versteck zu verlassen. Seit drei Monaten machten ihm die Stille und die Einsamkeit hier in der Kanalisation Angst. Mercurio beugte sich über die Plattform und sah prüfend nach unten auf den feuchten Grund des Abwasserkanals. »Keine Gefahr«, sagte er laut zu sich selbst. Er widmete sich wieder seinem Brot, dann beugte er sich erneut nach vorn und suchte mit den Augen sorgfältig den Boden ab. Schließlich kuschelte er sich noch enger unter den Decken zusammen. »Schlaf jetzt«, befahl er sich. Doch das gelang ihm nicht. In seinen Ohren war auf einmal wieder dieses schreckliche Geräusch wie vor drei Monaten, als das Wasser den Abwasserkanal überschwemmt hatte. Und das Quieken der Ratten, die nach einem Fluchtweg suchten. Abrupt öffnete er die Augen und setzte sich keuchend auf. Er schaute erneut nach unten. Da war kein Wasser. Mittlerweile war gut ein Jahr vergangen, seit er Scavamorto davongelaufen war, aber er hatte sich immer noch nicht an die Einsamkeit gewöhnt. »Mercurio ...«, hörte er auf einmal eine Stimme. »Mercurio ... bist du da?«

Mit der Fackel in der Hand sprang er von der Plattform. Als er vor dem Eingang seines Verstecks angekommen war, stand er plötzlich Benedetta, Zolfo und Ercole gegenüber. »Was wollt ihr denn hier? Ich hab euch doch gesagt, ihr sollt verschwinden«, fuhr er sie an. Er konnte ihnen nicht sagen, dass er sich freute, sie zu sehen. Solche Dinge auszusprechen war er einfach nicht gewohnt.

»Im Wirtshaus Zu den Dichtern«, begann Benedetta mit Tränen in den Augen, »also, der Wirt dort ...«

»... hat uns eine Goldmünze geklaut!«, beendete Zolfo den Satz für sie.

»Was geht mich das an?«, fragte Mercurio unwirsch und schwenkte die Fackel dicht vor seinem Gesicht.

»Wir haben unsere Fische den Bettlern geschenkt«, fuhr Benedetta nun fort. »Wir wollten auch mal so essen wie die reichen Leute ... Also sind wir ins Wirtshaus gegangen und haben lauter leckere Sachen beim Wirt bestellt. Als er mich gefragt hat, ob ich auch bezahlen könnte, habe ich ihm eine Goldmünze gezeigt, und er wollte draufbeißen, um zu sehen, ob sie auch echt ist. Und dann hat er zu mir gesagt: ›Die Münze gehört jetzt mir. Ruf doch die Wachen des Heiligen Vaters und zeig mich an, wenn du erklären kannst, woher du dieses Gold hast. Dir sieht man doch schon von Weitem an, dass du eine Diebin bist. Und jetzt verschwinde.‹ Dann lachte er los, und wir haben ihn die ganze Zeit noch lachen hören, während wir wegliefen ...«

»So ein verfluchter Schuft!«, rief Zolfo aus.

Mercurio starrte ihn an. »Und was wollt ihr jetzt von mir?«

Benedetta schaute ihn beinahe überrascht an. »Ich ...«, stammelte sie.

»Wir ...«, sagte Zolfo ebenso unsicher.

Mercurio sah sie schweigend an.

»Du musst uns helfen«, sagte Benedetta schließlich.

»Ja, hilf uns«, schloss sich Zolfo ihr an.

»Und warum sollte ich das tun?«, fragte Mercurio.

Die drei schauten betreten zu Boden. Eine Weile war es still.

»Gehen wir«, sagte Benedetta schließlich. »Wir haben uns wohl geirrt.«

Mercurio sah sie weiter schweigend an. Sie kamen ihm vor wie die wilden Hunde, die er tief in der Nacht durch die Straßen Roms streunen sah. Nichts als Haut und Knochen, ständig wachsam, und beim geringsten Laut stellten sie die Ohren auf und nahmen schon vor einem Schatten Reißaus. Und ebenso wie diese Straßenköter schienen die drei oft die Zähne zu blecken in der Hoffnung, für Raubtiere gehalten zu werden. Dabei hatten sie nur Angst, dass man mit Steinen nach ihnen werfen würde. Mercurio wusste genau, was sie fühlten, denn er hatte oft genug dasselbe empfunden.

»Wartet«, sagte er, als die drei sich zum Gehen wandten. »Wer war denn dieser Wirt, der euch das Goldstück gestohlen hat?«

»Warum interessiert dich das?«, fragte Benedetta.

Mercurio lächelte. Vielleicht hatte er einen Weg gefunden, wie er sie zum Bleiben überreden konnte, ohne sich eine Blöße zu geben. »Mir ist das egal. Aber es wäre schon ein Spaß, sich etwas zu überlegen, um es ihm heimzuzahlen.«

»Darüber müssen wir erst mal nachdenken«, zierte sich Benedetta.

»Kommt mit, ihr könnt heute Nacht hier schlafen!«, sagte Mercurio und ging auf den Eingang zu seinem Unterschlupf zu. »Aber damit das klar ist, ich helfe euch bloß, die Münze wiederzubekommen, danach trennen sich unsere Wege.«

»Ich bin froh, dass du das sagst«, entgegnete Benedetta schnippisch, »ich hab nämlich nicht die geringste Lust, für noch einen Knirps das Kindermädchen zu spielen.«

Mercurio lachte und zeigte auf den Eingang: »Die Damen zuerst.«

Drinnen sperrten die drei Neuankömmlinge verwundert die Augen auf, als sie das Gerüst sahen.

»Was ist denn da hinter dem Vorhang?«, fragte Zolfo.

»Kümmere dich um deinen eigenen Kram«, sagte Mercurio und kletterte die Leiter hoch. »Und vergiss nicht, das hier ist mein Platz.«

»Das ist ein Abwasserkanal, hier stinkt es nach Scheiße. Wer will schon in der Scheiße leben?«, erwiderte Benedetta, während sie ihm hinauffolgte.

»Ich«, erwiderte Mercurio.

»Von mir aus kannst du hier unten auch ersaufen«, murmelte Benedetta.

»Sag das nie wieder!«, herrschte Mercurio sie mit aufgerissenen Augen an.

Benedetta wich erschrocken einen Schritt zurück, sodass die Plattform schwankte. Die beiden anderen waren still.

»Was zum Teufel hat mich da bloß geritten«, knurrte Mercurio, während er sich wieder zu beruhigen versuchte. Er schlüpfte unter eine Decke. Die zweite warf er den anderen zu. »Teilt sie euch, etwas anderes gibt es nicht. Aber bleibt mir vom Leib.«

Benedetta breitete das Stroh aus und zeigte Zolfo und Ercole, wo sie sich ausstrecken konnten. Dann legte sie sich ebenfalls hin. »Machst du die Fackel nicht aus?«, fragte sie Mercurio.

»Nein«, sagte er.

»Hast du etwa Angst vor der Dunkelheit?«, sagte Benedetta und kicherte spöttisch.

Mercurio gab keine Antwort.

»Ercole hat keine Angschd vorm Ddunkeln«, verkündete der Schwachsinnige stolz wie ein kleines Kind.

»Halt's Maul!«, mahnte ihn Zolfo.

Eine verlegene Stille machte sich breit. Man hörte nur noch das Zischen der Fackel und das hastige Getrappel der Ratten in den Kanälen.

»Ich hasse ihre verfluchten kleinen Dreckspfoten«, sagte Mercurio nach einer Weile, und es klang, als spreche er mehr zu sich selbst. »Vor drei Monaten ist der Fluss plötzlich angeschwollen …«, begann er leise zu erzählen. Der Stille um ihn herum nach zu urteilen hätten die anderen auch schlafen können. Aber das war ihm egal, er musste es einfach loswerden. Zum ersten Mal überhaupt. »Das verdammte Scheißwasser vom Tiber hat die Abwasserkanäle geflutet. Ich wusste nicht, was ich tun sollte … Das Wasser stieg und stieg … Überall waren Ratten, sie quiekten so schrecklich … Dutzende … Hunderte …« Er hielt inne. Seine Kehle war zugeschnürt, Tränen stiegen ihm in die Augen. Er hatte Angst. Wie damals. Aber er wollte sie sich nicht anmerken lassen.

»Und dann?«, fragte Benedetta leise.

Zolfo drängte sich eng an Ercole.

»Die Ratten strömten zu der Stelle, wo das Wasser hereinlief …«, fuhr Mercurio mit kaum vernehmbarer Stimme fort. »Das war eklig, ich hatte noch nie zuvor so viele auf einem Haufen gesehen … Deshalb bin ich in die entgegengesetzte Richtung gelaufen … zu den entfernten Ablegern der Kanalisation, den verdrecktesten Winkeln unter der Stadt ... Und dann ... bin ich auf einen anderen armen Kerl gestoßen ... einen Säufer. Ich kannte ihn, weil ich ihm immer, wenn er betrunken war, alles geklaut habe, was er besaß ... Und er ... er hat mich an der Jacke gepackt und mich angeschrien, ich sollte den Ratten folgen. ›Die Ratten‹, rief er, ›die Ratten wissen, wohin man laufen muss. Folge den Ratten.‹ Und ich ... ich weiß nicht, warum ich ihm geglaubt habe ... Er war doch bloß ein verfluchter Säufer ... ›Folge den Ratten!‹, schrie er. Und auch wenn sie mir Angst machten, bin ich den Ratten hinterher ... Und ein paar von den Mistviechern sprangen mir auf den Rücken und den Kopf ... und dabei quiekten sie so ekelhaft ...«

Benedetta erschauderte. Zolfo klammerte sich an Ercole fest.

»Und dann hat das Wasser alles überflutet, und die Ratten sind abgetaucht ... Ich habe nichts mehr gesehen, aber als ich unter Wasser geschwommen bin, konnte ich sie spüren ... Ich habe sie unter meinen Händen gespürt ... Und dann habe ich geglaubt, mir platzen die Lungen ...« Mercurio keuchte, als würde er noch einmal die endlosen Momente durchleben, als er keine Luft bekam. »Ich bin am Kanaldeckel angekommen, habe ihn hochgedrückt und bin nach oben geklettert ... Ich habe das Ufer erreicht, zusammen mit den Ratten, und dann bin ich dort geblieben, ich wollte auf den Säufer warten ... um mich bei ihm zu bedanken. Und es tat mir leid, dass ich ihm so viel abgenommen hatte, diesem Sack, der mir jetzt ... na ja, das Leben gerettet hatte. Ich habe den ganzen Tag dort gewartet ... aber er kam nicht. Eine Woche später, als der Fluss sich zurückgezogen hatte, bin ich wieder hierhergekommen. Ich habe meine Sachen zusammengesucht, und dabei bin ich wieder in einen der östlichen Ableger geraten ...« Mercurio verstummte.

Keiner sprach.

»Und da lag er«, fuhr Mercurio nach einer Weile fort, und

seine Stimme war noch leiser geworden. »Er war den Ratten nicht gefolgt, weil er nicht schwimmen konnte. Und so ist er immer tiefer in die Abwasserkanäle gelaufen. Er ist genau dorthin gegangen, wo ich lang wollte, bevor ich ihn getroffen habe. Der Mann war völlig aufgedunsen, seine Zunge war dick und violett angelaufen ... seine Augen standen weit auf und waren rot, sie sahen irgendwie aus wie aus Glas ... Und seine Hände umklammerten die Gitterstäbe eines Kanaldeckels, der sich nicht geöffnet hatte.«

Jetzt wagten die Kinder nicht einmal mehr zu atmen.

Doch die Erzählung war noch nicht zu Ende. Da war noch etwas, das Mercurio loswerden musste. Ein Bild, das ihn quälte. Er atmete tief durch. »Und die Ratten kamen zurück ... und nun waren sie hungrig ...«

Schweigen machte sich breit.

Und in dieser Stille hörte man plötzlich jemanden sagen: »Jetzt hat Ercole doch Angschd vorm Ddunkeln.«

3

Zur neunten Stunde drehte das Schiff bei.

Die Mannschaft bestand zum Großteil aus Makedoniern. Die dunklen Gesichter, von Salz und Kälte gegerbt, waren von tiefen Falten durchzogen. An einigen Stellen auf der braunen Haut, mitunter auch zwischen den schwarzen, strähnigen Haaren, waren erhabene Male zu sehen, die an zerquetschte Erdbeeren erinnerten. Und wenn einige der Männer beim Sprechen das Zahnfleisch entblößten, rann ihnen das mit Speichel vermischte Blut wie hellroter Saft über die gelben Zähne, die wegen der Krankheit, die erfahrene Reisende der Weltmeere unter dem Namen Skorbut kannten, bereits wackelten. Es gab zahlreiche Methoden, mit denen man sie zu bekämpfen versuchte. Aber bis vor wenigen Jahren waren die Seeleute überzeugt gewesen, das einzige wirksame Gegenmittel wäre ein besonderes Amulett: der Qalonimus.

Eine alte Legende erzählte von einer Heiligen, derer sich ein barmherziger Arzt angenommen hatte, nachdem sie von Heiden gemartert worden war. Er hatte sie bis zu ihrem Tod begleitet und kurz vor ihrem Ableben ihren letzten Willen erfahren. Die Heilige hatte gebeten, dass man ihre Gebeine in die Heimat überführen sollte, um sie dort in Würde zu bestatten. Aber weil sie befürchtete, der Skorbut würde die Seeleute umbringen, denen man ihre sterblichen Überreste anvertraute, hatte sie vor ihrem Tod dem barmherzigen Arzt die Rezeptur einer wundersamen Kräutermischung anvertraut und ihn wissen lassen, dass jene Seeleute, die sich ein Amulett mit diesen Kräutern umhängen würden, vor der Krankheit Skorbut geschützt wären, ganz gleich, welchem Glauben sie angehörten. Die Legende hatte den Namen der Heiligen nicht überliefert, aber den des Arztes. Dieser hieß Qalonimus, und so wurde das Amulett nach ihm benannt.

Kaum jemand wusste, dass die Legende keinesfalls aus alter Zeit stammte, sondern erst vor etwa zwanzig Jahren erdacht worden war. So wie auch kaum einer wusste, dass es weder die Heilige noch den Arzt je gegeben hatte. Das wusste nur ihr fantasievoller Erfinder, der reich damit geworden war, dass er den abergläubischen Seeleuten ein Amulett verkaufte, das allein seinem erfinderischen Geist entsprungen war und aus einer simplen Mischung übelriechender Kräuter und einer Eisenplatte in einem Ledersäckchen bestand. Und seit einer Woche wusste auch seine fünfzehnjährige Tochter davon, die von dem Betrüger die Wahrheit erfahren hatte.

Der Name des Betrügers, der sich als Nachfahre des Arztes aus der Legende ausgab, die er selbst erfunden hatte, war Yits'aq Qalonimus di Negroponte, und seine Tochter hieß Yeoudith.

Und in diesem Moment standen Vater und Tochter Hand in Hand auf dem Oberdeck der Galeere und warteten angespannt darauf, vom Kapitän der makedonischen Mannschaft verabschiedet zu werden, die sie von der ehemals venezianischen Insel Negroponte in der Ägäis bis hierher in den Teil der Adria gegenüber des Po-Deltas gebracht hatte, wo das Wasser nicht allzu tief und nicht allzu salzig war.

»Hier endet Eure Reise«, verkündete der Kapitän. »Ihr kennt das venezianische Gesetz. Juden dürfen nicht per Schiff in den Hafen einfahren.«

Der Betrüger verneigte sich ehrerbietig. »Vielen Dank, Ihr habt mehr getan, als ich erwarten durfte.«

»Euer Ruf verdient all unseren Respekt«, erwiderte der Kapitän, der nicht gerade vertrauenserweckend wirkte.

Yits'aq wusste nur zu gut, dass der Kapitän log. Er schaute zu der versammelten Mannschaft hinüber. Jeder einzelne dieser Seeleute wartete sehnsüchtig auf den Moment, in dem sie das Schiff verlassen würden.

Der Kapitän gab zweien seiner Männer ein Zeichen, die daraufhin eine Schaluppe hinunterließen. Die hölzernen Rollen der Taue ächzten und hinterließen einen leichten Geruch nach verbranntem Öl in der Luft. »Ab ... ab ...«, kommandierte der Bootsmann und überwachte an der Reling, dass die Schaluppe für vier Ruderer und einen Steuermann sicher zu Wasser gelassen wurde.

»Meine Männer werden Euch über diesen Flussarm ans Ufer bringen«, erklärte der Kapitän und zeigte auf einen breiten, mit Röhricht bewachsenen Küstenstreifen. »Ihr befindet Euch ganz in der Nähe der alten Stadt Adria. Ein wenig außerhalb gibt es ein Gasthaus, wo Ihr die Nacht verbringen könnt. Danach haltet Euch Richtung Nordosten. Dort liegt Venedig.«

»Meine Tochter und ich sind Euch zu lebenslangem Dank verpflichtet«, sagte Yits'aq Qalonimus di Negroponte feierlich. Dann richtete er seinen Blick auf drei große Truhen, die in der Nähe der Kapitänskajüte standen und mit dicken Ketten und Schlössern gesichert waren.

»Eure Habe wird zu Asher Meshullam in sein Haus in San Polo geliefert werden, so wie Ihr es angeordnet habt«, versicherte der Kapitän. »Nur keine Sorge.«

»Ich vertraue Euch blind«, erwiderte Yits'aq, wobei er allerdings weiter die drei Truhen anstarrte, als ob er sich nicht von ihnen trennen wollte. Dann schaute er zu den Seeleuten hinüber und bemerkte ihre gierigen Blicke. Und er sah wieder zum Kapitän, dessen fahrige Bewegungen seine Ungeduld verrieten. »Ich vertraue Euch ...«, wiederholte er, aber es klang weniger wie eine Bestätigung als vielmehr wie eine Frage. Oder eine flehentliche Bitte.

Der Kapitän wollte lächeln, aber seine Miene geriet eher zu

einem nervösen Grinsen. »Geht … sonst werdet Ihr unterwegs noch von der Dunkelheit überrascht. Und die Welt ist voll schlechter Menschen.«

»Ja«, sagte Yits'aq nickend, ehe er schicksalsergeben den Kopf senkte. Dann schob er seine Tochter zu der Strickleiter, die die Seeleute hinabgelassen hatten. »Gehen wir, mein Kind.«

In dem Moment löste sich ein alter Seemann, der vom Skorbut gezeichnet war, aus der Mannschaft und warf sich Yits'aq zu Füßen. »Berührt den Qalonimus, oh Herr, damit ich von dem Übel geheilt werde«, flehte er.

Der Kapitän versetzte dem Alten einen heftigen Fußtritt und knurrte verärgert: »Verfluchter Dummkopf.« Dann wandte er sich zu Yits'aq und versuchte, den Vorfall herunterzuspielen. »Ihr müsst gehen …«

»Gestattet, Kapitän. Es dauert nur einen Augenblick«, sagte Yits'aq. Er beugte sich über den Mann und musterte seine Zähne, das Zahnfleisch und die blutunterlaufenen Stellen am Hals. »Du glaubst noch an den Qalonimus?«, fragte er ihn erstaunt.

»Aber gewiss, Herr«, sagte der alte Seemann.

»Sehr gut«, seufzte der Betrüger und dachte mit Wehmut an die alten Zeiten, als noch jeder Seemann Italiens auf die wundersamen Kräfte des Qalonimus vertraute und drei Silbersoldi dafür bezahlte, ihn um den Hals zu tragen.

»Berührt den Qalonimus, ehrwürdiger Herr«, sagte der Alte noch einmal.

Durch die Mannschaft ging ein ungeduldiger Ruck, der sich von einem zum anderen übertrug, aber niemand sagte etwas.

Yits'aq Qalonimus di Negroponte beugte sich über den Seemann und nahm das Amulett in die Hand, das ihn vor Jahren reich gemacht hatte. Durch die große, schmiedeeiserne Platte wog es schwer in seiner Hand. Sonst war das Ledersäckchen nur mit einfachen Wiesenkräutern gefüllt, die hinter seinem Haus wuchsen und die eine alte, inzwischen verstorbene Frau für ein paar Münzen in den Beutel eingenäht hatte. Yits'aq schloss die Augen und murmelte leise: »Im Namen der Heiligen, deren Name verloren gegangen ist, und kraft meines Blutes, dasselbe, das einst durch die Adern meines wundertätigen Vorfahren, des Arztes Qalonimus, floss, übertrage ich diesem wundersamen Heilmittel neue Wirkungskraft.« Dann öffnete er die Augen, ließ das Amulett los und legte beide Hände auf den Kopf des Seemanns. »Nimm hier meine *berakhah*«, sagte er feierlich. »Du bist gesegnet und gerettet.« Dann wandte er sich zu seiner Tochter um, ließ ein Lächeln über sein Gesicht huschen, halb verlegen und halb verschwörerisch, da sie jetzt ja Bescheid wusste, und sagte zu ihr: »Los, gehen wir.«

Yeoudith hängte sich die Tasche um, die sie sich selbst aus einem farbenfrohen persischen *kelim cicim* genäht hatte, raffte den Rock bis zu den Knien, wodurch sie die Blicke der gesamten Mannschaft auf ihre hübschen Beine zog, und stieg die Strickleiter hinunter, die an der Längsseite der Galeere baumelte. Mit einem geschickten Sprung landete sie in der Schaluppe. Ihr Vater verabschiedete sich noch einmal vom Kapitän und folgte ihr.

»Fertig – los«, rief der Steuermann, und die Seeleute ließen gleichzeitig ihre Ruder ins Wasser sinken. Die Schaluppe bewegte sich zunächst nur langsam, während die Hölzer in den Dollen ächzten, wenig später gewann sie an Geschwindigkeit und glitt schnell über das Wasser, dem trägen Fluss entgegen.

Yeoudith schaute zu der Galeere zurück und sah, wie sich der Kapitän und die Mannschaft auf die wertvollen Truhen stürzten. Besorgt wandte sie sich an ihren Vater.

»Ich weiß, mein Kind. Die Heuschrecken fallen bereits über ihre Beute her«, sagte Yits'aq leise, sodass die Ruderer ihn nicht hören konnten.

»Aber unsere Sachen …?«, sagte Yeoudith beunruhigt.

Der Vater nahm sanft ihren Kopf in die Hände und drehte ihn

in Richtung der Flussmündung. »Schau nach vorn«, sagte er zu ihr.

Yeoudith begriff nicht gleich. Vielmehr verspürte sie eine große Beklemmung in der Brust, über der sich seit einem Jahr das Gewand leicht spannte. Sie schüttelte den Kopf, als wollte sie sich gegen diese Ungerechtigkeit auflehnen. »Das sind Diebe, Vater«, flüsterte sie aufgeregt.

»Ja, mein Schatz«, erwiderte Yits'aq ruhig.

Yeoudith versuchte, sich aus der Umarmung ihres Vaters zu befreien. »Wie kannst du so etwas einfach hinnehmen?«, zischte sie.

Yits'aq hielt sie gewaltsam zurück. »Jetzt hör auf damit!«, befahl er ihr streng.

»Aber Vater ...«

»Hör auf, habe ich gesagt.« Er betrachtete sie. Ihre Augen waren schwarz wie die Nacht.

Yeoudith versuchte wieder, sich loszumachen, aber ihr Vater hielt sie so unerbittlich fest, dass er ihr beinahe wehtat.

Die Schaluppe verließ nun das offene Meer und bog in die Pomündung ein. Sanft überwand sie die leichte Welle, wo Salzwasser auf Süßwasser traf.

Der Fluss erstreckte sich nun vor ihnen, so verheißungsvoll und geheimnisumwoben wie ihre Zukunft. Die Uferdämme, an denen sich der Schilfrohrsumpf ausbreitete, waren schlammig und unregelmäßig. Als sie näher herankamen, flog ein Vogel mit langem, schlankem Hals auf. Ein flaches Boot mit einigen ausgemergelten Fischern an Bord, das mittels einer langen Stange vorwärtsgestoßen wurde, zog Netze hinter sich her. Und im Röhricht konnte man eine Fischerhütte erkennen, die jemand grob aus Pfosten, Stroh und Schilf zusammengebaut hatte.

Die Sonne ging schnell unter und tauchte die Landschaft in flammende Rottöne. Vom Fluss stieg Nebel auf, der jedoch wegen der Kälte niedrig über dem Wasser hing.

Erst dann sagte Yits'aq, nachdem er sich schnell nach der Galeere umgedreht hatte, mit gleichmütig klingender Stimme: »Die Schlösser und Ketten haben lang genug gehalten, ihr blöden Dreckskerle.«

Yeoudith spürte, wie der Griff ihres Vaters nachließ. Dann drehte auch sie sich zu der Galeere um und sah, wie der Kapitän, inzwischen kaum mehr als ein schwarzer Punkt, zu ihnen herüberwinkte und versuchte, die Aufmerksamkeit der Ruderer und des Steuermanns zu erregen. Hinter ihm fuchtelten wie ein vielarmiger Krake auch die anderen Seeleute, und vielleicht schrien sie wie er, doch sie waren außer Hörweite. Verwirrt schaute Yeoudith ihren Vater an.

Ohne das Gesicht zu verziehen, sagte Yits'aq auf seine trockene Art: »Es tut mir nur leid, dass ich diesen dummen Piraten drei so schöne Truhen überlassen musste.« Er seufzte. »Und dazu all die wertvollen Steine unserer Insel ...«

»Steine ...?«

»Was glaubst du denn? Hätte ich die Truhen vielleicht lieber mit Gold und Silber füllen sollen?« Er verstummte und zog sie wieder zu sich heran.

Yeoudith betrachtete das Profil ihres Vaters mit der edlen, schlanken Hakennase und dem fliehenden Kinn, auf dem sich ein kleiner Spitzbart kräuselte. Die Welt von Yits'aq Qalonimus di Negroponte war weitaus komplizierter, als sie es sich vorgestellt hatte. Aber dieser starke, warme Griff genügte, damit sie sich sicher fühlte. Auch wenn sie in den letzten Tagen erfahren hatte, dass er ein Scharlatan und ein Betrüger war. Sie runzelte die dichten, pechschwarzen Augenbrauen, ließ den Kopf sinken und lehnte ihn gegen die Schulter ihres Vaters.

Ihr altes Leben war Vergangenheit, und nun begann ein neues. Mit neuen Regeln.

»Steine«, wiederholte sie und lachte leise.

4

Man hatte sie auf einem schiefen, im Wasser schwankenden Steg ausgesetzt. Der Steuermann hatte mit dem Arm nach Nordosten gewiesen und dazu in holprigem Italienisch gesagt: »Da Stadt Venedig.« Während die Matrosen sich in der Schaluppe entfernten, hatte der Steuermann sich noch einmal nach ihnen umgedreht, ein zweites Mal nach Nordosten gedeutet und gerufen: »Da Straße. Zwei Meilen. Wirtshaus Zum Bären.« Schließlich hatte er sich noch ein paarmal auf den Kopf geschlagen und gebrüllt: »Gelber Hut! Juden!«

Yits'aq und Yeoudith blieben auf dem Steg stehen und sahen zu, wie die Schaluppe im Nebel verschwand. Nun waren sie allein. Allein in einer unbekannten Welt. Yits'aq deutete mit dem Arm nach Nordosten und sagte mit übertriebenem Akzent: »Da Stadt Venedig.«

Yeoudith lachte zwar, wirkte jedoch einigermaßen verloren.

»*Ribono Shel Olam,* der Herr des Universums, beschützt uns im Schatten seiner Flügel«, sagte Yits'aq. »Sorge dich nicht.«

Jetzt richtete Yeoudith den Arm nach Nordosten und wiederholte: »Wirtshaus Zum Bären. Hunger.«

Yits'aq lächelte sie traurig an: »Es tut mir leid, Liebes, aber wir können nicht dorthin gehen.«

»Aber ... warum denn nicht?«

»Der Kapitän wird nicht gerade glücklich über den Scherz mit den Steinen sein«, erklärte Yits'aq. »Ich habe alles darangesetzt, dass sich die Männer auf die Truhen konzentrieren, damit sie nicht plötzlich auf den Gedanken kämen, uns die Kehle durchzuschneiden. Sie sollten glauben, sie hielten einen Schatz in den Händen, und deshalb lohnte es sich für sie nicht, den Galgen zu riskieren. Verstehst du, was ich meine?«

»Nein ...« Yeouditħs Stimme klang dünn, und sie sah das Gesicht des Vaters durch einen Schleier von mühsam zurückgehaltenen Tränen.

Yits'aq umarmte sie und sagte: »Liebes, sie könnten sich entschließen, das Schiff zu verlassen und in dem Wirtshaus nach uns zu suchen, um uns für den Streich büßen zu lassen. Und diesen Triumph wollen wir doch einer Horde stinkender Makedonier nicht gönnen, oder?«

Nun konnte Yeoudith ihre Tränen nicht mehr zurückhalten und schüttelte weinend den Kopf: »Nein ...«

»Gut«, sagte Yits'aq. »Und deshalb gehen wir dorthin, wo sie nicht nach uns suchen werden.«

»Und wohin gehen wir?«

»Wir entfernen uns von Venedig.«

»Aber ...«

»Und in ein paar Tagen werden wir umkehren. Dieser Umweg ist unserer Gesundheit mit Sicherheit zuträglicher, meinst du nicht?«

Yeoudith nickte und vergrub ihr Gesicht an der Schulter des Vaters. Sie zog die Nase hoch.

»Rotzt du mir etwa mein Hemd voll?«, fragte Yits'aq vorwurfsvoll.

Yeoudith rückte sofort von ihm ab. »Vater! Wie widerlich! So was sagt man nicht zu einer Frau! Du hättest besser einen Sohn haben sollen!«

»Hast du mich nun vollgerotzt oder nicht?«

»Nein!«

»Nein?«

»Nein!«

»Soll ich nachsehen?«

»Vater!«, rief sie empört, und auf ihrem verängstigten Gesicht erschien ein schüchternes Lächeln.

»Komm schon her«, sagte Yits'aq.

»Nein ...« Trotzdem näherte sich Yeoudith zögernd, die Hände hinter dem Rücken verschränkt.

Yits'aq holte etwas aus seinem samtenen Beutel und reichte es seiner Tochter. »Du hast es ja gehört.« Er schlug sich zwei Mal mit der Hand auf den Kopf. »Gelber Hut. Juden.« Dann setzte er sich mit geradezu feierlicher Miene seine Kopfbedeckung auf und wartete darauf, dass seine Tochter es ihm gleichtat. »Von diesem Moment an sind wir ganz offiziell europäische Juden. Und von jetzt an heiße ich Isacco di Negroponte und du Giuditta.«

»Giuditta ...«

»Das klingt gut.«

»Ja ...«

»Du siehst sogar noch mit diesem lächerlichen Hut hübsch aus.«

Giuditta errötete.

»Oh nein, jetzt lass dir das bloß nicht zu Kopf steigen, das konnte ich an Frauen noch nie leiden«, sagte Isacco ruppig.

Giuditta sah ihren Vater an und versuchte zu ergründen, ob er sich einen Scherz mit ihr erlaubt hatte.

»Das war kein Scherz.«

Giuditta wurde wieder rot. »Verzeih mir, das wollte ich nicht«, sagte sie hastig.

Isacco gab daraufhin so etwas wie ein Grunzen von sich und verdrehte die Augen zum Himmel. Dann deutete er auf einen schmalen, sumpfigen Pfad, der gen Westen führte. »Der wird uns schon irgendwohin bringen.« Doch vorher hinterließ er absichtlich Fußspuren auf dem Weg, der zum Wirtshaus Zum Bären führte. Dann kehrte er über den Grassaum des Weges zu ihr zurück. »Die Männer werden wahrscheinlich so betrunken und wütend sein, dass sie das gar nicht bemerken. Aber es ist immer besser, gründlich zu sein, merk dir das.«

»Wo hast du denn so etwas gelernt, Papa?«, fragte Giuditta.

»Du musst nicht alles wissen«, antwortete Isacco verlegen. Ohne einen Fuß auf den schlammigen Pfad zu setzen, wandte er sich nach Westen. »Bleib direkt hinter mir. Wir werden eine Weile hier im Schilf laufen, um keine ...«

Da hörte er hinter sich ein dumpfes Platschen, gefolgt von einem unterdrückten Klagelaut.

Isacco drehte sich um.

Giuditta war gestolpert und mit dem linken Bein eingesunken.

»Ach zum Donnerwetter, du bist wirklich eine Landplage!«, fluchte Isacco. Er packte sie energisch, hob sie hoch und setzte sie auf sicherem Untergrund ab. »Hör zu ...«, fügte er hinzu, da er sein unbeherrschtes Auffahren bereute. »Das eben ... war bloß ein Scherz.«

»Tut mir leid, dass ich nicht darüber lachen kann«, erwiderte Giuditta trotzig. »Können wir jetzt weiter?«

Obwohl er wegen ihrer frechen Antwort innerlich schon wieder kochte, drehte Isacco sich um und setzte den Weg zunächst fort, blieb jedoch nach wenigen Schritten stehen. Hochrot im Gesicht, durch die Nasenlöcher schnaubend wie ein wütender Stier, wandte er sich seiner Tochter zu. »Na gut!«, polterte er. »Das war kein Scherz! Zufrieden?«

Giuditta sah ihn schweigend an. Sie versuchte, ihr Gesicht zu wahren, doch ihr Vater bemerkte die Furcht in ihren Augen.

Wie sehr sie doch ihrer Mutter ähnelt, dachte Isacco und bedauerte einmal mehr, dass Giuditta sie nie kennengelernt hatte. »Hör zu, es tut mir leid«, sagte er dann. »Ich weiß einfach nicht so genau, wie man mit einer Tochter umgeht. Ich hätte dich selbst großziehen sollen, aber das habe ich nicht getan. So ist es nun mal. Wollen wir unseren Streit jetzt begraben?«

Giuditta hob wortlos eine Braue.

»Bedeutet das Ja oder Nein?«

Giuditta zuckte die Achseln. »Ja.«

»Gut«, knurrte Isacco, den zunehmend das schlechte Gewissen plagte. Er wandte sich wieder zum Gehen um. »Und pass auf, wo du hintrittst«, sagte er barsch. »Ich meine ...«, verbesserte er sich sogleich und biss sich auf die Lippen wegen seines rüden Tons, »versuch einfach hinter mir zu bleiben.« Er atmete einmal tief durch. »Also, ich meinte eigentlich ... wenn es geht ... Na ja, du hast mich schon verstanden, oder?«

Giuditta antwortete nicht.

Isacco drehte sich um.

»Hast du mich verstanden?«

»Ja.«

Sie gingen mehr als eine Meile, ohne dass einer von ihnen ein Wort sagte. Dann verbreiterte sich der Pfad zu einer nicht minder sumpfigen kleinen Straße. Langsam neigte sich die bleiche, vom Nebel verschleierte Sonne dem Horizont entgegen.

Die ganze Zeit über hatte Giuditta nur an eine einzige Frage gedacht, die ihr seit Langem auf der Seele brannte. Eine Frage, die sie im Geiste schon viele Dutzend Male gestellt hatte, seit sie ein kleines Mädchen war.

»Vater ...«

Bis jetzt hatte sie nie den Mut gefunden, sie laut auszusprechen.

»Ja?«

Sie konnte gar nicht mehr zählen, wie oft sie ihm diese Frage schon hatte stellen wollen. Aber sie hatte immer Angst gehabt. Angst vor der Antwort. Und Angst davor, das bisschen zu verlieren, was ihr geblieben war.

»Vater ...«

»Komm schon, was willst du?«, fragte Isacco auf seine schroffe Art.

Giuditta sah sich um, sah auf diese unbekannte Welt, die ihnen ein neues Leben versprach. Sah auf den Rücken ihres Vaters, der vor ihr herlief. Er war nicht allein fortgegangen, nein, dieses Mal hatte er sie mitgenommen. Giuditta holte tief Luft. Sie fühlte, wie ihr das Herz bis zum Hals schlug.

»Vater, ich muss etwas wissen«, sagte sie dann, mit geschlossenen Augen und zittriger Stimme. Schnell sprach sie weiter, ehe die Angst sie überwältigen konnte: »Bist du böse auf mich, weil ich meine Mutter getötet habe? Ist das der Grund, warum ich bei meiner Großmutter aufgewachsen bin und dich nie gesehen habe?«

Isacco hatte sich gerade zu ihr umdrehen wollen, aber diese Frage traf ihn unvorbereitet. Er krümmte den Rücken wie unter einem heftigen Schlag. Ihm fehlte die Kraft, sich seiner Tochter zuzuwenden, seine Kehle war wie zugeschnürt. »Gehen wir weiter«, brachte Isacco mühsam heraus. »Bald wird es dunkel sein und ... Komm schon, lass uns weitergehen.« Er machte ein paar Schritte, dann fing er an, mit heiserer Stimme zu sprechen, allerdings immer noch, ohne seine Tochter anzusehen, die ihm mit gesenktem Kopf folgte. »Deine Mutter ... ist im Kindbett gestorben. Nicht du hast sie getötet. Das ist ... ein gewaltiger Unterschied ... Und ich hoffe, du kannst das tief in deinem Innern begreifen. Ich hatte ja keine Ahnung, dass ... Ich war nie da, weil ... Na ja, mein Leben war nicht gerade ... Also, ich hab dir ja davon erzählt, ein wenig jedenfalls ... Aber du bist nicht bei deiner Großmutter aufgewachsen, weil ich dich nicht sehen wollte, sondern weil ich ihr vertraut habe ... und weil du ... du ...« Isacco brach ab. Er spürte seine Tochter hinter sich und war sich bewusst, dass sie den Atem anhielt. Erst jetzt sah er sie, die er immer für so unabhängig gehalten hatte, als das, was sie wirklich war: ein kleines Mädchen, das mit dem Gedanken aufgewachsen war, sein Vater würde es hassen. »Ich weiß nicht, wie ich so dumm sein konnte ...«, sagte er leise und tat nur einen halben Schritt. »Ich weiß es wirklich nicht!«, schrie er dann beinahe und blieb abrupt stehen.

Giuditta hinter ihm hielt ebenfalls inne und streckte, um nicht auf ihn zu prallen, eine Hand aus, mit der sie sich an seiner Schulter abstützte. Als sie merkte, wie Isacco unter ihrer Berührung zusammenschrak, zog sie die Hand hastig wieder weg, als würde der Rücken ihres Vaters glühen, und flüsterte: »Verzeih mir.«

»Nicht doch ...«, sagte Isacco.

Beide blieben reglos stehen. Isacco war immer noch unfähig, sich umzuwenden.

»Ich habe dir doch erzählt, dass mein Vater Arzt war ...«, hob Isacco schließlich an in dem Wissen, dass ihn dieses Gespräch mit einem Schmerz konfrontieren würde, dem er sich nicht hatte stellen wollen. »Ein guter Arzt war er, der beste auf der Insel Negroponte. Der Leibarzt des venezianischen Gesandten ... oder besser gesagt des Bailo, denn so wurde er dort genannt. Ich habe diese glorreichen Zeiten ja nie erlebt ... schließlich wurde ich erst 1470 geboren, als die Türken die Insel eroberten und die Venezianer vertrieben. Mein Vater wurde nicht getötet. Die Türken gestatteten ihm sogar, weiter als Arzt zu arbeiten, aber nur im Inneren der Insel, wo die armen Leute lebten, zumeist Hirten. Und er passte sich den Umständen an ... während er innerlich vom Groll und der Sehnsucht nach seinem früheren Leben vergiftet wurde. Er war der stolzeste, arroganteste Mann und der größte Sturkopf, den es je gegeben hat ...« Isacco hielt inne. »Erinnert dich das nicht an jemanden, den du kennst?« Und im Gedanken an sich selbst lächelte er traurig.

Schüchtern streckte Giuditta die Hand nach dem Rücken ihres Vaters aus. »Nein.«

Isacco war gerührt, und er fühlte, wie sich die Wärme von der Stelle, auf die Giuditta ihre Hand gelegt hatte, in ihm ausbreitete. »Jahrelang ließ er meine Mutter und meine drei Brüder in einer heruntergekommenen Hütte wohnen, zusammen mit zwei Ziegen, die uns ihre Milch gaben. Die Leute, die er heilte, hatten nichts, um ihn zu bezahlen. Am Abend sprach er immer nur von Venedig, von all dem Gold dort, der überlegenen Kultur, von Brokatstoffen und kostbaren Gewürzen. Er lehrte uns auch, Venezianisch zu sprechen ... dieser verdammte Idiot. Er zog nun Zähne, schnitt Abszesse heraus, brachte Kinder und Lämmer zur Welt, kastrierte Vieh und amputierte den Menschen entzündete Gliedmaßen. Er wurde praktisch ein Barbier, ein Feldscher. Er, der berühmte Arzt des Gesandten von Venedig. Und er nahm mich mit ... weil er sagte, ich sei der einzige seiner Söhne, der sich nicht vor dem Anblick von Blut fürchtete. Und dann fügte er verächtlich hinzu ... Dieser verdammte Bastard, er sagte immer denselben Satz, und zwar zu jedem Patienten, den er behandelte: ›Mein Sohn hier fürchtet sich nicht vor Blut, weil er kein Gewissen hat.‹ Und weißt du auch, warum? Weil er herausgefunden hatte, dass ich versuchte, so gut wie möglich durchzukommen, und mich am Hafen herumtrieb, wo ich Essen für meine Mutter holte, es manchmal auch stahl, weil sie immer schwächer wurde. Er dagegen ging nie einen Kompromiss ein. Der vornehme Herr Doktor, Arzt des Gesandten von Venedig ... dieser verdammte Bastard ...«

Giuditta kam noch näher an ihn heran, schlang von hinten ihre Arme um ihn und lehnte ihren Kopf an den knochigen Rücken des Vaters.

Isacco presste die Lippen zusammen und runzelte die Augenbrauen in dem Versuch, die Tränen der Wut zurückzuhalten, die unbedingt hinauswollten. »Eines Tages bin ich dann gegangen. Da war ich schon dreißig Jahre alt und hatte gerade die Legende von der Heiligen und dem Qalonimus erfunden. Und ich bin deiner Mutter begegnet. Ein Vater wie mein eigener hatte sie aus dem Haus getrieben. Sie war die einzige Frau, die ich in meinem ganzen Leben verstanden habe, kannst du dir das vorstellen?

Vielleicht verstand ich sie so gut, weil ich wusste, was in ihr vorging. Und ein Jahr später sollte sie unsere Tochter zur Welt bringen ... dich. Aber etwas lief falsch bei der Geburt. Die Hebamme ...« Isacco sank in sich zusammen. »Oh Herr des Universums, hilf mir, das zu ertragen!«

Giuditta hielt ihn fest in ihren Armen und ging mit ihm in die Knie.

»Wie sollte denn ein unschuldiges Neugeborenes die eigene Mutter töten?«, sagte Isacco mit gebrochener Stimme. »Nicht einmal, wenn es das wollte. Wie kommst du nur auf so etwas, mein Kind? Ich dagegen ... ich habe ihr nicht helfen können ... obwohl ich glaubte, ich hätte alles von diesem verdammten großartigen Leibarzt des Gesandten gelernt ... Ich bin für ihren Tod verantwortlich. Wenn jemand dafür verantwortlich ist ... dann ich ...« Isacco richtete sich auf und fand nun endlich die Kraft, sich seiner Tochter zuzuwenden. Er nahm ihr Gesicht in beide Hände. »Ich habe mir selbst eingeredet, ich wäre immer unterwegs und nie zu Hause, weil ich ein so schweres Leben hatte ...« Isacco lächelte wehmütig. »Das habe ich dir auch gerade eben noch gesagt ....« Er zog Giuditta an sich, denn er hielt ihrem Blick nicht lange stand. »Ich war nur selten zu Hause, weil ich mich dir gegenüber schuldig fühlte ... weil ich dir deine Mutter genommen hatte ... weil ich nicht in der Lage gewesen war, mich um dich zu kümmern ...«

Schweigend umarmten sie einander.

»Vater ...«

»Schschsch... sag jetzt nichts, mein kleines Mädchen.«

Sie hielten einander schweigend umfangen, Isacco versunken in seinen Schmerz und die Schuldgefühle, die er zum ersten Mal zugeben konnte, und Giuditta vertieft in die Gedanken an ihren Vater, der so anders war, als sie immer geglaubt hatte. Weil er ein Scharlatan und Betrüger war. Und weil er sie nicht für den Tod ihrer Mutter verantwortlich machte.

»Vater …«, versuchte es Giuditta nach einer langen Weile wieder.

»Schschsch… du musst nichts sagen.«

»Doch, das muss ich, Vater.«

»Dann tu es.«

»Die Mücken hier fressen mich bei lebendigem Leib auf.«

Isacco löste sich aus der Umarmung. »Du siehst aus wie deine Mutter, aber ansonsten bist du wie ich«, sagte er und sah sie lächelnd an. Dann umarmte er sie noch einmal und sagte: »Los, gehen wir. Wir benehmen uns wie zwei Mädchen.«

»Aber ich bin doch eins!«

»Ach, stimmt ja!«, sagte Isacco, lachte wieder und drückte ihr den gelben Hut in die Stirn. »Gib Acht, wo du hintrittst, Landplage.«

Die Sonne war gerade untergegangen, als sie ein niedriges Bauernhaus entdeckten, aus dessen Schornstein dichter Rauch aufstieg. Auf der Vorderseite prangte das grobe, rissige Bild eines Aals, der eher wie ein Meeresungeheuer aussah. Die Tür des Hauses war geschlossen.

Isacco blieb stehen und sah Giuditta an. »Glaub mir, ich würde dich für keinen Sohn dieser Welt eintauschen«, sagte er unvermittelt.

Giuditta errötete.

»Oh nein, nicht schon wieder!«, rief Isacco aus.

Giuditta errötete noch tiefer.

»Ich weiß nicht, ob ich das aushalte«, brummte Isacco.

Aus der Ferne läutete es zur Vesper.

Nun komm, lass uns hineingehen.« Isacco klopfte und öffnete die Tür.

Vater und Tochter wurden von einem angenehm lauen Luftzug empfangen. Drinnen roch es nach Essen und Stall. Der große Raum, den sie betreten hatten, war zur Hälfte für die Gäste bestimmt, die andere, durch eine niedrige Mauer und ein Holzgatter abgetrennte Hälfte wurde als Stall genutzt, in dem zwei Milchkühe und ein Esel standen. Die Decke hing bedrückend tief über ihnen, und es gab nur winzige Fensteröffnungen. Auf dem langen, aus groben Brettern gezimmerten Tisch in der Mitte des Zimmers erhellte eine Öllampe aus minderwertigem Metall den Raum. Sie bestand nur aus einem Behältnis, das als Tank diente, und einem Docht, der zwischen zwei längst trüb gewordenen Quecksilberspiegeln brannte. Weiter hinten brannte eine größere, aber genauso schlichte Lampe, die von einem Deckenbalken herabhing. Der übrige Teil des großen Raumes lag praktisch im Dunkeln.

An dem Tisch saßen zwei Gäste, die mit leerem Blick auf den Weinkrug starrten, der vor ihnen stand. Sie drehten sich zu den Neuankömmlingen um, und das schien sie so weit zu beleben, dass sie einen weiteren Schluck aus ihren Tonbechern nahmen. Dann starrten sie wieder dumpf vor sich hin. Einem der beiden fielen beinahe die Augen zu, und sein Kopf sank schwer herunter.

»Guten Abend, gute Leute«, sagte Isacco laut, um die Aufmerksamkeit des Wirts zu erregen, wo auch immer der sich aufhalten mochte.

Aus dem oberen Stockwerk hörte er ein Stöhnen, das immer lauter wurde, um schließlich in einem Schrei zu enden. Eine Kinderstimme. Kurz darauf verstummte der Schrei.

»Guten Abend, gute Leute«, wiederholte Isacco in Richtung des oberen Stockwerks.

Man hörte, wie eine Tür sich öffnete und wieder schloss, dann erschien am Geländer eine zwar noch junge, aber von den Mühen des Alltags gezeichnete Frau. Ihr Blick wirkte sorgenvoll. Sie hielt eine geschlossene Laterne mit einem Talglicht in der Hand.

»Guten Abend, gute Frau«, sagte Isacco. »Wir sind Reisende

und würden gern die Nacht hier verbringen und eine warme Mahlzeit zu uns nehmen, wenn das geht.«

Die Wirtin stand da und starrte sie an, als würde sie dabei an etwas ganz anderes denken. Dann sagte sie mit tonloser Stimme: »Das kostet einen halben Silbersoldo.«

»Einverstanden«, antwortete Isacco.

»Aber ich habe nichts zu essen«, fügte die Frau hinzu. »Nur Brot und Wein.«

»Dann wird uns das genügen.«

Die Wirtin nickte wortlos, ohne sich von der Stelle zu bewegen. Dann ertönte erneut ein Stöhnen, das sich diesmal jedoch nicht zu einem Schrei erhob. Die Frau drehte sich um, legte sich eine Hand an den Mund und wirkte nun noch besorgter als vorher. Sie stieg die Treppe aus einfachen, gehobelten Holzbrettern hinab, öffnete einen Schrank im hinteren dunklen Teil des Raums, holte einen in ein grobes Leinentuch gehüllten Brotlaib heraus und zapfte aus einem Fässchen Rotwein in einen Krug. Sie stellte alles auf den Tisch, dann holte sie noch zwei angeschlagene Becher und ein Messer für den Brotlaib.

»Ich habe heute nichts gekocht«, sagte sie mit kraftloser Stimme. »Meine einzige Tochter ist krank geworden …«

»Das tut mir leid …«, erwiderte Isacco.

»Und ich verliere noch den Verstand«, fuhr die Frau fort, und ihr abwesender Blick verriet ihren Schmerz.

»Was hat der Arzt gesagt?«, fragte Isacco.

Die Wirtin sah ihn überrascht an. Dann schüttelte sie gedankenverloren den Kopf. »Hierher kommt kein Arzt. Wir bringen unsere Kinder in unseren Betten allein zur Welt, und dort sterben wir auch allein, wenn unsere Stunde gekommen ist.«

Wieder hörte man von oben ein Stöhnen.

Die Frau fuhr hoch und presste die Lippen aufeinander. Ihr Gesicht zeigte in brutaler Offenheit all ihren Schmerz.

Da sagte Giuditta ohne zu überlegen: »Mein Vater ist Arzt.«

5

Meine Mutter war Schauspielerin«, sagte Mercurio und stieg von der Plattform herab, als es Tag geworden war. »Besser gesagt … sie war Schauspieler.« Er musterte die drei, die ebenfalls heruntergesprungen waren und ihn nun erwartungsvoll ansahen. »Ihr wisst doch, dass Frauen nicht im Theater auftreten dürfen?«

Benedetta und Zolfo sahen einander an. »Natürlich«, log Benedetta.

»Ja, sicher«, spottete Mercurio. »Also, meine Mutter hat sich jahrelang als Mann verkleidet, um auf der Bühne stehen zu können. Alle haben ihr das abgenommen. Und selbst als Mann war sie so hübsch, dass man ihr immer die Frauenrollen gab.«

Benedetta und Zolfo hörten ihm gebannt zu, aber der Geschlechtertausch verwirrte sie, sodass sie nicht recht wussten, woran sie waren.

Mercurio packte einen Zipfel des schmutzigen und geflickten Tuchs, das unter der Plattform hing. »Seid ihr bereit?«, fragte er und zog es dann mit einer theatralischen Geste weg, um zu enthüllen, was sich dahinter verbarg.

Benedetta, Zolfo und Ercole sperrten vor Erstaunen den Mund weit auf.

Sie kamen sich vor wie in einer Schneiderei. Oder in einem Kleiderladen. Da hing ein Priestertalar neben einer Mönchskutte, das schwarze Gewand eines Schreibers neben dem gestreiften eines Dieners. Dann das eines päpstlichen Stallknechts mit an der Brust lederverstärktem Wams. Die Beinkleider eines spanischen Soldaten, ein Hosenbein amarantrot, das andere safrangelb, und eine Jacke mit funkelnden Tressen und geschlitzten Puffärmeln. Die Schürze eines Schmieds, die schwarze Mütze und der gewachste Überrock eines Reisenden. Aus einem Weidenkorb quollen Haarteile, Perücken, Brillen, Monokel, falsche Bärte, Schriftrollen und Geldbörsen hervor, aus einem anderen Korb Waffen und Werkzeuge: ein Kurzschwert, ein Schmiedehammer, der Strick eines Pferdehändlers, ein Ledergürtel mit Meißeln und Hohlbeiteln für einen Schnitzer, das Rasiermesser eines Barbiers, Sägen für einen Tischler und die Stempelkissen eines Schreibers, Gänsefedern, Tintenfässer. Halbschuhe, Stiefel, Pantoffeln und Holzschuhe der Fischverkäufer. Und schließlich das Gewand einer Hofdame, kobaltblau und mit falschen Edelsteinen aus buntem Glas besetzt, ein sittsames dunkelgrünes Kleid für ein Mädchen aus gutem Hause und ein noch bescheideneres graubraunes mit einer Schürze und einer großen Tasche vorn für eine Dienerin, dazu eine weiße Haube.

»Heilige Madonna!«, entfuhr es Benedetta.

Mercurio gluckste vor Stolz. »Los, an die Arbeit. Ich habe eine Idee, wie wir uns das Goldstück von dem Wirt wiederholen können.«

»Woher hast du all diese Sachen?«, fragte Benedetta, als hätte sie seine letzten Worte nicht gehört.

»Meine Mutter hat sie mir vererbt«, erklärte Mercurio. »Von ihr habe ich gelernt, mich zu verkleiden. Nur dass ich … eine etwas andere Art Schauspieler bin als sie«, sagte er lachend.

»Du bist also gar keine Waise?«, fragte Zolfo.

»Doch. Aber auf dem Totenbett hat meine Mutter den Leiter der Schauspieltruppe gebeten, nach mir zu suchen und mir diese Sachen und ihren Segen zu überbringen.« Mercurio betrachtete die drei, die immer noch an seinen Lippen hingen. »Also, das ist eine lange Geschichte. Um es kurz zu machen, meine Mutter ging mit einem Schauspieler der Truppe ins Bett, der herausgefunden hatte, dass sie eine Frau war. So wurde ich geboren, und meine Mutter war gezwungen, mich ...«

»Dich an der Drehlade für Findelkinder auszusetzen, so wie man es mit mir und Ercole gemacht hat«, sagte Zolfo und spuckte aus.

»Drehlade, Drehlade«, wiederholte Ercole lachend.

»Sei still, du Dummkopf.«

»Nein, meine Mutter hätte mich niemals ausgesetzt. Sie gab mich in die Obhut einer Frau und zahlte ihr Geld, damit sie mich aufzog. Aber diese Frau setzte mich dann an der Drehlade des Waisenhauses von San Michele Arcangelo aus und behielt das Geld für sich.«

»Dieses Miststück!«

»Ja, und dann wurde meine Mutter krank und starb. Der Leiter der Schauspieltruppe fand mich und übergab mir ihren Besitz, also diese Kostüme ... von allen Rollen, die sie jemals gespielt hatte. Er erzählte mir ihre Geschichte, und er sagte mir, sie wäre die beste Schauspielerin seiner ganzen Truppe gewesen und dass sie ...«

»... dich immer geliebt hat?«, fragte Zolfo, während seine Augen hoffnungsvoll und zugleich neidisch blitzten.

»Genauso war es.«

»Wie hat der Mann dich denn gefunden? Woher wusste der überhaupt, dass du es bist?«, mischte sich Benedetta ins Gespräch.

»Das ist eine komplizierte Geschichte«, wehrte Mercurio rasch ab. »Und jetzt wollen wir uns mit dem Wirt beschäftigen. Wasch dir Hände und Gesicht«, wies er Benedetta an. »Dort im Eimer findest du Wasser.«

»Ich denk ja nicht daran, mich zu waschen«, fuhr Benedetta auf.

»Wasch dich«, wiederholte Mercurio.

»Warum das denn?«

»Weil es zu meinem Plan gehört.«

»Welcher Plan?«

»Wasch dich, dann wirst du schon sehen.« Er nahm das grüne Kleid eines Mädchens aus gutem Hause vom Haken. »Das müsste dir passen«, sagte er und hielt es ihr hin.

»Hu, ist das kalt«, beschwerte sich Benedetta und wusch sich mit zwei Fingern die Augen.

»Du musst sauber aussehen«, erklärte ihr Mercurio. »Nun hab dich nicht so.«

»Ich hasse es, mich zu waschen«, erwiderte Benedetta schmollend.

»Ich versichere dir, das riecht man«, entgegnete Mercurio lachend.

Benedetta warf ihm einen vernichtenden Blick zu, dann versenkte sie beide Hände im Wasser und rieb sich wütend das Gesicht.

»Gut, und jetzt zieh dich um«, befahl Mercurio, nachdem er überprüft hatte, dass auch ihre Nägel sauber waren.

»Wo?«, fragte Benedetta.

Mercurio sah sie überrascht an. »Was meinst du damit?«

»Glaubst du etwa, ich ziehe mich vor dir nackt aus?«

»Na ja, ich habe keinen anderen Raum, du weißt doch, wie es ist.«

»Dreht euch um und wagt ja nicht, mich anzuglotzen«, befahl ihnen Benedetta. Man hörte Kleider rascheln, und schließlich sagte sie: »Ich bin fertig.«

Zolfo und Ercole starrten sie mit offenen Mündern an. »Du siehst wunderschön aus«, sagte Zolfo. Und Ercole sprach ihm nach: »Ercole findet auch, du bischt wunderschön.«

Benedetta errötete sichtlich. »Ihr seid beide Schwachköpfe«, sagte sie und sah Mercurio an.

»Jetzt raus mit euch«, drängte Mercurio ohne weiteren Kommentar. »Ich komme gleich nach und erkläre euch den Plan.«

Eine knappe halbe Stunde später waren sie auf dem Weg.

Während sie entschlossenen Schrittes losmarschierten, schloss Benedetta zu Mercurio auf. »Welche Rolle hat sie in diesem Kleid gespielt?«

»Wer?«

»Deine Mutter.«

»Ach so ... Sie spielte ... eine Herzogin.«

»Eine Herzogin?«, fragte Benedetta und fuhr kichernd mit einer Hand über das Gewand. Dann lief sie mit stolzgeschwellter Brust noch etwas weiter, ehe sie hinzufügte: »Also ... tut mir leid wegen gestern Abend.«

»Wovon redest du?«

»Ich habe das nicht ernst gemeint ... also, als ich gesagt habe, du solltest in deinem eigenen Dreck ersaufen ... Ich wusste ja nicht ...«

»Schon gut.«

Benedetta legte ihm eine Hand auf die Schulter.

Mercurio rückte ab. »Ich will keine Freunde.«

»Meinst du etwa, ich?«, erwiderte Benedetta. Dann betrachtete sie ihn noch einmal eingehend. »Du siehst wirklich wie ein echter Priester aus«, sagte sie und lachte.

Mercurio grinste zufrieden. Er trug einen langen Talar mit roten Knöpfen, auf dem in Brusthöhe ein blutendes Herz mit einer Dornenkrone eingestickt war. Auf seinem Kopf saß ein glänzender schwarzer Hut. »Es ist noch nicht perfekt«, sagte er dann nachdenklich. Er ging zu zwei Eseln hinüber, nahm sich eine großzügige Hand voll Heu aus ihrer Krippe, knüllte es zusammen und steckte sich die Kugel unter den Talar vor den Bauch. »Priester essen im Gegensatz zu uns dreimal am Tag, morgens, mittags und abends. Deswegen sind sie alle fett.« Und als er an einem Obststand vorbeikam, stahl er im Vorübergehen einen Apfel, schnitt zwei Stücke davon ab und schob sie sich in die Backen vor die Zähne: »Guck, jetft bin ich perfekt«, lachte er. »Ich muff nur noch ein biffchen fschwerfällig gehen«, fügte er hinzu und änderte seinen Gang.

»Das ist ja verrückt!«, rief Benedetta.

»Wenn man fich verkleidet, reift ef nicht, wenn man fich...«

»Ich verstehe kein Wort«, sagte Benedetta.

Mercurio nahm die Apfelstücke wieder aus dem Mund und warf sie fort. »Nein, so funktioniert das nicht. Noch eine Regel: Nicht übertreiben. Wenn der Wirt mich nicht versteht, dann ist alles für die Katz. Was ich sagen wollte, wenn man sich verkleidet, reicht es nicht, einfach nur etwas anderes als sonst anzuziehen. Du musst die Sachen zu deinen eigenen machen und dich darin so selbstverständlich bewegen, als würdest du jeden Tag solche Kleider anziehen.«

»Also muss ich mich in diesem Kleid wie eine Herzogin bewegen?«, fragte Benedetta.

»Na ja, ein wenig mit dem Hintern wackeln könntest du schon.«

»Ach, du kannst mich mal, Mercurio«, schnaubte Benedetta empört, aber nach ein paar Schritten grinste sie und fing an, sich in den Hüften zu wiegen.

Sie bogen in den Vico de' Funari ein. »Warte hier. Und bleib in Sichtweite«, sagte Mercurio zu Benedetta. »Und ihr beiden lasst euch nicht blicken.«

Der Besitzer des Wirtshauses im Vico de' Funari war ein kräftiger Mann, selbstbewusst und mit dem geröteten Gesicht eines Säufers. Er stand zwischen zwei großen quadratischen Eingängen, die von Falttüren verschlossen wurden. Mehrere Diener schoben diese gerade zur Seite. Das Wirtshaus Zu den Dichtern war hell und geräumig. Früher hatte es als Lagerraum gedient. Die beiden riesigen, an der rechten Wand aufgestellten Weinfässer sollten den Reichtum des Besitzers demonstrieren.

»Einen guten Tag, Bruder«, hörte der Wirt eine Stimme hinter sich.

»Ich habe weder Brüder noch Schwestern«, erwiderte der Wirt feindselig, als er sich plötzlich einem jungen Priester gegenübersah.

»Unser Herr will dir ein Angebot machen«, sagte Mercurio mit einem süßlichen Lächeln.

Der Wirt betrachtete ihn von oben bis unten. »Wenn du hier nach milden Gaben suchst, klopfst du an der falschen Tür, Pfaffe«, erwiderte er und wollte ihm schon den Rücken zukehren.

»Du hast mich nicht verstanden, guter Mann. Unser Herrgott ist es, der dir in seiner unendlichen Güte eine Gelegenheit bieten will«, sagte Mercurio.

Der Wirt sah ihn stirnrunzelnd an. »Was für eine Gelegenheit?«

»Er gibt dir die Möglichkeit, ein Unrecht wiedergutzumachen, Bruder.«

Der Wirt wurde misstrauisch. Er verschränkte die Arme vor der Brust und lehnte sich zurück. Mit aufeinandergepressten Lippen starrte er den jungen Priester an.

Mercurio sagte nichts und hielt seinem Blick stand.

»Von was für einem Unrecht faselst du da?«, gab der Wirt sich schließlich geschlagen.

Mercurio lächelte beglückt. »Seine Erlauchteste Heiligkeit, der Bischof von Carpi, Monsignor Tommaso Barca di Albissola, dem ich als Sekretär zu dienen die höchste Ehre habe, *in saecula saeculorum atque voluntas Dei …*«

»Hör auf, lateinisch zu schwatzen, und rede klar und deutlich. Und mach es kurz«, verlangte der Wirt, der angesichts des langen Namens einiges von seiner Bestimmtheit eingebüßt hatte.

»Da gibt es nicht viel zu sagen. Du musst dir nur diese junge Frau ansehen, dann weißt du schon Bescheid.« Mit diesen Worten drehte er sich zur Straßenecke um und zeigte auf Benedetta. »Erkennst du sie wieder?«

»Warum sollte ich?« Der Wirt versteifte sich.

»Weil du gestern Abend ein Goldstück einbehalten hast, das sich in ihrem rechtmäßigen Besitz befand«, erklärte Mercurio.

»Ich will verdammt sein, wenn das wahr ist ...«

Mercurio schüttelte den Kopf und kräuselte vermeintlich enttäuscht die Lippen. »Unser Herrgott bietet dir durch die Hand seines demütigen Dieners, also durch mich, eine solche Gelegenheit, und du vergeudest sie so töricht? Ich repräsentiere Gottes Hand und die Geldkatze Ihro Exzellenz. Das Geldstück, das du dem Mädchen abgenommen hast, gehört dem Bischof, der sich wie jedes Jahr in Rom aufhält, um den Heiligen Vater zu besuchen. Und der Bischof weiß noch nichts von der Angelegenheit ...«

Der Wirt wusste nicht, was er tun sollte. Er fürchtete, man wolle ihn hinters Licht führen, wollte aber auch nicht wagen, sich einen mächtigen Mann der Kirche zum Feind zu machen. Einerseits wollte er sich nicht von einer so leicht errungenen Goldmünze trennen, andererseits wusste er, wie grausam die Rechtsprechung sein konnte, wenn man den Mächtigen in die Quere kam. »Sie sah aus wie eine Diebin, schmutzig und in Lumpen ...«, brummte er.

»Ja, sicher. Sie war gerade erst aus dem Waisenhaus von San Michele Arcangelo gekommen, wo sich seine Exzellenz seine ... persönlichen Dienerinnen auswählt. Und das gestern war die erste Prüfung, die das Mädchen zu bestehen hatte. *Die Prüfung mit dem Goldstück,* nennt es Seine Exzellenz, der hochwürdigste Herr Bischof. Jedem neuen Mädchen muss ich eine Goldmünze geben und sie schicken, um Essen zu bestellen. Wenn sie mit dem Abendessen zurückkommt, ist sie würdig, einer geregelten Erziehung zugeführt zu werden. Verschwindet sie hingegen, lässt er sie von den Wachen suchen, und sie wird behandelt, wie eine Diebin es verdient ...« Er nahm den Hut ab, während er innerlich frohlockte. So würde er die Aufmerksamkeit seines

Opfers auf etwas anderes lenken, anstatt ihm Gelegenheit zu geben, sich zu konzentrieren.

»Und wer sagt mir, dass du kein Betrüger bist? Du bist noch sehr jung ...« Wie vorhergesehen war der Wirt misstrauisch geworden, und seine Augen wanderten unruhig hin und her. »Und wo ist deine Tonsur, wenn du ein Mönch bist?«

»Ich bin ein *novizium saecolaris*«, antwortete Mercurio und beglückwünschte sich dazu, sich schon vor vielen anderen betrügerischen Machenschaften diesen Fantasietitel zurechtgelegt zu haben. Er holte den Leinenbeutel mit den Münzen hervor, die er dem Kaufmann abgenommen hatte, schüttelte ihn, dass die Goldstücke klimperten, und löste das Zugband. Dann öffnete er den Beutel, legte ihn auf die flache Hand und hielt ihn dem Wirt unter die Nase. »Das Gebot der Barmherzigkeit heißt mich das tun, du misstrauischer Wirt. Sieh dir diese Münzen an. Sehen sie etwa nicht genauso aus wie die, die du dem Mädchen abgenommen hast? Haben sie nicht alle auf einer Seite eine Lilie und auf der anderen ein Bildnis des Heiligen Johannes des Täufers? Diese Münzen sind in Rom kaum verbreitet.«

Der Wirt streckte die Nase nach vorn, um nach dem Schatz zu schielen. Dann steckte er die Hand in die Tasche und zog die einbehaltene Münze heraus. »Wie hätte ich das wissen sollen?«, grummelte er und warf die Münze nervös in die Luft, um sie gleich wieder aufzufangen.

Mercurio sagte kein Wort.

Der Wirt warf das Geldstück wieder hoch und spähte dann zu Benedetta hinüber. »Wie hätte ich das denn wissen sollen?«, wiederholte er und war kurz davor, nachzugeben. Er warf die Münze noch einmal hoch, um den Augenblick der Trennung noch ein wenig hinauszuzögern

In dem Moment gellte ein wilder Schrei durch den Vico dei Funari.

»Diebe! Verfluchte Diebe!«

Der Wirt drehte sich ruckartig um und sah einen Juden, der auf Benedetta und zwei junge Kerle deutete. Jetzt wusste er, dass er betrogen werden sollte.

Aber noch schwebte die Münze durch die Luft.

Mercurio war flinker als der Wirt. Mit der Geschmeidigkeit einer Katze setzte der falsche Priester zum Sprung an und schnappte sich die Münze im Flug. »Du Riesentrottel!«, rief er aus und lachte ihm offen ins Gesicht, bevor er Fersengeld gab.

»Haltet den Dieb! Haltet den Dieb!«, schrie der Wirt und setzte ihm nach.

Mercurio war zu schnell für den Wirt, aber ihm blieb keine andere Möglichkeit zur Flucht, als direkt auf den Kaufmann zuzulaufen, der weiter auf Benedetta, Zolfo und Ercole einschrie. Geschickt schlüpfte er durch den schmalen Durchgang, der zwischen der Mauer und dem Kaufmann frei war. Beim Laufen rutschte das Heu der Esel, das ihm als Bauchersatz gedient hatte, unter dem Talar hervor.

Shimon Baruch erkannte ihn nicht sogleich, und Mercurio lief ungehindert weiter.

Doch die Heuspur, die er hinterließ, erregte den Verdacht des Kaufmanns. Er drehte sich um, sah, mit wem er es zu tun hatte, und nahm augenblicklich Mercurios Verfolgung auf. »Dieb! Haltet den Dieb!«

Hinter ihm kam der Wirt, der ebenfalls schrie: »Dieb! Haltet den Dieb!«

Da nun alle Mercurio verfolgten, waren die anderen drei gerettet, ohne selbst etwas dafür getan zu haben. Benedetta lief in die entgegengesetzte Richtung, gefolgt von Zolfo und Ercole, dessen Augen schreckgeweitet waren. Sie waren erst wenige Schritte gelaufen und gerade um die nächste Straßenecke gebogen, als Benedetta anhielt und Zolfo ansah. »Wir müssen ihm helfen«, sagte sie.

Mercurio rannte so schnell er konnte und versuchte den Kaufmann abzuhängen, aber der bodenlange Talar behinderte ihn. Der Wirt hatte sehr bald aufgegeben. Mercurio hatte gesehen, wie er sich schon nach der ersten Gasse keuchend zusammengekrümmt hatte. Aber jedes Mal wenn er sich jetzt prüfend umsah, war der Kaufmann noch einen Schritt näher gekommen. Mercurio wandte sich in Richtung San Paolo alla Regola. An der Kirche begann ein Labyrinth aus kleinen Gassen, wo sich seine Spur verlieren würde. Mittlerweile hatte der Kaufmann noch weiter aufgeholt. Und hinter ihm glaubte er auf einmal Benedetta zu erkennen, die ihren Rock mit beiden Händen gerafft hielt und wie eine Besessene rannte. Er tat es ihr nach, hob den Talar an, biss die Zähne zusammen und senkte den Kopf. Seine Füße versanken im schlammigen Untergrund, und seine Lungen brannten. Hätte er jetzt den Beutel mit dem Geld weggeworfen, wäre der Kaufmann sicher stehen geblieben, um ihn aufzuheben, und Mercurio wäre gerettet. Aber er wollte sich nicht von den Münzen trennen. Als er in Richtung San Salvatore in Campo abbog, bemerkte er, dass seine Beine immer schwerer wurden. Nicht aufgeben!, dachte er. Er rannte durch eine Reihe enger Gassen. Dann drehte er sich suchend um. Der Kaufmann war nicht zu sehen, doch Mercurio wusste, dass er jeden Moment auftauchen würde. Er bog in eine Gasse voller Unrat ein. Kaum hatte er sie betreten, sah er schon, dass er in der Falle saß. Es war eine Sackgasse. Er hörte den Kaufmann näher kommen und presste sich, den Atem anhaltend, rasch in eine Mauernische zwischen zwei Säulen aus roten Ziegelsteinen.

Shimon Baruch erreichte die Straßengabelung. Trotz des Waffenverbots für Juden hatte er sich einen Dolch mit langem Griff und zweischneidiger Klinge gekauft. Vor ihm lagen drei Straßen, zwei rechts und eine kleine Gasse links, die voller Unrat vom nahen Gemüsemarkt war. »Du sollst verflucht sein!«, schrie er und bog in die Sackgasse ein. Von Verzweiflung überwältigt blieb er stehen, da er den Dieb verloren zu haben glaubte. »Verdammter Kerl!«, schrie er und wandte sich ab, um die Gasse wieder zu verlassen. Doch da hörte er plötzlich ein schmatzendes Geräusch. Wie von der Tarantel gestochen fuhr er herum und lief zurück.

Mercurio war auf dem Teppich aus Unrat ausgerutscht und hatte dadurch die Aufmerksamkeit des Kaufmanns auf sich gelenkt.

»Hab ich dich, du Dieb!«, rief Shimon Baruch aus. »Gib mir mein Geld zurück!«

»Herr ...«, sagte Mercurio und hob die Hände zum Zeichen der Unterwerfung. »Ich habe Euer Geld nicht ...«

Shimon Baruch wirkte wie ein Besessener. Seine Augen waren blutunterlaufen, die Nasenflügel bebten, und er keuchte, weil er so schnell gerannt war. Aus dem offenen Mund lief ihm Speichel. Die Hand mit dem Dolch zitterte, doch er hielt mit einem halbherzigen Hieb auf Mercurio zu und schrie: »Gib mir mein Geld zurück!«

Hinter dem Kaufmann tauchten Benedetta, Zolfo und Ercole auf. Benedetta bedeutete Mercurio, sie nicht zu verraten. Dann flüsterte sie Ercole etwas ins Ohr, und Mercurio sah, wie der Riese den Kopf schüttelte. Seine Augen wirkten angsterfüllt.

Shimon Baruch ging weiter auf Mercurio zu, ohne die leiseste Ahnung, was sich hinter seinem Rücken abspielte. »Du widerlicher Bastard, du wolltest mich zugrunde richten, was? Gib mir mein Geld zurück, oder ich bringe dich um!« Er ging zögernd auf ihn zu, als könnte er sich nicht entschließen, ob er ihn durchbohren oder fliehen sollte. Er schien selbst Angst vor der rasenden Wut zu haben, die ihn ergriffen hatte. Während er vorwärts ging, zitterte er am ganzen Leib, seine Augen waren weit aufgerissen und die Kehle wie ausgetrocknet. Er richtete seine Waffe auf die Brust seines Feindes, der mit dem Rücken zur Wand in der Gasse gefangen war. Um sich Mut zu machen, schrie er dabei, so laut er konnte.

Mercurio war wie gelähmt. Er schloss die Augen.

Benedetta stieß Ercole an.

»Ercole hat Angschd«, wimmerte der Riese.

Genau in dem Moment, als Zolfo Ercole einen Fußtritt versetzte, wandte sich der Kaufmann abrupt um. Der Riese ging mit ausgestreckten Armen auf den Kaufmann zu, um ihn zu entwaffnen. Aber ob es nun aus Furcht oder Unbeholfenheit geschah, Ercole stolperte und taumelte auf den Kaufmann zu. Der war genauso erschrocken und versenkte seinen Dolch unabsichtlich in Ercoles Leib.

Mercurio hörte ein unterdrücktes Stöhnen, das wie ein Ausruf des Erstaunens klang. Als er die Augen öffnete, sah er, wie die Spitze des Dolches rot und blutüberströmt aus Ercoles Rücken ragte.

Shimon Baruch wich zurück, zog die Waffe aus dem Körper und starrte Ercole erschrocken an. »Das wollte ich nicht ... Ich wollte doch nicht ...«, stammelte er.

Der Riese sank langsam auf dem Boden zusammen. »Ercole ... hat ... tut ... weh ...«

»Neeiin!«, schrie Zolfo verzweifelt auf.

»Das wollte ich nicht ...«, wiederholte Shimon Baruch. Und dann stierte er Mercurio in einem neuen Anfall von Hass wie irre an. »Das ist deine Schuld! Alles nur deine Schuld!«, schrie er und stürzte sich auf ihn.

Diesmal schloss Mercurio nicht die Augen. Es gelang ihm, die Waffenhand des Kaufmanns zu fassen. Beflügelt durch die von der Angst vervielfachte Kraft gelang es ihm, die Wucht des ersten Angriffs abzufangen. Er sank in die Knie, ohne jedoch den Druck auf die Faust mit dem Dolch zu vermindern. Die blutige Klinge schrammte über seinem Kopf an der Mauer entlang.

»Das ist deine Schuld! Alles nur deine Schuld!«, schrie der Kaufmann wieder.

Mercurio hielt weiter dessen Handgelenk gepackt, wirbelte einmal um sich selbst und holte so den Kaufmann von den Füßen. Shimon Baruch fiel hin und zog den Jungen mit sich in den Unrat. Mercurio hatte nur einen einzigen Gedanken: Er durfte die Hand mit dem Dolch auf keinen Fall loslassen. Und dann gab die Schulter des Kaufmanns plötzlich nach, er prallte mit dem Rücken gegen die Mauer, sein Ellenbogen und sein Handgelenk bogen sich in einem unnatürlichen Winkel und Mercurios Körpergewicht drückte wie von selbst nach unten.

Die Klinge drang in den Hals des Kaufmanns.

Mercurio hörte, wie Knorpel brachen, und fühlte sich erinnert an das Knacken zertretener Kakerlakenpanzer. Er schmeckte das Blut, das ihm in den Mund spritzte. Zu Tode erschrocken sprang er auf, und sein Blick spiegelte sich in den verlöschenden Augen Shimon Baruchs. So blieb er stehen und starrte ihn an, den Dolch immer noch in der Hand. Schließlich lockerte er den Griff, und die Waffe fiel mit metallischem Klirren zu Boden.

»Nein ...«, stöhnte Benedetta leise.

Als würde er sich plötzlich aus der Erstarrung lösen, holte Mercurio den Leinenbeutel mit den Münzen heraus. »Hier hast du sie! Sie gehören dir!«, schrie er wie von Sinnen und warf den Beutel mit Schwung auf den Kaufmann, der röchelnd am Boden lag und sich die Hände auf die Kehle presste. »Komm hier weg, Mercurio!«, drängte Benedetta und berührte ihn leicht an der Schulter.

Mercurio drehte sich um, ohne sie gleich zu erkennen. Wortlos starrte er sie an, bis er allmählich wieder einen klaren Gedanken fassen konnte und wusste, wer sie war. Dann sah er auf Ercole hinunter. Auf dessen Hemd hatte sich in Höhe des Magens ein Blutfleck ausgebreitet. Er half ihm auf. »Stütz du ihn auf der anderen Seite«, sagte er zu Zolfo.

Zolfo weinte.

»Stütz ihn!«, befahl Mercurio. Dann sah er Benedetta an. »Gehen wir.«

Sie liefen an dem Kaufmann vorbei und verschwanden im Labyrinth der römischen Gassen.

Als die Wachen kamen, berichtete eine alte Frau, die alles von einem kleinen Fenster auf die Gasse beobachtet hatte: »Den hat ein Priester umgebracht.«

Eine Wache beugte sich über Shimon Baruch. »Der ist nicht tot«, sagte er.

»Den hat ein Priester umgebracht«, wiederholte die Alte.

6

Die Wirtin schaute rasch auf und starrte Giuditta mit brennenden Augen an. Sie wirkte beinahe erschrocken. Als empfände sie die Furcht armer Leute, wenn ihnen unerwartet Glück zuteilwird. »Was hast du gesagt?«, fragte sie mit tonloser Stimme.

»Mein ... mein Vater ... ist ...«, stammelte Giuditta.

Die Wirtin wandte sich langsam Isacco zu.

»Gute Frau ...«, begann Isacco und schüttelte kaum merklich den Kopf, während er nach den richtigen Worten suchte, um sich aus dieser vertrackten Situation zu befreien.

Doch die Frau unterbrach ihn mit einem Wortschwall: »Ihr seid Arzt? Dann müsst Ihr nichts für das Zimmer bezahlen, ich koche Euch, was Ihr wollt, aber bitte rettet mein Kind!«, rief sie leidenschaftlich. »Rettet sie, Doktor.«

Isacco warf seiner Tochter einen tadelnden Blick zu, er fühlte sich mit dem Rücken an die Wand gedrängt. »Ich werde tun, was ich kann, gute Frau«, sagte er unsicher. »Bringt mich zu ihr.«

Die Wirtin lief auf die Treppe zu.

Isacco schaute zu den beiden Betrunkenen am Nebentisch. »Komm lieber mit mir«, sagte er zu Giuditta und wich ihrem Blick aus.

»Mein Mann ist letztes Jahr am Sumpffieber gestorben«, erzählte die Wirtin, während sie den kurzen schmalen Flur am Ende der Treppe entlangliefen. »Jetzt habe ich nur noch sie.« Dann öffnete sie eine Tür.

»Warte hier«, sagte Isacco zu Giuditta und betrat ein Zimmer, dessen Decke so niedrig war, dass er sich bücken musste. Er nahm seinen gelben Judenhut ab, faltete ihn zusammen und steckte ihn in seinen Gürtel. In einer Ecke sah er auf einem niedrigen Hocker eine schwarz gekleidete Frau sitzen, die beinahe in der Dunkelheit verschwand. Sie hatte jenes maskenhafte Gesicht alter Leute aufgesetzt, die so taten, als sähen sie den Tod nicht, wenn er in ihre Nähe kam, damit er sie nicht bemerkte. Isacco nahm an, dass sie die Mutter der Wirtin oder des verstorbenen Ehemanns war. Und dann sah er noch einen Mönch in einer groben Kutte, die wohl einmal schwarz gewesen war und auf der Hüfte von einer Kordel zusammengehalten wurde. Er konnte dessen bloße, dreckige Füße sehen, weil der Mönch mit dem Rücken zu ihm neben dem Bett kniete, in dem das kranke Kind stöhnend lag und sich unruhig hin und her warf. Isacco beschlich ein ungutes Gefühl. Er hatte Priester noch nie leiden können. Ehe er näher ans Bett herantrat, drehte er sich noch einmal zur Tür, wo er Giuditta im Halbdunkel stehen sah. Mit Erstaunen stellte er fest, dass er ihr ihre vorlaute Bemerkung nicht länger übelnahm. Ganz im Gegenteil verspürte er mit einem Mal so etwas wie Dankbarkeit.

Der Mönch hatte seine Stirn auf das Strohlager gelehnt und hob seinen Kopf auch dann nicht, als er den Neuankömmling hereinkommen hörte. Er murmelte weiter halblaut seine Gebete vor sich hin.

Isacco legte dem Mädchen, das etwa zehn Jahre alt sein mochte, die Hand auf die Stirn. Sie glühte. Dann hob er die Decke. Das Kind hatte sich auf einer Seite zusammengerollt. Er fragte sich, was sein Vater wohl getan hätte, und versuchte, es auf den Rücken zu drehen und ihm die Beine auszustrecken. Sofort schrie das Mädchen laut auf vor Schmerzen und presste eine Hand auf den Unterleib.

Der Mönch sah auf. Er war bestimmt noch keine dreißig, doch sein Gesicht wirkte wie das einer Mumie, so sehr spannte die Haut über dem Schädelknochen. Seine Wangen waren eingefallen und von solch tiefen Falten durchzogen, dass sie Narben ähnelten. Er sah aus wie ein Mensch, der seit vielen Wochen fastete. Seine kleinen, leuchtend blauen Augen waren von einem rötlichen Netz feiner Blutgefäße durchzogen, was ihr fanatisches Glühen jedoch nicht im Mindesten beeinträchtigte. Als sein Blick auf den gelben Hut an Isaccos Gürtel fiel, sprang der Priester jäh auf und streckte Isacco das Kreuz an seinem Hals entgegen. »Satan!«, rief er aus. »Was willst du hier?«

Isacco hielt mit seiner Untersuchung inne.

»Er ist Arzt, Bruder«, erklärte die Wirtin. »Er ist wegen meiner Tochter hier.«

Der Mönch drehte sich zu der Frau um und musterte sie streng, als habe sie soeben den Namen des Herrn geschändet. »Er ist Jude«, sagte er grimmig.

»Er ist Arzt«, wiederholte die Wirtin.

Der Mönch erhob die Augen zum Himmel. »Vater, warum schickst du die boshafte Schlange zu dieser schwachen Eva?« Dann richtete er seinen eifernden Blick auf Isacco. »Schick sie zu mir, dass ich sie unter meiner Ferse zerquetsche.«

»Was hat meine Tochter, Doktor?«, fragte die Wirtin Isacco in einem so drängenden Tonfall, als hätte sie begriffen, dass nicht mehr viel Zeit blieb.

Isacco hatte gesehen, wie sein Vater diese Art von Entzündung behandelte, die oft Kinder befiel. »Man muss hier einen Schnitt machen, und dann ...«, begann er und ließ dabei den Mönch nicht aus den Augen.

»Schweig, Gottloser!«, schrie der Mönch und wandte sich wieder der Mutter des kranken Mädchens zu. »Hast du den Verstand verloren, Frau? Wie kannst du es zulassen, dass die dreckigen Hände dieses Juden deine Tochter anfassen, die im Namen Jesu Christi getauft ist? Nach der Berührung durch dieses Krebsgeschwür wird ihre Krankheit sich nur verschlimmern, unwissendes Weib. Begreifst du denn nicht, dass er ihre Seele rauben und sie dann an seinen Herrn und Meister Satan verkaufen wird, du törichte Frau? Wenn unser Herr im Himmel beschließt, dein Kind zu retten, dann wird er das meiner Gebete wegen tun. Wenn er hingegen beschließt, sie zu sich zu rufen, dann nur, um sie in den Chor der himmlischen Heerscharen einzureihen, du Undankbare. Doch wenn sie durch die Hand eines gottlosen Juden stirbt, wird sie zur Hölle fahren und dort gemeinsam mit Schweinen wie ihm im ewigen Feuer braten.« Der Mönch hielt kurz in seinem Wortschwall inne, dann packte er sein Kruzifix fester und streckte es Isacco entgegen, während er immer wieder beschwörend wiederholte: »*Vade retro, Satanas*. Nimm deine dreckigen Pfoten von diesem armen kranken Kind. *Vade retro, Satanas*. Du wirst die Seele dieses unschuldigen Geschöpfes niemals bekommen.«

»Hier muss man einen Schnitt machen, gute Frau«, wiederholte Isacco, während er langsam zurückwich. Dabei sah er die Frau an, als wollte er sagen, dass die Entscheidung nun bei ihr lag.

»Geht«, sagte da die Frau schweren Herzens.

»Du sollst den Gottlosen keine Unterkunft gewähren, steht in den Heiligen Büchern geschrieben«, deklamierte der Prediger fanatisch, »damit ihre Sünden dein Haus nicht mit Krankheit vergiften.«

Sobald sie auf dem Gang allein waren, sagte die Frau mit abgewandtem Gesicht zu Isacco: »Geht mit Eurer Tochter ins Zimmer. Ich werde doch in der Nacht niemanden vor die Tür setzen ... auch wenn er Jude ist.«

»Es muss ein Schnitt gemacht werden, Frau«, wiederholte Isacco noch einmal.

Die Wirtin schüttelte heftig den Kopf, als wollte sie Isaccos Worte nicht hören. »Zeigt Euch nicht«, sagte sie. Dann gab sie ihm eine Talgkerze und einen Feuerstein.

Isacco und Giuditta schlossen sich in ihrem Zimmer ein.

»Das ist alles meine Schuld«, sagte Giuditta.

Isacco antwortete ihr nicht, berührte sie nicht, sah sie nicht an. Ohne ein Wort streckte er sich auf dem Strohlager aus.

Bei Tagesanbruch war das Mädchen tot.

Isacco wusste es, weil die verzweifelten Schreie der Mutter durch das Gasthaus hallten. Und im selben Moment läuteten die Glocken dumpf zu den Laudes, als wollten sie den Schmerz mit ihr teilen. Die gedämpften Schläge hallten lange im dichten Nebel nach. Im Hintergrund hörte man den Mönch ein düsteres Gebet auf Latein sprechen.

»Steh auf, schnell«, sagte Isacco zu seiner Tochter. »Wir müssen weiter.«

Sie öffneten die Tür ihres Zimmers, gingen möglichst leise die Treppe hinunter und strebten dem Ausgang zu.

Gerade als sie im Hof waren, wo wenige Pfosten und ein Netz aus Binsen einen Zaun für die im Boden scharrenden Hühner bildeten, öffnete die Wirtin das kleine Fenster im oberen Stockwerk, damit die Seele ihrer Tochter sich zum Himmel emporschwingen konnte. Als sie die beiden davonschleichen sah, schrie sie, überwältigt vom eigenen Schmerz und unter dem Eindruck der nächtlichen Gebete des Mönches, mit dem sie gemeinsam am Bett ihrer Tochter gewacht hatte: »Verdammte Juden! Ihr habt Unheil in mein Haus gebracht! Möge Gott Euch verfluchen!«

»Dreh dich nicht um, lauf einfach weiter!«, befahl Isacco Giuditta. Aus den umliegenden Häusern kamen ihnen immer mehr Bauern entgegen, die zu ihrer Nachbarin eilten, um sie zu trösten und gemeinsam mit ihr zu beten.

»Möge Gott Euch verfluchen!«, schrie die Wirtin nun völlig von Sinnen.

Ein Bauer mit schaufelgroßen Händen sah Vater und Tochter hasserfüllt an und spuckte dann vor ihnen aus.

Nun trat der Mönch neben die Wirtin, beugte sich mit dem Kruzifix in der Hand so weit aus dem Fenster, dass er hinauszufallen drohte, und brüllte mit seiner dröhnenden Predigerstimme: »Satansvolk! Satansvolk!«

Isacco bemerkte, dass Giuditta sich umsehen wollte. »Dreh

dich nicht um!«, befahl er ihr leise und entschieden. »Und fang nicht an zu rennen!«

»Juden, Satansvolk«, wiederholte eine Alte aus der kleinen Schar einfacher Bauern. Und andere fielen mit ein und beschimpften Vater und Tochter.

Da traf der erste Stein Isacco in den Nacken. Er sackte für einen Moment in die Knie, schob sich dann den gelben Hut zurecht und lief weiter, ohne zu rennen, wie es ihm seine Erfahrung als Betrüger riet. Aus dem Augenwinkel sah er, das seine Tochter ihm gehorsam mit durchgedrücktem Rücken folgte, während ihr die Tränen übers Gesicht liefen.

»Verschwindet, verfluchtes Judenpack!«, hörten sie ein letztes Mal die Wirtin, dann bogen Vater und Tochter um die Ecke auf die Hauptstraße.

Sie hatten ungefähr eine Viertelmeile in normalem Schritttempo und völligem Schweigen hinter sich gebracht, ohne sich auch nur einmal anzusehen, als Isacco in der Nähe eines Wäldchens den Weg verließ und dann weiter querfeldein ging. Als sie den großen Stumpf eines Baums erreichten, in den der Blitz eingeschlagen hatte, setzte er sich und bedeutete seiner Tochter, es ihm gleichzutun. Er nahm den Laib Brot vom Vorabend aus seinem Beutel und brach ihn entzwei. »Iss«, sagte er. »Etwas anderes haben wir nicht.«

Giuditta holte aus ihrem Beutel drei hart gewordene Plätzchen aus Roggenmehl mit Sultaninen und Mandeln. »Die hier haben wir auch noch«, erwiderte sie unter Tränen.

Ihr Vater umarmte sie. »Ich hätte niemals geglaubt, dass ein paar alte Plätzchen mich einmal so glücklich machen könnten«, sagte er.

Sie hatten ihr karges Mahl gerade beendet, als sie von der Straße her laute Stimmen hörten.

»Nimm den Hut ab«, sagte Isacco.

»Aber das Gesetz ...«, wandte Giuditta ein.

»Nimm diesen verdammten Hut ab!«, zischte Isacco. Dann stand er auf und ging zu einer Stelle, von der aus er die Straße überblicken konnte, ohne selbst gesehen zu werden. Er kniete sich hinter einen Busch. Giuditta hockte sich neben ihn. Sie sahen den Mönch an der Spitze eines jämmerlichen Haufens von Bauern mit Sensen und Mistgabeln über der Schulter vorüberziehen.

»Das sind schändliche Gotteslästerer, die unseren Herrn Jesus Christus nicht als das Lamm Gottes anerkennen!«, schrie der Prediger mit seiner Stentorstimme.

»Amen!«, antwortete ihm der Chor der Bauern.

»Das sind Gottlose, die über die Verkündigung und die unbefleckte Empfängnis spotten!«

»Amen!«

»Diese erbärmlichen Kreaturen sind nicht würdig, im Angesicht unseres Herrn zu leben!«

»Amen!«

Ein Bauer löste sich aus dem Chor und schrie: »Und sie stehlen unsere Neugeborenen, um ihr Blut zu trinken!«

Da schrien alle laut und einmütig: »Tod den Juden!«

Giuditta drängte sich erschreckt näher an ihren Vater. »Warum?«, fragte sie beinahe unhörbar mit tränenüberströmtem Gesicht.

Isacco sah ihr streng in die dunklen, großen Augen. »Auch wenn ich ›mein Kind‹ zu dir sage, bist du doch keins mehr«, raunzte er sie an. »Jetzt hör endlich auf zu flennen.«

Giuditta machte sich von ihrem Vater los. Sie glaubte, ihn zu hassen, doch dann merkte sie, dass sie tatsächlich aufgehört hatte zu weinen. Und dass sie nun weniger Angst hatte.

Isacco rückte wieder näher an sie heran und sagte: »Jetzt werde ich dich lehren, wie ein Fuchs zu leben, wenn der Jäger die Hunde losgelassen hat.«

7

»Da lang«, keuchte Mercurio, während er Ercole stützte, der immer schwerer wurde, je mehr Blut er verlor.

Sie bogen in die Via dell'Orto di Napoli ein.

Mercurio drehte sich immer wieder besorgt um.

»Keine Sorge, niemand verfolgt uns«, sagte Benedetta.

»Keine Sorge?«, fuhr Mercurio auf. »Ich habe gerade einen Mann umgebracht! Ich habe ihn bestohlen und getötet! Wenn man mich fasst, werde ich zum Tode verurteilt.« Wieder sah er sich um, dann stolperte er weiter vorwärts.

»Lass mich nachsehen«, bot Benedetta ihm an. »Ich bleibe einfach ein wenig zurück.«

»Gut.« Mercurio nickte. »Und du hör endlich auf zu heulen, das hilft doch nichts«, sagte er zu Zolfo. »Drück lieber fest auf seine Wunde.«

Zolfo zog die Nase hoch und presste den Lumpen auf Ercoles Wunde, woraufhin dieser sogleich aufstöhnte. »Entschuldigung ...«, sagte der Junge erschrocken.

»Fest pressen, verdammt!«, fluchte Mercurio.

Als sie am Ende der Via del Cavalletto Soldaten auf sich zukommen sahen, verbargen sie sich im Vicolo di Margutta, wo es nach Pferdemist stank, denn auf diese kleine Straße gingen die Stallungen der Häuser. Mercurio war völlig außer Atem. Er spähte vorsichtig in die Via del Cavalletto. Die Glocken von Santa Maria del Popolo läuteten gerade zur Vesper. »Bald kommt ein Karren von Scavamorto vorbei. Da laden wir Ercole drauf.«

Benedetta schaute ihn zweifelnd an.

»Hast du etwa eine bessere Idee?«, fragte Mercurio sie scharf.

Benedetta schüttelte unsicher den Kopf, und Mercurio las Angst in ihren Augen. Die Angst aller Kinder, die für Scavamorto arbeiteten.

Als sie den Karren entdeckten, gab Mercurio sich dem Jungen zu erkennen, der ihn führte. Hinter dem Karren folgte eine kleine Prozession unglücklicher Menschen, die ihm aus erloschenen Augen entgegenstarrten. Um sie herum ging das Stadtleben ungerührt weiter, und alle, auch die Soldaten, wandten den Blick von dem Karren mit diesen Ausgestoßenen ab, die kein Anrecht auf ein ordentliches Begräbnis hatten. Bettler, Huren, Juden, Schauspieler, all diejenigen, die nun in ungeweihter Erde begraben werden sollten.

»Helft mir, ihn hinaufzuschaffen«, sagte Mercurio.

Sie packten Ercole und legten ihn auf die Ladefläche des Karrens.

»Segne meine Tochter, Priester«, flehte eine junge Frau mit tränenverquollenen Augen, küsste Mercurios Hand und zeigte auf ein winziges lebloses Wesen, das zwischen zwei ausgemergelten Leichen lag.

Mercurio schlug schnell ein Kreuzzeichen in die Luft. »Zolfo, steig mit auf den Karren und press deine Hand fest auf seine Wunde«, herrschte er ihn an. »Wie oft muss ich dir das noch sagen?«

Während sie die belebte Straße entlangliefen, trat Benedetta zu ihm und sagte nur: »Danke.«

Mercurio antwortete ihr nicht. Eigentlich hätte er ihr danken sollen, aber das brachte er nicht fertig.

»Hier, nimm«, sagte Benedetta.

Mercurio sah überrascht hinunter auf ihre Hand, in der sie den Leinenbeutel mit den Münzen hielt, den Mercurio dem Kaufmann entgegengeschleudert hatte. Schweigend nahm er das Geld wieder an sich.

Benedetta verlor ebenfalls kein Wort.

Sie kamen an der Kirche Santa Maria del Popolo vorbei und durchschritten die Stadtmauer an der großen Porta del Popolo. Nachdem sie noch eine Weile der Via Flaminia gefolgt waren, bogen sie nach links in Richtung Tiber ab und kamen so in eine triste Gegend, wo der faulige Gestank nach verwesenden Körpern schier unerträglich wurde.

Vor ihnen erstreckten sich die Armengräber.

Die Kinder der Toten, wie sie in der Stadt genannt wurden, warteten bereits auf den Karren. Kaum sahen sie ihn, setzten sie sich auch schon in Bewegung, und jeder nahm seinen Platz ein. Aber als die Älteren in dem jungen Priester Mercurio erkannten, hielten sie in ihrer Arbeit inne. Schweigend und voller Bewunderung starrten sie ihn an, wagten es kaum, ihn zu begrüßen. Benedetta und Zolfo hatten immer wieder von Pietro Mercurio aus dem Waisenhaus San Michele Arcangelo reden hören. Er war berühmt unter den Kindern der Massengräber, den Waisen, die hier arbeiteten, nachdem Scavamorto, der Totengräber der Armen, sie den Mönchen für ein paar Münzen abgekauft hatte. Man erzählte sich, dass Mercurio der Einzige sei, der Scavamorto die Stirn zu bieten vermochte. Und einer der wenigen, die fortgegangen waren.

Mercurio begrüßte die Älteren und ordnete dann an: »Holen wir Ercole runter.«

Schnell kletterten die Kinder auf den Karren. Sie reichten Ercole hinab, der immer blasser wurde, und legten ihn auf eine grob gezimmerte Trage aus zwei mit einem schmutzigen Tuch verbundenen Holzlatten.

»Zur Hütte«, befahl Mercurio.

»Was tut ihr da? Macht weiter mit Abladen, ihr Taugenichtse!«, brüllte eine kräftige Baritonstimme.

Die Kinder, die Mercurio halfen, duckten sich instinktiv.

»Er ist verletzt, Scavamorto«, sagte Mercurio ohne erkennbare Anzeichen von Angst vor diesem großen, hageren Mann, der auffällig bunt gekleidet war und unter dem violetten Rock in einer um die Hüfte geknoteten orangenen Schärpe einen Krummdolch nach Türkenart trug.

Scavamorto stutzte zunächst bei Mercurios Anblick, dann verzog sich sein grimmiges Gesicht zu einem Furcht erregenden Grinsen. »Sieh an, wen haben wir denn da!«, rief er und brach in dröhnendes Gelächter aus. »Pater Mercurio, welch unverhoffte Ehre erweist Ihr uns mit Eurem Besuch.« Ohne ihn aus den Augen zu lassen, kam er näher. Und als er neben ihm stand, wobei er den Jungen um einen ganzen Kopf überragte, sah er zu Ercole hinüber. »Ach, der Schwachkopf«, sagte er, während er sich die Wunde ansah. »Den könnt ihr gleich zur Grube bringen«, fuhr er zu den Kindern gewandt fort. »Für den kann man nichts mehr tun.«

Zolfo fing an zu weinen.

»Hilf ihm«, bat Mercurio. »Mach ihn wieder gesund.«

»Du hast mich wohl nicht verstanden. Für den kann man nichts mehr tun«, wiederholte Scavamorto mit einem angedeuteten Grinsen, fast so, als würde ihn dieser Umstand irgendwie erheitern.

»Ich kann dich bezahlen«, sagte Mercurio und hielt seinem Blick stand.

Scavamortos hageres Gesicht wurde wieder ernst. »Junge, vielleicht hast du zu viele Geschichten von diesen Jammergestalten hier gehört und glaubst jetzt selbst daran«, knurrte er ihn an. »Du kleiner Wicht kannst Scavamorto nicht kaufen«, zischte er ihn drohend an, während er den Krummdolch aus der Schärpe zog. »Wenn ich dein Geld wollte, müsste ich es mir nicht verdienen. Ich würde es mir einfach nehmen.«

»Bitte«, flehte Benedetta.

Scavamorto sah zu ihr hinüber. »Er ist doch der Priester, soll er doch für ihn beten, oder?«, sagte er und lachte über seinen eigenen Scherz.

»Bitte«, sagte Mercurio.

Scavamorto kniff die Augen zu Schlitzen zusammen und blähte dazu die Nasenlöcher auf, als hätte er etwas besonders Leckeres erschnuppert. Dann ließ er seinen erbarmungslosen Blick über die Kinder schweifen. Er schien keines von ihnen wahrzunehmen. Schließlich schaute er noch einmal zu Ercole, der aufgehört hatte zu stöhnen. Der hagere Mann klopfte mit den Knöcheln an dessen Stirn. »Klopf, klopf, jemand zu Hause?« Er lachte, als Ercole schwach jammerte. Dann wiederholte er: »Für den kann man nichts mehr tun. Werft ihn in die Grube.«

»Nein!«, schrie Zolfo auf und warf sich schützend über Ercole.

»Hilf ihm!«, sagte Benedetta zu Scavamorto.

Scavamorto sah wieder Mercurio an.

»Hilf ihm, bitte«, sagte Mercurio, und nun senkte er den Blick.

»Bringt ihn in die Hütte«, befahl Scavamorto schließlich.

Die Kinder der Toten hoben die Trage an und gingen zu einem großen Gebäude aus Holz und Stein, das ohne Bauplan errichtet und je nach Bedarf erweitert worden war.

Benedetta und Zolfo folgten der Trage.

Scavamorto starrte Mercurio an. »Aber es wird nichts helfen. Für den kann man nichts mehr tun«, sagte er erneut kopfschüttelnd.

Mercurio schwieg.

»Bring mir ein Gefäß mit Bisamgarben- und Schachtelhalmpaste und Vogelknöterichsud«, befahl Scavamorto ihm. »Weißt du noch, wo ich die Medizin aufbewahre?«

»Ich erinnere mich an alles hier«, antwortete Mercurio. Er drehte sich um und lief zu einer kleinen Hütte mit einem krummen Schornstein.

»Sehr gut, Mercurio«, flüsterte Scavamorto und folgte dann

den Kindern in die Baracke. Dort ordnete er an, dass sie Ercoles Kleidung aufschneiden und so die Wunde freilegen sollten. Er betrachtete sie, ohne ein Wort zu verlieren.

Zolfo hielt den Atem an, während er sich an Benedetta klammerte.

Scavamorto sah ihn finster an. »Los, an die Arbeit, wenn du hier heute Abend essen und schlafen willst, Zwerg«, fuhr er ihn barsch an.

Zolfo wollte etwas erwidern, Tränen der Trauer und der Wut standen in seinen Augen. Doch ehe er auch nur einen Ton herausbrachte, versetzte Scavamorto ihm eine Ohrfeige. »Da draußen steht ein Karren, der abgeladen werden muss«, sagte er. »Los, mach dich an die Arbeit.«

Benedetta zog Zolfo zu sich heran und flüsterte ihm ins Ohr: »Geh.«

Scavamorto beachtete sie nicht mehr. Er steckte einen Finger tief in Ercoles Wunde. Der Schwachsinnige stöhnte auf. Dann zog Scavamorto den Finger heraus und roch daran. Er schüttelte den Kopf.

Zolfo verließ weinend die Baracke.

»Das gilt auch für dich«, sagte Scavamorto zu Benedetta.

Benedetta ging mit gesenktem Kopf nach draußen. In der Tür traf sie auf Mercurio, dem sie zuraunte: »Ich hasse ihn.«

Mercurio ging weiter, ohne etwas zu erwidern, und überreichte Scavamorto, wonach er verlangt hatte.

»Weißt du, wie man die Letzte Ölung erteilt, Priester?«, fragte Scavamorto lachend. Er richtete Ercole auf und flößte ihm einen Schluck Vogelknöterichsud ein. Dann öffnete er das Gefäß mit der Bisamgarben- und Schachtelhalmpaste, nahm eine Hand voll heraus und rieb sie in die Wunde. Wieder stöhnte Ercole auf, wenn auch leiser. Scavamorto deutete mit dem blut- und salbenverschmierten Finger auf Mercurio. »Das ist pure Verschwendung. Ich weiß nicht, warum ich das tue.« Er betrachtete Ercole.

»Du wirst den nächsten Morgen nicht mehr erleben, und das weißt du auch, stimmt's, du Schwachkopf?«

Ercole lächelte stumpf vor sich hin.

»Selig sind die Armen im Geiste, denn ihrer ist das Himmelreich«, sagte Scavamorto. »Legt ihm einen Lappen auf die Wunde, um die Fliegen abzuhalten. Und teilt seine Sachen unter euch auf. Morgen kommt er in die Grube.« Er stand auf und ging.

Mercurio zitterte vor Wut. »Gebt ihm eine Decke. Und sollte einer von euch versuchen, ihm auch nur ein einziges Kleidungsstück abzunehmen, bevor er tot ist, bekommt er es mit mir zu tun«, sagte er finster. Er ging nach draußen und sah sich nach Zolfo um, doch er konnte ihn nirgendwo entdecken. Dann begab er sich zu dem Karren, wo die Kinder mit dem Abladen beschäftigt waren.

Die vier stärksten Jungen nahmen die Leichen – die zuvor von den Mädchen entkleidet worden waren, die für die Wiederverwendung von Kleidungsstücken zuständig waren, damit die Waisen diese entweder selbst benutzen oder weiterverkaufen konnten –, je zwei an den Armen und zwei an den Beinen, schaukelten sie hin und her, als wäre es ein Spiel, und sobald die Körper den nötigen Schwung hatten, warfen sie sie in die Tiefe. Mit einem dumpfen Geräusch landeten die Leichen im Massengrab.

Mercurio trat näher. Unten in der Grube sah er Zolfo, der darauf wartete, dass die anderen den eben geworfenen Leichnam gerade hinlegten. Mercurio sprang zu ihm hinunter und nahm ihm die Schaufel aus der Hand. »Geh zu Ercole«, sagte er, woraufhin Zolfo zu weinen begann. Mercurio verwandte keine Zeit darauf, ihn zu trösten, und Zolfo kletterte die Böschung hoch und verschwand. Mit der Gewandtheit dessen, dem die Arbeit vertraut ist, vermengte Mercurio den ungelöschten Kalk mit der Erde. Er arbeitete bis zum Einbruch der Nacht, mühte sich ab, um unangenehme Gedanken fernzuhalten. Dann kehrte er zur Baracke zurück und löffelte dort eine Schüssel wässriger Schwarzkohlsuppe in sich hinein.

Benedetta und Zolfo saßen am Lager ihres Freundes, der nunmehr stark fieberte.

Mercurio trat aus der Hütte heraus und ging langsam zu dem Gräberfeld. Im schwachen Licht eines von dünnen Wolken verhangenen abnehmenden Mondes spähte er in jedes Massengrab.

»Tust du das immer noch, Junge?«, fragte jemand hinter ihm.

Mercurio drehte sich zu der spindeldürren Gestalt Scavamortos um. »Was?«

»Als ich dich den Mönchen von San Michele Arcangelo abgekauft habe, hast du Stunden damit verbracht, in die Gräber zu schauen. Eines Tages habe ich dich gefragt, warum du das tust, und du hast mir geantwortet, dass du nur sehen wolltest, ob deine Mutter dort läge«, sagte Scavamorto und klang nun nicht mehr spöttisch.

Mercurio sagte nichts. Aber er versteifte sich.

Scavamorto lachte. »Erinnerst du dich etwa nicht daran?«

»Lass mich in Ruhe«, knurrte Mercurio.

»Du sagtest, du würdest sie erkennen, auch wenn du sie noch nie gesehen hättest, eben weil sie deine Mutter wäre.«

»Kleinkindergewäsch«, antwortete Mercurio düster.

»Vielleicht. Aber das Interessanteste daran war, dass du sie unter den Toten und nicht unter den Lebenden gesucht hast. Du musst schon sehr wütend auf sie gewesen sein.«

»Das alles schert mich einen Dreck, Scavamorto.«

»Heißt das, du suchst sie jetzt nicht mehr unter den Toten?«

»Ich suche nicht nach ihr und damit basta.«

Scavamorto lachte wieder. Aber leise und ganz ohne die übliche Gemeinheit. »Los, erzähl schon ... Wer war deine Mutter, Mercurio?« Er legte ihm eine Hand in den Nacken, ohne zuzupacken, eher so, wie es ein Vater oder ein Lehrer tun würde.

Und Mercurio wehrte sich nicht. Er spürte einen Kloß im Hals. »Sie war eine vornehme Dame ...«, begann er, als würde er eine alte Geschichte erzählen. »Sie war unglücklich und hatte einen echten Dreckskerl zum Mann, der sich an allen Kriegsschauplätzen der Welt herumtrieb ... So landete sie mit einem jungen, stattlichen Diener im Bett und wurde schwanger. Und bevor der Mann zurückkehrte, gab sie ihren Bastard fort und ließ den Diener umbringen ...«

»Oder?«, fragte Scavamorto.

»Meine Mutter war eine bescheidene Dienstmagd ... und hatte einen echten Dreckskerl zum Herrn, der niemals in den Krieg zog und sie jede Nacht missbrauchte. Und als er bemerkte, dass sie ein Kind erwartete, setzte er sie auf die Straße. Sie brachte mich zu einer Drehlade für Findelkinder, erstach den Herrn und wurde auf der Piazza del Popolo gehenkt.«

»Oder?«

»Ich hab genug von dem Spiel, Scavamorto«, sagte Mercurio und machte sich von ihm los. »Ich bin kein kleiner Junge mehr.«

»Oder ...?«

»Meine Mutter ...« Ein trauriger Schleier legte sich über Mercurios Augen.

»... war eine Waise ...«, schlug Scavamorto vor.

»... und ein Priester hat sie gebumst«, fuhr Mercurio fort. »Deshalb musste sein Sohn immer diesen albernen Priestertalar tragen.«

Scavamorto lachte. »Oder sie war ...«

»Es reicht. Das ist ein Scheißspiel.«

»*Wer war meine Mutter* ist ein großartiges Spiel«, widersprach Scavamorto. »Ich spiele es auch mit den anderen Waisen. Aber keiner ist so gut darin wie du. Diese kleinen Arschlöcher verrennen sich in eine Geschichte und kommen dann nicht mehr davon los. Du hingegen kannst dir jeden Tag eine neue Mutter erfinden ...«

»Scavamorto ...«

»Die haben keine Fantasie ...«

»Heute habe ich einen Mann umgebracht«, sagte Mercurio atemlos. »Einen jüdischen Kaufmann.«

Scavamorto kratzte mit der Stiefelspitze ein wenig Erde beiseite.

»Man wird mich hängen«, fuhr Mercurio fort, so leise, dass er sich beinahe selbst nicht hörte.

Beide schwiegen. Die Wolken, die still vor dem Mond dahinzogen, ließen die Leichen in den Gräbern aufblitzen und wieder verschwinden.

Mercurio schloss die Augen und sagte: »Ich habe Angst.«

»Das verstehe ich«, sagte Scavamorto.

»Ich habe Angst«, sagte Mercurio noch einmal. »Vor dem Tod.«

Scavamorto hob eine Hand voll Erde auf und warf sie in die Grube. »Du musst nicht sterben, Junge.«

Mercurio drehte sich nicht um.

»Aber du musst fliehen. Über die Grenzen des Kirchenstaats hinweg.«

»Und dann?«

»Du warst immer das schlaueste von meinen Kindern.« Scavamorto gab ihm einen Klaps auf den Hinterkopf. »Fang irgendwo ein neues Leben an. Oder hast du etwa Angst, dir könnte der Abwasserkanal gegenüber der Tiberinsel fehlen?«

»Du weißt, dass ich dort war?«, fragte Mercurio verwundert. »Und warum hast du mich dann nicht zurückgeholt? Du hattest mich schließlich gekauft ...«

Scavamorto lächelte, ohne zu antworten.

Mercurio senkte den Blick.

»Morgen früh wirst du mir den leichten Karren stehlen. Den mit den zwei Pferden, nicht den mit den Eseln, die sind zu alt und zu langsam«, sagte Scavamorto. »Zu dieser Zeit wird Ercole schon tot sein. Nimm die anderen beiden mit.«

»Ich kenne sie ja nicht einmal …«

»Hör endlich auf, wie ein Dummkopf zu reden«, herrschte ihn Scavamorto an. »Was hast du denn davon, wenn du so tust, als wärst du ein Holzklotz?«

»Wie meinst du das?«

»Na, so wie ich«, antwortete Scavamorto leichthin. »Nur weil einer allein lebt … heißt das noch lange nicht, dass er niemanden braucht.« Sanft klopfte er mit der Spitze des Zeigefingers gegen Mercurios Stirn. »Aber wenn du dich daran gewöhnst, bist du am Arsch … Dann kannst du dich nämlich nicht mehr ändern. Also, ändere dich, solange noch Zeit ist.« Er wandte sich zum Gehen. »Zolfo wird sich nicht ändern, er ist ein Schwächling. Aber das Mädchen ist aufgeweckt. Sie hat die Hölle überlebt, durch die ihre Mutter sie gejagt hat … Manchmal kann es auch ein Segen sein, wenn man an der Drehlade für Findelkinder abgegeben wird.«

Mercurio verharrte in Schweigen.

»Behalt dein Priestergewand. Das kann euch nützen, wenn ihr auf Räuber trefft. Geht nach Norden. Und bleibt nicht auf dem Land. Ein Betrüger aus der Stadt wie du würde sich glatt in einer Wildfalle verfangen. Es gibt zwei Orte, die für dich geeignet wären: Mailand oder Venedig.« Scavamorto ging auf seine Hütte zu. Doch nach zwei Schritten blieb er stehen und kehrte noch einmal zurück. »Eine Kleinigkeit habe ich noch vergessen. Damit du mich bestehlen darfst, musst du mich vorher bezahlen. Wie viel hast du?«

Sie maßen einander mit Blicken, wie sie es immer getan hatten.

»Einen Soldo«, sagte Mercurio.

»Einen Silbersoldo?« Scavamorto spie auf den Boden.

»Einen aus Gold«, sagte Mercurio.

Scavamorto starrte ihn an. »Das reicht nicht. Da bräuchte es mindestens drei.«

»Die habe ich nicht.«

»Blödsinn.«

»Zwei.«

»Und den dritten legen deine Gefährten drauf.«

»Die haben nichts.«

Scavamorto lachte. »Du bist ein Witzbold. Du hast ihnen mit Sicherheit ihren Anteil gegeben, denn du bist ein ehrlicher Betrüger.«

»Also gut, drei.« Auch Mercurio spuckte auf den Boden. »Halsabschneider.«

Scavamorto hielt ihm eine geöffnete Handfläche hin, und die langen Spinnenfinger zuckten fordernd durch die Luft. Mercurio zog drei Münzen unter seinem Talar hervor.

Scavamorto sagte so boshaft wie immer: »Letzten Endes wirst auch du sterben, Junge.«

Mercurio blickte ihn an. Und lächelte. »Danke.«

Scavamorto ging auf seine Hütte zu.

Mercurio hörte, wie sich die Tür zur Baracke abrupt öffnete. Dann zerriss ein obszöner Laut die Stille, eine Mischung aus einem Rülpser und einem Hustenanfall. Und gleich darauf schrie Zolfo: »Nein!«

»Der Tod hat ihn früher gepackt als erwartet«, sagte Scavamorto. »Los, verschwinde, und zwar gleich, Junge.« Und damit zog er die Tür der Hütte zu.

Im Dunkel der Nacht überlief Mercurio ein Schauder.

Er ging zum Gatter und nahm die Zügel der zwei kleinen, untersetzten Pferde, die bereits vor den Karren gespannt waren, mit dem Scavamorto sonst durch die Straßen Roms fuhr. Er führte sie bis zu der Baracke, in der die Kinder der Toten sich aufhielten. Dann trat er ein. »Ercole wird nicht nackt in der Grube landen«, sagte er laut und betonte dabei jede einzelne Silbe. »Er war einer von uns.«

Die Kinder der Toten nickten bedächtig.

Man hörte nichts als Zolfos unterdrücktes Schluchzen.

Mercurio ging zu Benedetta und Zolfo. »Ihr kommt mit mir.«

8

Sobald der Predigermönch und seine zerlumpte Schar Bauern an ihnen vorübergezogen waren, bedeutete Isacco Giuditta, sich weiterhin nicht sehen zu lassen. »Die werden ihm nicht bis ans Ende der Welt folgen«, knurrte er.

Und tatsächlich sahen sie die Bauern eine halbe Stunde später wieder zurückkehren. Nun, da der Prediger nicht mehr bei ihnen war, schlurften sie müde vorwärts und bedauerten es wohl bereits, wertvolle Arbeitsstunden wegen etwas vergeudet zu haben, das sie selbst nicht so recht verstanden hatten.

»Du wirst sehen, in Venedig werden Juden freundlich behandelt«, sagte Isacco.

Sie setzten sich wieder in Bewegung und liefen durch den Wald neben der Straße, scheu wie wilde Tiere. Schweigend marschierten sie fast bis zum Abend und legten nur eine kurze Rast ein, um ein Stück Brot zu essen. Kurz vor Einbruch der Nacht erklärte Isacco seiner Tochter, dass ein Fuchs nicht in Gasthäusern schlief, vor allem dann nicht, wenn die Hunde frei herumliefen. Deshalb schnitt er ein paar Zweige ab, baute eine Art überdachte Lagerstatt und forderte seine Tochter auf, sich neben ihm niederzulegen.

»Je enger wir uns aneinanderschmiegen, desto weniger werden wir die Kälte spüren«, erklärte er.

Bei Tagesanbruch erhoben sie sich mit steifen Gliedern, überquerten die Straße und liefen dann wieder denselben Weg zurück, diesmal allerdings auf der anderen Seite, wo der Wald noch dichter war.

»Ich bin so dumm«, sagte Giuditta nach einer kurzen Weile

und blieb stehen. »Hätte ich dieser armen Frau nicht gesagt, du wärst ein Doktor, könnten wir weiter auf der Hauptstraße laufen.«

Isacco drehte sich um.

»Ich bin so dumm«, sagte Giuditta noch einmal wütend und biss sich heftig auf die Unterlippe, weil sie sonst in Tränen ausgebrochen wäre.

Isacco ging mit ernster Miene auf sie zu. Dann drehte er sie an den Schultern zu sich herum, fasste ihr mit einem Finger unter das Kinn und hob ihr Gesicht an. »Ja, das stimmt. Du hast eine Dummheit gemacht.« Er sah sie eindringlich an. »Leute, die so leben wie ich … Na ja, also eben solche wie ich wollen Herr über das eigene Geschick und die eigenen Betrügereien sein. Verstehst du das?«

»Ja, Vater«, sagte Giuditta und senkte beschämt den Kopf, »es tut mir leid.«

Sie wollte sich in seine Arme werfen, doch Isacco hielt sie zurück. Er wollte ihr in die Augen sehen, während er sagte: »Du hast einen Fehler gemacht. Du bist ein ganz lausiger Weggefährte.« Und dann lachte er plötzlich lauthals auf, mit einer Unbekümmertheit, die Giuditta verblüffte. »Aber andererseits hast du etwas Außergewöhnliches getan, das ich erst jetzt, nachdem wir so viele Meilen gewandert sind, akzeptieren kann …«

»Was?«, fragte Giuditta überrascht.

Isaccos Blick wurde weich, als würde er sich in längst vergangenen Zeiten verlieren. Dann sah er wieder zu seiner Tochter.

»Du bist schön, mein Kind«, sagte er. »So wunderschön wie deine Mutter damals.« Er streichelte ihr übers Gesicht. »Weißt du, was du Außergewöhnliches getan hast?«

»Was?«, fragte Giuditta erneut.

»Du hast mir eine Zukunft gegeben«, antwortete Isacco.

»Wie meinst du das, Vater?«, fragte Giuditta verwirrt.

Bevor Isacco ihr antworten konnte, hörten sie von fern ein

noch unbestimmtes, rhythmisches Stampfen, in das sich vereinzelt Gesänge zu mischen schienen. Die Erde erzitterte, und Vater und Tochter zogen sich beunruhigt in die Dunkelheit des Waldes zurück.

Isacco legte einen Finger an die Lippen und murmelte: »Leise.«

Kurz darauf erschien hinter einer Biegung ein Zug von Karren, der von Soldaten zu Fuß und zu Pferde begleitet wurde. Einige trugen eine Rüstung, andere hatten nur eine Schwertscheide umgegürtet. Manche Männer hatten blutdurchtränkte Verbände, ein paar humpelten und benutzten ihre Schwerter und Lanzen als Krücken, und die Schwerverwundeten hatte man auf die Karren geladen. An den Seiten der Karren und an den Sätteln der Pferde hingen Armbrüste und Bögen, Pfeile und gefiederte Geschosse in Köchern herab. Dieses kleine Heer schien nicht auf dem Rückzug von einer Niederlage zu sein, denn die Männer sangen. Und die, die hoch zu Ross waren, ließen sich nicht einfach vom wiegenden Schritt der Tiere schaukeln, sondern saßen trotz ihrer Verwundungen mit stolz vorgereckter Brust im Sattel. Die Soldaten an der Spitze des Zuges schwenkten freudig die Banner der Serenissima.

»Venezianer«, flüsterte Isacco Giuditta zu.

Es waren etwa ein Dutzend Karren und nicht mehr als hundert Soldaten. Isacco hielt es für nicht besonders klug, sie zu fragen, ob sie sich ihnen bis Venedig anschließen dürften. Nicht, wenn man mit einem hübschen Mädchen reiste. Siegeslaune konnte manchmal schlimmer sein als Wut über eine Niederlage. Deshalb duckten sich beide ins Unterholz und warteten, bis die Soldaten vorübergezogen waren.

»Wir folgen ihnen in einem gewissen Abstand«, beschloss Isacco und bedeutete seiner Tochter aufzustehen. »Ein Zug Soldaten ist wie ein Besen auf einem Boden voller Kakerlaken. Er macht den Weg frei.«

Die beiden verließen den Wald und kämpften sich durch ein

matschiges Feld. Als sie die Straße erreichten, sahen sie einen viereckigen Meilenstein aus Granit. Noch neununddreißig Meilen bis Venedig.

»Wir haben immer noch einen weiten Weg vor uns«, sagte Isacco. Er fing Giudittas enttäuschten Blick auf. »*Ha-Shem,* der Allmächtige, der Heilige, gepriesen sei er, wird uns führen.«

Sie hörten immer noch die Soldatengesänge.

»Komm«, sagte Isacco und wollte gerade weitergehen, als plötzlich aus dem Nichts zwei Reiter der Nachhut auftauchten und im vollen Galopp mit gezücktem Schwert auf sie zustürmten. Sie hielten die Pferde erst an, als sie Isacco beinahe überrannt hatten, der langsam und gemessenen Schrittes zurückwich.

»Wer seid ihr?«, fragte einer der beiden Reiter.

»Mein Name ist …«

»Warum verfolgt ihr uns?«, unterbrach ihn der andere Soldat barsch.

»Wir sind auf dem Weg nach Venedig und fühlen uns sicherer, wenn wir hinter den Truppen der Serenissima reisen, ehrwürdiger Krieger«, antwortete Isacco so steif, dass es geradezu übertrieben feierlich klang.

Die beiden Reiter mussten lachen.

»Ihr seid bestimmt keine Venezianer, auch wenn ihr unsere Sprache sprecht«, sagte einer der beiden. »Eure Haut ist dunkler als unsere und ebenso eure Haare und Augen. Auf den ersten Blick würde ich sagen, ihr seid Juden. Ganz besonders du mit deinem Ziegenbärtchen. Aber ihr seid wohl doch keine Juden, oder? Denn ich sehe keinen gelben Hut auf eurem Kopf.«

Der Soldat mit dem gezückten Schwert versenkte die Klinge in Isaccos Beutel und spießte dessen Hut auf. Der andere wandte sich Giuditta zu und umkreiste sie musternd.

»Rührt meine Tochter nicht an«, sagte Isacco und machte einen Schritt auf das Pferd zu, das mit den Hufen nervös im

Schlamm stapfte. Dann fügte er noch hinzu: »Bitte, werter Herr Reiter.«

Der Soldat hob lachend das Schwert in seiner Hand und gab Giuditta damit einen leichten Klaps auf den weichen Rock, den die alten Frauen in den Bergen der Insel Negroponte genäht hatten, wie ein Hirte, der ein Schaf wieder zur Herde zurücktreiben möchte. Das Mädchen sprang vor, genau wie es der Reiter geplant hatte, und lief nun wieder in der Mitte der Straße.

»Gehen wir«, befahl der andere Reiter Isacco. Aber er klang nicht feindselig.

Sie brachten die beiden zur Schar der Verwundeten. Hier übergaben die Reiter sie ihrem Hauptmann Andrea Lanzafame, einem stattlichen Mann um die vierzig mit durchdringendem Blick, dessen Haare noch von der Schlacht zerrauft waren und an dessen Kinn bereits kräftige Bartstoppeln sprossen. Der Hauptmann saß ab und sah Isacco aufmerksam an. Der Mann hatte wenig Geduld, meinte Isacco zu erahnen, und ihm war klar, dass man ihm am besten offen und ohne Umschweife entgegentrat.

»Ihr seid Juden?«, fragte der Hauptmann.

»Ja, Herr«, erwiderte Isacco.

»Warum tragt ihr nicht den gelben Judenhut?«

»Weil man uns verfolgt hat und uns umbringen wollte.«

Hauptmann Lanzafame musterte ihn schweigend und nickte beinahe unmerklich. »Wer bist du?«

»Mein Name ist Isacco di Negroponte.« Dann drehte er sich zu Giuditta um, die ihn erschrocken anstarrte. Er sah sie mit einem verhaltenen Lächeln an. Er war ihr dankbar dafür, dass sie gesagt hatte, er wäre Arzt. Sie war H'ava so ähnlich, der Frau, die sie auf die Welt gebracht hatte, der Frau, die Isacco überaus zärtlich geliebt hatte. H'ava, die er nicht hatte retten können, was er sich immer noch vorwarf. Bevor Isacco zu der kranken Tochter der Wirtin gegangen war, hatte er sich noch einmal zu Giuditta umgedreht, die ihn aus dem Halbdunkel des Flurs beobachtete.

Und da hatte er das Gefühl gehabt, durch diese Tochter, die ihr so unglaublich ähnlich sah, hätte ihm seine Frau ihren Segen erteilt. Giuditta hatte für H'ava gesprochen. Und H'ava hatte ihm gesagt, dass sie ihm nicht die Schuld an ihrem Tod gab, und ihm seine Möglichkeiten aufgezeigt. Ein neues Schicksal. Er lächelte bei dem Gedanken, dann wandte er sich wieder dem Hauptmann zu. »Mein Name ist Isacco di Negroponte, Doktor, Expertus für Körpersäfte und Wundarzt«, sagte er stolz.

»Bist du ein Schneider?«, fuhr ihn Hauptmann Lanzafame an.

»Schneider?«, fragte Isacco verblüfft.

»Schneidest und nähst du? Bist du ein Chirurgus?«, herrschte ihn der Hauptmann noch einmal an.

Nach dem Überfall der Türken war Isaccos Vater gezwungen gewesen, selbst die niedersten medizinischen Tätigkeiten zu verrichten, auch die blutigen, die man sonst Barbieren und Feldscheren überließ. Und er hatte Isacco überallhin mitgenommen. Den Sohn, der sich nicht vor Blut fürchtete, weil er kein Gewissen hatte.

»Ja, ich bin auch ein Schneider«, sagte Isacco und hatte den Eindruck, dass der Hauptmann ihm daraufhin mehr Respekt entgegenbrachte, im Unterschied zu jedem Arzt oder Adligen.

»Hast du deine Instrumente dabei, Doktor?«, fragte ihn der Hauptmann und behandelte ihn damit sofort wie jemanden, der seinen Befehlen zu gehorchen hatte.

»Nein …«, antwortete Isacco zögerlich.

»Dann wirst du die von Candia benutzen, unserem Feldscher, der vor zwei Tagen am Fieber gestorben ist«, sagte der Hauptmann. Dann fügte er noch hinzu: »Ich hoffe, dass es dir kein Unglück bringt.«

Isacco deutete mit dem Kopf auf seine Tochter.

»Ihr wird nichts geschehen«, versicherte der Hauptmann.

»Unter all diesen Soldaten?«, fragte Isacco besorgt.

»Das sind meine Soldaten. Ich bin ihr Befehlshaber«, sagte der Hauptmann.

Isacco musterte ihn. Niemand weiß besser in den Herzen der Menschen zu lesen als ein Betrüger. Anders konnte man in einem Beruf, in dem keine Regeln gelten, nicht überleben. Und im harten, stolzen Gesicht des Hauptmanns Lanzafame spiegelte sich eine ehrliche Seele.

»Ich glaube Euch«, sagte Isacco schließlich.

»Sie steht unter meinem Schutz«, erwiderte der Hauptmann. »Und jetzt zeig, was du kannst. Auf den Karren sind Männer, die ihre Familien wiedersehen möchten.« Er legte sich die Hände an den Mund. »Donnola!«, schrie er.

Kurz darauf erschien ein kleinwüchsiger Mann mit winzigem Kopf und klitzekleinen Äuglein, der eine gewisse Ähnlichkeit mit einem Wiesel hatte – und nichts anderes bedeutete der Name Donnola. Die Haut rund um seine Augen runzelte sich wie Dörrobst, während sie über den Wangen glatt war und fettig glänzte. Abgesehen von ein wenig rötlichem, knabenhaftem Flaum über der Oberlippe und an der Kinnspitze war sein Gesicht unbehaart.

»Das ist Doktor Negroponte. Gib ihm Candias Instrumente«, ordnete der Hauptmann an. »Und sorg dafür, dass er vor den Männern darauf spuckt, um den Fluch des Fiebers zu bannen, das den Mann umgebracht hat. Wenn er sich weigert, peitsch ihn aus oder gib ihm einen Tritt in den Hintern, das überlasse ich dir. Aber sobald er es getan hat, stehst du unter seinem Befehl. Und zwar ohne Diskussion.« Lanzafame wandte sich an Isacco. »Wir werden hier unser Lager aufschlagen. Ich will, dass du sofort beginnst. Folge Donnola.«

Isacco ging zu seiner Tochter. »Danke«, flüsterte er ihr zu.

»Vater ...«, hob Giuditta an.

Aber Isacco nahm sie einfach fest in die Arme, woraufhin sie verstummte. Dann flüsterte er ihr ins Ohr: »Achte darauf, dass du deinen Rock nicht hochraffst, und zeig nie mehr deine Beine, wenn du von einem Schiff oder auf einen Karren klettern musst.«

»Ich hoffe, du weißt, wie man eine Säge benutzt«, sagte der Hauptmann.

Isacco folgte Donnola zum ersten Karren, aus dem es heftig nach faulendem Fleisch roch. Die Säge, hatte der Hauptmann gesagt. Wundbrand, vermutete Isacco.

»Ich habe Hunger!«, schrie in dem Moment der Hauptmann.

Während er auf den Karren stieg, hörte Isacco, wie Lanzafame zu einem einfachen Soldaten sagte: »Und das Mädchen wird auch Hunger haben. Kein Schweinefleisch. Los, beweg dich, mach Feuer!«

Während Isacco in die Masse menschlicher Körper eintauchte, die sich auf dem Karren unter einem an mehreren Stellen eingerissenen Tuch stapelten, sagte er sich, dass bestimmt alles gut ausgehen würde, wenn er seine Rolle bis zu Ende spielte. Er setzte sich neben den ersten Soldaten – einen jungen Kerl von bestimmt noch nicht einmal zwanzig Jahren mit schreckgeweiteten Augen –, tastete dessen von den Hufen eines schweren Schlachtrosses zertrampeltes Bein ab und betrachtete die Knochensplitter, die sich bereits gelblich verfärbten, und die ausgefransten Wundränder. Er wusste, was er zu tun hatte. Sein Vater war ein guter Lehrmeister gewesen. Danke, du Riesenbastard, dachte er.

»Spuck auf das Werkzeug, so wird das Unglück gebannt«, sagte Donnola und öffnete vor Isaccos Nase eine riesige Tasche aus abgenutztem Leder voller chirurgischer Instrumente.

Isacco spuckte ohne zu zögern darauf und sagte dann laut, sodass alle Verwundeten auf dem Karren es hören konnten: »Der Fluch von Candias Fieber ist jetzt gewichen.«

Donnola sah ihn verwundert an. »Üblicherweise verweigern

sich Ärzte solchen Bräuchen ...«, raunte er ihm misstrauisch zu. »Sie betrachten sie als unvereinbar mit ihrer Wissenschaft.«

»Dann bin ich also kein Arzt?«, fragte Isacco ihn. Er schaute den anderen an, ohne den Blick zu senken, und legte dabei genau die Selbstsicherheit an den Tag, die ihn sein Leben als Betrüger gelehrt hatte.

Donnola starrte ihn weiter schweigend an.

»Gib ihm etwas Starkes zu trinken, besser Schnaps als Wein, binde ihn fest und hol mir eine gerade und eine gebogene Säge«, sagte Isacco. »Natürlich erst, sobald du beschlossen hast, dass ich wirklich Arzt bin.«

Donnola schüttelte sich kurz, beugte sich über die Tasche und angelte zwei Instrumente daraus. »Gerade Säge und gebogene Säge. Zu Euren Diensten ... Herr Doktor.«

Isacco ergriff die Instrumente. Führe meine Hände, H'ava, wenn es das ist, was du von mir willst, betete er still.

Während Hauptmann Lanzafame Giuditta Brot und gepökeltes Rindfleisch reichte, hallte der Schrei des jungen Soldaten über das Feld und ließ alle erschauern.

Einen Augenblick lang verstummten die Gesänge, um gleich darauf nur noch lauter zu erschallen.

Während Isacco die Säge in das Bein des jungen Kerls trieb, spürte er, wie ihm Tränen übers Gesicht rannen und seine Kehle sich zuschnürte.

Steh mir bei, mein Liebes, flehte er stumm seine Frau an.

9

Isacco arbeitete die Hälfte des Tages auf dem ersten Karren, dann wechselte er auf den zweiten über. Die Stunden, die er über die Verletzten gebeugt verbrachte, vergingen in grausamer Eintönigkeit, nur hier und da unterbrochen durch eine Kirchenglocke irgendwo auf dem Land, die in klagendem Ton die christlichen Gebetsstunden ankündigte. Bis zum Abend, als die Sonne schon tief am Himmel stand, hatte Isacco nicht einen Moment aufgehört, in Fleisch zu schneiden, Knochen zu durchsägen, Amputationsstümpfe und Blutungen zu kauterisieren, Brüche zu richten, klaffende Wunden zu nähen, Pfeilspitzen zu entfernen und Salben auf Wunden zu schmieren. Doch dann endlich hatte er auch die Leute auf dem zweiten Karren versorgt.

Als er in blutgetränkten Kleidern taumelnd über die Holzleiter nach draußen kletterte, gefolgt von Donnola, der die Tasche mit den chirurgischen Instrumenten trug, streckte sich Isacco, kaum dass er in der feuchten, kühlen Luft stand, der bleichen, von leichtem Dunst verhüllten Abendsonne entgegen und massierte sich den schmerzenden Rücken.

Donnola brachte zwei Schalen mit heißer Brühe, zwei Würste und zwei Kanten harten Brotes. Isacco nahm sich die Brühe und das Brot.

»Ach ja, Eure Religion verbietet euch, Schweinefleisch zu essen«, sagte Donnola. »Ihr wisst gar nicht, was Ihr versäumt«, fügte er hinzu und biss in die erste Wurst.

Isacco nickte abwesend, er war an solcherlei Kommentare gewöhnt und weichte das Brot in der Brühe auf. Beide blieben in der Kälte stehen und aßen schweigend. Dann atmete Isacco zwei-, dreimal tief durch, bevor er sagte: »Das fällt einem sonst ja nicht auf. Aber die Luft riecht einfach gut.« Dann füllte er sich noch einmal die Lungen, als müsste er sich einen Vorrat dieser reinen, frischen Luft anlegen, bevor er sich wieder in den Gestank der Karren begab. »Ich müsste meine Notdurft verrichten«, sagte er dann und sah seinen Gehilfen an.

Donnola begegnete ausdruckslos seinem Blick. Als er bemerkte, dass der Arzt ihn weiter anstarrte, sagte er: »Nur zu.«

»Gibt es hier denn keine Latrine?«, fragte Isacco unangenehm berührt.

Donnola breitete die Arme aus. »Die ganze Welt ist eine Latrine«, rief er lachend. Und weil Isacco sich immer noch nicht rührte und ihn weiter erwartungsvoll ansah, fügte er hinzu: »Seid Ihr etwa schamhaft, Herr Doktor?«

Isacco raffte sich auf und sah sich suchend um. Er bemerkte einen Busch, der in ausreichender Entfernung vom Lager stand, und ging darauf zu.

Donnola machte sich über seine Hemmungen lustig. »Kacken muss doch ein jeder, Herr Doktor, auch die Besten. Dafür muss man sich doch nicht schämen«, rief er ihm laut nach.

Isacco würdigte ihn keiner Antwort, sondern ging einfach weiter. Als er den Busch erreichte, sah er ihn sich genau an und überprüfte, dass sich dort niemand aufhielt und die Stelle vom Lager aus nicht einzusehen war. Als er sicher war, dass er vor allen Blicken verborgen war, knöpfte er seinen grünen Überrock auf, ließ die Hosen und die weiten wollenen Unterhosen fallen und hockte sich hin. Sein Gesicht verzerrte sich, aber nicht nur vor Anstrengung, sondern auch vor Schmerz. Isacco biss die Zähne zusammen. Er schloss die Augen und strengte sich noch mehr an. Er stöhnte leise und seufzte schließlich erleichtert auf. Ohne sich aufzurichten, fasste er mit den Händen unter sich und tastete suchend den Boden ab. Er bekam eine kleine Schutzhülle zu fassen und rieb sie am Gras sauber. Sorgsam öffnete er die

Schnur, die sie verschloss. Es handelte sich um einen Schafsdarm, und er enthielt fünf Edelsteine, die im Licht des Sonnenuntergangs funkelten, als Isacco sie auf seine Handfläche ausschüttete. Zwei große Smaragde, zwei ebenso große Rubine und ein kleinerer Diamant, der jedoch wesentlich wertvoller war als die übrigen vier Steine.

Im gleichen Moment hörte er ein Rascheln im Wald, in der Nähe des Busches. Er zuckte erschrocken zusammen und schloss die Hand schützend um die Edelsteine. Besorgt sah Isacco sich um. »Wer ist da?«, fragte er und lauschte aufmerksam. Doch es war kein weiteres Geräusch zu vernehmen. Ein Tier, dachte Isacco und entspannte sich. Er erledigte seine Notdurft und wischte sich danach mit großen, rauen Blättern ab, steckte die Edelsteine wieder in den Schafsdarm und knotete die Schnur fest zusammen. Schließlich gelang es ihm mit ein wenig Mühe, das wertvolle Päckchen wieder dort einzuführen, wo niemand es finden würde.

»Fühlt Ihr Euch jetzt besser?«, fragte Donnola, als er ihn zurückkommen sah.

Isacco gab ihm keine Antwort, stieg auf den dritten Karren, spuckte auf seine Instrumente und verkündete mit theatralischer Geste, damit wäre das Fieber, das den vorigen Feldscher getötet hatte, gebannt, und widmete sich den Verwundeten.

Tief in der Nacht bestieg Hauptmann Lanzafame den Karren. Er leuchtete mit seiner Laterne Isacco in das von Erschöpfung gezeichnete Gesicht. »Leg dich schlafen«, befahl er. »Ich kann nicht verhindern, dass der Krieg meine Männer umbringt, wohl aber, dass ein Feldscher im Halbschlaf es tut.«

Vollkommen abwesend beendete Isacco, der gerade einem Soldaten einen Verband anlegte, seine Arbeit.

Hauptmann Lanzafame wartete draußen auf ihn. Er deutete auf den Proviantkarren. »Dort findest du deine Tochter. Es gibt eine Decke für euch und einen kleinen Kohleofen.«

Isacco folgte ihm wie ein Schlafwandler.

Als sie den Karren erreicht hatten, fügte Hauptmann Lanzafame hinzu: »Die Männer sagen, du bist ein Metzger.«

Isacco senkte beschämt den Kopf.

Er hatte fünf Beine oberhalb des Knies abgesägt, eines beinahe bis zum Hüftknochen – und der Soldat hatte den Blutverlust nicht überlebt –, zwei Arme auf der Höhe des Ellenbogens und eine Hand. Außerdem hatte er etwa ein Dutzend Finger abgetrennt. Er hatte alle drei vorhandenen Garnspulen benutzt, um die Wunden zu nähen, und als sie aufgebraucht waren, hatte er Donnola befohlen, ein Hemd aufzutrennen, um etwas zu haben, was er in die gebogene Nadel einfädeln konnte. Insgesamt hatte es drei Tote gegeben. Und der Zustand von zwei anderen Männern war kritisch.

»Sie sagen, du bist ein Metzger«, wiederholte Hauptmann Lanzafame und schaute in die dunkle Nacht hinaus. »Aber wenn sie in einigen Tagen ihre Familien wieder in die Arme schließen können, werden sie merken, dass du ihnen ihre Haut gerettet hast.« Er grinste zufrieden. »Geh jetzt schlafen. Du hast es dir verdient.«

Isacco sah Lanzafame dankbar an. Er nickte wortlos. Dann stieg er mit schweren Schritten die drei Stufen zum Proviantkarren hinauf und öffnete die Tür. Giuditta lag dort im Licht einer kleinen Öllampe. Sie schreckte aus dem Schlaf hoch, und als sie ihn erblickte, sprang sie schreiend auf und verkroch sich zwischen zwei Truhen.

»Ich bin's doch, dein Vater«, rief Isacco.

»Du hast ausgesehen wie ein Soldat«, murmelte Giuditta zögerlich, während sie wieder zu ihrem Lager ging. Nach dem ersten Schrecken empfand sie nun eine gewisse Bewunderung beim Anblick ihres Vaters, der mit Blut bedeckt war wie ein Held. »Ich habe etwas Fleisch für dich zurückgelegt, obwohl es nicht rein ist. Leg dich hin, du musst völlig erschöpft sein.«

Isacco sank in seinen blutgetränkten Kleidern auf dem Strohlager zusammen und genoss die Wärme der Decke und des Ofens. Giuditta gab ihm ein Stück getrocknetes Rindfleisch. Isacco führte das Fleisch an den Mund. Doch ehe er es kauen konnte, war er auch schon eingeschlafen. Giuditta nahm ihm das Stück Fleisch aus dem Mund und legte die Arme um ihn.

Bei Sonnenaufgang wachte Isacco auf. »Ich muss gehen«, sagte er zu seiner Tochter, stand auf und verließ den Wagen.

Donnola war bereits da, er saß in eine Pferdedecke gehüllt auf der Leiter, und sein Kopf war auf den Koffer mit den Instrumenten gesunken. Als er Isacco bemerkte, sprang er auf, holte zwei Becher Wein und zwei Brotkanten, eine Schweinswurst und ein Stück Rindfleisch, und dann frühstückten sie.

Anschließend bestiegen sie wieder den dritten Karren, um die am späten Abend unterbrochene Arbeit zu beenden. In der kurzen Zeitspanne war einer der Verwundeten verblutet.

»Ich hätte ihn retten können«, sagte Isacco leise.

Donnola verhüllte das Gesicht des Toten und befahl zwei Soldaten, den Verstorbenen zum Leichenkarren zu schaffen. »Die aus Venedig bringen wir zurück zu ihren Familien, damit sie ihnen ein christliches Begräbnis geben können.«

»Amen«, sagte ein Soldat aus einer Ecke des Karrens leise.

Die Männer auf dem nächsten Karren waren nicht so schwer verwundet. Isacco musste seine Säge nur bei einem einzigen Mann einsetzen und rettete ihm dadurch das Leben.

Es hatte schon vor Längerem zur neunten Stunde geschlagen, als Isacco und Donnola ihre Arbeit auf dem letzten Karren beendeten. Erschöpft und betäubt von dem Geruch nach Blut und den Ausscheidungen der Verwundeten, gingen sie hinaus an die frische Luft. Es wurde bereits dunkel. Die untergehende Sonne konnte die dichte Wolkendecke nicht mehr durchdringen, und es stieg ein unangenehm feuchter Nebel auf. Das ganze Lager war in ein gespenstisch blasses Licht gehüllt. Die Karren und die

Menschen wirkten wie von einem Schleier verhüllt. Keiner der Männer sang mehr.

In dieser unheimlichen, dumpfen Stille hörte man plötzlich ein Stöhnen. Und gleich darauf einen Schrei: »Ha! Hab ich dich erwischt, verdammter Dieb!«

Isacco und Donnola machten einen Schritt in die Richtung, aus der die Stimme kam.

»Das ist der Koch«, stellte Donnola fest.

»Lass mich los! Lass mich los«, schrie ein Junge. Doch seine Stimme klang eher wütend als ängstlich.

Wenige Schritte entfernt vom Proviantkarren und dem bauchigen Fass mit dem gepökelten Rindfleisch, das davor im Freien stand, sahen Isacco und Donnola, wie ein dicker Mann nahe am Feuer einen dürren Jungen mit langem fettigem Haar und gelblicher Gesichtsfarbe am Kragen gepackt hielt.

»Jetzt halt doch still!«, befahl der Koch dem Jungen. Doch der wand sich wie besessen und versuchte, verzweifelt um sich tretend, sich aus dem Griff zu befreien. Darauf versetzte der Koch ihm mit der freien Hand eine heftige Ohrfeige, und man hörte den Jungen aufstöhnen.

»Was geht hier vor?«, fragte Hauptmann Lanzafame, der durch den Lärm aufmerksam geworden war.

Giuditta erschien an der Tür des Proviantkarrens. Als sie den Vater ein Stück entfernt entdeckte, lächelte sie, blieb jedoch oben auf der Treppe stehen. Der Hauptmann hatte ihr befohlen, im Karren zu bleiben und auf keinen Fall im Feldlager umherzulaufen. Ein hübsches junges Mädchen unter all den Soldaten würde nur Schwierigkeiten bringen.

»Mir war schon einmal so, als ob hier jemand herumstreicht, Hauptmann«, erklärte ihm der Koch. »Und nun habe ich endlich Gewissheit. Hier haben wir einen miesen kleinen Dieb.«

Hauptmann Lanzafame sah sich den Jungen an, dem Blut aus der Nase tropfte. »Lass ihn los!«, befahl er dem Koch.

Der dicke Kerl wollte etwas erwidern, doch dann gehorchte er schweigend und ließ den Jungen frei. Der lief sofort weg, aber Hauptmann Lanzafame hatte das vorhergeahnt. Er schnellte mit unglaublicher Geschwindigkeit vor, streckte einen Arm aus, als wollte er einen Fechthieb austeilen, und erwischte den Jungen damit an dem Bein, das er zum Laufen hochgerissen hatte. Der verlor daraufhin das Gleichgewicht, drehte sich einmal um sich selbst und fiel zu Boden. Der Hauptmann war sofort über ihm, packte ihn an der Brust und hob ihn mühelos hoch. Dann setzte er ihn so heftig wieder ab, als wollte er ihn in den Boden stampfen.

»Rühr dich nicht!«, befahl er ihm mit gebieterischer Stimme.

Der Junge stand da wie gebannt.

»Wie heißt du?«, fragte ihn der Hauptmann.

Der Junge presste die Lippen aufeinander und sah sich verzweifelt nach einem Ausweg um.

»Wie heißt du?«, fragte der Hauptmann noch einmal und klang jetzt ein wenig aggressiver.

»Er heißt Zolfo«, sagte jemand hinter ihnen.

Dann erschien wie aus dem Nichts ein junger Geistlicher, der einen langen schwarzen Talar mit roten Knöpfen und einem aufgestickten blutenden Herzen in einer Dornenkrone auf der Brust trug. Beim Näherkommen lüpfte er den schwarzen, glänzenden Priesterhut. Ihm folgte eine junge Frau, die in ihrem grünen Kleid ungemein anziehend aussah. Der Hauptmann bemerkte mit Wohlgefallen ihre weiße Haut und die langen kupferfarbenen Haare.

»Und wer bist du?«, fragte Hauptmann Lanzafame, dem sofort auffiel, dass auch der Geistliche noch sehr jung war.

»Ich heiße Mercurio da San Michele«, antwortete der junge Mann und näherte sich dem Hauptmann selbstbewusst. Dann deutete er auf Zolfo. »Verzeiht ihm, er hat dem quälenden Hunger nicht widerstehen können. Wir sind schon den ganzen Tag unterwegs und haben in diesem Nebel nicht ein einziges Gasthaus gefunden. Unsere Pferde und der Wagen wurden uns von Räubern genommen, wir haben nur durch ein Wunder überlebt, und ...«

»Seid Ihr Priester?«

»Nein, ich bin ein *novizium saecolaris,* ein unserem Herrn Christus Anverlobter«, erwiderte Mercurio lächelnd. »Außerdem bin ich der Sekretär Ihrer Exzellenz, des Bischofs von Carpi, Monsignor Tommaso Barca di Albissola, der uns in Venedig erwartet, um dieses arme Geschwisterpaar aus dem Waisenhaus von San Michele Arcangelo zu treffen, dem er ...«

»Ich kenne keinen Bischof dieses Namens in Venedig«, wandte der Hauptmann misstrauisch ein.

»Weil er seinen Sitz in Carpi hat«, entgegnete Mercurio prompt. »Doch zurzeit besucht Ihre Exzellenz Venedig, und dort sollen wir uns mit ihm treffen.«

Der Hauptmann betrachtete ihn schweigend.

»Wir können das Fleisch bezahlen, das dieser Junge euch gestohlen hat«, fügte Mercurio eilig hinzu.

Hauptmann Lanzafame ließ mit keiner Regung erkennen, dass ihn der Diebstahl interessierte. »Und warum will dein Bischof diese beiden Waisen so dringend sehen?«, fragte er stattdessen.

»Hm, also ... das ist eine kirchliche Angelegenheit«, erwiderte Mercurio ein wenig zögernd. »Und etwas Persönliches.«

Hauptmann Lanzafame sah ihn weiter an.

»Er meint, die beiden sind Bastarde des Bischofs«, bemerkte lachend der Koch, und die Soldaten fielen schallend mit ein.

Der Hauptmann warf seinen Männern einen vernichtenden Blick zu. »Wer von euch weiß denn ganz sicher, wer sein Vater ist?«, raunzte er sie an. »Und trotzdem habe ich noch nie einen von euch Bastard genannt.«

Die Soldaten sahen betreten zu Boden.

Einen Augenblick lang suchten die blauen Augen des Hauptmanns den Blick des Mädchens mit der weißen Haut.

Benedetta lächelte ihn nicht an. Doch ihr Blick verriet Respekt.

Der Hauptmann wandte sich wieder Mercurio zu. Nun wirkte er nicht mehr ganz so misstrauisch. »Ihr hättet uns besser um etwas zu essen gebeten. Dann hättet ihr höchstens riskiert, nichts zu bekommen, und nicht gleich euer Leben. Seid ihr euch eigentlich im Klaren, dass wir euch für Feinde oder Spione hätten halten können?«

»Wir wussten nicht, ob sich in dieser Gegend gottesfürchtige Menschen oder Barbaren aufhalten«, erklärte Mercurio.

»Barbaren?« Hauptmann Lanzafame lachte. »Du kommst mir ein wenig verwirrt vor, mein Junge.« Dann wandte er sich an den Koch. »Gib ihnen etwas zu essen.« Er wollte schon gehen, doch dann wandte er sich noch einmal um, legte Mercurio eine Hand auf die Schulter und nahm ihn beiseite. »Also, bist du jetzt ein Priester oder nicht?«

»Noch nicht, hoher Herr.«

»Wie auch immer, für meine Männer wäre es tröstlich, wenn jemand sie segnen würde«, sagte Hauptmann Lanzafame. »Sie schweben zwischen Leben und Tod und sehen Gespenster. Sie sind vollkommen verängstigt, spüren den Atem des Teufels im Nacken. Segne sie und sprich sie von ihren Sünden frei. Irgendein Gebet wirst du doch kennen, oder?«

»Ja, hoher Herr.«

»Und lass das mit dem hohen Herrn, ich bin ein Hauptmann der Serenissima.«

»Ja, Herr Hauptmann.«

Lanzafame lächelte. Der junge Geistliche gefiel ihm. Ein solcher Junge sollte eigentlich nicht Priester werden, das war pure Verschwendung. Aber das ging ihn nichts an. »Donnola!«, rief er. Und als der wieselähnliche Mann zu ihm kam, befahl er ihm: »Nimm diesen Priester mit.«

»Kommt, Vater …«, sagte Donnola zunächst. Doch der vermeintliche Priester war so jung, daher verbesserte er sich: »Also, mein Sohn …«

»Nenn ihn lieber Priester, Donnola«, sagte der Hauptmann. »Sonst rufst du ihn bald noch Heiliger Geist.«

Die Soldaten lachten schallend laut. Dann stiegen Donnola und Mercurio auf den Karren, wo Isacco schon wieder bei der Arbeit war.

Mercurio kniete sich neben den Mann, dem der Doktor den Verband wechselte, und betete: »Heiliger Erzengel Michael, wir bitten dich, dass du dich mit dem Chor der Erzengel und all den neun Chören der Engel um diesen Mann in seinem gegenwärtigen Leben kümmerst, bis er, immer unter deinem Schutz, Bezwinger Satans, in den Genuss der göttlichen Güte kommen wird und mit dir ins Heilige Paradies einzieht.«

»Amen«, flüsterte der Verwundete, und sein Gesicht entspannte sich. »Danke, Vater.«

Isacco stand auf und ging zu einem anderen Soldaten, der bewusstlos war. Mercurio kniete sich neben ihn.

»Du bist gut, mein Junge«, flüsterte Isacco ihm zu. »Aber mein Blick ist scharf und ich weiß, dass du nicht der bist, für den du dich ausgibst.«

Mercurio erstarrte kaum merklich und sah ihn fragend an.

»Du bist ein Betrüger«, sagte Isacco leise.

Mercurio antwortete nicht. Er sah den Arzt nur weiter wortlos an.

»Aber ich werde nichts sagen«, fuhr der Arzt leise fort. »Diese armen Teufel brauchen einen Priester.«

»Danke«, erwiderte Mercurio. Auf seinem Gesicht erschien der Anflug eines Lächelns. »Ich war übrigens im Wald, als Ihr euch entfernt habt, um Euch zu erleichtern«, sagte er.

Diesmal starrte Isacco ihn schweigend an.

»Ich werde auch nichts sagen.« Mercurio lächelte noch breiter. »Diese armen Teufel brauchen einen Arzt.«

Isacco sah den jungen Betrüger forschend an. Das war keine Drohung. Der andere wollte bloß klarstellen, dass er kein Dummkopf war, und das hatte er damit erfolgreich bewiesen. Dann brach Isacco in herzhaftes Gelächter aus.

Und Mercurio stimmte mit ein.

»Was gibt es da zu lachen?«, fragte Donnola.

Isacco und Mercurio antworteten ihm nicht. Sie sahen einander an und verstanden sich.

»Nun denn, tun wir unsere Arbeit«, sagte Isacco dann.

»Ja«, bekräftigte Mercurio, »tun wir unsere Arbeit.«

10

Benedetta und Zolfo hatte man zum Proviantkarren gebracht.

»Lauft nicht im Lager umher«, hatte ihnen der Hauptmann noch mit auf den Weg gegeben, dabei aber nur Augen für Benedetta gehabt.

Sie hatte stumm genickt. Als der Hauptmann gegangen war, stiegen die beiden die Treppe hinauf.

Der Karren war groß und ganz aus Holz, auch die Wände und das Dach. Das Tageslicht fiel nur spärlich durch zwei Fensteröffnungen an den Seiten hinein. Das Ganze wirkte wie ein kleines Haus auf Rädern. Überall waren dunkle Fässchen und Truhen aufgestapelt. In der Mitte stand ein riesiger dicker Tonkrug, der von einem Netz aus groben Seilen gehalten wurde, das wiederum an vier im Boden und im Dach verankerten Pfählen befestigt war. Im Krieg wurde der Wein besser geschützt als das Essen.

Benedetta und Zolfo sahen sich um und entdeckten zwischen zwei Reihen aufgestapelter Truhen Giuditta. Das Mädchen erwiderte ihren fragenden Blick mit einem unsicheren Lächeln. Dann trat sie einen Schritt vor und nahm einen abgenutzten Teller aus dünnem Metall, den sie den beiden Neuankömmlingen hinhielt.

»Gepökeltes Rindfleisch und Schwarzbrot«, sagte sie. »Esst.« Und dann zeigte sie wie eine gute Hausherrin auf die beiden improvisierten Strohlager auf dem Boden. »Wir haben auch einen kleinen Ofen. Setzt euch doch.«

Benedetta fragte lächelnd: »Wer bist du?«

»Die Tochter des Doktors.«

»Ich hab Hunger.« Zolfo machte sich über den Teller her und setzte sich neben den Ofen. Beherzt biss er in das Pökelfleisch. »Gibt es keine Würste?«, fragte er mit vollem Mund und richtete seinen Blick auf Giuditta.

Giuditta zuckte mit den Achseln.

»Haben die hier keine Würste?«, beharrte Zolfo.

»Ich weiß nicht«, antwortete Giuditta und hob noch einmal die Schultern.

»Bist du etwa Jüdin?«, fragte Zolfo lachend und versenkte den Kopf im Teller. Doch dann hielt er inne und starrte Giuditta an, deren Augen nun noch dunkler und größer wirkten als sonst. Zolfos Blick wanderte schnell durch den Wagen, und er hörte auf zu kauen. Als er zwei Reisesäcke entdeckte, stellte er den Teller ab, streckte die Hand nach dem von Isacco aus und zog einen gelben Hut heraus. Mit dem Hut in der Hand sprang er auf und spuckte aus, was er im Mund hatte. »Du bist Jüdin«, knurrte er feindselig und ging, den Hut drohend vor sich haltend, auf sie zu. »Du bist Jüdin!« Jetzt schrie er fast und schleuderte den gelben Hut auf sie.

Giuditta wich verängstigt zurück.

»Was hast du denn, Zolfo?«, fragte Benedetta überrascht.

»Ihr seid Abschaum!«, beschimpfte Zolfo Giuditta. »Widerliches Judenpack!«

»Beruhige dich, Zolfo!« Benedetta stellte sich zwischen ihn und Giuditta und sah ihm in die Augen. Sie funkelten fanatisch, voller Hass. »Was ist mit dir los, Zolfo?«

»Die haben Ercole umgebracht, das ist los!«, schrie Zolfo und stieß sie beiseite, in dem Bestreben, so nah wie möglich an Giuditta heranzukommen.

Benedetta stellte sich wieder zwischen sie. »Sie hat nichts getan«, sagte sie nun beinahe schreiend, damit er wieder zur Besinnung kam.

»Das sind alles Mörder! Verdammte Juden!«, brüllte Zolfo.

Plötzlich öffnete sich die Tür des Wagens.

»Was geht hier vor?«, fragte Hauptmann Lanzafame.

Zolfo drehte sich ruckartig um. »Das ist eine Jüdin!«

»Beruhige dich, Junge!«, sagte der Hauptmann und packte ihn kräftig an den Schultern. »Ruhig!«

Zolfo sah durch ihn hindurch. »Das ist eine Jüdin!«, wiederholte er. »Ich bleibe nicht in einem Wagen mit diesem widerlichen Judenpack!«

Hauptmann Lanzafame sah Benedetta an. Dann zerrte er Zolfo gewaltsam aus dem Wagen und versetzte ihm draußen einen kräftigen Stoß. »Dann schläfst du eben im Freien«, herrschte er ihn an. »Ich will hier keine Schwierigkeiten. Und wenn wir aufbrechen, folgst du uns zu Fuß.«

In diesem Moment kamen Mercurio und Isacco dazu, die zu ihrem Wagen wollten. Der junge Priester lief zum Hauptmann. »Was ist geschehen?«, fragte er ihn atemlos und drehte sich zu Benedetta um, die auf der Treppe des Proviantwagens stand und ihn merkwürdig ansah.

Isacco hatte sich ebenfalls genähert und stand hinter ihm.

Zolfo deutete mit dem Finger auf ihn. »Das ist ein verdammter Jude, Mercurio!« Und nachdem er wütend ausgespuckt hatte, fügte er mit vor Erregung zitternder Stimme hinzu: »Die haben Ercole umgebracht!« Dann konnte er die Tränen nicht mehr zurückhalten und brach in krampfhaftes Schluchzen aus.

Benedetta lief zu ihm und drückte ihn fest an ihre Brust. Mercurio wusste nicht, was er tun sollte. Er sah von Isacco zu Giuditta und zum Hauptmann. Schließlich breitete er entschuldigend die Arme aus. »Er war sein Freund …«, sagte er leise, obwohl er wusste, dass der Hauptmann und seine Leute mit dieser Aussage nichts anfangen konnten. Seit sie die Armengräber verlassen hatten, hatte Zolfo nicht ein einziges Mal geweint. Er war schweigend auf Scavamortos Wagen gestiegen, und in der Nachtkälte waren die Tränen auf seinen Wangen erstarrt. Vielleicht auch die in seinem Herzen. Und er hatte seitdem auch kein einziges Wort über Ercole verloren. »Das geht vorbei«, versicherte Mercurio dem stattlichen Hauptmann.

Lanzafame schüttelte den Kopf und richtete einen Finger drohend auf Zolfo. »Ich will keinen Aufruhr hier im Lager, Bürschchen, hast du verstanden? Sonst jage ich dich höchstpersönlich mit einem Tritt in den Arsch davon.« Und damit entfernte er sich.

Benedetta zog Zolfo beiseite. Der Junge konnte gar nicht mehr aufhören zu weinen. Mercurio machte einen Schritt auf sie zu, doch Benedetta gab ihm mit einer Handbewegung zu verstehen, er solle nicht näher kommen.

Mercurio wandte sich daraufhin an Isacco. »Es tut mir leid.« Er sah Giuditta an, die ihn stolz, geradezu herausfordernd anblickte, die dichten schwarzen Augenbrauen leicht hochgezogen.

Isacco stieg die Stufen hinauf und umarmte sie.

Obwohl Mercurio fror und müde war, entfernte er sich und streifte allein durch das Feldlager. Schließlich holte er sich eine Wurst und eine Scheibe Schwarzbrot und setzte sich auf ein leeres Fässchen, das jemand neben die Straße aufs Feld geworfen hatte. Als er Schritte hinter sich hörte, wandte er sich nicht um.

»Trinkst du, du halb garer Priester?«, fragte ihn Hauptmann Lanzafame. Er hielt zwei Metallkelche mit Wein in den Händen.

»Ja«, erwiderte Mercurio und nahm einen der Kelche entgegen.

»Alle Priester trinken«, sagte der Hauptmann lachend und starrte vor sich ins Unterholz, das langsam zu einem dunklen Fleck mit ausgefransten Konturen verschwamm.

»Also, nun ja ...«

»Das Blut Christi.« Wieder lachte der Hauptmann und leerte mit einem einzigen Schluck seinen Kelch zur Hälfte. »Nimm's mir nicht übel, halb garer Priester. Ich bin Soldat, also darf ich schon von Berufs wegen nicht alles so ernst nehmen. Ich hab nichts gegen dich und auch nicht gegen die Kirche.«

Mercurio trank lächelnd seinen Wein.

»Hast du den Jungen im Griff?«

Mercurio nickte, obwohl er keineswegs überzeugt war.

»Morgen marschieren wir los, und übermorgen werden wir Venedig erreichen«, sagte der Hauptmann. »Bei allem Respekt für dein Keuschheitsgelübde, mein halb garer Priester, wenn wir dort ankommen, brauche ich nur noch zwei Dinge: ein weiches Bett und eine Frau, dann geht's mir wieder gut.« Er lachte dröhnend. Ehe er ging, sagte er noch: »Der Doktor ist fertig.« Dann wurde er ernst, senkte den Kopf und fügte mit leiser Stimme hinzu: »Ich konnte ihre Schreie nicht mehr ertragen. Ich weiß nicht, warum, aber es ist anders als in der Schlacht.« Dann straffte er sich, versetzte Mercurio einen derben Schlag auf die Schulter und wandte sich zum Gehen.

»Hauptmann ...«, begann Mercurio, als würden die Worte von selbst aus seinem Mund kommen. »Was fühlt man, wenn man jemanden tötet?« Dabei zitterte seine Stimme unmerklich.

»Nichts.«

»Nichts? Auch nicht beim ersten Mal?«

»Daran erinnere ich mich nicht mehr. Es ist zu lange her. Warum fragst du?«

»Einfach so ...«

Der Hauptmann sah ihn forschend an. »Hast du mir etwas zu sagen?«

Mercurio verspürte das Bedürfnis, seine Last mit jemandem zu teilen. Aber der Hauptmann war Soldat und würde ihn danach vielleicht verhaften.

»Gibt es einen ... besonderen Grund, warum du das Priestergewand gewählt hast, mein Junge?«

Mercurio atmete tief durch. Der Hauptmann war nicht der

rechte Mann, um sich ihm anzuvertrauen. Zögernd drehte er den Weinkelch zwischen den Fingern.

»Meine Mutter hat … getrunken. Als ihr Bauch anschwoll, erinnerte sie sich nicht mehr, wer mein Vater war. Sie übergab mich den Mönchen … Deshalb bin ich Priester geworden. Ich kenne nichts anderes, das ist alles.«

Der Hauptmann betrachtete ihn aufmerksam. Dann nickte er und entfernte sich.

Mercurio blieb allein zurück. Das bisschen Wein, das er getrunken hatte, stieg ihm schon zu Kopf. Als er merkte, wie sein Magen aufbegehrte, aß er hastig den letzten Rest Wurst und Schwarzbrot. Für einen Moment schloss er die Augen. In der Dunkelheit drängten sich die Bilder der verwundeten Soldaten, der Geruch nach Blut und der Anblick des aufgeschnittenen und zugenähten Fleisches in seine Gedanken. Die eher überraschten als schmerzerfüllten Blicke der Soldaten, die Todesangst in ihren Augen. Er sprang auf, denn er wollte nicht allein dort auf dem Feld sitzen. Entschlossenen Schrittes näherte er sich dem Proviantwagen.

Benedetta und Zolfo saßen auf der untersten Stufe des Treppchens.

»Hast du dich beruhigt?«, fragte er Zolfo ohne jeden Vorwurf.

Der sah ihn an. Seine Augen waren gerötet, mehr denn je wirkte er wie ein kleiner Junge. »Ich will nicht unter einem Dach mit diesen Juden schlafen«, sagte er. »Ich hasse alle Juden.«

Mercurio kletterte die Treppe hoch. »Ich hole dir eine Decke.« Als er mit der Decke in der Hand wieder an der Tür erschien, sagte er zu Benedetta: »Der Hauptmann will nicht, dass du draußen herumläufst, vor allem nicht nachts.«

Benedetta nickte. »Ich komme gleich.«

Mercurio sah Zolfo an: »Gute Nacht.«

Zolfo zog die Nase hoch, nahm die Decke und legte sie sich über die Schultern.

Mercurio hielt ihm noch den Kelch mit dem Rest Wein hin. »Der wird dich wärmen.«

Zolfo nahm den Kelch und stand kurz davor, erneut in Tränen auszubrechen. Doch er unterdrückte sie und trank den Wein auf einen Zug aus. Danach musste er husten.

Mercurio betrat den Wagen. Die Luft im Inneren war lau und roch angenehm nach Essen. Er sah Isacco und seine Tochter an, die sich in die Arme des Vaters geschmiegt hatte. »Morgen brechen wir auf«, sagte er zu dem Mann, doch seine Augen wanderten immer wieder zu dessen Tochter zurück. Mädchen hatten ihn nie interessiert, und die Erwachsenen sagten, dass sie nur Ärger machen. Doch dieses Mädchen hatte etwas an sich, von dem er sich nicht zu lösen vermochte.

»Gut«, erwiderte Isacco.

»Der Hauptmann hat gesagt, dass wir in zwei Tagen Venedig erreichen«, fügte Mercurio hinzu, um die peinliche Stille zu durchbrechen. Oder vielleicht wollte er auch nur dem Mädchen zulächeln. Obwohl er wusste, dass er sie noch nie in seinem Leben gesehen hatte, war ihm, als würde er sie tief in seinem Herzen schon lange kennen.

»Gut«, wiederholte Isacco.

Mercurio streckte sich auf dem Strohlager aus und deckte sich zu. Frauen bringen nur Ärger, dachte er und versuchte, die Tochter des Doktors nicht anzusehen.

»Nimm den Ofen für deinen Freund draußen«, sagte Isacco zu ihm.

Die Tür zum Karren öffnete sich. Mercurio stützte sich auf einen Ellbogen. »Bring Zolfo den Ofen«, sagte er zu Benedetta.

Benedetta nahm ihn und reichte ihn an Zolfo weiter, der sich wie ein Hund auf den Stufen zusammengekauert hatte.

»Ich will nichts von diesen Juden haben«, hörte man ihn sagen.

»Das war Mercurios Idee, du Dummkopf«, erwiderte Benedetta. Dann schloss sie die Tür. Sie sah sich um und überlegte, wo sie sich hinlegen sollte. In den vergangenen Nächten hatte sie Arm in Arm mit Zolfo geschlafen. Und Mercurio hatte sich immer ein wenig abgesondert. Doch jetzt lag Zolfo draußen, und sie wusste nicht, wo sie schlafen sollte. Dann bemerkte sie, dass die Tochter des Doktors Mercurio insgeheim musterte. Sie setzte sich neben ihn, als wollte sie zeigen, dass er zu ihr gehörte. Doch diese einfache Geste ließ sie etwas empfinden, woran sie nicht einmal denken wollte. Sie hatte Angst, Mercurio könnte sie fortjagen. Deshalb rückte sie schnell von ihm ab und wickelte sich in ihre Decke. »Allen eine gute Nacht«, sagte sie beiläufig.

»Gute Nacht«, antwortete einer nach dem anderen.

Isacco blies die Laterne aus, und im Wagen wurde es dunkel.

Mercurio hätte ihm am liebsten gesagt, er solle sie brennen lassen, aber er wollte nicht wie ein kleiner Junge dastehen. Er wusste genau, was die grauenhaften Bilder der verwundeten Soldaten bei ihm auslösen würden. Deshalb riss er die Lider weit auf und starrte die kleine Fensteröffnung vor sich an, in der Hoffnung, der schwache Schimmer der Nacht würde die Dunkelheit ein wenig erhellen. Trotzdem gelang es ihm nicht, die Gedanken aufzuhalten, die sich in seinem Kopf drängten. Und während er versuchte, sich gegen sie zu wehren, formte sich vor seinen Augen das Bild, dem er seit Tagen zu entkommen suchte. Er sah, wie die Kehle des Kaufmanns aufriss, und hörte das schmatzende Geräusch der Klinge, die ins Fleisch eindrang, und das Knacken, mit dem die Luftröhre brach. Ruckartig setzte er sich auf, die Hände zu Fäusten geballt. Er wusste nicht, wie viel Zeit vergangen war. Benedetta, die rechts neben ihm lag, atmete gleichmäßig. Sie schlief. Und auch aus der Richtung des Doktors und seiner Tochter vermeinte er tiefe Atemzüge zu vernehmen.

»Kannst du nicht schlafen?«, fragte Isacco leise.

»Und was ist mit Euch?«, gab Mercurio kurz darauf zurück.

»Ich auch nicht«, flüsterte Isacco.

Darauf folgte ein längeres Schweigen. Dann hörte Mercurio plötzlich ein Rascheln, und Isacco war an seiner Seite.

»Kennt dein Freund da draußen mein Geheimnis?«, fragte Isacco flüsternd.

Mercurio ließ sich Zeit mit seiner Antwort. »Macht Euch keine Sorgen«, sagte er dann.

»Das ist weder ein Ja noch ein Nein.«

»Wir sind Diebe und Betrüger«, erklärte Mercurio. »Genau wie Ihr. Es wäre für keinen von uns gut, entlarvt zu werden.«

»Aber wir sind Juden.«

Mercurio wusste, was er damit meinte. Und er gab ihm recht. Er empfand eine starke Sympathie für Isacco. »Er weiß nichts von Eurem Schatz, seid unbesorgt ... Doktor.«

»Danke«, flüsterte Isacco und legte sich wieder hin. »Venedig«, sagte er kurz darauf träumerisch.

»Ja ... Venedig«, wiederholte Mercurio.

Aber für ihn war es nur ein Wort, das ihm nichts weiter bedeutete.

11

Shimon Baruch schlug die Augen auf.

Er war verwirrt und wusste nicht, wo er sich befand.

Doch dann erinnerte er sich.

Das passierte ihm seit einer Woche jeden Morgen aufs Neue. Seit dem Tag, an dem er wieder erwacht war. Seit dem Tag, an dem, wie die Ärzte und seine Frau es nannten, *Ha-Shem,* der Allmächtige, der Heilige, gepriesen sei er, beschlossen hatte, ihn zu retten. Er wachte auf und wusste weder wo noch wer er war. Er, der immer alles bis in die kleinste Einzelheit unter Kontrolle gehabt hatte. Er, der ein bescheidenes Leben geführt hatte, stets darauf bedacht, nicht aufzufallen und keine Schwierigkeiten zu bekommen, wachte seit einer Woche auf und erkannte sich selbst nicht wieder. Denn etwas Entscheidendes, etwas Grundlegendes war in ihm vorgegangen. Etwas, das Shimon Baruch nicht unter Kontrolle hatte. Und sobald er sich erinnerte, wer er war und wo er sich befand, erschien in seinem Kopf sogleich das Bild des Jungen, der ihn betrogen und bestohlen hatte. Sein mageres Gesicht, das dunkle Haar, die schwarzen Augen und das freche Grinsen. Und dann sah Shimon die Klinge des Dolches aufblitzen. Ein düsteres Gefühl beschlich ihn, senkte sich über ihn wie eine schwere Decke und trieb die Verwandlung, die seit einer Woche in ihm vorging, ein weiteres Stück voran.

Shimon drehte sich vorsichtig im Bett um. Neben ihm hörte er seine Frau leise atmen. Sobald sie bemerken würde, dass er wach war, würde sie aufspringen und ihm das Frühstück bereiten, ihn mit Aufmerksamkeiten überschütten, ihn waschen und rasieren. Und dabei würde sie ununterbrochen reden und weinen.

Doch Shimon Baruch wollte allein sein.

Besonders an diesem Morgen, der vielleicht sein letzter als freier Mann sein würde. Denn für den darauffolgenden Tag war die erste Verhandlung in seinem Prozess angesetzt. Kaum hatte man befunden, dass er sich auf dem Weg der Besserung befand, war das Beil der Gerechtigkeit schwer auf ihn niedergefahren. Wenn er noch nicht in den Kerkerzellen der Curia Savella saß, dann nur, weil der Anwalt, der seine Verteidigung übernommen hatte, hochstehende Persönlichkeiten kannte. Ein Vorteil, den er sich entsprechend vergüten ließ.

Doch alle Bekanntschaften der Welt würden Shimon nicht vor einem Schuldspruch retten können. Und das wusste er. Er war Jude, er war bewaffnet gewesen, und man hatte ihn des Mordes angeklagt. Da fiel es kaum ins Gewicht, dass man ihn bestohlen hatte. Ein Christ hätte unter den gleichen Voraussetzungen ein Blutbad anrichten können, und man hätte bei ihm sämtliche mildernden Umstände berücksichtigt, denn der Christ hätte einen Verbrecher getötet. Er als Jude hingegen hatte ein Schaf aus der Herde umgebracht. Und deren höchster Hirte würde ihn teuer dafür bezahlen lassen. Sein Anwalt hatte gesagt, dass er mit vier oder fünf Jahren Gefängnis und einer hohen Geldstrafe davonkommen würde. Genau, er hatte tatsächlich *davonkommen* gesagt.

»Mein lieber Mann, bist du schon lange wach?«, fragte seine Frau neben ihm.

Shimon sah sie nicht an. Er unterdrückte einen aufkommenden Widerwillen.

»Was möchtest du heute gern essen, um zu Kräften zu kommen?«, fuhr seine Frau fort, als sie aufstand und anschließend in den Nachttopf pinkelte.

Shimon rührte keinen Muskel.

»Hering und Matzen? Oder lieber etwas anderes?« Die Frau des Kaufmanns zog das Nachthemd herunter und schüttete den

Inhalt des Nachttopfs aus dem Fenster. Dann ging sie um das Bett herum und baute sich vor ihrem Mann auf. »Also? Sag es mir.«

Shimon richtete die Augen auf sie. Am liebsten hätte er ihr gesagt, sie solle sich zum Teufel scheren. Sie solle an dem Hering und den Matzen ersticken. Er hätte ihr gern gesagt, dass er nicht im Gefängnis enden wollte und dass er nicht wusste, wie er den Anwalt und die Strafe, die ihn erwartete, bezahlen sollte. Er hätte ihr eine Menge sagen wollen.

Aber das konnte er nicht.

Denn Shimon Baruch war stumm, seit die Klinge des Dolches sich in seine Kehle gebohrt hatte.

Er verließ das Bett und ging zum Tisch, auf dem seine Frau wie in jedem Raum des Hauses ein Schreibpult mit Pergamentpapier, einer Gänsefeder und einem stets gefüllten Tintenfass aufgebaut hatte. Denn auf andere Weise konnte Shimon Baruch sich nicht verständigen.

BRÜHE, schrieb er.

Seine Frau lief eilig in die Küche und erteilte der Magd schnatternd Anweisungen.

Shimon berührte seinen Hals. Der Verband war feucht, noch immer blutdurchtränkt. Er ging zu einem Quecksilberspiegel und betrachtete sich darin.

Seine Frau kam wieder ins Zimmer. »Jetzt helfe ich dir dabei, dich anzukleiden, mein lieber Mann. Aber vorher helfe ich dir beim Waschen. Und wenn du willst, helfe ich dir auch zu beten.« Sie trat hinter ihn und brach in Tränen aus. »Was werden wir bloß tun, mein lieber Mann? Was für eine Tragödie. Warum musste uns das zustoßen? Was haben wir Böses getan? Warum hat *Ha-Shem* beschlossen, uns einer solchen Prüfung zu unterziehen?«, sagte sie und umarmte ihn schluchzend.

Shimon stieß sie wütend von sich. Dann öffnete er den Mund, um aus Leibeskräften zu schreien, doch es kam nur ein

Zischen heraus. Ein Zischen, das entsetzlicher klang als jeder Schrei. Das Blut auf seinem Verband schäumte rot. Shimon riss ihn ab. Er schrie wieder, bis die Adern an seinem Hals hervortraten. Aus der Wunde spritzte Blut auf den Spiegel.

»Oh nein, mein lieber Mann ...«, jammerte seine Frau.

Shimon drehte sich um und sah sie an. Seine Augen sprühten vor Hass und Wut. Er ging zum Schreibpult.

DU WEISST NICHT, WAS ICH IN MIR TRAGE, schrieb er. ICH BIN NICHT MEHR ICH SELBST.

Seine Frau begann zu weinen.

GEH!, schrieb Shimon.

Die Frau schleppte sich gleichsam aus dem Zimmer.

Allein geblieben, spürte Shimon, wie Hass und Wut ihm neue Kräfte verliehen. Er fühlte sich lebendiger. Ich habe nichts anderes mehr, dachte er. Während er sich einen frischen Verband um den Hals wickelte, ging er zum Spiegel zurück. Nur noch Hass und Wut, wiederholte er innerlich. Er sah sich in die Augen. Und da entdeckte er noch etwas. Angst. Er versuchte den Blick abzuwenden, doch er war wie gelähmt. Und je länger er hinschaute, desto mehr schwanden Hass und Wut, während die Angst in ihm wuchs. Wenn er sich nicht von dem Spiegel löste, würde dort bald nur noch Angst sein. Aber er konnte Arme und Beine nicht rühren. Dann, unmittelbar bevor die Angst den Hass und die Wut endgültig in ihm auslöschte, durchfuhr ihn ein Ruck, und er bewegte sich auf die einzige Weise, die ihm möglich war. Er schnellte mit aller Kraft vor und schlug mit der Stirn gegen den Spiegel. Er hörte das Klirren, spürte den Aufprall und die Splitter, die ihm in die Haut schnitten, das warme Blut, das ihm über die Augen lief und alles in Rot tauchte.

Die Zimmertür wurde geöffnet, und seine Frau stand auf der Schwelle. Sie stieß einen Schrei aus, legte sich dann erschrocken die Hand vor den Mund und machte Anstalten, zu ihrem Mann zu laufen.

Shimon starrte sie an und fing an zu lachen. Dann schob er sie aus dem Zimmer und knallte die Tür zu.

Du wirst dich nie wieder in einem Spiegel ansehen, beschloss Shimon.

Er nahm einen Zipfel des Lakens, unter dem er geschlafen hatte, und stillte damit das Blut seiner Stirnwunde. Nach kurzer Zeit hörte es auf zu fließen. Die Wunde konnte also nicht tief sein. Nicht mehr als ein Kratzer. Nichts, was einen Mann beeindruckte, der sich den Zeigefinger in die Kehle stecken und hören konnte, wie die Luft pfeifend durch das Loch hinein- und hinausströmte.

Du wirst nie wieder auf deine Angst hören, schwor er sich.

Shimon Baruch kleidete sich an und öffnete die Zimmertür. Seiner Frau bedeutete er, ihm die heiße Brühe zu bringen und still zu sein. Dann genoss er die Mahlzeit und die Ruhe.

SAG DEN WACHEN, ICH BIN ZUM FLUSS GEGANGEN, UM MICH DORT ZU ERTRÄNKEN, schrieb er.

»Nein! Mein lieber Mann, tu das nicht!«, schrie die Frau und brach in Tränen aus.

Shimon hob die Hand, als wollte er sie ohrfeigen. Seine Frau wich zurück. Er hatte sie noch nie zuvor geschlagen. Doch es würde ihm nichts ausmachen, ging es ihm durch den Kopf. Aber Vergnügen würde er wohl auch nicht dabei empfinden. So senkte er die Hand wieder und tauchte dann die Gänsefeder erneut ins Tintenfass. Doch er bemerkte, dass er seiner Frau nichts mehr zu sagen hatte. Sie bedeutete ihm nichts mehr. Er warf die Feder auf den Tisch und ging zur Haustür. Seinen gelben Hut ließ er liegen, aber er nahm alles Geld mit.

Shimon lief bis San Serapione Anacoreta, einer kleinen Kirche am Stadtrand, wo nur arme Leute hingingen, die sich vermehrten wie die Karnickel.

Er hatte damit gerechnet, dass die Kirche zu dieser Stunde leer wäre. Er betrat die Sakristei, einen kleinen Raum, in dem es kalt war, obwohl im Kamin ein Feuer brannte. Der Pfarrer, ein fetter alter Mann mit schwarzen Rändern unter den Fingernägeln, hatte die Ellenbogen auf die wurmstichige Tischplatte gestützt und trank Wein. Seine Haushälterin saß neben ihm und leistete ihm Gesellschaft. Der Geistliche wirkte zunächst ungehalten über den Besuch, doch als Shimon ihm ein Silberstück zeigte, erhob er sich sogleich und scharwenzelte ehrerbietig um ihn herum.

Shimon schrieb dem Pfarrer auf einen Zettel, er sei stumm infolge eines Unfalls, bei dem er auch sein Gedächtnis verloren habe. Aber er wisse, dass er in dieser Kirchengemeinde geboren sei, und nun sei er auf der Suche nach Spuren seiner Existenz.

»Bist du hier getauft worden, mein Sohn?«, fragte der Pfarrer.

Shimon nickte.

»Und erinnerst du dich auch, in welchem Jahr das gewesen ist?«

1474, schrieb Shimon.

»Also bist du einundvierzig Jahre alt«, sagte der Pfarrer und musterte ihn.

»Der sieht aber älter aus«, bemerkte die Haushälterin.

»Schweig, Unselige«, tadelte der Pfarrer sie.

»Ihr denkt doch das Gleiche.«

»Verzeih ihr, sie verträgt den Wein nicht«, sagte der Pfarrer und ging in den angrenzenden Raum hinüber. Dort holte er aus einem Regal, das sich unter der Last der Dokumente durchgebogen hatte, einen verstaubten großen Band, auf dessen steifem Einband »1470–1475« geschrieben stand. Er kehrte zurück und legte ihn auf den Tisch. Dann kratzte er sich am Kopf. »Aber wie sollen wir dich finden, wenn du dich nicht einmal an deinen Namen erinnerst?«

Shimon schlug gegen seine Brust, als wollte er sagen, dafür würde er schon sorgen. Er öffnete den Band und ging die Dutzende und Aberdutzende Namen durch. Hin und wieder fand er ein im Lauf der Zeit vergilbtes Blatt lose zwischen den Seiten. Er fragte mit Gesten, was es damit auf sich habe.

»Das sind nicht abgeholte Taufscheine«, erklärte der Pfarrer seufzend. »Das niedere Volk ist unwissend, du weißt doch, wie das ist. Sie begreifen nicht, dass ein Taufschein mehr zählt als jedes andere Dokument.«

Shimon nickte. Denn er wusste es. Aufmerksam blätterte er weiter durch das Buch. Schließlich fand er etwas, das ihm gelegen kam. Er nahm einen Taufschein und deutete auf sich. Dann zeigte er wieder auf den Schein.

»Bist du das, mein Sohn?«, fragte der Pfarrer. Er nahm ihm das Dokument aus der Hand und las es durch. »Bist du wirklich Alessandro Rubirosa? Aber hier steht, dass der 1471 geboren wurde und nicht 1474.«

Shimon zuckte mit den Schultern. Er zeigte wieder auf den Taufschein und schlug sich gegen die Brust.

»Das kommt mir seltsam vor, mein Sohn«, brummte der Pfarrer. »Außerdem, warum hast du nie deinen Taufschein abge…«

»Alessandro Rubirosa?«, mischte sich die Haushälterin ein. »Das kann nicht sein. Ich weiß, wer das ist.«

Shimon erstarrte.

»Ich erinnere mich an ihn, weil er tot ist … Wie lange wird das her sein? Ein paar Monate«, fuhr die Haushälterin fort und gab dem Pfarrer einen Klaps auf den Rücken. »Kommt schon, Ihr müsst Euch doch auch daran erinnern. Das ist der Kerl, den sie bei der Schlägerei im Wirtshaus Zum Seepferdchen umgebracht haben.«

»Der?«, erwiderte der Pfarrer und kniff die Augen zusammen in dem Bemühen, sich zu erinnern. »Bist du dir sicher, dass der Alessandro Rubirosa hieß?«

»So sicher, wie ich weiß, dass ich Hämorrhoiden am Hintern

habe«, sagte die Haushälterin und verschränkte die Arme vor der Brust.

Der Pfarrer schüttelte den Kopf, schien aber keineswegs entsetzt über die Ausdrucksweise seiner Haushälterin. Er wandte sich zu Shimon um und wedelte mit dem Taufschein. »So heißt du nicht, mein Sohn. Du hast es gehört: Der Unglückselige ist tot.« Er ging zum Kamin. »Er wird also bestimmt nicht mehr kommen, um seinen Taufschein einzufordern. Auch gut, ein Papier weniger«, stellte er fest und wollte das Blatt in den Kamin werfen.

Shimon sprang vor und riss es ihm aus der Hand.

»Das bist du nicht, mein lieber Sohn«, sagte der Pfarrer erneut. »Es tut mir leid …«

Shimon faltete das Dokument zusammen und steckte es ein.

»Was tust du da, mein Sohn? Finde dich damit ab, dass du es nicht bist.«

Shimon nahm die Feder und schrieb auf eine Buchseite: STIMMT. DAS BIN ICH NICHT.

»Ja, aber …?« Der Pfarrer wirkte überrascht.

Shimon riss die Seite, die er gerade beschrieben hatte, aus dem Buch und warf sie in den Kamin.

»Nein, mein Sohn. Das geht doch nicht …«

Da packte Shimon den Schürhaken fest mit beiden Händen, drehte sich um und traf den Pfarrer an der Stirn. Der sank stöhnend auf dem Boden zusammen. Die Haushälterin blieb wie erstarrt stehen, während Shimon den Priester erschlug. Erst als die Reihe an sie kommen sollte, versuchte sie zu fliehen. Der erste Schlag traf sie im Nacken, der zweite zerschmetterte ihren Schädel.

Shimon Baruch stellte das Buch an seinen Platz zurück, leerte die Almosenbüchse und zog den Talar des Pfarrers an. Einige Tage lang würde er nun ein Geistlicher sein und als solcher in einer Stadt wie Rom kaum auffallen. So würde ihn nicht einmal seine eigene Frau wiedererkennen. Ein letztes Mal las er den Taufschein von Alessandro Rubirosa, der ihm ein neues Leben verschaffte.

Ich werde nie wieder ein Jude sein, schwor er sich, während er San Serapione Anacoreta verließ. Er ließ zu, dass Hass und Wut in ihm aufstiegen. Und ich werde nicht eher Frieden finden, bis ich diesen verdammten Jungen gefunden und ihm alles heimgezahlt habe.

12

Bei Morgengrauen hallten Hauptmann Lanzafames Befehle durch das Lager.

Mercurio wandte sich sofort Giuditta zu, die seinen Blick erwiderte. Als hätte sie nur darauf gewartet. Eigentlich hätte er sie jetzt anlächeln sollen, doch sein Blick war ernst und eindringlich. Und er fragte sich wieder, warum sie ihm so vertraut war. Vielleicht erkannte er auch nur sich selbst in ihr wieder. Etwas verband sie beide, das wusste er, aber er konnte nicht sagen, worin diese Verbindung bestand.

Benedetta versetzte ihm einen groben Klaps auf die Schulter und sagte: »Ich seh mal nach, wie es Zolfo geht. Kommst du mit?«

Mercurio nickte und stand auf. Als er den Blick von Giuditta abwandte, fühlte er sich seltsam schuldig.

Zolfo war bereits wach. Er hatte sich die Decke um die Schulter gelegt und unterhielt sich mit den Soldaten. In der Hand hielt er ein Schwert, das er stolz in die Höhe reckte. Die Waffe war so schwer, dass er sie kaum hochstemmen konnte. Zolfo lachte, doch Mercurio gefiel der merkwürdige Ausdruck auf seinem Gesicht nicht.

Als Zolfo Mercurio und Benedetta sah, zeigte er ihnen sofort das Schwert. »Mit einem gut gezielten Hieb könnte ich diesen Juden mühelos den Kopf abschlagen«, sagte er und grinste grimmig.

»Hör endlich mit diesem Blödsinn auf«, sagte Mercurio.

»Diese Juden sind allesamt Dreckschweine«, beharrte Zolfo beinahe herausfordernd.

»Aber, aber, gib das Schwert her, Bürschchen«, mischte sich nun ein Soldat tadelnd ein und nahm ihm die Waffe aus der Hand. Die anderen Soldaten lachten nun nicht mehr. »Dieser Chirurgus hat vielen von uns das Leben gerettet. Hör auf deinen Freund, lass das.«

Während die Soldaten sich zerstreuten, spuckte Zolfo auf den Boden. Er wirkt nicht mehr wie ein kleiner Junge, ging es Mercurio durch den Kopf. Sein Blick war hart. Mercurio musste an ein von Flammen verheertes Feld denken, unter dem noch die Glut schwelte. Dann drehte sich Zolfo zum Proviantkarren um. Mercurio folgte seinem Blick und sah, dass gerade Isacco und seine Tochter mit ihrem Frühstück in der Hand herauskamen, um es an der frischen Morgenluft zu verzehren.

Zolfo murmelte etwas Unverständliches mit zusammengepressten Kiefern.

»Hör auf damit«, zischte ihm Mercurio zu.

Zolfo sah ihn verächtlich an. »Euch beiden ist das wohl egal, mir aber nicht«, sagte er verbittert. »Die da haben Ercole umgebracht. Und das werde ich ihnen niemals verzeihen.«

»Die da haben ihn doch gar nicht umgebracht«, stellte Benedetta richtig. »Jetzt werd doch mal vernünftig.«

»Und der Mann, der ihn umgebracht hat, ist jetzt tot, das hast du doch gesehen«, erinnerte ihn Mercurio. »Ich selbst habe ihn getötet ...«

»Das war kein Mann, das war nur ein Jude«, knurrte Zolfo düster.

»Jetzt hör mir mal zu«, sagte Mercurio und schüttelte ihn, um ihn zur Besinnung zu bringen. »Wir können nicht allein weiterziehen, das weißt du doch.«

Kurz bevor sie die Grenze des Vatikanstaates erreicht hatten, waren sie von einem Trupp Soldaten angehalten worden. Und die hatten dann den Wagen mitsamt den Pferden und den Vorräten »beschlagnahmt«, wie sie es genannt hatten. Die Goldmünzen hatten sie jedoch nicht gefunden. Sie hatten Benedetta aber auch nur flüchtig abgetastet, vielleicht hatte ja der Respekt vor seinem Priestergewand sie davon abgehalten, gründlicher nachzusehen, ganz so, wie es Scavamorto vorhergesagt hatte.

»Schau mich an, du Spatzenhirn«, fuhr Mercurio Zolfo an. »Wir wissen nicht, ob sich hier in der Gegend Räuber herumtreiben. Willst du etwa, dass Benedetta wegen dem Blödsinn, der dir durch den Kopf spukt, so lange durchgevögelt wird, bis sie tot ist?«

Einen Moment lang sah Zolfo ehrlich erschrocken aus. Dann starrte er wieder zu Giuditta und Isacco hinüber und lächelte. »Einverstanden«, sagte er und ging einen Schritt auf den Arzt und seine Tochter zu. »Ich werde sie um Verzeihung bitten.«

Mercurio spürte, dass etwas nicht stimmte. Er wollte ihm hinterhereilen, doch Benedetta hielt ihn zurück.

Zolfo war jetzt noch zwei Schritte von Giuditta entfernt. Er lächelte weiter so seltsam.

Da rief einer der Soldaten, mit denen der Junge sich gerade eben unterhalten hatte: »Wo ist mein Messer?«

Mercurio drehte sich blitzschnell zu dem Soldaten um, dann wieder zu Zolfo.

In dem Moment zog der das Messer aus seinem Ärmel und hob es hoch über seinen Kopf.

»Nein!«, schrie Mercurio und schoss vorwärts.

»Das ist für Ercole«, rief Zolfo und ließ das Messer herabsausen.

Als Mercurio sich zwischen Zolfo und Giuditta warf, musste er wieder an den Kaufmann denken, den er getötet hatte. »Nein!«, schrie er aus Leibeskräften.

Zolfo stach zu, allerdings mehr im Affekt. Die Klinge glitt am Ärmel durch den Stoff von Mercurios Priestergewand und bohrte sich dann nicht allzu tief in den Handrücken zwischen Daumen und Zeigefinger, wo sie stecken blieb.

Giuditta schrie erschrocken auf.

Benedetta schrie ebenfalls vor Entsetzen.

Mercurio stöhnte auf und fiel zu Boden.

Isacco lief zu seiner Tochter, packte sie und zerrte sie beiseite.

Nur Zolfo stand reglos da und wirkte, als wäre er gar nicht anwesend. In der Hand hielt er immer noch das Messer.

Mercurio trat vom Boden aus nach ihm und traf ihn in den Unterleib.

Zolfo sank in sich zusammen. Er hatte sich noch nicht wieder ganz aufgerichtet, als Hauptmann Lanzafame bei ihm war und ihm einen so heftigen Schlag verpasste, dass er weithin zu hören war und Zolfo nach hinten flog. Der Junge fiel bewusstlos zu Boden, und Benedetta eilte zu ihm. Gleich darauf kam Zolfo hustend zu sich und spuckte einen Zahn aus.

»Fesselt ihn und werft ihn auf einen Karren!«, schrie Lanzafame. Dann blickte er sich nach dem Mann um, dem Zolfo das Messer entwendet hatte. Als er ihn entdeckt hatte, richtete er anklagend den Zeigefinger auf ihn. »Und du willst Soldat sein?«

Giuditta befreite sich aus dem Griff ihres Vaters und lief zu Mercurio, der sich gerade mühsam wieder erhob. Sie hatte ein Taschentuch in der Hand und presste es auf seine Wunde. Ihre vor Schreck geweiteten Augen war unverwandt auf ihn gerichtet. Sie war völlig aufgewühlt, von einem Gefühl erfüllt, das sie nicht hätte beschreiben können. Ein Gefühl, das ihr den Atem raubte, das ihren Herzschlag beschleunigte. Da bemerkte sie, dass sie seine Hand immer noch fest umklammert hielt. Aber sie brachte kein Wort über die Lippen.

Mercurio war genauso durcheinander. Er hatte nicht nachgedacht, sondern war nur seinem Instinkt gefolgt. Sein Atem ging keuchend, und er spürte keinen Schmerz von der Wunde. Nur die tröstliche Wärme von Giudittas Hand. »Ich bin kein Priester«, flüsterte er ihr zu. »Ich bin kein Priester«, wiederholte er, als wollte er ihr damit noch viel mehr sagen.

Isacco ging zu seiner Tochter und drängte sie dann zur Seite. »Lass mich das machen«, brummte er.

Giuditta trat wie benommen beiseite. Mit der Hand umklammerte sie immer noch das Taschentuch, mit dem sie Mercurios Wunde abgetupft hatte. Und sie konnte ihren Blick nicht von diesen eindringlichen Augen lösen. »Danke«, stammelte sie.

»Ja, vielen Dank«, sagte nun auch Isacco. »Komm mit, Junge.« Er zog ihn zu dem Karren, auf dem er seine Salben und Verbände liegen hatte.

»Soll ich einem falschen Arzt vertrauen?«, fragte Mercurio leise, während Isacco seine Wunde versorgte.

Isacco lächelte. »Na ja, wenn es hier einen richtigen Priester gäbe, würde ich ihn bitten, für dich zu beten.«

»Es tut mir leid«, sagte Mercurio.

Isacco schüttelte den Kopf. »Danke, mein Junge.«

Kaum eine halbe Stunde später hörten sie die Trompeten. Und dazu erschallte ein Ruf: »Marschiert!«

Sie kamen nur langsam voran, da die Räder der Karren tief im Schlamm der Straße versanken, und in dieser Nacht schlugen sie wenige Meilen vor Mestre noch einmal ihr Lager auf.

Benedetta hatte von Hauptmann Lanzafame die Erlaubnis erhalten, mit Zolfo zu reden, und zwar in Anwesenheit des Soldaten, dem er das Messer gestohlen hatte und der nun zu seinem Bewacher bestimmt worden war. Doch Zolfo hatte sich in beharrliches und zorniges Schweigen verschlossen.

»Ich erkenne ihn nicht wieder«, sagte Benedetta zu Mercurio, als sie sich zum Schlafen niederlegten. »Mir ist, als würde ich ihn nicht mehr verstehen.«

Mercurio kannte das Gefühl, das Zolfo bewegte. Diese Wut, als wäre ein wildes Tier in seiner Brust gefangen, das sich vom Fleisch seines Wirtes nährte. Manchmal konnte er die Bestie im

Zaum halten, andere Male unterlag er ihr und wurde von ihr aufgefressen. »Ich bin müde«, sagte er zu Benedetta. Dann drehte er sich um und kehrte ihr den Rücken zu. Im Dämmerlicht des Karrens suchte er Giudittas Gesicht. Sie schien geradezu auf seinen Blick gewartet zu haben, wie auf einen Gute-Nacht-Gruß. Aber auch ihr Vater starrte zu ihm hinüber, und so schloss Mercurio hastig die Augen. Kurz darauf öffnete er sie wieder. Giuditta schlief, zumindest sah es so aus. Und Mercurio überlegte, dass er gerne gewusst hätte, was sie träumte. Oder besser gesagt, er wollte sich in ihre Träume einschleichen. In ihren Kopf eindringen. Wie kommst du bloß auf so einen Unsinn?, schalt er sich selbst und drehte sich um. Sein Atem ging schneller, und er spürte eine Unruhe in sich, die jedoch nicht unangenehm war. Frauen bringen nichts als Ärger, wiederholte er sich.

Bei Morgengrauen schallten wieder die Trompeten durchs Lager. Mercurio und Benedetta verließen den Wagen, um zu frühstücken. Beim Hinausgehen hatte Mercurio Giuditta noch einen verstohlenen Blick zugeworfen, und sie hatte ihm zugelächelt. Darauf war ihm ein wenig schwindlig geworden. Frauen bringen nichts als Ärger, sagte er sich noch einmal, doch es überzeugte ihn immer weniger.

Sobald Mercurio und Benedetta draußen waren, stand auch Giuditta auf. Da verspürte sie ein schreckliches Ziehen im Unterleib und stöhnte laut. Isacco bemerkte nichts. Giuditta schloss die Augen und biss die Zähne zusammen. Plötzlich merkte sie, wie etwas Warmes an ihren Beinen hinablief. Ohne sich um Isacco zu kümmern, hob sie den Rock und sah, dass es Blut war. »Vater!«, schrie sie erschrocken auf.

Isacco drehte sich um. Als er sah, dass seine Tochter den Rock hochgeschoben hatte und ihr ein dünner roter Faden vom Unterleib hinunterlief, wandte er sich schnell verlegen ab. »Giuditta …!«

»Vater«, rief Giuditta angstvoll, »ich blute ...«

»Natürlich blutest du!«, erwiderte Isacco eine Spur zu laut. Dann wurde ihm bewusst, dass Giuditta anscheinend keine Ahnung hatte, was das für Blut war. »Hast du denn noch nie ... Also, ich meine ... du hast noch nie ... noch nie so geblutet ...?«

»Nein, Vater ...« Giuditta klang nun weniger besorgt. Sie ahnte, dass es etwas ganz Natürliches sein musste, das sagte ihr sowohl die Reaktion ihres Vaters als auch ihr eigenes Empfinden.

»Ach, verflucht! Hat denn deine Großmutter nicht ...«, schimpfte er, immer noch mit dem Rücken zu ihr, und stampfte heftig auf.

Giuditta zuckte zusammen.

»Entschuldige, mein Kind ...«, sagte Isacco und drehte sich zu ihr um.

Giuditta hielt den Rock immer noch gerafft.

Schnell wandte sich Isacco wieder ab. »Jetzt nimm endlich den Rock runter!«, polterte er wieder. »Verzeih mir, Kind ... Also, hör zu, leg dir etwas ... also, nimm dir ein Stück Stoff ... und leg es dir ... da unten hin ...« Hilflos sah er sich um. »Warte hier«, sagte er zu ihr. »Das ist so eine ... Ach, verdammt noch mal, warte hier.«

Isacco eilte nach draußen und suchte nach Benedetta, nahm sie beiseite und fragte sie geradeheraus: »Hast du schon deine Menarche gehabt, Mädchen?«

Benedetta errötete und hob die Hand, um ihn zu ohrfeigen. »Du dreckiges Schwein!«

Isacco verfärbte sich puterrot und riss empört die Augen auf. »Es ist wegen meiner Tochter!«, erklärte er hastig. »Sie hat ihren Monatsfluss bekommen und ... nun ja, das ist doch Frauensache. Erklär du es ihr.« Dann atmete er einmal tief durch. »Bitte.«

Als Benedetta in den Wagen kam, hatte Giuditta ihren Rock endlich heruntergenommen.

»Du hast die Menses. Du bist jetzt eine Frau«, erklärte Benedetta ihr knapp. »Weißt du, was das heißt?«

Giuditta schüttelte den Kopf.

»Dass du von nun an einen Bastard in die Welt setzen kannst, wenn du für einen Kerl die Beine breitmachst«, eröffnete Benedetta ihr gnadenlos. Sie empfand keinerlei Sympathie für dieses Mädchen. »Leg dir ein Stück Stoff zwischen die Beine«, fuhr sie fort. »In ein paar Tagen blutest du nicht mehr. Und in einem Monat kommt es dann wieder. Willst du noch etwas wissen?«

Giuditta schüttelte stumm den Kopf.

Ohne ein weiteres Wort ging Benedetta wieder hinaus.

Sobald Giuditta allein war, ließ sie sich auf das Lager sinken. Sie rollte sich zusammen und presste sich die Decke auf den Bauch. Dann schloss sie die Augen. Die letzten Tage waren so erfüllt gewesen. Aufwühlend. Beängstigend. Aufregend.

Ich bin jetzt eine Frau, sagte sie sich.

Dann spürte sie ein erneutes Ziehen im Unterleib und holte ihr Taschentuch aus den Falten ihres Kleides hervor. Sie fuhr damit unter den Rock und klemmte es sich zwischen die Beine. Im gleichen Moment wurde ihr bewusst, dass sie dieses Tuch ja benutzt hatte, um die Blutung von Mercurios Wunde zu stillen. Auf diesem Stück Stoff war das Blut des Jungen, der sie gerettet hatte. Und jetzt auch ihr eigenes.

Ich bin eine Frau, dachte sie noch einmal.

Und ihr Blut war vereint, war zu einem Symbol des Schicksals, eines Versprechens geworden.

Jetzt gehöre ich ihm, dachte sie mit einem wohligen Schauer und überließ sich ihren Tagträumen.

13

Was wird jetzt aus Zolfo?«, fragte Mercurio vor dem Aufbruch Hauptmann Lanzafame. Benedetta stand mit ängstlichem Blick neben ihm.

»Er hat versucht, ein Mädchen umzubringen«, antwortete der Hauptmann ernst. Dann sah er Benedetta an. »Er wird nach dem Kriegsrecht verurteilt.«

»Nein ...« Benedetta biss sich auf die Unterlippe.

»Er hatte ein Messer, und wenn keiner eingegriffen hätte ...«, fuhr Lanzafame fort.

Benedetta fiel ihm ins Wort. »Er wollte sie nicht umbringen, Hauptmann. Ihr kennt Zolfo nicht, der könnte keiner Fliege etwas zuleide tun!«

»Vielleicht keiner Fliege. Aber einem Juden schon.« Lanzafame starrte sie weiter an. Sie war wunderschön, aber vielleicht ein wenig zu jung für ihn.

»Was wird nun aus ihm?«, fragte Mercurio noch einmal.

Der Hauptmann antwortete nicht sofort. Doch dann riss er seinen Blick von Benedetta los. »Ich muss darüber nachdenken«, sagte er im Weggehen.

Mercurio eilte ihm hinterher. »Hauptmann, ich bitte Euch ...«

Lanzafame blieb stehen. Mit gesenkter Stimme sagte er: »Dieser Junge ist ein Schwächling.«

Dasselbe hatte auch Scavamorto gesagt, dachte Mercurio.

»Ich kenne die Menschen besser als jeder andere, weil ich ihnen ins Gesicht sehe, wenn sie mich töten wollen«, fuhr der Soldat fort. »Dieser Junge ist ein Schwächling und ein Verräter. Vertrau ihm nicht. Niemals.« Dann wandte er sich wieder zum Gehen.

»Hauptmann«, hielt Mercurio ihn noch einmal zurück. »Er wollte sie doch nur erschrecken ... ihr vielleicht einen Kratzer verpassen. Aber er wollte sie bestimmt nicht töten.«

Der Hauptmann starrte ihn an. »Das glaubst du doch selbst nicht.«

»Tut es für Benedetta ...«

Der Hauptmann sah zu dem Mädchen mit der Alabasterhaut hinüber. Sie hielt den Kopf geneigt, und das Licht spielte in ihren kupferfarbenen Haaren. Wieder ging ihm durch den Kopf, dass sie sehr schön war. Und sehr jung. »Vielleicht ist ja der eine oder andere Knoten seiner Fesseln lose, wenn wir uns einschiffen ...«

»Danke, Hauptmann«, sagte Mercurio erleichtert.

»Wofür?«, erwiderte Lanzafame und ging. »Marschiert!«, rief er seinen Männern zu.

In der Nacht hatte er einen Boten nach Mestre geschickt, um ihre Ankunft anzukündigen. So wurden die Heimkehrer am Nachmittag, als sie die Fedelissima erreichten, wie Mestre, das Vorzimmer Venedigs, auch genannt wurde, von einer begeisterten Menge empfangen, obwohl sie nur ein kleiner Haufen Verwundeter waren, die nach Hause kamen. Die großen Heerführer und der Hauptteil der Truppen, die mit den Franzosen unter König Franz dem Ersten verbündet waren, befanden sich immer noch im Krieg. Aber nach den Schrecken der vergangenen Jahre wollte das Volk nichts anderes als den Sieg in der Schlacht von Marignano vor zehn Tagen feiern. Denn dieser schien eine Wende im schrecklichen wirtschaftlichen und politischen Abstieg Venedigs einzuleiten, und dank dieses Sieges erhielt die Serenissima einen Großteil ihrer Festlandsgebiete zurück.

Hauptmann Lanzafame ritt am Kopf des Zuges, gleich hinter den Fahnenträgern. Aufrecht saß er in seinem Sattel, die Rechte hielt das Schwert an der linken Seite gezückt, und von seinem kräftigen Wallach aus lächelte er den Menschen zu, die die

Heimkehrenden mit Jubelgesängen feierten. Er trug noch die von den Schlägen seiner Feinde verbeulte Kriegsrüstung. Darüber flatterte die ärmellose Tunika mit den Farben und Insignien seiner Stadt und seines Hauses: ein rotes Feld, in dessen Mitte sich zwei gelbe Balken zu einem Kreuz vereinten, und zwei Weinranken mit goldenen Trauben. Letztere zeigten an, dass er von den Herren von Capo Peloro bei Messina abstammte, den Herrschern jenes einst von den Normannen eroberten sizilianischen Reiches, von denen Andrea Lanzafame das blonde Haar und die blauen Augen geerbt hatte.

Durch die Seitenfenster des Proviantkarrens schauten Mercurio, Benedetta, Isacco und Giuditta auf die bunte Menge. Nachdem sie einen Nebenarm des Flusses Marzenego überquert hatten, passierten sie das Stadttor Belfredo des neuen Schlosses im Norden Mestres, von wo sie sich nach Venedig zur eigentlichen Feier einschiffen wollten.

Mercurio zählte elf Türme. An einem von ihnen war eine große Uhr angebracht. Die Stadtmauer war in einem schlechten Zustand, ein Brand hatte dort seine verheerenden Spuren hinterlassen. Die Festung ist ja riesig, dachte er, während der Zug sich langsam in den Gebäudekomplex drängte. In der Mitte erhob sich ein Turm, größer und höher als die anderen, der sogenannte Mastio. Hier, vor dem Sitz der Verwaltung, hatten sich die höchsten Würdenträger von Mestre in Festtagskleidung versammelt, um dem Einzug der Vorhut der heldenhaften Truppen beizuwohnen.

Giuditta stand links neben Mercurio und war wie gebannt von der feierlichen Atmosphäre. In ihrer Aufregung vergaß sie, dass es nicht ihr Vater war, der neben ihr stand, griff nach Mercurios verletzter Hand und drückte sie. Vor Überraschung und Schmerz erstarrte Mercurio zunächst, doch dann erwiderte er ihren Händedruck voller Zärtlichkeit. Verblüfft wandte sich Giuditta zu ihm um, und Mercurio starrte sie mit hochrotem Kopf an. Sein

Herz raste, ein starkes Gefühl durchströmte ihn und brachte ihn völlig durcheinander. Jetzt, durch diese Berührung, verstand er, warum alle sagten, dass Frauen gefährlich waren.

Giuditta versuchte, ihre Hand zu befreien, doch Mercurio hielt sie fest. Und Giuditta ließ es zu, ohne dass Mercurio sich anstrengen musste.

Sie sahen sich einen langen Moment in die Augen, und um sie herum schien auf einmal alles ganz still.

Doch dann drehte sich Isacco zu seiner Tochter um und rief: »Das ist noch gar nichts, warte erst, bis du Venedig siehst!«

Unverzüglich glitten Giudittas und Mercurios Finger auseinander.

Verlegen wandte sich Mercurio ab und kehrte beiden den Rücken zu. Er begegnete dem Blick Benedettas, die ihn stirnrunzelnd beobachtete. Auch ihr Gesicht war gerötet, aber eher vor Wut, vermutete Mercurio. Verwirrt wich er ihrem Blick aus und wusste nun nicht mehr, wohin er schauen sollte.

Giuditta lächelte ihren Vater weiter freudestrahlend mit feuerroten Wangen an.

»Warum grinst du so blöd?«, fragte Isacco misstrauisch.

»Mir ist heiß!«, behauptete Giuditta und fächelte sich Luft zu.

Isacco bemerkte, dass sie Blut an den Fingern hatte. Er nahm ihre Hand, um nachzusehen, doch sie war nicht verwundet. Dann schaute er zu Mercurio hinüber, der ihm beharrlich den Rücken zukehrte. »Wisch dir die Finger ab«, sagte er streng zu Giuditta und schob sich zwischen sie und Mercurio.

In dem Moment öffnete sich die Tür des Karrens.

»Kommt und feiert mit uns, Doktor«, sagte Donnola.

Für einen Augenblick löste sich die Spannung unter den Jubelrufen der Menschen und in der allgemeinen Feststimmung auf. Beim Hinausgehen streifte Mercurio Giuditta wieder, und beide erröteten erneut. Isacco packte seine Tochter und zog sie weg. Während Giuditta sich entfernte, schaute sie noch einmal schnell zu Mercurio hinüber, der ihr kaum merklich zulächelte, obwohl er von seinen eigenen Gefühlen völlig verwirrt war.

»Lass uns zusammenbleiben«, sagte Benedetta barsch zu ihm und lief zu Zolfo, dessen Hände an ein Pferd gefesselt waren. Mercurio folgte ihr, doch er mied ihren Blick.

Hauptmann Lanzafame war von der Menge umringt und konnte sein Pferd kaum zügeln. Er deutete auf Isacco: »Hol deinen gelben Hut hervor. Hier hält man sich an das Gesetz.«

Die Würdenträger setzten sich nun in Bewegung und führten die tapferen Heimkehrer zur Fossa Gradeniga, wo drei große, für die Lagune typische Transportboote, die sogenannten Peate, schon auf sie warteten, um sie zum Markusplatz und damit mitten in die Feierlichkeiten überzusetzen.

»Kommt mit uns an Bord«, forderte Lanzafame Isacco auf und winkte auch Mercurio herbei. »In Kriegszeiten dürfen Fremde eigentlich nicht per Schiff nach Venedig, aber Ihr habt Euch die Überfahrt verdient.«

Auf dem Damm war ein breiter Steg aus Buchenbrettern errichtet worden, damit die Kriegshelden erhöht und somit besser zu sehen waren, zum anderen erleichterte der Steg das Einladen der Karren und Verwundeten. Hier und da riss der grau verschleierte Himmel auf, und die Sonne ließ die Wasserstraße aufleuchten.

Als Isacco und Giuditta den Steg betraten und nach ihnen Mercurio, Benedetta und der immer noch gefesselte Zolfo, vernahm man auf einmal einen Schrei.

»Satan! Ich habe dich wiedergefunden!«

»Dreh dich nicht um!«, befahl Isacco seiner Tochter, denn er hatte die Stimme wiedererkannt.

Die Menschenmenge und die Soldaten wandten sich jedoch sofort in diese Richtung.

Der Predigermönch, dem Isacco und Giuditta in dem Gasthaus begegnet waren und der sie am nächsten Tag mit den Leuten aus dem Ort verfolgt hatte, eilte mit Riesenschritten herbei. Er schwang ein Kreuz in der Hand und bahnte sich damit gewaltsam seinen Weg durch die Menge. Das fettige Haar klebten ihm am Kopf, sein Bart war verfilzt und voller Essensreste. »Satansvolk! Schändliche Sünder, verbreitet Euren Krebs nicht unter unseren Truppen!«, schrie er. Und als ihm kein schlimmeres Schimpfwort einfiel, brüllte er: »Juden!«

Isacco drängte seine Tochter hinter das Pferd von Hauptmann Lanzafame.

»Ketzer!«, schrie der Mönch und warf sich beinahe auf den Steg.

Das Pferd des Hauptmanns wich nervös zur Seite aus.

»Nur wenige Meilen von hier haben sie schon Unheil gebracht! Durch ihre Schuld ist ein junges Mädchen gestorben, ein unschuldiges Geschöpf Gottes!«, rief der Mönch an die Menge gewandt. »Sie sind mir einmal entkommen, aber heute wird mir Satan nicht wieder einen seiner Streiche spielen.«

»Was willst du, Mönch?«, sprach ihn Hauptmann Lanzafame barsch an.

Mercurio bemerkte, dass Zolfos Augen wieder wild aufblitzten, und verpasste ihm mit der flachen Hand einen Schlag auf den Hinterkopf.

»Lass nicht zu, dass dieses Geschwür deine tapferen Soldaten befällt!«, rief der Mönch fanatisch.

Hauptmann Lanzafame ließ seinen Blick über die Menge schweifen. Die Menschen waren unentschlossen, für wen sie Partei ergreifen sollten, zu sehr waren sie ihrem religiösen Aberglauben verhaftet. »Dieser Mann hat meine Leute geheilt«, sagte er so laut und bestimmt, dass alle ihn hören konnten. »Dank ihm können sie nun zu ihren Familien zurückkehren.«

Für die Menge war sein letzter Satz von größter Bedeutung. Jubelnd bekundeten die Leute, dass sie auf der Seite des Hauptmanns waren, wenn auch nicht gerade auf der seines jüdischen Doktors.

Der Mönch hatte an Rückhalt verloren. Aber die Kirche und vor allem das Leben hatten ihn auf steten Kampf vorbereitet. Er hatte kein Gespür für Sieg oder Niederlage wie irgendein Söldner, sondern fühlte wie jeder Fanatiker ständig den Reiz zu kämpfen. »Hast du etwa schon deine Gehilfen losgelassen, Satan?« Er sprang auf den Steg und versuchte, sich an Hauptmann Lanzafames Pferd vorbeizudrängen. »Dann stehe ich hier, bereit, mit dir zu kämpfen und nicht einen Schritt zu weichen!«

Hauptmann Lanzafame zog sein Schwert aus der Scheide und ließ es grimmig durch die Luft wirbeln. Die Menge hielt den Atem an. Das Schwert flog durch die Luft und blieb vor dem Prediger im Steg stecken, nachdem es durch den schweren Stoff seiner Kutte gedrungen war und ihn so am Untergrund festgenagelt hatte. »Keinen Schritt weiter, du Unheilbringer! Du marterst meine Ohren mit deinem Gekreische! Dabei möchte ich im Moment nichts anderes hören als die Freudenrufe meiner Leute!«

Die Menschen applaudierten belustigt und empört zugleich.

»Der Letzte von euch nimmt mein Schwert mit, wenn es der Mönch bis dahin nicht gefressen hat!«, rief Hauptmann Lanzafame und gab seinem Pferd die Sporen. »Steig schnell auf das Schiff«, raunte er dabei Isacco zu.

»Satansvolk!«, schrie der Mönch wieder.

Nun lösten die Seeleute die Taue, mit denen die breiten, flachen Boote, deren niedrige Seiten schwarz glänzend gestrichen waren, an Land festgemacht waren, und stießen sich mit den langen Rudern vom Ankerplatz ab, um in die Mitte des Kanals zu gelangen.

Da zog der Soldat, der Zolfo bewachte, einmal heftig an dem Seil, mit dem dieser gefesselt war, und die Knoten lösten sich, wie Hauptmann Lanzafame es versprochen hatte.

»Hau ab, du Taugenichts«, knurrte der Soldat.

Als Zolfo merkte, dass er frei war, tat er als erstes einen Schritt auf Isacco zu. »Satansvolk!«, schrie auch er. Und ehe jemand etwas unternehmen konnte, schwang er sich über die Reling, sprang an Land und lief davon.

Benedetta warf Mercurio einen beredten Blick zu. Als sie sah, wie das Boot sich vom Liegeplatz entfernte, sprang sie ebenfalls aus dem Boot und folgte Zolfo.

Mercurio stand wie angewurzelt da. Eigentlich hatte er keinen größeren Wunsch, als immer noch Giudittas Hand zu halten. Doch ihm wurde bewusst, dass das Boot bald zu weit vom Ufer entfernt wäre, um mit einem Sprung an Land zu gelangen.

Benedetta stand nun zwischen den Leuten am Ufer. Sie hatte sich zum Boot gedreht und sah ihn auffordernd an.

Mercurio beugte sich zu Giuditta hinüber. »Ich werde dich finden«, flüsterte er ihr zu.

Hauptmann Lanzafame starrte ihn verärgert an.

»Fahrt doch alle zur Hölle!«, rief Mercurio und stürzte sich ins Wasser.

Die Menschenmenge am Ufer lachte und klatschte spöttisch Beifall.

Mit wenigen Schwimmzügen erreichte Mercurio die Mole. Das Wasser war kalt und trübe, und es roch nach Schlamm. Starke Arme und Hände zogen ihn aufs Trockene. Mercurio stieß die höhnisch grinsenden Menschen zurück und drehte sich zum Boot um. Giuditta starrte zu ihm hinüber. »Ich werde dich finden«, rief er noch einmal laut und deutlich, bevor er zu Benedetta hinüberlief. Als er sie erreichte, stand sie zusammen mit Zolfo vor dem Prediger.

»Was willst du?«, fragte der Mönch gerade Zolfo und schien ihn mit seinen fanatisch glühenden Augen zu durchbohren.

»Ich hasse die Juden!«, antwortete Zolfo, als würde er ein Losungswort aussprechen.

Der Mönch musterte den Jungen, den einzigen Menschen,

der ihm in dieser Menschenmenge Gehör geschenkt hatte. Er deutete mit dem Zeigefinger auf die nunmehr weit entfernten Boote in der Mitte des Kanals und fragte ernst: »Hasst du sie so sehr?«

»Ja!«, antwortete Zolfo mit einer Inbrunst, die auch Mercurio und Benedetta neben ihm zu gelten schien. Doch diese schwiegen überrumpelt und unangenehm berührt.

Triefend nass starrte Mercurio weiter auf die Fossa Gradeniga, wo die Boote allmählich verschwanden. Giuditta war inzwischen nur noch ein kleiner Punkt.

»So folgt mir, Soldaten Christi!«, rief der Mönch. Er hob die Arme gen Himmel, drehte sich abrupt um und bahnte sich seinen Weg durch die Menge.

14

Als Mercurio in den Kanal gesprungen war, hatte Giuditta sich kaum bezähmen können, am liebsten hätte sie ihn festgehalten oder sich zusammen mit ihm in die Fluten gestürzt. Sie wollte dieses wunderschöne Gefühl von seiner Hand in ihrer nicht mehr missen. Sie wollte nicht mehr auf ihn verzichten. Schon in den vorangegangenen Nächten hatten die Augen dieses ungewöhnlichen Jungen sie in ihren Bann gezogen. So hatte keiner der Jungen auf der Insel Negroponte sie je angesehen. Und keiner von ihnen hatte sie je vor einer Messerattacke beschützt. Keiner von ihnen hatte sein Blut mit ihrem vereint. Plötzlich stockte ihr der Atem. Sie erschrak. Was war denn bloß in sie gefahren, fragte sie sich. Wer war dieser Junge? Dass er kein Priester war, hatte er ihr gestanden. Aber wer war er dann? Und warum trug er einen Talar? Was hatte er zu ihr gesagt, als er vom Boot gesprungen war? Sie konnte sich kaum noch daran erinnern. Ihr Kopf schien zwischen den Wolken zu schweben. »Ich werde dich finden«, ja, das hatte er zu ihr gesagt. Giuditta klammerte sich an ihren Vater.

»Sieh nur«, sagte Isacco zu ihr, während er seinen Arm um ihre Schultern legte und sie so aus dem Labyrinth der Gefühle holte, in dem sie sich zu verlieren drohte. Er zeigte nach vorn: »Sieh nur«, wiederholte er.

Und dann sah Giuditta geisterhaft und noch ganz verschwommen die Stadt aus den Nebelschleiern auftauchen.

»Venedig«, sagte Isacco und ließ den Namen auf seiner Zunge zergehen, als wäre es ein heiliges Wort.

Die Seeleute ruderten sie inzwischen durch die Flut. Die

schweren Boote glitten still dahin und durchpflügten das brackige Wasser.

»Doktor Negroponte«, sprach Donnola Isacco von hinten äußerst förmlich an. »Ich möchte mich von Euch verabschieden und wünsche Euch alles Gute.«

»Danke, Donnola. Du warst ein großartiger Gehilfe«, erwiderte Isacco gleichermaßen förmlich.

Donnola wackelte mit seinem spitzen Kopf auf und ab, als würde er nicken. Plötzlich ließ er alle Förmlichkeit beiseite, trat einen Schritt an Isacco heran und raunte ihm zu: »Wenn Ihr mal wieder einen Gehilfen braucht, findet Ihr mich hinter Rialto beim Fischmarkt. Ich könnte Euch Kunden besorgen.«

Isacco fehlten vor Überraschung die Worte. Er war verlegen. Bis dahin hatte er noch keine Pläne für die Zukunft gemacht. »Das erscheint mir eine gute Abmachung«, sagte er vage. »Dann werde ich zu dir kommen. Nach Rialto.«

»Nicht nach Rialto«, stellte Donnola richtig. »Auf den Fischmarkt hinter Rialto.«

»Genau«, sagte Isacco. »Hinter Rialto. Ich werde es mir merken.«

»Und wenn Ihr die Instrumente kaufen wollt, die Ihr in diesen Tagen benutzt habt«, fuhr Donnola immer noch leise fort, »könnte ich sie Euch zu einem guten Preis verkaufen.«

»Nein danke, Donnola.« Instinktiv lehnte Isacco das Angebot ab. Er fürchtete, in einer Stadt wie Venedig würde jeder gleich erkennen, dass er kein richtiger Arzt war. Dann spürte er, wie Giuditta ihn seitlich mit der Hand berührte, und sah zu ihr hinüber.

»Warum nicht … Herr Doktor?« Die pechschwarzen wachen Augen seiner Tochter schienen ihm befehlen zu wollen, auf Donnolas Angebot einzugehen.

»Ihr könntet ja zumindest unter Euren Kollegen herumfragen. Vielleicht hat ja gerade jemand Bedarf an Instrumenten«, beharrte Donnola.

»Nun ja, wo ich jetzt so darüber nachdenke«, berichtigte sich Isacco, »könnte ich sie vielleicht doch ganz gut gebrauchen ...« Er zwinkerte Giuditta verschwörerisch zu. »Wenn du mir einen guten Preis machst.«

Donnola lächelte strahlend, doch dann wurde er wieder ernst. »Ich kann Euch schon einen guten Preis machen ...«, begann er, »aber das meiste von dem Geld werde ich Candias Familie geben müssen, und so bleibt nur ganz wenig für mich übrig ...« Er verstummte.

Isacco sah ihn schweigend an. Er würde kein weiteres Wort sagen. Donnola versuchte, den bestmöglichen Preis für sich herauszuschlagen, aber er würde ihn mit seinen eigenen Waffen schlagen.

»Andererseits ...«, brach Donnola schließlich das Schweigen, »hatte dieser Feldscher gar keine so große Familie ...« Er lachte, denn er erkannte, wenn er einen harten Knochen vor sich hatte. Und dieser Medicus war zweifelsohne ein harter Knochen. Deshalb gab er seinen Plan auf und versuchte, ihn anders in die Enge zu treiben. »Nennt mir einfach einen Preis, Doktor«, schlug er vor. »Und dann überlegen wir uns, welchen kleinen Betrag Ihr mir für jeden Kunden zahlen werdet, den ich Euch besorge.«

Isacco lächelte zufrieden. Donnola war ein Betrüger allererster Güte. Er verstand sein Handwerk und hatte ihn mit dem Rücken an die Wand gedrängt. Jetzt war er so gut wie gezwungen, seine Mitarbeit anzunehmen. Aber dieser merkwürdige kleine Mann würde auch einen guten Partner abgeben. »Einverstanden, Donnola«, sagte er. »Wir sind im Geschäft.« Und als er das sagte, verspürte Isacco den unwiderstehlichen Drang, sich zu der verheißungsvollen Stadt umzudrehen, als würde ihn eine innere Stimme ermahnen, nicht einen Moment von diesem wunderbaren Ereignis zu verpassen.

Als die Serenissima allmählich aus dem Nebel auftauchte, kamen Isacco die Marmorfassaden der Palazzi strahlender vor, als er es sich je hätte vorstellen können. Gleichzeitig bemerkte er überrascht die Algenbüschel, die knapp unter der Wasseroberfläche hin und her wogten wie nasse grüne Fahnen. Und nie hätte er gedacht, dass Säulen und Kapitelle so fein gestaltet sein könnten, all die Fensterbögen, Rosetten, Tierköpfe und Sagengestalten, die in den Marmor der Balkone gehauen waren. Und überall ragten hohe und schlanke Schornsteine auf, wie die harten gepanzerten Beine einer auf dem Rücken liegenden Riesenkrabbe. Er konnte sich nicht dagegen wehren, dass er immer aufgeregter wurde bei dem Gedanken, dass er nun einen Traum verwirklichte, den sein Vater ein Leben lang gehegt hatte. Isacco betrachtete die mundgeblasenen, mit Blei zusammengehaltenen Fensterscheiben und die schweren, breit gestreiften Markisen in lebhaften Farben, die von schwarzen, mit vergoldeten Blüten und Blättern geschmückten Holzpfosten getragen wurden. Und obwohl er schon davon gehört hatte, verblüffte ihn der Anblick jener besonderen Boote, die es nur in Venedig gab, lang und schmal und für wendige Manöver auf engstem Raum geeignet. Sie waren sowohl am Heck geschwungen, wo ein einziges Ruder zur Fortbewegung diente, als auch am Bug, wo eine Art stilisierter Schlange aus Metall den Canal Grande mit dem Grundriss Venedigs und allen Stadtteilen darstellte. Er bewunderte die große Rialtobrücke, deren Mittelteil gerade hochgezogen wurde, um eine Galeere mit zwei Masten passieren zu lassen. Und schließlich sah er dort, wo der Canal Grande sich zu einer Art kleinem Meer verbreiterte, zu seiner Linken den Markusplatz, den Campanile, den Dogenpalast und eine beeindruckende Menschenmenge, die sofort in lauten Freudenjubel ausbrach, kaum dass die Boote mit den Kriegswappen zu sehen waren.

Giuditta merkte, wie aufgewühlt ihr Vater war, und teilte seine Aufregung, geblendet von der Erhabenheit der Stadt mit ihren legendären architektonischen Widersprüchen. Sie war ihrem Vater dankbar, dass er sich entschlossen hatte, mit ihr hierherzukommen. Eine heftige, nie gekannte Leidenschaft überwältigte sie, und ihre Gedanken kehrten zu Mercurios hübschem Gesicht zurück. Vielleicht, so überlegte sie, war sie jetzt nicht mehr so schüchtern. Aber das mochte auch daran liegen, dass Mercurio nun nicht neben ihr stand. Sie wurde rot und wandte sich ihrem Vater zu, der aufgewühlt zu der großen Piazza voller Menschen starrte, und sagte gerührt: »Danke.«

Doch Isacco hörte sie nicht. In seinen Ohren dröhnten die Trompeten und Trommeln der Serenissima.

In einem eleganten Manöver drehten die Boote bei, nachdem sie zunächst mit dem Bug auf die Ankerplätze aus algenbewachsenem Granit an der Piazza zugehalten hatten. Ohne weitere Korrekturen mit dem Ruder glitten sie über das Wasser wie über Öl und legten mit einem satten Krachen an den Pfählen an, etwas gedämpft von den großen, lumpengefüllten Schutzsäcken der Mole. Im Nu waren die Taue ausgeworfen und breite Stege gelegt, in deren Mitte ein breiter Streifen aus rotem Stoff verlief.

Hauptmann Lanzafame war die ganze Zeit nicht abgesessen. Stolz und freudig erregt zugleich blickte er auf die laut jubelnde Menge und dann auf seine Männer. Er zog sein Schwert aus der Scheide und schwang es schweigend durch die Luft. Man hätte ihn ohnehin nicht gehört, und es bedurfte auch keiner Worte. Alle Männer, auch die Verwundeten und Krüppel, hoben zur Antwort ebenfalls ihre Waffen. Dann drehte sich der Hauptmann zu Isacco um und lächelte ihm zu.

Isacco bemerkte, dass seine Augen glänzten, als hätte er hohes Fieber. Und er wusste, dass seine eigenen ebenfalls glänzten.

»Du bist angekommen«, sagte der Hauptmann, und ehe Isacco etwas erwidern konnte, gab er seinem Pferd so heftig die Sporen, dass es fast scheute. Dann sprang es ohne zu zögern mit einem gewaltigen Satz auf den Steg. Mit immer noch hoch erhobenem Schwert lenkte Hauptmann Andrea Lanzafame sein Ross auf den feuchten Boden der Piazza.

Die Menge jubelte begeistert auf.

Nach den Reitern gingen die Soldaten von Bord, die sich noch auf den eigenen Beinen halten konnten. Isacco und Giuditta schlossen sich ihnen an. Dann erst folgten die Karren mit den Verwundeten und Invaliden.

Tausende und Abertausende Kerzen in allen Farben brannten wie ein riesiger Heiligenschein um das abgetrennte Haupt des Heiligen Jakobus, eine der mehr als hundert Reliquien, die sich in der Serenissima befanden. Das Haupt des Heiligen war in seinem Schrein auf der Spitze eines goldenen Pfahles angebracht, zwanzig Fuß und vier Spannen hoch, und wurde von einem Kiefer und einer Schädeldecke aus Silber zusammengehalten. Die anderen hochheiligen Reliquien – Hände, Füße, Mumien, Nägel und Splitter vom Kreuz Christi, der Arm der Heiligen Lucia, das Auge des Heiligen Georg, das Ohr des Heiligen Kosmas – wurden in einer Prozession von frommen Mitgliedern aus den Bruderschaften der Klöster San Salvador und San Giorgio Maggiore umhergetragen, die sich diesen wichtigen Beitrag zu den Feierlichkeiten streitig gemacht hatten.

Wie von Sinnen näherte sich das Volk und versuchte, die Reliquien zu berühren, wobei die zum Schutz der Kostbarkeiten abgestellten Wächter sie grob zurückdrängten. Gleich hinter ihnen folgten die Bischöfe in vollem Ornat und der Vikar von San Marco, der das vom Heiligen Markus selbst verfasste Evangelium trug. Am Ende des hin und her wogenden Spaliers, das den Drängeleien all derer standhielt, die vorstürmten, um zu schauen und zu berühren, erwarteten der achtzigjährige Doge Leonardo Loredan und der Patriarch von Venedig, Antonio Contarini, die Helden zum feierlichen Empfang in der Heimat.

Isacco und Giuditta waren erst wenige Schritte durch die zwei dicht gedrängten Menschenreihen vorwärtsgekommen, als auf Befehl eines Beamten der Serenissima in Paradeuniform vier Wachen des Dogen sie aufhielten.

»Folgt mir. Ihr könnt nicht bleiben«, sagte er.

Die Wachen des Dogen drängten sie aus dem Zug.

Hauptmann Lanzafame, der sich umgedreht hatte, um seine Männer anzufeuern, beobachtete das Ganze. Sein Blick kreuzte den Isaccos. Er bewegte keinen Muskel. Es gab nur diesen langen, stummen Blick zwischen zwei stolzen Männern. Der Hauptmann wusste, dass man die beiden nur fortführte und nicht etwa verhaftete. Diese zwei gelben Judenhüte mussten aus dem Zug verschwinden. Der Arzt würde in den offiziellen Unterlagen nicht erwähnt werden, als hätte es ihn nie gegeben. Aber als Lanzafame seine Männer betrachtete, deren furchteinflößend in die Luft gereckten blutigen Stümpfe vom Volk wie die heiligen Reliquien gefeiert wurden, erinnerte er sich daran, dass allen Militärberichten zum Trotz ein tapferer Medicus in diesen Tagen und Nächten seine Männer mit Umsicht behandelt hatte.

»Ich mache mir nichts aus diesem ganzen Firlefanz«, sagte da Donnola, löste sich aus dem Zug und ging zu Isacco und Giuditta, die immer noch ganz benommen waren vom Prunk dieser begeisterten Prozession. »Kommt«, sagte Donnola, hakte sich bei Isacco unter und führte ihn in eine etwas ruhigere Ecke. »Ich möchte wetten, dass Ihr eine Unterkunft zum Schlafen und etwas zu essen braucht«, sagte er grinsend.

»Und ich möchte wetten, dass du schon eine im Sinn hast«, gab Isacco ebenfalls grinsend zurück.

»Die beste in der Stadt, das schwöre ich«, erwiderte Donnola und legte sich zur Bekräftigung die rechte Hand aufs Herz. »Saubere Betten, wenig Filzläuse, günstiges und bekömmliches Essen. Wirklich das beste Gasthaus der Stadt ...« Dann schwieg er einen Moment verlegen. »Und man stört sich nicht an gelben Hüten.«

»Ich dachte, diese Stadt wäre frei von den Vorurteilen der christlichen Welt«, sagte Isacco.

»Das ist sie, Herr Doktor, das schwöre ich.« Wieder legte Donnola sich die Hand aufs Herz. »Aber um es mal in aller Offenheit zu sagen, Ihr müsst schon begreifen, dass Ihr immer noch Juden seid.«

15

Warum gehen wir denn mit ihm und diesem anderen Narren?«, fragte Mercurio leise Benedetta, während sie dem Mönch und Zolfo folgten. Nach seinem Sprung in den Kanal war er vollkommen durchgefroren und hinterließ im Straßendreck eine nasse Spur.

Benedetta zuckte nur mit den Schultern.

»Wo gehen wir hin?«, wandte sich Mercurio etwas lauter und unwirsch an den Mönch.

»An einen Ort, wo du dich abtrocknen und deine Kleider wechseln kannst«, antwortete ihm dieser ohne stehen zu bleiben. Er lief noch ein paar Schritte vorwärts, dann drehte er sich um und starrte Mercurio mit seinen kleinen, scharfen Augen durchdringend an. »Du willst doch nicht etwa auch mir weismachen, dass du Priester bist, oder?«

Mercurio blieb abrupt stehen. Er fühlte sich ertappt, und der schneidende Blick des Mönchs war ihm unangenehm. »Nein ...«, stammelte er. »Ich ... äh ... Nein, wir sind auf dem Weg hierher von Räubern angegriffen worden ... Die haben mir meine Sachen genommen und ... ich ... habe das da gefunden ...« Er deutete auf den Talar. Unter seinen Füßen breitete sich eine Wasserpfütze aus. »So war das eben«, sagte er und blickte hilfesuchend zu Benedetta hinüber.

Doch die sagte kein Wort.

»Gehen wir«, sagte der Mönch nur und schritt vorwärts.

Mercurio zog den Kopf ein und warf Benedetta einen bösen Blick zu. »Ich mag diesen Mönch nicht«, sagte er leise.

»Ich mag keinen von denen«, erwiderte Benedetta.

Mercurio kam es vor, als wäre ihre Stimme leicht getrübt.

»Nicht einmal mich?«, neckte er sie.

Benedetta schwieg dazu, doch nach ein paar Schritten sagte sie zu ihm: »Danke, dass du bei uns geblieben bist.«

Mercurio tat so, als hätte er es nicht gehört. Wenn der Kaufmann ihn in jener Gasse in Rom nicht umgebracht hatte, war das allein ihr Verdienst. Deshalb fühlte er sich einerseits verpflichtet, ihr seine Dankbarkeit zu beweisen, doch aus dem gleichen Grund hasste er sie auch von ganzem Herzen, weil es ihm einfach nicht behagte, jemandem etwas schuldig zu sein. Es erinnerte ihn zu sehr an seine Schuldgefühle gegenüber dem Säufer, der ihn in der Kanalisation vorm Ertrinken gerettet hatte. Und ganz besonders hasste er sie, weil er sich am liebsten nicht von Giuditta getrennt hätte. Was auch immer das bedeuten mochte. Vielleicht hätte Benedetta es ihm erklären können, schließlich war sie eine Frau. Doch er hatte keine Übung darin, mit Frauen zu reden. Vielleicht würde Benedetta ja ohnehin nicht gern mit ihm über Giuditta reden, sagte er sich. Auf jeden Fall schien ihm das Ganze ein ziemlich heikles Thema zu sein, das er nach Möglichkeit meiden sollte.

Auf ihrem Weg nach Süden verließen sie allmählich den kleinen, dicht besiedelten Ortskern von Mestre, bis sie sich am Stadtrand wiederfanden, wo auf der rechten Straßenseite etwa alle fünfzig Schritte ein Bauernhaus stand. Jedes dieser niedrigen, plumpen Gebäude hatte einen Gemüsegarten. Links von der Straße verlief ein Kanal, an dessen unregelmäßigen Uferrändern Binsen wuchsen.

Der Mönch blieb vor einem der Häuser stehen und klopfte an eine Tür, die grob aus dünnen, mit Querbalken vernagelten Brettern gezimmert war.

Man hörte, wie ein Riegel zurückgeschoben wurde, und gleich darauf öffnete ihnen eine Frau um die vierzig. Sie hatte tiefe Augenringe, als würde sie oft weinen. »Willkommen zurück,

Bruder Amadeo«, begrüßte sie den Priester mit einer angenehm ruhigen Stimme. Beim Anblick der drei jungen Leute erhellte sich ihr Gesicht, und sie lächelte ihnen zu. Da bemerkte sie Mercurios durchnässtes Priestergewand und rief besorgt aus: »Oh heilige Jungfrau Maria! Komm schnell herein und setz dich gleich ans Feuer, Junge!« Sie trat vor die Tür und nahm ihn freundlich, aber bestimmt bei der Hand.

Mercurio war die Frau sogleich sympathisch. Bereitwillig ließ er sich von ihr ins Haus und zu dem mannshohen Kamin im Erdgeschoss ziehen, in dem ein Feuer brannte.

Die Frau holte einen Stuhl und stellte ihn in die Kaminöffnung, direkt an eine der Ziegelwände. »Was hast du mit deiner Hand gemacht?«, fragte sie, als sie den Verband sah.

Mercurio zuckte nur stumm mit den Achseln und sah zu Zolfo hinüber. Doch der hatte nur Augen für den Prediger und bemerkte ihn nicht.

Die Frau betrachtete den Verband. »Den hat jemand angelegt, der etwas davon versteht«, stellte sie anerkennend fest. Dann wickelte sie ihn ihm ab und sah sich seine Wunde an. »Es ist nur ein Kratzer, das wird schnell heilen.«

Mercurio zuckte noch einmal stumm mit den Achseln.

»Zieh dich aus, bevor du dir noch was an den Lungen holst«, forderte die Frau ihn auf und begann, seinen Talar aufzuknöpfen.

Verlegen hielt Mercurio sie zurück.

»Ach, komm schon, nicht so schüchtern«, sagte die Frau lachend. »Ich hab genug nackte Männer gesehen, einschließlich meines Ehemanns, Gott hab ihn selig.« Sie bekreuzigte sich rasch. »Versteh mich nicht falsch, mein Junge. Ich bin stets eine ehrbare und gottesfürchtige Frau gewesen.« Sie lachte noch einmal und fuhr fort, Mercurios Gewand aufzuknöpfen. »Seit mein Mann gestorben ist, vermiete ich Betten an Tagelöhner. Und nach einem Regentag gibt es nichts Besseres, als die nackte Haut am Feuer zu wärmen.«

Mercurio drehte sich zu Benedetta um. Verstohlen gab er ihr ein Zeichen und steckte eine Hand in die Tasche des Gewandes.

Benedetta begriff sofort. Sie ging zu ihm, und während sie geschickt den Beutel mit den Goldmünzen an sich nahm, sagte sie: »Sie hat recht, zieh dich aus.« Mit einer schnellen selbstverständlichen Bewegung, als würde sie ihre Kleidung ordnen, steckte sie den Beutel in ihren Gürtel.

»Na gut, na gut«, sagte Mercurio daraufhin, und im Handumdrehen stand er in Unterhosen da.

Benedetta lachte hell auf, woraufhin sich Mercurio so gut es ging mit den Händen bedeckte.

Die Frau lachte ebenfalls und ging zu einer Truhe hinüber. Sie öffnete sie, holte eine Decke heraus und warf sie Mercurio über die Schultern. »So, jetzt kannst du dir auch die Unterhosen ausziehen, mein Junge«, sagte sie mit einem Augenzwinkern. Als Mercurio sich der Hose entledigt hatte, nahm die Frau sie ihm gemeinsam mit dem Talar ab und hängte die Kleidungsstücke auf zwei rundgebogene Nägel, die jemand in die Kaminwand zwischen die roten Ziegelsteine gehauen hatte. Dann stellte sie seine Schuhe nahe ans wärmende Feuer.

»Er wird andere Kleider brauchen«, sagte daraufhin der Mönch.

Die Frau sah ihn fragend an.

»Vielleicht wird er ja in Zukunft mal ein guter Priester«, erklärte ihr der Mönch. »Aber für den Moment ist er nur ein Junge mit Sachen, die ihm nicht gehören.«

Die Frau sah wieder zu Mercurio hinüber. Sie ging zu ihm, fuhr mit einer Hand durch seine nassen Haare und strich ihm eine Locke aus der Stirn. Lächelnd nahm sie einen Lappen, der über dem Stiel einer großen Pfanne hing, und rieb ihm ohne viel Federlesen den Kopf trocken. Dann brachte sie seine Haare wieder in Ordnung.

Mercurio wunderte sich über sich selbst. Er hätte sich nie vorstellen können, dass er jemandem so etwas erlauben würde.

»Ich heiße Anna del Mercato, unter diesem Namen bin ich allgemein bekannt«, stellte die Frau sich Mercurio vor, der sich anscheinend immer noch nicht dazu durchringen konnte, etwas zu sagen. »Nass wie ein Hund und dazu stumm«, sagte die Frau lachend zu dem Mönch. »Wen hast du mir denn da bloß ins Haus gebracht, Bruder Amadeo?«

»Pietro Mercurio von den Waisen von San Michele Arcangelo«, sagte Mercurio in einem Atemzug.

Die Frau lachte schallend. Aber in ihrem Lachen lag keine Bosheit. Nur eine Wärme, die Mercurio als ebenso angenehm empfand wie die des Kaminfeuers.

»Was für ein Name!«, rief Anna del Mercato aus. »Mit einem solchen Rattenschwanz von Namen könntest du ein spanischer Grande sein. Aber das ist unmöglich, denn San Michele Arcangelo ist der Schutzpatron von Mestre. Du bist hier also genau am richtigen Ort, mein Junge.«

Mercurio lächelte. Die Wärme benebelte langsam seine Sinne. Er fühlte, wie seine Lider immer schwerer wurden.

»Ruh dich aus, das wird dir guttun«, sagte Anna und schürte die Flammen mit einer langen, rußgeschwärzten Stange. Dann ging sie hinauf ins obere Stockwerk.

Benedetta setzte sich neben Mercurio an den Kamin. »Und was machen wir jetzt?«, fragte sie leise, während sie den Prediger und Zolfo aus dem Augenwinkel beobachtete.

Der Mönch hatte sich an den Tisch gesetzt und sich ein Glas Rotwein eingegossen. Zolfo stand neben ihm.

»Er sieht aus, als wäre er sein Messdiener«, brummte Mercurio.

In dem Moment kam Anna mit Kleidung auf dem Arm die Treppe herunter. Mercurio sah, dass ihre Augen glänzten, als hätte sie geweint oder würde die Tränen unterdrücken. Doch sie lächelte weiter so offen und heiter wie vorher.

»Hier, nimm«, sagte Anna mit einem traurigen Seufzer. »Die müssten dir passen. Die Jacke ist aus Barchent, aber ich habe sie mit Kaninchenhaar gefüttert. Du wirst sehen, die hält dich warm.« Dann lächelte sie wieder. »Die Hosen sind nicht nach der neuesten Mode, aber aus guter Wolle.« Ihre Augen wirkten abwesend, als würde sie einer Erinnerung nachhängen. Aber sie sagte nichts mehr, sondern legte die Sachen mit einem Hemd aus grobem Leinen und einem Unterhemd aus gewalkter Schafwolle über die Rückenlehne des Stuhls. Ihr Blick fiel auf Mercurios Schuhe, die in der Nähe der Glut trockneten. »Die sind ein bisschen zu leicht für die Jahreszeit. Aber Schuhe habe ich keine für dich.« Die Frau sah Mercurio wieder mit diesem abwesenden Blick an, als wäre sie in Gedanken in anderen, längst vergangenen Zeiten. Dann raffte sie sich auf. »Ich habe noch Suppe. Etwas Warmes wird euch guttun, Kinder. Kommt mit.« In der Küche füllte sie Holznäpfe und verteilte sie an alle. »Es gibt keine Löffel, also behelft euch so, dies hier ist kein vornehmes Gasthaus«, fügte sie entschuldigend hinzu.

Mercurio hatte seine Portion im Nu heruntergeschlungen. Die Suppe schmeckte herzhaft nach Kohl und Rüben.

Anna del Mercato rührte im Suppentopf und fischte eine halbe Schweinerippe heraus, an der noch etwas Fett und ein paar Fleischfasern hingen, und gab sie Mercurio. »Tut mir leid, das war die letzte«, sagte sie zu den anderen, die sie hoffnungsvoll anblickten. »Er braucht sie jetzt am nötigsten«, fügte sie hinzu. Dann sah sie im Nebenraum nach den Unterhosen, stellte fest, dass sie getrocknet waren, und warf sie Mercurio zu, der ihr gefolgt war. »Komm«, sagte sie zu ihm. »Mal sehen, wie dir die Sachen stehen.«

Mercurio schlüpfte in die Unterhosen, danach zog er Unterhemd, Hemd, Hosen und Jacke an. Alles war zwar ein wenig zu weit, aber insgesamt passten die Kleider ihm recht gut.

Anna nickte mit feucht glänzenden Augen. »Jetzt geht schlafen«, sagte sie und deutete auf einige Strohsäcke auf dem Boden.

Der Mönch blieb am Tisch sitzen, und Zolfo wich ihm nicht von der Seite. Benedetta nahm sich Mercurios Decke, warf sie sich über die Schultern und legte sich in eine Ecke auf ein Strohlager, wobei sie Zolfo einen finsteren Blick zuwarf. Mercurio setzte sich wieder auf den Stuhl nahe der Kaminöffnung. Er spürte immer noch die Kälte in seinem Körper.

Anna nahm sich einen Schemel, stellte ihn neben Mercurio und setzte sich. Eine Weile starrte sie stumm in die Glut. Dann fing sie leise an zu sprechen, ohne den Blick von den Flammen zu wenden. »Ihm standen sie nicht so gut wie dir ...«, sagte sie.

Als Mercurio sich umdrehte, entdeckte er ein leichtes Lächeln auf ihren Lippen und sah, dass ihre Augen wieder feucht glänzten.

»Mein Mann wirkte eher ein wenig derb, er war kein so hübscher Kerl wie du«, erzählte Anna leise. »Aber er war mein Mann. Und er war ein guter Mann. Er hat mich nicht ein einziges Mal geschlagen.« Sie sah Mercurio an und strich sanft über die Jacke, die sie mit Kaninchenhaaren gefüttert hatte. »Der liebe Herrgott hat es uns leider nicht vergönnt, ein Kind zu bekommen, aber mein Mann gab mir nicht die Schuld daran und hat sich nie eine andere Frau gesucht. Er sagte, wir sollten einen Waisenjungen an Kindes statt annehmen, der uns beim Umbrechen der Felder und auf dem Markt zur Hand gehen könnte. Aber in Wahrheit hat er sich wohl immer einen eigenen Sohn gewünscht.« Sie streichelte Mercurio über die Wange.

Der ließ es geschehen.

»Er wäre glücklich, seine Sachen an einem so hübschen Jungen wie dir zu sehen.«

Mercurio hätte gern etwas Freundliches gesagt, aber ihm fehlten die Worte, und er brachte nicht mehr als ein »Ja ...« heraus.

Beide schwiegen und starrten in die Flammen.

Mercurio fragte Anna ganz leise: »Als ihr geheiratet habt ...

Als du und dein Mann danach ... Habt ihr euch ... habt ihr euch bei der Hand genommen?«

Annas Augen verloren sich wieder in der Vergangenheit. Dann lachte sie laut auf. »Na ja ... das nicht gerade.« Sie lachte noch einmal und steckte Mercurio damit an. »Aber so ähnlich, mein Junge. Verstehst du?«

»Na ja ...«

Mit einem liebevollen Lächeln zerzauste Anna del Mercato seine Haare. »Natürlich nicht. Ich bin wirklich dumm. Du bist ja noch so jung ... Also, ich will sagen, dass unsere Hände ... seine und auch meine ... ja, irgendwie schon im Spiel waren.«

»Ach so«, sagte Mercurio und tat so, als hätte er sie verstanden.

Anna del Mercato kicherte verlegen. »Oh, mein Junge ... was lässt du mich da sagen?« Sie schlug die Augen nieder. Wieder verlor sie sich in Erinnerungen und streichelte zärtlich die Jacke. »Du wirst sehen, die hält dich schön warm.«

»Ja ...«

»Das sind die letzten seiner Sachen, die ich noch hatte«, erklärte Anna. »Nun besitze ich nichts mehr von ihm.« Sie sah wieder mit verklärtem Blick in die Flammen. »Er hat mir eine Kette geschenkt«, flüsterte sie, als spräche sie zu sich. »Sie war schön. Eine gedrehte Kette aus einfachem Gold mit einem Anhänger, einem Kreuz mit einem grünen Stein in der Mitte.« Anna seufzte, dann stand sie plötzlich auf. »Ich gehe jetzt zu Bett. Und versuch auch du zu schlafen, mein Junge.« Doch sie rührte sich nicht von der Stelle, sondern blieb in der großen Kaminöffnung stehen und starrte in die Flammen. »Weißt du, er ist vor zwei Jahren gestorben«, sagte sie schließlich. »Auf dem Markt, ein Wagen hat ihn zerquetscht. Der Wagen eines Fremden, der stecken geblieben war. Mein Mann hat ihm geholfen. Und dann hat ein Rad nachgegeben, der Wagen ist umgekippt und hat seinen Brustkorb und sein großes, gütiges Herz zerdrückt.«

Sie wirkt so würdevoll, dachte Mercurio. Er drehte sich zu Zolfo um, der sich weiter aufgeregt mit dem Prediger unterhielt und dessen Gesichtszüge so angespannt waren, dass es aussah, als fletschte er die Zähne. Der Junge hatte ebenfalls einen wichtigen Menschen in seinem Leben verloren. Aber er reagierte mit Wut auf den Schmerz. Mercurios Blick ging zu Anna. Sie nicht, dachte er, und sie kam ihm nicht weniger stark vor.

»Ich habe das wenige Geld, das ich hatte, für einen anständigen Sarg ausgegeben. Und für ein Begräbnis«, erklärte Anna del Mercato. »Danach habe ich versucht, wieder die Arbeit aufzunehmen, der ich nachging, bevor ich meinen Mann kennenlernte. Weißt du, ich erledigte den Einkauf von Lebensmitteln für einige Familien Venedigs, die zwar bedeutend, aber vorübergehend knapp bei Kasse waren. Da ich hier in Mestre lebe, konnte ich ihnen gute Preise garantieren. Hier sind die Waren um Etliches günstiger. Aber keiner von denen wollte später noch etwas von mir wissen. In der Zwischenzeit waren sie wieder zu Wohlstand gekommen, und da war ich ihnen schlichtweg peinlich. Ich erinnerte sie an die schlechten Zeiten, und vielleicht fürchteten sie, ich würde ihnen Unglück bringen.« Anna seufzte auf. »So bringe ich mich mühsam durch, indem ich Betten an Tagelöhner vermiete, aber im Winter arbeitet niemand hier auf dem Land, und dieses Jahr ist durch die Kälte das ganze Gemüse in meinem Garten erfroren.« Sie berührte ihren Hals knapp unterhalb der Kehle, als suchte sie etwas, das immer dort gewesen war. Ihre Augen füllten sich mit Tränen. »Ich habe die schöne Kette verpfänden müssen, obwohl ich mir geschworen hatte, dass ich das nie tun würde. Isaia Saraval, der Geldverleiher an der Piazza Grande, hat mir zwanzig Silberstücke dafür gegeben.« Anna senkte den Blick, als schämte sie sich immer noch für ihren Entschluss. »Ich werde nie genug Geld haben, um sie auszulösen.«

Es ist eine Schande, dass diese Frau keinen Sohn bekommen hatte, dachte Mercurio. Sie hätte ihn bestimmt nicht in der

Drehlade eines verdammten Waisenhauses abgegeben. Meine Mutter war eine Gemüsehändlerin, die jeden Morgen zum Markt ging . . ., dachte er. Hätte diese Frau ihn geboren, wäre er kein Betrüger geworden und hätte auch den Kaufmann nicht getötet. Aber es war eben anders gekommen. Und es war müßig, über ein »was wäre wenn« nachzudenken.

»Das tut mir leid«, sagte er zurückhaltend in dem Versuch, zwischen sich und Anna ein wenig Abstand zu schaffen.

Anna del Mercato nickte kaum merklich und sah ihn ohne den leisesten Vorwurf an. »Ich habe dich genug gelangweilt, mein Junge«, sagte sie. Dann strich sie ihm noch einmal durchs Haar und ging.

»Was wollte die denn von dir?«, fragte Benedetta, als Mercurio sich auf den Strohsack neben ihrem legte.

»Nichts«, entgegnete Mercurio, doch er war sich bewusst, dass es ihm keineswegs gelungen war, Distanz zu Anna del Mercato zu wahren. Er meinte immer noch, ihre Hand in seinem Haar zu spüren.

»Die beiden da haben die ganze Zeit geredet«, sagte Benedetta und zeigte auf Zolfo und den Mönch.

»Ich bin müde«, fertigte Mercurio sie ab und wandte ihr den Rücken zu. Er schloss die Augen.

Meine Mutter war Gemüsehändlerin und verkaufte ihre Ernte auf dem Markt. Sie legte mich immer auf ihren Handkarren neben die Rüben und die Zwiebeln. Sie hat mir eine Jacke aus Barchent genäht und sie mit Kaninchenhaar gefüttert, damit ich es immer schön warm habe bei Kälte . . .

16

Shimon Baruch war schmutzig und müde. Nicht einmal er wusste, wie viele Tage er sich in dieser Tuffsteingrotte am Rand der Heiligen Stadt verborgen hatte. Und die ganze Zeit über hatte er kaum geschlafen. Er hatte auch fast nichts gegessen, und ihm war kalt. In dem Talar des Pfarrers, den er nun trug, hatte sich der helle Tuffsteinstaub festgesetzt und war zu einer schmierigen Schicht verkrustet.

Er hatte gelebt wie ein gehetztes Tier und sich in die von Menschenhand in die Flanke des Hügels gegrabenen Höhlen verkrochen. Auf jedes Geräusch, jedes Rascheln hatte er gelauscht. Doch die Angst hatte niemals die Oberhand gewonnen. Ganz im Gegenteil, je mehr Shimon litt und Gefahr witterte, desto stärker wuchsen Wut und Hass in ihm. Und er hatte festgestellt, dass nichts auf der Welt einen Mann so sehr nähren und stärken konnte wie diese beiden Gefühle.

Jeder Wert aus der Vergangenheit, jedes Ziel, jeder Tag seines früheren Lebens hatte für ihn seinen Sinn verloren. Das waren Gespenster, Trugbilder, sinnlose Gebote. Der, der dieses frühere Leben gelebt hatte, das war nicht er gewesen, sondern eine Marionette, die von Allgemeinplätzen, von den strengen Regeln der jüdischen Gemeinde gelenkt und in ihre Schranken verwiesen wurde.

Das war nicht er gewesen. Doch jetzt hatte er sich selbst gefunden, und er würde sich nie wieder verlieren.

Er trug sein neues Leben, sein neues Schicksal in der Tasche. Ab und zu, wenn sein Wille schwankend wurde, ging seine Hand zu jenem Stück Pergament, das erklärte, er sei Alessandro Rubirosa, Christ, getauft im Namen des Herrn 1471 in der Kirche San Serapione Anacoreta.

Als er bereit war, zog er sich die Kapuze über den Kopf, machte sich auf den Weg in die Stadt, zur Piazza Sant'Angelo in Pescheria, wo alles begonnen hatte.

Dort angekommen, schaute Shimon sich um. Der Platz sah genauso aus wie an dem Tag, als man ihn bestohlen hatte. Hass und Wut stiegen in ihm auf. Er sah wieder jede Einzelheit vor sich. Zuerst das Mädchen mit dem roten Haar, das ihn körperlich erregt hatte, dann den Jungen mit der gelblichen Haut, der ihm etwas nachrief, und gleich darauf den schwachsinnigen Riesen, der auf ihn zukam und so tat, als wollte er ihn um ein Almosen bitten. Erst jetzt gelang es Shimon, all das tatsächlich zu sehen, was er an jenem Tag hätte sehen müssen. Die verstohlenen Blicke, das Zusammenspiel. Das alles war ein ausgeklügelter Plan gewesen. Und der Kopf des Ganzen war bestimmt jener Kerl, den Shimon vor allen anderen hasste. Dieser junge Bursche mit dem gelben Judenhut, der ihm in seiner Sprache den Friedensgruß entboten und dann so getan hatte, als würde er sich mit dem Schwachsinnigen streiten und ihn verteidigen. Einen Augenblick lang war Shimon versucht gewesen, sich für den jungen Juden einzusetzen. Was für ein Dummkopf er doch gewesen war! Doch vor allem erinnerte er sich, wie die Furcht ihm die Kehle zusammengepresst hatte. Du Dummkopf, schalt er sich abermals. Genau auf diese Angst stützte sich ja der Plan dieser Gauner. Auf die Furcht des feigen Juden.

Du wirst nie mehr Angst haben, sagte er sich. Und du wirst nie mehr ein Jude sein.

Shimon erinnerte sich genau, in welche Richtung die drei jungen Leute geflohen waren, als sie einander vorgeblich verfolgten. Er wählte denselben Weg. Dann bog er nach rechts ab, doch dort fand er sich gleich in einem undurchdringlichen Gewirr aus Gassen wieder, die sich im Herzen Roms verloren, und er dachte, dass die Diebe sicher eher einen abgelegenen Ort als Versteck gesucht hatten. Daher kehrte er um und bog nach links ab. Schon bald wurde die Straße schmaler und schlammig, bis sie schließlich am Damm des Tiberufers gegenüber der Tiberinsel endete.

Shimon blieb stehen und betrachtete nachdenklich den Fluss. Die hatten bestimmt kein Boot gehabt. So würde er sie nie finden, sagte er sich wütend, und wollte schon umkehren.

Doch als er sich umdrehte, hörte er ein Geräusch, das seine Aufmerksamkeit erregte. Er sah zum Damm hinüber, in Richtung eines Brombeerstrauchs, der sich bewegte und langsam hinunter in Richtung Ufer rollte.

»Verdammte Scheiße!«, fluchte ein spindeldürrer Kerl, der plötzlich wie aus dem Nichts auftauchte. Der Mann wirkte beunruhigend, düster, und war auffällig gekleidet. Ein riesiger Türkendolch ragte unter der orangefarbenen Schärpe hervor, die er um seine Taille unter der violetten Jacke geschlungen hatte. »Was für ein verfluchter Scheißort«, knurrte er, bevor er sich wieder dem Kanalausstieg zuwandte, woher er gekommen war, und mit unangenehmer, verächtlich klingender Stimme schrie: »Beeilt euch gefälligst, ihr Holzköpfe!«

Etwas weiter entfernt entdeckte Shimon einen brandneuen leichten zweirädrigen Wagen, vor den ein schneller Araber gespannt war, der nervös tänzelte.

Der Mann, der aus der Kanalisation gekommen war, spuckte aus und ging auf den Wagen zu.

Kurz darauf entstiegen vier zerlumpte Kinder dem gleichen Ausgang. Sie mochten ungefähr zehn Jahre alt sein und hatten die Arme voll mit Kleidern und Strohkörben. Nun kletterten sie mühsam und ständig rutschend den Uferrand hinauf.

»Los, beeilt euch!«, schrie der Mann, der bereits auf dem Wagen saß und eine Peitsche in der Hand hielt.

Die Kinder liefen schneller. Die ersten beiden erreichten den

Wagen und verstauten die Kleider so gut es ging im hinteren Teil. Das dritte fiel hin, bevor es den Wagen erreichte, und stand sofort wieder auf. Das vierte und jüngste war beladen wie ein Packesel und sah wegen der vielen Sachen überhaupt nicht, wohin es ging. Daher stolperte es über einen Strauch, verlor das Gleichgewicht, und um auf den Beinen zu bleiben, ließ der Junge seine Last fallen. Die Kleider und ein Strohkorb landeten auf dem Boden.

»Du Trottel!«, schrie der Mann auf dem Wagen. Dann ließ er die Peitsche über den beiden Kindern knallen, die als Erste angekommen waren. »Los, helft ihm«, befahl er.

Shimon hatte das Ganze mit großem Erstaunen beobachtet. Wie kamen so viele Sachen unten in den Abwasserkanal? Diese einfache Frage hatte ihm die Haare am Arm zu Berge stehen lassen. Deshalb hatte er sich genähert und in dem Korb, der umgekippt war, neben einer Perücke, einer Kochmütze und einem Malerhut, verschiedenen Brillen und falschen Bärten auch einen Judenhut entdeckt. Aufgeregt war er noch näher gekommen.

Inzwischen halfen die Kinder ihrem Freund, der gestolpert war. Sie sammelten alle Sachen ein und liefen damit zum Wagen. Doch dann bemerkte der Kleinste, dass etwas hinter den Strauch gefallen war, was niemand gesehen hatte.

Bis auf Shimon, dem auf einmal das Herz bis zum Hals schlug. Er sprang vor zu dem Kind und riss ihm den Gegenstand aus den Händen.

Es war ein Lederbeutel mit einem Zugband. Ein ganz besonderer Beutel, da auf ihm in Rot eine *chamsa* gemalt war, ein jüdisches Symbol gegen den bösen Blick und Unglück. Eine stilisierte Hand.

»Was machst du da, Pfaffe? Lass sofort los!«, rief der Mann und kletterte aus dem Wagen.

Shimon betrachtete den Beutel mit Tränen der Rührung in den Augen.

»Hast du mich gehört, Pfaffe?«, schrie der Mann und kam mit energischen Schritten auf ihn zu.

Shimon fuhr mit dem Daumen zärtlich über die raue Oberfläche der stilisierten Hand, die er selbst aufgemalt hatte.

»Das gehört mir. Lass es los!«, sagte der Mann und riss ihm den Beutel aus der Hand, der die sechsunddreißig Goldflorins aus Shimons einträglichem Geschäft mit den Seilen enthalten hatte.

Shimon sah den Mann an. Dessen Blick wirkte hart, doch Shimon hatte keine Angst mehr. Vor niemandem. Er hätte ihm den gebogenen Türkendolch aus der Schärpe reißen und ihm die Kehle durchschneiden können, hier vor aller Augen. Und wenn er nur hätte sprechen können, hätte er ihm im Angesicht seines Todes ins Ohr geflüstert: »Nein, das gehört mir.« Und dabei hätte er gelacht.

»Was guckst du so, Pfaffe?«, fragte der Mann feindselig.

Doch Shimon fiel auf, dass sein Blick nicht mehr so selbstsicher wirkte. Er lächelte.

»Also, was willst du?«, fragte der Mann wieder.

Shimon hatte keine Möglichkeit, ihm zu antworten, aber er hätte es auch gar nicht gewollt. Nein, er starrte ihn nur weiter an, furchtlos.

Schließlich drehte der Mann sich um, vielleicht hatte ihn Shimons Blick verunsichert. Er kehrte zu dem Wagen zurück, ließ die Peitsche knallen und schrie die Kinder wütend an: »Ich erwarte euch bei den Armengräbern. Beeilt euch!« Der Araber brach aus und setzte sich rasch in Bewegung.

Shimon empfand einen großen inneren Frieden.

Ich habe dich gefunden, dachte er.

Er wartete, bis die Kinder losgingen, und folgte ihnen dann in sicherer Entfernung.

Als er die Armengräber erreichte, sog er die Luft in sich ein. So mussten jetzt wohl der Pfarrer und seine Haushälterin riechen. Der Gedanke erheiterte ihn. Er setzte sich auf eine kleine Anhöhe, von der aus er alles übersehen konnte, ohne selbst entdeckt zu werden. Dort in der Ferne gab es diesen Mann, vor dem alle Kinder Angst hatten, selbst die größeren. Aus der Entfernung wirkte das ganze Gelände wie eine Werkstatt, in der jeder höchst effizient seiner Aufgabe nachging. Der Tod war eine Arbeit wie jede andere.

Als es dunkel war, stand Shimon auf, massierte sich die verkrampften Pobacken und ging hinunter zu den Armengräbern. Vorher suchte er sich noch einen kräftigen, kurzen Stock, den er einige Male auf seine Handfläche aufschlug, um sich mit ihm vertraut zu machen. Er betrat die Hütte des Mannes, der gerade beim Essen saß. Bis er vom Tisch aufgestanden war und seinen Türkendolch gegriffen hatte, hatte Shimon ihn schon mit seinem Knüppel an der Schläfe getroffen. Ein kräftiger, eiskalt ausgeführter Schlag. Der Mann fiel bewusstlos zu Boden. Shimon löste die Schärpe, die er um die Taille trug, und fesselte ihm damit die Handgelenke an den Mittelbalken der Hütte. Dann setzte er sich auf den Stuhl des Mannes und schlürfte seine Suppe, schlang sein Huhn herunter und trank von seinem Wein.

Als er fertig war, sah er, dass der Mann wieder zu Bewusstsein gekommen war und ihn schweigend ansah. Shimon suchte nach einem Stück Papier und einer Feder. Er fand alles, was er brauchte, in der Schublade einer verzogenen Kommode, die in einer Ecke der Hütte stand. Ein Buch. Er blätterte darin. Es war ein Totenregister, zumindest glaubte er das. Die Feder war halb abgebrochen und die Tinte minderwertig, oder jemand hatte aus Sparsamkeitsgründen zu viel Wasser hinzugefügt.

WIE HEISST DU?, schrieb Shimon.

»Scavamorto.«

WO IST DER JUNGE, DER IN DEM ABWASSERKANAL GELEBT HAT?

»Wer?«

Shimon schlug Scavamorto mit dem Stock auf den Mund.

Der andere spuckte Blut.

Shimon zeigte ihm noch einmal das Blatt mit der letzten Frage.

Scavamorto sah ihm direkt ins Gesicht, er ließ keine Furcht erkennen. »Der ist weg.«

WIE HEISST ER?

»Mercurio.«

WOHIN IST ER GEGANGEN?

»Warum glaubst du, dass ich das weiß?«

WEIL ICH FÜR DICH HOFFE, DASS ES SO IST. SONST WIRST DU SEHR LEIDEN MÜSSEN.

Scavamorto lächelte.

Shimon erwiderte sein Lächeln. Im Grunde seines Herzens mochte er den Mann. Er war wie er. HAST DU KEINE ANGST VOR DEM TOD?, schrieb er.

»Der Tod ist mein bester Freund. Er sichert meinen Lebensunterhalt.«

Shimon nickte. Ja, dieser Mann verdiente seinen Respekt. Sie glichen einander. Dann stellte er ihm wieder seine drängendste Frage: WOHIN IST ER GEGANGEN?

»Nach Mailand oder Venedig«, antwortete Scavamorto. »Und selbst wenn du mir jetzt mit den Nägeln die Augen auskratzt, ich weiß nicht, ob er nach Mailand oder Venedig gegangen ist. Oder ob er es sich unterwegs noch einmal ganz anders überlegt hat.«

Shimon starrte ihn an. Der Mann sagte die Wahrheit. Doch vielleicht konnte er noch etwas mehr aus ihm herausholen. Etwas, das er in den Augen dieses Mannes gelesen hatte. DU MAGST MERCURIO?

Scavamorto gab ihm keine Antwort. Doch der Ausdruck in seinen Augen änderte sich.

Shimon wusste, dass dies Ja bedeutete. ER HÖRT AUF DICH. Das war keine Frage.

Scavamorto sah ihn weiterhin schweigend an.

Shimon schrieb seine Frage auf: MAILAND ODER VENEDIG, WAS DENKST DU?

Zum ersten Mal wich Scavamorto seinem Blick aus.

Shimon dachte, er würde ihn nun anlügen.

»Venedig.«

Shimon nickte. Dann traf er ihn mit dem Stock an der Schläfe. Als Scavamorto bewusstlos dalag, entkleidete er ihn und zog seine Sachen an. Obwohl er sich geschworen hatte, es nie wieder zu tun, gewann die Neugier in ihm die Oberhand, und er betrachtete sich in dem großen Spiegel, der von irgendeinem Schrank stammte und nun gegen die Wand gelehnt stand. Er fühlte sich sicher in den Sachen. Kein Jude hätte jemals so geschmacklose, auffällige Kleider getragen.

Während er sich im Spiegel betrachtete, bemerkte er, dass der Verband an seinem Hals sich gelb färbte. Da erst wurde ihm bewusst, dass er dort auch einen Schmerz spürte. Ein tiefes, wütendes Brennen. Er löste den Verband. Die Wunde begann sich zu entzünden. Er roch am Verband und stellte fest, dass er stank. Shimon rieb ihn über die Wunde und entfernte auf diese Weise die gesamte gelbliche Schicht, die sich darauf gebildet hatte. Doch er wusste genau, dass dies nicht genügte. Sie würde sich wieder erneuern. Shimon holte Luft und schrie mit aller Kraft. Daraufhin öffnete sich die Wunde, und mit Blut vermischter Eiter spritzte heraus. Er schrie so lange weiter, bis nur noch leuchtendrotes Blut aus der Wunde, kam. Dann sah er sich um. Er wusste, was er zu tun hatte. Es würde sehr schmerzhaft sein, aber es war die einzige Möglichkeit.

Shimon öffnete die Schubladen aller Möbelstücke im Raum, doch er fand nichts, was für seine Zwecke geeignet war. Wütend trat er gegen einen Stuhl. In diesem Moment hörte er etwas, das ihm vorher nicht aufgefallen war. Seine Hand ging zu seinem rechten Stiefel, den er Scavamorto ausgezogen hatte. Er tastete das Innere ab, woher das seltsame Geräusch gekommen war, und fand eine an der Seite eingenähte Geheimtasche. Darin waren drei Münzen. Drei Goldflorins. Seine Münzen.

Shimon sah sie an, und in ihm stiegen Wut und Hass auf. Doch gleichzeitig begriff er, dass er das Gesuchte für seine Wunde gefunden hatte. Eine Ironie des Schicksals. Er lachte, und wieder quoll ein wenig Blut aus der Wunde.

Er öffnete den Ofen, der in der Mitte der Hütte brannte, und fand eine Zange, die Scavamorto zum Rütteln der Scheite und Kohle gedient hatte.

Shimon packte die Goldmünze mit den Metallenden der Zange und hielt sie ins Feuer, bis sie rotglühend wurde und beinahe schmolz. Er kniete sich hin, und mit einer ebenso schnellen wie verzweifelten Bewegung presste er sich die Münze mit der flachen Seite auf die Wundöffnung. Hätte er laut schreien können, so wäre sein Schrei in ganz Rom zu hören gewesen. Nahezu bewusstlos fiel er zu Boden. Er atmete tief durch und bemühte sich, den Schmerz auszuhalten, indem er sich auf das konzentrierte, was er sehen würde, wenn er sich später im Spiegel betrachtete. Da lachte er mit Tränen in den Augen, fand die Kraft aufzustehen und zum Spiegel zu gehen. Vorsichtig näherte er eine Öllampe seinem Hals.

Die Wunde quoll bereits auf und rötete sich. Doch die Verbrennung würde bald abheilen, die Wunde würde sich schließen und vernarben. Er führte die Lampe noch näher heran und lachte zufrieden. Schon jetzt war zu erahnen, was in einigen Wochen deutlich zu sehen sein würde. Eine Lilie, spiegelverkehrt ins Fleisch eingeprägt. Jeden Morgen, wenn er aufwachte, würde ihn ein Blick auf seinen Hals an seine Aufgabe erinnern. Shimon lachte noch einmal.

»Du bist ja wahnsinnig«, hörte er hinter sich die Stimme

Scavamortos, der das Bewusstsein wiedererlangt hatte und nun nackt in der Kälte erschauerte.

Shimon drehte sich zu ihm um, die Wut stand ihm ins Gesicht geschrieben. Dann schwenkte er die drei Goldmünzen vor Scavamortos Augen.

»Er hat dich gar nicht getötet …«, sagte Scavamorto leise. Erst jetzt begriff er, wen er vor sich hatte. »Du bist dieser Jude!«

Shimon wandte verlegen den Blick ab. Als wäre für einen Moment wieder der ängstliche Kaufmann zurückgekehrt, der er immer gewesen war.

Du wirst nie mehr Angst haben, wiederholte er sich stumm. Und du wirst nie mehr ein Jude sein.

Er sah Scavamorto an. Der Mann war ihm sympathisch. Aber er durfte nicht am Leben bleiben.

Shimon versetzte dem Ofen einen Fußtritt, sodass er umfiel. Dann verließ er die Hütte, bestieg den Wagen und trieb den Araber mit der Peitsche an, bis er blutete.

Während er die Armengräber hinter sich ließ, sah er sich um. Aus der Hütte quoll dichter, dunkler Qualm.

Und Scavamortos Schreie erhoben sich wie ein grauenvolles Gebet zum Himmel.

17

Die Nacht in Anna del Mercatos Haus verlief ruhig. Ein Feuer knisterte leise im Ofen, und vor Tagesanbruch fachte Anna die Glut an und wärmte die Reste der Suppe auf.

Kaum war der Mönch hinaus zur Latrine hinter dem Garten gegangen, beugte sich Mercurio, der an einer halben rohen Zwiebel und einem in die Suppe getauchten Kanten Brot kaute, zu Zolfo hinüber und flüsterte: »Wenn er wiederkommt, verabschiedest du dich von ihm, und dann gehen wir.«

»Nein, ich bleibe bei ihm«, antwortete Zolfo.

»Bist du blöd?«, schimpfte Mercurio. »Was willst du denn tun? Seinen Messdiener spielen?«

»Bleib doch auch, Benedetta«, sagte Zolfo, ohne auf ihn einzugehen.

»Ich bleibe nicht bei Priestern«, erwiderte Benedetta entschieden.

»Lass uns gemeinsam gegen die Juden kämpfen und Ercole rächen.«

»Was spukt dir denn im Kopf herum?«, fragte Mercurio.

»Bruder Amadeo hat gesagt, ich soll meine Geschichte erzählen, damit die Christen begreifen, dass die Juden eine schlimmere Plage sind als die Heuschrecken, die Gott dem Pharao gesandt hat«, brachte Zolfo in einem Atemzug heraus. »Ich habe einen Vater gefunden und ein Ideal.«

»Wie redest du denn?«, fuhr Benedetta ihn an. »Dieser Mönch hat dir seine Worte in den Mund gelegt ...«

»Lass ihn. Er ist nur ein dummer Junge«, sagte Mercurio. Dann wandte er sich wütend zu Zolfo um und richtete drohend den Finger auf ihn. »Unsere Väter haben nie von unserer Geburt erfahren, und unsere Mütter haben uns in der Gosse ausgesetzt. Es war ihnen gleich, ob wir den nächsten Morgen erleben. Wenn du einen Vater suchst, hättest du auch bei Scavamorto bleiben können.«

»Mir ist egal, was du sagst«, erwiderte Zolfo und verschränkte die Arme vor der Brust. Dann wandte er sich an Benedetta: »Bleibst du nun bei mir?«

Benedetta sah ihn schweigend an, und in ihren Augen lag mit einem Mal tiefer Schmerz. »Meine Mutter hat mich an einen Priester verkauft«, sagte sie dann leise. »Das war mein erstes Mal.« Sie biss sich auf die Lippen, um nicht in Tränen auszubrechen. »Nein, ich bleibe nicht.«

Mercurio war sichtlich betroffen. Zolfo hingegen sah sie an, als ob ihr Geständnis ihn gänzlich unberührt ließ. Mercurio wusste jedoch, dass auch das nur Zolfos Art war, keine Angst aufkommen zu lassen. »Komm mit uns«, sagte er zu ihm und berührte ihn am Arm.

Zolfo rückte abrupt von ihm ab. Seine Stimme klang gefühllos: »Ich will meinen Anteil.«

Benedetta sah Mercurio an. Der nickte. Sie zählte sechs Goldmünzen ab und legte sie auf den Tisch. Zolfo schloss schnell die Finger darum.

Bei seiner Rückkehr bemerkte Bruder Amadeo die gespannte Atmosphäre. Er ging auf Zolfo zu und legte ihm besitzergreifend eine Hand auf die Schulter. Benedetta und Mercurio standen ihm gegenüber. Da öffnete Zolfo seine Hand und zeigte dem Prediger das Geld, in offener Herausforderung den beiden gegenüber.

Fra' Amadeo riss beim Anblick der Münzen die Augen weit auf. »Der Herr segnet unseren heiligen Kreuzzug mit diesem Geld.«

»Scavamorto hätte dir die Münzen wenigstens offen und ehrlich abgenommen, du Idiot«, sagte Mercurio. Er legte einen Viertelsilberling auf den Tisch. »Der da ist für Anna del Mercato. Ich vertraue darauf, dass er nicht in deinen Taschen verschwindet, Mönch.« Er hielt dem Blick des Geistlichen stand und ging an ihm vorüber zur Tür. »Gehen wir, Benedetta.«

Benedetta sah Zolfo an. Sie wusste, dass sich hinter seiner unbarmherzigen Fassade nur die verletzte Seele eines kleinen Jungen verbarg, doch sie hatte keine Ahnung, wie sie ihm helfen sollte. Kopfschüttelnd folgte sie Mercurio nach draußen.

Anna del Mercato, die im Garten arbeitete, sah die beiden weggehen. So war es immer, abends kamen sie und morgens gingen sie wieder. Doch dieser Junge war nicht wie alle anderen, und er trug die Sachen ihres Mannes am Leib. Ihn so grußlos fortgehen zu sehen versetzte ihr einen Stich ins Herz. Sie hob die Hacke, und als sie sie mit tränenverschleierten Augen senkte, traf sie nicht den Boden, sondern zerschnitt einen Schwarzkohl, der den Frost des vorigen Winters überdauert hatte.

»Und wohin gehen wir nun?«, fragte Benedetta, nachdem sie eine Weile gelaufen waren.

Mercurio war in Gedanken. Er war ganz verstört von dem Geständnis, das Benedetta Zolfo gemacht hatte. Verkauft an einen Priester. Sie führten alle ein erbärmliches Leben, das hatte Mercurio allzu früh begreifen müssen. Und jetzt verstand er auch, was Scavamorto gemeint haben mochte, als er ihm sagte, manchmal könne es ein Segen sein, wenn einen die eigene Mutter aussetzt.

»Also? Wohin gehen wir?«, wiederholte Benedetta ihre Frage.

Mercurio sah sie an. »Weißt du, was mich Anna del Mercato heute kurz nach dem Wachwerden gefragt hat? Ob ich ein Ziel habe.«

»Was soll das heißen?«

»Sie hat gesagt, jeder Mensch muss immer ein Ziel vor Augen haben, sonst ist es so, als würde er nicht richtig leben.«

»Und welches Ziel hat sie?«, fragte Benedetta spöttisch.

»Ihr Ziel war es, für ihren Ehemann zu sorgen.« Mercurios Stimme klang jetzt unsicher. »Und nun ist er tot. Sie hat mir erzählt, irgendwie wäre sie dadurch auch ein wenig gestorben.«

»Und was geht uns das an?«

»Ich weiß nicht ...« Mercurio trat gegen einen Stein. »Ich habe nur gedacht, dass ich noch nie ein Ziel hatte. Glaube ich wenigstens.«

»Für mich ist das Altweibergeschwätz.«

»Mhm ...«

Sie liefen schweigend weiter. Mercurio trat gegen alle Steine auf dem Weg, während Benedetta fröstelnd mit eingezogenen Schultern neben ihm her trottete.

»Und was haben wir für ein Ziel?«, fragte sie schließlich.

Mercurio drehte sich zu ihr um, aber er sah nicht sie, sondern Giuditta vor sich. »Ein Boot nach Venedig zu finden. Komm, lass uns zum Marktplatz gehen.«

Der Marktplatz, an dem man auch alle sonstigen Geschäfte abschloss, belebte sich allmählich. Mercurio fragte einige Bootsführer, doch die sagten ihm, in Kriegszeiten dürften Fremde nicht nach Venedig übersetzen. Während sie über den Platz schlenderten, entdeckte Mercurio einen Laden mit einem himmelblauen Vorhang. Die wenigen Kunden, die hineingingen, wirkten bedrückt. Neugierig geworden trat er näher und stellte fest, dass es sich um eine Pfandleihe handelte.

»Wie heißt der Geldverleiher?«, fragte er einen Passanten.

»Isaia Saraval«, lautete die Antwort.

Mercurio spähte ins Innere des Ladens und sah einen kräftigen, großen Mann, der ihn misstrauisch anstarrte. Er grüßte, doch der Mann erwiderte seinen Gruß nicht, sondern behielt ihn einfach nur weiter im Auge. Mercurio begriff, dass er so etwas wie eine Leibwache war. Dann kam ein Mann um die fünfzig mit einem langen schmalen Gesicht hinter einem Vorhang aus Damastseide hervor. Er wirkte freundlich und trug an einer Halskette eine Vergrößerungslinse. Vermutlich dieselbe, mit der der Geldverleiher die Kette von Anna del Mercato geschätzt hatte, dachte Mercurio.

»Und was machen wir jetzt?«, fragte Benedetta.

Mercurio entdeckte gegenüber der Pfandleihe ein Wirtshaus und ging darauf zu. Als ihr bestelltes Essen kam, schaufelte Benedetta trotz der frühen Stunde alles in sich hinein, während Mercurio seinen gekochten Schweinekopf mit Blumenkohl kaum anrührte. Er sah immer wieder zur Pfandleihe hinüber und beobachtete schließlich, wie ein junger Mann dort eintrat, nachdem er sich vorsichtig umgeschaut hatte. »Warte hier«, sagte Mercurio zu Benedetta, dann verließ er das Wirtshaus und blieb vor der Pfandleihe stehen.

Kurz darauf setzte der Riesenkerl, der über die Wertsachen des Pfandleihers wachte, den jungen Mann vor die Tür. »Wenn du noch einmal herkommst, klagt dich mein Herr bei der Obrigkeit an.«

»Verdammter Scheißjude«, schimpfte der junge Mann und entfernte sich.

Mercurio trat an ihn heran. »Guten Tag, mein Freund.«

Der junge Mann sah ihn misstrauisch an.

»Du hast versucht, etwas zu versetzen, das nicht dir gehört, stimmt's?«

»Wer bist du? Hau ab!«

»Ich bin einer von deiner Sorte, mein Freund«, beruhigte ihn Mercurio. »Und ich suche ein Boot, das mich nach Venedig bringt. Ich kann bezahlen.«

Plötzlich war der junge Mann interessiert. »Das hättest du

doch gleich sagen können, Freund«, lenkte er ein. »Wie viel kannst du zahlen?«

»Wir sind zu zweit«, sagte Mercurio.

»Ein Silberstück pro Nase.«

»Ein Silberstück für beide.«

»Einverstanden«, sagte der junge Mann, der ein wenig einer Ratte ähnelte. Er streckte Mercurio die Hand entgegen. »Gib mir das Geld, wir sehen uns dann morgen früh am Canal Salso.«

»Hältst du mich für blöd?«, erwiderte Mercurio grinsend.

»Ich muss erst ein Boot finden ...«

»Wenn ich an Bord bin, bekommst du dein Geld«, sagte Mercurio. »Was ist nun, willst du das Geschäft machen oder nicht?«

Der junge Mann schüttelte ergeben den Kopf. »Na gut. Morgen früh bei Tagesanbruch am Canal Salso.« Dann fügte er hinzu: »Wo schläfst du? Wenn du willst, besorge ich dir für einen halben Soldo ein sicheres Zimmer für die Nacht.«

Mercurio konnte sich gut vorstellen, dass der junge Mann und seine Bande ihnen noch in der gleichen Nacht die Kehle durchschneiden würden. »Bei Tagesanbruch am Canal Salso«, sagte er.

»Am Anlegeplatz der Fischer. Das Boot heißt Zitella. Sag, Zarlino schickt dich. Das bin ich«, erklärte der junge Gauner. »Da kannst du gar keinen Fehler machen.«

»Ich werde bestimmt keinen Fehler machen, Zarlino.«

Mercurio kehrte ins Wirtshaus zurück, wo Benedetta inzwischen auch seinen Schweinekopf verzehrt und zu viel Wein getrunken hatte. »Wir müssen einen Platz zum Schlafen finden«, sagte er zu ihr.

»Ich wünschte, Zolfo wäre auch hier«, murmelte Benedetta.

Mercurio fragte den Wirt, ob er ein Bett für ihn und seine Schwester hätte, und der antwortete ihm, gerade sei ein Zimmer frei geworden. Dort fände er mit Kleie gefüllte Matratzen vor und kaum Flöhe, versicherte er ihm.

Mercurio trug Benedetta mehr nach oben, als dass er sie führte. Sobald die junge Frau das Lager berührte, seufzte sie noch einmal zufrieden und schlief sofort ein. Mercurio stellte sich an das kleine Fenster des Raumes und beobachtete den Marktplatz. Der himmelblaue Vorhang vor Isaia Saravals Pfandleihe wehte träge im Wind.

Es wurde schon dunkel, als Mercurio den Raum verließ. Zuvor hatte er Benedetta den Beutel mit den Goldmünzen aus der Schärpe gezogen, ganz vorsichtig, um sie nicht zu wecken. Er schlenderte noch eine Weile über den Platz, dann fasste er sich ein Herz und betrat die Pfandleihe.

Benedetta war aufgewacht, als Mercurio die Tür hinter sich geschlossen hatte. Ihr Kopf war noch vom Wein benebelt, trotzdem hatte sie sofort bemerkt, dass das Geld nicht mehr da war. Ruckartig stand sie auf und sah durch das Fenster. Doch Mercurio war nicht zu sehen. »Du dreckiger kleiner Bastard!«, fluchte sie. Sie wusch sich das Gesicht mit kaltem Wasser aus der Schüssel neben dem Bett. Als sie wieder ans Fenster trat, sah sie gerade noch, wie Mercurio den Platz verließ und in eine kleine Gasse einbog. »Du dreckiger kleiner Bastard!«, wiederholte sie, während sie hastig das Zimmer verließ und ihm folgte.

Während sie ihm unbemerkt auf den Fersen blieb, gingen ihr tausend Rachegedanken durch den Kopf. Dieser Dieb. Schlimmer noch, dieser Verräter. Doch dann bemerkte sie verblüfft, wie Mercurio verstohlen in Anna del Mercatos Haus schlüpfte und es gleich darauf hastig wieder verließ. Hinter einem abgestorbenen Baum verborgen, wartete sie auf ihn, und als Mercurio nur noch wenige Schritte von ihr entfernt war, trat sie ihm in den Weg.

»Was machst du hier?«, fragte Mercurio überrascht, doch Benedetta vermutete hinter seiner Verblüffung ein schlechtes Gewissen.

»Das sollte ich dich eigentlich fragen.«

»Das hier geht dich nichts an.«

»Du hast mein Geld. Also geht es mich durchaus was an.«

Mercurio versuchte, an ihr vorbeizukommen. Er hatte es sichtlich eilig, als ob er etwas angestellt hätte.

Benedetta konnte sich keinen Reim darauf machen. Sie versperrte ihm den Weg. Da erhob sich aus dem Haus ein Schrei. Benedetta erkannte die Stimme von Anna del Mercato. »Was hast du getan?«, fragte sie besorgt.

Dann wieder ein Schrei, und jetzt begriff Benedetta, dass es ein Freudenschrei war.

»Heilige Jungfrau Maria!«, schrie Anna del Mercato. »Meine Kette! Meine Kette!« Und dann hörte man sie weinen.

Mercurio stieß Benedetta hinter den Baum. Von dort aus beobachteten sie, wie Anna del Mercato aus dem Haus lief und sich umsah. Die Frau trocknete ihre Tränen und küsste die Kette in ihrer Hand. »Wo immer du jetzt auch sein magst, du hast dir das Paradies verdient, mein Junge!«, rief sie.

»Was für eine Kette?«, fragte Benedetta, als Anna del Mercato wieder ins Haus gegangen war.

»Gehen wir zurück zum Wirtshaus«, sagte Mercurio nur.

»Hat das etwas mit dieser Geschichte vom Ziel zu tun?«, fragte Benedetta.

»Lass mich in Ruhe und kümmer dich um deinen eigenen Kram.« Mercurio lief hastig in Richtung Ortskern.

»Ich dachte schon, du wolltest mich im Stich lassen«, sagte Benedetta nach einer Weile und umarmte ihn von hinten.

»Häng dich nicht so an mich«, erwiderte Mercurio unwirsch.

Benedetta lächelte verstohlen in sich hinein.

18

Fra' Amadeo da Cortona war, anders, als man aufgrund seines Namens vermuten mochte, nicht in Cortona, sondern in einer armseligen Schenke der Oberstadt Bergamos zur Welt gekommen. Seine Mutter war damals erst fünfzehn und starb bei seiner Geburt. Sie war die Tochter des Gastwirts.

In seinem Schmerz hatte dieser den Säugling in eine noch blutbefleckte Decke gewickelt und sich hinaus in die eisige Nacht begeben, taub für das Weinen und Flehen seiner Frau. Alle Gäste waren ihm gefolgt, und jeder von ihnen, Männer und Frauen, wusste genau, wer der Vater des Kindes war. Als der Wirt beim Dominikanerkloster, dem Orden der Predigermönche, angekommen war, hatte er voller Wut so lange an das Tor gepocht und laut gerufen, bis er den Pförtnermönch geweckt hatte und dieser das Guckloch öffnete und hinaussah. Darauf hatte der Wirt ihm mit seiner lauten Stimme gedroht und gefordert, er möge sofort den Kräutermönch wecken. Verängstigt war der Pförtner ins Kloster geeilt, wo man schon erste Kerzen zur Morgenandacht entzündete, und hatte berichtet, dass eine aufgehetzte Menge nach dem Kräutermönch rief.

»Hier hast du deinen Bastard!« Dem wütenden Gastwirt quollen vor Zorn die Augen fast aus den Höhlen, als der Kräutermönch, dem die meisten seiner Mitbrüder gefolgt waren, sich erschrocken am Guckloch zeigte. »Er hat seine Mutter umgebracht, um auf die Welt zu kommen! Möge sein Vergehen zweifach auf dich zurückfallen, denn du hast ihn gezeugt! Mögest du bis in alle Ewigkeit im Höllenfeuer schmoren! Ich verfluche dich, du Hundsfott von einem Mönch! Und ich verfluche diesen

Bastard mit dir!« Mit diesen Worten hatte er den leise wimmernden Säugling auf die Erde gelegt, wo er in der Eiseskälte zu erfrieren drohte. Dann hatte der Wirt dem Kloster den Rücken zugewandt, und nach der Rückkehr in seine Schenke war er schließlich weinend über den Tod seiner einzigen Tochter zusammengebrochen, die sich von einem Mönch hatte verführen lassen.

Der Kräutermönch hieß Reginaldo da Cortona.

Als die aufgebrachte Menschenmenge sich, von der Eiseskälte vertrieben, zerstreut hatte, war er nach draußen zu dem Säugling geeilt, hatte ihn hochgehoben und ihn unter den tadelnden Blicken seiner Mitbrüder ins Warme gebracht. Er hatte ihm Ziegenmilch zu trinken gegeben, und das Kind hatte überlebt. Damit stellte sich das Problem, was man mit ihm anfangen sollte. Am nächsten lag natürlich, es in die Obhut eines Waisenhauses zu geben, wie es üblich war. Aber Bruder Reginaldo da Cortona hatte gefragt, ob er den Jungen nicht bei sich behalten könnte, zur ständigen Erinnerung an die eigene Schwäche und Sünde. »Wie ein Kreuz«, hatte er gesagt, und dabei hatte er, wie so viele fanatische Diener Gottes, nur sich selbst im Kopf gehabt und nicht bedacht, dass er damit auch das Kind bestrafte.

So wuchs der Kleine, der Amadeo getauft wurde – sehr zur Erheiterung vieler Mitbrüder, die aus seinem Namen ein Wortspiel machten und ihn *Ama-Deo-e-non-le-donne* – »Liebe Gott und nicht die Frauen« – nannten, als das sündige Anhängsel seines Vaters auf, der ihn überallhin mitnahm. Die wenigen Leute in der Stadt, die die skandalöse Geschichte damals nicht mitbekommen hatten, hatten sie im Lauf der folgenden Jahre erfahren. Amadeo wurde stets von allen angestarrt, und wenn sein Vater zufällig einmal einen Fremden traf, beeilte er sich, ihm als Akt der Buße die ganze Angelegenheit von sich aus zu erzählen. Währenddessen schlug er sich stets anklagend vor die Brust und ließ selbst in Anwesenheit seines kleinen Sohns keine Einzelheit aus. Durch diese tiefe Bußfertigkeit hatte Bruder Reginaldo da Cortona im Verlauf weniger Jahre die Anerkennung der Bürger Bergamos zurückgewonnen. Die Qual, die er durch seine so offenkundige Buße dem kleinen Amadeo antat, hatte ihn von seiner Sünde reingewaschen. Der Junge indessen war immer das »Kreuz« geblieben, und man nannte ihn mittlerweile auch so. Er hatte nie eine Chance gehabt, etwas anderes zu werden.

Im Alter von zehn Jahren war Amadeo an einem Spätnachmittag aus dem Kloster geflohen. Er hatte ein genaues Ziel vor Augen: die Schenke, in der er geboren und in der seine Mutter gestorben war. In dem dunklen, heruntergekommenen Gastraum hatte er sofort den Wirt ausgemacht, der sein Großvater war, und dessen Frau, seine Großmutter. Schüchtern hatte er sich dem Mann genähert, während die wenigen Gäste, kaum dass sie ihn erkannten, verstummten und ihn anstarrten. Auch der Wirt wusste genau, wer der Junge war.

»Es tut mir leid, was ich meiner Mutter angetan habe«, hatte Amadeo mit dünner Stimme gesagt und sich niedergekniet, denn in all den Jahren hatte er von seinem Vater nur eins gelernt, nämlich dass man für seine Sünden büßen musste.

Der Wirt war kurz hin- und hergerissen, als könnte ihn die Worte rühren – ganz sicher war seine Frau davon tief bewegt, denn sie hatte die Hände vor den Mund geschlagen –, aber dann hatte er den Jungen angefahren: »Fünfzehn Jahre lang war sie meine Tochter, aber deine Mutter war sie bloß die wenigen Augenblicke, die du gebraucht hast, um sie zu töten. Wage es ja nicht, sie in meiner Gegenwart deine Mutter zu nennen.«

Jene Worte hatten den Jungen tief verletzt. Unter der Last der Demütigung hatte er den Kopf noch weiter gesenkt, aber trotzdem die Kraft gefunden zu sagen: »Es tut mir leid, was ich deiner Tochter angetan habe.«

Die Großmutter war in Tränen ausgebrochen. Hätte ihr Mann ihr nicht mit einem finsteren Blick Einhalt geboten, hätte sie ihr

Enkelkind, das dieselben blauen, aufgeweckten Augen wie ihre Tochter hatte, am liebsten in die Arme geschlossen. Er dagegen hatte sich noch mehr verhärtet und dem Jungen mit dem Finger gedroht: »Verschwinde, sündiges Geschöpf!« Und aus einem unerfindlichem Grund, denn eigentlich war er nicht fanatisch in Glaubensdingen, fiel ihm nichts Besseres ein, um all den Hass loszuwerden, den er für das Kind empfand, als hinzuzufügen: »Auf dieser Welt gibt es nur noch eines, das schlimmer ist als du, und das sind die Juden.«

Bei seiner Rückkehr ins Kloster wurde Amadeo bestraft. Aber von diesem Tag an begann er, über die Juden Erkundigungen einzuholen, und erfuhr dabei vor allem, dass sie die Mörder des Herrn Jesus Christus seien, die ihn ans Kreuz geschlagen und von da an die schreckliche Sünde des Kalvarienberges zu tragen hatten. Und so erstand in seinem schlichten Kinderverstand ein klar definiertes Bild: Es war nur logisch, dass die Juden noch schlimmer waren als er. Schließlich hatten sie Gottes Sohn getötet, er hingegen bloß ein einfaches Mädchen. Von da an hatte er zum ersten Mal in seinem kurzen Leben Erleichterung empfunden. Er war nicht der schlimmste Abschaum der Menschheit. Und zum ersten Mal hatte er jemanden, den er von ganzem Herzen verachten konnte, ganz so, wie die anderen ihn verachteten.

Die Juden konnten seine Befreiung sein, und so wurden sie bald zu seinem Lebenszweck. Durch den Hass, den er über sie ausschütten konnte, fühlte er sich besser und zum ersten Mal auf der Seite des Rechts. Er redete sich ein, dass sein Hass auf die Juden ein Akt der Liebe zu Gott sei, und gab sich ihm mit Leib und Seele hin. Mit der Zeit vergaß Amadeo, der nun ebenfalls Predigermönch geworden war, seinen Großvater und dessen dahingesagte Worte. Jahre später erinnerte er sich überhaupt nicht mehr daran, wie sein Hass auf die Juden eigentlich entstanden war. Er nahm ihn als gegeben und vor allem als gerecht hin.

Und so fand er denn auch die richtigen Worte, um Zolfos Hass zu schüren.

Bruder Amadeo da Cortona wusste Güte ebenso zu erkennen wie Schwäche. Das hatte ihn zum einen bewogen, Quartier bei Anna del Mercato zu beziehen, zum anderen war ihm klar, dass er Zolfo zum Aushängeschild seines Kampfes machen würde.

»Wir werden deine Geschichte erzählen, um der Welt die Wege zu zeigen, auf denen Satan Arm in Arm mit seinen jüdischen Knechten einhergeht«, sagte er wieder einmal zu dem Jungen, während sie auf das Ufer des Canal Salso zuliefen. »Aber es wird nötig sein ... sie hier und dort ein wenig zu bereinigen. Zum Beispiel sollte man nicht erwähnen, dass ihr den Kaufmann beraubt habt. So wird die Sünde des ganzen Judäervolkes viel anschaulicher, verstehst du?«

Zolfo nickte, er war bereit, jeden Meineid zu schwören, wenn es dazu diente, sich an den Juden zu rächen, die am Tod unseres Herrn Jesus Christus und mehr noch an dem von Ercole schuldig waren.

»Jetzt müssen wir nach Venedig übersetzen«, fuhr Bruder Amadeo fort. »Venedig ist die Stadt der Juden. Dort halten sie ihren Hexensabbat ab, und dort treiben sie ihren sündhaften Handel. Dort ist unser reinigendes Wirken mehr denn je gefordert.«

An der Mole näherte sich der Mönch einem großen Boot, auf das man Fisch für den Markt von Rialto geladen hatte. »Guter Mann«, sprach Fra' Amadeo einen der Fischer an, »wärt Ihr bereit, uns nach Venedig zu bringen?«

Der Fischer musterte ihn unentschlossen. Seine Augen glitten zu einem großen Weidenkorb im Heck, der mit einem vom Ausnehmen der Fische blutbeschmierten Tuch bedeckt war und schrecklich stank.

»Wir können bezahlen«, sagte Zolfo, der die Gedanken des Fischers erraten hatte.

»Wie viel?«, fragte dieser und musterte den Mönch.

»Wie viel verlangst du?«, fragte Zolfo zurück, der allem Anschein nach besser verhandeln konnte als der Mönch, und starrte ebenfalls zum Korb. Es kam ihm so vor, als hätte dieser sich bewegt. Und dann sah er zwei Finger, zumindest glaubte er das, die sich zwischen dem Korbgeflecht hindurchzwängten. Er machte einen Schritt nach vorn und stieg sogar eine der glitschigen Stufen hinunter, um besser sehen zu können. Die Finger zogen sich wieder in den Korb zurück.

Jetzt sah man dem Fischer an, dass ihm nicht wohl in seiner Haut war.

»Wie viel willst du?«, fragte Zolfo erneut.

Der Fischer wollte schon antworten, doch vorher schaute er sich noch einmal um. Er sah zwei Wachleute näher kommen. »Geht weg, bitte«, rief er plötzlich mit lauter Stimme.

Zolfo sah zu den Wachleuten, die kaum noch ein Dutzend Schritte entfernt waren. »Los, wie viel?«, beharrte er und starrte wieder zum Korb. Jetzt war er sicher, dass darin kein Fisch war. »Wenn du mir nicht antwortest, werde ich den Wachen sagen, dass du einen Flüchtling in diesem Korb versteckst«, drohte er.

Der Fischer wurde bleich. »Geht bitte weg.«

»Wie viel?«, wiederholte Zolfo und beugte sich zum Korb hinunter. Wenn er seine Hand ausgestreckt hätte, hätte er ihn umstoßen können. Und da hörte er eine Stimme aus dem Inneren des Korbes.

»Zolfo«, flüsterte sie. »Verrat uns nicht.«

Zolfo erkannte die Stimme wieder. Es war Benedetta. Überrascht wich er zurück. Er sah zum Fischer und zu Fra' Amadeo hinüber. Keiner von beiden hatte etwas gehört.

Im Korb zitterte Benedetta vor Angst.

Mercurio, der neben ihr kauerte, drückte ihre Hand. »Rühr dich nicht«, flüsterte er ihr zu. Sie hatten den kleinen Gauner, den sie am Vortag auf dem Marktplatz kennengelernt hatten, im

Morgengrauen bezahlt, und er hatte sie an Bord gebracht. Seit mehr als einer Stunde hockten sie nun schon in dem Korb in diesem ekelhaften Fischgestank. Durch das Weidengeflecht hatten sie die Szene beobachtet und befürchtet, man würde sie jeden Moment entdecken.

Jetzt sahen sie, wie Zolfo einen Schritt zurücktrat und den Mönch am Ärmel mit sich fortzog. »Suchen wir uns jemand anderen«, drängte er.

»Nein, ich will, dass dieser Mann mich nach Venedig bringt!«, rief da Bruder Amadeo etwas zu laut.

»Man kann nicht nach Venedig übersetzen«, sagte da einer der Wachleute, der inzwischen nah genug herangekommen war, um ihn zu hören.

»Ich muss aber!«, widersprach der Mönch hochmütig. »Weil Gott es so will!«

»Nach Venedig kommt man nur, weil der Doge es will«, erwiderte der Wachmann.

»Du würdest also einen Diener der Heiligen Kirche daran hindern ...«, begann Bruder Amadeo und richtete den erhobenen Finger zum Himmel.

Doch die Wache unterbrach ihn sofort: »Für einen Spion wäre es nicht weiter schwer, sich eine Mönchskutte überzuwerfen.« Er musterte den Geistlichen ernst. »In Kriegszeiten ist die Lagune für Fremde gesperrt.«

»Du willst mir also den Zutritt verwehren?« Der Mönch richtete sich drohend vor der Wache auf, in vollem Vertrauen auf das Kreuz, das er um den Hals trug. »Ich werde an Bord gehen.«

»Und ich werde dich verhaften, Mönch.«

»Das will ich einmal sehen.«

In ihrem Versteck beobachteten Mercurio und Benedetta, wie der eine Wachmann den anderen herbeiwinkte. »Nimm du den Jungen«, sagte er zu ihm. Dann packte er den Mönch grob am

Arm. »Im Namen der Serenissima verhafte ich dich unter dem Verdacht, ein Spion zu sein«, sagte er hart und zog ihn zur Garnison von Mestre.

»Was machen wir jetzt?«, fragte Benedetta ängstlich.

»Rühr dich nicht«, befahl ihr Mercurio wieder, während er weiter durch das Weidengeflecht spähte.

Das Boot legte gerade von der Mole ab. Der Fischer hatte die allgemeine Aufregung genutzt und seinen Männern befohlen, die Leinen loszumachen.

»Aber sie werden verhaftet!«, protestierte Benedetta und verfolgte schreckensstarr, wie die Wache Zolfo abführte.

»Rühr dich nicht!«, zischte Mercurio erneut.

Die Ruderer hatten das Boot von der Mole abgestoßen. Nun setzten sich jetzt auf ihre Bänke und schoben die Riemen in die Dollen.

Benedetta zuckte, als ob sie den Korb verlassen wollte. »Ich muss ihm helfen.«

Mercurio sagte ihr nicht noch einmal, dass sie sich nicht bewegen solle. Das Boot war inzwischen weit genug von der Mole entfernt. Da sah er, wie die Wachleute stehen blieben und Zolfo und Bruder Amadeo laufen ließen. Mit gesenkten Köpfen entfernten sich der Junge und der Mönch. Wahrscheinlich laufen sie zurück zu Anna del Mercato, dachte Mercurio. Bevor sie um die Ecke bogen, drehte sich Zolfo noch einmal um und starrte zum Korb hinüber.

Benedetta kam er sehr traurig vor. »Ich kann den Mönch nicht leiden«, sagte sie leise.

»Dieser Mönch ist der Teufel«, stimmte Mercurio zu.

19

Ruder halt!«, hörten Mercurio und Benedetta in ihrem Fischkorb, in dem sie sich immer noch versteckten, um nach Venedig zu gelangen.

»Ich will keinen Ärger«, sagte der Fischer.

»Aber den halben Soldo hast du genommen«, erwiderte barsch jemand, den Mercurio als Zarlino identifizierte, den jungen Gauner, der ihre geheime Überfahrt organisiert hatte.

»Mistkerl«, murmelte Mercurio leise vor sich hin.

»Wer ist das?«, fragte Benedetta beunruhigt.

Mercurio antwortete nicht. Er holte seinen Geldbeutel hervor und nahm ganz vorsichtig alle Silbermünzen heraus, die er in dem Gasthaus gewechselt hatte, um nicht immer mit Goldmünzen bezahlen zu müssen und damit vielleicht Verdacht zu erregen. Dann verbarg er den Beutel zwischen den Brettern des Bootes. Schließlich riss er einen Streifen Stoff von seiner Jacke ab, legte die Silbermünzen hinein und verknotete ihn. Er reichte das Bündel Benedetta und bedeutete ihr, es sich in den Ausschnitt zu stecken. »Es tut mir leid«, sagte er.

»Was denn?«, fragte Benedetta.

Da hörten sie einen dumpfen Aufprall von Holz auf Holz. Jemand hatte das Boot geentert.

»Ich will keinen Ärger«, wiederholte der Fischer weinerlich.

»Dann halt lieber den Mund«, erwiderte Zarlino. »Wo hast du sie versteckt?«

Gleich darauf warf ein heftiger Fußtritt den Korb um, unter dem sich Mercurio und Benedetta verborgen hatten.

»Guten Tag, mein Freund«, grinste Zarlino mit einem Messer

in der Hand Mercurio an. »Ihr seht nicht gerade wie Fische aus.«

Seine drei Kumpane auf dem anderen Boot, das wesentlich kleiner und heruntergekommener war als ihres, lachten höhnisch. Ihre Gesichter waren hässlich, von Armut gezeichnet, und obwohl sie noch recht jung waren, hatten sie nur noch wenige Zähne im Mund. Mit einem Haken hielten sie ihr Boot an dem des Fischers fest.

Mercurio und Benedetta standen auf und traten ihnen entgegen.

Der Fischer und seine beiden Männer blickten verlegen zu Boden.

»Was willst du?«, fragte Mercurio. Er spürte, wie Zorn in ihm hochstieg und seine Schläfen zu pochen begannen.

»Ich fürchte, ich brauche noch mehr Geld«, sagte Zarlino.

»Dann geh und such dir eine Arbeit«, erwiderte Mercurio. Er sah sich um. Sie waren in einem Kanal am Rande der Lagune. Weit und breit war niemand zu sehen. Der Fischer hatte ihn eigens ausgesucht, damit er nicht auf Wachen traf. Und vielleicht war er ja so dumm gewesen, Zarlino davon zu erzählen. Oder die beiden steckten unter einer Decke. Um sie herum wuchsen hohe Binsen. Hier kam bestimmt niemand vorbei, und selbst wenn, würden die Leute so tun, als bemerkten sie nichts, und sie ihrem Schicksal überlassen.

»Über dumme Witze konnte ich noch nie lachen«, sagte Zarlino.

»Weil du zu dumm bist, um sie zu verstehen«, erwiderte Mercurio.

Zarlino winkte zwei seiner Kumpane an Bord. Der dritte hielt weiterhin mit dem Enterhaken die beiden Boote zusammen. »Du hast jetzt zwei Möglichkeiten, mein Freund«, fuhr der Gauner fort, als er seine Männer hinter sich wusste. »Entweder du rückst dein Geld freiwillig heraus, oder wir nehmen es uns.

Wenn du es uns gibst, kannst du deine Fahrt nach Venedig fortsetzen, wenn nicht, landest du mit durchgeschnittener Kehle im Kanal. Du hast die Wahl.«

»Ich möchte dir ja gern glauben«, entgegnete Mercurio grimmig lächelnd. »Und weshalb auch sollte ich einem so noblen Herrn wie dir nicht trauen?«

»Du spielst wohl weiter den Narren, was?«

»Das liegt mir eben im Blut«, sagte Mercurio, zuckte mit den Schultern und ließ den Blick schnell über das Boot gleiten. Dann, als er gefunden hatte, was er benötigte, schoss er so schnell er konnte vorwärts, ganz so, wie er es gelernt hatte, um bei Scavamorto und in den römischen Abwasserkanälen zu überleben. Er schnappte sich ein Netz und warf es über die überrumpelten Kumpane. Dann riss er einem der Seeleute ein Ruder aus der Hand und schlug damit kraftvoll zu. Auch auf diesen Hieb war keiner der Männer vorbereitet. Einer von ihnen krümmte sich und stieß dabei am Kopf mit Zarlino zusammen, der stöhnend zu Boden ging.

Inzwischen hatte Benedetta, ohne auf eine Aufforderung Mercurios zu warten, eine Keule gepackt, mit der die Fischer größere Fische erschlugen, und ging damit gegen den dritten Gauner vor, der verzweifelt versuchte, sich aus dem Netz zu befreien. Doch sie traf ihn nicht, das Boot schwankte, Benedetta stolperte und landete in den Armen Zarlinos, der inzwischen mit seinem Messer ein Loch ins Netz geschnitten hatte und gerade daraus hervorkroch.

Zarlino packte sie fest, schlang ihr einen Arm um den Hals und hielt ihr die Klinge an die Kehle. »Schluss mit den Spielchen, mein Freund«, sagte er höhnisch grinsend zu Mercurio. »Rühr dich bloß nicht, wenn du nicht willst, dass das Blut dieses hübschen Mädchens auf deine Jacke spritzt.«

Mercurio zitterte vor Wut. Er stand mit hocherhobenem Ruder da, zum Schlag bereit. Er schnaubte wie ein rasender Stier, ehe er schließlich das Ruder fallen ließ. »Wir haben nicht mehr Geld«, sagte er keuchend. »Wir sind mindestens genauso arm wie du ...«

Zarlino lachte. »Mit dieser Bauernjoppe siehst du wirklich aus wie ein Hungerleider«, sagte er und befreite sich endgültig aus dem Fischernetz, ohne den Griff um Benedettas Hals zu lockern. Das Mädchen starrte hilfesuchend zu Mercurio hinüber. »Aber nicht so arm, wie du mir weismachen willst.«

»Dann durchsuch mich doch«, forderte Mercurio ihn auf, öffnete seine Jacke und kehrte die Taschen um. »Ich habe kein Geld mehr.«

Zarlino musterte ihn schweigend und überlegte angestrengt. Dann strahlte er plötzlich über das ganze Gesicht und sagte: »Weißt du was? Ich glaube dir. Du hast kein Geld mehr bei dir.« Doch dann steckte er eine Hand in Benedettas Ausschnitt und tastete lüstern ihre Brüste ab. »Du hast da zwei sehr appetitliche Äpfelchen ...«

»Fass sie nicht an!«, fuhr Mercurio ihn an.

»Das macht der doch nichts aus, wenn ich auch ein bisschen damit spiele. Oder willst du sie etwa ganz für dich allein?«, fragte er. Währenddessen nestelte er weiter unter Benedettas Gewand, bis er zufrieden aufseufzte. »Ah! Was haben wir denn da?« Er zog das verknotete Bündel hervor und warf es einem seiner Männer zu, während er weiter das Messer an ihre Kehle gepresst hielt.

»Siebzehn Silberstücke!«, rief sein Geselle erfreut aus, nachdem er das Bündel aufgeschnürt hatte.

»Da schau her!«, lachte Zarlino. »Für einen Hungerleider ist das aber ein hübsches Sümmchen. Und vielleicht ist da ja noch mehr.« Er drehte Benedetta um, dann zog er sie zu sich heran und verrenkte ihr einen Arm auf dem Rücken. Das Messer legte er nun an ihren Gürtel und glitt mit einer Hand unter ihren Rock.

»Du Schuft!«, schrie Mercurio. »Das war alles, was wir hatten!«

Benedetta versuchte, sich von Zarlino zu befreien, doch der drückte ihren Arm nur umso fester. Benedetta schluchzte vor Schmerz und Wut auf.

»Na ja, irgendetwas Interessantes werden wir da drunter schon finden, nicht wahr, Schönheit?« Er zog seine Hand hervor, leckte sich den Mittelfinger ab und machte sich dann wieder unter dem Rock zu schaffen. Sein keuchender Atem traf Benedettas Hals. Mit einem groben Ruck versenkte er die Hand. »Ah, da ist es ja. Gefällt dir das, meine Schöne?«

»Lass sie los, du Dreckschwein!«, schrie Mercurio.

In dem Moment versenkte Benedetta ihre Zähne in Zarlinos Ohr und presste mit aller Gewalt die Kiefer zusammen. Der junge Mann schrie vor Schmerz auf und lockerte seinen Griff. Benedetta stieß ihn von sich weg und wich zurück. Inzwischen hatte Mercurio wieder das Ruder ergriffen und schwang es drohend.

»Und jetzt verschwindet!«, sagte er. »Ihr habt bekommen, was ihr gesucht habt.«

»Bevor das Miststück hier zugebissen hat, wollten wir das auch«, erwiderte Zarlino mit schmerzverzerrtem Gesicht. Der obere Teil seiner Ohrmuschel baumelte schlaff herab wie bei einem Straßenköter nach einer heftigen Rauferei unter seinesgleichen. »Davor wollten wir einfach verschwinden, ja wirklich, meine Schöne. Aber jetzt werden wir erst gehen, wenn du deutlich mehr von uns zu kosten bekommen hast als meinen Finger.« Er drehte sich zu seinen Kumpanen um. »Was meint ihr?«

Die drei grinsten. Derjenige, der mit dem Haken die Boote zusammenhielt, fasste sich mit einer Hand an seinen Latz und strich sich übertrieben deutlich darüber.

»Helft uns«, wandte sich Mercurio an den Fischer.

Der Mann hatte genau wie seine Ruderer die ganze Zeit den Blick gesenkt gehalten und schaute auch jetzt nicht auf.

Mercurio sah ihn verächtlich an. »Ihr seid nicht besser als die da«, sagte er. »Nur noch feiger.«

»Also«, fuhr Zarlino fort, »gibst du uns dein Mädchen jetzt freiwillig, oder müssen wir dir erst die Kehle durchschneiden?«

»Ihr müsst mir schon die Kehle durchschneiden«, sagte Mercurio entschieden.

»Wie schade. Hätte für dich doch ganz lustig werden können, uns dabei zuzusehen«, lachte Zarlino.

»Wobei zuzusehen?«, ertönte auf einmal eine Stimme hinter ihnen.

Wie aus dem Nichts tauchte nun ein langes, wendiges schwarzes Boot aus dem Schilfrohr auf. Ein junger Mann um die zwanzig stand darin, groß und schlank, äußerst elegant und ganz in Schwarz gekleidet. Doch am meisten stachen seine langen glatten, sorgfältig frisierten Haare ins Auge, die auf der rechten Seite mit einem roten Band zusammengefasst waren. Sie waren so unnatürlich hell, dass sie mehr weiß als blond wirkten. Außerdem fielen seine hohen, enganliegenden Stiefel auf, die bis übers Knie reichten und mit großen Silberschnallen verziert waren. Der junge Mann lächelte, doch sein Lächeln wirkte eiskalt.

Mercurio kam er wie ein Wolf vor, der drohend die Zähne bleckte. Eiseskälte kroch in ihm hoch.

»Nun, Hungerleider, willst du nicht antworten?«, rief der weißblonde Mann und legte wie gedankenverloren eine Hand auf den Dolch an seiner Hüfte, der in einer auffälligen apfelgrünen Schärpe steckte. Er stand am Steuer und schien keine Schwierigkeiten zu haben, in dem schwankenden Kahn das Gleichgewicht zu halten.

In dem Boot saßen weiterhin vier wenig vertrauenerweckende junge Kerle, die allerdings deutlich besser genährt und nicht so derb wirkten wie die Kumpane von Zarlino, der jetzt ganz blass geworden war.

»Guten Tag, Scarabello«, sagte er, und seine Stimme klang dabei etwas brüchig. »Was führt dich denn hierher?«

Das schwarze Boot glitt leise mit dem spitzen Bug zwischen die anderen beiden Boote. Scarabello setzte einen Fuß auf das Fischerboot. »Das müsste ich eigentlich dich fragen. Also, was machst du in meinem Revier, Hungerleider?«

»Na ja, äh, Scarabello ... Diese zwei hier schuldeten mir Geld, und ich ... Also, ich wollte mir das eben holen ... Und dann, na ja, haben wir uns ein wenig mit dem Mädchen amüsiert ... Sie ist hübsch, nicht wahr?«, stammelte Zarlino, ohne zwischendrin Luft zu holen.

Scarabello starrte ihn schweigend an. Dann streckte er die flache Hand aus. Seine Finger waren mit unterschiedlich geformten Ringen geschmückt.

Zarlino lachte verlegen. Er zuckte mit den Schultern, räusperte sich, massierte verlegen seinen Hals und gab schließlich dem Kumpan, der das Geld genommen hatte, ein Zeichen. Der legte unverzüglich das Bündel mit den Münzen in Scarabellos geöffnete Hand.

»Wie viel?«, fragte Scarabello, ohne hinzusehen.

»Siebzehn«, antwortete Zarlino. »Silberstücke.«

»Was kann ein Hungerleider wie du schon anbieten, dass er dafür siebzehn Silberstücke erhält?«, fragte Scarabello.

»Das hier sind zwei Fremde, denen ich geholfen habe, nach Venedig zu gelangen.«

Scarabellos Augen glitten schnell und ohne größeres Interesse zu Mercurio hinüber. Dann kehrten sie zu Zarlino zurück. »Selbst wenn sie neben dem Dogen in seiner Staatsgaleere sitzen dürften, würden sie nicht so viel bezahlen.«

»Eigentlich war auch nur ein Soldo vereinbart«, sagte Mercurio. »Und den haben wir ihm schon gegeben.«

»Aber du warst damit nicht zufrieden, nicht wahr, Hungerleider?« Scarabello behielt Zarlino im Blick. Er klang ganz ruhig, aber bei seinen Worten zogen sich einem die Eingeweide zusammen.

»Nein, Scarabello … also … Sieh doch mal …«

»Die beiden sind mir völlig gleichgültig«, unterbrach ihn Scarabello. »Aber dass du in mein Revier eindringst und meinst, du könntest tun, was du willst, empört mich wirklich. Das verstehst du doch, oder?«

»Hör zu, es tut mir leid, aber …«

»Verstehst du das? Ja oder nein?«

»Ja …«, erwiderte Zarlino leise und blickte zu Boden.

»Ja«, wiederholte Scarabello.

Mercurio beobachtete die Szene schweigend. Scarabellos Macht faszinierte ihn. Und seine Kaltblütigkeit. Wie er das Geschehen kontrollierte und dabei völlig ruhig blieb. Ohne jedes Anzeichen von Wut oder Jähzorn.

»Und was soll ich deiner Meinung nach jetzt unternehmen?«, fragte Scarabello.

»Ich bitte dich …«

»Gut, ich habe verstanden. Du bist so dumm, dass du keine Ahnung hast, womit ich dir begreiflich machen könnte, dass du nicht einfach in mein Revier eindringen und dann ungeschoren davonkommen kannst«, stellte Scarabello fest. »Dann muss ich mir eben selbst etwas überlegen, wie immer. Nie hilft mir mal jemand«, seufzte er theatralisch.

»Steck ihm doch ein Ruder in den Arsch«, sagte Benedetta. »Oder, halt, ich steck es ihm rein.«

»Dich hat keiner gefragt, du kleine Hure«, wies Scarabello sie zurecht.

»Bitte entschuldige sie«, sagte Mercurio.

Scarabello wandte sich wieder Zarlino zu. »Geh zurück in deine Nussschale«, befahl er ihm. Und während Zarlino und seine Kumpane gehorchten, wandte er sich an seine Männer, die schon ahnten, was er vorhatte, und ihm ein Beil reichten. Elegant wie ein Tänzer schwang sich Scarabello an Bord des Bootes seines Widersachers, hob die Axt hoch über den Kopf und ließ sie mit Schwung auf den Boden niedersausen.

»Bitte nicht ...«, flehte Zarlino.

Scarabello setzte noch zwei weitere gezielte Schläge neben das erste Leck. Sofort drang reichlich Brackwasser in das Boot. Er packte die beiden Ruder und warf sie weit über Bord. Dann sprang er wieder mit ebensolcher Eleganz auf sein eigenes Boot zurück. »Du hast Glück, Hungerleider. Denk an all das, was du hättest verlieren können ... Eine Hand, einen Arm, die Zunge, die Augen ... Du kannst die Liste ja gleich beim Schwimmen fortsetzen.« Damit stieß er das Boot in die Mitte des Kanals. Schließlich drehte er sich zu dem Fischer um. »Und jetzt zu uns beiden. Wie viel hat er dir gegeben, um etwas zu tun, weswegen du eigentlich zu mir hättest kommen müssen?«

»Einen halben Soldo, Herr.«

»Dann werde ich mich mit zwei Soldi begnügen«, erklärte Scarabello, und als der Fischer sich nicht sofort rührte, brüllte er ihn an: »Jetzt!«

Der Fischer wühlte in seinen Taschen und klaubte die geforderten Münzen hervor.

»Gut«, sagte Scarabello, »ihr könnt weiterfahren.« Er wandte sich an Benedetta und Mercurio. »Ich nehme mal an, dass ihr euch hier in diesem Korb versteckt habt, denn ihr stinkt wie zwei faulige Kabeljaus. Geht wieder hinein. Aber vorher könntet ihr euch wenigstens bei mir bedanken.«

»Und unser Geld?«, fragte Mercurio.

Benedetta stieß ihn heftig in die Seite.

Scarabello lachte. »Du bist ganz schön dreist, weißt du das?«

»Gut, dann behalt es eben!«, sagte Mercurio kühn.

»Erteilst du mir etwa gerade eine Erlaubnis, Bürschchen?«, fragte Scarabello, der noch nicht so genau wusste, ob er amüsiert sein oder sich für die Beleidigung rächen sollte.

»Behalt die Münzen als Bezahlung für unsere Aufnahme«, fuhr Mercurio fort.

»Aufnahme?«, fragte Scarabello überrascht.

»Ja. Nimm uns in deine Truppe auf. Ich bin ein guter Betrüger, und sie kann sehr gut Schmiere stehen«, sagte Mercurio.

Scarabello schien amüsiert darüber, wie sich das Gespräch entwickelte. »Woher kommt ihr beiden, du und deine Freundin?«

»Aus Rom«, antwortete Mercurio. »Und sie ist nicht meine Freundin. Sie ist meine Schwester.«

Scarabello musterte Benedetta. »Merkwürdig, man könnte meinen, ihr wärt gleich alt.«

»Ich bin fast zwei Jahre jünger als er«, beeilte sich Benedetta zu sagen. »Mein Bruder hat sich immer um mich gekümmert. Und er hat mir alles beigebracht, was er über die Straße weiß.«

Mercurio dachte, dass Benedetta tatsächlich eine gute Betrügerin und ausgezeichnete Partnerin abgab.

»Und warum seid ihr aus Rom fort?«, fragte Scarabello.

»Weil es für unser körperliches Wohlergehen ratsam war«, antwortete Mercurio.

Scarabello lachte. »Hast du etwa dem Papst die Tiara vom Kopf gestohlen?«

»Vielleicht.«

Scarabello grinste und musterte ihn anerkennend. Dann wandte er sich an den Fischer. »Bring sie nach Rialto und erklär ihm, wo die Rote Laterne ist.« Dann sah er zu Mercurio. »Nimm dir dort ein Zimmer. Es ist erbärmlich, aber mit zwei Silbersoldi kannst du dir nichts Besseres leisten für ein paar Wochen.«

»Ich habe keine zwei Silbersoldi«, sagte Mercurio.

Scarabello grinste und ließ zwei Münzen durch die Luft segeln, die Mercurio auffing. »Vielleicht komme ich dich ja mal besuchen«, sagte er. Dann stieß er das Boot ab und verschwand ebenso leise im dichten Binsengestrüpp, wie er gekommen war.

»Ersauf doch, du Bastard!«, schrie Benedetta zu Zarlino hinüber, der nun, nachdem das Boot vollends gesunken war, versuchte, zusammen mit seinen Kumpanen ans Ufer zu schwimmen.

»Ich wusste nicht …«, stammelte der Fischer.

Mercurio brachte ihn mit einem scharfen Blick zum Schweigen. »Verreck doch, du Feigling.« Dann bedeutete er Benedetta, sich wieder neben ihn zu kauern, und befahl dem Fischer, erneut den Weidenkorb über sie zu stülpen.

»Es tut mir leid. Entschuldige«, sagte Mercurio, als das Boot sich wieder in Bewegung setzte.

»Du wusstest, dass so etwas passieren würde, oder?«, fragte Benedetta grimmig.

Mercurio holte den Beutel mit den Goldmünzen hervor und ließ sie leise klingen. »Das war die einzige Möglichkeit, die hier zu retten.«

»Und warum bei mir und nicht bei dir?«

»Weil er dich so oder so abgetastet hätte. Und wenn er nichts gefunden hätte, wäre es noch schlimmer gekommen.«

»Du bist ein Dreckskerl«, knurrte Benedetta.

Mercurio schwieg, dann fragte er sie: »Hat er dir sehr wehgetan … da?«

»Du bist ein Dreckskerl«, wiederholte Benedetta, aber diesmal lag kein Groll mehr in ihrer Stimme. Und dann fügte sie hinzu: »Großer Bruder.«

20

Hast du ein Zimmer für mich und meine Schwester?«, fragte Mercurio, als er die Rote Laterne betrat, eine elende Spelunke in der Ruga Vecchia di San Giovanni, direkt am Fischmarkt hinter Rialto.

Der Wirt dieser Schenke saß auf einem halb durchgebrochenen Stuhl. Er war klein und eine jämmerliche Gestalt um die sechzig, hatte nur noch wenige Haare auf dem Kopf und kaum Zähne im Mund. Sein Gesicht wirkte höchst unsympathisch, zudem kratzte er sich beständig zwischen den Beinen. Den fressen die Filzläuse ja bei lebendigem Leib auf, dachte sich Mercurio.

Der Alte antwortete nicht. Stattdessen spuckte er blutig verfärbten Speichel in einen Napf neben seinem Stuhl. »Ihr zwei stinkt wie zwei verfaulte Salzheringe«, bemerkte er schließlich.

»Hast du Angst, dass wir deinen königlichen Palast verpesten?«, entgegnete ihm Mercurio. »Also, hast du nun ein Zimmer für uns oder nicht?«

»Und du, hast du denn Geld?«, fragte der Alte.

»Nein, warum?«, erwiderte Mercurio dreist. »Muss man etwa auch noch bezahlen, wenn man hier ein Zimmer nimmt?«

Benedetta lachte.

»Das macht einen Soldo die Woche, du Scherzbold«, sagte der Alte und spuckte wieder in den Napf.

»Ich hole dir die Flöhe aus der Matratze, und du willst dafür auch noch ein Geldstück pro Woche?«, fragte Mercurio herausfordernd.

»Es gibt Leute, die schlafen unter den Brücken. Einige überleben das sogar. Ihr zwei könnt ja auch dort euer Glück versuchen.«

»Ich gebe dir einen Soldo pro Monat«, sagte Mercurio.

Der Alte spuckte aus und schloss die Augen.

»Komm, wir suchen uns etwas Besseres als diese miese Kaschemme«, sagte Mercurio zu Benedetta. »Scarabello wird uns schon finden.«

Der Alte riss sofort die Augen auf. »Wer?«, fragte er nach.

»Hast du nicht gerade noch geschlafen?«, fragte Mercurio zurück.

»Scarabello? Das hättest du auch gleich sagen können, Junge. Also gut ... einen Soldo für zwei Wochen, weil ihr Scarabellos Freunde seid.«

Mercurio steckte die Hände in die Taschen und starrte ihn schweigend an.

Der Alte rutschte unbehaglich auf seinem Stuhl hin und her und kratzte sich wieder im Schritt. »Also gut, einen Soldo für drei Wochen. Aber sag Scarabello, dass ich dir einen wirklich guten Preis gemacht habe.«

»Das werde ich ihm bestimmt erzählen. Er hat mir versichert, dass man in dieser Bruchbude nur einen Soldo im Monat zahlt«, erwiderte Mercurio.

Benedetta versteckte sich hinter seinem Rücken, um ihr Lachen zu unterdrücken.

Der Alte überlegte kurz. »Also gut, verflucht noch mal! Du bist ein Halunke, Junge.«

»Vielen Dank für das Kompliment«, sagte Mercurio. Er beugte sich vor und spuckte in den Napf des Alten. »Das ist doch wohl im Preis mit eingeschlossen, oder?«

Brummelnd führte der Alte sie in ihr Zimmer, einen winzigen fensterlosen Raum, in dem kaum Platz für die Streulager war. In einer Ecke stand ein Nachttopf, den wohl schon Methusalem benutzt hatte.

»Hier drinnen kriegt man keine Luft«, stöhnte Mercurio. »Ich gehe noch ein bisschen raus.«

»Ich komme mit«, sagte Benedetta sofort.

Mercurio hatte noch nie eine so seltsame Stadt gesehen. »Hier gibt es viel zu viel Wasser«, bemerkte er schaudernd. Aber allmählich ließ er sich doch vom Zauber dieses einzigartigen Ortes gefangen nehmen, von den Gassen voller Menschen, dem regen Treiben der Läden, Märkte und Buden.

Als Erstes wollte er über die majestätische Rialtobrücke gehen. Sie bestand aus zwei Rampen aus Lärchenholz, deren Mittelteil sich durch eine außergewöhnliche Konstruktion hochziehen ließ, um größeren Galeeren Durchlass zu gewähren. Auf Befehl eines Brückenvorstehers bewegten die Arbeiter Seile und Stangen in einem Getriebe aus Scheiben und Rädern, und daraufhin tat sich die Brücke knirschend auf. Es wirkte wie ein Zaubertrick. Vor dem Hochziehen sicherten die Betreiber der Läden auf beiden Seiten der Brücke ihre Ware mit Seilen, aber bei einem dieser Manöver spielten ihnen ein paar Lausbuben einen Streich und lösten sie, sodass Ballen über Ballen wertvoller Stoffe über die Brücke rollten. Mercurio und Benedetta lachten gemeinsam mit den Kindern, als wären sie alle Freunde, während die Ladenbesitzer schimpfend ihre Waren einsammelten.

Aber am meisten beeindruckte Mercurio die Unmenge von Booten und Wasserfahrzeugen aller Art, die durch die Kanäle pflügten. So einen dichten Schiffsverkehr hatte er noch nie gesehen. Ein einziges Geschrei, Geschimpfe und Aufeinanderprallen von Holz gegen Holz. Es gab mehr Boote in Venedig als Karren in den Straßen Roms.

Gleich hinter der Brücke, auf der Uferseite, wo sich auch der Fischmarkt befand, und neben der Kirche San Giacomo wurde auf einem weitläufigen Gelände, das Fabbriche Vecchie genannt wurde, mit emsiger Geschäftigkeit gebaut. Ein Barbier, der mitten auf der Straße Zähne zog, erzählte Mercurio, dass im Jahr zuvor eine schreckliche Feuersbrunst dort sämtliche Gebäude zerstört hatte und man jetzt alles neu errichtete. Mercurio beobachtete eine ganze Weile die Steinhauer und die Zimmerleute, die ununterbrochen arbeiteten, und überlegte, welch großen Kraftaufwand es doch bedeuten musste, all die Steine und Ziegel mit Schiffen herbeizuschaffen. Die Arbeiter eilten mit ihren Schubkarren auf massiven Holzrädern hin und her und sangen dazu in ihrem seltsamen Dialekt.

Mercurio kam es so vor, als würde hier jeder etwas verkaufen. Es gab eine unvorstellbare Menge an Geschäften, Ständen und Wechselstuben. Die wohlhabenderen Läden hatten ausladende Simse aus hellem Sandstein und Vorhänge in leuchtend bunten Farben. In einem Durchgang gab es ein Banco Giro genanntes Geschäft, das den Kaufleuten ermöglichte, nicht länger Geld bei sich führen zu müssen: Ein Bankier trug sämtliche Transaktionen in sein Register ein und bürgte offiziell dafür, sodass Käufer und Verkäufer nicht mehr befürchten mussten, unterwegs ausgeraubt zu werden. Gleich um die Ecke lag die Calle della Sicurtà, wo man in einem zweigeschossigen Haus mit spitzen Fensterbögen und bunten Glasscheiben, das Mercurio an Zuckerbäckerkunst erinnerte, ganze Schiffsladungen von Stoffen, Gewürzen oder Waren jeder Art versichern konnte, ganz gleich, ob man sie versandte oder erwartete.

Durch sämtliche Gassen, die hier Calle hießen, und durch diese einzigartigen Durchgänge unter den Häusern, die sogenannten Sottoporteghi, wogte ständig eine Menschenmenge. Ein Heer von fliegenden Händlern mit einem ärmlichen Warensortiment auf dem Arm, Prostituierte und so viele Bettler, wie Mercurio sie in Rom nicht einmal während der Fastenzeit gesehen hatte. Und natürlich fielen ihm unter den Leuten auch die Betrüger und Diebe auf. Denn deren Methoden, so bemerkte er, waren überall dieselben. Ein falscher Arm aus Stoff, damit man mit dem echten heimlich eine Börse oder ein Taschentuch stehlen konnte. Vorgeblich Blinde, die in jemanden hineinstolperten und sich dann umständlich entschuldigten, wobei sie ihr Opfer heimlich durchsuchten. Diebe der etwas schlichteren Art, die einfach Waren zusammenrafften und dann davonrannten in der Zuversicht, dass sie schneller als ihre Verfolger waren.

»Wir haben reichlich Konkurrenz«, sagte Mercurio zu Benedetta.

Rialto war das pulsierende Handelszentrum der Stadt und mit Sicherheit der beste Ort für einen Betrüger wie ihn, dachte er. Das würde sein bevorzugtes Viertel werden. Hier konnte er sich austoben.

»Ich will ein neues Kleid«, sagte Benedetta gegen Abend. »Das hier stinkt zu sehr. Ich habe einen Laden mit wunderschönen Sachen gesehen.«

»Hast du schon einen Plan?«, fragte sie Mercurio.

»Was für einen Plan?«

»Wie wir an diese Kleider kommen?«

»Na, wir bezahlen sie«, erwiderte Benedetta erstaunt. »Wir haben doch genug Geld.«

Mercurio schüttelte den Kopf. »Na großartig. Du bist wirklich schlau, weißt du das?« Er hatte im Verlauf des Tages beobachtet, dass die Leute, jedes Mal wenn er Scarabellos Namen erwähnte, zusammenzuckten. Alle kannten und fürchteten ihn. »Und wenn uns einer von Scarabellos Leuten verfolgt oder uns zufällig dabei beobachtet, wie wir etwas kaufen, und ihm davon berichtet? Der Kerl lacht bestimmt nicht, wenn er herausfindet, dass er übers Ohr gehauen wurde.«

»Und nun?«

»Nun müssen wir so leben, als ob wir kein Geld hätten. Ganz einfach«, erwiderte Mercurio. Er sah Benedetta an. »Und was würden wir machen, wenn wir kein Geld hätten?«

»Oh nein!«, rief Benedetta aus.

»Oh doch.«

»Nein, nein, nein und nochmals nein.«

»Doch, doch, doch, kleine Schwester.«

»Wir haben die Taschen voller Geld und sollen trotzdem riskieren, dass wir beim Klauen erwischt werden?«

»Wir müssen dieses Geld zurücklegen, um damit unser Ziel zu verwirklichen.«

»Also, langsam gehst du mir aber auf die Nerven mit diesem Geschwätz über ein Ziel!«, knurrte Benedetta. »Wir haben kein Ziel!«

»Aber wir werden eins haben. Hoffentlich. Und außerdem geht auch noch so viel Geld irgendwann zur Neige. Und du musst zugeben, wir können nichts anderes als stehlen.«

»Oh nein«, sagte Benedetta erneut, doch ihr Widerstand fiel in sich zusammen.

»Oh doch.«

»Dann lass ich eben heute noch mal diese Fischhaut an«, sagte Benedetta betrübt und zeigte auf ihr stinkendes Kleid. »Lass uns etwas essen, und dann gehen wir schlafen. Ich bin todmüde, meine Füße sind geschwollen und meine Schuhe völlig verdreckt.«

»Ich mag es, wenn du so fröhlich bist«, sagte Mercurio amüsiert.

»Ach, scher dich doch zum Teufel.«

Sie betraten eine Schenke und bekamen dort wohlschmeckenden Fisch vorgesetzt. Nachdem sie sich ordentlich gestärkt hatten, machten sie sich auf den Rückweg zu ihrer Unterkunft.

Mercurio musterte unterwegs die vielen Menschen. Wie soll ich nur Giuditta unter all diesen Leuten hier finden?, kam es ihm plötzlich in den Sinn.

»Suchst du jemanden?«, fragte ihn Benedetta, als sie die Rote Laterne erreicht hatten.

»Was? Wer? Ich?«, fragte Mercurio und betrat die Spelunke.

Der alte Mann saß immer noch auf seinem Stuhl im Eingangsbereich. Er sah sie böse an und spuckte in seinen Napf.

»Ich glaube ja, das ist gar kein Stuhl«, raunte Mercurio Benedetta zu. »Das ist sein Hintern, der dort Wurzeln geschlagen hat.«

Benedetta lachte. »Also? Wen suchst du?«

»Niemanden.«

Nachdem Mercurio mit einer Kerze für etwas Licht gesorgt hatte, sah er sich aufmerksam in ihrem Zimmer um. Vorsichtig entfernte er ein Holzbrett aus der Seitenwand und grub mit einem Löffel, den er in der Schenke hatte mitgehen lassen, ein Loch in die Wand. Dorthinein steckte er den Beutel mit den Münzen und befestigte das Brett wieder an seinem Platz. »Sie suchen immer im Boden«, erklärte er Benedetta.

Sie sahen einander verlegen an.

»Also gut, gehen wir schlafen«, sagte Benedetta. »Worauf wartest du noch?«

»Auf welcher Seite willst du liegen?«

»Bleib mir bloß vom Leib«, ermahnte sie ihn, streckte sich auf der linken Seite des Lagers aus und zog die einzige Decke über sich. »Ich nehme die Decke. Du hast ja deinen Kaninchenpelz.«

Mercurio legte sich auf den rechten äußeren Rand des Lagers. »Soll ich das Licht löschen?«

»Nur zu.«

»Bist du sicher?«

»Nun mach schon!«

Mercurio blies die Kerze aus, und es wurde sofort stockfinster. Eine Weile lagen sie so in dieser unnatürlichen Stille nebeneinander.

»Schläfst du?«, fragte Mercurio schließlich leise.

»Nein. Was willst du?«, erwiderte Benedetta mürrisch.

»Ich wollte dir sagen, also damals, als die Räuber uns die Pferde abgenommen haben und all das ...«

»Und?«

»Na ja ... also, du warst ganz schön mutig.«

»Na gut, jetzt hast du es gesagt. Dann können wir ja nun schlafen.«

»Ja, genau. Gute Nacht.«

Benedetta antwortete nicht.

»Darf ich dich was fragen?«, fing Mercurio wieder an.

»Was willst du denn noch?«

»Denkst du manchmal an Ercole und den Mann, den ich getötet habe?«

Benedetta schwieg eine Weile. Dann fragte sie ihn, nicht mehr ganz so schroff: »Wie hieß eigentlich der Säufer, der dir das Leben gerettet hat und dann selber ertrunken ist?«

»Keine Ahnung ...«

»Und denkst du manchmal an ... Keine-Ahnung?«

»Andauernd«, antwortete Mercurio leise. Dann fügte er hinzu: »Und auch an diesen Kaufmann.«

»Ich denke auch an Ercole. Und an diesen Holzkopf Zolfo.« Benedetta klang nun freundlicher. »Und was meinst du?«

Mercurio antwortete nicht sofort. »Dass ich Angst habe ...«, sagte er dann.

»Ach ...«

»... und dann wird mir ganz kalt ums Herz.«

Die beiden lagen lange still da.

»Mercurio ...«, flüsterte Benedetta schließlich.

»Hmm?«

»Wenn du willst, kannst du zu mir unter die Decke kommen«, sagte Benedetta und rutschte mit dem Rücken zu ihm etwas weiter in die Mitte des Lagers.

Mercurio blieb noch einen Moment liegen, dann rückte er unbeholfen näher.

»Versuch aber ja nicht, mich zu küssen«, warnte ihn Benedetta.

»Nein.«

Benedetta schnaubte, langte hinter sich, packte Mercurios Hand und legte sie auf ihre Hüfte. »Wenn du nicht ganz nah an mich rankommst, wird uns nie wärmer«, erklärte sie. »Aber fass mich ja nicht ...«

»Nein.«

»... und das Ding zwischen deinen Beinen ... also, sag dem, dass es brav sein soll.«

»Ja«, sagte Mercurio und wurde rot.

Es verging eine ganze Weile, dann sagte Benedetta: »Findest du es eklig, dass ich mit einem Priester und anderen Drecksäcken im Bett war?«

»Das Leben ist eben manchmal widerwärtig.« In Mercurios Stimme schwang Bitterkeit mit. Und Verlegenheit.

»Warum bist du immer so wütend?«

»Ich bin nicht immer wütend.«

»Na klar bist du das.«

Mercurio dachte nach. »Ich will nicht darüber reden.«

Wieder schwieg Benedetta eine Weile. »Oder stört es dich, dass ich keine Jungfrau mehr bin?«

»Wen schert es, ob du noch Jungfrau bist oder nicht?«

»Männer haben nur dann Respekt vor einer Frau, wenn sie noch Jungfrau ist, wusstest du das nicht?«

»Äh, ja ... doch, sicher wusste ich das ...«

Benedetta lachte leise. »Du hast noch nie bei einer Frau gelegen, stimmt's?«

»Doch. Sogar schon ein paar Mal, wenn du es genau wissen willst.«

»Wirklich?«, fragte ihn Benedetta leicht spöttisch. »Und wie war es?«

»Also, na ja ... sagen wir, da waren schon die Hände von beiden … irgendwie im Spiel, verstehst du?«, stotterte Mercurio verlegen.

»Was redest du denn da?«

»Na ja, also … Das war nichts Besonderes … Also, ich meine, es gibt Besseres …«

»Lügner«, lachte ihn Benedetta aus. »Gib's zu, du hast es noch nie gemacht.«

»Ich bin müde, lass uns schlafen.«

Benedetta lächelte. »Ja, schlafen wir.« Dann schob sie ihre Hand in die von Mercurio.

Bei der Berührung verkrampfte sich Mercurio.

»Entspann dich, ich will mich bloß wärmen.«

Mercurio antwortete nicht und lag einfach mit geöffneten Augen da. Es stimmte. Er hatte noch nie bei einer Frau gelegen. Eigentlich wusste er rein gar nichts über die Liebe. Als er hörte, wie Benedettas Atem allmählich ruhiger und regelmäßiger wurde, überließ er sich langsam seiner Müdigkeit und schloss die Augen. Und sofort musste er an Giuditta denken. Er dachte daran, wie sie im Proviantkarren beim Einzug in Mestre Hand in Hand nebeneinandergestanden hatten. Wieder durchströmte ihn diese ganz besondere Wärme. Das musste Liebe sein. So wie zwischen Anna del Mercato und ihrem Mann. Und wenn dieser merkwürdige Aufruhr im Bauch Liebe war, na ja, dann war es gar nicht so schlecht. Er richtete all seine Gedanken auf Giuditta. Vielleicht konnte sie ja sein Ziel werden. Er stellte sich vor, wieder auf dem Karren neben ihr zu stehen.

Und bei dem Gedanken drückte er Benedettas Hand.

Benedetta erwiderte seinen Händedruck und kuschelte sich näher an ihn.

Mercurio spürte, wie er vor Verlegenheit errötete. »Entschuldige«, murmelte er.

»Was denn?«, fragte Benedetta.

»Ich dachte, du schläfst.«

»Nein«, erwiderte Benedetta mit sanfter Stimme. »Was soll ich denn entschuldigen?«

Mercurio löste seine Hand aus ihrer und drehte sich schnell zur anderen Seite. »Nichts, vergiss es …«, sagte er schroff. »Ich glaub, mir ist es jetzt doch zu warm.«

21

Nachdem Shimon Baruch Rom den Rücken gekehrt hatte, hatte er auch die Via Flaminia verlassen. Er hatte sich Vorräte beschafft, sich in die Wälder um Rieti geschlagen und sich dort eine Woche lang verborgen. Dann war er wieder zur Via Flaminia zurückgekehrt und gen Norden aufgebrochen, wobei er noch unentschlossen war, ob er nach Mailand oder nach Venedig gehen sollte. Die gesamte Woche über, in der er sich versteckt hielt, hatte er über Scavamortos Antwort nachgegrübelt. Shimon war sich zunächst sicher, dass er ihn angelogen hatte. Aber Scavamorto war eindeutig ein gewitzter Bursche, der Mercurio offensichtlich mochte. Deshalb konnte es auch sein, dass er die Wahrheit gesagt hatte, weil er vermutet hatte, dass Shimon sie für eine Lüge halten würde. Schließlich gelangte Shimon zu der Überzeugung, dass es sich wohl genau so verhielt.

Die Via Flaminia führte durch den Apennin bis zur Adriaküste, und hinter Rimini, einer Hafenstadt, die früher Juden wohlgesonnen war, wurde sie zur Via Emilia, die in Venedig endete. Alles innerhalb der Grenzen des Kirchenstaats. Und Shimon, der »sein« Taufzeugnis stets an sich presste, war sich sicher, selbst wenn sie nach ihm suchten, kämen sie wohl nie auf den Gedanken, dass er sich so lange in päpstlichem Gebiet aufhalten würde.

Als er gegen Abend auf Narni zu marschierte, hatte Shimon einen Gefängniswagen eingeholt, der von vier Belgischen Kaltblütern mit riesigen, muskulösen Kruppen gezogenen wurde, die gemächlich ihres Weges trabten. Der Wagen war schwarz und hatte zwei schmale, mit kreuzförmig angeordneten Eisenstangen verstärkte Fenster. Als die Straße sich an einer Stelle verengte, zügelte Shimon seinen Araber und fuhr langsam hinter dem Wagen her, in der Hoffnung, dass sich der Weg bald wieder verbreitern würde und er ihn überholen konnte.

Zwei berittene Wachen, die den Gefängniswagen eskortierten, erblickten ihn und kamen sofort auf ihn zu. »Wohin willst du? Wer bist du?«, fragten sie ihn.

Shimon griff in seine Tasche und hielt ihnen den Taufschein entgegen. Zum ersten Mal seit seiner Flucht musste er sich ausweisen.

»Alessandro Rubirosa«, las eine der Wachen. »Bist du Spanier?«

Shimon schüttelte den Kopf und zeigte auf seine Kehle, um zu bedeuten, dass er stumm war.

»Du bist stumm?«, wiederholte der Wachmann mit Worten und sprach dabei besonders laut, als wäre sein Gegenüber auch taub.

Shimon nickte.

»Und wo willst du hin?«, fragte der andere Wärter.

Shimon wusste nicht, wie er es erklären sollte. Er versuchte, eine Gondel in die Luft zu zeichnen.

»Türkenpantoffeln? Oder was soll das heißen?«, fragte einer der Männer.

»Türkendolch«, verbesserte ihn der andere Wärter und wies auf den Dolch, den Shimon im Gürtel trug.

Shimon schüttelte resigniert den Kopf.

»Na ja, ist auch egal«, sagte der erste Wärter.

Shimon zeigte, dass er irgendwo schlafen und essen wollte.

»In Narni gibt es viele Wirtshäuser …«, erwiderte der erste Wärter.

»Aber vielleicht verirrt er sich da. Es ist beinahe dunkel«, wandte der zweite ein. »Du kannst mit uns in das Wirtshaus des Generals kommen. Dort ist es billig und sauber. Und man isst gut.«

Shimon zögerte. Eine innere Stimme warnte ihn, den Wachen nicht zu trauen. Aber dann dachte er, dass aus ihm nur der ängstliche Kaufmann sprach, der er früher einmal gewesen war. Und deshalb war es wohl vor allem sein tiefer Ärger über diesen Gedanken, der ihn dazu trieb, den beiden Wachen zuzunicken.

Nach einigen Meilen bogen sie in einen schmalen Weg ein und erreichten eine grasbestandene Lichtung vor einem zweistöckigen, ziegelrot gestrichenen Gebäude, an dem die Mehrzahl der Fensterläden geschlossen war.

Der Gefängniswagen hielt in der Mitte der Lichtung. Inzwischen nieselte es, und es war kalt geworden. Die Wärter öffneten die große Tür des Wagens, um ihre drei Gefangenen herauszu lassen. Shimon, der inzwischen seine Kalesche verlassen hatte, überfiel der Gestank von menschlichen Ausdünstungen. Als er in den Wagen hineinspähte, sah er fünf mit dicken Eisenringen an Händen und Füßen angekettete Männer, die einander gegenüber auf zwei Bänken saßen. Einer der Gefangenen hielt sich stöhnend den Unterleib.

»General!«, schrie einer der Wärter.

Plötzlich erwachte alles zum Leben. Der Gefangenentransport musste für die Poststation ein lohnendes Geschäft sein. Zwei Knechte kamen mit randvoll gefüllten Wasserbottichen. Kaum hatten die Wärter die Gefangenen aussteigen lassen, schütteten die Knechte das Wasser in das Wageninnere, um den Boden von den Exkrementen zu reinigen. Die Gefangenen wurden in einen Heuschober gebracht. Shimon sah, dass er wie ein kleines Gefängnis ausgestattet war. Dort wurden die Männer einzeln an einen waagrechten Balken gekettet, der von einer Wand zur anderen verlief. Ihre Arme hatten gerade so viel Spiel, dass sie ungehindert damit essen konnten. Zwei alte Frauen brachten einen Kupferkessel und Tonschüsseln und verteilten eine wässrige Suppe an die Gefangenen.

»Der hat bestimmt keinen Hunger«, sagte einer der Gefangenen und zeigte auf den Mann, der sich jammernd die Hände auf den Unterleib presste.

Einer der Wärter lachte unanständig laut. Dann wandte er sich dem Wirtshaus zu und schrie: »General! Hier ist ein Gast für dich!«

Daraufhin kamen ein alter, aber noch kräftig wirkender Mann mit kurzen schneeweißen Haaren und ein junges Mädchen, das dem Alter nach seine Enkelin hätte sein können, aus dem Wirtshaus. Das Mädchen war von einer ordinären Schönheit.

»Guten Abend, General«, begrüßten die Wachen den alten Mann so ehrerbietig, wie sie es nie getan hätten, wenn er nur ein einfacher Gastwirt gewesen wäre. »Dieser arme Reisende hier ist stumm. Er braucht etwas zu essen und ein gutes Zimmer.«

Der Alte sah Shimon an. »Komm mit«, sagte er dann und wandte sich dem Wirtshaus zu. »Und ihr macht etwas zu essen für die Jungs!«, rief er den beiden Mägden zu, die sich um die Gefangenen gekümmert hatten.

Shimon starrte dem Mädchen nach, das dem General mit übertriebenem Hüftschwung folgte. Doch sie schien seinen Blick nicht zu bemerken.

Das Wirtshaus machte einen sauberen, wenn auch bescheidenen Eindruck. Einer der Knechte bedeutete Shimon, sich an einen Tisch zu setzen. Die beiden Wachen zu Pferde setzten sich zusammen mit den dreien aus dem Wagen gut gelaunt an einen anderen Tisch und machten sich über einen Krug Rotwein her. Im Handumdrehen brachten die beiden alten Mägde zwei große Platten mit Essen für die Wärter und einen Teller voll für Shimon. Frisches Brot, Brathähnchen, Würste und Essigzwiebelchen.

Shimon betrachtete zögernd die Würste.

Ich werde nie wieder ein Jude sein, sagte er sich.

Er nahm eine Scheibe Brot, klappte sie zusammen und legte eine Wurst dazwischen. Zum ersten Mal in seinem Leben kostete er Schweinefleisch.

Ich werde nie wieder ein Jude sein, wiederholte er stumm.

Und er fühlte sich stark.

Inzwischen kam das Mädchen die Treppe aus den oberen Stockwerken herunter, wohin sie mit dem sogenannten General verschwunden war, und setzte sich mit träger Sinnlichkeit an den Tisch der Wachen.

Shimon hatte noch nie ein so hübsches und aufreizendes Geschöpf gesehen. Oder vielleicht hatte er sich nur noch nie zugestanden, so etwas wahrzunehmen, verbesserte er sich. Das Mädchen übte eine unwiderstehliche Anziehungskraft auf ihn aus, und er beobachtete sie, während sie mit den Wachen lachte und trank, ohne dass sie es zu bemerken schien.

Erst lange Zeit später, als die Wachen sichtbar müde wurden und eindeutig genug getrunken hatten, stand das Mädchen auf, drehte sich um und sah ihn an.

Shimon zuckte zusammen.

»Folge mir«, sagte das Mädchen, als es an ihm vorbeikam, und verließ das Wirtshaus.

Eine der Wachen grinste anzüglich.

Shimon blieb zunächst wie erstarrt sitzen. Doch dann sprang er auf und verließ das Wirtshaus gerade noch rechtzeitig, um zu sehen, wie das Mädchen um eine Ecke des Hauses bog, nun kaum mehr als ein wandelnder dunkler Schatten vor dem unwesentlich helleren Hintergrund der Nacht. Er eilte ihr hinterher, wie ein folgsamer Hund.

Als er aufblickte, sah er den General an einem Fenster im ersten Stock des Wirtshauses stehen. Shimon schauderte. Der Mann jagte ihm instinktiv Angst ein. Aber vielleicht hatte der General ihn auch gar nicht gesehen, dachte Shimon. Es war schließlich dunkle Nacht, und der General war ein alter Mann.

Shimon erreichte die Rückseite des Wirtshauses. Durch eine offen stehende kleine Tür sah er einen schwachen Lichtschimmer nach draußen fallen. Er näherte sich und befahl seinen Beinen, langsam zu gehen, obwohl er am liebsten gerannt wäre.

Das Mädchen stand mit dem Rücken zu ihm, doch kaum war Shimon keuchend in der Tür aufgetaucht, wandte sie sich um und trat ihm entgegen. Ihre Lippen umspielte ein unergründliches Lächeln, aber in ihren Augen lag ein Verlangen, an dem selbst Shimon in seiner Unerfahrenheit keine Zweifel hatte. Sie packte ihn am Arm und zog ihn hinein, dann schloss sie die Tür und ließ sich mit einer Drehung dagegenfallen.

»Ich muss mich jeden Abend mit dem alten Mann ins Bett legen«, sagte das Mädchen plötzlich. »Aber heute Abend ist der General mit den Wachen beschäftigt und wird nicht nach mir suchen.«

Shimon war wie betäubt von der aufreizenden Schönheit des Mädchens. Das Unterhemd aus Gaze, das sonst den Ausschnitt des Kleides verdeckte, hatte sich verschoben und enthüllte nun den Ansatz ihrer Brüste. Shimon starrte sie stumm an.

Das Mädchen ergriff die Initiative, ging zu ihm und nahm einen Pokal mit Wein. »Komm her«, sagte sie und kniete sich auf das Strohlager.

Shimon folgte ihr wie ein Fisch, der den Köder geschluckt hatte. Er setzte sich auf das Stroh. Ganz langsam näherte er sein Gesicht dem des Mädchens.

Er atmete den starken Geruch nach Fleisch und Rotwein ein, der aus ihrem Mund kam. Zugleich hielten ihn ihre dunklen, geheimnisvollen Augen gefangen.

Das Mädchen sah ihm tief in die Augen, neigte den Kopf leicht zur Seite und führte dann langsam das Glas an seine Lippen.

»Trink!«

Und Shimon trank. Der Wein lief ihm lauwarm die Kehle herunter, er schmeckte ein wenig bitter. Er spürte den warmen Atem des Mädchens auf seinen Lippen.

»Möchtest du mich lieben?«, fragte sie dann.

Shimons Herz schlug schneller.

Das Mädchen zog sich das feine Unterhemd aus, und der Ausschnitt ihres Kleides enthüllte ihren Busen nun nahezu vollständig. Lächelnd stand das Mädchen auf und zog ihm die Stiefel aus. Dann bot sie ihm noch einen Schluck Wein an.

Shimon trank. Und spürte wieder diesen leicht bitteren Nachgeschmack in der Kehle.

»Wie heißt du?«, fragte ihn das Mädchen.

Shimon bedeutete ihm, dass er stumm war.

»Bist du Kaufmann?«

Shimon nickte. Sein Kopf fühlte sich schwer an. Anscheinend machten sich die Anstrengungen der vergangenen Tage bemerkbar.

»Bist du reich?«

Shimon bemerkte, wie sein Kopf noch schwerer wurde. Jetzt wusste er, dass er töricht gewesen war.

Das Mädchen beobachtete ihn schweigend.

In Shimons Kopf wirbelten tausend Gedanken durcheinander.

Das Mädchen durchsuchte ihn. Sofort hatte sie die Geheimtasche in Scavamortos Stiefeln gefunden und nahm die Goldmünzen heraus. Sie biss auf eine und betrachtete sie dann zufrieden. »Drei Goldmünzen«, sagte sie zufrieden.

Shimon konnte sich nicht bewegen. Seine Lider begannen zu flattern. In seinem Kopf drehte sich alles. Um ihn herum schwankte der Raum, wurde mal größer, mal kleiner, leuchtete in prächtigen Farben, wirkte dann wieder düster und gedeckt, mal war es still, dann wieder laut. Shimon spürte einen Druck auf der Brust, der ihm kaum Raum zum Atmen ließ. Und eine Müdigkeit, gegen die er nichts ausrichten konnte. Du wirst nicht mit mir schlafen, stimmt's?, konnte er gerade noch denken.

Das Mädchen legte den Kopf auf seine Brust und streichelte die nackte Haut unter seinem Hemd. Dann nahm sie seine Hand und küsste sie ganz langsam, erst die Finger, dann den

Handrücken und die Innenfläche. Sie führte seine Hand an ihren warmen, weichen Busen und schob sie so weit vor, bis seine Fingerkuppe eine Brustwarze berührte. »Es tut mir leid«, flüsterte sie ihm mit rauer Stimme zu.

Kurz bevor er das Bewusstsein verlor, sah Shimon Blut. Überall war Blut. Er sah es aus der Brust des Schwachsinnigen spritzen, den er getötet hatte, auf dem Boden der Sakristei, wo er den Pfarrer und dessen Haushälterin ermordet hatte, er spürte Blut im Mund, sein eigenes Blut, das gurgelnd bei jedem Atemzug hervorspritzte.

Wie damals, als er glaubte, er würde sterben.

Doch diesmal spürte Shimon keine Angst.

Du Dummkopf, dachte er nur.

Und dann wurde alles um ihn herum dunkel.

Am nächsten Morgen wachte er kurz vor Tagesanbruch auf, mit steifen Gliedern, schwerem Kopf und getrübtem Blick. Seine Stiefel und sein Mantel waren verschwunden. Er war mit den Knöcheln an den Balken im Heuschober gekettet. Neben ihm saßen die anderen fünf Gefangenen. Shimon erbrach sich.

»Na, du scheinst es ja toll getrieben zu haben letzte Nacht«, lachte einer von ihnen, und die anderen stimmten ein, wie auch die Wachen.

»Alessandro … Rubirosa«, las der Hauptmann der Wachen stockend seinen Taufschein vor. »Du bist angeklagt, eine Jungfrau vergewaltigt und zu töten versucht zu haben. Deswegen wirst du ins Gefängnis nach Tolentino überführt und dort vor ein Kirchengericht gestellt werden.« Er sah ihn an. »Hast du nichts zu deiner Verteidigung zu sagen, Stummer?«, fragte er und lachte laut los. Dann wandte er sich an seine Männer.

»Ladet ihn auf den Wagen. Wir fahren jetzt.«

»Los, steht auf«, sagten die Wachen zu den Gefangenen, und während einer mit gezücktem Schwert dastand, öffnete ein zweiter die Ketten, die sie an den Balken gefesselt hatten. Sie mussten sich in einer Reihe aufstellen und wurden zum Gefängniswagen getrieben.

Kaum war er draußen angekommen, sah Shimon ein wenig abseits das Mädchen stehen, das seine Augen suchte. Ihre Blicke begegneten sich. Das Mädchen trat einige Schritte vor und stellte sich neben ihn.

»Versprich mir, dass du mich nicht vergessen wirst«, flüsterte sie ihm zu.

Shimon warf ihr einen eiskalten Blick zu. Ihm ging durch den Kopf, dass das Mädchen bei Tageslicht deutlich verlebter aussah. Sie hatte dunkle Ringe um die Augen, ihre fahle Gesichtshaut wies an einigen Stellen bereits kleine Fältchen auf, und ihre Lippen waren nicht mehr so rot und voll, wie er sie in Erinnerung hatte. Auch ihre aufreizende Haltung war verschwunden, sie wirkte müde, hielt die Schultern nur mühsam aufrecht, und in ihrem matten Blick lagen Hoffnungslosigkeit und Trauer.

Shimon sah das Mädchen an, öffnete den Mund und stieß einen schaurigen Zischlaut aus.

Das Mädchen wich erschrocken zurück.

Eine Wache stieß Shimon vorwärts, und eine andere schlug ihn mit dem Schwertknauf ins Gesicht.

Während er unter den anzüglichen Kommentaren und Pfiffen der anderen Gefangenen, an die er gekettet war, zum Gefängniswagen lief, schüttelte es Shimon heftig vor Kälte und Müdigkeit, denn er litt noch unter den Folgen der Droge, mit der man ihn betäubt hatte. Seine nackten Füße, die in dem feuchten Boden versanken, waren eiskalt. Sein Mund schmeckte nach Blut, ein Gefühl, das ihm inzwischen sehr vertraut war.

Ich werde dich nicht vergessen, schickte er als stumme Botschaft an das Mädchen und drehte sich zu ihr um.

Die Wachen halfen ihm in den Wagen und ketteten ihn an die Bank an.

»Wir hätten ihn töten sollen«, sagte das Mädchen zu dem alten Mann, laut genug, dass Shimon es hören konnte.

»Hat er dir so viel Angst gemacht?«, fragte der Alte lachend.

»Der widert mich an.«

»Es ist zu gefährlich, sie zu töten, das weißt du doch.«

Das Mädchen starrte Shimon an, und dieser hielt dem Blick stand.

Dann schlossen die Wärter die Wagentür.

Ich werde dich nicht vergessen, sagte sich Shimon noch einmal.

Der Wagen fuhr los. Nach kurzer Zeit rollte sich der Gefangene, der am Abend vorher über Unterleibsschmerzen geklagt hatte, auf der Bank zusammen und atmete schwer.

»Jetzt stirb endlich, du gehst mir auf den Sack«, sagte einer der Gefangenen, und alle außer Shimon stimmten in sein Gelächter ein.

Nach einer halben Stunde wurde das Jammern lauter.

»Ja, kratz schon ab«, sagte ein anderer der Gefangenen.

»Brauchst du jemanden, der dir beim Sterben ein wenig zur Hand geht?«, fragte der Gefangene neben ihm und versetzte ihm einen derben Stoß in den Magen.

Und wieder lachten alle, außer Shimon.

»Macht dir das etwa keinen Spaß, du stummer Drecksack?«, fragte ihn der Gefangene, der ihm gegenübersaß, lehnte sich vor und spuckte ihm ins Gesicht.

Shimon zeigte keine Reaktion.

Als sie schließlich eine in einen Buchenwald eingebettete Anhöhe erreichten, verwandelte sich der keuchende Atem des kranken Gefangenen in ein Röcheln. Der Mann stieß einen letzten langen Atemzug aus, dann regte er sich nicht mehr und wurde von dem Rütteln der Kutsche hin und her geworfen.

»Heh, endlich ist der tot«, schrie der Gefangene, der neben ihm angekettet war. »Werft ihn den Wölfen vor! Ich will nicht mit einer Leiche fahren!«

Die Kutsche hielt an. Die Tür wurde geöffnet.

Im gleichen Augenblick durchbohrte ein Pfeil die Kehle des Wärters, der die Tür geöffnet hatte. Drinnen in der Kutsche hörten Shimon und die anderen Gefangenen Schreie, Getrappel von Pferdehufen, dumpfe Schläge, Flüche und Gebete. Dann war alles still.

Ein hässliches, vom Hunger ausgemergeltes Gesicht zeigte sich in der Tür der Kutsche. Hinter ihm folgten etwa ein Dutzend Männer, von denen viele blutbefleckt waren. »Du bist frei, Hauptmann«, sagte der Mann mit dem ausgezehrten Gesicht.

Der Mann, den alle für tot gehalten hatten, richtete sich auf.

Einer der Räuber stieg in den Wagen und machte seine Knöchel los. »Schön, dich wiederzusehen, Hauptmann«, sagte er.

Der Mann antwortete ihm nicht. Er nahm ihm das Messer aus dem Gürtel und durchschnitt damit kommentarlos die Kehle des Gefangenen, der ihm den Stoß in den Magen versetzt hatte. Dann verließ er den Wagen und befahl seinen Leuten: »Tötet sie alle.«

Sofort stieg einer der Räuber in den Wagen und stieß dem ersten Gefangenen, dem Mann neben Shimon, das Schwert in die Brust.

»Den nicht«, sagte der Räuberhauptmann, der inzwischen auf einem Pferd saß, und zeigte auf Shimon. »Ich weiß nicht, warum du nicht gelacht hast, Stummer … Aber heute ist dein Glückstag.«

Die Räuber erledigten die anderen Gefangenen, dann warfen sie Shimon die Schlüssel für seine Ketten zu und verschwanden im Galopp.

Shimon öffnete das Schloss, verließ den Wagen und suchte den Hauptmann der Wachen. Ein Pfeil war ihm durch das linke

Auge gedrungen und hinten am Schädel ausgetreten. Shimon kam der Anblick geradezu lächerlich vor. Er durchsuchte die Taschen des Mannes, holte sich seinen Taufschein zurück und fand ein Goldstück. Er erkannte in ihm einen seiner Goldflorins. Offensichtlich war es der Anteil des Hauptmanns an der Beute. Als er die Taschen der anderen Wachen durchsuchte, fand er noch ein Goldstück und nahm an, dass sie es später unter sich aufgeteilt hätten, vielleicht in einem Wirtshaus und mit einer Hure. Das bedeutete, dass der General und das Mädchen die andere Münze hatten.

Shimon zog dem Hauptmann die Stiefel aus und probierte sie an. Sie passten ihm. Die Sporen klirrten beim Laufen. Dann nahm er ihm die Lederhandschuhe ab, warf sich den Umhang mit den Abzeichen des päpstlichen Heers über die Schulter und setzte sich den leichten Helm auf.

Er hörte einen Klagelaut und drehte sich um. Eine der Wachen streckte flehend den Arm nach ihm aus. »Hilfe ... hilf mir.«

Shimon ging zu ihm, er war beinahe noch ein Junge, kniete sich hin und nahm den Kopf in seinen Schoß.

Dann drehte er ihm brutal den Hals um.

Er schirrte die Pferde ab, schlug ihnen auf die mächtigen Kruppen und ließ sie ziehen. Dann suchte er sich ein Schwert, eine Armbrust und Pfeile. Er nahm die Zügel eines Pferdes der berittenen Wachen, dessen Hals von Blut befleckt war. Nachdem er den weißen Wallach gesäubert und beruhigt hatte, schwang er sich auf. Dann trieb er ihn leicht mit den Sporen des Hauptmanns an, und das Pferd setzte sich in Bewegung.

Ich bin bereit, dachte Shimon entschlossen, und ritt auf das Wirtshaus zu.

22

Am nächsten Morgen, als Mercurio und Benedetta über die Rialtobrücke schlenderten und nach einem Weg suchten, wie sie neue Kleider stehlen konnten, wurden sie von einem jungen Mann mit einer Augenklappe angesprochen.

»Folgt mir, wir gehen zu Scarabello«, sagte der Einäugige.

Unmittelbar hinter der Brücke bogen sie nach links ab und liefen die Fondamenta di Riva del Vin, die Uferstraße, am Canal Grande entlang. Um nicht im Schlamm einzusinken, versuchten sie auf den alten Holzbalken zu bleiben, die jedoch an einigen Stellen durch das Ausladen von Weinfässern versperrt waren, da von hier aus beinahe sämtliche Privat- und Gasthäuser von Venedig beliefert wurden. Sie folgten dem Rio Terrà del Fontego hinauf, an der Kirche San Silvestro vorbei, wandten sich nach links und erreichten so schließlich den Campo San Silvestro, den Vorplatz der Kirche.

Scarabello stand mit ausgebreiteten Armen vor der Werkstatt eines Kürschners. In der feuchten Luft hing ein grässlicher Gestank nach den Säuren, die zum Gerben benutzt wurden. Scarabello selbst trug einen dicken schwarzen Pelz. Zwei Gesellen scharwenzelten eifrig um ihn herum, jeder hatte einen Pinsel in der Hand, den er in eine bis zum Rand mit schwarzer Farbe gefüllte Büchse tauchte. Mercurio fiel auf, dass der Pelz an einigen Stellen, auf die sich die Gesellen konzentrierten, braun war. Er wusste nicht, von welchem Tier er stammte. Der Pelz war struppig, er hätte genauso von einem Hund wie von einem Bären sein können. Auf dem Messer in seiner linken Hand hielt Scarabello ein Stück Rindfleisch aufgespießt, von dem er ab und zu ein Stück abbiss. Seine Männer, drei an der Zahl, zu denen sich der Einäugige gesellte, saßen ein wenig abseits auf weißen Steinen, die aus einer Häuserwand ragten.

»Was hältst du von Venedig?«, fragte Scarabello, als Mercurio vor ihm stand. Benedetta würdigte er keines Blickes.

»Es ist voller Hühner«, antwortete Mercurio. Wieder faszinierten ihn die beinahe weißen Haare Scarabellos.

»Und wer sagt dir, dass du sie rupfen darfst?«, fragte der ihn.

»Ich nehme an, dazu brauche ich deine Erlaubnis.«

Scarabello lächelte zufrieden. Dann wandte er sich ungeduldig an die beiden Gesellen. »Wie lange dauert das denn noch?«

Keiner der beiden antwortete ihm, doch der Kürschner stürzte aus seiner Werkstatt, um ihr Werk zu überprüfen. Er schüttelte den Kopf. »Messer Scarabello, das ist schlampige Arbeit«, jammerte er. »Das Färbemittel muss fixiert werden.«

»Dafür habe ich keine Zeit«, fertigte Scarabello ihn verärgert ab. »Wie lange dauert es noch?«

»Sie sind beinahe fertig«, erwiderte der Kürschner ergeben.

Scarabello bedeutete ihm, zu verschwinden. Dann biss er noch einmal in das Rindfleisch auf seinem Messer. »Jetzt erklär mir mal, was du vorhast«, forderte er Mercurio auf.

»Wir brauchen neue Kleider«, sagte Mercurio. »Wenn wir die hier tragen, kann uns doch jeder eine Meile gegen den Wind riechen.«

Scarabello schwieg.

»Ich bin ein guter Betrüger, das habe ich dir doch gesagt, und sie steht prima Schmiere«, sagte Mercurio. »Sag uns einfach, was ... «

Scarabello unterbrach ihn mit einer Geste. »Ich bin Euer Gefummel leid«, fuhr er die Gesellen an.

»Wir sind fertig, Messer Scarabello«, sagte einer der beiden.

»Aber passt auf, wenn Ihr ...«, begann der andere.

»Scher dich zum Teufel«, unterbrach ihn Scarabello. Er bedeutete Mercurio, ihm zu folgen, bog in die schmale Calle del Luganegher ein und lief an einem Stand mit Würsten vorbei. Seine Männer folgten ihm und ebenso Benedetta. Scarabello begab sich mit schnellen Schritten zum Vorplatz der Kirche San Aponal. Dort blieb er stehen und zeigte Mercurio einen heruntergekommenen Laden ohne Kundschaft. »Vor fünf Jahren kam dort eine Missgeburt auf die Welt, mit zwei Köpfen, vier Armen und drei Beinen. Ein Junge und ein Mädchen, die miteinander verbunden waren. Die Kinder dieses Kräuterkrämers.« Er richtete das Messer mit dem aufgespießten Fleischstück auf den Mann, der sich über den Verkaufstresen beugte. »Das Mädchen nannten sie Maria, den Jungen Alvise. Die beiden haben nur eine Stunde gelebt. Dann hat der Doktor die Missgeburt mitgenommen und einbalsamiert. Seit jenem Tag betritt niemand mehr den Laden.«

Mercurio sah den Kräuterkrämer an. »Und warum hält er ihn dann noch offen?«

»Weil er jetzt für mich arbeitet. Du bringst ein Drittel deiner Einkünfte zu ihm. Und er gibt sie mir.«

»Ein Fünftel«, sagte Mercurio.

Plötzlich verdunkelte sich der Himmel. Ein schwüler Wind erhob sich. Man hörte Donnergrollen im Hintergrund.

»Du bist nicht in der Position, mit mir zu feilschen, Junge.«

»Ein Viertel.«

»Hörst du schwer?«

Mercurio senkte den Kopf. »Na gut.«

»Aber ich glaube kaum, dass ich viel mit dir verdienen werde«, sagte Scarabello lächelnd und wandte sich seinen Leuten zu, die belustigt grinsten. »Du siehst mir nicht nach einem talentierten Dieb aus. Und du hast auch bestimmt keine Ahnung, wie du vorgehen musst.«

»Ich bin ein hervorragender Betrüger«, widersprach Mercurio gekränkt. »Und ein Meister der Verkleidung.«

»Und wie alle Römer ... so bescheiden wie der Papst!«

Scarabellos Männer lachten.

Einige Regentropfen lösten sich beinahe schüchtern aus dem bleigrauen Himmel.

»Ihr seid ein ganz schlechtes Paar«, sagte Scarabello und gab damit zu verstehen, dass er nun auch Benedetta bemerkt hatte. »Wie lautet die erste Regel für jemanden, der prima Schmiere steht?«, fragte er Mercurio.

Mercurio zuckte die Schultern, als wäre ihm das völlig gleich. »Dass er nicht abhaut und seinen Kameraden in der Scheiße sitzen lässt, wenn es danebengeht«, antwortete er.

»Das ist die Regel für irgendjemanden, der Schmiere steht«, sagte Scarabello. »Aber einer, der, wie du gesagt hast, *prima* Schmiere steht ... der muss unsichtbar sein.«

»Na klar«, sagte Mercurio und tat so, als wäre das selbstverständlich.

Jetzt regnete es heftiger, aber Scarabello blieb in der Mitte des Platzes stehen. Er wandte sich Benedetta zu und sagte ihr: »Dich übersieht man aber nicht. Du bist zu schön.«

Benedettas Gesicht leuchtete, und sie lächelte geschmeichelt.

»Das ist ein Makel, blöde Kuh«, sagte Scarabello.

»Blöde Kuh«, wiederholte Mercurio.

»Und was muss man tun, wenn jemand, der Schmiere steht, zu sehr auffällt?«, fragte Scarabello, während der Regen immer dichter fiel.

»Sich jemand anderen suchen«, sagte Mercurio lachend, aber dann merkte er, dass Scarabello nicht in sein Lachen einstimmte. »Das war ein Scherz. Ich meinte eigentlich ... na gut, ich hab verstanden ... «

»Angeber«, sagte Scarabello.

»Ja, gut ... wenn sie zu sehr auffällt ...«, stammelte Mercurio und suchte verzweifelt nach einer Antwort, um nicht zugeben zu müssen, dass er wirklich keine Ahnung hatte. »Wenn sie zu hübsch ist ... dann entstellt man sie mit dem Messer, oder?« Er lachte noch einmal.

»Du musst ihren Nachteil zum Vorteil machen, du Hohlkopf«, erklärte Scarabello.

»Hohlkopf«, wiederholte Benedetta.

»Ihren Nachteil zum Vorteil machen, das wollte ich gerade sagen«, sagte Mercurio und wurde rot.

Scarabello schüttelte den Kopf. Seine Haare, die inzwischen völlig durchnässt vom Dauerregen waren, schwangen schwer durch die Luft wie die Tentakel eines seltsamen Albinoungeheuers. »Du musst sie noch mehr herausstellen, damit sie als Ablenkung dient. Diese Art von Schmieresteher beobachtet die Gimpel nicht wie sonst aus dem Verborgenen, sondern hat sie unter Kontrolle ... indem sie es so anstellt, dass die Gimpel auf nichts anderes als auf sie achten. Kannst du mir folgen?«

»Nein«, gab Mercurio zu. »Was soll ich denn jetzt tun?«

Scarabello ging zu Benedetta und löste ihre Haare.

»He, was soll das ...«, wehrte sie sich.

»Halt die Klappe«, sagte Scarabello gebieterisch und klemmte sich das Messer mit dem Fleisch zwischen die Zähne, um beide Hände frei zu haben. Dann löste er ihr das Hemd, das sie unter dem Kleid trug, und rollte es nach innen, sodass ihr Busen entblößt wurde. Noch nicht zufrieden, riss er einen Teil des Ausschnitts ein und erweiterte ihn so, dass Benedettas Brustwarzen zu sehen waren. Dann nahm er das Messer wieder aus dem Mund und wandte sich an Mercurio. »Hast du es jetzt begriffen? Nutze, was du hast. Das ist die wichtigste Regel. Sie werden nur auf ihre Äpfelchen starren, und du hast freie Bahn ... Angeber.«

Mercurio nickte. Er stand da wie ein begossener Pudel. Als er bemerkte, dass die Männer auf Benedettas Ausschnitt glotzten, sagte er: »Etwas mehr Achtung, Benedetta ist noch Jungfrau.«

Benedetta starrte ihn überrascht an und errötete. Und da sie nicht wusste, was sie tun sollte, versetzte sie ihm nur wortlos einen Stoß gegen die Schulter.

Scarabello schüttelte den Kopf. »So, mir reicht es jetzt, euretwegen nass zu werden«, sagte er und betrat das Geschäft des Kräuterkrämers.

Der Mann verbeugte sich ehrerbietig, als Scarabello und seine Leute den Laden betraten. Dort gab es kaum Ware. Nichts als einen großen kalten Raum mit Dielenboden, gekalkten Wänden und ein wenig Grünzeug in durch die feuchte Luft dunkel gewordenen Körben. Mercurio kam es vor, als hätte der Kräuterhändler keine Angst vor Scarabello. In seinen Augen meinte er nur Dankbarkeit zu lesen. Der Ladenbesitzer holte einen Kasten, der mit einem merkwürdigen Schließmechanismus geschützt war, öffnete ihn und reichte Scarabello einige Münzen.

Scarabello steckte sie ein, ohne sie zu zählen. Dann holte er vier Silberstücke heraus und gab sie dem Kräuterkrämer. »Du bist bezahlt«, sagte er.

Der Kräuterhändler küsste ihm die Hand. Seine Augen glänzten feucht. »Danke. Gottes Segen, heute und immerdar«, sagte er.

Scarabello entzog ihm die Hand, aber er wirkte nicht verärgert. Er deutete mit seinem Fleischmesser auf Mercurio. »Paolo, dieser aufgeblasene Kerl hier wird uns wahrscheinlich nicht viel einbringen. Aber er gehört jetzt zu uns.« Er führte das Stück Rindfleisch auf dem Messer zum Mund und biss hinein. Als er merkte, dass ihm der Saft am Kinn hinunterlief, wischte er ihn mit dem Ärmel des Pelzmantels ab. Und als er den Arm wieder senkte, verlief quer unter seiner Nase von einer Wange zur anderen ein dicker schwarzer Strich.

Der Regen hatte die Farbe im Pelz aufgelöst, der jetzt an einigen Stellen wieder braun war. Mercurio sah zu Boden. Der Mantel hatte dort rund um Scarabello eine schwarze Pfütze hinterlassen. »Der Schnurrbart steht dir gut«, sagte er und lachte.

Scarabellos Leute hielten den Atem an, während er selbst Mercurio verständnislos ansah.

Der Einäugige handelte als Erster. Er stellte sich vor Mercurio, packte ihn am Kragen und schüttelte ihn heftig. »Sei still, du Dreckskerl!«, rief er.

Mercurio wollte sich zunächst an ihm festklammern, doch dann taumelte er gegen einen der anderen, der ihn im Nacken packte und ihn weiter schüttelte. Mercurio versuchte, sich auch an ihm festzuhalten, um nicht hinzufallen, es sah beinahe aus, als würde er ihn umarmen. Der Mann schob ihn verärgert einem anderen zu und sagte: »Hör auf zu lachen, du Idiot!« Derjenige, der ihn nun unvermittelt in Händen hatte, packte Mercurio, als wäre er ein Ball, hob ihn hoch und ließ ihn direkt vor Scarabellos Füßen zu Boden fallen. »Bitte ihn um Verzeihung, du dreckiger Hurensohn!«

Erst da sah Scarabello nach unten.

Benedetta hielt den Atem an. Der Kräuterhändler hatte sich abgewandt.

Mercurio tauchte einen Finger in die schwarze Pfütze und malte sich einen Schnurrbart. »Jetzt sind wir gleich.« Trotz der bezogenen Prügel konnte er sich das Lachen nicht verkneifen. »Aber deiner ist auf jeden Fall größer.«

»Halt's Maul, Holzkopf!«, zischte der Einäugige und wollte ihm schon einen Fußtritt versetzen, als Scarabello das Fleischstück von seinem Messer riss und es ihm mitten ins Gesicht warf.

Der Einäugige brummte: »Aber Scarabello ...«

»Halt lieber du dein Maul!« Dann richtete er sein Messer auf Mercurio. »Steh auf!«, befahl er ihm. Dann wandte er sich an den Kräuterkrämer: »Bring mir einen Spiegel, Paolo.«

Der Mann rannte hastig in das Hinterzimmer des Ladens und kam mit einem alten Spiegel zurück.

Scarabello betrachtete sich darin. Dann sah er den Einäugigen an. »Wer ist hier der Holzkopf? Du oder er?«, fragte er finster. »Du hättest mich so herumlaufen lassen, nur weil du zu feige warst, es mir zu sagen, Schwachkopf?«, brüllte er. Er sah seine anderen Leute an: »Ihr Schwachköpfe!«

Alle schauten betreten zu Boden.

Scarabello säuberte sich mit einem Tuch, das ihm Paolo gegeben hatte. Dann reichte er es an Mercurio weiter. »Geh in die Schneiderei des Teatro dell'Anzelo. Das gehört mir. Sag, dass ich dich schicke. Wenn du dort etwas für dich findest, nimm es dir.« Er gab ihm einen Klaps auf die Wange. »Bis bald, Angeber.«

»Einen Moment noch, Scarabello«, sagte Mercurio. »Können wir gleich abrechnen? Ich schulde dir doch ein Drittel von allem, was ich stehle, richtig?«

Scarabello sah ihn erstaunt an.

Mercurio ging zum Ladentisch und legte ein Messer darauf, einen grünen Samtbeutel, in dem einige Münzen klingelten, und ein rotes Taschentuch. Er sah den Kräuterhändler an. »Also, wie viel macht das, Paolo? Ich muss meinem Herrn seinen Anteil geben.«

»He, der Beutel gehört mir!«, rief der Einäugige.

»Und das Taschentuch mir!«, sagte ein anderer.

»Das ist mein Messer, du dreckiger Sohn einer Hure!«, brüllte der dritte.

Scarabello schlug sich krachend auf den Schenkel und brach in herzhaftes Gelächter aus. »Tja, der Angeber wird wohl doch einiges einbringen!« Er wandte sich an seine Männer. »Er hat euch ausgenommen wie die Hühner! Ihr habt gedacht, ihr würdet ihm eine Lektion erteilen, dabei hat er euch die Taschen ausgeräumt! Ihr Riesenhornochsen!« Er packte einen nach dem anderen im Genick, fuhr ihnen mit dem Ärmel übers Gesicht und malte ihnen einen schwarzen Strich. »Wehe, wenn ihr den abwischt. Bis heute Abend! Und jetzt nehmt eure Sachen, ihr gerupften Hühner.« Dann verließ er den Laden.

Es hatte aufgehört zu regnen, und eine launische Sonne zeigte sich zwischen den aufreißenden Wolken. Scarabellos Gelächter tönte über den Campo San Aponal.

»Ich habe ihn noch nie so herzhaft lachen hören«, sagte Paolo, als Scarabellos Männer gegangen waren. »Aber ich hätte geglaubt, er bringt dich um, Junge.« Der Kräuterhändler sah die vier Silberstücke in seiner Hand an. »Versteh mich nicht falsch, ich rede nicht schlecht über Scarabello. Ohne ihn wäre ich schließlich schon längst tot. Niemand kauft Kräuter von dem Vater einer Missgeburt. Die Leute denken, sie trifft ein Fluch, wenn sie Geschäfte mit mir machen.« Seine Augen trübten sich. »Meine Frau hat aus Angst vor ihrem Schicksal den Pfaffen gesagt, es sei meine Schuld, dass dieses Ungeheuer geboren wurde, weil ich mit dem Teufel umginge. Man hat mich exkommuniziert, meine Ehe für ungültig erklärt, und jetzt ist sie Haushälterin beim Pfarrer der Frarikirche, denk dir. Sie hat Maria und Alvise auf die Welt gebracht, meine Kinder, die miteinander verbunden waren, die armen Kleinen ... Sie waren keine Missgeburt, verstehst du? Nur zwei kleine, unglückselige Kinder.« Paolo trocknete sich die Tränen nicht, als wäre er es gewohnt, dass sie ihm über die Wangen liefen. »Scarabello hat mich als Einziger nicht im Stich gelassen. Er ist ein guter Mensch, besser als jeder in seiner Umgebung. Glaubst du etwa, jemand wie er braucht einen wie mich?«

Mercurio und Benedetta waren verlegen und wussten nicht so recht, was sie sagen sollten. Schließlich ließen sie sich erklären, wo das Teatro dell'Anzelo war, und schlüpften hinaus auf die belebten Straßen.

»Scarabello hat gesagt, ich bin schön«, sagte Benedetta triumphierend.

»Nein, er hat gesagt, du bist blöd«, lachte Mercurio.

»Und dich hat er Hohlkopf genannt.«

»Aber diesem Hohlkopf verdanken wir, dass wir bald Kleider haben werden, die nicht nach Fisch stinken.«

»Du hast bloß Glück gehabt, bild dir darauf nichts ein.«

Sie stießen einander an und lachten. Hätte jemand sie beobachtet, ohne ihre Lebensgeschichte zu kennen, er hätte sie nur für zwei übermütige Kinder gehalten. Als sie den Campiello dei Sansoni erreichten, einen Platz, auf dem die Menge sich um einen fahrenden Händler drängte, der seltene Vögel verkaufte, die seinen Worten nach direkt aus dem irdischen Paradies kamen, entdeckte Mercurio ein spitzes Gesicht, das ihm bekannt vorkam. Er fühlte, wie sein Herzschlag sich beschleunigte.

»Donnola!«, rief er.

Doch der Mann hörte ihn nicht und eilte schnell weiter.

»Donnola!«, rief Mercurio noch einmal und schwenkte seinen Arm wild durch die Luft. »Weißt du denn nicht mehr, wer das ist?«, fragte er Benedetta. »Los, laufen wir ihm nach!«

»Was kümmert dich dieser Dummkopf?«

»Ich will ihm Guten Tag sagen. Er war der Gehilfe des Doktors!«

»Und was kümmert dich dieser Doktor? Gehen wir lieber zum Teatro dell'Anzelo«, sagte Benedetta und zog Mercurio in die entgegengesetzte Richtung fort.

»Lass mich los.« Mercurio befreite sich mit übertriebener Heftigkeit. »Geh du schon mal dorthin, ich komme nach«, rief er und lief Donnola hinterher. Vielleicht konnte der ihn zu Giuditta führen, sagte er sich aufgeregt.

Benedetta blieb einen Moment stehen, dann folgte sie ihm.

Mercurio stieß Leute beiseite, um sich den Weg zu bahnen, und bog in eine enge, schlammige Gasse ein. Ab und zu sah er Donnolas spitz zulaufenden Schädel, dann rief er ihn laut und fuchtelte wild mit den Armen.

Er hatte Donnola beinahe erreicht, als dieser sich umwandte. Beim Anblick des jungen Mannes, der seinen Namen schrie und seine Arme scheinbar drohend schwenkte, begann er schneller zu laufen, und da er die Straßen und alle Abkürzungen kannte, hängte er ihn ab.

Als Mercurio auf der Riva del Vin ankam, sah er, dass Donnola ein Boot bestiegen hatte und damit unerreichbar für ihn war. Auf dem Boot, das schon beinahe auf der Mitte des Canal Grande trieb, stand der Doktor. Und neben ihm seine Tochter.

»Giuditta«, flüsterte Mercurio, und das Herz schlug ihm bis zum Hals. Er rannte die schlammige Uferstraße entlang und schwenkte die Arme. »Giuditta!«, schrie er. »Giuditta!«

Das Mädchen drehte sich um.

Mercurio wusste nicht, ob sie ihn erkannt hatte. Aber er hoffte es, denn obwohl sie so weit voneinander entfernt waren, hatten sich ihre Blicke gekreuzt. Das wollte er wenigstens glauben, als er nun erschöpft stehen blieb. Seine Hose war bis zu den Knien mit Dreck bespritzt.

»Giuditta!«, schrie er noch einmal aus Leibeskräften.

Das Mädchen starrte ihn an, ohne ihm jedoch durch irgendein Zeichen zu verstehen zu geben, dass sie ihn wiedererkannt hatte.

»Giuditta ...«, stammelte Mercurio kraftlos.

Benedetta hatte alles aus der Ferne beobachtet. Wütend unterdrückte sie die Tränen und biss sich auf die Lippen, bis sie beinahe bluteten.

Sie spürte mit einem Mal tiefen Hass auf die Tochter des Doktors in sich aufsteigen.

23

Vater, erinnerst du dich an den jungen Priester, der mit uns gereist ist?«, fragte Giuditta, während das Boot abdrehte und den Canal Grande verließ.

»Mercurio, aber ja«, antwortete Isacco zerstreut.

»Mir kam es so vor, als hätte ich ihn eben am Ufer gesehen und er hätte uns zugewinkt ...«, sagte Giuditta. »Nur dass er nicht mehr als Priester gekleidet war.«

Isacco drehte sich um, er war schlagartig aufmerksam geworden. »Ach«, sagte er und nickte dann bedächtig, um Zeit zu gewinnen. »Na ja, auf diese Entfernung sehen alle Jungen gleich aus, mein Kind. Er ist es sicher nicht gewesen.«

Giuditta dagegen wusste, dass es Mercurio gewesen war. Sie wusste es, weil sie, kaum dass sie ihn erblickt hatte, einen Druck auf der Brust gespürt hatte, als ob jemand mit der Hand dagegen drücken würde, und gleich darauf war sie so glücklich gewesen. Sie wusste genau, dass er es gewesen war, denn seit ihre Hände sich gefunden hatten, war er ihr nicht mehr aus dem Kopf gegangen, obwohl sie versucht hatte, nicht mehr an ihn zu denken. Sie antwortete ihrem Vater nicht, sondern starrte nur auf den Canal Grande, der jetzt beinahe hinter einem Palazzo aus gelb-grünem Marmor verschwunden war. Warum nur hatte sie nicht zurückgewinkt? Denn das hätte sie am liebsten getan. Stattdessen war sie wie versteinert stehen geblieben.

Donnola wusste nun endlich, wer der junge Mann gewesen war, der ihn verfolgt hatte, und er musste schmunzeln über seine Angst. Er wollte gerade den Mund öffnen, um es den anderen zu erzählen, als jemand ihn am Ärmel zupfte.

»Gehen wir diesem Jungen lieber aus dem Weg«, flüsterte ihm Isacco ins Ohr. »Der bringt nichts als Ärger.« Dann drehte er sich wieder zu seiner Tochter um, die sich abgewandt hatte. »Wie lange dauert es noch?«, fragte er laut den Gondelführer.

»Wir sind fast da. Hier auf der Hälfte des Rio de la Madoneta steigt ihr aus und lauft ein paar Schritte durch die Salizada San Polo. Das Haus von Anselmo del Banco ist das größte und prachtvollste hier.« Er schüttelte den Kopf und brummte dann halblaut: »Dieser Blutsauger.«

»Dann weißt du ja, an wen du dich wenden kannst, wenn du einen Aderlass brauchst«, sagte Donnola. »Und jetzt sei still und leg dich ins Zeug, der Doktor hier bezahlt dich nicht dafür, dass du seine Freunde beleidigst, du Schafskopf.«

Die Gondel näherte sich der Anlegestelle, und die Passagiere stiegen aus. Nach wenigen Metern waren sie auf dem Campo San Polo angekommen, einem gepflasterten Platz vor der gleichnamigen Kirche mit einem schönen überdachten Brunnen in der Mitte. Einige Straßenkehrer sammelten dort mit ihren großen Besen und Holzschaufeln den Müll auf.

»Mittwoch ist immer Markt«, erklärte Donnola. Dann deutete er mit dem Finger auf ein stattliches dreigeschossiges Wohnhaus schräg gegenüber der Kirche. »Dort wohnt Anselmo del Banco. Er ist nicht nur wohlhabend, sondern auch sehr einflussreich«, flüsterte er ihm verschwörerisch zu. »Vor fünf Jahren hielt auf diesem Platz der Mönch Ruffin vor fast zweitausend Menschen eine Hetzpredigt gegen die Israeliten, und man erzählt sich, dass Euer werter Bankier zum Rat der Zehn gegangen ist, um sich zu beschweren, und der hat daraufhin den Mönch ... mit Verlaub gesagt, so richtig in den Arsch getreten. Fragt ihn selbst.«

Als sie vor dem Haus des Bankiers angelangt waren, wandte sich Isacco ein wenig verlegen an Donnola: »Es tut mir leid, aber ...«, stammelte er.

Der unterbrach ihn schmunzelnd. »Ich weiß, dass ich ein *goi* bin und das Haus des Bankiers nicht betreten darf. Macht Euch keine Sorgen, Herr Doktor. Es kommt nicht so oft vor, dass einem Christen und nicht etwa einem Juden der Zutritt verwehrt wird, meint Ihr nicht auch?«

Isacco lächelte belustigt, dieser Donnola gefiel ihm immer besser. Dann klopfte er an der Tür.

Ein Diener in entsprechender Kleidung öffnete.

»Ich bin Isacco di Negroponte, und das ist meine Tochter Giuditta. Asher Meshullam erwartet uns.«

Der Diener verbeugte sich, ging zur Seite, ließ Isacco und Giuditta eintreten und schloss die Tür, ohne Donnola auch nur eines Blickes zu würdigen. Dann führte er sie schweigend zu einem Innenhof, in dem Zedern und Orangenbäume wuchsen. Dort in der Mitte saß unter einem Zelt aus gelb-rosa Seide ein kleiner, magerer Mann. Er hielt die Hände über ein Glutbecken auf dem Tisch vor ihm, von dem eine angenehme Wärme ausging.

»Setz dich«, sagte der Mann zu Isacco. Er hatte eine hohe Stimme, fast wie die einer Frau. Trotzdem vermittelte er den Eindruck von großer Stärke.

»Asher Meshullam, es ist mir eine Ehre, in Eurem Haus empfangen zu werden«, sagte Isacco.

»Setz dich«, wiederholte der Bankier und klopfte auf einen damastbezogenen Sessel neben sich. Dann wandte er sich an Giuditta. »Vielleicht möchtest du dir ja die exotischen Gewächse etwas näher ansehen. Die höchsten unter ihnen sind Zitronenbäume für medizinische Zwecke, die anderen süße Orangen. Das Klima Venedigs ist nicht gerade geeignet für diese Pflanzen, denn sie lieben die Sonne. Deswegen sind sie ein wenig verkümmert. Aber wie wir Juden sind sie stark und äußerst anpassungsfähig.«

Isacco gab Giuditta ein Zeichen, sich zu entfernen, dann nahm er Platz.

Das Mädchen lächelte abwesend. Asher Meshullams Pflanzen interessierten sie nicht, aber sie war froh, für sich sein und ihren Gedanken nachhängen zu können. »Ich werde dich finden«, hatte Mercurio ihr gesagt. Und heute hatte er sie gefunden, hatte ihren Namen gerufen. Warum nur hatte sie ihm nicht geantwortet? Warum hatte sie ihren Vater nicht gebeten, die Gondel anlegen zu lassen? Giuditta hatte keine Antwort auf diese Fragen. »Weil ich Angst habe«, flüsterte sie, während sie sanft über das glatte Blatt eines Orangenbaums strich. Doch dann riss sie es wütend ab. »Weil ich noch ein kleines Mädchen bin«, sagte sie laut. Erschrocken drehte sie sich zu ihrem Vater und Asher Meshullam um. Sie hatten nichts bemerkt. Schnell ließ sie das Blatt fallen. »Weil ich noch ein kleines Mädchen bin«, wiederholte sie, diesmal ohne Wut. Und dann dachte sie zuversichtlich, in Venedig würde sie ganz bestimmt bald zur Frau werden.

Sobald der Bankier mit Isacco allein war, ergriff er das Wort. »Weißt du, wie diese Orangen genannt werden? Portogalli. Es gibt einige berühmte Ärzte, deine Kollegen, die der Meinung sind, dass der Verzehr von Portogalli während einer Schiffsreise den Seeleuten helfen könnte, Skorbut fernzuhalten. Was meinst du?«

Isacco wusste, dass das allgemein anerkannte Oberhaupt der jüdischen Gemeinde Venedigs und zudem der wichtigste Bankier im Einflussgebiet der Serenissima – nicht nur in der Lagune, sondern auch auf dem Festland –, keine Frage ohne Grund stellte. »Wenn berühmte Gelehrte diese These vertreten, wie könnte ein einfacher Arzt wie ich sie dann in Frage stellen?«

Der Bankier sah ihn durchdringend an. »Auf den Meeren findet man mehr Aberglauben als Wissenschaft. Ich habe von wundertätigen Amuletten gehört …« Und wieder starrte er Isacco mit seinen kleinen, wachen, dunklen Augen an.

Isacco zuckte mit den Achseln, wie um zu sagen, dass er nichts darüber wusste. Aber die Anspielung auf den Qalonimus war bestimmt kein Zufall. Der Bankier wollte ihm dadurch etwas mitteilen.

Asher Meshullam winkte einem Diener, der daraufhin einen Krug aus getriebenem Silber mit einem goldenen Henkel aufnahm und Wein in zwei hauchdünne mundgeblasene Gläser mit Goldrand einschenkte.

Der Bankier hob sein Glas. »Er ist *kosher*«, sagte er. »Du befolgst doch das Gesetz, oder?«

Auch diese Frage war eine Prüfung, dachte Isacco und sagte sich, wenn Asher Meshullam sein Volk führte und mit den Mächtigen Venedigs fast auf Augenhöhe verhandelte, sah er bestimmt nicht nur bis zur eigenen Nasenspitze. Daher sollte er nicht das Blaue vom Himmel herunterlügen. »Asher«, sagte er bescheiden und stolz zugleich, denn er hatte gelernt, dass dies die beste Mischung war, um Aufrichtigkeit vorzugeben, »wenn ich alle sechshundertdreizehn *Mitzwoth* wörtlich befolgen müsste und sie tagtäglich umsetzen wollte, dann hätte ich keine Zeit mehr für irgendetwas anderes, nicht für die Arbeit und vielleicht nicht einmal zum Atmen. *El Shaddai,* der Allmächtige, hat Mitleid mit seinem Diener. Er weiß, dass mein Herz rein ist ... soweit es das sein kann. Und wenn in meinem Becher einmal Wein ist, der nicht *kosher* ist, so muss ich Euch gestehen, dass ich ihn trotzdem trinke. Aber ich esse ganz sicher kein Schwein oder unreines Fleisch.«

Der Bankier lächelte zufrieden. Er benetzte nur seine Lippen mit dem Wein und stellte das Glas wieder auf den Tisch ab. »Vor ein paar Tagen hat im Hafen ein Schiff mit Makedoniern festgemacht«, schnitt er wieder auf seine beiläufige Art ein scheinbar völlig belangloses Thema an. »Sie erzählten von einem jüdischen Betrüger, der ein Kind im Alter deiner Tochter bei sich gehabt haben soll.«

»Ach ja?«

»Sie sagten, dass er die Reise nicht bezahlt und sie betrogen hätte.«

»Ach so, wartet«, sagte Isacco und schlug sich mit der Hand vor die Stirn, als ob ihm der Gedanke eben erst in den Sinn gekommen wäre. »Ja, so ein Zufall, davon habe ich kurz nach meiner Ankunft hier auch gehört. Aber mir hat man die Geschichte etwas anders erzählt. Mir hat man gesagt, dass der Jude sie mit drei Truhen voller Steine bezahlt hätte.«

Asher Meshullam lachte leise. Allmählich begriff er, wen er vor sich hatte. »Ein merkwürdiges Volk, diese Makedonier«, sagte er. »Was sie wohl mit so vielen Steinen wollen?«

»Tja, wer weiß das schon?«, erwiderte Isacco kopfschüttelnd. »Andre Völker, andre Sitten.«

Asher Meshullam lachte jetzt schallend, wurde aber sofort wieder ernst. »Meine einzige Sorge ist, dass dieser Jude wirklich ein Betrüger sein könnte. Siehst du, das Gleichgewicht zwischen den Juden und den Venezianern ist ziemlich fragil, vor allem in diesen Zeiten. Wir brauchen hier keine weiteren Spannungen.«

»Ich verstehe. Aber ich hatte den Eindruck, dass es diesen Juden gar nicht gibt und er bloß die Ausgeburt der Fantasie einiger betrunkener makedonischer Seeleute wäre. Ich denke, man wird nie wieder von ihm hören, sobald das Schiff wieder in See gestochen ist.«

»Wie bist du eigentlich hierhergekommen?«

»Unter dem schützenden Segen *Ha-Shems,* sei er immer gepriesen, haben wir ein Paar gute Schuhe verschlissen, denn wir kamen auf dem Landweg. Schließlich wussten wir, dass wir uns nicht über die Lagune einschiffen dürfen.«

»Also auf dem Landweg?«

»Auf dem Landweg«, wiederholte Isacco und hielt mit erhobenem Haupt dem prüfenden Blick Asher Meshullams stand.

Sie schwiegen eine Weile. Dann ergriff wieder der Bankier

das Wort: »Und genau das werde ich der Gemeinde und den Cattaveri sagen.«

»Sagt es ruhig, denn so ist es.«

»Das werde ich«, bestätigte Asher Meshullam und legte ihm eine Hand auf den Arm, »denn es ist so, wie es sein soll.«

Isacco nickte. Die Botschaft war klar. Asher Meshullam hatte nicht ein Wort von dem geglaubt, was er ihm erzählt hatte. »Und so soll es also sein. Amen.«

»*Amen Sela*«, erwiderte der Bankier, nahm die Hand von Isaccos Arm und lächelte ihn an. »Du bist der Sohn des Bailo von Negroponte. Das ist wie ein Schutzbrief für dich.«

Isacco neigte den Kopf zum Zeichen des Respekts und der Demut. »Möge der Allmächtige Euch segnen, Asher Meshullam.«

»Lerne, mich Anselmo del Banco zu nennen wie jeder hier«, riet ihm der Bankier. »Auch du heißt ja nicht Isacco di Negroponte. Aber die Venezianer lieben Maskeraden, denk immer daran.«

»Ich werde es nicht vergessen.«

»Nimm Quartier bei deinen Leuten«, fuhr der Bankier fort. »Derzeit wohnen die meisten von uns in den Vierteln von Sant'Agostin, Santa Maria Mater Domini oder hier in San Polo. Hör auf mich, nimm Quartier bei deinen Leuten, und da du Arzt bist, besorg dir eins, das nicht zu klein ist. So wirst du auch ein großer Arzt. Ja, auch wir lieben die Maskeraden.«

»Danke ... Anselmo.«

»Und jetzt zeig mir die Steine, von denen du in deiner Nachricht an mich geschrieben hast, und ich werde sehen, was ich für dich tun kann«, sagte Anselmo del Banco. Er schloss leicht die Augen und seufzte dabei, als hätte er Schmerzen. »Aber ich muss dir leider sagen, dass im Moment schwere Zeiten herrschen ...«

Isacco dachte, dass man immer einen Preis zu bezahlen hatte, wenn man mit einem Bankier Geschäfte machte. Er breitete die zwei Smaragde, die zwei Rubine und den Diamanten auf dem Tisch aus. »Wenn man sie so sieht, möchte man es gar nicht meinen, aber es hat immense Mühe gekostet, diese Steine hierherzubringen, das könnt Ihr mir glauben.«

»Ich glaube dir, Isacco di Negroponte.« Anselmo del Banco schaute ihn mit einem aufrichtigen, fast jungenhaften Lächeln an. »Warum heißt es wohl, wir Juden wären immer am Arsch?« Und damit brach er in herzhaftes Gelächter aus.

24

Anselmo del Banco sagt, dass man in Venedig darüber nachdenkt, ein Viertel nur für die Juden einzurichten«, berichtete Isacco, gleich nachdem sie das Haus des Bankiers verlassen hatten. Der hatte ihm für die Steine zwar weniger geboten, als sie tatsächlich wert waren, aber immer noch einen stattlichen Betrag.

»Und, ist das gut?«, fragte Giuditta.

»Nein, mein Kind«, sagte Isacco düster. »Dahinter steckt die Idee von einem *chazer.*«

»Von einem was?«, fragte Donnola nach.

»Einem Viehpferch«, antwortete Isacco. »Einem Serail.«

»Ach was, so ein Unsinn«, widersprach Donnola. »Das wird nie geschehen.«

Isacco sah ihn an und zog eine Augenbraue hoch. »Es freut mich, dass du von den Angelegenheiten der Republik mehr verstehst als Anselmo del Banco, der es gewohnt ist, mit den Würdenträgern der Serenissima zu sprechen.«

Donnola, der durch nichts zu erkennen gab, ob er die Ironie in Isaccos Worten erkannt hatte, erwiderte: »Die besondere Stellung dieses Wucherers, Doktor, beweist doch nur, dass gewisse Leute entgegen jeder Logik in einen höheren Rang gelangen als brave Christenmenschen wie ich, da kann die Republik noch so viel proklamieren. Da kann man schon mal zu dem Schluss kommen, dass das, was die Serenissima verkündet, nicht immer der Wahrheit entspricht, sondern nur Schall und Rauch ist, um das Volk bei Laune zu halten. Und deshalb sage ich Euch, dass dieses Gerede von einem Pferch für die Juden nichts als eine Riesenfinte ist.«

»Tja, wenn du das sagst, dann muss ich dir ja glauben«, entgegnete Isacco. »Ich werde Anselmo del Banco ausrichten, dass er wieder ruhig schlafen kann.«

Donnola zuckte mit den Schultern. »Glaubt, was Ihr wollt, Doktor. Ich habe Euch meine Meinung gesagt.«

»Ach komm, jetzt sei nicht gleich beleidigt«, lachte Isacco und zwinkerte Giuditta zu.

»Ich bin nicht beleidigt«, erwiderte Donnola, »aber soll ich Euch etwas sagen? Euer Wucherer wird niemals auf Euch hören. Und wisst Ihr auch, wieso?«

»Wieso?«

»Weil Ihr Juden, mit Verlaub, gern in Selbstmitleid badet.«

»Findest du?«, fragte Isacco und spürte, wie er allmählich wütend wurde.

»Ja. Wie alle Kaufleute. Und Ihr habt vielleicht nicht mehr von Kaufleuten als andere, aber bestimmt auch nicht weniger.«

Isacco dachte an Anselmo del Banco und daran, wie er bei der Begutachtung der Edelsteine vorgegangen war. Er selbst hatte genau dasselbe gedacht. Aber das einem *goi* gegenüber zuzugeben stand auf einem ganz anderen Blatt. »Also, ich weiß nicht ...«

Donnola lachte und schüttelte den Kopf. »Ihr wisst es, Ihr wisst es ganz genau ...«

»Ich habe eher den Eindruck, dass du hier derjenige bist, der alles weiß, Donnola.«

»Ach, kommt, jetzt seid nicht gleich beleidigt«, sagte Donnola auf dieselbe Art wie Isacco kurz zuvor.

Giuditta lachte laut auf.

»Bei allem Respekt, Doktor«, fuhr Donnola fort, »Ihr Juden seid doch immer davon überzeugt, Ihr wärt das letzte Glied in der Kette ...«

»Und stimmt das etwa nicht?«, fragte Isacco. »Ich erwarte eine ehrliche Antwort.«

Donnola betrachtete ihn. Plötzlich bekam seine Bemerkung mehr Gewicht als beabsichtigt. Im Grunde war es doch nur eine Redewendung. »Na ja, also zum Beispiel …«

»Ich höre.«

»Die Türken sind schlimmer«, sagte Donnola schließlich, glücklich darüber, einen Weg gefunden zu haben, wie er sich aus der Affäre ziehen konnte.

»Was soll das? Ihr befindet Euch doch schon seit Ewigkeiten mit den Türken im Krieg!«

»Ganz genau. Und wir halten sie für schlimmer als die Juden.«

»Donnola, es gibt doch fast keine Türken in Venedig!«

»Stimmt. Und Juden schon. Deshalb sind das letzte Glied in der Kette die Türken, nicht die Juden«, beendete Donnola zufrieden seine Überlegungen.

Isacco schüttelte den Kopf. »Ach … mit dir kann man nicht streiten.«

Giuditta lächelte amüsiert.

»Machst du dich etwa über deinen Vater lustig?«, fragte Isacco sie.

»Das würde ich mir nie erlauben«, antwortete Giuditta immer noch lächelnd.

»Was hältst du von unserem Streit?«, ging Donnola dazwischen.

Giuditta sah zu ihrem Vater und kuschelte sich an ihn. »Ich denke, Doktor Isacco di Negroponte hat jemanden gefunden, an dem er sich die Zähne ausbeißen kann.«

»Suchen wir uns lieber eine Wohnung«, sagte Isacco und legte seiner Tochter gutgelaunt den Arm um die Schulter.

»Nein, Doktor, erst müssen wir mit Hauptmann Lanzafame reden, das habe ich Euch doch heute Morgen schon gesagt«, widersprach Donnola. »Er hat gesagt, wir sollen uns gegen Mittag in seinem Hauptquartier einfinden. Er braucht Eure Dienste.«

»Und wo genau ist dieses Hauptquartier?«, fragte Isacco.

»Hier hinter Rialto, Doktor.«

»Anscheinend spielt sich hier alles rund um Rialto ab.«

»Weil Rialto das Herz der Stadt ist.«

»Ich dachte immer, das wäre San Marco.«

»San Marco ist für die Politiker, Ränkeschmiede und Fremden da.«

»Also gut, dann gehen wir eben zu diesem Hauptquartier«, sagte Isacco. »Aber ich habe gar keine Kasernen gesehen.«

»Wer hat denn etwas von einer Kaserne gesagt?«, lachte Donnola. »Wenn er nicht im Krieg ist, ist das Hauptquartier des Hauptmanns das Wirtshaus Zu den Schwertern.«

Sie kamen zu der Gasse auf der Rückseite der Großen Fischhalle in der Calle della Scimia, wo es ein Gasthaus gab, das die Nonnen von San Lorenzo führten, wie Donnola verächtlich erklärte.

»Ein sauberes Gasthaus!«, rief er empört aus.

Das Wirtshaus Zu den Schwertern sah allerdings nicht danach aus, als würde es von Nonnen geführt, das bemerkte Isacco sofort, als er vor dem Eingang einen Betrunkenen am Boden liegen sah und daneben eine Prostituierte, die seelenruhig in seinen Taschen kramte.

»Vielleicht sollte Eure Tochter besser draußen warten, Doktor«, schlug Donnola vor.

»Nicht im Traum«, erwiderte Isacco empört. »Meine Tochter kommt überallhin mit. Was fällt dir denn ein? Schau dich doch einmal um ...«

»Ja, schon, aber drinnen ...«

»Kommt überhaupt nicht in Frage. Ende der Diskussion«, sagte Isacco entschieden. »Ich werde sie nicht hier draußen stehen lassen.«

Donnola zuckte mit den Achseln, öffnete die Tür des Gasthauses und ging hinein. Isacco folgte ihm, und Giuditta kam direkt hinter ihrem Vater nach.

Drinnen überfiel sie ein schrecklicher Gestank, weit schlimmer als draußen in der Gasse. Ein Pesthauch aus Schweiß, verschimmelten Datteln, auf dem Boden zertretenen und in der Feuchtigkeit und der Salzluft vergorenen Bananen, vergammeltem Fisch und dazu noch der Geruch nach Pech, Holz und einer seit Wochen nicht mehr gesäuberten Latrine. Darüber hinaus schwebte über allem der Muff von abgestandenem, saurem Wein. Das Lokal war sehr groß, aber dunkel, obwohl draußen helllichter Tag war. Vor den Fenstern hingen schwere, dunkle Vorhänge, und die Öllampen spendeten so wenig Licht, dass man die Gesichtszüge der Menschen kaum erkennen konnte. In einer Ecke sah Giuditta einen Betrunkenen gegen die Wand pinkeln, ohne dass irgendjemand dagegen protestierte. Während sie hinter ihrem Vater herging, sah sie mal hier einen blanken Busen aufblitzen oder dort ein Hinterteil unter einem gerafften Rock. Obszöne Sprüche, dreckiges Gelächter, Stöhnen und Flüche schwirrten durch den Raum. Hier sieht es aus wie im Vorzimmer zur Hölle, dachte Giuditta voller Unbehagen. Sie blieb ruckartig stehen, als sie beobachtete, wie eine Frauenhand sich unter den Überrock ihres Vaters schob und durch den Stoff der Hose sein Glied betastete. »Du hast aber einen schönen Großen, mein Schatz«, gurrte eine raue Stimme wie ein Wiegenlied. Dann tauchte aus dem Dunkeln ein mit Bleiweiß geschminktes Frauengesicht auf, Wangen und Lippen leuchteten purpurrot daraus hervor. »Ich lutsch ihn dir für ein Viertel Roten und einen alten Soldo. So wie ich hat dich noch keine geküsst.« Die Frau führte eine Lampe vor ihren Mund, lächelte und ließ so einen völlig zahnlosen Mund mit rötlich entzündetem Zahnfleisch erkennen. Giuditta schrie erschrocken auf und wich zurück. Die Frau wurde wieder vom Halbdunkel des Raumes aufgesaugt, und man hörte nur noch ihr raues Gelächter, in das gleich darauf ein Betrunkener einstimmte.

»Hier kann meine Tochter nicht bleiben. Wohin hast du uns bloß geführt?«, fragte Isacco Donnola aufgebracht.

»Ich habe es Euch doch gesagt, Doktor«, erwiderte Donnola.

»Dann hättest du dich eben deutlicher ausdrücken sollen!«, fuhr Isacco ihn an. »Du wartest auf jeden Fall draußen auf mich«, sagte er zu Giuditta, während er sie schleunigst zum Eingang des Gasthauses zerrte. »Ich bin gleich wieder da. Bleib hier stehen und sprich mit niemandem.« Er betrachtete Giuditta. Sie war ganz blass geworden. »Donnola ist ein Trottel, und du bist eine Landplage«, grummelte er. Dann stellte er sich in die Tür. »Hauptmann Lanzafame!«, rief er.

Für einen Augenblick wurde es ganz still in der Kaschemme, dann brach das Stimmengewirr wieder los. Aus der Dunkelheit tauchte eine stattliche Gestalt auf. »Ach, du bist es«, sagte Lanzafame mit weinseliger Zunge. Sein Hemd hing aus der Hose und stand über der Brust weit offen. Im schwachen Licht, das von der Gasse hereindrang, schimmerten seine Narben violett.

Hinter ihnen erschien nun auch Donnola. »Ihr hattet nach uns geschickt, Hauptmann.«

Lanzafame nickte. »Gehen wir nach draußen.«

Im Freien musterte Isacco den Hauptmann. Ein entfernter Ausdruck von Schmerz lag auf seinem Gesicht.

»Wag es nicht, mich zu verurteilen, Jude«, sagte der Hauptmann bitter und richtete den Finger auf ihn.

Isacco sah zur Schenke hinüber und zuckte nur mit den Achseln. Er hatte schon Dutzende solcher Orte gesehen und auch viele Stunden seines Lebens darin zugebracht. Und er kannte Männer, die wie Hauptmann Lanzafame ihren Kummer in Wein ertränkten. Er selbst war so ein Mann gewesen. »Es interessiert mich nicht, was Ihr treibt.«

Lanzafame seufzte. Dann sagte er sehr ernst: »Ich will es Euch aber erzählen. Und deiner Tochter. Ich tue dies, weil jeder, der im Krieg gewesen ist, seine Seele verloren hat. Er hat sie dem

Teufel verkauft, wird von Gewissensbissen gequält und muss sich bis ans Ende seiner Tage im Dreck suhlen, um für die Sünden zu büßen, die er begangen hat.« Lanzafame starrte Isacco an. Und dann Giuditta. Schließlich lachte er dröhnend auf. »Genau solchen Mist willst du doch von mir hören, Jude, oder?«

»Hört auf, mich Jude zu nennen«, sagte Isacco.

Hauptmann Lanzafame nickte kurz, ohne etwas zu erwidern. »Ich brauche deine Kunst«, sagte er dann. »Jemandem ... geht es ziemlich dreckig.« Er legte ihm eine Hand auf die Schulter, um ihm etwas ins Ohr zu flüstern. Sein Atem stank nach gewürztem Wein. Der Griff um Isaccos Schulter wurde fester. »Wenn du sie umbringst, dann bringe ich dich um ... Doktor.« Er schaute ihn an. Seine Augen waren von der Trunkenheit getrübt. »Und du kannst es mir nicht abschlagen. Das ist die andere Bedingung«, fuhr der Hauptmann fort und lachte noch einmal bitter auf. Dann lief er mit dem schwankenden Schritt eines Betrunkenen los, ohne sich nach den anderen umzuwenden. »Gehen wir!«

In der Ruga dei Speziali, der Straße, in der sämtliche Gewürzhändler Venedigs zu finden waren, betraten sie durch eine schäbige, abgeblätterte Tür ein Wohnhaus und gingen über eine enge, dunkle Treppe vier Stockwerke nach oben. Hauptmann Lanzafames Heim war eine schmutzige, unordentliche Dachwohnung. Ihnen öffnete eine alte, fette Dienerin, die sich nur schwerfällig bewegen konnte. Sie sah aus, als wäre sie die Haushälterin, und wirkte noch schmutziger als die ganze Wohnung. Auf dem Boden aus groben Holzdielen lag fingerdick der Staub und getrockneter Straßendreck. Außerdem war da ein unangenehmer Geruch nach Körperflüssigkeiten und verdorbenen Lebensmitteln in der Luft.

»Sie ist stumm«, erklärte der Hauptmann und zeigte auf die Dienerin.

Die Frau sah Isacco an und deutete auf eins ihrer Ohren.

»Es schert uns einen Dreck, ob du hören kannst«, sagte Lanzafame. »Wir haben nicht vor, mit dir zu quatschen. Los, beweg dich, Breitarsch.« Der Hauptmann wandte sich an Donnola und Giuditta. »Ihr bleibt hier und wartet.«

Die Alte begleitete Isacco und den Hauptmann in das Zimmer am Ende eines kurzen Ganges. Hier roch es noch strenger. Auf dem Bett lag eine etwa dreißigjährige Frau. Man konnte ihr ansehen, wie sehr sie litt. Sie war bleich und schwitzte. Eine Hand lag auf der Decke, auf dem Handrücken klaffte eine Wunde, die fast bis auf den Knochen ging. Weiter oben auf dem Arm war eine blutige Pustel zu sehen.

»Ist das Eure Frau?«, fragte Isacco.

»Wer? Die da?« Lanzafame lachte dröhnend und geradezu verächtlich auf. Doch dann sagte er leise, und in seinen Augen stand der Schmerz, als wäre er schlagartig nüchtern geworden: »Bitte. Rette sie.«

25

Da er wie ein Hauptmann aus dem Heer des Heiligen Vaters gekleidet war, hatte Shimon beschlossen, nicht entlang der Straße weiterzureiten, um keinen Wachen zu begegnen. Aber das Unterholz war dichter, als er erwartet hatte, und er kam nur langsam vorwärts. Daher erreichte er das Gasthaus erst, als es schon dunkel war.

Er beschloss, für sein weiteres Vorgehen den nächsten Morgen abzuwarten, ließ sich auf einem Felsen neben dem Bach nieder und machte ein Lagerfeuer. Obwohl er nichts zu essen hatte, fühlte er sich nicht geschwächt. Er trank etwas und tränkte auch sein Pferd. Dann legte er sich nieder, um auf den Morgen zu warten.

Er dachte noch einmal über die Geschehnisse in dem Gasthaus nach, wie erschreckend leichtgläubig er auf das Mädchen hereingefallen war, genauso leichtgläubig wie auf Mercurio. Er konnte so viel Hass und Zorn in sich ansammeln, wie er wollte, er mochte sich in einen völlig anderen Menschen verwandelt und für immer die Angst abgelegt haben, die ihn sein Leben lang beherrscht hatte, aber er hatte keinerlei Lebenserfahrung. Mercurio und dieses Mädchen waren Menschen, die von klein auf mit Zähnen und Klauen gekämpft hatten. Sie hatten schnell erkannt, dass sie zu wilden Tieren werden mussten, wenn sie überleben wollten. Er dagegen hatte geglaubt, sein einziges Problem sei, dass er als Jude zur Welt gekommen war. Seinen Beruf und die Handelsbeziehungen hatte er von seinem Vater übernommen, der wie er Kaufmann gewesen war. Und sein Vater wiederum hatte Kunden und Beruf von seinem Vater geerbt. Keiner von ihnen hatte jemals wahre Armut kennengelernt. Und jeder von ihnen war von Angst beherrscht worden. Von der Angst, das zu verlieren, was man besaß, von der Angst, Jude in einer christlichen Welt zu sein, von der Angst, nicht die Regeln der Gemeinde und der Gesellschaft zu brechen, in der sie lebten. Sie alle hatten Angst davor, eine Frau außer der Gemahlin zu haben, die fast immer von den Eltern ausgesucht wurde. Angst davor, Leidenschaft, Zorn, aber auch Freude zu empfinden. Manchmal hatte er sich gesagt, dass er sogar Angst vor der Angst hatte. Aber jetzt bei genauerem Nachdenken glaubte er feststellen zu können, dass er sein ganzes Leben lang Angst davor gehabt hatte, eines Tages keine Angst mehr zu haben. Die Angst war eine treue, tröstliche Gefährtin, die sein Leben auf vorherbestimmten Wegen lenkte. Die Angst ließ keine Veränderungen zu, keine von den offiziellen Meinungen abweichenden Ideen. Die Angst garantierte Stillstand.

Shimon lächelte, als er das erste Morgenlicht durch die Buchenzweige schimmern sah. Jetzt hielt ihn nichts mehr. Sein Schicksal hatte sich gewandelt. Und vielleicht verdankte er das auch Mercurio, der durch den Diebstahl sein Leben zerstört hatte. Der ihn damit gezwungen hatte, sich seiner seit Jahren unterdrückten Natur zu stellen. Im Grunde war es Mercurios Verdienst, wenn er das Gesetz gebrochen hatte, indem er sich eine Waffe beschafft und sie im Körper eines Feindes versenkt hatte, seinen Hass, seine Wut, sein Aufbegehren vor Gott und den Menschen herausgeschrien hatte. Im Grunde hatte Shimon es diesem Verbrecher zu verdanken, der ihm mit seiner eigenen Waffe die Stimme geraubt hatte, wenn er jetzt über eine weitaus mächtigere Stimme verfügte, einer Stimme, die seinem Herzen, seinen Eingeweiden, seinem Menschsein entsprang.

Ja, das war Mercurios Verdienst. Und er würde sich bei ihm noch gebührend dafür bedanken.

Aber zunächst musste er sich bei dem Mädchen bedanken, das ihn als vollkommenen Trottel hingestellt und ihm zugleich eine Lektion erteilt hatte. Denn nach all den Jahren der Lethargie wusste Shimon nun, was es hieß, lebendig zu sein. Er hatte gespürt, was man wirklich für eine Frau empfinden konnte. Er hatte gespürt, wie das Stück Fleisch zwischen seinen Beinen sich mit Blut und Leidenschaft gefüllt hatte. Und schließlich hatte er das berauschende Gefühl ausgekostet, nicht länger der eigenen Angst zu gehorchen. Etwas zu riskieren. Ja, Shimon Baruchs neues Hochgefühl kreiste darum, etwas zu riskieren. Und die Realität hatte bewiesen, dass dem Mann, der etwas riskierte, von den Göttern geholfen wurde. Vielleicht nicht von dem Gott der Juden. Vielleicht hätte dieser Gott ihm gesagt, dass er einen Fehler beging. Aber Shimon hatte auch diese Tür hinter sich zugeschlagen. Er hatte vor dem Gott seiner Väter die Ohren verschlossen. Stattdessen hatten ihn andere Götter beschützt, heidnische, blutige, wilde Gottheiten. Sie hatten ihm ein außergewöhnliches Geschenk gemacht. Er war dazu verdammt gewesen, wegen einer falschen Beschuldigung im Gefängnis zu verrotten. Und nun war er durch Geschehnisse befreit worden, die ganz offensichtlich nichts mit ihm zu tun hatten. Er war noch einmal verschont worden. Und er hatte sich in jenem Räuber wiedererkannt, der ihm das Leben gerettet hatte. In dem Moment hatte er keine Angst vor dem Tod empfunden. Vielleicht Wut, weil er noch eine Aufgabe zu Ende bringen musste, aber keine Angst. Er hatte eine Grenze überschritten, sagte er sich, und nun es gab keinen Weg zurück.

Shimon stand auf und wusch sich das Gesicht. Er überlegte, ob er auch das Schwert säubern sollte, aber diese von dem mittlerweile getrockneten Blut dunkel gefärbte Klinge vermittelte ihm ein Gefühl der Macht. Shimon schwang sich auf das Pferd und gab ihm die Sporen.

Als er das Gasthaus erreichte, band er das Pferd an einer

Steineiche fest und setzte sich hin, um zu überlegen. Außer dem General und dem Mädchen befanden sich in dem Gasthaus die beiden alten Mägde und drei Stallburschen. Doch ihn interessierte nur das Mädchen.

Nach einer Weile beobachtete er, wie zwei der Burschen auf einen von einem Maultier gezogenen Karren kletterten und davonfuhren. Und gleich darauf eilte der dritte mit einer Schubkarre in den Wald. Jetzt war der Moment zum Handeln gekommen.

Der General saß vor dem Gasthaus unter einer Pergola und hatte sich eine Karaffe Wein bringen lassen. Er trank bedächtig und wischte sich nach jedem Schluck über seinen weißen Bart. Dann holte er eine kurze Pfeife aus seinem Wams und stopfte sie.

Als er sie gerade anzünden wollte, stürzte sich Shimon blitzschnell auf ihn. Er packte den General an einer Haarsträhne, die ihm in die Stirn fiel, riss ihm den Kopf hoch und presste die Schwertklinge an seinen faltigen Hals. Dann zog er das Schwert mit einem schnellen Ruck nach hinten, sodass die Klinge das welke Fleisch des Generals durchdrang.

Eine der beiden alten Mägde, die gerade mit dem Mittagsmahl für den General aus dem Haus kam, schrie entsetzt auf und ließ den Teller und ihr Messer fallen. Fast hätte sie Shimon überrascht, denn sie bückte sich, schnappte sich das Messer und versuchte, ihn damit zu treffen. Shimon schlug ihr den Griff des Schwerts auf den Kopf. Die Alte stöhnte auf und sackte zu Boden. Shimon ließ sie einfach liegen und betrat das Gasthaus. Als die andere Magd ihn sah, kniete sie nieder, bekreuzigte sich und begann zu beten. Shimon beachtete sie nicht einmal. Er suchte das Mädchen. Als er an einem Fenster vorbeikam, sah er sie draußen davonlaufen.

Sofort eilte er aus dem Gasthaus und griff zu der Armbrust, die er bereits geladen hatte. Es war das erste Mal, dass er eine solche Waffe benutzte. Er atmete tief durch, stützte ein Knie auf den Boden und zielte. Das Mädchen hatte beinahe den ganzen Hof durchquert und näherte sich nun der Scheune. Dort wäre sie außer Schussweite. Shimon legte den Finger an den Abzug und drückte ab.

Kraftvoll schoss der Pfeil aus der Waffe und sirrte durch die Luft.

Einen Moment später bauschte sich der Rock des Mädchens auf. Sie schrie, lief aber weiter. Der Pfeil hatte sie nur gestreift und sich dann in die Scheunenwand gebohrt.

Als Shimon sah, wie das Mädchen in den Wald rannte, warf er die Armbrust fort und eilte zu seinem Pferd. Kurz darauf hatte er sie eingeholt. Er trat nach ihr, und das Mädchen fiel zu Boden. Sie stand nicht wieder auf. Ihre Haare waren zerzaust, sie atmete schwer und sah ihn mit schreckgeweiteten Augen an.

»Willst du das Geld? Es ist im Zimmer des Generals«, sagte sie voller Angst. »Ich wollte das nicht ... Ich wollte das nicht ... Er hat mich dazu gezwungen ...«

Shimon bedeutete ihr, aufzustehen, dann packte er sie bei den Haaren und ließ sein Pferd zum Haus zurücktrotten. Das Mädchen folgte ihm stöhnend und klammerte sich an Shimons Händen fest, um den schmerzhaften Zug auf ihre Haare zu verringern.

Sie kamen an der Leiche des Generals vorbei. Das Mädchen schrie auf und begann zu weinen. »Nein ... Oh nein ...«

Shimon saß ab und sah sie an. Dann gab er ihr eine heftige Ohrfeige. Er würde sie töten, dachte er, aber erst, nachdem er sie hatte leiden lassen. Sie würde nicht so schnell sterben wie der General. Sie musste leiden, wie auch Mercurio eines Tages würde leiden müssen. Denn sie beide hatten ihn gedemütigt.

Er drängte sie zu dem Zimmer auf der Rückseite des Hauses, wo sie ihn betäubt hatte.

»Willst du Liebe machen?«, wimmerte das Mädchen. »Willst du Liebe machen?«

Shimon stieß die Tür mit einem Fußtritt auf, in der Hand hielt er inzwischen wieder das bluttriefende Schwert. Brutal schob er das Mädchen in den Raum, dann schloss er die Tür hinter sich.

Das Mädchen kniete vor ihm nieder und hielt ihm flehend die gefalteten Hände entgegen. »Töte mich nicht! Bitte töte mich nicht ...!« Dann riss sie sich mit einer plötzlichen Handbewegung das Kleid auf, ohne darauf zu achten, dass alle Knöpfe absprangen, und enthüllte ihren üppigen Busen. »Willst du Liebe machen?« Immer noch auf Knien kroch sie näher und rieb ihre Brüste an seinen Beinen. »Willst du Liebe machen?«, wiederholte sie noch einmal. »Nimm mich ... nimm mich ...« Sie wich bis zu der Bettstatt zurück, wo Shimon zwei Tage zuvor bewusstlos geworden war, legte sich darauf und streichelte ihre Brüste. »Schau mich an. Gefalle ich dir? Bin ich schön? Willst du Liebe machen?«

Shimon dachte, dass er sie im Wald hätte töten sollen. Er fühlte sich schwach. Genau wie an dem Abend, als sie ihn verführt hatte. Er sah sie an und musste wieder an den Morgen denken, als man ihn in den Gefängniswagen verfrachtet und er auf ihrem Gesicht die Spuren des Alterns entdeckt hatte. Dieses Bild kam ihm nun in den Sinn und verwirrte ihn. Weil sie nicht mehr das Mädchen war, das er sich niemals hätte erlauben können. An dem Morgen hatte er eine Frau gesehen, die er durchaus hätte haben können. Das hatte er in seinem Innersten gefühlt. Und jetzt, als er sie am Boden sah, seiner Macht ausgeliefert, fühlte er sich noch schwächer. Denn jetzt wusste er, noch ehe er es sich selbst eingestehen konnte, dass er sie mit jeder Faser seines Körpers begehrte.

Er warf das Schwert beiseite und tat einen Schritt auf das Mädchen zu.

Sie hob ihren Rock. »Ja, komm ... ja ...«, hauchte sie leise, spreizte die Beine und enthüllte einen blonden Haarbusch. »Komm ... Ich begehre dich ... Schau, wie ich dich begehre ...«, fuhr das Mädchen fort, leckte sich die Finger einer Hand an und ließ sie dann zwischen die Beine gleiten.

Shimon spürte, dass sein Blut in Wallung geriet, wie ein Meer zwischen Ebbe und Flut. Es stieg ihm in den Kopf und strömte dann blitzschnell in die Lenden. Auch sein Herz schlug schneller, sein Atem ging keuchend. Shimon kam noch einen Schritt näher.

Das Mädchen öffnete ihm schnell und geschickt die Hose. Shimon wurde klar, dass sie es gewohnt war, dies zu tun. Und wieder fühlte er sich schwach. Und einsam. Die Hand des Mädchens ergriff sein Glied. Sie bewegte sie rasch auf und ab, um sein Fleisch wachsen zu lassen, aber Shimon war wie erstarrt von dem Gefühl, das ihn überfiel.

Du hast nie eine Frau besessen, ging es ihm durch den Kopf. Deine Gemahlin war keine Frau, und du warst nie ein Mann. Zumindest kein richtiger Mann. Bis tief in jede Faser seines Körpers spürte er seine Schwäche. Er wollte gerade gehen und zum Schwert greifen, doch das Mädchen, als habe sie es geahnt, packte ihn an den Hüften und zog ihn zu sich heran.

Auf einmal lag Shimon auf dem Bett. Das Mädchen streifte ihm die Hosen herunter, raffte ihren Rock und setzte sich rittlings auf ihn. Sie ergriff eine seiner Hände und presste sie auf ihren Busen. Dann begann sie, sich rhythmisch auf und ab zu bewegen und sich an Shimons schlaffem Glied zu reiben.

»Oh ja ... so ... Spürst du, wie ich dich begehre?«, keuchte sie. »So ist es gut für mich ... ja, so ...«

Doch Shimons Glied machte keine Anstalten, anzuschwellen und zu wachsen. Und Shimon dachte, dass er bei seiner Gemahlin niemals versagt hatte. Und jetzt konnte er dieses hübsche Mädchen nicht besitzen. Das war absurd. Er spürte, wie die

Angst sich wieder seiner Seele bemächtigte. Und die Einsamkeit, die er sich niemals hatte eingestehen wollen. Shimon kam sich vor wie ein Nichts.

Das immer noch keuchende Mädchen löste sich von seinem Körper und glitt an ihm hinab, bis ihr Mund zwischen seinen Beinen war. Shimon fühlte die Wärme. Die flinke Zunge. Niemals hätte er für möglich gehalten, dass er so etwas je erleben würde. Er hatte schon davon gehört und sich auch vorgestellt, wie wunderbar es sein musste, und doch rührte sich nichts. Er schloss die Augen und legte eine Hand an seine Stirn.

Warum nur fühlte er sich so schwach und unbedeutend?

In diesem Moment wurde er einer Bewegung gewahr, die ihn argwöhnisch machte. Schlagartig riss er die Augen auf.

Das Mädchen hatte nach dem Schwert gegriffen, aber die Hand noch nicht zum Schlag erhoben. Shimon versetzte ihr mit dem Knie einen Kinnhaken und entwaffnete sie im Aufspringen. Er packte das Schwert und holte aus.

Das Mädchen wusste, dass es nun sterben würde. Sie hatte ihre Chance vertan.

Shimon hielt das Schwert hoch über dem Kopf und schaute von oben auf das Mädchen hinab, das sich instinktiv schützend die Hände vors Gesicht hielt. Und dann sah er es. Sah, wie sein Glied schlaff herabhing, immer noch feucht von dem Speichel des Mädchens. Er stellte sich vor, wie er in dem Moment wirken musste, mit dem hoch erhobenen Schwert und den heruntergelassenen Hosen. Und er verspürte Schmerz. Seinetwegen. Weil er das Mädchen töten würde, während sein Glied schlaff an ihm herunterhing. Weil er seit der ersten Begegnung gehofft hatte, sie körperlich zu lieben, sogar auch dann noch, als sie ihn hintergangen, beraubt und verhöhnt hatte. Auch als sie dem General gesagt hatte, dass er sie anwiderte, hatte er sie begehrt. Sie war immer stärker gewesen. Und das würde sie selbst dann noch sein, wenn er ihr jetzt den Kopf abschlug. Wegen seines schlaffen

Glieds, das Angst vor einer Frau hatte, die er sich nicht erlauben konnte.

Shimon bedeckte sich mit einer Hand, weil er sich schämte. Dann senkte er die Waffe.

Das Mädchen sah ihn verständnislos an.

Mit zitternden Fingern band Shimon sich die Hosen zu, zerrte das Laken vom Bett, zerriss es in Streifen und fesselte das Mädchen an Händen und Füßen.

Nein, er konnte sie nicht töten. Er hatte einfach nicht den Mut dazu.

Ohne sie noch einmal anzusehen, ging er in den Schankraum und stieg dann die Treppen zum Zimmer des Generals hinauf. Dort durchwühlte er alles, bis er seine Stiefel, den Mantel und die Goldmünze gefunden hatte. Neben seiner waren da noch weitere fünf Goldmünzen und etwa zwanzig aus Silber. Außerdem Schmuck für Männer und Frauen. Er sah noch einmal in den Schränken nach, holte Kleider heraus, die ihm passen konnten, und lud sie auf die Kalesche mit Scavamortos kleinem Araber, den er in der Scheune fand.

Dann kehrte er ins Gasthaus zurück. Die beiden alten Mägde waren verschwunden. Er ging in die Küche und holte sich so viele Lebensmittel, wie er tragen konnte. Dann nahm er Papier und Feder, und erst da wurde ihm bewusst, dass er dem Mädchen eine Nachricht hinterlassen wollte.

Ihm stiegen die Tränen in die Augen. So schwach bist du also, dachte er.

Voller Verzweiflung ging er nach draußen. So einsam, so verloren war er sich noch nie vorgekommen. Er stieg auf den Kutschbock und gab dem Pferd die Peitsche, das sogleich nervös lostrabte.

Als er an der Stelle vorüberkam, wo der Gefängniswagen angegriffen worden war, ging schon beinahe die Sonne unter.

Auf der kleinen, von uralten Buchen umstandenen Lichtung

trieben sich unruhig und scheu zwei große Wölfe herum. Beim Geräusch der Kalesche flüchteten sie in den Wald. Shimon, der immer noch stumm vor sich hin weinte, hielt an. Das kleine Pferd war nervös geworden, es scharrte immer wieder mit den Hufen und wieherte unruhig. Als Shimon die Laterne der Kalesche anzündete, leuchteten um ihn herum etwa ein Dutzend roter Augen auf. Die beiden Wölfe, die er bei seiner Ankunft gesehen hatte, waren bloß die mutigsten gewesen, dachte Shimon. Das übrige Rudel lauerte im Dunkeln. Er lauschte angestrengt und konnte das leise Heulen der Wölfe hören, denen der Blutgeruch der am Morgen Getöteten in der Nase stach.

Shimon öffnete den Mund und stieß seinen entsetzlichen stummen Schrei aus. Dann ließ er die Peitsche durch die Luft knallen.

Die Wölfe im Unterholz knurrten.

Er verließ die Lichtung und fragte sich, ob er wohl die Kraft haben würde, den eingeschlagenen Weg fortzuführen, seine Rache zu vollziehen und Mercurio zu töten.

Das Mädchen hatte ihm gezeigt, wie schwach er wirklich war.

Hinter ihm stritten die Wölfe wütend um das Fleisch der menschlichen Leichen, und ihr Heulen hallte zwischen den Buchen zum Himmel empor.

Doch Shimon hörte sie nicht. In seinen Ohren klang bloß das Gelächter des Mädchens nach. Denn er war sich sicher, dass sie in dem Moment über ihn lachte.

26

Etwas unsicher auf den Beinen und von einem hübschen jungen Mädchen gestützt, betrat die alte Frau den Laden des Goldschmieds am Campo San Bartolomeo. Sie blieb zwei Schritte vor dem Tresen stehen und stützte sich mit leidendem Gesichtsausdruck auf ihren Stock. Auf einmal biss sie die Zähne zusammen, schloss die Lider und bekam einen hochroten Kopf.

»Fühlt Ihr Euch nicht wohl, Signora?«, fragte der Goldschmied.

Die Alte presste weiter die Kiefer aufeinander und schüttelte stumm den Kopf.

Plötzlich ließ sie einen lauten Furz.

Der Goldschmied errötete. Er sah das hübsche Mädchen an, das die Alte begleitete. Es lächelte.

»Ah, welche Erleichterung!«, stöhnte die Alte. Ihre Gesichtszüge, die von einem tief in die Stirn gezogenen Hut und unter einer dicken Schminkschicht aus Bleiweiß verborgen waren, entspannten sich. Sie stützte sich schwer auf den Ladentisch und entblößte beim Sprechen schwarze, verfaulte Zähne: »Zeig mir einen wirklich beeindruckenden Ring, los, mach schon.«

Der Goldschmied war verblüfft. Sicher, die alte Frau war recht gut gekleidet. Soweit durch den Schleier ihres Kleides zu erkennen war, trug sie eine Reihe von Ketten mit riesigen Edelsteinen, die ein Vermögen wert sein mussten. Aber er hatte sie noch nie zuvor gesehen. Der Goldschmied blickte zu ihrer hübschen Begleiterin hinüber.

Das Mädchen lächelte ihn wieder an, diesmal geradezu verführerisch.

»Du Dirne!«, brüllte die alte Frau, die sich gerade in diesem Moment umgedreht und die Kleine beim Lächeln erwischt hatte. Sie hob ihren Stock und ließ ihn mitleidslos auf den Rücken des Mädchens niederfahren, das sich schnell abgewandt hatte. »Du bist doch nichts als eine schamlose Hure!«

»Signora … erlaubt …«, versuchte der Goldschmied schüchtern einzugreifen.

Die Alte sah ihn grimmig an, den Stock hoch erhoben.

Instinktiv wich der Goldschmied einen Schritt zurück.

Die Alte wandte sich wieder dem Mädchen zu. »Du Dirne!«, zischte sie boshaft. Dann wandte sie sich an den Goldschmied: »Das ist keine Dienerin, sondern eine kleine Hure, mein Lieber. Und ich wette, sie wird auch dich einwickeln. Pass bloß auf, das ist eine von denen, die ihre Beine einfach nicht zusammenhalten können.«

Der Goldschmied schluckte verlegen.

»Also, was ist jetzt mit dem Ring?«, schimpfte die Alte. »Muss ich erst zu einem anderen Goldschmied gehen? Ich denke doch, du bist nicht der einzige hier in Venedig.«

»Ich glaube, ich kenne Euch nicht, Signora«, bemerkte der Goldschmied schüchtern. »Darf ich erfahren, wer Euch in meine bescheidene Werkstatt geschickt hat?« Doch sein Blick huschte immer wieder zu der Dienerin, die unter dem Vorwand, ihr sei warm, einen Knopf ihres Hemdes geöffnet hatte.

Die Alte schien dies nicht bemerkt zu haben. Sie richtete den Stock wie eine Waffe auf den Goldschmied. »Wenn das eine bescheidene Werkstatt ist, werden die Schmuckstücke wohl auch danach sein und kaum für mich geeignet«, krächzte sie mit ihrer unangenehmen Stimme. »Los beweg dich, Dirne!«, befahl sie der Dienerin und wandte sich zum Gehen. »Man hat uns schlecht beraten.«

»Wartet doch, Signora …«, hielt sie der Goldschmied auf, bewogen vor allem von dem schmollenden Gesicht der Dienerin. »Sagt mir, womit ich Euch dienen kann, und ich werde versuchen, Euch zufriedenzustellen. Soweit ich verstanden habe, seid Ihr fremd in der Stadt und ...« Der Goldschmied sprach nicht weiter. Er wurde misstrauisch. »Wie ist es Euch übrigens gelungen, hier in die Lagune zu gelangen? Nicht-Venezianern ist es verboten ...«

Die Alte schlug mit ihrem Stock auf den Ladentisch. »Du langweilst mich. Ich bin Cornelia Della Rovere und stamme von einem alten Papstgeschlecht ab. Allein aufgrund meines Namens und meiner Abkunft bin ich nirgendwo auf der Welt eine Fremde, du Wurm. Willst du mir jetzt endlich einen deiner erbärmlichen Ringe zeigen oder nicht?«

Die Dienerin, die den Goldschmied jetzt wieder verführerisch anlächelte, nickte dazu die ganze Zeit bestätigend.

»Ich bitte Euch um Verzeihung, edle Dame ...«

»Der Ring!«

»Sogleich.« Der Goldschmied starrte weiterhin die Dienerin an, während er eine große gepanzerte Eisenkiste öffnete und ihr ein Fach mit Ringen entnahm.

Die Alte würdigte die Schmuckstücke keines Blickes. »Ich habe gesagt, ich will Ringe sehen. Das Zeug hier taugt nur für solche wie diese Dirne da.« Sie versetzte der Dienerin aufs Geratewohl einen Schlag mit dem Stock, woraufhin diese jammerte und dem Goldschmied einen beschämten Blick zuwarf.

Der biss sich auf die Lippen. Er stellte das Fach zurück und näherte sich einem Geldschrank, der mit drei Schlössern gesichert war. Er öffnete eines nach dem anderen, holte schließlich eine Lade mit zweifellos wertvollerem Schmuck heraus und stellte sie vor die alte Frau hin.

Die schloss die Augen.

»Gefallen Euch nicht einmal diese?«, fragte der Goldschmied.

Die Alte bleckte die Zähne, wurde hochrot im Gesicht und

ließ einen weiteren Furz. »Verdammtes Alter!«, schimpfte sie. Dann sah sie sich die Ringe an und nahm einen mit einem gefassten Diamanten heraus. Sie rümpfte die Nase und steckte ihn grob in die Lade zurück.

Der Goldschmied rückte ihn sorgsam wieder zurecht. Dann sah er zu der Dienerin hinüber, die ihr Hemd weiter aufgeknöpft hatte.

Die Alte nahm einen Ring mit einem Smaragd von der Größe eines Skarabäus. Und auch den ließ sie achtlos in die Lade fallen. »Gib mir meine Brille, Dirne«, fuhr sie die Dienerin grob an.

Während die Dienerin der Alten die Brille gab, beugte sie sich so weit über den Ladentisch, dass der Goldschmied ihre rosa Brustwarzen sehen konnte.

Die alte Frau setzte ihre Brille auf, nahm dann mit zitternden Händen die gesamte Lade und drehte sich dem Schaufenster zu. »Hier im Laden gibt es kein ordentliches Licht«, schimpfte sie und ging einen Schritt ohne ihren Stock. Noch bevor ihre Dienerin eingreifen konnte, wankte sie und wäre beinahe gestürzt. Die Lade entglitt ihren Händen, und die kostbaren Schmuckstücke rollten über den Boden.

Der Goldschmied stöhnte auf und bückte sich schnell, um sie aufzusammeln. Die Dienerin hatte sich ebenfalls hinuntergebeugt, um ihm zu helfen, und jedes Mal wenn sie ihm einen der Ringe reichte, den sie aufgeklaubt hatte, berührte sie seine Hand und sah ihm tief in die Augen. Dabei kam sie ihm so nah, dass der Goldschmied ihren warmen Atem spürte.

Die alte Frau dachte nicht einmal daran, sich für den Vorfall zu entschuldigen. Sie kramte in ihrer Beuteltasche und holte eine seidene Börse heraus. Die öffnete sie mit zitternden Händen, während der Goldschmied seine letzten Schmuckstücke einsammelte und an den Ladentisch zurückkehrte, nachdem er festgestellt hatte, dass nichts fehlte, und dabei die Dienerin verstohlen gestreichelt hatte.

»Also …«, fragte die alte Frau zerstreut. »Was würde der Smaragd hier kosten?«

Der Goldschmied wollte ihr gerade antworten, als die Hände der Alten wieder zu zittern begannen und sie ihre Geldbörse fallen ließ. Die Münzen rollten über den Boden wie vorher die Ringe. Der Goldschmied und die Dienerin krochen auf allen vieren, um sie einzusammeln, und der Mann bemerkte, während er wieder die Hand der Dienerin zärtlich streifte, dass sie aus purem Gold waren. Als er aufstand, übergab er der Alten die Münzen, und sie zählte sie, während sie sie wieder in ihre Geldbörse steckte.

»Eine fehlt«, sagte die Alte.

»Wie?«, fragte der Goldschmied.

»He, seid Ihr auf einmal taub geworden?«

»Edle Dame …«

»Wie viel Geld hatte ich, als wir aus dem Haus gegangen sind, Dirne?«, fragte die Alte ihre Dienerin.

Die Dienerin sah den Goldschmied an. »Ich weiß nicht genau …«

Der Goldschmied blickte angespannt. »Ihr denkt doch nicht etwa …«

»Du blöde Schlampe! Du weißt es nicht?«, schrie die Alte. Wütend schlug sie mit dem Stock auf den Ladentisch und traf die Lade mit den Ringen an einer Ecke, sodass sie umkippte und die Ringe sich auf dem Tisch und dem Boden verteilten.

Der Goldschmied sprang wieder auf und wollte sie aufsammeln, doch die Alte schlug ihm mit dem Stock auf die Hand. »Ich rufe die Wachen, du Dieb!«

»Edle Dame …«

»Steck dir deine edle Dame sonst wohin! Mit mir machst du so etwas nicht!« Wieder stampfte sie wütend mit dem Stock auf und stützte sich auf den Ladentisch. »Wachen!«, schrie sie und ging mit wackeligen Schritten zur Tür.

Während die Dienerin sie dabei stützte, sah sie den Goldschmied so traurig an, als müsste sie ihren Liebhaber verlassen.

Kaum waren sie hinaus aus dem Laden, befreite sich die Alte vom Arm der Dienerin, raffte die Röcke und begann zu rennen. Und die andere folgte ihr lachend.

»Was für ein riesiger Hornochse«, schrie Mercurio und nahm den Hut ab, der sein halbes Gesicht verdeckt hatte.

»Und ein riesiger Hurenbock!«, schrie Benedetta.

Einen Moment zu spät hatte der Goldschmied bemerkt, dass der Diamantring fehlte. Er rannte aus dem Laden und blickte sich nach links und rechts unter den Passanten um. »Habt ihr eine alte Frau und ihre Dienerin gesehen?«, fragte er verzweifelt jeden, der vorbeikam. Aber niemand antwortete ihm. Er rannte zur Salizada del Fontego dei Tedeschi. Aber dort waren zu viele Leute. Unmöglich, die Alte und ihre Dienerin unter ihnen auszumachen. Außerdem konnte er seinen Laden nicht unbeaufsichtigt lassen. Also machte er kehrt und sah sich noch einmal um. Als er einen Schritt zurückwich, spürte er etwas unter seinem Fuß. Es war eine luftgefüllte Schweinsblase.

Die Luft entwich daraus mit einem dröhnenden Ton.

»Was für ein Furz, Bruder«, rief einer der Passanten.

27

Neapoletanische Krankheit …«

»Ach was, Portugiesenkrankheit.«

»Unsinn! Die Franzosen unter Karl dem Achten haben sie nach Neapel gebracht mit ihren Huren. Deshalb muss sie Franzosenkrankheit heißen, das ist unbestreitbar.«

»Verzeiht, geschätzte Kollegen, aber es muss Spanische Krankheit heißen, man weiß doch genau, dass die Matrosen von Kolumb…«

»Genug, ihr Idioten!«, schrie Hauptmann Lanzafame. »Mir ist scheißegal, wie sie heißt!«

Der Inhaber der Apotheke Zum Goldenen Kopf schwieg und reckte gleichermaßen beleidigt und verblüfft den Kopf. Seine Mundwinkel sanken nach unten, und die Scherenbrille fiel ihm von der Nasenspitze. Sein junger Gehilfe kniete sich sofort hin, um sie aufzuheben. Die beiden Ärzte, die sich mit dem Apotheker so eifrig gestritten hatten, hoben ihre Augenbrauen gleichzeitig.

Hauptmann Lanzafame, ungekämmt und unrasiert, stieß Isacco nach vorn. »Gebt Doktor Negroponte, was er verlangt«, befahl er. »Und zwar ohne großes Brimborium.«

»Sagt, was Ihr braucht«, forderte der Apotheker Isacco auf und musterte ihn von oben bis unten. Dann wandte er sich mit einem schiefen Lächeln auf seinen blutleeren Lippen an die beiden Ärzte. »Er weiß nicht, um welche Krankheit es sich handelt, aber er weiß, wie man sie behandelt. Gut, lernen wir also von ihm.«

»Einer Frau geht es schlecht. Findet Ihr das wirklich komisch?«, fragte Isacco. »Wollt ihr mir jetzt helfen oder nicht?«

Hauptmann Lanzafame bohrte sein Messer mit der Spitze in den Verkaufstisch des Apothekers. »Ich bin ganz sicher, dass sie dir helfen.«

Alle vier Gelehrten wichen rasch zurück.

»Das ist nicht nötig, Hauptmann«, sagte Isacco, zog das Messer aus dem Verkaufstisch und reichte es Lanzafame. »Sie werden mir helfen, weil sie Männer der Wissenschaft sind und einen Eid geleistet haben. Nicht wahr?«

Der Apotheker wackelte gemessen mit dem Kopf, sodass es aussah, als säße der nicht fest auf dem Hals. Die beiden Doktoren steckten ihre Daumen auf Höhe der Achseln in die Falten ihres Wamses wie ein aufeinander eingespieltes Tanzpaar. Sie durften nicht gleich nachgeben, das gebot ihnen ihr Stolz, und so mussten sie die Komödie noch ein wenig weiterspielen. Doch der junge Gehilfe, der nicht so erfahren in dieser Kunst der Verstellung war, sagte gleich: »Natürlich, mein Herr«, und das mit einer unsinnigen Begeisterung, die die anderen drei als tadelnswert empfanden. Doch da ihr Schlachtplan nun fehlgeschlagen war, nickten sie und schlossen sich dem Gehilfen an.

»Abgesehen vom Namen ... ist mir diese Krankheit noch nie begegnet«, sagte Isacco. »Sie kommt mir vor wie eine Mischung aus Pest, Haarausfall und Krätze ...«

»Eigentlich könnt Ihr die Krankheit gar nicht kennen, weil sie neu ist«, sagte einer der beiden Ärzte gewichtig.

»In manchem habt ihr recht, Collega«, ergänzte der andere. »Obwohl sie sich von den Krankheiten unterscheidet, die Ihr genannt habt, gehört sie dem Wesen nach doch immer noch in dieselbe Kategorie des von Galen beschriebenen *ignis persicus.*«

»Und was sind ihre Ursachen?«, fragte Isacco.

»Ihre wichtigsten Ursachen sind in der Sternenkonjunktion von Jupiter und Mars im November des Jahres 1494 zu suchen. Und in der von Saturn und Mars im Januar des Jahres 1496«, antwortete einer der beiden Doktoren, während der andere zustimmend die Lider senkte.

Isacco zügelte seinen aufkommenden Ärger. »Und die ... etwas niedereren Ursachen?«, fragte er mit zusammengebissenen Zähnen.

»Nun, es ist allgemein bekannt, dass sie in der Entdeckung der beiden Amerikas ihren Ursprung hat«, mischte sich der Apotheker ein und verbeugte sich leicht vor den Doktoren. »Die Eingeborenen dort haben fleischliche Lust mit Affen gepflegt, die ihnen, nebenbei bemerkt, unglaublich ähnlich sehen, schließlich sind sie selbst erst vor Kurzem von den Bäumen geklettert. Und von diesen Tieren haben sie die Krankheit übernommen, besonders die Frauen, die sie dann mit ihren ekelhaften Beischlafpraktiken an Kolumbus' Seeleute übertragen haben ...« – er breitete betrübt die Arme aus – »... die sie dann nach Europa gebracht haben.«

»In jedem Fall benutzt Gott diese Krankheit, um die sündigen Nationen der Christenheit zu bestrafen«, sagte der junge Gehilfe des Apothekers, woraufhin Letzterer beifällig nickte.

»Gibt es denn nichts ... Gibt es denn keine einfachere Erklärung?«, fragte Isacco. »Etwas Greifbareres?«

»Greifbar?« Der Apotheker sprach dieses Wort wie ein Schimpfwort aus.

Hauptmann Lanzafame drehte sich zu Isacco um.

Der ließ sich von seinem aufbrausenden Naturell überwältigen, riss ihm das Messer aus der Hand und stieß es wütend in das Holz des Ladentischs. »Verflucht noch mal!«, brüllte er laut.

Der Apotheker stieß einen schrillen Schreckensschrei aus.

»Die Krankheit ist ansteckend«, erklärte einer der Doktoren hastig. »Man muss den Geschlechtsverkehr mit von der Krankheit befallenen Frauen vermeiden. Doch die Zersetzung der Körpersäfte hat ihre Ursache auch in extremen Wetterunbilden, besonders in der Luftfeuchtigkeit.«

»Und sie greift um sich wie eine Seuche. Sie setzt sich im Schambereich mit bösartigen Pusteln fest, die sich dann über den übrigen Körper bis in den Kopf ausbreiten«, schloss der andere Arzt und senkte den Kopf.

Hauptmann Lanzafames Augen brannten von zu viel Wein und Kummer. Er konnte den Ausführungen der Ärzte nicht folgen, deshalb wandte er sich an Isacco und sah ihn fragend an.

»Eigentlich wisst ihr also überhaupt nichts über diese Krankheit«, stellte dieser fest.

Aus Furcht reagierte niemand darauf.

»Und wie behandelt ihr sie?«, fragte Isacco.

»Antwortet!«, sagte der Hauptmann drohend.

»Strenge Diät«, sagte der erste Arzt.

»Aderlass ...«, fügte der andere hinzu.

»Und Abführmittel«, schloss Isacco verzweifelt.

»Sehr richtig«, sagten die beiden Doktoren im Chor.

»Und Theriak, das ich selbst hergestellt habe«, sagte der Apotheker stolz.

Isacco sah Lanzafame an. »Diät, Aderlass und Abführmittel«, stöhnte er. »Gegen Herzkrankheiten und Hämorrhoiden, gegen Krebs und Hühneraugen ... gegen alles nur Diät, Aderlass und Abführmittel.«

»Und Theriak, hergestellt von mir«, wiederholte der Apotheker.

»Halt's Maul, du Spatzenhirn!«, brüllte der Hauptmann. Dann wandte er sich an Isacco: »Also?«

Isacco schüttelte den Kopf. Während dieses ersten peinvollen Tages hatte er mehrmals daran gedacht, dem Hauptmann zu beichten, dass er gar kein richtiger Arzt war. Aus Respekt ihm gegenüber, weil er fühlte, dass er es ihm schuldig war. Aber er hatte es nicht getan. Schließlich wusste er genauso viel wie die vier Männer in der Apotheke Zum Goldenen Kopf. Er wäre bereit gewesen, alles zu tun, was sie ihm rieten, nur um diese Frau zu retten, die stöhnend und jammernd in Hauptmann Lanzafames Bett lag. Doch nicht einmal sie wussten, wie man sie behandeln sollte. So war es nun einmal.

»Gebt mir eine Salbe aus Moschusschafgarbe und Zinnkraut«, sagte Isacco zum Apotheker, mehr in Erinnerung an die Heilmittel der alten Frauen auf der Insel Negroponte, die die Christen als Hexen verbrannten, als an die Arzneien seines Vaters. »Und Teufelskralle, Klettenwurzel, Weihrauch und Ringelblume. Als Urtinktur.«

»Kein Theriak?«, fragte der Apotheker empört.

»Steck dir das Zeug in den Arsch!«, brummte Isacco. »Los, beeil dich!«

Der Apotheker sah die beiden Doktoren an.

»Los, beeil dich!«, brüllte Lanzafame.

Eine knappe halbe Stunde später verließen Isacco und Lanzafame die Apotheke.

»Ich habe gehört, dieser Mönch, der gegen die Juden wettert, ist inzwischen in Venedig angekommen«, bemerkte Lanzafame auf dem Rückweg.

»Ach ja?«, sagte Isacco nur.

»Er hält wieder seine dummen Predigten«, fuhr Lanzafame fort. »Im Augenblick hört ihm noch niemand zu ... Aber Venedig ist wie jede andere Stadt ... voller Dummköpfe.«

»Ja ...«

»Und in diesen Zeiten wird viel über die Juden geredet.«

»Ja ...«

»Leck mich am Arsch, Doktor. Du mit deinen Jas.«

»Danke, Hauptmann.«

»Nichts zu danken.«

Schweigend eilten sie nebeneinander her, bis sie die Dachstube erreicht hatten.

Die stumme Dienerin wartete schon aufgeregt auf sie. Sie hatte die Hühnerbrühe mit Zimt und Nelken gekocht, wie Isacco es ihr aufgetragen hatte. Doch die Kranke wollte nichts essen, erklärte sie gestenreich.

Lanzafame sah Isacco sorgenvoll an.

»Hauptmann ...«, setzte der an.

»Mach dich an die Arbeit, Doktor«, unterbrach ihn der Soldat sofort. Dann wandte er sich an die Magd. »Bring mir Malvasier. Und kauf noch mehr davon. Heute Abend bleibe ich hier.«

»Vielleicht solltet Ihr nicht so viel trinken ...«, sagte Isacco.

»Ich bin nicht dein Patient«, erwiderte Lanzafame barsch. »Kümmer dich lieber um die, die es nötig hat.«

Isacco ging zum Zimmer der Kranken. Als er sie betrachtete, konnte er ihre Schönheit erahnen, die die Krankheit zerstört hatte. Ganz in ihr Leiden versunken, warf ihm die Frau nur einen zerstreuten Blick zu. Ihre Knochen und Gelenke schmerzten, sie hatte Fieber und verlor zuweilen das Bewusstsein. Isacco sah sich ihre Wunden an. Es sah aus, als hätten sich Ratten an ihrem Fleisch gütlich getan. Er tastete zwei weitere Abszesse ab, die sich neu gebildet hatten. Einer im Gesicht entstellte ihren Jochbogen, der andere ihren Hals. Sie fühlten sich hart an. Hauptmann Lanzafame hatte ihm erzählt, dass die anderen beiden Wunden vorher auch Abszesse gewesen waren.

»Ich muss Euch ... mit Verlaub ... da ... da zwischen den ...«, stammelte Isacco verlegen.

»Zwischen meinen Schenkeln betasten?«, fragte die Frau mit einem schwachen Lächeln. Ihre Stimme klang brüchig, triefte aber vor Sarkasmus. »Und das ist dir peinlich, Doktor?«

»Nein, Signora ... ich dachte, dass ...«

Die Frau lachte wieder, doch sie klang müde, eine Müdigkeit, die Isacco jedoch nicht auf die Krankheit zurückführte, sondern auf etwas, das viel tiefere Ursachen hatte. Vielleicht einfach auf das Leben selbst.

»Einer mehr oder weniger«, sagte sie.

»Was meint Ihr damit, Signora?«

»Nun stell dich nicht so an und schau ihr einfach zwischen die Beine!«, dröhnte Lanzafame hinter ihm. »Sie ist eine Hure, hast du das noch nicht begriffen?«

Isacco erstarrte.

Mit der wenigen ihr verbliebenen Kraft schob die Frau die Decken beiseite, hob den Rock und öffnete die Schenkel, wobei sie unverwandt den Hauptmann ansah. »Los, schau nach, Doktor ... fass alles an, mach, was du willst. Stimmt doch, Herr Hauptmann?«

Lanzafame antwortete ihr nicht. Er drehte sich um und verließ das Zimmer.

Isacco ertastete ein Geschwür im Schambereich. Aber es schien zurückzugehen. »Wie habt ihr die Stelle behandelt?«, fragte er die Frau.

»Sicher nicht so wie sonst«, sagte sie lächelnd.

Isacco schwieg zu ihrem Scherz. Er wusste, dass die Frau Angst hatte und Qualen litt. Er sah sie ernst an.

»Gar nicht«, antwortete sie schließlich.

Isacco reinigte die Wunden mit einem Leinentuch und strich die Salbe aus Moschusschafgarbe und Zinnkraut darauf, um damit die durch das Säubern verursachte Blutung zu stillen. Dann machte er einen Umschlag aus Klettenwurzel und Ringelblume, damit sie sich schlossen und vernarbten.

Der Hauptmann stand nun wieder in der Tür.

Isacco erhob sich und ging zu ihm. »Ich muss mit Euch reden, Hauptmann ...«, sagte er halblaut in einem Atemzug. »Ich bin kein Arzt ... Mein Vater war einer, aber ich habe nur ...«

Lanzafame packte ihn am Kragen seines Überrocks und starrte ihn aus hellen, geröteten Augen an. »Du bist Arzt«, sagte er schließlich leise und bestimmt und betonte jedes Wort einzeln. »Ich habe gesehen, wie du meinen Männern Glieder abgetrennt und ihre Wunden genäht hast. Und ich habe gesehen, dass du die ganzen astrologischen Erklärungen für Unsinn gehalten hast.

Deswegen bist du für mich ein wahrer Arzt.« Er zog ihn zu sich heran. »Und behalte deine Bekenntnisse bloß für dich, denn sonst, so wahr es einen Gott gibt, schlag ich dir dein Gesicht zu Brei.«

Isacco fühlte sich stark und schwach zugleich in den Händen dieses Mannes. Und er wunderte sich zutiefst darüber, was er ihm gestanden hatte, denn kein Betrüger enthüllt freiwillig die eigenen Gaunereien, so wie auch kein Zauberkünstler seine Tricks verraten würde. Doch seit seine Frau H'ava ihm durch Giudittas Mund sein neues Leben, sein neues Schicksal aufgezeigt hatte, schien sich etwas in ihm zu verändern.

»Aber überlass in bestimmten Situationen lieber mir das Messer«, fügte der Hauptmann lächelnd hinzu. »Ein Arzt muss Geduld und Gelassenheit besitzen. Lass lieber einen Mann des Krieges aufbrausen.« Er legte Isacco eine Hand auf die Schulter und sah ihn voller Respekt und Bewunderung an. Dann wurden seine Augen wieder hart. »Und vor allem reiß mir nie wieder das Messer aus der Hand!«

Isacco ließ die Dienerin die Hühnerbrühe bringen und mischte Weihrauch und Teufelskralle als fiebersenkende Mittel hinein.

Doch die Kranke weigerte sich, davon zu trinken.

Daraufhin riss der Hauptmann Isacco barsch die Tasse aus der Hand, nahm einen schmutzigen Löffel, wischte ihn am Saum seines Hemdes ab und setzte sich aufs Bett. Er schwang den Löffel drohend vor dem Gesicht der Frau hin und her und sagte finster: »Jetzt schluckst du diese Brühe, oder ich ersäufe dich darin und nehm mir mein Bett wieder, du sture, launische Hure.«

In dem Blick der Frau lag der Anflug eines spöttischen Lächelns.

Der Hauptmann führte den Löffel an ihren Mund. Die Frau presste die Lippen zusammen. Lanzafame tauchte den Löffel in die Brühe ein und erhob die Hand zur Ohrfeige. Die Frau warf ihm einen herausfordernden Blick zu und presste die Lippen nur noch fester aufeinander. Da schlug der Hauptmann wirklich zu.

»Hauptmann …«, meldete sich Isacco zu Wort.

»Misch dich nicht ein, das ist eine Sache zwischen einem Soldaten und einer Hure.« Lanzafame führte den Löffel an ihren Mund.

Sie nahm die Brühe in den Mund und spuckte sie ihm ins Gesicht.

Lanzafame packte sie am Hals. »An irgendetwas muss sie doch sterben. Ganz gleich, ob an dieser Krankheit oder durch meine Hand, hab ich recht?«

Die Frau starrte ihn nur schweigend an.

Der Hauptmann ließ sie los und holte noch einmal aus, als wollte er sie erneut ohrfeigen. Aber er schlug nicht zu. Und die Frau schloss weder die Augen, noch versuchte sie dem Schlag auszuweichen. Die Hand des Hauptmanns hielt dicht vor ihrer Wange inne und strich rau, wie in einer Liebkosung, darüber. »Iss«, sagte er dann. Er reichte ihr einen Löffel von der heilkräftigen Kräuterbrühe.

Die Frau schluckte. »Das Zeug ist widerlich«, sagte sie.

Der Hauptmann kostete von der Brühe. »Schmeckt wirklich widerlich.« Er hielt ihr erneut einen gefüllten Löffel hin.

Sie riss ihm die Tasse aus der Hand und trank sie in einem Zug aus. »Du bist langsam wie eine Schnecke«, schalt sie ihn.

Sie sahen einander fest in die Augen. Dann stand der Hauptmann auf und trat zu Isacco. »Geh zu deiner Tochter.«

»Das ist nicht nötig. Sie ist mit Donnola unterwegs. Die beiden suchen eine Wohnung für uns.«

»Es ist aber auch nicht nötig, dass du hierbleibst«, entgegnete Lanzafame.

»Dann möchte ich mit so vielen Ärzten wie möglich sprechen«, erklärte Isacco. »Im Moment behandele ich nicht die Krankheit selbst, sondern nur ihre Symptome.«

Lanzafame nickte stumm. Dann sagte er leise: »Du bist ein guter Arzt.«

»Ich bin kein Arzt.«

»Du bist ein guter Arzt.« Lanzafame drehte ihm den Rücken zu und kehrte zu der Frau zurück. Er holte sich einen Stuhl ans Bett und setzte sich neben sie.

An der Tür wandte Isacco sich noch einmal um.

Die Frau hatte die Hand nach dem Hauptmann ausgestreckt, ohne dass er sie nahm.

»Schlaf jetzt«, sagte er.

Sie streckte mühsam die Hand noch ein wenig weiter zu ihm aus.

Lanzafame seufzte. »Du bist eine lästige Hure«, sagte er.

»Ja, Hauptmann.«

Er nahm ihre Hand grob in seine. »Schlaf jetzt, Marianna.«

Die Frau schloss die Augen und flüsterte: »Ja, Andrea.«

Isacco wandte sich zum Gehen, als er bemerkte, dass die stumme Magd ihn anstarrte. »Bis später«, sagte er und versuchte an ihr vorbeizugehen.

Doch die Dienerin versperrte ihm den Weg. Sie holte ein Holztäfelchen mit einer groben Zeichnung der Jungfrau Maria mit Jesuskind hervor, küsste es, berührte es mit der Kuppe des rechten Daumens, um dann damit hastig ein Kreuz auf Isaccos Stirn zu malen.

»Ich bin Jude«, erklärte ihr Isacco.

Die Dienerin zuckte die Schultern, als wolle sie sagen, das sei ihr vollkommen gleich, und stieß einen kehligen Laut aus: »Goo sene dii…«

»Lass ihn in Ruhe, du verdammte stumme Kuh!«, brüllte Lanzafame. Einen Moment lang kehrte Stille ein. Dann fügte er seufzend hinzu: »Sie hat gesagt, Gott segne dich, Doktor.«

Die alte Magd lächelte glücklich wie ein zahnloses kleines Mädchen.

28

Mercurio und Benedetta versteckten sich noch eine ganze Weile an den sumpfigen Ufern des Canal Grande hinter dem Fontego dei Tedeschi. Dort zog sich Mercurio den Altweiberrock aus, wusch sich das Bleiweiß und die übrige Schminke ab und wickelte alle Requisiten in einen Beutel aus Tuch. Danach rannten sie zum Campo San Aponal.

Gut gelaunt betraten sie den Laden des Kräuterkrämers.

»Paolo, schau einmal her«, sagte Mercurio und ließ den Diamantring auf den Verkaufstresen fallen. »Den hat uns der Goldschmied bei San Bartolomeo geschenkt.«

Der Mann riss erstaunt die Augen auf, nahm den Ring mit spitzen Fingern, als hätte er eine Kakerlake erwischt, und ließ ihn schnell in seiner Handfläche verschwinden. »Der Goldschmied von San Bartolomeo?«, fragte er, hin- und hergerissen zwischen Schreck und Bewunderung. »Bist du wahnsinnig geworden?«

»Warum?«

»Sein Vetter ist einer von den Cattaveri.«

»Von wem?«

»Von den Beamten der Finanzbehörde.«

»Und das heißt?«

»Das heißt ...« Der Kräuterhändler zögerte. »Das heißt ... das darf man auf keinen Fall ...«

»Was darf man auf keinen Fall?«, fragte Scarabello, der in einem neuen schwarzen Pelzmantel den Laden betrat. Er musterte die Reste von Mercurios Verkleidung. Unter dessen geöffneter Jacke schaute das Oberteil des Kleides mit dem Schleier hervor, der die Ketten verbarg. Er richtete einen Finger auf ihn. »Bist du etwa die alte Vettel, über die der ganze Rialto spricht?«

»Hör doch, Scarabello … Es tut mir leid … Ich wusste ja nicht, dass der Goldschmied …«, stammelte Mercurio besorgt, »also, wie hätte ich denn wissen können, dass …«

»Bist du wirklich die furzende Alte?« Scarabello lachte schallend.

»Du bist nicht wütend?«, fragte Mercurio erstaunt.

»Überhaupt nicht«, fuhr Scarabello fort. »Du bist ein Genie, Junge, diese Gaunerei wird in die Geschichte von Venedig eingehen, das versichere ich dir.« Er konnte vor Lachen kaum weiterreden. »Schade nur, dass du nicht den Beifall für deine großartige Vorstellung ernten kannst.«

»Aber Paolo hat gesagt …«

Scarabello ging zum Kräuterhändler und legte ihm eine Hand auf die Schulter. »Paolo ist ein alter Hasenfuß. Und er hat eine Sklavenseele, stimmt's, Paolo?«

Der Kräuterkrämer senkte beschämt den Kopf.

»Das ist nicht seine Schuld«, sagte Scarabello ganz ohne Hohn und sah Mercurio in die Augen. »Man wird als Hund oder Wolf geboren. Wenn du als Hund zur Welt kommst, wirst du irgendwann von den Prügeln gebrochen. Wenn du als Wolf geboren wirst, beißt du bis zum letzten Atemzug in den Stock.« Er schwieg kurz und sah Mercurio an. »Und du, bist du Hund oder Wolf?«

Mercurio betrachtete Paolo. Ganz sicher erkannte er sich nicht in diesem Mann wieder, der jetzt beschämt den Kopf senkte. Aber er konnte auch nicht behaupten, dass er sich so stark wie Scarabello fühlte.

»Also? Hund oder Wolf?«

»Fuchs«, sagte Mercurio.

Scarabello legte den Kopf in den Nacken, diese Antwort hatte er nicht erwartet. Andererseits verblüffte ihn dieser Junge jedes

Mal wieder aufs Neue. Und Scarabello war sich nicht sicher, ob er diese Überraschungen einfach genießen sollte oder lieber seinem Instinkt nachgeben, der ihm sagte, dass jemand wie Mercurio ihm irgendwann seinen Thron unter dem Hintern wegziehen würde. Er sah ihn schweigend an und nickte langsam. Lächelnd sagte er: »Erklär mir eins, Fuchs: Die Leute vom Rialto erzählen, dass die Alte den Goldschmied übertölpelt hat, weil sie Goldmünzen dabeihatte.«

»Falsche Goldmünzen«, erwiderte Mercurio hastig, als ihm bewusst wurde, dass ihre Unterhaltung eine gefährliche Wendung nahm. »Theaterrequisiten. Wie dieses Kleid einer alten Frau, diese Ketten ...«

»Falsche Münzen? Und wie, meinst du, sollte ein Goldschmied auf Münzen hereinfallen, die nicht einmal das dumme Publikum täuschen?« Scarabellos Gesicht zeigte nun keine Spur mehr von Wohlwollen.

Benedetta bemerkte die Spannung zwischen den beiden und stellte sich neben Mercurio.

»Du halt dich da raus«, befahl ihr Scarabello.

»Ja, kleb nicht immer so an mir«, sagte Mercurio und klang tatsächlich verärgert.

»Leck dich!«, knurrte ihn Benedetta an.

»Du verheimlichst mir wirklich nichts?«, fragte Scarabello und machte einen Schritt auf ihn zu.

Der Wolf zeigt sein wahres Gesicht, dachte Mercurio. Und er flehte stumm, der Fuchs möge seinem Ruf gerecht werden.

»Wir können Freunde sein. Oder Feinde«, fuhr Scarabello fort, der nun so dicht vor ihm stand, dass Mercurio seinen Atem spüren konnte. »Das liegt ganz bei dir, Junge.«

Da stürzte sich Mercurio auf ihn und umarmte ihn. »Ich verdanke dir so viel ...«

Scarabello stieß ihn grob von sich weg: »Was soll das, du Schwachkopf?«

»Verzeih mir ... Ich verdanke dir so viel«, wiederholte Mercurio mit gesenktem Kopf, scheinbar demütig. »Und ich schwöre dir Treue. Warum zweifelst du an mir?«

»So leicht legst du mich nicht rein«, erwiderte Scarabello grinsend. »Breite die Arme aus.«

»Warum?«

Scarabello zog blitzschnell sein Messer. »Wenn ich dir sage, spring ins Feuer, dann springst du.«

Mercurio breitete die Arme aus.

Scarabello durchsuchte ihn. Er hob den Schleier über den unechten Ketten, riss ihn ab und warf ihn auf den Boden. Dann nahm er ihm den Tuchbeutel ab und suchte darin, leerte den Rock, die Handschuhe und die falschen Ringe aus. Er fand auch die Beuteltasche mit der seidenen Börse und ließ die Münzen darin klingeln, während er Mercurio keinen Moment aus den Augen ließ. Er öffnete sie und schüttete alle Münzen aus, die dumpf auf dem Boden des Ladens klirrten.

»Lass die Hosen fallen«, sagte er dann.

Mercurio löste die leichten Hosen und blieb in seinen kurzen Unterhosen stehen.

Scarabello tastete ihn zwischen den Beinen ab. Bei der Berührung errötete Mercurio, doch er wich nicht zurück.

»Zieh Jacke und Oberteil aus«, kommandierte Scarabello.

Benedetta zitterte innerlich.

Mercurio zog sich aus. Er blieb in den heruntergelassenen Hosen und dem Unterhemd aus gewalkter Schafwolle stehen, das ihm Anna del Mercato geschenkt hatte.

Scarabello hob sein Unterhemd an. Er sah ihm starr in die Augen. Dann, ohne die Augen abzuwenden, packte er Benedetta am Arm. Mit einer Bewegung, die aussah wie ein eleganter Tanzschritt, zog er sie an sich. »Paolo, sieh nach, ob das Mädchen die Münzen hat.«

Der Kräuterkrämer rührte sich nicht.

»Paolo!«, brüllte Scarabello.

Der Mann kam verlegen näher, während Scarabello Benedetta an einem Arm festhielt. Mit der Messerspitze hob er ihren Rock an. Er packte einen Zipfel und richtete das Messer auf ihre Leinenunterhosen, zerschnitt das Band, das sie hielt, und schob sie nach unten. »Such«, sagte er zu Paolo, ohne den Blick von Mercurio zu nehmen.

Der Kräuterkrämer stammelte Entschuldigungen und schob eine Hand in sie hinein.

Benedetta schloss die Augen.

»Das ist nicht nötig! Lass sie in Ruhe!«, rief Mercurio.

Scarabello antwortete nicht darauf. Er richtete das Messer auf Benedettas Kehle. Dann ließ er die Klinge bis zum Ausschnitt sinken, ohne Mercurio auch nur einen Moment aus den Augen zu lassen, ließ sie ein kurzes Stück hineingleiten und entfernte den oberen Kleidersaum von Benedettas schneeweißer Haut. »Schau hinein«, sagte er zu Paolo.

»Da ist nichts«, sagte der, nachdem er mit hochrotem Gesicht nachgesehen hatte.

Dann drehte Scarabello mit jener tänzerischen Anmut, die jede seiner Bewegungen begleitete, Benedetta einmal um sich selbst und stieß sie weg. »Zieh dir die Unterhosen hoch«, sagte er. Dann wandte er sich an den Kräuterhändler. »Versteck das Kostüm der alten Frau, Paolo. Ganz Venedig sucht danach.« Er sah Mercurio an. »Anscheinend hast du die Wahrheit gesagt, Junge.«

Mercurio fiel nach der großen Anspannung in sich zusammen, zog seine Hosen hoch und stieß einen kleinen Seufzer der Erleichterung aus. Er schlug die Hände vors Gesicht, und seine Augen wurden feucht. »Danke, Scarabello!«, rief er aus und zeigte nun all die Angst, die er unterdrückt hatte. Wieder stürzte er sich auf ihn und umarmte ihn kräftig. »Danke ... danke ...«

»Lass das!«, rief Scarabello und stieß ihn zurück.

»Verzeih mir, Scarabello, bitte, verzeih mir. Und danke, danke, danke ...«

»Ja, schon gut. Und jetzt Schluss damit. Dieses weibische Getue geht mir auf den Sack.« Scarabello wandte sich an den Kräuterhändler, der Mercurios Jacke in der Hand hielt. »Paolo, brich den Stein heraus und schmilz das Gold ein. Ich habe jetzt noch etwas zu erledigen und komme dann später zurück, um den Stein zu holen.« Er richtete einen Finger auf Benedetta. »Und du mach dich möglichst unsichtbar.« Er kam ihr so nahe, dass er sie hätte küssen können. »Hier in Venedig wird eine Diebin wie du dazu verurteilt, auf dem Markusplatz von vier Pferden auseinandergerissen zu werden, und anschließend werden die Überreste in den Kanal geworfen. Haben wir uns verstanden? Die Leute suchen nach einer alten Frau und einer schönen Dienerin ...«

Benedetta lächelte glücklich.

»... die der Goldschmied sehr leicht wiedererkennen würde.«

»Danke.«

»Du hast mich falsch verstanden«, sagte Scarabello, während er zur Ladentür ging. »Ich habe gesagt, sie suchen nach einer ... blöden Dienerin.«

Mercurio lachte, doch Benedetta warf ihm einen vernichtenden Blick zu.

»Sehr gut, Mercurio«, lobte Scarabello ihn im Gehen.

Mercurio rannte ihm hinterher. Als er ihn erreicht hatte, fragte er ihn leise: »Wenn ich jemanden suchen würde ... dann könntest du mir helfen, nicht wahr?«

»Kommt darauf an.«

»Eine Person, die gerade erst angekommen ist«, erklärte Mercurio noch leiser und mit dem Rücken zu Benedetta.

»Und warum darf deine ... Schwester nichts von dieser Suche wissen?«

»Na ja ... also ...«

»Ist es vielleicht eine Frau, auf die sie eifersüchtig ist? Pass bloß auf, dass du die Weiber nicht eifersüchtig machst … Die können jede Menge Unsinn anstellen.«

Mercurio versteifte sich, da Benedetta sich näherte. »Donnola«, sagte er atemlos. »Es ist ein Mann, und er heißt Donnola.«

»Donnola?« Scarabello sah ihn an. »Junge, für meinen Geschmack hast du zu viele Geheimnisse.«

»Er heißt wirklich Donnola.«

»Ich weiß genau, wer das ist. Aber der ist ganz sicher nicht erst gerade in Venedig angekommen«, erwiderte Scarabello. »Jeder im Rialto kennt den. Und er ist leicht zu finden. Man muss nur auf den Markt gehen, dort lungert er immer herum und wartet darauf, dass jemand vorbeikommt, den er ausnehmen kann oder der ihm eine Gelegenheitsarbeit bietet. Aber wie ich hörte, ist er Soldat geworden.«

»Er ist zurück.«

»Donnola …« Scarabello entfernte sich kopfschüttelnd. »Ach, Junge, eines Tages wirst du mir noch Kummer bereiten, das spüre ich …«

Mercurio wandte sich an Benedetta. »Los, gehen wir.«

»Was hat er da von Donnola erzählt?«

»Von wem? Nein, da musst du dich verhört haben«, erklärte Mercurio und wich ihrem Blick aus. Er fragte sich, warum sein Talent als Lügner bei Benedetta so schlecht funktionierte. Aber vielleicht bildete er sich das auch nur ein. Auf jeden Fall sollte er wohl besser vorsichtig sein.

Kaum waren sie in eine schmale, dunkle Gasse eingebogen, stieß Benedetta Mercurio gegen eine Mauer. »Wie hast du das gemacht?«

»Was?«, fragte Mercurio und stellte sich dumm.

»Das mit den Münzen. Den echten Münzen. Wo hast du sie versteckt? Ich war mir sicher, er würde dich umbringen.«

»Ich hatte keine echten Münzen bei mir«, erwiderte Mercurio grinsend. »Nur die aus dem Theater.«

»Los, komm schon ...«

»Ehrlich. Als er mich durchsucht hat, hatte ich wirklich kein echtes Geld.«

»Jetzt sag schon, du Holzkopf«, bedrängte ihn Benedetta ungeduldig.

»So war es aber. Ich hatte das Geld nicht ...« Mercurio bohrte übermütig seine Schuhspitze in den Schlamm »Das hatte er.«

»Was ...?«

»Ist dir aufgefallen, dass ich ihn umarmt habe, bevor er mich durchsucht hat?«

»Das glaub ich nicht ...«

Mercurio lachte. »Aber so war es.«

»Du hast ihm das Geld in die Tasche gesteckt und dann ... Nein! Deshalb hast du ihn also noch einmal umarmt. Du hast es dir wiedergeholt!« Benedetta war beeindruckt. »Und ich hab geglaubt, du wärst blöd.«

»Und stattdessen bist du die Blöde. Wie Scarabello gesagt hat.«

»Er hat gesagt, die Schöne.«

»Wasch dir die Ohren.«

Inzwischen hatten sie den Campiello del Gambero erreicht und drängten lachend und sich gegenseitig schubsend durch die Menge. Als Benedetta sich um sich selbst drehte, um nicht zu stürzen, fiel ihr Blick auf einen Stoffladen, und sie erkannte durch das Fenster das jüdische Mädchen, das Mercurio so gut gefiel. Und sie bemerkte auch, dass Giuditta sie gesehen hatte und winkend auf sie zukam. Das Lächeln erstarrte ihr im Gesicht. Wieder kam der Hass in ihr hoch, genau wie vor einigen Tagen.

Ohne nachzudenken, legte sie Mercurio schnell die Arme um den Hals.

Und küsste ihn.

29

Giuditta strahlte an diesem Morgen über das ganze Gesicht und war so glücklich wie noch nie in ihrem Leben.

Ihr Vater hatte sie mit der wichtigen Aufgabe betraut, für sie eine Wohnung auszusuchen. Donnola hatte sie durch ganz Venedig begleitet und ihr zauberhafte Orte gezeigt, wunderschöne Häuser mit bunten Bleifenstern und Fußböden aus Marmorkies, Deckenfresken, Wandteppichen, reich verzierten Türen, Säulen aus gelb-rotem Marmor und bunten Markisen. Alles in dieser Stadt wirkte schöner als anderswo.

Nur eines trübte diesen Eindruck. Seit Tagen schon sah Giuditta, jedes Mal wenn sie Juden begegnete, sich deren gelbe Hüte genau an. Einige waren so hell, dass sie fast weiß wirkten, andere leuchteten in sattem Gelb wie Sonnenblumen, und wieder andere hatten die kräftige Farbe eines Entenschnabels. Am besten gefielen ihr die dunkleren Töne, die stark ins Orange spielten. Die Hüte sahen allesamt eher unauffällig aus, keiner hob sich aus der Masse hervor. Man trug sie als Zeichen, als eine Art Schandmal, ganz wie es die Christen beabsichtigt hatten. Das wurde ihr auch jeden Abend bewusst, wenn sie sich auszog und Kleid und Hut zusammen auf den Stuhl legte. Irgendetwas störte sie daran.

»Wonach suchst du dir einen Hut aus?«, hatte sie Donnola an diesem Morgen gefragt.

»Wenn er nicht zu viel kostet, dann nehme ich ihn.«

»Ich meine die Farbe«, hatte Giuditta nachgehakt. »Wenn du ein schwarzes Gewand trägst, wie ist dann dein Hut?«

»Schwarz, zum Henker, was für eine Frage.«

»Und wenn du etwas in Rot und Violett anziehst?«

»Na ja ...«

»Entweder rot ...«, hatte Giuditta vorgeschlagen.

»... oder violett!«

»Ganz genau.« Giuditta hatte zufrieden genickt. »Danke.«

»Ich verstehe gar nichts«, hatte Donnola gebrummt.

Giuditta dagegen wusste genau, worauf sie hinauswollte. Selbst dem niederen Volk war es freigestellt, seine Kopfbedeckung passend zum Gewand zu wählen. Kleid und Hut ergänzten sich harmonisch. Folglich war sie der Meinung, dass Leute wie sie genau andersherum vorgehen müssten: das Gewand passend zum Hut auswählen. Die Lösung lag also auf der Hand und war im Grunde ganz einfach. »Ach, vergiss es einfach«, hatte sie zu Donnola gesagt. »Dummes Weibergeschwätz.«

»Also irgendeine List.«

»Nein, da steckt gar nichts dahinter.« Sie hatte sich umgesehen. Das Leben war ihr noch nie so schön erschienen wie an diesem Morgen. »Bring mich zu einem Stoffgeschäft«, hatte sie ihn gebeten.

»Das beste gehört rein zufällig einem guten Bekannten von mir«, hatte Donnola behauptet. »Es liegt am Campiello del Gambero.«

Giuditta hatte gelacht, und sie waren dorthin gegangen.

Es gab einen besonderen Grund, warum sie so heiter war. Diese neue, ihr unbekannte Fröhlichkeit gründete auf der vergangenen Nacht. Auf einem Traum, aus dem sie vollkommen atemlos erwacht war. Und der sie verändert hatte.

Seit Tagen, vor allem seit sie ihn am Riva del Vin gesehen hatte, musste Giuditta ständig an Mercurio denken. Er hatte nicht mehr sein Priestergewand getragen. Also stimmte es, hatte sie sich im Dunkel des Herbergszimmers gesagt, das sie mit ihrem Vater teilte. Er war kein Priester, sondern ein ganz normaler junger Mann. Ein Junge, an den ein Mädchen denken durfte.

Aber letzte Nacht war sie weiter gegangen. Ihre Gedanken, ihre Wünsche, ihre Gefühle hatten sich in ihren Schlaf, in ihre Träume eingeschlichen. Sie hatte geträumt, sie wäre wieder auf dem Proviantkarren von Hauptmann Lanzafame in Mestre. Und neben ihr stand Mercurio. Ihre Hände berührten sich. Dann verflochten sich ihre Finger ineinander. Giuditta hatte sich umgesehen und weder ihren Vater noch sonst einen Menschen entdeckt. Mercurio und sie waren ganz allein in dem Karren. Giuditta hatte nicht einen Moment Angst gehabt oder gezögert. Sie hatte sich ihm mit halb geöffneten Lippen zugewandt, und Mercurio hatte sie an sich gezogen. »Ich habe dich gefunden«, hatte er zu ihr gesagt und sie dabei voller Leidenschaft angesehen. Und er hatte sie geküsst.

»Fehlt dir etwas?«, hatte Isacco gefragt und sie an einer Schulter gerüttelt, nachdem Giuditta aus dem Schlaf hochgeschreckt und schlagartig wach geworden war.

»Du hast vor dich hin gestöhnt. Hast du Bauchschmerzen?« Isacco hatte die Kerze entzündet. »Was tust du denn mit dem Kissen?«

Erst da war Giuditta bewusst geworden, dass sie ihre Lippen darauf presste. »Ach, nichts«, hatte sie ihrem Vater geantwortet und war errötet. Völlig durcheinander von der Intensität dieses Traums hatte sie ihm den Rücken zugewandt. Und während sie vergebens versuchte, wieder einzuschlafen, hatte sie so ein Kribbeln verspürt. Ein völlig neues Gefühl, das sie anzog und gleichzeitig erschreckte. Ihr war wieder durch den Kopf gegangen, dass sie jetzt eine Frau war, ohne dass er davon wusste.

Als sie nun direkt vor dem Stoffgeschäft von Donnolas Bekanntem Mercurio entdeckte, der wie eine Erscheinung, wie aus heiterem Himmel auf dem Campiello del Gambero aufgetaucht war, tat ihr Herz einen Sprung.

Ich habe dich gefunden, dachte sie.

Und je länger sie ihn ansah, desto mehr spürte sie wieder diese heiße Leidenschaft, die sie in der vergangenen Nacht durchströmt und die ihr alle Angst genommen hatte. Sie würde nie mehr wie gelähmt dastehen und ihn einfach gehen lassen. Giuditta verließ den Laden und lief auf Mercurio zu. Sie hatte nicht die geringste Ahnung, was sie zu ihm sagen oder was sie tun sollte, sie wollte bloß zu ihm.

Ich habe dich gefunden, dachte sie wieder.

Doch plötzlich hielt sie abrupt inne. Ihre Füße, die leicht über das Pflaster geflogen waren, bohrten sich wie zwei Pfeile in den Boden.

Bei dem Anblick, der sich ihr bot, wurden ihre Augen hart wie Stein. Am liebsten hätte sie den Blick abgewandt, doch ihre Augen waren wie gebannt.

Mercurio küsste eine andere.

Giuditta spürte, wie ihr Herz zersprang, als wäre es aus Kristall. Tränen schossen ihr in die Augen. Wenn sie weiter dort stehen blieb, würde sie jeden Moment laut losschreien. Mit dem Laut eines verletzten Tieres riss sie die Füße vom Pflaster los und ließ die Arme sinken. Sie drehte sich um und lief weg.

»Giuditta!«, rief Donnola und rannte hinter ihr her. »Warte, Giuditta!«

Während sie floh, mit schwerem Herzen und totenbleich, wurde Giuditta bewusst, dass sie verliebt war. Sie war sich nicht sicher gewesen, ob die überschwängliche Freude, die sie empfunden hatte, tatsächlich Liebe gewesen war. Doch als sie jetzt diesen Schmerz spürte, der sich so grausam anfühlte, als hätte man ihr eine Glasscherbe ins Herz gerammt, hatte sie keinen Zweifel mehr.

Mercurio hat eine andere geküsst, dachte sie immer wieder, während sie weiterrannte.

Völlig außer Atem erreichte Giuditta ihre Herberge. Sie rannte die Treppen hinauf und in ihr Zimmer. Dort warf sie sich bäuchlings aufs Lager. Sie vergrub ihren Kopf in dem Kissen, das sie in der Nacht noch geküsst hatte, weil sie es im Traum für Mercurios Lippen gehalten hatte. Wie schrecklich dumm war sie gewesen! Sie packte das Kissen und riss es schreiend in Fetzen.

Als Donnola endlich auch die Treppen hochgekommen war, hielt er entsetzt auf der Türschwelle inne. Das Zimmer war voller Daunen.

»Was ist denn hier passiert?«, fragte er sie besorgt.

Giuditta sah ihn an. Ihre Augen waren von Wut und Tränen gerötet, die Haare zerzaust, und ihr Atem ging keuchend. »Nichts«, stieß sie hervor.

»Komm schon, Giu...«

»Nichts!«, schrie Giuditta wütend wie eine Furie. »Nichts! Nichts! Nichts!«

Donnola sagte nichts mehr. Er legte die Stoffe, die sie gekauft hatten, auf die Truhe am Ende des Bettes und wandte sich zum Gehen. Da hörte er Giuditta plötzlich zaghaft sagen: »Entschuldige, Donnola, es tut mir leid.«

Donnola drehte sich wieder um. Er fühlte sich vollkommen hilflos. Sollte er etwas sagen, zu ihr gehen, sie etwa in den Arm nehmen?

»Entschuldige«, wiederholte Giuditta. »Ich wollte dich nicht ...«

Verlegen blickte Donnola hinter sich zur Tür.

»Ach, ich hätte besser nichts gesagt«, seufzte Giuditta traurig.

»Wie meinst du das?«

»Dann hättest du gehen können. Jetzt musst du bleiben.« Mit einem schüchternen Lächeln sah sie zu ihm auf.

»So ein Blödsinn ...«, sagte Donnola, der sich zunehmend unbehaglich fühlte.

»Wenn du willst, kannst du gehen.«

»Ich will überhaupt nicht gehen«, beeilte sich Donnola zu erwidern. Er war vor Verlegenheit ganz rot geworden.

»Lügner«, sagte Giuditta lächelnd.

»Dann sag ich eben nichts mehr, wenn du immer alles besser weißt!«

»Jetzt reg dich nicht auf.«

»Wer zum Henker regt sich hier denn auf?«

Giuditta prustete los, aber ihr Lachen klang traurig. »Du und mein Vater, ihr seid wie füreinander geschaffen.«

»Soll das jetzt ein Kompliment sein?«

Giuditta betrachtete ihn schweigend. Dann klopfte sie mit der Hand neben sich auf das Strohlager. »Komm, setz dich, Donnola«, sagte sie leise und schüchtern, wie ein kleines Mädchen. »Nimm mich in den Arm.«

»Was hast du gesagt?«, fragte Donnola bestürzt und wandte sich wieder zur Tür. Doch er rührte sich nicht von der Stelle.

»Bitte.«

Unsicher näherte er sich dem Bett, setzte sich und legte ihr einen Arm um die Schultern. Seine Bewegungen waren steif und unbeholfen und unendlich langsam.

»Umarme mich«, sagte Giuditta.

»Was zum Teufel tue ich denn gerade?«

»Drück mich ganz fest.«

Donnola schluckte schwer. »Wenn jetzt der Doktor hereinkommt ...«

»Los, drück mich bitte.«

Donnola zog sie etwas entschlossener an sich heran.

Giuditta schmiegte ihren Kopf an seine Schulter. »Fester.«

»Ich möchte dir doch nicht die Knochen brechen.«

»Halt mich fest!«

Verlegen begann Donnola daraufhin, sie schnell und heftig hin- und herzuwiegen.

»He, so muss ich mich ja gleich übergeben ...«, protestierte Giuditta.

Donnola verlangsamte seine Bewegungen.

»Genau so …«, sagte Giuditta. Und ganz langsam rollten ihr die Tränen über die Wangen.

Donnola wiegte sie weiter und hatte nicht die mindeste Ahnung, was er sonst tun konnte oder was er sagen sollte.

»Warst du jemals verliebt?«, fragte Giuditta ihn etwas später.

»Ich? Nein … bestimmt nicht. Nein, nein. Sieh mich doch an, ich bin kein hübscher Kerl. Wer sollte sich wohl in einen wie mich verlieben?«

»Ich habe dich gefragt, ob *du* jemals verliebt warst.«

»Ach so, na dann …« Donnola juckte es auf einmal überall, als wäre Giudittas Körper voller Brennnesseln. »Ich hab nicht genau verstanden, was du meinst … Ich … na ja, vielleicht … Aber das ist lange her … Ich weiß nicht einmal mehr, wie sie hieß …«

»Donnola …«

»Agnese … Sie hieß Agnese.«

Giuditta schwieg eine Weile, ehe sie ihn schüchtern fragte: »Und tat dir damals auch das Herz so weh?«

»Hör mal, Giuditta … also …« Donnola machte eine kleine Pause, dann sprach er schnell weiter, fast ohne zwischendrin Luft zu holen. »Meinst du nicht, dass du darüber mit dem Doktor reden solltest? Also, er ist schließlich dein Vater … Und auch wenn es vielleicht sinnvoller wäre, darüber mit einer anderen Frau zu reden … Denn ihr Frauen versteht euch ja untereinander viel besser … Na ja, das glaube ich jedenfalls, unter Männern ist es jedenfalls so … Das wusstest du doch, oder? Na ja, also wenn nun mal nur der Vater dafür bleibt … Also, ich meine … Ich weiß wirklich nicht, ob ich der Richtige für so was bin, verstehst du? Ich will dir ja keinen falschen Rat geben oder so und …«

»Ist es immer so schlimm, verliebt zu sein?«, unterbrach ihn Giuditta.

Donnola erwiderte zunächst nichts. Er zog Giuditta enger an

sich. Dabei schüttelte er immer wieder den Kopf und unterdrückte einen Schmerz, den er sich nicht eingestehen wollte, den er vor so vielen Jahren tief in sich begraben hatte. »Ja ...«, flüsterte er schließlich kaum hörbar.

»Ja ...«, wiederholte Giuditta.

30

Warum hast du mich geküsst?«, fragte Mercurio Benedetta.

»Nur so zum Spaß, bild dir bloß nichts darauf ein«, erwiderte Benedetta und beschleunigte ihren Schritt, damit er nicht sah, wie sie rot wurde.

»Warte auf mich!«

»Lass mich bloß in Ruhe«, fuhr Benedetta ihn an und strich sich, ohne dass er es sehen konnte, sanft mit den Fingern über die Lippen. Sie schienen noch von Mercurios Kuss zu brennen. Ihre Mutter hatte sie an einen Priester und andere Lüstlinge verkauft, aber das hier, dachte sie, war ihr erster Kuss. Sie bog in eine enge Gasse ab und lief schnell voraus, bis sie auf einen weiten Platz kamen.

»Sieh mal einer an, wer da ist«, sagte Mercurio, als er sie erreicht hatte. Er legte ihr eine Hand auf die Schulter und zeigte auf eine kleine Menschenansammlung.

»Wer ist denn da?«, fragte Benedetta zerstreut. Sie war immer noch verwirrt von ihren Gefühlen und daher nicht ganz bei der Sache.

Mercurio lachte. »Da ist dieses kleine Arschloch Zolfo mit seinem Mönch!«

»Bereue deine schändlichen Sünden, Venedig!«, schrie Fra' Amadeo mit nach oben gereckten Armen auf den Stufen zum Oratorio degli Ognissanti auf dem Campo San Silvestro. Die Luft war kalt und feucht, aber der Mönch trug unter seiner schmutzigen, abgetragenen Kutte ein nagelneues doppeltes Wollhemd und lange Unterhosen, die er sich von Zolfos Geld gekauft hatte.

»Bereue, Venedig!«, wiederholte Zolfo beflissen.

Der Platz war voller Menschen, die ihren Geschäften nachgingen. So mancher drehte sich nach dem Predigermönch und dem Jungen mit den zerrauften Haaren und der ungesund gelblichen Haut um. Aber dann wandten die Leute sich wieder ihren Aufgaben zu. Die meisten jedoch sahen nicht einmal hin.

Benedetta wollte zu Zolfo gehen, doch Mercurio hielt sie zurück. »Warte«, sagte er zu ihr. Und so blieben sie etwas abseits hinter einem verkrüppelten Baum stehen, der auf einer kleinen Grünfläche wuchs.

Oben auf den Kirchenstufen holte Bruder Amadeo noch einmal tief Luft. »Bereue deine Sünden, Venedig!«, schrie er wieder, diesmal deutlich lauter.

»Bereue, Venedig!«, wiederholte Zolfo.

Doch niemand blieb stehen, um sich die Predigt anzuhören.

»Die benehmen sich wie zwei Idioten«, stellte Benedetta fest.

»Das sind zwei Idioten«, sagte Mercurio.

»Was sollen wir machen?«, fragte inzwischen Zolfo den Mönch. »Mir ist kalt.«

Fra' Amadeo durchbohrte ihn mit einem wütenden Blick. »Wie kannst du über die Kälte klagen? Wärmt dich denn nicht der Glaube an Jesus Christus, unseren Herrn?«

Zolfo nickte gefügig.

Bruder Amadeo reckte wieder die Arme zum Himmel und schrie unverdrossen: »Bereue deine schändlichen Sünden, Venedig!«

»Bereue, Venedig!«, wiederholte Zolfo.

»Hört auf, hier herumzuschreien!«, rief eine Frau von der anderen Seite des Platzes, wo sie aus einem Wirtshaus getreten war, an dessen Tür ein Schild mit einem doppelköpfigen Schwan befestigt war. Sie schwankte betrunken, und die Adern an ihrem Hals quollen deutlich hervor. Mit ihrem getrübten

Blick nahm sie den Mönch und den Jungen nur verschwommen wahr.

Bruder Amadeo deutete mit dem Finger auf sie. »Satan! Fahr aus dieser Frau! Ich befehle es dir im Heiligen Namen meines Höchsten Herrn!«

»Fahr heraus, Satan!«, rief Zolfo und zeigte ebenfalls mit dem Finger auf die Frau.

Mercurio und Benedetta drehten sich nach der Frau um.

Sie wankte unentschlossen hin und her und versuchte dann, wieder in die Schenke zu gelangen. Jemand von drinnen fragte sie etwas. »Es ist ein Prediger«, erwiderte sie. Gleich darauf tauchte ein Kopf in der Tür des Gasthauses auf. Und dann noch einer und noch einer. Die Betrunkenen unterhielten sich kurz, aber dann traf auch sie der ausgestreckte Finger von Bruder Amadeo und von Zolfo. »Was willst du, Mönch?«, fragte der Letzte, der herauskam, ein großer, dicker Mann, der sich auf ein Ruder stützte.

»Bereut eure Sünden! Das ist der Befehl unseres Herrn!«, rief Bruder Amadeo. »Verjagt die Judenbrut aus Venedig!«

»Was redest du denn da?«, fuhr ihn die Frau an, die wohl eher mit einer Auflistung der üblichen Sünden gerechnet hatte, angefangen bei Wein und Unzucht.

»Verjagt die Judenbrut«, rief Bruder Amadeo voller Inbrunst, denn das war das Ziel seines persönlichen Kreuzzuges. »Der Jude ist das Krebsgeschwür Satans!«

Der Haufen Betrunkener, ein knappes Dutzend, machte sich daran, auf unsicheren Beinen den Campo San Silvestro zu überqueren. Schwankend und stolpernd stützten sie sich gegenseitig und achteten nicht auf die Leute, die sie wüst beschimpften, weil sie ihnen in die Quere kamen oder auf die Füße traten. Und als sie endlich bei der Kirchentreppe des Oratorio degli Ognissanti anlangten, lag ein dümmliches Lächeln auf ihren Gesichtern. Sie wussten zwar nicht genau, worauf der Predigermönch hinauswollte, waren aber fest entschlossen, sich auf seine Kosten zu amüsieren. Die Säufer bauten sich vor ihm und Zolfo auf und wankten dabei hin und her wie vertäute Boote. Als die einzige Frau unter ihnen rülpste, lachten die Männer derb.

Bruder Amadeo ging nun mit theatralischer Langsamkeit eine Stufe hinab, während er weiter den ausgestreckten Zeigefinger auf die Leute gerichtet hielt. »Verjagt die Judenbrut aus Venedig, oh ihr Sünder, wenn ihr nicht wollt, dass der Zorn Gottes auf euch herabfährt wie einst auf den Pharao und seinen Stamm!«

»Was haben dir die Juden denn getan, Mönch?«, fragte einer und lachte schallend.

»Haben sie etwa deine Mutter gefickt?«, fragte der Mann, der sich mit dem Ruder aufrecht hielt.

»Nein, die haben ihn selbst von hinten genommen!«, rief die Frau und löste damit großes Gelächter aus, auch bei den vorbeieilenden Passanten.

»Bereue, elende Sünderin!«, ereiferte sich Zolfo.

»Halt's Maul, du Zwerg!«

Zolfo schnaubte empört und setzte eine grimmige Miene auf.

»Kleiner, pass auf, sonst platzt du noch«, zog ihn die Frau auf.

Die Trunkenbolde um sie herum lachten.

»Die bringen sich noch in ernste Schwierigkeiten«, bemerkte Benedetta und wollte hinübergehen.

Mercurio hielt sie zurück. »Warte.«

»Eva! Gib dich nicht der Sünde hin! Nimm den Apfel nicht, den dir die Schlange reicht!«, schrie Bruder Amadeo der betrunkenen Frau zu, und seine Augen waren schmal wie Schlitze.

»Hm, Eva, war die nicht auch Jüdin?«, stichelte die Frau lachend.

Bruder Amadeo hob empört das Kreuz. *»Vade retro!«*

»Aber ja doch! Und Moses auch«, sagte einer der betrunkenen Männer.

»Und König David«, fügte ein anderer hinzu.

»Und Johannes der Täufer«, ergänzte ein Dritter.

»Wenn wir weitersuchen, stellt sich bestimmt noch heraus, dass auch der Mönch hier einer ist!«, schrie der große, dicke Mann, der sich auf das Ruder stützte. Die fröhliche Zecherrunde brach in lautes Gelächter aus.

Bruder Amadeo fiel dramatisch auf die Knie. »Vater, der du bist im Himmel, und Vater auf Erden, Heiligster Papst Leo der Zehnte dei Medici, schicke Vergebung über diese Sünder ...«

»Bruder, hast du jemals darüber nachgedacht, dass auch der erste Papst ein Jude war?«, rief in einem hellen Moment die Frau, die es besonders auf ihn abgesehen hatte. »Also der Petrus, der Gründer der Heiligen Kirche, war doch jüdischer als jeder andere, der heutzutage durch die Straßen Venedigs läuft!«

»Abschaum!«, schrie Bruder Amadeo und stand wieder auf.

»Abschaum!«, wiederholte Zolfo.

Die Frau kniete nieder, packte eine Hand voll Dreck und schleuderte sie Zolfo mitten ins Gesicht.

»Ich wusste es«, murmelte Benedetta.

»Dieser Mönch ist ein unglaublicher Dummkopf«, stöhnte Mercurio.

»Wir müssen Zolfo helfen«, sagte Benedetta und setzte sich in Bewegung.

Als Mercurio ihr folgte, bemerkte er links von dem Mönch und Zolfo auf den Stufen der Kirche San Silvestro einen elegant gekleideten jungen Mann. Er trug orange-violette Hosen, einen Überrock mit rot-schwarzen Puffärmeln aus Damast und einen schwarzen Hut mit einer protzigen goldenen Nadel. Um seinen Hals hing eine ebenfalls goldene dicke Gliederkette mit einem mit Edelsteinen besetzten Anhänger, und an der Seite baumelte ein Dolch mit einem Perlmuttgriff. Er war von fünf jungen Männern umgeben, die ebenfalls gut gekleidet waren und grinsend die Predigt verfolgten. Mercurio lief ein Schauder über den Rücken.

»Abschaum!«, wiederholte Bruder Amadeo.

»Wer nennt uns hier Abschaum?«, fragte der Säufer mit dem Ruder. Einen Moment später verzog er sein vom Wein gerötetes Gesicht zu einer grimmigen Grimasse.

»Mönch, geh nach Rom zurück zu deinem Herrn!«, schrie die Frau und schüttelte drohend ihre Faust.

»Du bist hier der Abschaum, du Mönch!«, dröhnte ein anderer der Zechkumpane mit hochrotem Kopf und bückte sich, um einen Stein aufzuheben.

»Zolfo, komm her!«, rief Benedetta, die ihn mittlerweile erreicht hatte.

Zolfo sah sie vollkommen abwesend an, offenkundig löste ihr Anblick keine weiteren Gefühle bei ihm aus.

»Zolfo ... Ich bin es doch ...«, versuchte es Benedetta weiter, bestürzt über seine offensichtliche Ablehnung. Dann drehte sie sich wütend zu Mercurio um. »Was hat dieser verfluchte Priester mit ihm gemacht?«

Da flog der erste Stein. Dann der zweite.

»Lass uns gehen, Zolfo«, drängte Benedetta und packte ihn am Arm.

»Lass mich los!«, schrie Zolfo, stieß sie weg und stellte sich theatralisch vor den Predigermönch, als wäre er sein Leibwächter. Da traf ihn ein Stein am Bein, und Zolfo stöhnte auf.

»Jetzt beruhigt euch doch!«, versuchte Benedetta die Betrunkenen in Schach zu halten, die sich inzwischen bedrohlich um sie scharten. Dann eilte sie wieder zu Zolfo, packte ihn mit festem Griff und zog ihn von der Treppe weg, wo er ein perfektes Ziel abgab. Zolfo wehrte sich jedoch.

Mercurio versetzte ihm eine Ohrfeige. »Jetzt komm schon

mit, du Trottel!«, befahl er. »Hier entlang«, sagte er zu Benedetta und zerrte sie zur Kirche San Silvestro.

Inzwischen war die Gruppe der Säufer richtig wütend geworden und stürzte sich auf Bruder Amadeo. »Du bist hier der Abschaum! Geh nach Rom zurück, Mönch! Geh zurück zu deinem Herrn! Der da hat uns Abschaum genannt! Dem werden wir es zeigen!«

Angesichts der bedrohlichen Lage klammerte sich der Mönch an Zolfo fest, den Mercurio und Benedetta wegzogen.

»Verschwinde, verdammter Mönch!«, schrie Mercurio, als er sah, dass die Betrunkenen hinter ihnen herkamen.

Auf der Straße zwischen ihnen und der Kirche, in die Mercurio eigentlich flüchten wollte, tauchte plötzlich der elegant gekleidete junge Mann auf, den er schon vorhin bemerkt hatte, und beobachtete das Geschehen mit grausamem Vergnügen. Er stand starr mit dem rechten Bein auf der ersten Stufe, die rechte Hand hatte er in die weite Tasche seines Überrocks gesteckt, sodass fast der gesamte Arm im Stoff verschwand. Seine linke Schulter war deutlich kräftiger, und auch der Dolch steckte auf der linken Seite im Gürtel, was darauf schließen ließ, dass er Linkshänder war.

Mercurio wurde langsamer. Er schaute hinter sich. Die Betrunkenen würden sie bald eingeholt haben, und nun wurde ihnen der Rückzug von dem jungen Mann und seinen Gefährten versperrt. »Verschwinde!«, schrie ihn Mercurio an.

Der elegante Kerl grinste. Seine weißen, spitzen Zähne erinnerten Mercurio an das Maul eines Raubfisches. Auch die Augen, die so weit auseinanderstanden, dass sie fast wie künstlich seitlich eingesetzt schienen, hatten dieselbe ausdruckslose, grausame Starrheit wie die der Räuber der Meere. Vielleicht, so schoss es Mercurio durch den Kopf, als er kurz innehielt, wirkten sie so grausam und eiskalt, eben weil sie vollkommen ausdruckslos waren.

Plötzlich bewegte sich der junge Mann. Er war flink und gleichzeitig plump wie ein Krebs. Seine linke Hand schnellte zu dem Dolch und riss ihn aus dem mit Gold und wertvollen Edelsteinen üppig geschmückten Gürtel. Die rechte Hand glitt aus der Tasche, und der junge Mann wedelte damit haltsuchend durch die Luft. Der Arm war zu kurz geraten und die Hand verkrüppelt, aber er brauchte sie auch nur, um das Gleichgewicht zu halten, denn das rechte Bein, das auf den ersten Blick ganz normal ausgesehen hatte, war in Wirklichkeit ebenfalls deutlich kürzer als das andere und auch nicht so stark entwickelt. Außerdem ließ es sich anscheinend nicht ganz durchstrecken. Mit dem Dolch in der Hand drehte er sich kurz zu seinen Gefährten um, die ohne zu zögern ihre Waffen zückten und sie einkreisten. Ihr Anführer humpelte los, und nun wurde auch noch ein Buckel auf der linken Schulter sichtbar. Er war eine einzige Missgeburt.

Mercurio erstarrte, als der junge Mann sich auf ihn zu stürzen drohte. Doch er humpelte nur hastig an ihm vorbei, sodass Mercurio, Benedetta, Zolfo und der Mönch von seinem kleinen Heer geschützt wurden.

»Hört sofort auf, ihr Idioten!«, schleuderte der junge Bucklige den Zechkumpanen entgegen. Seine Stimme klang schrill und unangenehm.

Ein Betrunkener lief in ihn hinein, da er nicht rechtzeitig anhalten konnte.

Der Edelmann stieß mit seinem zweischneidigen Dolch nach ihm. Die Klinge glitt auf Höhe der Schulter durch den Ärmel der schweren Jacke, und der Stoff verfärbte sich augenblicklich blutrot.

Der Zecher stöhnte vor Schmerz auf und sackte zu Boden.

»Los, hebt ihn auf«, sagte der junge Mann, und aus seiner Stimme klang tiefe Verachtung.

»Verzeiht, Euer Gnaden«, sagte die Frau, die als Erste den

Prediger verhöhnt hatte. »Wir haben Euch nicht gesehen. Habt die Großmut, uns zu verzeihen, Euer Gnaden.« Sie verbeugte sich tief, und ohne die Spitze des Dolches aus den Augen zu lassen, streckte sie sich, um ihren Saufkumpan vom Boden aufzulesen. Mit einer Kraft, die man ihr gar nicht zugetraut hätte, zog sie ihn rückwärts außer Reichweite der Waffe. »Mein Mann ist doch harmlos«, fuhr sie fort und half dem Verletzten beim Aufstehen. »Wir hätten schon keinem was getan, weder dem Mönch noch dem Jungen.«

»Ja, wir haben doch bloß Spaß gemacht«, versicherten die anderen Säufer im Chor.

Der Bucklige wandte sich an Bruder Amadeo. »Was hast du von ihnen verlangt, Mönch?«

»Dass sie die Juden aus Venedig verjagen«, erwiderte Bruder Amadeo, der nun wieder neuen Mut schöpfte, nachdem er schon alle Hoffnung hatte fahren lassen.

»Wir sind bereit, zu Märtyrern zu werden!«, rief Zolfo.

»Sei doch still, du Dummkopf!«, fuhr Mercurio ihn an.

Der junge Mann lachte. »Dein Freund hat recht. Märtyrer durch die Hand von vier Säufern? Du bist ein Dummkopf.«

»Das Märtyrertum ist unser ...«, setzte Zolfo wütend an.

»Sei still!« Bruder Amadeo verpasste ihm eine deftige Ohrfeige.

Zolfo krümmte sich mit gesenktem Blick zusammen.

»Was habe ich dir gesagt, du Trottel?«, fuhr ihn Mercurio an. »Wenn du meinst, dass du einen Herrn brauchst, hättest du auch bei Scavamorto bleiben können. Der wäre bestimmt barmherziger gewesen.«

Der junge Mann neigte amüsiert seinen missgebildeten Kopf zur Seite, wie ein Hund. Er lächelte Bruder Amadeo an. »Du weißt, an wen du dich zu halten hast, nicht wahr, Mönch?«

»Ich halte mich an den Herrn«, antwortete Bruder Amadeo.

»Und ich bin ein großer Herr«, lachte der junge Mann. »Ich

bin Fürst Rinaldo Contarini.« Er drehte sich zu den Zechern um. »Und jetzt ruft ihr alle zusammen: ›Fort mit den Juden aus Venedig!‹«

Die Säufer sahen sich kurz an, dann sagten sie im Chor: »Fort mit den Juden aus Venedig!«

»Lauter, ihr erbärmlichen Hungerleider!«

»Fort mit den Juden aus Venedig!«

Fürst Contarini deutete mit dem Dolch auf die Schenke, aus der die Betrunkenen gekommen waren. »Und du, Wirt, da du deine Kundschaft nicht im Zaum halten kannst, schließt für eine Woche dein Gasthaus. Und zwar ab sofort. Weil ich es so will. Und sollte ich sehen, dass deine miese Spelunke schon vorher wieder geöffnet hat, zünde ich sie eigenhändig an.«

Der Wirt ließ den Kopf sinken und begann unverzüglich, die Gäste, die noch in seiner Schenke saßen, hinauszusetzen.

Der junge Fürst brüstete sich vor seinen Gefährten, dann wandte er sich an Benedetta. »Wie heißt du?«, fragte er sie, ohne jedoch das geringste Interesse erkennen zu lassen. Dabei strich er mit der Dolchspitze zärtlich über die Haut in ihrem Ausschnitt und zeichnete ein stilisiertes Herz mit dem Blut des von ihm Verwundeten dorthin.

Benedetta rührte sich nicht. Sie brachte keinen Ton heraus. Allerdings hätte sie selbst nicht sagen können, ob es daran lag, dass sie angeekelt und verängstigt war, oder daran, dass sie sich auf eine seltsame Art angezogen fühlte. Sie fühlte sich in ihre Vergangenheit versetzt und an etwas erinnert, vor dem sie geflohen war und nach dem ihre dunkle Seite doch insgeheim suchte. »Mama«, murmelte sie leise, fast wie ein Hauch.

»Was sagst du?«, fragte der Fürst.

Mercurio packte Benedetta am Arm und zog sie fort.

Fürst Contarini betrachtete ihn amüsiert, als hätte er so etwas nicht erwartet. Fast anzüglich, geradezu obszön streckte er ihm die Zungenspitze heraus. »Du weißt schon, hübscher Kerl, wenn ich dir befehle, du sollst mir die Stiefel lecken, dann solltest du das tun! Wie kannst du es wagen, dich zwischen mich und diese Hure zu stellen?«

»Sie ist keine Hure. Sie ist noch Jungfrau«, erwiderte Mercurio instinktiv.

Der junge Mann hob eine Augenbraue. »Die Sache wird ja immer interessanter. In diesen Zeiten trifft man wirklich nur noch selten auf eine Jungfrau.«

»Lass deine dreckigen Hände von ihr«, knurrte Mercurio.

Contarinis Augen blitzten freudig auf. Einen Moment später schlug er zu.

Doch Mercurio war darauf vorbereitet. Er wich aus, packte den Arm des Edelmannes und zog ihn an sich heran, während er gleichzeitig ein Bein vorstreckte. Der junge Fürst verlor das Gleichgewicht und fiel nur deshalb nicht zu Boden, weil einer seiner Gefährten, der etwas schneller zu sein schien als die anderen, ihn auffing.

»Los, lauf weg!«, schrie Mercurio Benedetta zu.

Benedetta zögerte kurz, dann rannte sie los. Sie bahnte sich zwischen den Betrunkenen ihren Weg, und sofort machten sich Contarinis Männer an die Verfolgung. Mercurio schnappte sich das Ruder, das dem einen Säufer als Stütze gedient hatte, und schwang es gegen seine Verfolger, wobei er zweien von ihnen einen kräftigen Hieb versetzte.

»Los, lauf!«, schrie er Benedetta wieder zu, woraufhin sie in eine dunkle, enge Gasse schlüpfte.

Contarinis Männer waren schneller als Benedetta, die durch ihren Rock behindert wurde, und würden sie rasch eingeholt haben. Instinktiv rannte Mercurio Richtung Campo San Aponal. Kurz vor dem Platz versperrte ihm jemand den Zugang zur Calle del Luganegher.

»Scarabello!«, keuchte Mercurio.

Scarabello und seine Männer traten kurz beiseite, um Mercurio und Benedetta durchzulassen. Dann rückten sie wieder zusammen und hielten die Gefährten des Fürsten auf. Die Widersacher musterten einander schweigend. Scarabello und seine Gefolgsleute standen ganz gelassen da, doch ihre Hände ruhten auf den Schwertern. Die Männer des Fürsten schnauften, weil sie so gerannt waren. Hinter Scarabellos Reihen krümmten sich Mercurio und Benedetta völlig außer Atem. Keiner bewegte sich, keiner sagte etwas.

Schließlich hörte man unregelmäßige Schritte auf der Straße, und am Ende der Gasse erschien die verkrüppelte Gestalt des Fürsten Contarini, der humpelnd näher kam. Er stellte sich zu seinen Männern. Sein verkrüppelter Arm wackelte lose durch die Luft wie ein gerupfter Hähnchenflügel. Der weit geöffnete Mund zeigte die spitzen Raubfischzähnchen, und ein Speichelfaden lief aus seinem Mund bis zum Kinn.

»Wir haben nur noch auf Euch gewartet, Euer Gnaden«, bemerkte Scarabello und verbeugte sich tief.

Fürst Contarini keuchte noch vor Anstrengung. Er konnte sich kaum auf den ungleich langen Beinen halten und schwankte hin und her. Wieder musste Mercurio an einen Krebs denken.

»Scarabello, schützt du etwa diesen jungen Verbrecher?«, fragte der Fürst mit seiner schrillen Stimme, als er wieder zu Atem gekommen war.

»So sieht es aus, Euer Gnaden. Rein zufällig ist er einer von meinen Leuten!«, erwiderte Scarabello und breitete fast entschuldigend die Arme aus.

Fürst Contarini lächelte und wischte sich dann mit einem Ärmel seiner teuren Jacke den Speichel ab. Im Zwielicht der Gasse glänzten die auffallend bunten Seidenstoffe seiner Kleidung wie die pulsierende Haut eines Fabeltieres. Sonst hoben sich nur Scarabellos Albinohaare von dem Halbdunkel ab. Alles Übrige schien von der Dunkelheit der Gasse verschluckt zu sein.

Mercurio sah bewundernd zu Scarabello auf. Er drehte sich zu Benedetta um, die jedoch ihre Augen fest auf Contarini gerichtet hatte.

»Ich will diesen Jungen«, sagte der Fürst. »Er hat mich beleidigt und muss dafür bezahlen.«

»Euer Gnaden, Ihr wisst, dass ich Euer ergebener Diener bin«, erwiderte Scarabello. »Aber bei allem Respekt, ich muss euch diese Bitte verwehren. Meine Männer haben sich nur mir gegenüber für ihre Taten zu verantworten.« Er sah den Fürsten durchdringend und ohne jede Unterwürfigkeit an. »Und ich muss mich nur der Welt verantworten. Daher, Euer Gnaden, werden wir beide das wohl unter uns austragen müssen, solltet Ihr noch Vorbehalte haben, die nicht beigelegt oder beseitigt werden können.«

Fürst Contarini starrte ihn scheinbar ausdruckslos an. Doch gleichzeitig biss er sich ständig wütend auf die Unterlippe, bis sie blutete. Als er wieder sprach, klang seine Stimme noch schriller als zuvor. Er hatte die Schlacht verloren. »Sag deinem Mann, er soll sich nicht allein erwischen lassen. Sein Kopf gehört mir, und sobald sich die Gelegenheit bietet, hole ich ihn mir.« Damit drehte er sich um und gab seinen Männern ein Zeichen, ihm zu folgen. »Gehen wir wieder zu diesem Mönch. Er gefällt mir. Die Bosheit frisst ihn von innen auf. Der verspricht Blut«, sagte er und lachte hysterisch.

»Zolfo …«, sagte Benedetta.

Mercurio legte ihr eine Hand auf den Arm. »Du kannst nichts tun.«

Scarabello kam zu ihnen.

»Danke«, sagte Mercurio.

»Ich habe das nicht für dich getan«, erwiderte Scarabello kühl. »Der Fürst ist verrückt. Wenn man ihm alles durchgehen lässt, nimmt er sich immer noch mehr heraus. Und ich bin niemand, der sich von anderen etwas wegnehmen lässt. Außerdem bin ich mit jemandem befreundet, der weit, weit über ihm steht. So weit oben, dass allein der Doge höher steht als er. Der Fürst weiß das. Und er mag verrückt sein, aber dumm ist er nicht.«

»Trotzdem danke«, sagte Mercurio.

»Er wird dich wieder vergessen«, fuhr Scarabello fort. »Er wird jemand anderen finden, mit dem er sich anlegen kann. Aber bis dahin sieh zu, dass du untertauchst.«

»Ich komme schon klar«, wiegelte Mercurio ab. »Ich kann auf mich selbst aufpassen.«

»Aber ja doch, das habe ich gesehen«, lächelte Scarabello. Dann setzte er ihm den Zeigefinger auf die Brust. »Das war kein Ratschlag, sondern ein Befehl.«

»Hör mal, Scara...«

»Nein, du hörst mir zu.« Scarabello bohrte ihm den Finger so tief in die Brust, dass Mercurio zwei Schritte zurückweichen musste. »Ich habe es dir schon einmal gesagt, und jetzt erkläre ich es dir noch mal in anderen Worten. Wenn ich dir befehle, im Arschloch eines Wals zu verschwinden, dann tust du das gefälligst, ist das klar?«

»Klar.«

»Du gehst aufs Festland. Dort wirst du dir ein Quartier suchen und für mindestens zwei Wochen da bleiben. Es täte mir leid, wenn ich demnächst mit ansehen müsste, wie Kanalratten deinen Kopf durch die Gegend zerren und dir die Augen aus den Höhlen fressen. Denn genau das hast du vom Fürsten zu erwarten. Selbstverständlich erst, nachdem er dich ausgiebig gefoltert hat.« Scarabello schob sich die langen Haare nach hinten, fasste sie ordentlich zusammen und umwickelte sie mit einem roten Seidenband, das ihm den halben Rücken hinabhing. Dann lächelte er Mercurio an. »Hast du etwa Angst, ein paar Stunden allein zu sein?«

»Ich werde es schon schaffen«, erwiderte Mercurio und schob sich die Daumen unter den Hosenbund.

»Angeber«, sagte Scarabello lachend und ging.

Sobald Scarabello um die Ecke verschwunden war, schob Benedetta eine Hand in die von Mercurio. »Gehen wir zu unserem Gasthaus.«

Mercurio sah auf Benedettas Lippen und folgte ihr brav.

Sie gingen auf ihr Zimmer.

»Mach die Tür zu«, forderte Benedetta ihn auf.

Wieder gehorchte Mercurio.

Benedetta legte sich aufs Bett, knöpfte sich das Kleid auf und entblößte ihre kleinen alabasterweißen Brüste mit den rosa Brustwarzen. Ihr Atem ging schneller. Sie dachte nicht mehr an den ersten Kuss, den sie Mercurio gegeben hatte, sondern an die Angst, die Fürst Contarini ihr eingeflößt hatte, und an die Gefühle, die dabei in ihr hochgestiegen waren. An die Faszination des Abgrunds. Sie sah Mercurio an und dachte, dass er überhaupt nichts von den grobschlächtigen, widerlichen Kerlen an sich hatte, an die ihre Mutter sie verkauft hatte. Sie streckte eine Hand nach ihm aus. Er würde ihr niemals wehtun.

Mercurio legte sich etwas ungeschickt neben sie. Er hatte vor ihr noch nie ein Mädchen geküsst.

Als Benedetta seine Hand nahm, versteifte er sich.

»Ganz ruhig«, sagte Benedetta.

»Was tust du da?«, fragte Mercurio und kam sich wie ein Dummkopf vor.

Benedetta führte seine Hand langsam an ihren Busen und legte sie darauf.

»Was tust du da«, wiederholte Mercurio. Allerdings war es nun keine Frage mehr.

»Hast du Angst?«, fragte Benedetta.

Als er so still neben ihr lag, den Blick starr auf die Decke gerichtet und eine Hand steif auf Benedettas Busen, während sich ein merkwürdig warmes Gefühl zwischen seinen Beinen ausbreitete, dachte Mercurio, dass er alles vom Leben wusste. Oder zumindest mehr als die meisten Menschen. Er konnte in den Kanälen Roms überleben und in einer so geheimnisvollen Stadt wie Venedig, er konnte sich Betrügereien ausdenken, mit dem Messer umgehen, jedermanns Taschen durchwühlen, ohne entdeckt zu werden, und ungelöschten Kalk mit Erde mischen, um damit die Toten zu bedecken. Er hatte sich mit Männern geprügelt, die doppelt so alt waren wie er, hatte einen Kaufmann getötet, Scavamorto die Stirn geboten und das Vertrauen eines Verbrechers wie Scarabello gewonnen. Er wusste alles über das Leben.

Aber über die Liebe wusste er nichts.

»Ich bekomme keine Luft«, sagte er.

»Streichle mich«, sagte Benedetta ungerührt.

»Ich bekomme keine Luft, habe ich gesagt!«, fuhr Mercurio sie an und sprang auf.

»Was ist denn los?«, fragte Benedetta verwirrt.

Mercurio verstand selbst nicht, was ihn auf einmal umtrieb. Aber er konnte seine Wut nicht zügeln. »Ich muss hier raus«, stammelte er mit erstickter Stimme.

»Ich komme mit«, rief Benedetta.

Doch Mercurio reagierte nicht auf ihr Angebot und verließ türenschlagend das Zimmer.

Benedetta knöpfte ihr Kleid wieder zu und kauerte sich unter der Decke zusammen. Als sie die Augen schloss, sah sie sofort Fürst Contarinis Furcht erregendes Gesicht vor sich. Sie ließ eine Hand zwischen ihre Beine gleiten und fühlte sich schmutzig.

Inzwischen war Mercurio völlig außer Atem in Rialto angekommen. Er ging direkt zu dem Einäugigen, der zu Scarabellos Leuten gehörte.

»Ich muss sofort von hier verschwinden«, sagte er. »Such ein Boot für mich.«

31

Mercurio verließ in Mestre das Boot.

»Was soll ich Scarabello sagen?«, fragte ihn der Einäugige, der ihn begleitet hatte. »Wo wirst du dich aufhalten?«

»Ich melde mich«, antwortete Mercurio und entfernte sich.

»Das wird Scarabello gar nicht gefallen.«

»Na und«, erwiderte Mercurio, ohne sich umzudrehen. Er ging zügig voran, denn er hatte es eilig, von hier zu verschwinden. Wenig später hatte ihn der Abendnebel verschluckt.

»Mercurio . . .!«, rief ihm der Einäugige nach.

Mercurio drehte sich um, doch er konnte weder den Einäugigen noch das Boot entdecken und fühlte sich erleichtert. Schnell lief er weiter und bog in einen Pfad ein, an dem er, wie er sich zu erinnern glaubte, eine kleine Madonnenstatue gesehen hatte. Er ging ungefähr zwanzig Schritte und fand den gesuchten Weg. Links von ihm, wo der Nebel noch dichter war, hörte er leise das Kanalwasser gegen das Ufer schlagen. Das Geräusch des Wassers wurde von dem unregelmäßigen Binsenrand am Ufer gedämpft. Rechts von ihm tauchte etwa alle fünfzig Schritt ein niedriges Bauernhaus mit verblasstem Verputz aus dem Nebel auf. Im Vorbeigehen zählte er noch sieben weitere.

Als das achte Haus in Sicht kam, zögerte er und ging langsamer. Schließlich blieb er stehen. Sein warmer Atem wurde vor seinem Gesicht zu Dampf, der sich mit dem Nebel vermischte. Inzwischen war es dunkel geworden. Er näherte sich dem Haus und spähte durch die Läden eines Fensters hinein. Innen brannte kein Licht. Ihn beschlich ein ungutes Gefühl. Er bekam Angst und fühlte sich verloren.

Vorsichtig ging er zur Haustür. Sie war nur angelehnt, und er drückte sie leise auf.

»Ist da jemand …?«, fragte er. Seine Stimme zitterte, während er den Kopf zur Tür hineinsteckte und auf eine Antwort wartete. Nichts. Nur Stille. »Ist jemand zu Hause?«, fragte er erneut.

»Wer ist da?«, hörte er eine Stimme aus dem Nebenzimmer.

Mercurio erkannte sie sofort. Aber etwas stimmte hier nicht.

»Ich bin's, Mercurio«, sagte er schüchtern. »Der, dem du …«

»Gott sei mit dir, mein Junge«, sagte die Stimme kraftlos.

»Anna … geht es dir gut?«

Er hörte, wie ein Stuhl gerückt wurde. Dann das Geräusch eines Feuersteins. Mercurio sah ein schwaches, zitterndes Leuchten, dann wurde das Licht stärker und näherte sich flackernd.

Anna del Mercato stand in der Tür der großen Küche. In der Hand hielt sie eine Kerze. Ihre Haare hingen wild durcheinander, ihre Augen waren geschwollen, und ihr Atem malte Wölkchen in die eisige Luft. Erst jetzt bemerkte Mercurio, dass es im Haus sehr kalt war.

»Geht es dir gut?«, fragte er.

Anna del Mercato lächelte zwar, aber es sah aus, als würde sie weinen. »Komm herein«, sagte sie. Sie drehte sich um und schlurfte mit den Füßen schwer über den Boden.

Mercurio schloss die Tür, schob den Riegel vor und folgte Anna in die Küche. Im großen Kamin brannte kein Feuer. Anna del Mercato saß am Tisch. Vor ihr lag die Kette, die Mercurio ausgelöst hatte. Die knisternde Kerze erleuchtete glänzende Tropfen auf dem Holz, die Mercurio für Tränen hielt. Anna drehte sich nicht zu ihm um und sah ihn nicht einmal an, als er sich ihr gegenüber hinsetzte. Ihre Augen waren starr auf die Kette gerichtet, die sie sanft streichelte, als wäre sie ein lebendiges Wesen.

»Ich werde sie nie wieder dem Geldverleiher geben«, flüsterte sie.

Mercurio hätte niemals für möglich gehalten, dass dieses Gesicht voller Leben je in solche Traurigkeit versinken könnte.

»Der Pfarrer sagt, dass man ins Jenseits keine Ketten mitnehmen kann ...«, bemerkte sie betrübt. Dann blickte sie auf und starrte Mercurio an. Ihre Augen wirkten so düster und verzweifelt, dass sie Mercurio wie zwei dunkle Löcher vorkamen. »Aber ich gebe sie nicht wieder dem Geldverleiher ...« Ihr Blick fiel erneut auf die Kette, und nach einer ganzen Weile, als würde sie sich erst jetzt an seine Anwesenheit erinnern, sah sie noch einmal Mercurio an, wieder mit diesem Lächeln, das wie ein Weinen wirkte. Sie streckte die Hand aus, mit der sie die Kette gestreichelt hatte, und berührte seine. »Gott segne dich, mein Junge«, sagte sie zu ihm. »Ich danke dir.«

»Was geht hier vor, Anna?«, fragte Mercurio.

Anna schwieg. Sie starrte die Kette an, nahm sie und drückte sie an ihre Brust. »Mir ist egal, was der Pfarrer sagt«, sagte sie bestimmt, wenn auch mit schwacher Stimme. »Ich werde die Kette ins Jenseits mitnehmen. Und wenn der Heilige Petrus mir sagt, ich soll sie abnehmen, na gut, dann verschwinde ich auch von dort. Ich werde sie nicht Isaia Saraval geben. Ich werde meinen guten Mann nicht so verraten. Das kann der Herrgott nicht noch einmal wollen. Ich werde diese Kette nicht für ein Stück Brot verschachern. Nein, ich ...«

»Anna, beruhige dich«, unterbrach sie Mercurio.

»Nein, lieber würde ich sterben, als ...«

»Anna ...« Mercurio nahm ihre Hände und beugte sich über den Tisch zu ihr hinüber. »Anna ...«

Anna sah ihn an. »Es tut mir leid, mein Junge, aber ich habe nichts für dich zu essen ...«

»Anna, was ist hier los?«

Die Frau sah ihn traurig, aber würdevoll an. Sie versuchte zu lächeln und reichte ihm die Kette. »Leg sie mir um, mein Junge«, sagte sie zu ihm. »Mir ist kalt. Ich glaube, heute Nacht werde ich sterben.«

Mercurio sprang abrupt auf, sodass sein Stuhl umfiel. »Red nicht so einen Unsinn. Wo ist das Brennholz?«

»Leg mir die Kette um, mein Junge«, sagte Anna. »Ich möchte sie tragen, wenn ich sterbe.«

»Hier stirbt niemand«, entgegnete Mercurio grob. »Wo ist das Brennholz?«

Anna lächelte zerstreut. »Hier ist kein Brennholz mehr.«

Mercurio blieb einen Augenblick stehen und starrte sie an. Die Kerze drohte zu verlöschen. »Warte hier auf mich«, sagte er bestimmt.

»Wohin sollte ich denn gehen?«, sagte Anna traurig.

»Warte hier auf mich«, wiederholte Mercurio und ging zur Tür. Neben dem Haus hatte er einen Handkarren entdeckt. Als er ihn auf die Straße zog, quietschte ein Rad, das schief in der Achse hing. Mercurio hoffte, dass es halten würde. Als er das Haus von Annas Nachbarn erreichte, klopfte er dort.

Eine zahnlose Alte öffnete ihm misstrauisch.

»Wer ist da?«, fragte eine tiefe Stimme aus dem Inneren des Hauses.

»Ein Junge«, antwortete die Frau und sah Mercurio aus ihren faltenumrandeten Augen an. »Er hat einen Wagen bei sich.«

»Sag ihm, wir kaufen nichts«, rief der Mann.

»*Ich* will doch etwas kaufen«, sagte Mercurio laut ins Hausinnere hinein.

Die Alte rührte sich nicht und sagte kein Wort. Kurz darauf erschien ein kräftiger Mann, der eine Decke über seine Schultern gezogen hatte. Sein Gesicht war rot angelaufen, ein Netz roter Äderchen überzog seine Nase, und er stank nach Wein. Seine Augen waren genauso klein wie die der Alten. »Hau ab«, sagte er zu ihr.

Die Alte duckte sich und wich hastig zurück, als hätte sie einen Schlag erwartet. »Der gefällt mir nicht«, sagte sie leise.

»Halt's Maul«, schimpfte der Mann und sah Mercurio an. »Meine Mutter traut Fremden nicht.«

»Ich brauche Brennholz, Brot, Wein, Speck und eine Suppe«, sagte Mercurio.

Der Mann rührte sich nicht.

»Ich kann bezahlen«, sagte Mercurio.

»Wie viel?«, fragte die Alte.

»Halt's Maul!«, brüllte der Mann und erhob drohend eine Hand.

Die Alte legte schützend die Hände vors Gesicht.

»Es ist für Anna del Mercato«, fügte Mercurio hinzu.

»Ich dachte, die wäre schon gestorben«, brummte die Alte.

Mercurio merkte, wie Wut in ihm aufstieg. »Habt ihr das, was ich brauche, oder soll ich das Silberstück jemand anderem geben?«

»Ein Silberstück?«, fragte die Alte.

»Halt endlich das Maul!«

»Ein Silberstück, hat er gesagt!«, rief die Alte.

Der Mann drehte sich plötzlich um und schlug sie auf den Kopf.

Die Alte taumelte stöhnend zurück.

»Zwei«, sagte der Mann zu Mercurio.

Der würdigte ihn keiner Antwort, sondern nahm die Deichsel des Wagens und tat so, als wollte er losziehen.

»Na gut, ein Silberstück«, sagte der Mann hastig und packte ihn am Arm. Er wandte sich an seine Mutter, die sich immer noch den Kopf an der Stelle massierte, wo er sie geschlagen hatte. »Hol Brot und Speck und füll Suppe in einen Tonkrug. Sie werden ihn uns morgen zurückbringen.« Er trat vor die Tür und bedeutete Mercurio, ihm zu folgen.

»Der Wein«, erinnerte ihn Mercurio.

Der Mann zögerte. »Und Wein, Mutter«, brüllte er ihr hinterher. Dann ging er zur Rückseite des Hauses. Er lud das Brennholz auf den Karren, und sie kehrten zur Eingangstür zurück.

Die alte Frau wollte ihm die Lebensmittel reichen, aber ihr Sohn hielt sie auf.

»Zeig mir erst das Geld«, verlangte er.

Mercurio nahm ein Silberstück und legte es ihm in die Hand.

Der Mann winkte seiner Mutter, und die alte Frau lud die Lebensmittel auf den Wagen.

Mercurio zog los, ohne sich von ihnen zu verabschieden.

Er trug das Holz ins Haus und machte Feuer im Kamin. Die Kerze war erloschen, aber Anna del Mercato saß noch immer am Tisch. Mercurio half ihr aufzustehen und setzte sie nahe an den Kamin, so wie sie es mit ihm getan hatte. Anna ließ sich widerstandslos herumführen wie eine Marionette und hielt dabei die Kette in ihrer Faust fest umklammert.

Mercurio beobachtete sie, während das Feuer im Kamin knisternd aufloderte. Dann ging er hinaus und holte die Lebensmittel. Er wärmte die Suppe und goss sie in eine Schale, die er auf dem Tisch gefunden hatte, schnitt Brot und Speck auf, schenkte Wein ein und reichte nacheinander Anna alles an.

»Was habe ich getan, um all das zu verdienen, mein Junge?«, fragte Anna mit vor Rührung brüchiger Stimme.

»Ich weiß nicht, wo ich hinsoll, wenn du stirbst«, erwiderte Mercurio verloren.

Anna del Mercato nickte. Dann aß sie schweigend. Als sie fertig war, trank sie aus einer gesprungenen Tasse ein wenig Wein. Ihr abgezehrtes Gesicht bekam allmählich Farbe, und ihre Augen nahmen endlich wieder ihre Umgebung wahr. Sie streckte die Hand nach Mercurio aus und reichte ihm die Kette.

Mercurio nahm sie, trat hinter die Frau und legte sie ihr um.

Anna del Mercato lächelte. »Womit habe ich das verdient, mein Junge?«

»Ich muss hier eine Weile bleiben«, erwiderte Mercurio. »Ich brauche ein warmes Bett, ein warmes Haus, eine warme Suppe. Ich kann nicht in einem Rattenloch leben. Du musst hier schon einiges tun.«

»Ich habe kein Geld, mein Junge, tut mir leid.«

»Ich schon. Ich werde dich bezahlen.«

»Warum tust du das alles?«, fragte Anna mit weicher Stimme.

Mercurio antwortete nicht. Er nahm einen Stuhl, stellte ihn neben ihren und setzte sich.

Anna sah ihn an, und ihr Gesicht entspannte sich. Sie streckte einen Arm aus und legte ihn um seine Schultern.

Mercurio blieb starr in Annas Umarmung auf seinem Stuhl sitzen.

»Du bist steifer als ein Stockfisch«, sagte sie belustigt.

Der Junge wusste nicht, wie er sich verhalten sollte. Selbst bei ihr spürte er den Drang, aufzustehen und zu verschwinden.

Anna zog ihn an sich, doch Mercurio wehrte sich.

»Ich hab doch nie eine Mutter gehabt«, sagte er plötzlich. »Ich weiß nicht, wie man so was macht.«

Annas Druck auf ihn ließ kurz nach. Dann zog sie ihn noch näher zu sich heran. »Lehn deinen Kopf an mich, mein Junge.«

Ihre Stimme klang genauso warm wie an dem Abend, als er ihr das erste Mal begegnet war. »Wohin?«, fragte er.

Anna del Mercato lachte. »An meine Schulter.«

Mercurio bog den Hals in ihre Richtung, immer noch leicht verkrampft. Es wäre schön, die Augen zu schließen, dachte er, als er spürte, wie Anna ihm über das Haar streichelte. Aber er konnte es noch nicht. »Die Sachen von deinem Mann …«, sagte er und hob den Kopf, um sie anzusehen.

»Lehn deinen Kopf an mich«, unterbrach ihn Anna und drückte ihn wieder gegen ihre Schulter. »Kannst du etwa nicht reden mit dem Kopf an jemandes Schulter?«

Mercurio lächelte. »Die Sachen von deinem Mann stinken nach Fisch ... Ich muss sie waschen.«

»Du hättest sie mir bringen können. Ich hätte sie dir gewaschen.«

»Ja ...«, erwiderte Mercurio leise, während seine Lider sich in der Wärme des Feuers langsam senkten.

»Darum kümmern wir uns morgen«, sagte Anna.

»Ja ...«

»Du bist immer noch so steif wie ein Stockfisch.«

»Nein ...«

»Doch. Das kannst du besser.«

Mercurio spürte, wie ihm Tränen in die Augen stiegen. »Ich weiß nicht, wie das geht.«

Anna del Mercato lachte. »Da gibt es keine Regel«, sagte sie.

Mercurio wurde noch schläfriger.

»Schließ die Augen.«

»Ja ...«

Anna sah ihn an. »Jetzt mach sie doch endlich zu«, sagte sie und lachte leise.

Sobald er die Augen geschlossen hatte, fühlte Mercurio, wie seine Glieder schwerer wurden. Er schwieg eine Weile und spürte, wie Annas Hand ihm zärtlich durchs Haar fuhr. »Ich glaube, jetzt habe ich verstanden, was du das letzte Mal gemeint hast.«

»Womit?«

»Als du gesagt hast, dass die Hände eine Rolle gespielt haben, als du und dein Ehemann euch kennengelernt habt.«

Anna wurde rot. »Ach, wirklich?«

»Ja ...«

Sie schwiegen eine Weile. Anna streichelte immer noch mit einer Hand Mercurios Haar, die andere lag auf der Kette.

»Ich glaube, dass ich jemandem wehgetan habe ...«, sagte Mercurio schläfrig.

»Wem?«

»Einem Mädchen ...«

»War sie nicht einverstanden?«, fragte Anna und erstarrte.

»Nein ... Sie wollte ... Ich war es, der ...«

»Wenn ihr getan habt, was ich denke«, sagte Anna lächelnd, »glaube ich nicht, dass du ihr etwas angetan hast.«

Mercurios Atem wurde immer ruhiger.

»Wir haben nichts getan. Ich bin abgehauen.«

»Bist du verliebt?«, fragte Anna. Ihre Stimme klang melancholisch und fröhlich zugleich.

»Woher weiß man das?« Mercurio dachte an das berauschende Gefühl, als er Giudittas Hand gehalten hatte. Und an das andere, aber nicht weniger heftige, als ihm beim Berühren von Benedettas Busen das Blut in die Lenden geschossen war.

»Hör auf das hier«, sagte Anna und tippte an seine Brust auf der Höhe des Herzens.

Mercurio konnte sich vor Müdigkeit kaum noch auf dem Stuhl halten.

»Du brauchst dringend Schlaf«, sagte Anna. »Komm, steh auf.«

»Ja ...«

Anna half ihm beim Aufstehen. Mehr schlafend als wach ließ Mercurio sich willenlos von ihr zu einem Strohlager führen. Sie half ihm, sich hinzulegen und deckte ihn zu. Dann kehrte sie zum Kamin zurück, legte zwei große Holzscheite auf und setzte sich dann neben Mercurio.

»Dich hat der Himmel gesandt, mein Junge«, sagte Anna.

»Ja ...«, brummte Mercurio schläfrig.

Anna lachte leise. »Ja ...«, wiederholte sie.

Mercurio nuschelte etwas vor sich hin.

Anna beugte sich über ihn. »Was hast du gesagt?«

»Giu...ditta ...«

»Giuditta? Heißt so dein Schatz?«

»Giuditta …«

»Ja, Giuditta.« Anna del Mercato zog ihm die Decke bis zum Kinn hoch. »Schlaf jetzt.« Sie küsste ihn zärtlich auf die Stirn. »Schlaf, mein kleiner Junge.«

32

Was für ein Ziel könnte ich haben?«, fragte Mercurio am Morgen, kaum, dass er die Augen geöffnet hatte und sah, wie Anna das Feuer schürte. »Vielleicht ein Mädchen zu finden?«

»Nein, das ist eher so etwas wie ein Vorhaben«, sagte Anna del Mercato. Sie wirkte ganz anders als noch am Vorabend, nicht mehr so erschöpft, obwohl sie kaum geschlafen und bei Tagesanbruch in der Kälte das Haus verlassen hatte, um einen Eimer frisch gemolkene Milch und Rosinengebäck zu besorgen. Jetzt goss sie gerade etwas Milch in einen kleinen Topf, der von einem einfallsreichen Mechanismus aus Zugstangen über der Flamme gehalten wurde.

»Lass doch, ich mache das«, sagte Mercurio und sprang auf. »Setz dich hin und ruh dich aus.«

Anna wandte sich brüsk um. Sie wirkte ärgerlich. »Was erlaubst du dir, Bürschchen? Glaubst du etwa, du hast mir zu sagen, was ich tun soll? Ich könnte deine Mutter sein, du arroganter Kerl, und du willst bei mir Vater spielen?«

Mercurio hielt verwirrt inne. Doch dann merkte er, dass Anna gar nicht so wütend war, wie sie tat.

»Schau dir deine Hände an«, fuhr Anna im gleichen Ton fort. »Sie sind ganz schmutzig. Geh sie dir waschen, wenn du essen willst. Und kauf nie wieder Essen und Brennholz bei den Nachbarn. Sollen die mich etwa für eine Bettlerin halten? Wenn du gesehen hättest, wie die mich heute Morgen angeschaut haben!«

»Ich wollte nur helfen …«

»Du wolltest nur helfen, und stattdessen richtest du nichts als Unheil an. Geh und wasch dich. Auch das Gesicht.«

Mercurio verließ das Haus. Das Wasser war zwar eiskalt, aber er war glücklich, Anna zu gehorchen. Als er wieder hereinkam, lag ein törichtes Grinsen auf seinem Gesicht. Er zeigte Anna seine Hände.

»Ja, so ist es gut«, sagte Anna zufrieden, und ihre Stimme klang wieder so sanft wie immer. »Setz dich, die Milch ist heiß.« Sie gab einen Schöpflöffel Milch in eine Schüssel und stellte die Rosinenkekse auf den Tisch.

»Was ist denn ein Ziel?«, fragte Mercurio mit vollem Mund.

Anna del Mercato schüttelte den Kopf und seufzte. »Du fragst mich immer so schwierige Dinge.«

»Entschuldige, aber ich habe nie jemanden gehabt, dem ich Fragen stellen konnte. Ich weiß nicht, wie das geht.«

Anna drehte sich um und biss sich auf die Lippen. Dieser Junge rührte sie. Sie riss die Augen weit auf, um die aufsteigenden Tränen zurückzuhalten. »Ein Ziel ist etwas, das dein ganzes Leben erfüllt«, erklärte sie ihm dann, während sie sich umdrehte und sich zu ihm an den Tisch setzte. Ihre Hand streichelte über die Kette, die sie um den Hals trug. »Ein Ziel sagt, wer du bist.«

»Wem sagt es das?« Mercurio entdeckte ein neues, beruhigendes Gefühl, das er sich noch nie zugestanden hatte. Anna hatte gesagt, er stelle so schwierige Fragen, aber er wusste, dass er auch sehr dumme stellen konnte.

»Vor allem dir selbst. Und dann den Menschen, die du liebst und deshalb achtest.«

Mercurio steckte sich nacheinander zwei Kekse in den Mund und trank dann von der Milch, um sie aufzuweichen. Danach sagte er mit noch halb vollem Mund: »Ich stelle vielleicht schwierige Fragen, aber du benutzt schwierige Wörter. Ich weiß nicht, was Liebe heißt. Also ... ich weiß nicht, ob ich jemanden wirklich lieben kann. Nicht einmal, ob ich jemanden achten kann.«

»Du bist ein Lügner, mein Junge«, erwiderte Anna mit diesem Lachen, das ihn mehr wärmte als das Kaminfeuer. »Glaubst du etwa, dass du Giuditta nicht liebst?«

Mercurio verschluckte sich an den Keksresten. Hustend spuckte er eine weiße Masse auf den Tisch. »Entschuldige«, sagte er verlegen und wischte schnell mit dem Ärmel seiner Jacke den Tisch sauber. »Woher kennst du ihren Namen?«, fragte er und wurde rot.

Anna del Mercato sah ihn an und hätte fast gelacht beim Anblick seiner dunkelrot anlaufenden Wangen und Ohren. Aber sie wollte ihn nicht weiter in Verlegenheit bringen. »Du hast ihn gestern Abend genannt.«

»Ach so …« Mercurio sah unbeholfen in seine Tasse.

»Glaubst du wirklich, du kannst nicht lieben, nach dem, was du für mich getan hast?«

»Na ja … Ich brauchte eben einen Platz zum Schlafen, und es war schrecklich kalt.«

Anna nickte. »Ja, ich weiß.«

Mercurio rührte mit dem Löffel in der Tasse herum.

»Möchtest du noch etwas?«

Mercurio blieb mit hängendem Kopf sitzen. Er atmete heftig. Dann schlug er mit dem Löffel auf den Tassenrand. »Was soll ich tun, Anna?«, fragte er schließlich.

»Such erst mal dieses Mädchen. Worauf wartest du noch? Du glaubst doch nicht etwa, dass ich das für dich erledige?«

Mercurio schaute auf und lächelte.

»Und denk darüber nach, wer du bist. Wer du sein willst. Um deiner selbst willen.«

»Was meinst du damit?«

»Ich halte dich keineswegs für dumm, mein Junge.«

»Wer bin ich?«

Anna nahm seine Hand. »Das kann *ich* dir nicht sagen.«

»Aber wie begreift man denn, wer man sein will?«

Anna lächelte ihn sanft an. »Das ist bei jedem anders. Es ist nicht wichtig, auf welche Weise es geschieht.«

Mercurio wischte sich den Mund ab. »Ich möchte anständig sein.«

Anna del Mercato lachte hell auf.

»Doch, wirklich!«

»Aber du bist anständig, mein Junge.«

»Nein, ich bin ein Betrüger.« Mercurio sah ihr fest in die Augen.

Anna hielt seinem Blick stand.

»Ich sage dir, ich bin ein Betrüger.«

»Betrüger lösen keine Ketten für fremde Witwen aus ...«

»Was hat das damit ...«

»Und sie retten sie auch nicht, wenn sie sich vor Verzweiflung dem Tod ergeben ...«

»Du hast dich nicht ...«

»Sei still! Unterbrich mich nicht«, sagte Anna ernst und richtete einen Finger auf ihn. »Hast du verstanden, was ich dir gesagt habe?«

Mercurio zuckte mit den Schultern.

»Du bist etwas Besonderes, mein Junge.«

Mercurio errötete wieder. »Das hat noch nie jemand zu mir gesagt«, brummte er verlegen.

»Und nur deswegen bist du es nicht?«

»Das hat noch nie jemand zu mir gesagt«, wiederholte Mercurio.

»Gut, jetzt hab ich es dir gesagt.«

Mercurio schwieg und schlug weiter mit dem Löffel gegen den Tassenrand.

»Du wirst sie mir noch zerbrechen«, mahnte Anna.

Mercurio legte den Löffel auf den Tisch. »Was soll ich also tun?«

»Das habe ich dir gesagt. Such nach deinem Mädchen.«

»Ich werde für sie etwas Besonderes sein«, sagte Mercurio leidenschaftlich.

»Sei es lieber für dich selbst. Dann wirst du es auch für sie sein«, erklärte Anna. »Nur so kann es gehen. Wenn du nämlich versuchst, nur für sie etwas Besonderes zu sein, endet es damit, dass du dich und auch sie verrätst. Du wirst nie dein wahres Ich finden und ihr nur etwas Falsches geben.«

»Warum muss das alles so schwierig sein?«

»Das ist überhaupt nicht schwierig«, erwiderte Anna.

»Mir kommt es aber so vor.«

»Wenn du meinst, es ist schwierig, dann nur, weil du deinen Kopf benutzt.«

»Was meinst du damit?«

»War es schwierig, sich in Giuditta zu verlieben?«

»Was hat das damit zu tun, dass ...«

»War es schwierig?«

»Nein, aber ...«

»Siehst du, was die Dinge erst schwierig macht? Dieses Aber zum Beispiel. Was interessiert dich das Aber? Das ist nur wie ein großer Knüppel zwischen den Beinen. Und den legst du dir selbst in den Weg, niemand sonst. Jetzt sag mir: War es leicht, sich in Giuditta zu verlieben?«

»Ja.«

»Ja«, wiederholte Anna. »Das Leben ist einfach. Wenn etwas zu schwierig wird, bedeutet das, dass wir etwas falsch machen. Vergiss das nie. Wenn das Leben schwierig wird, dann weil wir selbst es uns schwierig machen. Glück, Schmerz und Verzweiflung sind einfach. Ganz einfach. Da ist nichts Schwieriges dran. Wirst du immer daran denken?«

Mercurio nickte.

»Du bist etwas Besonderes, und ...«

»Ich will reich werden! Jetzt weiß ich, was ich will!«

Anna runzelte verärgert die Stirn. »Ist das alles, was dir dazu einfällt? Wenn ich deine Mutter wäre, würde ich dich jetzt ohrfeigen.«

Mercurio sah, dass Anna es ernst meinte. Er schämte sich plötzlich für das, was er gerade gesagt hatte, aber gleichzeitig merkte er, dass er etwas Außergewöhnliches dadurch gewann. »Das ist mir gleich. Ich will reich werden«, wiederholte er hartnäckig, sah sie herausfordernd an und stand auf.

Anna reagierte instinktiv. Sie stand ebenfalls auf, beugte sich über den Tisch und versetzte ihm eine kräftige Ohrfeige. »Ich will nie wieder so eine Dummheit von dir hören. Reich werden bedeutet gar nichts. Du musst etwas wollen, das dein Herz erfüllt, oder du wirst innerlich zugrunde gehen.«

Mercurio dachte, dass Anna wohl recht hatte. Glücklich spürte er, wie seine Wange brannte von der ersten Ohrfeige, die er als Sohn erhalten hatte. »Für dich bin ich also etwas Besonderes?«, fragte er sie.

»Komm her, mein Junge«, sagte Anna, und ihre Stimme war heiser vor Rührung. Sie wartete ab, bis Mercurio den Tisch umrundet hatte, dann umarmte sie ihn und hielt ihn fest. Schließlich schob sie ihn brüsk von sich weg. »Du hältst mich auf, weißt du das, mein Junge? Ich habe eine Menge zu tun, ich muss das Feuer schüren, das Haus putzen und dein Zimmer richten ... Du willst doch nicht hier auf dem Boden schlafen wie ein Wilder? Und dann muss ich ein ordentliches Essen kochen, und dafür muss ich zum Markt. Ich habe überhaupt keine Zeit für die ganze Philosophiererei.« Sie stieß ihn weg. »Verschwinde. Geh. Los, geh.«

Auf dem Weg zum Anleger der Fischerboote in Mestre pfiff Mercurio vergnügt vor sich hin und berührte ab und zu seine Wange an der Stelle, wo Anna ihn geohrfeigt hatte. Am Hafen angekommen, suchte er nach einem Boot namens Zitella. Als er es gefunden hatte, versetzte er dem Kiel einen Fußtritt, um die Aufmerksamkeit des Fischers auf sich zu lenken.

»He, was soll das!«, rief der Fischer und drehte sich um. Sofort wurde er blass.

»Gut«, sagte Mercurio. »Das bedeutet, du hast mich wiedererkannt, richtig?«

Der Fischer schluckte und nickte stumm.

»Dann wirst du auch wissen, dass ich jetzt zu Scarabellos Männern gehöre und du mich nicht mehr an Zarlino verkaufen kannst?« Mercurio steckte die Daumen in den Gürtel und spuckte ins Wasser.

Der Fischer nickte erneut.

Mercurio sprang ins Boot. »Gut, dann bring mich nach Rialto.«

Der Fischer nickte zum dritten Mal. »Ich belade nur noch mein Boot fertig und ...«

»Nein. Jetzt«, unterbrach ihn Mercurio.

Der Fischer zog die Schultern ein und setzte sich an die Dollen.

Mercurio löste die Leinen und stieß das Boot von der Mole ab. Der Fischer wendete es und richtete den Bug gen Venedig.

»Ich habe ein Vorhaben. Und inzwischen denke ich an mein Ziel«, flüsterte Mercurio lächelnd vor sich hin. Dann wandte er sich dem Fischer zu: »Kennst du den Unterschied zwischen einem Vorhaben und einem Ziel, du ungehobelter Kerl?«

»Nein, Herr«, antwortete der Fischer.

»Hat dir deine Mutter das nicht beigebracht?«, fragte Mercurio und lachte frohen Herzens.

33

Shimon Baruch ritt durch den Augustusbogen nach Rimini ein. Erschöpft von der Reise durch den Apennin, bewegte sich sein Araberpferd nur langsam vorwärts. Shimon ließ die Zügel ein wenig schleifen und drang weiter in die kleine Stadt ein. Er überquerte die Tiberiusbrücke und erreichte den alten Ortskern. Rechts von ihm sah er in der Ferne den Handelshafen und die Adriaküste mit ihren weißen Sandstränden.

Als er ein Gasthaus mit Namen Hostaria de' Todeschi erreichte, hielt er an und stieg aus der Kalesche. Sogleich eilte ein Stallbursche auf ihn zu, begrüßte ihn und kümmerte sich um sein Pferd. Shimon betrat das Gasthaus. Der Wirt behandelte ihn freundlich und zuvorkommend. Als er begriff, dass Shimon stumm war, brachte er ihm unverzüglich Papier, Feder und Tinte.

»Aber ich kann nicht lesen, edler Herr«, entschuldigte er sich. »Wenn es Euch nicht stört, es gibt da eine Frau, eine Witwe, die für mich lesen könnte. Aber ich muss Euch sagen, sie ist Jüdin ...«

Shimon erstarrte.

»Wenn Ihr die Juden nicht mögt, edler Herr, kann ich das verstehen, und wir werden eine andere Lösung finden«, sagte der Wirt hastig.

Shimon schüttelte den Kopf.

»Also ist Euch diese Frau recht?«, fragte der Wirt.

Shimon nickte.

Der Wirt sagte zu seiner Frau, einem dicken Weib mit hochrotem Gesicht: »Geh und hol Ester. Und sag ihr, sie soll sich beeilen.«

Als er den Namen hörte, zuckte Shimon zusammen. Wie jeder Jude kannte er die Geschichte von Ester, da sie am Purimfest gefeiert wurde. Doch Shimon fühlte sich besonders berührt davon, weil der Name Ester auf Hebräisch unter anderem »Ich werde mich verbergen« bedeutete. Und er versteckte sich. Vor sich und der Welt.

»Ich bin froh, dass Ihr nichts gegen die Juden habt, edler Herr«, sagte der Wirt inzwischen. »Es sind seltsame Zeiten hier in Rimini. Letzten Monat wurden zwei Pfandleihen überfallen. Und warum? Weil zwei Sacri ... ich muss lachen, dass die das Wort ›heilig‹ im Namen tragen ... also weil zwei Sacri Monti di Pietà eröffnet haben. Und die tun ja auch nichts anderes als die Pfandleihen. Nur dass die Kirche dahintersteht, die hier sehr mächtig ist und ... wenn Ihr erlaubt ... Nun gut, lassen wir das ... Die Pfaffen erzählen so viel über die Juden, aber sie selbst wollen doch nur noch mehr Geld aus uns herauspressen als die, meine ich. Aber leider begreift das einfache Volk das nicht und folgt der Kirche wie ...«

»Sprich ja nicht weiter!«, donnerte seine Gemahlin, die mit einer zierlichen, bescheiden wirkenden Frau hinter ihm erschien.

Der Wirt lachte aus vollem Hals, holte Luft und sagte leidenschaftlich: »Das einfache Volk läuft der Kirche hinterher ...«

»Sag es nicht!«

»... wie Fliegen der Scheiße«, vollendete er triumphierend seinen Satz und brach in schallendes Gelächter aus.

»Wenn die Schergen des Papstes dich auf der Piazza verbrennen, will ich sehen, ob du auch dann noch lachst«, schimpfte die Wirtin und schob die Frau nach vorn, die sie begleitete. »Ester, hilf meinem Dummkopf von Ehemann.«

Shimon bemerkte, dass Ester über die Bemerkung des Wirtes lächelte. Hinter ihrem bescheidenen Auftreten war sie eine schöne Frau mit edlen Zügen. Die Nase war recht schmal, ihre Augen waren tiefgrün wie Skarabäen und ihre Lippen voll und rosig. Sie neigte sittsam, aber unbefangen den Kopf vor Shimon.

»Also, edler Herr«, sagte der Wirt darauf. »Jetzt seid so gut und schreibt uns Eure Wünsche auf. Wir werden sie zu erfüllen wissen.«

Shimon sah Ester an, die näher auf ihn zukam. Ich werde mich verbergen, dachte er.

Ester fing seinen Blick auf und schlug die Augen nieder.

Shimon war plötzlich verwirrt. Er hatte jeden Gedanken an das Mädchen in Narni aus seinem Kopf verbannt und alles, was mit ihr zu tun hatte, angefangen bei seinem körperlichen Versagen. Aber selbst wenn er versucht hatte, nicht daran zu denken, wusste er, dass diese Begebenheit eine Kerbe in seinen harten Panzer geschlagen hatte. Seine innerliche Kälte war nicht gewichen, im Gegenteil, sie war noch stärker geworden. Doch gleichzeitig hatte ihn auch ein Gefühl von Einsamkeit überfallen.

Er nahm die Feder, tauchte sie in das Tintenfass, und nach einem kurzen Zögern fing er an zu schreiben. Als er fertig war, wandte er sich an Ester. Ihm kam es vor, als sähe die Frau ihn jetzt anders an.

»Der Herr heißt Alessandro Rubirosa ... Er ist Christ. Er ist auf dem Weg nach Venedig. Er benötigt ein Zimmer ...«

Shimon dachte, dass Esters Stimme so melodiös klang wie die der Sängerinnen aus seiner fernen Heimat.

»... und vor dem Abendessen möchte er ein heißes Bad.«

»Sehr gern«, sagte der Wirt eilfertig.

»Zum Abendessen haben wir ein gebratenes Ferkel, nach dem Ihr Euch die Finger lecken werdet«, verkündete die Wirtin. »Mit Quitten und Kastanien.«

Shimon wollte schon nicken, als sein Blick erneut von Esters Augen angezogen wurde, die ihn eindringlich ansahen. Deshalb winkte er ab und schrieb: SCHWEINEFLEISCH VERDAUE

ICH SCHWER. ICH WILL EINE HÜHNERBRÜHE. Und während Ester seine Worte der Frau des Wirts laut wiederholte, kam es ihm vor, als klänge sie erleichtert. Die Frau des Wirts versuchte, noch einmal ihr Ferkel anzupreisen, doch Shimon schüttelte nur kurz den Kopf.

»Behellige ihn nicht weiter«, wies der Wirt sie zurecht, dann wandte er sich einer Magd zu. »Lass dir helfen, eine Wanne in das Zimmer des edlen Herrn hier zu bringen und setz Wasser auf für ein Bad.«

»Ein Bad?«, fragte die Magd verwirrt.

»Es ist ja nicht jeder so ein Schmutzfink wie du«, schimpfte der Wirt. Er verbeugte sich vor Shimon und wollte gehen. Dann bemerkte er, dass Ester noch dastand. »Danke, Ester, wir brauchen dich nicht mehr.«

Ester warf Shimon einen verstohlenen Blick zu, dann ging sie zur Tür. Dort drehte sie sich noch einmal um und sah ihn an.

Shimon stand auf und folgte ihr auf die Straße.

»Du bist Jude, richtig?«, fragte Ester sogleich.

Shimon fuhr zusammen und schüttelte energisch den Kopf.

Ester sah ihn schweigend an. Ihre klugen grünen Augen leuchteten, und ihre vollen Lippen verzogen sich in einem mädchenhaften Lächeln. »Als du die Feder in die Hand genommen hast, wolltest du von rechts nach links schreiben, wie man es in unserer Sprache tut«, erklärte sie. »Wenn nicht jeder bemerken soll, dass du Jude bist, musst du lernen, auf solche Kleinigkeiten zu achten.« Sie lächelte.

Shimon fühlte, dass sie ihm keinen Vorwurf machte.

»Und wenn du deinen Namen schreibst, betone nicht, dass du Christ bist.« Ester lachte fröhlich. »Christen müssen sich nicht rechtfertigen.«

Shimon sah sie an und leugnete nichts. Er empfand das seltsame Gefühl, ihm sei eine große Last von den Schultern genommen. Oder als würde im Gegenteil gerade seine ganze Erschöpfung über ihn hereinbrechen. Ich werde mich verbergen, dachte er wieder, die Übersetzung des Namens Ester.

»Hab keine Angst, ich werde es niemandem verraten«, sagte Ester und lächelte ihn verständnisvoll an.

Shimon merkte, dass er nicht einen Moment befürchtet hatte, Ester könnte ihn verraten. Diese Frau konnte verborgene Gefühle an die Oberfläche bringen. Und Sünden verzeihen. Er bedeutete ihr, dass er sie gern nach Hause begleiten würde.

Ester nickte und schritt langsam vorwärts.

Unterwegs berührte Shimon mit der Hand verstohlen ihr Kleid.

Ester sagte kein Wort, bis sie das bescheidene, aber solide zweistöckige Haus erreichten, in dem sie wohnte. Dort blieb sie stehen und sah Shimon eindringlich an.

»Es war nett von dir, das Schweinefleisch abzulehnen«, sagte sie.

Shimon runzelte verblüfft die Augenbrauen, als verlangte er eine Erklärung von ihr.

Doch Ester lächelte nur stumm. Sie öffnete die Tür. Dann senkte sie den Kopf und sagte leise: »Ich hoffe, dass du noch viel für den Wirt aufschreiben musst.« Sie errötete nicht, als sie den Kopf hob und ihn ansah.

Also werden wir uns wiedersehen, dachte Shimon. Und der Gedanke machte ihm keine Angst, ebenso wenig wie Ester ihm Angst machte.

Am nächsten Tag schrieb Shimon einen kurzen Satz auf und gab das Blatt dem Wirt. Der ließ Ester rufen.

ICH WERDE NOCH EINIGE TAGE BLEIBEN, las Ester laut, und ihre tiefgrünen Augen leuchteten heiter auf.

34

Donnola stand in der Tür zu Giudittas Zimmer. Wie jeden Tag saß sie da und nähte. Auf dem Boden vor ihr lagen mindestens fünf oder sechs gelbe Hüte in verschiedenen Formen, die aus den unterschiedlichsten Stoffen zusammengefügt waren.

»Guten Tag, Giuditta.«

Das Mädchen antwortete mit einem abwesenden Lächeln, ohne von ihrer Näharbeit aufzusehen.

Donnola schüttelte nur stumm den Kopf und lief dann den langen Flur der Wohnung entlang, in der er mit dem Doktor und seiner Tochter lebte. Er hatte ein Zimmer ganz für sich allein mit einem großen, weichen Bett. Und einer warmen Decke. Etwas Ähnliches hatte er nie zuvor besessen, ja, er hatte sich nicht einmal vorstellen können, wie angenehm es wäre, mit anderen Menschen zusammenzuleben und mit jedem Tag mehr zu einer Art Familie zusammenzuwachsen. Als er endlich zur Haustür kam, erwartete Isacco ihn bereits ungeduldig.

»Doktor, ich muss Euch etwas Wichtiges sagen ...«, begann Donnola.

»Erzähl es mir unterwegs«, sagte Isacco, öffnete die Tür und wollte schon die breite Treppe hinunter.

»Ich mache mir Sorgen um Giuditta, Doktor«, begann Donnola von Neuem.

»Ach ja ...«, sagte Isacco abwesend, während er beim Hinuntergehen in seiner Tasche kramte, in der er Arzneien und Salben mit sich trug.

»Sie verbringt den ganzen Tag mit Nähen, isst kaum etwas,

sieht immer traurig aus, und mir kommt es vor, als würde diese Traurigkeit mit jedem Tag schlimmer werden ...«

»Ja, ja, verstehe ...« Isacco trat durch das große, bogenförmige Tor mit den zwei Säulen, auf denen zwei Marmoraffen thronten.

»Sie hat Liebeskummer ...«, fuhr Donnola fort, während er hinter ihm her eilte. »Und ich glaube, dass dieser Junge irgendwie damit zu tun hat, dieser Mercurio, Ihr wisst schon, wen ich meine. Ich habe übrigens herausgefunden, dass er überhaupt kein Priester ist, wie er uns allen weisgemacht hat ...«

»Ja ...«, erwiderte Isacco immer noch abwesend, während er mit großen Schritten immer zwei der kleinen Stufen eines schmalen Steinbrückchens auf einmal nahm und dann weiter durch die Menge eilte, die schon zu dieser frühen Stunde die Gassen Venedigs füllte.

»Ich habe gehört, dass er für einen gewissen Scarabello arbeitet. Kein guter Mensch, aber ziemlich mächtig. Er herrscht über alle Verbrecher von Rialto.«

»Sehr gut ...«

Donnola schnaubte empört. »Doktor, Ihr habt mir gesagt, dass ich diesen Jungen von Euch und Eurer Tochter fernhalten soll. Aber seit zehn Tagen fragt er überall nach mir. Er bittet die Leute, mich zu suchen, weil er etwas von Euch möchte. Also, das heißt, eigentlich sucht er Giuditta. Ich habe ihr bis jetzt nichts gesagt, weil ich nicht so genau weiß, wie ich mich verhalten soll. Was soll ich tun?«

»Gut, gut ...«

»Doktor!«, fuhr Donnola wütend auf. »Ihr habt mir überhaupt nicht zugehört!«

Isacco blieb stehen und schaute ihn beleidigt an. »Ich habe sehr wohl zugehört. Giuditta näht. Gut, ich freue mich für sie.«

»Nein, Doktor.« Donnolas Gesicht war vor Zorn gerötet. »Ich

habe Euch gesagt, dass es Giuditta nicht gut geht. Überhaupt nicht gut. Und dass sie Liebeskummer hat.«

Isacco nickte ernst, dann schüttelte er den Kopf. »Das ist in dem Alter so. Da hat man immer Liebeskummer.« Dann hörte er die Glocken der nahe gelegenen Kirche Santi Apostoli läuten. »Es ist schon spät«, sagte er und beschleunigte seinen Schritt, während er die Salizada del Pistor entlanglief, in der sich der angenehme Duft nach frisch gebackenem Brot verbreitete. Er drehte sich nach Donnola um, der stehen geblieben war, und bedeutete ihm mit einem Wink, ihm zu folgen. »Hör zu, ich habe es eilig. Ich werde mit ihr sprechen, einverstanden? Jetzt gehst du aber in die Apotheke Zum Goldenen Kopf und holst ein Öl, das ich dort bestellt habe. Den Extrakt aus Guajakholz, sag ihnen das. Die Indianer in Amerika benutzen ihn für so gut wie alles, und anscheinend wirkt er. Und wenn dir der Kerl wieder seinen schrecklichen Theriak aufschwatzen will, sag ihm, den kann er sich sonstwohin stecken. Hast du verstanden?«

»Ja, Doktor«, erwiderte Donnola mürrisch.

»Und dann bring mir das Öl zum Haus des Hauptmanns.«

»Ja, Doktor«, grummelte Donnola.

»Was hast du denn? Was ist los?«, fuhr Isacco ihn ungeduldig an. »Lanzafames Geliebter geht es furchtbar schlecht, Donnola. Sie ist sehr krank. Begreifst du das? Ihr Leben liegt in meinen Händen, und ich weiß nicht, was ich tun soll. Alle Ärzte, mit denen ich gesprochen habe, erzählen nur dummes Zeug. Die wissen genauso wenig wie ich, wie sie diese französische Krankheit oder wie zum Teufel die sonst heißt, behandeln sollen. Weißt du, wie ich vom Guajakholz erfahren habe? Ich bin zum Hafen gegangen und habe dort mit den Seeleuten gesprochen. Verstehst du? Das Leben dieser Frau hängt von den Gerüchten der Seeleute ab, die sie aus der Neuen Welt mitbringen.«

Wütend starrte er Donnola an. Er konnte sich noch so oft sagen, dass er sein Möglichstes tat, um die Hure zu retten, die

Lanzafame so am Herzen lag. Aber tief in seinem Innern hatte er dennoch das Gefühl, nicht genug zu tun und dieser Aufgabe nicht gewachsen zu sein. Vor allem jedoch war er seelisch so aufgewühlt, dass er die Gedanken an Marianna nicht mehr von denen an seine Frau H'ava trennen konnte. Die Heilung dieser Prostituierten würde ihn von der alten Schuld befreien, versagt zu haben, als seine Frau im Kindbett gestorben war. Wenn er Marianna rettete, würde er damit gleichzeitig H'ava retten. »Also? Was hast du? Was willst du von mir?«, fragte er erneut unwirsch.

Donnola senkte den Blick. »Nichts, Doktor.«

»Gut«, erwiderte Isacco knapp und bog in die Ruga dei Speziali ab.

Als er in Hauptmann Lanzafames Dachwohnung ankam, wurde er von der stummen Dienerin mit betrübtem Gesicht empfangen.

Isacco schob sich an ihr vorbei ins Wohnzimmer. Lanzafame lief nervös im Zimmer auf und ab und trat auf alles ein, was ihm vor die Füße kam. Auf dem Boden lag eine leere Flasche Malvasier. »Es wurde auch Zeit, dass du kommst, Doktor«, fuhr er Isacco an, sobald er ihn bemerkt hatte.

»Hier bin ich, Hauptmann«, sagte Isacco, ohne sich auf einen Streit einzulassen.

»Jetzt geh schon zu ihr, worauf wartest du noch?«, knurrte Lanzafame.

Isacco ging ins Schlafzimmer. Marianna atmete schwer. Ihr Gesicht war ganz schmal geworden, als wäre seit seinem letzten Besuch ein Monat und nicht nur eine Nacht vergangen. Isacco trat an ihr Lager und legte ihr eine Hand auf die Stirn. Sie glühte. Er gab ein wenig Sud aus Weihrauch und Teufelskralle auf einen Löffel und flößte ihn ihr ein. Die Frau brachte die Flüssigkeit kaum herunter. Dann riss sie die Augen weit auf, offenbar in dem Versuch, ihn klar zu erkennen.

»Die ganze Nacht oder bloß eine Stunde, Fremder?«, fragte sie ihn.

»Ich bin Isacco, Marianna ... Ich bin der Doktor ...«

»Bist du ein Soldat?«

»Sie faselt schon die ganze Nacht dieses wirre Zeug«, sagte Lanzafame, der hinter ihnen im Türrahmen erschienen war.

Isacco bemerkte, dass der Hauptmann verlegen war. Er nahm an, es läge daran, dass Marianna sich wie eine Hure benahm und jeden, der an ihrem Lager erschien, für einen Kunden hielt.

Marianna lachte. »Lanzafame? Was für ein schrecklicher Name!« Sie lachte wieder. »Ich werde dich Hauptmann nennen. Ich kann nicht mit dir vögeln, wenn ich dich bei diesem lächerlichen Namen nennen muss.«

Isacco sah den Hauptmann an, dessen Augen feucht glänzten. Aber vielleicht war daran auch der Malvasier schuld, den er schon so früh am Morgen in sich hineingeschüttet hatte. »Ihr solltet nicht so viel trinken«, sagte er.

»Ach, lass mich in Ruhe!«, schimpfte der Hauptmann und verließ das Zimmer.

Isacco wusste, warum der Mann trank. Er glaubte, der Wein würde den Schmerz von ihm fernhalten. Und jetzt verstand Isacco auch, warum Lanzafame so verlegen über Mariannas Fieberfantasien war. Sie durchlebte wieder und wieder ihre erste Begegnung. Sie erinnerte sich an alle Einzelheiten dieses Treffens, das offensichtlich ihrer beider Leben grundlegend verändert hatte.

»Eine Stunde oder die ganze Nacht, was ist jetzt, mein hübscher Hauptmann?«

»Das ganze Leben«, sagte Isacco leise und gab Acht, dass Lanzafame es nicht hörte.

Ein Ruck ging durch die Prostituierte. Ihre im Delirium versunkenen Augen wurden wieder klar. Sie sah Isacco an und erkannte ihn. »Doktor ...«, sagte sie leicht besorgt, »wo ist Andrea?«

»Wie fühlt Ihr Euch, Marianna?«, fragte Isacco sie.

Die Hure umklammerte seinen Arm mit zitternden Händen. »Wo ist Andrea?«, wiederholte sie.

»Er ist hier. Ich rufe ihn für Euch«, sagte Isacco, stand auf und ging ins Wohnzimmer. »Hauptmann … sie verlangt nach Euch.«

Lanzafame rührte sich nicht sofort. Er nahm erst einen tiefen Zug aus einer Flasche, bevor er zur Tür des Nebenraums ging. »Was willst du?«, fragte er barsch.

»Andrea …«, sagte Marianna und streckte eine Hand nach ihm aus.

Der Hauptmann blieb zögernd auf der Schwelle stehen.

»Komm schon her …«

Lanzafame trat ans Bett heran.

»Setz dich.«

Lanzafame gehorchte.

Marianna streichelte ihm über das Gesicht. »Du hast dich nicht rasiert, wie immer …« Sie lächelte müde. »Wenn du mir so zwischen meine Beine gehst, kitzelst du mich.«

Der Hauptmann schwieg.

Marianna nahm seine Hand und führte sie an ihre Brust. »Hab keine Angst«, sagte sie zu ihm.

Lanzafame lachte gezwungen auf. »Wovor sollte ich denn Angst haben?«

»Hab keine Angst«, sagte Marianna wieder und sah ihn mit strahlenden Augen an. »Ich habe von unserem ersten Mal geträumt, weißt du?«

»Ach ja?«, erwiderte Lanzafame, als hätte er sie nicht in ihren Fieberfantasien gehört.

»Im Traum habe ich dich gefragt, ob du eine Stunde oder die ganze Nacht mit mir verbringen willst … und du hast zu mir gesagt: ›Das ganze Leben.‹«

Der Hauptmann erwiderte nichts.

»Andrea ... ich sterbe ...«

»Red kein dummes Zeug ...«

»Doch, ich sterbe ...«

»Unkraut vergeht nicht ...«

»Hör zu, Andrea ...«

Der Hauptmann hielt ihre Hand.

»Ich will, dass du einen Priester rufst ...«

»Denk doch jetzt nicht an einen Priester ...«

»Ich will, dass du einen Priester rufst und ihm sagst ...« Marianna stöhnte vor Anstrengung.

»Was ...?«

»... und ihm sagst ... dass er uns verheiraten soll ...«

Einen kurzen Moment herrschte Stille, dann fuhr der Hauptmann auf. »Du dreckige Schlampe, versuch nicht, mich aufs Kreuz zu legen!«, brüllte er. »Versuch ja nicht, mich aufs Kreuz zu legen!«

Isacco erschien in der Tür. »Was geht hier vor?«

»Sie tut, als ob sie sterben müsste, um mich zur Heirat zu zwingen und mich lebenslänglich an sich zu fesseln, das geht hier vor!«, knurrte Lanzafame. »Einmal Hure, immer Hure!« Er ging zur Tür, stieß Isacco rüde beiseite und eilte hinaus. »Aus dem Weg!«, schrie er die Dienerin an. »Ich bin in der Schenke. Und ruft mich bloß, wenn sie wirklich stirbt.« Mit diesen Worten verließ er türenknallend die Wohnung.

Die stumme Dienerin betrat das Schlafzimmer. Wütend kniff sie die Augen zusammen, doch als sie sah, dass Isacco sich wieder auf die Bettkante gesetzt hatte, blieb sie etwas abseits stehen.

»Die ganze Nacht oder bloß eine Stunde, mein hübscher Hauptmann?«, fragte Marianna, als sie nach einer Weile wieder in ihren Fiebertraum versunken war.

»Das ganze Leben«, flüsterte Isacco.

Die Hure lächelte. Dann schlief sie ein.

Isacco machte sich Sorgen. Den ganzen Tag über hörte Marianna nicht auf, zu fantasieren und sich unruhig hin und her zu werfen. Weder Weihrauch noch Teufelskralle hatten das Fieber senken können, und für ein linderndes Bad im Eiswasser war Marianna viel zu schwach. Das würde sie nicht überleben.

Als es Abend wurde, hatte Lanzafame sich immer noch nicht blicken lassen. Isacco verbrachte die Nacht in der Kammer bei Marianna, die kein einziges Mal mehr richtig zu sich kam.

Kurz vor Tagesanbruch hatte sie einen so starken Hustenanfall, dass sie keine Luft mehr bekam. Sie rief Lanzafames Namen, drückte Isaccos Hand und verkrampfte sich kurz. Dann lockerte sich ihr Griff, und ihr Körper entspannte sich. Sie war tot.

Im gleichen Moment ging die Tür auf, und Hauptmann Lanzafame erschien auf der Schwelle. Hinter ihm stand ein Priester, auf dessen leicht schmuddeligem Gewand sich an den Schultern Kopfschuppen gesammelt hatten. Der Hauptmann wurde blass, als er die Dienerin weinen hörte. Er sah Isacco an. Der schüttelte den Kopf. Lanzafames Gesicht war gezeichnet von der Nacht, die er trinkend in irgendeiner Schenke verbracht hatte. Erst im Morgengrauen hatte er sich zu einer Entscheidung durchringen können. Er drehte sich zu dem Priester um, packte ihn beim Kragen und schob ihn ins Schlafzimmer.

»Hier lang«, sagte er. »Gib ihr die Letzte Ölung.«

Die stumme Dienerin schluchzte verzweifelt auf, die Laute, die sie dabei ausstieß, klangen schrill wie das Schreien eines Esels.

»Hast du wirklich geglaubt, ich würde eine Hure heiraten?«, schrie der Hauptmann sie an. Und während der Priester die rituellen lateinischen Worte murmelte, ging der Hauptmann auf jeden Gegenstand im Raum los und zerstörte ihn, als müsste er eine furchtbare Schlacht schlagen. Er verwüstete die ganze Wohnung, dann sank er in die Knie und sah Isacco verzweifelt an.

»Was soll ich denn jetzt tun?«, fragte er leise.

35

Nach fast zehn Tagen vergeblicher Suche hatte Mercurio den Mut verloren. Donnola schien wie vom Erdboden verschluckt. Keiner wusste etwas über ihn, er ließ sich weder an den üblichen Plätzen noch in seinen Stammschenken blicken. Jemand meinte sogar, er wäre vielleicht in einem Kanal ertrunken. Die meisten wussten allerdings zu berichten, dass er sich jetzt als Gehilfe bei einem Doktor verdingt habe. Aber von diesem Arzt hatte noch niemand in Venedig gehört, und keiner wusste, wo er wohnte.

Mercurio versuchte es wieder einmal in der Taverne Zum Nackten Mann, einer miesen Spelunke, in der Donnola sonst seine Abende verbrachte. Er sah sich im Lokal um, doch von dem kleinen Mann mit dem spitzen Kopf keine Spur.

Als er in die Calle del Sturion kam, sah er, wie aus der Ruga Vecchia San Giovanni eine kleine Gruppe gut gekleideter junger Männer kam. Einer davon war besonders elegant, er humpelte und taumelte beim Gehen und hatte seinen verkrüppelten Arm ausgestreckt, um das Gleichgewicht zu halten. Als Mercurio Fürst Contarini erkannte, drehte er auf der Stelle um und rannte zum Riva del Vin. An der Straßenecke schaute er zurück, aber weder der Fürst noch sein Gefolge hatten ihn entdeckt.

Erleichtert atmete Mercurio auf und wollte schon weitergehen, als er bemerkte, wie der Fürst an die Tür einer armseligen Behausung klopfte. Neugierig blieb er stehen, um zu beobachten, was weiter passieren würde. Zu seiner Überraschung öffnete Zolfo die Tür und bat den Fürsten mit einer Verbeugung herein.

Hinter ihm stand der Mönch, der sich ebenfalls verneigte. Der Fürst humpelte hinein, gefolgt von seinen Männern.

Daraufhin näherte sich Mercurio dem Haus und spähte durch das Fenster im Erdgeschoss, aus dem ein schwacher Lichtschein auf die Straße fiel. Er sah ein karges, bis auf zwei Strohlager leeres Zimmer. Das nächste Fenster gab den Blick frei auf einen etwas größeren, aber gleichermaßen ärmlichen Raum. Hier gab es wenigstens einen Tisch und vier Stühle, einen Kamin und einen Schreibtisch. Am Tisch saßen Fürst Contarini und Fra' Amadeo. Zolfo stand hinter dem Mönch, und Contarinis Männer hatten sich im Raum verteilt. Einer näherte sich gerade dem Fenster.

Mercurio wich zurück und presste sich mit angehaltenem Atem an die Mauer.

Der Mann sah nach draußen. Doch bevor er zu einer gründlicheren Erkundung den Kopf aus dem Fenster strecken konnte, trat einer seiner Gefährten zu ihm und raunte ihm etwas zu. Daraufhin wandte der Mann seine Aufmerksamkeit wieder dem Raum zu.

»Lies, Mönch«, sagte der Fürst gerade.

Mercurio beobachtete sie wieder durchs Fenster. Der Mann, der ihm den Rücken zugewandt hatte, versperrte ihm zwar den Großteil der Sicht, aber er konnte trotzdem erkennen, dass der Fürst dem Mönch eine öffentliche Bekanntmachung zugeschoben hatte. Fra' Amadeo nahm sich eine Kerze und las leise vor sich hin. Je weiter er las, desto größer wurden seine Augen.

»Kann das wahr sein?«, rief er triumphierend, nachdem er zu Ende gelesen hatte.

»Ich hatte dir doch versprochen, dass ich dich bei deinem Kampf unterstützen würde, Mönch«, sagte der Fürst. »Und das ist erst der Anfang. Die Juden werden bekommen, was sie verdienen.«

Der Mönch kniete vor ihm nieder und küsste seine Hand, die

der Fürst ihm gern überließ. »Das ist der Wille unseres Herrn Jesus Christus!«, rief er. »Und Ihr seid sein geliebter Apostel, Euer Gnaden!«

»Das hat mich auch eine ordentliche Stange Geld und viel Mühe gekostet«, bemerkte der Fürst.

Instinktiv wusste Mercurio, dass der Fürst log. Er begriff zwar nicht, worüber die beiden redeten, aber er war sicher, dass der Fürst sich auf jeden Fall einer Sache rühmte, die keineswegs auf sein Betreiben hin zustande gekommen war.

»Und das ist erst der Anfang, Mönch, das ist erst der Anfang ...«, jubelte der Fürst.

»Gott wird es Euch lohnen, Euer Gnaden«, sagte der Mönch. Dann packte er Zolfo am Ärmel und nötigte ihn, ebenfalls niederzuknien. »Küss die Hand unseres Beschützers.«

Mercurio sah, wie Zolfo widerwillig gehorchte. Vielleicht bist du ja nicht ganz so dumm, wie ich angenommen habe, dachte er bei sich.

»Und jetzt, wo du weißt, wer ich bin und wie sehr ich dein Anliegen fördern kann, Mönch«, fuhr der Fürst fort, »möchte ich, dass du dir anhörst, was ich von dir erwarte, damit dein Kreuzzug, der jetzt auch der meine ist, zu einem großartigen Ende kommt.«

»Wie Ihr befehlt«, sagte Bruder Amadeo, der immer noch den Kopf gesenkt hielt. »Gott selbst spricht durch Euren Mund. Und könnte dieser demütige Diener Gott einen Wunsch abschlagen?«

»Was für ein Blödsinn ...«, entfuhr es Mercurio halblaut.

Der Mann am Fenster drehte sich blitzartig um. Mercurio drückte sich wieder an die Mauer, aber er war nicht schnell genug.

»Ich weiß, wer du bist!«, schrie der Mann plötzlich, riss das Fenster auf und versuchte, ihn zu packen.

Mercurio floh eilig Richtung Ruga del Vin. Er hörte, wie hinter ihm die Tür geöffnet und zugeschlagen wurde, wusste aber auch, dass sein Vorsprung zu groß war, als dass sie ihn hätten einholen können. Er lief am Ufer entlang bis zur Rialtobrücke und mischte sich dort unter die Menge. Hier wagte er es endlich, sich umzublicken, konnte aber niemanden entdecken. Dann lief er schnell zum Gasthaus Zur Roten Laterne.

»Wo bist du die ganze Zeit gewesen?«, fragte Benedetta, als sie ihn auf einmal in dem Zimmer vor sich stehen sah, das sie sich bis vor wenigen Tagen geteilt hatten.

Mercurio blieb schweigend an der Tür stehen. Dann schloss er sie langsam hinter sich.

Benedetta wirkte müde, unter ihren Augen lagen Schatten. Ihr Gewand war vollkommen zerknittert, und im Zimmer stank es.

»Du hast doch gehört, was Scarabello mir befohlen hat«, rechtfertigte sich Mercurio schließlich. »Ich sollte mich für eine Weile von Venedig fernhalten …«

»Wir waren sonst immer die ganze Zeit zusammen …«, sagte Benedetta.

»Wenn du denkst, ich will dir dein Geld wegnehmen …«

»Das habe ich nicht gesagt«, unterbrach Benedetta ihn gekränkt.

Mercurio nickte verlegen. In den letzten zehn Tagen hatte er oft an ihren Kuss und an Benedettas warme, weiche Brüste gedacht.

»Wovor hast du Angst?«, fragte Benedetta. Schmerz lag in ihrem Blick und auch Schmach, weil sie von ihm zurückgewiesen worden war. Dann lachte sie spöttisch, um ihre Gefühle zu verbergen. »Was hast du denn gedacht? Dass ich das ernst meine? Du bist wirklich nur ein dummer kleiner Junge.«

»Hör mal … Es tut mir leid … Ich …«

»Hör schon auf.« Benedetta zuckte mit den Schultern und lachte wieder gezwungen, als würde das Ganze sie nicht berühren. Sie betrachtete Mercurio. Er sieht wirklich gut aus, dachte sie. Sie spürte, wie der Kloß in ihrer Kehle immer größer wurde, und befürchtete, jeden Moment in Tränen auszubrechen. Daher lachte sie noch einmal schrill und schlug sich derb auf die Schenkel. »Du fällst doch wirklich auf jeden Mist rein.«

»Nein, wirklich, Benedetta ... Es tut mir leid«, wiederholte Mercurio.

Nun wusste Benedetta, dass sie die Tränen nicht länger zurückhalten konnte. Hastig trat sie auf ihn zu und versetzte ihm einen Stoß. »Verschwinde«, sagte sie. Dann ging sie zur Waschschüssel und tat so, als müsste sie sich das Gesicht säubern.

»Ich habe Zolfo gesehen«, wechselte Mercurio nun hastig das Thema.

»Wo?«, fragte Benedetta und wandte sich noch im Abtrocknen um. Dabei fiel ihr eine ihrer kupferroten Locken in die Stirn.

Mercurio ging durch den Kopf, dass sie eine echte Schönheit war. »Du wirst bald einen Haufen Verehrer haben«, sagte er zu ihr.

»Ach, leck mich doch!«, fuhr Benedetta auf. »Du kannst mich wirklich mal, Mercurio.«

»Was habe ich denn jetzt wieder gesagt?«

Benedetta betrachtete ihn schweigend. Er würde sie niemals als Frau sehen, dachte sie, selbst wenn sie splitternackt vor ihm stünde. Ein schmerzhafter Stich fuhr ihr durch die Brust. »Also? Wo hast du diesen Dummkopf gesehen?«

»Er lebt mit dem verrückten Mönch in einer Erdgeschosswohnung in der Calle del Sturion, hinter der Ruga Vecchia San Giovanni ...«

»Wirklich ...?«

»Ich habe ihn auf dem Weg hierher gesehen. Und weißt du, wer ihn besucht hat?«

»Wer?« Benedetta fiel es nicht leicht, sich mit ihm zu unterhalten, als ob nichts geschehen wäre.

»Der Fürst ...«

Wieder krümmte sich Benedetta innerlich, und ein Schauder lief ihr den Rücken hinunter. Sie musste an ihre Mutter denken. Und erneut fühlte sie sich schmutzig.

»Dieser verrückte Fürst ... Ich weiß seinen Namen nicht mehr ...«

»Contarini«, sagte Benedetta leise.

»Ach ja, genau, Contarini, sehr gut.«

»Rinaldo Contarini ...«, flüsterte Benedetta. Sie drehte sich weg, ging zu einem Holzkästchen, das auf dem Boden stand, nahm eine lange Haarnadel daraus und steckte sich die Haare zu einem lässigen Knoten hoch.

»Sie hecken irgendetwas aus«, fuhr Mercurio fort, ohne zu bemerken, wie aufgewühlt Benedetta war. »Sie hatten eine öffentliche Bekanntmachung in der Hand und unterhielten sich darüber, dass die Juden das ja wohl verdient hätten ... Aber ich habe nicht verstanden, worum es ging. Der Mönch war hochzufrieden, und der Krüppel hat ihm gesagt, dass er ihm helfen wird. Sie sind ein schlimmes Paar ... Die zwei zusammen können einem richtig Angst machen.«

»Wo bist du die letzten Tage gewesen?«, fragte Benedetta unvermittelt.

»Außerhalb der Stadt.«

»Wo?«

»Warum willst du das wissen?«

»Wir sind sonst immer zusammen gewesen.«

»Das hast du bereits gesagt.«

»Du kannst mich mal, Mercurio.«

»Das hast du auch schon gesagt.«

»Wir sind ein Paar.«

»Und was heißt das ...?«, fragte Mercurio und fühlte sich plötzlich unbehaglich.

»Ganz ruhig, du Riesendummkopf«, sagte Benedetta, die

erneut gegen ihre Enttäuschung über Mercurios Zurückweisung ankämpfte. »Wir sind ein Betrügerpärchen. Hast du das vergessen?«

»Nein …«

»Und deshalb müssen wir zusammenbleiben. Wo du hingehst, dahin gehe auch ich.«

»Du kannst da nicht hin, wo ich jetzt wohne …«, sagte Mercurio.

»Warum nicht?«

Mercurio hatte nie jemanden wie Anna gehabt. »Eben darum!«, entgegnete er knapp. Aber dann bereute er sofort, ihr so barsch geantwortet zu haben, und fügte hinzu: »Aber ich komme jeden Tag nach Venedig, also können wir …«

»Jaja, ich habe schon gehört, dass da so ein Idiot überall herumfragt und nach Donnola sucht«, erwiderte Benedetta. Sie dachte, dass sie besser nicht weiter nachbohren sollte, aber sie schaffte es nicht. »Warum suchst du ihn denn?«, fuhr sie ihn an.

»Einfach so …«, erwiderte Mercurio ausweichend. »Hör mal, Benedetta … Ich versuche gerade, mein Leben zu ändern … Zumindest glaube ich das … Also nicht jetzt gleich, aber … Hast du je darüber nachgedacht?«

»Worüber?«, fragte Benedetta vorsichtig zurück.

»Dein Leben zu verändern.«

»Ich habe mein Leben verändert. Früher habe ich in Rom gelebt, und jetzt bin ich hier in Venedig. Früher habe ich mein Geld diesem Ekel Scavamorto gegeben und in einer Hütte gelebt, wo mir geile Hurenböcke ständig an den Hintern gefasst haben, und jetzt wohne ich in einem miesen, heruntergekommenen Gasthaus mit einem, der Angst vor meinen Titten hat …« Sie hielt inne. »Das war bloß ein Scherz«, sagte sie errötend. »Also, der letzte Teil.«

Mercurio holte aus seiner Tasche den Beutel hervor, in dem er die Goldmünzen aus ihrem ersten gemeinsamen Beutezug aufbewahrte. Er zählte Benedettas Anteil ab und reichte ihn ihr.

»Gibst du mir jetzt den Laufpass?«, fragte Benedetta ihn keck, aber man konnte hören, wie ihre Stimme dabei bebte. »Das mit den Titten war wirklich bloß ein Scherz ...«

»Ich gebe dir nur deinen Anteil ...«

»Gibst du mir den Laufpass?«, wiederholte Benedetta.

»Nein. Wir werden weiter zusammen arbeiten«, sagte Mercurio und blickte ihr dabei in die Augen. Er wusste genau, dass er sie anlog. »Zumindest hoffe ich das. Aber ich möchte mein Leben ändern ... Ich will ein Ziel haben ...«

»Immer noch dieser Schwachsinn? Was habt ihr bloß alle? Zolfo mit diesem Mönch und du mit dieser blöden Alten ...«

»Nenn sie nicht so!«, fuhr Mercurio auf.

»Wohnst du bei ihr?«

»Das geht dich gar nichts an.«

»Also wohnst du bei ihr.«

»Das geht dich nichts an, Benedetta.«

»Und wenn ich da auch wohnen möchte?«

Mercurio starrte sie erschrocken an.

Benedetta lachte auf. »Aber wer will da schon hin? Nur keine Bange, entspann dich, du Trottel«, sagte sie und versuchte dabei, heiter zu erscheinen. »Zumindest weiß ich jetzt, wo du dich versteckst.«

Mercurio sah sie noch eine Weile prüfend an. »Ich muss los«, sagte er dann. Er öffnete die Tür und ging schweren Herzens die Treppe hinunter. Er wusste nicht, wie er sich Benedetta gegenüber verhalten sollte. Vielleicht hätte er sie doch bitten sollen, zusammen mit ihm bei Anna del Mercato zu wohnen. Aber er konnte sich einfach nicht dazu durchringen. Anna gehörte ihm, sagte er sich, und er wollte sie mit niemandem teilen.

Von schlechtem Gewissen gequält, durchquerte er den stinkenden Gastraum im Erdgeschoss und verließ das Haus, ohne sich noch einmal umzuwenden.

Etwas weiter vor ihm sah er einen Mann durch die Calle taumeln. Offensichtlich betrunken bewegte dieser sich mit unsicheren Schritten vorwärts und stützte sich dabei an den von der salzigen Meeresluft angegriffenen Hauswänden ab.

Zwei Edelmänner warfen ihm einen verächtlichen Blick zu, als sie an ihm vorübergingen.

Isacco deutete eine Verbeugung an. »Benötigt Ihr meine Dienste als Arzt, edle Herren?«, fragte er mit schwerer Zunge. »Ich habe meine Laufbahn als Doktor gut begonnen. Ich habe nämlich meine Frau umgebracht. Und dann habe ich Hauptmann Lanzafames Hure getötet. Wenn ihr also jemanden braucht, der Eure Ehefrauen umbringt, braucht ihr mich bloß zu rufen.« Er lachte höhnisch auf, versuchte eine zweite Verbeugung, bei der er jedoch hinfiel und mit dem Gesicht im Straßenschmutz landete. »Ich bin *Dottor Ammazzadonne*, der Doktor Frauentöter, stets zu Euren Diensten«, brüllte er den beiden Edelmännern hinterher, die hastig davoneilten.

Da erst erkannte Mercurio ihn. »Doktor!«, rief er und rannte auf ihn zu.

Isacco sah ihn mit von zu viel Wein getrübten Augen an. Das Gefühl, bei Marianna, Lanzafames Geliebter, versagt zu haben und an ihrem Tod schuld zu sein, hatte ihn in tiefe Verzweiflung gestürzt. Isacco wusste nicht mehr, wie viele Flaschen er mit dem Hauptmann geleert hatte, er erinnerte sich auch nicht mehr, wie oft er ihm um den Hals gefallen war und ihm unter Tränen vom Tod seiner eigenen Frau erzählt und sich bezichtigt hatte, sie umgebracht zu haben. Und er wusste auch nicht mehr, dass der Hauptmann ihn irgendwann vor die Tür gesetzt hatte und er die Stufen hinuntergekugelt war, weshalb nun seine

Lippe blutete, der Arm ihm wehtat und seine Hose an den Knien und am Hintern zerrissen war. Er erinnerte sich einzig daran, dass er zu Hause Giudittas ängstlichen Blick nicht mehr ertragen hatte. Er hatte Donnola weggestoßen, als dieser versucht hatte, ihn aufzuhalten, und war geflüchtet, zutiefst beschämt darüber, dass seine Tochter ihn in diesem Zustand gesehen hatte.

»Doktor, was ist Euch denn zugestoßen?«, fragte Mercurio, während er versuchte, ihm aufzuhelfen.

Isacco bemühte sich, seinen unbekannten Helfer klar zu erkennen, was ihm schließlich auch gelang. »Du bist der Betrüger!«

»Redet doch leiser, Doktor«, bat Mercurio und half ihm endgültig auf die Beine.

Isacco musterte Mercurio und nickte dann. Seine Augen waren gerötet. In seinem vernebelten Hirn tauchte plötzlich wieder das Gespräch auf, das er am Vortag mit Donnola wegen Giudittas merkwürdigem Betragen geführt hatte, und er erinnerte sich daran, dass der Grund dafür ebendieser Junge war, der in ganz Venedig nach ihnen suchte. Mit zittriger Hand packte er Mercurio am Kragen. »Lass meine Tochter in Ruhe«, sagte er drohend.

»Was redet Ihr da, Doktor?«, fragte Mercurio erstaunt.

»Halt dich von meiner Tochter fern!«, schrie Isacco mit mehr Nachdruck.

Sofort bildete sich ein Grüppchen Schaulustiger um sie herum.

»Ihr seid betrunken, Doktor«, stellte Mercurio fest. »Warum sollte ich mich von Giuditta fernhalten? Ich ...«

Isacco ballte eine Faust zum Schlag, aber er hatte weder Lust noch die Kraft, Mercurio ernsthaft zu verletzen. Es war bloß eine schwache Drohung, ebenso schwach wie er selbst.

»Ein Jude verprügelt einen Christenmenschen«, rief darauf empört einer der Neugierigen.

»Vater, nein!«, hörten sie einen Schrei hinter sich.

Als Mercurio Giuditta sah, spürte er, wie sein Herz heftig zu klopfen begann. Er hakte Isacco unter und stützte ihn mit seinem ganzen Körper. »Haltet ein, Doktor, oder Ihr geratet in große Schwierigkeiten«, flüsterte er ihm ins Ohr. Dann wandte er sich an die Schaulustigen. »Geht fort, wir sind Freunde, das war nur ein Scherz.«

Donnola, der Giuditta auf der Suche nach Isacco begleitete, reagierte prompt. Er stützte Isacco von der anderen Seite und übernahm ihn dann ganz. Dankbar nickte er Mercurio zu.

Doch der beachtete ihn gar nicht, er sah nur Giuditta, deren Augen sich bereits in seinen verloren hatten.

»Warum …?«, fragte Mercurio. »Was ist geschehen?«

Giuditta schüttelte den Kopf. Es war nicht mehr wichtig. Mercurio war hier, er stand jetzt vor ihr.

»Seit Tagen suche ich schon nach dir …«, sagte Mercurio und machte einen Schritt auf sie zu.

Giuditta fühlte sich, als würde sie in einem Strudel versinken. Immer wieder sagte sie sich vor, dass er sie wirklich gesucht hatte, wie er es ihr versprochen hatte. Auch sie ging nun einen Schritt auf Mercurio zu, nichts anderes schien mehr wichtig.

»Warum kommst du nicht in unser Zimmer zurück?«, fragte in dem Moment Benedetta, die sich durch die kleine Menge Schaulustiger gedrängt hatte und nun Mercurio am Arm packte.

Giudittas Augen gefroren zu Eis.

Mercurio sah Benedetta irritiert an. Dann verstand er plötzlich. Als er sich wieder Giuditta zuwandte, sah er, wie sie mit wütender Miene zurückwich. Zitternd richtete sie ihren Zeigefinger auf ihn.

»Macht dir das wenigstens Spaß?«, fragte sie, und aus ihrer Stimme klangen Wut und Schmerz zugleich.

»Giuditta, nein …«

»Wie oft habt ihr hinter meinem Rücken gelacht?«, fragte sie verletzt.

Benedetta sah sie herausfordernd an.

»Los, küss sie! Küss sie noch einmal!«, schrie Giuditta und richtete den Finger wieder anklagend auf Mercurio. »Ich habe es ganz genau gesehen. Sie hat mich dabei angeschaut und gelacht. Und du hast bestimmt auch über mich gelacht, was? Oh, ich bin so dumm!« Damit drehte sie sich um und rannte zu Isacco. »Gehen wir, Vater.«

Isacco verstand nicht recht, was da um ihn herum geschah, aber als er Giuditta voller Verzweiflung weinen sah, fuhr er Mercurio grimmig an: »Wag es ja nicht, wiederzukommen, sonst drehe ich dir eigenhändig den Hals um.«

»Giuditta!«, schrie Mercurio verzweifelt.

Aber sie wandte sich nicht mehr um.

Mercurio blieb wie gelähmt stehen.

Die Schaulustigen lachten und gaben wie im Theater ihre Kommentare zum Geschehen ab. In der Ferne hörte man leise Trommelwirbel.

Mercurio fuhr zu Benedetta herum. »Deswegen hast du mich also geküsst«, zischte er sie hasserfüllt an. »Ich will dich nie wieder sehen. Es kümmert mich nicht mehr, was du tust. Für mich bist du gestorben.« Verächtlich spuckte er vor ihr aus und rannte fort, indem er die Neugierigen grob beiseitestieß und schrie: »Die Vorstellung ist zu Ende, ihr Drecksäcke!«

Benedetta spürte, wie alle Augen auf sie gerichtet waren. Nein, sie durfte jetzt nicht weinen. Sie hielt sich so gerade, wie sie konnte. Angestrengt versuchte sie zu lächeln, als ob nichts vorgefallen wäre, und ging dann ohne ein Ziel zu haben ganz langsam die Straße entlang. Es kostete sie alle Kraft, nicht in sich zusammenzusinken.

Der Trommelwirbel kam näher.

Benedetta tauchte in das Gewirr aus verschlungenen, dunklen

Gassen ein, und als sie einen wirklich stockfinsteren Winkel gefunden hatte, blieb sie stehen. Sie nahm die Nadel aus ihren Haaren und stach sie sich zwischen Daumen und Zeigefinger in die Hand, dass die Spitze auf der anderen Seite herauskam.

Erst jetzt schrie sie und weinte, doch sie sagte sich, dass bloß der körperliche und nicht der seelische Schmerz der Grund für ihre Tränen war.

Isacco, Giuditta und Donnola hatten inzwischen fast ihr Heim in der Calle de l'Oca erreicht, als sie den Trommelwirbel vernahmen und dann die ferne Stimme eines Heroldes der Serenissima, der etwas bekannt gab.

»Es tut mir leid, meine Tochter«, sagte Isacco und blieb stehen. »Es tut mir leid für dich, es tut mir leid, dass du mich in diesem erbärmlichen Zustand gesehen hast, und es tut mir leid wegen ...«

Giuditta umarmte ihn und brach in Tränen aus.

Am Ende der Gasse hörten sie wieder den Trommelwirbel, und eine laute Stimme verkündete: »Heute, am neunundzwanzigsten Tag des Monats März im Jahre des Herrn 1516, wird verkündet und angeordnet, dass alle Juden gemeinsam in dem Komplex von Häusern wohnen müssen, die sich im Ghetto bei San Girolamo befinden ...«

Giuditta und Isacco sahen sich wortlos an.

»... und damit sie nicht die ganze Nacht umhergehen, wird verkündet und angeordnet, dass an der Seite des Ghetto Vecchio, wo sich die kleine Brücke befindet, und gleichermaßen an der anderen Seite der Brücke zwei Tore zu errichten sind, je eines für die beiden genannten Orte. Jedes Tor muss morgens beim Klang der Marangona-Glocke geöffnet und abends um punkt Mitternacht durch vier christliche Wachen zugesperrt werden, die dafür von den Juden angestellt und bezahlt werden zu dem Preis, der unserem Rat angemessen und genehm erscheint. Zudem müssen sie auch zwei Boote mit jeweils zwei

Mann darauf bezahlen, die ununterbrochen die Kanäle um diese Gegend befahren werden ...«

Giuditta und Isacco verharrten wie gelähmt in ihrer Umarmung, als die Trommler und der Herold an ihnen vorbei ihren Weg fortsetzten. Zwei junge Kerle brachten an einer Hauswand die Bekanntmachung an, die soeben verlesen worden war.

»Anselmo del Banco hat recht gehabt ...«, bemerkte Giuditta.

»Die stecken uns in einen Käfig«, sagte Isacco.

»Und wo soll ich jetzt hin?«, fragte Donnola.

Benedetta lief ziellos umher, bis ihr bewusst wurde, dass sie irgendwie in die Calle del Sturion gelangt war, wo Mercurios Worten nach Zolfo nun mit dem Mönch lebte.

In der Ferne hörte man die Trommeln. Die ganze Stadt hallte von diesem rhythmischen Schlagen wieder. Die Luft über Venedig erzitterte.

»... und es sollen zwei hohe Mauern errichtet werden, damit sämtliche Ausgänge verschlossen sind. Türen und Fenster, die auf die Kanäle gehen oder aus dem sogenannten Ghetto hinausführen, sollen zugemauert werden ...«, verkündete ein Herold in der Ruga Vecchia San Giovanni.

Benedetta lief langsam die Calle del Sturion entlang und suchte das Haus, in dem sie Zolfo finden würde. Jetzt hatte sie nur noch ihn, sagte sie sich.

Und während sie vorwärtslief, sah sie, wie sich eine hohe Tür öffnete und eine verkrüppelte Gestalt heraustrat. Ein Schauder lief ihr den Rücken hinab, und ein Gefühl der Angst ergriff sie, als ob eine Hand sie bei den Haaren packte und sie nach unten zerrte, in die schwärzeste Finsternis ihrer Vergangenheit. Sie verspürte ein schmerzvolles Ziehen im Unterleib, presste die Schenkel zusammen und hielt den Atem an. Ihr stockte das Herz, als müsste sie sterben.

Benedetta presste den Finger auf die Wunde, die sie sich selbst mit der Nadel beigebracht hatte. Das Blut rann ihr über die Hand, es brannte furchtbar. Und ihr wurde bewusst, dass sie gefunden hatte, wonach sie gesucht hatte. Alles, was sie haben konnte. Sie fühlte sich so schmutzig, wie sie sich fühlen wollte. Kurz entschlossen verbeugte sie sich vor der eleganten, verkrüppelten Gestalt.

»Guten Abend, Fürst«, sagte sie und senkte den Kopf.

»Wer bist du?«, fragte Fürst Contarini in der dunklen Gasse.

»Eure demütige Dienerin, Euer Hochwohlgeboren.«

»Ach, die jungfräuliche Magd ...«, sagte der Fürst erfreut und sah Benedetta aufmerksam an. Dann streckte er eine Hand aus und berührte eine ihrer Locken. »Diese Farbe ...«, sagte er leise und verstummte.

»Benedetta!«, rief Zolfo aus, der mit einem schweren Bündel aus dem Haus kam. »Stell dir vor, wir leben jetzt im Haus des Fürsten!«

Contarini sah ihn an, er lächelte und wandte sich wieder Benedetta zu. »Ja, und da ist auch noch Platz für dich«, sagte er und schnalzte mit der Zunge, als hätte er ein köstliches Gericht vor sich stehen.

In der Zwischenzeit hatte das Boot, das Mercurio genommen hatte, sanft klatschend an der Mole des Fischmarktes angelegt. Mit einem geschickten Sprung ging er an Land und lief dann davon, ohne dem Gondoliere zu danken. Schon während der Überfahrt hatte er kein Wort gesagt. Er war völlig durcheinander. Benedetta hatte ihn betrogen, sagte er sich immer wieder vor. Und Giuditta dachte, dass er derjenige war, der sie betrogen hatte.

Vom Marktplatz hörte auch er die Trommeln. Schnell bog er ab, um dorthin zu gelangen. Er sah eine kleine Menschenmenge, die einem Herold der Serenissima lauschte. Auch Isaia Saraval war aus seiner Pfandleihe hervorgekommen und hörte sich an, was der Bote verkündete.

»Heute, am neunundzwanzigsten Tag des Monats März im Jahre des Herrn 1516, wird verkündet und angeordnet, dass alle Juden gemeinsam in dem Komplex von Häusern wohnen müssen, die sich im Ghetto bei San Girolamo befinden. Und damit sie nicht die ganze Nacht umhergehen, wird verkündet und angeordnet, dass an der Seite des Ghetto Vecchio, wo sich die kleine Brücke befindet, und gleichermaßen an der anderen Seite der Brücke zwei Tore zu errichten sind, je eines für die beiden genannten Orte. Jedes Tor muss morgens beim Klang der Marangona-Glocke geöffnet und abends um punkt Mitternacht durch vier christliche Wachen zugesperrt werden ...«

Mercurio lauschte dem Herold, und in seinem Kopf ging es vollkommen durcheinander. Jetzt weiß ich, wo ich dich finde, Giuditta, dachte er als Erstes. Doch dann wurde ihm klar, dass er besser als jeder andere wusste, was damit Giudittas Los war. Denn er war selbst lange Zeit zu einem ähnlichen Schicksal verurteilt gewesen. Er wusste genau, was es hieß, eingesperrt zu sein. Im Waisenhaus. In einer Hütte bei den Armengräbern, wo man ihn nachts an die Liege angekettet hatte. In einem Abwasserkanal, auch wenn er sich eingeredet hatte, dies wäre sein Zuhause und seine Freiheit. Er wusste nur zu gut, wozu Giuditta verurteilt worden war. Und er empfand großes Mitleid. Unendlichen Schmerz.

Er rannte zur Mole zurück, warf dem Gondoliere eine Münze zu und ließ sich auf die Rückseite von San Marco bringen, wo die unzähligen Galeeren lagen, die die Meere der Welt durchpflügten. Er sagte dem Gondoliere, er möge um jedes dieser Schiffe rudern. Er wusste noch nicht so genau, was er eigentlich vorhatte, aber dann sog er die Gerüche in sich auf, betrachtete die mächtigen Schiffsrümpfe, reckte die Nase nach oben, damit er die Spitzen der langen, starken Masten sehen konnte, stellte sich vor, wie die Riemen in die Wellen eintauchten und der Wind die Segel aufblähte. Und erst nachdem er sich an diesen Fantasiebildern berauscht hatte, befahl er dem Gondoliere, ihn nach Mestre zurückzubringen. Während er bei Sonnenuntergang über das Wasser zurückfuhr, begriff er, warum er die Schiffe hatte sehen wollen.

»Ich werde dich von hier fortbringen, Giuditta«, sagte er leise vor sich hin.

»Was?«, fragte der Gondoliere.

Mercurio antwortete ihm nicht. Er lächelte den Mond an, der langsam seine Bahn über den Himmel zog.

Er rannte zu Anna del Mercato nach Hause, weckte sie auf und erzählte ihr ganz aufgeregt: »Ich will frei sein. Das ist es, was ich will.«

Anna del Mercato rieb sich die Augen. Sie setzte sich auf und zündete eine Kerze an. »Sag das noch mal, aber sprich etwas langsamer, mein alter Kopf kann einem jungen Kerl wie dir nicht folgen.«

»Ich will ein Schiff haben«, erklärte Mercurio. »Ein Schiff ganz für mich allein. Und ich will über die Meere segeln, bis in die Neue Welt. Und ich will …« Er schloss die Augen. »Ich will einen Ort finden, an dem alle Menschen frei sind«, sagte er in einem Atemzug. »Einen Ort, an dem auch Giuditta frei sein kann.«

Anna del Mercato betrachtete ihn gerührt. Ihr kam es vor, als könnte sie die Begeisterung des Jungen spüren wie einen Windhauch, wie den Levante, wenn er übers Meer strich.

»Ist das ein Ziel?«, fragte Mercurio mit weit aufgerissenen Augen wie ein kleines Kind.

»Komm her, umarme mich«, sagte Anna. Und als sie ihn in ihren Armen spürte, schämte sie sich, weil sie an nichts anderes denken konnte als daran, dass sie Mercurio verlieren würde, wenn er diesen Traum tatsächlich wahr machte.

»Ist das ein Ziel?«, fragte Mercurio sie erneut.

»Ja, das ist ein großartiges Ziel, mein Junge …«

Mercurio drückte sie fester. »Und wirst du mit mir und Giuditta kommen?«, fragte er.

Da brach Anna in Tränen aus.

ZWEITER TEIL

Venedig – Mestre – Rimini

36

Schließen!«, befahl jemand.

Die Angeln quietschten, und die zwei großen Tore schlossen sich mit einem dumpfen Schlag. Man hörte, wie die Riegel kreischend vorgeschoben wurden, Metall auf Metall.

»Geschlossen!«, rief jemand.

»Geschlossen!«, wiederholte ein anderer.

Und dann war es still.

Die gesamte jüdische Gemeinde hatte sich auf dem Platz des Ghetto Nuovo versammelt. Niemanden hatte es zu Hause gehalten. Es hatte keine Ankündigung, keinen Aufruf gegeben, nein, sie hatten sich einfach so auf dem Platz eingefunden. Und auf allen Gesichtern lag dieselbe Bestürzung.

Zum ersten Mal in ihrem Leben wurden sie eingeschlossen. Dies war der erste Abend.

Ratlose Stille war dem Schließen der Tore gefolgt. Niemand wusste, was ihn erwartete, niemand bewegte sich. Alle Augen waren auf die von außen verriegelten Tore gerichtet.

»Wie Hühner in einem Hühnerhof«, sagte plötzlich eine alte Frau mit heiserer Stimme. »Abscheulich.«

In der Stille konnten alle sie hören.

»Fällt dir kein anderer Vergleich ein?«, fragte ein Mann neben ihr.

Auch seine Frage war für alle zu vernehmen.

»Wie eine Hand voll Wanzen in einer Zunderbüchse«, sagte die Alte darauf. »Wie eine Horde Kakerlaken in einem Nachttopf. Soll ich weitermachen?«

Jemand anderer sagte: »Nein.«

Darauf wurde es wieder still.

Auf einmal stimmte der Idiot der Gemeinde, ein schmächtiger Junge, der immer mit offenem Mund herumlief, sodass ihm der Speichel am Kinn heruntertroff, mit seiner krächzenden Stimme ein altes Schlaflied an, das man abends den Kindern vorsang: »Im Dunkeln leuchtet ein Licht ... Es leuchtet in dir ... Schließ die Augen, dann wirst du es sehen ...«

Ein kleines Mädchen von etwa fünf Jahren rieb sich müde die Augen, dann streckte es seine Hand aus und legte sie in die des Idioten.

»... schließ die Augen, dann wirst du es sehen ... das Licht des Engels, der über dich wacht ... und das Licht des Tages, der morgen neu erwacht ...«

Der Vater des Schwachsinnigen nahm gerührt die andere Hand seines Sohns und drückte sie, während die Mutter die Hand ihres Mannes nahm und ihren Kopf an seine Schulter lehnte. »Sing, mein Junge«, sagte sie leise.

»Und das Licht des Tages, der morgen neu erwacht ... Er wird dein Tag sein, mein lieber Schatz ... Denn in deinem Herzen ist die Dunkelheit schon Licht ...«

»Denn in meinem Herzen ist die Dunkelheit schon Licht ...«, wiederholten die Kinder auf dem Platz im Ghetto Nuovo, ganz so, wie es in dem Lied hieß.

Und ihre Eltern fuhren ihnen zärtlich durch die Haare und nahmen sie bei der Hand, während der Idiot das Lied zu Ende sang: »Denn in unserem Herzen ist die Dunkelheit schon Licht ... das Lamm hat zu seiner Herde zurückgefunden ... Schlaf, mein Liebes, schlaf ... Mein Engel, fürchte dich nicht ... denn es gibt keine Furcht im Licht.«

Nachdem wieder Stille eingekehrt war, diese neue, ungewohnte Stille, nahmen sich alle Mitglieder der Gemeinde, einer nach dem anderen, bei der Hand, ohne den Blick von dem verriegelten Tor zu lösen und ungeachtet dessen, wer neben ihnen stand. Sie bildeten eine Kette, die weder Anfang noch Ende hatte.

Darauf erhob sich die Stimme des Rabbis, ernst und tief bewegt: »Morgen bei Tagesanbruch, wenn sie die Tore öffnen, werden wir wieder nur eine Vielzahl Menschen sein. Doch heute Nacht sind wir ein einziger Mann.«

»Amen Sela«, antworteten alle auf dieses Gebet, das noch nie zuvor gesprochen worden war.

Wieder kehrte Stille ein.

Da hörte man jemanden von der anderen Seite der Mauer schreien: »Ich bringe dich von hier fort, Giuditta! Ich schwöre, ich bringe dich fort von hier!«

Alle Frauen, jungen Mädchen und sogar die Kinder, die Giuditta hießen, fragten sich, wer da wohl rief, und die Eitelsten unter ihnen hofften, sie wären gemeint. Doch nur Giuditta di Negroponte erkannte Mercurios Stimme. Ein starkes Gefühl übermannte sie, als hätte diese Stimme etwas in ihr aufgewühlt, obwohl sie sich geschworen hatte, dass sie nie wieder an ihn denken wollte.

Ihr Vater Isacco drehte sich zu ihr um.

Giuditta errötete. »Lass uns nach Hause gehen«, sagte sie hastig. »Mir ist kalt.«

Im Nu hatten die beiden Wachen auf dem Boot, das die Wasserwege um das abgesperrte Judenviertel kontrollierte, die Planke entdeckt, die in einem schmalen Seitenkanal wie eine kleine Brücke zu der kürzlich aus Ziegelsteinen erbauten Umfassung führte, und auch die dunkle Gestalt, die auf die Mauer geklettert war.

»Komm da runter!«, schrie der eine Wachmann, während der andere seine Armbrust spannte.

Mercurio hob die Hände zum Zeichen, dass er sich ergab, und ließ sich dann von der Mauer herab.

Eine der Wachen packte ihn brutal und versetzte ihm einen

Stoß, dass er auf dem dreckigen Boden des Bootes hinschlug. »Was hast du dir denn dabei gedacht, Dummkopf?«, fuhr er ihn an. Dann gab er seinem Begleiter einen Wink, er solle an die Ruder gehen, und wenig später legten sie an der Fondamenta degli Ormesini an.

Eine kleine Gruppe schaulustiger Christen drängte sich bis an die hellen Quader aus istrischem Kalkstein, die die Ufer des Rio di San Girolamo gegenüber dem Ghetto Nuovo begrenzten. Auch ihre Augen waren nur auf das geschlossene Tor gerichtet. Und selbst diejenigen, die sonst keinen Hehl aus ihrer Verachtung für die Juden machten, wirkten bestürzt und entsetzt, als könnten nicht einmal sie glauben, dass es so weit gekommen war.

»Guter Gott«, sagte eine Frau, die ihre Tochter an der Hand hielt, und bekreuzigte sich. »Wir haben sie eingesperrt wie Vieh.«

Einer der Wachleute verließ das Boot und bahnte sich, Mercurio im Schlepptau, seinen Weg durch die Menge zu einem plumpen rötlichen Gebäude. Der Mann öffnete die Tür und stieß den Jungen in ein bedrückend wirkendes Zimmer mit niedriger Decke, in dem es nach Wein stank. »Hauptmann, wir haben diesen Jungen erwischt, als er laut schrie, dass er ein Mädchen aus dem Ghetto befreien will. Vielleicht ist er ja Jude.«

Der Hauptmann blickte von seiner Weinflasche auf. Man sah ihm an, dass er Schwierigkeiten hatte, den Gefangenen zu erkennen. Doch dann entspannte sich sein angestrengtes Gesicht, und er lachte laut auf. »Der halbgare Priester!«, rief er.

Mercurio erwiderte lächelnd den Blick des Hauptmanns.

»Lass uns allein, Serravalle«, befahl Lanzafame dem Wachmann.

Dieser nickte, verließ den Raum und schloss die Tür.

»Setz dich, halbgarer Priester«, sagte Lanzafame, dessen Laune sich schlagartig gebessert hatte, und deutete auf einen dreibeinigen Schemel am Tisch. »Trink mit mir«, forderte er ihn auf und hielt ihm eine Flasche hin.

»Nein danke, ich trinke nicht.«

»Du wirst mit mir trinken, Junge. Aus Höflichkeit.«

Mercurio führte die Flasche an den Mund und hielt sie schräg, als würde er trinken, doch er verschloss die Öffnung mit der Zungenspitze, sodass kein Wein fließen konnte. Er tat so, als würde er schlucken, und gab dem Hauptmann die Flasche zurück.

Lanzafame grinste ihn an. »Genauso habe ich es bei meinem Vater gemacht, als ich klein war und er mich zum Trinken zwingen wollte«, sagte er und schüttelte traurig den Kopf. »Hätte ich es doch nur weiter getan.«

»Ihr irrt Euch, Hauptmann, ich habe getr…«

»Halbgarer Priester«, unterbrach ihn Lanzafame und schlug mit der Faust auf den Tisch. »Ich akzeptiere, dass du nicht trinkst. Ich habe sogar darüber gelacht. Aber vergelte es mir nicht, indem du mich für dumm verkaufst, sonst werde ich wütend.«

»Verzeiht mir«, sagte Mercurio und schaute verlegen zu Boden.

»Gut so«, erwiderte Hauptmann Lanzafame, setzte die Flasche an und trank sie leer. »Serravalle!«, schrie er dann.

Die Wache erschien in der Tür. Der Mann hatte langes kastanienbraunes Haar, das sich um sein rundes, von einem Spitzbart verlängertes Gesicht lockte. Seine hellen, lebhaften Augen erkannten sofort, wonach der Hauptmann verlangte. Er öffnete den Schrank links von der Tür, holte eine Flasche heraus und entkorkte sie mit seinem Messer. Dann verließ er den Raum.

»Er war ein guter Soldat. Einer der besten. Und jetzt bewacht er die Juden«, brummte Lanzafame wütend und sah Mercurio mit leeren Augen an.

»Ich wusste nicht, dass Ihr diesen Trupp befehligt«, sagte Mercurio, um das Schweigen zu brechen.

»Trupp?« Lanzafame tauchte wieder aus seinen Gedanken auf. »Auch die Cattaveri nennen es so. Aber ganze acht Männer, vier zu Fuß und vier zu Schiff, sind kein Trupp. Und kein Trupp Soldaten würde eine Gruppe unbewaffneter Juden bewachen. Warum auch? Damit sie nachts nicht rausgehen?« Lanzafame nahm einen Schluck aus der neuen Flasche. »Morgens öffnen wir die Tore, und die angeblichen Gefangenen gehen, wohin sie wollen ... und die Christen betreten das Gebiet, leihen sich Geld und treiben Handel mit ihnen ... Und warum das Ganze? Weil die Christen Angst vor der Nacht haben, Junge. Wie die kleinen Kinder. Diese Posse wird nicht lange dauern.«

Mercurio nickte stumm, er wusste nicht, was er sagen sollte.

»Wo ist dein Talar?«, fragte ihn der Hauptmann.

»Hab ich verloren.«

»Nun, Gott wird mir verzeihen, wenn ich sage, dass mir das nicht leidtut. Ich habe es sowieso für Verschwendung gehalten, dass du Priester werden wolltest. Und was hast du jetzt vor?«

»Ich möchte ein eigenes Schiff haben«, antwortete Mercurio leidenschaftlich.

»Vom halbgaren Priester zum Halbidioten – nicht gerade ein großer Fortschritt«, bemerkte Lanzafame spöttisch grinsend.

Mercurio verzog jedoch keine Miene. »Eines Tages werde ich mein eigenes Schiff haben.«

Lanzafame war beeindruckt von der Kraft, die von dem Jungen ausging. Eine Kraft, die er selbst, wie er wusste, nicht mehr besaß. Wehmütig dachte er an den Mann zurück, der er einmal gewesen war und nun nicht mehr sein konnte. »Das ist so dermaßen dumm und aberwitzig!«, sagte er dann mit unerwarteter Heftigkeit. »Aber ich schwöre dir hier und jetzt, wenn dir das jemals gelingen sollte, dann komme ich mit und gebe dir Geleitschutz, ohne einen einzigen Soldo von dir zu verlangen.«

Mercurio ging darauf ein: »Ich nehme Euch beim Wort.«

Lanzafame sah ihn durch den düsteren Schleier an, den der Wein auf seine Seele gelegt hatte. Dann nahm er wieder Haltung an. »Und wer ist dieses Mädchen, das du befreien willst?«

»Ihr kennt sie nicht«, versuchte Mercurio sich herauszureden.

»Und woher willst du verdammt noch mal wissen, wen ich kenne, Junge?«

Mercurio schwieg.

»Doch nicht etwa die Tochter des Doktors?«

»Welcher Doktor?«

»Langsam machst du dich unbeliebt, Junge.« Lanzafame beugte sich über den Tisch und richtete drohend einen Finger auf Mercurios Brust. »Und das ist nicht gut für dich. Mir stinkt es schon genug, dass ich hier sein muss. Vor einem halben Jahr war ich einer der Helden von Marignano, und jetzt muss ich den Nachtwächter spielen, um mein Dasein zu fristen. Du begreifst wohl, dass ich nicht gerade bester Laune bin.«

Mercurio nickte zerknirscht. »Ja, sie ist es.«

Lanzafame stöhnte. Dann wechselte er das Thema: »Ach übrigens, der Junge, den du mitgeschleppt hast, läuft jetzt dem Mönch hinterher, der zurzeit in ganz Venedig sein Gift verbreitet. Was für ein Paar!«

»Hm.«

»Solltest du ihn und dieses Mädchen nicht einem mächtigen Mann der Kirche übergeben?«

»Ja, das sollte ich eigentlich …«

Lanzafame nickte.

»Doch dieser mächtige Mann hat nie existiert, und deshalb …«

Mercurio grinste.

Lanzafame lächelte ebenfalls. »Und was ist aus ihr geworden?«

»Das weiß ich nicht. Wir haben uns aus den Augen verloren.«

»Schade. War ein hübsches Mädchen.«

»Wenn ich sie sehe, sage ich ihr, sie soll Euch bei Gelegenheit einen Besuch abstatten.«

»Ich bin zu alt für sie. Aber für dich wäre sie genau richtig. Außerdem ist sie Christin und keine Jüdin«, sagte Lanzafame. »Meinst du nicht, dass es mit ihr viel einfacher wäre?«

»Das Einfache reizt mich nicht«, erwiderte Mercurio schulterzuckend.

»He du! Was willst du hier?«, hörten sie auf einmal Serravalle vor dem Fenster. »Verschwinde!«

Lanzafame drehte sich um und fragte laut: »Wer ist da, Serravalle?«

»Niemand, Herr«, antwortete Serravalle. »Nur ein Mädchen.«

Lanzafame sah Mercurio an. »Vielleicht ist das ja deine Christenfreundin.«

»Sie ist nicht meine Freundin«, widersprach Mercurio.

»Na, wie auch immer. Ich dachte vorhin schon, ich hätte sie hier gesehen …«

»Das kann nicht sein«, unterbrach ihn Mercurio.

Lanzafame sah ihn erstaunt an. »Und warum nicht?«

Mercurio überlegte, dass er das im Grunde nur gesagt hatte, weil ihm die Vorstellung nicht gefiel. Benedetta hatte ihm schon genug Schwierigkeiten bereitet. »Ich weiß nicht«, sagte er und schaute zu Boden. »Ich habe wohl Unsinn geredet.« Dann sah er Lanzafame an. »Jedenfalls ist sie mir genauso egal wie die einfachen Dinge.«

»Vielleicht solltest du dich daran gewöhnen, wenigstens solange ich hier Wache halte«, sagte Lanzafame entschieden. »Selbst wenn das hier eine Posse ist, die mir nicht gefällt, werde ich immer meine Pflicht tun, vergiss das nie. Lass dich hier nicht mehr erwischen. Und setz dem jüdischen Mädchen keine Flausen in den Kopf. Wenn sie nachts draußen aufgegriffen wird, kann das übel für sie enden.« Er sah Mercurio eindringlich an und schwieg.

Mercurio erkannte den Mann kaum wieder, den er einst gewappnet und gespornt hoch zu Ross hatte sitzen sehen. Den stolzen Kriegerblick, der ihn so gefesselt hatte, konnte er nicht mehr entdecken. Er empfand Mitleid mit ihm.

Als hätte er Mercurios Gedanken lesen können, nahm Lanzafame zornig einen tiefen Zug aus seiner Weinflasche und stand schwankend auf. »Verschwinde, Junge. Mach dich auf den Weg. Ich habe zu tun.« Er ging zur Tür, öffnete sie und winkte Mercurio hinaus. »Lass ihn laufen, Serravalle«, sagte er. »Und du geh wieder auf das Boot.«

»Ja, Herr«, erwiderte Serravalle. Er packte Mercurio am Arm und schleppte ihn bis zur Fondamenta degli Ormesini. Dann bückte er sich und hob drohend einen Stein auf. »Verschwinde, du räudiger Köter!«

Als Mercurio außer Reichweite war, setzte Hauptmann Lanzafame noch einmal die Weinflasche an und trank, dann nahm er einen kleinen Becher aus Bein und die Würfel und verließ den Raum. Er lief zum Tor des Ghettos, bedeutete den Wachen, ihm zu öffnen, und trat ein.

Isacco erwartete ihn bereits.

»Guten Abend, Doktor«, sagte Lanzafame.

»Guten Abend, Hauptmann«, erwiderte Isacco lächelnd.

»Wie wär's mit einer Partie Würfeln?«

»Was wird man von Euch denken, wenn man Euch zusammen mit einem Juden sieht?«

»Was wird man von dir denken, wenn man dich zusammen mit einem Goi sieht?«

Die beiden Freunde setzten sich auf den Boden, den Rücken an die Mauer gelehnt. Dann warf der Hauptmann die Würfel.

»Weißt du, wem ich heute Abend begegnet bin?«, fragte Lanzafame.

»Soll ich so tun, als wüsste ich es nicht?«, antwortete Isacco und schüttelte den Kopf.

»Wie? Du weißt es also?«

»Es war schließlich nicht zu überhören, was er aus vollem Hals gebrüllt hat.«

Lanzafame lachte. »Ein netter Kerl, nicht wahr?«

»Wenn ich nicht Giudittas Vater wäre, fände ich ihn wesentlich sympathischer.«

»Das kann ich verstehen.« Lanzafame nickte. »Du bist dran. Würfel.«

Isacco schüttelte die Würfel in dem Becher aus Bein und warf sie.

»Diese Posse ist bald vorbei, Doktor«, erklärte Lanzafame.

»Eine Posse ist es nur für den, der es von draußen sieht, Hauptmann. Aber für uns hier drinnen ist es keineswegs eine Posse, glaubt mir.«

Lanzafame schwieg eine Weile. »Es wird bald vorbei sein«, wiederholte er dann.

»Es hätte niemals beginnen dürfen«, bemerkte Isacco düster.

Lanzafame sammelte die Würfel auf und warf sie zerstreut. Dann gab er den Becher an Isacco weiter, der ebenfalls nicht richtig bei der Sache war. Als der Hauptmann schließlich die Punkte zusammenzählte, hielt er eine billige, dünne Halskette in der Hand und fuhr mit dem Daumen darüber.

Isacco erkannte sie wieder. »Sie ist von Marianna, nicht wahr?«, fragte er.

Lanzafame legte die Würfel in den Becher zurück, doch er warf sie nicht, sondern blieb wie erstarrt sitzen und ließ die Kette wie einen Rosenkranz durch seine Finger gleiten.

»Ich werde nie mehr als Arzt arbeiten.«

»Das ist ein Fehler.«

»Hauptmann, ich bin kein Arzt. Ich bin ein Betrüger ...«

»Alle Ärzte sind Betrüger«, lachte Lanzafame bitter.

»Ich meine es ernst. Ich bin ein Gauner.«

»Hör mal, Isacco.« Lanzafame setzte den Würfelbecher ab und packte Isacco am Kragen seiner Jacke. »Ich bin kein Beichtvater, und du bist ohnehin kein Christ. Deshalb hat es keinen Sinn, wenn du bei mir beichtest, und noch weniger, wenn ich mir das anhöre.« Er ließ ihn los. »Ich weiß, wer du bist. Alles andere interessiert mich nicht«, sagte er entschlossen und sah wieder hinunter auf die Kette.

»Fehlt sie Euch?«, fragte Isacco leise.

»Wie die Luft zum Atmen«, antwortete Lanzafame ohne aufzusehen. »Ich habe es ihr nie gesagt. Ebenso wenig wie ich es mir selbst eingestanden habe.«

»Manche Menschen gehen einem unter die Haut.«

Lanzafame sah ihn an. Seine Augen waren vom Wein und von Tränen getrübt. »Deine Frau, ist die dir unter die Haut gegangen?«

»Ja«, antwortete Isacco seufzend. »Und das tut sie immer noch.«

Schließlich gab sich Lanzafame einen Ruck. »Spiel, Doktor. Ich kann es nicht leiden, wenn wir der Vergangenheit hinterherjammern.«

Isacco würfelte, doch keiner von ihnen hob die Würfel auf.

»Vielleicht ist deine Tochter Giuditta diesem Jungen genauso unter die Haut gegangen«, sagte Lanzafame.

Isacco zuckte die Schultern. »Sein Pech.«

»Oder sein Glück«, entgegnete Lanzafame. »Wir haben unsere Frauen verloren. Er hat die seine gerade gefunden.«

»Wollt Ihr nun spielen oder reden, Hauptmann?«, fuhr Isacco auf.

Lanzafame warf die Würfel und nickte nachdenklich. »Es stimmt schon, dieser Junge bringt nichts als Schwierigkeiten.«

»Das könnt Ihr laut sagen«, brummte Isacco.

Lanzafame schlug ihm auf die Schulter. »Aber du magst ihn doch. Gib es ruhig zu.«

Isacco stand auf. »Ihr könnt ja so tun, als wüsstet Ihr es nicht, aber ich bin ein Betrüger«, sagte er noch einmal ernst. »Ich bin von Negroponte fortgegangen, weil es dort mittlerweile allgemein bekannt war. Und Giuditta hätte keine Zukunft gehabt, denn keiner heiratet die Tochter eines Betrügers, außer er ist selbst einer. Ich bin auch deshalb hierhergekommen, damit sie eine Chance hat. Und da soll mich doch auf der Stelle der Blitz treffen, wenn ich jetzt nach dieser meilenweiten Reise diesen kleinen Schurken an sie ranlasse.«

»Das wäre schon ein böser Scherz des Schicksals, nicht wahr?«, lachte Lanzafame.

»Tut Ihr Eure Arbeit, Hauptmann. Gebt schön Acht, dass in der Nacht nicht unschuldige Christenkinder von gefährlichen Juden gemeuchelt werden«, sagte Isacco verärgert und mit hochrotem Gesicht. »Ich gehe jetzt schlafen.«

Lanzafame lachte erneut. Er sah Isacco den inzwischen menschenleeren Platz des Ghetto Nuovo überqueren. Er beobachtete, wie er unter den Bogengang trat, wo Asher Meshullam inzwischen schon eine neue Pfandleihe eingerichtet hatte, und dann in einem schmalen Hauseingang verschwand. Dann blickte Lanzafame nach oben. Im vierten Stock flackerte eine Kerzenflamme in einem Fenster. Er stellte sich vor, wie dort ein jüdisches Mädchen von einem Christenjungen träumte. Dieser Gedanke rührte ihn, doch gleich darauf spürte er eine schmerzliche Leere in seiner Seele. Schnell rief er nach der Wache, man möge ihm die Tore öffnen, und eilte mit hastigen Schritten zurück zu seiner Flasche Malvasierwein.

37

Mit Tränen in den Augen lief Benedetta durch die engen Gassen. Als sie mit einem dicken Mann zusammenstieß, stolperte sie und fiel hin. Beim Aufstehen schmerzte ihr Knie heftig, und sie sah, dass ihr Kleid zerrissen war. Der Mann schrie ihr etwas hinterher, doch sie rannte hastig weiter, aus Angst, in ihren eigenen Tränen zu ertrinken, wenn sie stehen bliebe.

Seit mehr als zwei Wochen war Mercurio verschwunden. In der abwegigen Hoffnung, er würde wiederkommen, hatte Benedetta im Gasthaus auf ihn gewartet. Sie hatte sogar schon überlegt, zu Anna del Mercatos Haus zu gehen, aber dann war ihr klar geworden, dass sie eine zweite Zurückweisung nicht ertragen hätte. Vielleicht war sie zu stolz dazu. Zu verängstigt. Oder zu schwach. Sie war einsam, so einsam wie noch nie in ihrem Leben. Und so war sie wie gelähmt auf ihrem Lager im Gasthaus liegen geblieben und hatte sich von den Läusen auffressen lassen.

Doch an diesem Morgen hatte sie im Halbschlaf die Herolde auf der Straße laut verkünden hören, dass mit sofortiger Wirkung das Dekret der Serenissima über die Juden in Kraft treten sollte. Am Abend, wenn die Marangona-Glocke von San Marco läutete, würde man sie einschließen. Daraufhin hatte Benedetta sich entschlossen, hinzugehen und dabei zuzusehen, getrieben von dem geheimen Wunsch zu leiden, der jedem Liebenden eigen ist. Unbewusst wollte sie sich wohl überzeugen, ob Mercurio ebenfalls dort wäre.

Aber auf das, was vor dem Eingang zum Ghetto geschah, was sie dort hörte, war sie in keiner Weise vorbereitet gewesen. Sie hatte Mercurios Stimme sofort wiedererkannt. Als er mit dieser Leidenschaft im Herzen Giuditta zugerufen hatte, er werde sie von dort fortbringen, hatte Benedetta geglaubt, sie müsse sterben. Zunächst war sie weggerannt, der Schmerz, die Demütigung und der Hass auf dieses dumme jüdische Mädchen hatten sie schier zerrissen. Doch dann war sie stehen geblieben und zurückgelaufen zu der Stelle am Kanal, wo sie Mercurios Stimme gehört hatte. Sie wollte ihn sehen. Obwohl sie wusste, dass der Schmerz noch zunehmen würde, war sie zurückgekehrt. Und als man ihn in die Hütte der Wachen schleppte, hatte sich Benedetta an ein Seitenfenster gestellt und die gesamte Unterhaltung zwischen Mercurio und Lanzafame belauscht, bis sie entdeckt und weggejagt worden war.

Benedetta lief immer weiter, bis sie zu den Arkaden kam, die zum Campo San Bartolomeo führten.

Mercurio hatte sie als etwas »Einfaches« abgetan. Sie hatte es genau gehört. Für ihn zählte sie nicht, es war, als ob sie nicht einmal existierte.

Eilig flüchtete sie sich wieder in das Gasthaus und rannte die Treppe hinauf, wobei sie immer zwei Stufen auf einmal nahm. Dann warf sie sich auf das von Ungeziefer wimmelnde Lager, und allmählich wurde ihr klar, dass sie gar nicht so genau wusste, ob sie aus Liebe litt oder aus verletztem Stolz. Nur eins wusste sie ganz sicher: Sie beneidete dieses jüdische Mädchen glühend, weil es in ihren Augen alles hatte, ohne je einen Finger dafür gerührt zu haben.

»Du verdienst ihn nicht, du kleine Schlampe!«, schrie sie wütend, und dann begann sie zu weinen und drückte ihr Gesicht in das mit Kleie gefüllte Kissen.

In dieser Nacht tat sie kein Auge zu. Als wollte sie sich noch mehr quälen, versuchte sie immer wieder, sich Mercurios schönes Gesicht vor Augen zu führen, doch es verschwamm in ihren Gedanken. Stattdessen sah sie Giudittas Züge umso schärfer vor sich. Benedetta schüttelte sich in dem Versuch, das Bild ihrer Rivalin zu vertreiben, als wäre es eine lästige Hornisse. Schließlich erschienen in ihrem Kopf abwechselnd das Gesicht von Giuditta und das ihrer Mutter, bis sie irgendwann in einen unruhigen Schlaf fiel. In einem ihrer Träume sprach ihre Mutter zu ihr.

Bei Tagesanbruch betrat sie ein öffentliches Bad hinter Rialto und wusch sich so gründlich wie schon seit Wochen nicht mehr. Sie ließ sich von Wanzen und Läusen befreien, rieb sich den Körper mit einer Lavendelsalbe ein und putzte sich die Zähne mit einem Brei aus Minze und Zedernöl. Dann ging sie zu einem Fleischer und kaufte, was sie benötigte.

Ihre Entscheidung war gefallen.

An der Anlegestelle nahm sie eine Gondel und nannte eine Adresse.

Als Benedetta die Gondel verließ, spürte sie einen Kloß im Hals.

Sie betrachtete den Canal Grande, als sähe sie ihn zum ersten Mal. Dann wandte sie sich dem Palazzo zu, der sie schon zu erwarten schien. Sie sah an dem dreistöckigen Gebäude hoch, dessen fein ziselierte Fassade noch hervorgehoben wurde von schlanken, paarweise gewundenen Marmorsäulen, die auf dem schwarz geäderten grünen und gelben Marmor wie helle Ausrufungszeichen wirkten. Die Fenster waren aus bleigefasstem buntem Glas. Der kleine Balkon des *piano nobile,* des großzügigen ersten Stockes, wurde von einer großen golden und purpurn gestreiften Stoffmarkise beschattet, die auf vier lange schwarze Pfosten gespannt war, welche mit Löwenköpfen mit vergoldeten Mähnen gekrönt waren.

Entschlossen, ihr Vorhaben zu Ende zu bringen, ging Benedetta auf den Palazzo zu.

Ein Diener mit einer smaragdgrünen Jacke und gelben Hosen verneigte sich ehrerbietig vor ihr. »Seine Exzellenz erwartet Euch und wird Euch in seinen Gemächern empfangen«, sagte er feierlich und geleitete sie in den Palazzo.

Zu beiden Seiten der im Halbdunkel gelegenen Eingangshalle gingen große Räume ab, die das Tageslicht in sich aufnahmen, vielfach gebrochen durch die verzerrenden Linsen der mundgeblasenen Fensterscheiben. Im Hintergrund der Eingangshalle führte eine riesige, in einen schmiedeeisernen Rahmen gefasste Glastür auf einen gepflegten Garten mit niedrigen Buchsbaumhecken. In ihrer Mitte stand ein Brunnen in Form einer halbnackten Frau, die ihre Brüste mit den Händen zusammendrückte. Aus ihren Brustwarzen floss Wasser, das sie einer Putte anbot, die mit erhobenen Armen vor ihr stand.

Benedetta lief ein Schauder über den Rücken, als sie bemerkte, dass die Putte im Brunnen einen normalen und einen verkrüppelten Arm hatte, dessen verkümmerte Hand sich wie in einem Krampf zusammenzog.

Sie folgte dem Bediensteten über die breite Treppe, die ins Innere des Palazzos führte. Im ersten Stock durchschritten sie eine zweiflügelige Tür aus honiggelbem Nussbaum, über der ein in Granit gehauener Heiliger segnend die Arme ausbreitete. Von dort aus gelangte man sofort auf eine übermäßig große und lichtdurchflutete Galerie, deren fünf bodentiefe Fenster auf den Canal Grande gingen, während eine Spiegeltür nach hinten hinaus zur Gartenseite wies.

Ab Augenhöhe waren die Wände bis zu der mit Blumenmustern verzierten Kassettendecke vollständig mit Bildern und Gobelins bedeckt, wertvolle Teppiche zierten die Fußböden. Sessel, Sofas, Stühle und orientalisch anmutende Sitzkissen waren, einem bestimmten Muster folgend, im ganzen Raum verteilt.

Gefolgsleute des Hausherrn und zahllose Hunde aller Größen und Rassen hatten sich darauf niedergelassen. Und Menschen wie Tiere wirkten gleichermaßen gelangweilt. Im Raum hing ein durchdringender, unangenehmer Geruch. Auf einem hellen Orientteppich mitten in der Galerie thronte vollkommen unbeachtet ein großer Hundehaufen.

Benedetta wunderte sich, dass keine einzige Frau zu sehen war.

Einige der Männer und Hunde blickten zu ihr hoch. Ein Hund bellte träge, und einer der Männer warf ihr eine Kusshand zu.

»Hier entlang, folgt mir bitte«, sagte der Diener und durchquerte die Galerie, dann öffnete er eine Tür und wies ihr ein Zimmer an.

Kaum war Benedetta durch die Tür geschritten, schloss der Diener sie hinter ihr und ging wieder vor ihr her, führte sie durch ein Labyrinth aus großen und kleinen Zimmern, die nach und nach immer dunkler wurden. Schließlich blieb er vor einer breiten zweiflügeligen, mit Damast bezogenen Tür stehen, zu deren beiden Seiten zwei Wandleuchter eingelassen waren, jeder mit einem Dutzend Kerzen bestückt. Die Kerzen tropften auf den Boden, als würden sie Tränen vergießen. Der Diener trat beiseite, öffnete einen Flügel und bedeutete Benedetta einzutreten.

»Seine Exzellenz wird zu Euch kommen, sobald es ihm beliebt.«

Benedetta betrat das Zimmer und fuhr zusammen, als die Tür hinter ihr zufiel. Sie empfand eine gewisse Verzweiflung, als sie hörte, dass der Diener die Tür zweimal verriegelte. Instinktiv klammerte sie sich ängstlich an die Klinke. Doch dann gemahnte sie sich selbst zur Ruhe.

Du weißt genau, warum du hier bist, sagte sie sich und holte tief Luft.

Als sie wie erstarrt auf dem Lager im Gasthaus gelegen hatte und der Schmerz in der Stille zunehmend unerträglich geworden war, hatte sie erkannt, dass ihr Hass auf Giuditta sie schlimmer als alles Ungeziefer aufzehren, ja bis auf die Knochen zerfressen würde, wenn sie dort liegen bliebe. Deshalb hatte sie sich entschlossen, die Einladung des Fürsten anzunehmen, die er am selben Tag ausgesprochen hatte, als Mercurio sie weggestoßen hatte. Das hatte ihr ihre Mutter eingegeben, die sie besser kannte als jeder andere. Sie wusste, wer Benedetta wirklich war. Du weißt genau, warum du hier bist, wiederholte sie sich stumm.

Benedettas Augen hatten sich allmählich an das Halbdunkel gewöhnt, und sie erkannte, dass sie sich in einer Art Vorzimmer befand, das schwarz gestrichen war und dessen dunkle Enge einem den Atem nahm. Durch einen dicken Vorhang vor ihr fiel Licht herein. Benedetta trat vor, schob den Vorhang beiseite und stand plötzlich in einem riesigen, in Himmelblau und Gold gehaltenen lichten Raum von schlichter Eleganz. In der Mitte des Zimmers stand ein einfacher Tisch mit schlanken, gewundenen Beinen, die vergoldet und dezent verziert waren. Seine Platte war mit ledergebundenen Büchern und Pergamenten bedeckt. Der Tisch stand auf einem großen himmelblau-goldenen Teppich, dieselben Farben, die auch den übrigen Raum beherrschten. In einer halbkreisförmigen Nische hatte man einen vergoldeten Alkoven eingerichtet, dessen fein verzierte Säulen an jeder Ecke einen beinahe transparenten, golddurchwirkten Stoffhimmel stützten. Die Überdecke des Bettes aus himmelblauer Seide war ebenfalls von zarten goldenen und weißen Streifen durchzogen. Ihre Mitte schmückte ein handgesticktes Familienwappen. In den beiden vollkommen gleichen Kaminen, die einander gegenüberstanden, knisterten Eichenscheite, und im Zimmer lag ein hauchfeiner Duft nach Jasmin. Die Wände waren nackt. Benedetta sah hinauf zur Zimmerdecke. Das Gemälde zeigte einen Himmel mit duftigen weißen Wolken und ein rothaariges Mädchen in einem weißen Kleid mit einer Haut, die gleichermaßen hell war wie sein Gewand. Das Mädchen saß lächelnd auf einer Schaukel.

Während sie in die Betrachtung des Bildes versunken war, hörte Benedetta eine schrille Stimme: »Erkennst du dich wieder?«

Sie wandte sich um, doch dort war niemand.

Sie hörte jemanden gedämpft lachen, dann fuhr die Stimme fort: »Du erkennst dich noch nicht wieder?«

Benedetta versuchte herauszufinden, woher die Stimme kam.

»Rechts vom Bett ist eine kleine Tür. Öffne sie.«

Benedetta gehorchte. Dahinter lag auf einem Stuhl eine makellos weiße Tunika.

»Zieh das an!«, sagte die grelle Stimme.

Benedetta sah sich um.

»Entkleide dich und zieh das an«, wiederholte die Stimme. »Ich will dir dabei zusehen.«

Benedetta spürte, wie sich ihr Hals immer mehr zuschnürte. Du weißt genau, warum du hier bist, dachte sie wieder. Sie führte die Hand an die Tasche ihres billigen Kleids und berührte das, was sie für diese Gelegenheit vorbereitet hatte. Dann holte sie tief Luft. »Ich muss pinkeln«, sagte sie und blieb regungslos stehen.

Schweigen breitete sich im Zimmer aus.

Dann fuhr die Stimme verärgert fort: »Hättest du nicht vorher daran denken können?«

»Euer Gnaden, ich bitte Euch um Verzeihung«, sagte Benedetta demütig.

Wieder herrschte lange Schweigen.

»Unter dem Bett steht ein Nachttopf...«

Benedetta fuhr zusammen. Sie konnte ihr Vorhaben nicht unter den Augen des Hausherrn durchführen.

»... aber verdirb nicht alles. Geh zum Pissen ins Vorzimmer, damit ich dir nicht dabei zusehen muss. Beeil dich!«

Benedetta seufzte erleichtert auf. Sie kniete sich am Fußende des Bettes hin, streckte eine Hand aus und nahm den emaillierten Nachttopf. Dann ging sie durch den dicken Vorhang ins dunkle Vorzimmer und holte das Benötigte heraus. Sie hob ihren Rock, befeuchtete sich zwischen den Beinen und schob das Mitgebrachte tief genug, aber nicht zu tief hinein, wobei sie sorgsam darauf achtete, dass es nicht platzte. Sodann fiel ihr auf, dass der Nachttopf noch leer war. Jeder würde merken, dass sie ihn nicht benutzt hatte. Deshalb ließ sie ihn laut über den Boden rollen, schob den Vorhang beiseite und kehrte in das himmelblau-goldene Zimmer zurück.

»Verzeiht mir, edler Herr, aber ich habe den Nachttopf umgeworfen …«, sagte sie.

»Das interessiert mich nicht!« Die Stimme klang verärgert.

Benedetta senkte den Kopf.

Darauf folgte erneut langes Schweigen. Dann sagte die Stimme, die anscheinend ihre Gelassenheit wiedergefunden hatte, zu ihr: »Zieh dich aus. Wirf diese schrecklichen Kleider unter das Bett, damit ich sie nicht ansehen muss. Und zieh die Tunika an.«

Benedetta begann sich auszuziehen.

»Langsam«, sagte die Stimme. »Knopf für Knopf … und jedes Kleidungsstück einzeln …«

Benedetta löste langsam die Knöpfe ihres Mieders und streifte es ebenso langsam ab. Mit der gleichen Gemächlichkeit löste sie die Bänder ihres Kleides und ließ es träge zu Boden gleiten. Danach schlüpfte sie aus dem Hemd und stand nun vollkommen entblößt da. Sie wollte sich die Tunika überstreifen, als die Stimme sie aufhielt: »Nein! Lass erst deine Kleider verschwinden!«

Benedetta sammelte sie auf und schob sie unter das Bett.

»Sehr gut. Nun zieh die Tunika an.«

Benedetta streifte sich das Gewand über. Es war aus weicher

Seide, die ihr, einer sanften Liebkosung gleich, einen Schauer den Rücken entlanglaufen ließ.

»Also dann«, hörte sie die schrille Stimme. »Erkennst du dich jetzt wieder?«

Benedetta verstand nicht, was gemeint war.

Die Stimme kicherte. »Sieh nach oben.«

Benedetta sah an die Decke und bemerkte, dass sie genauso angezogen war wie das Mädchen. Und dass sie die gleiche Haarfarbe und Alabasterhaut wie dieses hatte.

»Ja ... jetzt erkennst du dich wieder«, raunte die Stimme zufrieden.

Eine kleine, in der Wand verborgene Tür öffnete sich.

Fürst Contarini hinkte herein, auf seinen ungleich langen Beinen, den verkrüppelten Arm ausgestreckt, um die Balance zu halten, und mit dem Buckel, der sich über seiner linken Schulter wölbte. Er war ganz in Weiß gekleidet, einschließlich der leichten, ausgeschnittenen Schuhe mit schlichten Schnallen, golden wie die Knöpfe seiner eng anliegenden maßgeschneiderten Jacke, deren beide Ärmel ungleich lang waren, um die Missbildung des Fürsten zu verbergen.

Benedetta war versucht zu fliehen, aber ihre Beine waren wie gelähmt. Sie starrte den schreckenerregenden Fürsten an, der auf sie zukam.

Er nahm sie bei der Hand, führte sie zu dem Alkoven und ließ sie sich in der Mitte des Bettes niederlegen. Dann verschränkte er ihre Arme über der Brust wie bei einer Toten. Dabei entblößte er seine spitzen Zähne und lächelte sie an, doch sein Blick war grausam und kalt. Dann legte er ihr einen Kranz aus Jasminblüten in die Hände. Er ging ans Fußende des Bettes, spreizte ihre Beine und schob die beiden Zipfel der Tunika auseinander, die vorne übereinanderhingen, sodass der Eindruck entstand, es handele sich um einen geschlossenen Rock. Der Fürst entblößte Benedettas Beine, dann die Schenkel und den Bauch. Ganz ernst, mit leicht zur Seite geneigtem Kopf betrachtete er ihren dichten roten Busch, doch er berührte ihn nicht. Witternd hob er die Nase. »Ich schätze es, dass du dich gesäubert hast«, bemerkte er.

»Danke, Euer Gnaden«, erwiderte Benedetta und kam sich töricht vor.

»Ich hoffe sehr, dass du mich nicht angelogen hast«, sagte der Fürst mit seiner schrillen Stimme, die vor Erregung inzwischen heiser war.

»Ich bin noch Jungfrau, Exzellenz«, log Benedetta.

Fürst Contarini lächelte grausam. »Das wird sich leicht erweisen«, sagte er. »Entweder wirst du bluten oder nicht. Davon hängt dein Schicksal ab.«

Benedetta schloss die Augen.

»Nein«, sagte der verkrüppelte Fürst und knöpfte seine weißen Hosen auf, die sich vorn schon ausbeulten. »Sieh nach oben. Sieh dieses wunderschöne Mädchen an, dem du so unverdient ähnelst. Weißt du, wer sie war?«

»Nein, edler Herr ...«

»Meine geliebte Schwester«, erklärte der Fürst und hievte sich auf das Bett. »Sie war so vollkommen, und ich so unvollkommen ...«

Benedetta spürte, wie die Hand des Fürsten sein Glied auf ihre Scham zuführte.

»... sie hatte alles und ich nichts ...«

Benedetta starrte unverwandt das Mädchen auf der Schaukel an.

»Sie ist tot, und ich lebe ...«

Benedetta spürte, wie die Spitze des Glieds in sie einzudringen versuchte.

»Jemand hat sie vergiftet ...

Das Glied bahnte sich seinen Weg.

»... und es später bereut ...«

Benedetta betete, dass die Methode, die ihre Mutter so oft angewandt hatte, wenn sie sie verkaufte, auch hier funktionierte. Nur noch dieses eine Mal. Sie betete, dass der Fürst sich gleich allen Männern von der Lust überrollen lassen würde und nicht länger so feinfühlig war, wie er in diesem Augenblick schien.

»Bist du Jungfrau?«, fragte er sie noch einmal mit schriller Stimme.

»Ja ...«, flüsterte Benedetta.

»Das werden wir jetzt sehen«, stieß der Fürst hervor und drang brutal in sie ein.

Benedetta spürte, wie der dünne, mit Hühnerblut gefüllte Wurstdarm einen Augenblick Widerstand leistete und dann platzte. Sie schrie, als würde sie der Schmerz zerreißen. Danke, Mutter, dachte sie.

Der Fürst bewegte sich immer schneller in ihr, bis sein von der Natur gebeutelter Körper sich in einem Krampf zusammenzog. Keuchend brach er auf dem Kranz aus Jasminblüten zusammen. Er blieb einige Augenblicke so liegen, dann zog er sich aus ihr zurück und sah Benedetta mit angespannter Miene zwischen die Beine. Sein Furcht erregendes Gesicht verzog sich zu einem befriedigten Grinsen. Er tunkte seinen Finger in die Blutlache, die aus Benedettas Schoß quoll und die weiße Tunika befleckte. Er roch daran. Dann sah er Benedetta an. »Du hast die Wahrheit gesagt.«

»Ja ...«, sagte Benedetta.

Fürst Contarini nickte. Er erhob sich aus dem Bett und knöpfte seine Hosen zu, die ebenfalls blutverschmiert waren. »Du hast die Wahrheit gesagt«, wiederholte er zufrieden. Noch immer starrte er auf das Blut, das die Tunika gerötet hatte. »Ich werde dir ein Leben verschaffen, wie du es dir nicht einmal in deinen Träumen ausgemalt hast«, sagte er.

Benedetta sah ihm nach, während er schwankend fortging und durch die Tür verschwand, aus der er gekommen war. Sie blieb starr auf dem Bett liegen, auf dem sie vorgetäuscht hatte, sie sei noch Jungfrau, genau wie damals, als ihre Mutter sie jede Nacht an einen anderen Kunden verkauft hatte, als wäre es das erste Mal.

In dem Moment öffnet sich die Tür zum Vorzimmer.

»Benedetta, wie schön, dass du jetzt auch hier bei uns und dem Fürsten leben willst!«, rief Zolfo, der ins Zimmer gerannt kam und sie freudig umarmen wollte. Doch kaum sah er, dass sie nackt dort lag und ihr das Blut an den Schenkeln hinunterlief, erstarrte er. Angeekelt verzog er das Gesicht und wandte sich ab.

Sie hörte das grelle Lachen des Fürsten.

»Danke, Fürst«, sagte Benedetta ganz leise, ohne ihre Scham zu verdecken. »Danke, denn du hilfst mir, wie damals meine Mutter, zu erkennen, wer ich bin.« Und sie spürte, wie jenes vertraute Gefühl von Ekel vor sich selbst sie überkam, das sie ihre ganze Kindheit begleitet hatte.

Doch sie wusste auch, dass der Hass, der sie vergiftete, sich jetzt seinen Weg bahnen würde. Sie wusste, dass sie einen Verbündeten gefunden hatte, der ihre Grausamkeit vielleicht in die richtigen Bahnen lenken konnte.

Du verdammte jüdische Schlampe, dachte sie wütend.

38

Wer ist dieser Mann?«, fragte Anna del Mercato.

»Niemand«, erwiderte Mercurio.

Anna betrachtete den großgewachsenen Mann, der gerade nach Mercurio gefragt hatte und nun auf dem breiten, flachen Boot wartete. Mit diesem für den Schiffsverkehr innerhalb der Lagune gebauten Fahrzeug war er den Kanal heraufgekommen, der vor dem Haus verlief. Er trug schwarze Kleidung, und seine Haare waren nicht nur ungewöhnlich lang, sondern auch so hell, dass sie beinahe weiß wirkten. Er trug sie zusammengefasst mit einem orangefarbenen Band, das dieselbe Farbe aufwies wie die Schärpe um seine Hüften. »Ziemlich auffällig für einen *Niemand.*«

»Stimmt«, bestätigte Mercurio kurz angebunden, bevor er zu Scarabello ging.

»Wunderst du dich, dass ich dich gefunden habe, du Floh?«, grinste Scarabello ihn an.

Mercurio antwortete nicht.

»Ich bin der Herr über diese Welt, und damit auch dein Herr«, fuhr Scarabello fort, wobei er Mercurios Verblüffung sichtlich genoss. »Ich weiß stets über alles Bescheid. Besonders über meine Männer.«

Mercurio kickte einen Kiesel fort, seine dunklen Locken fielen ihm in die Stirn. Dann sah er zu Scarabello auf.

»Und du gehörst mir doch, oder?«, fügte Scarabello hinzu.

»Was willst du?«, fragte Mercurio.

»Ich hätte da einen kleinen Auftrag für dich. Steig ein.«

Mercurio drehte sich zum Haus um. Anna stand in der Tür und starrte ihn ausdruckslos an.

»Brauchst du etwa ihre Genehmigung?«, lachte Scarabello.

»Schwachkopf«, sagte Mercurio und sprang ins Boot.

»Fahren wir«, befahl Scarabello den beiden Männern an den Riemen. Seine Miene wirkte auf einmal wie eingefroren.

Das Boot schob sich durch das Röhricht. Keiner sprach. Man hörte nichts bis auf das klatschende Geräusch der Ruder, wenn sie in das stehende Wasser des Kanals eintauchten.

Als sie außer Sichtweise des Hauses waren, bedeutete Scarabello Mercurio, etwas näher zu kommen. Auf seinem Gesicht lag immer noch diese Eiseskälte. Mercurio beugte sich vor. Da ließ Scarabello geschwind wie eine Schlange seinen Kopf vorsausen und versetzte ihm einen kräftigen Hieb auf die Nase.

Mercurio fiel nach hinten und spürte, wie ihm das Blut über die Lippen und dann das Kinn hinunterlief. Tränen schossen ihm in die Augen.

Scarabello holte ein mit kostbarer Spitze umsäumtes Leinentaschentuch heraus und tauchte es in das Wasser des Kanals, während das Boot weiter Richtung Venedig steuerte. Er wrang das Tuch aus, packte Mercurio am Jackenkragen, zog ihn zu sich heran und wischte ihm sorgfältig das Blut ab.

»Du wirst mich nie wieder Schwachkopf nennen, du Floh«, sagte er zu ihm. »Ist das klar?«

Mercurio spürte, wie seine Nase schmerzhaft pochte.

Scarabello reichte ihm das Taschentuch, das jetzt rot eingefärbt war. »Drück das fest darauf.«

Mercurio nahm es und stillte damit das Blut, das weiter aus seinen Nasenlöchern strömte.

»Wie gesagt, ich hätte da einen kleinen Auftrag, der wie gemacht für dich scheint«, fuhr Scarabello nun fort, als ob nichts geschehen wäre.

»Ich weiß nicht, ob ich noch weiter ein Betrüger sein möchte«, wandte Mercurio ein.

Scarabello betrachtete ihn schweigend. Dann lächelte er

kaum merklich. »Für wen hältst du mich, Junge?«, fragte er dann.

»Was meinst du damit?«

»Habe ich dir je den Eindruck vermittelt, ich wäre ein Narr?«

»Nein ...«

»Warum behandelst du mich dann so?«

»Ich verstehe nicht recht ...«

Scarabello seufzte auf und setzte sich neben Mercurio. Dann legte er ihm einen Arm um die Schulter. »Du gehörst mir, verstehst du? Wenn ich dir sage, dass ich einen kleinen Auftrag für dich habe, dann erledigst du ihn. Es interessiert mich nicht, ob deine verfluchte Anna del Mercato dich überzeugen will, Bauer, Fischer, Flickschuster oder irgendetwas anderes zu werden. Du weißt doch, was du bist, oder, mein Junge? Du bist ein gewitzter Betrüger. Und ein Meister der Verkleidungskunst. Das muss ich dir lassen.« Scarabello zog ihn an sich. Wie in einer freundschaftlichen Geste. Oder als wollte er ihn erwürgen. »Und du gehörst mir.« Mit diesen Worten ließ er ihn los. »Weißt du, was ich glaube? Du siehst mich ... mit den Augen eines arglosen Mädchens.« Er lachte. »Du lässt dich von meinen Kleidern, meinem eleganten Auftreten blenden ... und hältst mich für jemand ganz anderen. Aber ich bin genau der, der ich bin, Junge. Schau mir in die Augen. Nur hier findest du die Wahrheit. Machen dir meine Augen Angst?« Er grinste. »Ja. Meine Augen machen dir Angst. Denn ich bin nur das, was du darin siehst. Und ganz bestimmt bin ich weder dein Freund noch der von irgendjemand anderem. Und weil ich nicht dein Freund bin, interessiert es mich nicht, was du willst, und dein schlechtes Gewissen schert mich einen feuchten Dreck. Für mich zähle nur ich selbst. Ist das klar?«

Mercurio nickte. Er spürte, wie seine Nase anschwoll.

Scarabello lächelte zufrieden. »Sehr gut.« Er setzte sich wieder an seinen Platz, schlug die Beine übereinander und hüllte sich in Schweigen.

Mercurio überlegte, suchte fieberhaft nach einer Lösung. Eigentlich hatte er geglaubt, dass sein Leben gerade eine Wende erfahren hätte. Dass er sich nun auf seinen Traum konzentrieren könnte, ein eigenes Schiff zu besitzen und Giuditta von hier fortzubringen. Auf Liebe und Freiheit. Doch während er hier in diesem Boot auf der Bank saß, merkte er, wie absurd seine Pläne waren.

Du bist doch nur ein dummer kleiner Junge, sagte er sich und fühlte, wie Wut in ihm aufstieg.

Er betrachtete Scarabello, seinen neuen Herrn.

»Was muss ich tun?«, fragte er ihn.

Scarabello bedeutete ihm, sich zu gedulden.

Das Boot machte bei Rialto fest, und sie gingen zum Sottoportego des Banco Giro, einem beliebten Treffpunkt für Kaufleute und Reeder. Scarabello winkte einem gut gekleideten Mann zu und schlenderte dann zur Kirche San Giacomo di Rialto. Der Mann stieß zu ihnen, und gemeinsam betraten sie die Ruinen der Fabbriche Vecchie. Hier stank es durchdringend nach Exkrementen. Außerdem roch es nach Mörtel, luftgetrockneten Ziegelsteinen und nach altem verbranntem Holz, das nun unter dem Einfluss von Regen und sonstiger Feuchtigkeit verrottete. Ein paar Ratten, groß wie Katzen, hoben witternd die Schnauzen und huschten dann zwischen den Steinen der Mauern davon, die beim Brand geborsten und in sich zusammengefallen waren. Hinter einer halb eingestürzten Mauer und inmitten von Hausrat und Material für den Wiederaufbau blieben die drei Männer stehen.

»Ich habe den geeigneten Mann für Euch gefunden, Herr«, sagte Scarabello und zeigte auf Mercurio.

»Einen Knaben?«, fragte der Mann skeptisch.

»Wenn einer es schaffen kann, dann er«, versicherte Scarabello.

Mercurio fühlte Stolz in sich aufsteigen.

»Also gut. Zwei Groß-Oberbramsegel aus Bramtuch«, sagte der Mann. »Momentan gibt es keine zu kaufen, und mein Schiff muss in einer Woche in See stechen. Die Einzigen, die davon einen reichlichen Vorrat auf Lager haben, sind diese Halsabschneider vom Arsenal. Aber die behalten alles für sich, und für uns unabhängige Reeder …«

»Ihr seid Reeder?«, fiel ihm Mercurio ins Wort. »Habt Ihr etwa ein Schiff?«

Scarabello warf ihm einen finsteren Blick zu.

Mercurio verstummte sofort. Doch auf einmal kam es ihm so vor, als würde die ganze Angelegenheit eine neue Wendung nehmen. Stimmt, du bist bloß ein dummer kleiner Junge, dachte er und musste lächeln. Aber du hast verdammt viel Glück.

»Das ist einer meiner besten Männer«, sagte Scarabello gerade. »Er ist ein Meister der Verkleidungskunst. Glaubt Ihr etwa, das hier wäre Blut?« Er nahm ihm das Taschentuch aus der Hand und warf es in den Schmutz. Dann fuhr er mit einem Finger unter Mercurios Nase und verrieb die rote Flüssigkeit zwischen den Fingern. »Das ist Farbe.« Er lachte.

Der Reeder wusste nicht, was er davon zu halten hatte.

Mercurio grinste. »Das stimmt, edler Herr«, sagte er. »Seht her, es tut überhaupt nicht weh. Da ist gar nichts gebrochen«, und während er das sagte, bewegte er die Nase hin und her, unterdrückte den Schmerz und riss die Augen weit auf, damit sie sich nicht mit Tränen füllten.

Scarabello blickte Mercurio an, dann seine Männer und schließlich den Reeder. Dann sah er wieder zu Mercurio hinüber und nickte unmerklich. Der Junge gefiel ihm, auch wenn er von Anfang an ein unangenehmes Gefühl bei ihm gehabt hatte. Eine Vorahnung sagte ihm, dass er eines Tages seinetwegen in Schwierigkeiten kommen würde und dass sie aneinandergeraten würden.

»Ich kann dort reinkommen, wo Ihr gesagt habt«, erklärte

Mercurio. »Und ich werde für Euch diese großen Kramsegel aus braunem Tuch holen.«

»Groß-Oberbramsegel aus Bramtuch«, verbesserte ihn der Reeder.

»Groß-Oberbramsegel aus Bramtuch«, wiederholte Mercurio.

»Einfach … so?«, fragte der Reeder.

»Nein. Das ist überhaupt nicht einfach«, ging Scarabello mit ernstem Ton dazwischen. »Dieser junge Mann hier riskiert viel.« Seine schmalen Lippen verzogen sich zu einem Lächeln. »Wie viel seid Ihr bereit, für dieses Risiko zu bezahlen?«

»Macht es möglich, dass meine Ladung auf den Weg nach Trapezunt kommt, und Ihr werdet keinen Grund zur Klage haben«, sagte der Reeder. »Sonst noch etwas?«

»Ja«, sagte Mercurio. »Sobald ich Euch diesen Dienst erwiesen habe, werdet Ihr mir zeigen, wie man zu einem Schiff kommt.«

Scarabello und der Reeder sahen ihn verblüfft an und brachen gleichzeitig in schallendes Gelächter aus.

Als sie wieder allein waren, kehrte Scarabello zurück nach Rialto zu seinem Boot. Mercurio folgte ihm schweigend, und sie gingen an Bord.

»Wohin fahren wir?«, fragte Mercurio schließlich.

»Du weißt wirklich nicht, was das Arsenal ist?«, fragte ihn Scarabello. »Hast du noch nie etwas davon gehört?«

»Nein. Warum?«

Die beiden Männer an den Rudern lachten höhnisch.

Das Boot glitt wieder auf den Canal Grande hinaus, durchquerte die Bucht von San Marco, und als sie in der Gemeinde von San Giovanni in Bragora angekommen waren, legten sie an der Darsena Vecchia an. Das Wasser des alten Hafenbeckens roch streng nach Petroleum. Dicke Ölflecken schimmerten glänzend auf der Oberfläche, ohne sich mit dem Wasser zu vermischen, und färbten die Algen, mit denen sie in Berührung kamen, schwarz.

»Das Arsenal von Venedig ist die größte Schiffswerft der Welt. Dort arbeiten fast zweitausend Männer. Weißt du, wie viel zweitausend Männer sind? In Kriegszeiten sind es sogar dreitausend«, sagte Scarabello, und in seiner Stimme lag ein seltsamer Stolz. »Das ist der bestbewachte Ort in ganz Venedig.«

Mercurio folgte ihm ans Ufer. Nach wenigen Schritten hielt Scarabello an und deutete mit dem Finger nach vorn. »Das hier ist die Porta di Terra, das Tor zur Landseite«, erklärte er.

Durch die dünne Dunstschicht, die vom Wasser aufstieg, erkannte Mercurio ein großes Portal. Es erinnerte ihn an einige Triumphbögen in Rom, die allerdings schon uralt waren, während das hier neu aussah. Rechts davon stand ein quadratischer Wachturm, und zu beiden Seiten erhoben sich hohe, dicke Mauern aus rotem Backstein. Zwei bewaffnete Soldaten bewachten den Zugang.

»Mein Vater war ein Arsenalotto, so heißen die, die im Arsenal arbeiten«, sagte Scarabello, und Mercurio bemerkte eine Spur von Traurigkeit in seiner Stimme. »Oder besser gesagt, die das Vorrecht haben, im Arsenal arbeiten zu dürfen. Aber der Dummkopf wurde dabei erwischt, wie er ein Stück Seil mitgehen ließ.« Scarabello schüttelte den Kopf. »Das Arsenal bietet seinen Arbeitern große Vorteile«, fuhr er fort. »Die Arsenalotti werden auf Lebenszeit von der Serenissima versorgt, und ihre Söhne erhalten von Geburt an ebenfalls das Privileg, später dort zu arbeiten. Doch im Arsenal herrscht das Kriegsrecht. Nach der Schandtat meines Vaters wurden meine Mutter und ich aus unserem Haus gejagt und in dieser verfluchten Stadt unserem Schicksal überlassen. Meine Mutter begann daraufhin ... Nun ja, du kannst dir wohl vorstellen, welcher Arbeit eine Frau dann nur nachgehen kann. Aber sie hatte schwache Lungen, und im darauffolgenden Winter starb sie an Schwindsucht. Und ich wurde zu dem, der ich jetzt bin.« Er starrte auf die Porta di Terra. »Ich habe es niemals bedauert. Hätte man meinen Vater nicht erwischt, wäre ich heute wahrscheinlich ein Arsenalotto und würde mir den Buckel krumm schuften, um für ein paar Soldi Schiffe zu bauen. Und vielleicht würde ich mich sogar noch glücklich schätzen. Das Leben ist schon seltsam.« Scarabello betrachtete Mercurio. Er hob ein Stück Holz auf und zeichnete die Umrisse des Arsenals mit den Mauern und der Porta di Terra in den Dreck auf dem Boden. Dann markierte er einen Punkt mit einem Kreuz. »Die Segellager sind hier, auf der Südseite der Darsena Nuova, des neuen Hafenbeckens. Das weiß ich, weil ich meinen Vater oft bei der Arbeit besucht habe und er ganz in der Nähe beschäftigt war, in der Tana, der Lagerhalle südlich von den Segelwerkstätten.« Er markierte noch eine Stelle direkt am Rand der Umfassungsmauer. »Da ist das öffentliche Hanflager, jede Menge Leute gehen dort ständig ein und aus. Dort wirst du Taue und Seile in allen Größen finden. Ich an deiner Stelle würde mich dorthin verziehen, sobald du die beiden Groß-Oberbramsegel geklaut hast. Wenn man dich dann aufhält, kannst du immer noch sagen, dass dich dein Proto geschickt hat und du den Durchmesser zum Beschlag der Zeising überprüfen musst, weil die anderen alle ausgerissen sind.«

»Proto … Anschlag … Reisig …«, wiederholte Mercurio angestrengt.

»Das lernst du noch«, sagte Scarabello grinsend und zeichnete einen Kanal auf der anderen Seite der Mauer. »Das hier ist der Rio della Tana.« Er zeigte nach rechts. »Der dort drüben. Und er geht direkt aufs offene Meer. Auf der Rückseite der Tana gibt es eine Treppe. Als kleiner Junge bin ich immer dort hochgeklettert und dann auf die Umfassungsmauer gesprungen. Das ist ein ziemlich weiter Satz, aber du schaffst das schon. Sobald du dann oben auf der Mauer bist, springst du in den Kanal. Such dir jemanden, der ein Boot hat und dort nicht auffällt, vielleicht einen Fischer. Und schon hast du es geschafft. Der Fischer sammelt dich auf, und dann verschwindet ihr.« Scarabello grinste und verwischte mit der Stiefelspitze die Zeichnung im Straßendreck. »Was sollte das Gerede von dem Schiff? Wieso hast du den Reeder danach gefragt?«

»Eines Tages will ich ein eigenes Schiff haben«, antwortete Mercurio leidenschaftlich.

Scarabello zog eine Augenbraue hoch.

Und wieder kam sich Mercurio wie ein Dummkopf vor.

»Denk dir lieber einen Plan aus, wie du ins Arsenal kommst.« Scarabello gab Mercurio einen Klaps auf die Wange und wandte sich zum Gehen. »Und zwar schnell.«

»Was wurde aus deinem Vater?«, fragte Mercurio.

Scarabello blieb stehen, dann drehte er sich um. »Man hat ihn wegen Hochverrats verurteilt und in der Lagune ertränkt.«

»Ertränkt ...?«, fragte Mercurio leise.

»Das ist die saubere Methode der Serenissima. Schau dich doch um. Wasser gibt es genug.«

Mercurio spürte, wie die Angst ihm langsam die Kehle zuschnürte.

39

Giuditta stand vom Tisch auf, an dem sie seit mehr als vier Stunden gesessen und mit gesenktem Kopf genäht hatte. Ihre Finger schmerzten, und die Kuppe des linken Zeigefingers war von den vielen Stichen rot und geschwollen. Vor ihr auf dem Boden und auf dem Tisch lag etwa ein Dutzend unterschiedlich geformter Kopfbedeckungen. Sie waren aus Stoffen in sämtlichen Gelbschattierungen gefertigt. Giuditta spähte in das Zimmer ihres Vaters. Isacco lag auf dem Bett und hielt sich den Kopf, wie schon seit Tagen. Der Tod Mariannas, der Geliebten von Hauptmann Lanzafame, hatte ihn in tiefe Trauer gestürzt. Giuditta hatte hilflos zusehen müssen, wie er trinkend immer weiter in Trübsal versank. Am Fußende des Bettes sah sie eine Flasche Wein. Möglichst leise schlüpfte sie ins Zimmer und nahm die Flasche an sich.

»Lass sie stehen«, knurrte Isacco, ohne sich zu ihr umzudrehen.

»Das tut dir nicht gut, Vater …«

»Lass sie stehen!«

Giuditta zuckte zusammen. Sie war es nicht gewohnt, so angefahren zu werden, und unterdrückte die Tränen, die ihr in die Augen steigen wollten. Rasch stellte sie die Flasche auf dem Fliesenboden ab. »Du wirst noch wie der Hauptmann …«

Isacco fuhr mit grimmigem Gesichtsausdruck herum. »Kann man in diesem Haus denn nie seine Ruhe haben?«, stieß er zwischen zusammengepressten Zähnen hervor.

Eingeschüchtert wich Giuditta einen Schritt zurück.

Isacco streckte den Arm nach der Flasche aus, packte sie und schwenkte sie durch die Luft. »Kann ich deswegen keine Ruhe haben?«

Giuditta wich weiter zur Tür zurück.

»Ist es deswegen?«, schrie Isacco und warf die Flasche gegen die Wand. Das Glas zerbrach, und an der Wand und auf dem Fußboden bildeten sich rote Flecken. »Bitte schön! Problem gelöst!« Isacco richtete seinen Zeigefinger drohend auf Giuditta. »Und wag es ja nicht, die Scherben aufzuheben und hier sauber zu machen. Raus!« Dann warf er sich wieder auf sein Lager und vergrub den Kopf zwischen seinen Händen.

Giuditta verließ erschrocken das Zimmer. Sie schloss die Tür und trat an das kleine Fenster, das auf den Hauptplatz des Ghetto Nuovo ging. Sie biss sich auf die Lippe, um nicht loszuweinen.

»Ich bitte dich um Hilfe, *Ha-Shem*«, flehte sie leise. »Wenn ich meinen Vater verliere ...«, sie unterdrückte ein Schluchzen, »habe ich niemanden mehr.«

Giuditta spürte, wie Angst und Verzweiflung sie zu überwältigen drohten. Sie drehte sich um und betrachtete die armselige Wohnung, in der sie nun lebten. Die Decken waren so niedrig, dass man instinktiv gebückt darin umherging. Enge Räume, verrottete, knarrende Fußböden und so winzige Fenster, dass kaum Luft hereindrang, selbst wenn man sie ständig geöffnet ließ. Es gab insgesamt nur zwei Zimmer zum Schlafen, Kochen und Essen. Eine schäbige Wohnung, genau wie alle anderen, in denen die Juden nun leben mussten, eine über der anderen, in demütigender Enge und zu einem Mietzins, der deutlich höher war als bei den Christen, die vorher hier gewohnt hatten.

Durch das kleine Fenster sah Giuditta zwei Kinder auf dem Hauptplatz spielen, und hinter ihnen eines der beiden Tore, die am Abend mit einem dumpfen hölzernen Dröhnen zufielen und mit jenem kreischenden Geräusch der Riegel verschlossen wurden, das die Seele erschaudern ließ.

Sie musterte die Mauern aus schlecht zusammengefügten roten Backsteinen, die in aller Eile rund um das Viertel hochgezogen worden waren, um sie hier wie Vieh eingepfercht zu halten. Sie dachte an die Familie nebenan, deren Wohnung nicht wie bei ihnen zum Platz, sondern zum Kanal hin lag. Ihr Fenster zur freien Welt außerhalb des Ghettos war zugemauert worden, ganz so, wie es in der Verlautbarung geheißen hatte. Und jedes Mal wenn sich diese fünfköpfige Familie an den Tisch setzte, starrten alle auf den Putz und die Ziegelsteine, die das Fenster versperrten. Lebendig eingemauert, dachte Giuditta.

»Ich bringe dich von hier fort!«, hatte Mercurio am ersten Abend gerufen, als man sie hier eingeschlossen hatte.

Giuditta hatte seine Stimme immer noch im Ohr. Jeden Tag sah sie zur Brücke und hoffte darauf, ihn wiederzusehen. Sie wartete auf ihn. Aber Mercurio war nie wieder dort erschienen, nicht einmal tagsüber, wenn man das Ghetto ungehindert betreten konnte. Er hatte sich überhaupt nicht mehr blicken lassen. Und wann immer Giuditta darüber nachdachte, stieg dumpfe Wut in ihr auf, Groll und ein Gefühl der Demütigung. Bestimmt küsst Mercurio gerade seine Benedetta, sagte sie sich dann. Und gewiss lachten die beiden über sie und ihre Dummheit.

Du bist eine Närrin, dachte sie verärgert.

Dennoch wanderte ihre Hand dann zu dem Taschentuch, das sie immer bei sich trug. Zu dem Stück Stoff, auf dem sich bei ihrer ersten Begegnung ihrer beider Blut vereinigt hatte, auf dem ihr »Pakt«, wie Giuditta es insgeheim nannte, aufgesetzt worden war. Der Pakt, den das Schicksal selbst geschlossen hatte.

Du bist eine armselige Närrin, dachte sie noch einmal wütend.

Da klopfte es an der Tür.

Giuditta zuckte zusammen, jäh aus ihren Gedanken gerissen. »Wer ist da?«, fragte sie vorsichtig.

»Ich bin's, wer soll es denn sonst sein?«

Giuditta ging zur Tür, öffnete sie und warf sich Donnola in die Arme, der wie jeden Tag Isacco besuchen kam.

»He... ganz ruhig ... Was soll denn diese Vertraulichkeit?«, wehrte Donnola sie verlegen lächelnd ab.

»Er ist betrunken«, sagte Giuditta und brach in Tränen aus.

Donnola zuckte zusammen und wusste nicht, was er erwidern sollte.

»Es geht ihm schlecht, und ich weiß nicht mehr weiter ...«, schluchzte Giuditta. »Ich weiß nicht, wie ich ihm helfen kann ...«

Donnola fasste sie bei den Schultern, schob sie auf Armeslänge von sich weg und sah ihr ernst in die Augen. »Na gut, dann werd ich ihm mal was erzählen.«

Giuditta ließ mutlos den Kopf hängen.

Donnola ging auf die Tür von Isaccos Zimmer zu, öffnete sie schwungvoll und verschwand dahinter. »Steht auf, Doktor!«, sagte er energisch. »Was muss ich da von Eurer Tochter hören?«

»Mach, dass du fortkommst, Donnola!« Man hörte den Aufprall von etwas, das wohl durch den Raum geworfen worden war, und ein unterdrücktes Stöhnen.

Kurz darauf kam Donnola mit schmerzverzerrtem Gesicht aus dem Zimmer und rieb sich ein Bein. »Er muss sich erst mal beruhigen«, sagte er leise zu Giuditta.

»Und mach gefälligst die Tür zu!«, brüllte Isacco.

Donnola fuhr zusammen und gehorchte ihm rasch. Er lächelte Giuditta verlegen an. »Man muss den richtigen Weg finden, mit ihm zu reden ...«, stammelte er. »Ist eben eine Frage der Strategie, verstehst du?«

Giuditta nickte, nahm sich einen ihrer selbst genähten gelben Hüte und setzte ihn auf. »Ich gehe ein wenig spazieren«, sagte sie.

»Siehst du, das ist eine ausgezeichnete Idee«, sagte Donnola. »Eine ganz ausgezeichnete Idee!«

Giuditta öffnete die Wohnungstür. Etwas unsicher drehte sie sich zu Donnola herum.

»Los, nun geh schon und amüsier dich ein wenig«, ermutigte Donnola sie mit falscher Begeisterung. Er war mit dieser Situation mindestens ebenso überfordert wie sie.

Giuditta ging hinunter durch das enge, dunkle Treppenhaus, in dem es nach Schimmel roch. Die Haustür stand offen, und so fand sie sich gleich unter den schmalen Bogengängen des Platzes zwischen den beiden Pfandleihen wieder.

Jenseits des Tores zum Ghetto Nuovo hörte man laut die inzwischen vertraute Stimme des Mönches, der jeden Tag hartnäckig seinen Hass gegen die Juden predigte. Derselbe Mönch, den ihr Vater und sie in dem Gasthaus bei Adria getroffen hatten, kurz nachdem sie an Land gegangen waren. Als ob er sie verfolgte.

»Der Herr hat zu mir gesprochen«, schrie Bruder Amadeo. »Erhöre mich, Venedig! Jetzt, wo du sie eingesperrt hast, schau sie dir an! Sie sind eine Plage! Sie sind ein Krebsgeschwür! Sie sind die Zauberer und Hexen des Teufels!«

Giuditta senkte den Kopf und versuchte, die unangenehme Stimme aus ihrem Kopf zu verbannen.

Sie atmete tief durch und sog die feuchte Luft in sich auf. Der süßliche Fäulnisgeruch der Lagune lag über allem, besonders, wenn es so schwül und windstill war wie an diesem Tag. Ein leichter Dunst schwebte über dem Boden und benetzte die Erde des Platzes. Giuditta raffte ihr Gewand und wich schlammigen Pfützen aus, während sie den Platz überquerte und einen Laden mit gebrauchten Stoffen ansteuerte, in dem sie manchmal Reste kaufte.

»Das ist nicht derselbe Hut wie gestern, habe ich recht?«, fragte sie der Mann, der den kleinen Laden führte.

Giuditta schüttelte den Kopf, senkte den Blick und schaute dann die Stoffreste durch.

»Der ist aber hübsch«, sagte eine Kundin. »Wo hast du den gekauft?«

»Den habe ich selbst genäht«, antwortete Giuditta schüchtern, ohne aufzusehen.

»Du?«, fragte die Frau verwundert.

Giuditta zuckte mit den Schultern und verließ eilig den Laden. Sie hatte jedoch erst wenige Schritte Richtung Cannaregio zurückgelegt, als die Frau aus dem Laden sie einholte.

»Warte, wohin willst du denn so eilig?«, fragte sie, während sie sich zu ihr an die Seite gesellte.

»Ich muss Einkäufe erledigen, entschuldigt mich bitte«, erwiderte Giuditta.

»Auf dem Markt?«

»Ja, genau.«

»Oh, sehr gut. Da muss ich auch hin«, sagte die Frau lächelnd, hakte sich bei ihr unter und wandte sich Richtung Gemüsemarkt, der unmittelbar hinter den Sottoporteghi des großen Platzes im Ghetto Vecchio lag, sobald man das zweite Tor, das am Abend verriegelt wurde, hinter sich gelassen hatte.

»Venedig, hör mich an!«, schrie Bruder Amadeo vor dem Tor. »Bereue deine Sünden! Verjage das unreine Judenpack!«

»Ach, dieser Mönch!«, rief die Frau aus. Aus ihrer Stimme klangen Wut und Angst.

Giuditta wäre gerne allein gewesen, aber sie wusste nicht, wie sie die Frau loswerden sollte.

»Ich heiße Octavia ...«, sagte diese nun und schüttelte den Kopf, als wollte sie auf diese Weise die durchdringende Stimme des Mönchs daraus vertreiben. »Ich weiß, ich weiß, das ist kein jüdischer Name, aber mein Vater hatte eine Vorliebe für die alten Römer ... Du weißt doch, wer Octavia war?«

Giuditta schüttelte schüchtern den Kopf.

»Neros Kindfrau!«, fuhr die andere fort. »Was für ein dummer Einfall, den mein verrückter Vater da gehabt hat, Gott hab ihn selig.« Sie packte Giudittas Arm etwas fester. »Los, spring!«, rief sie angesichts einer großen Pfütze und hüpfte lachend über sie hinweg.

Giuditta tat es ihr instinktiv nach und musste lächeln.

»Manchmal genügt schon ein kleiner Sprung, nicht wahr?«, sagte Octavia.

»Wie meint Ihr das?«

»Es genügt, etwas Dummes zu machen, um unsere Steifheit zu durchbrechen, und alles sieht gleich ganz anders aus ... einfach leichter.« Octavia zwinkerte ihr zu.

Giuditta lächelte erneut.

»Also, wenn ich mich nicht irre, bist du die Tochter des Arztes, der ... der mit unserem Bewacher befreundet ist.«

»Hauptmann Lanzafame«, sagte Giuditta nickend.

»Und du heißt ...?«

»Giuditta.«

»Und weiter?«

»Di Negroponte.«

»Ach, deswegen unterscheidet ihr euch so von uns!«, rief Octavia aus. »Wir anderen kommen fast alle aus Mitteleuropa. Also, wir sind Deutsche. Hört man das, wenn wir reden?«

Giuditta lächelte. »Ein wenig.«

»Das bringt dich zum Lachen?«

»Nein ...«

»Los doch, ich bin nicht beleidigt.«

»Na ja, ein bisschen schon ...«

Octavia lachte herzhaft auf. Dann wurde ihr Blick wieder traurig. »Ich vermisse unsere Muttersprache, weißt du? Hier denken alle, dass es in Deutschland nur kalt ist. Dabei ist es ein Land voller Kraft und Energie ...« Sie sah Giuditta an und seufzte auf. »Eine Frau folgt eben dem Ehemann, meine Liebe.

Wenn es nach mir gegangen wäre, wären wir dort geblieben. Aber mein Mann wollte eine Pfandleihe eröffnen, und so sind wir hier in Venedig gelandet. Er hat sich mit Anselmo del Banco zusammengetan.« Sie zuckte mit den Schultern. »Allerdings weiß ich nicht, worin der Reiz liegt, anderen Leuten Geld zu leihen. Wir waren Drucker, weißt du? In Mainz. Dort gibt es die besten Drucker von ganz Europa. Doch hier in Venedig hätten wir niemals als Drucker arbeiten dürfen … nur weil wir Juden sind. Wie dumm kann der Mensch wohl sein? Die Venezianer könnten völlig umsonst alle Kniffe und die fortschrittlichsten Techniken erlernen, aber weil wir keine Christen sind …« Octavia schnaubte empört auf. »Der Mensch ist und bleibt dumm, so ist es eben. Und damit meine ich nicht nur die Christen. Oh nein, auch unter den Juden gibt es einige, die im Kopf nichts anderes haben als Bohnenstroh … Ach, lassen wir das … Oje, ich plappere wie ein Wasserfall, nicht wahr?« Sie lachte hell.

Giuditta stimmte in ihr Lachen ein.

»Aber lass uns über wichtigere Dinge reden«, sagte Octavia. »Erzähl mir mehr über diesen Hut. Er ist wunderschön. Und *Ha-Shem* ist mein Zeuge: Ich hätte mir nie träumen lassen, dass ich jemals so etwas über dieses schändliche Ding äußern würde, das wir auf dem Kopf tragen müssen.«

»Was soll ich darauf sagen?«, fragte Giuditta und errötete.

»Mein liebes Kind, du brauchst nur rot zu werden, wenn du etwas angestellt hast, nicht, wenn du etwas gut gemacht hast«, erklärte Octavia. »Der Lumpenhändler hat gesagt, dass du heute einen anderen Hut trägst als gestern. Was heißt das? Hast du mehr als einen?«

Giuditta nickte.

»Dir muss man aber auch jedes Wort einzeln aus der Nase ziehen«, seufzte Octavia. »Kann ich denn mal einen deiner Hüte sehen? Oder ihn dir vielleicht abkaufen?«

»Ihn mir abkaufen?«, fragte Giuditta überrascht.

»Was willst du denn sonst tun, ihn mir etwa schenken?«, sagte Octavia scherzhaft.

»Ja, daran hatte ich eigentlich gedacht ...«

Octavia lachte herzhaft auf. »Bist du dir sicher, dass du Jüdin bist?« Und wieder lachte sie. »Ach Liebes, das war nur ein Spaß. Ich mache mich gern lustig über uns, genau wie über die dummen Christen. So gewöhne ich mich an ihre törichten Sprüche, und sie treffen mich nicht so sehr.«

»Kommt mit, Octavia«, erklärte Giuditta plötzlich, packte sie am Arm und zog sie zurück zu den Arkaden rund um den Hauptplatz des Ghetto Nuovo. Dort sagte sie zu ihr: »Wartet hier, ich bin gleich wieder da.« Dann rannte sie die Treppen nach oben und betrat ihre Wohnung.

Dort saßen sich Isacco und Donnola schweigend mit gesenkten Köpfen gegenüber. Isacco schaute kurz auf und starrte sie aus glänzenden Augen an. Dann senkte er wortlos wieder den Kopf und stieß leise auf.

Giuditta raffte alle Kopfbedeckungen zusammen, die sie in ihren einsamen Stunden genäht hatte, und lief dann wieder die Treppe hinunter, glücklich, der tristen Wohnung zu entkommen.

»Hier, sucht Euch einen aus«, sagte sie dann atemlos zu Octavia.

»Hör mal, Mädchen, sag nicht Ihr zu mir, sonst komme ich mir so schrecklich alt vor.«

»Einverstanden«, sagte Giuditta lächelnd und reichte ihr die Hüte. »Such dir den aus, der dir am besten gefällt.«

Octavia nahm die Kopfbedeckungen entgegen und sah sie schnell durch. »Du hast großes Talent, Mädchen«, bemerkte sie schließlich. Dann lächelte sie Giuditta verschmitzt an. »Komm mit«, sagte sie und ging zur Mitte des Platzes, wo die Frauen im Kreis beisammensaßen.

Sie unterhielten sich zum Großteil untereinander, während sie Handarbeiten erledigten oder Gemüse putzten und gleichzeitig ihre spielenden Kinder im Auge behielten. Aber immer wieder sah eine zur Fondamenta degli Ormesini hinüber, wo Bruder Amadeo weiter seinen Hass auf ihre Rasse hinausschrie.

»Guten Tag, Rachel«, sagte Octavia, als sie in den Kreis der Frauen trat. »Guten Tag, alle zusammen.«

Die Frauen musterten Giuditta misstrauisch.

Octavia tat so, als bemerkte sie es nicht. Sie setzte sich auf einen freien Stuhl, bedeutete Giuditta, sich neben sie zu stellen, und begann dann, sich betont langsam die Hüte anzusehen. »Wie hieß dieses Modell noch mal, hast du gesagt?«, fragte sie schließlich und hielt einen Hut hoch.

Die Frage traf Giuditta unvorbereitet, und so machte sie zwar den Mund auf, brachte jedoch nur einen unverständlichen Laut heraus.

»Mainz, hast du gesagt?«, fuhr Octavia fort. »Modell Mainz.« Sie nickte zufrieden. »Der Name passt wirklich sehr gut.« Mit diesen Worten setzte sie sich den Hut auf. »Und, steht er mir, was meinst du, Rachel?«, fragte sie eine der Frauen.

»Na ja, es ist ein gelber Hut«, sagte Rachel achselzuckend, als ob sie das nicht weiter interessieren würde. Aber ihre Stimme klang unsicher, und sie ließ den Blick einen Augenblick zu lange auf der Kopfbedeckung ruhen.

»Ja, du hast recht«, sagte Octavia, nahm den Hut ab und drehte ihn dann in den Händen hin und her. »Aber diese Stickereien … Und wie diese verschiedenen Muster und Farbtöne miteinander kombiniert sind … Irgendwie kommt er mir vor wie ein ganz normaler …« Sie verstummte und zuckte mit den Schultern. »Ach, ich glaube, ich wollte gerade etwas Dummes sagen.« Sie gab Giuditta den Hut zurück. »Da, nimm ihn wieder.«

»Was wolltest du denn sagen?«, fragte eine der Frauen nach.

»Ach, eine Dummheit«, wiederholte Octavia.

»Davon erzählst du jede Menge. Da kommt es auf eine mehr oder weniger auch nicht an ... Los, nun sag schon.«

»Ich fand den Hut so schön, dass ich dabei gar nicht an einen Judenhut denken musste. Ich wollte sagen, dass das ein ganz normaler Hut ist, den sich auch eine Christin kaufen würde.« Wieder hob sie die Schultern. »Manchmal kann ich ganz schön töricht sein.« Sie drehte sich zu Giuditta um. »Los, komm, zeig mir noch einen.«

»Zeig ihn mir doch auch einmal, Mädchen«, sagte eine der Frauen und deutete auf den Hut, den Octavia gerade anprobiert hatte.

Schüchtern und ein wenig zögernd kam Giuditta ihrer Bitte nach.

Die Frau nahm ihn unter den neidischen Blicken ihrer Freundinnen, die es jetzt bedauerten, nicht als Erste gefragt zu haben.

»Ach, der hier ist aber wirklich etwas Besonderes!«, rief Octavia mit dem neuen Hut in der Hand.

»Modell Negroponte«, erklärte Giuditta.

Octavia betrachtete sie kopfschüttelnd. »Du machst wohl Scherze, oder? Vorhin hast du noch gesagt, dies wäre das Modell Köln.«

»Ach ja, natürlich ...« Giuditta nickte.

Octavia lächelte sie an und flüsterte ihr ins Ohr: »Städte des Nordens, Mädchen!«

»Was hast du zu ihr gesagt?«, fragte sofort eine der Frauen.

Octavia drehte sich zu ihr um. »Dass sie mir einen Rabatt gewähren soll, denn ich glaube, ich werde ihr all diese Hüte abkaufen. Schließlich will ich ab heute jeden Tag einen anderen aufsetzen.«

»Was, wirklich alle?«, fragte die Frau, die den ersten Hut noch in der Hand hielt und ihn fest an ihre Brust drückte.

»Der gehört aber mir, ich wollte sie gerade fragen, was er kostet.«

»Und ich wollte mir diesen anderen hier anschauen«, sagte die Frau namens Rachel und zeigte auf den Hut, den Giuditta in der Hand hielt.

»Das Modell Amsterdam?«, fragte Octavia. »Ach nein, Rachel, den will ich.«

»Das kannst du vergessen«, protestierte Rachel, stand auf und nahm Giuditta den Hut aus der Hand.

Gleich darauf standen auch die anderen Frauen auf, umringten Giuditta und probierten die Hüte auf.

Als sie schließlich wieder gingen, zählte Giuditta das Geld in ihrer Hand. Alles in allem waren es zwei Matapan, eine Münze im Wert von zwölf Bagattini und fünf Torneselli.

»Nicht schlecht, hm?«, fragte Octavia.

Giuditta war sprachlos.

»Du hast Talent, Mädchen«, wiederholte Octavia. »Und ich ebenfalls, wenn ich das in aller Bescheidenheit sagen darf«, fügte sie hinzu und stupste Giuditta verschwörerisch mit dem Ellenbogen in die Seite. »Wir sollten darüber nachdenken, ob wir nicht zusammen Geschäfte machen, was meinst du?«

Giuditta lachte überrascht auf. »Wirklich?«

»Wofür hast du denn dein Talent, wenn du es nicht nutzt?«

Giuditta glaubte ihren Ohren nicht zu trauen. Aber dann wurde ihr klar, dass jetzt genau das Wirklichkeit wurde, was sie sich gewünscht hatte, was ihr durch den Kopf gespukt war, ohne dass sie den Gedanken wirklich zu Ende gedacht hatte. Sie sah den Frauen hinterher, die sich entfernten und stolz die neuen Hüte auf dem Kopf trugen. Und Giuditta dachte, dass sie genauso schön aussahen, wie sie es sich vorgestellt hatte. »Wirklich?«, fragte sie noch einmal nach.

Octavia nickte und lächelte. »Ich weiß, dass dein Vater nicht arbeitet ...«, sagte sie leise.

Giuditta erstarrte.

»Unsere Gemeinde ist klein, Mädchen ...«

»Ich will nicht darüber reden«, beendete Giuditta die Unterhaltung. Dann drehte sie sich um und rannte davon.

Als sie bei den Arkaden war, stieß sie beinahe mit einem Mädchen zusammen, das etwa dreizehn Jahre alt sein mochte.

»Wohnt hier der jüdische Arzt?«, fragte das Mädchen.

»Was für ein Arzt?«, fragte Giuditta misstrauisch.

»Der Marianna die Hure behandelt hat«, erwiderte das Mädchen.

»Wer bist du?«, fragte Giuditta.

»Meine Mutter arbeitet auch als Hure. Und sie war eine Freundin von Marianna«, sagte das Mädchen und senkte die Lider. Als sie wieder aufschaute, standen Tränen in ihren Augen. Aber zugleich lag ein Ausdruck von Würde und Entschlossenheit auf ihrem Gesicht. »Meine Mutter ist krank. Sie hat dieselbe Krankheit wie Marianna. Und Marianna hat ihr gesagt, es gibt einen jüdischen Arzt mit einem großen Herzen, der Heilmittel kennt, damit man nicht leiden muss, und ... der alles getan hat, um sie zu retten.«

Giuditta durchzuckte ein Schauder. »Dieser Arzt ist mein Vater«, sagte sie stolz. »Komm mit.«

Ehe sie ins Haus ging, drehte sie sich noch einmal zu der Brücke, in der Hoffnung, Mercurio dort auftauchen zu sehen.

40

Mein Gott, was ist denn mit dir passiert?«, rief Anna del Mercato entsetzt, als sie die Tür öffnete und Mercurio mit geschwollener Nase vor ihr stand.

»Nichts«, brummte Mercurio missmutig. »Ich hab mich gestoßen.«

»Hat etwa der Mann damit zu tun, der heute Morgen nach dir gefragt hat?«, fragte Anna und hielt ihn am Arm fest.

»Lass mich los«, knurrte Mercurio und befreite sich mit einem Ruck.

»Dieser Mann gefällt mir nicht«, beharrte Anna.

»Na und?«

Anna hob die Hand, als wollte sie ihn ohrfeigen, und Mercurio stellte sich herausfordernd vor sie hin.

»Was willst du damit sagen?«, fragte Anna. »Dass ich nicht deine Mutter bin?«

»Genau das.«

Anna ließ ihre Hand langsam sinken. Sie drehte ihm den Rücken zu und ging zurück in die Küche.

»Anna ...«, sagte Mercurio beschämt, als er begriff, was er da gesagt hatte. »Es tut mir leid.«

»Nein. Du hast ja recht«, gab Anna ihm zur Antwort, ohne jedoch stehen zu bleiben.

Mercurio schüttelte enttäuscht den Kopf. Er hörte, wie Anna mit dem Kochlöffel in der Suppe rührte.

»Es tut mir leid«, wiederholte er, nachdem er ihr gefolgt war.

Anna drehte sich nicht um. »Setz dich. Das Essen ist gleich fertig.«

»Das wollte ich nicht …«, fuhr Mercurio fort und kam näher.

»Also, nun setz dich doch endlich, Junge«, rief Anna, die sich immer noch nicht zu ihm umwandte. »Warum kannst du nie tun, was man dir sagt?«

Da begriff Mercurio, dass Anna weinte und nicht wollte, dass er ihre Tränen bemerkte. Er setzte sich an den Tisch.

»Er heißt Scarabello«, fing er an.

Anna rührte weiter in der Suppe.

»Der taugt nichts.«

Anna nahm den Schöpflöffel und füllte die Suppe in eine große Keramikschüssel.

Mercurio sah, dass sie sich mit dem Ärmel die Augen wischte.

»Ach, ich bin völlig durchgeschwitzt«, sagte Anna und drehte sich um. Sie stellte die Schüssel auf den Tisch, drückte Mercurio einen Löffel in die Hand und setzte sich zu ihm.

»Isst du nichts?«, fragte Mercurio.

»Ich habe schon gegessen«, erwiderte Anna.

Mercurio versenkte den Löffel in der Suppe.

»Du hast vor, eine Dummheit zu begehen, nicht wahr?«, fragte Anna plötzlich.

Nachdem Scarabello sich vor der Porta di Terra des Arsenals von ihm verabschiedet hatte, hatte Mercurio sich auf einen Erkundigungsgang begeben. Die Wachen am Tor waren bewaffnet und ließen niemanden in die Nähe. Also war er ein Stück um die Mauern herumgegangen und hatte sie eingehend untersucht. Sie waren ziemlich hoch, aber an mehreren Stellen war der Mörtel zwischen den Steinen abgebröckelt, sodass man sich dort mit den Händen und den Fußspitzen abstützen konnte. Wenn er sich die Schuhe auszog, würde er es schaffen hinaufzuklettern. In der Vergangenheit war er schon oft Hauswände hochgeklettert, wenn er wusste, dass es dort etwas zu holen gab. Das schaffst du, hatte er sich gesagt. Aber dann hatte sich ein Soldat über den Sims der Mauerbrüstung gebeugt und prüfend hinuntergesehen. Er war mit einem langen, spitzen Stock bewaffnet gewesen. Mercurio hatte sich schnell wieder in Bewegung gesetzt und auf der Suche nach einem Schwachpunkt die Mauern weiter umrundet. Nein, Scarabello hatte recht. Das Arsenal war eine uneinnehmbare Festung.

»Was für eine Dummheit?«, fragte Mercurio schließlich. »Nein ... nein.«

»Ich sehe es dir doch an.«

Mercurio schob sich einen Löffel Suppe in den Mund. »Mmh, schmeckt das gut«, versuchte er abzulenken.

»Erzähl mir, was passiert ist.«

»Nichts.« Mercurio ließ den Löffel in die Suppe fallen.

»In deinem Alter solltest du keine Dummheiten mehr machen«, mahnte Anna. Und dann fügte sie sanft hinzu: »Auch wenn du ohne Mutter aufgewachsen bist.«

»Ich habe mir einen Traum ausgesucht, der zu groß ist für mich ...«, sagte Mercurio schließlich leise.

Anna seufzte nur. »Iss, mein Junge«, sagte sie zu ihm.

Niedergeschlagen aß Mercurio weiter.

Anna zeigte auf seine Nase. »Ich fürchte, die ist gebrochen.« Sie lächelte. »Aber du wirst damit interessanter aussehen. Vorher hattest du eine Stupsnase wie ein Mädchen. Jetzt hast du mehr von einem Mann.« Sie betrachtete ihn liebevoll. Dieser Junge war alles, was sie hatte. »Es gibt keine zu großen Träume ... Träume kann man nicht messen. Sie sind weder groß noch klein.«

Mercurio schlürfte einen Löffel Suppe, ohne Anna anzusehen.

»Weißt du, die Menschen, die sich ein allzu leichtes Ziel in den Kopf setzen ...«, sagte Anna nachdenklich, »und das auch schnell erreichen ... die ruhen sich auf ihren Lorbeeren aus und sterben innerlich ab. Die treten dann ihr ganzes langweiliges Leben auf der Stelle.«

Mercurio schwieg mit finsterem Gesicht, tief über die Suppenschale gebeugt.

Da stand Anna plötzlich auf und ging auf einen Stein in der Wand zu, der beim näheren Hinsehen nur von wenig Mörtel umgeben war. Sie zog ihn heraus, steckte die Hand in die Höhlung und holte einen Beutel heraus, in dem etwas klimperte. Dann kehrte sie zu Mercurio zurück, löste das Band des Säckchens und schüttete ihm die Goldmünzen in den Schoß, die er ihr anvertraut hatte. »Hast du etwa geglaubt, das wäre viel? Nun, das stimmt nicht. Du musst sie verdoppeln. Und wenn du das getan hast, verdopple sie noch einmal. Und diesen vierfachen Betrag nimmst du und vervierfachst ihn wieder. Und so weiter.«

»Und dann …?«, fragte Mercurio und hob endlich den Kopf.

»Und dann kaufst du dir das Schiff!«, rief Anna del Mercato aus und stemmte energisch die Hände in die Hüften. »Darum geht es doch, oder? Und wenn das Geld nicht reicht, baust du dir eben eins mit deinen eigenen Händen.«

»Du hast leicht reden«, brauste Mercurio wütend auf. »In dieser verdammten Welt lässt dich doch keiner tun, was du willst!«

»Wenn du glaubst, dass ich dir jetzt die Schulter tätschele und dich bemitleide, dann hast du dich geirrt«, erwiderte Anna. »Sieh zu, dass du ein Mann wirst! Ein kleiner Junge bist du nämlich längst nicht mehr.«

»Das schaffe ich nicht!«, schrie Mercurio. Er sprang auf, ging ins Nebenzimmer und lief die Treppe hinauf. »Ich bin ein Betrüger und sonst nichts!«

Während Anna ihm nachsah und hörte, wie er wütend immer zwei Stufen auf einmal nehmend nach oben rannte, spürte sie, wie sich ein beklemmendes Gefühl in ihrer Brust breitmachte: die Furcht, versagt zu haben. Vielleicht ging es ihr nicht anders als Mercurio, vielleicht hatte auch sie sich einen Traum gewählt, der sich als zu groß für sie erweisen würde. Sie ging ins Nebenzimmer. »Du hast recht!«, schrie sie ihm nach, kurz bevor Mercurio in seinem Zimmer verschwinden konnte. »Vermutlich hast du nicht das Zeug zu etwas so Außergewöhnlichem!« Dann hielt sie den Atem an.

Als er schließlich die Treppe herunterkam, sah Anna, dass er mit den Tränen kämpfte. Er wirkte bestürzt und verletzt.

»Glaubst du wirklich, dass ich nicht das Zeug dazu habe, meinen Traum zu verwirklichen?«

Anna sah ihm in die Augen. »Nein, das glaube ich nicht.«

»Aber es ist doch fast unmöglich«, sagte er mit hängendem Kopf.

Anna schwieg.

»Er ist ... wirklich groß ... riesengroß ...«

»Meinst du, er ist groß, weil ein Schiff groß ist?« Anna fuhr ihm zärtlich durch die Haare. »Ich muss sie dir schneiden, sonst wird man dich bald für ein Mädchen halten.«

Mercurio dachte, dass ihm noch nie jemand die Haare geschnitten hatte. Im Waisenhaus hatte man ihm wegen der Läuse immer gleich den ganzen Kopf geschoren, und später hatte er sich die Haare dann selbst mehr schlecht als recht gestutzt.

Anna nahm ihn an der Hand, führte ihn zum Kamin zurück und sorgte dafür, dass er sich auf einen Stuhl nah am Feuer setzte. »Beurteile die Größe eines Traums nicht danach, wie groß die Sache ist, die du erringen willst«, sagte sie. »Träume lassen sich nicht in Ellen oder Unzen messen.«

»Aber ein Schiff ...«

»Bist du dir sicher, dass es dein Lebensziel ist, ein Schiff zu besitzen?«, unterbrach ihn Anna. Sie nahm die Schere und stellte sich hinter ihn. »Und jetzt halt still, es sei denn, du willst, dass ich dir auch die Ohren stutze.« Sie versenkte ihre Finger in den dunklen Locken und begann zu schneiden. Dann lockerte sie sein Haar mit einem Kamm aus hellem Bein auf und trat einen Schritt zurück, um ihr Werk zu begutachten.

»Ich hätte nie gedacht ...« Mercurio sprach nicht weiter.

Anna schnitt ihm die Haare bis knapp oberhalb der Ohren ab. »Du bist nur ein Betrüger, richtig? Ein Gauner ohne Ideale oder Träume.«

Mercurio runzelte die Stirn. »Du kannst das nicht verstehen ...«, brummte er.

»Schau mich an«, befahl Anna. Sie legte ihm einen Finger unter das Kinn und zwang ihn, ihr den Kopf zuzuwenden. Sie glich die Länge der Haare an, kürzte hier und da mit ein paar raschen Schnitten. Nach einer Weile stellte sie sich wieder hinter Mercurio und machte sich an die letzten Feinheiten. Erst dann nahm sie das Gespräch wieder auf. »Meinst du nicht, dass vielleicht dein Lebensziel hinter deinem Entschluss stand, in einem Abwasserkanal zu leben ...«

»Was für ein Ziel kann es schon sein, in der Schei...«

Anna gab ihm einen liebevollen Klaps. »Du hast wirklich eine lose Zunge«, sagte sie. »Wer hat hier die Oberhand, du oder sie? Du redest los, bevor du denkst. Also überleg lieber erst, bevor du antwortest. Und vor allem, hör dir erst die Frage an.«

»Ich hab schon gehört, was du gesagt hast«, erwiderte Mercurio gekränkt.

»Still, sonst schneide ich dich!«

Mercurio machte einen Buckel.

»Und sitz gerade, ich habe keine Lust, mir den Rücken zu ruinieren, nur um dir die Haare zu schneiden.«

Mercurio schnaubte.

»Nun sag schon, warum hast du denn da unten gelebt?«, fragte Anna grob.

Mercurio zuckte mit den Schultern und versuchte, mit einem Lachen seine Unbeholfenheit zu überspielen. »Weil ich nicht mehr im Palazzo meiner Eltern leben wollte, wo es immer warm war und ich von allen Seiten bedient wurde ...«

Anna gab ihm noch einen Klaps. »Wenn du mich für dumm

verkaufen willst, dann können wir das Ganze auch lassen«, sagte sie ernst. »Versuch einfach, meine Frage zu beantworten. Wir wissen beide, dass du nie Eltern gehabt hast, dass du so arm gewesen bist, dass du fast verhungert wärst. Und dass das Leben ein einziges Elend ist, dass du immer getreten wurdest und so weiter.« Anna drehte ihn um und schwang die Schere vor seinem Gesicht. »Also, warum bist du nicht bei diesem Scalzamorto geblieben?«

»Scavamorto«, verbesserte Mercurio lächelnd.

»Ach, das ist doch völlig gleich, spuck es schon aus!«

»Was denn?«

»Du bist wirklich ein harter Brocken, Pietro Mercurio von den Waisen aus San Michele Arcangelo«, schnaubte Anna. »Es war also besser, in einem widerlichen, dunklen Abwasserkanal zu leben, ohne Essen, ganz allein, als ...«

»Er hat uns an den Betten festgekettet«, brach es aus Mercurio heraus. »Wie Sklaven! Als würden wir ihm gehören!«

»Und in den Kanälen dagegen warst du ...«

»Da war ich frei, verdammt noch mal!«

Anna holte aus, als wollte sie ihm eine Ohrfeige versetzen. »Achte auf deine Worte, du lose Zunge!« Dann entspannte sie sich und streichelte sein Gesicht. »Frei, mein Junge, genau, frei.«

Mercurio wusste nicht, warum ihm auf einmal Tränen in die Augen schossen. Er unterdrückte sie, aber es fühlte sich an, als wäre etwas in ihm gebrochen. Oder als hätte er sich ergeben. In seinem Kopf herrschte ein einziges Durcheinander.

»Es ist schon merkwürdig, wenn einer, der sich nie groß für das Meer interessiert hat, sich auf einmal ein Schiff wünscht«, fuhr Anna schließlich fort. »Raus damit, was war das Erste, das du mir gesagt hast, als du von deinem Traum gesprochen hast?«

»Dass ich Giuditta fortbringe ...«

»Nein.«

»Die Neue Welt ...«

»Nein!« Anna packte ihn bei den Schultern und schüttelte ihn. »Erinnere dich an das Gefühl!«

»Dass ... ich ...« Mercurios Augen füllten sich mit Tränen.

»Sag es!«

»Frei sein will ...«

»Wiederhol es!«

»Dass ich ... frei sein will.«

Anna umarmte ihn. »Genau, mein lieber Junge. Das willst du. Das hast du gewollt. Kein Schiff, nicht die Neue Welt, von der du noch nicht einmal weißt, wie es da aussieht ... Frei sein – das ist es, was dir wichtig ist. Und immer schon war.« Sie löste sich aus seinen Armen, trat einen Schritt zurück und nahm wieder gerührt sein Gesicht in ihre Hände. »Dir liegt die Freiheit im Blut, du trägst sie im Herzen. Du ... weißt genau, was sie bedeutet, und willst sie auch Giuditta schenken.« Wieder umarmte sie ihn. »Du hast ein viel größeres Lebensziel als ein armseliges Schiff. Ist dir das eigentlich klar?«

Mercurio blickte sie an. Die Wärme des Feuers trocknete seine Tränen.

»Was ist schon ein Schiff?«, sagte Anna lachend und stand auf. Sie nahm einen Reisigbesen und fegte die abgeschnittenen Haare auf den Kamin zu. Als sie sie aufgehoben hatte, hielt sie sie einen Augenblick lang in der Hand und starrte abwesend darauf, während ihre Gedanken in die Vergangenheit schweiften. »Danke, mein Junge«, sagte sie dann. »Früher habe ich meinem Mann immer die Haare geschnitten. Es war schön, das noch einmal zu tun.« Sie warf die Haare ins Feuer und hörte, wie sie knisternd verbrannten.

Noch bin ich nicht frei, dachte Mercurio, denn noch gehöre ich Scarabello. Doch er wusste plötzlich, dass er es mit Annas Hilfe schaffen würde, und diese Gewissheit schien ihn noch mehr zu wärmen als das Feuer im Kamin.

In Gedanken kehrte er zu seinem vergangenen Leben zurück, sah sich wieder als kleinen Jungen bei den Armengräbern hinter der Piazza del Popolo in Rom. Er erinnerte sich, mit welcher Wut er unter den aufgetürmten Leichen nach seiner Mutter gesucht hatte. Wie er gehofft hatte, sie als Tote zu finden. Obwohl er nicht die geringste Chance hatte, sie zu erkennen, weil er niemals erfahren hatte, wer sie war.

Er erinnerte sich, und das begriff er erst jetzt, wie Scavamorto versucht hatte, ihn aus seiner Wut hervorzulocken, indem er ihm jenes Spiel »Meine Mutter war …« vorschlug. Mercurio erkannte, dass Scavamorto ihm auf seine Art hatte helfen wollen, wie ein guter Herr seinem Sklaven. Und er vergab ihm in seinem Herzen.

Nach einem Vater hatte er jedoch nie gesucht. Er hatte immer nur eine Mutter haben wollen, denn er ertrug den Gedanken nicht, verlassen worden zu sein von der Frau, die ihm das Leben geschenkt hatte. Er hatte sich immer sehnlichst gewünscht, von einer Mutter angenommen zu werden, so wie er war.

Und nun, hier vor dem Kamin, empfand er ganz deutlich dieses neue Gefühl der Vollständigkeit. Und befürchtete doch zugleich, es könnte nicht wahr sein.

Voller Sehnsucht sah er Anna an. »Wir sind doch eine Familie, oder?«

41

Heute hat man mir am Hafen von einer makedonischen Schiffsbesatzung erzählt, die vor einiger Zeit zwei Juden, einen Mann mit seiner Tochter, ausrauben wollte und dann nur Steine in deren Truhen gefunden hat.« Esters Lachen hallte kristallklar über den Strand und übertönte das Rauschen der Brandung.

Shimon Baruch blieb stehen, um sie anzusehen, während seine Füße am Ufer des Meeres im Sand versanken.

Ester blieb ebenfalls stehen und erwiderte unbefangen seinen Blick. Der Wind zerzauste ihre Haare und löste Strähnen aus der aufwändigen Frisur mit den an den Schläfen zusammengerollten Zöpfen, die von feinen Beinnadeln zusammengehalten wurden. Ein etwas heftigerer Windstoß entriss ihr das bestickte Seidentaschentuch, das sie oben am Kopf befestigt hatte. Ester versuchte es einzufangen, doch die Böe trug es mit sich und ließ es durch die Luft tanzen wie einen Schmetterling. Ester musste wieder lachen.

Shimon Baruch ließ sich von dem davonflatternden Taschentuch nicht ablenken. Er blickte weiter in Esters grüne Augen und auf ihre vollen rosigen Lippen.

»Ist das nicht zum Lachen?«, fragte Ester heiter.

Shimon nickte. Aber er lachte nicht mit, er hatte es noch nicht gelernt. Doch er wusste, dass Ester das nicht von ihm erwartete. Genauso wenig wie sie erwartete, dass er ausgelassen wie ein kleiner Junge über den Strand lief, wo sie sich jeden Nachmittag zu einem Spaziergang trafen, seit er beschlossen hatte, länger in Rimini zu bleiben.

Unter seinem eindringlichen Blick errötete Ester ein wenig.

Sie erwartet nicht einmal, dass ich glücklich bin, dachte Shimon.

Ester drehte sich um und sah dem Taschentuch nach, das jetzt auf dem Wasser trieb wie eine Seerose. Sie wandte sich Shimon zu, zuckte lächelnd mit den Schultern, wie um zu sagen, dass es nicht wichtig wäre, und wollte schon weitergehen.

Da stieg Shimon vollständig bekleidet ins Wasser, holte das Taschentuch und kehrte zurück. Nachdem er es ausgedrückt hatte, überreichte er es Ester.

Sie wusste nicht, was sie sagen sollte, und blieb unschlüssig stehen. Doch dann, als ihr Blick auf Shimons durchnässte Kleider fiel, von denen das Wasser auf seine Füße tropfte und den Sand dunkel färbte, brach sie in helles Gelächter aus.

Shimon sah sie an. Und während er sie betrachtete, musste er daran denken, dass, seit jener Junge sein Leben vollkommen verändert hatte, jede Nacht der Tod neben ihm schlief und ihm aus seinem blanken Schädel den stinkenden Hauch der Verwesung ins Gesicht blies. Seitdem war sein Leben wie ein Stein, den man an einen Abgrund geschoben hatte und der nun ins Rollen gekommen war. Es bewegte sich immer schneller, ohne dass er die Kontrolle darüber hatte, und war dazu verurteilt, im Abgrund zu verschwinden. Und in diesem unaufhaltsamen Fall hatte Shimon entdeckt, dass er anders war, als er immer geglaubt hatte. In ihm hatte seit Langem die gleiche Grausamkeit geschlummert, die ihn an der Welt so ängstigte. Er hatte festgestellt, dass er in der Lage war zu töten, ohne die kleinste Regung, ohne das geringste Schuldbewusstsein zu empfinden. Ohne Furcht.

Und er hatte entdeckt, dass er ohne Gott leben konnte. Ja, selbst Gott zum Trotz.

Inzwischen hielt er sich schon beinahe fünf Monate in Rimini auf, und wieder hatte sich etwas verändert. Und zwar grundlegend. Seit fünf Monaten sagte er sich jeden Abend, dass er am nächsten Tag aufbrechen würde, doch stattdessen blieb er.

Warum nur?, hatte er sich ein ums andere Mal gefragt. Er zögerte jedoch, sich eine Antwort darauf zu geben, weil er ahnte, dass sie ihm Unbehagen bereiten würde. Da war es viel einfacher, sich vorzumachen, man sei jederzeit zur Abreise bereit. Er erhielt seinen Racheplan aufrecht, seinen wichtigsten Lebenszweck, und er vermied eine möglicherweise peinliche Antwort auf die Frage nach dem Warum. Ich bin erschöpft, sagte er sich immer wieder. Ich muss mich eine Weile ausruhen.

Doch die Wahrheit, die er sich früher oder später würde eingestehen müssen, war, dass er vor fünf Monaten bei seiner Ankunft in Rimini Ester kennengelernt hatte. Die Frau, deren Namen bedeutete »Ich werde mich verbergen«. Die Frau, die allein durch ihren Namen die Geschichte des Mannes zu kennen schien, der sich als Alessandro Rubirosa ausgab.

Als er sie das erste Mal gesehen und ihre Stimme gehört hatte, die ebenso melodiös war wie die der Sängerinnen aus seiner legendären Heimat, hatte er sich erleichtert gefühlt, als habe man ihm plötzlich eine schreckliche Last von den Schultern genommen. Und zugleich hatte er völlige Erschöpfung verspürt. Als habe er sich erst in dem Moment alle Mühen eingestehen können, die er auf sich genommen hatte.

Er hatte sie gesehen und gewusst, dass ihm verziehen, dass er angenommen wurde. Ester erwartete nicht, dass er glücklich war, sie verlangte nicht einmal, dass er es versuchte.

»Kommt!«, sagte sie. »Ihr könnt nicht wie ein begossener Hund herumlaufen, sonst erkältet Ihr Euch noch.« Sie streckte die Hand nach ihm aus.

Shimon wich einen halben Schritt zurück und starrte ihre Hand an.

Ester zog sie zurück.

Doch sie wirkt nicht verlegen, dachte Shimon. Deshalb trat er neben sie, und gemeinsam machten sie sich auf den Weg zur Hostaria de' Todeschi.

Ester gelang es nur ein paar Schritte lang, ernst zu bleiben, dann musste sie wieder loslachen. »Verzeiht mir …«, sagte sie und legte sich verlegen eine Hand vor den Mund wie ein kleines Mädchen. Lachend zeigte sie auf Shimons Schuhe, aus denen bei jedem Schritt Wasser austrat, was ein seltsames Geräusch erzeugte. »Es hört sich an, als wären Eure Schuhe voller Frösche.« Sie lachte unbeschwert, und dabei röteten sich ihre Wangen, und ihre Zöpfe flogen frei durch die Luft. »Ihr seid doch nicht beleidigt?«

Shimon schüttelte den Kopf. Er wusste weder wie noch warum dies geschehen war. Nur, dass durch seine Begegnung mit Ester die Mauer um sein Herz an Festigkeit verlor. Und in dem Moment wurde ihm klar, dass er Rimini nicht verlassen würde. Dass er Mercurio nicht verfolgen würde, nicht gleich jedenfalls. Dass er auf Esters Gesellschaft nicht verzichten wollte. Nicht gleich.

An manchen Abenden, wenn er sich in seinem Zimmer in der Hostaria de' Todeschi schlafen legte, überfielen ihn dunkle Gedanken, und er fühlte erneut den Hauch des Todes. Doch diese Gedanken belasteten ihn nicht. Sie verschwanden im Nu wieder aus seinem Kopf, verflogen wie Wolken an einem windigen Tag.

Und dann konzentrierte sich sein ganzes Sein auf Ester, er dachte an den gerade vergangenen Tag und stellte sich den nächsten vor. Und genau hier in der Mitte, in diesem Zustand der Schwerelosigkeit, fand Shimon sein größtes Vergnügen. Und sein Gleichgewicht.

Denn in diesen Momenten wusste Shimon, dass er nicht ganz allein war.

»Stören Euch die Blicke der Leute?«, unterbrach Ester seine Gedanken.

Shimon sah sich um und bemerkte erst jetzt, dass sie den Strand verlassen hatten und durch die Stadt liefen. Sämtliche Passanten, denen sie begegneten, drehten sich nach ihm um und wunderten sich über seine nassen Kleider.

Shimon stellte fest, dass Ester der einzige Mensch war, bei

dem er sich durch seine Stummheit nicht behindert fühlte. Zudem schien sie darauf zu achten, ihm nur Fragen zu stellen, die ein Ja oder Nein vorsahen. In ihrer Gesellschaft musste Shimon nicht schreiben oder sich durch Gesten verständlich machen und dabei hoffen, dass sie ihn verstand. Bei ihr war alles einfach.

Er schüttelte den Kopf.

Ester nickte zufrieden. »Mich auch nicht.«

Shimon sah sie an, und Ester erwiderte lächelnd seinen Blick.

»Sie ist eine gute Frau, auch wenn sie Jüdin ist«, hatte der Wirt vor einigen Tagen zu ihm gesagt, denn ihm war aufgefallen, dass Shimon jeden Nachmittag mit ihr spazieren ging. Dann hatte er ihm ins Ohr geflüstert: »Aber sie ist keine, die sich bekehrt, edler Herr. Deshalb solltet Ihr Euch das, wonach Euch der Sinn steht ... in aller Freiheit nehmen.« Und als er ihn dann wieder ansah, stand auf seinem Gesicht das Lächeln aller Männer, wenn sie darüber reden, mit Frauen das zu tun, wonach es sie gelüstete. Shimon hatte ihm einen eiskalten Blick zugeworfen, und der Wirt hatte seine Worte sofort bereut und mit gesenktem Kopf gestammelt: »Versteht mich nicht falsch, edler Herr ...« Doch Shimon hatte ihn weiterhin verachtungsvoll angestarrt.

»Wollt ihr in mein Haus kommen, um Euch zu trocknen?«, fragte Ester plötzlich und blieb vor der kleinen Tür stehen, an der sie sich jeden Nachmittag nach ihrem Spaziergang verabschiedeten. »Ihr könntet die Kleider meines Mannes anziehen, während Eure trocknen.«

Shimon war verblüfft. Er sah sich um.

An jenem Tag, als der Wirt seine anzüglichen Bemerkungen gemacht hatte, hatte Shimon sich zum ersten Mal, seit er Ester begegnet war, vorgestellt, wie sie wohl nackt aussähe. Und er hatte daran gedacht, sie zu küssen, während er neben ihr am Strand entlanglief.

»Ich hab Euch doch gesagt, ich mache mir nichts aus dem Geschwätz der Leute«, sagte Ester.

Unvermittelt musste Shimon an das Mädchen aus der Schenke bei Narni denken, das er trotz ihrer Schönheit und obwohl er sie so begehrte, nicht hatte nehmen können. Zum ersten Mal nach all den Tagen dachte er daran, abzureisen und sich wieder auf die Jagd nach Mercurio zu machen. Du wirst nicht eher Frieden finden, bis du diesen verdammten Jungen ausfindig gemacht hast, dachte er. Er fühlte sich wie in einem Käfig gefangen, wie mit dem Rücken zur Wand, und merkte, wie die Wut in ihm hochstieg. Er sah Ester feindselig an. Dann drehte er sich unvermittelt um und entfernte sich mit wütenden Schritten.

Ester sagte kein Wort. Sie versuchte auch nicht, ihn aufzuhalten.

Als er die Gasse erreichte, in die er einbiegen musste, wandte Shimon sich noch einmal zu Ester um. Er sah, dass sie mit hängendem Kopf die Haustür öffnen wollte und ihr der Schlüssel herunterfiel. Und dass sie sich, während sie sich bückte und ihn aufhob, mit dem Handrücken unter den Augen entlangfuhr, als wollte sie Tränen wegwischen.

Wieder sah er das verlebte Gesicht und den aufreizenden Körper des Mädchens aus Narni vor sich, das ihn so sehr gedemütigt hatte. Sein Atem brannte im Hals. Er ballte die Fäuste und presste die Kiefer aufeinander, sodass sich die Nägel in seine Handflächen bohrten und seine Zähne knirschten.

Ester wollte gerade langsam die Haustür schließen, als sie Shimon auf das Haus zustürmen sah. Mit geröteten, vor Wut geweiteten Augen stieß er sie brutal ins Haus, dann schlug er die Tür hinter sich zu.

Ester wich keinen Schritt zurück, ihre vollen Lippen waren leicht geöffnet. Shimon blieb einen Augenblick stehen, alles an ihm zitterte vor Leidenschaft.

Gleich darauf fiel er hemmungslos, ohne jedes Zartgefühl über sie her. Heftig und plötzlich war ihm das Blut in den Kopf geschossen, hatte alles überflutet. Und genauso schnell war es wieder nach unten gesackt, hatte auf dem Weg hinab in seinem Körper getobt und dann in einem wütenden Aufbranden das Fleisch zwischen seinen Beinen anschwellen lassen. Er drängte sein steifes Glied an Ester, presste seine Hüften gegen ihre, klammerte sich an ihrem Rücken fest und zerrte sie mit roher Gewalt an sich. Er hob ihren Rock und schob sie an die Wand. Dann steckte er eine Hand in ihre leinenen Unterhosen, zerriss dabei den Stoff und drang mit den Fingern zwischen ihre Schenkel.

Ester schloss die Augen und öffnete den Mund zu einem stummen Schrei.

Shimons Hand erspürte ein raues Büschel Haare. Als er es teilte und seine Finger weiterwandern ließ, trafen sie auf warmes Fleisch, das plötzlich unter seinen Fingerkuppen nachgab und sich feucht öffnete.

Ester atmete schwer und hatte die Augen weit aufgerissen.

Shimons Hand bewegte sich in der warmen, feuchten Höhle, die sich zwischen ihren Schenkeln geöffnet hatte. Er rieb die Daumenkuppe an einer kleinen Erhöhung, die härter war als die sie umgebende samtweiche Feuchtigkeit, und lauschte auf Esters Körper, der sich unter seiner Berührung veränderte. Seine andere Hand hielt Ester nicht mehr an die Mauer gepresst, sondern griff nach ihrem Ausschnitt und riss ihn auf, bis ihr Busen entblößt war. Gierig griff er nach einer Brust und knetete ihre Brustwarze.

Ester stöhnte in lustvollem Schmerz und öffnete ihren Mund. Shimon küsste sie so heftig, dass es eher ein Beißen war, und stieß ihr mit seiner Zunge in den Mund, um ihn brutal zu erforschen. Atemlos keuchend löste er sich von ihr, sah Esters Lippen an, die von seinem Kuss feucht schimmerten, und erkannte, dass sie ebenfalls auf seine Lippen starrte, die vom gleichen Kuss glänzten.

Plötzlich stöhnte Ester auf. Sie nahm Shimons Hand und drückte sie heftig in ihr Fleisch, presste die Schenkel zusammen und krümmte sich.

Shimon wurde von einem heftigen Gefühl durchflutet, als zerrten Freude und Wut gleichermaßen an ihm. Er stieß Ester brutal zu Boden, sodass ihr Kopf auf dem Terrakottaboden aufschlug, hob ihren Rock und betrachtete den schwarzen Haarbusch, den seine Finger zerzaust hatten. Er sah, wie Ester langsam ihre Beine öffnete und damit die pulsierende feuchte Spalte enthüllte, sah, wie sich die Muskeln ihres Unterleibs zusammenzogen. Hastig knöpfte er seine Hose auf und drang in sie ein, als wollte er sie mit seinem eigenen hart gewordenen Fleisch töten. Er beobachtete, wie er in Ester eintauchte, und empfand dabei eine ungekannte Wärme. Und während Ester sich seinen Bewegungen anpasste und ihn mit ihrem ganzen Körper umfasste, fühlte Shimon, wie ihm, einem tosenden Sturm gleich, wieder das Blut wie wahnsinnig vom Kopf in den Unterleib und zurück strömte.

Ester nahm seine Hände und führte sie an ihren Busen.

Shimon biss die Zähne so heftig zusammen, dass er seine Kiefer knirschen spürte. Dabei bewegte er den Unterkörper, immer heftiger stieß er in sie hinein.

»Oh ja ...«, stöhnte Ester.

Doch Shimon hörte sie nicht mehr. Seine Ohren vernahmen nur noch die eigenen Seufzer, sein Kopf löste sich auf in der übermächtigen Lust, die ihm die Wirbelsäule hinaufkroch wie ein wütender Parasit. Und kurz bevor ihn ein heftiger Höhepunkt bis ins Innerste erschütterte, ergab er sich ganz und gar dieser Wonne.

Und plötzlich löste sich etwas in ihm. Zum ersten Mal, seit er stumm geworden war, bemerkte er, dass er in der Lage war, Gefühle zu äußern.

»Weine«, sagte Ester leise, »weine ruhig ...«

42

In der Gegend von San Cassiano zeigte die Tochter der kranken Hure auf eine Gruppe von hohen, eng aneinandergedrängten Gebäuden und beschleunigte ihre Schritte.

Isacco nahm einen merkwürdigen Geruch wahr, den er nicht einordnen konnte. Es war die Mischung von vielen guten und mindestens genauso vielen unangenehmen Aromen, jedes stark und kräftig, feine Nuancen gab es nicht. Er war versucht, auf der Stelle umzukehren.

Doch als hätte er das vorhergesehen, packte Donnola ihn am Arm und sah ihm eindringlich ins Gesicht, das immer noch gezeichnet war von langen Tagen der Ausschweifung, an denen der Arzt sich seiner Verzweiflung überlassen hatte. Isacco wirkte wie ein alter Mann. Sie hatten fast eine Stunde gebraucht, um an den ausgebrannten Ruinen der Fabbriche Vecchie vorbei in diese Gegend hinter Rialto zu gelangen. Isacco war langsam vorwärtsgegangen, ohne auch nur ein einziges Mal nach rechts oder links zu schauen. Bei jedem Schritt hatte Donnola befürchtet, der Arzt würde gleich stehen bleiben und es sich noch anders überlegen. Das Mädchen, das ihnen den Weg wies, war in seiner Ungeduld jedoch ständig schneller geworden, sodass sie ihnen bereits nach wenigen Schritten weit voraus war. Immer wieder war sie stehen geblieben und hatte auf den Arzt und Donnola gewartet.

»Meine Mutter ist hier«, sagte das Mädchen nun und schlüpfte schnell in den Innenhof der Gebäude.

Donnola drehte sich zu Isacco um und sah dessen verstörten Blick. »Kommt, Doktor …«

Isacco zögerte zunächst, doch dann gab er nach. »Gut, gehen wir eben auch noch diese Frau umbringen ...«, sagte er schließlich.

Donnola enthielt sich eines Kommentars. Seit Tagen hatte Isacco niemanden mehr an sich herangelassen und sich selbst immer wieder die Schuld am Tod seiner Frau und an dem Mariannas gegeben. Doch jetzt war etwas in Bewegung geraten. Nun war der Doktor hierhergekommen und stand kurz davor, seine Arbeit wiederaufzunehmen. Wahrscheinlich hatte ihn dieses Mädchen dazu bewogen, dachte Donnola. Vielleicht trieb ihn aber auch seine Liebe zu Giuditta an. Isacco musste den Stolz im Blick seiner Tochter entdeckt haben, als das Mädchen nicht müde wurde zu wiederholen, Marianna hätte kurz vor ihrem Tod der Freundin anvertraut, was sie für einen tüchtigen Arzt gefunden hätte, mit einem großen Herzen und ohne jedes Vorurteil.

»Es gibt fast zwölftausend Huren in Venedig«, sagte Donnola, als sie dem Mädchen durch ein Tor folgten, das in kräftigem Scharlachrot gestrichen war.

»Dann kann ich ja so viele davon umbringen, wie ich will«, knurrte Isacco. »Sie werden deshalb wohl kaum aussterben.«

»Wann werdet Ihr endlich aufhören, Euch selbst zu bemitleiden, Doktor?«, fragte Donnola.

»Und weshalb sollte ich fröhlich sein?«

»Nun ja, zum Beispiel, weil es zwölftausend Huren in Venedig gibt.«

»Ja und?«

»Statt dass Ihr nachgrübelt, wie viele von ihnen Ihr umbringen werdet«, erklärte Donnola, »solltet Ihr Euch mal etwas mehr wie ein Jude benehmen und Euch überlegen, wie viele Rechnungen Ihr stellen könntet.«

Isacco starrte ihn schweigend an. Er wusste, dass niemand außer Donnola so etwas für ihn getan hätte. »Danke, Donnola ...«, sagte er schließlich.

»Dank wofür?«

»Ach, gar nichts.« Isacco lächelte traurig. »Aber trotzdem danke.«

»Aus Euch soll einer schlau werden, Doktor«, sagte Donnola kopfschüttelnd. »Bemüht Euch aber trotzdem, Eurer ersten Patientin keinen Unsinn zu erzählen. Macht bitte einen guten Eindruck.«

»Donnola, geh zum Teufel.«

»Oh! Jetzt erkenne ich Euch wieder!«, lachte Donnola. »Los, kommt, bevor das arme Mädchen noch vor Ungeduld stirbt.«

Isacco gab sich einen Ruck und stieg die drei kleinen Stufen hinauf, die in den Innenhof des Gebäudes führten. Innen schlug ihm sogleich wieder jene merkwürdige Geruchsmischung entgegen, die er schon von Weitem wahrgenommen hatte. Es duftete nach Koriander und Eisenkraut, nach orientalischen Gewürzen, edlen Hölzern, Amber, Myrrhe, Weihrauch und exotischen Blüten. Aber es stank auch gehörig nach Schweiß, Urin und Exkrementen, nach Schimmel und verfaulenden Nahrungsmitteln. Und all diese Essenzen, gute wie schlechte, die sich gegenseitig zu übcrlagern versuchten, vereinten sich zu einem Sündenbabel der Gerüche, sodass Isacco ganz schwindlig wurde und er sich am Geländer der Treppe festhalten musste, die sie inzwischen erreicht hatten.

»Fühlt Ihr Euch nicht gut?«, fragte Donnola besorgt.

Isacco sah nach oben. Ein paar Stufen über ihm war eine fette Frau ohnmächtig gegen das Geländer gesunken. Ein Kleinkind pinkelte gegen die Wand. Um ihn herum herrschte ein reges Treiben von Männern und Frauen, die lachten, fluchten, stolperten, ausspien, sich gegenseitig unter den Kleidern betasteten, miteinander stritten, sich küssten oder schlugen, wegliefen oder sich verfolgten. Und ebenso wie die Gerüche verdichteten sich auch die Geräusche zu einem einzigen, schier unerträglichen Lärmbrei.

Das Mädchen wartete auf einer Stufe voller Erbrochenem und hüpfte ungeduldig von einem Bein auf das andere.

»Großer Gott ...«, entfuhr es Isacco, »wo sind wir denn hier bloß gelandet?«

Donnola lachte. »Wir sind im Torre delle Ghiandaie. Dieser Turm und die anderen bilden das Castelletto, Doktor. Das Hurenviertel.«

»Großer Gott ...«, wiederholte Isacco.

»Los, beeilt Euch bitte!«, rief das Mädchen.

Isacco nickte ihr zu und betrat die erste Stufe, als eine spindeldürre Prostituierte mit einer Nase so krumm wie ein Steinadlerschnabel sich vor seinen Augen das Hemd öffnete und ihm einen schlaffen, ausgezehrten Busen darbot. Isacco bedeckte seine Augen mit einer Hand, verzog das Gesicht und ging weiter.

»Sodomit!«, schrie ihm die Hure wütend hinterher.

Isacco drehte sich um. Die Frau hatte nun den Mund geöffnet und zeigte ihm ihre wenigen verbliebenen, gelblich verfärbten Zähne. »Magst du etwa keine Frauen, Sodomit?«, schrie sie ihn geifernd an.

Donnola konnte sich nicht mehr zurückhalten und brach in Gelächter aus. Und da musste auch Isacco zum ersten Mal nach vielen Tagen lachen. Zaghaft zwar, aber er lachte. Und in seiner Seele rührte sich etwas Neues, Entscheidendes. Nun drängte es ihn plötzlich weiter, er überholte Donnola und nahm immer zwei Stufen auf einmal, bis er das Mädchen eingeholt hatte.

»Was lachst du, du Sodomit?«, schrie ihm die Prostituierte mit schriller Stimme hinterher und zeigte immer noch herausfordernd ihren schlaffen Busen. »Sodomit!«

»Doktor, so wartet doch!«, keuchte Donnola, der inzwischen deutlich zurückgefallen war. »Da soll Euch doch der ... Euch soll einer verstehen. Was ist denn auf einmal in Euch gefahren?«

»Beeil dich, Donnola!«

»Das ist doch völlig verrückt...«, brummte Donnola.

Im fünften Stock mussten sie sich zunächst durch eine dicht gedrängte Menge von Männern und Frauen schieben, dann führte das Mädchen Isacco einen schmalen, dunklen Gang entlang. Die meisten Lampen an den Wänden waren entzwei und brannten nicht. Dutzende von Türen lagen dicht an dicht nebeneinander. Einige standen offen, und Isacco sah im Vorübergehen, wie sich dort auf schmutzigen Lagern Frauen und Männer ungeschlacht umarmten. Völlig unbeeindruckt lief das Mädchen weiter. Als sie zu einer kleinen Tür kamen, an der die grob hingeworfene Zeichnung einer üppigen, tief dekolletierten Frau befestigt war, klopfte das Mädchen erst dreimal, dann zweimal und schließlich nur noch einmal und sagte dann: »Ich bin's.«

»Bist du allein?«, fragte von drinnen jemand mit schwacher Stimme.

»Ich habe den Doktor mitgebracht«, erwiderte das Mädchen.

Hinter der Tür hörten sie unterdrücktes Schluchzen, dann eine Stimme: »Komm herein.«

Das Mädchen nahm einen Schlüssel, den es an einer Kette um den Hals trug, steckte ihn ins Schloss und sperrte auf. Bevor sie die Tür ganz öffnete, wandte sie sich an Isacco. »Macht meine Mutter wieder gesund, Doktor ... bitte«, sagte sie und biss sich auf die Unterlippe, um die Tränen zurückzuhalten. »Und verratet ihr nicht, dass ich geweint habe«, fügte sie flüsternd hinzu.

Isacco nickte. Doch wieder spürte er, wie die Verantwortung schwer auf ihm lastete. Eigentlich sollte er jetzt gehen. Er sollte dem Mädchen sagen, dass seine Mutter nicht zu retten war, dass sie Höllenqualen erleiden würde und dann von der Krankheit aufgezehrt sterben würde.

»Da bin ich«, schnaufte Donnola, der in dem Moment am oberen Ende der Treppe erschien.

Isacco betrachtete ihn. »Was tun wir denn jetzt?«, fragte er ihn leise.

Das Mädchen starrte die beiden Männer an.

Donnola, den diese Frage unvorbereitet traf, wusste keine Antwort.

»Macht das, was ihr bei Marianna getan habt«, sagte das Mädchen mit vom Weinen geröteten Augen. »Selbst wenn sie sterben muss ...«, hier unterdrückte sie ein Schluchzen, »lasst sie so glücklich sterben wie Marianna.« Dann fuhr sie mit einer Hand in die Schürzentasche, holte ein grünes, zugeknotetes Taschentuch hervor, knüpfte es auf, nahm einen Marchetto und hielt die kleine Münze Isacco hin.

Isacco spürte auf einmal, wie sein Kopf von all dem Wein, den er in den letzten Tagen getrunken hatte, ganz schwer wurde. Er sog die ungesunde Luft im Gang ein und betrachtete den Marchetto auf der Handfläche des Mädchens. Es war eine von den Münzen, die nur kleine Kinder und die Ärmsten der Armen benutzten. Er schloss die schmutzige Hand des Kindes um die schäbige Münze. »Behalt sie!«, sagte er.

Dann trat er ein.

43

Los, an die Ruder!«, rief Mercurio, als er auf die Zitella sprang, das Boot des Fischers von Mestre, der ihn beim ersten Mal im Fischkorb verborgen nach Venedig gebracht hatte.

Der Fischer wusste inzwischen, wer Mercurio war und dass der Junge für Scarabello arbeitete. »Wohin wollt Ihr fahren, Herr?«, fragte er.

»Zunächst zum Rio della Tana und dann zur Porta di Terra des Arsenals«, erwiderte Mercurio.

Der Fischer zögerte. »Rio della Tana?«, fragte er leise nach. »Da gibt es doch nichts ... Nur die Mauern des ...«

Mercurio setzte sich wortlos an den Bug und wandte ihm den Rücken zu.

»Tonio!«, rief der Fischer. Und als daraufhin ein hünenhafter, kräftiger Mann mit einem kleinen Ring im linken Ohr erschien, sagte er zu ihm: »Hol deinen Bruder, ich brauche jemanden zum Rudern.«

Tonio drehte sich um. »Berto! Los, an die Riemen!«, rief er. Einen Augenblick später erschien ein anderer junger Mann auf der Mole. Er war noch größer und kräftiger als sein Bruder und hatte ebenfalls einen kleinen Ring im Ohr.

Mercurio betrachtete die beiden. Ihm war nicht wohl bei dem Gedanken, in Gesellschaft von gleich zwei solchen Riesen durch die Lagune zu fahren.

»Der Herr ist ein Freund von Scarabello«, sagte der Fischer zu den beiden Brüdern, als hätte er Mercurios Bedenken erahnt.

Die beiden Hünen zuckten sofort zusammen, als sie Scarabellos Namen hörten. »Mein Herr …«, grüßte der eine von ihnen Mercurio.

»Wir fahren zum Arsenal«, sagte der Fischer.

Die beiden Brüder setzten sich auf die Bank in der Mitte und krempelten sich trotz der Kälte die Ärmel hoch.

»Es geht schneller mit den beiden an den Riemen«, erklärte der Fischer Mercurio. Er zeigte auf die beiden Brüder. »Sie sind *buonavoglia.*«

»Und was heißt das?«, fragte Mercurio.

»Wir sind Galeerenruderer, Herr«, antwortete Tonio und deutete auf sein Handgelenk und auf das seines Bruders. Jeweils an derselben Stelle war ein Mal zu erkennen, das dunkler war als die übrige Haut, wie eine Art Narbe oder Hornhaut. »Auch wenn wir *buonavoglia* sind, also freiwillige Galeerenruderer, die gegen Sold an den Riemen sitzen, werden wir doch während der Schlachten angekettet, damit wir ja nicht auf die Idee kommen, uns ins Meer zu stürzen und zu verschwinden«, lachte er.

Mercurio nickte. Allein die Handgelenke der beiden waren so kräftig wie seine Oberarme.

Der Fischer machte die Leinen los und stieß das Boot von der Mole ab. Die beiden Brüder sahen sich an, während der Fischer das Boot lenkte, dann atmeten sie einmal tief durch und tauchten die Ruder ins Wasser.

»Und eins … und zieh'n … und zwei … und zieh'n …«, skandierte Tonio.

Die Ruder aus abgelagertem Buchenholz knirschten unter dem unglaublichen Druck, den die beiden Brüder auf sie ausübten.

»Vorsichtig, sonst zerbrecht ihr mir noch die Riemen!«, rief der Fischer am Steuerruder.

Die beiden Brüder lachten, doch sie wurden nicht langsamer.

Gleich darauf erreichte das Boot eine Geschwindigkeit, wie

Mercurio sie noch nie erlebt hatte. Kraftvoll durchpflügte der Bug das Wasser und zerteilte die schaumgekrönten Wellen. Jedes Mal wenn die beiden Riesen die Riemen anzogen, musste Mercurio sich an der Bugbank festhalten, um nicht hintüberzufallen. Er sah zu Tonio und Berto. Sie schienen ihren Spaß zu haben, und trotz der Geschwindigkeit und der Schweißtropfen, die ihnen von der Stirn rannen, machten sie nicht den Eindruck, als ob sie sich tatsächlich anstrengen müssten.

Der Fischer lenkte das Boot sicher durch die schilfbewachsenen Kanäle, obwohl man bei dem Nebel keine zehn Schritte weit sehen konnte. Mercurio hatte keine Ahnung, wo sie sich befanden. Eine halbe Stunde lang glitten sie in dieser irrwitzigen Geschwindigkeit vorwärts, ohne dass die beiden Hünen irgendein Anzeichen von Erschöpfung zeigten oder auch nur ein bisschen langsamer wurden.

Mercurio war ganz in seine Gedanken versunken. Er hatte einen Plan ausgeheckt, um ins Arsenal zu gelangen. Ein einziger Weg war ihm eingefallen, und er war überzeugt, dass er keine andere Wahl hatte. Genau wie in seinem Verhältnis zu Scarabello. Er gehörte ihm, aber Mercurio würde ihn betrügen. Er hatte die Mönche im Waisenhaus betrogen, er hatte Scavamorto betrogen und die päpstlichen Wachen. Und früher oder später würde er auch Scarabello betrügen.

»Das hier ist der Rio della Tana, Herr«, sagte der Fischer schließlich.

Mercurio riss sich von seinen Gedanken los und sah sich um. Links von ihm erhoben sich die Mauern des Arsenals. Er schaute nach oben. Das würde ein gewagter Sprung werden. Dann wandte er sich an die zwei Hünen. Mit diesen beiden an den Rudern könnte ihn niemand einholen, sollte er verfolgt werden. »Ich werde jemanden zum Rudern brauchen, und zwar euch alle beide. In zwei Tagen.«

»Was sollen wir tun?«, fragte Tonio.

»Seid gegen Sonnenuntergang hier«, antwortete Mercurio. »Und wartet auf mich. Wenn ich dann komme ... werde ich es wohl etwas eilig haben.«

»Herr, ich ...«, wandte der Fischer ein.

»Ihr erhaltet jeder drei Silbermünzen«, sagte Mercurio.

Die beiden Ruderer strahlten über das ganze Gesicht.

Nur der Fischer hatte Bedenken. »Herr ...«

Mercurio bohrte ihm den Zeigefinger in die Brust. »Du bist mir für eine gewisse Angelegenheit noch etwas schuldig. Ich könnte sogar von dir verlangen, dass du es ohne Bezahlung erledigst. Oder ich könnte Scarabello sagen, dass du mir nicht helfen wolltest.«

Der Fischer wurde bleich, schloss den Mund und ließ den Kopf hängen.

»Und jetzt bringt mich zur Porta di Terra, ich möchte mit ein paar Arsenalotti Freundschaft schließen. Woran erkennt man sie?«

Als sie die Darsena Vecchia erreichten, legten sie neben einer geräumigen Peata an, aus der Hanfballen für die Seilerei abgeladen wurden.

»Seht mal dorthin«, sagte der Fischer zu Mercurio. »Die da, die kaum mehr als Lumpen am Leib tragen, sind einfache Hilfsarbeiter und Schauerleute. Aber die anderen, die in den grauen Arbeitsjacken mit den rot-weißen Streifen an den Hosen ... das sind die Arsenalotti.«

Mercurio klopfte ihm auf die Schulter. »Danke«, sagte er und sprang an Land.

»Herr«, rief ihm der Fischer hinterher und folgte ihm auf den Kai. Mit gesenktem Kopf blieb er vor ihm stehen. Dann atmete er ein paar Mal verlegen ein und aus, ehe er leise hervorsprudelte: »Ich wollte Euch um Verzeihung bitten wegen dem, was bei unserer ersten Begegnung mit Zarlino geschehen ist. Ich war feige, Ihr habt völlig recht. Es ist nur so ...«, der Fischer knetete verlegen seine Hände, »nun ja, es ist so, dass ich wirklich ein Feigling bin ...« Er zuckte mit den Schultern, holte noch einmal tief Luft. »Bitte nehmt meine Entschuldigung an, Herr.«

Mercurio hatte mit solchen Worten nicht gerechnet. Er antwortete nicht sofort, denn er wusste nicht, was er sagen sollte. »Wie heißt du?«, fragte er schließlich.

»Battista, Herr«, antwortete der Fischer.

»Und ich bin Mercurio. Also Schluss jetzt mit diesem Herr-Getue.«

Der Fischer hob den Kopf und schaute ihm grinsend in die Augen. Dankbar nickte er und sagte: »Ciao.«

Mercurio hob fragend eine Augenbraue. »*Ciao?* Was soll das denn heißen?«

»Sklave«, erklärte der Fischer. »Das ist unsere Abkürzung für ›ich bin Euer Sklave‹. In unserem Dialekt wird das italienische ›schiavo‹ zu ›sciao‹. Und mit der Zeit ist uns dann wohl auch noch das ›s‹ verloren gegangen ...«, sagte er lachend.

»Ich mag dieses Wort«, sagte Mercurio. Dann klopfte er ihm auf die Schulter. »Ciao, Battista.«

Battista hielt ihn erneut auf und wurde wieder rot. »Ist das, was wir auf dem Rio della Tana machen sollen, gefährlich? Ich habe eine Frau und zwei kleine Kinder ...«

»Aber nein«, log Mercurio. »Es ist kaum der Rede wert. Ciao, Battista.«

Battista lächelte erleichtert. »Ciao ... Mercurio.«

Mercurio zwinkerte ihm zu, steckte die Hände in die Hosentaschen und ging zu der Stelle, wo die Ladung gelöscht wurde. Er nickte der Gruppe der Arsenalotti zu. Keiner erwiderte seinen Gruß, im Gegenteil, sie sahen hochnäsig auf ihn herab. Alle bis auf einen jungen Mann, der ungefähr in seinem Alter sein mochte und ihm freundlich zunickte.

Der schien ein netter Kerl zu sein. Genau der Richtige für seinen Plan.

Mercurio tat so, als würde er einfach weitergehen, versteckte sich dann aber hinter einem Gebäude und beobachtete den jungen Arsenalotto. Nach einer Weile fuhr die Peata wieder fort, und ihren Platz nahm ein langes, niedriges Boot mit flachem Kiel ein, das an der geraden Bordwand das Wappen des Arsenals trug. Inzwischen war es Abend geworden, und die Arsenalotti luden schnell die Hanfballen auf den Lastkahn. Dann wendete das Boot und fuhr den Kanal zur Porta d'Acqua zurück. Die Männer verabschiedeten sich voneinander bis zum nächsten Tag und gingen anschließend in Zweier- oder Dreiergrüppchen zu den Wohnungen, die die Serenissima für sie und ihre Familien bereitstellte.

Mercurio folgte heimlich dem Arsenalotto, der seinen Gruß erwidert hatte. Nach einer Weile sah er, wie dieser sich von den anderen verabschiedete und in einem langgestreckten, dreistöckigen Gebäude verschwand. Mercurio war enttäuscht. Nun würde es keine Gelegenheit mehr geben, mit ihm ins Gespräch zu kommen, wie er es eigentlich geplant hatte. Doch gleich darauf streckte der junge Kerl den Kopf aus dem Eingang heraus und spähte vorsichtig nach seinen Freunden, die inzwischen schon ziemlich weit entfernt waren. Verstohlen verließ er das Haus und steuerte ziemlich schnell auf eine dunkle Gasse zu. Mercurio, der sich sofort in den Schatten eines Hauses zurückgezogen hatte, folgte ihm. Der Junge hat etwas zu verbergen, dachte er bei sich.

Unter einer Funzel etwa in der Mitte der Gasse blieb der Arsenalotto stehen, öffnete eine Tür und ging hinein.

Mercurio folgte ihm und sah sich um. Er spähte durch das kleine Fenster neben der Tür. Es war ein schäbiges Gasthaus, und er beobachtete, wie der Arsenalotto gierig das Glas Wein herunterstürzte, das ihm die Wirtin reichte.

Soso, du trinkst also gern, dachte er. Gut. Das ist ein Punkt zu meinen Gunsten.

Dann sah er, dass der Arsenalotto sich an einen Tisch setzte, wo gewürfelt wurde.

Und Geld verlieren gefällt dir auch, dachte Mercurio. Das wird ja immer besser.

Während der Arsenalotto die Würfel nahm und sich darauf vorbereitete, sie zu werfen, winkte er einer jungen Frau. Mit wiegenden Hüften ging sie zu ihm und lachte, als der junge Mann die Würfel an ihrem Busen rieb, ehe er sie warf.

Dazu noch ein Schürzenjäger, grinste Mercurio innerlich. Du bist mein Mann.

Darauf betrat er die Schenke. Ohne den Arsenalotto eines Blickes zu würdigen, ging er zur Theke, wo die Wirtin träge ihre Haare entlauste, und ließ klirrend einen Matapan auf die Holzplatte fallen, so laut, dass man es auch an den umstehenden Tischen hören konnte. Die Luft im Gasthaus war verbraucht, es roch nach abgestandenem Wein und gekochtem Fleisch, das mit Pflaumen und Quitten gesüßt worden war. »Ich will etwas zu essen und zu trinken«, sagte er. Dann gab er der jungen Frau, die gerade so bereitwillig zugelassen hatte, dass der Arsenalotto die Würfel an ihrem Busen rieb, einen Klaps auf den Hintern.

Die wollte schon böse werden, doch dann sah sie, wie Mercurio einen weiteren Matapan aus Silber hervorzog und in ihren Ausschnitt gleiten ließ. Da lachte sie und warf ihm einen anzüglichen Blick zu.

Mercurio setzte sich so hin, dass der Arsenalotto ihn sehen konnte. Dann lud er die junge Frau ein, sich neben ihn zu setzen, und bot ihr seinen Becher Wein an. Er hatte gar nicht die Absicht, etwas zu trinken, weil er wusste, dass Wein seine Schwachstelle war. Die Frau leerte den Becher auf einen Zug und setzte ihn dann geräuschvoll ab.

Der Arsenalotto wollte wieder würfeln und winkte der Frau erneut.

Mercurio goss ihr einen weiteren Becher ein. Nun reckte sie

ihre Brüste frech in Richtung des Arsenalotto, ließ zwei Finger dazwischengleiten und zog Mercurios Matapan hervor. Sie schloss die Lider und zuckte mit den Achseln. Dann gab sie Mercurio einen Kuss und trank auch den zweiten Becher Wein in einem Zug aus.

Grimmig warf der Arsenalotto die Würfel. Er verlor. Wütend schlug er mit einer Faust auf den Tisch und stand dann unter den Protesten seiner Würfelbrüder auf. Er rannte zu der jungen Frau und packte sie beim Handgelenk. »Wenn ich dir sage, dass du mir Glück bringen sollst, dann komm gefälligst her.« Dann wandte er sich angriffslustig an Mercurio. »Und du, hast du vielleicht etwas dazu zu sagen?«

Er ist nicht besonders groß, dachte Mercurio, den schicke ich jederzeit zu Boden. Der Kerl besaß die aggressive Arroganz von Leuten, die eine gewisse soziale Stellung innehatten. Wie die Adligen, die sich wegen ihrer Herkunft etwas Besseres dünken und folglich glauben, ihnen könnte nichts geschehen. Dieser junge Mann war genauso. Seine Stellung in der Gesellschaft ließ ihn annehmen, mehr Rechte als andere zu haben, und er war überzeugt davon, dass jeder das genauso sehen müsse. Aber böse war er nicht. Und auch kein harter Kerl. Ganz im Gegenteil, er hatte die Augen eines harmlosen, im Grunde friedfertigen Menschen. Mercurios erster Eindruck hatte ihn nicht getäuscht.

»Ja, ich habe etwas zu sagen«, erwiderte Mercurio.

»Was denn?«, fragte der junge Mann und ballte unwillig die Fäuste.

Mercurio lächelte ihn entwaffnend an. »Ich denke, dass dieser Hure eigentlich klar sein sollte, welch große Ehre es ist, von einem Arsenalotto erwählt zu werden.«

Der junge Kerl runzelte die Stirn und wusste nicht, was er davon halten sollte.

»Darf ich dich einladen?«, fragte Mercurio ihn. »Und du verschwinde«, fuhr er das Mädchen an und stieß es von dem Schemel.

»Das hier gebe ich dir aber nicht zurück«, sagte das Mädchen und umklammerte das Silberstück.

»Ich habe ihr einen Matapan geschenkt, um eine Runde auszugeben, Freunde!«, rief Mercurio da allen Gästen der Schenke zu.

»Was, noch einen Matapan?«, rief die Wirtin aus und beugte sich über den Tresen, um die junge Frau zu packen, die sich schnell davonmachen wollte. Doch die Wirtin war schneller und erwischte sie bei den Haaren. Die Hure stöhnte auf. Und während die Wirtin sie weiter festhielt, kamen ein paar Gäste hinzu und nahmen dem Mädchen die Münze aus der Hand. Die gaben sie der Wirtin und riefen: »Eine Runde für alle!«

Die junge Frau sah Mercurio hasserfüllt an. »Du elender Mistkerl!«, knurrte sie ihn an.

»Das Leben ist hart«, sagte Mercurio achselzuckend. »Tut mir leid.«

»Ach, leck mich doch«, schimpfte die Frau.

»Los, jetzt verschwinde«, sagte der Arsenalotto und setzte sich neben Mercurio. »Kennen wir uns?«, fragte er ihn.

Der merkt sich wohl auch kein Gesicht, dachte Mercurio. Sie waren sich erst vor Kurzem über den Weg gelaufen, doch der andere erinnerte sich schon nicht mehr daran. Auch das kam Mercurio sehr gelegen. »Nein«, antwortete er ihm.

»Aber …«

»Meinst du wirklich, wenn einer wie ich einen Arsenalotto kennen würde, könnte er sich nicht daran erinnern?«

Der junge Mann fühlte sich geschmeichelt und warf sich stolz in die Brust.

In dem Moment wusste Mercurio, dass er gewonnen hatte. Und er dachte, dass er Scarabello früher oder später entkommen würde und dann entscheiden konnte, was er aus seinem Leben machen wollte. Aber nun würde er erst einmal mit diesem Tölpel seinen Spaß haben.

»Du musst mir alles über dein Leben erzählen«, forderte er ihn auf.

44

Die Hure Costanza Namez, besser bekannt unter dem Namen Repubblica wegen ihrer aufopferungsvollen Dienste zum Wohl der männlichen Bürger Venedigs, lebte mit ihrer Tochter Lidia in einem erbärmlichen Zimmer im fünften Stock des Torre delle Ghiandaie. Als Isacco eintrat, schlug ihm ein widerwärtiger Gestank entgegen, der ebenso dem fortgeschrittenen Krankheitszustand der Patientin wie der allgemeinen Vernachlässigung der Räume zugeschrieben werden konnte. Ein kleines Fenster, das einzige in dem Raum, war zur Hälfte von einer nachträglich hochgezogenen Wand verdeckt. Man hatte das Zimmer geteilt, damit dort zwei Huren ihrer Arbeit nachgehen konnten und sich so der Gewinn verdoppelte. In der Nähe des Fensters war ein schmales Lager mit einer dünnen, mit Haferspreu gefüllten Matratze aufgebaut, in der es von Wanzen nur so wimmelte. Ein Vorhang trennte diesen persönlichen Bereich von dem für die Arbeit in der Nähe der Tür ab, wo ein breiteres, wenn auch ziemlich armseliges Bett stand, auf dem Repubblica ihre Kunden empfing.

Doch seit einem Monat kamen keine Kunden mehr. Die Nachricht, dass Repubblica an einer ansteckenden Krankheit litt, hatte sich sofort verbreitet.

Isacco näherte sich dem Bett, auf dem die Frau ruhte. Ihre Tochter Lidia hatte sich neben sie gesetzt und hielt nun ihre Hand. Repubblica schwitzte und hatte Fieber. Isacco betrachtete sie. Man konnte sie bestimmt nicht als schön bezeichnen. Ihr ovales Gesicht endete abrupt, als würde ein großer Teil des Kinns fehlen. Die oberen Schneidezähne waren lang und standen hervor, dazu kam eine spitze Nase, sodass sie ein wenig einem Nagetier ähnelte. Doch als Lidia die Mutter aufdeckte, damit der Arzt sie untersuchen konnte, erkannte Isacco Repubblicas besondere Reize. Obwohl sie zierlich war, hatte sie große, runde Brüste, so weiß und weich wie Marzipan. Ihre Hüften waren sanft gerundet, und ihr Schamhaar war am Ansatz dunkel, ansonsten aber goldblond.

»Ich färbe es ihr«, sagte Lidia stolz, während sie die Beine ihrer Mutter spreizte, um Isacco die erste Pustel zu zeigen, die dort aufgetreten war.

Isacco erkannte die Symptome der Krankheit wieder, es war die gleiche, an der Marianna gestorben war. »Deck sie zu«, sagte er zu der Tochter. Dann wandte er sich an Donnola. »Bärentraube, Arnika, Teufelskralle, große Klette, Ringelblume, Weihrauch ... und lass dir auch Öl aus dem Guajakholz zubereiten«, wies er ihn an.

»Und keinen Theriak«, fügte Donnola grinsend hinzu.

»Und keinen verdammten Theriak«, schloss Isacco nickend. Während Donnola den Raum verließ, legte er seufzend den Überrock und den gelben Hut ab und krempelte die Ärmel seines Hemdes auf. »An die Arbeit«, sagte er zu Lidia. »Ich brauche ein Leinentuch und warmes Wasser, um die Wunden auszuwaschen. Kannst du möglichst sauberes Wasser besorgen und erhitzen?«

»Hier nicht«, sagte Lidia. »Dazu muss ich zu Goldmündchen gehen.«

»Dann lauf doch ... zu diesem Goldmündchen«, forderte Isacco sie auf, als er sah, dass Lidia sich nicht von der Stelle rührte.

»Das geht jetzt nicht.« Lidia senkte lächelnd den Kopf. »Als wir bei ihr vorbeigekommen sind, habe ich gehört, dass sie Kundschaft hat.«

»Ach so, ich verstehe ...« Isacco schob den Vorhang beiseite, damit ein wenig Licht in den Raum fiel. »Und wie lange, meinst du, wird das dauern?«

Lidia zuckte mit den Schultern.

Isacco schnaubte. Er ging zum Fenster. »Wie kann man das öffnen?«

»Nur vom anderen Zimmer aus«, antwortete Lidia.

»Na, dann geh rüber und öffne es. Deine Mutter braucht frische Luft.«

Das Mädchen legte ein Ohr an die Trennwand und schüttelte den Kopf. »Das geht nicht. Der Kardinal hat auch Kundschaft.«

»Welcher Kardinal?«

Lidia lachte. »Quirina trägt immer Rot und sieht wie ein Mann aus.«

Ungeduldig klopfte Isacco an die Wand. »Mach das Fenster auf, Kardinal!«

»Leck mich doch, du Scheißkerl!«, kam es von der anderen Seite.

»Sie flucht auch wie ein Kerl«, sagte Isacco zu Lidia.

»Und zuschlagen kann sie auch wie einer«, fügte das Mädchen hinzu.

»Dann sollte ich wohl besser nicht noch einmal fragen«, bemerkte Isacco und setzte sich neben Repubblica auf das Bett. Er legte ihr eine Hand auf die Stirn, dann wandte er sich Lidia zu. »Sieh mal nach, ob wir jetzt heißes Wasser von dieser Frau – Goldmündchen, hast du gesagt? – bekommen können.«

»Ja, sie heißt Goldmündchen, weil ...«

»Ich kann mir schon denken, warum«, unterbrach Isacco sie hastig. »Bleib vor ihrer Tür stehen, bis sie frei ist, und dann komm mit heißem Wasser und einem Tuch zurück, sei so lieb.«

Das Mädchen sah besorgt zu seiner Mutter.

»Ich bin doch jetzt bei ihr«, sagte Isacco beruhigend, und Lidia machte sich auf den Weg.

Als Isacco Repubblica mit einem Zipfel der Decke den Schweiß abwischte, öffnete die Hure die Augen. Sie waren zwar gerötet, aber ihr Blick war klar. »Ich stelle mich immer schlafend, weil es mir wehtut, mein kleines Mädchen anzusehen«, sagte sie mit sanfter, sinnlicher Stimme.

Isacco war verblüfft. Diese ungewöhnlich schöne Stimme passte überhaupt nicht zu ihrem Gesicht.

Repubblica schien seine Gedanken zu erraten. »Ich lösche das Licht in meinem Zimmer, und dann sag ich ihnen, was sie am meisten erregt ... meinen Freiern, meine ich ... Sie schätzen das sehr.«

»Das verstehe ich«, sagte Isacco. »Wann hat das hier bei dir angefangen? Und wie fühlst du dich jetzt?«

»Hör mal, Doktor«, sagte Repubblica mit ihrer sinnlichen Stimme und nahm seine Hand. »Ich weiß, dass ich sterben werde. Aber lass mich wenigstens sanft sterben, so wie du es bei Marianna gemacht hast. Als ich sie besucht habe, hatte ich kurz zuvor erste Anzeichen der Krankheit bei mir entdeckt. Und sie hat mir gesagt, dass du ihr helfen würdest, in Frieden zu sterben. Sie hat dich für alles, was du getan hast, gesegnet. Sie hat nie erwartet, geheilt zu werden ... aber sie hat mir gesagt ...«

»Hör auf damit«, unterbrach Isacco. »Du wirst nicht sterben.«

Repubblica sah ihn stumm an. »Ich habe kein Geld«, sagte sie dann und lachte. Isacco bemerkte den melancholischen und gleichzeitig nüchternen Unterton, wie ihn wohl alle Huren hatten. »Und ich glaube kaum, dass du in Naturalien bezahlt werden willst.«

Isacco lächelte.

»Bis jetzt ist es mir gelungen, dass mein kleines Mädchen nicht anschaffen gehen muss«, fuhr Repubblica fort und schloss dabei die Augen. »Aber später ...? Was soll sie denn tun?«

Isacco verspürte ein flaues Gefühl im Magen. Er brachte kein

Wort heraus. Mit gesenktem Kopf hielt er ihre Hand und hoffte nur, dass das Mädchen und auch Donnola bald zurückkamen. Als er beschlossen hatte, dass es seine Bestimmung sei, Arzt zu sein, war ihm nicht klar gewesen, dass dies bedeutete, ständig mit dem Tod zu leben und ihm fast immer ohnmächtig gegenüberzustehen. Und jetzt konnte er es nicht fassen, wie dumm er gewesen war, diesen so grundlegenden, logischen Schluss nicht gezogen zu haben. Vielleicht wolltest du ja, dass ich diesen Entschluss genau aus diesem Grund fasse, dachte er, als würde er mit seiner Frau sprechen. Sollte ich den Hauch des Todes atmen, um deinen Tod annehmen zu können?

Plötzlich wurde die Tür aufgerissen, und auf der Schwelle erschien eine Hünin mit mächtigen Brüsten, die unter einem purpurroten Gewand bebten. »Warst du das, der hier vorhin allen auf den Senkel gegangen ist?«

Isacco stand auf. Er war mindestens eine Spanne kleiner als die gebieterische Gestalt, bei der es sich um den Kardinal handeln musste. »Tut mir leid ... Ich bin Arzt, und ...«

»Wie geht's ihr?«, fragte der Kardinal.

»Nicht gut.«

»Was brauchst du?«

»Hier muss dringend frische Luft ins Zimmer«, erklärte Isacco.

»Warum sagst du das nicht gleich?«, brummte der Kardinal beim Hinausgehen.

»Stimmt, wie dumm von mir ...«, murmelte Isacco mit ironischem Unterton.

»Sie ist ein guter Mensch«, sagte Repubblica leise.

Das Fenster wurde geöffnet.

»Bleib unter der Decke liegen«, sagte Isacco. Dann ging er ins Nebenzimmer und wandte sich an den Kardinal. »Danke. Jetzt muss das Zimmer gesäubert werden. Das ist ungeheuer wichtig.«

Kurz sah es aus, als wollte der Kardinal ihm an den Kragen gehen. Doch dann verließ sie den Raum, ging zum Treppenabsatz, beugte sich über das Geländer und brüllte: »Wer von euch hat einen Schrubber, Wasser und Putzlumpen? Wir müssen bei Repubblica sauber machen. Los, ihr Schlampen, ich will nicht erst runterkommen müssen und euch die Zähne einschlagen!« Sie wandte sich zu Isacco um. »Die kommen gleich.«

Kurz darauf erschienen zwei Huren mit Eimer, Putzlumpen und Kehrbesen. Eine von ihnen hatte auch ein wenig Lauge mitgebracht. Wortlos knieten sie sich hin und schrubbten den Boden. Der Kardinal räumte inzwischen die schmutzigen Kleider, allen Krimskrams und die Speisereste weg und gab das dreckige Geschirr in eine Schüssel, wo eine andere Hure, die der Aufruhr herbeigerufen hatte, es mit Wasser und Asche wusch.

Im Nu war das Zimmer sauber und der größte Teil des üblen Geruchs verschwunden. Als Donnola mit den Arzneien und Lidia mit dem heißen Wasser und dem Leinentuch zurückkamen, trauten sie ihren Augen kaum. Das Fenster wurde geschlossen und im Kamin ein helles Feuer entfacht. Vor der Tür von Repubblicas Zimmer drängte sich eine kleine Gruppe von Frauen.

»Jetzt werde ich Repubblica behandeln«, verkündete Isacco.

Die Huren nickten, blieben jedoch stehen.

»Ihr nehmt ihr die Luft weg, bitte«, mahnte Isacco.

»Können wir sicher sein, dass du weißt, was du tust, Doktor?«, fragte der Kardinal zweifelnd.

Isacco lächelte sie an und zog eine Augenbraue hoch.

»Los jetzt, ihr Schlampen, bewegt eure Ärsche«, donnerte der Kardinal und scheuchte die anderen hinaus.

Die Huren drängten zur Tür, als sich unter ihnen plötzlich ein ängstliches Raunen ausbreitete. Kurz darauf trat ein schwarz gekleideter Mann mit einem Degen in einer seidenen Schärpe ins Zimmer. Er hatte zwei Begleiter bei sich, von denen einer eine Augenklappe trug.

»Scarabello …«, flüsterte Donnola entsetzt.

Scarabello sah sich um und bemerkte überrascht die frische Luft im Raum. Donnola würdigte er keines Blickes. Er schaute kurz zu Isacco und nahm den Überrock und den gelben Hut auf dem Stuhl wahr, bevor er sich wieder an die Huren wandte. »Was ist hier los?«

»Wir haben … sauber …«, begann der Kardinal.

Mit einer knappen Handbewegung schnitt Scarabello ihr das Wort ab. Er sog noch einmal tief Luft ein. »Das Zimmer muss geräumt werden«, sagte er, ohne jemanden direkt anzusprechen. »Das wisst ihr doch.«

Die Huren blickten zu Boden, aber keine widersprach.

»Und was wird aus meiner Mutter?«, fragte Lidia.

»Damit habe ich nichts zu tun«, sagte Scarabello scharf. »Es tut mir leid, aber damit habe ich wirklich nichts zu tun.« Er musterte Lidia kühl. »Es sei denn, du trittst an ihre Stelle«, sagte er zu ihr.

Das Mädchen errötete, und in ihrem Blick lag nackte Angst.

Im Raum wurden Stimmen laut.

Dann holte das Mädchen tief Luft und sagte: »Ja, gut.«

»Lidia, nein!«, stöhnte ihre Mutter von ihrem Lager aus.

»Das kommt nicht infrage!«, mischte sich Isacco ein und ging auf Scarabello zu. »Was seid Ihr eigentlich für ein Mensch? Diese Frau …«

Sofort hatte Scarabello seinen Degen aus der Schärpe gezogen und Isacco die Spitze unters Kinn gepresst, woraufhin dieser verstummte.

Scarabello musterte ihn schweigend. Schließlich zog er den Degen zurück und wandte sich an Lidia. »Dann sind wir uns also einig, Mädchen«, sagte er. »Mir ist egal, wie viel du verdienst. Ich verlange ein Silberstück pro Woche, und zwar pünktlich …«

»Wie könnt Ihr nur?«, empörte sich Isacco.

Scarabello sprang mit gezogenem Degen vor, drehte sich einmal um sich selbst und wollte zustechen. Doch Isacco war mit den Raufereien im Hafen der Insel Negroponte aufgewachsen und wich dem Hieb mit einem raschen Satz nach hinten aus, um gleich wieder vorzuschnellen, bevor Scarabello heftiger zuschlagen konnte. So standen sie nun dicht an dicht, und Isacco war auf einmal im Vorteil. Der Einäugige und sein Begleiter zückten schnell ihre Dolche.

»Nein, Scarabello!«, schrie Donnola und warf sich mit ausgebreiteten Armen dazwischen. »Der Doktor wollte dir nicht den nötigen Respekt verweigern. Er weiß nicht, wer du bist, weiß nicht, wie man sich dir gegenüber benehmen muss, er ist neu hier ... Bitte, Scarabello ...«

Die Huren hielten den Atem an.

Scarabello gebot seinen Männern Einhalt. Dann stieß er Isacco mit der Schulter weg. »Woher weiß ein Arzt, noch dazu ein Jude, wie man kämpft?«, fragte er ihn, und aus seiner Stimme sprach ein gewisser Respekt.

»Ich bin an schlimmeren Orten aufgewachsen als dem hier«, erwiderte Isacco.

Scarabello starrte ihn an und lachte schließlich laut. Er wandte sich an die Huren. »Na, seht ihr? Ihr sagt immer, das hier wäre die Hölle, und jetzt sagt der Doktor, hier ist es gar nicht so schlecht.«

Die Frauen verzogen keine Miene.

»Ich bitte um Verzeihung, werter Herr«, sagte Isacco. »Aber versteht doch, dieses kleine Mädchen ist ...«

»Du bist derjenige, der hier zu verstehen hat, werter Doktor!«, rief Scarabello laut. Er steckte den Degen in seine Schärpe und näherte sich Isacco, bis sie einander erneut dicht gegenüberstanden. »Hier geht es ums Geschäft. Die Türme sind ein Arbeitsplatz. Und Arbeit muss Geld einbringen, sonst ist es keine Arbeit. Dieses Zimmer ist nicht ihre Wohnung.« Er ging zu Repubblicas Bett. »Repubblica, gehört das Zimmer etwa dir?«

»Nein«, antwortete sie leise.

»Hast du all die Jahre mehr als ein Silberstück die Woche verdient?«, fragte Scarabello und drehte sich zu Isacco um.

»Ja ...«

»Und verlangen andere von den Huren zwei oder auch drei Silberstücke die Woche?«

»Ja ...«

»Warst du nicht zufrieden, ein Zimmer bei Scarabello zu bekommen? Habe ich dich nicht immer gerecht behandelt?«

»Ja ...«

»Gut. Ihr habt gehört, was Ihr wissen müsst, Doktor. Ihr könnt Repubblica hier behandeln, wenn das Mädchen gerade nicht arbeitet.« Scarabello warf Isacco einen letzten langen Blick zu.

»Na gut, was ist schon dabei?«, mischte sich der Kardinal ein. »Lidia wird eine Hure. Ich werde sie anlernen und ihr die ersten Freier besorgen, in Ordnung?«

Repubblica brach in Tränen aus.

»Hör auf zu heulen, du rührselige Schlampe«, herrschte der Kardinal sie wütend an. »Scarabello hat recht. Und damit ist alles gesagt.«

Repubblica verbarg ihr Gesicht unter den Decken.

Scarabello sog wieder die Luft ein. »Alle Zimmer sollten so gut riechen wie dieses hier. Du wirst ein Vermögen verdienen, Mädchen. Aber lass dir einen Rat geben, setz ein wenig an. Männer mögen keine dürren Frauen.« Erst als er das Zimmer verließ und die Huren vor ihm zurückwichen, schien Scarabello sich an Donnola zu erinnern. »Sag mal«, fragte er ihn. »Warum sucht eigentlich ein Junge nach dir, der für mich arbeitet, ein gewisser Mercurio?«

Donnola schaute schnell zu Isacco hinüber. Dann schüttelte er den Kopf und zuckte mit den Schultern. »Wer weiß das schon, Scarabello«, erwiderte er und rang sich ein schiefes Lächeln ab. »Wie heißt dein Mann noch mal?«

Scarabello wandte sich an Isacco und grinste. »So viele Geheimnisse, nicht wahr, Doktor? Ich glaube ja, da geht es um eine Frau.« Dann wandte er sich wieder an Donnola. »Ich werde ihm jedenfalls sagen, dass er dich hier finden kann, Donnola. Du bist wohl jetzt der Gehilfe des Doktors, richtig?«

»Du weißt doch, wie ich bin«, nuschelte Donnola ausweichend. »Mal hier, mal da . . .«

Scarabello wandte sich Isacco zu und sagte grinsend. »Na, Doktor, was denkst du über das Castelletto? Hast du geglaubt, dass man nur euch Juden einsperrt? Nun, dir ist vielleicht aufgefallen, dass die Huren immer ein gelbes Halstuch tragen müssen, wenn sie durch die Straßen gehen. Man könnte sagen, dass es da eine gewisse Gemeinsamkeit zwischen Juden und Huren gibt. Also willkommen, Doktor. Fühl dich hier wie zu Hause!« Scarabello lachte und ging davon.

Über das Zimmer legte sich dichtes Schweigen. Man hörte nur noch das unterdrückte Schluchzen von Repubblica unter ihren Decken. Vorwurfsvoll sahen die anderen Huren den Kardinal an, weil ihnen nicht gefiel, wie sie mit Repubblica umgesprungen war. Doch keine von ihnen wagte etwas zu sagen, weil sie sich vor ihren Wutausbrüchen fürchteten.

»Schon gut, Mama«, brach Lidia das Schweigen mit zitternder Stimme. »Mir macht es nichts aus, das zu tun, du wirst sehen . . .«

Repubblica schluchzte laut.

»Du dumme Kuh, warum heulst du?«, knurrte der Kardinal. Sie näherte sich dem Bett und zog Repubblica grob die Decke vom Gesicht. »Glaubst du wirklich, wir würden zulassen, dass deine Tochter eine Hure wird? Verdammt noch mal, du bist wirklich eine blöde Schlampe. Scarabello wird jede Woche sein Silberstück bekommen, aber Lidia wird nicht anschaffen gehen.« Sie wandte sich an die Huren, die sie verblüfft anstarrten. »Los, fangt schon mal an zu sparen, ihr Schlampen. Wir müssen ein

Silberstück pro Woche für Repubblica beiseitelegen. Wenn Scarabello sein Geld bekommt, wird er bestimmt nicht nachfragen.«

Repubblica schluchzte noch heftiger. Sie ergriff die Hand ihrer Tochter und zog sie an sich.

»Und jetzt ist Schluss mit dem Geheule«, brummte der Kardinal. Dann schlug sie Isacco kräftig auf die Schulter. »Sorg dafür, dass Scarabello dich nicht umbringt. Wir brauchen dich hier, Doktor. Und nun mach dich an die Arbeit. Was hast du hier sonst zu suchen?«

»Ganz recht«, sagte Isacco. »Dasselbe gilt für euch. Alle raus hier!«

45

Sie trugen Schwarz. Zwei Männer am Bug und zwei am Heck. Selbst der Gondoliere war schwarz gekleidet und stakte stumm vor sich hin. Das Wasser war glatt und trüb wie Öl. Der Henker mit der Kapuze über dem Gesicht saß auf der Mittelbank neben Mercurio.

Mercurios Hände waren hinter dem Rücken gefesselt, und er betrachtete mit gesenktem Kopf den nassen Boden der Gondel und die schlanken, feinen Hände des Henkers.

Dann hielt die Gondel in ihrer Fahrt inne.

Mercurio hob den Kopf und sah sich um. Sie waren jetzt in offenen Gewässern. Die Ufer zu beiden Seiten waren nicht mehr als eine undeutliche blasse, mit Binsen bewachsene Linie. Man sah keine Häuser mehr. Es war so still, dass das Eintauchen der Ruderstange der Gondel fast wie ein Fluch über das Wasser hallte.

Der Henker bedeutete ihm aufzustehen.

Mercurio erhob sich schwankend.

Einer der beiden Beamten befestigte an Mercurios rechtem Arm das Pergament mit dem Urteil für das, was er im, Arsenal getan hatte.

Der Henker nahm ein Tau und schlang flink wie eine Spinne mit seinen dünnen Fingern das Seil zu einer Schlaufe um Mercurios Hals. Dann zog er den Knoten zu und bedeutete ihm, auf die Bank zu steigen.

»Hier sterbt ihr, Diebe und Verräter«, sagte der Henker und versetzte ihm einen Stoß.

Mercurio fiel ungeschickt aus der Gondel. Das kalte Wasser

raubte ihm den Atem. Er bemühte sich, den Kopf hochzuhalten, um nicht unterzugehen, aber da er nur seine Beine gebrauchen konnte, fiel ihm das schwer. Er wandte sich der Gondel zu. Alle sahen ihn an. Der Henker band das andere Ende des Taus an einen viereckigen Stein mit einem großen Loch in der Mitte. Nachdem er die Knoten festgezurrt hatte, hob er den Stein über seinen Kopf. Einen Augenblick lang schien die Zeit stehen zu bleiben, dann schleuderte er den Stein durch die Luft. Dieser beschrieb einen kurzen Bogen und traf auf das Wasser, sodass es aufspritzte.

Mercurio fühlte einen Ruck am Hals. Er versuchte, ihm standzuhalten und strampelte mit aller Kraft mit den Füßen. Doch gleich darauf war sein Kopf schon unter Wasser. Während er unterging, bäumte er sich wütend auf, doch damit konnte er nicht verhindern, dass er immer weiter in den dunklen Abgrund versank. Er sah, wie der schwarze Schatten der Gondel über ihm immer kleiner wurde, bog verzweifelt den Rücken durch und fühlte schon, wie seine Kräfte erlahmten, als das Seil plötzlich nachgab.

Mercurio sah das Ende des Taus vor sich, gerissen und ausgefranst. Voller Hoffnung begann er nun, mit aller Kraft energisch zu strampeln. Er spannte die Armmuskeln an, woraufhin sich auch die Handfesseln lösten. Er versuchte an die Oberfläche zu schwimmen, doch auf der Hälfte machte ihm mit einem Mal eine heftige Strömung zu schaffen, die ihn schließlich bis zu einer Grotte in einem Riff abdrängte.

Mercurio spürte, dass seine Lungen dem nicht viel länger standhalten würden. Als er nach oben blickte, bemerkte er ein Licht. Er musste in einer Art Brunnen sein. Mit ein paar kräftigen Zügen schwamm Mercurio nach oben und nutzte die Strömung, um sich von ihr an die Oberfläche tragen zu lassen. Langsam kam er dem Licht näher. Bald würde er wieder atmen können.

Doch als er das Licht beinahe erreicht hatte, wurde sein Aufstieg jäh durch ein Eisengitter behindert, das ihm den Weg versperrte. Mercurio streckte die Hand aus und fühlte, wie seine Finger aus dem Wasser ragten. Er konnte die wärmenden Sonnenstrahlen spüren. Verzweifelt klammerte er sich an das Gitter und rüttelte mit aller Kraft daran, versuchte es zu öffnen, aus den Angeln zu heben, aus dem Fels zu drücken, in den es eingelassen war.

Da berührte ihn plötzlich jemand an der Schulter, und er drehte sich um. Kaum eine Handbreit vor ihm sah er den Säufer, der im Abwasserkanal in Rom ertrunken war. Denselben Mann, der ihn gerettet hatte, indem er ihm geraten hatte, gegen die Strömung zu schwimmen. Und genau wie damals war die Zunge des Säufers geschwollen, und seine blutunterlaufenen Augen traten beinahe aus den Höhlen.

»Mercurio«, krächzte er.

Er packte ihn an der Schulter und hielt ihn fest.

»Mercurio ... Mercurio ...«

Mercurio schrie aus Leibeskräften.

»Mercurio, wach auf!«

Mercurio saß aufrecht in seinem Bett, keuchend und schwitzend.

Anna del Mercato hatte ihn bei den Schultern gepackt und schüttelte ihn.

Mercurio legte sich eine Hand an den Hals. Da war keine Schlinge, und er sah auch kein Papier mit dem Urteil am Arm, kein Wasser, kein Gitter und keinen Säufer. Er brachte kein Wort heraus und sein Atem ging immer noch keuchend.

»Du hast mir vielleicht einen Schreck eingejagt«, sagte Anna besorgt. »Du bist nicht aufgewacht und hast nicht mehr geatmet. Bist ganz blau angelaufen ...«

Mercurio schluckte schwer und nickte mit vor Angst weit aufgerissenen Augen.

»Geht es wieder?«, fragte ihn Anna.

»Ja ...«

Sie fuhr ihm mit der Hand durch die Haare. »Du bist ganz nass geschwitzt. Was hast du denn geträumt?«

Mercurio sah sie schweigend an, dann schüttelte er den Kopf »Ach, nichts ...«, erwiderte er, während sein Atem sich allmählich beruhigte.

»Du bist erst spät in der Nacht nach Hause gekommen«, bemerkte Anna.

Mercurio schwieg weiterhin.

»Trockne dich ab und dann komm herunter zum Frühstück.« Anna stand auf und ging auf ein Bündel grauer Kleider in einer Ecke zu.

»Nicht!«, schrie Mercurio.

Die Frau hielt mitten in der Bewegung inne. Dann verließ sie ohne ein weiteres Wort den Raum und schloss die Tür hinter sich.

Mercurio blieb zitternd auf seinem Bett sitzen.

Die kriegen dich nicht, sagte er sich. Du wirst nicht sterben.

Morgen würde er versuchen, ins Arsenal zu gelangen. Und dann würde er die Groß-Oberbramsegel für den Reeder stehlen, wie er es Scarabello versprochen hatte. Doch ihm grauste vor dem Tod, der ihn ganz sicher erwartete, sollte man ihn entdecken.

Mercurio stand auf, ging zu dem Bündel grauer Sachen, die Annas Aufmerksamkeit erregt hatten, und faltete es auseinander. Er versteckte die grauen Hosen mit dem rotweißen Seitenstreifen unter dem Bett. Genau wie die weite, in Falten gelegte Arbeitsjacke, die sonst die Hosen bedeckte. Und die eng am Kopf anliegende Mütze, deren oberer Teil weich seitlich bis auf eine Schulter fiel.

Du wirst nicht sterben, wiederholte er sich. Deine Verkleidung ist gut und dein Plan auch. Du bist besser als diese verdammten Venezianer, die die Leute in der Lagune ersäufen.

Am Abend zuvor hatte er den Arsenalotto betrunken gemacht. Der junge Mann sprach dem Wein gern zu, Mercurio hatte ihn nicht drängen müssen. Er hatte sich jede noch so kleine Einzelheit aus dem Arsenal erzählen lassen, von den vielen Leuten, die dort arbeiteten, den Arbeitszeiten, der Aufgabenverteilung, den Lagerhallen, den Wasserbecken, den Werften. Als sie das Wirtshaus verließen, war Mercurio über alles Wissenswerte im Bilde. Der Arsenalotto war so betrunken gewesen, dass er sich kaum mehr auf den Beinen halten konnte. Sie waren in eine dunkle Gasse hinter der »Hölle«, dem »Fegefeuer« und dem »Paradies« eingebogen. *Inferno, Purgatorio* und *Paradiso* hießen diese für die Arbeiter und ihre Familien errichteten riesigen Wohnhäuser im Schatten des Arsenals, hatte ihn der Arsenalotto noch belehrt, ehe er bewusstlos zu Boden gesunken war. Mercurio hatte den Mann dort liegen lassen und ihm seine Sachen ausgezogen. Damit er sich draußen in der kühlen Nachtluft keine ernsthafte Krankheit zuzog, hatte Mercurio an irgendeiner Tür geläutet, bevor er in die Dunkelheit entschwunden war.

Besorgt betrachtete Mercurio den auffälligen Riss an der Seitennaht der Jacke, am Ansatz des linken Ärmels. Der Arsenalotto hatte um sich geschlagen, als Mercurio ihn entkleidete, wohl mehr aus Trunkenheit denn aus Notwehr, und die Naht hatte genauso nachgegeben wie der bereits fadenscheinige Stoff. Dieses ungewöhnliche Detail könnte die Aufmerksamkeit auf ihn lenken, und das wollte er absolut vermeiden. Er würde den Arm eng an den Körper pressen müssen, damit es niemandem auffiel. So würde sein Gang zwar nicht ganz unbefangen und natürlich wirken, aber eine andere Möglichkeit blieb ihm nicht.

Du wirst nicht sterben, sagte er sich noch einmal, aber ihm kroch dabei ein leichter Schauder den Rücken herunter.

Dann ging er in die Küche, wo Anna schon mit einem Becher heißer Brühe, einer Scheibe scharf angebratenem Speck, einem halben Blumenkohl und einem Stück frisch gebackenen Brotes auf ihn wartete. Gierig schlang er alles mit gesenktem Kopf in sich hinein, ohne ein Wort zu sagen.

Anna sagte ebenfalls kein Wort.

Als Mercurio fertig gegessen hatte, verließ er sofort das Haus, um etwaigen Fragen zu entgehen. Er streifte ziellos umher, während all seine Gedanken um den folgenden Tag kreisten. Er lief ein Stück am Canal Salso entlang, bevor er zum Anlegeplatz der Fischer zurückging und mit Battista noch einmal besprach, wann er ihn brauchen würde. Schließlich landete er auf dem weiten, rechteckigen Marktplatz, wo es nur so von Menschen wimmelte. Unzählige Marktstände drängten sich aneinander, der Duft von frischem Obst und Gemüse vermischte sich mit dem Gestank der Reste, die auf dem Boden vor sich hin faulten. In großen, zwei Armlängen breiten Becken, die einem Mann bis zur Taille gingen, schäumte die Wasseroberfläche von Aalen. An den Fischständen senkten sich die Schlachtermesser klopfend auf die nassen Arbeitsflächen, trennten Köpfe und Schwanzflossen ab, die einfach mitten auf den Weg geworfen wurden, wo die Leute sie unter ihren Füßen zerquetschten. Bauchige Terrakottagefäße, mal schlicht, mal reich verziert, verströmten ihren Duft nach Wein, Zuckersirup, Essig und Tresteröl. Die Stoffhändler priesen ihre Waren in den höchsten Tönen an. Die Schweineschlächter schmückten sich mit ihren wertvollen Ketten aus Würsten und Armbändern aus getrocknetem Fleisch. Die Wollhändler schrien ihre Preise pro Ballen Kammwolle laut heraus.

Mercurio ließ sich vom Stimmengewirr und den Gerüchen gefangen nehmen und lief wie im Traum vorwärts. Ab und zu wurde er angestoßen, oder ein Straßenhändler packte ihn am Arm, bis er auf einmal vor einem Laden mit einer breiten himmelblauen Markise stand. Er erkannte die Pfandleihe von Isaia Saraval wieder, wo er Annas Kette ausgelöst hatte, und blieb vor der Tür stehen.

Eine der kräftigen Wachen musterte ihn argwöhnisch.

»Einen schönen Tag, mein guter Junge«, sagte da Isaia Saraval und verneigte sich knapp, doch würdevoll, als er Mercurio wiedererkannte. Er stieß die Wache an, die sofort beiseitetrat, den Jungen jedoch immer noch dumpf und feindselig musterte.

»Warum stellt Ihr Eure Ware nicht offen aus wie alle anderen hier?«, fragte Mercurio verwundert. »Würdet Ihr so nicht bessere Geschäfte machen?«

Isaia Saraval lächelte traurig. »Das ist leider nicht möglich«, sagte er und hob schicksalsergeben die Arme zum Himmel.

»Fürchtet Ihr etwa, dass man Euch bestiehlt?«, fragte Mercurio, der nichts begriffen hatte.

»Nein, nein, keineswegs«, erklärte der Geldverleiher lächelnd. »Uns ist es vom Gesetz her verboten, die Pfänder außerhalb des Leihhauses auszustellen. Selbst die, deren Frist abgelaufen ist und die nie eingelöst wurden. Wer etwas kaufen möchte, muss hereinkommen.«

»Warum denn das?«, fragte Mercurio immer noch verwundert.

Der Geldverleiher zuckte mit den Schultern, legte den Kopf schief und presste die Lippen fest zusammen.

»Weil Ihr Juden seid?«

»Und weil wir Pfandleiher sind.«

Mercurio nickte verständnisvoll. »So ein Unsinn.«

»Möchtet Ihr Euch etwas ansehen?«, fragte Isaia Saraval. »Einem guten Kunden wie Euch würde ich heute gern Rabatt gewähren.«

»Die Kette habe ich gekauft, um sie der Frau zurückzugeben, die sie versetzt hat …«

»Gibt es denn kein Mädchen, dem Ihr den Hof macht? Keine Verlobte?«

Mercurio stockte der Atem. Seit dem Abend, als die Juden im Ghetto Nuovo eingeschlossen worden waren, hatte er noch nicht den Mut gefunden, zu Giuditta zu gehen und mit ihr zu reden. Sein Wagstück, ihr über die Mauern des Ghettos etwas zuzurufen, war ihm leichtgefallen. Doch mit ihr von Angesicht zu Angesicht über alles zu reden, ihr zu erklären, dass Benedetta sie getäuscht hatte, war keineswegs so einfach. Er befürchtete, dass Giuditta ihm nicht glauben würde und ihn nie mehr wiedersehen wollte. Dass sie ihn wie einen streunenden Hund wegjagen würde.

Reglos stand er da und starrte ins Leere, während ihn der Pfandleiher schweigend ansah. Schließlich gab er sich einen Ruck, und auf seinem Gesicht erschien ein Lächeln. »Ja, zeigt mir etwas Schönes.«

Kurze Zeit später verließ Mercurio den Laden mit einer Brosche, einem Schmetterling mit Flügeln aus Silberfiligran und einem Leib aus tiefblauem Emaille. Er lief eilig zur Anlegestelle der Fischer und bat Battista, ihn nach Cannaregio zu bringen. Der Fischer ließ ihn an der Brücke heraus, unter der einmal im Jahr der Bucintoro, die Prachtgondel des Dogen, beim Fest der Vermählung mit dem Meer in den Canal Grande einfuhr.

Mercurio folgte den Fondamenta Barzizza und Due Ponti, dann nahm er die Fondamenta di San Leonardo, bog in einen Innenhof ein und gelangte von dort zur Fondamenta degli Ormesini. Dort wartete er beinahe den ganzen Tag hinter einem Palazzo verborgen, zwischen den Stoffabfällen der dort angesiedelten Textilmanufakturen. Er beobachtete das Kommen und Gehen der Leute, die das Ghetto, wie dieses Viertel nun allgemein in Venedig genannt wurde, betraten oder verließen. Und er hörte den Mönch, der ihn mit Anna del Mercato bekannt gemacht hatte. Der Mann lief auf der Uferstraße auf und ab, schmähte die Juden und versuchte, sein Gift in die Herzen der Venezianer zu träufeln. Mercurio sah auch Zolfo, der dem Mönch wie ein dressiertes Äffchen auf Schritt und Tritt folgte. Zolfo hatte sich mittlerweile vollkommen verändert, seine Haare waren jetzt kurz geschnitten und gewaschen, und er trug ein schönes, sauberes Gewand. Anscheinend hatte er auch ein wenig zugenommen. Aber seine Augen wirken erloschen. Er sieht aus wie tot, dachte Mercurio. Als die beiden endlich verschwanden, seufzte Mercurio erleichtert auf. Die Sonne ging schon unter, und von Giuditta war immer noch nichts zu sehen. Mercurio hatte die rechte Hand in seine Jacke gesteckt und strich mit der Kuppe des Daumens ständig über die zerbrechlichen Schmetterlingsflügel aus Silberfiligran.

Die Abenddämmerung setzte bereits ein, als Mercurio sie endlich kommen sah. Sein Herzschlag beschleunigte sich, und er wusste plötzlich, dass er nicht den Mut haben würde, sie anzusprechen.

Er streifte sich die Kapuze aus gewalkter Wolle über, zog den Kopf ein und lief schnell hinterher. Ab und zu schaute er auf, um zu sehen, wo sie war. Je näher er ihr kam, desto schwerer ging sein Atem. Doch vor allem empfand er eine tiefe, erregende Freude, die seine Beine beflügelte und ihn immer wieder den Schmetterling aus Silberfiligran betasten ließ.

Als nur noch ein paar Schritte sie trennten, hob Mercurio ein wenig den Kopf. Giuditta sah wunderschön aus, noch viel schöner, als er sie sich jeden Abend vorstellte, wenn er zu Bett ging und die Augen schloss. Ihre Haare glänzten noch seidiger unter ihrem gelben Hut, ihre vollen Lippen waren ein wenig geöffnet, und die Augen blickten eindringlich unter den dichten dunklen Augenbrauen hervor. Mercurio wurde schwindlig bei dem Anblick.

Er trat noch einen Schritt vor, weil er dachte, dass er vielleicht doch den Mut finden würde, sie anzusprechen. Doch gleich darauf spürte er, wie ihm die Erregung die Kehle zuschnürte, und er senkte schnell den Kopf. Dann tat er so, als würde er stolpern und müsste sich an ihr festhalten, um nicht zu fallen. Er berührte ihre Schulter und nahm für einen Augenblick ihre Hand. Diese Hand, die der Beginn ihrer heimlichen, unausgesprochenen Liebe voller Hoffnung und ohne Versprechungen gewesen war.

»Was soll das?«, fragte Giuditta und versuchte sich loszumachen.

»Verzeiht mir«, brachte Mercurio mühsam mit verstellter Stimme heraus und hielt dabei den Kopf gesenkt. Dann richtete er sich auf, führte Giudittas Hand an seine Lippen, beugte sich tief darüber und küsste sie. »Verzeiht mir ...«

»Lass mich los!«, rief Giuditta verärgert und entriss ihm die Hand. Sie schob ihn weg und ging hastig auf die Brücke zu, die über den Rio di San Girolamo zum Ghetto Nuovo führte.

Mercurio entfernte sich, doch kurz bevor er in der Calle della Malvasia verschwand, drehte er sich noch einmal um. Er hörte seinen dröhnenden Herzschlag, und vor seinen Augen erschienen Lichtblitze.

Im selben Moment drehte sich Giuditta am höchsten Punkt der Brücke um. Ein seltsames Gefühl hatte sie dazu getrieben, ein innerlicher Krampf, als müsste sie so tief Luft holen, dass ihr Kleid über dem Busen spannte. Und als sie die merkwürdige, unter einer Kapuze verborgene Gestalt erblickte, die sie gleichsam verstohlen von einer Straßenecke aus beobachtete, fühlte sie, wie ihre Wangen ohne ersichtlichen Grund erröteten. Beinahe erschrocken wandte sie der Gestalt den Rücken zu und vergrub die Hände in den Taschen ihres Kleides. Da spürte sie etwas zwischen ihren Fingern und nahm es heraus. Es war ein Schmetterling mit Flügeln aus Silberfiligran und einem Körper aus tiefblauem Emaille. Ihr verschlug es den Atem. Ruckartig wandte sie sich noch einmal um, doch auf der Uferstraße war niemand mehr zu sehen. Mit zitternden Beinen, die sie kaum noch trugen, hielt Giuditta sich am Brückengeländer fest. Im trüben Wasser konnte sie ihr Spiegelbild sehen. Sie spürte, wie die Erregung ihren Blick trübte, und sah noch einmal den Schmetterling an, den man ihr in die Tasche gesteckt hatte. Dann blickte sie auf die Hand, die der Unbekannte in seiner gehalten und geküsst hatte.

»Mercurio«, flüsterte sie. Und als würde dieser Name alles beinhalten, was sie zu sagen hatte, wiederholte sie ihn noch einmal: »Mercurio.« Gleich darauf rannte sie zurück in die Richtung, aus der sie gekommen war. Im Herzen trug sie eine Hoffnung, die sie so erschütterte, als wäre ein Unglück geschehen. »Mercurio!«, schrie sie laut und war erstaunt über die Kraft ihrer Stimme. Sie spürte den Drang, stehen zu bleiben und zu schweigen, stattdessen schrie sie noch einmal, fast schon verzweifelt: »Mercurio!« Und während sie rannte, fürchtete sie schon, sie hätte ihn verloren.

Doch da erschien an der gleichen Stelle, an der er verschwunden war, die Gestalt mit der Kapuze.

Giuditta blieb stehen, wie vom Schlag gerührt.

Mercurio schlug die Kapuze langsam zurück. Auch er konnte sich nicht von der Stelle bewegen und ihr entgegengehen. »Ich bin hier«, rief er, doch so leise, dass Giuditta ihn nicht hörte.

Nach so vielen Nächten, in denen sie aneinander gedacht und voneinander geträumt hatten, standen sie sich nun gegenüber, und trotz der außergewöhnlichen Anziehungskraft, die zwischen ihnen bestand, vermochte keiner, sich von der Stelle zu rühren.

»Es gibt keine andere«, sagte Mercurio, aber immer noch zu leise, als dass Giuditta es hätte hören können.

Und ihre Augen waren vor Rührung so getrübt, dass sie es nicht von seinen Lippen ablesen konnte. Sie befahl sich, einen Schritt zu tun. Einen einzigen Schritt. Und gerade als sie merkte, dass sie noch einen und noch einen tun konnte, bis sie Mercurio erreicht hätte, sagte jemand hinter ihr: »Komm, Giuditta.«

Hauptmann Lanzafame eilte auf sie zu und nahm ihren Arm. »Komm, Giuditta«, sagte er. »Es wird Zeit, die Tore zu schließen. Dein Vater wartet auf dich.«

Giuditta erstarrte und riss erschrocken die Augen auf, doch sie wandte sie nicht von Mercurio ab.

»Giuditta«, rief dieser leise ihren Namen.

»Mercurio«, flüsterte Giuditta.

Lanzafame winkte Mercurio, als wollte er ihn fortschicken.

Doch Mercurio hatte nur Augen für Giuditta.

»Gehen wir, Giuditta«, sagte Lanzafame und zog sie in Richtung des Ghettos, um sie dort einzuschließen.

Ergeben ließ Giuditta sich von dem Hauptmann mitführen. Dabei blickte sie unverwandt Mercurio an, der ihr im gleichen Tempo folgte, um den Abstand keinesfalls größer werden zu lassen.

Giuditta ließ sich von Lanzafame über die Brücke und durch das innere Tor führen. Doch als der Hauptmann ihren Arm freigab und seinen Männern den Befehl erteilte, das Tor zu schließen, blieb sie reglos stehen, und ihre Augen versanken in denen Mercurios. Etwas an ihm war anders. Dann begriff sie. Es war die Nase, etwas an seiner Nase ließ ihn männlicher erscheinen. Und schöner.

Mercurio war am Aufgang zur Brücke stehen geblieben. Als er hörte, wie sich das Tor mit einem dumpfen Aufprall schloss, rannte er vor. »Es gibt keine andere!«, schrie er und hatte endlich den Atem, der ihm vorher gefehlt hatte.

Der Hauptmann und die Wachen stellten sich ihm auf der Mitte der Brücke in den Weg.

Hinter ihnen rief Giuditta aus dem Ghetto Nuovo: »Leg deine Hände an das Tor.«

Mercurio sah keuchend Lanzafame und die beiden Wachen an, und in seinen Augen stand die pure Verzweiflung.

Da senkten Lanzafame und die beiden Wachen den Blick, ohne dass ein Befehl oder auch nur ein Wort gewechselt worden war, und traten beiseite.

Mercurio ging langsam voran und an ihnen vorbei. Am Tor legte er seine Handflächen an das Eichenholz. »Da bin ich.«

»Da bin ich«, wiederholte Giuditta und legte von der anderen Seite ihre Handflächen dagegen.

»Ich spüre dich«, sagte Mercurio leise.

»Und ich dich«, erwiderte Giuditta.

46

Benedetta hatte sich geschworen, nie mehr eine Träne zu vergießen.

Nun, da sie die Geliebte des Fürsten Contarini geworden war, hatte er ihr auch sein Geld zur Verfügung gestellt, und sie hatte beschlossen, es aufs Beste zu nutzen.

Und das war für Benedetta gleichbedeutend mit einem Besuch bei Reina Zulian, allgemein bekannt als die Magierin Reina.

»Bitte, tretet ein, Eure hochverehrte Herrschaft«, sagte eine Stimme hinter einem leichten Vorhang in leuchtendem Kobaltblau, der mit gelben Sternen bestickt war.

Benedetta war überrascht, wie ehrfürchtig sie angesprochen wurde. Schließlich war sie es gewohnt, dass man sie einfach duzte und »Mädchen« zu ihr sagte. Sie betrachtete sich im Fenster des Vorzimmers. Dort sah sie das Spiegelbild einer jungen Frau in einem Kleid aus glänzend dunkelbrauner, raschelnder Seide, deren Farbe, je nachdem, wie das Licht darauf fiel, zwischen Orange und warmen Rottönen changierte. Feinste Spitze aus Burano zierte den Ausschnitt des Gewandes, und eine Kette aus Süßwasserperlen ließ ihren Hals erstrahlen. Dazu die kupferroten Haare, die zu Zöpfen geflochten und mit perlenverzierten Nadeln hochgesteckt waren. Überdies verströmte sie einen zarten Duft von Nelken und indischen Edelhölzern. Benedetta verneigte sich leicht, beinahe belustigt vor der eleganten Gestalt im Fenster des Vorzimmers der Magierin Reina.

»Eure hochverehrte Herrschaft«, flüsterte sie.

Dann trat sie durch den sternenübersäten Vorhang.

Das Zimmer, in dem die Magierin Reina ihre Kunden empfing, hatte eine ganz eigene Atmosphäre. Die Wände waren ganz in pompejanischem Rot gehalten, und darüber zog sich ein Netz aus handgeschriebenen schwarzen Symbolen. Eine Vielzahl von Regalen stand an den Wänden, vollgestopft mit Gläsern, Amuletten, Kandelabern, Kerzen in Form menschlicher Körper, kleineren und größeren Tierschädeln, Kaninchenpfoten und Wurzeln, braunen Glasgefäßen voller Samen, getrockneten Blumen, glitzernden Halbedelsteinen, Myrrhe und Weihrauch, toten Schlangen, Eidechsen und vielerlei Insekten. Dazu Seile jeder Dicke, die auf die unterschiedlichste Weise geknotet waren. Außerdem Muscheln und Glasaugen. In einer Ecke war auf einem Pult ein großes Buch mit astrologischen Symbolen und den Umlaufbahnen der Planeten aufgeschlagen. Auf dem Boden lagen mehrere Orientteppiche übereinander, die allerdings nicht gerade sauber waren und voller weißer und grauer Haare. Zwei große Katzen lungerten darauf herum, die eine grau, die andere weiß, mit langem dichtem Fell und buschigen Schwänzen, die bei Benedettas Hereinkommen sanft durch die Luft wogten wie Algen am Grunde des Meeres.

»Die Menschen beäugen sie misstrauisch, weil sie denken, die beiden da würden mir dienen«, sagte die Magierin Reina und zeigte auf die großen Katzen, während sie sich erhob und Benedetta entgegenging. »Aber eigentlich haben sie nur eine Aufgabe, nämlich Mäuse zu fressen, hochverehrte Herrschaft«, fügte sie hinzu und verbeugte sich.

Benedetta war überrascht. Sie hatte sich vorgestellt, einer alten, womöglich buckligen Frau mit einer riesigen Höckernase und einem zahnlosen Mund zu begegnen. Stattdessen war die Magierin Reina groß und schlank, sah äußerst anziehend aus mit den langen, dunkel gefärbten Haaren, die ihr offen auf die Schulter fielen, und war wie ein Mann aus dem Morgenland gekleidet, mit weiten Hosen aus orangefarbener Seide, die um die Knöchel eng zusammenliefen, und einer schwarz-violetten

Tunika, die bis zum Hals hochgeknöpft war und knapp über das Knie reichte. Sie hatte ausdrucksstark geschminkte Augen und an beiden Handgelenken schwere Armreifen aus Kupfer mit kleinen Glöckchen, die bei jeder Bewegung klirrten.

»Ich will, dass Ihr mir ...«, begann Benedetta unverzüglich.

Die Magierin Reina unterbrach sie sogleich. »Nehmt doch Platz, Eure hochverehrte Herrschaft.« Sie deutete auf ein niedriges Ledersofa in einer stillen Ecke des Zimmers, über der ein heller Schleier hing. Neben dem Sofa brannte eine zweiarmige Lampe in Gestalt eines Mohren. Davor stand ein niedrigerer, runder Tisch, der schwarz lackiert und mit goldenen Zaubersymbolen versehen war. Und schließlich lag da noch eine schlichte Matte aus Hanf, die einmal zusammengefaltet und schon ziemlich abgenutzt war.

Benedetta setzte sich auf das weiche und bequeme Sofa.

Die Magierin Reina ließ sich auf der alten Matte nieder und verschränkte ihre Beine in langsamen, ruhigen Bewegungen wie eine Schlange, die sich auf dem Boden zusammenrollt. Sie schnippte mit ihren gepflegten Fingern.

Sofort betrat ein kräftiger junger Mann mit gesenktem Kopf das Zimmer und stellte ein Tablett mit zwei dampfenden Tassen vor sie auf den Tisch.

Die Magierin Reina schnippte erneut mit den Fingern, und der junge Mann zog sich ebenso geschwind zurück, wie er gekommen war.

»Trinkt«, sagte die Magierin.

»Ich habe keinen Durst«, erwiderte Benedetta.

Die Magierin lächelte. »Dieses Getränk dient nicht dazu, Euren Durst zu stillen.«

»Wozu denn dann?«, fragte Benedetta.

»Damit wir uns besser unterhalten können«, antwortete die Magierin Reina, nahm sich eine Tasse und trank einen kleinen Schluck.

Benedetta starrte die ihr zugedachte Tasse misstrauisch an.

Reina setzte daraufhin ihre Tasse ab, nahm sich die andere und trank auch von dieser. »Vertraut mir, Eure hochverehrte Herrschaft.«

Daraufhin nahm Benedetta nun die Tasse auf und roch an der milchigen Flüssigkeit. Sie verströmte ein würziges, ein wenig beißendes, aber nicht unangenehmes Aroma. Benedetta trank einen Schluck. Die Flüssigkeit schmeckte bitter. Eine Bitterkeit, die sich weniger auf der Zunge als in der Kehle bemerkbar machte. Angewidert verzog sie das Gesicht und wollte die Tasse schon aufs Tablett zurückstellen, als die Hand der Magierin Reina sie sanft und entschieden davon abhielt.

»Man trinkt es nicht, weil es so gut schmeckt«, erklärte sie.

Benedetta kam es vor, als klänge die Stimme der Magierin weiter entfernt. Aber gleichzeitig auch mächtiger. Sie nippte noch einmal an der Tasse. Jetzt schmeckte das Gebräu schon weniger bitter. Und beim dritten Schluck noch weniger. Beim vierten bemerkte sie, dass sie kein Gefühl mehr in der Kehle hatte und diese ein wenig anschwoll. Sie legte eine Hand an den Hals. Aber gleichzeitig wurde ihr bewusst, dass sie eigentlich gar keine Angst empfand.

Die Magierin Reina beobachtete sie aufmerksam und trank ebenfalls von dem Gebräu.

Plötzlich fühlte sich Benedetta ganz ruhig, als wäre sie losgelöst von ihrer Umgebung. Als Erstes bemerkte sie, dass ihre Sicht eingeschränkt war. In der Mitte ihres Gesichtsfeldes sah sie ausgezeichnet, vielleicht sogar besser als sonst. Die Farben leuchteten hell, die Schatten zeichneten sich klar voneinander ab, die Formen waren rund und voll. Aber am Rand des Sehfeldes wirkte alles verschwommen, die Linien und Farben verliefen ineinander, als läge ein Ölfilm darüber. Unruhig wandte Benedetta den Kopf hin und her.

»Jetzt könnt Ihr Euch endlich auf das konzentrieren, was Ihr von ganzem Herzen begehrt«, sagte die Magierin Reina. »Auf das, was inmitten Eures Seins liegt, auf das, wonach Euer Innerstes verlangt.«

Die Stimme der Magierin schwappte wie in Wellen an Benedettas Ohren. Einige Worte wurden betont, andere waren kaum zu hören. Als ob das, was sie interessierte, hervorgehoben wurde, während der Rest unterging. Benedetta hatte das Gefühl, sich ihrer selbst ganz besonders bewusst zu sein, ohne jegliche Ablenkung von außen.

»Die Menschen kommen aus den verschiedensten Gründen zu mir«, begann die Magierin Reina. »Aber nur wenige wissen, was sie wirklich wollen. Die meisten bitten um etwas, von dem sie meinen, sie sollten es wollen. Sie bitten um das, was die Konventionen, die Gesellschaft, die Kirche ihnen aufgezwungen hat. Sie bitten um das, was die Ehre verlangt, was die Tradition überliefert, was die Familie erwartet. Sie tragen ihre Anliegen vor mit der Stimme von jemandem, der sie gern wären ...«

Benedetta fühlte sich von Reinas honigsüßer Stimme wie verzaubert. Sie spürte, wie ihre Worte gleichsam in ihren Kopf eindrangen, es war, als ob ihr Leib sie aufsaugte wie ein Schwamm.

»Gefühle sind geheim und vielschichtig«, fuhr die Magierin fort. »Noch rätselhafter und verschlungener als das Netz der Kanäle in unserer geheimnisvollen schwimmenden Stadt. Das wisst Ihr doch, nicht wahr?«

Benedetta nickte. Sie hatte Mühe, die Augen aufzuhalten.

»Wollt Ihr mir jetzt bitte sagen, Eure hohe Herrschaft, wie Ihr heißt?«

»Bene...detta ...«

»Benedetta, wollt Ihr mir nun noch den Grund nennen, weshalb Ihr mich durch Euren edlen und mächtigen Beschützer, dessen demütige Dienerin ich war und immer sein werde, habt suchen lassen?«

Benedetta dachte über den Grund nach, der sie hierhergeführt hatte. »Ich werde nie wieder eine einzige Träne vergießen«, sagte sie laut.

Die Magierin Reina erwiderte nichts. Sie starrte sie nur durchdringend an.

»Ich werde nie wieder eine einzige Träne vergießen«, wiederholte Benedetta. Und der Satz hallte in ihr nach, als würde er von einer Seite ihres Körpers zur anderen zurückgeworfen. Plötzlich spürte sie, dass er aus ihr herausgeschleudert wurde. Und sie überkam Angst, dass sie danach vollkommen leer zurückbleiben würde. Hilfesuchend, mit weit aufgerissenen Augen und offenem Mund, starrte sie die Magierin Reina an.

»Fürchtet Euch nicht, Benedetta«, beruhigte diese sie sogleich. »Das war etwas, das Euch nicht eigen war. Schließt nun die Augen und horcht genauer in Euch hinein. Was wollt Ihr wirklich von mir? Oder besser gesagt, was wollt Ihr erreichen?«

Benedetta schloss die Augen. Sie hörte ein lautes Rauschen in der Finsternis. Dann erschien ein farbiger Fleck vor ihr. Rot, pulsierend. Das Herz, dachte sie. Und sie spürte ihr eigenes ruhig und gleichmäßig schlagen. Da begriff sie, dass ihr Herz nichts von ihr verlangte, und der Fleck verschwand wieder. Ihr wurde klar, dass sie immer noch nicht wusste, ob sie je wieder Tränen vergießen würde oder nicht. Doch nun hatte sie keine Angst mehr vor dem Schmerz, den sie so gut kannte. Sie tauchte wieder ein in die Finsternis und in deren Dröhnen, das in ihrem Innern widerhallte. Und aus der Dunkelheit stieg schleichend etwas auf, wie eine Säule aus dichtem, schwerem Rauch in stehender Luft, und begann sich wie eine gelbe Schlange geschmeidig emporzuwinden und in vielen Strömen zu verbreiten, bis es die gesamte Schwärze ausgefüllt und eingefärbt hatte. Gelb, dachte Benedetta. Und sie hatte das Gefühl, gefunden zu haben, wonach sie tief im Grunde ihres Herzens gesucht hatte.

Sie schlug die Augen auf und sah die Magierin Reina an. Ihre

Sicht war noch getrübt, doch ihr Kopf fühlte sich klar und leicht an. »Gelb«, sagte sie zu ihr.

»Galle«, erklärte die Magierin Reina und nickte.

»Jüdin«, sagte Benedetta.

»Wisst Ihr nun, wonach Euer Innerstes verlangt?«, fragte die Magierin Reina.

»Ja.«

»Wonach?«

»Unglück. Einsamkeit. Verzweiflung. Verderben. Trennung.«

Die Magierin Reina lächelte. Traurig, aber auch wissend. »Viele kommen hierher und meinen, sie wollten Liebe«, sagte sie leise. »Und dann entdecken sie, dass sie sich von Hass nähren.«

»Unglück. Einsamkeit. Verzweiflung. Verderben. Trennung ...«, wiederholte Benedetta und betonte jede einzelne ihrer Verwünschungen.

Die Magierin Reina nickte. »Aufbau und Vernichtung. Liebe und Hass. Das macht uns aus. Entweder da lang oder dort. Einen Mittelweg gibt es nicht.«

»Vernichtung«, sagte Benedetta tonlos.

Die Magierin Reina sah sie durchdringend an. »Hört mir gut zu. Ihr müsst immer wissen, wofür Ihr Euch entscheidet ...«

»Vernichtung ...«, wiederholte Benedetta lauter.

Die Magierin Reina nickte. In ihren Augen schimmerte Mitleid auf. Sie holte tief Luft und sagte dann: »Die Liebe nährt und lässt gedeihen. Hass verzehrt und schwächt. Liebe bereichert, Hass nimmt. Versteht Ihr mich, Benedetta?«

»Vernichtung«, sagte Benedetta zum dritten Mal, ihre Stimme klang entschieden, tief und rau.

»Die Liebe wärmt«, fuhr Reina fort. »Der Hass lässt erfrieren.«

Benedetta starrte sie an, ihr Blick ließ weder Unsicherheit noch Schwäche vermuten.

»Ihr habt Eure Wahl getroffen«, sagte die Magierin schließlich. »Ich stehe Euch zu Diensten, aber ich bin weder Euer Unheil noch Euer Segen. Was ich tue, geschieht durch Euren Willen, und die Folgen werden nicht auf mich zurückfallen. Amen. Sagt Amen, Benedetta.«

»Amen.«

»Alles Böse, was man jemandem wünscht, fällt früher oder später auf einen selbst zurück. Nicht auf mich, sondern auf den, der es sich gewünscht hat. Ist Euch das klar, Benedetta?«

»Das ist mir gleich.«

»Sagt Amen.«

»Amen.«

»Ihr müsst mir etwas von der Person bringen. Am wirkungsvollsten sind Haare. Aber ein Kleidungsstück genügt auch.«

»Ihr werdet die Haare bekommen.«

»Jetzt seid Ihr bereit. Wenn Ihr fortfahren wollt, erhebt Euch und schließt die Augen«, sagte die Magierin Reina und stand auf.

Benedetta erhob sich ebenfalls und schloss die Augen.

Die Magierin legte ihr eine Hand auf die Stirn und eine auf die Brust, direkt unterhalb des Brustbeins. »Wessen Vernichtung wünscht Ihr, Benedetta? Sprecht den Namen vor den Geistern aus, die sich mit Euch verbünden werden und die ich beschwöre. Nennt ihn!«

»Giuditta di Negroponte.«

»So soll es sein.«

47

Es war weit vor Tagesanbruch, als Mercurio aufstand. Er hatte immerzu an Giuditta denken müssen und daher kaum geschlafen. Nun war er bei aller Müdigkeit aufgeregt und besorgt, auch wenn er nicht daran zweifelte, dass im Arsenal alles gut gehen würde. Ihm konnte nichts geschehen. Das Leben zeigte sich ihm zurzeit von seiner Sonnenseite.

Giuditta und er hatten gestern Abend miteinander gesprochen. Sie hatten einander viel mehr gesagt, als er sich erhofft hatte, hatten einander in zarten Andeutungen ihre Gefühle füreinander offenbart. Würde er jemandem erzählen, dass Giuditta und er sich durch ein dickes Holztor hindurch berührt hatten, würde der ihn für verrückt erklären. Und doch war es für Mercurio, als hätten sie sich wirklich berührt. Handfläche gegen Handfläche. Haut auf Haut.

Und er war sich sicher, dass Giuditta – Mercurio zögerte, ehe er diesen Gedanken zu Ende dachte, da er so aufregend und bedeutsam war – für ihn dasselbe empfand. Sie waren miteinander verbunden. Sie waren eins geworden.

Deshalb stand für ihn fest, dass ihm heute im Arsenal nichts passieren konnte. Er wusste genau, dass er nicht sterben würde.

Schlicht und ergreifend, weil das nicht seine Bestimmung war.

Denn seine Bestimmung lag in der Erfüllung seiner Liebe zu Giuditta.

Mercurio ging zur Waschschüssel und wusch sich das Gesicht. Er nahm die Kleidungsstücke des Arsenalotto und begann, sie betont langsam anzuziehen, als ob diese fast rituellen Bewegungen ihm dabei helfen könnten, in seine Rolle hineinzufinden. Als er in die Jacke geschlüpft war, presste er gleich den linken Arm an die Brust, um den Riss im Gewebe zu verbergen, und sah an sich hinunter, um zu überprüfen, ob ihm das gelang. Es war nichts zu erkennen. Mercurio ging ein paar Schritte, um auszuprobieren, wie er mit angewinkeltem Arm lief. Es wirkte ziemlich unnatürlich. Daher machte er noch ein paar Schritte, bei denen er den Arm ein wenig bewegte, und überprüfte wieder, ob dabei der Riss stark zu sehen sei. Doch auch so konnte er keine schadhafte Stelle ausmachen. Das war seltsam, und so hob er den Arm ganz nach oben.

Erst jetzt erkannte er, dass der Riss gar nicht mehr da war.

Anna musste ihn geflickt haben.

Mercurio schmunzelte.

Dann begann er, sich zu schminken. Er nahm ein dichtes Haarbüschel, das er am Vortag in den Gassen im Vorübergehen einem Pferd aus dem Schweif geschnitten hatte. Ein paar Haare zupfte er heraus und nahm sie beiseite, die anderen legte er aufs Bett. Dann tauchte er die Fingerspitzen in eine Schüssel mit Harz, das er ebenfalls bei seinen gestrigen Vorbereitungen durch einen tiefen Schnitt in die Rinde einer Tanne hinter Annas Haus gewonnen hatte. Mit den Fingern schmierte er sich ein wenig davon in die Haare, und zwar zuerst über den Ohren und dann am Hinterkopf, etwas oberhalb der Linie, wo die Mütze des Arsenalotto endete. Nun klebte er die Pferdehaare in kleinen Strähnen an den eigenen Haaren fest. So hatte er innerhalb kurzer Zeit auf einmal üppige, lange Haare, die er sich mit einem auffälligen roten Band zusammenfasste. Wer immer ihn jetzt betrachtete, würde als Erstes darauf blicken und seinem Gesicht kaum noch Beachtung schenken. Dann verteilte er ein wenig Harz unter seiner Nase und klebte auch dorthin Pferdehaare, die er passend zurechtgeschnitten hatte. Jetzt hatte er also auch noch einen Schnurrbart. Und als letzten Kniff klebte er Haare in seine Augenbrauen, sodass diese ganz buschig und fast zusammengewachsen erschienen. Er wusste, dass diese wenigen Elemente genügten, um ihn in einen vollkommen anderen Menschen zu verwandeln. Jetzt würde der Arsenalotto, dem er die Kleidung geraubt hatte, ihn schwerlich wiedererkennen.

Zufrieden stieg er die Treppe hinab, ganz leise, um Anna nicht zu wecken, und lief weiter auf Zehenspitzen zur Tür.

»Komm und iss etwas«, hörte er Annas Stimme aus der Küche.

Mercurio, der die Hand schon auf der Klinke hatte, erstarrte.

»Es ist kalt, und es wird ein langer Tag für dich«, fuhr Anna fort.

Mercurio zog die Hand von der Klinke zurück und ging in die Küche. Er schämte sich, dass sie ihn nun in seiner Verkleidung als Arsenalotto sehen würde.

Anna lachte herzhaft auf. »Du bist wirklich sehr geschickt«, sagte sie dann.

Das Frühstück stand schon auf dem Tisch. Mercurio setzte sich und begann zu essen.

»Wieso bist du schon auf?«, fragte er sie.

Anna sah ihn an und lächelte. »Nicht nur deinetwegen, bild dir bloß nichts ein. Ich habe eine Arbeit gefunden.«

»Was für eine Arbeit?«

Anna schlüpfte in einen langen Mantel aus Barchent, der mit Eichhörnchenfellen gefüttert war. »Es gibt einen Empfang im Haus eines verarmten Adligen. Der stellt für einige Monate Diener an. Für alle möglichen Arbeiten, aber vor allem, um den Palazzo zu säubern. Im Moment ist das ein richtiggehender Schweinestall.«

»Weshalb musst du überhaupt arbeiten?«, fragte Mercurio. »Wir haben doch genügend Geld.«

»Dieses Geld gehört dir. Behalt es und leg es beiseite. Du hast einen ehrgeizigen Traum, und ich kann für mich selbst sorgen ...« Anna sah ihn liebevoll an. »Das verdanke ich dir. Du hast mir die Lust am Leben wiedergegeben und den Glauben daran, dass ich es schaffen kann.«

»Ich bin aber dageg...«

Anna unterbrach ihn mit einer ungeduldigen Handbewegung. »Ich tue das um meinetwillen«, sagte sie.

»Ja schon, aber ...«

»Hör mal zu, du Dickschädel«, sagte Anna, ging auf ihn zu und nahm sein Gesicht in ihre rissigen Hände. »Stell dir doch vor, wie viel es mir bedeutet, etwas zu deinem Ziel beizusteuern, und sei es auch nur ein halber Soldo.« Sie sah ihm in die Augen und lächelte ihn offen an. »Das verstehst du doch, oder?«

Mercurio nickte widerstrebend. »Ja.«

Anna küsste ihn auf die Stirn. »Jetzt lass mich gehen, denn es ist ein langer Weg nach Venedig.«

»Nach Venedig willst du?«, fragte Mercurio und grinste. »Dann dauert es überhaupt nicht lange.« Er nahm ihre Hand. »Komm mit«, sagte er und zog sie zur Haustür.

»Warte«, sagte Anna und reichte ihm einen Weidenkorb.

Mercurio betrachtete ihn verständnislos.

»Weißt du denn nicht, dass sich alle Arsenalotti etwas zu essen für die Mittagspause mitnehmen?«, fragte sie ihn.

Mercurio öffnete den Korb. Darin lagen ein in ein Leinentuch gewickelter kleiner Brotlaib, zwei dicke Scheiben roher Speck und zwei Zwiebeln.

An der Tür legte Anna ihm einen langen schwarzen Umhang um die Schultern. »Jetzt bleib doch mal stehen. Es müssen ja nicht alle Leute sehen, dass du hier wie ein Arsenalotto gekleidet herumläufst«, schimpfte sie, während sie vorne die Bänder schloss. »Ist das etwa die Dummheit, die du vorhast?«

Mercurio nickte und schaute zu Boden.

Anna nahm seinen Kopf mit beiden Händen und zog ihn zu sich. »Der Erzengel Michael ist mit dir. Dir kann nichts geschehen«, sagte sie. »Aber pass trotzdem auf.«

Dann liefen sie schnell zur Anlegestelle der Fischer. Mercurio deutete auf Battista, der schon an Bord der Zitella auf ihn wartete. Tonio und Berto saßen mit den Rudern in der Hand an ihren Plätzen.

»Guten Tag, Battista«, begrüßte ihn Anna.

»Guten Tag, Anna«, erwiderte der Fischer verlegen. Dann sah er den verkleideten Mercurio und riss überrascht den Mund auf.

»Ihr seid also Mercurios Spießgeselle«, bemerkte Anna.

»Spießgeselle ...?«, fragte Battista mit einem leichten Zittern in der Stimme.

»Ach komm schon, ich mache doch nur Spaß!«, lachte Anna. Dann nickte sie zu Tonio und Berto hinüber, die Mercurio überrascht anstarrten. »Guten Tag, Ihr beiden. Geht es Eurer Mutter gut? Ist sie den schlimmen Husten endlich los?«

»Ja«, murmelte Tonio mit gesenktem Kopf. Er schien sich ebenfalls reichlich unwohl in seiner Haut zu fühlen.

Anna wollte noch etwas sagen, als Mercurio sie sanft ins Boot schob. »Jetzt wirst du sehen, wie schnell man in Venedig sein kann«, sagte er zu ihr, dann wandte er sich an Tonio und Berto. »Los, kommt, lassen wir meiner Mutter den Wind durch die Haare wehen.«

Anna spürte einen Stich im Herzen, und es schnürte ihr die Kehle zu.

Dann ächzten die Ruder wieder laut, weil die Brüder sich so kräftig in die Riemen legten.

Anna fiel auf, dass sie schon seit Langem nicht mehr so fröhlich gewesen war. Und sie erinnerte sich, wie sie nach dem Tod ihres Mannes geglaubt hatte, sie würde nie mehr glücklich sein können. Sie betrachtete Mercurio, und als sich ihre Blicke begegneten, sagte sie: »Danke.«

»Wofür denn?«, fragte er.

Anna zuckte mit den Achseln. »Ach, einfach so«, sagte sie

lächelnd. Dieser Junge in seiner grenzenlosen Großzügigkeit war in ihren Augen wirklich etwas Besonderes. Sie betrachtete ihn noch einen Moment lang liebevoll und überließ sich dann ganz dem Spiel des Windes in ihren Haaren.

Kurz darauf bogen sie in den Rio della Maddalena ein und legten am Sottoportego delle Colonete an.

Mercurio stieg aus und half Anna aus dem Boot.

Die zeigte auf einen dunklen, heruntergekommenen Hauseingang. »Da arbeite ich.«

»Bist du sicher, dass die auch genug Geld haben, um dich zu bezahlen?«, fragte Mercurio.

»Ja. Diese verarmten Adligen sind schon merkwürdig ...«, sagte Anna. »Zuerst habe ich genau dasselbe gedacht wie du, aber dann sagte mir die Köchin, die dort schon seit Jahren arbeitet, dass der Hausherr auf jeden Fall zahlt, sobald er einen Empfang vorbereitet. Und weißt du auch, warum? Weil er vermeiden möchte, dass Gerüchte aufkommen, er hätte kein Geld. Ich versteh ja nichts davon, aber die Köchin hat mir erzählt, dass der Herr des Hauses ein paar Geschäfte abschließen möchte und deswegen nach außen hin zeigen muss, dass er eine wohlgefüllte Börse hat. Und weißt du, was er dann macht? Mir kommt das völlig verrückt vor. Er lässt seinen Palazzo herrichten, lässt ihn von oben bis unten auf Hochglanz bringen, und dann ... dann verschuldet er sich weit über die Schmerzgrenze und kauft Silberzeug, Gemälde, Teppiche für die Wände und die Böden, Kleidung für die Diener und alles, was nötig ist, damit er wie ein reicher Mann erscheint, was er ja in Wirklichkeit gar nicht ist. Er veranstaltet diesen Empfang, gibt ein Festmahl mit den allerfeinsten Köstlichkeiten und sieht zu, dass er seine Geschäfte abschließen kann. Und danach verkauft er alles wieder und versucht, damit seine Schulden zu begleichen. Ist das nicht völlig verrückt?«

Schweigend betrachtete Mercurio den Palazzo, doch er schien mit seinen Gedanken ganz woanders zu sein.

»Hast du mich gehört?«, fragte Anna.

»Äh, was?«, fragte Mercurio verwirrt.

»Woran denkst du?«

Mercurio schenkte ihr ein ausdrucksloses Lächeln. »Ach nichts, nur so eine Idee ...«

»Was für eine Idee?«

Mercurio zuckte mit den Schultern. »Gar nichts.«

»Jetzt muss ich aber zur Arbeit.« Anna sah Battista eindringlich an. »Ihr habt Kinder«, sagte sie ernst. »Ich verlasse mich auf Euch. Auf Eure Vernunft.«

Battista wurde rot.

»Manchmal kommst du mir vor, als wärst du ein Mann«, sagte Anna zu Mercurio.

»Ich *bin* ein Mann.«

»Ja, sicher«, sagte Anna lächelnd beim Aussteigen, und als sie sich auf den Weg zu dem Haus des Adligen machte, sagte sie leise zu sich: »Wachs nur nicht zu schnell, mein Sohn.«

»Und jetzt?«, fragte Tonio, als sie allein waren. »Geht es nun los?«

Alle sahen Mercurio erwartungsvoll an.

»Es geht los«, sagte er feierlich.

Während der ganzen Überfahrt sprach keiner mehr ein Wort. Die Spannung war beinahe mit Händen zu greifen. Niemandem war mehr nach Scherzen zumute.

Sie machten am Kai des Riva degli Schiavoni fest, in einem Seitenkanal, wo kaum jemand sie sehen würde.

Mercurio stand auf, um an Land zu gehen. Dann drehte er sich noch einmal nach Battista und den Brüdern um. »Wie erkenne ich ein ... Groß-Oberbramsegel aus Bramtuch?«, fragte er mit zugeschnürter Kehle.

Die beiden Brüder sahen ihn schweigend an.

Mercurio sagte nichts mehr. Er wartete geduldig.

»Das Groß-Oberbramsegel ist das kleine Segel ganz oben am

Großmast«, erklärte Tonio schließlich. »Und im Arsenal, falls es das ist, worüber wir reden, sind alle Segel aus Bramtuch.«

Mercurio nickte. Er sprang auf den Kai. Dann löste er mit einer heftigen Bewegung den Umhang und warf ihn ins Boot. »Den brauche ich jetzt nicht. Bewahrt ihn für mich auf.«

»Das ist Wahnsinn …«, sagte Battista erschrocken, als er die typische Arsenalottokleidung sah.

Die beiden Brüder rissen überrascht die Augen auf. Dann brach Berto mit seinem tiefen Organ in schallendes Gelächter aus. »Zeig's ihnen, Junge! Wir warten im Rio della Tana auf dich.«

Battista schüttelte den Kopf. Er wirkte verängstigt.

»Im Rio della Tana«, sagte nun auch Tonio. »Am besten bei Sonnenuntergang, wenn alle nach Hause gehen. Dann haben sie es eilig und werden nicht so auf dich achten.«

Düstere Stille senkte sich über sie herab.

Battista schüttelte weiterhin besorgt den Kopf.

Mercurio sah ihn an. »Werdet ihr da sein?«

»Das ist Wahnsinn …«, wiederholte der Fischer.

»Wirst du da sein?«

Battista erwiderte seinen Blick und nickte.

In dem Moment war das Dröhnen der Marangona-Glocke zu vernehmen, die wie immer für alle Venezianer den Tagesbeginn einläutete.

»Ich muss gehen«, sagte Mercurio. Er drehte sich um und ging zu dem weiten Hof vor dem *Paradiso*, einem der drei Gebäude, in denen die Arsenalotti lebten. Die anderen zwei, so erinnerte sich Mercurio, hießen *Inferno* und *Purgatorio*.

Was für lächerliche Namen, dachte Mercurio, als er sich die drei riesigen Gebäude ansah, die knapp zweitausend Arsenalotti mitsamt ihren Familien beherbergten.

Erst waren es nur ein paar, dann wurden es immer mehr Arsenalotti, junge wie alte, die sich schweigend, die Proviantkörbe über die Schulter gehängt, im bleichen, wolkenverhangenen Morgenlicht den Mauern des Arsenals näherten. Alle liefen stumm vorwärts. Es war kalt, und sie waren müde. Die Gassen hallten von ihren Schritten wider.

Mercurio zog die Schultern ein, rückte sich die Mütze auf dem Kopf zurecht und mischte sich unter den Strom der Arbeiter. Es war schon beeindruckend, gemeinsam mit so vielen Menschen zu marschieren, die genauso gekleidet waren wie er. Wohin er auch blickte, überall dieselben Gewänder. Die Gassen waren brechend voll. Wer in der Mitte ging, wurde von allen Seiten hin und her geschoben, die am Rand wurden gegen die Hauswände gedrückt. Man konnte unmöglich stehen bleiben oder die Richtung andern. Mercurio kam sich vor wie ein Wassertropfen in einem reißenden Bach, so viele waren sie. Niemand beachtete ihn, stellte er fest. Keiner sah den anderen an, wohl weil jeder davon ausging, ohnehin niemand Bekanntes zu treffen. Es war schlicht unmöglich, dass hier jeder jeden kannte.

Kurz vor dem Tor zum Arsenal kam der Menschenstrom beinahe zum Stehen. Es ging nur noch im Schritttempo vorwärts. Mercurio machte sich nun doch Sorgen. Gab es etwa Kontrollen? Musste man Papiere haben? Was geschah da vorne? Er stellte sich auf die Zehenspitzen, um mehr zu sehen. Aber er konnte nichts erkennen.

Der Arsenalotto neben ihm gähnte. »Die erste Schicht ist doch immer lästig«, sagte er.

Mercurio nickte. »Stimmt ...«

»Erweitert doch wenigstens das Tor, sage ich immer«, fuhr sein Nebenmann fort. »Findest du nicht auch? Jeden Morgen müssen wir hier zusammengepfercht wie Vieh warten, weil das Tor zu eng ist, um uns alle schnell passieren zu lassen.« Er schnaubte wütend. »Weißt du, was ich meine? Wenn jemand von denen, die die Gesetze machen und die Entscheidungen fällen, ein ganz normales Leben führen würde wie wir, würde alles besser laufen. Meinst du nicht auch? Wenn der jeden Morgen zusammen hier mit uns in der Schlange stehen müsste, mit all den Hunderten von Arsenalotti, dann würde der schleunigst das Tor erweitern oder irgendwo noch ein anderes aufmachen.«

»Stimmt«, sagte Mercurio und jubelte innerlich. Die Verzögerung rührte also von dem großen Andrang her, nicht von irgendwelchen Kontrollen.

Als er jedoch wieder an den großen Torbogen der Porta di Terra dachte, hörte er erneut seinen Herzschlag wie einen Trommelwirbel in seinen Ohren dröhnen. Trotz der Kälte rann ihm ein Schweißtropfen an der Schläfe hinunter. Er senkte den Kopf, um seinen Atem unter Kontrolle zu bringen. Mühsam bändigte er seine Beine, die am liebsten davonrennen wollten, und auch seinem Verstand, der ihm riet, auf der Stelle kehrtzumachen, musste er Einhalt gebieten.

Denk an Giuditta, sagte er sich. Dir kann nichts passieren.

Als er schließlich durch den gewaltigen Torbogen lief, beachteten die Wachen ihn gar nicht. Für sie war er nur einer unter unglaublich vielen. Irgendein Arsenalotto unter Hunderten. Er lachte insgeheim, und während er das Tor hinter sich ließ, dachte er, dass die Venezianer nichts als aufgeblasene, eingebildete Dummköpfe waren. Sie rühmten sich ihrer außergewöhnlichen Sicherheitsvorkehrungen, aber in Wahrheit kam jeder ins Arsenal hinein. Und das auch noch so einfach.

»He, du da! Wo willst du hin?«, hörte er da eine Stimme hinter sich.

Mercurio erstarrte. Jetzt hast du dich ganz allein ins Unglück geritten, du Schwachkopf, sagte er sich. Er drehte sich nicht um, sondern lief einfach stur und gleichmäßig geradeaus.

»He, du Trottel, antworte gefälligst!«, rief die Stimme wieder, und dann packte ihn eine kräftige Hand an der Schulter.

48

Ich verbiete dir, diesen Jungen noch einmal zu treffen!«, brüllte Isacco beim Frühstück, das seine Tochter ihm bereitet hatte. »Du hast gestern Abend alle Augen auf dich gelenkt. Die ganze Gemeinde spricht darüber!«

»Mir ist egal, was die Leute sagen!«, erwiderte Giuditta heftig und war schon drauf und dran, dem Vater zu berichten, was man sich über ihn erzählte, doch dann hielt sie sich zurück.

»Das ist dein Volk«, fuhr Isacco fort. »Außerdem will ich nicht, dass du diesen Jungen triffst ...«

»Er heißt Mercurio«, sagte Giuditta selbstbewusst.

»Nein, der heißt Dieb mit Vornamen und Betrüger mit Nachnamen«, brüllte Isacco. »Und Heiliger Himmel, ich habe dich nicht von unserer Insel fortgebracht, damit du genauso endest wie ... wie ...« Er verstummte, rot im Gesicht.

»Wie wer?«, fragte Giuditta.

Isacco fuhr auf, als würde er gleich explodieren. »Wie deine Mutter, verdammt noch mal!« Darauf schwieg er einen Moment, versenkte den Kopf in seiner Suppenschale und schnaubte wie ein wütender Stier. »Deine Mutter hatte keine Wahl. Sie hatte sich von der Gemeinde entfernt, und dann kam für sie keiner mehr infrage, nur noch so ein ... Na ja, du weißt ja, was ich für einer bin.«

»Vater«, sagte Giuditta leise und näherte sich ihm gerührt.

Isacco wehrte sie mit einer brüsken Bewegung ab. »Du wirst ihn nicht wiedersehen oder ihn weiter treffen, so viel steht fest«, sagte er entschieden. »Du wirst ihn dir aus dem Kopf schlagen.«

Giuditta setzte sich und kauerte still mit gebeugtem Rücken und im Schoß gefalteten Händen auf ihrem Stuhl. »Ich vermisse meine Großmutter …«, sagte sie schließlich leise.

Isacco starrte sie erstaunt an. »Was hat das jetzt hiermit zu tun?«, fragte er sie.

»Ich würde sie gern fragen, warum mir das, was ich fühle, solche Angst macht …«, flüsterte Giuditta. Sie sah zu ihrem Vater hoch, um dann jedoch sofort wieder den Kopf zu senken. »Ihr könnte ich mich anvertrauen, sie würde mich in den Arm nehmen, und ich würde mich geborgen fühlen …«

Isacco hatte das Gefühl, ihm würde der Boden unter den Füßen weggezogen. Er sah sich um, als stünde jemand hinter ihm, dem er das Ganze übergeben könnte. Dann schnaubte er noch einmal, doch nicht aus Wut, sondern eher aus Hilflosigkeit. Stumm wedelte er mit den Händen vor seinem erhitzten Gesicht, um sich etwas abzukühlen. Dann stand er langsam auf, trat hinter Giuditta, ging in die Knie und umarmte sie unbeholfen in dieser unbequemen Haltung. So verharrte er eine Weile mit weit geöffneten Augen. »Ich bin wohl einfach nicht der Richtige dafür«, sagte er dann etwas zu laut. »Schon gar nicht, wenn es um Mercurio geht.«

Giuditta gestattete sich ein kleines Lächeln. »Darf ich dich nicht einmal fragen, was Liebe ist?« Sie machte Anstalten, sich zu ihm umzudrehen.

Isacco hielt sie zurück. »Nein, ganz bestimmt nicht!«, rief er erschrocken aus.

»Darf ich nicht einmal erfahren, was du gefühlt hast, als du meine Mutter zum ersten Mal gesehen hast?«

Isacco wich abrupt zurück. »Du willst mich reinlegen«, brüllte er. »Verdammt noch mal, du willst mich reinlegen!« Er stand auf und lief erregt im Raum auf und ab. Dann wandte er sich wieder Giuditta zu und sah sie halsstarrig an. »Dieser Junge ist nichts für dich. Basta.«

»Warum?«

»Du fragst mich, warum ein Dieb und Betrüger nichts für dich ist?«, fragte Isacco und breitete die Arme aus. »Die Antwort liegt doch auf der Hand. Weil er ein Dieb und Betrüger ist.«

Giuditta sah ihn schweigend an. Dann nickte sie und ließ den Kopf hängen. »Du hast recht«, sagte sie.

»Natürlich habe ich recht«, antwortete Isacco. Aber er war noch immer auf der Hut und musterte seine Tochter misstrauisch. Er spürte, dass etwas nicht stimmte, dass sie viel zu schnell nachgegeben hatte.

»Wenn wir Kinder hätten, was für ein Vater könnte ein Dieb und Betrüger schon sein?«, sagte Giuditta flüsternd, als würde sie laut überlegen. »Nein, du hast recht. Wie sollte ein Dieb und ein Betrüger ein guter Vater sein?«

»Du ... meinst also, ich ...? Weil ich auch ein ...« Isacco stampfte zornig mit dem Fuß auf. »Weiber! Euch hat der Teufel höchstpersönlich geschaffen! Schluss jetzt mit dem Geschwätz, du hast mich schon verstanden. Ich bin ich, und er ist er. Wir sind nicht gleich.«

Giuditta lächelte in sich hinein. Ihr Vater würde seine Meinung schon noch ändern. Gestern Abend war sie in der sicheren Überzeugung zu Bett gegangen, ihr könnte nie mehr etwas Schlimmes zustoßen im Leben. Nicht nach dem, was sie mit Mercurio erlebt hatte. Schon vor langer Zeit hatte das Schicksal ihnen ein Versprechen gegeben, doch an jenem Abend hatten sie es sich selbst gegeben. Und da hatte sich Giuditta gesagt, so dumm und grausam könnte das Leben einfach nicht sein, eine solche Begegnung in die Wege zu leiten und am Ende die Liebe nicht siegen zu lassen. Ihrer beider Schicksale waren dazu ausersehen, zu einem einzigen verflochten zu werden. Alles, was von nun an geschah, konnte sich nur zum Guten wenden.

Sie sah zu den vielen Hüten hinüber, die sie genäht hatte.

»Ich muss dir noch etwas erzählen ...«, setzte sie an.

Doch Isacco hörte von San Marco her, wie das Läuten der Marangona-Glocke die Öffnung des Ghettos ankündigte, und hob abwehrend die Hand. »Solange es nichts mit diesem Gauner zu tun hat, hast du meinen Segen«, schnitt er ihr das Wort ab.

»Es geht um ...«

»Ich habe jetzt keine Zeit«, sagte Isacco und warf sich den Umhang über die Schultern. »Die Krankheit breitet sich aus, und ich weiß nicht, wie ich sie aufhalten soll.« Ehe er die Haustür öffnete, wandte er sich noch einmal um und sah, dass Giuditta gekränkt war. Er ging zu ihr und küsste sie auf die Stirn. »Wir reden ein anderes Mal darüber ...« Er hielt kurz inne und nahm ihre Hände. »Was hast du denn mit deinen Fingern angestellt?«

Giuditta befreite sie aus dem Griff. Ihre Finger waren rot und von den Nadeln zerstochen. »Ich nähe ...«

»Ach, das ist es ...« Isaccos Blick fiel auf den Stapel gelber Hüte, die zusammengelegt auf dem Schemel neben dem Tisch lagen, und deutete zerstreut darauf: »Die da? Aber wie viele hast du denn davon?«

»Darüber wollte ich mit dir reden ...«

»Nicht jetzt, mein Liebling.« Er küsste sie noch einmal auf die Stirn und verließ das Haus.

Giuditta seufzte, und ihre Augen starrten ins Leere. Instinktiv wanderte ihre Hand zu dem Schmetterling, Mercurios Geschenk, das sie immer an ihrem Arbeitsplatz liegen hatte. Sie lächelte versonnen. Alles würde sich zum Guten wenden. Sie wandte sich ihren Hüten zu. Da gab es schon Erfolge zu vermelden. Anscheinend wollten alle Frauen aus der Gemeinde ihre Hüte. Octavia hatte erzählt, sie hätte sogar drei davon unter der Hand an *aristocristiane* verkauft, wie sie die reichen, christlichen Damen aus der Aristokratie nannte. Ein aufregendes – und einträgliches – Abenteuer.

Sie streckte sich und nahm einen halb fertigen Hut. Nadel und Faden steckten in der Krempe. Sie zog die Nadel heraus, und als sie zu nähen begann, verzog sie schmerzlich das Gesicht. Ihre zerstochenen Finger brannten heftig. Wenn Mercurio ihre Hände jetzt sehen würde, kämen sie ihm bestimmt hässlich vor. Nein, dachte sie. Nein, er würde sie mit Küssen bedecken! Plötzlich musste sie richtig laut loslachen bei dem Gedanken, und in der Stille des Hauses klang ihr Lachen so heiter wie das sommerliche Rauschen eines Baches zwischen den Steinen.

»Wenn man dich so sieht, könnte man dich für reichlich verrückt halten«, sagte eine Stimme in der Tür. »Aber du bist wohl einfach nur glücklich.«

Giuditta drehte sich um und rief: »Octavia!«

»Schließt du eigentlich nie die Tür?«, fragte Octavia, die Frau des Pfandleihers, der sich mit Anselmo del Banco zusammengetan hatte, bevor sie eintrat.

Giuditta lächelte sie an und nahm die Nadel wieder auf.

»Lass das«, hielt Octavia sie zurück. »Sieh dir mal deine Finger an.« Sie schüttelte den Kopf. »Das Geschäft geht gut, aber so kannst du nicht weitermachen. Außerdem werden es immer mehr Bestellungen ...«

Giuditta legte die Nadel hin. Ihr Gesicht wirkte müde und angespannt. Sie streichelte die zarten Flügel des Schmetterlings aus Silberfiligran.

»Wenn du krank wirst, müssten wir unser Geschäft wohl vergessen«, fuhr Octavia fort. Sie lächelte, doch irgendetwas in ihrem Blick verriet, dass sie es ernst meinte. »Und dein Vater könnte dich bestimmt nicht heilen. Er ist ja nie zu Hause.«

Giuditta sah ihre Freundin an. »Mein Vater kümmert sich um sehr ernste Dinge. Er hat keine Zeit für diesen Weiberkram.«

Octavia trat ans Fenster. Sie sah hinunter auf den Platz und holte Luft, als müsste sie erst die richtigen Worte finden. »Die

Gemeinde ist nicht so überzeugt davon, dass es ... ernste Dinge sind.«

Giuditta versteifte sich. »Mein Vater tut seine Pflicht als Arzt«, verteidigte sie ihn.

»Die Gemeinde glaubt, die Patientinnen, um die er sich kümmert, sind ... nicht gerade schickliche Personen.«

»Die Gemeinde, die Gemeinde ...«, schnaubte Giuditta wütend. »Weißt du, was ich manchmal denke? Die Christen schließen uns nachts ein, ja, aber die Gemeinde schließt uns ...«

»Sprich nicht weiter, Giuditta«, unterbrach sie da Octavia. »So kommt man auf gefährliche Gedanken und muss dann den Worten hinterherlaufen, die einem entschlüpft sind. Lass uns das Thema am besten an dieser Stelle beenden.«

Verärgert nahm Giuditta erneut die Nadel zur Hand und fing an zu nähen.

Octavia ging zu ihr, legte ihre Hand auf Giudittas und hielt sie liebevoll auf. »Mit diesen Händen kannst du wirklich nicht nähen. Du wirst den Stoff rot färben.« Lächelnd sagte sie: »Er muss doch gelb sein, das weißt du doch.«

Giuditta sah sie immer noch verärgert an.

»Du siehst ganz schön böse aus, wenn du die Augenbrauen so zusammenziehst«, sagte Octavia. »Hat dir das schon mal jemand gesagt?«

Giuditta entzog ihr die Hände. Sie sah Octavia an, und langsam entspannte sich ihre Stirn. Es war leicht, sie sich als Mutter vorzustellen. Und vielleicht glaubte ja auch Octavia, die selbst keine Kinder hatte, ihr eine Mutter sein zu können. Doch Giuditta brauchte keine Mutter, auch wenn sie nie eine gehabt hatte. »Willst du meine Freundin sein?«, fragte sie plötzlich.

Octavia neigte überrascht den Kopf. »Aber das *bin* ich doch«, erwiderte sie.

»Wirklich?«

»Ja, ganz bestimmt.«

Giuditta drückte Octavias Hand. »Ich bin stolz auf meinen Vater. Was er tut, ist wirklich sehr wichtig«, sagte sie und sah Octavia eindringlich an.

Octavia erwiderte den Blick. Dann nickte sie bedächtig. »Ich bin nicht mutig. Schlau, intelligent, geschäftstüchtig, das schon … Aber es gelingt mir nicht immer, nur auf das zu hören, was mir mein Kopf und mein Herz sagen.«

»Ich will nicht, dass sich die Gemeinde zwischen uns stellt«, sagte Giuditta.

»Ja, du hast recht«, antwortete Octavia.

»Und was machen wir jetzt?«, fragte Giuditta lächelnd.

»Was meinst du damit?«

»Du bist doch schlau, intelligent und geschäftstüchtig, oder? Wie lösen wir das Problem mit den Hüten?«, fragte Giuditta lachend.

Octavia umarmte sie. »Dafür habe ich schon eine Lösung.«

»Erzähl!«

»Wir lassen uns von den Frauen helfen. Sie sollen für uns arbeiten. Und wir werden sie pro Hut bezahlen«, erklärte Octavia.

»Und was werden ihre Männer sagen?«, wandte Giuditta ein. »Und die Gemeinde?«

»Darüber denken wir später nach, jag mir bloß keine Angst ein«, sagte Octavia mit einem Augenzwinkern. »Nein, das wird deine Aufgabe sein. Ich bin ja nur die Schlaue und Geschäftstüchtige. Du bist die mutige Rebellin.«

Giuditta lachte hell auf. »Dann fertigen wir eben Hüte in allen Farben an, nicht nur gelbe für Juden.«

Octavia schlug die Hand vor den Mund. »Bist du verrückt geworden? Wir dürfen nicht an Christen verkaufen! Die drei Hüte, die ich losschlagen konnte, die zählen ja eigentlich nicht. Die Frauen haben schließlich von sich aus danach gefragt. Aber so richtig ein Geschäft daraus zu machen, das ist etwas ganz anderes. Das ist ernst.«

Giuditta lächelte. »Darüber habe ich nachgedacht. Also, die Christen erlauben uns doch nur drei Berufe. Und das sind welche?«

Octavia sagte kopfschüttelnd: »Das weißt du selbst ganz genau ...«

»Los, sag schon, welche«, drängte Giuditta sie.

»Geldverleiher ...«, begann Octavia zögernd.

»Und?«

»Arzt ...«

»Und ...«

»Altkleiderhändler.«

Giuditta lächelte zufrieden. »Ja, genau, Altkleiderhändler! Und was tun die?«

»Sie verkaufen gebrauchte Ware. Aber ich verstehe einfach nicht ...«

»Kann ich den hier einer Christin verkaufen?«, unterbrach Giuditta sie und schwenkte einen vor Kurzem genähten Hut durch die Luft.

»Nein, natürlich nicht!«

»Und warum nicht?«

»Das ist doch klar! Weil es ein neuer Hut ist und ...«

»Warte ab«, sagte Giuditta. Sie nahm die Nadel, stach sich in eine Fingerkuppe und drückte sie zusammen, bis ein dicker Blutstropfen herausquoll. »Sieh doch, Octavia«, sagte sie und legte die blutige Fingerkuppe auf das Innere des Hutes. Der Stoff färbte sich rot.

»Was tust du da?«, fragte Octavia.

»Ist der Hut noch neu? Oder ist er gebraucht?«, fragte Giuditta triumphierend.

Octavia riss den Mund auf vor Erstaunen. »Du bist eine Teufelin, Giuditta di Negroponte«, rief sie dann und lachte laut.

»Ich will auch Kleider anfertigen, Octavia. Kleider, die zu den Hüten passen«, fuhr Giuditta fort, und ihre Augen glühten leidenschaftlich. »Daran denke ich schon lange. Wenn wir gelbe Hüte tragen müssen, sollten wir unsere Kleider daran anpassen und nicht umgekehrt, so wie das die freien Leute machen.«

Octavia sah sie bewundernd an und nickte. »Wir könnten mehr Geld verdienen als unsere Männer, ist dir das klar?«

»Nein, ich bin nicht gut im Rechnen.«

»Das mit dem Geld könnte ein größeres Problem werden als die Tatsache, dass wir wie Männer arbeiten«, sagte Octavia nachdenklich.

»Mein Vater wird sich hinter mich stellen«, sagte Giuditta.

Octavia sah sie an. »Gut, wir werden darüber nachdenken.« Sie lächelte, wenn auch etwas zögerlich, denn diese Überlegungen hatten sie verschreckt.

»Und wir müssen auch noch einen Namen für unser Geschäft finden«, erklärte Giuditta aufgeregt.

»Was für einen Namen? Etwa Giuditta die Trödlerin? Oder Giuditta und Octavia, die Trödlerinnen vom Ghetto Nuovo?«, fragte Octavia.

Giuditta nahm den Schmetterling aus Silberfiligran, den sie von Mercurio erhalten hatte, und zeigte ihn Octavia.

»Schmetterling?«, sagte Octavia. »Klingt das nicht ein bisschen komisch?«

Giuditta lachte hell auf. »Die Insel, auf der ich aufgewachsen bin, wurde früher von den Venezianern regiert, und jetzt herrschen dort die Türken. Aber die Bevölkerung ist eigentlich griechisch. Ein altes, vornehmes Volk. Weißt du, dass der Schmetterling in ihrer Mythologie gleichbedeutend mit der Seele ist? Und weißt du, wie Seele im Griechischen heißt?«

»Nein.«

»Doch, natürlich. Das weiß doch jeder«, sagte Giuditta lachend.

»Nein, wirklich ...«

»Psyche.«

»Psyche?«

»Ja, unser Geschäft soll Psyche heißen.«

»Psyche?«

»Plapper mir doch nicht ständig alles nach, Octavia.«

Octavia nickte. Neugierig geworden sah sie sich den Schmetterling aus Silberfiligran näher an. »Wer hat dir den denn geschenkt?«

»Jemand«, erwiderte Giuditta und errötete.

Octavia lächelte. »Und da du hochrot geworden bist, würde ich ausschließen, dass es eine Frau oder ein alter Tattergreis war.«

Giuditta zuckte nur mit den Schultern.

»Es war doch nicht der Junge ... am Tor?«

Giuditta antwortete nicht.

»Er ist kein Jude«, sagte Octavia. »Auch darüber wird in der Gemeinde geredet.«

Giuditta schlug die Augen nieder.

»Gut – nein, schlecht, ganz schlecht«, sagte Octavia seufzend und zeigte wieder auf den Schmetterling. »Und das Ding da, soll es deine Seele darstellen oder seine?«

Giuditta strich zärtlich über die Schmetterlingsflügel. »Unsere ...«, sagte sie versonnen.

»Unsere?« Octavia verdrehte die Augen und schüttelte den Kopf. »So weit ist es also schon. Na, das kann ja heiter werden.« Sie seufzte wieder. »Nun gut. An die Arbeit. Eins nach dem anderen. Jetzt muss ich erst die Näherinnen finden. Und du kümmerst dich um die Entwürfe für die Kleider.« Octavia ging zur Tür. »Nein, du kommst mit mir. Wenn man uns steinigen sollte, sind wir wenigstens zusammen.«

Giuditta stand lachend auf, steckte den Schmetterling ein, warf sich den schweren Umhang aus gewalkter Wolle über und verließ mit Octavia das Haus. »Ich muss Stoffe kaufen«, sagte sie auf der Treppe.

»Du solltest dir einen neuen Kopf kaufen, Mädchen«, erwiderte Octavia. »Und mir gleich einen dazu. Ist dir eigentlich klar, dass wir drauf und dran sind, eine riesige Torheit zu begehen?«

»Ja«, erwiderte Giuditta lachend.

»Ja, verdammt noch mal«, rief Octavia laut, während sie aus der Tür in den Bogengang vor dem Haus trat. Als sie ihren Ehemann dort antraf, sagte sie zu ihm: »Messer Moneta, gib mir einen Goldtron, ich muss eine Torheit begehen.«

Ihr Ehemann sah sie stirnrunzelnd an, dann lächelte er jedoch, griff in die Börse an seinem Gürtel und gab ihr die Münze.

»Du glaubst wohl, ich mache Spaß, mein lieber Mann?«, fragte Octavia. Sie wandte sich zu Giuditta um. »Mein Herr Pfandleiher glaubt, ich scherze.« Dann sah sie wieder ihren Ehemann an. »Merk dir das. Ich habe dich gewarnt, dass ich im Begriff bin, eine Torheit zu begehen, und du hast mich noch dazu ermutigt«, sagte sie und richtete den Finger auf seine Brust.

Ihr Ehemann lächelte, auch wenn er den leisen Verdacht hatte, nicht genau zu begreifen, was da vor sich ging.

Octavia hakte sich bei Giuditta ein und schob sie in Richtung der Brücke des Ghetto Nuovo.

Als sie am inneren Tor vorbeikamen, blieb Giuditta stehen. Sie streichelte das Holz, durch das sie Mercurio berührt hatte, und schloss die Augen bei dem Gedanken, wie sich alles ganz plötzlich verändern konnte. Dieses Tor hatte sich von einem Symbol ihres Gefangenseins in ein Zeichen der Liebe verwandelt.

Octavia versetzte ihr einen Stoß. »Alle beobachten dich.«

»Das ist mir gleich«, erklärte Giuditta lachend.

Nachdem sie die Brücke hinter sich gelassen hatten, schlenderten sie die Fondamenta degli Ormesini entlang und begutachteten die Auslagen der Spitzen- und Stoffläden.

»Ist das da etwa dein Christ?«, fragte Octavia und deutete auf einen Mann um die dreißig mit einem kräftigen Kiefer.

Giuditta sah zu dem Mann hinüber. »Aber nein!«, rief sie empört. »Mercurio ist doch nicht so alt. Und außerdem ist er viel schöner!«

Octavia seufzte theatralisch. »Mercurio ... was haben diese Christen nur für Namen. Bei den alten Römern war der Gott Merkur der Schutzpatron der Diebe. Aber dein Mercurio ist doch kein Dieb, oder?«

»Nein ... natürlich nicht ...« Giuditta lächelte verlegen.

Im gleichen Augenblick sah sie, wie aus einer Seitengasse ein dünner Junge auf sie zugerannt kam. Er hatte seinen armseligen Hut tief ins Gesicht gezogen und den Kragen seines Wollhemds bis zur Nase hochgeschlagen.

Nun geschah alles in einem Augenblick.

Der Junge stürzte auf sie zu, packte sie an ihren Haaren und riss kräftig daran.

Giuditta fühlte einen heftigen, brennenden Schmerz und schrie auf. Sie sah, wie der Junge eine lange Haarsträhne von ihr in der Hand hielt.

»Verdammte Jüdin!«, schrie er und schnappte sich mit einem Satz auch noch ihren Hut.

Der Junge verschwand so schnell, wie er gekommen war. Vor Schmerz und Überraschung wie gelähmt dachte Giuditta, dass ihr der Junge mit seiner ungewöhnlich gelblichen Haut bekannt vorkam.

»Bleib stehen, du Verbrecher!«, schrie ein Ladenbesitzer. Er versuchte, den Jungen zu packen, aber der wich ihm mit katzengleicher Geschmeidigkeit aus. Der Mann kam auf Giuditta zu. »Wie geht es Euch?«

Giuditta fuhr mit einer Hand zum Kopf an die Stelle, die sie am meisten schmerzte. Ihre Finger ertasteten sogar ein wenig Blut.

Octavia umarmte sie.

»Seid ihr verletzt?«, fragte der Mann.

Giuditta sah ihn mit weit aufgerissenen Augen an. »Ich kann hier nicht bleiben, ich brauche einen gelben Hut!«, stieß sie hervor. Sie presste auch die andere Hand an den Kopf und schlug den Blick nieder, weil sie sich mit einem Mal nackt fühlte. Sie hastete im Laufschritt zur Brücke zum Ghetto Nuovo, die sie ebenso eilig überquerte.

Octavia folgte ihr. Als sie den Platz erreicht hatten, hielt sie sie auf und umarmte sie wieder.

»Giuditta di Negroponte«, sagte eine Stimme hinter ihnen.

Giuditta und Octavia wandten sich um. Vor ihnen stand Ariel Bar Zadok, der Stoffhändler des Ghettos.

»Was wollt Ihr?«, fragte Octavia abwehrend.

»Giuditta di Negroponte«, begann Ariel Bar Zadok erneut, feierlich und fast ehrfürchtig. Er trat einen Schritt vor. »Wenn Ihr erlaubt ... Ich würde Euch gern geschäftlich sprechen und ...«

»Das ist jetzt nicht der richtige Zeitpunkt«, unterbrach ihn Octavia energisch. »Habt Ihr nicht gesehen, was vorgefallen ist?«

»Nein, ich ...«, stammelte der Händler verwirrt.

»Sprecht nur, Ariel«, sagte Giuditta fast tonlos. Vielleicht konnte der Kaufmann sie ja von ihrem Schrecken ablenken.

»Giuditta di Negroponte ... Also, kurz gesagt, ich möchte Euch meine Stoffe und alle anderen, die Ihr benötigt, liefern, ohne dass Ihr mich dafür bezahlen müsst«, sagte Ariel Bar Zadok und redete immer schneller, während er ihnen seinen Plan erklärte. Seine Hand bewegte sich so zart und elegant in der Luft wie ein Seidentuch. »Über einen Anteil an Euren Entwürfen werden wir uns schon einig werden. Und ich möchte Eure wunderbaren Modelle auch exklusiv verkaufen.«

Giuditta wechselte einen schnellen Blick mit Octavia. Ihre Freundin war genauso verblüfft wie sie selbst.

»Über die Ausschließlichkeitsklausel müssen wir noch nachdenken«, preschte Octavia vor und stieß Giuditta verstohlen an. »Macht uns ein vernünftiges Angebot, dann werden wir es uns überlegen.«

Hinter Ariel Bar Zadok war eine arme Jüdin aufgetaucht. Sie neigte langsam den Kopf und legte ihre rissigen Hände zum Gruß zusammen. »Herrin, wenn Ihr eine gute Schneiderin braucht, wäre ich glücklich, Euch zu dienen«, sagte sie.

»Vielleicht braucht Ihr ja zwei Schneiderinnen«, sagte eine andere Frau mit hochrotem Gesicht, die sich ihnen von hinten näherte. »Ich bin auch tüchtig, und mein Mann ist ein ausgezeichneter Zuschneider, er hat eine Schere und alles, was man braucht.«

Giuditta starrte Octavia erstaunt an. Dann wandte sie sich dem Tor zum Ghetto zu und musste an Mercurio denken. Sie wiederholte sich, dass ihr nichts geschehen konnte. Das eben war nur der Streich eines dummen Jungen gewesen und hatte nichts zu bedeuten. Die Schmerzen an ihrem Kopf ließen auch allmählich nach. Das Leben war doch wunderbar. Sie wandte sich dem Mann zu und lächelte ihn vertrauensvoll an.

Der Junge, der sie angegriffen hatte, hatte inzwischen zahllose Brücken und Uferstraßen hinter sich gelassen, bevor er in eine bestimmte Straße einbog und kurz danach an einer Anlegestelle Halt machte, wo ihn bereits eine Gondel erwartete. In einer Hand hielt er Giudittas Haarsträhne und in der anderen ihren gelben Judenhut. Beides reichte er einer elegant gekleideten Dame, deren Gesicht von einem Schleier verhüllt war.

»Du bist der Beste, Zolfo«, lobte sie ihn.

»Danke, Benedetta.«

49

He du Trottel, wo willst du denn hin?«, wiederholte die Stimme, und die Hand, die ihn an der Schulter gepackt hatte, kaum dass er das Gelände des Arsenals betreten hatte, zwang ihn, sich umzudrehen.

Vor Mercurio stand ein kräftiger, großer Mann, der einige seltsame Geräte aus Holz und Metall in der Hand hielt. In seinem langen grauen Bart hingen noch die Reste des Frühstücks. Seine Augen, hell und klar wie ein Sommerhimmel, musterten ihn aufmerksam durch die runden Brillengläser.

»Bist du etwa stumm?«, fuhr ihn der Mann grob an.

Mercurio sah sich bestürzt um und suchte verzweifelt nach etwas, das er sagen konnte, ohne sich zu verraten. Um sie herum schwärmten Aberdutzende Arsenalotti wie Bienen aus.

»Du bist neu hier, wie?«, fragte der Mann.

Mercurio nickte.

»Ich hab's doch gewusst. Das habe ich an deinem Gang gesehen. Du gehst wie einer, der nicht weiß, wohin.« Kopfschüttelnd presste der Mann die Lippen aufeinander. »Was für Dummköpfe stellen die mittlerweile hier ein«, brummte er. »Und dann wundern sie sich, wenn wir nicht mehr drei Galeeren am Tag bauen können wie früher.« Er musterte Mercurio und knurrte verächtlich, dann versetzte er ihm einen Hieb in den Nacken, beinahe eine Ohrfeige. Er zeigte auf eine Holzhütte mit einem Dach aus Tannenschindeln. »Ich weiß ja nicht, wohin man dich eingeteilt hat, aber das ist mir auch völlig gleich. Ich brauche Erde, und deshalb wirst du ab jetzt für mich arbeiten. Greif dir eine Schubkarre, Frischling.«

Mercurio rannte zur Hütte und kam kurz darauf mit einer hölzernen Schubkarre auf einem Speichenrad heraus. »Geht die?«, fragte er.

Der Mann bedeutete ihm stumm, ihm den Weg an einem breiten Kai entlang zu folgen.

Mercurio setzte sich mit seiner quietschenden Karre in Bewegung. Solange er mit jemandem ging, war er in Sicherheit.

»Weißt du, wer ich bin?«, fragte ihn der Mann, ohne sich umzudrehen.

»Nein, Herr.«

»Ich bin der Proto Tagliafico«, sagte der Mann und schlüpfte in einen mit Holzpfählen eingezäunten Bereich, wo unter einem Schutzdach ein Berg Roterde aufgehäuft war. »Du weißt wahrscheinlich nicht einmal, was ein Proto ist«, sagte der Mann und blieb neben dem Erdhaufen stehen.

»Ich bin doch ganz neu hier, Messer Tagliafico ...«

»Warum haben sie dich bloß angestellt? Venedig geht wirklich vor die Hunde. Aber anscheinend hat keiner mehr Lust zu arbeiten, und da können sogar solche wie du nützlich sein«, brummte der Mann. »Der Proto oder Marangone des Arsenals, also der oberste Schiffsbaumeister, ist der allmächtige Herr über die Schiffe. Ich erschaffe sie. Kein Schiff kann hier ohne mich das Licht der Welt erblicken. Ist das klar?«

»Sicher, Messer Tagliafico ...«

»Sicher, Frischling«, stöhnte der Proto. »Los, mach die Schubkarre mit Erde voll, und dann an die Arbeit. Heute wirst du nacheinander allen Schiffsbaumeistern helfen. Dann weißt du am Abend wenigstens, was zum Teufel hier im Arsenal geschieht. Los, beeil dich, wir haben eine Galeere zu bauen.«

Mercurio entdeckte eine Schaufel und füllte sandfeine rote Erde in die Karre. Kaum war er fertig, folgte er Tagliafico, der nun entschiedenen Schrittes die Umzäunung verließ. Er wandte sich nach rechts zur Darsena Nuova, dem neuen Hafenbecken des Arsenals, lief ein Stück daran entlang und nahm dann eine Abkürzung über eine Brücke, die von flachen Booten gebildet wurde, um schließlich zu einem anderen Hafenbecken, der Darsena Nuovissima, zu gelangen.

Auf dem Weg zu den großen Bauplätzen an Land betrachtete Mercurio entrückt diese ganz eigene Welt unfassbaren Ausmaßes. Ein unabhängiges Wasserreich, das von Uferstraßen, Mauern, Anlegestellen und Rampen begrenzt wurde und zum Teil überdacht war. Fast schon ein kleines Meer, an dessen Ufer Lager an Lager stand, gefüllt mit Holz, Tauen und Werkzeugen. Von den Öfen der Schmelzhütten stieg dichter Rauch in die Luft, und überall lagen die Röllchen der Hobelspäne, die unter den Füßen knackend zerbrachen wie Heuschreckenpanzer. Der würzige Geruch von Harz verdrängte den üblen Gestank der Lagune.

»Na ja, immerhin bist du neugierig«, sagte der Proto, als er Mercurios Interesse bemerkte. »Aber jetzt beweg dich.«

Mercurio folgte ihm zu einem riesigen Bauplatz: Dieser Bereich war mindestens hundert Schritt lang und vierzig breit und wurde von mehreren weiten, auf vier bis fünf Klafter hohen Granitsäulen ruhenden Holzgewölben überspannt.

Der Proto deutete auf ein glänzendes Gerät, das wie eine kleine, geschlossene Schubkarre aussah. Doch dann sah Mercurio einen Trichter unter dem nicht sehr großen Metallkasten und einen Hebel an der Seite. »Vollmachen!«, lautete der Befehl.

Mercurio schaufelte ein wenig Roterde in die kleine Schubkarre, und sofort rieselte die Erde aus dem Ausguss des Trichters auf den Boden.

»Der Hebel, du Trottel!«, brüllte der Proto, als er sah, dass Mercurio sich bemühte, den Trichter von unten mit der Hand zuzuhalten.

Daraufhin legte Mercurio den seitlichen Hebel um und unterbrach damit den Erdfluss.

Ein Junge blies in ein seltsames Instrument, das wie ein Horn aussah, jedoch wesentlich heller klang, und im Nu hatte sich eine Menschenmenge auf dem überdachten Bauplatz versammelt, der bislang verlassen gewesen war. In der ersten Reihe sah Mercurio die Schiffszimmerleute mit ihren Beilen, Klopfhölzern, Meißeln, Stechbeiteln und anderen groben und feinen Werkzeugen zur Bearbeitung der Holzteile. Ihnen folgte eine Schar größtenteils junger Gehilfen mit baumlangen Sägen, die an jeder Seite einen langen, geraden Griff hatten, damit sie von mehr als zwei Personen bedient werden konnten. Dazu kam ein weiteres Grüppchen Arbeiter mit schmutzverkrusteten Händen und schwarz verschmierten Gesichtern und Haaren. Sie schleppten schwere Blecheimer, und ein größerer davon war auf dem mit Löchern versehenen Eisenboden eines Karrens abgestellt, unter den einige Arbeiter einen Ofen schoben. Auch um diese Männer scharten sich zahlreiche Gehilfen, genauso geschwärzt wie sie, und hielten große Kalfatwerkzeuge und Ballen aus grobem Werg bereit. Alle hatten sich erwartungsvoll in der Halle aufgestellt, als würden sie gleich einem Schauspiel beiwohnen. Doch jeder blieb bei seinem Trupp, wie in einem Heer.

In der Mitte des Bauplatzes stand ganz allein der Proto. Er betrachtete den Boden, als könnte er dort etwas erkennen, was nur für ihn sichtbar war. Dort blieb er lange gedankenversunken stehen. Keiner der Anwesenden wagte auch nur zu atmen.

Mercurio hatte das Gefühl, dass jetzt jeden Moment ein Wunder geschehen würde. Und nach der angespannten Atmosphäre zu urteilen, glaubten das auch alle anderen.

Der Proto hob den Kopf, drehte sich mit ausgebreiteten Armen langsam um die eigene Achse und bedachte dabei die versammelte Mannschaft mit einem ernsten, musternden Blick. Erwartungsvolles Gemurmel erhob sich. Tagliafico nahm eine Hand voll Roterde, ging mit langen Schritten an das andere Ende des Bauplatzes und häufte sie dort auf. Er kniete sich hin und richtete ein kompliziertes, aus Linsen und beweglichen Messschiebern bestehendes Werkzeug auf die entgegengesetzte Seite.

»Zieh die Kiellinie, Frischling«, sagte er.

Mercurio spürte, wie alle Augen auf ihn gerichtet waren. »Die Kiellinie?«, fragte er leise den Jungen, der das Horn geblasen hatte.

»Mit dem Karren. Los, mach schon.«

Mercurio rannte mit der Schubkarre zum anderen Ende des Bauplatzes und stellte sich dort in die Mitte.

Tagliafico bedeutete ihm, nun auf ihn zuzukommen.

Mercurio wollte vorwärtsschießen, geriet jedoch ins Stolpern.

»Langsam!«, brüllte der Proto.

Die anderen lachten.

Mercurio blieb stehen.

»Leg den Hebel um und komm in einer geraden Linie auf mich zu.«

Mercurio folgte dem Befehl, und die Roterde rieselte aus dem Trichter. Als er die Hälfte des Platzes durchschritten hatte und sich umdrehte, um die Erdspur zu betrachten, die er gezogen hatte, geriet er ins Wanken.

»Schau gefälligst geradeaus, du Trottel!«, schrie Tagliafico.

Mercurio gehorchte und spürte wieder, dass alle Augen auf ihn gerichtet waren. Er machte sich möglichst klein und hoffte inständig, dass unter den Anwesenden nicht der Arsenalotto war, dem er die Kleider gestohlen hatte, oder dass er ihn zumindest nicht wiedererkannte.

Nach einer Weile, die Mercurio wie eine Ewigkeit vorgekommen war, langte er mit seiner Schubkarre beim Proto an und legte den Hebel wieder um. Tagliafico wandte sich nun an einen bedeutend aussehenden Mann in der Truppe der Schiffszimmerleute. »Mastro Scoacamin, ich übergebe Euch diesen Frischling.« Dabei zog er Mercurio an einem Ohr zu sich heran.

Mercurio verzog schmerzlich das Gesicht, und wieder lachten alle.

»Er weiß nicht, wie ein Schiff gebaut wird.« Die Arbeiter lachten noch lauter. »Aber ab heute soll aus ihm ein richtiger Arsenalotto werden«, fügte der Proto ernst hinzu. Darauf legte sich das Gelächter, und man sah allgemeines zustimmendes Nicken. »Der Meister Zimmermann wird ihn an den Meister der Kalfaterer übergeben und dann, nachdem er an Bord gegangen ist, wird er an die anderen Meister weitergereicht.« Tagliafico schob Mercurio zu dem Mann hin, mit dem er gerade gesprochen hatte.

»Ich bin der Oberste Zimmermann Mastro Scoacamin«, sagte dieser. »Tagliafico hat dir eine große Ehre erwiesen. Vergilt ihm das, indem du ihm aufmerksam bei der Arbeit zusiehst. Keiner ist besser als er darin, den Grundriss eines Schiffsrumpfs zu entwerfen.«

Der Proto war inzwischen schon weitergegangen. Er kniete sich immer wieder hin, maß hier und dort etwas nach und zeichnete dann mit der kleinen Schubkarre bestimmte Linien längs der Spur an, die Mercurio gezogen hatte, bis ein ganzes Spinnennetz entstanden war. Schließlich war die Arbeit beendet, und der Schweiß stand ihm auf der Stirn. Auch Gesicht und Bart waren mit Roterde verklebt, sogar seine Augengläser und sein schwarzes Gewand.

Als er die Hände zum Himmel hob, klatschten alle laut Beifall.

Mercurio sah den Meister der Schiffszimmerleute fragend an.

»Das Schiff ist fertig«, erklärte der und zeigte auf die roten Linien auf dem Boden. »Das ist eigentlich schon das ganze Schiff. Für uns bleiben jetzt die leichteren Aufgaben.« Er wandte sich an seine Leute und brüllte: »Los, an die Arbeit!«

Gleich darauf waren drei schwere Lastkarren mit dicken quadratischen und schmaleren rechteckigen Balken zur Stelle.

»Ihr da, legt den Kiel!«, ordnete der Meister der Zimmerleute an.

Die Schiffszimmerleute nahmen einen riesigen Balken mit rechteckigem Querschnitt, legten ihn auf eine der roten Linien, die der Proto gezogen hatte, und schnitten ihn genau auf diese Linie zu. Danach fügten sie in unglaublicher Geschwindigkeit und mit beinahe tänzerischer Anmut einen Balken nach dem anderen auf- und ineinander, bohrten lotrechte Löcher hinein und verbanden die Kielbalken untereinander.

»Achtersteven und Vordersteven!« Auf den lauten Befehl des Meisters der Zimmerleute baute eine andere Gruppe von ihnen zwei gerundete Elemente ein, die denselben rechteckigen Querschnitt aufwiesen wie der Kiel. Sie hatten ihre Arbeit noch nicht beendet, als wieder andere eine Reihe von Wangen einfügten, die am Kiel von einem kleineren Balken, dem sogenannten Kielschwein, zusammengehalten wurden.

Nachdem Mastro Scoacamin die Arbeit seiner Leute überprüft hatte, ordnete er eine kurze Unterbrechung an, während der die Gehilfen, unter ihnen auch Mercurio, Holzspäne, Splitter und andere Überreste der Arbeiten zusammenfegten. Danach war keine Spur mehr von den Linien aus Roterde zu sehen. An ihrer Stelle erhob sich nun das Gerüst der zukünftigen Galeere in die Luft wie das Skelett eines gewaltigen Fabeltiers.

Nun zog man das darüber, was als Schiffshaut bezeichnet wurde, bis schließlich die Glocke zur allgemeinen Mittagspause schlug.

Nach einem schnellen Mahl brachte der Meister der Zimmerleute Mercurio zum Meister der Kalfaterer, die ihm schon vorher wegen ihrer pechverkrusteten Hände aufgefallen waren. Der Mann nickte ihm kurz zu und übergab ihn an einen Gehilfen.

»Pass auf, dass du dich nicht verbrennst«, sagte der und gab ihm einen Eimer mit heißem, flüssigem Pech und einer schwarz verkrusteten Kelle darin. Jetzt begriff Mercurio, warum alle hier so schwarze Hände hatten. Der Junge goss das Pech in einen größeren Eimer, in dem ein anderer Gehilfe schon kreisförmig Werg ausgelegt hatte.

Der Meister der Kalfaterer glitt mit der Hand in die Fugen der Schiffshaut. »Schöreisen!«, befahl er, und man reichte ihm eine Art überbreiten Meißel mit einer flachen Klinge. »Kalfathammer!« Und er bekam einen walzenförmigen Holzhammer. Der Meister nickte einem Gehilfen zu, der daraufhin einen heißen, pechgetränkten Wergstreifen hervorholte und ihn an die Schiffshaut hielt, wo ihn der Meister mit dem Schöreisen einklopfte.

Mercurio betrachtete fasziniert den Schiffsrumpf: Da waren, teils am Boden, teils hoch oben auf Leitern, mindestens fünfzig Kalfaterer am Werk, die mit ihren Eisen und Hämmern die Fugen verschlossen, und mindestens die doppelte Anzahl an Gehilfen. Das Hämmern war ohrenbetäubend, und die Arbeiten gingen mit atemberaubender Schnelligkeit vorwärts.

Danach hallte die Stimme des Proto laut über den Bauplatz: »Ins Dock!«

Sofort herrschte gespannte Stille.

Alle Arsenalotti drängten sich um den Schiffskörper. Ungefähr dreißig Männer hatten sich darum verteilt, knoteten dicke Seile am Bug und an den Schiffswänden fest, an Steuerbord und Backbord, und zogen sie straff. »Los!«, schrie ihr Vorarbeiter. Nun stießen die Gehilfen der Zimmerleute die langen seitlichen Stützstreben um, und andere Männer schoben Balken unter den Kiel, während der Rumpf allmählich mittels der beiden starken Seile am Bug in Richtung Trockendock gezogen wurde. Über eine Rampe rollte der Schiffskörper in das gemauerte, noch trockene Dock vor ihnen, dessen Boden unterhalb der Darsena Nuovissima gelegen war. Als der Rumpf die Mitte des Beckens erreicht hatte, verließen die Männer, die das Schiff gezogen hatten, eilig das Dock und versenkten mit Haken bewehrte Stangen in den Seitenwänden des Schiffes, um es zu stützen. Rund um den Beckenrand versammelten sich nun die Arbeiter, während die Trennwand geöffnet und das Dock geflutet wurde.

Alle hielten den Atem an. Nun würde man sehen, ob das neue Schiff seetauglich war.

Mercurio beobachtete fasziniert, wie das schlammige Wasser schäumend in das Becken hineinlief. Die Schiffshaut ächzte unter dem Druck der Strömung. Als das Dock vollgelaufen war, wurde die Trennwand wieder geschlossen, und unter dem strengen Blick des Proto ging der Meister der Kalfaterer an Bord. Mit einem Hammer überprüfte er den Rumpf Fuß für Fuß von unten nach oben. Anschließend sah er den Proto an und nickte.

Dieser wandte sich den versammelten Arsenalotti zu, deren Augen jetzt auf ihn gerichtet waren, hob die Hände gen Himmel und verkündete: »Die Serenissima hat eine neue Galeere!«

Alle brachen in Jubelrufe aus.

»Nun schließt den Rumpf!«, befahl der Proto. Mercurio beobachtete, wie Zimmerleute, Kalfaterer und alle anderen sich eilig an die Vollendung ihres Werks machten und in Windeseile Zwischenwände und Decks eingezogen wurden und alles an seinen Platz gelangte.

Wie eine Frau, die man beim Ankleiden beobachtet, dachte Mercurio, und sofort kam ihm Giuditta in den Sinn. Eines Tages würde er ihr beim Anziehen zusehen. Vielleicht sogar jeden einzelnen Morgen, wenn das Glück ihm hold war. Wenn sein Traum sich erfüllte.

Das laute Geräusch von Metall in Führungsschienen brachte ihn in die Wirklichkeit zurück. Eine Wand des Trockendocks wurde vollständig geöffnet und die Galeere nach draußen gezogen. Man führte sie an der östlichen Seite der beiden neueren Hafenbecken entlang und danach an der Südseite der Darsena Nuovissima.

Mercurio war während der Fahrt an Bord des Schiffes. Er konnte zusehen, wie jede kleine Einzelheit entstand, nichts blieb dem Zufall überlassen. Und die Zeit verging, ohne dass er es bemerkt hätte.

Blitzschnell hatte man mit zwei hohen, hölzernen Kränen Großmast, Besanmast und Fockmast aufgebaut. Es folgte die Takelage und oben am Großmast der Ausguck, das sogenannte Krähennest. Dann ging es an die Ruder. Lange, penibel bearbeitete Stümpfe aus friulanischem Buchenholz wurden in den Dollen an der Seite der Ruderbänke montiert, wo sich bereits Ketten und verschließbare Ringe befanden. Anschließend wurde die Ausrüstung an Bord gebracht, Pritschen für die Mannschaft und *pan biscotto,* der Schiffszwieback, der in den Bäckereien des Arsenals aus Mehl, Wasser und ein wenig Salz zubereitet wurde und auf See das Grundnahrungsmittel der Besatzung darstellte.

Schließlich wurden die aus den Gießereien des Arsenals stammenden Kanonen und einige kleine Fässer verladen.

»Schießpulver«, erklärte einer der Gehilfen. »Wenn jemand hier Mist baut, fliegen wir alle in die Luft.«

Als die Galeere fertig gebaut und ausgerüstet dort stand, begriff Mercurio, dass jetzt die Gelegenheit für ihn gekommen war. Er verließ das Schiff und folgte den Gehilfen zum Segellager. Da man ihn inzwischen kannte, konnte er sich zwar frei bewegen, doch er war nie unbeobachtet, weil alle ihm etwas beibringen wollten.

»Proto Tagliafico hat gesagt, er braucht zwei Groß-Oberbramsegel«, wandte er sich schließlich auf gut Glück an einen der Leute dort, die das Lager verwalteten.

Der Mann sah ihn argwöhnisch an. »Was will denn dein Proto mit zweien, wenn er nur eine Galeere baut?«

»Frag ihn das doch selber«, entgegnete Mercurio achselzuckend.

»Nein, ich frag den gar nichts«, erwiderte der Lagerverwalter.

»Also soll ich meinem Proto jetzt sagen, dass er erst herkommen und dich auf Knien darum bitten soll, ja?«, sagte Mercurio frech.

Der Lagerverwalter war es anscheinend nicht gewohnt, mit einem so vorwitzigen Gehilfen, wie er gerade vor ihm stand, zu streiten. Er war vollkommen verwirrt, murmelte etwas Unverständliches vor sich hin und fragte dann unwirsch: »Und jetzt?«

»Was bist du eigentlich? Ein Schwachkopf?«, fragte Mercurio zurück, der begriffen hatte, dass das Spiel sich zu seinen Gunsten neigte.

»Na, dann nimm dir schon deine beiden Groß-Oberbramsegel. Aber wenn es hier einen Schwachkopf gibt, dann bist du das«, knurrte der Lagerverwalter und gab sich geschlagen. Er ging zu einem Raum mit riesigen Regalen, auf denen Dutzende von Segeln gelagert waren, holte die beiden, nach denen Mercurio gefragt hatte, und knallte sie unsanft auf den Tresen. »Aber tragen musst du sie selbst«, erklärte er ihm mit in die Hüften gestützten Händen.

Mercurio lud sich die beiden sperrigen Segel auf die Schulter und verließ unter ihrem Gewicht schwankend das Lager.

Als er die Tana, das Hanflager, entdeckte, seufzte er erleichtert auf. Er drehte sich noch einmal zum Hafenbecken um und bewunderte im Schein der untergehenden Sonne die Galeere, die er an einem einzigen Tag aus wenigen Linien Roterde bis zur Vollendung hatte erstehen sehen. Er sah die Arsenalotti auf dem Vordeck tanzen, und auch wenn er sie nicht hören konnte, wusste er, dass sie lachten. Das versetzte ihm einen leichten Stich ins Herz. Wie gern hätte er jetzt mit ihnen gefeiert.

Aber du bist eben bloß ein erbärmlicher Betrüger, sagte er sich, während er unter seiner Last beinahe zusammenbrach.

Schnell wandte er sich ab und betrat das Hanflager. Er bemühte sich, sehr geschäftig zu wirken. Dort schenkte ihm niemand Beachtung. Schließlich war er nur ein Arsenalotto, der ein wenig spät noch mit zwei Groß-Oberbramsegeln unterwegs war, anstatt sich wie die übrigen Arbeiter nach einem anstrengenden Tag auf den Heimweg zu begeben.

Mercurio fand die Treppe an der Rückseite des Gebäudes, kletterte sie mühsam nach oben und stand schließlich in einem Raum mit einem breiten Fenster, das auf die Mauer des Arsenals ging. Er sah hinunter. Der Sprung war gefährlich, doch viel schwieriger würde es sein, das Bündel mit den Segeln über die Mauer zu werfen. Er konnte sich nicht vorstellen, dass er jetzt noch die Kraft dazu haben würde. Als er zwei Wachen auf der Mauer ihre Runde drehen sah, presste er sich schnell gegen die Wand, und die beiden liefen vorüber, ohne ihn zu bemerken. Sie lachten laut und redeten über Frauen, der eine von seiner Ehefrau, der andere von einer Hure.

Als sie sich entfernt hatten, trat Mercurio aus seinem Versteck hervor. Er hatte keine Zeit, nachzudenken oder noch länger zu warten. Er musste es einfach probieren. Doch bevor er die beiden Groß-Oberbramsegel aufs Geratewohl über die Mauer ins Meer warf, wollte er nachsehen, ob das Boot auch gekommen war. Also sprang er vom Fenstersims auf die Mauer und landete einigermaßen sanft auf dem Umlaufgang. Er spähte zwischen zwei Zinnen hindurch und entdeckte erleichtert unten auf dem Rio della Tana Battistas Boot, das ihn dort erwartete. Allerdings sah er auch, dass er einen kühnen Sprung wagen musste.

»He!«, zischte er.

Battista und die beiden Brüder hoben sofort den Kopf. Tonio bedeutete ihm zu springen. Battista sah ziemlich verängstigt aus.

Mercurio nahm Anlauf für den Sprung zurück, um die Segel zu holen.

»Wer ist da?«, rief eine Wache und zeigte sich an einem Wachturm am Ende der Umfassungsmauer, als Mercurio gerade losgesprungen war.

Mercurio landete wieder in dem oberen Raum, und ihm war

klar, dass ihm keine Zeit mehr blieb, erst die Segel über die Mauer zu werfen und danach hinterherzuspringen. Entweder ließ er seine Beute liegen, oder er lief Gefahr, alles zu verlieren, auch sein Leben. Ihm klopfte das Herz bis zum Hals. Wenn man ihn hier entdeckte, würde er in der Lagune ertränkt. Er dachte an seinen Albtraum zurück, sah das aufgedunsene Gesicht des Säufers aus den römischen Abwasserkanälen vor sich, den Schmetterling, den er Giuditta geschenkt hatte, Anna, wie sie bei seinem Begräbnis weinen würde, obwohl es nicht einmal eine Leiche zu bestatten gäbe. Und er fühlte, wie die Furcht ihn packte.

Dir kann nichts geschehen, versuchte er sich zu beruhigen. Er dachte an Giuditta, die das Ziel all seiner Anstrengungen war. Und der Grund, warum ihm nichts geschehen konnte.

Er nahm ein Groß-Oberbramsegel und wich von dem großen Fenster zurück, das auf die Mauer des Arsenals ging.

»Wer ist da?«, hörte er wieder die Stimme der Wache, diesmal aus geringerer Entfernung.

Mercurio rannte los, sprang mit einem Fuß auf den Fenstersims, presste sich das Segel an die Brust, schloss die Augen und schrie aus voller Kehle los. Er landete auf dem Umlaufgang, prallte gegen die Zinnen, rappelte sich auf, und ohne einen weiteren Blick auf die Wachen zu verschwenden sprang er blindlings weiter. Im Flug öffnete sich das Segel und verlangsamte seinen Fall. Mercurio landete klatschend halb im Boot und halb im Wasser. Durch den Aufprall wurde die Luft so heftig aus seinen Lungen gepresst, dass er beinahe die Besinnung verlor.

»Halt!«, riefen die beiden Wachen von oben auf der Mauer.

Tonio und Berto saßen schon an den Riemen und ruderten mit aller Kraft. Battista hatte inzwischen Mercurio an Bord gezogen.

»Holt auch das Segel ein!«, schrie Tonio. »Wir werden zu langsam!«

Ein Pfeil aus einer Armbrust, den eine Wache abgeschossen hatte, bohrte sich in das Heck des Bootes. Battista ließ erschrocken das Groß-Oberbramsegel fallen, das er schon beinahe an Bord gezogen hatte. Es entrollte sich und versank wieder im Wasser.

»Verdammt noch mal, zieht es an Bord!«, brüllte Tonio, während er verbissen weiterruderte.

Doch Mercurio war vom Aufprall immer noch wie betäubt. Er beugte sich vor, um das Segel zu retten, aber seine Hände waren zu geschwächt und langsam. Battista hatte sich zitternd vor Furcht auf dem Boden seines Schiffes zusammengekauert.

»Battista! Hilf mir doch, ich schaffe es nicht allein!«, schrie Mercurio.

Der senkte den Kopf und wich seinem Blick aus, wie schon bei ihrer ersten Begegnung, als Zarlino Mercurio und Benedetta ausrauben wollte.

»Du Feigling!«, schrie Mercurio wütend.

Ein weiterer Pfeil bohrte sich ins Heck des Bootes, direkt neben Mercurio. Doch der gab nicht auf, beugte sich über den Rand und versuchte, das Segel heranzuziehen. Da wurde er durch ein plötzliches Rudermanöver der beiden Brüder über Bord geschleudert. Mercurio konnte sich gerade noch am Steuer festklammern, doch das Segel entglitt langsam seinen Händen.

»Battista!«, schrie er völlig verzweifelt. »Battista, bitte!«

Da reagierte der Fischer mit einem Mal. Er stand auf, beugte sich zum Heck hinüber und packte ihn, als er ein leises Sirren in der Luft vernahm. Battista erstarrte, und Mercurio hing zwischen Wasser und Boot.

»Battista ...!«, rief Mercurio kraftlos.

Die Augen des Fischers waren weit geöffnet. Er sah Mercurio beinahe erstaunt an. Dann zog er ihn mit zusammengebissenen Zähnen ins Boot. Mercurio beugte sich vor und half Battista mit dem Groß-Oberbramsegel.

»Schneller! Schneller!«, schrie Tonio, als sie beinahe die Biegung des Rio della Tana erreicht hatten. »Wir haben es fast geschafft!«

Mercurio zog mit aller Kraft. Er sah, wie Battista langsamer wurde. »Komm schon, Battista! Verdammt, lass jetzt nicht nach!«

Battista schien seinen Rhythmus wiederaufzunehmen, wurde aber dann erneut langsamer.

»Los, komm schon, verdammt!«, trieb ihn Mercurio an.

Doch dann sah er, wie sich das Groß-Oberbramsegel rot färbte.

»Nein, Battista!«, schrie er entsetzt, und seine Stimme brach. Er zog den letzten Zipfel des Segels an Bord, der vollkommen von Blut durchtränkt war. Battista fiel rücklings auf den Boden seines Bootes, das inzwischen mit rasanter Geschwindigkeit vorwärtsglitt.

»Battista ... nein ...«

Der Fischer schnappte mühsam nach Luft. »Wir ... haben es ... geschafft«, flüsterte er.

Mercurio sah den Pfeil, der Battistas Brustkorb seitlich durchbohrt hatte.

»Hast du gesehen ... Mercurio ...«, stammelte Battista. Er wurde von den heftigen Ruderzügen der Brüder hin und her geschleudert, während das Boot sich allmählich den Blicken seiner Verfolger entzog. »Hast du gesehen? Ich bin ... kein ... Feigling«, sagte er und suchte Mercurios Hand. »Ich bin kein ...«

Mercurio spürte, wie ihm die Tränen in die Augen schossen.

»Nein ... du bist kein Feigling«, sagte er und versuchte, ein Schluchzen zu unterdrücken. »Du bist ein mutiger Mann ...«

Auf Battistas Gesicht erschien ein trauriges, entrücktes Lächeln, dann erstarrten seine Augen, während sein Blut sich mit dem der Fische auf dem Boden der Zitella vereinte.

50

Warum darf er glücklich sein?, hatte sich Shimon Baruch bis zu dem Tag gefragt, an dem er in Esters Armen geweint hatte. Diese einfache Frage hatte ihm die Kraft und die Entschiedenheit verliehen, seinen Wunsch nach Rache an Mercurio aufrechtzuerhalten. Denn diese Frage besagte vor allem eines: Im Gegensatz zu dem Jungen war er unglücklich. Schrecklich unglücklich.

Doch zugleich hatte sich an jenem Tag der andere Teil seiner Überlegungen in nichts aufgelöst, war wie ein Knoten geplatzt. Als die Tränen auf Shimons Wangen getrocknet waren, hatte er sich zwar aus Gewohnheit wieder gefragt: Warum darf er glücklich sein?, aber dabei hatte er plötzlich gespürt, dass er selbst es ebenfalls war. Vielleicht zum ersten Mal in seinem Leben.

Glücklich . . ., dachte er erstaunt.

In den folgenden Tagen hatte Shimon viel nachgedacht. Mercurio hatte ihn in tiefste Verzweiflung gestürzt, ihn in einen finsteren Abgrund gestoßen, ihn schwindelerregende Angst durchleben lassen, wie er sie niemals zuvor erfahren hatte. Beinahe hätte Shimon durch ihn, durch sein Messer, das sich in seine Kehle gebohrt hatte, nicht nur all sein Geld, sondern sogar sein Leben verloren. In jedem Fall hatte er durch Mercurios Hand seine Stimme verloren. Und vor allem hatte er sich selbst verloren.

Doch dann, so überlegte Shimon weiter, während er am Meeresufer saß und die Gischt der Wellen unter einem bleiern verhangenen Himmel beobachtete, hatte ihm dieser tiefe Fall gezeigt, dass er gar nicht so schwach war, wie er geglaubt hatte. Er war ganz im Gegenteil ein starker Mann. Er hatte sich wieder aus dem Nichts erhoben. Dieser Fall hatte seine wahre Natur hervorgebracht. Shimon war jetzt ein Mensch, der niemals zu seinem alten Leben gepasst hätte. Vielleicht war er nicht gerade ein besserer Mensch nach dem Gesetz Gottes und dem seines Volkes geworden. Doch Shimon kümmerte es nicht, ein besserer Mensch zu sein, diese moralischen Kategorien zählten für ihn nicht mehr. Er hatte erkannt, dass er stark war, ja, stärker sogar, als er jemals geglaubt hatte. Nun konnte ihn zwar noch der Schmerz niederwerfen, aber nicht mehr die Angst. Sein Leben als Feigling war an dem Tag beendet, an dem er die Klinge in seiner Kehle gespürt hatte.

In gewisser Weise hatte Mercurio ihn tatsächlich getötet, denn Shimon Baruch der Feigling war nun tot. Doch wer war Mercurio für ihn? Ein Mörder? Oder eine Art Wohltäter, der mit der Brutalität eines Mörders vorging?

Shimon stand auf und klopfte sich den Sand aus den Kleidern. Er wandte sich nach Rimini. Dorthin, wo Esters Haus stand, der Ort, an dem er Glück empfinden konnte. Er erreichte die Straße, setzte sich auf einen Meilenstein und zog die Schuhe aus: Er befreite auch sie vom hellen, feinen Sand und beobachtete, wie er zu Boden rieselte wie in einer Sanduhr. Shimon atmete tief durch. Dann hob er eine Hand an die Kehle und fuhr mit der Kuppe des Zeigefingers über die wulstige Narbe von der Münze, mit der er die Wunde kauterisiert hatte. Er konnte die Lilie von der Oberfläche des Goldstücks ertasten, das er sich glühend in sein Fleisch gepresst hatte. Er erinnerte sich daran, dass er in jenen Tagen keinen Schmerz empfinden konnte und nicht einmal fähig war, seinen Rachegefühlen Ausdruck zu verleihen. Aber er erinnerte sich auch an das berauschende Gefühl der eigenen Stärke, der eigenen Grausamkeit. Und daran, dass er jegliche Angst verloren hatte. Schon da hätte ihm eigentlich bewusst sein müssen, welches Glück ihm widerfahren war.

Aber damals warst du noch zu jung, dachte er, während der

Anflug eines Lächelns auf seinen Lippen erschien. Du warst erst wenige Tage alt. Dann stieß er ein Glucksen aus. Und obwohl es unangenehm klang, vernahm Shimon es dennoch voll freudiger Verwunderung.

Er hatte gelernt zu weinen.

Und jetzt lernte er sogar zu lachen.

Er probierte es noch einmal aus, wie ein kleiner Junge, der versucht zu pfeifen. Und während er zu Esters Haus lief, machte er verstohlen weiter und stieß aus seinem stumm gewordenen Mund diesen misstönenden Laut aus, indem er das Zwerchfell zusammenzog und mit den Schultern zuckte.

Als er vor Esters Haustür stand, dachte er, dass er ihr gern von Mercurio erzählt und seine Überlegungen mit ihr geteilt hätte. Deshalb zögerte er noch ein wenig, an ihre Tür zu klopfen. Doch dann hörte er im Haus eine Männerstimme, die ihn augenblicklich aus seinen Gedanken riss. Schnell zog Shimon die Hand zurück und trat einen Schritt nach hinten. Der Ton der Stimme gefiel ihm gar nicht. Vielleicht lag es aber auch daran, dass es ihm überhaupt missfiel, eine Männerstimme in Esters Haus zu hören.

Shimon blickte sich um, konnte aber niemanden sehen. Vorsichtig ging er um das Haus herum und spähte durch die Fenster hinein. Im Kaminzimmer, in dem sie oft zusammensaßen und lasen und sich einmal auch geliebt hatten, sah er den Rücken eines feisten Mannes mit runden, kräftigen Schultern und kurzen Haaren, dessen rötliche Nackenhaut wulstige Falten warf, die an einen Presssack erinnerten. Er hatte kräftige, fleischige Hände, mit denen er nun während seines Gebrülls heftig in der Luft herumfuchtelte.

Ester wirkte noch zerbrechlicher als sonst. Ihr Körper war leicht nach hinten geneigt, als wollte sie flüchten. Sie hielt die Arme wie zum Schutz vor der Brust verschränkt. Shimon konnte Angst und Verzweiflung in ihren Augen lesen.

»Du bist nur eine kleine jüdische Hure, ich kann dich jederzeit zerquetschen wie eine Kakerlake, vergiss das nie«, drohte der Mann gerade, der immer noch mit dem Rücken zu Shimon stand. Seine nuschelnde Stimme klang grob und bedrohlich. »Wenn du mir mein Geld nicht zurückzahlen kannst, nehme ich mir eben das Haus.« Er wedelte mit einem Stück Papier durch die Luft. »Hier steht alles geschrieben. Wie es das Gesetz befiehlt.«

»Messer Carnacina ...«, Esters Stimme bebte, »das Haus ... das Haus ist alles, was ich habe ... was mir bleibt ...«

»Und warum sollte mich das kümmern?«, fragte Carnacina und ging drohend auf sie zu.

Ester kniff die Augen zusammen, als erwartete sie einen Schlag ins Gesicht.

Draußen am Fenster erlebte Shimon ein Wechselbad der Gefühle, während er das Gespräch belauschte. Ein Teil von ihm bebte vor Zorn. Aber ihm war klar, dass das nur seinen Verstand betraf. Tief in seinem Innern war er ganz ruhig. Er empfand nichts.

»Messer Carnacina ...«, wiederholte Ester flehentlich, »mein Haus ... ist wesentlich mehr wert als dieses Darlehen ... Das müsst Ihr doch zugeben ... Und ich wüsste doch auch gar nicht, wohin ... oder was ich tun soll ...«

Carnacina schlug sich verächtlich lachend mit einer Hand auf den Schenkel.

»Und warum sollte mich das kümmern?«, wiederholte Carnacina und lachte noch lauter. »Wer hat denn diesen Vertrag unterschrieben? Da steht dein Name, du dumme jüdische Hure. Wenn du mir nicht das Geld zurückgibst, das ich dir den gesetzlichen Vorschriften entsprechend geliehen habe, nehme ich mir dein Haus.«

»Ich dachte, dass ich Euch das Darlehen durch harte Arbeit zurückzahlen könnte, doch ...« Ester versagte die Stimme vor Angst.

Carnacina lachte erneut laut auf und schlug sich zweimal auf den Schenkel. »Ich mag gute Geschäfte.« Dann zuckte er mit den Achseln. »Frag doch den Stummen. Es heißt ja, dass er dich häufig besuchen kommt. Ich würde ja keinen Soldo für ein so mageres Weibsstück wie dich ausgeben, aber wenn du ihm gefällst …« Und wieder schüttelte er sich vor Lachen. Dann wurde er plötzlich ernst und richtete drohend den Zeigefinger auf sie. »Morgen. Oder das Haus gehört mir.« Damit drehte er sich um und wandte sich zum Gehen.

Endlich sah Shimon sein Gesicht. Es war breit und flach mit übermäßig fleischigen roten Lippen, zwischen denen winzige spitze Zähne hervorblitzten, einer nach oben gerichteten Nase und prallen Wangen, die von einem dichten Netz geplatzter Äderchen überzogen waren.

Shimon versteckte sich hinter einer Hausecke und wartete darauf, dass Carnacina herauskam. Prüfend legte er eine Hand auf sein Herz. Es schlug gleichmäßig, kein bisschen schneller als gewöhnlich. Dann sah er Carnacina breitbeinig mit schweren Schritten aus dem Haus kommen. Und er sah Ester auf der Schwelle stehen und ihm hinterhersehen, ehe sie mit hängenden Schultern hineinging und die Tür schloss.

Shimon trat aus seinem Versteck hervor und heftete sich an Carnacinas Fersen. Warum er das tat, wusste er selbst nicht. Oder besser gesagt, er suchte keinen Grund für sein Tun. Er verfolgte ihn bis zu einem Gebäude mit drei Stockwerken. Carnacina stieß den alten Diener, der ihm die Haustür geöffnet hatte, grob beiseite, um einzutreten. Shimon wollte wissen, wohin er verschwunden war, also umrundete er das Haus und sah in die Fenster. Er beobachtete, wie Carnacina auf der Ostseite des Hauses, die beinahe an den Strand grenzte, eine Gartentür öffnete und sich mit unvermuteter Geschicklichkeit daranmachte, einen schönen Rosenstock zu pflegen. Und während er ihn beschnitt, das Ungeziefer von den Knospen entfernte und die Erde düngte, lag ein beinahe kindliches Lächeln auf seinem hässlichen, breiten Gesicht.

Shimon kehrte um und machte sich auf den Weg zurück zu Ester. Unterwegs fragte er sich, wie viel sie Carnacina wohl schuldete. Doch im Grunde war diese Frage sinnlos. In den letzten Tagen hatte er feststellen müssen, dass sein Geld beinahe aufgebraucht war, und vor allem, dass er nicht wusste, wie er sich neues beschaffen sollte.

Als er an der Tür klopfte, öffnete ihm Ester mit einem Lächeln auf den Lippen. Doch Shimon sah, dass ihre Augen vom Weinen gerötet waren. Er verbrachte den Abend bei ihr, doch ehe er sich von ihr verabschiedete, nahm er, beinahe unbewusst, ein großes Messer mit, das Ester benutzte, um den Aalen die Köpfe abzuschneiden. Er küsste sie zärtlich auf die Lippen und wandte sich in Richtung Hostaria de' Todeschi. Sobald er hörte, dass Ester die Tür geschlossen hatte, drehte Shimon sich um und machte sich auf den Weg zu Carnacinas Haus.

Als er vor dem Gebäude stand, bemerkte er hinter einem Fenster im ersten Stockwerk einen flackernden Lichtschein. Bestimmt saß Carnacina dort und zählte sein Geld. Shimon fragte sich, warum eigentlich christliche Pfandleiher nicht ähnlich verrufen waren wie die jüdischen. Dann kletterte er über die Umfassungsmauer in den Garten. Er kauerte sich in eine Ecke und lauschte aufmerksam, ob ihn jemand bemerkt hatte. Doch niemand kam, um nachzusehen. Über Garten und Haus lag eine tiefe Stille. Shimon näherte sich dem Rosenstock, den Carnacina so liebevoll gepflegt hatte, und metzelte ihn mit kalter Grausamkeit bis auf die Wurzeln nieder. Ohne auf die Dornen zu achten, packte er einige der Rosen, schlug sie mehrfach auf die Erde und wandte sich dann mit dem Strauß geknickter Blumen dem Haus zu.

Er brach das Schloss der nicht besonders schweren Gartentür auf und trat vorsichtig ein. Alles lag im Dunkeln, der Diener musste schon zu Bett gegangen sein. Da sah er die Treppe, die nach oben führte, und stieg sie leise hinauf. Auf dem Absatz des ersten Stockwerks blieb er stehen und lauschte aufmerksam. Als seine Augen sich an die Finsternis gewöhnt hatten, sah er unter der Tür zu seiner Rechten flackernden Kerzenschein. Entschieden ging er darauf zu.

Doch in dem Moment waren aus dem Erdgeschoss schlurfende Schritte zu hören, und im zitternden Licht einer Kerze sah Shimon den alten Diener näher kommen. Der Diener bemerkte, dass die Tür zum Garten offen stand, ging darauf zu und hielt die Kerze prüfend an das Schloss.

Shimon umklammerte das Messer.

Der Diener sah nach oben zum Treppenabsatz, dann wieder zur Tür und noch einmal nach oben. Schließlich schloss er die Tür und stieg stöhnend die Stufen hinauf.

Shimon drückte sich in eine dunkle Ecke und hielt den Atem an.

Der Diener ging zu der Tür neben der Nische, wo Shimon mit hoch erhobenem Messer stand, klopfte leise und öffnete sie.

»Was willst du?«, knurrte Carnacina aus dem Zimmer.

»Geht es Euch gut, Herr?«, fragte der Diener.

»Sehr gut, du hässliche Unglücksfratze. Verschwinde«, krächzte Carnacina mit seiner unangenehmen Stimme.

Der Diener verließ das Zimmer mit einer demütigen Verbeugung und wollte gerade die Tür schließen. Doch dann bemerkte er eine Rosenknospe auf dem Boden und hob sie auf. Unschlüssig drehte er sie in seinen Händen und warf dann noch einen Blick ins Zimmer.

»Mach die Tür zu!«, herrschte Carnacina ihn an.

Der Diener, der es gewohnt war, wie ein Hund behandelt zu werden, schloss die Tür. Im Schein seiner Kerze sah er ein Rosenblatt auf dem Läufer, und während er es aufhob, entdeckte er ein weiteres. Als er einen Schritt vortrat, fiel der Lichtschein auf ein Paar Schuhe. Schnell hob er die Kerze, genau in dem Augenblick, als Shimon die Hand mit dem Messer auf ihn niedersausen ließ.

Shimon versenkte jedoch nicht die Klinge in seinen Hals, sondern hieb ihm nur den Griff brutal gegen die Schläfe. Er konnte sich selbst nicht erklären, warum er im entscheidenden Moment die Hand weggedreht hatte.

Der Diener fiel bewusstlos zu Boden.

Shimon schnellte vor und öffnete die Tür zu dem Raum, in dem sich Carnacina aufhielt. Flink schlüpfte er hinein und zog die Tür hinter sich zu.

Carnacina, der mit dem Rücken zu ihm an seinem Schreibtisch saß, ließ verärgert die Hand auf die lederüberzogene Tischplatte sausen und fragte mit seiner krächzenden Stimme: »Was willst du denn noch, du Dummkopf?«

Shimon ging weiter, bis er direkt hinter Carnacina stand, und sah auf dessen Nacken mit den rosigen Fettwülsten hinab.

Wutentbrannt drehte sich der Pfandleiher um.

Shimon hielt ihm den Strauß geknickter Rosen hin.

Carnacina riss erschüttert die Augen auf. »Meine …« Da wurde ihm bewusst, dass der Mann vor ihm ein Messer in der Hand hielt, und er öffnete den Mund, um nach Hilfe zu rufen.

Mit einer schnellen Bewegung von links nach rechts schnitt Shimon ihm die Kehle durch.

Der Schrei des Wucherers wurde vom Blut erstickt. Die Augen weit aufgerissen, legte sich Carnacina die Hände vor den aufgeschlitzten Hals.

Da ließ Shimon die Rosen auf den Boden fallen, lachte zischend und schlug sich dazu auf die Schenkel, während Carnacina sterbend vom Stuhl rutschte.

Anschließend durchsuchte Shimon die Unterlagen auf dem Schreibtisch. Der Vertrag mit Ester war für den nächsten Tag ganz oben auf dem Stapel bereitgelegt. Shimon knüllte ihn zusammen. Er zog alle Schubladen des Schreibtischs auf, ohne dort etwas Interessantes zu finden. Dann durchsuchte er Carnacina und nahm ihm einen Beutel mit sieben Goldmünzen des Kirchenstaats und einen langen Schlüssel ab. Prüfend sah er sich um, entdeckte den Geldschrank und steckte den Schlüssel ins Schloss. Die eiserne Tür ließ sich ohne Schwierigkeiten öffnen. In dem Geldschrank fand er eine kleine gepanzerte Kassette voller Goldmünzen und Schmuck. Shimon nahm sich die Münzen, ein kleines Vermögen, und ließ den Schmuck liegen.

Als er seine Durchsuchung beendet hatte, sah er erneut auf Carnacinas Leiche und lachte wieder schenkelklopfend. Dann näherte er Esters Vertrag der Kerzenflamme und ließ ihn Feuer fangen. Auch Carnacinas Bücher setzte er in Brand und zündete mit dem Feuer einen Vorhang aus schwerem Stoff an, bevor er den Raum verließ. Er blickte zu der Stelle, an der der Diener von seinem Schlag getroffen bewusstlos umgefallen war. Er lag nicht mehr dort. Shimon lief die Treppe hinab und verließ das Haus auf dem gleichen Weg, auf dem er gekommen war, durch den Garten und über die Mauer.

Im Fortlaufen hörte er die Nachbarn laut »Feuer! Feuer!« rufen.

In dieser Nacht ging er nicht zurück in die Hostaria de' Todeschi. Er klopfte an Esters Tür, und sobald sie verwundert und ein wenig verängstigt geöffnet hatte, küsste er sie leidenschaftlich. Und erst als er sie in dieser Nacht liebte, fühlte er, wie die Eiseskälte aus seinem Körper und seiner Seele wich.

Später fand er kaum Schlaf. Er lauschte auf Esters unruhigen Atem. Wahrscheinlich träumte sie voller Furcht davon, wie sie ihr Haus verlor. Kurz vor Tagesanbruch, nachdem er innerlich mit jenem Teil seines Wesens abgerechnet hatte, der ihn dazu gebracht hatte, Carnacina wie auch seinen Rosenbusch niederzumetzeln, sagte er sich, dass dieser unerbittliche Wesenszug ihn bestimmt auch weiterhin an seinen Rachegedanken festhalten ließe, unabhängig davon, dass er Mercurio inzwischen in gewisser Weise als seinen Wohltäter ansah. Kurz bevor er einschlief, stellte er sich einmal mehr die quälende Frage: Warum darf er glücklich sein?, und fühlte erneut Wut und Missgunst in sich aufsteigen.

Als er am nächsten Morgen aufstand, sah er, wie Ester seine Jacke wusch. Das Wasser im Zuber hatte sich blutrot gefärbt.

In der Stadt erzählte man sich, dass Carnacina bei einem Brand ums Leben gekommen war. Aber der Diener hatte überlebt und würde Shimon mit Sicherheit wiedererkennen. Da wurde Shimon klar, warum er ihn nicht getötet hatte:

Nun konnte er nicht mehr länger hierbleiben.

51

In der Nacht träumte Mercurio, dass Battista sich in den jüdischen Kaufmann verwandelte, den er in Rom getötet hatte. Und genau wie damals spürte er, wie das Blut auf ihn spritzte und an ihm kleben blieb.

Doch dann fand er sich unvermittelt im Bett mit Benedetta wieder, wie an jenem Tag in dem Gasthaus, nachdem sie ihn geküsst hatte. Und wie damals nahm Benedetta seine Hand und führte sie zu ihren kleinen marmorweißen Brüsten mit den rosigen Warzen. Und auch sie war mit einer klebrigen Flüssigkeit bespritzt, doch es war kein Blut.

Verschwitzt und erregt wachte Mercurio auf.

Er zwang sich, sofort an Giuditta zu denken, als fühlte er sich schuldig, sie betrogen zu haben. Als ob er sich so schnell wie möglich von diesem Traum lösen müsste, der erschreckend und sinnlich gewesen war, der ihm einen Teil seiner selbst aufgezeigt hatte und ihn ängstigte.

Seit dem Abend, an dem Battista gestorben war, wünschte er sich nichts sehnlicher, als bei Giuditta zu sein. Und doch war er nicht zu ihr gegangen. Er hatte sich schmutzig gefühlt. Als ob dieser Tod ihn befleckt hätte.

Und selbst in diesem Augenblick fühlte er sich schmutzig, weil es ihm nicht gelang, Giudittas Bild in seinem Herzen festzuhalten. Wie magnetisch angezogen, kehrten seine Gedanken immer wieder zu Benedetta zurück. Er spürte ihre Lippen auf seinen, sah ihren nackten Körper vor sich. Er fühlte die weiche Haut unter seinen Händen, die harten Brustwarzen zwischen seinen Fingern. Und sosehr er sich auch bemühte, dagegen anzugehen, war ein Teil seines Wesens doch wie gebannt von diesen sinnlichen Bildern und wünschte sich sehnlichst, diesem Körper noch einmal so nahe zu sein.

Mercurio stand auf, ging zum Waschbecken und tauchte sein Gesicht vollständig ein. Das eisige Wasser nahm ihm den Atem und setzte auch den Gedanken ein Ende, die ihm solche Angst einjagten.

Nachdem er sich angezogen hatte, rannte er aus dem Zimmer, doch auf der Hälfte der Treppe stockte er. Bestimmt würde er Anna nicht vor dem Herdfeuer in der Küche antreffen, wie er hoffte. Sie war wahrscheinlich schon aus dem Haus gegangen, um den Palazzo des verarmten Adligen zu putzen.

Doch Anna war da. Sie schien sogar auf ihn gewartet zu haben.

»Battista ist tot?«, fragte sie ihn, kaum dass er die Küche betreten hatte. »Stimmt das?«

Mercurio fühlte eine große Last auf seinen Schultern. Er zog den Kopf ein und kauerte sich auf einen Stuhl am Tisch.

»Dann ist es also wahr«, sagte Anna leise.

Mercurio sah sie verzweifelt aus geröteten Augen an. Er hätte gerne geweint, doch seit Battistas Tod schienen seine Tränen versiegt zu sein. »Es ist meine Schuld«, sagte er mit brüchiger Stimme. »Es ist alles meine Schuld.«

Anna ging auf ihn zu. Langsam, beinahe vorsichtig. »Er war ein erwachsener Mann, er wusste, was er tat …«

»Nein, nein, nein!« Mercurio schlug wütend mit der Faust auf den Tisch. Nach seiner Flucht aus dem Arsenal hatten sie Battistas Leiche mit einem großen Stein beschwert und ihn auf dem Grund der Lagune versenkt, denn sie konnten der Witwe keinen Leichnam übergeben, der von einem Pfeil durchbohrt war. So hatten sie ein hastiges Gebet gesprochen und Battista der Gier der Fische und Krabben überlassen. »Er war ein ängstlicher Mann, und ich habe ihn gezwungen, mir zu gehorchen. Ich habe ihm gedroht, dass ich es sonst Scarabello erzählen würde ... Und das wollte er nicht. Er war ein Fischer, ein anständiger Mensch ... Und ich habe ihn umgebracht. Ich habe ihn umgebracht!«

»Dann stimmt es also, was ich auf dem Markt gehört habe. Deswegen hast du zwei Goldstücke für sein Boot gegeben«, sagte Anna, während sie einen Stuhl heranzog, sich neben ihn setzte und ihm eine Hand aufs Knie legte.

Mercurio wandte sich ab.

Am Vorabend war er zu Battistas Frau gegangen. Er hatte ihr erzählt, dass ihr Mann draußen auf dem offenen Meer über Bord gegangen und ertrunken sei und dass sie seine Leiche nicht hatten bergen können. Battistas Witwe war stöhnend zu Boden gesunken. Sie hatte noch ein Messer zum Ausnehmen von Fischen in der Hand gehabt, und ihr Gewand war an den Armen und am Bauch über und über mit Fischschuppen bedeckt gewesen. Die Frau hatte das Messer angestarrt, dann die Hand geöffnet und es fallen lassen. »Was werde ich jetzt essen?«, hatte sie leise gefragt und mit langsamen Bewegungen die Schuppen einzeln von ihrem Gewand gelesen. Sie hatte jede genau betrachtet, als würde sie sie zum ersten Mal sehen, oder vielleicht zum letzten Mal, und sie dann ordentlich neben dem Messer aufgehäuft. Wie abends, bevor sie sich auszog. Da hatte Mercurio erklärt, er würde ihr zwei Goldstücke für Battistas Boot geben. Eine schwindelerregende Summe. Die Frau hatte die beiden Münzen genommen und ungläubig darauf gebissen. Dann hatte sie ihre Augen auf Mercurio gerichtet und ihm die Münzen wie den Beweis für seine Schuld auf der flachen Hand entgegengehalten und gefragt: »Ihr habt ihn getötet, nicht wahr?«

Anna drückte die Hand auf seinem Knie.

»Wenn ich in der Nähe bin, stirbt ständig jemand«, sagte Mercurio seltsam einförmig, als ob es gar nicht seine Stimme wäre. Oder als ob er selbst gar nicht da wäre. »Ich bringe den Tod. Ich bin verflucht ...«

»Sag so etwas nicht …«

»Weißt du denn, warum ich hierhergekommen bin?«, fragte Mercurio und wandte sich ruckartig zu ihr um. »Du hast mich niemals danach gefragt.«

»Na ja, du warst ein Betrüger …«

»Ich *bin* ein Betrüger …«

»Gut, dann bist du eben ein Betrüger, du hast so viele Goldmünzen … Da ist es nicht besonders schwer, sich vorzustellen …«

»Und da irrst du dich«, sagte Mercurio düster und senkte die Augen wieder auf das fleckige Holz der Tischplatte. »Ich bin auf der Flucht, weil … weil ich jemanden umgebracht habe.«

Schweigen senkte sich über den Raum.

»Das glaube ich nicht«, sagte Anna schließlich.

»Das solltest du aber.«

Anna nahm sein Gesicht in ihre Hände und sah ihm lange in die Augen. Dann sagte sie noch bestimmter als vorher: »Das glaube ich nicht.«

Mercurio öffnete den Mund, um etwas zu erwidern. Doch dann wurde er von einem heftigen Gefühl übermannt, das ihn schier zerreißen wollte. Und endlich brach er in Tränen aus und weinte voller Verzweiflung. Er schrie und weinte zugleich, jetzt strömten die Tränen, die er bisher weder für Battista noch für den jüdischen Kaufmann in Rom hatte vergießen können. Er beweinte auch den Säufer, der in den Abwasserkanälen gegenüber der Tiberinsel ertrunken war. Er weinte, weil er nie eine Mutter gehabt hatte und sich erst jetzt bei Anna erlauben konnte, auf jenen unendlichen Schmerz zu hören, auf diese Leere, diesen Abgrund, der in seinem Herzen klaffte.

»Erzähl mir alles«, sagte Anna liebevoll und strich ihm übers Haar, als Mercurio nicht mehr von Schluchzern geschüttelt wurde.

Mercurio umarmte sie und presste sich an ihren warmen,

schützenden Leib. Er drückte sie heftig an sich und durchnässte ihr Gewand mit seinen Tränen. »Nicht jetzt«, flüsterte er. »Ich kann nicht ...«

Anna küsste ihn auf die Stirn. »Ich bin immer für dich da«, flüsterte sie ihm ins Ohr. Dann stand sie auf. »Komm, gehen wir ein wenig hinaus. Mir hat es immer gutgetan, die Wiesen, die Bäume und den Himmel zu betrachten. Ich schaue sie an, und schon fühle ich mich nicht mehr ganz so einsam.«

Mercurio lachte heiser auf. »Das klingt ganz schön dumm ...«

»Los, gehen wir«, wiederholte Anna und zog ihn hoch.

Mercurio stand schwankend auf, wischte sich das Gesicht mit einem Ärmel ab und folgte Anna nach draußen.

Die Frau führte ihn hinters Haus, wo im Garten ein wenig verkümmertes Gemüse wuchs. Dann zeigte sie auf ein großes, leer stehendes Gebäude, unten aus Stein, oben aus Tannenholz, das sich dahinter erstreckte. »Siehst du das? Das war früher mal ein Stall und eine Scheune«, sagte sie. »Wir galten als reich. Deswegen konnten wir auch in einem Haus wohnen, das groß genug für zwei Familien ist.«

Mercurio betrachtete das Gebäude. Er hatte es bereits von dem Fenster in seinem Zimmer aus gesehen, aber Anna nie danach gefragt.

Anna nahm seine Hand. »Komm«, sagte sie und führte ihn zu der schief in den Angeln hängenden Stalltür. Als sie sie öffnete, flatterte ein Vogel auf, der dort drinnen sein Nest gebaut hatte. Eine Maus lugte aus einer Futterkrippe hervor. »Wir hatten auch an die fünfzig Kühe. Damals hat mein Mann mir diese Kette gekauft«, sagte sie lächelnd und streichelte über die Kette, die Mercurio für sie bei dem Pfandleiher Isaia Saraval ausgelöst hatte. »Dann kam die Dürre über uns. Es gab nicht einmal genug Gras für die Kühe. Sie magerten schrecklich ab und gaben keine Milch mehr. Gegen Ende des Jahres überfielen uns in einer Nacht Räuber aus den Bergen des Friaul und stahlen uns zehn Stück Vieh. Wenig später folgten die Bauern aus der Umgebung. Sie entschuldigten sich, aber sie sagten, sie brauchten das Fleisch für ihre Kinder, die sonst verhungern müssten. Und sie nahmen sich eine Kuh. Zehn Tage darauf noch eine. Und dann eine dritte. Und jedes Mal wurden sie dreister. Sie entschuldigten sich nicht mehr und hatten immer längere Messer dabei.« Anna seufzte und schüttelte den Kopf. »Schließlich kam die Seuche, die alles verbliebene Vieh innerhalb einer Woche dahinraffte.« Anna trat zurück und schloss die Stalltür. »Nachdem alles vorüber war, hatten wir nichts mehr, und davon haben wir uns nie wieder erholt.« Sie lächelte. »Aber wir hatten uns. Wir waren immer noch zusammen, mein Mann und ich. Und das ist alles, was zählt. Denn wir waren glücklich. Und ich bin froh, dass ich das nicht erst seit seinem Tod so empfinde, sondern auch damals schon, als er noch lebte.« Sie sah Mercurio an. »Ich weiß auch nicht, warum ich dir das alles erzählt habe«, sagte sie.

Mercurio betrachtete gedankenverloren das Stallgebäude. »Ich muss gehen«, sagte er dann, »aber ich komme bald wieder.«

Anna nickte. Mit einem gütigen Lächeln in den Augen blickte sie ihm hinterher. Sie wusste ganz genau, warum sie ihm diese Geschichte erzählt hatte. Und sie wusste auch, wohin Mercurio jetzt so eilig lief.

Mercurio klopfte an die Tür von Tonios und Bertos Haus.

Er musste unbedingt Giuditta wiedersehen. Das war ihm klar geworden, als er Annas Geschichte gelauscht hatte. Ganz gleich, was passierte, er musste mit Giuditta zusammen sein, nur das zählte.

Er ließ sich in Battistas Boot nach Cannaregio bringen. Sie hatten es im Schilf versteckt, um es später neu zu streichen, damit es von den Beamten des Arsenals nicht wiedererkannt wurde. Er verabredete sich mit den Brüdern bei Sonnenuntergang am Campo Sant'Aponal, um gemeinsam zu Scarabello zu gehen und sich ihren Anteil zu holen.

Sobald Mercurio allein war, machte er sich zum Hauptplatz des Ghetto Nuovo auf. Dort setzte er sich hin und wartete darauf, dass Giuditta vorbeikam.

Doch je mehr Zeit verstrich, desto stärker kreisten seine Gedanken wieder um Benedetta. Sie ging ihm einfach nicht aus dem Kopf, auch wenn er sich dabei zunehmend unbehaglich fühlte, als ob sich eine schwarze Wolke über seinem Kopf zusammenballte. Ohne zu wissen, warum, überkam ihn ein Gefühl drohender Gefahr, und ihn fröstelte.

Erst kurz vor Sonnenuntergang, Mercurio wollte gerade zu seiner Verabredung mit Tonio und Berto aufbrechen, erschien Giuditta auf der Fondamenta degli Ormesini zwischen den Spitzen und Organzaschleiern, die wie prächtige Banner vor den Läden hingen. Sobald Mercurio sie sah, verzogen sich wie von Zauberhand die düsteren Bilder aus seinem Kopf. Er wollte ihr gerade entgegenlaufen, hielt dann jedoch inne, als er sah, dass sie nicht allein war. Ein kräftiger junger Mann mit einem kurzen Stock im Gürtel begleitete sie.

Als Giuditta von den Stoffen in ihrer Hand aufblickte, sah sie ihn. Sofort ging ein Leuchten über ihr Gesicht, und sie lächelte. Dann wandte sie sich verlegen an ihren Begleiter und machte ihn mit einer Kopfbewegung auf Mercurio aufmerksam.

Mercurio verstand rein gar nichts. Doch er spürte, wie das Blut in ihm hochkochte. Er musste unbedingt wissen, wer dieser Kerl war, der breitbeinig neben ihr herlief und dabei so wichtigtuerisch seine Umgebung musterte. Er stellte sich Giuditta in den Weg. »Ciao«, sagte er und bediente sich dabei des Grußes, den er von Battista gelernt hatte.

»Dieser Gruß gefällt mir«, sagte Giuditta.

»Was willst du?«, fragte ihr Begleiter sofort, legte seine Hand an den Stock in seinem Gürtel und schob sich zwischen Mercurio und Giuditta.

Mercurio antwortete ihm nicht. Er hatte nur Augen für Giuditta.

»Ein kleiner Junge hat mich angegriffen, und da hat mein Vater Joseph gebeten, mich ...«, erklärte sie ihm hastig.

»Angegriffen?«, unterbrach sie Mercurio besorgt.

»Du bist doch dieser Junge vom Tor«, rief Joseph aus und richtete den Zeigefinger auf Mercurio.

»Wer soll ich sein?«, fragte der stirnrunzelnd.

»Verschwinde. Lass sie in Ruhe«, fuhr ihn Joseph drohend an. »Ihr Vater will nichts mit dir zu tun haben.«

Mercurio, der wieder zu Giuditta blickte, las die Überraschung in ihren Augen. Also hatte nicht einmal sie gewusst, warum Isacco ihr Joseph wirklich an die Seite gestellt hatte.

»Ich werf dich jederzeit in den Dreck, wenn ich will, du großer Affe«, gab Mercurio zurück.

Joseph stellte sich in Positur.

Doch da las Mercurio in Giudittas Blick eine stumme Bitte: Sie flehte ihn an, nachzugeben. Und zu gehen.

»Das war doch nicht ernst gemeint, Dickerchen«, sagte Mercurio darauf, sah Giuditta noch einmal tief in die Augen und verschwand.

Kaum war er um die nächste Ecke zu seiner Linken in eine Gasse gebogen, konnte er die Wut nicht mehr zurückhalten. »Verfluchter Mistkerl!«, schäumte er. »Verfluchter Bastard! Verfluchter Mistkerl!« Und als ihn einer der Passanten daraufhin anstarrte, fuhr er ihn mit erhobenen Fäusten an: »Was zum Teufel willst du, Schwachkopf?« Dann lehnte er sich an die abblätternde Fassade eines Hauses und versuchte, tief durchzuatmen, um sich wieder zu beruhigen. Gleich darauf kehrte er zur Fondamenta degli Ormesini zurück und starrte wieder zum Ghetto Nuovo hinüber.

Giuditta, die inzwischen auf der Brücke stand, hatte sich noch einmal umgedreht.

Ihre Blicke kreuzten sich, und dabei versanken ihre Augen ineinander.

Mercurio spürte, dass es ihm nicht mehr genügte, in ihren Augen zu versinken. Er wollte sich nicht mehr damit abfinden, ausgeschlossen zu sein. Er musste einen Weg finden, der Bewachung zu entgehen, damit er Giuditta nicht mehr nur durch das tote Holz eines Tors berühren konnte. Allein der Gedanke, sie zu berühren, erschreckte ihn, weil seine Hände sich sogleich an Benedettas samtweichen Busen erinnerten. Er drehte sich um und rannte davon in dem Versuch, beim Laufen all seinen unterdrückten Zorn loszuwerden und seinen Gedanken Einhalt zu gebieten. Allerdings mit wenig Erfolg, denn als er den Campo Santo erreichte, schnaubte er immer noch wie ein wütender Stier.

»Und? Wie hoch ist mein Anteil?«, fuhr Mercurio Scarabello grußlos an.

»Nicht eine schäbige Münze«, erwiderte Scarabello und schaute über ihn hinweg auf die beiden Hünen, die gleichmütig mit vor der mächtigen Brust gekreuzten Armen dastanden.

»Was soll das heißen?«, fragte Mercurio.

»Du wirst kein Geld bekommen, weil ich auch keins bekommen habe«, erwiderte Scarabello. »Seeleute sind äußerst abergläubisch. Und Reeder sind sogar noch schlimmer.«

»Und was hat das mit meinem Anteil zu tun?«, fragte Mercurio wieder zurück.

»Das Segel war blutbefleckt. Außerdem hast du nur eins mitgebracht und nicht zwei, wie ausgemacht«, sagte Scarabello unwirsch. Wieder musterte er die beiden Muskelpakete. Er zupfte sich am Ohrläppchen. »Habt ihr diese Ohrringe, weil ihr Seeleute seid?«

»Ja«, erwiderte Tonio.

»Wärt ihr mit einem blutigen Segel in See gestochen?«, fragte Scarabello sie.

»Nein.«

»Nein!«, wiederholte Scarabello nun laut. »Natürlich nicht!« Er breitete theatralisch die Arme aus. »Du hast versagt. Und deinetwegen habe ich in den Augen des Kaufmanns versagt.«

»Es ist jemand gestorben!«, schrie Mercurio und starrte ihn mit vor Wut geröteten Augen an.

Scarabello hielt seinem Blick stand. »Der Tod dieses Mannes geht mich nichts an.«

Mercurio starrte Scarabello zornig an. Und doch wusste er, dass der andere recht hatte. Battistas Tod war allein seine Angelegenheit.

»Warum hast du diese beiden da mitgebracht?«, fragte Scarabello. »Wolltest du mich etwa einschüchtern?«

Mercurio runzelte die Stirn. Daran hatte er gar nicht gedacht. Aber womöglich fühlte Scarabello sich im Moment ähnlich unwohl wie er selbst, als er den beiden hünenhaften Brüdern zum ersten Mal gegenübergestanden hatte. »Nein«, sagte er. »Ich wollte dir eigentlich sagen, dass wir nun unser eigenes Boot haben. Falls du mal eine schnelle Transportmöglichkeit brauchst und dabei Kontrollen vermeiden willst, sind wir die richtigen Leute. Keiner ist schneller als wir.«

»Jetzt bist du wieder der alte Angeber«, sagte Scarabello versöhnlich. »Ich denke an euch. Ich habe öfter Bedarf … an schnellen Transportmöglichkeiten. Meist nachts.«

Mercurio nickte. »Du weißt, wo du mich findest.«

»Warte, Junge«, hielt Scarabello ihn auf. Er legte ihm einen Arm um die Schulter und zog ihn beiseite. »Und wenn ich dir nun sagte, dass ich deinen Freund Donnola gefunden habe?«

Mercurio winkte ab.

»Du suchst ihn also nicht mehr?«, fragte Scarabello nach. »Und auch nicht seinen Freund, den Arzt?«

Wieder verneinte Mercurio.

Scarabello lächelte. »Heißt das, dass du kein Interesse mehr an der Tochter des Doktors hast oder dass du sie schon gefunden hast?«

»Was geht dich das an?«

»Einfach nur so, ein kleines Gespräch unter Freunden«, sagte Scarabello gleichmütig. »Tja, der Arzt wird mir ein wenig lästig, weil er mir meine Geschäfte verdirbt …«

Mercurio erstarrte.

Scarabello lachte auf. »Na also, du bist also doch noch an der jüdischen Kleinfamilie interessiert.«

»Was hat er dir getan?«, fragte Mercurio.

»Ach, nichts weiter. Geschäfte eben.«

»Was für Geschäfte?«

»Er macht aus dem Castelletto einen Ort, den die Leute meiden.«

»Was ist das Castelletto?«

Scarabello riss überrascht die Augen auf und brach dann in schallendes Lachen aus. »Junge, fickst du denn nie?«

Mercurio wurde rot.

Scarabello lachte wieder schallend auf. »Du weißt wirklich nicht, was das Castelletto ist?«

»Was hat dir der Doktor getan?«, fragte Mercurio.

Scarabello wurde ernst. Er richtete den Zeigefinger auf Mercurio und tippte ihm dreimal auf die Brust, ehe er weitersprach. »Wenn du ihn siehst, dann mach ihm klar, dass Geschäft nun mal Geschäft ist. Er tut bestimmt ein gutes Werk. Zuerst hat er nur eine Hure behandelt, aber jetzt sind es Dutzende. Die Türme des Castelletto sind nun mal kein Hospital, und ich will seinetwegen keine Kunden verlieren. Ich schere mich einen Dreck um die anderen. Da bin ich wie die Widder … Hast du mal welche gesehen? Das sind seltsame Tiere. Aber ich mag sie. Wenn ihnen ein Hindernis im Weg steht, laufen sie niemals darum herum. Sie rennen mit den Hörnern darauf los und trampeln es einfach nieder. So bin ich auch.« Er kniff Mercurio in die Wange und zwinkerte ihm zu. »Also, wenn du zufällig mit dem Doktor reden solltest, dann erzähl ihm die Geschichte von den Widdern. Du wirst sehen, er wird es verstehen.« Er bedeutete seinen Männern, ihm zu folgen, hielt dann aber noch einmal inne, als wäre ihm plötzlich noch etwas in den Sinn gekommen. »Ich habe übrigens erfahren, dass deine andere hübsche Freundin die Geliebte des verrückten Fürsten geworden ist. Sie hat einen ausgefallenen Geschmack! Und sie ist sehr mutig!«

»Die Geliebte!«, Mercurio verspürte einen seltsamen Stich in der Brust. »Das kann nicht sein ...«

»Ah, noch so ein wunder Punkt ...«

»Benedetta interessiert mich überhaupt nicht«, erwiderte Mercurio übertrieben heftig.

Scarabello lachte laut auf.

»Die interessiert mich einen feuchten Dreck!«, schleuderte ihm Mercurio entgegen.

Scarabello packte ihn bei der Kehle. »Ganz ruhig, Bürschchen«, sagte er eiskalt. »Allmählich amüsiert mich das nicht mehr.« Mit diesen Worten ließ er ihn los und eilte dann mit so schnellen Schritten davon, dass der schwarze Pelzmantel und die silbernen Haare hinter ihm herflatterten.

Mercurio blieb wie gelähmt mitten auf dem Platz stehen und starrte auf den Brunnen aus istrischem Kalkstein, ohne ihn wahrzunehmen. Er war verwirrt. Etwas wühlte ihn auf, und er konnte nicht festmachen, was es war.

»Was machen wir jetzt?«, fragte Tonio, der an seine Seite gekommen war, ohne dass Mercurio es bemerkt hatte.

Mercurio drehte sich abrupt zu ihm um. Wütend starrte er Tonio an, die Augen zu schmalen Schlitzen zusammengezogen. »Ach, lasst mich doch in Ruhe«, zischte er. »Macht doch, was ihr wollt.«

Dann wandte er sich um und eilte wütend zur Roten Laterne, dem Gasthaus, in dem er mit Benedetta gewohnt hatte.

»Wo ist sie?«, fragte er den alten Wirt, der wie immer neben dem Eingang saß.

»Wer?«

Mercurio versetzte dem Stuhl einen Tritt, woraufhin der Alte zu Boden stürzte. »Wo ist sie?«

»Sie ist vor einiger Zeit mit einem von Fürst Contarinis Männern weggegangen.« Der Mann krümmte sich jammernd und rieb sich einen Ellenbogen.

»Wohin?«

»Das weiß ich nicht«, erwiderte der Mann, bevor er sich eingeschüchtert erhob und den Stuhl wieder aufstellte. »Ich schwöre es ...«

Mercurio beachtete ihn nicht weiter und ging davon. Als er nach Rialto kam, bog er links ab, setzte sich auf ein leeres Fass am Riva del Vin und beobachtete die vorüberfahrenden Boote.

Er dachte an Benedetta, an ihre vollen Lippen und ihren marmorweißen Busen. Und wieder fühlte er jenen Druck auf der Brust und jene verstörende Unruhe der letzten Nacht.

Ich habe dich nicht beschützt, wie ich es Scavamorto versprochen habe, dachte er und fühlte sich schuldig.

Dann erinnerte er sich wieder daran, wie Benedetta ihn geküsst hatte. Wie entschlossen und gefühllos sie ihren Plan verfolgt hatte, Giuditta glauben zu machen, sie wäre seine Geliebte.

Ein unbestimmtes Gefühl von Gefahr überkam ihn. Und von Angst.

52

Hier hast du einen Becher mit Myrrhe und Wein, wie er unserem Herrn Jesus Christus dargeboten wurde, als er Golgatha erreicht hatte, um ihm die bevorstehenden Qualen zu erleichtern«, sagte Fürst Contarini und deutete auf ein feines, mundgeblasenes Glas aus Murano, das ein Diener auf einem Tablett vor sich hertrug.

Bruder Amadeo packte das Glas und leerte es auf einen Zug.

Der missgestaltete Prinz lachte. »Allerdings hat unser Herr es abgelehnt, seinen Schmerz zu betäuben.« Er lachte noch einmal. »Doch eigentlich finde ich deine Entscheidung weise.« Er drehte sich zum Kamin, in dem ein lebhaftes Feuer loderte, und gab einem seiner Männer ein Zeichen. Dann zog er zwei dicke Handschuhe aus Rindsleder über, wie sonst Schmiede sie für die Arbeit verwendeten.

Der Mann holte mit einer Zange einen angespitzten, rötlich glühenden Eisenstab mit dem Durchmesser eines dicken Nagels aus dem Kamin und übergab ihn dem Fürsten.

Einer der Hunde im Raum bellte laut auf.

»Haltet ihn fest«, sagte der Fürst.

Je zwei Männer packten den Mönch an den Armen und drückten seine Hände mit der Innenseite nach oben auf zwei Holzklötze.

Zolfo presste sich ängstlich an Benedetta.

Bruder Amadeos Atem ging heftig, er hatte die Augen weit aufgerissen, als der Fürst mit dem glühenden Eisen auf ihn zukam.

»Haltet ihn gut fest!«, wiederholte der Fürst und beugte sich über den linken Arm des Mönchs.

Die zwei Männer dort packten noch fester zu.

Bruder Amadeo versuchte sich loszureißen und schloss instinktiv die Hand.

»Mach sie auf!«, befahl ihm der Fürst.

Langsam öffnete der Mönch die Finger.

Nun trieb der Fürst die glühende Spitze mitten in die Handfläche des Mönchs. Zischend gab das Fleisch nach und ließ sich vom Eisen durchbohren.

Bruder Amadeo schrie auf und krümmte sich vor Schmerzen.

Die Hunde begannen zu kläffen. Zwei knurrten drohend, als wollten sie den Mönch in die Knöchel beißen. Der Fürst trat nach ihnen, und die Hunde wichen jaulend zurück.

Zolfo schloss die Augen und presste seinen Kopf an Benedettas elegantes Kleid. Benedetta dagegen beobachtete ungerührt, wie das Eisen die Handfläche des Mönchs durchbohrte und schließlich sogar die Oberfläche des Holzklotzes darunter versengte.

Als der Geruch nach verbranntem Holz den nach geröstetem Fleisch überlagerte, zog der Fürst mit einem befriedigten Gesichtsausdruck das Eisen heraus.

Bruder Amadeo perlte der Schweiß von der Stirn. »Exzellenz ...«, wimmerte er, »bitte ...«

»Schweig!«, unterbrach ihn der Fürst und wandte sich der rechten Hand des Mönchs zu. »Haltet ihn fest!«, wies er seine Männer erneut an. Und als er sah, dass der Mönch wieder die Finger schloss, befahl er ihm: »Mach auf!«

»Exzellenz ... bitte ... nicht ...«, wimmerte Bruder Amadeo.

»Öffne die Hand!«, zischte Contarini drohend.

»Nein, lasst ihn los!«, rief Zolfo aus und stürzte sich auf den Fürsten.

Benedetta unternahm nichts, um ihn aufzuhalten.

Einer der Männer aus Contarinis Gefolge holte nach hinten

aus und traf Zolfo so heftig am Mund, dass er mit aufgeplatzten Lippen zu Boden fiel.

Der Junge raffte sich auf und wollte nun wieder bei Benedetta Halt suchen, doch diese trat schnell einen Schritt beiseite. »Du machst mein Kleid schmutzig!«, fuhr sie ihn an.

Fürst Contarini sah wohlgefällig zu ihr hinüber. Dann wandte er sich wieder dem Mönch zu. »Das hier geschieht nur, um deinen Kreuzzug zu befördern. Verstehst du denn nicht, dass ich dir bloß Gutes tue, so wie unser Herr diesem armen Kerl aus Assisi mit Namen Franziskus, als er ihm die heiligen Stigmata übertrug? Noch hört dir niemand zu, deine Worte verhallen in der Lagune, ohne dass sich auch nur ein Mensch für deinen Kampf gegen die Juden interessiert ... Doch nach diesem kleinen Opfer werden die Leute auch in dir einen Heiligen sehen. Und deine Worte werden so gewaltig erschallen wie die Posaunen des Jüngsten Gerichts. Also, mach endlich die Hand auf!«

»Exzellenz, nein ...«, winselte Bruder Amadeo verzweifelt.

Fürst Contarini verzog verärgert das Gesicht und führte die glühende Eisenspitze nahe an die zusammengeballten Finger.

Der Mönch schrie auf vor Schmerzen und öffnete die Faust.

Da stieß der Fürst heftig zu und durchbohrte das Fleisch. Dann warf er das Eisen in den Kamin. »Jetzt bist du ein Heiliger«, rief er lachend.

Seine Männer lachten mit ihm und ließen von dem Mönch ab. Die Hunde bellten, und man wusste nicht, ob vor Freude oder weil ein Kampf bevorstand. Zwei stürzten sich wütend aufeinander und rauften, was ihnen einen weiteren Fußtritt des Fürsten einbrachte.

Bruder Amadeo krümmte sich auf dem Boden, seine Hände zitterten vor Schmerzen, und er war nicht mehr in der Lage, seine Finger zu schließen.

Zolfo lief zu ihm und umarmte ihn, doch der Mönch stieß ihn fort.

Benedetta sah Zolfo nach, der sich gekränkt in eine Ecke zurückzog. Wir haben uns ähnliche Herren gewählt, dachte sie, während sie wieder zu Contarini blickte. Weil auch wir uns ähnlich sind.

»Bringt ihn in sein Zimmer und gebt ihm so viel Wein zu trinken, wie er mag«, ordnete der Fürst an und zeigte auf den sich vor Schmerzen krümmenden Mönch. »Er muss sich erst an den Gedanken gewöhnen, dass er nun ein Heiliger ist«, sagte er und wandte sich höhnisch grinsend an Benedetta.

Die erwiderte sein Lächeln und empfand ein schmerzliches Ziehen im Unterleib. Ein Gefühl von Ekel und Lust.

»Gehen wir«, sagte Fürst Contarini zu ihr und reichte ihr den verkrüppelten Arm. »Ich ziehe es vor, das menschliche Elend, das auf große Ereignisse folgt, nicht zu sehen, davon bekomme ich nur schlechte Laune.«

Wie eine vornehme Dame nahm Benedetta seinen Arm, und sie verließen mit gesetzten Schritten das Zimmer, in dem es immer noch nach verbranntem Fleisch stank. Auf der Schwelle drehte sich Benedetta noch einmal nach Zolfo um, der wie ein streunender Köter dem von Contarinis Männern gestützten Mönch mit gesenktem Kopf hinterherschlich. Ja, wir haben wirklich sehr ähnliche Herren gewählt, dachte Benedetta wieder. Sie betrachtete ihre Hand auf dem missgebildeten Arm des Fürsten. Er hatte ihr noch kein Mal den gesunden Arm gereicht. Denn wir suchen nichts anderes als Verachtung, dachte sie, während sie aus dem Augenwinkel Zolfo in den verwinkelten Gängen des Palazzos verschwinden sah.

Der Fürst führte sie wieder in das Schlafgemach, in dem er Benedetta vermeintlich die Unschuld geraubt hatte, und setzte sich an seinen Schreibtisch, auf dem sich die Dokumente stapelten. Aus einer Schublade zog er eine schmale Brille mit runden

Gläsern hervor und setzte sie sich auf, beugte den Kopf über seine Geschäftsbücher und hielt schon die Feder griffbereit, um sie jederzeit ins Tintenfass tauchen zu können.

Benedetta zog das elegante Gewand aus, eines der vielen Kleidungsstücke seiner verstorbenen Schwester, die zu tragen ihr der Fürst seit jenem Tag gestattete. Dann öffnete sie die Tür neben dem Alkoven und schlüpfte in die weiße Tunika, die sie am ersten Tag getragen hatte und die immer noch mit dem Hühnerblut besudelt war. Aus einer Schublade nahm sie den gelben Judenhut, den Zolfo Giuditta vom Kopf gerissen hatte, und drückte ihn zusammen. Schließlich ging sie zu der Schaukel, die der Fürst eigens vor seinem Schreibtisch hatte aufhängen lassen, und setzte sich darauf. Sie drapierte sorgfältig die Falten der Tunika, sodass der Blutfleck gut zu sehen war und vorne ein Spalt klaffte, um den Blick auf ihre Scham freizugeben. Dann begann sie langsam zu schaukeln.

Der Fürst gab vor, sie nicht einmal zu bemerken.

Aber Benedetta war bewusst, dass er sie mit seiner ganzen Seele wahrnahm, die gleichermaßen verkrüppelt war wie sein Körper. Und sie wusste, dass sein Blick bald auf sie fallen würde. Zunächst zerstreut, dann immer lüsterner. Und während sie in der lauen Luft des Zimmers vor und zurück schaukelte, knetete Benedetta hasserfüllt den gelben Hut in ihrer Hand, so als versuchte sie, ihre ganze Missgunst darauf zu übertragen.

Schließlich nahm der Fürst die Brille von der Nase und ließ die Feder auf den Schreibtisch fallen. Die Röte stieg ihm ins Gesicht, als er auf Benedetta zuging und sie im Stehen nahm, während sie noch auf der Schaukel saß. Als er den Höhepunkt erreichte, sah er triumphierend hinauf zu dem Bild seiner toten Schwester. Dann löste er sich von Benedetta und befahl ihr barsch, die Tunika auszuziehen und ein anderes Kleidungsstück anzulegen. Er ließ sich nach hinten aufs Bett fallen, ohne sich darum zu kümmern, dass ihm sein erschlafftes Glied noch aus der Hose hing.

Benedetta zog sich wieder das elegante Kleid an, das sie vor dem Beischlaf getragen hatte, legte eine Kette mit erbsengroßen Perlen um und legte sich dann neben ihn, auf die Seite mit dem verkrüppelten Arm. Ihre Finger umklammerten immer noch den gelben Hut, den der Fürst überhaupt nicht bemerkt hatte. Sie wartete, bis der Körper ihres Herrn sich vollkommen entspannt hatte.

»Ich muss dich um ein Geschenk bitten, mein Liebster«, sagte sie dann.

Der Fürst zuckte mit keinem Muskel. »Wenn du mich noch ein einziges Mal Liebster nennst, lass ich dich mit einem schweren Stein um den Hals in einen Kanal werfen«, sagte er mit schneidender Stimme.

Benedetta spürte, wie die Angst ihr die Kehle zuschnürte. Sie war überzeugt, dass der Fürst keinen Moment zögern würde, dies zu tun, und schwieg.

»Jetzt will ich schlafen«, sagte der Fürst nach einer Weile. »Wenn ich wieder aufwache, kannst du mich bitten, um was du willst.« Er schob seine missgebildete Hand in den Ausschnitt ihres Kleides und kniff ihr in eine Brustwarze, bis es schmerzte. »Und du wirst es auch bekommen.« Er zog die Hand wieder zurück und stöhnte erschöpft.

Benedetta säuberte ihm mit einem Zipfel des Lakens sanft das Glied und steckte es dann in die Hose zurück.

»Danke«, murmelte der Fürst fast schon schlafend.

Als Benedetta hörte, dass sein Atem tief und regelmäßig ging, stützte sie sich auf einen Ellenbogen und betrachtete den gelben Judenhut, den sie wieder zur Hand genommen hatte. Sie hatte erfahren, dass sich bereits einige Christinnen, adlige Damen wie auch gebildete Kurtisanen, von den einfallsreichen Formen und Stoffen in allen erdenklichen Gelbtönen hatten verführen lassen. Sie hatten diese Hüte für sich selbst erworben, trotz des Gesetzes, das den Juden eigentlich verbot, etwas an sie zu verkaufen.

Als sie Giudittas Hut von innen betrachtete, fiel ihr auf dem Saum ein dunkler roter Fleck auf. Es sah aus wie Blut.

Benedetta streichelte ihrem mächtigen Geliebten zärtlich über den eingefallenen Brustkorb, der sich regelmäßig hob und senkte. Der Fürst schlief tief und fest.

»Ich brauche dein Geld, und ich kann nicht warten ... mein Liebster«, sagte sie leise.

Sie öffnete die Börse aus Seidensatin, die der Fürst am Gürtel trug, und holte drei Goldstücke hervor. Dann stand sie auf und nahm das Säckchen, das Giudittas Haare enthielt. Schließlich verließ sie den Palazzo und ließ sich von einem Diener des Fürsten zum Haus der Magierin Reina begleiten.

»Hast du alles, worum ich dich gebeten hatte?«, fragte die Magierin.

Benedetta reichte ihr das Säckchen mit den Haaren und den gelben Hut. »Da ist ein Fleck auf der Innenseite«, sagte sie und zeigte ihn der Frau. »Es sieht aus wie Blut.«

»Dann ist sie vielleicht eine Hexe?«, lachte die Magierin, öffnete das Säckchen und holte die Haare hervor. »Die sind ja feucht«, sagte sie und verzog angeekelt das Gesicht.

»Ich habe darauf gespuckt«, erwiderte Benedetta knapp.

53

Du traust mir nicht!«, empörte sich Giuditta und versperrte ihrem Vater, der gerade das Haus verlassen wollte, den Weg.

»Ich traue diesem Betrüger nicht!«, übertönte Isacco seine Tochter.

»Hör endlich auf, ihn so zu nennen!«, rief Giuditta rot vor Zorn.

Isacco schüttelte den Kopf in dem vergeblichen Versuch, sich zu beruhigen. »Ich verbiete dir, ihn wiederzusehen«, sagte er und ballte die Fäuste.

»Wie sollte ich auch, wo du mir doch diesen Wachhund zur Seite gestellt hast«, zischte Giuditta wütend. Sie hatte geglaubt, ihr Vater hätte sie von Joseph begleiten lassen, damit sie sich nach dem Angriff durch den Jungen, der sie an den Haaren gezogen und ihr den Hut vom Kopf gerissen hatte, sicherer fühlte. Jetzt kam sie sich hintergangen vor. »Nachts sorgen die Christen dafür, dass ich eingesperrt werde«, sagte sie grimmig, »und tagsüber erledigt das mein Vater.«

»Es ist nur zu deinem Besten«, sagte Isacco kurz angebunden

»Ja, sicher«, erwiderte Giuditta und verzog dabei das Gesicht.

»Du bist noch jung«, fuhr Isacco fort. Er wollte die Wogen wieder glätten, spürte jedoch zugleich, wie ihm das Blut in den Kopf stieg. »Jetzt verstehst du das nicht. Aber eines Tages wirst du es mir danken.«

»Eines Tages laufe ich davon!«, fauchte Giuditta zurück und ging mit erhobenen Fäusten auf ihn los.

Da konnte Isacco sich nicht mehr zurückhalten, und ehe er es sich versah, hatte er auch schon ausgeholt und ihr eine Ohrfeige versetzt.

Giuditta riss vor Schreck die Augen auf und legte sich eine Hand an die brennende Wange.

»Giuditta ...«, stieß Isacco kläglich hervor.

Giuditta öffnete ihm wortlos die Tür, um ihn hinauszulassen.

Isacco verharrte einen Moment reglos. Am liebsten hätte er seine Tochter in den Arm genommen und sie um Verzeihung gebeten. Er hätte ihr gern alles erklärt, ihr gesagt, wie leid es ihm tat. Aber er blieb stumm und seine Brust verkrampfte sich, sodass ihm das Atmen schwerfiel. Wie sehr wünschte er sich, seine Frau wäre noch bei ihm. Sie hätte bestimmt gewusst, was zu tun wäre. Er hingegen kam sich ohnmächtig und unfähig vor. Wütend auf sich selbst verließ er schließlich fluchtartig die Wohnung, als Joseph im Treppenhaus erschien.

»Guten Tag, Herr Doktor«, sagte der Junge mit der Hand an seinem Stock.

»Scher dich doch zum Henker mit deinem Guten Tag!«, fuhr Isacco ihn beim Vorbeigehen an. Aber nach wenigen Stufen drehte er sich noch einmal um und richtete einen Finger auf ihn: »Du bist gefeuert!«

»Aber Herr Doktor ...«, protestierte Joseph bestürzt.

»Verschwinde, oder ich schlag dir mit deinem eigenen Stock den Schädel ein!«, wütete Isacco.

Ohne zu verstehen, was vor sich ging, macht Joseph kehrt und stieg langsam die Treppe hinunter.

»Los, beeil dich!«, befahl Isacco.

Der große, kräftige Junge zog leicht den Kopf ein, während er sich an ihm vorbeischob, als fürchtete er, tatsächlich geschlagen zu werden. Dann suchte er schnell das Weite.

Isacco ging zwei Treppenabsätze nach unten, dann besann er sich und rannte noch einmal, fuchsteufelswild und immer zwei Stufen auf einmal nehmend, nach oben und riss die Tür auf. »Aber wenn ich erfahren sollte, dass du dich wieder mit diesem Betrüger triffst ...«, brüllte er in die Wohnung hinein, ohne den

Satz zu vollenden. Er schwenkte drohend die Faust, dann schlug er heftig die Tür zu.

»Er heißt Mercurio!«, hörte er Giuditta durch die geschlossene Tür brüllen.

»Ja, verdammt, er heißt Mercurio, ich weiß!«, knurrte Isacco, während er davoneilte.

Vor der Haustür erwartete ihn schon Donnola, der sich gerade angeregt mit einem der Wachleute unterhielt. Isacco lief grußlos an ihm vorbei.

Donnola folgte ihm hastig. »Heute sind wir aber gut gelaunt«, stellte er fest, nachdem er ihn eingeholt hatte.

»Ach, verflucht noch mal, Donnola!«, knurrte Isacco und beschleunigte seinen Schritt. »Warum wurde ich bloß mit einer Tochter geschlagen?«

Donnola lachte.

»Ach, scher du dich doch auch zum Henker«, schimpfte Isacco.

Donnola lachte bloß noch lauter.

Die Luft roch sauer nach dem billigen, essigsauren Wein, der in den Läden rund um die Calle della Malvasia verkauft wurde. Isacco fühlte Übelkeit in sich aufsteigen und lief hastig weiter.

Vor der Abtei Santa Maria della Misericordia kam noch ein mindestens genauso aufdringlicher Geruch hinzu. Hier warteten Leute, die sich verletzt hatten oder an einer inneren Krankheit litten, auf den Stufen des Hospitals darauf, Aufnahme bei den Mönchen zu finden. Es stank nach eitrigem Fleisch und Tod.

Isacco sann über den Verlauf der Krankheit nach, die über die Prostituierten hereingebrochen war. Eine wahre Geißel. Mit jedem Tag stieg die Zahl der Erkrankten. Allein er versorgte mittlerweile um die vierzig Frauen, und niemand wusste, wie viele wirklich erkrankt waren. Schließlich wollten sich viele nicht behandeln lassen aus Angst, ihre Freier zu verlieren. Und so verbreitete sich die Ansteckung immer weiter. Diejenigen, die zu ihm kamen, hatte er im fünften Stock des Torre delle Ghiandaie untergebracht, wo gesunde Prostituierte ihnen die Zimmer überließen, für die weiterhin ein Silbersoldo an Scarabello zu entrichten war. Doch inzwischen verbreitete sich die Kunde, und es gab auch schon Beschwerden von Huren, die der Meinung waren, dieses improvisierte Hospital würde ihnen die Freier vertreiben. Am meisten Sorge bereitete Isacco jedoch, wie die Leute über die Krankheit dachten und was ihnen Priester und Ärzte wider besseres Wissen darüber erzählten. Da weder die Kirche noch die Wissenschaft etwas gegen die französische Krankheit auszurichten vermochte, neigten beide Seiten immer mehr dazu, die Übertragung durch Geschlechtsverkehr zu verleugnen und sie vielmehr für einen Ausdruck des göttlichen Zorns zu erklären. Gott, so sagten sie, war erzürnt über die lasterhaften Sitten in Venedig und quälte deswegen das Fleisch. Aber keiner von ihnen kam auf die Idee, dass die Lasterhaftigkeit selbst für die Übertragung der Krankheit verantwortlich war. Und dass es daher kein Zufall war, dass sie überwiegend unter den Prostituierten wütete, die ständig mit Männern verkehrten und ihnen in jeder Beziehung zu Diensten sein mussten. Isacco war entmutigt durch die Haltung seiner Kollegen, die so gern ihre Hände in Unschuld wuschen. Einige weigerten sich sogar, die Kranken zu behandeln, um nicht »gegen den göttlichen Willen zu verstoßen«. Andere schoben unsinnige Sternenkonstellationen vor, um nicht ihr eigenes Unwissen und Unvermögen zugeben zu müssen. Wieder andere erhoben nur betrübt die Arme gen Himmel und sagten: »Der Mensch hat fleischliche Lust mit Affen gepflegt, dadurch ist diese Tierkrankheit über ihn hereingebrochen«, als ob das irgendetwas bedeuten würde.

In dieser trostlosen Atmosphäre von Unwissenheit und Borniertheit gab es nur zwei Menschen, die seine Einschätzung teilten und versuchten, die Krankheit mit empirischen Methoden zu bekämpfen: den Prior der Scuola Grande di Santa Maria della Misericordia und dessen Frau vom Laienorden der Geißler, die gemeinsam das Hospital betrieben. Als Isacco nun bei der Kirche Santa Maria della Misericordia anlangte, sah er den Zappafanghi, wie der Abgesandte der Bruderschaft genannt wurde, und winkte ihm. Der erkannte ihn gleich, kam auf ihn zu und sagte ihm, dass der Prior und seine Frau gerade wieder drei Männer aufgenommen hatten, die klare Anzeichen der Franzosenkrankheit aufwiesen.

»Kann ich sie sehen?«, fragte Isacco sofort.

»Bedaure«, erwiderte der Zappafanghi. »Der Prior hat um Diskretion gebeten.« Er beugte sich verschwörerisch zu Isacco hinüber. »Es handelt sich um bekannte Persönlichkeiten. Adlige. Einer soll sogar dem Rat der Zehn angehören ...«

Isacco nickte. Der Prior würde ihn bestimmt in den nächsten Tagen über die Aspekte der Krankheit auf dem Laufenden halten. Isacco interessierte sich gar nicht so sehr dafür, wer die Männer waren. Er wollte nur wissen, wie sich die Krankheit bei Männern entwickelte. Im Moment schien es nämlich, als würde sie bei ihnen eher tödlich verlaufen. Er holte ein Fläschchen aus seiner Tasche und übergab es dem Zappafanghi. »Gebt das dem Prior«, sagte er. »Das ist Öl vom Holz des Guajakbaums. Es lindert die Wunden.« Er verabschiedete sich und winkte Donnola zum Zeichen, dass sie ihren Weg fortsetzen würden.

Nachdem sie das Castelletto erreicht hatten, steuerten sie gleich den Torre delle Ghiandaie an. Nachdem sie durch den schmutzigen, stinkenden Eingang getreten waren, machten sie sich daran, die Treppen nach oben zu steigen. Im dritten Stock blieb Isacco stehen und sah Donnola an.

»Meinst du, ich kümmere mich nicht genug um Giuditta?«, fragte er ihn.

»Was meint Ihr denn?«, fragte Donnola zurück.

»Donnola ...« Isacco presste die Lippen zusammen und seufzte, dann schaute er zum fünften Stockwerk hinauf. »Was tun wir diesen armen Frauen an?«

»Ihr helft Ihnen, Doktor«, erwiderte Donnola mit fester Stimme. »Und Ihr schlagt weit weniger Gewinn daraus, als Ihr könntet.«

»Ich mache weit mehr Gewinn, als ich verdiene«, sagte Isacco. »Jetzt sind schon vier Frauen tot. Keine von ihnen konnte ich retten. Wofür also darf ich Geld verlangen?«

»Für die Zeit, die Ihr ihnen widmet«, erwiderte Donnola ernst. »Ihr haltet Euch von Sonnenaufgang bis Sonnenuntergang hier auf. Wer sonst würde so etwas tun?«

»Jede beliebige Gesellschaftsdame.«

»Ich habe es Euch ja schon einmal gesagt, Ihr Juden könnt nichts anderes, als Euch selbst zu bemitleiden. Ich muss gestehen, auf Dauer langweilt es ein wenig, Euch zuzuhören.«

Isacco lächelte. »Kümmere ich mich nicht genug um Giuditta?«, fragte er noch einmal.

»Das wisst nur Ihr allein, Doktor. Aber wenn Ihr deswegen schon jemanden fragen wollt, dann wendet Euch besser an Eure Tochter als an mich.«

»Du entwickelst dich zu einem nervtötenden Philosophen, Donnola«, sagte Isacco und versetzte ihm einen Klaps auf die Schulter. »Aber trotzdem danke.«

Sie stiegen die restlichen zwei Stockwerke bis zur fünften Etage hinauf.

Der Kardinal, die hünenhafte Hure, erwartete sie schon auf dem Treppenabsatz. »Es sind noch drei dazugekommen«, sagte sie. »Wir haben keinen Platz mehr.«

»Dann rücken wir eben enger zusammen«, sagte Isacco. »Eigentlich wären es noch zwei mehr«, sagte der Kardinal leise und ein wenig verlegen. »Aber sie sagen ... sie sagen, dass sie sich nicht ...«

»Dass sie sich nicht von einem Juden behandeln lassen wollen?«, fragte Isacco direkt.

Die Frau nickte düster.

»Wenn die beiden doch nur die Einzigen wären«, seufzte Isacco. »Es tut mir leid, dass ich Jude bin«, sagte er und hob betrübt die Arme zum Himmel. »Aber so ist es nun einmal, nicht wahr?«

»Ihr seid unser Arzt und Schluss«, sagte die Prostituierte.

Donnola ging vorbei und lächelte sie an. »Gute Antwort. Eines Tages werde ich dich meinen Körper kosten lassen, meine Schöne«, sagte er zu ihr.

»Und zum Dank wird dein Gesicht meine Faust zu kosten bekommen«, erwiderte der Kardinal.

Donnola lachte und eilte Isacco nach, der bereits den Gang entlangschritt, in jedes Zimmer schaute und jede der kranken Huren mit einem Lächeln grüßte. Donnola schob sich an ihm vorbei und öffnete eine Tür am Ende des Ganges, die mit einer groben Skizze einer üppigen, tief dekolletierten Frauengestalt verziert war.

»Guten Tag, Repubblica«, sagte er warmherzig. »Wie fühlst du dich heute?«

»Besser«, lautete die Antwort.

Donnola drehte sich zu Isacco um und lächelte ihn an. »Seht Ihr?«, fragte er leise. »Die eine oder andere scheint trotz Eurer Unfähigkeit durchzukommen.«

»Wollen wir mal den Tag nicht vor dem Abend loben«, sagte Isacco düster.

Donnola schlug mit gespielter Verzweiflung die Hände über dem Kopf zusammen. »Ich könnte Euch erwürgen, Doktor.«

Isacco betrat den Raum.

Lidia, Repubblicas Tochter, lief ihm entgegen und umarmte ihn. »Die Wunden verheilen! Sie verheilen tatsächlich! Danke, ich danke Euch so sehr!« Sie drückte ihn fester an sich und sagte dann: »Ich liebe Euch wie einen Vater, Doktor.«

»Aber, aber ...«, sagte Isacco verlegen.

Donnola brach in schallendes Gelächter aus.

Isacco ging zu Repubblica, setzte sich zu ihr aufs Bett und sah, dass ihre Wangen schon wieder an Farbe gewonnen hatten. Die Krankheit hatte ihren einst so üppigen Busen von innen heraus ausgezehrt, aber sie war noch am Leben. Er schob die Decke beiseite und überprüfte jede behandelte Wunde mit geradezu besessener Aufmerksamkeit. Du bist kein echter Arzt, dachte er dabei, vergiss das nie.

»Marianna ist stolz auf dich, Doktor«, sagte da Repubblica, als hätte sie seine Gedanken gelesen. »Ich habe heute Nacht von ihr geträumt.«

Isacco lauschte ihrer sinnlichen Stimme, die wie Balsam in sein Herz drang. Am liebsten hätte er ihr zärtlich über das Gesicht gestreichelt und sich ihr wie ein Mann genähert. Doch dann schämte er sich seiner Gedanken und erhob sich schnell. »Ja«, sagte er ernst, »die Wunden sehen wirklich besser aus.«

Repubblicas Augen wurden feucht. Sie presste die Lippen fest zusammen, um nicht in Tränen auszubrechen.

Isacco schaute zu Boden. In der nun folgenden Stille spürte er auf einmal, wie sich eine kleine Hand in seine schob. Lidias Hand.

Das Mädchen drückte ihm etwas Kleines, Kaltes in die Hand und zog ihre zurück.

Isacco sah hinunter auf seine Hand, in der nun die kleine Münze lag, die das Mädchen ihm als Bezahlung angeboten hatte, als er das Zimmer zum ersten Mal betreten hatte. Er drehte sich zu ihr um.

Lidia sah ihn an und schüttelte dann wortlos, aber entschieden den Kopf. Sie würde es nicht noch einmal hinnehmen, dass er sie ablehnte.

Isacco schloss die Hand um die kleine Münze der Armen.

Ja, die hast du dir verdient, du verfluchter Betrüger, sagte er zu sich.

54

Aus dem Weg, Magd! Siehst du nicht, dass ich vorbeiwill?«, schimpfte der Fettwanst mit unangenehm schriller Stimme. »Willst du mir etwa mit deinem Schmutzwasser meine edlen Damastschuhe verderben?«

Anna del Mercato unterdrückte die patzige Antwort, die ihr auf der Zunge lag. Sie senkte den Kopf, nahm die Scheuerbürste und den Eimer und presste sich fügsam an die Wand, obwohl dazu keine Notwendigkeit bestand, da der Mann trotz seiner Leibesfülle allen Platz der Welt hatte.

Verdammte Geldsäcke, dachte sie wütend.

»Du dumme Kuh, du blamierst mich ja vor meinem Gast!«, empörte sich der Herr des Hauses mit Namen Girolamo Zulian de' Gritti, jener verarmte Adlige, für den Anna nun arbeitete. Mit zum Himmel erhobenen Händen stürzte er atemlos keuchend die Treppe hinab, dem reichen Besucher entgegen, den man ihm soeben gemeldet hatte. Als er an Anna vorbeilief, zischte er ihr wütend zu: »Du stumpfsinnige Magd, ich sollte dich gleich wieder auf die Straße setzen!« Dann war er auch schon bei seinem Gast und warf sich ihm beinahe zu Füßen. »Verzeiht, Messere, diese Dienstboten ...« Er beendete seinen Satz nicht.

»Dienstboten sind von Natur aus dumm«, sagte der Fettwanst und schaute naserümpfend auf Anna. Er hatte ein seltsam geformtes Gesicht, schmal auf Höhe der Wangenknochen und am Kinn, dafür mit umso dickeren Backen, auf denen ein spärlicher rötlicher Bart spross.

Anna fand ihn nicht nur unsympathisch, sondern regelrecht abstoßend. Der dicke Mann hatte eine höckrige, gerötete Nase, wahrscheinlich aufgrund von Gicht oder einer anderen Krankheit. Seine pockennarbige Haut war so zerklüftet, dass Anna dabei an Baumrinde denken musste. Der Mann hatte die Augen zu schmalen Schlitzen zusammengezogen, als blendete ihn die Helligkeit, und seine tief herabhängenden Mundwinkel verzerrten das Gesicht zu einem Ausdruck ständigen Ekels.

»Es heißt ja, Neger seien niedere Wesen«, nahm der Fettwanst das Gespräch wieder auf, wobei er Anna nicht aus den Augen ließ. »Aber ich glaube, das gilt auch für alle Dienstboten. Ihre Unwissenheit und Grobheit machen sie zu Geschöpfen, die nur wenig über den Tieren stehen«, krächzte er mit abgrundtiefer Verachtung. Dabei wandte er sich dem Eingang des Palazzos zu und wies auf zwei hochgewachsene Diener dunkler Hautfarbe mit Turbanen, die vor einer Sänfte standen. »Genau wie diese beiden Riesenaffen. Oder würdet Ihr behaupten wollen, dass das Menschen sind?«

Girolamo Zulian de' Gritti lachte zustimmend, während er die Sänfte betrachtete, in der sein Gast angekommen war. Sie hatte fein gedrechselte, vergoldete Säulen und kostbare Seidenvorhänge, und auch die Gewänder der beiden dunkelhäutigen Diener mussten ein kleines Vermögen gekostet haben.

Doch sein fülliger Gast schien mit Anna del Mercato noch nicht fertig zu sein. Offenbar mit dem Ziel, sie zu demütigen, starrte er sie an, tat einen Schritt auf sie zu und zog die Nase kraus. »Na, wenigstens stinkt die hier nicht wie ein Schwein«, sagte er und wedelte affektiert mit einem parfümierten Taschentuch vor seinem Gesicht.

Der Hausherr lachte gekünstelt auf.

Anna merkte, dass sie sich kaum noch zurückhalten konnte. Am liebsten hätte sie dem grässlichen Fettwanst das Schmutzwasser ins Gesicht geschüttet. Doch dann senkte sie nur entmutigt den Kopf, während der feiste Kerl ihr den Rücken zudrehte und sich wieder an den verarmten Hausherrn wandte.

»Ein Kirchenvater würde mich vielleicht tadeln, aber das ist mir gleichgültig. So sehe ich das eben. Wer oben ist, ist oben, und wer unten ist ... muss meine Fürze einatmen«, sagte er boshaft kichernd. »Aber jetzt lasst uns hinaufgehen, ich habe Euch ein Geschäft vorzuschlagen, das mir wie für Euch geschaffen scheint, Exzellenz.«

»Also, Exzellenz, Exzellenz ... Ich bin doch nur einer von vielen altangestammten Adligen dieser vornehmen Stadt ... Verdreht mir doch nicht den Kopf mit Euren Komplimenten«, freute sich der geldgierige Girolamo Zulian de' Gritti, der praktisch bankrott war und nicht begriff, was dieser offensichtlich wohlhabende Mann eigentlich von ihm wollte.

»Habt Ihr etwas gegen Juden?«, fragte ihn der Fettwanst, während sie die Treppe hinaufgingen.

»Außer dass sie Juden sind, meint Ihr?«, fragte Girolamo Zulian de' Gritti lachend.

Der Fettwanst stimmte in sein Lachen ein. »Ich sehe schon, wir verstehen uns.«

Während die Männer sich entfernten, sah Anna dem feisten Gast mit bösem Blick nach. Sie mochte diese Art reicher Leute nicht, die glaubten, sich überheblich zeigen zu dürfen, nur weil ihre Geldbörse gut gefüllt war. Voller Abscheu verfolgte sie, wie er sich mühsam die Treppe hinaufschleppte. Dann griff sie kummervoll nach Eimer und Bürste und nahm in gebückter Haltung wieder ihre Arbeit auf. Ihre Knie schmerzten, ebenso wie die Arme und die Schultern, und an ihren Händen schälte sich die Haut. Die rechte, mit der sie den ganzen Morgen die Scheuerbürste hielt, hatte schon angefangen zu bluten.

Du wirst alt, dachte sie.

Am vorigen Abend hatte Mercurio bemerkt, wie erschöpft sie war und dass die Haut an ihren Händen aufgeplatzt war. Er hatte sie gebeten, die Arbeit aufzugeben, doch Anna war stur geblieben. Inzwischen sah sie ihre Tätigkeit wegen ihres Alters als eine Art Herausforderung an. Sie wollte sich einfach nicht der Tatsache beugen, dass sie bestimmte schwere Arbeiten nicht mehr verrichten konnte.

Der Fettwanst hatte keuchend den ersten Stock erreicht. Vermutlich gehe ich trotzdem noch vor dir drauf, du Widerling, dachte sie hasserfüllt.

Dann wandte sie sich den beiden schwarzen Sänftenträgern zu.

»Gib ihnen etwas Wasser«, sagte sie zu dem verantwortlichen Diener und wies auf die beiden Dunkelhäutigen. »Kommt her und trinkt«, forderte sie sie freundlich auf.

Doch die beiden kehrten ihr einfach den Rücken zu.

»Ach, dann geht doch auch zum Teufel«, grummelte Anna vor sich hin und machte sich wieder daran, den Boden zu schrubben, dessen wunderschöne Marmormosaiken unter der sich lösenden Schmutzschicht allmählich zum Vorschein kamen.

»Anna del Mercato!«, rief ihr eine halbe Stunde später ein Bediensteter vom ersten Stock über das Treppengeländer aus gelbem Marmor zu.

»Was willst du?«, fragte sie.

»Komm rauf«, antwortete er. »Der Herr und sein Gast wollen dich sehen.«

Anna ballte die Hände zu Fäusten und biss die Zähne zusammen. »Habt ihr immer noch nicht genug?«, schimpfte sie leise.

Während sie zur Treppe ging, waren die Blicke sämtlicher Dienstboten auf sie gerichtet. Blicke, in denen sich Mitleid und Angst widerspiegelten. Die Herrschaft rief einen nie ohne guten Grund zu sich.

»Nur Mut«, sagte eine alte Dienerin, die keine Zähne mehr im Mund hatte, und legte Anna tröstend eine Hand auf die Schulter.

»Danke«, erwiderte Anna und richtete ihre Augen auf die Treppe. Sie erschien ihr so hoch und steil wie ein unerreichbarer

Gipfel. Anna stützte sich auf das Geländer, nahm eine Stufe nach der anderen. Sie spürte ihre Knie knirschen und ächzen. Endlich erreichte sie das obere Stockwerk, wo der Diener sie schon ungeduldig erwartete.

»Nun mach schon«, trieb er sie an.

»Ich habe es nicht eilig«, erwiderte Anna finster.

Sie gingen den langen Flur entlang, der zum großen Salon führte. Bei jedem Schritt hörte Anna ihre nassen Schuhe schmatzen. Sie musste daran denken, dass sie jeden Morgen und Abend betete, Mercurio möge seinen Weg finden und ein anständiger Mensch werden. Doch sollte er wirklich ein Betrüger bleiben, dann hoffte sie in diesem Moment von ganzem Herzen, dass er ihren Herrn irgendwann all seiner Habseligkeiten berauben möge, diesen verdammten Mistkerl. Bestimmt amüsierte er sich gemeinsam mit seinem fettwanstigen Gast schon wieder köstlich bei der Vorstellung, sie erneut zu demütigen.

Der Diener klopfte an die Tür des großen Salons und meldete sie an: »Anna del Mercato, Herr.«

»Lass sie herein«, hörte sie von drinnen.

Der Lakai trat beiseite und sah Anna auffordernd an.

Sie zögerte einen Augenblick, dann atmete sie tief durch und dachte beim Hineingehen: Zum Henker mit euch beiden!

»Ach, du bist Anna del Mercato?«, fragte der Fettwanst beinahe überrascht, als sie eintrat.

Du verdammter Mistkerl, dachte Anna. Jetzt hör schon auf mit diesem Schmierentheater.

»Ich muss mich wohl bei dir entschuldigen«, fuhr der dicke Mann mit seiner unnatürlich hohen Stimme fort.

Einen Augenblick lang zeigte Anna offen ihre Verblüffung über das, was sie gerade gehört hatte. Doch dann wurde ihr klar, dass die beiden sich dann noch besser amüsieren würden. Also sagte sie nichts und blieb ergeben wie ein Lasttier mit gesenktem Kopf stehen. Los, schlagt schon zu, dachte sie.

»Ich ebenfalls«, sagte Girolamo Zulian de' Gritti zerknirscht.

»Messer Bernardo da Caravaglio hier, mit dem ich gerade ein hervorragendes Geschäft abgeschlossen habe und der mein absolutes und unbegrenztes Vertrauen und meine unendliche Wertschätzung genießt ...«

Der Fettwanst zierte sich. »Aber nicht doch, Edler de' Gritti, übertreibt es nicht ...«

»Oh doch, mein Bester«, erwiderte Girolamo Zulian de' Gritti sofort. »Ehre, wem Ehre gebührt ...«

»Sehr gütig«, sagte Bernardo da Caravaglio und versuchte sich an einer Verbeugung, an der ihn sein übermäßiger Bauch jedoch hinderte.

Los doch, schlagt schon zu, versetzt mir den Gnadenstoß, ich bin es leid, dachte Anna, die den Kopf immer noch gesenkt hielt.

»Messer Bernardo da Caravaglio wollte sich gerade verabschieden«, fuhr der verarmte Adlige fort, »als er mich noch darauf hinwies – ohne sich bewusst zu sein, dass es sich bei der Frau um dich handelt –, ich würde für die Ausstattung meines unmittelbar bevorstehenden Festes die Dienste einer gewissen Anna del Mercato benötigen, die solche Aufgaben vor einiger Zeit für bedeutende Adelsfamilien Venedigs erledigt hat. Stimmt es, was er sagt? Bist du wirklich diese Frau?«

Anna hob den Kopf. Sie riss den Mund vor Erstaunen weit auf. »Ich ...«

»Mein Freund, wie ich mir erlaube, ihn zu nennen, sagt, du kennst dich sehr gut aus und findest die besten Waren ... und das zum niedrigsten Preis. Stimmt das?«

Anna sah den dicken Mann an, dem sie bis zu diesem Augenblick alle Übel der Welt an den Hals gewünscht hatte. Ja, es stimmte, früher hatte sie bedeutenden Adelsfamilien Venedigs, die in wirtschaftliche Schwierigkeiten geraten waren, durch ihre genaue Kenntnis des Marktes von Mestre, wo die Preise nicht so hoch waren wie in Venedig, geholfen, sich mit allem Notwendigen zu versorgen. Doch ihr war nicht klar, woher dieser Mann davon wissen konnte. Vielleicht kannte er jemanden aus einer der Familien.

»Also?«, drängte der Adlige. »Bist du es?«

»Nun ... ja, Euer Exzellenz ...«, stammelte Anna verwirrt.

»Gute Frau«, der Fettwanst hob seine unangenehme Stimme um eine weitere Oktave an, »du hast Talent, kennst Leute ... und da scheuerst du Fußböden?«

»Also ... ich ...« Anna war vollkommen verwirrt. Sie begriff gar nichts mehr. In ihrem Kopf drehte sich alles, und sie fürchtete, gleich in Ohnmacht zu fallen. Sie hielt sich an der Lehne eines Stuhls fest, damit sie nicht stürzte. »Ich ...«

»Geh nach Hause«, unterbrach sie der verarmte Adlige. »Ruh dich einige Tage aus. Dann kommst du wieder her und lässt dir eine Liste mit allem geben, was besorgt werden muss, und die dazu notwendigen Kreditbriefe. Dein Lohn wird selbstverständlich erhöht werden. Und jetzt geh.« Er winkte mit der Hand, um sie zu entlassen.

Anna blieb vor Staunen der Mund offen stehen. Dann fasste sie sich wieder, drehte sich ruckartig um und lief mit ihren schmatzenden Schuhen so hastig auf die Tür zu, als wäre sie auf der Flucht.

Die beiden Männer lachten hinter ihrem Rücken.

»Anna del Mercato«, rief der Fettwanst noch einmal ihren Namen, als sie schon auf der Schwelle stand. »Einen Rat noch für die Zukunft: Sei beim nächsten Mal etwas aufgeweckter!«

»Danke, Euer Gnaden, danke«, sagte Anna und verneigte sich demütig.

Sie verließ den Raum und lief leichtfüßig die Stufen hinab. Die Schmerzen in ihren Knien schienen mit einem Mal wie verflogen. Unten angekommen, versetzte sie dem Eimer mit dem Schmutzwasser einen Tritt, dass er umfiel, und als sie an den beiden großen, dunkelhäutigen Sklaven vorbeikam, sagte sie: »Euer Herr ist nicht so schlecht, wie ich dachte, auch wenn er reich ist.« Dann verschwand sie kichernd wie ein kleines Mädchen im Sottoportego delle Colonne.

Als sie drei Stunden später in Mestre ankam, eilte sie nach Hause und rief ganz aufgeregt: »Mercurio, mein Junge! Du errätst nicht, was ich erlebt habe!«

»Was hast du denn erlebt?«, vernahm sie eine unangenehm vertraute, schrille Stimme.

Anna zuckte zusammen. Dann ging sie langsam in die Küche hinüber.

Dort sah sie den fetten Bernardo da Caravaglio am Tisch sitzen. Sie verharrte für einen Moment in blankem Entsetzen. Und dann begriff sie.

Der Fettwanst lachte, dann holte er sich zwei Stofffetzen aus den Wangen. »Willkommen zu Hause«, sagte Mercurio nun wieder mit seiner normalen Stimme.

Anna blieb die Luft weg, das Herz klopfte ihr bis zum Hals. Dann füllten sich ihre Augen mit Tränen. Und während Mercurio sich noch das ausgepolsterte Gewand abnahm, stürzte sie auf ihn zu und schlug halb lachend, halb weinend vor Freude und Überraschung auf ihn ein.

Mercurio freute sich mit ihr. »Du dumme Magd, du hättest mich am liebsten erstochen, gib es zu«, sagte er mit einem gewissen Stolz, weil nicht einmal sie ihn erkannt hatte.

»Wie hast du das gemacht?«, fragte Anna. »Nein, ich muss anders fragen: Warum habe ich nichts gemerkt?«

»Weil ich dich sofort angegriffen habe«, erwiderte Mercurio lachend. »Der Trick ist, dass du deinem Opfer keine Zeit zum Nachdenken lässt. Du musst den anderen in ein Wechselbad der Gefühle werfen.« Er lachte wieder. »Das hat richtig Spaß gemacht! Du hättest dein Gesicht sehen sollen! Ich dachte, du platzt gleich. Nicht einmal Tonio und Berto hast du erkannt.«

»Tonio und …« Anna blieb der Mund offen stehen. »Ach, deshalb haben sie sich abgewandt, als ich sie angesprochen habe! Aber woher hast du eigentlich all die Sachen … die Sänfte …«

»Aus dem Teatro dell'Anzelo«, lachte Mercurio. »Da kann ich mir ausleihen, was ich will.«

Anna schlug sich gegen die Stirn. »Deshalb wusste dieser widerwärtige Fettwanst von der Sache mit den günstigen Einkäufen«, sagte sie. »Weil ich dir davon erzählt habe.«

»Beim ersten Mal, als wir uns begegnet sind«, führte Mercurio ihren Gedanken fort. »Du hast mir außerdem gesagt, dass diese adligen Säcke später nichts mehr von dir wissen wollten, wenn sie wieder zu Reichtum gekommen waren, weil du sie an die mageren Zeiten erinnerst … anstatt dir dankbar zu sein.«

»Das hast du dir gemerkt …«, sagte Anna gerührt. Sie lächelte, als sie an den Tag zurückdachte, als Bruder Amadeo mit den drei schmutzigen, halb verhungerten und verängstigten Kindern an ihre Tür geklopft hatte. »Du warst patschnass … und trugst einen Talar! Ich hätte gleich wissen müssen, dass du es faustdick hinter den Ohren hast!«

Mercurio lachte. Er freute sich wie ein Kind.

Anna betrachtete ihn stolz. »Das hast du gut gemacht. Du hast wirklich eine besondere Begabung, mein Junge.«

Mercurio errötete.

Jetzt war es an Anna zu lachen. Sie umarmte ihn und küsste ihn auf die Wangen. Dann verzog sie das Gesicht. »Pfui … Jetzt hab ich all deine Haare im Mund …«

»Das sind nicht meine, sondern die von der Nachbarskatze«, grinste Mercurio. »Der wird es eine Weile kalt am Allerwertesten sein.« Er entledigte sich nun endgültig seiner Verkleidung, schminkte sich ab und ging auf die Tür zu. »Ich muss zu Isaia Saraval«, erklärte er.

Doch Anna hörte ihn schon nicht mehr. Sie starrte kopfschüttelnd ins Feuer und durchlebte mit einem glücklichen Lächeln auf den Lippen noch einmal all die aufwühlenden Ereignisse des Tages.

Mercurio ging zum Laden des Pfandleihers auf dem Marktplatz. Der verarmte Adlige hatte sofort begriffen, welchen Vorteil Mercurios Idee ihm bot, doch jetzt musste auch Isaia Saraval noch auf seinen Handel eingehen.

»Nehmen wir einmal eine beliebige Summe«, erklärte er dem jüdischen Pfandleiher. »Dafür kauft der Adlige alles, was er braucht, auch den Schmuck für seine Frau und sich selbst, denn er muss sehr wohlhabend wirken. Und alles, was er kauft, kauft er bei Euch. Aber ihr kauft es ihm später für einen niedrigeren, immer noch rein angenommenen Betrag wieder ab. Und so muss er Euch nur die Differenz zahlen, versteht ihr mich? Und alles, was er kauft, bleibt eigentlich Euer Eigentum. Also, eigentlich ist es so, als würdet Ihr es ihm vermieten. Könnt Ihr mir folgen?«

Saraval nickte in staunender Bewunderung.

»Aber das ist noch nicht alles«, erklärte Mercurio fröhlich. »Warum solltet Ihr Euch damit begnügen, Eure wunderschönen Pfänder nur zu vermieten?«

»Warum ich mich damit begnügen sollte?«, wiederholte Saraval, der immer noch nicht begriff, worauf der andere hinauswollte.

Mercurio lächelte. »Ihr habt mir gesagt, dass Ihr Eure Ware nicht ausstellen dürft, weil jüdischen Pfandleihern das verboten ist, richtig?«

»Richtig ...«

»Also, in dem Fall würdet nicht Ihr sie ausstellen ...«

»... sondern der adlige Christ«, rief Saraval aus. »Und so bricht keiner das Gesetz!«

»Und Ihr gebt einen kleinen Nachlass auf das, was wir ab jetzt

Miete nennen werden«, fuhr Mercurio fort. »Er wird dafür unter seinen Gästen verbreiten, dass er sich neu einrichten will ... und zwar in allem – Bilder, Gobelins, Teppiche ... also, alles, was Ihr ihm gegeben habt – und dass deshalb jeder seiner reichen Gäste ihm abkaufen kann, was das Herz begehrt. Und dann wird er natürlich Euch damit beauftragen, das Ganze abzuwickeln, weil ihn, wie er erklären wird, alles Geschäftliche anwidert. Was sagt Ihr dazu?«

Saraval war sprachlos. Er schüttelte den Kopf und sah sich um, liebevoll glitten seine Augen über all die Waren, die nicht länger im Hinterraum der Pfandleihe einstauben würden. Bis jetzt hatte kein Pfandleiher eine solche Möglichkeit bedacht. Dabei war sie so einfach. Und wie alle einfachen Ideen war sie genial. »Ich glaube ... ich glaube ...« Er atmete tief durch. »Ich glaube, du bist ein Geschenk, das mir *Ha-Shem,* der Herr sei gesegnet, senden wollte.« Er sah ihn an. »Und ich glaube, dass so eine Idee ihren Lohn verdient.«

»Und das nicht zu knapp«, sagte Mercurio. »Ich will ein Viertel von Euren Gewinnen.«

»Ein Viertel?«, fuhr Saraval empört auf. Doch dann überlegte er und nickte. »Na gut. Wir sind im Geschäft.« Er legte ihm eine Hand auf die Schulter. »Bist du sicher, dass du kein Jude bist, Junge?«

»Ganz sicher«, erwiderte Mercurio. »Ich bin ein Betrüger.«

Unsicher, ob er ihm glauben sollte, blieb Saraval einen Moment lang ernst, bevor er in dröhnendes Gelächter ausbrach.

55

Mercurio riss den Mund vor Erstaunen weit auf, als er vor der merkwürdigsten Ansammlung von Gebäuden stand, die er sich je hätte vorstellen können. Die einzelnen Häuser waren hoch wie Türme und ohne erkennbare Logik aneinandergefügt.

»Da wären wir. Das ist das Castelletto«, sagte der Junge, der ihn hergeführt hatte.

Mercurio gab ihm einen Marchetto und sah sich um. Der Hof zwischen den Türmen war von einer riesigen Anzahl Frauen bevölkert, deren Gesichter mit Bleiweiß und Rötel geschminkt waren. Sie hatten grelle und tief ausgeschnittene Gewänder an und trugen alle ein gelbes Tuch um den Hals, Junge und Alte, reife Frauen und Mädchen. Einige leckten sich im Vorübergehen anzüglich über die Lippen, eine Frau hob den Rock und ließ ihren weißen runden Hintern vor ihm wackeln, bevor sie hüftschwenkend verschwand.

»Du hast nun die Qual der Wahl«, sagte lachend ein Mann, der aus einem der Türme kam und Mercurios erstauntes Gesicht sah.

»Ich suche den Doktor Isacco di Negroponte«, sagte Mercurio.

»Einen Doktor?«, fragte der Mann überrascht. »Du bist nicht zum Vögeln hier?«

»Isacco di Negroponte«, wiederholte Mercurio.

Der Mann schüttelte nur ungläubig den Kopf, als er davonging.

Mercurio näherte sich entschlossen dem ersten der Türme.

Kaum hatte er ihn betreten, überfiel ihn jener strenge Geruch nach billiger Hurerei, und ihm wurde fast übel. Instinktiv legte er sich die Hände über die Ohren, um das Stöhnen, das aus dem hohen Treppenhaus kam, nicht hören zu müssen. Eine Prostituierte kam mit wiegenden Hüften auf ihn zu.

»Kennst du den Doktor Negroponte?«, fragte er sie.

Die Hure griff ihm beherzt in den Schritt. »Wo tut es dir denn weh, mein Schatz? Ich kann alles heilen ...«

Mercurio schob sie weg. »Ich suche den Doktor Negroponte«, wiederholte er.

»Hier sucht man nur nach Huren, du Dreckskerl«, antwortete ihm die Prostituierte empört, ehe sie verschwand.

Mercurio sah sich um. Er entdeckte eine ältere Frau, die mit leicht gespreizten Beinen wie angewurzelt inmitten eines Hauseingangs stand. Ihre weißen Haare waren von rosafarben und grün gefärbten Strähnen durchzogen.

»Verzeiht, Signora«, sprach Mercurio sie an, während er sich ihr näherte. »Kennt Ihr den Doktor Negroponte?«

Die Frau sah ihn wortlos an, dann stöhnte sie erleichtert auf.

Mercurio konnte in ihrem Mund keinen einzigen Zahn mehr ausmachen. »Ich muss ihn dringend finden«, setzte er nach.

Die Frau hob ihren Rock ein wenig an und trat beiseite. Auf dem Boden sah man eine Urinpfütze. »Auch bei mir war es dringend, mein hübscher Junge«, sagte sie grinsend.

»Aber Ihr kennt den Doktor Negroponte?«

»Was weiß ich? Ich kenne viele Männer, aber nicht ihre Namen. Und selbst wenn sie mir den sagen, habe ich ihn wieder vergessen, noch bevor sie ihr Ding zwischen meinen Schenkeln rausgezogen haben.«

Mercurio wollte schon gehen, als ihm ein besonders schönes Mädchen winkte, dessen gewagter Ausschnitt ihre hellen aprikosenfarbenen Brustwarzen sehen ließ und Mercurio ganz durcheinanderbrachte. Er senkte den Blick, um nicht den Augen der jungen Prostituierten zu begegnen. Dann verließ er eilig den Turm.

»Warte«, hörte er eine Stimme hinter sich.

Mercurio drehte sich um. Das Mädchen war ihm gefolgt und kam auf ihn zu. Ihr Busen wogte einladend. »Nein danke!«, wies er sie übertrieben heftig ab.

Die junge Hure lachte. »Ich wette, du bist noch Jungfrau«, sagte sie und trat neben ihn.

Mercurio wollte gehen, doch seine Augen befahlen ihm zu bleiben.

»Pass auf, dass sie dir nicht aus dem Kopf fallen!«

»Oh ... entschuldige ...«, stammelte Mercurio und wandte sich mit einem Ruck ab.

»Ich habe gehört, dass du den Hurendoktor suchst«, sagte das Mädchen und packte ihn am Arm.

»Du kennst ihn?«, fragte Mercurio, und sein Blick fiel wieder auf den entblößten Busen der Prostituierten.

Sie zog das Kleid hoch, sodass ihr Busen bedeckt war. »Ist es so besser? Kannst du jetzt verstehen, was ich sage?«

Mercurio wurde rot.

»Oh ja, du bist ganz bestimmt noch Jungfrau«, wiederholte sie lachend. »Im Torre delle Ghiandaie. Fünfter Stock. Frag nach dem Kardinal.« Die Prostituierte wies auf den Eingang eines der Türme.

Mercurio nickte und bedankte sich bei ihr.

Die Hure streifte plötzlich das Gewand wieder von ihrem Busen und ließ ihre Brüste vor seinem Gesicht hüpfen. Dann kicherte sie unschuldig wie ein kleines Mädchen und verschwand.

Zögernd näherte sich Mercurio dem Torre delle Ghiandaie, wobei er sich noch ein paar Mal nach der Prostituierten umdrehte. Sie winkte kurz, und Mercurio, der immer noch ein wenig benommen war, winkte lächelnd zurück. Ihm wurde bewusst, dass sein körperliches Verlangen geweckt worden war, und er musste an Giuditta denken. Da begriff er einmal mehr, dass er sich nicht mehr damit zufriedengeben konnte, sie nur durch das Holz eines Tors zu berühren.

Und genau deshalb bist du hier, sagte er sich und betrat den Torre delle Ghiandaie. Die Treppe wand sich nach oben wie eine Riesenschlange. Er sah beeindruckt hinauf und machte sich an den Aufstieg. In seiner Tasche klingelten einunddreißig Goldstücke und sieben Silbermünzen, ein kleines Vermögen. Das hatte ihm das Fest des verarmten Adligen eingebracht. Erst am Morgen hatte er seinen Anteil abgeholt, nur zwei Wochen nachdem ihm dieser schlichte, aber geniale Einfall gekommen war. Und Saraval hatte ihm die Münzen mit Freuden überreicht, denn die Geschäfte liefen über die rosigsten Vorstellungen hinaus gut. Vielleicht würde es sogar noch mehr Geld geben, da zwei edle Damen noch um überaus wertvolle Stücke, eine Kette und einen Ring, verhandelten. Das Ganze war ein großer Erfolg gewesen. Aus diesem Grund trug Mercurio die Münzen jetzt, als er die schmutzigen Stufen des Torre delle Ghiandaie hinauflief, als Glücksbringer bei sich. Und er wiederholte mehrmals leise den Satz, den er einstudiert hatte. Einen ganz einfachen Satz, der aber mit Sicherheit seine Wirkung zeigen würde.

»Was willst du?«, wurde er barsch von einer riesigen Frau in einem purpurroten Gewand angesprochen, als er ein Stockwerk erreichte, wo es nicht mehr nach Schmutz und körperlicher Liebe roch, sondern nach Seife und Lauge.

Mercurio sah sie an. »Ist das hier der fünfte Stock?«

»Was willst du?«, fragte das Riesenweib wieder.

»Ich suche den Kardinal«, entgegnete Mercurio.

»Heute arbeite ich nicht«, antwortete die Frau.

»Du bist der Kardinal?«, fragte Mercurio erstaunt.

»Und du bist wohl schwer von Begriff?«, entgegnete sie.

»Kennst du den Doktor Negroponte?«

Auf dem Gesicht der Frau lag nun Misstrauen. »Ich frage dich jetzt zum letzten Mal, und wenn du nicht willst, dass ich dich die Treppe runterwerfe, antwortest du besser: Was willst du?«

»Ich muss ihm etwas sagen«, erklärte Mercurio.

»Sag es mir, und ich werde es ihm ausrichten, wenn ich ihn sehe«, erwiderte der Kardinal.

»Nein, ich muss es ihm selbst sagen.« Mercurio hielt für einen Moment inne. »Es ist wichtig. Es geht um seine Tochter.«

Ihre Gesichtszüge erstarrten. »Geht es ihr schlecht? Ist ihr etwas passiert?«

»Nein … nein«, stammelte Mercurio. »Aber du wirst verstehen …?«

Der Kardinal musterte ihn einen Augenblick scharf. »Du bleibst hier stehen und rührst dich nicht«, befahl sie dann und ging auf eine Tür am Anfang eines schmalen Flurs zu. Sie klopfte an und öffnete.

»Wer ist da?«, ertönte eine Stimme aus dem Zimmer.

»Ich bin es, Doktor«, antwortete Mercurio schnell, der der Hure gefolgt war.

»Wer ist ich?«

»Mercurio.«

»Oh, verdammt!«, fluchte Isacco.

»Soll ich ihn die Treppe hinunterwerfen?«, fragte der Kardinal und packte Mercurio am Jackenkragen.

Isacco erschien in der Tür. Sein Gesicht sah müde aus, gezeichnet von dem tagelangen Kampf gegen die französische Krankheit. Er blickte Mercurio an, schien aber durch ihn hindurchzusehen. Dann wandte er sich dem Kardinal zu, deutete hinter sich in das Zimmer und schüttelte stumm den Kopf.

Die Frau erblasste, und ihre Augen füllten sich mit Tränen.

Isacco richtete den Blick wieder auf Mercurio. »Komm rein«, sagte er, aber es war keine freundliche Einladung. Dann streichelte er tröstend die Schulter des Kardinals. »Kümmere dich um alles.«

Mercurio betrat den Raum und sah dort eine Frau auf dem Bett liegen. Obwohl ihre Nase von einer Wunde ausgehöhlt war, wirkte ihr Gesicht heiter. »Guten Tag«, sagte er leise.

»Die kann dich nicht mehr hören«, sagte Isacco und schloss die Tür. »Ihr Leidensweg ist heute zu Ende gegangen.«

Mercurio wich erschrocken zurück.

»Ich habe dich nur hereingelassen, weil ich dir etwas mitzuteilen habe«, sagte Isacco und ging auf ihn zu, angriffslustig trotz der Erschöpfung und der Enttäuschung, die in seinen Augen stand. »Halt dich von meiner Tochter fern«, sagte er leise. Dann tippte er mit dem Zeigefinger gegen Mercurios Brust und wiederholte langsam und jedes Wort einzeln betonend: »Halt ... dich ... von ... meiner ... Tochter ... fern!«

Mercurio spürte, wie ihm das Blut in den Kopf schoss. Sein ganzer Körper zitterte vor Wut. Die alten Verteidigungsmechanismen, die jedes Mal hervorbrachen, wenn er sich zu Unrecht beschuldigt glaubte, setzten sich in Gang. Doch er hielt sich zurück, atmete tief durch und sagte den Satz, den er sich überlegt hatte: »Ich bin jetzt so geworden wie Ihr ... Doktor«, sagte er, allerdings klang seine Stimme dabei ein wenig gepresst. »Ich bin ehrbar geworden.«

»Dir steht der Betrüger doch ins Gesicht geschrieben«, knurrte Isacco und kam so nah heran, dass er ihm tief in die Augen schauen konnte. »Du bist ein Verbrecher. Du bist Abschaum.«

»Und was seid Ihr dann?«, fuhr Mercurio auf.

»Willst du mich beleidigen?«, fragte Isacco und packte ihn am Kragen.

»Warum habt Ihr ein Recht darauf, Euch zu ändern, und andere nicht?«, rief Mercurio mit blitzenden Augen, denn er spürte die ganze Last dieser Ungerechtigkeit. Er befreite sich aus Isaccos Griff. »Wofür haltet Ihr Euch eigentlich?«

Isacco musterte ihn schweigend.

»Doktor, hört mich an«, fuhr Mercurio nun in ruhigerem Ton

fort. »Ich habe jetzt eine ehrliche Arbeit.« Er holte das Säckchen mit den Münzen heraus, die er verdient hatte, öffnete es und hielt es Isacco hin, in der sicheren Überzeugung, es würde ihn beeindrucken. »Seht. Ich werde nicht nur ehrbar, sondern überdies noch reich«, erklärte er stolz.

»Halt dich von meiner Tochter fern«, wiederholte Isacco, als könnte er nichts anderes sagen, und würdigte die Münzen keines Blickes.

»Ich liebe Eure Tochter!«, schrie Mercurio, und erschrocken wurde ihm bewusst, dass er dies erstmals laut vor ihm äußerte.

Isacco wollte sich gerade auf ihn stürzen, als die Tür aufschwang.

Der Kardinal und zwei andere Huren kamen mit gesenkten Köpfen und rot geweinten Augen herein. Sie trugen eine Bahre, auf die sie mit aller Behutsamkeit den Leichnam ihrer Freundin legten, als wäre sie noch am Leben, und brachten sie dann hinaus.

Isacco ging gemessenen Schrittes zur Tür und schloss sie. So blieb er stehen, eine Hand auf der Klinke und den Rücken zu Mercurio gewandt. »Wenn du Giuditta wirklich liebst«, sagte er ernst und leise, »dann werde dir bewusst, wie viel Schmerz du ihr bereiten würdest. Überleg dir das, wenn du sie liebst.«

Mercurio fühlte sich beschämt und gedemütigt. Er schloss das Säckchen mit den Münzen und steckte es weg. Ein Teil von ihm gab dem Doktor recht, und schon wollte er sich geschlagen geben. Doch dann dachte er an Anna und daran, wie viel Vertrauen sie in ihn setzte. Und vor allem daran, wie Giuditta ihn jedes Mal ansah, wenn sie sich begegneten. Er war sich sicher, dass sie ihn mit derselben Entschiedenheit liebte wie er sie. »Nein«, sagte er. »Nein!«

Isacco wandte sich um, sein Gesicht war gerötet.

»Ich werde ein ehrbarer Mensch!«, beharrte Mercurio. »Ich werde Giudittas würdig sein!«

»Ja? Und weiter?« Isaccos Gesicht rötete sich immer mehr. »Wirst du auch Jude werden?«

»Ja, wenn es sein muss!«

»Verschwinde, Junge. Unsere beiden Welten können vielleicht nebeneinander bestehen, aber niemals zu einer einzigen werden.«

»Weil Ihr keine Fantasie habt«, erwiderte Mercurio instinktiv.

»Und was willst du mit deiner Fantasie ausrichten?«, fragte Isacco spöttisch und zog eine Augenbraue hoch.

»Man kann sich eine andere Welt vorstellen.«

Isacco betrachtete ihn schweigend. Dann schüttelte er den Kopf und öffnete die Tür: »Verschwinde, Junge. Du bist nur ein Dummkopf.«

Mercurio bewegte sich langsam und so würdevoll wie möglich. Als er an Isacco vorüber in Richtung Tür ging, setzte er noch einmal an: »Ich werde ...«

»Du weißt ja nicht einmal, wer du jetzt bist«, unterbrach ihn Isacco wütend. »Wie sollst du da wissen, wer du werden wirst?«

Mercurio fuhr herum. »Ich kann jeder sein, der ich sein will!«

»Na siehst du, du bist also doch nur ein Schwindler!« Isacco schob ihn zur Treppe. »So kann nur einer denken, der durch und durch ein Betrüger ist. Ein ehrbarer Mensch will nicht sonstwer sein, sondern nur er selbst, du Dummkopf!«

Mercurio war tief getroffen. Er fürchtete, Isacco könnte recht damit haben, dass er selbst nicht wusste, wer er wirklich war. Dass er vielleicht ein Niemand war. Und diese Furcht brannte in ihm wie reiner Alkohol und entfachte in ihm diese Wut, die ihn angetrieben hatte, immer weiter vorzupreschen. »Ihr haltet mir hier eine hehre Predigt, aber wie könnt Ihr zulassen, dass Eure Tochter eingesperrt lebt wie ein Tier? Was für ein Mensch seid Ihr? Was für ein Vater seid Ihr? Ist es das, was Giuditta verdient?«

Isacco sprang mit ausgestreckten Armen vor. »Du verdammter Dreckskerl!«, brüllte er und warf sich mit seiner ganzen Wut auf Mercurio. Das Gebrüll, ungewohnt auf diesem Stockwerk der Kranken, rief den Kardinal und die anderen beiden Huren herbei, und sie gingen dazwischen. Als man sie trennte, hatte Isacco nicht den Mut, dem jungen Mann ins Gesicht zu sehen. Denn auch er fürchtete, dass der andere recht haben könnte. Er hatte seine Tochter von ihrer heimatlichen Insel fortgeholt, um ihr ein besseres Leben zu bieten. Aber war das Leben hier wirklich besser?

»Ich werde Giuditta von hier fortbringen!«, schrie Mercurio ihm nach, während man ihn wegzog.

»Und ich werde dir dein Herz mit meinen Zähnen aus dem Leib reißen!«, erwiderte Isacco, jedoch so kraftlos und leise, das niemand ihn hörte. »Schickt ihn weg«, sagte er mit gesenktem Kopf und ging seine Sachen aus dem Raum am Anfang des Flurs holen.

Mercurio verließ das Castelletto so aufgebracht, dass er nicht klar denken konnte. Er fühlte in sich großen Zorn angesichts der Gemeinheiten, die Isacco ihm an den Kopf geworfen hatte, zugleich aber auch eine tiefe Verunsicherung, weil vieles von dem Gesagten ihn ohnehin schon umtrieb. Würde er es schaffen? Würde er ein richtiger Mann werden? Einer von denen, die nicht ihr Leben lang weglaufen und sich verstecken müssen?

Während er sich in diesen Überlegungen verlor, lief er wütend vorwärts, ohne ein festes Ziel zu haben. Ein ums andere Mal prallte er gegen jemanden, aber er hörte weder die Flüche und Beschimpfungen, noch blieb er stehen, um sich zu entschuldigen. Es war, als gäbe es nichts außer ihm und seinen Gedanken. Und als der Abend nahte, kam ein dichter Nebel auf, der ihn noch mehr vom Rest der Welt trennte.

Durfte er sich wirklich erlauben, Giuditta zu lieben? Was würde er ihr bieten können? Isacco hatte ihn mit seinen Worten tief verletzt. Er hatte eine wunde Stelle getroffen. Wer bist du?, fragte er sich. Jeder, der ich sein will, hatte er dem Doktor geantwortet. Aber war er denn tatsächlich niemand Bestimmtes? Wer war er, Mercurio, denn nun wirklich? Wer war er, wenn er sich nicht verkleidete?

Nachdem er sich diese Frage immer wieder gestellt hatte, ohne eine Antwort darauf zu finden, blieb er schließlich keuchend stehen. Er schlug sich die Hände vor die Augen und drückte mit einer Kraft zu, die seiner Wut und Verzweiflung entsprang. Als er sich wieder beruhigt hatte, nahm er die Hände von den Augen und versuchte, sich zu orientieren. Doch die Welt um ihn herum war geschrumpft, begrenzt von einem Nebel, der so dicht war wie ein Schleier aus levantinischer Baumwolle.

Als er einen Schritt nach vorn tat, versank sein Schuh im Schlamm. Er machte einen kräftigen Satz und landete auf einem Quader aus istrischem Kalkstein von der Art, mit der die Kanäle eingefasst waren. Doch dahinter sah er kein Wasser, sondern, wie er vermutete, nur eine Rampe aus in der Erde versunkenen Brettern. Auf der Erde und den Brettern wuchsen halb verrottete Algen, und es roch stark und durchdringend nach Fäulnis.

Er stieg von der steinernen Uferbefestigung auf die Rampe und folgte ihr schräg nach unten, bis er klatschende Wassergeräusche vernahm. Und plötzlich stand er vor einer dunklen, abgerundeten Wand aus Holz, die riesig zwischen Ufer und Wasser emporragte.

»Wer ist da?«, fragte jemand, und man hörte auch das unterdrückte Knurren eines Hundes.

Mercurio wusste nicht, was er antworten sollte. »Wo sind wir hier?«, fragte er, ohne zu begreifen, woher die Stimme gekommen war. Dabei stützte er sich mit einer Hand an der Holzwand ab, die sich leicht bewegte. Mercurio kam es beinahe so vor, als würde sie atmen.

»Du bist an der Werft von Zuan dell'Olmo. Und der bin ich«, sagte unvermittelt die Stimme hinter ihm.

Mercurio fuhr herum.

Ein magerer, gestromter Hund mit zerfetzten Ohren, einem dünnen Schwanz und hochgezogenen Lefzen, die seine alten gelben Zähne entblößten, kam knurrend auf ihn zu. Auf Mercurio wirkte er eher verängstigt als angriffslustig, daher streckte er ihm die Hand entgegen.

Der Hund wich erst zurück, dann kam er wieder näher, beruhigt durch die Gegenwart seines Herrn, eines alten Mannes, der inzwischen ebenfalls aus dem dichten Nebelvorhang aufgetaucht war. Der Hund beschnupperte Mercurios Hand und wedelte dann mit dem Schwanz.

»Brav, Mosè«, sagte der alte Zuan dell'Olmo.

Mercurio betrachtete fasziniert das Ungetüm aus dunklem Holz. »Was ist das?«, fragte er leise.

»Das ist eine Karacke«, antwortete Zuan.

»Eine Karacke?«, fragte Mercurio zurück.

»Ein Segelschiff«, erklärte der alte Mann und lachte in sich hinein.

»Ganz schön groß ...«, staunte Mercurio.

Der alte Mann nickte. »Ich hätte sagen sollen, es *war* eine Karacke«, sagte er ernst.

»War?«

»Sie wird versenkt«, sagte Zuan, und in seiner Stimme schwang Trauer mit. »Sobald ich ein bisschen Geld aufgetrieben habe, werde ich sie versenken müssen ... Ja, so ist das ...« Er seufzte.

»Und warum?«

Der alte Mann ging ein paar Schritte bis zur Seite des Schiffes und schlug leicht auf das Holz. »Vom Meer und von der Seefahrt verstehst du rein gar nichts, stimmt's, Junge?« Er lachte, aber es klang keineswegs fröhlich.

Mercurio zuckte mit den Schultern. »Nein«, gab er zu.

»Das ist wie mit einem Pferd«, erklärte Zuan. »Wenn es lahmt, muss man es töten.«

»Und das Schiff … lahmt?«

»Ja, die Ärmste …«

»Gehört es Euch?«

»Jetzt in diesem erbärmlichen Zustand schon«, sagte Zuan mit einem traurigen Lachen und schlug noch einmal auf die Seite des Schiffes. »Auf diesem Schiff habe ich als Junge angeheuert. Und bin auf ihm alt geworden. Diese Planken hier sind vierzig Jahre alt.« Diesmal schlug er nicht mehr auf das Holz, sondern streichelte liebevoll über die Außenseite des Kiels. Das Schiff senkte sich kaum merklich, von der trägen Rollbrandung bewegt, und sein Ächzen klang wie eine Antwort.

Wieder kam es Mercurio vor wie ein lebendiges Wesen.

»Und als der Reeder beschloss, es zu versenken …«, fuhr Zuan fort, »… das ist jetzt ungefähr fünf Jahre her …« Er schwieg kurz und schüttelte den Kopf, als könne er selbst nicht glauben, was er getan hatte. »Also, hier in der Nachbarschaft lachen alle über mich. Und sie haben ja irgendwie recht … Ich erzähle es auch dir, dann kannst du ebenfalls glauben, dass ich ein alter Trottel bin, der nicht mehr klar im Kopf ist … Als der Reeder entschieden hat, es sei an der Zeit, das Schiff zu versenken, habe ich ihn gebeten, es mir zu geben, und ihm ein Jahr Lohn dafür geboten. Ich konnte mich einfach nicht trennen von dieser … dieser … na ja!« Er stöhnte ungläubig auf. »Ich alter Narr … Ich habe geglaubt, diese alte Dame hier verdient es, von jemandem versenkt zu werden, der sie geliebt hat, und nicht von irgendwelchen dahergelaufenen Fremden.«

Der Hund wedelte mit dem Schwanz, bevor er schüchtern Mercurios Hand leckte.

Zuan sah es. »Du bist auch ein alter Narr, Mosè. Woher willst du wissen, dass der da ein anständiger Mensch ist? Vielleicht schneidet er uns gleich die Kehle durch und raubt uns aus.«

»Nein, nein, mein Herr«, wehrte Mercurio erschrocken ab. »Ich habe keineswegs die Absicht, Euch …«

»Das weiß ich doch, Junge«, sagte Zuan, und wie um seinem eigenen Redefluss Einhalt zu gebieten, erhob er seine Hand, die vom Alter und durch die Feuchtigkeit an diesem Ort zwischen Land und Wasser verkrümmt war. »Mosè ist überhaupt kein Narr. Wärst du ein übler Kerl, hätte er dich schon gebissen.«

»Dann seid Ihr also auch überzeugt, dass ich kein übler Kerl bin?«, fragte Mercurio.

»Natürlich, Junge«, erwiderte Zuan, ohne zu zögern.

»Und wisst Ihr auch, wer ich bin?«

»Woher sollte ich wissen, wer du bist?« Zuan sah ihn überrascht an.

Mercurio starrte ihn durchdringend an, als erwartete er von ihm eine Antwort. Als könnte dieser alte Mann all die Fragen auflösen, die er sich eben gestellt hatte, als hätte er eine Antwort für ihn und Isacco.

»Du wirkst wie einer, der …«, begann der alte Mann.

»Wie wer?«, bedrängte ihn Mercurio hoffnungsvoll.

»Wie einer, der sich verirrt hat«, sagte Zuan schulterzuckend.

Mercurio starrte ihn stumm an. »Ja«, erwiderte er schließlich. »Ihr habt recht.«

Zuan deutete hinter sich. »Halte dich links von diesem Kanal, das ist der Rio di Santa Giustina. Dann immer geradeaus, bis du links von dir einen anderen Kanal siehst, den Rio di Fontego. Wenn du den entlanggehst, läufst du direkt auf das Arsenal zu. Weißt du, wie du von dort aus nach Hause kommst?«

»Ja …«, erwiderte Mercurio. »Danke.«

»Los, gehen wir, Mosè«, sagte der alte Mann und kehrte mit langsamen Schritten dorthin zurück, woher er gekommen war.

Mercurio legte seine Hand auf die gleiche Stelle wie zuvor Zuan dell'Olmo, befühlte das Werg und das gehärtete Pech in den Fugen der Oberhaut.

Das Schiff bewegte sich ächzend, als würde es auch zu ihm sprechen.

»Warum richtet Ihr es nicht her?«, rief er der dunklen Gestalt hinterher, die sich allmählich im Nebel verlor.

»Ich habe nicht mal Geld, um es zu versenken«, hörte Mercurio den alten Mann mit trauriger Stimme sagen. »Wie soll ich da genug haben, um es wieder in Ordnung zu bringen?« Und dann war auch das Geräusch seiner Schritte nicht mehr zu hören.

Das Schiff ächzte, als wollte es Mercurio etwas mitteilen.

Seine Hand ging zu dem Säckchen mit den einunddreißig Goldmünzen, die er auf ehrliche Weise verdient hatte. »Ich werde das Geld auftreiben«, schrie er der Nebelwand entgegen.

Der Satz verhallte im Nichts, bis seine letzten Schwingungen sich auflösten.

Dann senkte sich Schweigen herab.

Und aus dieser Stille tauchten plötzlich die wankenden Gestalten eines alten Mannes und seines Hundes auf.

»Du musst ein noch viel größerer Narr sein als Zuan dell'Olmo, Junge«, lachte der Alte. Doch diesmal schwang darin keine Traurigkeit mit.

56

Schließ die Augen«, sagte Octavia, nahm Giuditta beim Arm und führte sie über den Platz des Ghetto Nuovo, wo sie sich den Weg durch eine kleine Menge Schaulustiger bahnen mussten.

Obwohl Giuditta vor Neugier zitterte, hielt sie die Augen geschlossen.

Es war alles so schnell gegangen. In nur drei Wochen war ihr Leben auf den Kopf gestellt worden. Und zwei ihrer Träume standen kurz vor ihrer Erfüllung.

Der Himmel war an diesem Morgen außergewöhnlich klar. Reines Azurblau, was in Venedig eher eine Seltenheit war. Während sie sich langsam von ihrer Freundin führen ließ, spürte Giuditta die Sonnenstrahlen angenehm warm auf ihrem Gesicht. Sie stellte sich vor, diese Wärme käme von Mercurios Atem, von seinen Zärtlichkeiten. Etwas tief in ihrem Körper reagierte auf diese Gedanken, und Giuditta errötete. Seit jenem Tag am Tor, an dem Mercurio ihr seine Liebe gestanden hatte, machte ihr Körper ihr immer häufiger bewusst, dass sie nun eine Frau war. Sie errötete noch etwas tiefer und überließ sich ganz der Lust, die sie erfüllte. Denn diese Liebe war der erste Traum, der sich zu verwirklichen begann. Und der Schmetterling mit den Flügeln aus Silberfiligran in ihrer Tasche war der Beweis dafür.

»Gleich ist es so weit ...«, flüsterte Octavia ihr ins Ohr, als sie die Mitte des Platzes erreicht hatten. »Gleich ist es so weit ...«

Giuditta lächelte. Ihr zweiter Traum. Auch der war erstaunlich schnell in Erfüllung gegangen. Ariel Bar Zadok, der *strazzarolo* des Ghettos, der Stoff- und Lumpenhändler, hatte sich unter Octavias Leitung äußerst geschickt angestellt. Die beiden hatten Giuditta gedrängt, sich sofort an die Arbeit zu machen, und sie zehn Modelle für Hüte und zehn für Kleider zeichnen lassen. Giuditta war vollkommen überrascht gewesen. Sie hatten ihr Papier, Stifte, Farben, Federn, Pinsel und Tinte in die Hand gedrückt und sie nach Maßen und Vorschlägen für die Stoffauswahl gefragt. Und sie hatten alle ihre Ideen angenommen. Dann hatten die beiden einen ganzen Trupp von Näherinnen aus der Gemeinde und einen Zuschneider angestellt. Giuditta hatte viele Tage gemeinsam mit ihnen in einem großen Raum zugebracht, den Ariel Bar Zadok mit Spiegellampen ausgerüstet hatte, die alles hell ausleuchteten. Und die Näherinnen und der Zuschneider hatten sie zu den Entwürfen und ihrer neuartigen Idee beglückwünscht, die hinter diesen Modellen stand und ebenso einfach wie praktisch war.

Nun war der große Moment gekommen.

»Bist du bereit?«, fragte Octavia, als ihre junge Freundin stehen blieb.

Giuditta schlug das Herz vor Aufregung bis zum Hals. »Warte ...«, sagte sie atemlos.

Octavia lachte.

Und ihr fröhliches Lachen beruhigte Giuditta. »Ja, ich bin bereit!«, rief sie aufgeregt.

»Nun denn, Ariel Bar Zadok!«, rief Octavia. »Öffnen wir unseren Laden! Und du mach die Augen auf, Giuditta!«

»Bereue, Venedig!«, hallte in dem Moment eine grollende Stimme laut über den Platz.

»Bereue!«, wiederholte eine jüngere Stimme nicht weniger hasserfüllt.

Giuditta drehte sich in die Richtung, aus der die Stimmen kamen. Und da sah sie auf der anderen Seite der Brücke über den Rio di San Girolamo inmitten einer Schar von Anhängern einen Mönch mit zum Himmel erhobenen Händen stehen.

Man nannte ihn den Heiligen, denn es hieß, er habe die Stigmata unseres Herrn Jesu Christi vom Heiligen Markus persönlich erhalten. Doch Giuditta kannte ihn noch aus den Tagen vor ihrer Ankunft in Venedig: Es war Fra' Amadeo, jener Mönch, der sie und ihren Vater, kurz nachdem sie im Po-Delta an Land gegangen waren, verfolgt hatte, um sie von den wütenden Bauern steinigen zu lassen. Und neben dem Mönch stand triumphierend ein Junge. Weil er dem Mönch auf Schritt und Tritt folgte und wegen des auffälligen Gewandes, das er auf Geheiß des Fürsten Contarini tragen musste, hatte das Volk ihm einen deutlich weniger schmeichelhaften Spitznamen verpasst: das Äffchen. Doch Giuditta kannte auch seinen richtigen Namen. Er hieß Zolfo und hatte versucht, sie im Feldlager des Hauptmanns Lanzafame zu erstechen. Aber glücklicherweise war Mercurio in ihrer Nähe gewesen und hatte sie erfolgreich verteidigt.

»Dieser verfluchte Mönch!«, knurrte Octavia. »Der soll uns die Einweihung bloß nicht verderben. Komm schon, Ariel!«

Giuditta lief ein Angstschauder den Rücken hinab. Sie hatte eine böse Vorahnung.

»Schau nicht hin, Giuditta!«, sagte Octavia zu ihr und zerrte sie weiter. »Tu einfach so, als ob er gar nicht da wäre.« Sie wandte sich an die versammelten Juden. »Tut einfach so, als ob er gar nicht da wäre!« Dann gab sie Ariel Bar Zadok einen Klaps. »Komm, Ariel, nun mach schon!«

Doch der Stoffhändler stand wie gelähmt da und machte keine Anstalten, den Laden zu eröffnen. Stattdessen deutete er mit dem Zeigefinger auf den Mönch und seine fanatischen Anhänger. »Er verbrennt unsere heiligen Schriften«, stammelte er entsetzt.

Die Mitglieder der jüdischen Gemeinde drehten sich erschrocken um. Auf der Fondamenta degli Ormesini stiegen Flammen zum Himmel. Auch die christlichen Weber kamen aus ihren

Häusern und den kleinen Werkstätten, in denen sie kostbare Stoffe fertigten, und schüttelten fassungslos die Köpfe.

»Die Juden sind das Krebsgeschwür Gottes!«, schrie der Heilige und warf ein dickes Buch auf den Scheiterhaufen.

»Das Krebsgeschwür Gottes!«, wiederholte Zolfo, das Äffchen. Er drehte sich zu der Menge Schaulustiger um und forderte sie auf, mit ihm zu schreien.

»Das Krebsgeschwür Gottes!«, schrien einige, aber es mischte sich auch höhnisches Gelächter unter den allgemeinen Lärm.

»Befreie dich von dieser Plage, Venedig!«, rief der Heilige, die Hände mit den Wundmalen immer noch zum Himmel erhoben. »Befreie dich von ihren schändlichen Büchern!«

»Befreie dich von den Juden!«

Die Flammen der brennenden Bücher loderten hoch empor. Und je höher sie stiegen, desto mehr erregte sich die Menge.

»Satansvolk!«, dröhnte der Heilige und drehte sich mit erhobenen Armen im Kreis. Er nahm eine Schriftrolle aus Pergament, hielt sie hoch über die Menge der Schaulustigen und warf sie dann ins Feuer.

»Die Thora!«, flüsterten die auf dem Platz versammelten Juden mit blankem Entsetzen in den Augen. Eine alte Frau fing an, leise und schicksalsergeben zu weinen, als würde sie so etwas nicht zum ersten Mal erleben.

Als die Flammen krachend aufloderten, johlte die Menge der Eiferer triumphierend auf.

»Brenne, Zion!«, rief der Heilige.

Ein Dutzend aufgebrachter Menschen machte Anstalten, mit Knüppeln in der Hand die Brücke zu überschreiten und über die Leute auf dem Platz des Ghetto Nuovo herzufallen.

Erschrocken wichen die Juden zurück, obwohl ihre Angreifer noch ziemlich weit entfernt waren. Die Kinder klammerten sich ängstlich an die Röcke ihrer Mütter.

Gedankenversunken flüsterte Giuditta: »Mercurio ...«

In dem Moment kam Hauptmann Lanzafame aus dem Wachhaus bei der Brücke herausgerannt. Er war unsicher auf den Beinen und wirkte betrunken. Ihm folgten mit gezückten Schwertern Serravalle und fünf weitere seiner Männer. Mit ausladenden Schritten eilte Lanzafame zum Scheiterhaufen und trat die brennenden Bücher in den Kanal. Zischend erloschen die heiligen Schriften, und über der Wasseroberfläche erhoben sich eine dunkle Rauchsäule und beißender Gestank.

»Verschwindet!«, schrie Hauptmann Lanzafame.

»Es ist unser gutes Recht zu bleiben«, erwiderte der Heilige.

»Du schon wieder, verfluchter Mönch«, knurrte Lanzafame finster und richtete drohend den Zeigefinger gegen ihn.

»Du schon wieder, verfluchter Soldat im Solde Satans«, entgegnete der Heilige und wandte sich wieder seiner kleinen Anhängerschar zu, um sie weiter aufzuhetzen und sich ihrer Unterstützung zu versichern.

Doch Lanzafame ließ sich so leicht nicht einschüchtern. Wütend packte er den Mönch bei der Kapuze seiner Kutte, schleifte ihn wie einen angeleinten Hund ein paar Schritte hinter sich her und schleuderte ihn schließlich zu Boden. »Verfluchter Satansprediger!«, beschimpfte er ihn.

Die aufgebrachte Menge grollte dumpf, während sich der Heilige mit verdreckter Kutte aus dem Staub erhob.

»Serravalle!«, dröhnte Lanzafame. »Treib diese Dummköpfe mit Arschtritten weg!«

Serravalle und die Soldaten stürzten sich auf die Eiferer, ließen ihre Schwerter zischend durch die Luft sausen und schlugen einige nieder.

Da zogen auch die Eifrigsten, die sich eben noch wie Wölfe aufgeführt hatten, die Köpfe ein und wichen wie eine Herde Schafe zurück. Kaum hatten sie sich in sichere Entfernung gebracht, verschwanden sie hastig in alle Himmelsrichtungen.

Nur Zolfo blieb vor Lanzafame stehen und sah ihn herausfordernd an. Schweigend spuckte er dem Hauptmann vor die Füße.

Ohne zu zögern und mühelos hob Lanzafame ihn hoch und warf ihn in den Kanal. »Das hätte ich schon bei unserer ersten Begegnung tun sollen, du lästiges Ungeziefer.«

Als Zolfo prustend aus den schmutzigen Fluten auftauchte, fingen die noch verbliebenen Beobachter der Szene an zu lachen.

Der Heilige hatte von allen unbemerkt inzwischen den Rückzug angetreten.

»Bruder Amadeo!«, rief Zolfo, sobald er das Ufer erreicht hatte, und rannte ihm hinterher, wobei er eine kräftige Wasserspur hinterließ. »Bruder Amadeo!«

»Ja, lauf deinem Herrn nach! Los, lauf schon, Äffchen«, johlten die letzten Zuschauer höhnisch.

Lanzafame ging auf die Brücke zum Judenviertel und baute sich dort mit in die Hüften gestemmten Armen in der Mitte auf. Er keuchte schwer. Die Haare fielen ihm in die Stirn, seine Nasenflügel zitterten vor Wut, und man sah, wie er immer wieder die Kiefernmuskeln anspannte.

Einen Moment lang kam es Giuditta vor, als würde sie den mutigen Krieger wiedererkennen, der er einmal gewesen war.

»Und ihr macht gefälligst weiter mit dem, was ihr sonst auch tut!«, brüllte der Hauptmann den eingeschüchterten Juden zu. »Es ist nichts passiert!« Er starrte sie noch eine Weile schweigend an, bevor er zum Wachhaus zurückkehrte.

Die auf dem Platz versammelten Juden waren wie erstarrt. Da hob ein kleiner Junge einen Stock vom Boden auf und stürzte sich auf einen unsichtbaren Feind. »Ich bin Hauptmann Lanzafame, du verfluchter Satansmönch! Dir werde ich es zeigen!«

»Simone, nein!«, hielt seine Mutter ihn zurück und packte ihn am Arm. »Nein! Auch wenn er uns geholfen hat, bleibt er immer noch ein Christ!«

Der Junge sah sie kurz an. Dann riss er sich los und rief wieder: »Ich bin Hauptmann Lanzafame, du verfluchter Hund!«

Zwei andere Jungen nahmen sein Spiel auf und schrien ebenfalls: »Ich bin Hauptmann Lanzafame!« Und noch weitere Kinder stürzten sich in ein fröhliches Kampfgetümmel.

Giuditta beobachtete sie. Was sollten die Kinder auch anderes tun, wo heute nicht ein Jude einen Finger gerührt hatte, um sie zu verteidigen? Was sollten sie tun, wo doch alle Männer der Gemeinde wie gelähmt dagestanden hatten und keiner sich als Held hervorgetan hatte?

»Giuditta«, hörte sie Octavia hinter sich sagen. »Der Hauptmann hat recht. Es ist nichts passiert.«

Giuditta drehte sich fragend zu ihr um. »Es ist nichts passiert?«

Octavia war blass geworden. Dennoch sagte sie: »Komm, lass uns den Laden eröffnen.«

Giuditta sah zu Ariel Bar Zadok hinüber. Der Kaufmann war vollkommen durcheinander und wusste nicht, wie er sich verhalten sollte.

»Kommt her, gute Leute!«, rief da Octavia aus und machte eine einladende Geste in Richtung der Frauen der Gemeinde. »Kommt und seht euch die Modelle von Giuditta di Negroponte an!« Dann stieß sie Ariel Bar Zadok an und zischte ihm zu: »Jetzt mach schon, du alter Esel!«

Der Kaufmann hielt immer noch den Zipfel eines roten Seidentuchs fest, das er vor den Eingang des Geschäfts gespannt hatte, um so die Leute zu überraschen. Doch er konnte sich nicht dazu durchringen, es fortzuziehen.

Die Leute der jüdischen Gemeinde zögerten noch. Immer wieder schauten sie in Richtung des Rio di San Girolamo, wo nach wie vor der Rauch von den verbrannten Heiligen Schriften aufstieg. Der Rabbiner versuchte mit Hilfe zweier Männer das Wenige aus dem Wasser zu bergen, was nicht Opfer der Flammen geworden war.

»Kommt, Rachel«, forderte Octavia die Frau auf, die als eine der Ersten einen Hut von Giuditta erworben hatte. »Kommt und seht, wie hübsch alles geworden ist.«

»Nicht heute, Octavia«, erwiderte Rachel hastig und machte sich auf den Heimweg.

Nach und nach gingen alle Bewohner des Ghettos, die nicht wegen ihrer Arbeit in Venedig unterwegs waren, nach Hause. Nur ein paar Kinder blieben zurück, die mit ihren Holzschwertern immer noch »Hauptmann Lanzafame und der verfluchte Satansmönch« spielten.

»Und du, willst du auch nicht wissen, wie alles geworden ist?«, wandte sich Octavia enttäuscht an Giuditta.

Giuditta sah zum Laden hin. Ariel Bar Zadok stand immer noch unentschlossen auf der Schwelle und umklammerte den Zipfel des roten Seidentuchs. Giuditta fand, dass er lächerlich aussah. Und unendlich traurig. Da umarmte sie ihn und gab ihm einen Kuss auf die Wange. »Aber ja doch!«, sagte sie und zwang sich, heiter zu klingen. »Zeigt mir euer Werk.«

»Na gut, dann los, Ariel«, sagte Octavia, und als der Kaufmann immer noch nicht reagierte, nahm sie ihm den Stoffzipfel aus der Hand und zog daran. Raschelnd fiel das Tuch zu Boden und gab den Blick auf den Laden frei.

Giuditta wollte eintreten, doch dann blieb sie staunend draußen stehen und betrachtete im Schaufenster atemlos eines der Kleider, die sie entworfen hatte. Es war noch schöner, als sie es sich auf dem Papier vorgestellt hatte.

»Na? Was hältst du davon?«, fragte Octavia zufrieden lächelnd.

»Es ist wunderschön ...«, flüsterte Giuditta.

Octavia lachte. »So wie du das sagst, klingt es, als wären das nicht deine eigenen Entwürfe.«

»Ja, genau so scheint es mir auch ... Das alles kommt mir so unwirklich vor ...«, stammelte Giuditta.

»Los, tritt schon ein«, forderte die Freundin sie auf. »Ariel hat alles nach deinen Vorstellungen ausgeführt.«

Giuditta konnte sich immer noch nicht dazu aufraffen, den Laden zu betreten. Eine gewisse Vorahnung, dies sei nicht der rechte Tag für die Einweihung, hielt sie zurück. Sie überlegte, ob sie nicht besser alles auf den nächsten Tag verschieben sollten. Doch als sie noch einmal den Blick über den Platz schweifen ließ, während sie nach den rechten Worten suchte, um ihrer Freundin ihre Bedenken begreiflich zu machen, sah sie, wie eine elegant gekleidete Dame in einer prächtigen Gondel an der Anlegestelle der Fondamenta degli Ormesini festmachte. Mit Hilfe zweier Diener kam sie an Land und steuerte in ihrer Begleitung die Brücke zum Ghetto Nuovo an.

Giuditta lief ein Schauder den Rücken hinab, ohne dass sie eine Erklärung dafür hatte.

Die Dame hatte inzwischen die ersten Stufen der Brücke erreicht.

»Wohin wollt Ihr, edle Dame?«, sprach Hauptmann Lanzafame sie an, der mit einer Flasche Wein in der Hand wieder in der Tür des Wachhauses erschienen war.

Die Frau drehte sich zu ihm um. Sie trug einen auffallenden Hut mit einem schwarzen Satinschleier, auf den winzige blaue Rosen gestickt waren. »Darf ich denn nicht gehen, wohin ich möchte?«, fragte sie mit sinnlicher Stimme.

Lanzafame näherte sich ihr langsam. »Was könnte eine Dame wie Ihr schon an einem Ort wie diesem hier suchen?«, fragte er sie.

»Seid Ihr hier … der Pförtner?«, fragte die Dame. Ihr Ton war nun herrisch, und in ihrer Stimme lag die ganze Verachtung, die Adlige für das gemeine Volk empfinden.

»Es hat gerade ein paar kleine Probleme mit einem Mönch und ein paar Hitzköpfen gegeben«, erwiderte Lanzafame, ohne auf ihr herausforderndes Verhalten einzugehen.

Die Dame rümpfte die Nase. »Habt Ihr sie etwa gebraten?«

Lanzafame musste lächeln.

»Ich habe gehört, dass Ihr ein Freund der Juden seid«, sagte die Frau.

»Dann habt Ihr etwas Falsches gehört, meine Dame«, entgegnete Lanzafame. »Bei allem Respekt, ich scher mich einen feuchten Dreck darum, ob jemand Jude oder Christ ist. Ich bin nur der Freund von einzelnen Menschen.«

»Dann seid Ihr besser als Euer Ruf«, sagte die Dame, ehe sie sich abwandte, um über die Brücke zu gehen.

Als er ihr auf ihrem Weg zum Geschäft des Stofftrödlers hinterhersah, hatte Lanzafame das seltsame Gefühl, sie von irgendwoher zu kennen.

Benedetta hielt sich weiter kerzengerade. Sie war erleichtert. Der Hauptmann hatte sie nicht erkannt, und auch die Jüdin mit dem Laden würde sie bestimmt nicht erkennen. Sie atmete tief durch. Um ihren Plan durchführen zu können, musste sie ruhig und aufmerksam sein. Der erste Punkt war ganz einfach. Die Magierin Reina hatte ihr empfohlen, einen körperlichen Kontakt herzustellen, damit der Fluch wirkte. Das Übrige war ungleich schwieriger, doch auch das würde sie schaffen. Sie war schließlich eine ausgezeichnete Betrügerin. Sie konnte ihre Hände so flink bewegen, dass niemand es bemerkte. Als sie das Geschäft erreicht hatte, erschien ein Lächeln auf ihrem Gesicht. Dieses Mal benötigte sie ihre flinken Hände nicht, um etwas an sich zu nehmen, sondern um etwas dort zu hinterlassen. Etwas, das sich in dem kleinen goldenen Samttäschchen an ihrem linken Arm befand. Nahe bei ihrem Herzen. Am Arm der Liebe. Und des Hasses.

Giuditta, Octavia und Ariel Bar Zadok hatten ihren Weg über den Platz verfolgt, ohne die Augen von ihr abwenden zu können. Irgendetwas an dieser Dame zog sie magnetisch an.

Giuditta spürte, wie ihr erneut ein Schauder den Rücken hinablief.

»Sollte heute hier nicht ein Laden eröffnet werden …? Das Geschäft einer Giuditta … Giuditta di … Ach, den Rest des Namens habe ich vergessen …«, wandte sich Benedetta schließlich mit verstellter Stimme an sie und berührte dabei ihre Stirn unter dem Schleier.

»Giuditta di Negroponte«, kam Octavia ihr zu Hilfe.

»Oh ja, so hieß sie, genau«, dankte ihr Benedetta.

»Sie hier ist es«, rief Octavia aus und zeigte auf Giuditta.

Benedetta stieß einen überraschten Schrei aus, als wäre ihr das Mädchen völlig unbekannt, dann zog sie schnell ihren Handschuh aus und packte mit festem Griff Giudittas Hand. »Was für eine Freude«, sagte sie und hielt die Hand auch noch fest, als Giuditta sie mit einem verlegenen Lächeln schon wieder fortziehen wollte. Benedetta drückte die Hand so stark, dass sie Giuditta fast die Nägel in die Haut trieb. Komm, Fluch, erfülle dich!, dachte Benedetta. Erst dann ließ sie die Hand wieder los.

Giuditta fühlte sich unbehaglich. Die Frau jagte ihr Angst ein, und ihr hinter dem Schleier verborgenes Gesicht schien sie merkwürdig durchdringend zu beobachten.

»Unsere Giuditta hier hat ihren Laden selbst noch nicht gesehen …«, fuhr Octavia fort.

Benedetta blickte zu dem Ladenschild auf, einem Schmetterling aus Holz mit einem Schriftzug über den Flügeln. »Psyche«, las sie.

»… deswegen zeigen wir ihn jetzt ihr und Ihnen gemeinsam, edle Dame«, lachte Octavia.

»Ich bin wegen der Kleider hier, nicht wegen des Ladens«, erwiderte Benedetta knapp. »Wartet hier draußen auf mich«, wies sie ihre beiden Diener an und trat ein, nachdem sie noch einen Blick auf das Gewand im Schaufenster geworfen und kühl bemerkt hatte: »Hübsch.«

»Unsere erste Kundin«, flüsterte Octavia Giuditta aufgeregt zu, ehe sie ebenfalls hineinging.

»Octavia ...«, versuchte Giuditta sie aufzuhalten, weil sie das beklemmende Gefühl nicht loswurde.

Doch Octavia war bereits hinter der Dame im Laden verschwunden. »Seht Ihr? Ein zartes Salbeigrün an den Wänden. Und Lavendelblau im Umkleideraum mit der Schneiderei.« Sie wirbelte einmal um die eigene Achse. »Alles ganz schlicht. Und wisst Ihr, warum? Weil die Kleider bunt sind. Darauf soll sich die Aufmerksamkeit der Kundinnen richten.«

Benedetta antwortete nicht und ging auf eine Holzstange zu, an der einige Kleider hingen. »Sind die schon fertig?« Sie betrachtete sie genauer. »Aber hier fehlt ja noch eine Naht ... und da auch ...«, sagte sie erstaunt.

Octavia lächelte übers ganze Gesicht. »Edle Dame, das ist ja gerade das Geheimnis unserer Modelle!«, rief sie aus.

»Was, dass die Nähte nicht geschlossen sind?«, fragte Benedetta sarkastisch.

Octavia drehte sich zu Giuditta um. »Nur zu, erklär du es der Dame.«

Giuditta rührte sich nicht.

»Ja, nur zu, erklärt mir diesen seltsamen Umstand«, forderte Benedetta sie auf.

»Also ...«, begann Giuditta stockend, »unsere Kleider unterscheiden sich nach Modell, Farbe und ... Größe.«

»Größe?«, fragte Benedetta überrascht.

»Größe!«, bestätigte Octavia.

Giuditta versuchte, ihr Unbehagen beiseitezuschieben. Mit einem stolzen Lächeln zeigte sie auf die ausgestellten Kleider. Der Laden sah genauso aus, wie sie ihn sich erträumt hatte. Für einen Moment vergaß sie tatsächlich die verschleierte Dame und das merkwürdige Gefühl, das sie bei ihrem Anblick empfand. Sie konzentrierte sich allein auf das, was sie sah: auf ihren Traum, den Octavia und Ariel Bar Zadok liebevoll bis ins kleinste Detail umgesetzt hatten. »Ja, ganz genau. Sie sind von unterschiedlicher Größe«, wiederholte sie voller Stolz. »Ich habe mir fünf verschiedene Körpermaße ausgedacht, die mit denen der meisten Frauen übereinstimmen müssten. Und nach diesen Größen schneidern wir unsere Kleider ...«

»Aber sie sitzen doch nicht richtig, wenn sie nicht genau nach Maß geschneidert werden ...«, warf Benedetta ein.

»Das stimmt«, gab Giuditta ihr recht. »Aber die Modelle sind noch nicht endgültig, wir passen sie noch an. Wir haben die Möglichkeit für kleine, aber wichtige Änderungen offen gelassen. Was Ihr gerade als *fehlende Naht* bezeichnet habt, ist in Wirklichkeit der Saum, mit dem wir das Kleid ein wenig enger oder weiter, etwas länger oder kürzer machen können, und zwar überall, unten am Rocksaum, hier am Mieder, an den Ärmeln oder beim Ausschnitt. Doch das Grundmodell ist schon fertig.«

»Und warum?«, fragte Benedetta, der allmählich klar wurde, dass Giudittas Idee großartig war und sich mit ihr eine Menge Geld verdienen ließ. Zu ihrem Hass gesellte sich nun auch noch Neid, und ihr Wunsch, der Jüdin zu schaden, wurde umso brennender.

»Also«, begann Giuditta nun voll Eifer ihre Idee zu schildern, »wenn ich in den Laden einer Schneiderin gehe, dann zeigt man mir verschiedene Modelle, die oft sogar nur als Zeichnungen existieren. Dann zeigt man mir verschiedene Stoffe, die angehalten werden, sodass ich sehen kann, ob mir die Farbe und das Material stehen. Mehr nicht. Und wenn ich dann den Laden verlasse, weiß ich nicht, ob mir das Kleid auch wirklich stehen wird. Und zum anderen quält mich die Ungeduld, wann es wohl fertig ist. Meint Ihr nicht auch?«

»Ja ...«, sagte Benedetta.

»Hier könnt Ihr sofort jedes Modell probieren, das Euch gefällt. Ihr könntet gleich sehen, ob es Euch steht oder nicht. Und wenn es Euch gefällt, könntet Ihr nach einer knappen Stunde Euer Kleid abholen. Ihr müsstet also nicht erst eine Woche oder länger warten. Denn dort drüben, in dem Umkleidezimmer, steht eine Schneiderin zu Eurer alleinigen Verfügung bereit.«

Giuditta sah begeistert zu Octavia und Ariel Bar Zadok hinüber. »Diese Mode ist …«

»… gleich von der Stange zu tragen!«, vervollständigten im Chor Octavia und der Kaufmann.

»Ein fantastischer Einfall«, sagte Benedetta. Sie klatschte in die Hände und bemühte sich dabei, möglichst gleichmütig zu wirken, während in ihr bittere Galle hochstieg. »Mode gleich von der Stange … wirklich gut.«

Giuditta umarmte Octavia.

Du verfluchte Schlampe, dachte Benedetta erbittert.

»Möchtet Ihr ein bestimmtes Modell anprobieren?«, fragte Octavia sie.

»Nein«, erwiderte Benedetta. »Ich will sie alle probieren.«

Bewegt schlug Octavia die Hände vor die Brust. Dann holte sie nacheinander ein Kleid von jedem Modell von der Stange. Mit den Sachen auf dem Arm folgte sie Benedetta ins Umkleidezimmer und ließ ihre erste Kundin dann mit der Schneiderin allein.

Benedetta entkleidete sich hinter einem dreiflügligen Paravent aus Satin, der im gleichen Lavendelton gehalten war wie die Wände und mit Dutzenden von Schmetterlingen bestickt. Den Hut mit dem Schleier behielt sie jedoch auf. Sie schlüpfte in das erste Kleid. Ohne jede Nachbesserung der Schneiderin saß es beinahe wie angegossen. Der Stoff war ungewöhnlich anschmiegsam, der gefällige Schnitt betonte die weiblichen Formen. Der Rock fiel ohne unliebsame Falten weich nach unten, und der Busen war zwar bedeckt, doch gleichzeitig mit sinnlicher Einfachheit hervorgehoben. Benedetta spürte, wie Neid und Hass weiter in ihr hochkochten.

Dann nahm sie das kleine, golden abgesteppte Samttäschchen und holte verstohlen einen kleinen Gegenstand heraus. Sie zog das Kleid wieder aus und verbarg in einer Innenfalte ungefähr auf Höhe des Herzens eine Rabenfeder.

»Nein, das hier gefällt mir nicht«, sagte sie dann zu der Schneiderin. »Gebt mir ein anderes.«

Die Frau tat wie geheißen.

Auch dieses Kleid war wunderbar. Diese kleine Schlampe hat wirklich Talent, dachte Benedetta unwillig. Wenn sie sie nicht bald aufhielt, könnte sie noch reich und berühmt werden. Doch dann kam ihr ein anderer Gedanke. Vielleicht sollte sie besser warten, bis Giuditta tatsächlich reich und berühmt geworden war. Boshaft und voller Vorfreude kostete sie diese Vorstellung aus. Je höher du steigst, desto schmerzhafter wird dein Fall sein.

Sie probierte das Kleid gar nicht erst an, versteckte aber auch in diesem eine Rabenfeder und zusätzlich den Zahn eines Säuglings.

»Nein, das hier gefällt mir auch nicht«, sagte sie und ließ sich das nächste Kleid reichen, bis sie in jedem der Gewänder Rabenfedern, Kinderzähnchen, Katzenkrallen, getrocknete Schlangenhaut, Haarbüschel und sogar eine zerbrochene Perle zusammen mit einer kleinen, krummen Haarnadel versteckt hatte. Schließlich nahm sie das erste Kleid, das sie anprobiert hatte, ließ es von der Schneiderin an sie anpassen und kaufte es, ohne um den Preis zu feilschen.

»Ihr wisst doch sicher, dass Ihr Juden keine neue Ware verkaufen dürft«, sagte Benedetta noch, bevor sie sich zum Gehen wandte.

Giuditta und Octavia sahen einander an. Ein verschwörerisches Lächeln erschien auf ihren Gesichtern. Dann öffnete Giuditta noch einmal das Paket mit dem Kleid, das Benedetta gerade gekauft hatte, drehte es auf die Innenseite und zeigte ihr die Stelle, an der das Oberteil in den Rock überging. Sie schob die beiden übereinanderliegenden Säume auseinander und deutete auf einen kleinen roten Fleck. »Es ist nicht ganz neu«, sagte sie lächelnd. »Wie Ihr seht, ist es gebraucht. Ich hoffe, das stört Euch nicht.«

Benedetta starrte sie an. »Dann seid Ihr also eine Betrügerin.«

Giuditta errötete heftig.

»Ach, meine Liebe, das habe ich doch nicht ernst gemeint!« Benedetta lachte grell. Dann ergriff sie wieder Giudittas Hand und dachte erneut: Erfülle dich, Fluch! Sie betrachtete den Fleck genauer, obwohl sie schon auf den ersten Blick gesehen hatte, worum es sich handelte. Jetzt blieb ihr nur noch eines zu tun. Und das war der schwierigste Teil ihrer Aufgabe, denn dazu benötigte sie die Mithilfe ihres Opfers. »Das sieht aus wie Blut«, sagte sie und deutete auf den Fleck.

»Nein, macht Euch keine Gedanken«, antwortete Giuditta sofort. »Das ist nur Tinte. Aber es ist schon seltsam, dass Ihr das erwähnt …«

Benedetta bemerkte, dass Giuditta plötzlich abbrach und sich hilfesuchend nach ihrer Freundin umsah. Diese nickte ihr aufmunternd zu.

»Beim ersten Mal, als ich diese Idee hatte …«, fuhr Giuditta dann fort, »war der Fleck wirklich aus Blut.«

Benedetta wusste nicht, wovon sie sprach, doch sie spürte, wie ihr ein Schauder der Erregung durch den ganzen Körper lief. Das Glück war ihr gewogen. Jetzt musste sie es nur noch beim Schopf packen, und sie hatte gewonnen.

»Wisst Ihr, was ich denke?«, sagte sie schmeichlerisch. »Das Schicksal wollte Euch beschenken.«

»Wie meint Ihr das?«, fragte Giuditta.

Benedetta drehte sich zu Octavia um. Jetzt war der geeignete Moment gekommen, sie für ihre Zwecke zu benutzen. »Ihr wisst, wovon ich rede, nicht wahr?«

Lächelnd kam Octavia näher. »Vielleicht …«, gab sie vor. »Aber erklärt es lieber selbst …«

Vielen Dank, du dumme Kuh!, dachte Benedetta.

»Also, ich weiß nicht, was Ihr meint ...«, sagte Giuditta.

»Die Konkurrenz ist groß.« Benedetta warf Octavia einen verschwörerischen Blick zu.

Octavia nickte stumm.

»Ach, kommt schon, spannt mich nicht länger auf die Folter. Ich weiß nicht, wovon Ihr sprecht«, drängte Giuditta. »Bitte, edle Dame, klärt mich auf.«

Benedetta strich mit dem Finger über den Fleck in dem Kleid, das sie gerade gekauft hatte. »Eure Kleider sind wirklich schön ... wenn auch nicht wirklich außergewöhnlich ...« Wieder sah sie Giuditta an. »Um aus der Menge hervorzustechen, müssten sie etwas Besonderes haben.«

»Was denn?«

»Blut.«

»Blut?«

»Sagt einfach, dass diese Flecken tatsächlich Blut sind«, erklärte Benedetta und sah nach oben, als wäre ihr dieser Gedanke gerade erst gekommen. »Blut von Verliebten. So werden die Frauen Eure Kleider nicht nur kaufen, weil sie schön sind, sondern weil sie hoffen, darin zu lieben und geliebt zu werden. Sozusagen ... verzauberte Kleider!« Und ohne eine Antwort abzuwarten oder ihnen die Zeit zu geben, darüber nachzudenken und vielleicht etwas dagegen einzuwenden, nahm sie das eingepackte Kleid und verließ den Laden Psyche, dessen erste Kundin sie gewesen war. Eilig lief sie auf die schwarze Gondel zu, die sie erwartete.

Giuditta und Octavia blieben schweigend zurück und sahen sich unschlüssig an.

»Blut von Verliebten!«, rief kurz darauf Ariel Bar Zadok hinter ihnen. »Was für ein Einfall! So eine Dame hätte ich gern als Geschäftspartnerin. Auch wenn sie Christin ist.«

Giuditta und Octavia lachten laut und riefen beide im Chor: »Blut von Verliebten!«

Und während ihre Freundin weiterlachte, wurde Giuditta wieder ernst und dachte an das Taschentuch, in dem sich ihr Blut mit dem Mercurios vermischt hatte. Und wieder erbebte sie innerlich vor Leidenschaft.

»Blut von Verliebten«, seufzte sie verträumt.

57

Er war erkannt worden, da bestand kein Zweifel. Aber aus irgendeinem Grund hatte derjenige ihn nicht angezeigt. Zumindest noch nicht.

Shimon tat so, als hätte er nichts bemerkt und lief weiter. Aber aus dem Augenwinkel beobachtete er den Diener, dessen Leben er in jener Nacht verschont hatte, als er den Wucherer Carnacina ermordet hatte, der Ester das Haus wegnehmen wollte.

Vielleicht hatte ihn der Diener nicht verraten, weil er den Schmuck seines Herrn an sich genommen hatte. Oder er hatte ihn aus Angst nicht angezeigt. Doch möglicherweise ging es auch um Erpressung, dachte Shimon, als er von seinem Versteck hinter einer Häuserecke sah, wie der Diener auf zwei finstere, tätowierte Männer zuging und ihnen bedeutete, Shimon zu folgen. Vielleicht, so überlegte Shimon, war der Diener ja noch gieriger als sein Herr. Er beschloss, das zu überprüfen.

Er trat aus seinem Versteck hervor, und die beiden Tätowierten hefteten sich sogleich an seine Fersen in der Überzeugung, er hätte sie nicht bemerkt.

Seit dem Mord an Carnacina hatte er nicht mehr ruhig geschlafen. Er träumte nie von Blut oder von seinen Verbrechen. Nur der Rosenstrauch tauchte regelmäßig in seinen Träumen auf. Und immer wenn er diesen Traum von dem bis auf die Wurzeln zerstörten Rosenstrauch hatte, erwachte Shimon mit Herzklopfen. Als hätte er eine Art Warnung erhalten, dass bald ein Unglück geschehen würde, dass sein Schicksal unwiderruflich auf ihn wartete.

Tatsächlich hatte ihn das Erlebnis mit Carnacina in seinem

tiefsten Innern erschüttert. Doch nicht die Mordtat als solche hatte ihn berührt oder an seinen moralischen Grundfesten gerüttelt. Es war vor allem die Tatsache, dass sein neues Wesen, sein grausames, blutrünstiges Ich, weiter in ihm lauerte. Und dann kam unerwartet noch jemand ins Spiel: Ester. Sie hatte alles durcheinandergebracht. Plötzlich hatte er aus Zuneigung und Leidenschaft gehandelt. Was zunächst aus purer Grausamkeit und Rache geschehen war, erhielt nun den Anschein von Gerechtigkeit. Und diese neue Wendung warf Shimon nun aus dem Gleichgewicht. Wie war es möglich, dass er, der sich selbst bis dahin als nahezu gefühllos empfunden hatte, zu solcher Zärtlichkeit und Anteilnahme fähig war?

»Wer bist du wirklich?«, fragte Shimon sich jeden Morgen beim Erwachen.

Er wusste, dass er der Jude war, der seine Frau verlassen hatte, ohne sich einmal umzublicken. Ein Mörder, der seine Hände mit dem Blut vieler Menschen befleckt hatte, ohne dass sein Herz dabei schneller geschlagen hätte.

»Wer bist du wirklich?«, fragte er sich.

Und jeden Morgen erschien ihm dann Esters lächelndes Gesicht in einer Art stiller Antwort. Voller Vorfreude dachte er an ihre ruhigen Treffen am Nachmittag, an ihre entspannten Abende, an denen er es genoss, ihr während der gemeinsamen Mahlzeit beim Essen zuzusehen, oder an die Leidenschaft, wenn sein Körper mit ihrem verschmolz.

»Wer bist du wirklich?«

Auch als er an diesem Tag Carnacinas Diener entdeckt hatte, musste er wieder darüber nachdenken. Der Diener hatte ihn ebenfalls bemerkt, und er hatte ihn erkannt. Shimon war das Herz stehen geblieben. Es hatte zwei oder drei Schläge lang ausgesetzt, bevor es wieder regelmäßig weiterschlug.

Und nun verfolgten ihn seit einer geraumen Weile diese beiden finsteren Gestalten. Wollten sie ihn töten oder nur erpressen? Allein dieser Frage galten Shimons Gedanken. Sein Herzschlag hatte sich wieder normalisiert, und sein Atem ging ganz ruhig. Seine Seele, in der sich ein Abgrund von Gefühlen aufgetan hatte, war wieder zur Ruhe gekommen.

Er führte die beiden Verbrecher kreuz und quer durch die Stadt, bis er sich kurz vor der Hostaria de' Todeschi zum Handeln entschloss. Er bog um eine Ecke und verbarg sich. Kurz bevor sie ihn erreicht hatten, stellte er sich ihnen unvermittelt in den Weg und starrte sie furchtlos an.

Die beiden Schurken blieben überrascht stehen. Einen Moment lang wirkten sie nicht mehr so verwegen wie zuvor.

Shimon wurde klar, dass sie nicht den Auftrag hatten, ihn zu töten.

»Ein Freund von uns möchte dich etwas fragen«, sagte schließlich einer der beiden. »Aber nicht hier vor aller Augen.«

Shimon nickte. Offensichtlich war der Diener noch gieriger als sein Herr.

»Heute Abend. Nach Sonnenuntergang«, sagte der tätowierte Kerl.

Shimon nickte wieder.

»Wir holen dich ab. Wo wohnst du?«

Shimon ging um die Ecke und zeigte auf die Hostaria de' Todeschi.

Die beiden Schurken musterten ihn schweigend in dem Versuch, ihn einzuschüchtern.

Ohne mit der Wimper zu zucken, hielt Shimon ihrem Blick stand.

»Nach Sonnenuntergang«, wiederholte schließlich der andere, und dann verschwanden sie beide.

Shimon betrat die Werkstatt eines Waffenschmieds und erwarb dort ein Messer mit einer langen, leicht gebogenen Klinge. Dann schloss er sich in sein Zimmer ein. Er nahm einen Stein, Wasser und Öl und verbrachte den ganzen Tag damit, die Klinge bestmöglich zu schärfen. Diesmal ging er nicht zu Ester.

Kurz vor Sonnenuntergang klopfte es an der Zimmertür.

Shimon steckte sich das Messer unter das Wams und öffnete.

Ester stand vor ihm und sah ihn mit ihrem freundlichen Lächeln. »Ich bin bloß gekommen, weil ich sehen wollte, ob dir etwas zugestoßen ist«, sagte sie ohne den geringsten Vorwurf in ihrer Stimme. »Geht es dir gut?«

Shimon war sich bewusst, dass Ester stets versuchte, ihm nur Fragen zu stellen, auf die er mit Ja oder Nein antworten konnte, sodass er sich niemals hilflos vorkam. Doch an diesem Abend konnte Shimon nicht mit einem schlichten Ja oder Nein antworten. Rasch ging er zum Schreibpult, nahm ein Stück Papier und tauchte den Gänsekiel in das Tintenfass. Er schrieb etwas auf und reichte Ester das Blatt.

GEH, stand darauf.

Esters Lächeln erlosch. Verwunderung lag in ihren Augen. Und hinter diesem Erstaunen erkannte Shimon Schmerz und Verletztheit. Umso nachdrücklicher klopfte er mit dem Finger auf den Zettel.

GEH.

Ester ließ das Papier fallen und wich zurück. Beinahe unmerklich schüttelte sie den Kopf, als wollte sie ihm widersprechen.

Da schlug Shimon ihr mit aller Wucht die Tür vor der Nase zu. Er ballte die Fäuste und kniff die Augen zu, um seinen Schmerz zu unterdrücken. Er lehnte die Stirn gegen die Tür und blieb wie erstarrt stehen. Kurz darauf hörte er, wie sich Ester auf dem Flur der Herberge entfernte. Langsam schleppten sich ihre Füße über den Holzboden.

Shimon machte sich wieder daran, die Klinge zu schärfen. Dann band er sich das Messer ans Handgelenk und verbarg es im langen Ärmel seines Gewandes.

Als der Wirt der Herberge ihm mitteilte, dass zwei Männer auf ihn warteten, ging er nach draußen und folgte ihnen bis zu einem Lagerhaus am Hafen. Bevor sie das Gebäude betraten, schoben ihn die beiden Schurken gegen die Wand und tasteten ihn an Hüfte und Brust nach einer Waffe ab. Dann öffneten sie die Tür und stießen ihn in den dunklen, feuchten Raum.

Der Diener saß am Ende des Raumes auf einer Kiste. Auf einer anderen Kiste stand ein brennendes Talglicht.

»Kommt näher«, sagte der Mann mit honigsüßer Stimme.

Shimon hatte den Eindruck, dass er versuchte, seinen verstorbenen Herrn nachzuahmen. Mit Sicherheit hatte er ihn gehasst, weil er ihn auf jede erdenkliche Weise gedemütigt hatte. Und jetzt, wo er frei war, konnte er nichts anderes, als ihn nachzuahmen.

Shimon kam langsam näher.

Einer der beiden Tätowierten stieß ihn ungeduldig vorwärts.

Shimon wehrte sich nicht. Vielleicht würde er dieses Mal selbst sterben. Er sah vor seinem inneren Auge wieder den niedergemetzelten Rosenstrauch aus Carnacinas Garten. Womöglich steckte tatsächlich eine Botschaft in diesem Bild: dass er nie gelernt hatte, das Leben zu lieben.

Er blieb mitten im Lagerraum stehen und musste an Ester denken. Ihre Zuneigung und Herzenswärme hatten seinem Leben wieder neue Hoffnung gegeben. Und doch würde er sie wohl verlieren. Wenn er sie nicht schon in jener Nacht verloren hatte, in der er den Diener, der ihm jetzt gegenübersaß, absichtlich am Leben gelassen hatte. Um einen Grund zu haben, Rimini zu verlassen. Um offen zu sein für ein neues Leben, dass das Schicksal ihm nun gewährte.

»Wer bist du?«, fragte der Diener.

Shimon lächelte. Dieselbe Frage stellte er sich jeden Morgen aufs Neue.

»Du hast ziemlich viel gestohlen. Ich will die Hälfte davon, oder ich zeige dich an«, sagte der Diener herausfordernd.

Shimon bückte sich vornüber, riss sich das Messer vom Handgelenk und wirbelte einmal um die eigene Achse. Er hatte den Arm vorgestreckt und hielt die Klinge so hoch, dass er die Kehle des Schurken hinter ihm erreichte. Noch in der Umdrehung spürte er, wie das Messer in dessen Fleisch eindrang, und er hörte ihn aufstöhnen, ehe er in sich zusammensackte.

Der Diener sprang erschrocken von der Kiste auf und versuchte zu fliehen.

Shimon wollte ihn verfolgen, doch der andere Kerl warf ihm einen Knüppel zwischen die Beine, sodass er hinfiel, und war dann sofort über ihm mit einem kurzen, doppelschneidigen Messer.

Shimon konnte seine Beine noch schützend vor die Brust ziehen, dann drückte er sie mit aller Gewalt durch und traf den anderen mit voller Wucht in den Unterleib.

Ehe sein Gegner nach hinten flog, konnte der ihm noch einen Hieb versetzen, und sein Messer durchbohrte Shimons Wade.

Shimon riss den Mund in einem stummen Schmerzensschrei auf. Dann zog er das Messer aus seiner Wade und versuchte sich aufzurichten.

Inzwischen kamen weitere Leute hinzu, die der Diener wohl herbeigerufen hatte.

Shimon sah, wie sich ein sehr großer Mann mit einem kurzen, gedrungenen Stock auf ihn stürzte, und spürte, wie er ihm mit einem wuchtigen Schlag die Rippen brach. Doch es gelang ihm, zur Seite abzurollen und sich gleich darauf wieder aufzurichten. Schwer atmend wandte er sich zur Tür. Ein anderer Mann traf ihn mit einem Knüppel im Gesicht. Shimon fühlte, wie seine Augenbraue aufplatzte und Blut in sein Auge lief. Seine Faust schnellte vor und brach dem Mann die Luftröhre. Der legte im Todeskampf die Hände an die Kehle und sank zu Boden. In einer schier übermenschlichen Anstrengung sprang Shimon über den leblosen Körper, erreichte die Tür und schleppte sich bis zu den Gassen hinter dem Hafen.

Wie ein wildes Tier keuchend verbarg er sich in einem Winkel und versuchte, seine Schmerzen zu unterdrücken. Als er hörte, wie sich die Stimmen entfernten, kroch er aus seinem Versteck hervor und schleppte sich zu dem einzigen Platz, an dem er jetzt sein wollte.

Nachdem er an Esters Tür geklopft hatte, musste er nicht lange warten, bis sie ihm öffnete.

Als sie ihn blutüberströmt vor sich stehen sah, schlug sie die Hände vor den Mund, um nicht laut aufzuschreien. Schnell ließ sie ihn eintreten und versorgte bestmöglich seine Wunden. Die ganze Zeit über sagte sie kein Wort, als wäre sie selbst stumm.

Da gebot Shimon ihr plötzlich innezuhalten. Mühsam bewegte er sich auf den Schreibtisch zu, nahm Papier und Tinte und begann, hastig zu schreiben.

MEIN WAHRER NAME IST SHIMON BARUCH, ICH KOMME AUS ROM. ICH WAR KAUFMANN …

Shimon schrieb schnell, den Kopf tief über das Papier gebeugt. Das Blut aus der Wunde an der Augenbraue tropfte auf die Blätter, die er an Ester weitergab, damit sie seine ganze Geschichte unverzüglich lesen konnte.

… DANN GING ICH ZU DEN ABWASSERKANÄLEN UND ENTDECKTE DORT EINEN MANN NAMENS SCAVAMORTO, DER GERADE DIE SACHEN DIESES JUNGEN FORTSCHAFFEN LIESS …

Shimon atmete schwer. Die Schmerzen in der Brust, wo ihm der Riesenkerl mit dem Stock die Rippen zerschmettert hatte, waren unerträglich.

… UND BEVOR ER STARB, SAGTE ER MIR, DASS DER DIEB MERCURIO HEISST …

Ester las genauso hastig, wie Shimon schrieb. Und als sie zu Ende gelesen hatte, ließ sie das Blatt fallen, das sie gerade in der

Hand hielt, stand auf und trat hinter Shimon, damit sie sogleich lesen konnte, was er als nächstes niederschrieb.

... UND ALS DER GEFÄNGNISWAGEN VON DEN RÄUBERN ANGEGRIFFEN WURDE, DACHTE ICH, DASS ICH JETZT WOHL STERBEN WÜRDE. ABER ICH HATTE KEINE ANGST ...

Das Blut tropfte allmählich langsamer aus der Wunde am Auge. Shimon schrieb weiter, und Ester las.

... UND DANN BIST DU GEKOMMEN ...

Shimon stockte und sah mit schmerzvoll verzerrtem Gesicht zu Ester auf.

Sie sah ihn mit angehaltenem Atem an.

ICH KANN DIR NICHT SAGEN, WAS ICH FÜR DICH EMPFINDE. ICH WEISS JA NICHT EINMAL ...

Ester sah ihm in die Augen und sagte dann leise: »Du hast mich vor Carnacina gerettet.«

Shimon spürte einen Stich im Herzen.

DAS HAST DU GEWUSST?, schrieb er.

»Ja.«

Shimon legte den Gänsekiel weg.

»Lass mich deine Wunden versorgen«, sagte Ester.

Shimon schüttelte den Kopf. Er zog sie an sich und küsste sie, während sein Blut ihre Kleider befleckte. Ester legte sich auf den Boden und ließ zu, dass er in sie eindrang und dass sein Blut und seine Tränen sich über sie ergossen.

Endlich begriff Shimon, wofür der abgeschnittene Rosenstrauch stand: für eine Liebe, die niemals erblühen sollte.

Am nächsten Morgen war er verschwunden.

LEB WOHL, stand auf dem Blatt, das Ester auf dem Kissen neben sich fand. Und die Tinte glänzte rot wie Blut.

58

Die Wachen des Ghetto Nuovo waren gerade dabei, das Tor zur Brücke über den Rio di San Girolamo zu schließen, als sie einen Nachzügler bemerkten. Der Mann bemühte sich, die Fondamenta degli Ormesini möglichst schnell zurückzulegen, aber er hinkte und zog das rechte Bein hinter sich her. Er war dick in einen Umhang eingemummelt und ging gebeugt, der gelbe Hut auf seinem Kopf war so groß, dass er eher wie eine Kapuze aussah. Als der Jude es endlich bis auf die Brücke geschafft hatte, winkte er heftig.

»*Shalom Aleichem*«, sagte er keuchend zu den Wachen.

»Ja, Friede sei auch mit dir«, brummte Serravalle. »Du solltest doch inzwischen wissen, dass du mächtig Ärger bekommst, wenn du über Nacht draußen bleibst!«

»*Mazel tov! Mazel tov!*«, rief der Jude, dessen höckrige, lange Nase so tief von Falten durchzogen war, dass sie ganz rissig wirkte, und nickte voll überschwänglicher Dankbarkeit, was sein Ziegenbärtchen am Kinn eifrig mitwippen ließ.

»Schon wieder einer, der kein Wort Venezianisch spricht«, wandte sich Serravalle stöhnend an die andere Wache. »Ja, ja, mach schon, beeil dich«, sagte er zu dem Nachzügler.

Der Jude hinkte auf seine geduckte Art, den Hut fast bis zu den Augen hinuntergezogen, weiter bis zum ersten Tor der Bogengänge rund um den Platz. Er versuchte, es zu öffnen, aber es war verriegelt. Der Mann sah sich um und entdeckte einen Gehilfen des Rabbiners auf seiner Runde durch das Ghetto Nuovo, um nachzusehen, ob alles in Ordnung war. Der Nachzügler senkte den Kopf und überquerte den Platz, um ihm aus dem Weg zu gehen. Doch der Gehilfe hatte ihn schon entdeckt und kam ihm hinterher.

»*Shalom Aleichem*«, grüßte er ihn aus der Entfernung.

»*Aleichem Shalom*«, erwiderte der Jude und wurde trotz seines Hinkens immer schneller.

»Wer bist du?«, fragte der Gehilfe, der jetzt fast an seiner Seite war.

Doch der Mann schien ihn nicht zu verstehen. »*Mazel tov*«, antwortete er.

»Dir auch viel Glück, Bruder. Aber ich habe dich gefragt, wer du bist? Wo wohnst du?«

»*Mazel tov*«, sagte der hinkende Jude noch einmal und schlüpfte beinahe im Laufschritt zwischen zwei Gebäude, die auf den Kanal am Ghetto gingen.

»He ...!«, rief der Gehilfe verdattert und blieb kurz stehen, ehe er ihm weiter nachsetzte.

Kaum war der fremde Jude zwischen den beiden Häusern verschwunden, erreichte er auch schon den kleinen Garten hinter der Synagoge, kletterte auf ein Sims auf halber Höhe und hangelte sich geschmeidig wie eine Katze an einer Regenrinne hoch, um auf ein kleines Vordach zu gelangen. Dort legte er sich flach auf den Bauch und machte sich so unsichtbar.

Der Gehilfe des Rabbiners kam schnaufend angelaufen. Verblüfft sah er sich um, überprüfte selbst die finstersten Ecken, aber der Mann, den er verfolgt hatte, schien sich in Luft aufgelöst zu haben. Während er die Laterne hochhob, sich einmal um die eigene Achse drehte und noch rätselte, wie sein Glaubensbruder so plötzlich spurlos verschwunden sein konnte, erregte etwas am unteren Teil des Zauns, der den kleinen Garten umschloss, seine Aufmerksamkeit. Der Rabbinergehilfe hob den Gegenstand auf, drehte ihn verwirrt zwischen den Fingern und begriff zunächst nicht, was das sein sollte. Doch auf einmal fiel es ihm ein. Er setzte ihn sich auf den Nasensattel. Dann nickte er und lächelte.

»Kinder!«, rief er. Wieder drehte er den Gegenstand zwischen den Fingern, bewunderte seine Kunstfertigkeit und erinnerte sich daran, dass er als kleiner Junge ebenfalls mit so etwas gespielt hatte. Doch es war Jahre her, dass er etwas Ähnliches – und dazu noch so meisterhaft gefertigt – gesehen hatte. »Eine falsche Nase aus Brotkrumen«, murmelte er lachend vor sich hin und steckte sie ein. Er würde sie morgen seinem Sohn schenken. »Es ist schon spät, Kinder!«, rief er laut in die Nacht. »Geht schlafen!«

»Geh doch selber schlafen, Mordechai!«, donnerte eine Stimme grollend hinter einem Fenster. »Hier stört nur einer, und das bist du!«

Der Gehilfe des Rabbiners zog den Kopf ein und machte sich auf Zehenspitzen davon.

Oben auf dem Vordach fasste sich Mercurio ins Gesicht und begriff erst jetzt, dass er seine falsche Nase verloren hatte. »Verdammter Mist«, fluchte er leise. Dann riss er sich, einen Schmerzenslaut unterdrückend, den falschen Bart ab, rieb sich das vom Fischleim gereizte Kinn und steckte den gelben Judenhut ein. Langsam ließ er sich an der Regenrinne herab. Kaum hatte er den Boden erreicht, fuhr er mit einer Hand in die Tasche und stellte erleichtert fest, dass er das Werkzeug, das er gleich brauchen würde, noch bei sich trug. Vorsichtig ging er zurück unter den Bogengang und schaute sich um: Der Platz war menschenleer.

Er holte den Dietrich aus der Tasche und hatte das einfache Haustürschloss im Nu geöffnet. Er ging hinein und zog die Tür leise hinter sich zu.

»Vierter Stock«, flüsterte er, und das Herz schlug ihm bis zum Hals, als er sich an den Aufstieg machte. Je weiter er nach oben kam, desto verrückter erschien ihm sein Vorhaben. Mit jeder weiteren Stufe hatte er das Gefühl, als würde auch sein Herz im Körper immer höher steigen und versuchen, seine Kehle zu sprengen. Seine Beine wurden so steif, dass er meinte, sie nicht mehr beugen zu können. Und doch blieb er nicht stehen, denn seit seinem Besuch im Castelletto wusste er, dass er Giuditta endlich ganz nahe sein wollte.

Er war so aufgeregt, dass ihm, als er den vierten Stock schließlich erreicht hatte, der Dietrich aus der Hand glitt und mit metallischem Klirren einige Stufen hinunterfiel. Mercurio presste sich an die Wand und hielt den Atem an, felsenfest davon überzeugt, alle im Haus müssten es gehört haben. Nach einer Weile jedoch stellte er fest, dass niemand hinausgekommen war, um nachzusehen. Wieder ermutigt, schlich er die Stufen hinab und suchte auf allen vieren nach dem Dietrich. Nachdem er ihn gefunden hatte, stieg er erneut in den vierten Stock hinauf. Auf dem Treppenabsatz gab es zwei Türen. Mercurio versuchte sich zu orientieren und entschied, dass die linke zu der Wohnung gehören musste, die auf den Platz des Ghetto Nuovo ging. Er wusste, dass Giuditta dort im vierten Stock wohnte, weil er sie vor einigen Tagen an dem kleinen Fenster zum Platz entdeckt und bei etwas beobachtet hatte, was er nicht begriff. Sie hatte einen Finger zum Himmel ausgestreckt, als wollte sie auf etwas zeigen, und war eine ganze Weile so stehen geblieben, ehe sie wieder zurück ins Zimmer getreten war.

Mercurio steckte den Dietrich ins Schlüsselloch und bewegte ihn darin.

Er hatte ihn gerade eingehakt und wollte nun das Schloss öffnen, als die Tür von innen aufgerissen wurde. Als Erstes sah er ein drohend erhobenes langes Messer.

»Halt, ich bin's doch«, sagte Mercurio schnell und wich zurück.

Giuditta stand in einem bodenlangen Nachtgewand aus gewalkter Wolle in der Tür, und ihr Gesicht wirkte im Schein des Kerzenlichts geisterhaft blass. »Du …«, sagte sie leise, und die eben ausgestandene Furcht trieb ihr Tränen in die Augen. Doch dann wich die Angst einer Art Wutanfall, und ohne es zu merken, richtete sie das Messer auf ihn wie einen anklagenden Zeigefinger. »Du …«

»Psst, nicht so laut...«, flüsterte Mercurio und drehte mit der Hand die Spitze des Messers von sich weg. »Nicht so laut...«

»Du hast mir einen Todesschrecken eingejagt«, zischte Giuditta.

»Das tut mir leid...«, sagte Mercurio leise und kam einen Schritt näher.

»Was willst du hier...?«, fragte Giuditta. Sie war vollkommen durcheinander, überrascht und gerührt zugleich. Tränen liefen ihr über die Wangen, und ihre schreckgeweiteten Augen vermochten sich nicht von dem Jungen zu lösen, den sie so sehr herbeigesehnt hatte.

»Ich wollte dich sehen...«, sagte Mercurio. Er stand nun so nahe bei ihr, dass es ihm beinahe den Atem verschlug.

»Wie hast du das geschafft...?«, flüsterte Giuditta und ließ das Messer fallen, das sich mit einem dumpfen Laut in die knarrenden Bohlen des Bodens bohrte.

»Ich wollte dich sehen«, wiederholte Mercurio und überwand den letzten Abstand, der sie noch voneinander trennte. »Ich konnte nicht länger warten...«

»Du bist meinetwegen ins Ghetto eingedrungen...«, flüsterte Giuditta mit leicht geöffneten Lippen.

»Ja...« Mercurios Mund näherte sich ihrem.

»Ich hatte solche Angst...«, seufzte Giuditta und sah ihm tief in die Augen.

»Das tut mir leid...«

Mercurios Lippen legten sich auf ihren Mund. Dann schlang er wie selbstverständlich die Arme um Giuditta und streichelte ihren Rücken, während sie ihre Hände um seine Taille legte. Sie klammerte sich an ihm fest, als wollte sie sich niemals mehr von ihm trennen. Ihre Lippen öffneten sich und bewegten sich wie von selbst in einem leidenschaftlichen Kuss. Ihre Hände gaben nun jede Zurückhaltung auf, suchten und ertasteten den Körper des anderen, kniffen und liebkosten ihn. Und dieser neue Reiz verführte sie dazu, sich weiter vorzuwagen. Ihre Zungen umspielten einander, drangen suchend in den Mund des anderen ein.

Bis sie auf einmal gleichzeitig innehielten und einander keuchend mit weit geöffneten Augen anstarrten. Ihre Lippen glänzten feucht im Kerzenschein. So standen sie eine Weile regungslos da.

Alle beide spürten sie das Verlangen in sich, zum Greifen nah. Dieses unbändige Verlangen, dass sie zu Mann und Frau machte.

»Ich habe es noch nie getan«, flüsterte Giuditta.

»Ich auch nicht«, sagte Mercurio leise.

»Hast du Angst?«

»Nein. Jetzt nicht. Und du?«

»Nein ... jetzt nicht.«

Auge in Auge blieben die beiden stehen, ihr leidenschaftlicher Kuss brannte ihnen noch immer auf den Lippen.

»Willst du ... mich sehen?«, fragte Giuditta schließlich schüchtern.

Mercurio nickte langsam.

Daraufhin löste Giuditta das Band am Ausschnitt ihres Nachthemds, ohne Mercurio auch nur einen Moment aus den Augen zu lassen, und ließ es zu Boden sinken. Sie errötete leicht, bedeckte sich aber nicht.

»Du bist wunderschön ...«, sagte Mercurio atemlos.

»Was soll ich tun?«, fragte Giuditta.

Mercurio breitete das Nachthemd auf dem Treppenabsatz aus, zog Giuditta an sich und lehnte die Tür an. Dann ließ er sich sanft mit ihr zu Boden gleiten.

»Ist dir kalt?«, fragte er sie.

»Ein bisschen ...«

Mercurio legte sich auf sie, sodass er sie mit seinem Körper und seinem Umhang bedeckte.

»Und jetzt?«

Er küsste sie, und bei diesem Kuss spürte er, wie sein Körper reagierte und er hart wurde. Und Giuditta fühlte, wie ihr Körper sich allmählich entspannte. Mercurio ließ die Hände über ihre Brüste gleiten, er zwickte sie sanft in die Brustknospen, woraufhin sie sich aus ihrem innigen Kuss löste.

»Hab ich dir wehgetan?«, fragte er erschrocken.

»Nein …«

Mercurio spürte, wie Giuditta ihr Becken im Einklang mit ihm bewegte und sich an ihn presste. Er erwiderte den Druck und biss vor Erregung die Zähne aufeinander. Giudittas Finger umklammerten seine Lenden und zogen ihn ungeduldig noch näher an ihren Körper. Er griff mit einer Hand an seine Hosen und zerrte sie hastig mit einer linkischen Bewegung herunter. Giudittas Hände halfen ihm dabei, genauso hastig und linkisch wie seine. Ihre Beine öffneten sich und umschlangen ihn fest, als wollten sie ihn gefangen nehmen. Er spürte, wie das Fleisch zwischen seinen Beinen weiter anschwoll. Als er eine Hand zwischen sich und Giuditta schob, ertastete er einen Haarbusch und spürte, dass sie feucht geworden war. Giudittas Hand griff nach seiner. Ihre Finger verschlangen sich zwischen ihren beiden Leibern, die sich immer wieder aneinanderdrängten. Sie streichelten sich gemeinsam, und gemeinsam lernten sie, was sie noch nie getan hatten.

»Hast du Angst?«, fragte Mercurio noch einmal keuchend.

»Nein«, flüsterte ihm Giuditta zu und öffnete die Beine noch ein wenig mehr.

»Willst du es?«

»Ja, ich will es …«

Mercurios Glied drückte gegen Giudittas Körper, um sich sodann wie selbstverständlich in ihr Fleisch zu versenken. Giuditta fühlte ein Reißen, einen brennenden Schmerz. Mit aller Kraft klammerte sie sich an Mercurios Rücken fest, doch der Schmerz verging gleich wieder. Giuditta öffnete den Mund und fuhr mit der Zunge über Mercurios Haut. Sie keuchte heiser, während der Schmerz sich langsam in eine pulsierende Erregung verwandelte, die sie in immer schneller aufeinanderfolgenden Wellen mit sich riss. Sie hörte Mercurio stöhnen.

»Ist es für dich genauso?«, flüsterte ihm Giuditta atemlos ins Ohr.

»Ja ...«, antwortete Mercurio kaum hörbar.

Und je schneller sich Mercurio in ihr bewegte, wand und bog auch sie sich, hielt ihn mit Armen und Beinen gefangen und ließ sich im Einklang mit ihm davontreiben.

Plötzlich riss Giuditta die Augen weit auf.

Genau wie Mercurio.

Sie starrten einander an. Erschrocken. Zitternd. Unfähig, sich zu küssen, aus Angst, sie müssten daran ersticken. Sie wurden von etwas fortgerissen, das sie sich in ihren kühnsten Träumen nicht hätten vorstellen können. Sie hielten sich umklammert und drückten sich zugleich voneinander weg, bis sie kraftlos ineinander verschlungen liegen blieben. Jetzt atmeten beide gleichmäßig und langsam.

»So ist das also ...«, flüsterte Giuditta kaum hörbar.

»Ja ...«, erwiderte Mercurio.

Sie schwiegen. Ihre Hände suchten das Gesicht des anderen, streichelten es sanft, ohne die drängende Gier von vorher. Sie genossen das Gefühl von Haut auf Haut.

»Und was ... ist *das*?«, fragte Mercurio.

»Das ist Liebe«, sagte Giuditta und wurde rot.

»Ja ...« Er machte sich ein wenig von Giuditta los und sah sie an. Sie war nie schöner gewesen als in diesem Moment. Aber nach dem, was zwischen ihnen geschehen war, fand er nicht den Mut, ihr das zu sagen. Deshalb sah er sie nur lächelnd an und küsste sie.

Und Giuditta ließ sich diesen zärtlichen Kuss gefallen und schmiegte sich glücklich an ihn.

59

Und jetzt?«, fragte Giuditta, während sie, auf ihr Nachtgewand gebettet, immer noch im Halbdunkel auf dem Treppenabsatz lagen. Mercurio lag auf ihr und streichelte ihre üppigen Locken. Doch dann verharrte seine Hand, weil er das Gewicht dieser Frage spürte. Er wich Giudittas Blick aus, der starr auf ihn gerichtet war. Und dann reagierte er wie immer, wenn er sich in die Ecke gedrängt fühlte: mit einem Scherz. »Jetzt musst du dich anziehen, sonst erfrierst du noch«, sagte er grinsend.

Giuditta rührte sich nicht, sondern lächelte nur ein wenig. Ihren Augen sah man eine leichte Enttäuschung an.

Mercurio spürte den Druck, der auf ihm lastete, seinen inneren Kampf. Er war nicht geübt darin, über die eigenen Gefühle zu sprechen. Er wusste einfach nicht, wo er anfangen sollte. Zum ersten Mal in seinem Leben jedoch wollte er diesen Kampf unbedingt gewinnen. Er wollte den Panzer um sein Herz aufbrechen. »Jetzt ...«, sagte er leise, »jetzt ...« Seine Augen füllten sich mit Tränen der Wut. Was war er doch für ein Dummkopf! Dabei wusste er doch die Antwort auf diese Frage. Er kannte sie aus dem tiefsten Grunde seines Herzens, aber er brachte es nicht über sich, sie auszusprechen.

Giuditta sah ihn erwartungsvoll an. Dann drehte sie langsam den Kopf zur Seite und ließ ihren Blick über das unruhige Kerzenlicht schweifen, das aus der angelehnten Tür zu ihnen herüber drang.

Mercurio fühlte, dass sie ihm entglitt. »Jetzt bringe ich dich von hier fort«, sagte er schnell. Seine Stimme klang gepresst und ein wenig schrill, und er drehte ihr Gesicht zu ihm, bis sich ihre

Augen begegneten. Er hoffte, dass Giuditta in der Dunkelheit nicht bemerkte, dass seine Wangen feuerrot waren, denn er fühlte genau, wie heiß sie geworden waren. Doch er hatte gesiegt. Er hatte es ihr gesagt. Und nun, da er dieses scheinbar unüberwindliche Hindernis genommen hatte, durchströmte ihn ein unbändiges Glücksgefühl. »Ich habe ein Schiff.« Er dachte an das Wrack von Zuan dell'Olmo. »Na ja, es ist kein Prachtstück.« Mercurio musste lächeln. »Aber ich habe eine Arbeit. Ich werde das Schiff herrichten, und dann bringe ich dich von hier fort«, wiederholte er leidenschaftlich.

»Psst, sei leise«, mahnte ihn Giuditta lächelnd und legte ihm einen Finger auf den Mund.

Mercurio sah, dass nun ein anderes Licht ihre Augen erfüllte. Er küsste ihren Finger, ihre Hand, näherte sich ihrem Gesicht und küsste sie wieder auf den Mund. »Du schmeckst gut«, sagte er.

Giuditta senkte die Lider ein wenig.

»Aber du musst dir was anziehen, sonst erfrierst du wirklich noch.« Als er sich von ihr löste, spürte er plötzlich ein Gefühl von Leere. »Nur noch einen Augenblick«, flüsterte er und legte sich wieder auf sie. »Nur noch einen Augenblick.« Und er begriff, dass er sich nur mit ihr vollkommen fühlte, auch wenn er noch nicht die Kraft hatte, ihr das zu sagen. Er küsste sie leidenschaftlich und zitternd vor Lust, während Giudittas Finger ihm zärtlich durch die Haare fuhren. Dann stand er auf und streckte ihr eine Hand entgegen. Jetzt, da sie eins mit ihm geworden war, erschien sie ihm noch schöner. Und ohne zu wissen, warum, schämte er sich dieses Gedankens. »Komm schon, zieh dir etwas über«, forderte er sie auf.

»Hast du schon genug von mir gesehen?«, fragte Giuditta kaum hörbar und errötete bis in die Haarspitzen, wie sie da auf ihrem Nachthemd lag, nackt, mit von der Kälte aufgerichteten Brustknospen.

Mercurio nahm ihre Hand und zog sie daran hoch. Er half ihr, sich das Nachthemd überzustreifen, und erinnerte sich dabei an seinen Tag im Arsenal, als er gesehen hatte, wie das Schiff Gestalt annahm und er daran denken musste, dass er Giuditta eines Tages beim Anziehen zusehen würde. Er lachte.

»Warum lachst du?«, fragte Giuditta.

»Weil ich mir diesen Moment hier schon vorgestellt habe«, erklärte Mercurio und zog sie an sich. Dann ließ er Giuditta auf der obersten Stufe Platz nehmen und hüllte sie in seinen Umhang. Er setzte sich neben sie und legte ihr den Arm um die Schulter.

»Komm auch mit darunter«, sagte Giuditta und öffnete den Umhang.

Mercurio rückte noch näher an sie heran. Er spürte ihren warmen Körper und konnte kaum glauben, dass er diesen wunderschönen Augenblick wirklich erlebte. »Ich werde dich von hier fortbringen«, wiederholte er noch energischer. »Ich ertrage nicht, dass du eingesperrt leben musst.«

Giuditta legte ihren Kopf auf seine Schulter und strahlte ihn glücklich an. »Aber so fühle ich mich nicht«, sagte sie dann.

»Bist du hier etwa nicht eingesperrt?«, schnaubte Mercurio. »Ich weiß genau, was es heißt, so zu leben. Im Waisenhaus war ich eingesperrt, ich wurde geschlagen und ausgepeitscht. Einige von uns wurden nachts sogar ans Bett gefesselt. Und auch, als Scavamorto mich gekauft hatte ...« Mercurio fühlte, wie das Blut wieder in ihm aufwallte, doch zum ersten Mal schmerzte ihn diese Erinnerung nur noch, er empfand keine Wut mehr. Und er wusste, dass er das Giuditta verdankte. Er wandte sich ihr zu und stellte fest, dass sie ihn mit Tränen in den Augen ansah.

»Wie?«, fragte sie entsetzt.

»Ich weiß eben, wie das ist, wenn man eingesperrt ist. Und ich kann es nicht ertragen, dich so zu sehen.«

Giuditta nahm seine Hand, führte sie an ihre Lippen und küsste sie. Dann legte sie sie an ihre Wange. »Danke. Aber ich fühle mich hier nicht eingesperrt. Ja, anfangs vielleicht. Da hatte ich auch Angst, aber ich weiß nicht mehr, wovor ich mich da gefürchtet habe. Vielleicht davor, dass es schlimmer werden könnte. Aber jetzt fühle ich mich hier nicht mehr eingesperrt ...«

»Wie kannst du das nur ertragen?«, fragte Mercurio erregt.

Giuditta hielt seine Hand fest in der ihren. »Ich kenne einen Trick«, sagte sie und lachte leise.

»Was für einen Trick?«

»Meine Mutter ist bei meiner Geburt gestorben«, begann Giuditta leise zu erzählen. »Ich habe sie nie kennengelernt.«

Mercurio umarmte sie fest. Er wusste, was das bedeutete.

»Ich bin bei meiner Großmutter aufgewachsen ...«, fuhr Giuditta fort. »Und die war mit einem alten Mann befreundet, den alle auf Negroponte für ein wenig verrückt hielten. Doch sie sagte, das sei nur das Geschwätz von dummen Leuten ...« Giuditta lächelte. »Vielleicht war sie noch verrückter als er.«

Mercurio lachte hellauf.

»Psst, sei leise, du weckst noch meinen Vater auf.«

Mercurio küsste ihre Lider. »Erzähl weiter.«

»Also, dieser alte Mann kam fast jeden Abend zu uns. Meine Großmutter gab ihm zu essen, und dann setzten sie sich gemeinsam auf unsere Veranda und redeten bis spät in die Nacht. Ich war noch klein damals und hörte oben aus meinem Zimmer ihre Stimmen, das ständige Raunen wiegte mich in den Schlaf, und ich fühlte mich nicht so allein. Ich glaube, ich mochte den alten Mann wie meine Großmutter. Dann eines Abends, ich dachte, es wäre schon tiefe Nacht, bin ich aus einem Albtraum hochgeschreckt. Ich bin ins Erdgeschoss hinuntergelaufen, woher die Stimmen kamen, weil ich mich in die Arme meiner Großmutter flüchten wollte. Ich war schläfrig, und mir kam es vor, als wäre ich noch nicht ganz aus meinem Traum erwacht. Als ich aus dem Haus trat, rief ich nach meiner Großmutter, aber weder sie noch der alte Mann schienen mich zu hören. Sie standen mitten im Hof, hatten den linken Arm nach oben gestreckt, und ihre Zeigefinger deuteten in den Sternenhimmel. Ich blieb stehen. Das Ganze kam mir wie ein Traum vor. Und auf gewisse Weise sahen sie auch aus, als wären sie ganz woanders. Ich kann dir nicht sagen, warum ich das dachte, aber genau dieser Gedanke ging mir durch den Kopf, obwohl ich sie deutlich vor mir sah. Deswegen hatten sie mich nicht gehört. Und sie lachten leise miteinander wie zwei Verschwörer, geradezu vertraut. Das genügte, um meine Angst zu besänftigen, und ich ging wieder schlafen. Als ich am nächsten Abend meiner Großmutter wie gewohnt einen Gutenachtkuss gab, sah ich den alten Mann wieder zu uns kommen. Da fragte ich ihn: ›Was habt ihr gestern Abend gemacht?‹ Der alte Mann nahm mich auf seine Knie und sagte zu mir: ›Ich glaube, ich muss dir jetzt ein kleines Geheimnis verraten. Und wer weiß, vielleicht wird dir mein Trick irgendwann einmal genauso helfen wie mir. Schau einmal nach oben. Siehst du die Sterne dort am Himmel? Wenn du kurz wegschaust, sind sie nicht mehr da, denn sie wandern immer weiter. Weil Sterne Himmelskutschen sind. Und weißt du, wie man in sie einsteigen kann?‹ Er streckte meinen linken Arm aus und richtete meinen Zeigefinger gegen den Himmel. ›Du musst immer den linken Arm nehmen, denn auf dieser Seite sitzt das Herz, und das Herz ist unendlich viel stärker als der Kopf. Dann wählst du dir einen Stern aus. Sieh sie dir genau an, sie sind nicht alle gleich. Mir gefällt zum Beispiel dieser da. Auf dem sitzt es sich ganz bequem, und in meinem Alter tun einem schnell die Hinterbacken weh. Aber du bist ja noch so jung und kannst dir den da drüben nehmen, sieh mal dort. Das ist einer von den ganz schnellen. Ich war in meinem Leben immer leidenschaftlich gern unterwegs. Deshalb bin ich Seemann geworden. Aber jetzt will mich niemand mehr anheuern, und ich langweile mich auf dieser Insel. Ich fühle mich eingesperrt ...« Giuditta wandte ihr Gesicht Mercurio zu, der ihrer Geschichte gebannt lauschte. Sein Mund stand ein wenig offen, wie bei einem staunenden Kind. »Ja, er hat ›eingesperrt‹ gesagt, genau wie du.« Sie lächelte. »Er hat mir erklärt, dass er jeden Abend auf den Sternen reitet. Und dass die Großmutter oft mit ihm reist. Sie hatten Indien besucht, China, Afrika, Spanien ...« Giuditta lachte. »Ja, sogar den Mond. ›Aber du musst mit dem Herzen daran glauben‹, hat mir der alte Mann am Schluss gesagt und mir mit dem Zeigefinger auf die Brust getippt.« Giuditta ließ ihren Kopf auf Mercurios Schulter sinken. Ihre Stimme klang jetzt traurig. »In dieser Zeit war mein Vater nie zu Hause, und er fehlte mir sehr ...«

Mercurio drückte sie fester an sich.

»Nach jenem Abend stellte ich mich jede Nacht an das Fenster in meinem Zimmer, berührte mit meinem Finger den Himmel und ritt auf den Sternen. Und dann ließ ich mich zu meinem Vater tragen und war mit ihm zusammen ...«

Da begriff Mercurio, was Giuditta getan hatte, als er sie vor einigen Tagen am Fenster ihrer Wohnung im Ghetto Nuovo beobachtet hatte.

»Als ich älter wurde, habe ich das Ganze vergessen. Aber seit sie uns hier eingesperrt haben, wie du es nennst, habe ich mich erinnert, dass ich den Himmel berühren kann, dass ich auf den Sternen reiten und von hier fortkann, wann immer und wohin ich will, ohne dass mich jemand daran hindern könnte«, sagte Giuditta lächelnd.

Mercurio sah sie an, das Herz schlug ihm plötzlich bis zum Hals. »Aber jetzt ist dein Vater doch bei dir ... Wohin reist du dann?«

Giuditta senkte errötend die Augen.

Mercurio spürte, wie eine Welle inniger Zuneigung ihn überwältigte. Giuditta musste ihm gar nicht sagen, wessen Nähe sie ersehnte. Er hob ihr Gesicht an und strich ihr sanft und zärtlich über die dichten schwarzen Augenbrauen. »Dann warte ich morgen auf dich«, flüsterte er mit erstickter Stimme, bevor er sich ihren Lippen noch einmal näherte und sie küsste.

»Giuditta!«, hörten sie auf einmal Isaccos Stimme aus der Wohnung.

Die beiden schraken zusammen.

»Giuditta!«, rief ihr Vater noch einmal laut. »Wo bist du?«

Mercurio sprang auf. Giuditta machte ein ängstliches Gesicht. Doch er lächelte ihr ermutigend zu und küsste sie rasch. Dann lief er schnell die ersten Stufen hinunter.

»Ich komme schon, Vater!«, sagte Giuditta mit leicht zitternder Stimme.

»Was machst du denn da im Treppenhaus?«, fragte Isacco von drinnen.

Giuditta blickte immer noch ängstlich drein, auf die Schnelle wollte ihr keine Ausrede einfallen. Da schnippte Mercurio mit den Fingern, und als sie zu ihm hinunterschaute, kräuselte er die Lippen und die Nase und bleckte seine Vorderzähne.

Giuditta lachte. »Hier ist eine Maus, Vater!«

»Und was ist daran so komisch?«, brummte Isacco, während er sich schlurfend der Tür näherte. »Hol den Besen und erschlag sie.«

Mercurio ließ die Zunge heraushängen, verdrehte die Augen und breitete die Arme aus, als hätte man ihn zerquetscht.

Giuditta unterdrückte ein Lachen. »Nein, sie ist zu niedlich.«

»Eine niedliche Maus?« Nun war Isacco fast an der Eingangstür angelangt.

Mercurio warf Giuditta einen Kuss zu.

»Ja, sie ist so niedlich, dass ich mich in sie verliebt habe«, sagte Giuditta leise.

Mercurio war gerade über die Treppe verschwunden, als Isacco im Türrahmen erschien. »Hör auf, solchen Unsinn zu faseln«, murrte er kopfschüttelnd. »Los, geh wieder ins Bett.«

60

Jetzt weiß ich, was Liebe ist!«, rief Mercurio leidenschaftlich, als er schwungvoll das Haus betrat und Anna sah, die gerade Holz auf die Glut legte.

»Ich habe mich schon gefragt, wo du heute Nacht gesteckt hast...« Anna seufzte erleichtert auf, und ihr Gesicht entspannte sich. »Aber jetzt kann ich es mir denken«, sagte sie dann lächelnd, während sie die Milch umrührte, die in einem Topf über dem Feuer kochte. »Willst du etwas essen?«

»Ich habe einen Bärenhunger«, erwiderte Mercurio und setzte sich an den Tisch.

Anna schnitt ihm eine dicke Scheibe Brot ab, dann goss sie Milch in eine Schüssel und reichte sie ihm.

Mercurio tunkte das Brot in die Milch und biss gierig hinein.

Anna schnitt noch eine Scheibe ab und setzte sich ihm gegenüber. »Also? Wie ist die Liebe?«

Mercurio strahlte sie mit milchverschmierter Oberlippe an.

Anna sah in seine leuchtenden Augen und nickte. »Ja, das ist Liebe«, sagte sie. Dann kramte sie in der Tasche ihrer grauen Hanfschürze, die sie über ihrem rostbraunen Kleid trug. Man hörte Münzen klirren. Anna zog sie hervor und legte sie stolz auf den Tisch. »Drei Lire Tron aus Gold und neun aus Silber. Isaia Saraval war hier, er hat nach dir gefragt und die für dich dagelassen. Er meinte, du wüsstest Bescheid.«

»Er hat eine Kette und einen Ring verkauft!«, jubelte Mercurio händereibend. »Jetzt werden wir reich, Anna!«

Anna lächelte, dann legte sie noch mehr Münzen auf den Tisch. »Eine halbe Lira, drei Silberstücke und sechzehn Marchetti«, sagte sie freudig. »Wir werden reich«, wiederholte sie. »Das ist mein Lohn für das Fest.« Sie steckte die Marchetti wieder ein und wollte die anderen Münzen Mercurio geben. »Hier, nimm sie.«

Mercurio sah, dass sie dabei vor Freude errötete. Er schob seine eigenen Münzen zu ihr zurück, zusammen mit denen, die ihm Anna geben wollte. »Verwahr du sie lieber.«

»Aber sie gehören dir«, sagte Anna.

Mercurio nickte. Er fühlte sich vom Glück gesegnet. Er hatte alles, was er sich nur wünschen konnte.

»Saraval hat mir noch gesagt, ich solle dir ausrichten, dass es in zwei Wochen ein Fest im Hause Venier gibt und eine Woche darauf noch eins im Palazzo Labia. Du sollst die Ausstattung dafür herbeischaffen.«

»Dafür haben wir ja Tonio und Berto und das Boot von … also, das Boot.«

»Ich habe die beiden schon getroffen. Sie haben mir gesagt, dass du Battistas Witwe noch mehr Geld gegeben hast.«

»Bloß ein bisschen Kleingeld«, sagte Mercurio und wich ihrem Blick aus.

»Du brauchst das Geld doch für dich selbst«, sagte Anna.

»Sie braucht es auch. Sie hätte ihren Mann nicht verlieren dürfen.«

Anna schlug sich erschrocken eine Hand vor den Mund. »Ach Gott, du hast ja recht, was rede ich denn da«, sagte sie kopfschüttelnd. »Ich werde noch zu einem gefühllosen Ungeheuer, nur weil ich das Beste für dich will.«

Mercurio dachte, dass er eines Tages vielleicht lernen würde, ihr ganz offen zu sagen, wie gern er sie hatte. »Hat Saraval sonst nichts gesagt?«

Anna schüttelte den Kopf, beobachtete ihn aber gespannt. »Dann stimmt es also?«

»Was denn?«

»Ach komm schon ... Wenn du so herumdruckst, bist du ein ganz schlechter Schauspieler.«

Mercurio grinste. »Was meinst du?«

Anna lächelte nachsichtig. »Na gut, belassen wir es dabei. Saraval hat übrigens gesagt, dass ich die Einkäufe für die Familien Venier und Labia besorgen soll.«

»Ach wirklich?«, gab sich Mercurio überrascht, doch dann konnte er sich nicht mehr zurückhalten und lachte schallend.

Anna beugte sich über den Tisch und gab ihm einen Klaps auf den Lockenschopf.

»Du hast doch selbst gesagt, dass du Arbeit suchst«, verteidigte sich Mercurio. »Dann streng dich mal an.« Er steckte sich den letzten Bissen Brot in den Mund, trank die Schüssel Milch leer, wischte sich den Mund mit dem Jackenärmel ab und stand auf. Er schien über etwas nachzudenken, und auf einmal lächelte er und nahm sich die Münzen. »Ich brauche sie doch. Und jetzt muss ich gehen«, sagte er und ging zur Tür.

»Wo willst du denn hin? Du bist doch gerade erst gekommen ...«

»Ich muss mich um mein Schiff kümmern!«, rief Mercurio von der Türschwelle aus.

»Was für ein Schiff?«

Die Tür fiel ins Schloss.

Anna stand auf und öffnete sie schnell. »Was für ein Schiff?«, schrie sie ihm hinterher.

Doch Mercurio war schon zu weit entfernt, um sie zu hören. Er lief zur Anlegestelle der Fischer.

Als er das Boot erreichte, das vorher Battista gehört hatte, stieß er einen Pfiff aus, und Tonio und Berto waren sogleich zur Stelle.

»Wohin soll's gehen, Meister?«, fragte Tonio gut gelaunt. Sie hatten vierzehn Silberstücke damit verdient, die Waren aus Saravals Pfandleihe zum Haus des verarmten Adligen und dann wieder zurück zu schaffen.

»Bringt mich zum Rio di Santa Giustina«, sagte Mercurio. »Die Stelle, wo er auf den Rio di Fontego trifft.«

»Was willst du denn dort?«, fragte Tonio erstaunt. »Da treiben sich doch bloß Hungerleider rum.«

»Kümmer dich um deinen eigenen Kram und rudere«, erwiderte Mercurio fröhlich. Er wollte sich von ihnen nicht zu Zuan dell'Olmos Bootswerft bringen lassen. Ihm gefiel die Vorstellung, allein dorthin zu gehen, als wäre es sein geheimer Rückzugsort.

Während die beiden kräftigen *buonavoglia* so schnell wie gewohnt ruderten, sog Mercurio die kühle Morgenluft tief in sich ein. Das Leben könnte nicht schöner sein, dachte er bei sich. Von einem Moment zum anderen hatte sich alles verändert. Vor allem war er nun ehrbar geworden. Und das, ohne sich groß anstrengen zu müssen. Eine gute Idee hatte ihm genügt. Er hatte eine Beschäftigung gefunden, durch die er zu Wohlstand gelangen konnte, ohne dafür den Kerker oder Schlimmeres zu riskieren. Er hatte Anna gefunden, die Mutter, die er schon sein ganzes Leben lang gesucht hatte. Und er war Giuditta begegnet, der Frau, die von nun an sein Leben wie ein Sonnenstrahl erhellen würde. Nein, es konnte nichts Schöneres geben. Verstohlen lächelte er in sich hinein.

Als sie in das dichte Labyrinth der kleinen Kanäle in der Lagune eindrangen, betrachtete er neugierig die Umgebung, und es kam ihm vor, als wäre, wenn er sich umdrehte, stets dasselbe schlanke schwarze Boot hinter ihnen. Aber das war nur ein flüchtiger Gedanke, der ihn nicht weiter beschäftigte. Er sah lieber zum klaren blauen Himmel empor, an dem nur ein paar harmlose Wolken trieben. Und er blickte noch immer dorthin, als Tonio und Berto im Rio di Santa Giustina anlegten.

Mercurio stieg aus und wies die beiden Freunde an, weiterzufahren. Er würde schon allein zurückkommen. Aus dem Augenwinkel sah er wieder das schwarze Boot, das sich in einiger Entfernung dem Kai näherte. Aber auch jetzt beachtete er es nicht weiter.

Er dachte an die Nacht, die er mit Giuditta verbracht hatte, und spürte, wie das Verlangen seinen ganzen Körper erfasste. Sogleich erfüllte ihn wieder unbändige Freude, und so rannte er fast den ganzen Weg am Rio di Santa Giustina entlang zu Zuan dell'Olmos Bootswerft.

Das schwarze Boot folgte ihm lautlos über das Wasser.

Als Mercurio das Ende des Kanals erreichte, sah er, was der Nebel am Vortag verborgen hatte: das Meer. Es kam ihm vor, als würde Venedig hier enden. Die Luft roch hier anders, nicht mehr so faulig nach Brackwasser, und das Salz prickelte in der Nase. Das Einzige, was in dieser Weite zu sehen war, war eine kleine Insel direkt vor ihm.

Mercurio sah sich um. Hier gab es nur armselige Fischerhütten, vom Prunk Venedigs war nichts zu erahnen. Überall am teils schlammigen, teils sandigen Ufer lagen Fischgräten und an Land gezogene Boote, dazwischen saßen Unmengen Katzen, die sich träge putzten. Die hölzernen Hütten wirkten klein und bedrückend, man erreichte sie über Molen und Landungsstege aus verzogenem Holz. Auf zweien von ihnen waren fensterlose Verschläge mit schmalen Türen zu sehen. Mercurios Blick fiel auf einen kleinen Jungen mit bloßen Füßen und nichts als einer Jacke am Leib. Er knetete seinen Kinderpimmel mit einer Hand, was seine Mutter, die gerade ein Baby auf ihrem Arm hielt und stillte, veranlasste, ihm eine kräftige Ohrfeige zu versetzen. Der Junge ließ seinen Pimmel los und fing an zu weinen. Daraufhin ohrfeigte ihn die Mutter noch einmal, und der Junge hörte schlagartig auf. Dann klopfte die Frau ungeduldig an die schmale Tür einer Bretterbude. Gleich darauf kam ein großer Mann heraus, der sich die Hosen hochzog. Die Mutter schob den kleinen Jungen hinein, und Mercurio sah, dass die Hütte über dem Wasser leer war und im Boden ein Loch klaffte. Es war eine Latrine. Während das Kind sich bei offener Tür hinhockte, um seine Notdurft zu verrichten, schob der Mann den Säugling von der mütterlichen Brust weg und nuckelte zum Spaß selbst daran. Die Frau lachte grell, und als der kleine Junge fertig war, zerrte sie ihn den Steg entlang zurück ans Ufer und stieß ihn ins Wasser. Dort kauerte sich der Junge hin und säuberte sich den Hintern.

Zu seiner Rechten sah Mercurio viereckige Fischernetze, die an den Enden einiger schmaler Stege aufgehängt waren, sodass man sie von dort aus gleich zu Wasser lassen konnte. Dann gab es noch einige kleinere Gemüsegärten, in denen ein paar kümmerliche Pflanzen wuchsen. In einem von ihnen sammelte eine alte Frau Schnecken von den Blättern eines Kohlkopfs ab. Da begriff Mercurio, wie arm diese Leute waren, wenn sie sich mit den Schnecken um ihr Essen streiten mussten. Eine fette Ratte huschte zu einem stinkenden Rinnsal, das ins Meer floss. Sie stürzte sich hinein und schwamm, während ihre Nase wie ein Bug durchs Wasser pflügte. Zwei Knaben warfen mit Steinen nach ihr, und die Ratte tauchte ab.

Mercurio wurde bewusst, dass der viele Marmor und die Pracht Venedigs ihn all das hatten vergessen lassen. Selbst die Bettler, die rund um Rialto, den großen Markusplatz oder am Canal Grande entlangstrichen, wirkten weniger zerlumpt. Hier außerhalb der Stadt hingegen zeigte sich die Armut so, wie Mercurio sie in Rom kennengelernt hatte: vulgär und ungeschönt. Und Mercurio fühlte sich hier heimisch, er empfand weder Furcht noch Abscheu. Die Frau, die ihren Sohn zur Verrichtung seiner Notdurft zu einer Latrine über dem Wasser führte, während ein Mann, der ganz bestimmt nicht ihr Ehegatte war, an ihrer Brust sog oder ihr an den Hintern fasste, hätte genausogut seine Mutter sein können. Eines der Kinder war vielleicht in dieser Latrine gezeugt worden. Ein anderes war möglicherweise wie er an der Drehlade für Findelkinder abgegeben worden. Nein, nichts in dieser erbärmlichen Welt konnte ihn erschrecken, ganz einfach, weil er sie bereits kannte.

Ohne zu wissen, warum, blieb er noch eine Weile stehen, um die erbärmliche Armut zu betrachten, ihre Gerüche in sich aufzusaugen, dem Geschrei, dem Klagen und Stöhnen zu lauschen. Und da spürte er, dass sich in ihm eine neue Kraft ausbreitete. Weil er es geschafft hatte, sich aus diesem Elend zu befreien.

Dann wandte er sich nach rechts, und da sah er es schließlich. Er sah es zum ersten Mal vollständig, ohne gnädigen Nebelschleier.

Es war ein Wrack.

Fast hätte er vor Schreck laut aufgelacht, denn es sah viel schlimmer aus, als er es sich vorgestellt hatte. Und doch zog dieses Schiff ihn auf magische Weise an.

Es ist wie ich, dachte er.

Dieses Schiff war sein Spiegelbild: Mercurio, wie er in seinem erbärmlichen Schlupfwinkel im Abwasserkanal hockte. Er blieb stehen und sah an sich herunter. Die schönen Kleider, die Schuhe mit der dicken Sohle, der warme Hut. Seine Hand glitt in die Tasche zu den Goldmünzen, er hörte sie klirren und umschloss sie mit seinen Fingern. Er spürte, wie das Metall sich unter ihnen erwärmte.

Wenn ich es geschafft habe, dann schaffst du es auch, dachte er, als redete er mit dem Schiff.

Mercurio betrachtete den dunklen Kiel, der wohl an einigen Stellen verrottet war, und den unterhalb der Wasserlinie von Algen und Schalentieren verkrusteten Rumpf. Das Geländer des Achterdecks war kaum noch vorhanden, der Hauptmast abgebrochen. Die wenigen verbliebenen Segel flatterten schlaff hin und her wie die Banner eines geschlagenen Heeres. Der Mastkorb, die Wanten, die Rahen, alles vermittelte den Eindruck, als würde es jeden Moment herabfallen wie die Zweige eines verdorrten Baumes. Das Steuerrad war aus seiner Verankerung gerissen und beiseitegeworfen worden. Die Karacke lag zur Hälfte über der Wasserlinie auf der Rampe der Werft, deren Dach ebenfalls Löcher aufwies, als wollte sie sich dem allgemeinen Verfall anpassen. Das Heck dümpelte im Kanal.

Mercurio sog die salzige Luft tief in sich ein. Dann stieß er einen Pfiff aus.

Gleich darauf war aufgeregtes und zugleich jammerndes Gekläffe zu vernehmen, und Mosè kam flink aus der Hütte neben der Werft getrabt und lief ihm schwanzwedelnd entgegen. Mercurio lächelte und ging in die Knie. Bei ihm angelangt, wedelte Mosè so heftig mit dem Schwanz, dass sein ganzes Hinterteil wackelte, und umtänzelte Mercurio, hin- und hergerissen zwischen Angst und Freude und unsicher, ob er sich tatsächlich von ihm streicheln lassen sollte. Schließlich gab er sich einen Ruck, ließ sich von Mercurio berühren und legte sich dann aufgeregt und glücklich zwischen dessen Beine.

»Mosè, du bist wirklich ein dämlicher Köter«, sagte der alte Zuan dell'Olmo, der auf seinen Stock gestützt in der Tür der Hütte stand.

»Los, Mosè!«, forderte Mercurio den Hund auf, erhob sich und ging zu dem alten Mann. Mosè lief bellend neben ihm her.

»Er mag dich wirklich«, bemerkte Zuan.

»Ich mag ihn auch«, erwiderte Mercurio.

»Na, dann passt es ja«, sagte Zuan und sah auf die weite Wasserfläche hinaus.

»Ist das das Meer?«, fragte Mercurio.

»Nein!«, entgegnete der Alte beinahe empört. Er deutete nach rechts, Richtung Osten. »Das Meer ist da drüben.« Dann hielt er die Hände parallel, wie um einen Kanal anzuzeigen, und bewegte sie weiter in südlicher Richtung, während er erklärte:

»Und von da geht es immer geradeaus, wie durch einen riesigen Gang, der zu unserem großen Wohnzimmer, dem Mittelmeer, führt.« Darauf deutete er nach links. »Dort sind die Märkte des Orients, das Tote Meer und die Passage nach China.« Dann drehte er sich halb um seine Achse und breitete die Arme aus. »Da liegt das Mittelmeer, das Afrika mit Europa verbindet ...«, er legte die Hände zusammen und zuckte mit den Schultern, »bis Gibraltar, wo ...« Er verstummte, und seine Augen trübten sich. Dann breitete er plötzlich wieder die Arme aus, als wollte er diese unendliche Weite umfassen. »Da draußen ist der Ozean, wo wir, als ich ein kleiner Junge war, das Ende der Welt vermuteten.«

Während Mosè ein wenig winselte, hatte Mercurio ihm atemlos gelauscht. »Und stattdessen ...«, sagte er leise, um den Zauber nicht zu brechen.

Der alte Zuan drehte sich zu ihm um. »Und stattdessen gibt es da Land, verfluchte Hurenkacke!« Er schüttelte den Kopf. »Da liegt die Neue Welt!«

»Und wie ist es dort?«

»Da soll mich doch auf der Stelle der Teufel holen, wenn ich das wüsste, mein Junge.« Und wieder trübten sich Zuans Augen. »Weißt du, was es für einen Seemann wie mich heißt, dass ich niemals dorthin gekommen bin?« Er sah Mercurio an. Dann lachte er hell, sodass man die wenigen in seinem Mund verbliebenen Zähne sehen konnte. »Nein, das weißt du nicht. Du weißt einen verdammten Scheißdreck über das Meer.« Er sah zu seinem Schiff. »Und du willst meine Karacke kaufen!« Er lachte wieder, doch es klang nicht spöttisch. Und auch nicht so traurig und wehmütig wie bei der ersten Begegnung.

»Was will denn einer wie du überhaupt mit einem Schiff?«, fragte er.

»Ich war einmal im Arsenal«, sagte Mercurio. »Und ...« Er unterbrach sich mitten im Satz, denn er musste wieder an Battista denken, der durch sein Verschulden umgekommen war.

»Und …?«, fragte der alte Seemann nach.

Mercurio holte tief Luft. »Ich habe miterlebt, wie ein Schiff entsteht«, fuhr er fort. »Und ich habe erkannt, dass es nichts auf der Welt gibt, was so wie ein Schiff … für Freiheit steht.«

Der alte Mann schaute ihn schweigend an. Dann nickte er beinahe unmerklich. »Du magst ja einen Scheißdreck vom Meer verstehen«, sagte er leise, »aber vielleicht bist du gar nicht so dumm, wie du aussiehst.« Dann wandte er sich wieder seinem Schiff zu.

Mercurio bemerkte das Glitzern in seinen Augen, während er es betrachtete. »Kommt man mit dem da etwa bis in die Neue Welt?«

Der Alte sah ihn ernst an. »Was du jetzt hier siehst, ist ein Badezuber, ein Wrack. Aber vor langer Zeit war das einmal eine große Dame. Und für mich ist sie das immer noch, weil ich sie so sehe, wie sie früher war.«

»Also könnte man damit wirklich in die Neue Welt?«, fragte Mercurio wieder.

»Was meinst du wohl, wie dieser eitle Hammel Kolumbus, Gott hab ihn selig, um Venedig vollends den Garaus zu machen … was meinst du, wie der in diese verfluchte Neue Welt gekommen ist? Mit einer Karacke und zwei Karavellen. Sein Flaggschiff, die Santa Maria, war eine Karacke! So groß wie die hier. Sechsunddreißig Fuß lang und zwölf breit. Eine Karacke, mein Junge!«

Mercurio betrachtete das Wrack, das träge vor sich hin schaukelte. Er hörte das Holz knarren, und das Geräusch gefiel ihm. Das Schiff sprach zu ihm. Und in dem Moment kam es ihm so vor, als lachte es ihn an.

»Weißt du denn, wie man in diese Neue Welt kommt?«, fragte er den alten Mann.

Zuan wackelte mit dem Kopf, erstaunt über die Frage. »Ich bin alt …«, sagte er.

»Aber würdest du den Weg dahin finden?«

»Außerdem weiß ich nicht, wie Mosè das Meer verträgt, er war noch nie mit an Bord ...«

»Weißt du, wie man dahin kommt, ja oder nein?«

»Verflucht noch mal, Junge! Nun, wo wir wissen, dass der Ozean kein Ende hat, kann jeder dorthin gelangen. Du musst einfach nur nach Westen segeln, und dann ist da die Neue Welt, zum Henker!« Aufgeregt spuckte er auf den Boden. Er fuchtelte mit dem Stock durch die Luft, als wollte er etwas sagen, doch dann bekam er kein Wort heraus und spuckte stattdessen erneut aus. Mosè bellte. Zuan sah zu ihm hinunter und fuhr ihn an: »Ach, halt doch die Klappe, du dämlicher Köter! Du hast dich ja noch nicht einmal in eine Gondel getraut!«

Mercurio lachte und schaute dann wieder auf die Lagune hinaus. »Was für eine Insel ist das dort?«

»Was ist das denn für eine Frage?«, empörte sich der Alte. »Das ist die Cavana von Murano.«

»Was ist das?«

»Du hast wirklich keinen blassen Schimmer, Junge«, grummelte der Alte. »Ich wundere mich, dass du immer noch am Leben bist, wo du doch offensichtlich von nichts eine Ahnung hast. Das ist der Anlegeplatz für die Boote der Insel Murano, die etwas weiter dort drüben liegt. Jetzt kann man sie allerdings nicht sehen. Und das da ist die Insel San Michele, die so heißt, weil darauf eine Kirche steht, die dem Erzengel geweiht ist. Ich hoffe ja mal, du weißt wenigstens, wer der Erzengel Michael ist!«

Mercurio sah den alten Mann verblüfft an. Ja, offenbar gab es einen Gott. Und anscheinend hatte der den Erzengel Michael dazu bestimmt, sich um ihn zu kümmern. Das Waisenhaus, in dem er groß geworden war, war nach ihm benannt und ihm geweiht worden. Nachdem er aus Rom geflohen war, war er in Venedig gelandet, aber eine Mutter und ein Heim hatte er in Mestre gefunden, dessen Schutzpatron ebenfalls der Erzengel

Michael war. Und jetzt lag dieses Schiff der Insel mit dem Namen des Erzengels Michael gegenüber. Es gab keinen Zweifel. Dieses Schiff sollte ihm gehören.

»Na schön, alter Mann, verkaufst du mir jetzt diesen Badezuber oder nicht?«

Zuan schlug mit dem Stock nach ihm. »Nenn sie nicht so«, sagte er vehement.

»Aber du ...«

»Ich darf das, aber du nicht!«, fuhr ihn Zuan an und fuchtelte erbost mit dem Stock in der Luft herum. »Dich kennt sie ja nicht einmal. Wenn ich das sage, weiß sie, dass ich nur Spaß mache ... Aber wenn du das sagst ... Du darfst das nicht sagen, merk dir das.«

Mercurio betrachtete das Schiff. Der Alte war wirklich davon überzeugt, dass es sie hören konnte. Und als es erneut ächzte, überlegte er, ob Zuan vielleicht recht damit hatte. »Ja gut, ich entschuldige mich«, sagte er. »Also, wie viel willst du?«

»Weißt du eigentlich, was es kosten wird, bis sie wieder seetüchtig ist?«, fragte Zuan immer noch mit erhobenem Stock.

»Wie viel?«

»Wie zum Henker soll ich das denn wissen!«, schrie der Alte. »Ich bin schließlich kein Reeder!« Er spuckte aus. Mosè wich ihm aus, um nicht getroffen zu werden. »Hundert Lire Tron ... vielleicht auch tausend ... Was zum Teufel weiß denn ich! Ich habe ja noch nicht einmal zehn Lire je auf einem Haufen gesehen!«

»Also, was soll das Schiff kosten? Zehn Lire?«

»Willst du mich übers Ohr hauen, Junge?«

»Nenn mir deinen Preis, alter Mann.«

Zuan fuchtelte wieder mit dem Stock durch die Luft, als würde ihm das beim Nachdenken helfen. »Warte hier«, sagte er zu Mercurio. Er ging zum Schiff und legte eine Hand auf den Kiel. Dann drehte er sich um. »Komm her, du Trottel!«

»Ich?«, fragte Mercurio überrascht.

»Nein, nicht du«, erwiderte Zuan verärgert. »Mosè, du Bastard einer getigerten Katze, du Ausgeburt des Teufels, komm sofort her!«

Mit eingezogenem Schwanz trottete Mosè zu dem alten Mann und setzte sich neben ihn. Allerdings sah er dabei stur in eine andere Richtung.

Als Zuan sich wieder Mercurio zuwandte, sagte er mit kindlichem Trotz: »Elf Lire Tron. Ich will sehen, ob du mithältst, Junge.«

Mercurio sagte nichts. Er holte die Münzen hervor, die er eingesteckt hatte, zählte elf ab und reichte sie dem alten Mann.

Zuan sperrte verblüfft die Augen auf. Er reckte seinen faltigen Hals und starrte auf die Münzen in Mercurios Hand, als wären es gefährliche exotische Tiere. Er wagte nicht, sie zu berühren. »Ich hab nicht einmal genügend gute Zähne im Mund, um überprüfen zu können, ob sie auch wirklich aus Gold sind«, sagte er.

»Die sind aus echtem Gold, das schwöre ich dir.«

Zuan schüttelte ungläubig den Kopf. »Was willst du denn mit dem Schiff?«

»Ich will jemanden von hier fortbringen.«

»Einen Menschen kannst du auch auf einem Maulesel fortschaffen, Junge.«

»Vielleicht muss ich ja weit weg. Ich suche eine freie Welt.«

Zuan wiegte sich hin und her. Er schien zu überlegen. »Ja, dann brauchst du wirklich ein Schiff. Vielleicht musst du ja weiter reisen, als jeder von uns es sich vorstellen kann.« Er betrachtete Mercurio. Dann richtete er den Finger auf ihn. »Du musst noch blöder sein als ich, so wahr mir Gott helfe. Das stimmt doch, oder, Mosè?« Der Hund bellte laut.

»Also, gilt unser Geschäft?«, fragte Mercurio.

Zuan breitete die Arme aus. »Ausgerechnet mir musste das

passieren«, grummelte er und starrte die Münzen an, als seien sie das leibhaftige Unglück. »Behalt die erst einmal. Wenn hier bekannt wird, dass ich elf Lire habe, erlebe ich den heutigen Abend nicht mehr.«

»Einverstanden, ich bewahre sie für dich auf.«

»Nein«, ertönte da eine Stimme hinter ihnen. »Die bewahre ich auf.«

Mercurio und der Alte fuhren herum. Mosè knurrte böse.

»Halt deinen Hund zurück, oder ich schlitz ihm die Kehle auf«, sagte Scarabello, während er aus seinem schwarzen Boot stieg.

Zuan packte Mosè beim Halsband. »Schön brav, du Dummkopf.«

»Wo wir gerade über wohlerzogene Hündchen reden ... Willst du nicht deinen Herrn begrüßen?« Scarabello baute sich vor Mercurio auf und streckte ihm die schwarz behandschuhte Hand entgegen. »Gib sie mir.«

»Warum?« Mercurio wich einen Schritt zurück.

»Das ist mein Geld.«

»Nein. Das ist meins«, widersprach Mercurio, der vor Anspannung am ganzen Körper zitterte. »Ich habe es ehrlich verdient, und deshalb ist es mein Geld.«

Scarabello starrte ihn an und kniff unmerklich die Augen zusammen. »Du gehörst mir. Und ein Drittel von allem, was du verdienst – und das Wie schert mich dabei reichlich wenig –, schuldest du mir.«

»Nein«, sagte Mercurio.

Scarabello blieb ganz ruhig und sagte nichts weiter dazu. Er ging an Mercurio vorbei zur Werft. Dort blickte er sich suchend um und entdeckte schließlich einen schweren Hammer mit einem langen Griff, mit dem man sonst Pflöcke einschlug. Er nahm ihn, trat an den Schiffskiel, hob den Hammer hoch und ließ ihn heftig auf die Schiffshaut krachen. Das Holz riss ächzend auf. Scarabello hob erneut den Hammer und ließ ihn noch einmal niedersausen. Krachend gab das Holz nach.

Dem alten Zuan traten die Tränen in die Augen.

»In Ordnung! Sieben!«, schrie Mercurio.

»Du bist sentimental. Das ist eine Schwäche, aber ich bewundere dich trotzdem dafür, weißt du«, sagte Scarabello und ließ den Hammer fallen. »Für heute bin ich mit den elf zufrieden«, fuhr er fort und streckte ihm wieder die flache Hand hin. »Aber sag deinem jüdischen Freund, dass ab heute ich das Geld für dich einkassiere. Ich werde dir dann später deinen Anteil geben.« Er nahm Mercurios Münzen und ließ sie klirrend eine nach der anderen in seine Börse fallen. »Ich vertraue dir«, sagte er lächelnd und gab ihm einen Klaps auf die Backe, »aber du weißt ja, was man sagt ... Vertrauen ist gut, Kontrolle ist besser.« Er kehrte zu seinem wendigen Boot zurück. Vor dem Einsteigen drehte er sich noch einmal um und zeigte auf das Wrack. »Ein wahrer Glücksgriff«, bemerkte er und brach in schallendes Gelächter aus.

Mercurio sah ihm nach. Als das Boot verschwunden war, ließ er sich zu Boden fallen und sah zu den Hütten und den Stegen links von ihm hinüber. Er starrte auf all das menschliche Elend, von dem er vor Kurzem in seinem Hochmut gedacht hatte, er hätte es überwunden. Nun jedoch kam es ihm so vor, als gäbe es daraus kein Entkommen. Nein, es würde ihm niemals gelingen, sich daraus zu befreien. Er spürte den Hass, die Wut und die Verzweiflung, die wie früher in ihm aufsteigen und wieder sein Leben bestimmen wollten.

»Ich werde ihn umbringen«, sagte er leise.

Er hörte, wie der Alte näher kam.

»Lass nicht zu, dass er dir dein Schiff wegnimmt«, sagte Zuan zu ihm.

»Deswegen werde ich ihn ja umbringen.«

»Lass nicht zu, dass er es dir ... Nun, ich fürchte, er hat es dir schon weggenommen«, sagte Zuan.

»Wie meinst du das, alter Mann?«, fragte ihn Mercurio, die Augen zu schmalen Schlitzen zusammengekniffen.

»Schau doch, wie du dich hingesetzt hast. Du kehrst deinem Schiff den Rücken. Deinem Traum, deiner Hoffnung«, sagte Zuan. »Der Hass hat es dir schon weggenommen.«

Mercurio hatte das Gefühl, als stünde er vor der wichtigsten Entscheidung seines Lebens. In den Worten des alten Seemanns lag eine tiefe Wahrheit. Jetzt war der Moment der Entscheidung gekommen. Und diese würde seine gesamte Zukunft bestimmen. »Aber was soll ich denn tun?«, fragte er und war sich der Bedeutung dieses Augenblicks genau bewusst.

Zuan sah ihn an und schüttelte den Kopf. »Ach, verfluchte Hurenkacke, Junge! Was bist du dumm!«, rief er. »Dreh dich um! Du musst dich einfach andersherum hinsetzen. Dein Schiff liegt dort drüben!«

61

Das ist lächerlich!«, fuhr Isacco auf und ging mit Riesenschritten vorwärts. »Das ist vollkommen lächerlich! Und das wisst Ihr auch ganz genau, Hauptmann!«

»Ich habe Erkundigungen eingezogen«, erwiderte Lanzafame ganz ruhig und holte ihn ein. »Dieser Scarabello ist gefährlich. Das ist nicht nur ein einfacher Hurenbeschützer, sondern ein richtiger Verbrecher mit einer eigenen Bande. Also hör auf mit deinem Gezeter, Doktor, und bedank dich lieber bei mir.«

Isacco drehte sich um. Hinter ihnen liefen vier von Lanzafames Männern und folgten ihnen in voller Rüstung. Weitere fünf würden unter Serravalles Führung im Laufe des Vormittags im Castelletto eintreffen. Seit Scarabello vor drei Tagen Isacco erneut bedroht hatte, wurde der fünfte Stock des Torre delle Ghiandaie bewacht. »Nicht einmal der Doge hat eine Leibgarde wie ich!«, knurrte er.

»Dann fühl dich doch einfach wie ein bedeutender Mann«, sagte Lanzafame.

»Ach, schert Euch doch zum Henker, Hauptmann.«

Lanzafame lächelte. »Was kannst du mir denn über deine Tochter berichten? Ich sehe, dass in ihrem Laden viele Leute ein- und ausgehen«, sagte er. »Vermutlich wird sie bald reicher sein als du.«

»Tja, so sieht es aus«, schnaubte Isacco.

»Dann lächle doch mal«, sagte Lanzafame und schlug ihm auf die Schulter. »Nur ein Mal, Doktor. Das ist doch gut, oder?«

Isacco unterdrückte ein Lächeln, um ihm die Genugtuung nicht zu gönnen, sagte aber: »Ich bin sehr stolz auf sie.« Dann klopfte er an seinen sehr auffälligen gelben Hut mit zwei orangefarbenen Biesen an der Seite. »Was meint Ihr wohl, warum ich dieses Etwas hier auf dem Kopf trage? Das stammt von Giuditta, sie hat es genäht und mir geschenkt. Glaubt Ihr, ich würde so herumlaufen, wenn ich nicht stolz auf meine Tochter wäre?«

Lanzafame lachte laut. »Langsam«, sagte er dann und packte Isacco am Arm. »Ich habe heute noch nichts getrunken und bin etwas schwach auf den Beinen.«

Isacco schüttelte den Kopf. »Ihr seid schwach auf den Beinen, weil Ihr trinkt, nicht weil Ihr nichts trinkt. Der Wein hat Euren Kopf so durcheinandergewirbelt, dass Ihr die Dinge falsch herum seht.«

»Ich bin jetzt nicht in Stimmung für Standpauken, Doktor«, erwiderte Lanzafame leicht säuerlich.

Schweigend gingen sie weiter, bis Isacco sagte: »Verzeiht mir. Ich wollte Euch keine Standpauke halten.«

»Sicher wolltest du das«, entgegnete Lanzafame. »Ich weiß ja, dass du es nur gut mit mir meinst. Und du hast ja auch recht ...«

»Aber ...?«

Lanzafame erwiderte nichts.

Schweigend überquerte Isacco die Brücke über den Kanal. Er wusste, dass er jetzt besser den Mund hielt. Manchmal half Schweigen mehr als viele Worte.

»Wenn ich nicht trinke, zittern meine Hände«, fuhr der Hauptmann nach einer Weile fort.

»Und wenn Ihr trinkt, hört das Zittern auf?«, fragte Isacco zerstreut.

»Ich ertrage das nicht mehr«, sagte Lanzafame leise und gedemütigt. »Schau.« Er streckte die Hand aus. »Sie zittern wie bei einem ängstlichen Mädchen.« Sie kamen gerade an einer Schenke vorbei, und er wurde langsamer.

»Aber je mehr Ihr trinkt, desto schlimmer wird das Zittern hinterher, oder?«, sagte Isacco.

Lanzafame sah wieder zur Schenke hinüber. »Ja. Mit jedem Tag wird es schlimmer.«

»Dann könnte es logischerweise auch jeden Tag besser werden«, sagte Isacco lächelnd. »Und im Dienste der Wissenschaft könntet Ihr es ja einmal ausprobieren.«

»Was denn?«

»Einen ganzen Tag nichts zu trinken.«

»Einen ganzen Tag?«

»Ja. Heute zum Beispiel.«

»Du versuchst doch, mich übers Ohr zu hauen, oder?«

»Ich versuche es«, gab Isacco zu. »Aber Ihr seid ein harter Knochen.«

»Ich könnte ja noch schnell ein, zwei Gläser trinken, nur damit es mir besser geht, und dann höre ich auf. Es ist ja immer das letzte Glas, das mich umhaut.«

»Das glaube ich nicht, Hauptmann. Mir kommt es eher so vor, als wäre es das erste.«

»Was redest du denn da für einen Blödsinn? Das erste ist nie ein Problem.«

»Aber nach dem ersten hört Ihr nicht auf. Der Wein schießt Eure Kehle so schnell hinab wie Steine einen Abhang. Ihr habt die Bestie in Euch nicht mehr unter Kontrolle.«

Lanzafame lief grübelnd weiter. »Nur heute, sagst du?«

»Nur heute.«

»Und was ist mit morgen?«

»Werden wir morgen denn überhaupt noch am Leben sein?«, fragte Isacco.

»Na gut. Heute.«

»Heute«, sagte Isacco und bog auf den Platz vor dem Castelletto ein. Er roch schon den ihm mittlerweile vertrauten Geruch nach Hurerei und menschlichem Elend.

»Doktor! Doktor!«, rief eine der erkrankten Prostituierten und lief ihnen mit schreckgeweiteten Augen entgegen. »Kommt! Schnell!«

Isacco rannte hinter der Hure her, Lanzafame wich ihm nicht von der Seite. Etwas weiter vorne, nahe einer Ansammlung Frauen, sahen sie mit gezückten Waffen Serravalle und die anderen fünf Wachleute stehen, die bereits vor ihnen eingetroffen waren.

»Was geht hier vor?«, fragte Isacco und bahnte sich seinen Weg zwischen den Prostituierten hindurch. »Repubblica! Du solltest doch im Bett liegen«, rief er, als er sie auch dort herumlaufen sah. Er wandte sich an Lidia, ihre Tochter, in deren Augen die blanke Angst stand. »Warum hast du zugelassen, dass deine Mutter aufsteht ...?«

Das Mädchen brach in Tränen aus.

Isacco schaute umher und erkannte um ihn herum sämtliche Huren, die er behandelte. »Was macht Ihr denn hier? Geht wieder ins Bett!«

»Serravalle!«, rief Lanzafame. »Was zum Henker ist passiert?«

Isacco bahnte sich weiter seinen Weg durch die Gruppe der Prostituierten hindurch, die sich gegenseitig stützten und vor Kälte und Angst zitterten.

»Sie sind in der Nacht gekommen«, sagte Serravalle.

»Wer?«, fragte Lanzafame.

Die Prostituierten scharten sich um jemanden, den Isacco noch nicht sehen konnte.

»Scarabellos Männer«, erklärte Serravalle.

»Aus dem Weg, lasst mich vorbei«, sagte Isacco zu den letzten Huren, die ihm die Sicht versperrten. Ihre Gesichter waren mit Tränen überströmt. Und dann sah er sie.

»Sie wussten, dass wir nur tagsüber eine Wache für den Doktor schicken würden«, fuhr Serravalle fort. »Deshalb sind sie gestern Nacht gekommen, haben die Frauen angegriffen, geschlagen und auf die Straße gesetzt. Und eine von ihnen … die sich gewehrt hat …«

Isacco sah den Kardinal auf dem Boden liegen. Sie war blass, und ihr purpurrotes Gewand glänzte an einer Seite. Es war feucht. Und aufgeschlitzt. Isacco begriff, dass es Blut war, rotes Blut auf rotem Grund. »Kardinal …«, sagte er zu ihr und kniete sich neben sie. »Was machst du denn für Sachen?«

»Zwei von denen … hab ich … die Treppe runter … Doktor«, brachte die hünenhafte Frau keuchend hervor. »Feige Säcke … Feige Säcke …«

»Sprich nicht weiter«, sagte Isacco. Während es aus dem grauen, wolkenverhangenen Himmel leicht zu nieseln begann, sah er sich um und zeigte dann auf die Bogengänge auf einer Seite des Platzes. »Tragen wir sie dort rüber«, wies er Lanzafames Männer an.

»Sie haben die Zimmer mit neuen Huren besetzt und bewachen das Stockwerk«, beendete Serravalle seinen Bericht.

»Sie bewachen es?«, brüllte Lanzafame und hob empört die Arme zum Himmel.

»Donnola, geh und hol meine Instrumente. Los, beeil dich«, befahl Isacco.

»Und wo sind die?«, fragte Donnola.

»Im fünften …« Isacco stockte. »Im fünften Stock.«

»Da sind Scarabellos Männer«, sagte Donnola erschrocken.

»Tragt den Kardinal unter die Bogengänge. Und drückt ihr etwas auf die Wunde. Aber fest«, ordnete Isacco an und ging dann auf den Torre delle Ghiandaie zu.

»Wo willst du denn hin, Doktor?«, fragte Lanzafame und hielt ihn auf.

»Ich muss meine Instrumente holen, oder der Kardinal stirbt«, erwiderte Isacco.

»Das kannst du nicht tun«, sagte Lanzafame. Er sah einen Betrunkenen mit einer Flasche Wein in der Hand in einer Ecke liegen, lief zu ihm hin und nahm sie ihm weg. »Keine Sorge«, sagte er zu Isacco. »Heute trink ich nichts, wie ausgemacht. Ich brauche die, um in den fünften Stock zu gelangen. Wo bewahrst du deine Instrumente auf?«

»Im letzten Raum am Ende des Ganges.«

»Gibt es da ein Fenster?«

»Ja.«

»Kann ich sie runterwerfen?«

»Sie würden bei dem Aufprall zerbrechen.«

Lanzafame rief Serravalle zu sich. »Ein Seil. Lang genug, damit ich die Tasche des Doktors mit den Instrumenten vom fünften Stock ablassen kann. Schnell.«

Serravalle, gewohnt, Befehle zu befolgen, rannte los und redete kurz mit seinen Männern, dann eilten sie in alle Richtungen davon.

»Kümmer dich um die Hure«, sagte Lanzafame zu Isacco. Als der Doktor sich entfernte, drehte der Hauptmann sich zum Turm um und ließ seinen Blick zum fünften Stock hinauf wandern. »Ich komme«, knurrte er mit rauer, finsterer Stimme, die eher dem Knurren eines wilden Tiers glich. Dann starrte er auf die Flasche in seiner Hand. Das Zittern begann gerade wieder. Wütend umklammerte er den Flaschenhals. »Nur heute«, sagte er und spürte bereits, wie er wieder schwach wurde. Glücklicherweise kam in dem Augenblick Serravalle zurück.

»Hier, Hauptmann«, sagte er und reichte ihm das Seil.

Lanzafame zog seine Jacke und sein Hemd aus und wickelte sich das Seil um die Hüfte. Dann zeigte er auf den Betrunkenen. »Zieh ihm die Jacke aus. Der hat so viel Wein im Leib, dass er schon nicht erfrieren wird.«

Als Serravalle den Mann entkleidet hatte, schlüpfte Lanzafame in die schmutzige Jacke des Betrunkenen und zog sie über dem Seil zurecht. »Das letzte Zimmer auf der Nordseite«, sagte er zu Serravalle. »Geh im vierten Stock ans Fenster. Ich lasse die Instrumente zu dir runter.«

»Ich werde da sein«, erwiderte Serravalle.

Lanzafame zog das Kurzschwert aus seinem Gürtel und reichte es Serravalle. »Sonst lassen sie mich nicht durch.«

»Gebt auf Euch Acht, Hauptmann.«

Lanzafame näherte sich dem Turm, ging hinein und stieg die Treppe hinauf. Kurz bevor er den fünften Stock erreichte, begann er wie ein Betrunkener zu schwanken.

»Verschwinde, oder ich jage dich mit Arschtritten davon«, sagte ein finsterer Kerl am Ende der Treppe.

»Hau doch selber ab, du Mistkerl. Ich will ficken ...«

»Hast du denn Geld?«

Lanzafame kramte in seiner Tasche nach Münzen und zog die Geldstücke so fahrig hervor, dass ein paar von ihnen auf den Boden fielen.

Der Schurke kam ihm beim Aufsammeln zuvor und gab ihm nicht alle zurück, überzeugt, dass der Betrunkene es schon nicht bemerken würde. »Du kannst vorbei.«

Lanzafame tat so, als würde er stolpern, und ließ sich zu Boden fallen. Dann hievte er sich mühsam hoch und torkelte den Gang entlang.

»Der findet bestimmt nicht mal mehr seinen eigenen Schwanz«, sagte der Kerl lachend zu zwei weiteren Wachen.

Als Lanzafame am Ende des Ganges angekommen war, sah er, dass die Türe offen stand, und trat ein.

»Ciao, mein Schatz«, sagte eine magere Prostituierte mit dunkler Haut.

Lanzafame schloss die Tür. »Wo hat der Doktor seine Instrumente?«, fragte er, während er die Flasche auf dem Boden abstellte.

»Was für Instrumente? Wer bist du?«, fragte die Hure und wollte zur Tür.

Lanzafame hielt sie auf. »Die von dem Doktor, der den Huren hilft.«

»Lass mich los. Ich weiß nichts«, sagte die Prostituierte erschrocken.

»Wenn ich die Instrumente des Doktors nicht finde, wird eine von Euch Huren sterben. Ist dir das völlig gleichgültig?«

»Ich weiß nichts über die Instrumente des Doktors«, beharrte die Prostituierte.

Lanzafame stieß sie zurück, damit sie nicht mehr so nah an der Tür stand. »Rühr dich ja nicht von der Stelle«, drohte er ihr. Dann entdeckte er in einer Ecke eine große, flache Ledertasche. Er zog die Jacke aus, wickelte das Seil ab und machte ein Ende davon mit einem Knoten am Griff fest. Damit trat er ans Fenster.

Im Stockwerk darunter wartete Serravalle bereits am Fenster.

Die Prostituierte nutzte die Gelegenheit zur Flucht. Sobald sie im Gang war, rief sie laut um Hilfe.

»Verdammt!«, fluchte Lanzafame laut.

»Was ist los, Hauptmann?«, fragte Serravalle.

»Nimm die Instrumente und bring sie dem Doktor.« Lanzafame ließ die Tasche ab.

»Hauptmann …«

»Verflucht noch eins, Serravalle! Das ist ein Befehl!«

Serravalle nahm die Tasche und verschwand.

Lanzafame drehte sich gerade noch rechtzeitig um, um zu sehen, wie ein Mann mit einem Messer in der Hand in das Zimmer stürzte. Lanzafame schickte ihn mit einem Schlag in den Magen zu Boden. Dann entwaffnete er ihn, schlug den Hals der Flasche gegen die Wand und lief hinaus auf den Gang, in der einen Hand das Messer und in der anderen die abgebrochene Flasche.

Zwei Männer standen schon an der Tür. Und vier weitere folgten ihnen.

Lanzafame trat nach dem ersten, der ihm entgegenkam, während er dem anderen die abgebrochene Flasche mitten ins Gesicht stieß. Die beiden Männer schrien auf, konnten aber nicht zurückweichen, weil hinter ihnen schon die anderen vier folgten.

»Du bist tot!«, schrie einer von ihnen drohend und stieß mit seinem Dolch nach ihm.

Lanzafame wich ihm aus und traf ihn mit dem Messer in die linke Seite. Er spürte, wie die Klinge sich zwischen die Rippen bohrte. Der Mann riss die Augen auf und erstarrte. Lanzafame zog das Messer wieder heraus und parierte schnell den Hieb eines anderen. Aber er wusste, dass er das nicht lange durchhalten würde. Kurz schoss ihm durch den Kopf, wie er dem Tod auf so vielen Schlachtfeldern von der Schippe gesprungen war, nur um jetzt bei den Huren von Venedig zu sterben. Er wich zurück und verteidigte sich, so gut er konnte. Dann spürte er plötzlich einen stechenden Schmerz in seinem Messerarm. Er war getroffen. Kraftlos öffnete sich seine Hand, und die Waffe fiel zu Boden. Lanzafame packte den Flaschenhals umso fester und wirbelte damit durch die Luft. Er sah, wie sich die Jacke des Mannes vor ihm rötlich verfärbte. Er traf einen anderen an der Kehle, doch die Folge war nur eine oberflächliche Verletzung. Inzwischen erhielt er einen weiteren Hieb gegen die Schulter, und sein Griff um den Flaschenhals lockerte sich. Lanzafame biss die Zähne zusammen und dachte, wenn er an Gott glauben würde, wäre dies jetzt der rechte Moment für ein Gebet. Dann versank alles um ihn herum in Nebel, doch wie in einem Traum sah er auf einmal ein wildes Durcheinander von Fäusten und Schwertern: Scarabellos Männer hatten unverhofft die Beine in die Hand genommen.

»Hauptmann! Hauptmann!«, rief Serravalle an der Spitze einer Schar Soldaten, die zu seiner Rettung herbeigeeilt waren.

»Serravalle!«, lachte Lanzafame. »Wie lange brauchst du denn für die paar Stockwerke?«

Serravalle packte ihn genau in dem Moment, als der Hauptmann zu Boden fallen drohte.

»Verflucht noch mal ... wie lange hast du denn gebraucht?«, wiederholte Lanzafame. Er fühlte seine Kräfte schwinden und stöhnte laut auf vor Schmerz. »Leck mich am Arsch, Serravalle. Du weißt doch, dass ich nicht ... Danke sagen kann.«

»Dann seid einfach still«, erwiderte Serravalle. »Gehen wir zum Doktor. Sieht aus, als müsste er heute wieder tüchtig nähen.«

»Der fünfte Stock ... ist unser?«

»Stellung eingenommen.«

»Serravalle ...«, keuchte Lanzafame.

»Was ist, Hauptmann?«

»Meine Hände haben nicht gezittert, weißt du?«

»Die haben noch nie gezittert, Hauptmann.«

Am Abend kehrte Isacco ins Ghetto Nuovo zurück. Lanzafame, der ihn mit seinen Männern begleitete, trug dicke Verbände. Die hellen Tücher verfärbten sich bereits blutig, doch der Hauptmann hatte den Blick eines stolzen Mannes. Und er lief aufrecht, weil ihm dies bewusst war. Am Tor verabschiedete er sich von Isacco und hinkte auf Serravalle gestützt ins Wachhaus.

Mit hängenden Schultern betrat Isacco den Platz des Ghetto Nuovo. Er war so erschöpft, dass er kaum wahrnahm, wie das Tor hinter ihm geschlossen wurde. Er nahm den Hut ab und trat unter die Bogengänge.

»So weit ist es mit uns gekommen«, sprach Anselmo del Banco ihn an, der gerade seine Pfandleihe abschloss. »So weit ist es mit dem Erwählten Volk gekommen. Gelber Hut und Viehpferch, ein schöner Schlamassel. Hast du schon von diesem Heiligen gehört? Er hetzt die Leute immer mehr gegen uns auf. Jetzt läuft er überall herum und erzählt, wir Juden hätten das

Christenkind, das auf Torcello verschwunden ist, für unsere finsteren Rituale geraubt. Er sagt, dass wir Satan das Blut von Kindern opfern. Ich bin sehr in Sorge.«

Isacco zuckte mit den Schultern. »Ich rede jeden Tag mit dem einfachen Volk, Anselmo. Die Venezianer haben nichts gegen die Juden und glauben solchen Unsinn nicht.«

»Ja, das ist auch mein Eindruck«, sagte Anselmo. »Aber als Oberhaupt der Gemeinde muss ich stets wachsam sein, meinst du nicht auch?«

Isacco nickte zerstreut.

»Ich muss über alles wachen«, fuhr Anselmo hartnäckig fort, »und möglichen Übergriffen vorbeugen ...«

Isacco horchte auf. »Anselmo, warum werde ich das Gefühl nicht los, dass du mir etwas Bestimmtes sagen möchtest?«

»Weil du ein kluger Mann bist, Isacco«, lächelte Anselmo del Banco. »Und vielleicht, weil du tief in deinem Innern weißt, dass wir früher oder später darüber reden müssen.«

»Ich bin müde, Anselmo. Es war ein schrecklicher Tag, glaub mir«, sagte Isacco. »Mach es kurz und komm zur Sache.«

»Wenn du möchtest, dass ich es dir offen sage ...«

»Ja, bitte.«

»Dann werde ich also offen sein«, fuhr Anselmo immer noch lächelnd fort. »Ich gehe davon aus, dass du weißt, wie man dich in der Gemeinde hier und in ganz Venedig nennt?«

»Ist das deine Art, dich kurz zu fassen?«

»Den Hurendoktor«, sagte Anselmo, und nun war alle Freundlichkeit aus seinem Blick geschwunden.

»Wie originell.«

»Das ist keineswegs komisch, Isacco«, sagte Anselmo immer noch bitterernst. »Die Gemeinde ist nicht gerade glücklich über deine Tätigkeit. Oder besser gesagt, über deine Kundschaft. Sie bringt uns alle in Verruf.«

»Verruf?« Isacco schüttelte mit einem sarkastischen Lächeln

den Kopf. »Ich versuche doch nur, etwas gegen diese Seuche zu unternehmen ...«

»Das sind Huren, Isacco.«

»Das sind Menschen.«

Anselmo del Banco sah ihn schweigend und ernst an. »Kümmern dich die Sorgen der Gemeinde nicht, der du angehörst?«

»Wenn sie so aussehen, dann nicht.«

»Prostituierte sind verdorbene Menschen. Verachtenswert. Sie bringen auch uns in Verruf.«

»Gut. Du hast gesagt, was du zu sagen hattest.«

»Nein«, sagte Anselmo. Er sprach jetzt ganz leise, flüsterte fast. »Ich habe damals so getan, als hätte ich dir diese Geschichte geglaubt, dass du auf dem Landweg nach Venedig gekommen bist. Sollte sich jetzt jedoch herausstellen, dass du nicht der bist, der zu sein du vorgibst, sondern ein gewisser Betrüger, über den eine makedonische Schiffsmannschaft geschimpft hat, was würdest du der Gemeinde dann erzählen?«

»Ich würde sie daran erinnern, dass in den Augen des Herrn mehr als der *zaddik,* der Rechtschaffene, jener Mann gilt, der gefallen und dann wieder aufgestanden ist.«

»Und glaubst du, mit dieser hübschen Geschichte kommst du auch bei den venezianischen Behörden durch ... Doktor?«

Isacco starrte ihn an. Er konnte sich gut vorstellen, dass Anselmo del Banco diesen Blick auch immer aufsetzte, wenn er zu dem entscheidenden Punkt eines Geschäfts kam. »Willst du mich erpressen?«

Anselmo starrte ihn weiter schweigend an.

Isacco spürte die ganze Last dieser Drohung. Für einen kurzen Moment erinnerte er sich wieder der üblen Orte, an denen er als junger Mann verkehrt hatte, wo es vor Dieben, Betrügern und Prostituierten nur so wimmelte. Und er dachte, dass es wohl einen Grund geben musste, warum Gott ihm diesen Weg gewiesen und sein Vater sich in den Kopf gesetzt hatte, ihm als

Einzigem unter seinen Kindern die Grundlagen der Medizin zu vermitteln. Offensichtlich bestand sein Schicksal darin, die beiden Welten, die er so gut kannte, miteinander zu versöhnen.

»Triff deine Wahl«, befahl ihm Anselmo del Banco barsch.

Isacco erinnerte sich an die Hafenhuren, die ihn in ihre Betten genommen und ihm oftmals einen Kanten Brot zugesteckt hatten, damit er nicht verhungerte. »Ich bin stolz darauf, der Hurendoktor zu sein.«

62

Als Benedetta den Ballsaal im Hause Contarini betrat, wusste sie, dass die Augen aller anwesenden adligen Damen und Kurtisanen auf sie gerichtet waren. Sie konnte ihre feindseligen und hochmütigen Blicke beinahe körperlich spüren.

Während sie am Arm des Fürsten Contarini voranschritt und dabei versuchte, sich möglichst aufrecht zu halten und nicht durch den schwankenden, humpelnden Gang ihres missgebildeten Begleiters aus dem Tritt zu geraten, wusste sie, dass jede dieser Frauen heimlich über sie lachte und sie dafür verachtete, die Geliebte eines Mannes zu sein, der nicht nur körperlich, sondern auch seelisch verkrüppelt war.

Sie ließ sich anstarren, vermied es jedoch, den Blicken zu begegnen. Ihr Schmuck war genauso kostbar wie der der anderen, ihre Frisur nicht weniger modisch, und sie war mit ebensolcher Sorgfalt geschminkt wie die übrigen Damen. Kurzum: Sie sah aus wie all die anderen Frauen im Saal.

Doch etwas hob sie von den anderen ab.

Sie war weit schöner als die meisten von ihnen. Das erkannte sie an den Blicken der Männer.

Und sie trug ein Kleid, wie es keine von ihnen besaß. Ein Kleid, das die versammelten Damen allesamt neugierig beäugten. Und das sie, so hoffte Benedetta zumindest, mit Neid erfüllen würde.

Und vielleicht würden sie eben wegen dieses Kleides das Wort an sie richten.

Das Gewand war von verblüffender Neuartigkeit. Von den beiden Puffärmeln, die am Unterarm weiter wurden, gingen zwei enger anliegende Innenärmel ab, aus einer so zarten und transparenten Seide, dass die Haut unter dem Stoff durchschimmerte. Der Miederteil war nicht so steif wie bei den Gewändern der anderen Frauen, sondern weicher und derart geformt, dass er nicht glatt abfiel, sondern sich unmittelbar unter dem Busen kräuselte und ihn so besonders stützte und betonte. Als Benedetta diesen einfachen, aber neuartigen Schnitt gesehen hatte, war ihr augenblicklich durch den Kopf gegangen, dass sicherlich jeder Mann sogleich den Wunsch verspüren würde, diese ihm so offen dargebotenen Rundungen zu streicheln. Zwei hinten und zwei seitlich auf Höhe der Hüften angebrachte steife Stäbchen formten die Taille, pressten sie leicht zusammen und ließen sie dadurch anmutiger und schlanker erscheinen. Und der Rock war nicht die übliche schwere Glocke, die den unteren Teil des Körpers vollkommen verbarg, sondern er bestand aus mehreren übereinandergelegten dünnen Schichten, die zwar immer noch die der geltenden Mode entsprechende Form annahmen, sich aber deutlich an die Beine anschmiegten, sodass man diese bei jeder Bewegung unter dem feinen Stoff erahnte.

Als Fürst Contarini, vollständig in Weiß und Gold gekleidet, die Mitte des riesigen Ballsaales erreicht hatte, der im Licht einer Unzahl bunter Kerzen und Spiegellampen erstrahlte, blieb er stehen und verbeugte sich mit seiner verqueren Anmut vor den Gästen, die ihm applaudierten. Er wandte sich den Musikern zu und forderte sie zum Beginn auf. Dann deutete er einen Tanzschritt an, führte Benedetta zu einem etwas abseits stehenden freien Sessel und ließ sie dort Platz nehmen. Er selbst ging zu einem anderen Sessel auf einer mit blauer Seide bezogenen Plattform, die den Saal beherrschte, und setzte sich dorthin. Allein.

Benedetta konnte die erleichterten Seufzer der anwesenden vornehmen Damen hören, die zu schätzen wussten, dass der Fürst ihnen zwar seine Geliebte aufdrängte, sie jedoch nicht auf eine Stufe mit ihnen stellte.

In der Mitte des Ballsaals bildete ein Teil der Gäste einen Kreis und begann zu tanzen. Die anderen stellten sich zu beiden Seiten davon auf, um ihnen zuzusehen und Beifall zu spenden. Viele gingen an Benedetta vorbei, ohne ein Wort an sie zu richten oder sie auch nur eines Blickes zu würdigen.

Benedetta blieb ganz aufrecht in ihrem Sessel sitzen und starrte geradeaus. Verwundert stellte sie fest, dass die Adligen unter all den kostbaren Düften, mit denen sie sich einnebelten, ganz übel stanken. Nach Schweiß oder faulig nach schlechtem Atem oder kaputten Zähnen und nach ungewaschenen Haaren. Daraufhin fasste sie den Mut, sich die Gäste einen nach dem anderen genauer anzusehen. Und sie musste lächeln bei dem Gedanken, dass der einzige Unterschied zwischen dem Ballsaal und einem Ziegenstall darin bestand, dass sich hier die Ziegen mit Parfüm übergossen. Diese Feststellung nahm ihr die Angst, und sie fühlte sich nicht mehr unterlegen oder gar eingeschüchtert. Sie sah zum Fürsten hinüber und warf ihm theatralisch einen Kuss zu. Dann ordnete sie die Falten ihres Kleides und wartete ab.

Rechts von ihr hatte sich ein kleines Grüppchen um eine Frau geschart, die aus der Menge hervorstach: Sie trug ihr Haar blau gefärbt, und ihr Kleid war über dem winzigen Busen so weit ausgeschnitten, dass man die kleinen Brustwarzen wie zwei dunkle Perlen hervorlugen sah. Die Frau war nur von Männern umringt, was sie allerdings nicht zu überraschen schien. Sie saß da und las aus einem schmalen Band Gedichte vor, die angeblich aus ihrer eigenen Feder stammten. Als sie geendet hatte, klatschten die sie umschwärmenden Männer leise Beifall, denn der Applaus wurde durch ihre Handschuhe gedämpft. Die Frau steckte das Buch in die Tasche, die an ihrem linken Handgelenk baumelte, und wandte sich Benedetta zu. Vollkommen unbekümmert musterte sie ihr Kleid von oben bis unten.

Als die Frau sich erhob und auf sie zuging, bemerkte Benedetta, dass sie deutlich größer war als die Männer in ihrer Umgebung. Ein Blick von ihr genügte und der junge Adlige, der auf dem Stuhl neben Benedetta gesessen hatte, sprang hastig auf und überließ der Frau seinen Platz. Sie setzte sich, ohne ihm zu danken. Benedetta sah, dass sie Schuhe mit unglaublich hohen Absätzen trug, fast schon Kothurnen, und in diesem Augenblick wurde ihr klar, dass sie keine Aristokratin, sondern eine Kurtisane war. Denn diese Schuhe dienten dazu, dass man durch die schlammigen Straßen Venedigs laufen konnte, ohne sich die Kleidersäume zu beschmutzen.

Die Kurtisane wandte sich lächelnd an Benedetta.

»Die anderen werden auch noch kommen, meine Liebe«, sagte sie mit samtig weicher Stimme.

Benedetta antwortete darauf nur mit einem Lächeln.

»Sie sind genauso begierig wie ich, alles über dieses Kleid zu erfahren«, fuhr die Kurtisane fort.

»Es ist doch nur ein Kleid«, sagte Benedetta.

Die Kurtisane lachte. »Das macht Ihr gut, meine Liebe.«

»Was denn?«

»So zu tun, als ob nichts wäre«, lachte die Kurtisane wieder.

Benedetta sagte nichts dazu, doch sie wusste genau, was die andere damit meinte.

Die Kurtisane beugte sich zu ihr hinüber. »Spart Euch dieses Getue für die anderen Hühner auf«, flüsterte sie ihr ins Ohr. »Ich bin eine Hure wie Ihr.«

Benedetta lächelte. »Was wollt Ihr wissen?«

»Ist das eines der Kleider von dieser Jüdin, über die inzwischen ganz Venedig spricht?«

»Genau.«

»Das habe ich mir gedacht.« Die Kurtisane streckte einen Arm aus. »Ihr gestattet?« Sie befühlte den Stoff. »Seide bester Qualität.«

»Ja.«

»Fühlt sie sich auch zwischen den Beinen so weich an?«

Benedetta stimmte in ihr Lachen ein.

»Aber bestimmt nicht so weich wie mancher Männerschwengel«, sagte die Kurtisane und nahm mit verschwörerischer Miene Benedettas Hand.

Nach und nach zogen die Frauen wie in einer Prozession an ihr vorbei, und Benedetta hatte den Eindruck, dass sie dabei einer streng hierarchischen Ordnung folgten. Zuerst war die Kurtisane zu ihr gekommen, dann die Gesellschaftsdamen, später die Ehefrauen der Kaufleute und die jüngeren Adligen, bis sich ihr zuletzt eine ältere Frau mit einem harten, undurchdringlichen Gesicht und schmaler Nase näherte, deren lange knotige Hände über und über mit kostbaren Ringen und Armbändern geschmückt waren.

Die Kurtisane beobachtete das Ganze aus geringer Entfernung und gab Benedetta durch ihre weit aufgerissenen Augen zu verstehen, wie sehr sie sich wunderte, dass selbst diese Adlige zu ihr kam.

Als die ältere Dame nur noch zwei Schritte von dem Platz entfernt war, an dem Benedetta saß, erhob diese sich und verneigte sich vor ihr.

Der Adligen schien das zu gefallen. Doch sofort erschien wieder dieser harte, unsympathische Ausdruck auf ihrem Gesicht.

»Wie kann man bei einer Jüdin ein Kleid kaufen?«, fragte sie.

Benedetta zögerte mit ihrer Antwort, denn sie spürte, dass ihre Stimme beben würde, wenn sie jetzt etwas sagte. Doch sie musste vollkommen ruhig wirken, fast schon unverschämt, wenn ihr Plan gelingen sollte. Und weil sie eine gute Betrügerin war, wusste sie, dass Angriff die beste Verteidigung war. »So wie sonst auch«, antwortete sie und verbarg die Ehrfurcht, die ihr diese so mächtige und reiche Frau aus hohem Hause einflößte. »Man greift in die Börse und bezahlt.«

Die Adlige erstarrte, empört über diese Antwort. Ihre Gesellschaftsdame musste leise auflachen, drückte sich allerdings schnell ein besticktes Seidentuch vor den Mund, um es zu ersticken.

»Ihr seid geistreich«, sagte die vornehme Dame.

»Ihr seid sehr großzügig, Euer Gnaden.«

»Gut. Und jetzt beantwortet meine Frage, wie es sich gehört.« Ihre Stimme klang eisig.

Benedetta spürte, wie ihr tatsächlich kalt wurde. Die ganze Macht ihrer Vorfahren stand hinter dieser Frau, eine jahrhundertelange glorreiche Vergangenheit und ein riesiges Vermögen. Benedetta wusste, dass sie in ihren Augen ein Nichts war. Ohne dieses neuartige Gewand, das sie trug, hätte die Aristokratin sie keines Blickes gewürdigt. Deshalb musste sie jetzt mit ihrem Spiel fortfahren, obwohl sie sich ihr so unterlegen fühlte und am liebsten davongelaufen wäre. »Gefällt es Euch?«, fragte sie so vornehm, wie es ihr möglich war.

»Hat man Euch nicht beigebracht, dass man auf eine Frage nicht mit einer Gegenfrage antwortet?«

»So wie Ihr gerade, meint Ihr?« Diese Antwort war ihr ganz leicht über die Lippen gekommen. Benedetta fühlte sich wie beflügelt. Ja, sie würde es schaffen. Sie war dieser Frau gewachsen.

»Manchmal ist es nur ein kleiner Schritt von einer geistreichen zu einer unhöflichen Bemerkung«, sagte die Dame pikiert, während sich um sie herum allmählich ein Grüppchen neugieriger Frauen scharte, darunter auch die Kurtisane, die sich als erste neben Benedetta gesetzt hatte und ihr nun offen zulächelte.

»Ich bitte um Verzeihung, Euer Gnaden«, sagte Benedetta mit einer angedeuteten Verneigung. »Aber meine Frage enthielt bereits eine Antwort. Ich habe Euch gefragt, ob es Euch gefällt, und wenn Ihr mir mit Ja geantwortet hättet, wie ich in aller Anmaßung einmal annehme, hätte ich Euch gesagt, dass ich genau deshalb ein Kleid bei einer Jüdin gekauft habe. Denn trotz ihrer Herkunft muss ich doch anerkennen, dass sie Talent hat.

Und so wenig mir an ihr liegt, so viel liegt mir doch an mir selbst. Und dieses Kleid, verzeiht mir die Unbescheidenheit, steht mir ausgezeichnet. Findet Ihr nicht?«

Die Adlige musterte Benedetta längere Zeit, ohne ihre Frage zu beantworten. »Manchmal denke ich, dass es ein Vorteil ist, wenn man keine angemessene Erziehung genossen hat, denn Euresgleichen haben sich von einer ganzen Reihe Regeln gelöst, die abzuschütteln wir uns schwertun. Was man gewissermaßen als ein Lob auf die Unwissenheit ansehen könnte«, sagte sie schließlich und sah zu den Damen ihres Standes hinüber, die zufrieden lächelten, weil die ältere Adlige Benedetta in ihre Schranken gewiesen hatte. Nachdem nun die Rangordnung wiederhergestellt war, wandte sich die Dame deutlich freundlicher an Benedetta: »Ja, gutes Kind. Dieses Kleid steht Euch wirklich vorzüglich. Ich glaube jedoch, das ist nicht nur das Verdienst dieser Jüdin, die es entworfen hat, um der Wahrheit die Ehre zu geben. Vielmehr seid Ihr selbst … sehr anmutig.«

Die Kurtisane verzog schmollend das Gesicht und flüsterte Benedetta in einem Moment, als die ältere Aristokratin sich anderen Edeldamen zuwandte und sich mit ihnen unterhielt, ins Ohr: »Ich bin beeindruckt, meine Liebe. So hat sie mit mir noch nie geredet. Und ich glaube, auch mit niemandem sonst hier.«

Ich habe es geschafft, dachte Benedetta, der ein Stein vom Herzen fiel. Sie sah zu der Adligen hinüber, die sich ihr nun wieder zugewandt hatte. Der Fisch hat den Köder geschluckt.

»Verschwindet, Bohnenstange«, sagte die Aristokratin und schob die Kurtisane beiseite. Dann wandte sie sich an Benedetta. »Ich kann es mir nicht erlauben, in einen jämmerlichen Laden mitten im Serail der Juden zu gehen. Aber vielleicht, so habe ich gerade mit meinen Freundinnen besprochen«, sagte sie und zeigte auf die Frauen, die den kostbarsten Schmuck von allen trugen, »könnte diese Jüdin ja ohne größeres Aufsehen in eines unserer Häuser kommen und uns die Gewänder zeigen.«

Benedetta nickte. Und erbebte innerlich vor Freude.

»Was meint Ihr?«, fragte die Aristokratin und sah ihr in die Augen.

»Euer Gnaden«, sagte Benedetta, »Ich möchte nicht wieder getadelt werden, weil ich erneut mit einer Gegenfrage antworte, doch verzeiht mir, ich muss es einfach wissen: Inwiefern ist es für Euch von Bedeutung, was ich denke?«

»Ich dachte, Ihr wärt eines der üblichen Fötzchen des Fürsten«, sagte die Adlige, »doch stattdessen seid Ihr ein Mädchen, das weiß, was es will. Und Ihr habt Verstand.«

Benedetta verneigte sich tief.

»Ja, dieses Kleid fällt wirklich wunderbar«, sagte die Aristokratin. »Auch in Bewegung.«

Benedetta lächelte sie an.

»Könntet Ihr einen Eurer ... einen der Diener des Fürsten, meine ich, in den Laden dieser Jüdin schicken?«, fragte die Dame. »Ich ziehe es vor, dass selbst meine Diener nicht mit diesen Leuten in Berührung kommen.«

»Selbstverständlich, Euer Gnaden«, erwiderte Benedetta.

»Macht einen Termin für nächsten Montag im Palazzo Vendramin aus.«

»Wie Ihr befehlt.«

»Ihr erweist mir einen Gefallen.«

»Und mir ist es ein Vergnügen.«

Die Aristokratin wandte sich schon zum Gehen, als sie plötzlich innehielt. »Ihr versteht doch, dass ich Euch nicht dazubitten kann, nicht wahr?«

Benedetta fühlte Wut in sich aufsteigen, doch sie ließ sich nichts anmerken. »Natürlich, Euer Gnaden.«

Die Aristokratin betrachtete noch einmal das Kleid. »Exquisit.«

»Ja, das ist es wirklich«, sagte Benedetta. »Diese Jüdin hat mich verhext mit ihren Kleidern.«

»Verhext? Ihr benutzt aber merkwürdige Worte«, sagte die Adlige lachend.

»Meint Ihr? Aber genauso ist es. Ich besitze nun drei davon und mag kein anderes Kleid mehr anziehen.« Dann schlug sie wie zufällig, als hätte sie es nicht längst geplant, einen Saum des Miederteils um und zeigte der Edeldame einen kleinen roten Fleck. »Seht her. Das ist ihr Markenzeichen. Blut von Verliebten.« Sie lachte auf. »Aber selbstverständlich glaube ich nicht an so etwas …«

Die Aristokratin schwieg. Aber fast unmerklich glitten ihre Augen zu einem Mann ihres Alters, der gerade einer jungen Dienerin nachstellte. Und da verstand Benedetta, warum ihr Blick so hart und kalt geworden war. Sie war eine betrogene, gedemütigte und einsame Frau. Eine Frau, die ein Kleid mit dem Blut von Verliebten brauchte, um sich daran zu wärmen und um zu hoffen.

»Es wird Euch ausgezeichnet stehen«, flüsterte Benedetta ihr zu.

Für einen Augenblick ließ die Adlige die undurchdringliche Maske fallen und sah Benedetta an. Sie wirkte nun gar nicht mehr so alt. Sie mochte eine glorreiche Vergangenheit und Schmuck im Wert eines riesigen Vermögens mit sich herumtragen, aber dennoch fühlte sie wie jede normale Frau. Sie war hochmütig wie jemand, der sich etwas Besseres dünkte, aber sie war nicht stärker als ein Mädchen, das inmitten von Armengräbern aufgewachsen war. Doch kurz darauf hatte sie sich wieder in die Frau von Welt verwandelt, die über jegliches menschliche Unglück erhaben war.

Als das Fest in vollem Gang war, ging der Fürst zu Benedetta und forderte sie zum Tanz auf. Sie erhob sich und begleitete ihn in die Mitte des Saales. Alle verstummten und starrten sie an.

Da presste Benedetta auf einmal eine Hand an den Ausschnitt, riss den Mund auf und wurde hochrot im Gesicht. Kurz darauf sank sie ohnmächtig zu Boden. Ein Arzt eilte ihr zur Hilfe, doch ehe sie wieder zu sich kam, zitterte sie am ganzen Körper und stammelte wirres Zeug.

»Meine Seele ... Sie raubt mir ... meine Seele ... Ich ersticke ... Zieht mir das Kleid aus ... ich ersticke ... Das Kleid ... Das Kleid.«

Sie wurde in ein Schlafgemach gebracht, wo zwei Dienerinnen sie umsorgten und entkleideten.

Als der Arzt den Raum betrat, um nochmals nach ihr zu sehen, hatte Benedetta sich erholt.

»Ich habe das Kleid ausgezogen, und jetzt geht es mir wieder gut, Doktor«, erklärte sie ihm.

»Vielleicht war es ja ein wenig zu eng«, sagte der Arzt.

»Vielleicht ...«, erwiderte Benedetta. »Etwas ist allerdings merkwürdig ... Es war, als ob ...«

»Als ob?«, fragte der Arzt.

»Als ob das Kleid mir ... Ach nein, das ist dumm. Da habe ich mir bestimmt etwas eingebildet.« Sie lachte. »Stellt Euch nur vor: als ob ein Kleid mir meine Seele rauben könnte.«

Der Arzt stimmte in ihr Gelächter ein.

Aber die beiden Dienerinnen, die das Kleid noch in der Hand gehalten hatten, legten es sofort hastig über einen Stuhl und verließen dann erschrocken den Raum.

Am folgenden Montag ging Benedetta zufälligerweise gerade in dem Moment am Palazzo Vendramin vorbei, als die Aristokratin mit ihren Freundinnen heraustrat. Benedetta grüßte sie bescheiden und fragte sie, wie die Vorführung der Kleider der Jüdin verlaufen sei.

»Dieses Mädchen hat Talent, Ihr hattet absolut recht«, sagte die Aristokratin heiter. »Wir haben einige Kleider bei ihr in Auftrag gegeben. Wusstet Ihr, dass ihr kleiner Laden Psyche heißt?«

»Nein«, log Benedetta. »Seele ... was für ein seltsamer Name.«

»Psyche und Amor«, sagte die Edeldame. »Und Blut von Verliebten.« Sie lachte. »Was für ein Unsinn.«

»Ach ja, was für ein Unsinn«, wiederholte Benedetta.

Die Adlige bemerkte, dass Benedetta dasselbe Kleid wie auf dem Fest trug. »Mein Kind, hört auf mich, lasst Euch nicht mehrmals im selben Gewand blicken«, sagte sie leise.

»Ihr habt ja recht, Euer Gnaden«, sagte Benedetta kopfschüttelnd. »Aber ich kann nicht anders. Es gibt kein Kleid, das mir so viel Freude bereitet. Ich habe es Euch ja gesagt ... diese Jüdin hat mich verhext«, sagte sie lächelnd.

»Das sagt Ihr nun schon zum zweiten Mal, mein Kind«, erwiderte die Adlige. »Dieses Wort ist ... kompromittierend. Vor allem angesichts der Tatsache, dass in Eurem Haus ... also in dem des Fürsten ... ein Heiliger lebt. Seid vorsichtig, sonst könnte er Euch dafür auf den Scheiterhaufen bringen.« Und da lachte auch sie.

»Ich werde es nicht mehr benutzen, versprochen«, lächelte Benedetta. Sie verneigte sich und ging.

Doch nur wenige Schritte später sank sie ganz plötzlich zu Boden, schrie und schlug um sich wie eine Besessene.

Die erste Reaktion der vornehmen Dame und ihrer Freundinnen war, sich zu entfernen. Doch dann blieb die Adlige stehen und sah zu dem Mädchen hinüber.

Benedetta hatte sich die Hände vor die Brust geschlagen. Sie war ganz rot im Gesicht, ihre Augen waren geweitet, und sie schrie unzusammenhängende Sätze.

»Nein! Du wirst mich nicht bekommen ... Helft mir! Ich verbrenne ... Zieht mich aus ... Zieht mir dieses Kleid aus ... ich verbrenne! Ich komme ... ins Feuer ... Bitte ... nein! Nein!«

Und dann, während die Leute zusammenliefen und stehen blieben, ohne etwas zu unternehmen, riss sich Benedetta das Kleid vorne auf und entblößte ihren Busen.

»Gütiger Gott!«, rief die Aristokratin.

»Hilfe!«, schrie Benedetta und riss sich, von Krämpfen geschüttelt, das Kleid immer weiter vom Leib. Sie hob den Rock und entblößte ihre Beine, die Schenkel und die Scham. »Ich verbrenne! Ich komme ins Feuer!«

Schließlich, als die Adlige und ihre Freundinnen doch einschritten und die Diener und den Pförtner des Palazzos riefen, damit diese dem Mädchen zu Hilfe eilten, richtete sich Benedetta vollends auf und riss sich in einer letzten, schmerzhaften Anstrengung das Kleid herunter, sodass sie vollkommen nackt dastand.

»Seht nur!«, rief da eine Frau. »Sie ist voller Wunden! Das sind Verbrennungen.«

Und alle sahen, dass Benedettas Rücken violett verfärbt und mit wässrigen Pusteln bedeckt war.

»Bringt sie hinein!«, befahl die Adlige ihren Dienern.

Benedetta drehte sich zu ihr um und sah ihr schmerzerfüllt in die Augen. »Nein ... es geht mir gut ... Jetzt geht es mir gut ...«, sagte sie, ehe sie wie ohnmächtig zu Boden sank. Und in dem Moment lief ihr ein Blutfaden aus dem Mundwinkel.

Die Menge raunte erschrocken. Die Adlige bedeckte sich die Augen.

Mehrere Diener aus dem Palazzo Vendramin hoben Benedetta hoch.

Das Kleid blieb zerrissen und schmutzig auf dem Boden zurück. Eine Bauersfrau bückte sich danach und nahm etwas an sich, das aus einer Falte hervorgekommen war. Sie zeigte es den Umstehenden. Es war eine Rabenfeder, an der eine gekrümmte Nadel befestigt war. Die Spitze war blutbeschmiert.

»Ein Fluch«, rief sie. »Das ist ein Fluch! Armes Mädchen!«

Wieder ging ein Raunen durch die Menge. Eine alte Frau lief hastig davon und bekreuzigte sich ununterbrochen.

»Unsinn! Alles Aberglaube!«, tadelte die Adlige die Umstehenden. Aber sie sah das Kleid auf dem Boden nur an, ohne es aufzuheben, und verschwand hastig in ihrem Palazzo.

Aus einem kleinen Seitenkanal in der Nähe fuhr langsam das flache Boot heran, das den Abfall einsammelte. Im Heck stand der große Bottich mit den Exkrementen, im Bug der für die übrigen Abfälle. Aus einigen Häusern ließen die Bewohner Eimer mit stinkendem Unrat an einem Seil herab. Öfter allerdings, wenn das Boot nicht vorbeikam, endete der Inhalt derselben Eimer direkt im Wasser des Rio, verschmutzte es und dümpelte noch Tage darin vor sich hin. Ein Schwarm Möwen schwirrte durch die Luft und kreiste um den Abfall. Die Wände der eng um den Rio stehenden Häuser verstärkten ihr Kreischen, das sich wie höhnisches Gelächter anhörte.

»Hexerei …«, ging ein erschrockenes Raunen durch die Menge auf dem Platz.

63

Giuditta sah aus dem Fenster, das auf den Platz ging, in Richtung des Tors zum Rio di San Girolamo. Isacco schlief bereits tief und fest in seinem Zimmer. Sie hörte ihn sogar durch die geschlossene Tür schnarchen. Doch Giuditta fand keinen Schlaf. Sie hielt unter den Leuten, die zu so später Stunde ins Ghetto zurückkehrten, Ausschau nach Mercurio in der Hoffnung, dass er sie diesen Abend noch besuchen würde.

Doch nun war schon länger niemand mehr durch das Tor gekommen. Die beiden Wachen schlenderten gelangweilt davor auf und ab und warteten nur noch auf das letzte Läuten der Marangona-Glocke, um es endlich zu schließen.

Giuditta sah Hauptmann Lanzafame aus dem Wachhaus treten. Sie wusste, dass er verwundet worden war, er trug immer noch die Verbände. Ihr Vater behandelte ihn jeden Tag, doch er hatte ihr nichts über den Vorfall erzählt. Giuditta war allerdings aufgefallen, dass Lanzafame seitdem nicht ein Mal betrunken gewesen war. Und das galt auch für diesen Abend.

In dem Moment läutete die Marangona-Glocke zum letzten Mal am Tag. Die beiden Wachen streckten sich.

»Schließen!«, befahl Lanzafame.

»Geschlossen!«, hörte man von dem Tor auf der anderen Seite der Brücke.

Die beiden Wachen schlossen langsam die Torflügel.

Giuditta sah auf die Fondamenta degli Ormesini und hoffte, dass Mercurio doch noch dort auftauchen würde, in seiner Verkleidung als sich verspätender Jude. Doch selbst die Ufer des Kanals waren verwaist. In der vorangegangenen halben Stunde hatte Giuditta sich alle Leute genau angesehen, die das Ghetto betreten hatten: den Uhrmacher Leibowitz, zwei alte Wäscherinnen, einen kräftigen Mann mit blutbefleckten Kleidern, wohl ein koscherer Metzger, und ein dickes, großes Mädchen, das auf dem Kopf einen Strohballen in einem an allen vier Ecken zusammengeknüpften Tuch trug. Schließlich war ein dünner Junge aufgetaucht, der nur noch ein Bein hatte, er war schmutzig und schleppte sich mühsam auf zwei Krücken vorwärts. Bei seinem Anblick hatte Giudittas Herzschlag sich kurz beschleunigt. Das hätte gut Mercurio sein können. Aber dann war der Junge verschwunden, anstatt leise an die Haustür zu kratzen, wie sie es als Zeichen vereinbart hatten.

Die beiden Torflügel bei der Brücke über den Rio San Girolamo schlugen mit einem dumpfen Klang gegeneinander und rasteten ein. Die Riegel ächzten kreischend in den Eisenführungen, als sie vorgeschoben wurden.

»Geschlossen!«, schrien die Wachen.

Lanzafame kehrte in das Wachhaus zurück.

Giuditta blieb noch am Fenster stehen und lehnte ihren Kopf gegen die kühle Glasscheibe. Heute Abend würde Mercurio wohl nicht zu ihr kommen.

Betrübt richtete sie ihr Bett für die Nacht. Doch plötzlich horchte sie auf, weil sie Schritte auf der Treppe vernahm.

Lächelnd eilte sie zur Tür, und mit klopfendem Herzen öffnete sie noch vor dem vereinbarten Zeichen.

Doch statt Mercurio stand da ein Mädchen vor ihr. Giuditta erkannte in ihr die junge Frau, die mit einem Strohballen auf dem Kopf durchs Tor gekommen war, denn in ihren langen blonden Haaren hatten sich ein paar Halme verfangen.

»Oh … Du hast dich wohl in der Tür geirrt«, sagte Giuditta enttäuscht und wollte schon die Tür schließen.

Das Mädchen sah sie ernst an und sagte dann: »Warte doch. Darf ich dich vorher küssen?«

Instinktiv wich Giuditta zurück, doch dann lachte sie hell auf: »Du Dummkopf!«

Mercurio legte einen Finger auf den Mund, doch seine Augen blitzten fröhlich. »Leise ... oder willst du etwa alle aufwecken?«

Giuditta warf sich in seine Arme. »Wie hübsch du bist«, flüsterte sie ihm lachend ins Ohr.

»Komm mit«, sagte Mercurio und nahm sie bei der Hand.

»Einen Moment«, gebot Giuditta ihm Einhalt, ging zurück in die Wohnung, holte ihre Bettdecke und lehnte die Tür an.

Dann stiegen sie gemeinsam die Treppe hinauf bis zum Dach des Gebäudes, wobei ihre Hände schon ungeduldig den Körper des anderen erkundeten. Sie betraten die Dachterrasse und schlüpften sodann unter einen Verschlag, der halb aus Brettern bestand und halb gemauert war. Dort roch es penetrant nach Vogelkot.

»Guten Abend, ihr Kleinen«, sagte Giuditta, als sie den Verschlag betraten.

Einige Tauben, die schläfrig auf einer Stange aufgereiht saßen, antworteten ihr mit einem leisen Gurren.

»Schau nur«, sagte Mercurio.

Giuditta sah ein kleines Feuer in der Mitte des Raumes. Und in einer Ecke das Stroh, das Mercurio mitgebracht hatte und das mit dem darübergebreiteten Tuch zu einem einladenden Lager geworden war. »Wie gemütlich!«, rief sie aus.

»Und das ist noch nicht alles«, erklärte Mercurio und reichte ihr einen kleinen, mit Honig gefüllten Kuchen, der mit karamellisierten gehackten Haselnüssen bedeckt war.

»Genau deshalb liebe ich dich«, seufzte Giuditta. Dann packte sie einen Zipfel von Mercurios Rock und ließ ihn lachend hochwirbeln. »Bestimmt nicht wegen deiner Männlichkeit!«

»Was würden die Leute wohl sagen, wenn sie uns hier so sehen würden?«, lachte Mercurio mit ihr. »Zwei Mädchen in einem Taubenschlag.«

»Und die eine auch noch Christin«, lachte Giuditta.

»Ich bin Jüdin«, protestierte Mercurio und tat, als wäre er beleidigt. »Ich habe sogar einen Hut!« Er holte ihn heraus und setzte ihn sich auf den Kopf.

»Aber ...«, stammelte Giuditta verblüfft. »Das ist ja einer von meinen!«

»Den habe ich heute gekauft. Du hast nicht einmal bemerkt, dass ich dein Geschäft betreten habe, weil du zu sehr damit beschäftigt warst, eine fette Frau in ein schreckliches Kleid zu zwängen.«

»Das Kleid war wunderschön, aber diese Dicke ...«, Giuditta verstummte. Sie sah Mercurio mit sehnsüchtigem Blick an. »Ich hätte dich gern gesehen.«

»Ich habe dich lieber heimlich beobachtet.«

»Mistkerl ... Nein, miese Schlampe!«

»Also, dann lass mich mal nachsehen, ob wir beiden Mädchen hier untenrum ganz gleich sind«, sagte Mercurio lachend und steckte ihr eine Hand unter den Rock.

Giuditta wurde plötzlich ernst und fuhr ebenfalls mit ihren Händen unter Mercurios Kleid.

Dann ließen sie sich auf dem Strohlager nieder und zerquetschten dabei den Kuchen unter ihren Körpern. Sie verschmolzen miteinander, wie schon seit Tagen, wann immer sich ihnen die Gelegenheit bot.

Als sie ihre Lust befriedigt hatten, drängte sich Giuditta an Mercurio und kuschelte sich in seine warme Umarmung. Sie wanderte mit den Fingern über seine Schulterblätter, streichelte seinen Rücken und ließ dann ihre Hände hinuntergleiten bis zu seinen Lenden, an denen sie sich kurz zuvor festgekrallt hatte, während er in sie eingedrungen war. »Du riechst gut«, sagte sie und legte ihre Nase an seine Brust, »und ich höre dein Herz schlagen ...« Giuditta hob den Blick, sah ihn errötend an und legte dann ihr Ohr wieder auf sein Herz. »Es schlägt für mich.«

»Ja, nur für dich«, flüsterte Mercurio zärtlich.

So eng umschlungen blieben sie liegen, bis es draußen schon ein wenig hell wurde.

»In Venedig bist du das Stadtgespräch«, sagte Mercurio. »Du wirst berühmt. Und reich, könnte ich mir vorstellen.«

»Ich habe tausend Modelle im Kopf«, flüsterte Giuditta begeistert. »Das wird ein großes Abenteuer!«

Mercurio hörte ihr lächelnd zu und küsste ihre vollen Lippen.

Giuditta löste sich von ihm. »Hörst du mir eigentlich zu?«, fragte sie.

»Ein bisschen ...«, erwiderte Mercurio.

»Nur ein bisschen?«

»Du bist einfach zu schön, da kann ich mich nicht konzentrieren.«

Giuditta lächelte. »Bald wird mein Vater aufwachen«, sagte sie.

»Sehr gut, dann kann ich ihm einen wunderschönen guten Morgen wünschen.«

Giuditta lächelte ihn noch einmal an. »Ich muss mich anziehen.«

»Nein, warte. Ich möchte noch einmal deine Haut unter meinen Fingern spüren.« Er streichelte sanft über ihren Körper, und sie bog den Rücken durch und überließ sich seinen Zärtlichkeiten.

»Ich muss gehen ...«, flüsterte Giuditta.

»Es ist doch noch früh. Ich habe noch keinen Hahn gehört«, sagte Mercurio.

»Bei uns im Ghetto gibt es keine Hähne«, lachte Giuditta leise.

»Lügnerin.«

Giuditta schob ihn kichernd weg.

»Bleib doch noch ein bisschen bei mir«, bat Mercurio und zog sie an sich.

»Das ist Wahnsinn …«

»Ja«, erwiderte Mercurio lächelnd.

Giuditta umarmte ihn und ließ ihren Kopf auf seine Brust sinken.

»Ich habe versucht, mit deinem Vater zu reden«, sagte Mercurio leise.

Giuditta erstarrte.

»Er mag mich wohl nicht«, erklärte Mercurio scheinbar leichthin. Doch seine Stimme verriet, wie sehr ihn das belastete. »Dein Vater wird mich nie akzeptieren, oder?«

»Das ist nicht verwunderlich«, erwiderte Giuditta. »Er ist Jude, und du bist Christ.«

»Was spielt das für eine Rolle?«

»Warum verstehst du das nicht?«, fragte Giuditta. »Für dich ist alles einfach. Du lebst nicht hier. Du musst keinen gelben Hut tragen, damit alle wissen, dass du nicht zu ihnen gehörst. Du bist frei!«

»Dann werde doch auch frei!«

»Und wie?«

»Werde Christin!«

»Soll ich etwa mein Volk verraten? Meinen Vater verraten?« In Giudittas Stimme lag ihre ganze Verzweiflung, die Last ihres Fluches, ihr innerer Kampf. »Bittest du mich etwa darum? Soll ich mir einen Arm, einen Teil meines Herzens, meines Kopfs abtrennen? Nun, sag schon, was genau soll ich mir abtrennen?«

Mercurios Augen füllten sich mit Tränen. Unermesslicher Schmerz zerschnitt ihm die Brust.

»Wie kannst du nur …«, erregte sich Giuditta. Doch dann hielt sie inne. Auch ihr stiegen Tränen in die Augen. Und auch sie spürte diesen heftigen Schmerz, der ihr die Brust zerriss. Sie verstummte. »Was soll ich deiner Meinung nach tun? Soll ich mich auf die Seite derer schlagen, die mein Volk jede Nacht einsperren, wie du es nennst? Oder soll ich gemeinsam mit diesem falschen Heiligen auf den Straßen Venedigs herausschreien, dass mein Volk in den Diensten Satans steht? Dass es unschuldige Kinder stiehlt und ihnen die Kehle durchschneidet, um ihr Blut in Hexenritualen zu vergießen? Wir haben doch nichts außer unserem Fluch, Juden zu sein. Wenn ich auch darauf verzichte … was bin ich dann noch?«

Mercurio seufzte. »Also wird mein Fluch sein, dass ich dich besitze … und doch wieder nicht. Dir zu gehören … und doch wieder nicht.«

Giuditta verbarg ihr Gesicht an seiner Brust und umarmte ihn verzweifelt, als wollte sie damit ihre Gedanken und ihren Schmerz unterdrücken.

Mercurio schob sie sanft, aber entschieden von sich weg und sah sie an.

»Halt mich fest …«, flüsterte Giuditta.

»Für wie lange?«, fragte Mercurio mit brüchiger Stimme. »Bis zum Morgen? Während ich dir immer nur zuflüstern kann, dass ich dich liebe, weil ich es dir niemals laut sagen darf?«

»Glaubst du nicht, dass das für mich genauso unerträglich ist?«, fragte Giuditta und umarmte ihn.

»Doch …«, sagte Mercurio leise. »Doch, mein Liebling …«

Giuditta sah zu ihm auf und schaute ihm eindringlich in die Augen. »Und nun …?«

»Ich bin bereit, Jude zu werden«, sagte Mercurio zu ihr. »Wird mich dein Vater dann akzeptieren?«

Giuditta spürte einen Stich in der Brust, als sie sagte: »Die Christen würden das niemals zulassen.«

»Die Christen interessieren mich nicht. Aber würde dein Vater mich dann akzeptieren?«, beharrte Mercurio. »Und wärst du bereit, mein zu sein?«

»Sie würden dich auf dem Scheiterhaufen verbrennen«, sagte Giuditta.

»Aber wärst du dann mein? Antworte!«

»Ich bin doch schon dein.«

»Nein, das stimmt nicht!«

Giuditta schaute zu Boden.

»Ich bin ein Betrüger, Giuditta. Ich werde einen Weg finden, Jude zu werden, ohne dass mich die Christen auf den Scheiterhaufen bringen. Aber wirst du dann mein?«

Giuditta spürte mit jeder Faser ihres Körpers, dass Mercurio bereit war, für ihre Liebe sein Leben zu opfern.

»Ich habe jetzt ein Schiff«, fuhr Mercurio fort. »Ein richtiges Schiff. Und eine ehrliche Arbeit. Mit dem Geld, das ich verdiene, kann ich es seetüchtig machen. Und dann werde ich dich holen und von hier fortbringen.«

»Fort wohin?«

»An einen Ort, wo wir frei sind, Giuditta, frei. Wo es weder Christen noch Juden gibt, sondern einfach nur Menschen«, sagte Mercurio beinahe wütend.

»Wie kannst du immer nur von Freiheit sprechen und nicht begreifen, dass ich als Jüdin frei sein will?« Giuditta klang erschöpft.

Mercurio stützte sich auf einen Ellenbogen. »Aber das ist ...« Er verstummte.

»Was?« Giuditta sah ihn herausfordernd an. »Unmöglich?«

Mercurio senkte den Blick. Er legte sich wieder hin und drehte ihr den Rücken zu.

Giuditta schmiegte sich an ihn und umarmte ihn von hinten. Düstere Verzweiflung raubte ihr alle Hoffnung. Sie erkannte, dass ihre Liebe keine Chance hatte zu überleben, weil sie aus zwei Welten kamen, die einander nur flüchtig berühren durften. Nein, sie würden das Unmögliche nicht schaffen. »Du kannst das nicht verstehen. Du bist in Freiheit geboren«, sagte sie. »Ich nicht. Ich gehöre dem Volk mit den gelben Hüten an ...«

Sie lagen schweigend nebeneinander.

Schließlich sagte Giuditta: »Ich muss gehen.«

Mercurio nahm ihre Hand und hielt sie sich vor die Augen. »Wenn du deine Hände anschaust, dann kannst du sagen: ›Sie ähneln denen meines Vaters. Ich habe seine Hände. Ich gehöre zu ihm.‹ Oder dein Vater erzählt dir, dass du die gleichen Hände wie deine Mutter hast, und dann sagst du: ›Ich bin wie meine Mutter. Ich gehöre zu ihr.‹« Mercurio sprach leise, aber voller Leidenschaft und streichelte dabei Giudittas schlanke Finger. Schließlich wandte er sich zu ihr um. Seine Augen waren schmerzerfüllt, aber sie zeigten keine Wut. Sanft fuhr er ihr mit dem Zeigefinger über das Gesicht. »Und sie werden dir sagen, dass du die Lippen deiner Großmutter hast und die Augen deines Großvaters. Du bist Teil von etwas. Und du weißt es, weil du ihre Hände hast, ihre Augen, Lippen, Haare ... Sogar ein Sprachfehler würde dir sagen, dass du zu ihnen gehörst.« Mercurio schwieg einen Augenblick, ehe er fortfuhr. »Ich habe nie erfahren, ob ich die Hände meiner Mutter oder die meines Vaters habe. Vielleicht begreife ich deshalb nicht, was so wichtig daran ist, Jude oder Christ zu sein ... Denn ich gehöre zu niemandem. Verzeih mir, Giuditta.«

Da brach Giuditta in Tränen aus. Sie schluchzte so heftig, dass sie ihren Kopf im Strohlager verbergen musste, damit man sie nicht im ganzen Haus hörte. Als ihre Tränen schließlich versiegt waren, umarmte sie Mercurio mit aller Kraft, vergrub ihre Fingernägel in seinem Rücken und küsste ihn mit aller Innigkeit. Und dann nahm sie ihn in sich auf, verzweifelt und leidenschaftlich zugleich.

64

Als Giuditta in die Wohnung zurückkehrte, war Isacco gerade aufgestanden.

»Wo warst du denn?«, fragte er sie abwesend.

»Auf dem Dach ...«

»Und was wolltest du da?«

Giuditta blickte aus dem Fenster und sah, wie Mercurio in seiner Verkleidung als Mädchen auf das Tor zuging, das gerade geöffnet wurde. Sie spürte noch die Wärme seines Körpers auf ihrem und fühlte ein Verlangen, von dem sie dachte, dass es niemals wieder erlöschen würde. »Ich wollte sehen, ob es dort oben eher Tag wird.«

»Warum?«

Giuditta beobachtete, wie Mercurio, bevor er zwischen den Menschen auf der Fondamenta degli Ormesini verschwand, sich noch einmal ihrem Fenster zuwandte und ihr zuwinkte, obwohl er sie nicht sehen konnte. Doch in seinem Herzen wusste er, dass sie dort stehen und ihm nachsehen würde, dachte Giuditta. Weil er genau dasselbe getan hätte. »Wenn es Tag wird, heißt das, dass wir frei sind«, erklärte sie. »Für einen weiteren Tag. Zwar nur bis zum Abend, aber wenigstens bis dahin sind wir frei.«

Isacco ließ den Kopf sinken. Er presste die Lippen aufeinander. Dann schlug er die Faust leicht gegen die weiß gekalkte Wand des Zimmers. »Bedrückt dich das so sehr?«

Giuditta löste sich vom Fenster. Mercurio war nicht mehr zu sehen. Sie blickte ihren Vater an. »Dich etwa nicht?«

Isacco hielt dem Blick seiner Tochter nur kurz stand, bevor er sich seufzend abwandte und so tat, als müsste er etwas auf dem Tisch zurechtrücken. »Mich bedrückt es gleich zweimal so stark«, sagte er. »Denn ich habe dich hierhergebracht.«

Erst jetzt wurde Giuditta bewusst, welche Vorwürfe sich ihr Vater ihretwegen machte. Das hatte sie nicht bedacht. »Ich bin froh, dass du mich nach Venedig gebracht hast«, versicherte sie ihm bestürzt.

»Weil hier dieser Betr…«, fing Isacco an, doch dann biss er sich auf die Lippen und fragte: »Weil hier dieser Junge ist?« Er sah zu seiner Tochter hinüber.

Giuditta schwieg.

Isacco ließ sie nicht aus den Augen. »Hältst du mich für einen schlechten Vater?«, fragte er ernst. »Glaubst du, deine Mutter würde sich anders verhalten?«

Giuditta schüttelte den Kopf. »Ich habe meine Mutter nie kennengelernt. Wie soll ich dir darauf antworten?«

Isacco seufzte. »Ach, wäre sie doch nur hier«, sagte er schließlich leise.

»Um für dich die Kastanien aus dem Feuer zu holen?«, erwiderte Giuditta lächelnd.

»Ja, das auch«, sagte Isacco ebenfalls lächelnd. Doch sein Blick wirkte abwesend und betrübt. »Ich vermisse sie so sehr. Mir hat immer etwas gefehlt, seit sie von uns gegangen ist.«

»Als sie mir das Leben geschenkt hat«, fügte Giuditta traurig hinzu.

Isacco sah sie an und kehrte wieder in die Gegenwart zurück. »Hör endlich auf mit diesen Selbstvorwürfen. Das hast du dir bloß eingeredet, und jetzt trägst du diese Last mit dir herum wie einen schweren Stein. Lass ihn fallen, du brauchst ihn nicht.«

Giuditta stiegen Tränen in die Augen.

»Wir klammern uns gern an unseren Ängsten fest, nur damit wir nichts ändern müssen«, sagte Isacco. »Weißt du, dass viele Betrüger genau darauf setzen?« Er lächelte versonnen. »Ich sollte eigentlich nichts darüber verraten wegen diesem … du weißt schon wem … Na ja, wenn du die Gewohnheiten deines Opfers kennst, dann mach sie dir zunutze, denn du kannst darauf bauen, dass es daran festhalten und sich damit früher oder später selbst ein Bein stellen wird.«

Giuditta lächelte. »Ich werde es versuchen.«

»Du hast nur eine Frage beantwortet«, sagte Isacco. »Was meinst du, bin ich ein schlechter Vater?«

»Aber nein!«

»Was soll ich denn tun, Giuditta?«, fragte Isacco und kam auf sie zu.

Giuditta wandte sich wortlos ab und ging zum Ofen. »Ich mach dir Frühstück«, sagte sie. »Setz dich.«

Isacco nahm am Kopfende des Tisches Platz.

»Was ist eigentlich dem Hauptmann zugestoßen?«, fragte Giuditta, während sie den Topf mit der Brühe aufs Feuer setzte.

»Nichts«, erwiderte Isacco und begann verlegen mit seinem Holznapf zu spielen.

Giuditta rührte stumm in der Brühe, bis sie heiß war. Dann schnitt sie eine Scheibe Brot ab und bestrich sie mit Butter. Sie füllte den Holznapf ihres Vaters mit der warmen Suppe, legte Brot und Butter auf einen Teller und stellte ihn energisch vor ihn hin. »Willst du wirklich wissen, was du tun sollst?«, fauchte sie ihn an. »Willst du eine ehrliche Antwort auf diese Frage?«

»Ja.«

»Du sollst mich wie eine Frau behandeln«, sagte Giuditta. »Ich bin kein kleines Mädchen mehr.«

»Aber ich rede doch mit dir wie mit einer Fr…«

»Was ist mit Hauptmann Lanzafame passiert?«, unterbrach ihn Giuditta.

»Na ja, wir haben ein paar Schwierigkeiten … im Castelletto …«

»Was für Schwierigkeiten?«

Isacco machte eine abwehrende Handbewegung. »Ach, nichts Ernstes ...«

Giuditta kehrte ihm wütend den Rücken zu. »Stell das Geschirr in den Ausguss, wenn du fertig bist«, herrschte sie ihn an und wandte sich dann zur Tür. »Ich muss waschen.«

»Giuditta ...«

»Mit Verlaub, Vater ...«, sagte Giuditta und verließ die Wohnung, ohne sich noch einmal umzudrehen, »geh zum Teufel!«

Isacco tunkte das Brot in die Brühe und biss wütend hinein. »Verflucht noch mal!«, brüllte er.

Dann zog er sich an, verließ mit finsterer Miene das Haus und machte sich eilig auf den Weg zu Hauptmann Lanzafame, der im Gegensatz zu ihm guter Laune war.

»Ich habe beschlossen, dass ich auch heute nicht trinken werde«, erklärte Lanzafame, während sie sich wie jeden Morgen auf den Weg zum Castelletto machten.

»Schön für Euch.«

»Aber was morgen ist, weiß ich nicht«, lachte Lanzafame.

»Schön.«

»Deine Methode ist gut«, fuhr der Hauptmann fort. »Weißt du, woran sie mich erinnert?«

»Nein.«

»Als ich ein kleiner Junge war, ging mein Vater immer in ein Wirtshaus, und da gab es ein Schild, auf dem stand: ›Morgen kann man anschreiben lassen.‹« Er lachte herzlich. »Jedes Mal wenn er mich mitnahm, dachte ich aufs Neue, dass mein Vater nun seinen Wein anschreiben lassen konnte. Aber auf dem Schild stand immer ›morgen‹ ...« Er lachte. »Hast du das verstanden, Doktor?«

»Ja.«

»Es war immer heute und nie morgen«, erklärte Lanzafame lachend. »Das ist wie bei Eurer Methode.«

»Ja. Sehr komisch.«

»Na, da soll mich doch der Teufel holen, wenn du nicht ein Freund bist, der einen immer wieder aufmuntern kann!«, polterte Lanzafame. »Was haben wir doch für einen Spaß zusammen!«

Isacco verzog die Mundwinkel ein wenig nach oben. »Ich hasse Frauen!«

»Wirst du jetzt etwa Sodomit?«

»Und ganz besonders meine Tochter.«

»Aha. Und warum?«

»Weil ich mir ihr gegenüber immer wie der letzte Dummkopf vorkomme.«

»Und was lernst du daraus?«

»Was sollte ich denn daraus lernen?«

»Dass du wirklich der letzte Dummkopf bist!«, sagte Lanzafame grinsend, während er den Torre delle Ghiandaie betrat.

Sie stiegen gemeinsam in den fünften Stock hoch, und dort trennten sich ihre Wege. Lanzafame ging zu Serravalle, um mit ihm die Wachgänge abzuklären. Isacco begab sich als Erstes in den Raum, wo der Kardinal untergebracht war, nachdem Scarabellos Leute sie niedergestochen hatten. Die Hure saß schon wieder auf einem Stuhl und wirkte tatendurstig.

»Kannst du nicht mal einen Tag im Bett bleiben?«, sagte Isacco tadelnd, nachdem er sich ihre Wunden angesehen hatte.

»Nein, es gibt zu viel zu tun«, antwortete der Kardinal. Ihre Augen wanderten unruhig umher.

»Was ist geschehen?«, fragte Isacco seufzend. »Warum kannst du nicht im Bett liegen bleiben?«

»Goldmündchen ist heute Nacht gestorben«, sagte der Kardinal.

Mit Goldmündchen waren es jetzt schon siebenundzwanzig Tote. In jedem Raum im fünften Stock lagen nun dicht an dicht acht bis zehn erkrankte Huren. Die Seuche breitete sich erschreckend schnell aus. Isacco hatte unter allen Prostituierten im Castelletto und auch unter denen, die in der Ca' Rampana arbeiteten, die Nachricht verbreiten lassen, sie sollten bei ihren Kunden auf Wunden achten, besonders am Glied. Aber es war nicht so einfach, fast elftausend Huren zu warnen und anzuweisen, was sie tun sollten. Und viele von ihnen waren so arm, dass sie es sich trotz aller Gefahr nicht leisten konnten, einen Freier zurückzuweisen. Und so verbreitete sich die Krankheit immer weiter.

»Das tut mir leid«, sagte Isacco.

Doch die Atmosphäre von Zusammenhalt und gegenseitigem Trost und Zuspruch, die im Torre delle Ghiandaie entstanden war, war beeindruckend. Viele nicht erkrankte Prostituierte halfen den anderen in ihrer freien Zeit, schrubbten den Boden, versorgten sie mit Essen und Getränken. Aber vor allem trugen sie mit Geschwätz und Heiterkeit dazu bei, dass die Kranken nicht den Mut verloren.

Zumindest so lange, bis eine starb.

»Goldmündchen war eine großartige Hure«, sagte der Kardinal, »und ich will ihr Begräbnis auf keinen Fall verpassen.«

Die Leiche wurde in ein weißes Leintuch gehüllt und von den Beamten der Serenissima abgeholt. Laut Dekret mussten die erkrankten Toten verbrannt werden. Jedes Mal nahm Isacco gerührt an dem Zug der Prostituierten teil, die der Leiche bis zu dem Ort folgten, an dem sie verbrannt werden sollte, und damit gegen das Gesetz verstießen, das ihnen an allen Tagen außer samstags verbot, sich frei und ungehindert auf den Straßen Venedigs zu zeigen. Und obwohl die venezianische Obrigkeit anfänglich versucht hatte, ihr Verbot durchzusetzen, hatten die Huren nicht klein beigegeben. Die Behörden hatten schließlich verstanden, dass ihr Eingreifen gar nicht weiter erforderlich war. Denn nachdem sie den Toten die letzte Ehre erwiesen hatten, kehrten die Prostituierten ohnehin gleich ins Castelletto zurück, ohne unterwegs Gast- oder Wirtshäuser aufzusuchen oder auf andere Art Kunden anzulocken.

Isacco ging in die letzten beiden Zimmer, wo die Prostituierten untergebracht waren, die sich auf dem Weg der Besserung befanden. Als er eintrat, klatschten sie laut. Isacco verneigte sich mit gezwungener Fröhlichkeit. Er wollte ihnen die Hoffnung nicht nehmen, dass sie ihre Genesung seiner Behandlung verdankten. Doch im Grunde seines Herzens wusste er nicht, worin die Ursache dafür tatsächlich lag. Er hatte einzig feststellen können, dass es sich innerhalb eines Zeitraums von etwa drei Wochen entschied, ob die Krankheit zum Tod führen oder sich langsam zurückziehen würde. Jedes Mal wenn man ihn beglückwünschte, weil er jemanden geheilt hatte, hatte er ein schlechtes Gewissen, wenn er den Dank annahm. Er, der so lange Zeit von Betrügereien gelebt hatte, schämte sich zum ersten Mal für einen Betrug, auch wenn er in bester Absicht geschah.

Er begegnete Donnolas Blick und lächelte ihm zu. Sein Gehilfe nickte zufrieden. Ihm verdankte Isacco es, dass er jetzt Arzt in Venedig war. Er ging auf ihn zu. »Du bist blass«, sagte er besorgt. »Leg dich ein Weilchen hin.«

»Nein ... Wer Zeit hat, soll keine verlieren, hat meine Großmutter immer gesagt«, erwiderte Donnola.

»Wie willst du denn mit deiner Großmutter gesprochen haben, wenn du nicht einmal weißt, wer deine Mutter war?«, neckte ihn eine der Huren.

Alle anderen lachten. Und Donnola stimmte mit ein. Er sammelte die schmutzigen Verbände auf und packte sie in einen Beutel. »Ich geh sie verbrennen«, sagte er laut, damit alle ihn hörten.

Isacco nickte ernst. Und während er zusah, wie Donnola mit dem Sack auf dem Rücken hinausging, dachte er, dass dies sein zweiter großer Betrug war. Donnola würde die Verbände nicht verbrennen. Sie hatten nicht genug Geld, um neue zu kaufen. Die Verbände wurden zu einer Frau gebracht, die mit Lauge die Flecken entfernte und sie dann in einem großen Kessel mit Blättern vom Buchsbaum und Quecksilber auskochte.

»Repubblica«, sagte Isacco feierlich, »du bist am längsten dabei und die Erste, die geheilt wurde. Schau nach, ob im weißen Zimmer alles in Ordnung ist.« So hieß das Zimmer, in dem alle Prostituierten lagen, die für außer Gefahr befunden wurden. Er verließ den Raum und ging zum Geländer am Treppenabsatz. Dort sah er Donnola, der sich mit zwei der Wachsoldaten unterhielt.

»Hattest du nicht gesagt: ›Wer Zeit hat, soll keine verlieren‹?«, sagte Isacco zu ihm.

»Und hattet Ihr nicht gesagt: ›Ruh dich ein Weilchen aus‹?«, erwiderte Donnola.

»Das war nur Spaß«, erklärte Isacco.

»Genau wie bei mir, Doktor«, antwortete Donnola. »Ja gut, ich geh ja schon.« Er tat brummig und machte sich gemächlich an den Abstieg. Aber er hatte noch nicht einmal die Hälfte der ersten Treppe hinter sich gelassen, als er erstarrte und ängstlich stammelte: »Sca... Scarabello ...«

Kaum hatte Hauptmann Lanzafame den Namen gehört, rannte er, gefolgt von zwei Soldaten mit gezückten Waffen, die Treppe hinunter. Isacco folgte ihnen besorgt.

»Na, das ist doch mal ein Begrüßungskomitee«, sagte Scarabello grinsend und nicht im Mindesten eingeschüchtert von den Waffen der Soldaten.

»Was willst du?«, fragte ihn Lanzafame.

»Ich habe gehört, dass es hier gestern einen kleinen Zwischenfall gegeben hat«, erwiderte Scarabello freundlich lächelnd.

Aus allen Türen kamen die Huren und ihre Freier und scharten sich neugierig um sie.

Scarabello stand vor ihnen wie ein gefeierter Schauspieler in seiner Paraderolle. »Meine Männer haben meine Befehle wohl zu wörtlich genommen, als ich ihnen sagte, ich wollte den fünften Stock zurück«, sagte er immer noch lächelnd. Er sah Isacco an. »Ich denke, jetzt ist es an der Zeit, dass wir uns wie Ehrenmänner benehmen und eine Lösung aushandeln, die beide Seiten zufriedenstellt, was meint Ihr?«

»Ich denke, du solltest dich schleunigst aus dem Staub machen«, knurrte Lanzafame ihn an.

»Der diplomatische Dienst wäre sicher nichts für Euch, Hauptmann!«, scherzte Scarabello.

»Reicht es dir denn nicht, dass du deine Männer verloren hast? Hast du immer noch nicht begriffen, dass wir Soldaten sind und uns nicht zum Narren halten lassen?« Lanzafame packte Scarabello am Kragen. Der Verband an seiner Schulter färbte sich rot.

Scarabello verzog keine Miene. Er tippte nur leicht auf die Schulter des Hauptmanns, wo die Wunde wieder zu bluten begonnen hatte. »Vielleicht solltet Ihr Euch nicht so aufregen. Ist es nicht so, Herr Doktor?«, wandte er sich an Isacco.

»Verschwinde, ich will dich hier nicht haben!«, knurrte Lanzafame und packte fester zu.

»Fasst mich nicht an!«, sagte Scarabello, und er klang jetzt nicht länger freundlich.

Lanzafame ließ seine Faust auf Scarabellos Mund niedersausen. »Verschwinde, du Wurm!«

Scarabello steckte den Schlag ein, ohne zurückzuzucken. Er leckte sich nur langsam und aufreizend über die aufgeplatzte Lippe.

Daraufhin war es um Lanzafames Fassung geschehen. Er stürzte sich mit aller Wucht auf ihn, traktierte ihn mit Schlägen und trat auf ihn ein, nachdem Scarabello zu Boden gegangen war. Er hätte ihn ganz sicher umgebracht, wenn seine Männer ihn nicht zurückgehalten hätten.

Scarabello stand blutend auf. Als er sein schwarzes Hemd zurechtzupfte, sah er, dass es zerrissen war. Er ordnete seine Haare und warf Lanzafame einen durchdringenden, kalten Blick zu. Dann ließ er seine Augen über die Brüstung des Torre delle Ghiandaie schweifen. Die Huren hielten den Atem an, als wohnten sie einer Theateraufführung bei. »Wir hätten eine Lösung finden können!«, schrie Scarabello plötzlich, breitete die Arme aus und drehte sich einmal um sich selbst. Dann kehrte er langsam zu Lanzafame zurück und zischte drohend, während das Blut auf seiner Lippe sich mit Speichel mischte. »Aber du wolltest mich demütigen. Vielleicht bist du ja ein guter Soldat, aber ganz bestimmt wärst du ein miserabler General. Du hast mir keinen Ausweg gelassen. Und das ist keine gute Strategie.«

Er wich einen Schritt zurück und sah sich nach seinem Publikum um. »Wenn ich dir das durchgehen ließe, würde ich mein Gesicht verlieren, und jede dieser Huren, jeder dieser Freier, ja selbst ein kleiner Rotzlöffel, der sich gerade sein erstes Messer gekauft hat, würde glauben, mir auf der Nase herumtanzen zu können. Wenn ich dir das durchgehen ließe, müsste ich an tausend Fronten kämpfen.« Er holte Atem und brüllte: »Von nun an herrscht Krieg!«

Lanzafame packte ihn wieder am Kragen.

Doch Scarabello ließ sich nicht zum Schweigen bringen: »Du wirst bald herausfinden, dass dieser Krieg etwas anderes ist als die albernen Scharmützel, an die du gewöhnt bist. Für Leute wie mich ist Krieg eine ernste Sache. Da gelten keine Regeln! Alles ist erlaubt!«

Lanzafame stieß ihn vor sich her.

»Du glaubst, du bist ein erfahrener Kämpfer«, sagte Scarabello, »aber bald wirst du merken, dass du im Grunde nicht mehr bist als ein blutiger Anfänger.« Er verbeugte sich demonstrativ und wandte sich zur Treppe.

»Lass dich hier nie wieder sehen, du Wurm!«, brüllte ihm Lanzafame nach.

»Oh, da kannst du dir sicher sein«, sagte Scarabello, ohne sich umzudrehen. Er lachte leise, als würde er sich tatsächlich amüsieren, und verschwand über die Treppe.

»Verdoppelt die Wachen«, befahl Lanzafame Serravalle.

Donnola sah Isacco an, und als der ihm zunickte, hob er den Sack mit den Binden wieder auf seine Schultern.

Isacco lief ein Schauer über den Rücken, wie eine düstere Vorahnung. Am liebsten hätte er Donnola aufgehalten. Aber sie benötigten dringend neue Verbände. Deshalb nickte er zurück. Und während er ihm nachsah, dachte er, wie gern er ihn hatte.

Donnola fühlte, wie seine Beine zitterten. Seit Tagen verlangte er seinem Körper mehr ab, als er zu leisten vermochte. Doch er wusste, dass es die letzten Tage waren, die er dem Doktor noch helfen konnte. Er hatte es nicht über sich gebracht, ihm etwas zu erzählen. Vielleicht weil er sich schämte. Scham und Verlegenheit hatten ihn überwältigt, als er eines Morgens vor wenigen Tagen eine der ihm inzwischen so vertrauten Wunden an seinem eigenen Körper entdeckt hatte. Zunächst hatte er sich noch eingeredet, es wäre nur eine vorübergehende Reizung. Doch am nächsten Tag war die Wunde immer noch da gewesen, ja, sie war sogar noch größer geworden. Und inzwischen kannte er diese Wunden genau. Schließlich sah er sie jeden Tag, säuberte und behandelte sie. Das war die französische Krankheit.

»Was ist, Donnola, wollen wir unsere Unterhaltung fortsetzen?«, sagte da eine Stimme hinter ihm, während er zum Boot am Riva del Vin ging.

Donnola spürte, wie ihm das Blut in den Adern gefror. Er brauchte sich nicht erst umzudrehen, um zu wissen, wer ihn angesprochen hatte. Eine starke Hand packte ihn im Genick.

»Du hast doch nichts gegen einen kleinen Spaziergang mit uns?«, fragte ihn Scarabello.

Der Einäugige und ein zweiter von Scarabellos Leuten packten ihn bei den Armen und zwangen ihn weiterzugehen.

»Ich muss ... das hier ... abgeben«, stammelte Donnola und zeigte auf den Sack.

Scarabello riss ihm das Bündel aus der Hand und ließ es mitten auf der Gasse liegen. »Siehst du? Schon geschehen.«

Kaum waren sie weitergegangen, wühlten auch schon einige kleine Jungen in dem Sack, und als sie die Verbände fanden, zerrten sie sie heraus, schwenkten sie wie Fahnen und verfolgten einander.

»Bitte, Scarabello ...«, wimmerte Donnola.

»Bitte was?«

»Ich tue doch nichts Böses ...«

»Vielleicht ist das so, Donnola. Vielleicht ist es genau so«, sagte Scarabello. Er klang verständnisvoll und strich Donnola dabei über den kahlen Schädel. »Aber ich muss ein Exempel statuieren. Das verstehst du doch, oder?«

»Bitte ...«

»Tut mir leid, Donnola«, erklärte Scarabello ernst. »Du hast gesehen, was man mir angetan hat. Sieh dir mein Gesicht an. Versuch doch mich zu verstehen.« Auf sein Zeichen hin drängten seine Leute Donnola hinter die Kirche San Giacomo. Als sie die Fabbriche Vecchie erreicht hatten, drangen sie weiter vor, bis sie einen verlassenen Winkel fanden. Dort hielten sie an, und Scarabello holte sein langes Messer aus dem Gürtel. »Tut mir leid«, wiederholte er.

Donnola starrte Scarabello an, der mit dem Messer an der Seite auf ihn zukam. Sein ganzes Leben lang hatte er vor allem und jedem Angst gehabt, obwohl er als Soldat in den Krieg gezogen war. Doch nun, da er auf einmal dem Tod ganz unmittelbar in die Augen sah, fürchtete er sich nicht mehr. Und er begriff auch, warum das so war: Weil ihm diese Wunde in den letzten Tagen geholfen hatte, sich an diesen Gedanken zu gewöhnen. Doch da war mehr, viel mehr. Danke, oh Herr, dachte er. Ich habe ja nicht gewusst, welch wunderbares Geschenk du mir gemacht hast. Er sah Scarabello an, der nur noch einen Schritt von ihm entfernt war, sah sein zerschlagenes Gesicht und die Lippe, die durch Hauptmann Lanzafames Faust aufgeplatzt war, er sah den Riss und das sich bereits verkrustende Blut.

Lächelnd versenkte er eine Hand in seiner Hose. Er bohrte die Nägel tief in seine Wunde obwohl es brennend schmerzte.

»Was machst du da, Schwachkopf?«, fragte Scarabello und hob den Dolch.

Donnola zog die Hand heraus. Seine Finger waren mit verseuchtem Blut beschmiert. Er stürzte sich auf Scarabello, während das Messer auf der Höhe der Leber in seine Seite eindrang und der Stoß ihm den Atem raubte. Doch er fand noch genügend Kraft, um sich an Scarabello festzuklammern und ihm seine infizierte Hand in den Mund zu stecken, seine Lippe zu packen und ihm mit den blutigen Nägeln die Kruste wieder aufzureißen.

»Du ... hast verloren ...«, sagte er, während er nun auf dem Boden zusammensank.

»Was redest du da, du armes Schwein?«, fragte Scarabello verächtlich.

»Keine Regeln ... Das hast du selbst gesagt ...« Donnola spürte, wie der Tod in seinem dunklen Gewand nach ihm griff. Er wusste, er war ein Held, auch wenn niemand es jemals erfahren würde. Als er die Augen schloss, lag ein friedliches Lächeln auf seinem Gesicht.

Scarabello sah ihn sterben, während er sich das Blut an der Lippe stillte, und ihn befiel eine üble Vorahnung. »Schafft die Leiche zum Torre delle Ghiandaie. Legt ihn dort auf die Treppe.«

»Wird heute Nacht erledigt«, erwiderte der Einäugige.

»Nicht heute Nacht! Jetzt!«, brüllte Scarabello.

»Wie sollen wir denn am helllichten Tag eine Leiche transportieren ...?«

»Dann schneidet ihm eben den Kopf ab«, brüllte Scarabello, dessen Gesicht von den eingesteckten Schlägen langsam anschwoll. »Schaffst du es wenigstens, am helllichten Tag einen Kopf in einem Sack irgendwohin zu bringen, du erbärmlicher Feigling?«

65

Nein! Nein!« Giuditta weinte verzweifelt, und Mercurio drückte ihren Kopf an seine Brust, damit man ihr Schluchzen nicht hörte.

»Psst ... Psst ...«, flüsterte er ihr ins Ohr. »Erzähl mir alles ... aber leise ...«

Die Tauben trippelten aufgeregt auf ihren Stangen hin und her.

Als Giuditta sich schließlich einigermaßen beruhigt hatte, befreite sie ihren Kopf aus Mercurios Umarmung und sah ihn mit geröteten Augen an. Doch in ihrem Gesicht stand nicht so sehr Schmerz als vielmehr blankes Entsetzen. »Donnola ...«, stieß sie hervor.

»Was ist mit Donnola?«

»Tot ...«

»Tot?«

»Ermordet ... Die haben ihn ... Die haben ihn ...« Giuditta rang um Fassung. Sie versuchte tief durchzuatmen und die immer noch aufsteigenden Tränen zu unterdrücken. »Die haben ihn ... geköpft! Die haben ihm ... den Kopf abgeschnitten und ...« Nun wehrte sie sich nicht länger gegen die Tränen und weinte wieder hemmungslos.

Mercurio drückte sie an seine Brust. Jetzt waren auch seine Augen vor Schreck geweitet. »Donnola ...«, sagte er. »Ich ... ich ... Wer tut so etwas?«

»Mein Vater hat gesagt, dass es ein Verbrecher war ...«, schluchzte Giuditta.

»Wer denn?«

»Scannarello ... oder so ...«

»Scarabello?«, fuhr Mercurio auf. »Scarabello? War das der Name, den dein Vater genannt hat?«

Giuditta machte sich los und sah ihn an. »Du ... kennst ihn?«

Mercurio spürte plötzlich, wie ihm eine zentnerschwere Last auf die Schultern drückte. Er lauschte auf den Hass und die Wut, die wieder von ihm Besitz ergriffen.

»Mercurio«, flüsterte Giuditta so leise, als würde sie beten.

Mercurio umarmte sie und drückte sie fest an sich. »Sorge dich nicht«, sagte er beruhigend. Doch er wirkte vollkommen abwesend.

Beim Morgengrauen, als der Schlag der Marangona-Glocke durch ganz Venedig dröhnte, verließ Mercurio das Ghetto. Er begab sich zum Campo San Aponal, setzte sich vor den Laden von Paolo dem Kräuterkrämer und knabberte an einem Ingwerküchlein, das er in einer Bäckerei hinter Rialto gekauft hatte. Mit der anderen Hand umklammerte er fest sein in der Tasche verborgenes Messer, das er bei einem Waffenschmied erstanden hatte.

Paolo sah ihn durch das Fenster seines Hauses und kam mit einer Tasse Brühe heraus.

»Ich muss Scarabello sprechen«, sagte Mercurio zu ihm.

»Er wird bald hier sein«, erwiderte Paolo. »Der Einäugige ist gestern zu dir nach Mestre gefahren und wollte dir deinen Anteil aus noch so einem Gaunerstück geben.«

»Das war kein Gaunerstück!«, fuhr Mercurio wütend auf. »Das ist sauberes Geld. Ehrlich verdient. Aber sogar das muss Scarabello mit seinen Schandpfoten beschmutzen.«

»Nicht so laut, um Himmels willen«, murmelte Paolo mit gesenktem Kopf. Er öffnete seinen Laden und setzte sich wie jeden Tag hinter seine leere Theke.

Mercurio sah ihn an. »Du siehst aus wie ein Gespenst«, bemerkte er.

Paolo zuckte mit keinem Muskel. Er verharrte regungslos,

beinahe wie ein Toter, bis Scarabello mit einem lärmenden Gefolge von vier bewaffneten Männern auftauchte.

»Ach, da bist du ja«, sagte Scarabello, als er Mercurio entdeckte. »Und wo ist der Einäugige?«

»Ich muss mit dir reden«, sagte Mercurio.

Scarabellos Gesicht war von Lanzafames Fäusten gezeichnet: Eine Lippe war bläulich angelaufen und geschwollen, ein Auge blau unterlaufen und eine Braue aufgeplatzt, aus der Nase quoll eine gelbliche Flüssigkeit, und wo die Haut nicht verfärbt oder aufgeschürft war, war sie leichenblass.

Mercurio konnte sich einer gewissen Befriedigung nicht erwehren, als er ihn so zugerichtet sah. Er umklammerte das Messer in seiner Tasche noch fester.

»Du machst einen Haufen Geld, Junge«, sagte Scarabello und schob sich einen Finger in den Mund, um einen Backenzahn zu untersuchen, der sich anscheinend gelockert hatte.

»Nein, du machst einen Haufen Geld«, erwiderte Mercurio harsch. »Ich verdiene es mir.«

Scarabello lachte leise. »Ich war gestern bei dem Juden. Das Fest im Hause Venier hat dir siebenundzwanzig Tron und acht Silberstücke eingebracht. Nicht übel. Mein Anteil sind neun Tron und drei Silberstücke. Der Rest gehört dir.« Er schleuderte Mercurio ein Säckchen vor die Füße, als würde er einem Hund einen Knochen zuwerfen. »Es ist alles hier drin. Aber jetzt verschwinde, denn ich habe zu tun.«

»Sonst?«

»Sonst was, Winzling?« Scarabellos Stimme wurde hart.

»Was tust du, wenn ich nicht verschwinde? Schneidest du mir den Kopf ab?«

Scarabello sah ihn aufmerksam an. Dann trat er so nah an Mercurio heran, dass ihre Nasenspitzen sich fast berührten.

Mercurio konnte Scarabellos Atem spüren. Er roch nach Blut und Alkohol.

»Wenn du es darauf anlegst, ja«, sagte Scarabello leise.

Mercurios Hand umkrampfte das Messer. Er musste es nur hervorziehen und ihm in die Brust bohren.

»Es tut mir leid um Donnola«, sagte Scarabello. Für einen Moment wich die gefühlskalte Maske einem mitfühlenden Gesichtsausdruck. »Aber es musste sein.«

Mercurio wurde bewusst, dass er nicht die Kraft hatte, Scarabello zu erstechen. Und er würde sie auch niemals haben. Er kam sich vor wie ein Versager und ließ den Kopf hängen.

Scarabello legte ihm eine Hand auf die Schulter und ließ sie dann bis zum Nacken gleiten, wo er fest zupackte. Seine Hand war warm.

Mercurio empfand die Berührung fast als angenehm. »Warum …?«, fragte er leise und überließ sich Scarabellos Griff.

»Das kannst du nicht verstehen«, sagte Scarabello ebenfalls leise.

Mercurio hob den Kopf und sah ihn eindringlich an.

»Das kannst du nicht verstehen«, wiederholte Scarabello.

Mercurio begann leise zu weinen, die Tränen liefen ihm einfach wie von selbst die Wangen hinab. All seine Wut schmolz dahin wie ein Stück Eis in der Sonne.

Scarabello zog ihn mit der Hand am Nacken zu sich und versetzte ihm mit der anderen einen leichten Klaps auf die Backe. Dann wischte er ihm beinahe zärtlich die Tränen ab.

Mercurio zog die Hand hervor, die immer noch das Messer umklammert hielt. Sein Arm zitterte vor Anspannung.

»Achtung, er hat ein Messer!«, schrie einer der Männer und wollte schon losstürmen, um seinen Anführer zu verteidigen.

Doch Scarabello hielt ihn mit erhobener Hand auf und ließ dabei Mercurio nicht aus den Augen. »Er wollte es gerade fortwerfen«, sagte er. Er sah Mercurio immer noch an und ließ die Hand weiter locker in seinem Nacken liegen.

Mercurios Finger öffnete sich, und das Messer fiel zu Boden.

Scarabello nickte und zog Mercurio noch einmal an seine Brust. Dann schob er ihn von sich fort und bückte sich. Er hob den Beutel mit Saravals Geld auf, den er ihm vor die Füße geworfen hatte, und drückte ihn ihm in die Hand, die eben noch das Messer gehalten hatte. »Geh nach Hause, Junge«, sagte er.

Mercurio wich einen Schritt zurück. Er fühlte sich schwach und ausgebrannt.

»Noch eine Sache«, sagte Scarabello. »Das Problem mit dem Doktor ist damit nicht aus der Welt. Es wird sich bald erledigt haben, aber richte ihm aus, dass bis dahin keiner von ihnen sicher ist.«

Mercurio erstarrte. Er spürte, wie ihm das Blut in den Adern gefror. Er musste sofort an Giuditta denken. »Wen meinst du damit?«

»Niemand Besonderen«, sagte Scarabello. »Alle.«

Mercurio sah zu dem Messer am Boden.

Mit einem Fußtritt schob Scarabello es zu seinen Männern hinüber. »Du solltest den Doktor besser davon überzeugen, dass er abhaut«, sagte er.

Mercurio blieb ein paar Momente wie gebannt stehen, als müsste er diesen schrecklichen Schlag erst einmal verdauen.

Scarabellos Männer starrten ihn an wie ein exotisches Tier. Keiner von ihnen wäre mit dem Leben davongekommen, wenn er ein Messer gegen Scarabello gerichtet hätte.

Mercurio verließ Paolos Laden.

Kurz darauf rannte er los in Richtung Castelletto.

Als er keuchend den fünften Stock des Torre delle Ghiandaie erreichte, schlug sein Herz bis zum Hals. »Doktor! Doktor!«, hatte er schon im Erdgeschoss losgeschrien, sodass er oben von Lanzafames Soldaten, Lanzafame selbst und Isacco bereits erwartet wurde.

»Junge, wann wirst du endlich kapieren, dass ich nicht mit dir reden will?«, herrschte Isacco ihn sofort an.

Mercurio krümmte sich schnaufend und versuchte, wieder zu Atem zu kommen. »Scarabello … hat gesagt …«

»Arbeitest du etwa für diesen Verbrecher?«, unterbrach ihn Isacco. »Das hätte man sich auch denken können! Ihr seid wie füreinander geschaffen.«

»Jetzt lass ihn doch ausreden«, ging Lanzafame dazwischen.

»Scarabello«, fing Mercurio noch einmal an, »hat gesagt, dass keiner mehr sicher ist … solange Ihr nicht nachgebt …« Er starrte ihn an und schüttelte dann den Kopf. »Giuditta …«, murmelte er.

Isacco stürzte sich auf Mercurio und packte ihn am Kragen. Am Tag zuvor hatten sie Donnolas verstümmelte Leiche in den Ruinen der Fabbriche Vecchie gefunden. Isacco stieß einen gequälten Laut aus, eine Mischung aus einem Knurren und einem Röcheln. Seine Augen waren gerötet vom Schmerz der Erschöpfung. »Dein Spießgeselle hat Donnola ermordet«, sagte er mit brüchiger Stimme. »Er hat seine Leiche geschändet … Ich habe ihm …« Isacco stockte. Er hatte nicht die Kraft zu erzählen, wie er gelitten hatte, als er Donnola den Kopf wieder an den Leib genäht hatte. Er ballte die Fäuste und presste die Kiefer zusammen, um den furchtbaren Schmerz zu unterdrücken. Beim Zusammenfügen der Leiche hatte er entdeckt, dass Donnola ebenfalls erkrankt war. Der spitzköpfige kleine Mann war bereits vom Tod gezeichnet. Aber er hatte keinen Ton davon gesagt, weil er sich bis zuletzt nützlich machen wollte. »Und jetzt kommst du hierher und willst mir drohen …« Isacco presste die Kiefer zusammen. »Nein!«

Mercurio befreite sich aus Isaccos Griff. »Was für ein unglaublicher Mistkerl seid Ihr eigentlich!«, schrie er. »Was für ein verfluchter, arroganter Drecksack!«

»Junge, jetzt beruhige dich mal«, ging Lanzafame abermals dazwischen.

»Scarabello könnte Giuditta etwas antun! Wollt Ihr das endlich begreifen?«, schrie Mercurio aus ganzem Herzen.

Isacco, der gerade wieder auf ihn losgehen wollte, hielt inne. Dann richtete er seine Augen auf Lanzafame.

Der Hauptmann wurde von widersprüchlichen Gefühlen hin und her gerissen.

Isacco drehte sich zu den Prostituierten um. Die Frauen sahen ihn erschrocken an und warteten atemlos, was er tun würde.

»Verlasst uns nicht, Doktor ...«, sagte eine von ihnen.

»Doktor ...«, sagte Mercurio und machte wieder einen Schritt auf ihn zu.

»Hat er Giuditta erwähnt?«, fragte ihn Isacco.

»Nein, aber ...«

Isacco deutete mit dem Finger auf ihn. All seine innere Anspannung richtete sich jetzt gegen Mercurio. »Verschwinde sofort«, sagte er leise, aber eindringlich. »Verschwinde, du elender Kerl. Und richte deinem Herrn aus, dass er uns nicht schrecken kann. Verschwinde, oder du wirst für Donnola bezahlen.«

Lanzafame stellte sich zwischen Isacco und Mercurio. »Geh, Junge«, sagte er zu ihm.

Doch Mercurio blieb stehen. »Gebt nach, Doktor. Gebt nach. Ihr kennt ihn nicht.«

»Geh jetzt«, wiederholte Lanzafame entschlossen und stieß ihn fort.

Während Mercurio Stufe für Stufe die Treppen hinabstieg, drehte er sich immer wieder um. Alle Augen waren auf ihn gerichtet. Es hatte keinen Zweck, ihnen zu sagen, dass er gar nicht zu Scarabellos Männern gehörte. Sie hätten es ihm ja doch nicht geglaubt. Und im Grunde hatten sie recht.

»Seid Ihr sicher, Doktor?«, fragte Lanzafame, als sie allein waren.

Isacco entgegnete nichts. Er was blass. Mit gesenktem Kopf wandte er sich ab und arbeitete dann ohne Unterbrechung bis zum Abend. Er verarztete die Kranken, trug Salben auf, wusch Wunden aus, überprüfte den Zustand jeder seiner Patientinnen.

An diesem Tag hörte man kein einziges Lachen im fünften Stock. »Pass auf, dass du dich nicht verrennst, Isacco«, sagte Hauptmann Lanzafame auf dem Heimweg. »Starrköpfigkeit lässt einen Entscheidungen fällen, ehe man auf sein Herz gehört hat. Und das ist niemals gut.« Und dann fügte er hinzu: »Ich würde Scarabellos Drohung keinesfalls nachgeben. Aber ich bin auch nur ein dummer Soldat. Und Giuditta ist nicht meine Tochter. Hast du dir das wirklich gut überlegt?«

»Scarabello geht es nicht um meine Tochter«, sagte Isacco.

»Wie kannst du das wissen?«

»Ich habe es im Herzen dieses Jungen gelesen. Hast du gesehen, wie viel Angst er hatte? Er hätte alles getan, um uns zu überzeugen. Wenn er gekonnt hätte, hätte er uns mit seinen eigenen Händen aus dem Castelletto getragen.«

»Ja und?«

»Scarabello benutzt ihn. Vielleicht weiß er, dass der Junge in sie verliebt ist. Er lässt ihn in dem Glauben, dass er ihr etwas antun wird, um nach seinem Willen über ihn bestimmen zu können. Und diese Botschaft war nicht für uns, sondern für den Jungen gedacht«, erklärte Isacco. »So habe ich es früher selbst viele Male ...«

»Du verlässt dich auf ein Gefühl?«

»Das gehört zum Handwerk eines Betrügers. Obwohl Ihr ja immer noch stur daran festhaltet, dass ich ein Arzt bin.«

»Du *bist* ja auch ein Arzt«, sagte Lanzafame.

»Seht Ihr?«, lächelte Isacco. »Was habe ich Euch gesagt?«

Lanzafame legte ihm eine Hand auf die Schulter. »Bist du sicher?«

Isacco starrte ihn schweigend an. Dann senkte er den Kopf und ging schneller.

»Bist du sicher?«, fragte Lanzafame noch einmal und folgte ihm.

Wieder blieb Isacco ihm die Antwort schuldig und eilte mit

verkniffenem Gesicht weiter voran. Dann blieb er plötzlich bei einer niedrigen Hütte stehen.

Ein wenig hinter ihnen drückte sich eine Gestalt in den Schatten eines Hauses.

Isacco schaute Lanzafame bebend vor Zorn ins Gesicht. »Wir Juden leben Tag und Nacht in Angst. Angst, aus Venedig vertrieben zu werden. Angst, eingesperrt zu werden. Angst, verbrannt zu werden oder ausgeraubt. Angst, dass man uns zwingt, unserem Glauben abzuschwören. Angst davor, demnächst auch um Genehmigung bitten zu müssen, wenn wir … wenn wir scheißen wollen!« Er zeigte mit dem Finger auf den Torre delle Ghiandaie, den man jenseits der niedrigen Häuser von San Matteo sehen konnte. »Und so wahr es einen Gott gibt, werde ich nicht zulassen, dass dieser Verbrecher mir nun auch noch Angst einjagt.« Er warf Lanzafame einen letzten Blick zu, dann wandte er sich ab und eilte mit wütenden Schritten auf das Ghetto zu.

Die Gestalt, die im Schatten Deckung gesucht hatte, trat aus ihrem Versteck hervor.

»Verdammter halsstarriger Sturkopf«, fluchte Mercurio.

Am Himmel türmten sich unter finsterem Grollen bedrohlich dicke schwarze Wolken.

»Na gut. Dann werde eben ich mich um deine Tochter kümmern.«

66

Ich gebe dir die Hälfte von dem, was ich verdiene«, sagte Mercurio. »Aber tu der Tochter des Doktors nichts an.«

Scarabello starrte ihn schweigend mit hochgezogener Augenbraue an.

»Bitte«, sagte Mercurio.

Scarabello lächelte. »Ich habe dir ja gesagt, dein Schwachpunkt ist, dass du sentimental bist.«

»Bitte«, wiederholte Mercurio. »Sie hat doch nichts damit zu tun.«

Scarabello zuckte mit den Achseln. »Sie hat doch nichts damit zu tun«, äffte er ihn nach. »Und was schert mich das?«

»Bitte«, sagte Mercurio noch einmal, diesmal beinahe mit Tränen in den Augen. Je mehr er Scarabello anflehte, desto stärker wurde seine Angst um Giuditta.

»Wärst du bereit, mir wegen dieses Mädchens alles zu geben, was du verdienst?«, fragte Scarabello.

»Alles, was du willst«, erwiderte Mercurio, ohne zu zögern.

»Alles, was ich will«, wiederholte Scarabello befriedigt.

»Aber wenn du ihr etwas antust«, mit einem Mal klang Mercurios Stimme hart und entschlossen, »dann bringe ich dich um, das schwöre ich dir.«

Scarabello trat ganz nah an ihn heran und sah ihm durchdringend in die Augen.

Mercurio wich nicht zurück und hielt dem Blick stand.

»Ich glaube dir«, sagte da Scarabello.

»Dann lässt du sie also in Ruhe?« Mercurios Stimme wurde brüchig.

Scarabello hielt ihn noch einige Momente hin. »Ja. Ich werde sie in Ruhe lassen.«

Mercurio bekam vor Erleichterung ganz weiche Knie.

»Du musst dich noch bei mir bedanken«, lächelte Scarabello.

»Danke ...«, flüsterte Mercurio.

»Folge mir«, sagte Scarabello. »Und bedank dich auch dafür, dass ich dir weder die Hälfte noch deinen ganzen Verdienst abknöpfen werde.«

»Danke«, sagte Mercurio und heftete sich an seine Fersen.

»Bin ich ein ehrlicher Dieb, was denkst du?«, lachte Scarabello.

»Ja ...«

»Nein, das bin ich gerade nicht.« Scarabello drehte sich um. Jetzt war er ganz ernst. Er streckte unvermittelt die Arme vor und packte Mercurio bei den Ohren. Dann zog er ihn zu sich heran. »Wenn ich die Hälfte deines Verdienstes wollte oder auch alles was du hast, und das schließt dein Leben mit ein, dann würde ich es mir einfach nehmen. Dafür brauche ich keine Erlaubnis von dir. Aber das will dir nicht in den Kopf, hm?« Er verzog die Lippen zu einem höhnischen Grinsen. »Ich bin kein ehrlicher Dieb«, fügte er leise hinzu, sein Mund war jetzt ganz nahe an Mercurios Lippen, fast, als wollte er ihn küssen. »Ich bin ein starker Mann. Und mächtig. Das ist etwas anderes. Ist dir das klar?«

»Ja ...«

Scarabello nickte. »Und jetzt komm mit, damit du siehst, wie stark und mächtig ich wirklich bin.«

Mercurio begleitete ihn zum Palazzo della Merceria, wo Scarabello sich mit einem Mann traf, der eine Maske vor dem Gesicht trug, um in der Öffentlichkeit unerkannt zu bleiben.

»Exzellenz«, sagte Scarabello ehrerbietig, aber keineswegs unterwürfig, »Ihr habt Euch also entschlossen, mir zu helfen?«

Der Mann drehte sich zu einem kleinen Trupp von Wachen

des Dogen um, die von einem Beamten der Serenissima angeführt wurden. Sein hoher Rang ließ sich unschwer an seiner Uniform erkennen. »Sie werden meine Befehle befolgen«, sagte er.

Scarabello verneigte sich tief. »Ich versichere Euch erneut meiner Freundschaft, Exzellenz, und meiner Dienste«, sagte er, doch seine Stimme klang dabei leicht belustigt, fast spöttisch.

»Ach, hör auf damit. Wir wissen doch beide nur zu gut, warum ich das tue«, sagte der maskierte Mann verärgert und von oben herab. Dann drehte er sich um und ging davon.

»Wie sich so einer aufblasen kann, nur weil er ein adliges Wappen auf seine Brust gestickt trägt«, bemerkte Scarabello. In seinem Blick schien ein Hauch von Wehmut zu liegen, als er dem Mann noch eine Weile hinterhersah.

»Wer war das?«, fragte Mercurio.

»Jemand, der so weit oben steht, dass dir ganz schwindelig würde, wenn er sich neben dich setzen würde, du Winzling«, erwiderte Scarabello. »Komm mit«, sagte er und näherte sich den Wachsoldaten des Dogen.

»Wir wissen, was wir zu tun haben«, sagte der Beamte der Serenissima, sobald Scarabello in Rufweite war. »Und es widert mich an, dass ich es für jemanden wie dich tun soll.«

»Wenn man dir befohlen hätte, du solltest dir von mir auf den Kopf scheißen lassen, dann würdest du auch das tun«, erwiderte Scarabello. »Also belästige mich nicht weiter mit deinem erbärmlichen Getue und beeil dich.«

»Ich gestatte dir nicht, so mit mir zu sprechen«, fuhr der Beamte auf und legte die Hand an sein Kurzschwert.

»Willst du mich etwa umbringen?«, lachte Scarabello höhnisch. »Das würde dir zur Ehre gereichen. Dann könntest du dich endlich mal wie ein richtiger Mann fühlen.«

Der Beamte lief vor Zorn rot an. Doch er hielt sich zurück. Der Mann, der ihm den Befehl erteilt hatte, war Ungehorsam nicht gewohnt.

»Gut, dann wäre dieses Problem also gelöst«, sagte Scarabello. »Trupp, marschiert.«

Mercurio folgte ihm. Sobald er die Türme des Castelletto erblickte, wurde er langsamer. »Was hast du vor?«

»Ich? Nichts!« Scarabello grinste ihn an. »Ich werde mich schön abseits halten. Das werden alles die Wachen des Großen Rats erledigen.«

»Des Großen Rats? Was ist das?«

»Der Gipfel des Berges, auf dem der Mann thront, der mir diesen Gefallen tut.«

»Und warum tut er das?«

»Weil er es mir schuldet«, sagte Scarabello nachdenklich. Er tippte Mercurio mit dem Zeigefinger an die Brust und wiederholte: »Weil er es mir schuldet. Er sitzt dort oben, aber ich hier unten habe seine Eier fest im Griff. Wie, glaubst du wohl, überlebt einer wie ich? Dank der Freunde in höchsten Kreisen. Allerdings sind es keine wahren Freunde.« Er drehte sich zu dem Beamten des Dogen um und zeigte auf den Torre delle Ghiandaie. »Fünfter Stock. Los, tu, was du zu tun hast.«

Die Garde des Dogen folgte in geschlossenen Zweierreihen ihrem Anführer.

In einiger Entfernung stieg Scarabello provozierend langsam die Stufen hoch, sah sich aufmerksam um und lächelte Huren und Beschützern freundlich zu. Auf seinem Gesicht waren immer noch die Spuren von Lanzafames Fäusten zu sehen. Sie verheilten allmählich, nur die Wunde an der Lippe schien schlimmer zu werden. Sie war geschwollen und unnatürlich violett verfärbt.

»Was sucht Ihr?«, fragte Hauptmann Lanzafame am Ende der Treppe, alarmiert von der Ankunft des Trupps.

Ihr Anführer, der hohe Beamte des Dogen, stieg unbeeindruckt die letzten Stufen hinauf, bis er vor Lanzafame stand. Dann holte er mit amtlicher Miene eine Pergamentrolle aus seiner Schultertasche.

Auch Isacco kam dazu, und im ganzen Treppenhaus drängten sich die Prostituierten an den Geländern.

»Im Namen und im Auftrag der Erlauchtesten Republik von Venedig«, begann der Beamte zu lesen, »und auf Befehl des Großen Rats und des Senats werden der jüdische Arzt Isacco di Negroponte und seine Söldner aufgefordert ...«

»Sind mit Söldner etwa wir gemeint?«, brauste Lanzafame auf.

»Unterbrecht uns nicht, Hauptmann Lanzafame«, sagte der Beamte. »Ich respektiere Euch als Soldat, aber was Ihr hier tut, betrachtet man als nicht mit Euren Kompetenzen und Aufgaben vereinbar. Ihr seid beauftragt, die Wachen beim Platz des Ghetto Nuovo zu befehligen. Haltet Euch also an Eure Befehle.«

Lanzafame steckte den Schlag zunächst schweigend ein und ballte nur stumm die Fäuste. Dann sah er sich um und begegnete Scarabellos Blick. Der Hauptmann deutete erbost mit dem Finger auf ihn: »Du!«

Scarabello lachte ihm offen ins Gesicht.

Mercurio versteckte sich. Er wollte nicht, dass Isacco oder Lanzafame ihn sahen. Aber er wollte hören, was geschah.

»Ihr werdet aufgefordert«, fuhr der Beamte des Dogen fort, »sofort diesen Ort zu räumen, der zur Ausübung des Dirnengewerbes bestimmt ist, damit er nicht mit der Krankheit verseucht wird, von der die Prostituierten befallen sind, und um sie nicht noch weiter zu verbreiten ...«

»Wir sind es doch nicht, die die Franzosenkrankheit verbreiten!«, protestierte Isacco.

»Schweigt!«, fuhr ihn der Beamte barsch an. »Daher wird angeordnet und befohlen, dass Ihr selbiges fünfte Stockwerk des Torre delle Ghiandaie räumt. Gleichzeitig wird Euch verboten, auch dies im Namen des Großen Rats und des Senats, Euch andernorts in den Räumlichkeiten des besagten Castelletto niederzulassen.«

Lanzafame ging drohend auf den Beamten zu.

Die Garden des Dogen griffen zu ihren Waffen.

»Schäm dich«, sagte Lanzafame. »Du hast die Republik Venedig an diesen Abschaum da verkauft.« Und damit zeigte er auf Scarabello. »Daher bist du nicht besser als der. Weder du noch deine Auftraggeber.« Er wandte sich an Isacco. »Wir müssen gehen.«

»Aber ...« Isacco breitete verzweifelt die Arme aus.

»Wir müssen gehen, Doktor!«, brüllte Lanzafame aufgebracht. »Die Politik hat gesiegt! Oder vielmehr die Intrige! Geht das nicht in deinen Kopf?«

Isacco wandte sich zu den Prostituierten, denen man ihre Angst deutlich anmerkte.

»Wohin sollen wir denn gehen?«, fragte Isacco und fiel dabei fast in sich zusammen.

»Ich weiß es doch auch nicht!«, brüllte Lanzafame noch lauter. Dann wandte er sich Scarabello zu, der mit triumphierendem Lächeln seinen Sieg genoss. »Ich werde dich umbringen, du elender Wurm, ich zerquetsche dich!«

»Aber nicht heute«, lachte Scarabello. »Und nicht hier.« Er breitete die Arme aus wie ein Beifall heischender Schauspieler. »Meine lieben süßen Huren, gleich werden saubere Zimmer frei. Der Preis bleibt unverändert. Keine Mieterhöhung. Und jetzt sagt schön Danke!«

Die Prostituierten verharrten schweigend.

»Wer nicht Danke sagt, hat kein Anrecht auf ein Zimmer«, zischte Scarabello drohend.

Erst da bedankten sich einige der Prostituierten, jedoch mit sichtlichem Widerwillen.

Mercurio, der sich im Treppenhaus im vierten Stock verborgen gehalten hatte, wollte eigentlich schnell davonschleichen. Doch dann konnte er der Versuchung nicht widerstehen und stieg unbemerkt noch einmal die Stufen zum fünften Stockwerk hinauf. Und da sah er, wie Isacco sich resigniert zu den kranken Frauen umwandte und sie aufforderte, ihre wenigen Habseligkeiten zu packen. Auf einmal tat ihm der alte Mann leid.

»Was habe ich gesagt? Du bist viel zu sentimental, Winzling«, sagte Scarabello zu ihm, als er ihn lachend im Treppenhaus einholte.

Auf dem ganzen Weg nach unten hatte Mercurio einen dicken Kloß im Hals.

»Macht schon«, sagte im fünften Stockwerk der Beamte des Dogen.

Lanzafame trat ganz nah an ihn heran. »Mal ganz unter uns, schämst du dich wenigstens?«, sagte er so leise, dass es niemand anderes mitbekam.

Der Beamte senkte den Blick zu Boden und blieb ihm die Antwort schuldig.

»Los, gehen wir!«, brüllte Lanzafame. »Doktor, pack deine Instrumente und deinen Salbenkram, komm schon, beeil dich!«

Innerhalb kurzer Zeit hatten sich alle auf dem Treppenabsatz versammelt. Die Wachen des Dogen öffneten ihre Reihen, um den Zug der Unglückseligen passieren zu lassen. Die geheilten Prostituierten stützten die Kranken. Lanzafame und seine Soldaten trugen auf leichten Tragen die Frauen, die nicht laufen konnten. Eine von ihnen war gerade gestorben, doch sie hatten beschlossen, sie nicht Scarabello zu überlassen.

Mühsam begannen sie ihren Abstieg. Unten im Hof des Castelletto sahen sie sich ratlos an.

Mercurio hatte sich hinter der Ecke eines der Türme versteckt. Beim Anblick der hilflos um sich blickenden Huren musste er an Schiffbrüchige denken. Sie wussten nicht, wohin sie gehen sollten, denn ganz sicher würde niemand ihnen Obdach gewähren. Planlos setzte sich der Zug in Bewegung.

Mercurio folgte ihnen unbemerkt, bis sie an einem morastigen Platz hinter der Scuola Grande di Santa Maria della Misericordia anhielten. Der Prior von der Bruderschaft der Geißler schüttelte traurig den Kopf. Offensichtlich erklärte er ihnen gerade, dass er in seinem Hospital keine Prostituierten aufnehmen konnte.

Mercurio beobachtete, wie Lanzafame und seine Soldaten versuchten, ein notdürftiges Nachtlager zu errichten. Der Prior hatte ihnen zumindest Zelte überlassen. Während sie ein Feuer entzündeten, versanken sie bis zu den Knöcheln im Schlamm. Isacco saß in einer Ecke und verbarg den Kopf zwischen den Händen. Es wurde allmählich dunkel und kalt. Viele Prostituierte saßen einfach da und weinten.

Lanzafame näherte sich Isacco. »Höchste Zeit für dich. Du musst gehen«, sagte er.

Isacco sah auf und starrte den Hauptmann irritiert an. Er hatte völlig vergessen, dass er das Schicksal der Prostituierten nicht teilen konnte. Er musste wie jede Nacht zum Ghetto zurückkehren und sich wegsperren lassen. Mühevoll erhob er sich, um den Heimweg anzutreten.

Auch Mercurio fühlte sich niedergeschlagen, als er nach Mestre zurückkehrte. Justitia hatte wieder einmal Unrecht begangen, sagte er sich.

Nachdem Isacco den Weg entlang der Fondamenta degli Ormesini bis zur Brücke über den Rio di San Girolamo zurückgelegt hatte, betrat er sein Wohnhaus und stieg die Treppen hinauf bis in den vierten Stock. Dort blieb er wie erstarrt vor der Wohnungstür stehen. Er konnte sich nicht überwinden, sie zu öffnen, weil er nicht wollte, dass seine Tochter ihn so sah. Er ließ sich auf einer Stufe nieder, und ein paar Stunden später fand ihn Giuditta, die besorgt nach ihm Ausschau gehalten hatte, dort schlafend vor.

Am nächsten Morgen eilte Isacco, gleich nachdem die Tore wieder geöffnet wurden, zum Lager. Die Prostituierten befanden sich in einem erbärmlichen Zustand. In der Nacht war eine weitere von ihnen gestorben, wahrscheinlich eher an der Kälte als an der Krankheit.

»Lange halten wir das nicht durch ...«, sagte Lanzafame.

»Nein ...«, pflichtete Isacco ihm bei. Dann krempelte er die Ärmel hoch und machte sich an die Arbeit, wusch und verband sämtliche Wunden. Doch ihn hatte die Kraft verlassen. Und wie alle anderen hatte auch er die Zuversicht verloren.

Am späten Vormittag erschien der Prior im Lager.

Isacco winkte Hauptmann Lanzafame zu sich. »Kommt mit«, sagte er und ging dem Prior entgegen. »Habt Ihr Eure Meinung geändert?«, fragte er ihn hoffnungsvoll.

Der Prior schüttelte den Kopf. »Doktor Negroponte, Ihr wisst, dass das keine Frage der Meinung ist ...«, sagte er verlegen und ließ einen betrübten Blick über die Prostituierten wandern.

Isacco nickte traurig. Wären es keine Huren, würde die Scuola Grande della Misericordia sie aufnehmen. Doch leider galt die *misericordia*, die Barmherzigkeit Gottes, eben nicht für alle.

»Allerdings ist da eine Frau ...«, fuhr der Prior fort. »Ach, kommt einfach mit, ich will sie Euch vorstellen. Sie ist heute mit einem Vorschlag zu mir gekommen, der für mich nicht interessant ist, aber ich dachte, vielleicht kann sie Euch weiterhelfen ...«

»Was für ein Vorschlag?«, fragte Isacco.

»Fragt sie selbst. Kommt mit«, sagte er und ging auf das beeindruckende Gebäude der Scuola Grande di Santa Maria della Misericordia zu.

Isacco sah Lanzafame fragend an und folgte dann dem Prior

Lanzafame schloss sich ihm an.

»Die Krankheit scheint mir bei Männern häufiger tödlich zu verlaufen als bei Frauen«, sagte der Prior, während er durch den

Schlamm stapfte. »Euer Öl vom Guajakholz wirkt allerdings bei den Wunden besser als jede andere Salbe.«

»Ich habe bloß auf das gehört, was die Seeleute sich erzählt haben, die von den beiden Amerikas zurückkamen«, erwiderte Isacco. »Das ist nicht *mein* Öl. Ich habe nichts dazu beigetragen.«

»Zuhören ist auch ein Verdienst«, sagte der Prior, während er die Scuola Grande betrat. »Ich verwende auch Quecksilber. Das scheint ebenfalls zu wirken. Allerdings ist es schwierig zu dosieren. Man läuft Gefahr, die Wunden zu heilen und dabei den Patienten zu vergiften.«

»Quecksilber?«, fragte Isacco. »Interessant.«

»Nun, tretet ein«, sagte der Prior und öffnete die Tür des Refektoriums. Er deutete auf eine Frau am Ende des Saales. »Das ist sie.«

Die Männer näherten sich der einfach gekleideten Frau.

»Das ist Doktor Negroponte, von dem ich Euch gerade erzählt habe«, sagte der Prior.

Isacco sah, dass die Frau seinen gelben Judenhut beäugte.

»Der Prior erzählt nur Gutes über Euch«, begann die Frau.

Ihre Stimme klingt warmherzig, dachte Isacco. »Aber er hat Euch nicht gesagt, dass ich Jude bin, richtig?«, fragte er leicht angriffslustig. »Hat er wenigstens erwähnt, dass meine Patientinnen Prostituierte sind?«

»Ich wollte den Prior unterstützen«, sagte die Frau, ohne auf Isaccos Feindseligkeit einzugehen. »Doch er benötigt meine bescheidene Hilfe nicht. Aber er hat mir gesagt, dass Ihr sie vielleicht gebrauchen könnt.«

Isacco runzelte die Stirn.

»Was Ihr tut, ist gut, und ich will Euch helfen«, sagte die Frau. »Und es kümmert mich nicht, ob Ihr Jude seid.«

»Ich danke Euch«, erwiderte Isacco, der seine harten Worte bereute. »Aber wie könntet Ihr uns helfen?«

»Ich kann Euch Platz für Eure Kranken anbieten ... einen geräumigen Ort, in den man allerdings noch etwas Arbeit stecken müsste ... Nun ja, er muss noch hergerichtet werden ...«, sagte die Frau. »Also, ich will Euch helfen, indem ich Euch einen Ort anbiete, wo Ihr ein Hospital einrichten könnt.«

Isacco spürte, wie ihm ein Schauder den Rücken hinablief. Er blickte zu Hauptmann Lanzafame hinüber. Auch der sah die Frau mit ungeteilter Aufmerksamkeit an.

»Von was für einem Ort redet Ihr?«, fragte Isacco.

»Nun ja ... es handelt sich ... Also, es handelt sich um meinen Stall ...«, sagte die Frau schüchtern. »Ich weiß, es ist bloß ein Stall, aber dort ist es wenigstens warm. Man könnte ihn wohnlich herrichten. Gleich daneben steht mein Haus, und ich könnte Euch regelmäßig mit Mahlzeiten versorgen, wenn mir jemand zur Hand geht und ...«

»Warum?«, unterbrach sie Isacco.

»Weil ...« Die Frau sah sich wie auf der Suche nach einer Antwort um. »Weil Ihr etwas Gutes tut und ich kein Vieh mehr habe und ...«

»Weil sie von Gott gesandt wurde!«, ging Lanzafame begeistert dazwischen. »Von meinem, deinem oder dem der Huren ... Was zum Henker kümmert uns das Warum? Egal aus welchem Grund, er sei gesegnet. Und mögest auch du gesegnet sein, gute Frau! Los, bedank dich schon bei ihr, Doktor!«

Isacco wandte sich an die Frau, aber er brachte kein Wort heraus.

»Wann können wir kommen?«, fragte Lanzafame.

»Also, ich weiß nicht ...«, sagte die Frau. »Ich habe dem Prior gesagt, in einem Monat, wenn er die Arbeiten übernimmt.«

»In einem Monat ...«, murmelte Isacco und starrte durch das Fenster des Refektoriums in Richtung des Lagers auf dem schlammigen Boden direkt hinter der Scuola Grande. »In einem

Monat sind alle tot ...« Er schüttelte den Kopf. »Trotzdem danke«, sagte er zu der Frau und wandte sich zum Gehen.

»Wenn Ihr allerdings meint, dass sie in einem Stall besser aufgehoben sind als hier im Freien ...«, fügte die Frau hinzu.

Isacco starrte sie an. Dann sah er zu Lanzafame hinüber.

»Meint Ihr, dass wir dann auch sofort kommen könnten?«, fragte Lanzafame und sprach damit aus, was Isacco dachte.

»Von mir aus schon, sicher«, erwiderte die Frau. »Wenn Ihr nichts dagegen einzuwenden habt ...«

»Wir haben gegen gar nichts etwas einzuwenden, wenn wir nur ein Dach über den Kopf bekommen, nicht wahr, Doktor?«, sagte Lanzafame angespannt.

Isacco betrachtete ihn immer noch zögernd.

»Doktor!«, schrie ihn Lanzafame beinahe an.

»Das erscheint mir ein guter Vorschlag«, sagte auch der Prior. »Und außerdem ...«, er klang verlegen, »also, das Lager hier draußen ... nun ja ... Also, die Mönche der Kirche haben mich schon gefragt, wann Ihr wieder abzieht ...«

»Doktor!«, rief Lanzafame noch einmal.

Isacco gab sich einen Ruck. »Ja, also dann, gehen wir los! Worauf warten wir denn noch!«, rief er mit neugewonnenem Schwung.

Es dauerte fast den ganzen Tag, bis die Prostituierten in den Stall vor den Toren Venedigs umgezogen waren. Lanzafames Soldaten machten sich unverzüglich an die Arbeit, und am Abend war der Raum so gut es ging gereinigt. Sie hatten Stroh ausgebreitet, auf das man die Kranken vorübergehend betten konnte, und in der Mitte brannten drei Feuerstellen. Die Prostituierten kicherten aufgeregt wie kleine Mädchen, als hätte man sie in einem Schloss untergebracht.

Isacco fühlte, wie neue Hoffnung in ihm aufkeimte. Sie würden es schaffen.

»Ab morgen wird hier alles besser hergerichtet«, sagte da jemand hinter ihm.

Isacco fuhr herum.

»Willkommen in meinem Haus«, sagte Mercurio lächelnd und legte Anna del Mercato einen Arm um die Schulter.

67

Nun zu uns beiden, dachte Shimon Baruch, als er venezianischen Boden betrat.

Er sah sich um. Der Gondoliere hatte ihn an der Anlegestelle Rialto abgesetzt. Er hatte ihm gesagt, das pulsierende Herz der Stadt sei dort und nicht in San Marco, wie alle Fremden glaubten.

Venedig stank, das fiel Shimon als Erstes auf. Er bestieg die aus Holz gebaute Rialtobrücke, um sich den berühmten Canal Grande anzusehen. Das Wasser hier war nichts als flüssiger Schlamm, weder Salz- noch Süßwasser. Dann ließ Shimon seinen Blick nach oben schweifen und sah einen Palazzo dicht neben dem anderen stehen. Die vordergründige Pracht der Marmorfassaden mit Markisen, Säulen und Fenstern aus Buntglas war jedoch nur Blendwerk. Auf den Rückseiten zu den kleineren Kanälen hin und in den Nebenstraßen hatten die Gebäude ebensolche Mauern aus Backstein wie die Häuser der armen Leute. Venedig war nichts als äußerer Schein und Täuschung. Und die berühmten Boote drängten sich auf dem Canal Grande wie wimmelnde Wasserflöhe.

Shimon hasste Venedig auf den ersten Blick.

Er verließ die Rialtobrücke auf der anderen Seite. Selbst wenn das hier tatsächlich das pulsierende Herz der Stadt sein sollte, wie ihm der geschwätzige Gondoliere erzählt hatte, also der Platz, an dem man mit der höchsten Wahrscheinlichkeit einen Betrüger wie Mercurio finden würde, hatte Shimon nicht die leiseste Absicht, sich hier für länger als unbedingt nötig eine Unterkunft zu suchen. Die Menschen drängten ihn vorwärts, ohne auf irgendjemanden Rücksicht zu nehmen. Es schien ihnen völlig gleichgültig zu sein, dass sie ständig mit anderen Leuten zusammenstießen. Ameisen, widerliche Insekten, dachte Shimon mit tiefster Verachtung. Dieses allseits berühmte Venedig war nichts als ein Bau wuselnder Ameisen, die eng zusammengedrängt in auf Pfählen gebauten Häusern lebten. Dass sie diese mit kostbarem Marmor verkleideten, änderte schließlich nichts an der Tatsache, dass es Pfahlbauten waren, in einen Sumpf gerammt, den sie hochtrabend als Lagune bezeichneten.

Vom Campo Bartolomeo aus führte ihn sein Weg unter den Sottoportego dei Preti und von da aus in die Calle dell'Aquila Nera, wo er eine unscheinbare Schenke entdeckte.

Er betrat sie und zeigte dem Wirt einen Zettel, auf dem er bereits vorher notiert hatte: ICH SUCHE EIN ZIMMER.

»Ich kann nicht lesen«, erwiderte der Mann.

Shimon legte die Hände an die Wange, um ihm zu bedeuten, dass er ein Bett suchte.

»Ihr wollt also ein Zimmer?«, fragte der Wirt nach.

Shimon nickte.

»Zimmer gibt's oben.«

Shimon starrte ihn auffordernd an.

»Hinten rum, erst raus und links, noch mal links, dann hoch«, erklärte der Wirt kurz angebunden.

Shimon folgte seinen Anweisungen und erreichte einen kleinen Platz, der nicht einmal einen Namen hatte, sondern eher als Innenhof der umstehenden Häuser anzusehen war. Es gingen lediglich einige schmale, mit dicken Eisengittern verrammelte Fenster und eine schmale, rot und schwarz gestrichene Tür auf den Hof zu, und in einer Ecke standen zwei grässlich stinkende Eimer mit Abfall.

Shimon stieß die Tür auf. Im Haus war es dunkel. Er wäre beinahe gestolpert, weil er sofort vor einer steilen, schmalen Treppe stand. Die Stufen waren so glitschig, dass Shimon sich an der Wand abstützen musste. Sofort bröckelte Putz von der Mauer, die die Feuchtigkeit aufgesogen hatte wie ein Schwamm.

Oben auf dem Treppenabsatz stand er wieder vor einer Tür. Er versuchte sie aufzudrücken, doch sie war verriegelt. Er klopfte und hörte jemanden mit schlurfenden Schritten näher kommen. Dann öffnete ihm ein junger Mann mit stumpfem Blick und starrte ihn wortlos an.

Shimon betrat den Raum, wobei er den jungen Mann beiseiteschob. Innen roch die Luft abgestanden und nach Fäulnis, aber es fiel wenigstens ein bisschen Licht durch ein kleines, niedriges Fenster zu seiner Linken herein. Er sah, dass es auf die Calle dell'Aquila Nera ging. Also befanden sie sich wirklich oberhalb der Schenke. Shimon hielt dem jungen Mann seinen Zettel mit den Worten ICH SUCHE EIN ZIMMER hin.

»Ich kann nicht lesen«, sagte der. »Und die Wirtin hier auch nicht.«

Shimon versuchte es erneut mit den an die Wangen gelegten Händen.

Der junge Mann drehte sich um und ging wortlos zu einer Tür, öffnete sie und rief hinein: »Kundschaft!«

Bettfedern quietschten. Dann erschien auf der Schwelle eine etwa vierzigjährige fette Frau mit einem platten Gesicht und reichlich dunklem Flaum auf der Oberlippe. Sie schloss den Ausschnitt ihres Kleides, während sie auffallend nah an dem jungen Mann vorbeistrich.

Shimon begriff, dass der junge Mann ihr das Bett wärmte.

»Sagt schon«, sprach ihn die Wirtin unwirsch an.

Shimon reichte ihr den Zettel.

»Ich kann nicht lesen«, sagte sie.

»Das hab ich ihm schon gesagt«, erklärte der junge Kerl.

»Ausländer?«, fragte sie.

Shimon schüttelte den Kopf.

»Was ist dann Euer Problem?«, fragte ihn die Wirtin wieder.

Shimon knöpfte seine Jacke auf und zeigte ihr die Narbe an der Kehle. Dann zischte er leise etwas.

Die Wirtin wich einen Schritt zurück. »Du bist stumm?«

Shimon nickte.

Die Frau nahm eine Kerze und näherte sie Shimons Gesicht. Sie wollte sich seine Wunde ansehen. Ihr hässliches Affengesicht verzog sich zu einer erstaunten Grimasse. »Sieh dir das mal an!«, sagte sie zu dem jungen Mann. »Verdammt noch mal, schau nur!« Wieder näherte sie die Kerze Shimons Hals, während sich der junge Mann vorbeugte. Sie beleuchtete die dunkle, violett schimmernde Narbe, auf der eine Lilie eingeprägt war. Und der spiegelverkehrte Abdruck einer Goldmünze aus Florenz.

»Hol mich der Teufel!«, rief der junge Mann.

»Ihr wollt doch nicht etwa damit zahlen?«, lachte die Gastwirtin und deutete auf die Narbe.

Shimon verzog keine Miene.

Der junge Mann lachte mit ein wenig Verzögerung auf. »Diese Münze gilt bei uns aber nicht«, sagte er, um den anderen zu bedeuten, dass er ihren Scherz verstanden hatte.

»Das macht einen halben Soldo pro Nacht«, sagte die Wirtin. »Und ein Silberstück pro Woche.«

Shimon griff in seine Geldbörse und gab ihr vier Silberstücke.

Die Wirtin riss die Augen weit auf. »Euer Gnaden, wenn's beliebt, lutsch ich dafür auch Euren Schwanz«, sagte sie lachend.

Der junge Mann blickte finster.

Die Wirtin gab ihm einen Klaps auf den Kopf. »Hol das Gepäck des Herrn, du Dummkopf.«

Shimon machte ihnen begreiflich, dass er nichts als seine Schultertasche bei sich hatte.

Die Wirtin ging ihm über einen schmutzigen und übel riechenden Flur voraus, dessen Dielenboden unter ihren Schritten ächzte. Der Flur war so eng, dass der dicke Hintern der Wirtin immer wieder die Wände streifte. Als sie eine niedrige Tür erreichten, öffnete die Wirtin sie, um sodann die Läden des einzigen winzigen Fensters im Raum aufzudrücken, durch das jedoch kaum Licht hereinfiel. Dann ging sie zu einem kleinen, am unteren Rand von der Feuchtigkeit zerfressenen Tisch und entzündete einen Kerzenstummel. Man sah einen halb verrosteten Nachttopf darunter stehen. »Der ist fürs Pissen und Kacken, und dieser Tunichtgut«, sie zeigte auf den jungen Mann, »wird ihn jeden Morgen abholen.« Dann richtete sie die Kerze auf einen Zuber. »Ihr könnt hier auch baden, wenn es Euch beliebt«, sagte sie stolz. »Für drei Marchetti lasse ich Euch das Wasser heiß machen. Das ist ein guter Preis. Und für zwei mehr gebe ich Euch auch ein Stück Seife.« Schließlich zeigte sie ihm das Bett, auf dem eine fleckige Decke lag.

Shimon nickte.

Die Wirtin blieb an der Tür stehen. »Gut, endlich mal ein Gast, der keinen Lärm machen wird!« Sie brach in Gelächter aus und verließ gefolgt von dem jungen Mann den Raum.

Shimon schloss die Tür und legte sich auf das Bett. Dann hörte er, wie der junge Mann wieder verzögert über den Witz der Wirtin lachte. Bis zum Abend blieb er wie erstarrt liegen, ohne einen Muskel zu rühren oder an irgendetwas zu denken. Als es dunkel wurde, stand er auf. Er zog sein Wams aus und wickelte sich den Verband um seine Brust neu. Inzwischen schmerzten ihn die gebrochenen Rippen nicht mehr so stark. In der ersten Woche hatte er Blut gespuckt und gedacht, er würde daran krepieren. Die Wunde an seinem Bein hatte sich entzündet. Trotzdem hatte er sich auf dem Land versteckt und gelebt wie ein streunender Hund, aus Angst, die Wachen des Papstes würden nach ihm suchen. Schließlich hatte er ein Feuer angezündet und einen spitzen Holzstock darin erhitzt, den er sich in die Wunde gerammt hatte. Das Feuer hatte ihn schon einmal gerettet, als es ihm die Wunde an der Kehle geschlossen hatte, deshalb dachte er, am Bein würde es ebenso wirken. Und genauso war es geschehen. Doch wenn er zu lange lief, schmerzte ihn der Schenkel immer noch stark, und er hatte bemerkt, dass er jetzt hinkte. Er fühlte sich an die römischen Straßenkatzen erinnert, die sich mit von Narben durchzogenem Fell und zerfetzten Ohren so gern in den Ruinen des Circus Maximus sonnten.

Shimon verließ sein Zimmer. Dies war für ihn die schlimmste Zeit des Tages. Es gelang ihm, jeden anderen Gedanken von sich fernzuhalten, nur nicht das Bild von sich in Esters Haus zu dieser Stunde: wie er im Sessel saß und auf Ester lauschte, die am Kamin in einem Topf das Abendessen wärmte.

Shimon ging hinunter auf die Straße.

Er lief ziellos umher, einzig darauf bedacht, jenes Bild seines größten Verlustes aus seinen Gedanken zu verbannen. Das Bild eines friedlichen Heims, in dem ein Mann für immer hätte bleiben können.

Seit er Ester verlassen hatte, war sein Hass auf Mercurio stetig gewachsen. Schließlich hatte Mercurio ihm sein früheres Leben genommen und nun auch die Aussicht auf ein neues Leben mit Ester.

Du wirst keine Ruhe haben, bevor du diesen verdammten Jungen nicht findest und ihn dafür bezahlen lässt.

Zerfressen von seinem Hass gelangte Shimon wie von selbst auf einen riesigen Platz, der sich ganz unvermittelt vor ihm auftat. Vor sich sah er eine Basilika und einen hohen Turm, während sich rechts von ihm der Canal Grande endlos weit auszudehnen schien.

Er stand auf dem Markusplatz.

Hier war alles offen, nichts schränkte den Blick auf den Horizont ein.

Dann sah er, dass sich vor einer Säule eine Menge Leute drängten. Neugierig kam er näher. Ein halbnackter Mann mit

Todesangst in den Augen stand dort, mit Händen und Füßen an vier unruhige, große Pferde gefesselt, denen Schaum aus dem Maul troff.

»Sodomit!«, schrie eine Frau.

Dann schnalzte der Henker mit der Peitsche, und die vier Pferde preschten in alle Himmelsrichtungen los. Der gefesselte Mann schrie laut, und seine Gliedmaßen wurden unnatürlich gedehnt. Man hörte, wie Knochen brachen und Sehnen rissen. Der Mann stieß einen letzten Schrei aus, kotzte sich die Seele aus dem Leib und wurde ohnmächtig.

Mit zwei schnellen Beilhieben schnitt der Henker die Schultergelenke ein, worauf sich unter dem Zug der Pferde die Arme vom Körper trennten. Blut spritzte auf das Pflaster. Dann hieb der Henker auf die Hüftgelenke ein, die noch standgehalten hatten, und auch die Beine des Verurteilten wurden auseinandergerissen, wobei die Eingeweide auf den Boden spritzten.

Die Leute wogten vor und zurück wie ein einziger Leib.

Es roch nach Blut und Angst.

Shimon berauschte sich an der Größe dieser grauenvollen Szene.

Und nun zu uns beiden, Mercurio, dachte er, während die vielen Tauben erschrocken aufflatterten. Sie flüchteten vor einem Schwarm Raben, die sich auf die Überreste des Verurteilten stürzten. Shimon betrachtete die schwarzen Vögel und sah in diesen Unglücksboten ein gutes Zeichen.

Dann hob er schnuppernd die Nase in die Luft wie ein Jagdhund. Als könnte er seine Beute schon wittern.

68

Was für einen Streich hast du meinem Vater denn nun gespielt?«, fragte Giuditta auf ihrem geheimen Lager im Taubenschlag und presste sich eng an Mercurios warmen Körper. »Seit gestern schimpft er vor sich hin, du hättest ihn gehörig übers Ohr gehauen.«

Mercurio lachte: »Ja, das stimmt. Er ist mir auf den Leim gegangen wie ein Anfänger. Ich habe mich köstlich amüsiert.«

»Aber was genau hast du denn mit ihm gemacht?«

»Ich habe ihm ein Krankenhaus geschenkt.«

»Ein Krankenhaus?«

»Ja, wirklich«, erklärte Mercurio stolz. »Schließlich ist er immer noch der Vater der Frau, die ich liebe, oder?«

Giuditta lachte leise. »Dir ist schon klar, dass du vollkommen verrückt bist, nicht?«

»Weißt du, dass dieses Krankenhaus in Mestre liegt?«, sagte Mercurio und löste sich von ihr, um ihr direkt in die Augen sehen zu können. »Und weißt du, was das bedeutet?«

»Nein ...«

»Dass dein Vater früher oder später Annas Angebot annehmen wird, dort ein Zimmer zum Übernachten zu haben.«

»Aber wir dürfen doch nicht außerhalb des Ghettos schl ...«

»Siehst du, du bist genauso begriffsstutzig wie dein Vater«, unterbrach Mercurio sie lachend.

Giuditta verzog schmollend den Mund.

Daraufhin lachte Mercurio noch herzhafter. »Ich habe gesagt, in Mestre. Begreifst du denn nicht?«

»Nein.«

»Du musst nur im Ghetto schlafen, wenn du in Venedig lebst. In Mestre gibt es keine Ghettos, da wird niemand eingesperrt. Da kannst du schlafen, wo du willst. Du müsstest also nur nach Mestre umziehen.«

»Wirklich? Und wohin? Sag schon!«

»Heiliger Himmel, kannst du wirklich so begriffsstutzig sein? In mein Haus!«, sagte Mercurio lachend. »Anna hat deinem Vater ja schon ein Zimmer dort angeboten, so kann er Tag und Nacht in der Nähe seines Krankenhauses sein. Und für dich steht auch eins bereit.« Er umarmte sie und streichelte sie. »Was ist los? Möchtest du nicht mit mir unter einem Dach wohnen?«

Giuditta starrte ihn an. »Das wird mein Vater niemals zulassen«, sagte sie dann traurig.

»Das werden wir noch sehen.« Er erhob sich von dem Strohlager im Taubenschlag und reckte sich. »Wenn wir nicht bald in einem richtigen Bett miteinander schlafen, werden wir frühzeitig alt und gebrechlich.«

Giuditta kicherte.

»Ich habe noch neunzehn weitere Goldstücke verdient«, erzählte Mercurio. »Bald werde ich das Geld zusammenhaben, damit wir Zuans Schiff herrichten können. Und dann werde ich dich von hier fortbringen.«

Giuditta sah ihn ernst an. Mit jedem Tag schien sie ihm mehr anzugehören. So sehr, sagte sie sich, dass sie eigentlich nur noch ihm allein gehörte. Deshalb hatte sie einen Brief geschrieben, den sie immer wieder von Neuem durchlas, weil sie wusste, dass sie ihn bald für ihren Vater zurücklassen würde. Einen Brief, der von ihrem tiefsten Kummer erzählte. Und gleichzeitig von ihrer höchsten Freude. »Wie geht es mit deinem Laden voran?«, fragte Mercurio sie. »Ich sehe immer viele Kunden.«

Giudittas Gesicht leuchtete auf. »Ja«, sagte sie stolz. »Meine Kleider gefallen den Leuten. Wir verkaufen mehr, als wir nähen können. Und wir haben auch Kundinnen aus dem Adel. Es ist ... es ist ...«

»Ein Erfolg«, schloss Mercurio.

»Ja, ein Erfolg«, wiederholte Giuditta lachend.

»Wo auch immer wir hingehen, du wirst auch da deinen Laden haben, versprochen«, sagte Mercurio und legte sich bekräftigend eine Hand aufs Herz. Dann zog er sich an. »Und ich werde nicht zulassen, dass unsere zwölf Kinder dich davon abhalten, einen Haufen Geld zu verdienen.«

»Und was wirst du tun?«, fragte Giuditta lächelnd.

»Na, ich werde schön zu Hause bleiben und nachschauen, ob die hübsche junge Kinderfrau, die von deinem unerhörten Verdienst bezahlt wird, den Kleinen ordentlich den Hintern abwischt. Dann werde ich nachschauen, ob die Köchin, die natürlich ebenfalls jung und hübsch ist, das beste koschere Fleisch zubereitet. Und ich werde mit einem Finger über den Boden fahren, um mich zu versichern, dass das noch viel jüngere und hübschere Dienstmädchen gründlich gefegt hat.«

Giuditta lachte schallend, sprang auf und warf sich in seine Arme. »Ich werde dir nicht einmal ein halbes Kind schenken, und vor allem werden wir keine Dienerschaft haben. Denn ich habe nicht die leiseste Absicht, dich mit jemandem zu teilen.«

Mercurio küsste sie, und seine Hände fuhren zärtlich die glatte Haut ihres Rückens entlang.

Giuditta entzog sich ihm. »Lass, es ist schon spät«, sagte sie. Während sie ihren Rock anzog, sah sie wie nebenbei in den inneren Nahtsäumen nach. »Habe ich dir eigentlich erzählt, dass eine Kundin in einem meiner Kleider eine Rabenfeder gefunden hat?«

»Wie kam die denn da hin?«, fragte Mercurio unaufmerksam, während er seine Jacke zuknöpfte.

»Seltsam, nicht wahr?«, erwiderte Giuditta nachdenklich. »Und eine zweite hat einen Milchzahn gefunden.«

»Vielleicht solltest du deine Näherinnen anweisen, besser aufzupassen.«

»Ich kann mir das nicht erklären …«

»Was gibt es da zu erklären?«

»Ich weiß nicht … Es ist irgendwie merkwürdig …«

»Denk nicht mehr darüber nach und beeil dich lieber. Gleich wird die Marangona-Glocke läuten und der Hurendoktor aufstehen.«

»Du sollst ihn nicht so nennen«, sagte Giuditta, und ihr Gesicht verfinsterte sich.

»Das war doch nur Spaß.«

»Mach keine Witze darüber.«

Mercurio nickte lächelnd, küsste sie und schlüpfte die Treppe hinunter, um sich gleich unter die Leute zu mischen, die am Tor schon darauf warteten, das Ghetto zu verlassen. Doch einen Augenblick später kehrte er noch einmal in den Taubenschlag zurück. »Habe ich dir eigentlich gesagt, dass ich dich liebe?«

Giuditta strahlte über das ganze Gesicht.

»Auf immer und ewig«, sagte Mercurio zu ihr und verschwand.

»Auf immer und ewig«, wiederholte Giuditta. Sie ging hinunter in die Wohnung, bereitete Isacco sein Frühstück, und als er ging, wünschte sie ihm einen guten Arbeitstag. Allein zurückgeblieben, setzte sie sich an den Tisch und nahm aus einem Spalt in der Wand den Brief, den sie heimlich geschrieben hatte und jeden Abend dort versteckte. Sie las ihn noch einmal durch.

Mein geliebter Vater,

mit dem größten Schmerz in meinem Herzen erzähle ich dir von meiner größten Freude. Ich weiß weder, wie ich diesen Schmerz überleben werde, noch wie ich auf diese Freude verzichten könnte. Könnte ich mich zweiteilen, ich schwöre dir, ich würde es tun. Wäre ich in der Lage, gleichzeitig eine gute Tochter und eine gute Ehefrau zu sein, ich schwöre dir, ich würde es sein. Wenn ich es vermeiden könnte, dir das Herz zu brechen, ich schwöre dir, ich würde es liebend gern tun. So wie ich nicht dem Mann das Herz brechen will, dem ich meine Liebe versprochen habe. Ich bete von ganzem Herzen, dass noch ein Wunder geschieht und wir ein anderes Leben haben können als das, was uns jetzt erwartet. Ich bete dafür, dass ich mein Leben mit dir verbringen kann, wie ich darum bete, es mit dem Mann, den ich liebe, verbringen zu dürfen. Doch wie mein Leben von nun an aussehen wird, kann ich nicht sagen. Und kann man das wirklich Leben nennen, wenn es einerseits Liebe und andererseits Tod ist? Was für ein Leben kann es für ein Herz geben, das in der Mitte entzweigerissen wird?

Ich weiß nicht, ob du mir jemals vergeben kannst, denn ich weiß nicht einmal, ob ich mir selbst vergeben kann.

Doch meine Entscheidung steht fest.

Jedes Mal wenn sie diesen Brief aufs Neue las, presste es ihr das Herz zusammen. Auf diesem einen Blatt stand alles, was sie bewegte. Doch auch ohne die Worte auf dem Papier wurde ihr mit jedem Tag nur noch bewusster, dass sie zu Mercurio gehörte. Nichts würde sie zurückhalten können. Ihre Entscheidung stand fest, hatte sie geschrieben, und es stimmte. Sie würde Mercurio überallhin folgen. Denn er war ihr Leben. Das Leben, das sie sich von ganzem Herzen wünschte.

»Koste es, was es wolle«, sagte sie leise, doch entschieden. »Auf immer und ewig.«

Manchmal, wenn Mercurio nicht kam, um sie in den kalten und stinkenden Taubenschlag zu führen, der ihr jedoch wie das Paradies vorkam, zweifelte Giuditta, ob sie gut daran getan hatte, ihre Jungfernschaft zu opfern. Sie versuchte dann sogar, sich dessen zu schämen, wie es die gesellschaftlichen Regeln verlangten. Aber es gelang ihr nicht. Sie verstand dieses Gebot zwar, doch gleichzeitig kam es ihr so vor, als gelte es nur für die anderen. Sie und Mercurio waren etwas Besonderes, und ihre Liebe war so groß und allmächtig, dass nichts von dem, was sie im Namen dieser Liebe taten, falsch sein konnte.

Mit der Zeit würde auch ihr Vater sich dieser unabdingbaren Wahrheit beugen, dessen war sich Giuditta gewiss. Wie hätte es auch anders sein können? Wie sollte jemand behaupten, eine so reine Liebe könnte vor den Augen des Herrn eine Sünde sein? Hatte nicht er selbst, der allmächtige Gott, es so eingerichtet, dass sie sich begegneten?

Giuditta erinnerte sich an den Tag, als sie zum ersten Mal Mercurios Hand in ihrer gehalten hatte. An ihren ersten Kuss. An das erste Mal, dass sie ihn in sich aufgenommen hatte und sich ihre Körper untrennbar zu einem einzigen vereint hatten. Würde sie wieder so handeln? Ja, tausendmal ja, ohne jedes Zögern.

»Auf immer und ewig«, wiederholte sie.

Als es an der Tür klopfte, fuhr Giuditta erschrocken von ihrem Stuhl hoch. Sie legte eine Hand an die Brust und lächelte, als sie aus ihrem Tagtraum wieder in den Alltag zurückkehrte. Sie ließ den Brief auf dem Tisch zurück und ging zur Tür.

»Wer ist da?«, fragte sie.

»Seid Ihr Giuditta, die Jüdin?«, fragte eine Männerstimme. »Meine Herrin verlangt nach Euch.«

Giuditta öffnete die Tür, um nachzusehen, mit wem sie es zu tun hatte. Doch sie kannte den Diener nicht.

»Meine Herrin verlangt nach Euch«, wiederholte der Mann.

»Und wer soll das sein?«

»Das werdet Ihr sehen.«

»Wann?«

»Gleich.«

Giuditta war verwirrt und wusste nicht, wie sie sich verhalten sollte.

»Die Gondel der Signora erwartet Euch«, sagte der Diener.

»Geht es um ein Kleid?«, fragte Giuditta.

»Die Herrin hat mich geschickt, um Euch abzuholen. Mehr weiß ich nicht.«

Giuditta legte sich einen Umhang aus Barchent um die Schultern und folgte dem Diener die Treppe hinab und über den Platz. Unterwegs war sie immer noch wie liebestrunken von ihren Gedanken an Mercurio. Ja, sie würde ihm überallhin folgen.

Die Gondel hatte an der Fondamenta degli Ormesini angelegt. Der Diener half ihr ins Boot und gab dem Gondoliere das Zeichen zum Ablegen.

Wenig später hielten sie am privaten Steg eines dreistöckigen Palazzos, der auf den Canal Grande ging. Seine Fassade war elegant und fein gestaltet, die Fenster aus buntem bleigefasstem Glas wurden von anmutigen Marmorsäulen umrahmt.

Der Diener half ihr beim Aussteigen und sagte ihr, sie solle dem Hausdiener folgen, der sie schweigend in den ersten Stock des Palazzos führte. Ein widerlicher Gestank nach Hundekot lag in der Luft. Der Mann führte sie in einen Raum, dessen Wände mit Seidendamast bespannt waren. Kaum hatten sie das Zimmer betreten, schreckte eine Hausmagd schuldbewusst von ihrem Platz an der Wand fort.

»Was machst du da?«, fragte der Diener sie streng.

Das Mädchen errötete und verschwand eilig.

Der Diener näherte sich der Wand, wo die Hausmagd gestanden hatte, und schloss ein kleines Guckloch. »Wartet hier«, sagte er zu Giuditta und ging.

Giuditta wusste nicht, was sie tun sollte, aber dann hörte sie aus dem Nebenzimmer laute Stimmen und näherte sich, davon angezogen, dem Guckloch. Sie zögerte einen Augenblick lang, bevor sie ihrer Neugier nachgab, schob die kleine Damastblende beiseite, die aus dem gleichen Stoff war wie die Wandbespannung, und sah hindurch.

Als Erstes bemerkte sie eine Frau, die mit dem Rücken zu ihr aufrecht an einem vergoldeten, zierlichen Schreibtisch saß. Der gesamte Raum wirkte elegant und von erlesenem Geschmack.

Neben der Frau befanden sich noch zwei kräftige Diener im Raum, die stocksteif zu beiden Seiten einer Tür standen. Außerdem ein Mann um die fünfzig mit blassem Gesicht, sicher ein Mann aus dem Volk, trotz seiner respektablen Kleidung. In seiner Hand hielt er eine Kopfbedeckung aus weichem schwarzem Samt. Der Mann war kahlköpfig und schwitzte sichtlich. Er sah besorgt aus.

»Bitte, Euer Gnaden«, sagte er zu der Frau.

»Das hättest du dir früher überlegen sollen«, sagte die Frau ungerührt.

Giuditta kam ihre Stimme bekannt vor.

Dann betrat ein Adliger den Raum, eine elegante Erscheinung, aber ein Krüppel. Er würdigte den Mann keines Blickes, sondern blickte nur amüsiert zu der Frau, die mit dem Rücken zu Giuditta saß.

»Du siehst gern zu, wie?«, sagte er mit einer unangenehm schrillen Stimme zu ihr.

»Dein Vergnügen ist auch meines«, erwiderte die Frau, stand auf und wandte sich um.

Und da erkannte Giuditta sie. Es war Benedetta. Giuditta war versucht zu fliehen, doch sie blieb wie angewurzelt an dem Guckloch stehen. Sie sah, wie Benedetta genau in ihre Richtung starrte. Hastig trat sie beiseite, weil sie sich ertappt fühlte. Aber nun wurde ihr klar, dass Benedetta genau wusste, wer hinter dem Guckloch stand. Vielleicht hatte die Hausmagd auch nur vorgetäuscht, beim Spionieren erwischt zu werden. Vielleicht hatten sie und der Diener sie, Giuditta, nur auf das Guckloch aufmerksam machen sollen. Damit sie hindurchsah und beobachtete, was nun folgen sollte.

Als Giuditta sich wieder an das Guckloch stellte, lächelte

Benedetta sie an. Dann drehte sie sich um und sah zu den Dienern, die den Mann, der jetzt bitterlich weinte, gepackt und fest im Griff hatten. Der verkrüppelte Adlige hielt für alle deutlich sichtbar ein Rasiermesser in der Hand. Dann schob er mit einer schnellen Bewegung dem Mann die Klinge in den Mund, woraufhin der nun noch heftiger schluchzte.

»Für das, was du gesagt hast«, erklärte der Adlige und durchtrennte mit einem schnellen Schnitt Haut und Gewebe am linken Mundwinkel.

Der Mann schrie auf, Blut spritzte.

»Wischt das weg«, befahl der Adlige. Dann wandte er sich an Benedetta. »Kommst du, meine Liebe?«

Benedetta sah auf das Guckloch, hinter dem Giuditta vor Schreck wie versteinert stand. »Nein, ich habe noch eine Verabredung.«

Giuditta fühlte, wie ihre Beine nachzugeben drohten. Sie rannte auf die Tür zu, doch von dort eilte ihr ein Diener entgegen, der sie aufforderte, mitzukommen.

Während Giuditta dem Diener über einen langen Gang folgte, schlug ihr das Herz bis zum Hals. Mehrere räudige kleine Hunde kläfften ihr wütend hinterher. Dann geleitete der Diener sie in den Raum, wo Benedetta sie schon erwartete. Sie hatte sich auf dem himmelblauen Teppich aufgebaut, und zu ihren Füßen sah man deutliche Spuren vom Blut des Mannes, dem der Adlige die Wange aufgeschlitzt hatte.

Benedetta starrte sie schweigend an. Zerstörung, Untergang, Unglück über dich, dachte sie, bis zu deinem Tod. Ihr Hass auf die Jüdin kannte kein Maß. »Ciao, Giuditta«, sagte sie. »Hat dir das Schauspiel gefallen?«

Giuditta brachte vor Angst kein Wort heraus.

»Dieser Mann hatte mich verleumdet«, sagte Benedetta. »Und der Fürst, mein Herr, erträgt nicht, dass jemand Übles über mich sagt. Er ist aufbrausend und grausam.«

Giuditta nickte. Sie fühlte sich so unwissend, so verletzlich.

Benedetta musterte sie zufrieden. Sie hatte ihr eine Lüge aufgetischt. Der Mann hatte gar nicht schlecht über sie geredet, was den Fürsten Contarini wohl auch kaum berührt hätte. Tatsächlich hatte er schlecht über ihn geredet. Doch das konnte Giuditta nicht wissen. Und Benedetta interessierte nur, dass dieses dumme Judenmädchen durch das Erlebte so erschreckt worden war, dass sie ihr alles glauben würde, was sie ihr nun erzählte. Sie kam näher.

»Weißt du, warum ich die Geliebte des Fürsten Contarini geworden bin?«, fragte sie Giuditta.

Giuditta schöpfte ein wenig Atem. Sie schüttelte den Kopf.

»Zu meinem eigenen Vorteil. Jetzt bin ich reich, habe Dienstboten und werde bewundert. Man hat Respekt vor mir. Ich habe Macht.« Sie nickte. »Ja, zu meinem Vorteil«, wiederholte sie. »Und ich tue es für Mercurio.«

Giuditta runzelte die Stirn. »Was hat das mit ... Mercurio zu tun?«

Benedetta ging einen Schritt auf sie zu.

»Hast du gesehen, zu welch unendlicher Grausamkeit mein Herr fähig ist?«

Giuditta nickte stumm.

»Vor einiger Zeit hat Mercurio den Fürsten beleidigt«, sagte Benedetta und blickte ihr dabei so offen in die Augen, dass Giuditta es für wahr halten musste. »Der Fürst begehrte mich, und Mercurio hat mich verteidigt. Er hat den Fürsten gedemütigt und ist nur davongekommen, weil ein mächtiger Verbrecher dazwischengegangen ist. Sein Name ist Scarabello ...«

Giuditta riss vor Erstaunen den Mund auf. Sie erinnerte sich an den Namen. Dieser Mann hatte Donnola getötet.

»Aha! Du kennst ihn also!«, rief Benedetta zufrieden. Dieser Umstand begünstigte ihren Plan. »Doch der Fürst hat geschworen, er würde Mercurio töten. Was meinst du wohl, warum er jetzt in Mestre lebt? Sicher nicht, weil das so ein nettes kleines Städtchen ist. Er lebt dort, weil er hier in Gefahr wäre. Jedes Mal wenn er Venedig betritt, riskiert er sein Leben.« Benedetta schwieg kurz, um ihre Worte auf Giuditta wirken zu lassen. »Im Augenblick kann ich meinen Fürsten noch zurückhalten«, fuhr sie fort. »Ich bleibe auch deshalb bei ihm, um Mercurios Leben zu retten.«

»Ja ... und ...?«, fragte Giuditta.

Benedetta schüttelte verächtlich den Kopf. »Du dumme Gans«, sagte sie. »Ich werde ihn bestimmt nicht weiter schützen, damit er sich mit dir vergnügt.«

Giuditta errötete verwirrt.

»Begreifst du immer noch nicht?« Benedetta erhob ihre Stimme. »Du musst Mercurio von dir fernhalten. Du musst ihm sagen, dass du ihn nicht mehr haben willst, und dabei sehr überzeugend sein.« Sie kniff Giuditta in die Wange wie einem kleinen Kind. »Sonst werde ich ihn nicht mehr beschützen.«

»Warum tust du das ...?«, fragte Giuditta, in der nun aus Sorge um Mercurio Panik aufstieg.

Benedetta lachte höhnisch. »Weil ich dich hasse. Weil du nichts wert bist. Weil du ihn nicht verdient hast. Und weil ich nicht will, dass du dich mit ihm vergnügst, während ich mich hier opfere.« Sie ging drohend auf Giuditta zu. »Entweder wird keine von uns beiden ihn haben ... Oder ich lasse zu, dass der Fürst ihn tötet.«

Giuditta erfasste eine rasende Wut, die sie nicht unterdrücken konnte. »Und du wagst zu behaupten, dass du ihn liebst?«, schrie sie und war vor Eifer ganz rot im Gesicht.

Als Benedetta sie so auffahren sah, versetzte es ihrem Herzen einen Stich. »Was ist zwischen euch?«, fragte sie misstrauisch, während sich in ihrem Kopf ein Verdacht Bahn brach. Sie kannte dieses Leuchten in den Augen einer Frau. Giuditta sah aus, als wüsste sie, was es heißt, von dem Mann begehrt zu werden, den sie liebte. »Warst du im Bett mit ihm?«, fragte sie mit rauer Stimme, obwohl sie eigentlich keine Antwort benötigte. Sie hatte sie schon in Giudittas Augen gelesen. Und noch während sie diese Worte aussprach, durchzuckte ihre Brust ein wilder Schmerz. So heftig, dass sie die Kiefer aufeinanderpresste und mit den Zähnen knirschte wie ein wildes Tier.

Errötend wich Giuditta einen Schritt zurück.

»Du Hure!«, schrie Benedetta wütend und erhob die Hand, als wollte sie sie ohrfeigen. Doch sie hielt sich zurück. »Du kleine jüdische Hure!«, schrie sie keuchend. »Ja! Es ist wahr! Ich liebe ihn so sehr, dass ich bereit bin, ihn zu töten!« Benedetta starrte Giuditta an. »Aber das wirst du niemals verstehen«, sagte sie leise mit heiserer Stimme. »Denn du bist keine richtige Frau, sondern nur eine liederliche Schlampe mit triefender Möse und einem vertrockneten Herzen. Eine richtige Frau ist zu allem bereit für den Mann, den sie liebt. Selbst wenn es seinen Tod bedeutet!« Benedetta sah sie so hasserfüllt an, dass Giuditta noch einen weiteren Schritt zurückwich. »Und du, kannst du das auch? Bist du bereit, alles für ihn zu tun? Selbst wenn du dafür auf ihn verzichten müsstest?« Benedetta hielt inne, bis sich ihr Atem wieder beruhigt hatte. »Ich gebe dir Gelegenheit, dich einmal in deinem armseligen Leben wie eine richtige Frau zu verhalten. Beweise, dass du ihn so liebst, wie du gesagt hast. Verlass ihn. Schick ihn weg.« Sie richtete einen Finger auf Giuditta. »Und versuch, überzeugend zu sein! Wenn ich erfahre, dass du ihn heimlich triffst …« Sie ließ den Satz unbeendet und sah Giuditta nur mit brennenden Augen an. Dann drehte sie sich abrupt um, packte die Klingelschnur, die von der Decke hing, und zog wütend daran. Als die Tür geöffnet wurde und der Diener erschien, befahl sie ihm: »Wirf diese jüdische Schlampe hinaus!«

Sobald Giuditta draußen war, fasste sie sich mit einer Hand ans Herz. Sie war keines klaren Gedankens fähig. Sie konnte einfach nicht glauben, was ihr gerade geschehen war. Keuchend blieb sie stehen und lehnte sich an eine Hauswand. Das Treiben um sie herum nahm sie kaum wahr. Sie atmete tief durch, während sich der Sturm der Gefühle, der durch ihren Körper toste, allmählich beruhigte. Sie musste nachdenken. Und wenn Benedetta sich all das nur ausgedacht hatte? Aber wie sollte sie es herausfinden? Es gab wohl nur eine Möglichkeit: Nur Mercurio konnte ihr das erklären. Sie würde ihn nach dem Fürsten Contarini fragen, und ... Doch im gleichen Augenblick wurde ihr klar, dass eben das unmöglich war. Nein, sie durfte Mercurio nicht fragen. Wenn er Benedettas Erzählung bestätigte, würde er ganz bestimmt nicht akzeptieren, sie niemals wiederzusehen. Dann wüsste er ja, dass sie ihn aus einem bestimmten Grund mied und dass Benedetta etwas damit zu tun hatte. Nein, die Gefahr war zu groß. Sie durfte nicht riskieren, dass Mercurio ihre Zurückweisung nicht akzeptierte. Es stimmte, Mercurio war ohne offensichtlichen Grund nach Mestre umgezogen. Und dass Mercurio Scarabello kannte, entsprach ebenfalls der Wahrheit. Mehr hatte Giuditta nicht in der Hand, um ihre Entscheidung zu treffen.

Sie begriff nun, was Benedetta gemeint hatte. Wenn sie Mercurio wirklich liebte, durfte sie nicht riskieren, ihn dem sicheren Tod auszuliefern. Selbst wenn sie nicht genau wusste, ob die Geschichte stimmte, musste sie ihn von sich fernhalten. Sie hatte doch gerade gesehen, wozu dieses Ungeheuer von einem Fürsten fähig war, und hatte erfahren, wie sehr Benedetta sie hasste.

»Ich liebe dich ...«, sagte sie leise, doch sein Name kam ihr nicht über die Lippen.

Giuditta ließ sich in völliger Verzweiflung zu Boden sinken. Ihr Kopf war von einem einzigen Gedanken beherrscht: Mein Leben ist zu Ende.

So blieb sie bis zum Abend sitzen, während die Leute an ihr vorbeizogen. Als es dunkel wurde, schleppte sie sich erschöpft zum Ghetto der Juden. Sie hatte die Brücke zwischen den beiden Toren beinahe erreicht, als sie ihrem Vater begegnete, der gerade aus einem Boot stieg.

»Wo warst du?«, fragte Isacco.

»Ach, nirgendwo«, antwortete Giuditta kaum hörbar und wich seinem Blick aus.

»Was hast du gemacht?«

»Nichts.«

Schweigend erreichten sie ihre Wohnung. Als sie die Tür öffneten, bemerkte Isacco den Brief, den Giuditta für den Tag geschrieben hatte, an dem sie mit Mercurio fliehen wollte, wohin auch immer er sie führen würde.

»Was ist das?«, fragte er und wies auf das Blatt.

Giuditta nahm es hastig an sich. »Nur ein Stück Papier.«

»Und was steht drauf?«

»Ach, lauter Unsinn«, erklärte Giuditta und warf den Brief in die Kaminglut.

»Was ist mit dir?«, fragte Isacco und betrachtete sie aufmerksam.

Giuditta sah zu, wie die Flammen den Brief verzehrten.

»War das ... für diesen Mercurio?«

Wütend fuhr Giuditta herum. Zorn und Schmerz verzerrten ihre Züge. »Ich will nie wieder von ihm hören! Merk dir das! Nie wieder!«, schrie sie.

DRITTER TEIL

Venedig – Mestre

69

Es ist aus, ich will dich nicht mehr sehen. Komm nicht mehr zu mir«, sagte Giuditta.

Mercurio starrte sie mit einem törichten Lächeln an. Obwohl er wusste, dass Giuditta keineswegs scherzte, sondern es bitterernst meinte, kam ihm das Ganze vollkommen unwirklich vor. Die nervöse Anspannung verzerrte seine Lippen zu einem krampfhaften Grinsen und zog ihm das Zwerchfell zusammen, sodass er einen glucksenden Laut ausstieß, als würde er lachen. Doch er versuchte nur, seine Tränen zu unterdrücken.

Inzwischen war es dunkel geworden. Die wenigen Menschen, die noch unterwegs waren, strebten eilig in beide Richtungen über die Cannaregio-Brücke ihren jeweiligen Wohnungen entgegen und achteten nicht weiter auf sie.

Am Morgen hatte Isacco ihm ernst, ja beinahe verlegen einen Brief übergeben, in dem stand, er solle sich abends, kurz bevor die Marangona-Glocke zum Schließen der Tore läutete, bei der hölzernen Brücke über den Cannaregio-Kanal einfinden. Mercurio hatte sich gewundert, dass ausgerechnet Isacco ihm diese Botschaft überbracht hatte, wo er sich doch ihrer Liebe so hartnäckig in den Weg stellte. Den ganzen Tag hatte er darüber nachgegrübelt, aber auf das, was hier gerade geschah, wäre er nie im Leben gekommen.

Er sah wieder zu Giuditta hinüber. In dieser weder vom Mond noch von den Sternen erhellten Dunkelheit konnte er ihre Gesichtszüge kaum erkennen. Mercurio schüttelte den Kopf: »Nein ...«, stammelte er.

»Es tut mir leid, aber ich will dich nicht mehr sehen«, wiederholte Giuditta. Ihre Stimme schien von weit her zu kommen, und ihre Augen blickten ihn ausdruckslos an.

»Aber warum ...?«, brachte Mercurio endlich heraus.

»Weil ich festgestellt habe, dass ich dich nicht liebe«, sagte Giuditta tonlos.

Mercurio merkte, wie etwas in ihm erstarb. Brüsk wandte er sich ab, sein Atem ging so heftig, als wäre er gerannt. »Das glaube ich nicht«, flüsterte er.

»Ich will dich nicht mehr sehen«, wiederholte Giuditta leise hinter ihm.

Mercurio meinte, ein leichtes Zittern in ihrer Stimme wahrgenommen zu haben. Sofort drehte er sich um.

Giuditta ballte die Fäuste. Sie spürte, wie ihre Fingernägel sich schmerzhaft in ihre Handflächen krallten. »Ich liebe dich nicht«, sagte sie beinahe heiter, als wäre es kaum von Belang.

Mercurio schüttelte völlig befremdet den Kopf. »Nein. Das glaube ich nicht. Das glaube ich einfach nicht ... Das ...«

»Sieh mich an«, unterbrach Giuditta ihn. Sie wusste, dass sie sonst gleich anfangen würde zu schreien. Und sie musste doch Ruhe bewahren. »Ich-lie-be-dich-nicht«, sagte sie und betonte jede Silbe einzeln.

Mercurio starrte sie an und erkannte sie nicht wieder. Keuchend presste er die Hände gegen die Brust und sah zu Boden.

»Sieh mich an«, wiederholte Giuditta. Sie wartete ab, bis Mercurios Blick wieder auf sie gerichtet war, und hoffte, dass die Dunkelheit die Verzweiflung in ihren Augen verbarg. »Sieh genau hin, sieh in meine Augen. Entdeckst du dort etwa Schmerz? Oder eine Lüge?« Giuditta klang so gelassen, als würde sie mit jemandem reden, für den sie vielleicht Mitleid, nicht jedoch Liebe empfand. Doch innerlich meinte sie zu sterben. »Nein, nicht wahr?«, fuhr sie fort und senkte ihre Stimme. »Du siehst mich an und siehst ... nichts. Und weißt du auch, warum? Weil ich dich eben nicht liebe.«

Mercurio ging einen Schritt auf sie zu.

Giuditta verkrampfte sich.

Er streckte eine Hand nach ihr aus.

»Nein!«, schrie Giuditta auf. Eine körperliche Berührung hätte sie nicht ertragen. Das wäre zu viel gewesen. »Nein«, wiederholte sie, diesmal ausdruckslos.

Mercurio zog schnell die Hand zurück. »Das glaube ich nicht ...«, sagte er noch einmal, doch seine Stimme klang kraftlos.

»Finde dich damit ab«, sagte Giuditta.

»Warum ...?«

»Weil etwas passiert ist, womit ich nicht gerechnet habe«, antwortete Giuditta ruhig.

»Was?«

»Das ist unwichtig. Nichts ist mehr wichtig.«

»Wie kannst du nur so grausam sein.« Mercurio schüttelte immer noch ungläubig den Kopf und fühlte sich wie betäubt. »Ich ... Ich ...«

In dem Moment begann die Marangona-Glocke zum letzten Mal an diesem Tag den Himmel über Venedig erbeben zu lassen.

»Es tut mir leid. Ich muss gehen«, sagte Giuditta und hoffte nur, sie würde auf der kurzen Strecke durch das Ghetto Vecchio bis zum Tor, hinter dem sie eingesperrt wurde, nicht zusammenbrechen. Sie wandte ihm den Rücken zu und ging los. Bedächtig und aufrecht.

»Giuditta«, rief ihr Mercurio hinterher.

Sie presste die Lider fest zusammen und biss sich auf die Lippen, aber sie blieb nicht stehen.

Unter einem Bogengang, an dem sie vorüberging, saß ein fahrender Musiker und spielte eine sehnsüchtige Melodie auf seiner Laute.

»Giuditta ...«, rief Mercurio ihr noch einmal hinterher.

Doch sie ging weiter, ohne sich umzuwenden. Langsam betrat sie den Sottoportego, der auf den Platz des Ghetto Vecchio führte.

Der Musiker zupfte immer noch leise die Saiten seiner Laute. Sein Lied klang abgrundtief traurig. In dem engen Bogengang, in dem es nach Urin und dem in den Grundmauern sitzenden Schimmel stank, hallten die Töne geisterhaft durch die Dunkelheit.

Giuditta wusste genau, dass Mercurio ihr folgte. Sie hörte zwar keine Schritte, aber sie konnte seinen Schmerz beinahe körperlich spüren. Doch das war immer noch nicht genug. Sie wusste, dass er gleich noch mehr leiden würde.

Als sie das Tor zum Ghetto Nuovo fast erreicht hatte, lächelte sie dem Jungen zu, der sie dort erwartete, jenem Joseph, den Mercurio schon einmal gesehen hatte, als Isacco ihn ihr als Beschützer zur Seite gestellt hatte. Giuditta streichelte ihm zärtlich über die Wange. Dann näherten sich ihre Lippen seinem Mund, und sie küsste ihn. Lange und innig.

Hinter ihr hörte sie Mercurio aufstöhnen. Ein schmerzvoller Laut, der aus seinem Innersten zu dringen schien. Doch ab jetzt würde er sie hassen. Und er würde sie für eine Hure halten.

Giuditta nahm Joseph bei der Hand, lehnte ihren Kopf an seine kräftige Schulter und ging mit angehaltenem Atem an den Wachen vorbei, die das Tor gerade schließen wollten.

Sie hörte, wie es krachend hinter ihr zufiel. Wie die Riegel kreischend vorgeschoben wurden. Jetzt erst riss Giuditta keuchend den Mund auf, um Atem zu holen. Ihre Beine gaben nach. Joseph wollte ihr helfen, doch sie stieß ihn gereizt weg und lehnte sich heftig atmend an eine Mauer. Dann machte sie sich auf den Heimweg. Doch diesmal rannte sie.

Joseph war mitten auf dem Platz des Ghettos stehen geblieben. Er wusste, dass er nicht mehr gebraucht wurde.

Giuditta trat durch die Haustür. Sie spürte noch den Geschmack von Josephs Lippen auf ihrem Mund, der so anders war als der von Mercurio. Sie fiel in sich zusammen und erbrach sich unten auf der Treppe. Dann schleppte sie sich taumelnd bis in den vierten Stock hinauf. Bevor sie ihre Wohnungstür öffnete, betrachtete sie den Holzboden auf dem Absatz, auf dem sie nackt gelegen hatte, als sie das erste Mal mit Mercurio geschlafen hatte. Sie dachte an den Taubenschlag auf dem Dach und wusste, dass sie niemals mehr hinauf zu diesen Tauben gehen würde, die Zeugen ihres Glücks wie auch ihrer Lust geworden waren. Dann betrat sie die Wohnung und ließ sich dort erschöpft auf den Boden sinken.

Isacco, der sich gerade hatte schlafen legen wollen, kam aus seinem Zimmer. »Was ist los? Fühlst du dich nicht wohl?«, fragte er besorgt.

Giuditta antwortete ihm nicht.

Isacco ging ans Fenster, um die Läden zu schließen.

Er hörte Mercurio durch die Dunkelheit rufen, ohne jedoch zu verstehen, was er sagte.

Daraufhin schloss er hastig die Läden und das Fenster. Als er Giudittas Gesichtsausdruck sah, blieb er wie erstarrt stehen. Er hatte nicht den Mut, zu ihr zu gehen.

»Sag nichts …«, flüsterte Giuditta.

Isacco verschwand in seinem Zimmer, erschüttert über den Schmerz seiner Tochter, und schloss die Tür hinter sich.

Wieder zerriss Mercurios Rufen die Dunkelheit.

Es klang wie das Heulen eines tödlich verwundeten Tieres.

70

Wie soll ich denn ohne dich leben?«, schrie Mercurio und warf sich gegen das Tor. »Was soll ich denn ohne dich tun?«

»Verschwinde, Junge«, sagte eine der beiden Wachen.

Doch Mercurio hörte den Mann nicht. Wütend bearbeitete er das Tor mit seinen Fäusten.

»Wenn du nicht gleich verschwindest, jage ich dich mit Fußtritten von hier fort!«, drohte ihm die Wache.

Der andere Soldat bedeutete dem Mann, sich zu beruhigen. Er ging zu Mercurio und packte ihn sanft am Arm. »Es tut mir leid, Junge«, sagte er zu ihm.

Mercurio sah ihn verwirrt an. »Es ist vorbei, oder?«

Der Soldat verzog verlegen sein Gesicht.

»Ja, ist es«, knurrte die andere Wache, »und jetzt geh uns nicht weiter auf den Sack.«

Mercurio fuhr wütend herum, die Hände zu Fäusten geballt. Doch dann bemerkte er, dass in seinem Herzen gar kein Platz mehr für Wut war, so sehr war es vom Schmerz erfüllt.

Deshalb wandte er sich nur um und ging davon. Ohne zu wissen, was nun weiter geschehen sollte.

Die ganze Nacht irrte er ziellos umher, durch Gassen und Sottoporteghi, über größere und kleinere Plätze, über Brücken aus Holz und Brücken aus Stein. Er flüchtete sich vor dem Regen, der irgendwann heftig herunterprasselte, unter die Bogengänge um den Markusplatz, und als es aufgehört hatte, setzte er sich auf eine feuchte Stufe der Basilika. Vor Erschöpfung sank er auf die Knie und wurde augenblicklich vom Schlaf übermannt.

Als am nächsten Morgen allmählich die Sonne aufging, wurde er wach und setzte seinen Weg fort. Doch je heller es wurde, desto verlorener fühlte er sich.

In der Dunkelheit der Nacht hatte er seinen Schmerz beherrschen können, aber er fühlte sich noch nicht bereit, sich seinem so jäh aus den Fugen geratenen Leben im Licht des Tages zu stellen.

Als er sah, wie die Sonne sich im Osten über die Dächer der Häuser erhob, rannte er in die entgegengesetzte Richtung, als könnte er vor seinem ersten Tag ohne Giuditta davonlaufen.

Er versteckte sich unter einem Sottoportego, bis das Sonnenlicht auch dort eindrang. Schließlich bestieg er ein Boot und ließ sich nach Mestre bringen.

Es war Vormittag, als er schließlich Annas Haus erreichte. Auf seinem Weg durch den Garten bemerkte er Isacco, der ihn beobachtete und dann seinem Blick auswich.

Verletzt und gedemütigt schoss Mercurio mit erhobenen Fäusten auf ihn zu. »Was schaust du mich so an, Mistkerl?«, schrie er ihn an. »Los doch, du kannst jetzt deinen Freudentanz aufführen, du Bastard! Du hast gewonnen!«

Hauptmann Lanzafame stellte sich zwischen Mercurio und Isacco und wollte schon zum Schlag ausholen.

Doch der Jude fiel ihm in den Arm. »Nein«, sagte er nur, sah wieder zu Mercurio, und für einen kurzen Augenblick kreuzten sich ihre Blicke.

Als Mercurio sah, dass Isacco ihn ganz aufrichtig bemitleidete, verletzte ihn das jedoch nur noch mehr und stachelte weiter seine Wut an. »Jetzt tut es dir leid, jetzt?«, schrie er mit Schaum vor dem Mund und weit aufgerissenen Augen, während die Adern an seinem Hals anschwollen. »Jetzt?! Mistkerl! Du elender Mistkerl!«

»Mercurio!«, rief Anna hinter ihm, die das Geschrei aus dem Haus gelockt hatte.

Mercurio fuhr herum. »Ach, zum Henker auch mit dir, Anna!«, schrie er verzweifelt und lief davon.

Atemlos erreichte er die Anlegestelle der Fischer und befahl Tonio und Berto, ihn wieder nach Venedig zu bringen. Bei Rialto stieg er aus und eilte, so schnell er konnte, zum Castelletto.

Im Innenhof zwischen den Türmen suchte er unter den vielen Huren nach der einen, die ihn vor seiner ersten Nacht mit Giuditta mit ihrem bloßen Busen so verwirrt hatte. Aber es waren zu viele, und er fand sie nicht.

Da ließ er sich von einer Hure in ihr Zimmer im Erdgeschoss ziehen. Brutal machte er sich an ihren Kleidern zu schaffen und riss sie ihr beinahe vom Leib. Er knetete ihre schlaffen Brüste so fest, dass er ihr wehtat. Dann stieß er sie gegen einen alten Tisch, auf dem eine Ratte ungestört einen verschimmelten Kanten Brot annagte. Mercurio drehte die Frau um, schob ihr wütend den Rock hoch und spreizte ihre Beine. Er ließ seine Hosen herunter und drang von hinten grob in sie ein, als wollte er all seine Wut, seine Verzweiflung und seinen Schmerz in ihr entladen.

Als er den Höhepunkt erreichte, knurrte er mit zusammengebissenen Zähnen, als müsste er ein Schluchzen unterdrücken. Zuckend verkrallte er sich in den dicken Hinterbacken der Frau.

Die Hure schrie vor Schmerz auf und drehte sich um.

Mercurio hob eine Faust, bereit, sie auf ihren Rücken niedersausen zu lassen.

Daraufhin flehte die Hure ihn ängstlich an: »Nein, bitte … Tu mir nicht weh …«

Endlich zog sich Mercurio keuchend aus ihr zurück. Seine zur Faust geballten Finger öffneten sich. Er nahm eine Münze und warf sie auf den Tisch. Dann zog er sich die Hose hoch und verließ taumelnd den Raum, in dem er zu einer wütenden Bestie geworden war.

»Scheißkerl! Elendes Stück Dreck!«, rief ihm die Hure nach, als er sich ein Stück entfernt hatte.

Doch Mercurio hörte sie kaum noch. Er betrachtete seine Hände, als wären sie blutbefleckt.

Seine Knie gaben immer wieder nach, aber er ging trotzdem weiter voran, mit schweren Schritten durch die schlammigen Straßen schlurfend.

Er folgte dem Rio di Santa Giustina bis zur Lagune, wo er zur Insel San Michele hinübersah. Am Ufer bemerkte er wieder eine verhärmte Frau, die ihr mageres Kind zur erbärmlichen Latrine am Ende des brüchigen Stegs begleitete. Mercurio sah die Ratten, die im fauligen Wasser zwischen den menschlichen Ausscheidungen schwammen. Er roch den Gestank vergammelter Fischreste und sah, wie ein Betrunkener mit dem Gesicht in eine Schlammpfütze fiel. Und wie kleine Kinder den Mann auslachten und mit Stöcken nach ihm stachen.

Dann nahm er nichts mehr von seiner Umgebung wahr, weil er mit einem Mal tief in seiner eigenen Vergangenheit versunken war. Er sah sich selbst wieder in dem Abwasserkanal vor der Tiberinsel. Er sah sich angekettet auf der Pritsche in Scavamortos Schlafsaal liegen. Sah sich in den Massengräbern Erde und Löschkalk über die Leichen der Armen verteilen, die nicht einmal ein Anrecht auf einen Sarg hatten. Und er sah sich in den eiskalten Räumen des Waisenhauses von San Michele Arcangelo. Seine von der Kälte angegriffenen Hände, die mit Wunden übersäten Finger, die gelb-violett angelaufen waren. Den Mönch, der seine dünne Weidengerte erhob und auf seinen mageren Rücken niedersausen ließ. Er sah den Holznapf wieder vor sich, in den man ihnen im Speisesaal nur eine einzige Schöpfkelle Suppe gab.

Und schließlich erstieg vor seinem inneren Auge ein Bild, das sich ihm bislang so noch nie offenbart hatte.

Eine Frau, eine Hure wie jene, die er gerade im Castelletto

genommen hatte. Sie schleppte sich müde die Stufen eines Waisenhauses hinauf, mit einem Bündel in der Hand. Ein Neugeborenes, in dem er sich selbst erkannte. Die Hure legte es in der Kälte in der Drehklappe ab und zischte ihm zu: »Ich hoffe, dass du krepierst, du Bastardbalg!« Mit der gleichen Wut wie die der Männer, die sie besessen hatten. So wie er gerade über diese Frau hergefallen war.

Wut, die Wut erzeugte. Und er war aus dieser Wut heraus geboren. Eine Kette, die niemals endete.

Im gleichen Moment erkannte Mercurio, dass er immer noch darin gefangen war, ein Sklave seiner Herkunft. Als hätte er sich niemals von der Drehklappe und dem Waisenhaus befreit. Alle Anstrengung war umsonst. Menschen wie er waren im Treibsand geboren. Und daraus hatte sich noch niemand gerettet.

Er erwachte aus seiner Versenkung und blickte sich um. Und dann erstarrte er.

Zuan dell'Olmo hatte das Schiff aufs Trockene schaffen lassen. Der Kiel wurde von kräftigen Baumstämmen gestützt, und das Dach der Werft war geflickt worden.

Mercurio näherte sich und betrachtete das Schiff, mit dem er Giuditta hatte fortbringen wollen, auf der Suche nach einer besseren Welt. Einer freien Welt.

Er kniete sich hin, hob einen großen Stein auf und warf ihn mit aller Kraft gegen den Kiel des Schiffes.

Da hörte er hinter sich ein Geräusch. Mosè kam angelaufen, wagte aber nicht, sich ihm zu nähern. Er wedelte ängstlich mit eingekniffenem Schwanz und jaulte leise.

Als Mercurio noch einen Stein aufsammelte und ihn gegen das Schiff schleuderte, rannte Mosè panisch davon.

»Wer ist da?«, rief Zuan dell'Olmo und trat besorgt vor die Werft.

Mercurio antwortete ihm nicht.

»Ach, du bist's ...«, sagte der alte Mann. »Was ist denn mit dir los?«

Mercurio drehte sich zu ihm um. »Versenk es!«

»Was sagst du da, Junge?« Zuan sah ihn nun genauso erschrocken an wie vorher Mosè.

»Du hast doch immer gejammert, du hättest kein Geld, um es zu versenken, oder?«, erklärte Mercurio hart, als gäbe es in ihm nur noch Hass. Er zog elf Goldmünzen aus der Tasche, die Summe, für die er einst das Schiff gekauft hatte, und warf sie vor Zuan auf den Boden.

»Gut, jetzt hast du genug. Du hast mir das Schiff verkauft. Es gehört mir. Und ich sage dir: Versenk es!«

Zuan klappte seinen zahnlosen Mund auf. Seine Augen waren feucht geworden. Kopfschüttelnd sah er zu seinem Hund hinüber. Er breitete die Arme aus. »Mosè hat gelernt, auf einem Schiff zu fahren ... Ich habe es mit ihm versucht ...«, stammelte er schließlich wie ein kleiner Junge. »Er wird gar nicht seekrank.«

Mercurio schwieg. Seine Augen waren auf die Lagune und die Insel San Michele gerichtet, doch eigentlich blickten sie ins Leere.

»Also hast du dir dein Schiff doch noch wegnehmen lassen«, flüsterte Zuan, und in seiner Stimme schwang Traurigkeit mit.

»Versenk es«, wiederholte Mercurio.

71

Was ist geschehen?«, fragte Hauptmann Lanzafame. »Hast du auf einmal nichts mehr gegen den Jungen?«

Isacco schaute ihn an. »Fragt mich nicht«, sagte er. »Er tut mir leid.«

»Was ist geschehen?«, fragte Lanzafame noch einmal.

»Das weiß ich nicht, aber Giuditta will plötzlich nichts mehr von ihm wissen ...«

»Also hat der Junge recht. Du solltest Freudentänze aufführen.«

»Eigentlich schon.« Isacco schüttelte betrübt den Kopf. »Aber ihn so zu sehen ... Der Junge tut mir leid. Der arme Kerl. Damit hätte ich niemals gerechnet.«

»Und warum tut er dir leid?«

»Weil ...« Isacco seufzte niedergeschlagen. »Weil er jetzt aufgeben wird. Nachdem er mit aller Kraft versucht hat, es zu schaffen.«

»Woher willst du das wissen?«

»Weil ihm die dunkle Seite seines Wesens genau das eingeben wird.« Isacco presste die Lippen aufeinander. »Sie wird ihm einflüstern ... dass es sich nicht lohnt.«

»War das bei dir so?«, fragte Lanzafame leise.

»Ständig«, erklärte Isacco. »Ja, ständig.«

»Und doch bist du jetzt hier, bist der Hurendoktor geworden, der gegen alle Widerstände die Franzosenkrankheit bekämpft.«

Isacco sah den Hauptmann an. In seinen Augen stand Trauer. »Ich bin glücklicher dran als er. Ich habe meine Frau, die, wo auch immer sie jetzt sein mag, Tag und Nacht schützend die Hand über mich hält. Dieser Junge aber ... hat niemanden.«

»Jetzt malst du aber den Teufel an die Wand, Isacco«, sagte Lanzafame.

»Ich hoffe, dass Ihr recht behaltet.« Isacco sah sich um. Im Stall wurde eifrig gearbeitet. »Wir sind mit der Zeit hinterher. Wenn wir so weitermachen, werden wir nie fertig«, brummte er.

Lanzafame sah sich um und sog ein wenig Luft ein. »Sieh es einmal positiv, Doktor. Es stinkt zumindest nicht mehr nach Kuh. Donnola hatte recht, ihr Juden könnt nichts als jammern.«

Isacco lächelte traurig. »Wie gut könnten wir ihn jetzt gebrauchen. Er war der beste Gehilfe, den ich mir wünschen konnte.«

»Ich kann ihn dir nicht zurückgeben«, sagte Lanzafame hart. »Aber dieses Schwein Scarabello wird dafür bezahlen. Ich schneid ihm eigenhändig die Kehle durch, und dann hänge ich ihn kopfüber an einem Balken auf und lasse ihn langsam ausbluten.«

Draußen wurden plötzlich Rufe laut.

»Was ist da los?«, fragte Lanzafame und schritt zur Tür.

Isacco folgte ihm.

»Juden und Huren!«, schrie ein alter, aber noch sehr rüstiger Mann, der eine Gruppe von etwa hundert Leuten anführte. »Wir wollen euch nicht in Mestre! Verschwindet von hier!«

»Verschwindet! Verschwindet!«, brüllte die Menge. Einige trugen Mistgabeln und Sicheln bei sich.

Die Huren, die trotz ihrer Krankheit in der Lage waren aufzustehen, drängten sich an der Tür zusammen. Ihre Gesichter und Körper, die einmal so verführerisch gewesen waren, waren jetzt von Pusteln, Wunden, Schwäche und Hunger gezeichnet. Ihre Augen waren ängstlich aufgerissen. Vor wenigen Tagen erst hatte man sie aus dem Torre delle Ghiandaie verjagt, und nun steckte ihnen noch die Angst in den Knochen, von einem Moment auf den anderen erneut hilflos auf der Straße zu stehen. Und der Gedanke, das Wenige, was sie nun hatten, auch noch zu verlieren, sorgte sie zutiefst.

Sobald die Leute die Prostituierten sahen, schrien sie noch wütender. Vor allem die Frauen, die Angst um ihre Männer hatten.

»Geht hinein«, befahl Lanzafame den Huren.

Doch die Prostituierten verharrten wie gelähmt.

»Verdammte Huren!«, schrie eine Frau und trat vor. Sie hob einen Stein auf und warf ihn Richtung Stall.

Eine der Huren wurde am Knie getroffen. Sie schrie auf und taumelte.

Kaum war sie zu Boden gefallen, johlte die aufgebrachte Menge auf und strömte weiter auf sie zu.

»Halt!«, brüllte Lanzafame und zog sein Schwert. Seit sie sich nicht mehr gegen Scarabello verteidigen mussten, kümmerten seine Männer sich wieder ausschließlich um die Bewachung des Ghettos. Daher musste er der Menge nun allein Einhalt gebieten.

Die Leute wurden nun langsamer, blieben aber immer noch nicht stehen. »Im Namen Gottes, haltet ein!«, schrie nun auch Anna del Mercato und stellte sich den Leuten entgegen.

»Aus dem Weg, Anna!«, schrie der alte Mann, der die wütenden Leute anführte. »Sei verflucht dafür, dass du Huren und Juden hierhergebracht hast!« Er schob sie so grob zur Seite, dass sie zu Boden fiel.

Lanzafame rannte zu ihr, sein Schwert drohend auf die Menge gerichtet.

Angesichts der Waffe blieben die vorderen stehen. Doch die Leute dahinter drängten grölend weiter vorwärts.

»Kommt! Beeilt Euch!«, rief Lanzafame und half Anna beim Aufstehen. Er wusste, dass er die Meute nur noch kurze Zeit aufhalten konnte.

Annas Augen waren ängstlich aufgerissen. Sie war wie gelähmt.

Die Menge schob sich drohend vorwärts.

»Komm schon, Frau!«, brüllte Lanzafame.

Doch anstatt aufzustehen, legte sich Anna nur schützend einen Arm vors Gesicht.

»Verschwindet, ich kümmere mich schon um sie«, sagte Mercurio, der in diesem Moment eingetroffen war und nun Anna hochzog. »Los, mach schon!«

Anna schien sich auf einmal wieder zu besinnen, was um sie herum geschah, und ließ sich von Mercurio auf den Stall zu führen. Lanzafame folgte ihr und hielt die immer noch vor Wut kochende Menge mit seinem gezückten Schwert in Schach.

Als sie die Stalltür erreicht hatten, klammerte sich Anna an Mercurio. »Warum? Warum nur?«, flüsterte sie.

»Weil das Leben eine einzige Scheiße ist«, erwiderte Mercurio hart. »Hast du das in deinem Alter immer noch nicht begriffen?« Dann machte er Anstalten, sich auf den Anführer der Menge zu stürzen.

Isacco packte ihn heftig am Kragen und hielt ihn zurück.

Mercurio fuhr herum und funkelte ihn wütend an, doch Isacco hielt stumm seinen Blicken stand, ohne seinen Griff zu lösen.

Die Menge ließ einen Steinhagel auf sie niedersausen.

»Los, rein da! Macht schon!«, brüllte Lanzafame.

Mercurio riss sich los, sammelte die Steine auf, die man gegen sie geschleudert hatte, und warf sie nun mit all der Wut, die er selbst in sich trug, zurück.

Jemand in der Menge fiel getroffen zu Boden. Darauf drängten die Leute nicht mehr so stark vorwärts. Viele blieben stehen, und die, die dennoch weiter vorrückten, wurden sichtlich langsamer, als sie plötzlich merkten, dass sie nur noch wenige waren. Unsicher sahen sie sich um und schrien dann noch lauter, um die

Tatsache zu überspielen, dass auch sie sich einer nach dem anderen in den Schutz der übrigen Menge zurückzogen.

Isacco trat vor. »Womit stören wir euch, gute Leute?«, fragte er.

»Wir wollen keine Huren und Juden in Mestre!«, schrie die aufgebrachte Menge.

»Und warum nicht?«, fragte Isacco. »Die Frauen sind krank …«

»Es sind Huren! Huren!«

»… und ich bin Arzt …«

»Jude! Du dreckiger Jude!«

Lanzafame kam auf ihn zu. »Geh hinein, Doktor«, sagte er.

»Nein! Ich will mich nicht mehr verstecken!«, knurrte Isacco.

Mercurio stand in der Tür und betrachtete die Menge. Er sah den Hass in den Augen der Menschen, ihre Wut und ihre Verzweiflung, und er erkannte sich in ihnen wieder. Er musste an den Treibsand denken, in dem er zu versinken drohte. Und in dem Moment hatte er das Gefühl, dass sie alle längst an ihrem eigenen Schicksal erstickt waren. Verdammt. So wie er selbst verdammt war.

Doch dann löste sich aus der immer noch brodelnden Menge ein junger Mann. Zögernd bewegte er sich vorwärts und starrte die ganze Zeit Isacco an. Er war groß und blond und hatte nur noch einen Arm. Der andere war auf Höhe des Ellbogens amputiert.

Auf einmal trat Stille ein. Alle hielten gespannt den Atem an.

Der junge Mann blieb einige Schritte von Isacco entfernt stehen.

Mercurio wollte sich schon auf ihn stürzen, als sich das Gesicht des jungen Mannes zu einem Grinsen verzog. Dann hob er seinen Stummel und schwenkte ihn vor Isaccos Gesicht. »Den Arm habt Ihr mir abgenommen.« Dann drehte er sich um und blickte forschend in die Menge. »Susanna!«, schrie er, als er die

Gesuchte entdeckt hatte, und schwenkte immer noch lächelnd seinen Armstummel. »Der da hat ihn mir abgenommen!«

Verständnisloses Raunen ging durch die Menge.

Eine junge Frau mit langen blonden Haaren und einem Kleinkind auf dem Arm trat hervor. Sie warf dem jungen Mann einen zärtlichen Blick zu und kam mit raschen Schritten nach vorn. Dann übergab sie ihm das Kind und kniete sich vor Isacco hin. Sie nahm seine Hand und küsste sie. »Gott segne Euch, Herr«, sagte die Frau und sah voller Dankbarkeit zu ihm auf.

Da wandte sich der Mann mit dem Kind auf dem Arm zu den Menschen und schrie, während er mit dem Stummel durch die Luft fuhr: »Das ist der Arzt, der mich gerettet hat!«

Nachdem sich die Huren wieder vor den Stall gewagt hatten, trat nun unter dem Raunen der Menge ein anderer Mann hervor. Er war etwa dreißig Jahre alt, hatte ein Bein verloren und bewegte sich auf Krücken vorwärts. Er stellte sich neben den jungen Mann mit dem Armstummel, nachdem er Isacco genau betrachtet und dann lächelnd begrüßt hatte. Sofort trat seine Frau an seine Seite, und danach kamen zwei weitere Versehrte herangehumpelt, die sich nun stolz und aufrecht neben ihre früheren Kameraden stellten. Auch sie hatten Frau und Kinder dabei.

»Ihm verdanke ich, dass ich noch atmen und laufen kann!«, schrie ein anderer, dem man einen Fuß abgenommen hatte und der sich auf eine Prothese aus Holz stützte, die mit einem Lederriemen an seinen Beinstumpf gebunden war.

Immer mehr Menschen traten hervor, und bald hatte sich auf dem Platz zwischen dem Stall und der Menge eine kleine Schar von Versehrten versammelt. Dem einen fehlte ein Arm, dem anderen ein Bein, manchen nur ein paar Finger, und sie alle hatte Isacco, so gut es ihm möglich war, medizinisch versorgt, als er damals auf seinem Weg nach Venedig auf Hauptmann Lanzafame und seine verwundeten Soldaten gestoßen war.

Isacco war tief bewegt.

»Und jetzt erzähl mir noch mal, dass du kein Arzt bist«, flüsterte ihm Lanzafame ins Ohr.

Der Trupp wandte sich seinem früheren Befehlshaber zu. »Zählt auf uns, Hauptmann«, sagte der junge Mann, der den Anfang gemacht hatte, und sprach damit für alle.

Lanzafame ging zu ihnen. »Bei Gott, ich habe noch nie ein so großartiges Heer angeführt!«, rief er mit glänzenden Augen aus.

Die Menge war verstummt.

Mercurio beobachtete, dass Hass und Wut sich auflösten wie Tautropfen in der Morgensonne. Und er dachte, dass zumindest sie dem Treibsand des unerbittlichen Schicksals entkommen waren. Er wandte sich zu Anna um. »Es tut mir leid wegen gestern …«, sagte er.

Anna drückte seine Hand. »Es ist schön, am Leben zu sein, wenn man so etwas mit anschauen kann, nicht?«

Mercurio nickte zustimmend. Zu mehr war er noch nicht fähig.

»Benötigt Ihr Hilfe, Doktor?«, fragte der Mann auf Krücken Isacco.

»Was ist zu tun?«, fragte ein anderer.

»Ach verdammt, jede Menge, sieh dich doch nur um«, erwiderte der junge Mann mit dem Armstummel.

»Ihr Männer fangt mit den Wänden an. Die müssen gekalkt werden«, sagte ein Mädchen. »Und wir kümmern uns um diese armen Frauen, die sicher keine Männerhände mehr zwischen ihren Schenkeln spüren wollen!«

Die Frauen lachten und gingen auf die Huren zu.

»Wie ist es mit euch? Helft ihr uns oder nicht?«, rief der Junge mit dem Armstumpf den übrigen Leuten zu.

Die meisten senkten den Kopf, ohne sich weiter zu äußern, und verschwanden schließlich stumm, doch einige gesellten sich zu den ehemaligen Soldaten.

Isacco suchte Mercurio und ging zu ihm. »Das ist alles dein Verdienst, weißt du das?«, sagte er zu ihm. »Danke.«

Mercurio sah ihn düster an. »Jetzt, wo Ihr wegen Eurer Tochter keine Angst mehr zu haben braucht, könnt Ihr wohl großzügig sein, nicht wahr, Doktor?«

»Junge, ich möchte, dass du weißt ...«, begann Isacco.

»Reden wir nicht mehr darüber«, unterbrach Mercurio ihn. »Ihr habt bekommen, was Ihr braucht. Aber wir wissen doch beide, dass Ihr Euch niemals darauf eingelassen hättet, wenn Ihr gewusst hättet, dass ich dahinterstecke. Also, bemüht Euch jetzt nicht.«

»Du hast recht«, räumte Isacco ein. »Ich bitte dich um Verzei...«

»Bittet mich um gar nichts, Doktor!«, fuhr Mercurio auf. »Es schert mich alles nicht mehr«, brummte er dann und verschwand.

Er konnte all die Leute nicht mehr ertragen, denen es gelungen war, sich aus dem Treibsand zu befreien. Deshalb machte er sich auf zum Ortskern von Mestre.

Vor Isaia Saravals Pfandleihe traf er auf Scarabello. »Hast du meinen Anteil?«, fragte er ihn.

Scarabello wirkte schwach und konnte sich offensichtlich kaum noch auf den Beinen halten. Seine Unterlippe war violett angeschwollen und von einer eitrigen Wunde gespalten. Seine sonst so untadeligen schwarzen Kleider waren zerknittert und schmutzig, und selbst sein Haar schien dünner geworden zu sein und nicht so zu glänzen wie sonst.

»Ja, Junge ... Ich habe deinen Anteil«, sagte Scarabello und gab dem Einäugigen ein Zeichen.

Der hielt ihm einen dicken, schweren Lederbeutel hin, der mit einem goldenen Band verschlossen war.

Scarabello nahm ihn und öffnete ihn.

Mercurio bemerkte, dass seine Hände dabei zitterten.

Scarabello zog einen Handschuh aus, um die Münzen abzuzählen. Sein Handrücken war eine einzige eitrige Wunde. Als er bemerkte, dass Mercurio darauf starrte, sagte er lächelnd: »Ich gebe zu, mir ist es schon besser gegangen.«

»Ja, das sehe ich«, antwortete Mercurio hart und schaute ihn mit leeren Augen an.

Dieser Blick löste bei Scarabello Erstaunen und Betroffenheit aus. »Oh, du bist ein Mann geworden«, sagte er leicht keuchend. »Und das in wenigen Tagen.«

Mercurio streckte die Hand aus. »Gib mir mein Geld.«

Scarabello zählte die Summe ab, die er ihm schuldete, und legte ihm die Münzen einzeln in die Hand. Bei der letzten hielt er jedoch inne. »Nur große Niederlagen machen uns zu Männern. Was ist dir zugestoßen?«

»Das geht dich nichts an«, erwiderte Mercurio und nahm ihm grob die Münze aus der Hand.

Der Einäugige machte eine Bewegung, als wollte er eingreifen.

»Nein«, wehrte Scarabello ab. »Sie gehört ihm.«

Mercurio starrte den Einäugigen herausfordernd an.

Scarabello lächelte und erklärte seinem Gefolgsmann: »Von heute an solltest du ihm lieber aus dem Weg gehen. Dieser Mann hat nichts mehr zu verlieren.«

»Du und deine Vorliebe für philosophische Sprüche«, sagte Mercurio. Er wandte sich zum Gehen, doch dann blieb er stehen. »Und was war deine große Niederlage?«, fragte er Scarabello.

Scarabello zeigte auf seine zerfressene Lippe. »Das hier«, sagte er. Und dann fiel er zu Boden.

Als Scarabello von Mercurio gestützt den Stall betrat, breitete sich unvermittelt angespannte Stille aus.

Lanzafame zog sein Schwert.

Isacco näherte sich mit hartem Blick: »Was willst du noch von uns?«, fragte er Scarabello.

»Er ist krank...«, sagte Mercurio.

»Ja und?«, fragte Lanzafame und umklammerte das Schwert in seiner Hand noch fester.

»Ja und, er ist Arzt«, erwiderte Mercurio.

»Nicht für den da«, erklärte Lanzafame und führte die Klinge an Scarabellos Kehle. »Für den bin ich zuständig.« Er sah ihn an. »Erinnerst du dich an Donnola?«

Scarabello lächelte schwach. »Hauptmann, Ihr braucht ihn... nicht zu rächen...«, sagte er kaum hörbar. »Dafür hat Donnola... schon selbst gesorgt...« Er berührte seine Lippe. »Das hier... ist sein Geschenk... an mich... Er hat mich zu einem langsamen und qualvollen Tod verurteilt... keinem so sanften, wie Eure Klinge ihn mir bieten könnte... Lasst zu... dass er... mich tötet...« Scarabello atmete schwer. »Nehmt ihm nicht... dieses Verdienst...« Dann wurde er ohnmächtig.

»Leg ihn dort auf das Bett«, befahl Isacco Mercurio.

»Was zum Teufel fällt dir ein?«, fuhr Lanzafame auf. »Dieser Abschaum hat Donnola ge...«

»Der Junge hat recht!«, schrie Isacco, während alle Huren sich um ihn drängten. »Ich bin Arzt und werde ihn behandeln, bei Gott!«

72

Der Diener betrat den Laden und blickte sich verwundert um. Überall, auf dem Boden, auf dem Tresen und auf den Stühlen lagen unordentlich hingeworfene, zerdrückte Kleider. Selbst die Modepuppe im Schaufenster war umgeworfen worden, und bei dem Fall war ihr Kopf aus bemaltem Holz abgebrochen.

»Ich möchte wissen, wie das geschehen konnte!«, schrie Giuditta und riss wie eine Furie die Kleider herunter, die noch auf der langen Stange hingen. »Wer war das?«

»Beruhige dich, es ist jemand im Laden«, flüsterte Octavia ihr von hinten ins Ohr.

Giuditta fuhr herum, aber sie schien den Diener, der dort stand, gar nicht wahrzunehmen. »Ich will wissen, wer das getan hat!«, schrie sie erneut. Wut erfüllte ihren ganzen Körper. Seit sie Mercurio fortgeschickt hatte, hatte sie nicht eine einzige Träne vergossen.

Octavia schob sie in Richtung des Anproberaums. »Kümmere dich um ihn, Ariel«, sagte sie zu dem Stoffhändler und zeigte auf den Diener.

»Warst du das?«, schrie Giuditta die Schneiderin an, die dort nähte. »Hast du das getan?« Und sie zeigte ihr den Innensaum eines Kleides, in dem sie ein Stück Schlangenhaut gefunden hatte.

Die Schneiderin zog den Kopf ein. »Giuditta …«, sagte sie leise.

»Wie kannst du nur so etwas denken?«, sagte Octavia vorwurfsvoll.

»Die Kleider sind voller Glasscherben, Schlangenhaut und

Rabenfedern!«, schrie Giuditta außer sich. »Meine Kleider! Und ganz Venedig …«

»Na, also übertreib mal nicht, von wegen ganz Venedig!«, schrie Octavia nun noch lauter als sie und wandte sich an Ariel Bar Zadok, der wie gelähmt dastand. »Beweg dich!«, fuhr sie ihn wütend an und zog die Tür des Anproberaums hinter sich zu.

Der Kaufmann schien wieder zu sich zu kommen und wandte sich dem Diener zu: »Bitte, was ist dein Begehr?«

»Ich möchte die Kleider für die edlen Herrschaften der Familien Labia, Vendramin, Priuli, Venier, Franchetti und Contarini abholen«, erklärte der.

»Hm, also …«, sagte Ariel Bar Zadok und sah sich verzweifelt um. Er blieb einen Augenblick stehen, doch dann hob er plötzlich erfreut einen Finger in die Luft. »Warte kurz hier«, sagte er und schlüpfte mit schnellen kleinen Schritten in den Anproberaum.

»Es muss jemand sein, der für uns arbeitet!«, hörte der Diener Giuditta schreien. »Wer sollte so etwas sonst wollen?«

Der Kaufmann schloss die Tür hinter sich. Kurz darauf öffnete sie sich wieder.

»Jeder kann das gewesen sein!«, rief Octavia gerade zurück.

»Nein! Die Kleider sind nur in der Schneiderei und hier im Laden gewesen! Es ist jemand, der für uns arbeitet!«, beharrte Giuditta laut. »Aber warum? Ist unsere großartige jüdische Gemeinde etwa nicht einverstanden? Hat sie etwas gegen mich oder gegen den Hurendoktor?«

Ariel Bar Zadok verließ den Raum mit einem umfangreichen Paket. Er lächelte verlegen, während er die Tür hinter sich schloss. »Hier, guter Mann«, sagte er. »Zum Glück war es schon zusammengepackt und auf die Seite gelegt …«

Der Diener nahm das Paket, sah sich noch einmal fassungslos in dem verwüsteten Laden um und verschwand.

Ariel Bar Zadok öffnete die Tür zum Anprobezimmer und verkündete: »Wir sind allein.«

Giuditta sah ihn an und presste die Kiefer aufeinander. »Wir sind allein«, wiederholte sie. »Ja, das sind wir wirklich, vollkommen allein.« Dann verließ sie den Laden und ging nach Hause, wo sie sich seit Tagen in sich selbst zurückzog, nicht auf die Fragen ihres Vaters antwortete, nicht mit Octavia sprach und kaum etwas zu sich nahm. Und keine einzige Träne vergoss.

Der Diener lief inzwischen unter den Sottoporteghi zur Brücke über den Cannaregio-Kanal und übergab dort Zolfo das Paket.

»Danke, Rodrigo«, sagte Zolfo.

»Das jüdische Mädchen hat geschrien, als wollte man sie gleich abstechen«, erklärte der Diener.

»Das wäre schön.«

»Was?«

»Wenn man sie abstechen würde.«

»Was hat sie dir denn getan?«

»Sie ist Jüdin. Das ist für mich mehr als genug«, erwiderte Zolfo.

Rodrigo zuckte nur mit den Schultern.

»Und was hat sie gesagt?«, fragte Zolfo.

»Das, was schon jeder in Venedig weiß.«

»Das heißt?«

»Sag den vornehmen Herrschaften, sie sollen vorsichtig sein, bevor sie die Kleider anziehen«, meinte Rodrigo. »Und auch unserer Herrin.«

»Warum?«

»Sag ihnen, sie sollen nachsehen, ob nicht etwas in den Kleidern verborgen ist«, erklärte der Diener verschwörerisch, als hätte er Kenntnis von einem großen Geheimnis.

»Und was sollte da drin sein?«

Der Diener sah sich um. »Hexenwerk«, flüsterte er dann. »Zauberei.«

»Was für Hexenwerk?«, fragte Zolfo.

»Was glaubst du, ist wohl mit unserer Herrin geschehen?«, erwiderte der Diener und wurde noch leiser.

»Hör doch auf mit diesem Unsinn!«, schimpfte Zolfo.

»Mit manchen Dingen ist nicht zu spaßen, sage ich dir«, fuhr der Diener fort. »Soll ich dir was sagen? Ich würde meinem Mädchen niemals erlauben, diese Kleider zu tragen, selbst wenn sie sie geschenkt bekäme. Nicht einmal wenn man sie dafür bezahlen würde, hörst du?« Er schüttelte den Kopf. »In Venedig erzählt man sich, die Kleider seien verhext.«

»Und wer sagt das?«

»Jeder!«

»Angeber!«

»Hör mir zu«, sagte Rodrigo und trat noch näher an ihn heran. »Ich kenne eine Dienerin, die mit einer Wäscherin befreundet ist, die wiederum den Haushofmeister im Palazzo Priuli kennt, und der soll ihr erzählt haben, dass einer Frau, die eines dieser Kleider trug, noch Schlimmeres geschehen ist als unserer Herrin.«

»Und was? Komm, erzähl schon!«

»Das Kleid ist in Flammen aufgegangen ...«

»Nein!«

»Aber ja! Und als es der Frau gelungen ist, es sich vom Leib zu reißen ... Denk mal, sie ist nur durch ein göttliches Wunder nicht bei lebendigem Leibe verbrannt ... Na, meine Freundin hat mir jedenfalls erzählt, dass Schlangenhaut in ihrem ...«

»Hat sie es selbst gesehen?«

»Aber nein, du grober Klotz«, erklärte der Diener ungeduldig. »Ich hab dir doch gesagt, meine Freundin ist mit einer Wäscherin bekannt, die wiederum den Haushofmeister im Palazzo Priuli kennt ...«

»Ach so, und dort ist es geschehen?«

»Das weiß ich nicht, aber sicher in der Nähe. Jetzt unterbrich mich nicht immer. Hör mir zu. In dem Kleid fand sich ein Stück Schlangenhaut. Und während das Kleid von den Flammen zerstört wurde, hat sich die Schlangenhaut erhoben und in eine lebendige Schlange verwandelt, die unter den Augen aller davongekrochen ist. Na? Ist das etwa kein Hexenwerk?«

»Donnerwetter!«, rief Zolfo und stieß einen Pfiff aus.

»Ja, ich hab dich doch gewarnt.«

»Danke, Rodrigo. Du bist ein wahrer Freund«, lobte ihn Zolfo. »Ich werde es weitererzählen. Und bitte tu du das auch.«

»Da kannst du aber sicher sein«, sagte Rodrigo. »Auch weil es heißt, dass diese Kleider mit dem Blut von Verliebten getränkt sein sollen ...«

»Genau. Das sagen die selbst im Laden.«

»Ja«, sagte Rodrigo. »Außerdem ist noch ein Kind auf Torcello verschwunden. Und es ist doch bekannt, dass die Juden Christenkinder für ihre schändlichen Blutopfer benutzen ...«

»Neein?!«

»Wenn ich es dir doch sage.« Rodrigo zeigte auf das Paket mit den Kleidern. »Also, sei auf der Hut!«

Zolfo riss scheinbar verängstigt die Augen auf.

Im Palazzo Contarini angekommen, führte ihn sein erster Weg zu Benedetta. Er schloss die Tür hinter sich und brach in Gelächter aus, danach erzählte er ihr alles haargenau. »Die Schlange, die in den Teufelsflammen davonkriecht«, sagte er lachend.

Benedetta, die im Bett lag, nickte und lächelte finster. Sie war blass und unter ihren Augen lagen Schatten.

Zolfo ging zu ihr. »Heilen die Verbrennungen auf deinem Rücken?«, fragte er sie besorgt.

»Ja.«

»Kochendes Wasser ist eine Sache«, erklärte Zolfo. »Aber bist du sicher, dass dieses Gift dich nicht umbringen wird?«

»Ich nehme es nicht mehr lange«, beruhigte Benedetta ihn. »Sobald allen klar geworden ist, dass ich ein Opfer von Hexenwerk geworden bin, lasse ich mich segnen und mir von diesem gottverdammten Idioten, deinem Heiligen, den Teufel austreiben. Und dann werde ich auf wundersame Weise gesunden ...«

»Nenn ihn nicht so!«, empörte sich Zolfo.

Benedetta lächelte ihn an, aber in ihrem Blick lag nicht Spott, sondern Mitleid. »Merkst du denn nicht, dass er dich gar nicht mehr beachtet, jetzt, wo er berühmt ist?«

»Das stimmt nicht!«

»Er bläht sich auf vor Eitelkeit ... mit all diesen Speichelleckern, die ihn umgeben ...«

»Das stimmt nicht«, sagte Zolfo schon etwas unsicherer.

»Er braucht dich nicht mehr«, beharrte Benedetta.

»Das stimmt nicht ...«

Benedetta sah ihn an. »Trag die Kleider aus, nachdem du das Notwendige getan hast«, befahl sie ihm. Danach legte sie sich erschöpft wieder hin. Das Arsen, das sie von der Magierin Reina erhalten hatte, nahm ihr alle Kraft.

Zolfo verließ den Raum. Er machte sich daran, in den Kleidersäumen Brennnesseln, Glasscherben, Eidechsenschwänze, einen getrockneten Frosch und vergammelte Walnüsse zu verstecken, die wie winzige schwarze Föten aussahen. Dann betrat er den Raum, den Fürst Contarini dem Heiligen überlassen hatte, seit dieser eine gewisse Berühmtheit erlangt hatte.

Fra' Amadeo saß auf einem hohen, gepolsterten Samtstuhl. Er hielt die geöffneten Handflächen seinen Gästen des Tages zugewandt, und zwar in einem ganz bestimmten Winkel, sodass das Licht aus dem Fenster in seinem Rücken durch seine Male fiel und es aussah, als leuchteten sie von selbst. Die Gäste betrachteten ihn voller Ehrfurcht: naive junge Mädchen, zahnlose Alte, Eheleute, die an Krebs oder unter der französischen

Krankheit litten. Und natürlich auch ein paar Abenteurer, die sich aus der Bekanntschaft mit ihm einige Vorteile erhofften.

»Da ist ja das Äffchen«, sagte einer von ihnen, als Zolfo näher kam.

Zolfo hörte nicht auf ihn, obwohl ihn der Spitzname tief verletzte. Er ging zu Fra' Amadeo, um ihn zu begrüßen.

»Geh weg, du Dummkopf, du stehst mir im Licht«, zischte ihm der Mönch verärgert zu.

Zolfo trat beiseite. »Ich wollte Euch nur begrüßen, Fra' Amadeo ...«

Der Heilige warf ihm einen bösen Blick zu. »Das ist heute schon das dritte Mal. Hast du nichts anderes zu tun, als ständig um mich herumzuschwirren?«, sagte er verdrossen.

»Na, wenn er um Euch herumschwirrt, ist er vielleicht eher eine lästige Fliege und kein Äffchen«, sagte einer von den Abenteurern.

Der Heilige lachte laut.

Zolfo wäre am liebsten im Boden versunken.

Als das Gelächter verstummte, sah der Heilige Zolfo ausdruckslos an und gab ihm ungeduldig ein verstohlenes Zeichen.

»Heute Nacht habe ich von der Heiligen Jungfrau Maria geträumt, die in einen Lichtkranz eingehüllt war«, sagte Zolfo und wiederholte damit eher lustlos den Satz, den der Heilige ihm eingebläut hatte. »Und sie hat mir befohlen, euch zu sagen, dass die Juden das Kind, das auf Torcello verschwunden ist, für ihre teuflischen Rituale entführt haben«, fuhr er fort.

Der Heilige wandte sich an seine Zuhörer und sagte feierlich: »Die Heilige Jungfrau Maria hat sich mir durch den Mund dieses törichten Jungen offenbart. Wir müssen das verschwundene Kind in den Häusern der Juden suchen, in ihrem unreinen Tempel, im Bett ihres Rabbiners.«

Die kleine Menge wurde unruhig. Alle wandten sich dem Heiligen zu, in der Erwartung, dass das göttliche Licht seiner

Male und die Weisheit seiner Worte über sie kommen und sie von ihren Sünden lossprechen würde. »Juden, Satansvolk«, flüsterten sie.

Zolfo blieb noch einen Moment stehen. Er hoffte, dass Fra' Amadeo ihm zulächeln oder ihm ein anderes Zeichen geben würde, um auszudrücken, dass er seine Rolle gut gespielt hatte. Doch der Heilige würdigte ihn keines Blickes mehr. Daraufhin verschwand Zolfo unbemerkt und trug nacheinander die Pakete mit den Kleidern aus.

Als er fertig war, wurde ihm bewusst, dass er sich beinahe davor fürchtete, in den Palazzo zurückzukehren. Er fürchtete sich vor der Einsamkeit, die er nicht mehr leugnen konnte. Fra' Amadeo hatte ihn verraten. Er bedeutete ihm nichts. Und er hatte ihm niemals etwas bedeutet. Auch Benedetta dachte nur an sich selbst und hatte nichts als ihren Hass auf Giuditta im Kopf.

Du bist allein, dachte Zolfo.

Und nachdem er nun monatelang nur noch für diesen wilden Hass gegen die Juden gelebt und geatmet hatte, quälte diese Missachtung seine Seele und versetzte ihm einen brennenden Stich im Magen. Er presste die Zähne zusammen, um nicht laut aufzuschreien. Dann öffnete er seine Jacke, um nachzusehen, ob dort etwas wäre. Doch er konnte nichts entdecken. Er legte eine Hand auf seinen Magen und drückte zu.

»Drück fester ...«, sagte er.

Doch er hatte das Gefühl, dass es nicht seine Stimme war, sondern die von Mercurio. Und als er dann an sich hinuntersah und seinen Unterleib betrachtete, musste er feststellen, dass auch der nicht zu ihm gehörte. Und nicht einmal der Schmerz gehörte ihm. Es war der Schmerz, den der tödlich verwundete Ercole empfunden hatte. Leise schluchzend sackte er in sich zusammen.

»Wo bist du nur, du blöder Kerl?«, flüsterte er. »Wo bist du? Du fehlst mir ... Du fehlst mir so sehr ...«

Zolfo stand auf. Er irrte ziellos durch Venedig und stellte sich vor, dass er Hand in Hand mit Ercole lief, so wie früher. Er sah dessen hässliches Gesicht vor sich. Doch für ihn war es schön. Er sah Ercoles dümmlichen Gesichtsausdruck vor sich und dachte, dass er nie etwas Warmherzigeres gesehen hatte. Die Augen von Benedetta und dem Heiligen dagegen waren leer, wie die von Toten.

Du blöder Trottel, du fehlst mir so, dachte er, während er in ein unbekanntes Viertel mit niedrigen Häusern aus Holz und Ziegelsteinen vordrang, wo seine Füße im Straßenschlamm versanken. In den offenen Abwasserkanälen schwammen Exkremente und Ratten so groß wie Katzen.

»Wo bist du, Ercole?«, fragte er sich laut.

Eine Zeit lang hatte er geglaubt, dass auch Benedetta ihm solche Zuwendung schenken könnte. Aber er hatte sich geirrt. Und bis vor Kurzem hatte er sich an die Hoffnung geklammert, dass der Heilige ihm Liebe geben konnte. Doch keiner von beiden wusste überhaupt, was dieses Wort bedeutete. Benedetta und der Heilige waren dunkle, von Hass erfüllte Kreaturen, so wie er. Ercole dagegen war anders gewesen.

»Wo bist du?«, wiederholte er und blieb stehen.

»Hier«, hörte er ein dünnes Stimmchen links von ihm rufen.

Zolfo drehte sich um. Hinter einem halb verrotteten Zaun tauchte der Kopf eines Kindes auf. Der etwa fünfjährige Junge war schmutzig, trug verdreckte kurze Hosen, und seine dünnen Beinchen endeten in zwei Holzpantinen, von denen an einer etwas abgesplittert war. An seiner Oberlippe klebte ein langer angetrockneter Rotzstreifen, und in seiner Hand hielt er ein seltsames Spielzeug aus zwei ineinandergefügten Holzstücken. Ein Tier. Die beiden Holzteile waren so kunstfertig geschnitzt und ineinandergesteckt, dass es aussah, als würde das Tier seinen Hals drehen.

»Ich bin hier«, sagte der kleine Junge noch einmal und beantwortete damit die Frage, die Zolfo an Ercole gerichtet hatte.

»Ich sehe dich«, erwiderte Zolfo, während er weiter darüber nachdachte, dass Benedetta, er selbst und der Heilige bestimmt Geschöpfe Gottes waren, doch dass dieser vergessen hatte, ihnen Liebe mitzugeben. Und dass der Teufel diese Leere wohl mit einer doppelten Menge Hass ausgefüllt hatte. »Wo ist deine Mutter?«, fragte er den Jungen, während in seinem Kopf ein von finsteren Kräften eingegebener Gedanke entstand.

Der Junge steckte einen Daumen in den Mund und lutschte daran, ohne ihm zu antworten. Mit der anderen Hand drehte er den Hals seines Tieres.

Von Benedetta oder dem Heiligen würde er niemals Liebe erhalten, dachte Zolfo. Sie kannten nur eine einzige Währung, und das war Hass. Nur so konnte er sich ihre Aufmerksamkeit sichern – und vielleicht ein wenig Zärtlichkeit. Also musste er seinem Hass freien Lauf lassen und ihn ganz in den Dienst von Benedettas und Fra' Amadeos Plänen stellen.

Zolfo blickte sich um. Die Straße war menschenleer. Er schaute nach oben. Sämtliche Fensterläden der Häuser waren geschlossen.

»Willst du einen Marchetto?«, fragte er den kleinen Jungen und zeigte ihm eine Münze.

Der Junge kam auf ihn zu und streckte ihm seine kleine Hand entgegen.

»Komm«, sagte Zolfo und schlüpfte unter einen dunklen Durchgang, in dem es nach verfaultem Fisch und Pisse stank.

Der Junge folgte ihm, wie gebannt von der glänzenden Münze.

Zolfo nahm einen spitzen Stein auf und hob ihn hoch in die Luft. Wenn er diesen Jungen töten und die Schuld auf Giuditta und die Juden schieben würde, wären Benedetta und der Heilige stolz auf ihn.

Er spürte, dass eine dunkle Kraft sich seiner bemächtigte, wie ein giftiger Rauch. Sein ganzer Körper zitterte, und mit ihm seine Seele, während er sich vorstellte, wie er den kleinen Jungen mit dem Stein erschlug. Mit aller Macht stellte er sich vor, wie der Kleine starb, wie er verblutete. Und die dunkle Kraft, die sich seiner bemächtigt hatte, ließ ihn sehen, dass er darüber lachen könnte, dass es ihm gefallen würde. Dass er seine Hände in das Blut jenes kleinen Jungen tauchen und so in diesem See aus Blut seinen Rachedurst stillen würde, seine Enttäuschung, seinen Hass. Sein Schmerz würde vergehen, und die dunkle Kraft würde versiegen.

Dazu musste er nur eins tun. Er brauchte nur dieses wehrlose Kind zu töten. Ein harter Schlag gegen die Schläfe, wo das Blut heftig pulsierte. Ein einziger Schlag. Und dann würde er dieses Opfer dem Heiligen und Benedetta darbieten, und sie würden ihn liebhaben, ihn umarmen und liebkosen. Weil er es so einrichten würde, dass die Schuld für den Tod des Jungen auf die Juden, auf Giuditta zurückfiele.

Ein Unschuldiger, der für andere Unschuldige sein Leben ließ, dachte Zolfo plötzlich.

Unfähig, dieses Bild aus seinem Kopf zu verbannen, sah er sich plötzlich selbst auf dem Boden liegen, mit zerschmettertem Schädel, während sich sein Blut mit dem Straßenschmutz vermischte. Und er sah, wie ihm sterbend der dunkle Rauch aus dem Mund quoll, als hauchte er ihn mitsamt seinem Leben aus. Er sah, wie Benedetta und der Heilige über ihn lachten. Und er erkannte, dass der schwarze Rauch von ihnen stammte. Dass das schlimmste Übel von ihnen kam. Dass sie sich seiner bemächtigt hatten.

Er erstarrte mit erhobener Hand, und der spitze Stein schwebte weiterhin in der Luft.

Der kleine Junge sah etwas in Zolfos Augen, das ihm plötzlich Angst einzuflößen schien. Das Spielzeug glitt aus seiner Hand und landete im Schlamm. Ohne es wieder aufzuheben, rannte er davon.

Zolfo blieb noch einen Augenblick mit dem Stein in der

Hand stehen. Und als er sich in der Furcht des kleinen Jungen selbst wiedererkannte, füllten sich seine Augen mit Tränen. Seine Hand öffnete sich, und der Stein fiel neben das Spielzeug des Jungen. Zolfo ließ sich zu Boden sinken. Er hob das Spielzeug auf und drehte es zwischen seinen Händen. Er bewegte den Hals des geschnitzten Tiers.

»Wundaschön ...«, flüsterte er mit Ercoles Stimme.

Er hatte Angst und wusste nicht, was er tun sollte. Wohin er gehen sollte.

»Zolfo hat Angschd vor dem Ddunkeln ...«, sagte er, wie Ercole es gesagt hätte. Und fühlte sich noch einsamer.

73

Giuditta lief langsam, mit fest aufeinandergepressten Lippen zwischen den Tischen der Schneiderei auf und ab. Ihre Augenbrauen waren zusammengezogen, und ihr Blick war kalt und abweisend.

In der Schneiderei herrschte eine gedrückte Stimmung. Die Näherinnen arbeiteten mit gesenkten Köpfen und eingezogenen Schultern und lauschten ängstlich den langsamen Schritten von Giuditta, die sie neuerdings überwachte.

Im hinteren Teil der Werkstatt nahm der Zuschneider Rashi Sabbatai Maß für die Modelle, zeichnete sie mit raschen Kreidestrichen auf den Stoff und ließ dann die Schere durch den Stoff gleiten. Doch selbst ihn lenkte Giudittas Anwesenheit ab. Denn auch er stand unter Verdacht.

Octavia betrat die Schneiderei und eilte auf Giuditta zu. »Was willst du hier?«, fragte sie leise. »Komm da weg.«

Giuditta blickte sie abwesend an, als würde sie sie nicht sehen. Als wäre eine dicke, unüberwindliche Mauer zwischen ihnen.

»Giuditta, lass diese Frauen in Frieden arbeiten«, fuhr Octavia fort. »Wir sind im Rückstand mit unseren Bestellungen. Wenn du hierbleibst, schaffen sie es niemals …«

»Was schaffen sie nicht?«, fragte Giuditta mit heiserer Stimme wie jemand, der den ganzen Tag noch kein einziges Wort gesprochen hatte. »In den Säumen meiner Kleider in Blut getauchte Rabenfedern zu verstecken?«

»Giuditta …«

»… oder Milchzähne, verknotete Haare, vertrocknete Frösche, Eidechsenschwänze oder Fledermausflügel ...«, fuhr Giuditta unbeirrt fort. »Was genau schaffen sie nicht?«

»Giuditta, sie können es nicht gewesen sein ...«

»Wer denn sonst?«, fragte Giuditta mit erhobener Stimme.

Rashi Sabbatais Schere hielt auf halbem Weg inne, und die Nadeln der Schneiderinnen verharrten in der Luft. Sie senkten die Köpfe und blickten nach unten.

Giuditta ließ ihre Augen durch die Schneiderei schweifen, während Octavia sie am Arm packte.

»Wie kannst du nur glauben, dass unsere Frauen so etwas tun würden?«, fragte Octavia vorwurfsvoll. »*Deine Kleider,* wie du sie inzwischen nennst, gibt es nur dank ihnen. Es sind ebenso gut ihre wie deine. Sie sind stolz auf das, was hier geschieht, auf den Erfolg, auf das Geld, das sie bekommen und mit dem sie ihre Kinder großziehen können. Sie sind stolz darauf, einer Gruppe von Frauen anzugehören, die wie Männer Geld verdienen ...«

»Lass mich in Ruhe!«, fauchte Giuditta und befreite sich aus Octavias Griff.

»Was ist denn passiert?«, fragte Octavia, und in ihrer Stimme lagen nun Wärme und Mitgefühl.

Giuditta presste die Lippen aufeinander, als müsste sie der Versuchung widerstehen, etwas zu sagen. Sie wandte sich den Näherinnen zu, die sie anstarrten. »Los, arbeitet!«, schrie sie. Dann eilte sie wie auf der Flucht zur Tür der Schneiderei und ging hinaus auf die Straße.

Am Himmel hingen dichte dunkle Wolken. Giuditta kam es vor, als wollten sie sie erdrücken.

Was ist denn passiert?, hatte Octavia sie gefragt.

Konnte sie ihr sagen, dass ihr Leben zu Ende war?

Konnte sie ihr sagen, dass ihr nichts mehr etwas bedeutete, nicht einmal diese Kleider? Konnte sie ihr sagen, dass die Wut, mit der sie die Näherinnen beschuldigt hatte, dass das Misstrauen, mit dem sie ihre Arbeit überprüfte, einzig einem furchtbaren Selbsthass zuzuschreiben war? Konnte sie ihr sagen, dass sie allen den Tod wünschte, nur weil sie sich selbst den Tod wünschte?

Hastig verließ Giuditta das Ghetto, während ihr von dem Durcheinander in ihrem Kopf beinahe schlecht wurde. Und je quälender ihre Gedanken wurden, desto schneller lief sie, als könnte sie sie auf dem Weg hinter sich lassen wie eine schlecht am Kleid befestigte Schleppe.

Konnte sie Octavia wirklich erzählen, dass ihr Leben zu Ende war? Denn das war der alles beherrschende Gedanke. Etwas anderes existierte für sie nicht mehr. Es war Zeit, dass sie es sich eingestand. Und sie selbst war es, die ihrem Leben ein Ende gesetzt hatte. Denn sie hatte Mercurio fortgeschickt.

Atemlos blieb sie stehen. Diese Überlegungen hatten die dicke Mauer eingerissen, die sie versucht hatte, zwischen sich und ihren Gedanken aufzubauen. Doch jetzt sah sie alles klar und deutlich. Sie wusste, was sie bewegte, und sie akzeptierte es. In dem Moment wich die Wut aus ihr und machte einem brennenden Schmerz Platz, den sie bisher von sich ferngehalten hatte. Anfänglich hatte er unterschwellig und pochend wie eine Entzündung in ihr gewütet, doch nach einer Weile, als sie sich nicht mehr gegen ihn wehrte, wurde er heftig und quälend wie eine offene, blutende Wunde.

Giuditta legte die Hände auf ihr Gesicht und drückte fest die Finger gegen die Augen, aus denen dennoch Tränen quollen. Und dann schluchzte sie auf, keuchte endlich all den Schmerz darüber heraus, dass sie für immer auf Mercurio verzichtet hatte.

Giuditta schaute auf und sah sich um. Erst jetzt bemerkte sie, dass sie vor dem Palazzo stand, in dem Benedetta mit ihrem grausamen Geliebten lebte. Sie begriff, dass ihre Beine sie nicht zufällig hierher getragen hatten. Dass sie ihr damit sagen wollten: Sie musste und sie konnte etwas tun.

Mit klopfendem Herzen betrachtete sie den Eingang zum Palazzo und spürte eine schreckliche Angst in sich aufsteigen. Vor ihrem inneren Auge sah sie noch einmal die Szene erstehen, die sie durch Benedettas geschicktes Manöver beobachtet hatte. Sie sah wieder vor sich, wie der Fürst jenem Mann die Wange aufgeschlitzt hatte. Sah all das Blut. Und sie spürte, wie ihr der Atem stockte.

Dennoch war sie hierhergekommen. Warum nur?

»Ich muss mit dem Fürsten sprechen«, sagte sie laut vor sich hin, um sich Mut zuzusprechen.

Vielleicht würde er sich ja überreden lassen, Mercurio nichts anzutun. Doch war es überhaupt möglich, einen so grausamen Mann umzustimmen?

Aber was hatte sie schon zu verlieren? Ihr Leben war auf jeden Fall zu Ende. Sie musste es versuchen.

Sie machte einen Schritt auf das Tor zu. Zwei bewaffnete Wachen und der Pförtner wandten sich zu ihr um, betrachteten verächtlich ihren gelben Hut. Giuditta machte noch einen Schritt vorwärts, doch im gleichen Moment sah sie auf der Straße den Heiligen herannahen. Er war in Begleitung einer Schar finster aussehender Anhänger, die Stöcke in den Händen hielten und höhnisch lachten. Giuditta zog sich gleich wieder in den Schutz der Mauer zurück und beobachtete, wie der Heilige auf den Palazzo zuging.

Der dunkle Himmel begann nun all das Wasser auszugießen, das er bis jetzt zurückgehalten hatte. Zunächst fielen nur ein paar Tropfen, doch unvermittelt hatte ein kalter Platzregen Giudittas Kleider durchnässt, durchdrang Wolle, Seide und Leinen.

Giuditta fühlte, wie das kalte Wasser ihre Haut erreichte und ihre Muskeln sich fröstelnd zusammenzogen.

Der Heilige lief auf die große Eingangstür des Palazzo zu. Zum Abschied hob er seine Hände mit den Malen empor, und seine Anhänger zerstreuten sich.

Giuditta blieb wie gelähmt unter dem unaufhörlich prasselnden Regen stehen, unfähig, auch nur einen Schritt zu tun, um sich vor ihm in Sicherheit zu bringen.

Der Heilige war ihren Blicken schon fast entschwunden, als er sich beinahe bodentief verneigte. Kurz darauf kam der Fürst hinkend durch die Tür, am Arm Benedetta, die blass aussah und dunkle Ringe um die Augen hatte.

Giuditta zuckte zusammen.

Vier Diener rannten diensteifrig aus dem Palazzo. Sie trugen an vier schwarzen, bemalten Pfählen eine Art Segel aus einem weißen, golddurchwirkten Stoff und stellten sich damit vor dem Eingang auf. Der Fürst und Benedetta sahen zum Himmel auf, dann verabschiedete sich Contarini von seiner Geliebten und begab sich unter das Segel, das ihm ausreichenden Schutz vor dem Regen bot. Als er vorwärtslief, setzten die Diener sich gleichzeitig mit ihm in Bewegung, sodass kein Regentropfen ihn treffen konnte.

Giuditta trat einen Schritt vor. Wenn sie mit dem Fürsten sprechen wollte, war jetzt die Gelegenheit dazu.

Im gleichen Moment hatte Benedetta sie entdeckt. »Rinaldo!«, rief sie.

Fürst Contarini wandte sich um.

Benedetta hob einen Arm und zeigte auf Giuditta. »Sie ist es!«

Der Fürst folgte mit dem Blick Benedettas ausgestrecktem Arm und begegnete Giudittas Augen. Er neigte seinen großen missgebildeten Kopf und betrachtete sie scheinbar neugierig. Dann verzog er den Mund zu etwas, das wohl ein Lächeln sein sollte, und enthüllte so eine Reihe von spitzen Raubfischzähnen. Er hob seinen verkrüppelten Arm, den er nicht ganz ausstrecken konnte, und zeigte mit einem in sich verkrümmten Finger ebenfalls auf sie.

Giuditta stand inmitten der Gasse da, völlig vom Regen

durchnässt, mit dem gelben Judenhut, der schwer auf ihrem Kopf lastete. Sie sah in die ausdruckslosen Augen des Fürsten, betrachtete seine spitzen Zähne, den verkrüppelten Arm, und eine schreckliche Furcht erfüllte sie. Ängstlich riss sie den Mund auf und flüchtete unter dem Gelächter von Fürst Contarini und Benedetta.

Als sie immer noch zu Tode erschrocken und völlig durchweicht das Ghetto erreichte, hatte es zu regnen aufgehört. Atemlos überquerte sie die Brücke und sah schon von Weitem eine Menschentraube vor ihrem Laden stehen. Sie rannte los.

Die Leute traten zur Seite und gaben ihr den Weg frei.

Als Giuditta keuchend am Laden ankam, bemerkte sie als Erstes Ariel Bar Zadok, der mit seinem gelben Judenhut auf dem Schoß auf einem Stein vor ihrem Laden saß. Seine Frau presste ihm ein Taschentuch auf den Kopf, das sich rot färbte. Dann sah sie eine Frau von hinten, deren Kleid an einer Schulter zerrissen war. Als sie sich umdrehte, sah Giuditta, dass es Octavia war. Sie hielt das Kleid mit einer Hand hoch, damit sie bedeckt blieb. Ihre Augen waren schreckgeweitet. Und erst jetzt bemerkte Giuditta, dass der Boden mit Stofffetzen aus Samt und Seide übersät war. Und sie sah, dass das Schaufenster eingeschlagen war und regennasse, glitzernde Glassplitter das düstere Grau des Himmels zurückwarfen.

»Sie haben uns überfallen ...«, flüsterte Octavia kaum hörbar.

»Der Heilige«, sagte eine Frau hinter ihr.

»Sie hatten Holzstöcke und Steine und haben immer wieder laut ...« Octavia versagte die Stimme.

»... ›Hexe‹ geschrien«, schloss die Frau, die zuerst gesprochen hatte.

»Die Wachen sind viel zu spät gekommen«, sagte Ariel Bar Zadok.

Giudittas Blick fiel wieder auf das Werk der Zerstörung, während die triefnassen Kleider ihren Körper auskühlten. Sie erschauerte und wandte sich den Wachen auf der Brücke zu. Dann beugte sie sich hinunter und hob einen Fetzen Seide auf.

»Warum nur …?«, fragte Octavia leise.

»Weil Gott uns verlassen hat …«, antwortete Giuditta.

»Sag das nicht.«

Alle Augen waren auf Giuditta gerichtet.

Ein Windstoß wirbelte eine blutbefleckte Rabenfeder in die Luft, die aus einem im Straßenschmutz versunkenen Kleiderfetzen hervorgekommen war.

»Weil über mir ein Fluch schwebt«, sagte Giuditta.

74

Scarabello berührte seine Lippe. Die Wunde hatte einen großen Teil des Fleisches weggefressen.

Mercurio hatte sich zu Scarabello gesetzt, den man in einem Winkel des Stalls auf eine Liege gelegt hatte, während ringsherum die Arbeiten munter vorangingen.

Scarabello deutete auf Lanzafame. »Der lässt mich nicht aus den Augen«, bemerkte er.

Mercurio drehte sich um und begegnete dem grimmigen Blick des Hauptmanns.

»Ich glaube, er will auf keinen Fall meinen Tod verpassen«, erklärte Scarabello lächelnd. Die Wunde an seiner Lippe blutete ein wenig, und er verzog vor Schmerz das Gesicht. In der Innenseite seiner Wange hatte er ebenfalls eine Wunde und eine weitere auf dem Unterarm, und auch auf seinen Geschlechtsteilen hatte er weitere Wunden entdeckt. Die Drüsen in seinen Achseln hatten sich entzündet und waren schmerzhaft angeschwollen.

Mercurio sah, wie Scarabello mit jedem Tag schwächer und blasser wurde.

»Weißt du, was das Schlimmste daran ist?«, sagte Scarabello. »Den Schmerz der Wunden kann ich aushalten, aber ich habe bemerkt, dass mein Kopf mir mittlerweile üble Streiche spielt. Manchmal spüre ich, dass ich kaum noch vernünftig denken kann.«

Mercurio sah ihn schweigend an. Es war noch nicht allzu lange her, dass er sich gewünscht hatte, ihn zu töten. Und jetzt saß er an seinem Bett und hörte ihm zu, als wäre er sein Freund. Sein einziger Freund.

»Ich habe den Doktor gefragt«, fuhr Scarabello fort. »Er hat mir erklärt, dass viele schwachsinnig werden, bevor sie sterben.« Seine Augen trübten sich kurz ein. »Nein, der Doktor erspart mir nichts. Er beschreibt mir diese Krankheit ganz genau. Und auch den Tod, der mich erwartet. Jede Einzelheit. Er behandelt mich genauso sorgfältig wie alle anderen, aber ...« Scarabello schüttelte den Kopf. »Aber er kann nicht vergessen, dass ich seinen Freund getötet habe. Ich bewundere ihn. Jedes Mal wenn er sich um mich kümmert, muss er einen schrecklichen Kampf mit sich ausfechten, das sehe ich. Ich bewundere ihn aufrichtig dafür. Ich hätte das nie getan.«

Mercurio nickte.

»Und warum hast du es getan?«, fragte ihn Scarabello.

»Was?«

»Mir geholfen.«

Mercurio zuckte die Schultern. »Weil ich gerade nichts Besseres vorhatte.«

Scarabello lachte leise. Er presste eine Hand an seine Brust und hustete. »Du bist wirklich sentimental, Junge.«

Mercurio blieb ernst.

»Wenn es auf mein Ende zugeht, werde ich dir sagen, wo ich mein Geld aufbewahre«, fuhr Scarabello fort. »Und du gibst dem Kräuterkrämer Paolo einen Teil davon, verstanden?«

Mercurio antwortete ihm nicht, sondern starrte ihn nur schweigend an.

»Wenn mich die Würmer fressen, wird der Einäugige das Kommando übernehmen«, sagte Scarabello. »Aber höchstens für einige Monate, dann ist er ein toter Mann. Und danach werden sich meine Leute gegenseitig umbringen.« Er streckte Mercurio seine Hand hin. »Du verstehst, warum ich niemand anderen darum bitten kann?«

Mercurio nickte kaum merklich.

»Dann sind wir uns einig?«, wiederholte Scarabello.

»Einverstanden«, erwiderte Mercurio.

»Der Rest gehört dir«, sagte Scarabello. »Richte damit dieses jämmerliche Wrack her, das du dir gekauft hast, und tu, was du vorhattest.«

»Das brauche ich nicht mehr«, erklärte Mercurio düster.

»Wie du willst«, erwiderte Scarabello. »Aber nimm dir auf jeden Fall das Geld.«

Mercurio starrte ihn an: »Warum?«

»Weil Geld das Salz des Lebens ist.«

Mercurio schüttelte den Kopf. »Nein, ich meine, warum tust du das?«

»Ach so ...« Scarabello sah ihn eine Weile aus seinen wachen Augen an, bevor er antwortete: »Vielleicht bin ich ja auch sentimental.«

Mercurio nickte, dann stand er auf.

»Noch ein Letztes, Junge.«

Mercurio blieb abwartend stehen.

»Sollte ich ...« Scarabello zögerte, bevor er fortfuhr. »Sollte ich irgendwann so ein sabbernder Idiot werden, der nur noch blödes Zeug faselt ... dann drückst du mir ein Kissen aufs Gesicht, und zwar fest.«

Mercurio wandte sich instinktiv Lanzafame zu.

»Der wäre nicht so gnädig«, sagte Scarabello. »Also, versprich du es mir.«

Mercurio schaute ihn an. Scarabellos Blick wirkte stark, doch man sah auch den Schmerz, den er zu verbergen suchte. »Das hat Zeit«, sagte Mercurio.

»Du bist wirklich ein Mann geworden«, stellte Scarabello fest. »Einerseits tut mir das leid für dich, denn es bedeutet, dass du gelitten und eine Niederlage erfahren hast. Aber es wird dir guttun.«

»Unsinn«, wehrte Mercurio ab.

Scarabello betrachtete ihn ernst. Dann sagte er lachend: »Doch.«

Mercurio wandte sich zum Gehen.

»Versprich es mir«, bat Scarabello ihn.

»Das hat Zeit«, wiederholte Mercurio und verließ den Stall, der immer mehr Ähnlichkeit mit einem Hospital bekam.

Draußen sah er sich um. Die Arbeiten gingen gut voran. Die Frauen aus Mestre und die geheilten Huren machten sich im Garten oder in der Küche nützlich oder wuschen Leintücher und Verbände. Die Männer mischten Kalk oder mauerten Ziegelsteine fest, strichen die Wände, bauten Betten oder flickten das Dach. Mit dem Boot holten und brachten Tonio und Berto unermüdlich Arzneien, neu erkrankte Huren und Freundinnen, die zu Besuch kamen.

Mercurio störten all diese Tätigkeiten, das lebendige Treiben, denn er fühlte sich davon ausgeschlossen. Er war unfähig, etwas zu empfinden oder gar Pläne zu schmieden. Es gab für ihn nichts, für das es sich lohnte, sich anzustrengen. Er hatte sich etwas vorgemacht, hatte wirklich geglaubt, er könnte sich aus dem Treibsand seines eigenen Schicksals befreien, er könnte ein Leben wie jeder andere führen. Aber das stimmte nicht. Menschen wie er waren verflucht. Und je öfter er sich das sagte, desto stärker wuchsen Wut und Hass in ihm, desto besser konnte er den Schmerz von sich fernhalten. Diesen furchtbaren Schmerz, der ihn irgendwann umbringen würde.

»Da fragt jemand nach dir«, hörte er Annas Stimme hinter sich.

Mercurio drehte sich um.

»Ein Mädchen ...«, fügte sie hinzu.

Mercurio zuckte zusammen. »Wo?«, fragte er drängend. Sein Herz schlug schneller. »Wo?«, fragte er noch einmal lauter.

»Sie wartet in der Küche auf dich«, sagte Anna.

Mercurio blieb einen Augenblick wie erstarrt stehen. Dann rannte er auf das Haus zu. Er sagte sich, dass es auf keinen Fall Giuditta sein konnte. Das war unmöglich. Aber dennoch rannte er. Vielleicht weil etwas in ihm glauben wollte, dass sie es war. Ja, es musste einfach Giuditta sein. Atemlos betrat er die Küche, bereit, vor Freude zu sterben. Und ebenso bereit, enttäuscht zu werden.

Die Frau stand mit dem Rücken zu ihm. Im Gegenlicht war sie nur ein dunkler Schatten.

Mercurio blieb das Herz stehen.

Sie war elegant gekleidet.

Mercurio ging einen Schritt auf sie zu.

Ihre Haare wurden von einer kostbaren, mit Süßwasserperlen besetzten Spange zusammengehalten.

Die Frau drehte sich um.

»Ciao, Mercurio«, sagte sie.

Mercurio wich einen halben Schritt zurück und sackte enttäuscht in sich zusammen. »Ciao, Benedetta …«, sagte er.

Und dann spürte er, wie ihn plötzlich eine Welle des Hasses überrollte. Nicht auf Benedetta, sondern auf Giuditta. Weil sie es nicht war. Weil sie nicht gekommen war.

Benedetta blieb einen Moment reglos stehen und sah ihn an.

»Was willst du?«, fragte Mercurio abweisend.

»Wie unfreundlich du bist«, bemerkte Benedetta lächelnd.

Mercurio zuckte wütend mit den Schultern. »Wir bewegen uns nicht in den gleichen Kreisen.«

»Nein, anscheinend nicht«, lächelte Benedetta. »Darf ich mich setzen?«

»Was willst du?«, fragte Mercurio noch einmal.

»Ich will gar nichts«, erwiderte Benedetta. »Ich bin gekommen, um dir meine Freundschaft anzubieten.«

»Warum?«

Benedetta kam einen Schritt auf ihn zu.

Daraufhin hob Mercurio kaum merklich eine Hand, als wollte er sie aufhalten.

Benedetta tat, als hätte sie es nicht bemerkt, und ging weiter auf ihn zu, bis sie so nah vor ihm stand, dass er den Duft ihrer

Haut wahrnehmen konnte. »Weil ich einen Fehler gemacht habe«, sagte sie.

»Wie meinst du das?«, fragte Mercurio irritiert.

»Als ich dich geküsst habe«, erklärte Benedetta mit warmer Stimme. »Das war falsch.«

»Ja ...«

»Ich wollte dich um Verzeihung bitten.«

»Gut ...«

»Ja? Verzeihst du mir?«

»Ja ...«

»Also können wir Freunde sein?«

Mercurio wich einen Schritt zurück. »Wolltest du dich nicht setzen?«, sagte er zu ihr.

Benedetta ging erneut auf ihn zu. »Du hast mir geholfen, von Scavamorto wegzukommen. Das werde ich dir nie vergessen. Du hast dich um mich gekümmert, und ich habe dich verraten. Jetzt will ich noch einmal von vorn anfangen und dir eine Freundin sein. Wir waren doch ein gutes Betrügerpaar. Dann können wir doch auch ein gutes Freundespaar abgeben, oder?«

»Setz dich«, forderte Mercurio sie ein wenig zu laut auf.

Benedetta sah ihn noch einen Augenblick lang an, bevor sie einen Stuhl nahm und sich setzte.

»Du siehst müde aus«, sagte Mercurio, als er ihre dunklen Augenringe bemerkte.

»Ja. Nichts Ernstes«, erklärte Benedetta lächelnd. »Das geht vorüber.« Ab morgen würde sie aufhören, das Arsen von der Magierin einzunehmen. »Bin ich etwa hässlich?«, fragte sie und legte kokett den Kopf zur Seite.

»Nein.«

»Ich bin also nicht hässlich?«, fragte Benedetta noch einmal mit Kleinmädchenstimme.

»Nein, du bist ... schön«, flüsterte Mercurio. Er merkte, wie sehr sie ihn immer noch körperlich anzog.

»Machst du mir etwa den Hof?«, fragte Benedetta lächelnd.

Mercurio verkrampfte sich.

»Das war doch nur Spaß«, lachte Benedetta. »Du hast noch nie Sinn für Humor gehabt.« Sie sah ihn einen Augenblick schweigend an. »Ich weiß, dass dein Herz für eine andere schlägt.«

»Mein Herz schlägt für niemanden«, sagte Mercurio barsch. »Da irrst du dich.«

Benedetta lief ein wohliger Schauer über den Rücken. Dieses dumme Judenmädchen hatte ihr also gehorcht. Aber sie wollte sichergehen. »Trotzdem hast du ein Hospital für den Vater deines Mädchens geschaffen«, sagte sie leicht dahin, als bedeutete es ihr nichts.

»Sie ist nicht mein Mädchen«, brauste Mercurio auf. »Sie ist mir völlig egal, und ich will sie nie wiedersehen!«

Benedetta spürte einen schmerzhaften Stich in der Brust. Mercurios Wut war genauso groß wie die Liebe, die er immer noch für Giuditta empfand. Er war weder kalt noch distanziert, sondern ballte die Hände zu Fäusten und presste die Zähne zusammen. Benedetta sah ihn an. Wie schön er war in seiner Wut! Wie schön er war in dem unterdrückten Schmerz, der ihn von innen verzehrte! Doch er würde ihr niemals gehören. Sie spürte zwar, dass er sich von ihrem Körper, ihrer Sinnlichkeit angezogen fühlte. Und vielleicht würde sie ihn auch in ihr Bett bekommen. Aber er würde ihretwegen nie so leiden wie wegen dieser verdammten Jüdin.

Mercurio wandte sich von Benedetta ab und starrte mit hochrotem Gesicht zum Fenster hinaus.

Sie klopfte mit der Hand auf den Stuhl neben ihr. »Setz dich«, forderte sie ihn auf. Sie würde sich damit begnügen müssen, dass sie die beiden auseinandergebracht hatte, und sich an ihrem Schmerz erfreuen. Mehr konnte sie nicht bekommen. »Willst du mir davon erzählen?«

Mercurio sah sie an.

»Willst du einer Freundin davon erzählen, die dich aufrichtig gern hat?«, flüsterte Benedetta und dachte, dass sie lernen würde, sich mit wenig zufrieden zu geben. Auffordernd streckte sie ihm die Hand hin. »Komm schon. Du bist nicht allein …«

Langsam wie ein Tier, das sich seiner Herrin nähert, kam Mercurio zu ihr.

»Setz dich«, sagte Benedetta, nachdem sie seine Hand genommen hatte.

Mercurio gehorchte.

»Geht es dir so schlecht?«, fragte sie und drückte seine Hand.

Mercurio stellte fest, dass er nicht mehr die Kraft hatte, all den Schmerz für sich zu behalten. Dass er sich nicht mehr hinter diesem Schutzschild aus Wut verbergen konnte. Denn er fürchtete sich. Er fühlte sich wie in einem Käfig gefangen und wollte instinktiv fliehen. Doch stattdessen blieb er sitzen und erwiderte den Druck von Benedettas Hand, als er sagte: »Ja, mir geht es schlecht.«

Benedetta flüsterte lächelnd: »Nun bin ich ja da.«

Da spürte Mercurio, wie etwas in ihm zerriss. Er sehnte sich danach, sich gehen zu lassen, zuzugeben, dass er kein Mann war, sondern nur ein Junge. Wie schön musste es sein, schwach und verängstigt sein zu dürfen. Vielleicht konnte er sich von diesem Schmerz befreien, der so schwer auf seinem Herzen lastete. Er fühlte, wie seine Kraft ihn verließ, und ergab sich. »Danke, Benedetta«, sagte er seufzend. Er legte seinen Kopf in ihren Schoß und weinte unterdrückt, als würde er sonst an seinen Tränen verbluten.

Benedetta starrte triumphierend vor sich hin, während ihre Finger durch Mercurios Haare glitten und seine Locken entwirrten, wie bei einer Puppe. »Nun bin ich ja da«, wiederholte sie leise und spürte, wie sich Mercurio folgsam ihren Liebkosungen ergab.

75

Seit Tagen durchkämmte Shimon von morgens bis abends Rialto. Hier wurden alle wichtigen Geschäfte abgeschlossen, berufliche Freundschaften gepflegt, Tauschgeschäfte besiegelt und Handel mit Waren aller Art betrieben, von kleinen Mengen für den täglichen Gebrauch bis hin zu ganzen Schiffsladungen in den Orient. Für einen Dieb hätte es keinen besseren Ort für seine Gaunereien geben können als diesen riesigen Handelsplatz. Jeden Tag drängten sich Hunderte von Menschen in diesem abgeschlossenen Labyrinth von Gassen, Plätzen und Durchgängen. Hier wurden Dinge verkauft und erworben, man hing Träumen nach und schmiedete Pläne. Und natürlich wurde auch gestohlen. Alles, was nicht niet- und nagelfest war. In diesem kleinen, viereckigen Bezirk, wo es von Menschen nur so wimmelte, lebte der größte Reichtum dicht an dicht mit der schlimmsten Armut. Bettler und Händler in ihrer so unterschiedlichen Kleidung standen nebeneinander in der Menge. Ihre Körper kamen in engen Kontakt, ihre Stimmen, ihre Gerüche, ihre Körperausdünstungen vermischten sich.

Shimon wusste, dass er in diesem von Leben erfüllten Viertel früher oder später auf Mercurio stoßen würde.

An diesem Tag hatte er das Treiben der Leute am Sottoportego des Banco Giro beobachtet, wo alle Geschäftsleute zusammenkamen. Die reichen Kaufleute, die mit Gewürzen und orientalischen Stoffen handelten, wurden von hünenhaften Kerlen begleitet, die sie beschützen sollten. Doch das war kaum möglich, denn es geschah immer wieder, dass die Menge, einem unerklärbaren Impuls gehorchend, sich plötzlich ausdehnte oder zusammendrängte wie ein einziger Leib, sodass auch der größte Hüne nicht gegen diese Kraft ankämpfen konnte. So trennte die Menge den Kaufmann unwillentlich für einen Augenblick von seinen Beschützern, und wenn ein gewitzter Dieb in der Nähe war, konnte schon solch ein kurzer Moment dem Kaufmann zum Verhängnis werden.

Bevor die Sonne unterging, die allmählich die Sommerhitze ankündigte, die Kanäle austrocknete und die Gerüche der Stadt und ihrer Menschen stärker zutage treten ließ, wechselte Shimon seinen Standort und ging zu den Fabbriche Vecchie. Während der letzten Tage hatte er bemerkt, dass sich dort nach Feierabend, wenn die Baustellen schlossen und die Arbeiter in ihre Behausungen zurückkehrten, in den nicht eingezäunten Gebieten, wo die Gebäude immer noch die Spuren des schrecklichen, alles verheerenden Brandes zeigten, die von der Gesellschaft Ausgegrenzten, die Elenden und die Verbrecher sammelten. Sie nahmen einen Teil der Ruinen in Besitz, wo sie sich mit den verkohlten Brettern, die sie auf dem Boden fanden, notdürftig eine Hütte oder einen Unterschlupf errichteten. Sie entzündeten Feuer, um die sie sich scharten, und stritten sich um ein bisschen sauren Wein oder ein Stück Speck, das man über dem Feuer rösten konnte. Unter ihnen waren zahnlose alte Männer ebenso wie junge Leute mit fahrigem Blick, Frauen, die ihren Körper freizügig darboten, und Kinder, die keine Zeit zum Spielen hatten, Männer und Frauen, die schamlos miteinander kopulierten wie die streunenden Hunde um sie herum, und solche, die nur zusahen. Die Jüngsten unter ihnen lernten, was sie später einmal tun würden, und die Älteren erinnerten sich an das, was sie nicht mehr taten.

Shimon bewegte sich vorsichtig durch die Ruinen. Der säuerlich-scharfe Geruch nach menschlichen Körpern und ihren Ausscheidungen störte ihn nicht bei seiner aufmerksamen und geduldigen Suche nach seiner Beute. Wenn er sich in dieses Gebiet begab, ließ er ein langes Messer mit einer doppelten Schneide nie aus der Hand, das er unter seinem Umhang verbarg, den er trotz der Hitze nie ablegte. Ein junger Mann mit schmutzigem Gesicht und boshaft funkelnden Augen näherte sich ihm mit einem kurzen Stock in der Hand. Seine linke Wange war geschwollen, und er konnte das Auge auf dieser Seite nur zur Hälfte öffnen. »Gib mir alles, was du hast!«, bedrohte er Shimon und blies ihm seinen nach vereiterten Zähnen stinkenden Atem ins Gesicht.

Shimon holte sein Messer unter dem Umhang hervor und hielt es ihm dicht unter das Kinn.

Der junge Mann ließ den Stock fallen und machte einen Satz zurück. »Geh zum Teufel, alter Mann«, fluchte er, um sich dann die Hand an die geschwollene Wange zu legen und jammernd zu verschwinden.

Shimon bemerkte, dass sich rechts von ihm etwas bewegte. Etwas Rotes. Schnell fuhr er herum und erkannte nur noch flüchtig ein Gewand aus gutem Stoff und einen stoppeligen Haarschopf. Ihn packte ein Jagdinstinkt, den er sich durch das Wenige, was er gesehen hatte, nicht erklären konnte. Als ob sein Instinkt etwas gewittert hätte, was sein Kopf noch erfassen musste. Er lief der rot gekleideten Gestalt hinterher, die durch eine Reihe schmaler Durchgänge in den Überresten des Brandes schlüpfte.

Als die Gestalt eine Stelle unter einem gefährlich vom Einsturz bedrohten Dach erreichte, blieb sie mit einem Mal stehen. Shimon sah nun, dass es sich um einen schmächtigen Jungen handelte, der sich hastig umschaute wie eine Ratte auf der Flucht.

Shimon zog sich schnell in den Schatten zurück. Der Junge hatte seine Aufmerksamkeit erregt und er hatte gelernt, seinem Instinkt zu vertrauen, seit er sich nicht mehr wie früher von seiner Angst leiten ließ.

Der schmächtige Junge in dem roten Gewand sah sich um und blickte plötzlich in Shimons Richtung.

Da dankte Shimon stumm seinem Instinkt.

Die stoppeligen Haare und die ungesund gelbliche Gesichtsfarbe hatten sich ihm unauslöschlich eingeprägt. Jetzt wusste er, wen er da vor sich hatte. Es war der Junge, der ihm damals in Rom vom Seilmarkt gefolgt war. Damals, in einem anderen Leben. Der Junge, der ihn angesprochen und so seinen schwachköpfigen Kumpan auf der Piazza della Pescheria auf ihn aufmerksam gemacht hatte. Er gehörte zu der Bande, die ihn bestohlen hatte. Shimon lächelte grimmig in seinem Versteck. Er wusste zwar nicht, wie die kleine Ratte hieß, aber er hatte ihn genau erkannt. Also war offenbar die gesamte Bande nach Venedig gekommen. Einen solchen Glücksfall hätte er sich niemals träumen lassen.

Den schmächtigen Jungen würde er leicht überwältigen und in seine Gewalt bringen. Er würde ihn fesseln und foltern und ihm eine Reihe Fragen aufschreiben, um so alles zu erfahren, was er wissen wollte. Andererseits konnte dieser Kerl bestimmt weder lesen noch schreiben. Und wenn Shimon sich ihm zu erkennen gab, würde er ihn danach töten müssen, damit er die anderen nicht warnte.

Nein, das durfte er nicht riskieren. Er würde die kleine Ratte laufen lassen, damit sie ihn zu Mercurio führte.

Erst dann würde er ihn töten, so wie er es verdient hatte.

Shimon beobachtete, dass der Junge sich in einer Ecke zusammenkauerte, als wollte er dort die Nacht verbringen.

Nun musste er nur noch geduldig abwarten.

Die Stunde seiner Rache nahte.

Shimon setzte sich, holte ein Stück nicht koscheres Pökelfleisch aus seiner Tasche, kaute es langsam und spürte, wie das Salz auf seiner Zunge prickelte. Ein unglaublicher Friede erfüllte ihn. Er saß da und sah zu, wie der Junge erschöpft einschlief, nachdem er noch ein wenig an einem Gegenstand herumgespielt hatte, den Shimon jedoch nicht recht hatte erkennen können.

Später in der Nacht näherte sich Shimon dem Jungen, und

seine Hand ging instinktiv zu seinem Messer. Er überlegte sich, wie schön es wäre, dem Jungen jetzt ganz langsam die Kehle durchzuschneiden und ihm dabei in die Augen zu schauen, während die Seele seinem Körper entwich. Doch zunächst, so ermahnte er sich, musste er dieser verführerischen Gelegenheit widerstehen. Der Junge sollte ihn zu Mercurio führen.

Shimon bemerkte, dass der Junge immer noch den Gegenstand umklammert hielt, mit dem er vor dem Einschlafen gespielt hatte. Er trat noch ein wenig näher und beugte sich vor. Es war ein kleines Tier, ein Pferdchen, dessen Hals sich offensichtlich drehen ließ.

Eigentlich war der Junge zu alt für diese Art von Spielzeug, dachte Shimon. Also musste dieses geschnitzte Tier für ihn einen Gefühlswert haben, ihn an etwas erinnern. Oder an jemanden.

Der Junge schlief tief und fest, mit offenem Mund, und ein dünner Speichelfaden lief ihm am Kinn entlang.

Shimon streckte mit geradezu quälender Langsamkeit eine Hand aus. Er hielt den Atem an und lächelte. Dann packte seine Hand das kleine Tier und drehte kurz den dünnen Hals des Pferdchens, der mit einem leisen Knacken brach.

Der Junge gab durch nichts zu erkennen, dass er etwas bemerkt hatte.

Shimon nahm von dem Pferd nur den Kopf an sich, den Rest legte er wieder zurück. Dann versteckte er sich wieder an seinem ursprünglichen Platz, etwa ein Dutzend Schritt von dem Jungen entfernt, und verbarg sich im Schatten eines mit Intarsienarbeiten verzierten, vom Feuer verkohlten Geländers. Selbst im Morgenlicht würde der Junge ihn dort nicht ausmachen können. Doch Shimon würde ihn im Blick haben.

Er drehte den Pferdekopf zwischen seinen Fingern und dachte: Dein Kopf gehört mir.

Bei Tagesanbruch öffnete der Junge die Augen.

Shimon war hellwach und beobachtete ihn genau. Seine Hand umklammerte den Kopf des Pferdchens.

Der Junge gähnte, setzte sich auf und erschauerte in der kühlen Morgenluft. Dann sah er sein Spielzeug an und riss erschrocken Mund und Augen auf. Erst suchte er in seinen Kleidern, dann auf dem Boden. Er kniete sich hin und tastete zwischen den Trümmern, wo er geschlafen hatte. Dann stand er auf und schüttelte sein Gewand aus. Als er sich endlich mit dem Gedanken abgefunden hatte, dass er wohl nicht mehr finden würde, wonach er suchte, kauerte er sich hin und starrte das kopflose Pferdchen an.

Shimon beobachtete, wie sich das hässliche gelbliche Gesicht des Jungen schmerzvoll verzerrte, und sah etwas auf dessen Wange glitzern. Der Junge weinte. Befriedigt grinste Shimon in sich hinein, während seine Finger mit dem Kopf des Holzpferdchens spielten. Auf einmal kam ihm die stinkende Luft über dieser auf einem Sumpf erbauten Stadt wie ein Wohlgeruch vor, den er gierig einsog. Eines Tages, wenn er seine Rache vollendet hatte, würde ihm nichts als die Erinnerung bleiben. Deshalb musste er sich alle Einzelheiten genau einprägen.

Der Junge trocknete seine Tränen und warf das Spielzeug fort. Dann stand er auf und ging davon. Shimon hatte sein Versteck gerade verlassen, als der Junge noch einmal zurückkehrte. Abrupt wandte sich Shimon um, drehte ihm den Rücken zu und tat so, als würde er etwas auf dem Boden suchen. Aus dem Augenwinkel beobachtete er, wie der Junge das Spielzeug aufhob, es einsteckte und schließlich weiterzog.

Shimon nahm erneut seine Verfolgung auf.

Der Junge ging auf den Markt hinter Rialto, der sich neben dem Fischmarkt befand. Dort stahl er einen Apfel und einen Kanten Brot. Offenbar sehr hungrig, verschlang er beides gierig in einer abgelegenen Gasse. Als er wieder auf den Markt ging und dort eine Zwiebel stahl, entdeckte ihn der Gemüsehändler dabei und verfolgte ihn. Der Junge lief im Zickzack durch einige Gassen, und eine Zeit lang fürchtete Shimon, er hätte ihn verloren.

Doch dann sah er ihn wieder. Er stand mitten auf einem kleinen Platz an einen Brunnen gelehnt, schöpfte mit einer Holzkelle Wasser aus einem Eimer und trank.

Shimon duckte sich rasch in den Schatten eines Gebäudes.

Der Junge sah sich um. Dann schaute er auf das kopflose Holzpferd in seiner Hand. Wieder blickte er sich misstrauisch um.

Shimon hatte den Eindruck, dass der Junge nicht recht wusste, was er tun sollte, dass er allein war, und er befürchtete schon, dass er ihn gar nicht zu Mercurio führen würde.

Doch dann setzte er sich wieder in Bewegung.

Shimon folgte ihm.

Den Großteil des Vormittags schlenderte der Junge scheinbar ziellos durch die Straßen. Irgendwann stellte Shimon jedoch fest, dass er sich keineswegs zufällig bewegte, sondern seine Kreise um einen bestimmten Ort zu ziehen schien. Doch um welchen?

Um die neunte Stunde blieb der Junge erschöpft stehen. Er warf einen Blick auf den Canal Grande und lief plötzlich schnell und entschiedenen Schrittes vorwärts.

Shimon merkte, wie die Anspannung in ihm wuchs.

Dann wurde der Junge wieder langsamer, und Shimon befürchtete schon, er könnte es sich anders überlegen. Doch der Junge blieb nicht stehen, sondern ging geradewegs auf sein Ziel zu, einen dreigeschossigen Palazzo mit einer beeindruckenden Fassade. Vor der großen Eingangstür blieb er stehen.

Shimon beobachtete, wie der Pförtner ihn begrüßte und keineswegs wegjagte, wie man es bei einem Straßenjungen erwartet hätte. Also kannte er ihn.

Der Junge wartete dort vor dem Eingang, bis ein Mönch erschien, den der Pförtner wohl benachrichtigt hatte. Ein Mönch mit Wundmalen in den Händen. Shimon wunderte sich, dass ein

Mönch in einem solch vornehmen Palazzo lebte. Anscheinend kannte auch er den Jungen. Er warf ihm einen bösen Blick zu und sprach ihn dann barsch an. Als der Junge den Kopf schüttelte, redete der Mönch noch heftiger auf ihn ein. Doch der Junge schien sich nur noch entschiedener zu weigern.

Shimon beschloss, näher heranzugehen, um mehr zu erfahren. Er hatte vermutet, der Junge würde Mercurio in einer elenden Hütte, einer finsteren Spelunke, einem heruntergekommenen Wirtshaus treffen, und nun sah er sich einem Mönch gegenüber, der in einem vornehmen Palast lebte. Das alles ergab keinen Sinn.

Als er nahe genug herangekommen war, hörte er, wie der Mönch hart und gefühllos sagte: »Ich befehle dir zurückzukommen, du Dummkopf!«

Doch der Junge weigerte sich energisch.

»Der Allerhöchste braucht dich!«

»Nein! *Du* brauchst mich!«, rief der Junge schneidend, doch seine Stimme klang nicht sehr überzeugend.

Der Mönch näherte sich dem Jungen, sah das Spielzeug und riss es ihm aus der Hand. Er warf es wütend auf den Boden und trampelte darauf herum.

Shimon betrachtete die Szene angespannt. Das Leid des Jungen erregte ihn.

»Wir suchen schon seit Tagen nach dir«, sagte der Mönch aufgebracht. Dann hob er die Hand und versetzte dem Jungen eine saftige Ohrfeige mitten ins Gesicht.

»Lass das, Mönch!«, herrschte ihn eine Frau aus einem Fenster im ersten Stockwerk an. Aus seinem Versteck konnte Shimon sie nicht sehen.

Der Junge wich zurück, legte eine Hand an seine Wange und betrachtete traurig sein zerstörtes Spielzeug.

Er will gehen, dachte Shimon und bereitete sich darauf vor, ihn zu verfolgen.

»Zolfo!«, rief die Frau aus dem ersten Stock.

Der Junge hieß also Zolfo, dachte Shimon. Dann war er bestimmt ein Waisenjunge, denn den Mönchen mangelte es stets an Fantasie bei der Namensgebung der Findelkinder. Die beiden waren also nach Elementen benannt: Zolfo bedeutete Schwefel und Mercurio Quecksilber. Ob sie wohl im selben Waisenhaus groß geworden waren? Shimon lächelte. Der Gedanke war fast schon anrührend.

»Ich befehle dir, hereinzukommen und deine Pflicht zu erfüllen!«, rief der Mönch.

»Ach, leck mich doch!«, schrie der Junge wütend, doch aus seiner Stimme war ebenso Angst und Schmerz herauszuhören. Er wandte sich ab und rannte weg.

»Zolfo«, schrie die Frau und zeigte sich im Eingang.

Shimon wollte sich schon an Zolfos Verfolgung machen, um ihn nicht zu verlieren, als er plötzlich wie erstarrt stehen blieb. Seine Lungen zogen sich vor Aufregung heftig zusammen, und ihm stockte der Atem. Die Frau sah ganz anders aus als an jenem Tag auf der Piazza di Sant'Angelo in Pescheria. Jetzt war sie vornehm gekleidet, trug eine kostbare Kette um den Hals, und ihr Haar war kunstvoll in Zöpfen um den Kopf gelegt. Und doch war es dasselbe kupferrote Haar, dieselbe alabasterweiße Haut, und Shimon erinnerte sich, wie er bei ihrem Anblick an den Teil des Buches Daniel gedacht hatte, in dem Susanna von den beiden alten Männern bedrängt wird. Schon damals hatte dass Mädchen seine Sinne aufs Heftigste erregt. Und so erging es ihm auch jetzt wieder.

Er drehte sich zu Zolfo um, der in einer engen Gasse seitlich des Palazzos verschwand. Wenn er ihm nicht gleich folgte, würde er ihn aus den Augen verlieren.

Doch er hatte einen viel größeren Schatz gefunden.

»Zolfo!«, rief das Mädchen noch einmal.

Shimon fiel auf, wie erwachsen sie geworden war. Etwas in

ihrem Blick hatte sich verändert. Vielleicht hatten die alten Männer sie diesmal überwältigt. Oder sie hatte sie gar nicht erst fortgejagt, überlegte er grinsend.

»Dummer Mönch!«, fuhr das Mädchen den Geistlichen an, keineswegs so demütig wie Zolfo, sondern hart und brutal. Sie hatte offenbar keine Angst vor ihm.

»Hüte deine Zunge, Frau«, ermahnte der Mönch sie.

Das Mädchen ging auf ihn zu und starrte ihn einen Moment lang wortlos an. »Du Dummkopf! Merkst du eigentlich gar nicht, dass Zolfo uns Schwierigkeiten bereiten kann, wenn er redet?«

Shimon lauschte noch aufmerksamer.

Der Mönch hob eine durchbohrte Hand. »Der kommt zurück«, sagte er boshaft. »Der hat keinen eigenen Willen.«

»So wie du, meinst du?«, sagte das Mädchen verächtlich. Dann sah sie auf die Gasse hinunter, in der Zolfo verschwunden war, und kehrte kopfschüttelnd zurück in den Palazzo.

Shimon fühlte eine starke Erregung, als er sie mit wiegenden Hüften in der im Halbdunkel liegenden Eingangstür des Palazzos verschwinden sah.

Es würde wunderbar sein, sie zu quälen.

Wir sehen uns bald wieder, dachte er.

76

Ich bin ja so dumm«, flüsterte Giuditta, als sie an diesem Morgen bei Tagesanbruch die Augen aufschlug, während die Marangona-Glocke über den Dächern von Venedig ertönte.

In der Wohnung herrschte Unordnung. Giuditta hatte schon vor Tagen aufgehört, für ihren Vater zu kochen, das Geschirr abzuwaschen und Ordnung zu halten. Sie hatte sich in tiefes Schweigen gehüllt und ließ niemanden an sich heran, nicht einmal Octavia. Niemand durfte erfahren, was sie bewegte. Das Leben war ihr schlichtweg gleichgültig geworden. Sie sah das Geschirr, das sich in der Waschschüssel stapelte, doch sie nahm es nicht wahr. Das Leben um sie herum ging weiter, doch wenn die Leute etwas zu ihr sagten, hörte sie nicht hin. Als befände sie sich in einer anderen Welt, die so weit entfernt von der ihren war, dass nichts dort sie berühren konnte.

Doch an diesem Morgen war alles anders, und sie sagte sich erneut: »Ich bin ja so dumm.«

Zum ersten Mal, seit sie auf Mercurio verzichtet hatte, lächelte sie. Und als sie es bemerkte, legte sie sich eine Hand an die Lippen, als wollte sie diese unerwartete Freude mit ihren Fingerkuppen körperlich spüren.

Sie ging zum Fenster und sah ihren Vater, der sich in die Reihen derjenigen aus der Gemeinde mischte, die das Ghetto verlassen wollten, während die Wachen die Tore öffneten.

Sie wusch sich das Gesicht und zog sich rasch an, denn sie hatte keine Zeit zu verlieren.

Jetzt, da sie es endlich begriffen hatte, war alles so offensichtlich.

Die Angst hatte sie daran gehindert, vernünftig zu überlegen. Und genau so funktionierten bestimmte Betrügereien, hatte ihr Vater ihr einmal erklärt. Wenn man das Opfer in die Enge treibt, hat es keine Gelegenheit mehr abzuwägen, was wirklich vor sich geht oder ob ihm noch ein Ausweg bleibt. Das Opfer durfte nur die Möglichkeiten in Betracht ziehen, die ihm der Betrüger eingab. Es durfte keinesfalls einen eigenen Gedanken fassen.

Genau so war es gewesen, dachte Giuditta, die Angst hatte sie verwirrt. Sie hatte nur das gesehen, was Benedetta sie sehen ließ.

Dabei hatte die Lösung klar auf der Hand gelegen. Und sie war so dumm gewesen, sie nicht zu erkennen! Warum gerade an diesem Morgen endlich der Schleier über ihren Augen zerrissen war, konnte sie sich nicht erklären, aber es spielte auch keine Rolle. Manchmal geschahen die Dinge eben ganz unerwartet. Menschen starben unerwartet. Oder sie verschwanden. Oder sie verliebten sich plötzlich, so wie es ihr und Mercurio an jenem Tag passiert war, als in dem Proviantkarren ihrer beider Hände zueinandergefunden hatten. Und genauso plötzlich und unerwartet war sie zur Frau geworden. Nachdem sie Mercurio zum ersten Mal in sich aufgenommen hatte, war ihr das Leben so verheißungsvoll vorgekommen, so farbenfroh und durchdringend, wie sie es sich niemals hätte vorstellen können. Doch genauso unvermittelt hatte das Leben blass und hoffnungslos vor ihr gelegen, als Benedetta ihr keinen Ausweg gelassen hatte.

Nun jedoch war Giuditta bewusst geworden, dass es doch noch eine Möglichkeit für sie und Mercurio gab. Für ihre Liebe. Für eine gemeinsame Zukunft.

Auf einmal erschien ihr das Leben wieder lebenswert, und sie spürte, wie das Blut kraftvoll durch ihren Körper strömte. Hoffnung erfüllte ihre Brust, und ihre Lungen sogen glücklich die laue Sommerluft ein.

»Es war doch so offensichtlich«, sagte sie sich lachend und zog sich weiter an.

Benedetta hatte ihr das Gift der Angst eingeflößt. Und sie hatte sich nicht dagegen gewehrt, sondern sich ganz ihrer Furcht ergeben. Aus Angst hatte sie aufgehört zu kämpfen, zu denken, zu leben.

Doch jetzt wusste sie, was sie zu tun hatte. Sie würde auf der Stelle zu Mercurio gehen, um ihm alles zu erzählen und ihm zu sagen, dass er fliehen musste. Dann würde der Fürst ihn nicht finden. Und sie würde ihm sagen, dass sie mit ihm gehen würde, wohin auch immer er wollte. Denn er war das Wichtigste in ihrem Leben.

Dieses Mal würde sie ihrem Vater keinen Brief schreiben, sich nicht hinter wohlklingenden Floskeln verstecken. Sie würde mit ihm reden und ihm dabei in die Augen sehen, wie es ein Vater verdiente. Und wie es ihre Liebe zu Mercurio verdiente. Sie würde ganz offen mit ihrem Vater reden, weil sie nicht länger feige sein wollte. Und weil sie keine Angst mehr haben wollte.

Beinahe heiter öffnete sie die Wohnungstür und ging die Stufen hinunter. Von unten drang ein erregtes Stimmengewirr herauf, doch Giuditta nahm es gar nicht wahr. In ihrem Kopf waren nur die Worte, die sie zu Mercurio sagen würde, und die Sehnsucht danach, endlich wieder in seinen Armen zu liegen.

»Das ist sie!«, rief jemand, als sie unten angekommen war.

Giuditta blickte auf.

Vor ihr stand der Heilige und richtete anklagend den Finger auf sie. Dann sah sie Octavia und deren schreckgeweitete Augen. Und weiter hinten in der vorwärtsdrängenden Menschenmenge ihren Vater, der sie anstarrte und einen Arm hob. Neben dem Heiligen stand ein hochrangiger Beamter in Begleitung bewaffneter Wachen.

Der Beamte stieß den Heiligen beiseite, trat einen Schritt vor und verkündete: »Jüdin Giuditta di Negroponte, im Namen der Erlauchtesten Republik von Venedig und der Heiligen Inquisition nehme ich dich wegen Hexerei in Haft!«

Giuditta sah, wie Octavia sich erschrocken die Hände vor den Mund schlug und wie ihr Vater kopfschüttelnd die Leute gewaltsam beiseitedrängte, um zu ihr zu gelangen. Und sie sah den Heiligen zufrieden grinsen.

Mercurio!, war ihr einziger Gedanke.

Dann spürte sie den harten Griff der Wachen, die sie aus der Haustür zerrten und sich mit ihr einen Weg durch die Menge bahnten.

Mercurio!, dachte sie wieder.

Sie fühlte, wie sich kaltes Eisen klirrend um ihre Handgelenke schloss und wie man ihren Rock hob, um ihre Knöchel mit einem Holzblock zu fesseln.

»Vorwärts, Jüdin«, sagte eine Stimme.

»Giuditta!«, riefen ihr Vater und Octavia entsetzt.

»Hexe!«, brüllte der Heilige.

Und die Christen wiederholten: »Hexe!«

Sie hörte auch die Stimmen der Näherinnen, von Ariel Bar Zadok und dem Zuschneider Rashi Sabbatai, die ihren Namen riefen und schrien: »Nein, das ist Unrecht!«

Und wieder ihren Vater, der mit seinen verzweifelten Schreien jede andere Stimme übertönte: »Das ist meine Tochter! Lasst meine Tochter gehen!«

Und erst jetzt, inmitten des lauten Stimmengewirrs, bemerkte sie, wie sich mit einem Mal Stille in ihrem Innern ausbreitete. Sie war ganz ruhig geworden, und sie dachte nur noch: Ich muss zu Mercurio. Alles Übrige schien sie nichts anzugehen, als würde der Holzblock sich nicht um ihre Knöchel schließen, als würden die Fesseln nicht ihre Handgelenke gefangen halten. Als gehörte das, was da gerade um sie herum geschah, nicht zu ihrem Leben.

»Lauf, Jüdin«, befahl der Kommandant der Wachen und stieß sie vorwärts.

Giuditta tat einen ersten Schritt. Der Holzblock an ihren

Knöcheln brachte sie ins Stolpern, und sie fiel mit den Händen nach vorn in den von der Sommerhitze getrockneten Straßendreck.

Isacco drängte sich durch die Wachen und half ihr beim Aufstehen. Dabei verrutschte ihm der gelbe Hut auf dem Kopf.

Giuditta dachte nur, dass er mit dem Hut lächerlich aussah. Sie blickte ihn an, ohne ihn klar zu erkennen, wie sie auch sonst nichts in ihrer Umgebung klar erkennen konnte. Es war, als könnte sie nur Dinge und Menschen deutlich sehen, die weit von ihr entfernt waren. Sobald sie sich ihrem Gesichtskreis näherten, verschwammen sie zu Schemen.

»Giuditta ...«, sprach Isacco sie an.

Ein Wachmann versetzte ihm einen Schlag in den Rücken, und Isacco verzog schmerzlich das Gesicht.

»Verschwinde, Jude«, herrschte ihn die Wache an.

Giuditta sah, wie der Mann den gelben Hut, der Isacco endgültig vom Kopf geglitten war, unter seinen Füßen zertrampelte.

»Und du, lauf schon!«, wiederholte der Wachmann und stieß sie vorwärts.

Giuditta machte kleine Trippelschritte, soweit es der Holzblock zwischen ihren Knöcheln zuließ.

Auf der Fondamenta degli Ormesini hatte sich, von den Ereignissen angelockt, eine noch größere Menschenmenge versammelt.

»Hexe!«, schrien die Menschen. »Hexe!«

Giuditta wandte sich um und sah, dass Isacco ihr folgte. Er war in sich zusammengesunken und wirkte wie ein alter Mann. Er schaute sie an und blickte sich hilfesuchend um, obwohl er wusste, dass niemand ihm helfen würde.

»Es ward Gerechtigkeit!«, schrie der Heilige und lief allen voran, als befände er sich an der Spitze einer Prozession. Dabei hielt er seine Hände so ins Licht, dass es durch die Stigmata fiel. »Es ward Gerechtigkeit! Gelobt seist du, mein Gott!«

»Hexe! Hexe!«, schrie die Menge immer aufgebrachter.

Ein junger Mann hob einen Stein auf und schleuderte ihn auf Giuditta.

Diese spürte einen heißen Schmerz an der Stirn und fiel wieder zu Boden.

»Steh auf!«, herrschte der Kommandant der Wachen sie an.

Giuditta versuchte sich zu erheben, doch die Beine versagten ihr den Dienst. Sie spürte, wie ihr etwas warm die Stirn hinunterrann. Etwas Dichtes, Rotes lief vor ihren Augen herunter und trübte ihr den Blick.

»Hexe! Hexe!«, riefen die Leute um sie herum weiter.

Noch ein Stein traf sie im Rücken, und dann einer am Kinn.

»Geht beiseite!«, sagte plötzlich eine kräftige, befehlsgewohnte Stimme.

Giuditta merkte, dass jemand sie am Arm nahm und stützte.

»Mischt Euch da nicht ein!«, sagte der Beamte der Republik Venedig drohend.

Hauptmann Lanzafame zog sein Schwert.

Der Kommandant tat es ihm nach.

»Es wurde aber auch langsam Zeit, dass du dich darauf besinnst, dass du eine Waffe trägst«, sagte Lanzafame zu ihm, ohne Giuditta loszulassen, die sich kaum noch auf den Beinen halten konnte.

»Hast du gehört, was er gesagt hat? Misch dich da nicht ein!«, rief der Kommandant der Wachen.

»Es ist meine Aufgabe, mich um die Juden zu kümmern«, erwiderte Lanzafame. »Und da du anscheinend deine Gefangenen nicht zu schützen weißt und zulässt, dass sie ohne einen gerechten Prozess von der blutdürstigen Meute in Stücke gerissen werden, solltest du lieber verschwinden!«

»Im Namen der Erlauchtesten Republik Venedig ...«, begann der Beamte.

»Im Namen der Erlauchtesten Republik Venedig?«, unterbrach Lanzafame ihn laut. »Wenn diesem Mädchen auch nur ein Haar gekrümmt wird, wenn du zulässt, dass sie nicht dort ankommt, wohin du sie bringen sollst, dann reiße ich dir den Kopf ab, bei Gott! Aber vorher zeige ich dich beim Dogen höchstpersönlich wegen Pflichtvergessenheit an! Und zwar im Namen der Erlauchtesten Republik Venedig!«

Der Beamte sah den Kommandanten der Wachen an. Dessen Blick fiel auf Lanzafames Soldaten, die sie eingekreist und die Hände an die Waffen gelegt hatten. Er bemerkte die Blessuren an ihren Körpern und begriff, dass da wahre Kämpfernaturen vor ihm standen.

»Beschützt die Gefangene!«, ordnete er an, und die Wachen umringten Giuditta.

»Wird es gehen?«, fragte Lanzafame das Mädchen.

Giuditta sah ihn an. Gerade noch hatte sie sich geschworen, dass die Angst nicht die Oberhand über sie gewinnen würde. Aber auf all das war sie nicht vorbereitet. »Ich bin so dumm«, sagte sie leise, »warum bin ich nicht viel früher mit Mercurio geflohen?«

»Was sagst du?«, fragte Lanzafame.

»Überlass sie uns«, herrschte der Kommandant der Wachen ihn an.

Lanzafame wandte sich an seine Männer. »Schutzaufstellung!«, befahl er.

Die Soldaten bildeten einen Ring um die Wachen. Zwei von ihnen gingen voran und bahnten der Gruppe einen Weg durch die Menge, zwei blieben am Ende des Zuges zurück. Serravalle und die übrigen Soldaten hielten sich an den Seiten. Und so wirkte es, als sei Giuditta die Gefangene der Wachen und die wiederum Gefangene von Lanzafames Soldaten.

»Du Soldat Satans!«, schrie der Heilige.

Lanzafame starrte ihn an, ohne etwas darauf zu erwidern. Als er an dem jungen Mann vorbeikam, der den ersten Stein auf

Giuditta geworfen hatte und nun einen weiteren in der Hand hielt, schlug er ihm wütend den Griff seines Schwerts ins Gesicht. Der junge Mann sank bewusstlos zu Boden, und ein Blutfaden lief ihm aus der Nase und von der aufgeplatzten Lippe herunter.

Die Menge beruhigte sich allmählich. Dennoch folgten die Menschen dem Zug bis zum Markusplatz, und dort wurden sie wieder lauter und lauter.

»Hexe! Hexe!«, erschallten wütende Rufe.

Lanzafames Soldaten zückten ihre Schwerter und hielten sie gut sichtbar bereit, bis der Zug den Eingang zu den Kerkern des Dogenpalastes erreicht hatte.

»Hier könnt Ihr nicht hinein«, sagte der Kommandant der Wache zu Lanzafame.

Der Hauptmann starrte ihn schweigend an. »Lass wenigstens den Vater Abschied nehmen«, sagte er dann.

Der Kommandant nickte. »Aber beeil dich«, mahnte er Isacco.

Isacco ging zu Giuditta. Vorsichtig wischte er ihr mit dem Ärmel seines Gewandes das Blut aus dem Gesicht. Er sah sie an und wollte etwas sagen, doch er brachte kein Wort heraus.

»Los, das reicht, verschwinde«, befahl der Kommandant nach einer Weile mit einem besorgten Blick auf die Menge, die von hinten nachdrängte.

Isacco rührte sich nicht. »Das ist alles meine Schuld«, sagte er dann leise zu Giuditta und schlug sich an die Brust. »Ich bin schuld, denn ich habe dich hierhergebracht.«

»Ich habe gesagt, es reicht«, erklärte der Kommandant drohend.

Als Lanzafame Isacco behutsam am Arm fasste, ließ dieser sich fortziehen, ohne jedoch den Blick von seiner Tochter abzuwenden.

»Mercurio …«, sagte Giuditta schließlich tonlos.

Isacco starrte sie an.

»Sag es Mercurio«, flüsterte Giuditta.

Dann packten die Wachen sie und schoben sie brutal auf die Stufen zu, die zu den Kerkern hinunterführten.

»Gelobt sei unser Heiland Jesus Christus!«, schrie der Heilige an die Menge gewandt. »Es ward Gerechtigkeit!«

»Es ward Gerechtigkeit!«, schrie ihm die Menge nach.

77

Nein«, sagte Mercurio kaum hörbar.

Isacco starrte ihn verständnislos an. Sein Gesicht war von Leid und Sorgen gezeichnet. Seine kräftigen Schultern hatten sich nach vorn gekrümmt, als wären sie unter einer unerträglichen Last zusammengebrochen. Seine Augen wirkten erloschen.

»Nein?«, fragte Isacco.

Mercurio schüttelte als Antwort den Kopf.

Beide standen in dem Stall, der immer mehr einem Hospital ähnelte, und starrten einander bestürzt an.

Die Huren bewegten sich langsam, mit gesenkten Köpfen durch den Raum. Niemand wagte ein Wort zu sagen.

»Sie hat nur das gesagt ...«, brachte Isacco mühsam heraus, »nur ›Sag es Mercurio‹ ... sonst nichts ...«

Mercurio nickte und blieb weiter stumm. Was sollte das bedeuten?, fragte er sich. Warum wollte Giuditta, dass er von ihrer Verhaftung erfuhr? Sie hatte jetzt ein anderes Leben, aus dem sie ihn verbannt hatte. Warum also wollte sie nun auf einmal, dass er von ihrem Schicksal erfuhr?

»Ich habe sie eingesperrt ...«, jammerte Isacco. »Ich habe sie nach Venedig gebracht ...«

Mercurio starrte ihn an, als würde er ihn erst jetzt wirklich wahrnehmen. Wut stieg in ihm auf. Wut auf Giuditta, die ihn aus ihrem Leben ausgeschlossen hatte und ihn nun so grausam wieder dahin zurückholte. »Ich habe nicht die Kraft, Euch auch noch zu stützen, Doktor«, sagte er.

Isacco ließ den Kopf hängen und fiel noch mehr in sich zusammen.

»Oh verdammt!«, rief Mercurio wütend aus. »Reißt Euch zusammen, Doktor!«

»Was ist hier los?«, fragte Hauptmann Lanzafame, der sich von hinten genähert hatte.

»Ihr seid doch sein Freund, oder, Hauptmann?«, sagte Mercurio mit hochrotem Kopf. »Dann tröstet Ihr ihn doch! Dieser Mann hat mich die ganze Zeit nicht mal mit dem Allerwertesten angesehen, und jetzt will er, dass ich ... dass ich ihn ...«

Lanzafame versetzte ihm einen Stoß. »Verschwinde. Er will überhaupt nichts von dir, du Schwachkopf.« Er nahm Isacco am Arm. »Komm, lass uns gehen.«

»Wohin?«, fragte Isacco.

»Keine Ahnung«, erwiderte Lanzafame. »Lass uns ein bisschen frische Luft schnappen ...«

»Ja, verschwindet. Dieser ganze Mist interessiert mich sowieso nicht«, knurrte Mercurio finster. Doch er ballte die Hände zu Fäusten und presste die Zähne zusammen.

Als Lanzafame ihn so sah, ließ er schlagartig Isaccos Arm los, stürzte sich auf Mercurio und stieß ihn gegen eine Wand. »Nun wein doch, Junge!«, brüllte er außer sich und schüttelte ihn kräftig. »Verdammt noch mal, wein doch endlich!« Er starrte ihn lange an, ehe er wieder von ihm abließ. Dann ging er wieder zu Isacco, hakte ihn unter und sagte leise zu ihm: »Und das gilt auch für dich, alter Trottel.«

Isacco folgte ihm gehorsam zur Tür des Stalls.

»Er hat recht«, sagte Scarabello plötzlich von seinem Lager aus.

Mercurio wandte sich um. Sein Gesicht war zu einer schmerzvollen Grimasse verzerrt. Er stieß einen heiseren Laut aus, ein Knurren, das seine Kehle wieder freigab, und schüttelte heftig den Kopf. »Nein!«, schrie er laut.

»Lass dich gehen ...«, sagte Scarabello, dem man deutlich anhörte, wie sehr die Krankheit ihn bereits geschwächt hatte.

Mercurio ballte die Hände noch fester zusammen. Dann rannte er ohne ein weiteres Wort hinaus aufs offene Land und lief so lange ziellos durch die Gegend, bis er völlig erschöpft war. Er ließ sich bäuchlings ins Gras fallen, das die Sommerhitze langsam gelb färbte, und vergrub seine Hände in der trockenen Erde. So blieb er starr liegen, während die Sonne ihm auf den Rücken brannte, unfähig, auch nur eine einzige Träne zu vergießen.

»Sag es Mercurio ...«, flüsterte er und hätte nicht ermessen können, wie lange er schon dort lag, wie lange es her war, dass die Welt aufgehört hatte, für ihn zu existieren.

Er hob den Kopf, und die Sonne blendete ihn.

»Warum?«, schrie er dem Himmel entgegen.

Als er endlich aufstand und umkehrte, sah er Isacco und Lanzafame an der Viehtränke stehen. Isacco hatte sich, von Schmerz und Schuldgefühlen zerrissen, auf einen Stein gesetzt und weinte. Lanzafame stand neben ihm und starrte mit verschränkten Armen in die Sonne.

Mercurio zögerte. Er verspürte Wut und Angst, doch zugleich keimte auch so etwas wie Hoffnung in ihm auf.

»Warum?«, flüsterte er.

Er erinnerte sich an den Tag, als Giuditta ihm gesagt hatte, alles sei aus zwischen ihnen. Er dachte daran, dass er ihr wie ein streunender Hund gefolgt war und beobachtet hatte, wie sie Joseph geküsst hatte, den Jungen, den Isacco ihr als Begleiter an die Seite gestellt hatte, um sie vor ihm, Mercurio, zu schützen.

Erneut stieg Zorn auf den Doktor in ihm auf. Es ist alles deine Schuld, dachte er.

Alles kam ihm sinnlos vor. Und doch hatte er auf einmal das dringende Bedürfnis, die Antwort auf eine Frage finden, die ihn schon seit einer Weile quälte.

»Warum?«, wiederholte er, während er zur Anlegestelle der Fischer rannte, und er sagte es sich weiter vor, während Tonio und Berto ihn mit raschen Ruderschlägen nach Venedig zur Cannaregio-Brücke brachten.

Er sprang aus dem Boot, und seine Hand glitt prüfend in die Tasche mit dem Messer. Dann lief er zum Platz des Ghetto Vecchio und wartete. Er fühlte sich zu allem bereit, doch erst musste er sich Klarheit verschaffen.

»Sag es Mercurio«, hörte er eine Stimme in seinem Kopf. Und ihm kam es vor, als wäre es wirklich Giuditta, die zu ihm sprach. »Sag es Mercurio ...«

Und endlich tauchte Joseph auf, denn er war es, auf den Mercurio mit wachsender Anspannung gewartet hatte.

Als er ihn schlenkernd näher kommen sah, wurde ihm bewusst, dass er schon fast vergessen hatte, wie groß und kräftig Joseph war.

Er folgte ihm, bis sie sich in einer dunklen verlassenen Gasse befanden. Dort fiel Mercurio mit dem Messer in der Hand über ihn her und hielt es ihm an die Kehle. »Erkennst du mich, du Mistkerl?«, fragte er und blies ihm seinen Atem drohend ins Gesicht.

Joseph nickte bedächtig.

»Was ist zwischen dir und Giuditta?«, fragte Mercurio und drückte ihm die Klinge fester an die Kehle. Dabei gelang es ihm kaum, die Augen von Josephs Mund abzuwenden, der Giudittas Lippen geküsst hatte. »Antworte, du Dreckskerl!«

»Du tust mir weh«, sagte Joseph gelassen.

»Willst du wissen, was wirklich wehtut?«, fragte Mercurio ihn noch wütender und drückte ihm die Messerspitze genau unter das Kinn. »Wenn du mir nicht antwortest, kommt dieses Messer gleich aus einem deiner Augen wieder raus, hörst du?!«

Joseph nickte wortlos. Doch sobald Mercurio den Druck des Messers verringerte, befreite er sich mit einer in Anbetracht seiner Körperfülle unglaublichen Geschicklichkeit und drehte den Spieß um. Jetzt war er es, der Mercurio gegen die Mauer stieß, nachdem er ihm ein Handgelenk verdreht und ihn dazu gezwungen hatte, das Messer fallen zu lassen. Er presste ihm den Unterarm gegen den Hals und nahm ihm so jede Möglichkeit, sich zu wehren.

»Ich bin zwar nicht schlau. Aber ich bin stark und weiß, wie ich meine Kräfte einsetzen muss«, sagte er ruhig. »Das Einzige, was ich wirklich gut kann, ist Kämpfen.«

Mercurio starrte ihn hasserfüllt an.

»Zwischen mir und Giuditta ist gar nichts«, sagte Joseph schließlich.

»Aber warum ... hast du sie dann geküsst?«, stammelte Mercurio.

»Ich weiß nicht«, gestand Joseph errötend. »Giuditta hat mir gesagt, ich soll es tun, und da habe ich es eben getan, ohne weiter nachzufragen. Ich kenn mich nicht aus mit Frauen. Die machen mich nur verlegen ...« Er sah Mercurio mit seinen sanftmütigen Kuhaugen an. »Ich gehe jetzt«, sagte er. »Mach keinen Unsinn.«

Mercurio nickte langsam.

Joseph nahm seinen Unterarm weg, dann tat er einen Schritt zurück.

Mercurio hatte auf einmal ganz weiche Knie. Er konnte sich kaum noch auf seinen Beinen halten, und in seinem Kopf ging alles wild durcheinander.

»Es tut mir leid«, sagte Joseph.

»Ach hau doch ab, du Speckwanst!«, brüllte Mercurio wütend und verschwand.

Als er hinter dem Sottoportego des Ghetto Vecchio die Brücke nach Cannaregio erreichte, versagten ihm seine Beine endgültig. Er klammerte sich an das Holzgeländer.

»Ist was mit dir, Junge?«, fragte ihn eine alte Magd, die mit Einkäufen beladen vom Markt zurückkehrte.

Mercurio sah sie mit wildem Blick an.

Die alte Frau blickte erschrocken zu Boden und setzte dann hastig ihren Weg fort.

Er atmete tief durch, um neue Kraft zu schöpfen, und machte sich dann entschlossen auf den Weg in Richtung San Marco.

Keuchend erreichte er den Bogengang am Dogenpalast, von wo aus es zu den Kerkern ging, und sah dort zwei Soldaten das Tor bewachen. Hinter ihnen standen noch fünf weitere Männer, darunter der Kommandant in seiner hochrangigen Uniform.

Auf dem kleinen Platz vor dem Palast hatte sich eine Menge von Müßiggängern versammelt. Alle redeten nur über die Hexe.

»Ich muss ...«, stammelte Mercurio keuchend, »Giuditta di Negroponte sehen ...«

Einer der Soldaten sah ihn flüchtig an. »Verschwinde«, sagte er nur.

»Ich habe gesagt, ich muss sie sehen«, erklärte Mercurio mit Nachdruck.

Der Soldat wandte sich ihm zu. »Und wer bist du?«

»Ich bin ...« Mercurio wusste nicht, was er sagen sollte. »Ich bin ...«

»Du bist ein Niemand. Verschwinde!«, sagte der Kommandant der Wachen und kam auf ihn zu.

Mercurio blieb wie erstarrt stehen. Ein Schauder überlief seinen ganzen Körper, und er spürte Angst in sich aufsteigen. Unschlüssig verlagerte er sein Gewicht und reckte seinen Hals nach dem Bogengang des Dogenpalastes.

»Hast du nicht verstanden, Junge? Du sollst verschwinden!«, wiederholte der Kommandant seinen Befehl.

»Giuditta!«, schrie Mercurio plötzlich auf. »Giuditta, hörst du mich?«

»He, was soll das!«, rief der Kommandant.

Einige der Schaulustigen auf dem Platz näherten sich neugierig.

»Giuditta!«, schrie Mercurio wieder, so laut er konnte. Die Hände hatte er trichterförmig an seinen Mund gelegt, als könnte er mit diesen Schreien alle Angst aus seinem Körper ausstoßen. »Warum? Sag mir, warum?«

Auf einen Wink des Kommandanten hin versuchten die beiden wachhabenden Soldaten, Mercurio an den Armen zu packen.

Doch Mercurio sprang beiseite und konnte sich losmachen. »Giuditta!«, schrie er wieder.

»Hör auf, Junge, oder ich lasse dich verhaften!«, drohte ihm der Kommandant.

Inzwischen waren auch die anderen Soldaten dazugekommen und warteten nur auf seinen Befehl.

»Leck mich doch!«, brüllte Mercurio, der schon nicht mehr wusste, was er sagte.

Der Kommandant schnellte vor und packte ihn an der Jacke. »Du bist verhaftet. Das hast du dir selbst zuzuschreiben.«

Zwei Soldaten ergriffen ihn von beiden Seiten.

»Giuditta!«, schrie Mercurio und versuchte sich zu befreien. »Sag mir, warum?«

»Warte nur, eine Nacht im Kerker wird dir den Kopf schon zurechtrücken«, sagte der Kommandant. »Wie heißt du? Wer bist du eigentlich?«

Da erschien, angelockt von dem Geschrei, der Heilige auf den Stufen, die zu den Kerkern führten.

»Über dich stolpert man auch überall, verdammter Mönch!«, sagte Mercurio verächtlich. Der Heilige, der ihn gleichermaßen wiedererkannt hatte, machte aus seinem Unmut ebenfalls keinen Hehl und warf Mercurio einen abschätzigen Blick zu.

»Hüte deine Zunge«, wies der Kommandant Mercurio zurecht. Dann befahl er seinen Männern: »Schafft ihn rein.«

In dem Moment drehte sich Mercurio instinktiv zu dem Kommandanten um und rammte ihm seinen Kopf ins Gesicht.

Verwirrt ließen die Soldaten Mercurio einen Moment lang los, woraufhin dieser sofort zurücksprang.

Zitternd vor Schmerz fiel der Kommandant mit gebrochener Nase zu Boden. »Verhaftet diesen Scheißkerl!«, schrie er seinen Männern zu.

Doch Mercurio hatte sich schon umgewandt und war losgelaufen.

»Haltet ihn!«, schrie der Kommandant, während ihm das Blut aus der Nase schoss.

»Ich weiß, wer das ist«, sagte der Heilige. »Und ich glaube, ich weiß auch, wo er lebt.«

Verfolgt von den Soldaten rannte Mercurio inzwischen quer über den Markusplatz. Doch die Männer hatten schwer an ihrer Rüstung zu tragen, deshalb hatte er sie schnell abgeschüttelt und konnte ein Fischerboot besteigen, das nach Mestre zurückkehrte. Am Anlegeplatz stieg er aus und ging zu Annas Haus.

Außer Giuditta gab es nur einen Menschen, der ihm seine Frage vielleicht beantworten konnte.

»Ich muss mit Euch reden, Doktor«, sagte Mercurio zu Isacco, der sich gerade über eine Hure beugte, um eine ihrer Wunden zu behandeln.

Isacco drehte sich um und sah ihn an. Dann nickte er und folgte ihm nach draußen.

Schweigend gingen sie bis zur Viehtränke. Dort blieben sie Seite an Seite stehen, ohne einander anzusehen.

Mercurio fühlte sich schwach, aber er konnte nicht warten. Er musste Bescheid wissen, brauchte Gewissheit darüber, ob die Hoffnung, die ihn den ganzen Tag erfüllt hatte, sich in nichts auflösen würde oder Gestalt annehmen konnte.

Isacco sagte kein Wort. Er stand einfach da und betrachtete den in der Sommerhitze flimmernden Horizont.

Mercurio holte tief Luft und wandte sich leise, beinahe zaghaft an ihn.

»Warum?«, fragte er nur.

Isacco antwortete nach kurzem Zögern, als müsste er die Frage erst nachklingen lassen, und seine Stimme war warm und voller Mitgefühl: »Weil sie dich liebt, mein Junge.«

Da wurde Mercurio von maßloser Angst ergriffen.

»Helft mir«, stammelte er nur.

78

Sigillum diaboli«, sagte der Heilige. »Weißt du, was das bedeutet, Jüdin?«

Giuditta starrte ihn angsterfüllt an. Nach der Nacht in einer finsteren, feuchten Kerkerzelle war sie im Morgengrauen in diesen Raum gebracht worden, wo an einer Wand Folterwerkzeuge hingen und an den anderen Eisenringe und Ketten eingelassen waren. In der Mitte des großen, feuchten Gewölbes stand ein Tisch.

Der Heilige war zum Inquisitor ernannt worden, und er hatte sich neben einem kräftigen Mann aufgebaut, dem Henker.

»Also, weißt du nun, was das *sigillum diaboli* ist?«, wiederholte Fra' Amadeo.

Giuditta schüttelte verängstigt den Kopf.

»Vieh wird stets von seinem Herrn gebrandmarkt, um seinen Besitz zu kennzeichnen«, erklärte Bruder Amadeo grinsend. »Und aus dem gleichen Grund hat auch dein Herr, der Teufel, Satan höchstpersönlich, ein Zeichen auf dir hinterlassen.« Er kam auf sie zu. »Und dieses Zeichen werde ich jetzt finden, du Hexe.«

Giuditta erschauerte vor Angst.

»Walte deines Amtes, Henker«, sagte der Heilige. »Möge die Hand unseres Herrn über dir wachen.«

Der Henker schärfte zunächst ein Rasiermesser an einem Lederstreifen. »Zieh dich aus«, sagte er gleichmütig, wie jemand, der einfach seine Arbeit tat.

»Nein …«, flüsterte Giuditta mit schreckgeweiteten Augen

und wich einen Schritt zurück. Sie verschränkte die Arme vor der Brust, als wäre sie bereits nackt.

Der Henker wandte sich an die beiden Soldaten, die Giuditta gebracht hatten. »Zieht sie aus«, befahl er.

»Nein ...«, flehte Giuditta noch einmal und sah sich um. Als die Soldaten neben ihr standen, floh sie wie ein ängstliches Vögelchen zu der Tür, die sie von ihrer Freiheit trennte, und schlug mit den Händen gegen das mit dicken Eisenstangen verstärkte Lärchenholz. Verzweifelt kratzte sie mit den Nägeln daran. »Nein! Bitte nicht!«, schrie sie, während die Soldaten sie packten.

Die beiden Wachen schleppten sie in die Mitte des Raums.

Der Henker ging zu ihr. »Wenn du dich wehrst, werden sie dir die Kleider vom Leib reißen«, erklärte er ihr mit ruhiger Stimme. »Und wenn wir fertig sind und du dich wieder anziehen sollst, hast du nur noch ein zerrissenes Gewand und bleibst mehr oder weniger nackt.«

»Bitte ...«

»Wehr dich nicht, dann werden sie dich weniger unsanft entkleiden«, wiederholte der Henker.

Daraufhin senkte Giuditta ergeben ihre Arme. Während sie die Hände der beiden Wachen auf sich spürte, die ihr Mieder aufschnürten, ließ sie auch den Kopf sinken, und heiße dicke Tränen liefen ihre Wangen hinunter.

»Womit wollt Ihr beginnen, Inquisitor?«, fragte der Henker, als Giuditta entblößt neben ihm stand.

Der Heilige deutete auf ihre Scham.

»Legt sie auf den Tisch«, befahl der Henker.

Die beiden Wachen packten Giuditta und hoben sie auf einen mit Eisenringen versehenen Holztisch. Nachdem sie ihr die Handgelenke über dem Kopf gefesselt und die Knöchel jeweils an der unteren Seite des Tisches festgebunden hatten, trat der Henker hinzu. Er schloss einen breiten, rauen Eisenring um

Giudittas Hüfte, sodass sie sich nun gar nicht mehr rühren konnte. Dann betätigte er eine Kurbel, und der untere Teil des Tisches teilte sich. Als er mit dem Kurbeln aufhörte, waren Giudittas Beine weit auseinandergespreizt und durch die Fußfesseln völlig unbeweglich.

Der Henker zeigte ihr das Rasiermesser. »Wenn du ganz ruhig bleibst, werde ich dich nicht schneiden«, sagte er zu ihr.

Dann machte er sich zwischen Giudittas Beinen zu schaffen. Zunächst schüttete er ihr einen Krug Wasser und Seifenlösung über die Scham, rieb vorsichtig und ohne zu weit vorzudringen die Haare, bis es schäumte, und begann dann, sie zu rasieren.

Giuditta schloss die Augen und unterdrückte ihre Verzweiflungsschreie.

Als der Henker mit der Rasur fertig war, goss er noch mehr kaltes Wasser über ihren Körper, um die Haare abzuspülen.

»Sie ist bereit«, sagte er zu dem Heiligen.

Bruder Amadeo näherte sich. Er starrte auf die nackte Blüte aus weichem Fleisch zwischen Giudittas Beinen. Er wusste, dass auch ihn ein solcher Schoß geboren hatte. Seine Mutter musste damals etwa im gleichen Alter gewesen sein wie die Jüdin. Ihr fleischiger Hügel war es, der seinen Vater, Bruder Reginaldo da Cortona, Kräutermönch vom Orden der Prediger, aus dem Kloster gelockt, ihn verdorben und zu ewiger Schande verdammt hatte.

Er deutete auf Giudittas Scham. »Zangen.«

Der Henker sah ihn verständnislos an. »Wozu brauchen wir die?«, fragte er. »Wenn Ihr sie nicht anfassen wollt, kann ich das tun.«

»Zangen!«, schrie der Heilige beinahe. »Diese Hexe ist mir schon zu oft entkommen, als dass ich mich auf deine Hände verlassen kann!«

»Jetzt entkommt sie nicht mehr«, sagte der Henker.

Bruder Amadeo ging beinahe auf ihn los. Er war zwar fast

zwei Spannen kleiner als der Henker, doch seine blauen Augen, deren Pupillen so klein wie Nagelköpfe waren, brannten wie Feuer. »Zangen«, wiederholte er bedrohlich leise.

Der Henker ging zu der Wand, an der seine Werkzeuge hingen, und griff nach den langen Eisenzangen mit den abgeflachten Spitzen.

Giuditta sah, wie er auf sie zukam, und schloss zu Tode erschrocken die Augen. Sie befahl sich, an etwas anderes zu denken, und sah wieder ihren Vater vor sich, der bei ihrer letzten Begegnung schlagartig gealtert war. Sie sah das Gesicht Octavias, auf dem sich ihre eigene Furcht widerspiegelte. Doch als sie an Mercurio dachte, versuchte sie vergeblich, sich sein schönes, geliebtes Gesicht vorzustellen. Es war wie aus ihrem Gedächtnis gelöscht. »Sag es Mercurio«, hatte sie ihren Vater gebeten. Denn sie gehörte nur Mercurio und wollte nicht sterben, ohne dass er es wusste. Doch warum vermochte sie sich dann nicht mehr seine lachenden grünen Augen vorzustellen? Und seine Lippen, die sie so oft geküsst hatten?

»Los, beeil dich«, sagte der Heilige.

Giuditta öffnete die Augen und sah, wie der Henker sich zwischen ihre Beine kniete. Der Heilige näherte sich mit einer Kerze in der Hand.

Dann spürte sie, wie etwas Kaltes ihre Schamlippen packte, daran zog und sie spreizte.

»Weiter«, sagte der Heilige.

Der Henker drückte die Zangen fester zusammen und spreizte die Öffnung noch weiter auseinander.

Giuditta biss sich auf die Unterlippe, bis sie spürte, wie die Haut nachgab und ihr das Blut in den Mund lief.

»Ihr verbrennt sie ja mit der Kerze, Inquisitor«, wandte der Henker ein.

»Kümmere dich um deine Arbeit, Henker!«, erwiderte Fra' Amadeo barsch. »Gott selbst führt meine Hände!«

Giuditta spürte, wie die Kerzenflamme sie verbrannte. Sie schrie und wand sich, sodass der Ring um ihre Hüften ihre Haut aufscheuerte.

»Da ist kein Mal«, sagte der Henker.

»Was weißt du schon von den Kniffen des Teufels, Dummkopf!«, fuhr ihn der Heilige an. »Das hier zum Beispiel, glaubst du etwa, das ist ein schlichter Leberfleck? Nein, das ist Satans Kuss.«

Wieder spürte Giuditta die Kerzenflamme heiß auf ihrer Haut. Sie schrie auf. »Ich bitte Euch ... Ich bitte Euch ...«, jammerte sie.

»Hörst du, wie gut diese Hexe die Stimme der Unschuld nachahmt?«, lachte der Heilige höhnisch. »Man könnte ihr fast glauben, was?«

Der Henker schwieg.

»Leg die Zangen ins Feuer«, befahl Fra' Amadeo.

»Inquisitor ... Ihr habt gesehen, was es zu sehen gibt ...«, wandte der Henker ein.

»Los, erhitze sie«, beharrte der Heilige. »Auch die für die Brustwarzen. Ich werde diese Hexe dazu bringen, dass sie gesteht! Und ich werde ihr all ihre Schändlichkeit austreiben!«

Der Henker näherte sich dem Glutbecken und versenkte die Zangen darin. Dann ging er an seine Werkzeugwand und nahm dort gebogene Zangen herunter, ähnlich solchen, mit denen sonst Zahnreißer die Leute von ihren verfaulten Stümpfen befreiten, und legte auch sie in die Glut.

»Rasier ihr schon mal die Haare und Achselhaare ab«, sagte der Heilige. »Und dann mach das heiße Klistier und den Spreizer für die Untersuchung des Afters bereit.«

Der Henker hielt einen Moment lang inne, als wollte er sich gegen den Befehl auflehnen. Doch dann tat er wie geheißen.

Währenddessen hatte sich Fra' Amadeo Giudittas Ohr genähert. »Ich werde flüssiges Blei in dich gießen, wenn du deine

Missetaten nicht gestehst«, flüsterte er ihr drohend zu. »Und zwar in jede Öffnung, die Satan geschändet hat.« Er grinste höhnisch. »Dann werden wir schon sehen, ob dein Herr kommen wird, um dich zu retten. Wir werden sehen, ob es sich für dich gelohnt hat, ihm deine Seele zu verkaufen.«

»Ich bitte Euch … Bitte …«, stöhnte Giuditta weinend. Mehr brachte sie nicht heraus.

Der Henker näherte sich ihr wieder mit dem Rasiermesser und einem Krug Wasser und Lauge.

Er goss ihr ein wenig davon unter eine Achsel und rasierte erst die eine, dann die andere. Schließlich seifte er ihre Haare ein. Er hatte gerade das Rasiermesser an der Stirn angesetzt, als die Tür zur Folterkammer heftig aufgerissen wurde.

»Wer wagt es, hier zu stören?«, donnerte Fra' Amadeo.

Vier Wachsoldaten der Republik Venedig betraten das Gewölbe und stellten sich jeweils zu zwei Mann auf beiden Seiten der Tür auf. Ihnen folgte ein Geistlicher in einem auf den ersten Blick bescheidenen schwarzen Talar, doch der Glanz des Stoffs verriet seine Kostbarkeit. Hinter ihm kam, gestützt auf zwei junge Geistliche mit frischer Tonsur, ein schmächtiger alter Mann, dessen Ausstrahlung jedoch von Erhabenheit kündete. Er trug eine Haube mit einem roten Federbusch und hielt einen goldenen Bischofsstab in der Hand.

»Seine Exzellenz, Antonio Contarini, Patriarch von Venedig«, meldete der schwarz gekleidete Geistliche.

Der Henker verneigte sich tief, ebenso wie die beiden Wachen, die Giuditta hergeschafft und gefesselt hatten.

Fra' Amadeo lief eilig auf den höchsten Mann der Kirche von Venedig zu und warf sich vor ihm auf die Knie, während er versuchte, seine Hand zu erhaschen und seinen Ring zu küssen.

Der Patriarch winkte angewidert ab. »Küsse ihn, ohne mich zu berühren«, sagte er mit einer feinen, leicht grellen Stimme, die aber dennoch entschieden klang. »Mir graut vor deinen Händen.«

Der Heilige näherte seine Lippen dem Ring und küsste ihn, ohne die behandschuhte Hand des Patriarchen dabei zu halten.

»Wie ich sehe, bin ich gerade noch rechtzeitig gekommen«, sagte der Patriarch und warf einen flüchtigen Blick auf Giuditta, die nackt und gefesselt auf dem Tisch lag, und auf die Folterwerkzeuge, die sich im Glutbecken allmählich rot verfärbten. »Mach dein Feuer aus, Henker.«

»Aber, Eure Heiligkeit …«, hob Fra' Amadeo an.

Der Patriarch brachte ihn mit einem vernichtenden Blick zum Schweigen. »Wag es ja nicht, mich zu unterbrechen«, sagte er. Dann zog er eine Braue hoch. »Außerdem scheinst von uns beiden du der Heilige zu sein«, sagte er und warf dabei dem Schwarzgekleideten ein ironisches Lächeln zu. »Stuhl«, befahl er.

Die beiden jungen Geistlichen holten einen Stuhl und halfen ihm, darauf Platz zu nehmen.

Der Patriarch seufzte erschöpft. Er führte Daumen und Zeigefinger der linken Hand an den Nasensattel und drückte ihn auf Höhe der Augen zusammen, als wollte er auf diese Weise einen Kopfschmerz vertreiben.

Der Geistliche im schwarzen Talar hielt ihm ein Fläschchen unter die Nase und entfernte den Stöpsel.

Der Patriarch schnupperte daran, und nachdem er ein paarmal gehustet hatte, schien es ihm besser zu gehen. Er dankte dem Geistlichen mit einem Nicken. »Rom wünscht ja schon lange einen öffentlichen Prozess, auch wenn das nicht unseren Gesetzen entspricht«, sagte er mit seiner hohen Stimme, »um die Macht der Heiligen Mutter Kirche auch hier in Venedig zu bestätigen und zu feiern, wo sie sich von der nur allzu vergänglichen Macht der Dogen und der Politik der Erlauchtesten Republik von Venedig bedrängt fühlt.« Er verzog das Gesicht. Natürlich konnte ihm als adligem Einwohner und Bürger der Stadt Venedig, der unerschütterlich den Idealen von Unabhängigkeit und Freiheit der Republik anhing, dieser Befehl des Kirchenoberhauptes nicht gefallen. Doch als Diener Gottes musste er ihm gehorchen. »Gottes Wille geschehe.« Er sah den Heiligen an. »Und was könnte sich besser für einen öffentlichen Prozess eignen als dieser heikle Fall einer Jüdin, die mit ihren Kleidern Venedigs Frauen verhext und ihnen ihre Seele geraubt hat? Die Sache ist in aller Munde, sie wird beim niederen Volk ihre Wirkung zeigen, Dichter und Sänger begeistern ... Eine Fremde, noch dazu eine Jüdin und damit vom falschen Glauben, die das Wohl Venedigs angreift. So wird die Kirche ... die Kirche!«, wiederholte er leidenschaftlich, »die Bürger der Republik Venedig retten. Habe ich recht, Heiliger?«

»Vollkommen recht, Patriarch«, sagte Fra' Amadeo und verneigte sich tief.

»Und deshalb, Inquisitor«, sagte der Patriarch, »bringt sie nicht schon vor dem Prozess um ...«

»Nein, Patriarch. Ich ...«

»Unterbrich mich nicht!«

Der Heilige kniete sich demütig nieder.

»Bring sie nicht um und zeig sie dem Gericht nicht als Märtyrerin. Sie darf kein Mitleid erregen. Verstehst du mich? Wir müssen anders verfahren als in unseren üblichen Prozessen, die hinter verschlossenen Türen stattfinden. Wir müssen all unsere Klugheit einsetzen, die Gott uns in seiner Gnade gewährt hat.«

»Ja, Patriarch.«

»Sie soll schön aussehen«, sagte der Patriarch. »Denk daran, Inquisitor, das Böse ist immer verführerisch. Hast du jemals gehört, dass der Teufel einem Dreck angeboten hätte?«

Der Heilige schwieg.

»Muss ich dich noch einmal fragen?«, beharrte der Patriarch.

»Nein.«

»Der Teufel bietet niemals Dreck an, ist es nicht so?«

»So ist es.«

»Sondern er bietet Macht, Reichtum und Schönheit, ist es nicht so?«

»Genauso ist es.«

»Und wenn es nicht so aussieht, als hätte dieses Mädchen Macht, Reichtum und Schönheit erhalten ... wer wird dann glauben, dass es einen Pakt mit dem Teufel geschlossen hat?«

»Niemand.«

»Ganz und gar niemand, hättest du sagen sollen.«

Der schwarz gekleidete Geistliche lachte schallend.

»Man hat dich mir allein deshalb als Inquisitor empfohlen, weil das Volk von Venedig dich kennt. Du hast ja eine gewisse Berühmtheit erlangt wegen dieser ...«, der Patriarch verzog angewidert das Gesicht, »dieser Löcher an deinen Händen.« Er vermied ganz bewusst das Wort Stigmata, und in seinem Blick lag Verachtung. »Wirst du in der Lage sein, den Prozess zu führen?«, fragte er ihn dann. »Oder soll ich mir besser einen anderen Streiter suchen?«

»Gewährt mir diese Gelegenheit, Patriarch. Ich werde Euch nicht enttäuschen. Ich verfolge diese Hexe nun schon seit Monaten«, ereiferte sich der Heilige.

»Mach daraus keinen persönlichen Kreuzzug«, ermahnte ihn der Patriarch. »Du arbeitest für mich wie ich für Seine Heiligkeit in Rom, dessen Wirken wiederum dazu dient, den Ruhm Unseres Herrn zu mehren.«

»Ich bin Euer ergebener Diener«, sagte Fra' Amadeo.

»Dann tritt näher.«

Der Heilige tat wie geheißen.

»Eine der Frauen, die die Jüdin beschuldigt haben, steht in üblem Ruf«, flüsterte der Patriarch ihm ins Ohr. »Zu allem Unglück ist sie die Geliebte meines armen, verrückten Neffen Rinaldo ... der dir bekannt sein dürfte, da du selbst aus dem

Wahnsinn des Fürsten deinen Vorteil ziehst. Zumindest erzählt man sich das.«

Fra' Amadeo errötete.

»Jetzt werd doch nicht gleich rot wie ein zimperliches Jüngferchen«, sagte der Patriarch mit eiskalter Stimme. »Wo Verfall herrscht, gibt es immer Würmer und Parasiten.« Der Patriarch packte den Heiligen mit zwei Fingern am Ohr und zog ihn zu sich heran. »Mich interessiert nur, dass der Name meiner Familie nicht mit besagter Frau oder diesem Prozess in Verbindung gebracht wird. Jedenfalls nicht öffentlich. Daher wirst du diese Hure, die im Kleinen Palazzo Contarini lebt, gründlich unterweisen, bevor sie ihre Aussage macht. Bleibt dabei der Name meines Neffen unerwähnt, werde ich sie belohnen. Sollte sie ihn nennen, erklär ihr das genau, dann wird der Henker seine eisernen Zangen auch für sie in die Glut legen.«

Der Heilige wich erschrocken einen Schritt zurück und nickte. »Ihr habt nichts zu befürchten.«

Der Patriarch winkte seine Begleiter herbei, die sogleich an ihn herantraten und ihm beim Aufstehen halfen. Dann stützten sie ihn, während er sich zur Tür wandte, ohne einen weiteren Blick auf Giuditta geworfen zu haben. Als er den Ausgang beinahe erreicht hatte, wandte der Patriarch sich noch einmal dem Heiligen zu, der ihm in tiefer Verneigung seitlich gehend gefolgt war. »Das Volk von Venedig kennt dich. Allein deshalb bekommst du diese Gelegenheit, obwohl dir jede Erfahrung in Inquisitionsprozessen fehlt. Vergiss das nicht.«

»Ich werde es nicht vergessen ...«

»Hast du das Buch gelesen, das ich dir habe schicken lassen?«, fragte der Patriarch.

»Das *Malleus Maleficarum*? Selbstverständlich, Patriarch. Es ist ein ... außerordentlich beeindruckendes Handbuch«, erwiderte der Heilige.

»Halte dich an diese Verfahren. Lerne sie auswendig. Und

erwähne stets die *Approbatio* des Notariats der Universität von Köln, um allen begreiflich zu machen, dass die gesamte Kirche dieses Buch anerkennt«, sagte der Patriarch, obwohl ihm genau bekannt war, dass die erwähnte Einleitung eine Fälschung war und nur dazu diente, diesem Traktat die Weihen eines unfehlbaren theologischen Werkes zu verleihen.

»Das werde ich, Patriarch. Verlasst Euch auf mich.«

»Enttäusch mich nicht, Mönch.«

»Das werde ich nicht«, versicherte der Heilige und streckte dem Patriarchen seine geöffneten Hände hin.

Der betrachtete die Stigmata mit ausdrucksloser Miene. »Aber mach dich nicht zu sehr zum Narren vor Gericht mit diesen Löchern«, sagte er mit abgrundtiefer Verachtung. »Du bist nicht der Hanswurst Gottes.« Darauf ging er.

Der Heilige wandte sich an den Henker. »Mach sie los«, befahl er ihm. »Kennst du eine Hure?«

Der Henker starrte ihn erstaunt an und wusste nicht, was er ihm antworten sollte.

»Finde eine«, sagte der Heilige, »und sag ihr, sie soll die Jüdin mit ihren Essenzen, ihrer Schminke und ihren Ölen pflegen. Ich will, dass sie gewaschen, gekämmt und parfümiert wird. Sie soll diese Hexe in eine aufreizende Hure verwandeln.« Der Heilige ging zu Giuditta, die sich nackt und gedemütigt auf dem Tisch wand. »Wir müssen sie so zeigen, wie sie wirklich ist«, zischte er und sah ihr dabei in die Augen. Dann beugte er sich über sie, so tief, dass sein Mund beinahe ihr Gesicht streifte. »Die Hure des Teufels.«

Giuditta empfand nur noch blanke Angst.

79

Die Wachen des Dogenpalastes mit ihrem Kommandanten an der Spitze drängten ins Hospital.

»Wo ist dieser Junge namens Mercurio?«, fragte der Kommandant in drohendem Ton. Trotz seiner geschwollenen Nase wirkte er einschüchternd.

Isacco, Anna, Hauptmann Lanzafame, die geheilten Huren und die in den Betten, alle wandten sich zu ihnen um, ebenso wie die ehemaligen Soldaten mit den Kriegsverletzungen, die Isacco inzwischen dauerhaft halfen, und starrten die Soldaten an, als wären sie überrascht über deren Eindringen.

Tatsächlich waren die Wachen jedoch gerade mit zwei auffällig großen Booten auf dem Kanal, der vor Annas Haus vorbeifloss, hergekommen und hatten beim Anlegen einen solchen Lärm veranstaltet, dass jedermann im Umkreis von einer Viertelmeile sie bemerken musste.

Hauptmann Lanzafame ging dem Kommandanten der Wache entgegen. »Wen, habt Ihr gesagt, sucht Ihr?«, fragte er vermeintlich begriffsstutzig.

»Er heißt Mercurio«, erwiderte der Kommandant. »Mehr weiß ich nicht.«

»Und was soll er verbrochen haben?«, fragte Anna im Näherkommen.

»Das geht dich nichts an, Frau«, erwiderte der Mann barsch.

Isacco und einige Huren scharten sich ebenfalls um die Wachen. Alle starrten auf die geschwollene Nase des Kommandanten.

»Nun, was ist? Antwortet, oder Ihr geltet alle als seine Helfershelfer«, drohte der Kommandant. »Ich weiß, dass er hier lebt.«

»Ihr habt recht und wiederum auch nicht recht«, erwiderte Lanzafame. »Der Junge ist ein halber Vagabund. Manchmal ist er hier, manchmal nicht. Im Augenblick zum Beispiel haben wir keine Ahnung, wo er sein könnte, Kommandant.«

»Schützt ihr ihn etwa?«

»Überzeugt Euch doch selbst«, antwortete Lanzafame.

»Seht ruhig nach«, stimmte Isacco zu. »Aber ich rate Euch, fasst lieber nichts an.« Er zeigte auf die Prostituierten in den Betten. »Sie haben eine ansteckende Krankheit.«

Der Kommandant und seine Männer sahen sich mit offenkundigem Unbehagen um. Sie starrten auf die von Schwären gezeichneten Huren.

»Wenn Ihr diesen Verbrecher seht, ist es Eure Pflicht, dies der Obrigkeit zu melden«, sagte der Kommandant schließlich. »Er wird gesucht, und wer ihm Obdach gewährt oder ihn versteckt, ist sein Helfershelfer und somit ein Feind der Erlauchtesten Republik Venedig.«

Alle im Hospital sahen ihn stumm und ohne einen Muskel zu rühren an.

Kurz darauf verließen der Kommandant und seine Leute das Gebäude ebenso geräuschvoll, wie sie es betreten hatten.

Lidia, Repubblicas Tochter, folgte ihnen bis zu den Booten, um dann ins Hospital zurückzukehren und zu melden: »Sie sind weg.«

»Du kannst rauskommen«, sagte daraufhin Scarabello.

Mercurio kroch unter seinem Lager hervor. Er war blass, und seine Gesichtszüge wirkten angespannt.

»Du hast ihn übel zugerichtet«, sagte Lanzafame lachend. »Die Nase ist gebrochen.«

Mercurio nickte abwesend. Seit Isacco ihm gesagt hatte, dass Giuditta ihn immer noch liebte, hatte er keinen Moment Ruhe gefunden. Nach wie vor quälte ihn die Frage, warum Giuditta ihre Beziehung hatte beenden wollen. Und sie selbst war der einzige Mensch auf dieser Welt, der ihm darauf eine Antwort geben konnte. Doch nun war sie so gut wie unerreichbar für ihn, und er war beinahe krank vor Sorge, nicht rechtzeitig mit einer Idee, mit einem Plan zur Stelle zu sein, um sie vielleicht doch noch aus ihrer aussichtslosen Lage zu retten.

»Also?«, fragte er Scarabello beinahe atemlos.

Scarabello sah ihn mit trüben Augen an: »Was?«

»Kannst du ihr nun helfen oder nicht?«, wiederholte Mercurio die Frage, die er ihm schon einmal gestellt hatte, kurz bevor die Wachen kamen.

»Du kannst nicht hierbleiben«, sagte Anna besorgt, als sie näher kam. »Du musst dich verstecken. Hast du es nicht gehört? Du wirst gesucht.«

»Jaja, ist gut, uns fällt schon noch was ein«, versuchte Mercurio sie hastig zu beschwichtigen. Verzweifelt bedrängte er Scarabello erneut: »Nun sag schon, kannst du Giuditta helfen?«

»Wie … sollte ich …«, sagte Scarabello kopfschüttelnd.

Mercurio setzte sich auf den Rand von Scarabellos Pritsche. »Und was ist mit diesem mächtigen Mann, den du kennst? Der so hoch oben sitzt, dass mir schwindelig würde? Erinnerst du dich?«

Mit verschleiertem Blick streckte Scarabello eine Hand aus und wollte Mercurio an seiner Jacke aus leichtem Leinen fassen, doch sein Griff war so schwach, dass der Stoff seinen Fingern entglitt. »Warum redest du mit mir wie mit einem Schwachsinnigen, Junge? Ich verstehe dich klar und deutlich … zumindest jetzt noch.«

»Dann antworte mir«, bedrängte ihn Mercurio.

»Deine Giuditta … ist verloren«, sagte Scarabello keuchend.

»Nein!«

»Doch, Junge … Wenn sie einen Ring geklaut hätte … selbst

vom Dogen höchstpersönlich … hätte dieser Mann an der Spitze des Großen Rates … etwas tun können.« Scarabello verstummte und rang nach Luft. »Aber das hier … ist eine Angelegenheit … der Kirche. Die Heilige Inquisition … untersteht nicht der Regierungsgewalt der Serenissima … sondern dem Papst in Rom … Verstehst du?«

»Nein!«, wiederholte Mercurio. »Nein. Es muss doch etwas geben, das man …«

Scarabello versuchte zu lachen, doch er war zu schwach und rang stattdessen keuchend nach Atem. »Sie hat nicht einmal das Anrecht auf einen Verteidiger«, sagte er. »Kennst du den Spruch: Eine Hexe ist schon verbrannt … bevor das Feuer entzündet wird …« Er schaute Mercurio an und sah die Verzweiflung in seinen Augen.

Mercurio griff panisch nach seiner Hand. »Bitte, hilf mir …«

Scarabello fühlte Mitleid mit Mercurio. Giudittas Leben war keinen Marchetto mehr wert, jeder in diesem Raum wusste das. Selbst ihr Vater. Und dieser Junge wollte ihr Los ändern, das doch schon unauslöschlich ins Buch des Schicksals eingebrannt war. Er war bereit, seinen jungen Schultern all die Verantwortung dafür aufzuladen. Da begriff Scarabello, dass er diesen Jungen nicht enttäuschen durfte. »Vielleicht …«

Mercurio drückte seine Hand.

Scarabello blickte zu Anna hinüber, die sich immer noch in ihrer Nähe aufhielt. Die Frau verachtete ihn, und er konnte es ihr nicht verdenken. Doch den Jungen liebte sie von ganzem Herzen.

»Lass uns allein!«, sagte Mercurio zu Anna, weil er aus Scarabellos Blick schloss, dass dieser ihm ein Geheimnis anvertrauen wollte.

Anna musterte Scarabello und schüttelte langsam den Kopf. Sie wollte nicht, dass dieser Verbrecher Mercurios Leben in Gefahr brachte. Doch sie fand auch nicht die Kraft für einen Einwand. Daher drehte sie sich wortlos um und ging davon.

»Vielleicht könnte es eine Gelegenheit geben ... sie entkommen zu lassen ... Aber das wird sehr schwierig sein ...«

»Und wie?«, fragte Mercurio voller Ungeduld.

»Das weiß ich nicht ... noch nicht ...«, Scarabello rang nach Luft, während er versuchte, Mercurio ein wenig Hoffnung zu geben. »Der Schwachpunkt ist der Weg aus den Kerkern zum Ort des Prozesses und zurück ... Da könnte man vielleicht etwas versuchen ...« Scarabello wedelte nachdenklich mit einem Finger durch die Luft. »Aber selbst wenn uns das gelingt ... würden sie dich trotzdem erwischen ... wenn du auf dem Landweg fliehst ...«

»Ja und?«

»Mach dein Schiff flott, Junge. Wenn du es schaffst, dass dein Mädchen aus dem Kerker entkommt, bleibt dir nur eine Möglichkeit ... der Weg über das Meer. Daran werden sie nicht denken ... Besteig dein Schiff. Und dann fang an zu beten.«

»Ich habe Zuan gesagt, er soll es versenken ...«

»Und du glaubst, dieser Alte gehorcht einem grünen Jungen?«, fragte Scarabello mühsam lächelnd. »Ich habe ihn gesehen. Ein alter Starrkopf, der mit seinem Schiff verheiratet ist. Das würde der nie versenken ...«

»Ich habe kein Geld, um ...«

»Doch, das hast du. Ich gebe es dir ... Ich habe dir doch schon gesagt ...«

»Ich gebe es dir zurück.«

»Du bist wirklich ein Dummkopf, Junge.« Scarabello grinste. »Schau mich an. Ich sterbe. Willst du es mir in den Sarg legen?«

Mercurio schüttelte den Kopf. »Nein, du wirst nicht sterben.«

»Geh zu dem Alten ...«

»Danke.«

»Geh.«

Als Mercurio aus dem Stall rannte, folgte Scarabello ihm mit dem Blick. Er würde die Tochter des Doktors nicht aus dem Gefängnis befreien können, dachte er. Das war schlichtweg unmöglich. Und auch die Sache mit dem heruntergekommenen Schiff war natürlich Unsinn. Aber der Glaube daran würde den Jungen wenigstens beschäftigt halten. Er hatte ihn immer gemocht und hätte ihm jetzt gern geholfen, doch er konnte nichts für ihn tun, außer ihm ein wenig Hoffnung zu geben. Einen kleinen Hoffnungsschimmer. Und das war immerhin etwas. Seit er auf dieser Pritsche lag, wusste er, dass Hoffnung ein wertvolles Gut war.

Draußen eilte Mercurio zu Isacco und Lanzafame, die gemeinsam an der Viehtränke standen.

»Hauptmann«, sagte er atemlos zu Lanzafame. »Könntet Ihr dafür sorgen, dass man Euch die Aufgabe überträgt, Giuditta aus dem Kerker zum Gericht und zurück zu begleiten?«

Lanzafame starrte ihn überrascht an.

Isacco wandte sich zu Mercurio um. Zum ersten Mal seit Giudittas Verhaftung kam wieder Leben in seine Augen. »Was hast du vor?«, fragte er ihn.

»Könntet Ihr Euch ihre Eskorte übertragen lassen, Hauptmann?«, beharrte Mercurio.

Lanzafame schüttelte den Kopf. »Wie soll das gehen? Die Befehle kommen von ganz oben, und …«

»Na gut«, unterbrach Mercurio ihn. »Aber wenn es mir gelingen sollte, dass man Euch damit beauftragt und es dann … gelingen würde, dass Giuditta entkommt … würdet Ihr sie töten?«

Lanzafame sah Isacco an, dann wieder Mercurio. »Wie kannst du nur glauben, dass ich so etwas tun würde, Junge?«

»Du willst ihr zur Flucht verhelfen?«, fragte Isacco, und seine Stimme zitterte vor Aufregung.

»Würdet Ihr das an meiner Stelle nicht versuchen?«, erwiderte Mercurio.

Isacco sah die Angst in seinen Augen. Und den Mut.

Mercurio kehrte eilig zu Scarabellos Lager zurück. »Wie viele Gefallen kannst du von deinem mächtigen Herrn verlangen?«

»Solange ich am Leben bin, habe ich … unbegrenzten Kredit …«, erwiderte Scarabello keuchend.

»Für den Anfang brauche ich nur einen.«

Isacco und Lanzafame kamen zu ihnen und stellten sich um das Lager. Es sah aus, als wagten sie kaum zu atmen.

»Worum geht es?«, fragte Scarabello.

»Die Eskorte der Gefangenen«, sagte Mercurio.

Scarabello dachte schweigend nach. »Ja … ich glaube, das geht …« Er sah zu Lanzafame hinüber und verzog seinen Mund zu einem ironischen Grinsen. »Aber dann verpasst Ihr vielleicht meinen Tod, Hauptmann …«

Lanzafame sah ihn durchdringend an. Etwas in seinem Blick hatte sich verändert. Er nickte und kräuselte kaum merklich die Lippen, als müsste er ein Lächeln unterdrücken. »Das Risiko gehe ich ein …«

»Möge Gott uns beschützen«, sagte Isacco mit feuchten Augen. »Möge Gott mit uns allen sein und seine schützende Hand über Giuditta halten.«

Mercurio sah Scarabello fragend an. »Soll ich den Einäugigen schicken?«

»Nein«, erwiderte Scarabello. »Das musst du schon selbst erledigen.«

Mercurio fuhr sich mit der Hand an die Brust, als könnte er dadurch sein heftig klopfendes Herz beruhigen. »Einverstanden«, sagte er dann.

»Komm näher«, befahl ihm Scarabello, und als sich Mercurio zu ihm herunterbeugte, flüsterte er ihm ins Ohr: »Der Mann verspeist einen wie den Einäugigen zum Frühstück. Wenn er dich empfängt, musst du ihm entschlossen unter die Augen treten und ihm zu verstehen geben, dass er keinen Deut besser ist als du. Nur dann wird er dir zuhören.«

»Ich versuch's ...«

»Und du solltest ihn lieber gleich um alle Gefallen auf einmal bitten ...«, fuhr Scarabello fort. »Wenn dir also noch mehr einfällt, worum du ihn bitten willst ...«

»Gut.«

»Warte ...« Scarabello nahm Mercurios Hand. Er wandte sich an Isacco und Lanzafame. »Lasst uns bitte allein ...«

Die beiden verließen den Raum.

Scarabello öffnete sein Hemd, fasste nach der goldenen Kette um seinen Hals und versuchte sie sich abzureißen, doch er war zu schwach, und die Kettenglieder entglitten seinen mit Schwären übersäten Fingern. Er rang keuchend nach Atem und bedeutete Mercurio, ihm zu helfen.

Der nahm ihm vorsichtig die Kette ab, wobei sich eine Strähne von Scarabellos langem weißem Haar darin verfing und sich vom Kopf löste. Mercurio zog sie hastig heraus in der Hoffnung, dass Scarabello nichts bemerkt hatte.

»Zeig ihm das ... Zeig das Jacopo ... Giustiniani ...« Scarabello deutete auf das Siegel an der Kette, das er um den Hals getragen hatte. »So heißt er ... Aber nenn hier niemals seinen Namen ... Du musst ...«, er senkte die Lider, als müsste er erst nach dem richtigen Wort suchen, »du musst ihn ... beschützen ...«

»Gut«, sagte Mercurio und sah auf das Siegel. Es war eine kostbare Arbeit aus Gold, und der Stein in der Mitte war ein blassroter Karneol, auf dem ein doppelköpfiger Adler mit ausgebreiteten Flügeln eingraviert war.

»Sollte ich vorher sterben ... kannst du ihn mit diesem Siegel noch einige Zeit in dem Glauben lassen, dass ich noch am Leben bin ...«, keuchte Scarabello.

»Du wirst nicht sterben«, sagte Mercurio noch einmal.

»Wir sterben alle ... früher oder später ...«

Mercurio verließ Scarabello schweren Herzens. Er wusste, das jetzt die ganze Verantwortung auf ihm allein ruhte. Wenn er es nicht schaffte, sein Vorhaben in absehbarer Zeit voranzutreiben, würde Giuditta auf dem Scheiterhaufen enden.

Er ließ sich von Tonio und Berto wie gewohnt an der Kreuzung zwischen dem Rio di Santa Giustina und dem Rio di Fontego absetzen, denn jetzt war es ihm noch wichtiger, dass so wenige Leute wie möglich darüber Bescheid wussten, dass er ein Schiff besaß.

Während er die Uferstraße beinahe im Laufschritt zurücklegte, hörte er von dem angrenzenden Platz Trommelwirbel. Er ging hin und sah, wie sich eine kleine Menge um einen Herold versammelte.

»Am Sonntag, dem Tag des Herrn, wird auf höchsten Befehl unseres Patriarchen Antonio Contarini«, verkündete der Ausrufer mit weithin vernehmbarer Stentorstimme, »auf der Piazzetta von San Marco nahe der Anlegestelle am Dogenpalast vor der Obrigkeit unserer Erlauchtesten Republik Venedig die Heilige Römische Inquisition öffentlich eine Zusammenfassung der Anklagepunkte gegen Giuditta di Negroponte, Jüdin und Hexe, verlesen ...«

Die Menge applaudierte in freudiger Erwartung des großen Ereignisses.

Mercurio wurde mit Schrecken klar, dass ihm nur noch wenig Zeit blieb. Der Scheiterhaufen stand schon bereit.

Vielleicht hatten die anderen alle recht. Giuditta war so gut wie verurteilt. Doch damit konnte und wollte er sich nicht abfinden.

Außer Atem erreichte er Zuan dell'Olmos Werft.

»Wo bist du, alter Mann?«, schrie er.

Mosè empfing ihn mit fröhlichem Bellen.

»Du hast es nicht versenkt!«, sagte Mercurio zu Zuan, als dieser ihm entgegenkam.

»Nein, Junge«, erklärte Zuan ernst und streckte ihm einen kleinen Beutel aus leichtem Baumwollstoff hin. »Da, nimm dein Geld zurück. Ich verkaufe mein Schiff nicht. Was soll ich mit dem ganzen Gold? Lieber bleibe ich hier und verrotte zusammen mit der alten Dame …«

Mercurio lachte und umarmte ihn unerwartet heftig. Wenigstens etwas, das sich zu seinen Gunsten entwickelte. »Zuan, du bist der Beste!«

»Was zum Teufel soll das, Junge?«, rief der alte Mann entrüstet und zugleich gerührt und versuchte sich aus seinem Griff zu befreien.

»Du sollst deine Karacke nicht versenken«, sagte Mercurio. »Du sollst sie wieder flottmachen.«

»Du bist verrückt, Junge«, erklärte der Alte und richtete einen Finger auf ihn. »Ich hab sofort gemerkt, dass du verrückt bist.«

»Du musst sie flottmachen«, beharrte Mercurio. »Und zwar schnell!«

»Wie schnell? Und mit welchem Geld?«

»In einer Woche …«

»Eine Woche … Na, da sieht man wieder, dass du ein Dummko…«

Mercurio schnitt ihm das Wort ab: »Eine Woche.« Er sah Zuan entschlossen an und legte ihm kraftvoll eine Hand auf die knochige Schulter. »Es geht um Leben oder Tod«, sagte er.

Der alte Seemann horchte auf.

»Ich bin einmal im Arsenal gewesen. Dort haben sie in einem Tag aus dem Nichts eine ganze Galeere gebaut«, sagte Mercurio leise und zeigte auf das Wrack. »In einer Woche muss sie bereit sein. Ganz gleich, was es kostet. Geld habe ich genug.«

Zuan schüttelte den Kopf, während Mosè aufgeregt bellte.

»Ruhe, du Nichtsnutz!«, raunzte ihn der alte Mann an. Doch der Hund bellte noch lauter und wedelte mit dem Schwanz.

»Und stellt euch schon mal darauf ein, dass ihr mitkommt. Alle beide«, sagte Mercurio und deutete auf Mosè.

Zuan starrte ihn an. »Du bist vollkommen verrückt«, sagte er dann. »Du bist verrückt, komplett verrückt ...« Er ruderte hilflos mit den Armen durch die Luft. »Für ein Schiff braucht man eine Mannschaft, hast du daran schon mal gedacht?«

»Dann finde eine Mannschaft«, sagte Mercurio. »Ich hätte schon mal zwei *buonavoglia*, reicht das?«

»Du brauchst mindestens zwanzig, verdammt!«

»Also musst du nur noch achtzehn finden, alter Mann.« Mercurio sah ihm fest in die Augen. »Glaub mir, es ist mir ernst.«

Zuan stieß einen Seufzer aus, um zu zeigen, dass er aufgab. Doch seine Augen blitzten dabei fröhlich auf.

Mercurio packte ihn an den Schultern. »Schau mich an!«, sagte er ernst.

Mosè jaulte und setzte sich brav hin.

»Alter Mann, ich brauche dich. Enttäusch mich nicht«, sagte Mercurio, ehe er mit federnden Schritten davonging.

»Nein ...«, sagte Zuan kaum hörbar und wischte sich eine Träne aus dem Auge. Dann holte er aus und wollte Mosè einen Klaps versetzen, doch dieser wich geschickt aus und tänzelte fröhlich bellend um ihn herum. »Du blöder Köter, jetzt lachst du noch über dieses verdammte Schiff. Mal sehen, ob du wirklich seetüchtig bist ...«

In der Ferne hörte man die Trommeln der Heiligen Inquisition.

80

Der Markusplatz erstrahlte unter der gnadenlos herunterbrennenden Sonne. Die Leute ächzten und suchten Schutz im Schatten der Bogengänge der Paratie Nuove, die gerade neu hergerichtet worden waren.

Plötzlich war der Sommer über Venedig hereingebrochen wie eine ansteckende Krankheit. Die Luft hing schwer und drückend über der Stadt und raubte den Menschen den Atem. Der Himmel war grau und verbreitete ein diffuses, geradezu unnatürliches Licht. Die kleineren Kanäle waren beinahe ausgetrocknet, die Katzenwelse verfingen sich im Morast, und an den trockensten Stellen sah man die Abdrücke von Rattenpfoten. Das stehende Wasser stank noch mehr als sonst nach Fäulnis und Verwesung. Die menschlichen Ausscheidungen gärten und wurden von Wolken schwarzer Fliegen umschwärmt. Die Hitze machte auch den Tieren zu schaffen: tote Tauben, Ratten, Möwen, Katzen und sogar Pferde, die Beine in die Höhe gestreckt und die Leiber aufgequollen, verwesten schnell, während die Würmer sich an ihnen schadlos hielten.

Benedetta schwitzte, aber sie schritt dennoch zügig voran. In einer Hand hielt sie ein mit wertvoller Burano-Spitze verbrämtes Taschentuch, in der anderen einen Passierschein, den in diesen Tagen nur wenige hätten erhalten können.

Während sie sich durch die Menge bewegte, drehte sie sich immer wieder um, da es ihr so vorkam, als würde ihr jemand folgen. Seit sie den Palazzo Contarini verlassen hatte, kam es ihr so vor, als hörte sie in den verlassenen Gassen Schritte, die sich ihren anpassten und innehielten, wenn sie stehen blieb. Vielleicht hatte der Fürst ihr ja einen Diener nachgeschickt, um sie zu überwachen. Es lag in seiner Natur, immer über alles Bescheid wissen zu wollen. Und sie hatte ihm in letzter Zeit mehr als einmal Rechenschaft darüber ablegen müssen, wohin sie ging. Vielleicht hatte der Diener geredet, der sie zu Mercurio nach Mestre gebracht hatte. Aus diesem Grund hatte sie das Haus vor knapp einer Stunde ohne Begleitung verlassen. Und aus demselben Grund hatte sie lange Umwege gemacht, um den Markusplatz zu erreichen.

Benedetta fuhr wieder herum. Doch sie konnte niemanden entdecken.

Hinter den Bogengängen der Paratie Nuove überquerte sie den Platz, ließ die Basilika San Marco hinter sich und erreichte den Campanile, zu dessen Füßen sich einige Läden von Holzhändlern befanden. Sie kam zum letzten der Läden, vor dem ein Trupp Männer gerade Feuerholz hoch aufstapelte. Ich bin am Ziel, dachte sie erwartungsvoll. Doch sie fühlte sich, vielleicht aufgrund der außergewöhnlichen Hitze, auch unsicher und aufgeregt.

Im Schatten des Vordachs des Holzladens blieb sie kurz stehen und sah sich um. Der Boden war mit Holzspänen bedeckt, und in der Luft lag der Geruch nach frischem Tannenharz. Benedetta wischte sich mit dem Taschentuch den Schweiß von der Stirn und aus dem Dekolleté und fuhr sich schließlich unter das Kleid, um auch die Achseln zu trocknen. Sie atmete tief durch, ermahnte sich zur Ruhe und bemühte sich, eine gleichmütige Miene aufzusetzen. Als sie sich bereit fühlte, ging sie weiter.

Am Himmel schrien die Möwen ihr heiseres Lachen, keckernd stürzten sie sich auf die Pfosten der Anlegestelle des Dogenpalastes. Benedetta bemerkte, dass die beiden Wachen vor dem Palast in ihre Richtung sahen, und fühlte, wie ihr der Schweiß den Rücken und zwischen den Beinen herunterlief. Als sie vor ihnen stand, übergab sie ihnen von oben herab und gleichmütig den Passierschein, als wäre es das Natürlichste auf der Welt.

Der ältere der beiden Männer erbrach das Siegel und las das Dokument. Der Passierschein trug die Unterschriften des Heiligen und Inquisitors und, ohne dass Benedetta davon wusste, auch die des Fürsten Contarini. Die Wache verneigte sich leicht vor Benedetta, sah sich um und fragte sie erstaunt: »Ihr lasst Euch nicht von Dienern begleiten?«

Benedetta starrte ihn mit eiskalter Miene an. »Ich wollte Aufsehen vermeiden.«

Der Mann verneigte sich wieder, dann befahl er dem anderen: »Begleite Ihre Gnaden zu der Jüdin.«

Der Angesprochene verneigte sich ebenfalls, wandte sich um und schritt ihr dann durch den Gang mit den Kerkern voran.

Benedetta drehte sich noch einmal zu den Bogengängen auf der anderen Seite um. Sie hatte immer noch das Gefühl, verfolgt zu werden, doch auch diesmal entdeckte sie niemand Verdächtigen.

Dann holte sie die Wache ein, die am Tor zu den Kerkern auf sie wartete.

Als sie zu den feuchten Verliesen hinunterstieg, fühlte Benedetta, wie der Schweiß auf ihrer Haut eiskalt wurde, und sie erschauerte. Sie liefen an den Gemeinschaftszellen vorbei, aus denen Schreie und Gebete drangen und die einen ekelhaften Gestank nach Körperausdünstungen verbreiteten. Nachdem sie einen Gang mit Einzelzellen passiert hatten, gelangten sie schließlich zu einer mit dicken schmiedeeisernen Querstangen gesicherten alten Tür aus dunklem Nussholz. Die Wache winkte einen anderen Mann mit einem großen Schlüsselbund in der Hand heran, der ihnen die Tür aufschloss.

»Lasst mich allein mit ihr«, sagte Benedetta.

»Wie Ihr befehlt, Euer Gnaden«, sagte die Wache und reichte ihr eine Öllampe. »Aber nehmt Euch in Acht, der Boden ist sicher glitschig. Die Gefangenen pissen sich immer vor Angst in die Hose.«

Die andere Wache steckte kurz den Kopf in das Dunkel der Zelle, rümpfte die Nase und lachte laut auf, dann trat der Mann beiseite.

Benedetta nahm die Öllampe und hielt sie vor sich hoch. Die Dunkelheit vor ihr war undurchdringlich. In der Luft lag ein starker Geruch. Nicht nach Urin, es war etwas anderes. Vermutlich Angst, überlegte Benedetta, und sie bemerkte, dass sie sich selbst davor fürchtete, diese Schwelle zu überschreiten.

»Ist sie ... gefesselt?«, fragte sie die Wachen.

»Sie kann Euch nichts tun, Euer Gnaden. Seid unbesorgt«, erwiderte die Kerkerwache.

Benedetta atmete tief durch und betrat die Zelle.

Die beiden Wachen lachten leise hinter ihr her.

Der schwache Schein der Öllampe leuchtete nur einen Schritt weit. Benedetta sah, dass der Boden aus großen, grob behauenen Steinplatten bestand, die der Zahn der Zeit geglättet hatte. Die Wände bestanden aus rotem Backstein, sie wölbten sich zur Decke und waren mit Querbalken aus Holz verstärkt. Die erste Reihe verlief zwei Spannen breit über dem Boden, eine zweite Reihe beinahe mannshoch, an ihnen waren eiserne Ringe, Ketten und Joche zum Fesseln der Gefangenen angebracht.

Benedetta ging langsam vorwärts. Je weiter sie in den Raum vordrang, desto stärker roch es nach Schmutz und Körperausdünstungen.

Als sie die Lampe etwa auf Höhe ihrer Knie absenkte, tauchte plötzlich Giudittas Gesicht vor ihr aus der Dunkelheit auf. Benedetta wich erschrocken einen Schritt zurück, doch dann holte sie tief Luft und kam mit der Lampe erneut näher.

Giuditta kniff die Augen zusammen, als würde schon der schwache Schein der Öllampe sie blenden, und wandte den Kopf zur Seite.

Benedetta kam noch näher und sah Giuditta in die Augen. Stumm wartete sie ab, dass das Mädchen sie erkannte, und ließ dann ihren Blick über den Körper der Gefangenen wandern. Giuditta hatte sich auf dem Boden zusammengekauert. Sie trug ein zerknittertes, dünnes Kleidchen, das völlig verschmutzt war. Als sie verängstigt vor dem Licht zurückwich, entblößte sie ein aufgeschürftes Knie. Benedetta sah, dass ihre Knöchel von zwei dicken, verrosteten Eisenringen gehalten wurden und ein weiterer, an einer kurzen Kette befestigter Ring um ihre Hüften ihr kaum Bewegungsfreiheit ließ, sodass sie gezwungen war, auf dem Boden zu sitzen. Selbst ihre Handgelenke waren gefesselt und wiesen tiefe Kratzer auf. Ihr Gesicht war schmutzig und ihr Blick gehetzt wie der eines in einen Käfig gesperrten Tiers.

Sie musste jetzt mindestens schon drei Tage in der dunklen Zelle verbracht haben. Die Luft hier war eiskalt und feucht. Und dennoch hatte Giuditta nichts von ihrer Schönheit verloren, dachte Benedetta voll Zorn. Sie hasste sie aus tiefstem Herzen, noch stärker als zuvor, weil nicht einmal das Gefängnis dieses Mädchen zu brechen vermocht hatte. Sie war ihr immer noch eine ebenbürtige Nebenbuhlerin.

»Ciao, Hexe«, sagte sie spöttisch mit zusammengebissenen Zähnen.

Giuditta hielt ihrem Blick stand. Ihre Augen waren gerötet und die Wangen eingefallen, sie hatte aufgesprungene Lippen, und ihre schmutzigen Haare klebten am Kopf.

»Du machst mir ... keine Angst mehr«, sagte sie mit heiserer Stimme.

Benedetta hielt die Lampe noch näher an ihr Gesicht. »Ich muss dir auch keine Angst mehr einjagen«, erwiderte sie und schwenkte die Lampe kreisförmig hinter ihr, als wollte sie ihr die Zelle zeigen. »Nein, ich brauche dir wirklich keine Angst mehr einzujagen, das tun schon andere«, sagte sie und lachte gezwungen. Sie streckte eine Hand aus, als wollte sie Giuditta über die Wange streicheln.

Diese wandte schnell das Gesicht ab.

»Es ist schön, dich so zu sehen«, flüsterte Benedetta ihr zu.

»Was willst du?«, fragte Giuditta.

»Was sollte ich noch mehr wollen als das hier?«, sagte Benedetta lächelnd. Sie schwieg eine ganze Weile, während sie dem Mädchen die Lampe vor die Augen hielt. »Doch, ich will dich sterben sehen!«, fuhr sie wütend auf.

Giuditta spürte, wie sich trotz aller Anstrengung die Angst mit wütenden Krallen in ihren Magen bohrte. »Warum?«, fragte sie leise.

Benedetta sah sie wortlos an. Dann beugte sie sich vor und spuckte ihr ins Gesicht. Sie stand auf und ging zur Tür, wo sie noch einmal stehen blieb. »Ich bin auf dem Weg zu Mercurio«, sagte sie und versuchte, so beiläufig zu klingen, als spräche sie mit einer Freundin. »Ich werde ihn trösten.« Dann ging sie noch einmal zurück. »Er lässt sich nämlich gern von mir trösten.« Sie blieb aufrecht vor Giuditta stehen. »Du verstehst sicher, dass ich ihn nicht von dir grüßen kann.« Dann beugte sie sich noch einmal hinunter, beleuchtete Giudittas Gesicht und sah, dass sie weinte. Mit einem Seufzer, als hätte sie gerade die größte Freude erfahren, verließ sie entschlossenen Schrittes den Raum.

Kaum hatte sie die Kerker verlassen, brannte die Sonne wieder mit Macht auf sie herab. Sie hatte die Hitze beinahe ebenso vergessen wie das Licht, das sich auf dem Wasser der Lagune brach und es in eine Ansammlung von sich ständig verändernden kleinen Spiegelflächen verwandelte. Sie füllte ihre Lungen mit der warmen Luft und ging dann wie frisch gestärkt zur Anlegestelle des Dogenpalastes.

Dort winkte sie einem Gondoliere und bestieg sein Boot.

Während sie auf dem Canal Grande davonfuhr, drehte sich Benedetta noch einmal um und sah zu den Bogengängen hinüber.

Sie fragte sich immer noch, ob ihr Gefühl, verfolgt zu werden begründet war. Doch sie konnte auch jetzt niemanden entdecken. Deshalb wandte sie den Blick wieder auf das Wasser und betrachtete die vielen anderen Boote und Gondeln, die in alle Richtungen ausschwärmten.

Zu ihrer Linken hörte sie Trommelwirbel. Sie wandte sich zur Punta da Mar um, zu dem schmalen Landstreifen, der den Canal Grande vom Canale della Giudecca trennte, und sah, wie dort einige zerlumpte Menschen einem Herold folgten.

»Am Sonntag, dem Tag des Herrn, wird auf höchsten Befehl unseres Patriarchen Antonio Contarini auf der Piazzetta von San Marco nahe der Anlegestelle am Dogenpalast vor der Obrigkeit unserer Erlauchtesten Republik Venedig die Heilige Römische Inquisition öffentlich eine Zusammenfassung der Anklagepunkte gegen Giuditta di Negroponte, Jüdin und Hexe, verlesen ...«

»Nur noch zwei Tage«, flüsterte Benedetta.

»Was sagt Ihr, Euer Gnaden?«, fragte der Gondoliere.

Benedetta wandte sich um und sah ihn mit einem engelsgleichen Lächeln an. »Bring mich nach Mestre, guter Mann«, sagte sie zu ihm.

Benedetta lotste ihn bis zu dem schmalen Kanal vor Annas Haus. Dort stieg sie aus und befahl ihm, auf sie zu warten. Es würde nicht lange dauern, versicherte sie ihm.

Auf dem Weg zu Annas Haus beschlich sie wieder das unangenehme Gefühl, verfolgt zu werden. Doch sie konnte nur ein paar Binsen entdecken, etwa zehn Schritte hinter der Gondel, die sich im Gegensatz zu anderen in der stehenden Hitze bewegten.

Hör endlich auf, dir Sorgen zu machen, schalt sie sich. Du hast gewonnen.

Wieder sah sie auf die Binsen. Jetzt bewegten sie sich nicht mehr. Vielleicht war es nur ein leichter Windhauch gewesen.

Sie ging weiter zum Haus und klopfte.

Ein Mädchen öffnete ihr. »Bist du krank?«, fragte es und zeigte dann, ohne eine Antwort abzuwarten, auf den Stall hinter dem Haus. »Geh dorthin, da ist das Hospital.«

»Du bist wohl selber krank. Mal nicht den Teufel an die Wand«, erwiderte Benedetta heftig, doch einen Augenblick lang war ihr trotz der großen Hitze das Blut in den Adern gefroren.

»Wer ist da?«, fragte eine Stimme hinter dem Mädchen, und Anna del Mercato erschien in der Tür. »Ach, du bist es«, sagte sie wenig begeistert. Dann wandte sie sich an das Mädchen. »Geh ruhig, Lidia. Deine Mutter sucht nach dir, damit du mit ihr die gewaschenen Binden zum Trocknen auslegst.«

Das Mädchen blickte noch einmal kurz zu Benedetta und lief dann eilig davon.

Anna starrte Benedetta an, doch in ihren Augen lag nicht die gewohnte Wärme.

»Du magst mich nicht, stimmt's?«, fragte Benedetta herausfordernd.

»Warum fragst du mich, wenn du es schon weißt?«, erwiderte Anna.

»Was habe ich dir denn getan?«, fragte Benedetta lächelnd.

»Mir? Nichts.«

»Dann lass mich in Ruhe«, zischte Benedetta drohend. »Kümmer dich um deine eigenen Angelegenheiten.«

»Mercurio ist meine Angelegenheit«, sagte Anna ganz ruhig.

»Ach ja, du bist ja sein Mütterchen«, sagte Benedetta spöttisch.

Anna würdigte sie keiner Antwort und starrte sie durchdringend an.

»Na ja, aber zufällig ist es so, dass Mercurio mich mag.«

»Dich würde nicht einmal eine Giftschlange mögen«, erwiderte Anna heftig. »Ich weiß, was ich weiß.«

»Benedetta, was für eine Überraschung!«, rief Mercurio aus,

der gerade das Hospital hinter ihnen verlassen hatte. Er bemerkte Annas angespannten Blick. »Was ist los?«

»Nichts«, erwiderte Anna.

»Es ist unerträglich heiß. Komm mit mir zur Viehtränke, dann kann ich mich etwas erfrischen«, sagte Mercurio zu Benedetta.

Während Mercurio schon voranging, warf Benedetta Anna einen boshaften Blick zu. »Du kannst mich mal, Mütterchen«, sagte sie leise, bevor sie ihm zur Viehtränke folgte.

Dort stand Mercurio mit nacktem Oberkörper und wusch sich. »Hast du von dem Prozess gehört?«, fragte er sie, und sie konnte die große Sorge in seinen Augen lesen.

»Was für ein Prozess?«

»Den man der Tochter des Doktors macht.«

»Ach ... du meinst wohl Giuditta?« Und während sie diesen Namen aussprach, befiel sie eine leichte Schwäche. Es gelang ihr nicht, das Bild von dieser verdammten Jüdin aus ihrem Kopf zu verbannen, die immer noch schön gewesen war, obwohl sie bereits seit Tagen im Kerker saß. Sie zwang sich zu einem Lächeln, damit der Hass und die Unsicherheit, die an ihrem Herzen nagten, sie nicht verrieten.

Mercurio wunderte sich, dass Benedetta so tat, als hätte sie ihn nicht gleich verstanden. Schließlich wusste ganz Venedig davon. »Ja, Giuditta«, sagte er.

Benedetta seufzte. »Die Ärmste, wie schlimm für sie.« Dann sah sie Mercurio an, auf dessen nackter Haut Wassertropfen glitzerten, und sie konnte nur noch denken, wie sehr sie ihn begehrte. »Ich habe auch eines von ihren Kleidern gekauft ... du weißt schon, von denen behauptet wird, sie seien verhext.«

»Und sind sie das wirklich?«, fragte er und beobachtete sie genau.

»Glaubst du etwa an solchen Unsinn?«, fragte Benedetta lachend.

»Und du?«

Benedetta tat, als müsste sie darüber nachdenken. Dann sagte sie rasch: »Warum sprechen wir eigentlich über sie? Das tut dir nicht gut, meinst du nicht? Du solltest die Sache endlich vergessen, so wie du es zu mir gesagt hast.«

»Ja, du hast recht«, erklärte Mercurio nickend. Und er fragte sich, ob Benedetta ihm etwas vorspielte, um ihn vor weiterem Kummer zu bewahren.

»Denkst du immer noch oft an sie?«, fragte Benedetta, und der Gedanke versetzte ihr einen Stich ins Herz. Sie konnte nicht verhindern, dass sich ihr Gesicht hasserfüllt verzog.

Sie ist wütend, dachte Mercurio. Nein, es ging ihr wohl nicht darum, ihn vor weiterem Kummer zu bewahren.

»Sie ist es doch nicht wert«, flüsterte Benedetta heiser und voller Hass. »Hast du gesehen, wie sie mit dir umgesprungen ist? Vielleicht ist sie ja keine Hexe, aber eine …« Sie hielt sich gerade noch zurück. »Hör auf mich, sie ist es nicht wert. Vergiss sie.«

»Ja … du hast recht«, erwiderte Mercurio. Doch er hatte plötzlich das Gefühl, als müsste er sich verteidigen. »Es ist nur gar nicht so leicht, sie zu vergessen. Schließlich verkünden Ausrufer in der ganzen Stadt den Beginn des Prozesses. Selbst hier in Mestre.«

»Dann verstopf dir die Ohren«, sagte Benedetta lachend.

Mercurio sah sie an und zwang sich zu einem Lächeln. »Dir geht es besser. Du hast nicht mehr diese dunklen Ringe um die Augen.«

»Ich hab dir doch gesagt, das geht vorüber.« Benedetta lächelte ihn an. »Sehe ich jetzt hübscher aus?«

»Ja.« Mercurio sah ihr fest ins Gesicht. »Hat dieser Heilige eigentlich was damit zu tun?«

»Dass ich hübscher aussehe?«, lachte Benedetta.

»Mit dem Prozess gegen Giuditta«, sagte Mercurio ernst.

»Du weißt doch, dass der Heilige alle Juden hasst«, antwortete Benedetta.

»Ja, das weiß ich«, sagte Mercurio. »Und er lebt mit dir unter einem Dach ...«

»Was meinst du damit?«, fragte Benedetta unangenehm berührt.

Mercurio kam es vor, als würde sie ihm etwas verheimlichen. »Er ist doch zum Inquisitor berufen worden, oder nicht?«

»Ach wirklich? Davon weiß ich nichts, wir reden nicht miteinander ...«

Mercurio starrte sie abwartend an.

»Ach doch, du hast recht«, sagte Benedetta schließlich. »Jetzt, wo ich darüber nachdenke ... Ja, ich glaube schon ...«

Mercurio starrte sie weiter stumm an.

»Soll ich ein gutes Wort für sie einlegen?«, fragte Benedetta leichthin.

»Das würdest du tun?«, fragte Mercurio mit eiskalter Stimme zurück.

Benedetta zuckte leicht mit den Schultern. »Du weißt doch, wie dieser Mönch ist«, sagte sie. »Er würde kaum auf mich hören.«

»Wahrscheinlich nicht ...«, gab Mercurio zu. »Hör zu, es tut mir leid, dass du den weiten Weg hier raus gemacht hast, aber heute habe ich leider keine Zeit für dich«, sagte er dann hastig. »Ich habe dem Doktor versprochen, ihm zu helfen.«

»Natürlich«, sagte Benedetta. Sie legte ihm behutsam eine Hand auf den Arm und neigte den Kopf zur Seite. »Keine Sorge, das verstehe ich doch.« Sie näherte ihre Lippen seinem Gesicht und küsste ihn auf die Wange. »Pass auf dich auf«, sagte sie und ging davon.

Als Mercurio sich dem Haus zuwandte, sah er Anna in der Tür stehen.

»Auf Wiedersehen, Anna«, verabschiedete sich Benedetta betont freundlich.

Anna antwortete ihr nicht, sondern sah zu Mercurio hinüber.

Und Mercurio begriff, dass sie Benedetta nicht mochte. Und er musste feststellen, dass es ihm mittlerweile genauso erging.

Benedetta drehte sich noch ein letztes Mal um, bevor sie ihre Gondel erreichte, und winkte Mercurio zu. Dann sah sie nach links zu einer Reihe Pappeln und glaubte hinter einem der Stämme eine dunkle Gestalt ausgemacht zu haben. Einen Moment lang war sie überzeugt, dass tatsächlich jemand sie verfolgt hatte. Doch als sie die Gondel betrat, sah sie, dass der ganz in Schwarz gekleidete Mann nun stehen blieb, ohne sie weiter zu beachten.

Der Mann rührte sich nicht und starrte nur zu Mercurio hinüber, der sich gerade sein weißes Leinenhemd mit den weiten Ärmeln anzog. Er folgte ihm mit dem Blick, bis dieser im Stall verschwand.

Von einem heftigen Schwindel erfasst, klammerte er sich mit beiden Händen so fest an den Stamm der Pappel, dass die Rinde unter seinen Fingern zerbröckelte.

Ich habe dich gefunden, dachte Shimon. Eine Träne lief ihm die Wange hinunter, und er zitterte am ganzen Leib. Ich habe dich gefunden.

81

Warum?«, fragte Jacopo Giustiniani.

Der Mann hatte Mercurio im Saal des Großen Rates empfangen. Zwei Pagen mit langem blondem Haar hatten ihn in einen Teil des imposanten Saales begleitet, der unfassbare hundertachtzig Fuß lang, halb so breit und gut vierzig Fuß hoch war, ohne dass die Decke auch nur von einer Säule gestützt wurde. Mercurio hatte noch nie etwas so Großartiges gesehen wie diesen Saal im ersten Stock des Dogenpalastes, dessen Fenster sowohl zur Anlegestelle als auch auf die Piazzetta gingen.

»Weil …« Mercurio verstummte. Scarabello hatte ihm gesagt, dass dieser Mann jemanden wie den Einäugigen zum Frühstück verspeisen würde. Während das Sonnenlicht, das durch die sieben hohen Spitzbogenfenster hereinfiel, ihn blendete, stellte Mercurio fest, dass Jacopo Giustiniani ganz anders war als der Mann, den er sich bei ihrer ersten Begegnung hinter der Maske vorgestellt hatte. Er hatte eine angenehme Ausstrahlung, sein Blick war sanft, und bislang hatte er ihn höflich behandelt. »Man hatte mir empfohlen, keine Schwäche zu zeigen«, sagte Mercurio seinem Instinkt folgend. »Aber es ist kaum möglich, sich Euch gegenüber nicht unterlegen zu fühlen.«

Der Edelmann, dessen Familie im Goldenen Buch der Stadt eingetragen war und deren Mitglieder somit befugt waren, im Großen Rat zu sitzen, der nicht nur über die Wahl des Dogen entschied, sondern auch über die Geschicke der Republik Venedig, zwinkerte leicht belustigt, während er lächelnd das Siegel zwischen seinen Fingern drehte, das Mercurio ihm in Scarabellos Namen übergeben hatte.

»Der Mann, den ich Euch empfehle, nein, den Scarabello Euch empfiehlt, wollte ich vielmehr sagen«, fuhr Mercurio fort, »ist Hauptmann Lanzafame, einer der Helden aus der Schlacht von Marignano. Obwohl ihn die Serenissima danach tief gedemütigt hat, indem sie ihn den Pferch der Juden bewachen lässt, hat er nie aufbegehrt. Er ist ehrenwert und tapfer und ein guter Freund von einem Doktor, einem Mann, der sich aufopfert, um sich der Seuche der Französischen Krankheit entgegenzustellen ...«

»Warte einen Augenblick, Junge«, unterbrach ihn Jacopo Giustiniani und zog die Augenbrauen hoch. »Reden wir etwa von demselben Arzt, den Scarabello aus dem Castelletto verjagt hat?«

»Nun ja ...«, stammelte Mercurio verlegen, »ja, ich glaube schon, dass es sich ... um denselben Arzt handelt ...«

»Und warum will er ihn jetzt auf einmal beschützen?«, fragte Giustiniani unerbittlich weiter.

»Nicht ihn ... also, das ist so ...« Mercurio war in der Zwickmühle. Er hatte nicht bedacht, dass dies als ein Widerspruch in sich aufgefasst werden könnte, und fürchtete, dass sein ganzer Plan nun schon im Ansatz scheitern würde.

»Na gut, das ist bedeutungslos. Mich interessiert nicht, was Scarabello umtreibt«, sagte Giustiniani hastig.

Mercurio kam der verächtliche Klang seiner Bemerkung nicht ganz überzeugend vor. Übertrieben und in gewisser Weise aufgesetzt. »Also, da die Angeklagte mit Namen Giuditta di Negroponte nun zufällig die Tochter dieses Doktors ist, wäre es besonders edelmütig von Eurer Exzellenz, wenn Ihr sie von jemandem beschützen ließet, den sie kennt, damit sie ein wenig Trost hat ...«

»Warum hängt Scarabello an diesem Mädchen?«, unterbrach Giustiniani ihn brüsk.

Mercurio sah ihn an. Jetzt musste er sich entweder eine gute

Ausrede einfallen lassen oder die Wahrheit sagen. Er entschied sich für die Wahrheit. »Scarabello ist nicht derjenige, dem sie am Herzen liegt.«

»Ach so ...« Giustiniani sah Mercurio an und nickte. »Also gut, und warum hängt Scarabello dann also an dir?« Der Edelmann lächelte wehmütig. Dann wanderte sein Blick kaum merklich in Richtung der beiden Pagen, und er fragte leise: »Bist du sein Neuer, Junge?«

»Nein, Euer Gnaden«, erwiderte Mercurio. »Ich arbeite nicht für ihn.«

Jacopo Giustiniani sah ihn an und lachte amüsiert. »Ich meinte damit nicht, dass du für ihn arbeitest«, sagte er. Dann verlor sich sein Blick wieder für einen Moment sehnsüchtig in der Ferne, ehe er Mercurio gutmütig musterte. »Ich sehe, er hat dir nichts erzählt«, sagte er.

»Wovon sprecht Ihr, Euer Gnaden?«, fragte Mercurio irritiert.

Jacopo Giustiniani schüttelte den Kopf. »Nichts weiter«, sagte er, als wäre er über derart weltliche Dinge erhaben. Seine tiefblauen Augen wanderten noch einmal kaum merklich in Richtung der beiden Pagen. »Ich werde anordnen, dass Hauptmann Lanzafame die Bewachung der Gefangenen übertragen wird.«

»Euer Gnaden ...«, sagte Mercurio und hielt den Edelmann auf, der im Begriff stand, den Raum zu verlassen. »Das Siegel ...«

Jacopo Giustiniani betrachtete das Siegel, mit dem er bis jetzt gespielt hatte. Ein Siegel, das er genau kannte, weil das Wappen seiner Familie in den Karneol eingeschnitten war. Er entdeckte ein langes weißes Haar, das sich in der Kette verfangen hatte.

Mercurio schien es, als läge erneut ein Hauch von Wehmut in Giustinianis wunderschönen blauen Augen, und er dachte einen Moment lang, dass der Adlige es ihm nicht zurückgeben würde.

Doch plötzlich streckte der Edelmann es ihm hin, beinahe wütend oder als würde es ihm zwischen den Fingern brennen.

»Noch etwas, Euer Gnaden«, sagte Mercurio und nahm das Siegel entgegen.

Jacopo Giustiniani starrte ihn an.

»Wird Giuditta einen Verteidiger bekommen?«

»Natürlich nicht«, erwiderte der Edelmann. »Die Inquisition hasst es zu verlieren.«

»Bitte, gewährt ihr diese Möglichkeit. Es liegt doch in Eurer Macht.«

»Das geht nur die Kirche etwas an. Das Kirchenrecht sieht vor, dass ein Prozess der Inquisition unter Ausschluss der Öffentlichkeit und ohne Verteidiger abgehalten wird.«

»Aber dieser Prozess findet nicht unter Ausschluss der Öffentlichkeit statt ...«

»Nein. Sie wollen diese Hexe für ihre politischen Zwecke missbrauchen«, sagte der Adlige nachdenklich.

»Ihr habt die Macht.«

Jacopo Giustiniani sah ihn schweigend an.

»Gebt ihr die Möglichkeit für einen gerechten Prozess«, bat Mercurio.

»Du hast es nicht begriffen, nicht wahr?«, sagte der Adlige ganz offen und ohne belehrend zu klingen. »Ein Prozess der Heiligen Inquisition ist niemals gerecht.«

»Bitte, gewährt ihr diese Möglichkeit, Euer Gnaden. Ich flehe Euch an!«

»Das Mädchen ist bereits verdammt«, entgegnete der Adlige. »Sie ist Jüdin. Und eine Hexe. Wer sollte sie denn verteidigen? Ein Mönch? Ein Mann der Kirche, der sie genauso als Hexe und Ungläubige betrachtet wie ihre Kläger? Das wäre nichts als eine Posse.«

»Gebt ihr diese Möglichkeit. Benennt einen Verteidiger.«

Mercurio kniete sich vor ihm hin, respektvoll, aber nicht unterwürfig. »Ihr habt die Macht dazu.«

Giustiniani streckte instinktiv die Hand nach ihm aus, um seine dunklen Locken zu zerzausen. Doch dann hielt er mit traurigem Blick inne. »Diese Jüdin hat wirklich Glück«, sagte er dann. »Vielleicht ist sie ja wirklich eine Hexe«, fügte er mit einem flüchtigen Lächeln hinzu. »Ich werde sehen, was ich tun kann.«

»Gott soll Euch segnen, Exzellenz«, sagte Mercurio und erhob sich.

»Nein, Gott verflucht mich, und das seit vielen Jahren«, erwiderte Giustiniani.

»Das glaube ich nicht, Euer Gnaden«, sagte Mercurio und sah ihn offen an.

»Geh jetzt«, befahl Giustiniani.

»Euer Gnaden, gibt es hier vielleicht einen Hinterausgang?«, fragte Mercurio, der beim Hineingehen gesehen hatte, dass der Kommandant, dem er die Nase gebrochen hatte, gerade seinen Dienst angetreten hatte.

Jacopo Giustiniani deutete ein Lächeln an. Dann winkte er einem seiner beiden Pagen. »Begleite ihn zur Tür, die auf die Anlegestelle geht«, befahl er ihm.

Kaum hatte er den Dogenpalast verlassen, hörte Mercurio wieder den Trommelwirbel erschallen.

»Am Sonntag, dem Tag des Herrn, wird auf höchsten Befehl unseres Patriarchen Antonio Contarini auf der Piazzetta von San Marco nahe der Anlegestelle am Dogenpalast vor der Obrigkeit unserer Erlauchtesten Republik Venedig die Heilige Römische Inquisition öffentlich eine Zusammenfassung der Anklagepunkte gegen Giuditta di Negroponte, Jüdin und Hexe, verlesen ...«

Morgen schon, dachte Mercurio erschauernd, und vor Angst krampfte sich ihm der Magen zusammen.

Nachdem er nach Mestre zurückgekehrt war, lief er gleich zu Scarabello, den er schlafend vorfand. Die Wunde auf seiner Lippe hatte sich inzwischen so ausgedehnt, dass sie seine Zähne entblößte. Sein schütteres Haar hing glanzlos herab, und auf seinem Kopf waren neue Schwären aufgetaucht. Die papierne Haut spannte sich über dem Schädel, selbst die Finger wirkten ausgemergelt. Mercurio kam es vor, als hätte er einen Leichnam vor sich.

Da schlug Scarabello plötzlich die Augen auf. Er starrte Mercurio zunächst trüb an, als würde er ihn gar nicht erkennen. Doch dann klärte sich sein Blick, und er lächelte ihm zu. »Die Wachen sind zurückgekehrt. Sie suchen nach dir. Dieser Kommandant gibt nicht auf ...« Er rang nach Luft. »Du solltest ein paar Tage woanders unterschlüpfen ... Wenn du willst, finde ich ein Versteck für dich ...«

»Nein, das ist nicht nötig. Ich kann für mich selbst sorgen.«

Scarabello lächelte. »Angeber«, sagte er.

Mercurio lächelte zurück. »Du tust schon genug.«

»Wie ist es gelaufen?«, fragte Scarabello ihn dann. »Er ist wütend geworden, weil ich nicht selbst gekommen bin, oder?«

Mercurio sah ihn an. Und erst jetzt begriff er, dass die Beziehung zwischen Scarabello und Giustiniani nicht so offensichtlich war, wie er geglaubt hatte, und dass noch wesentlich mehr dahinterstecken musste. Etwas Bedeutendes verband das Schicksal dieser beiden starken Männer.

Auf einmal erinnerte er sich an etwas, das Giustiniani gesagt hatte, und ihm schien, dass er den Sinn nicht richtig verstanden hatte. Der Adlige hatte ihn gefragt, ob er Scarabellos Neuer sei, und auf seine Antwort hin schließlich gesagt: »Ich sehe, er hat dir nichts erzählt.«

»Also, ist er wütend geworden?«, wiederholte Scarabello.

»Nein ...«, antwortete Mercurio nachdenklich, während sich in seinem Kopf eine unerhörte Vorstellung Bahn brach. Doch als er sah, dass Scarabellos Gesicht sich verfinsterte, fast so, als wäre er enttäuscht, fügte er hastig hinzu: »Also … ich meine, ja. Er hat ziemlich wütend dreingeschaut.«

Scarabellos Gesicht entspannte sich in einem Lächeln, und sein Blick schien ebenso wie der Jacopo Giustinianis sehnsüchtig in die Ferne abzuschweifen. »Und wie ist es gelaufen?«

»Gut.«

»Du hast ihm wohl ordentlich gezeigt, dass er nicht besser ist als du, was?«

Mercurio merkte, wie plötzlich ein merkwürdiges Gefühl von ihm Besitz ergriff, das er in der Heftigkeit nicht erwartet hätte. Er konnte es nicht benennen, und als er versuchte, ihm nachzuspüren, schien es ihm auf geheimnisvolle Weise zu entschwinden. »Er hat mir aufgetragen … dich zu grüßen.«

»Du lügst.« Scarabellos Blick wurde hart. Er wirkte beinahe erschrocken.

»Doch, es stimmt.«

Scarabello drehte den Kopf weg.

Doch davor hatte Mercurio in seinem Blick wieder jene Wehmut entdeckt, die er schon in Jacopo Giustinianis blauen Augen wahrgenommen hatte.

»Lass mich allein«, sagte Scarabello.

Mercurio legte ihm das Siegel auf die Brust und ging.

»Danke, Junge«, sagte Scarabello so leise, dass ihn niemand hörte. Er umklammerte das Siegel. Und dann hauchten seine von Schwären zerfressenen Lippen einen Namen, den er schon seit Jahren nicht mehr ausgesprochen hatte.

Mercurio lief über die Felder. Er musste nachdenken, seine Kräfte bündeln. Alle dachten, dass es für Giuditta keinen Ausweg gab, sie hatten sie längst verloren gegeben und sahen sie schon auf dem Scheiterhaufen brennen. »Nein!«, schrie er auf. »Nein …« Und er spürte, wie die Angst erneut Besitz von ihm ergriff. Er durfte Giuditta nicht noch einmal verlieren, dachte er entsetzt, und ein schneidender Schmerz stach ihm in die Brust. Dann schüttelte er energisch den Kopf, als wollte er sich so von der Angst befreien.

Im gleichen Moment entdeckte er zwischen den verwilderten Büschen, die das Feld zu seiner Linken begrenzten, jemanden, den er sofort erkannte.

Seine Angst schlug blitzartig in Wut um, er kniete sich hin, sammelte zwei Steine auf, lief hinter die Büsche und schrie: »Verschwinde, du Straßenköter!« Dann warf er die Steine.

Zolfo kam mit ausgestreckten Händen hinter den Büschen hervor. »Tu mir nichts, Mercurio«, jammerte er. »Bitte, tu mir nichts!«

»Verschwinde!«, schrie Mercurio wütend. »Was willst du hier? Hat dein Mönch dich geschickt, damit du herausfindest, ob wir etwas gegen ihn im Schilde führen? Willst du uns ausspionieren? Hau ab, oder ich schlage dich mit Steinen tot, du dreckiger Köter!«

»Bitte nicht, bitte nicht ...«, flehte Zolfo und näherte sich vorsichtig. »Niemand schickt mich ...«

»Verschwinde, hab ich gesagt!«

»Ich bin weggelaufen, Mercurio ...« Zolfo wies auf seine Kleidung, die schmutzig und zerrissen war. »Seit zwei Wochen lebe ich auf der Straße ... Ich bin nicht mehr bei Fra' Amadeo ...«

»Ich glaube dir nicht!«

»Auch nicht bei Benedetta ... Beide sind böse ... so böse ...«

»Lass mich in Frieden, Zolfo!« Mercurio hob drohend eine Hand. »Was glaubst du wohl, wem ich diese Narbe verdanke? Dir, du Mistkerl! Du wolltest ein Mädchen umbringen, das dir nichts getan hat! Und jetzt kommst du her und erzählst mir, dass die beiden böse Menschen sind?«

»Bitte ... bitte ...«, flehte Zolfo und kam noch einen Schritt näher.

»Ich glaube dir nicht!«, schrie Mercurio und bückte sich nach einem weiteren Stein.

Zolfo blieb stehen. Er weinte, und seine Tränen gruben Furchen in die Schmutzschicht auf seinem Gesicht. »Ich weiß doch nicht, wohin ...«

»Das ist mir vollkommen gleich!« Mercurio warf einen Stein nach ihm.

Zolfo wich ihm aus und trat dann einen Schritt zurück. »Bitte ...«

Mercurio hob noch einen Stein auf und warf ihn. Er traf Zolfo an der Seite. »Ich weiß doch nicht, wohin ...«, wiederholte dieser, während er weiter zurückwich.

»Meinetwegen kannst du unter einer Brücke krepieren oder im Kanal ersaufen ... Das ist mir gleich! Verschwinde!«

Zolfo blieb einen Augenblick wie erstarrt stehen, doch als er sah, dass Mercurio wieder einen Stein aufhob, drehte er sich um und verschwand in den Feldern.

Mercurio ließ den Stein wütend zu Boden fallen. Dann hob er ihn doch wieder auf und schleuderte ihn mit einem kraftvollen Wurf durch die Luft. Schließlich blieb er reglos stehen und rang nach Atem. Er hörte seinen Herzschlag in seinen Ohren hämmern. Und allmählich wich die Wut wieder der Angst. Angst, dass Giuditta sterben würde, weil es ihm nicht gelungen war, sie zu retten. »Wie soll ich das bloß anstellen?«, flüsterte er. Seine Beine gaben plötzlich nach, und er fand sich kniend wieder. »Ich habe vergessen, wie man betet«, sagte er und legte die Hände aneinander. »Ich weiß nicht einmal, wie ich dich ansprechen soll ...« Er sah zum dunstigen Himmel auf, unter dem die Hitze flirrte. »Erzengel Michael«, sagte er dann, weil er sich erinnerte, dass dieser Engel ihn seit Rom nie verlassen hatte. Auf der Suche nach den richtigen Worten hielt er eine Weile mit offenem Mund inne. »Ich habe vergessen, wie man betet ...«, wiederholte er, »aber kannst du mir helfen?« Er wusste nicht, was er noch sagen sollte. Deshalb verharrte er so, während die trockene Erde unter seinen Knien zerbröckelte, bis er spürte, wie der Schweiß ihm von der Stirn lief.

Schließlich stand er auf und ging zurück.

Anna erwartete ihn schon auf der Schwelle des Hauses. »Was war los? Ich habe dich schreien hören ...«

»Nichts. Da war nur ein Straßenköter«, erwiderte Mercurio.

»Ich habe mich erschreckt«, sagte sie besorgt. »Hör zu, du kannst nicht hier schlafen. Die Wachen sind zurückgekehrt, und ihr Kommandant ...«

»Ja, ich weiß«, fiel Mercurio ihr ins Wort. »Mach dir keine Sorgen, die kriegen mich nicht ...« Seine Augen wanderten nach rechts und links, um Annas Blick auszuweichen.

»Sag schon«, forderte Anna ihn auf.

»Was denn?«

»Heraus damit, mein Junge.«

»Was?«

Anna strich ihm sanft über die Wange. »Du kannst diese Last nicht allein tragen.«

»Hör mal, Anna ...«

»Seit du das von Giuditta erfahren hast, hast du keine einzige Träne vergossen ...«

»Ich weine eben nicht so schnell ...«

»Ich habe mit Scarabello geredet«, sagte Anna. »Du weißt, dass ich ihn nicht mag. Aber selbst ein so verabscheuungswürdiger Kerl wie er hält viel von dir. Und weißt du auch, warum? Weil du etwas Besonderes bist. Er hat mir erzählt, dass du etwas sehr Gefährliches vorhast.«

»Woher will er wissen, was ich vorhabe, wenn ich es selbst nicht weiß?«, sagte Mercurio schulterzuckend und rang sich ein trauriges Lächeln ab.

»Du kannst diese Last nicht allein mit dir herumtragen«, wiederholte Anna, zog ihn an sich und lehnte ihren Kopf an seine Brust. »Wie groß du geworden bist«, sagte sie leise.

»Willst du mir wirklich helfen?«, fragte Mercurio und schob sie sacht von sich weg.

»Natürlich.« Anna sah ihn mitfühlend an.

»Dann bring mich nicht zum Weinen«, sagte Mercurio. »Sonst zerbreche ich.«

82

Auf der Piazzetta vor dem Dogenpalast drängte sich die Menge.

Die Menschen, die dort zusammengekommen waren, schwitzten, und der Schweiß der vergangenen Tage hatte sich in ihrer Kleidung festgesetzt. In der Luft lag ein abgestandener Geruch nach verfaulten Zwiebeln und vergammeltem Fisch. Die Haut der Leute glänzte fettig und stank säuerlich.

Doch stärker noch als die Gerüche und der Gestank lag der Hauch des drohenden Todes in der Luft, als würden die auf Pfählen über den Wassern schwebenden Palazzi und die gesamte Lagune schon im flackernden Schein des Scheiterhaufens erglühen, auf den alle gespannt warteten und den sie jener jüdischen Hexe zugedacht hatten, die versucht hatte, den Venezianerinnen ihre Seelen zu rauben.

Die Obrigkeit hatte unmittelbar vor der Anlegestelle des Dogenpalastes eine Tribüne errichten lassen, hinter der sich die weite, spiegelnde Wasserfläche öffnete, in die sich der Canal Grande ergoss. Dort drängten sich zahllose Wasserfahrzeuge, von den kostbaren Gondeln der Reichen bis hin zu bescheidenen Fischerbooten und Lastkähnen.

Die über zwei Mann hohe Tribüne war vollständig mit Bahnen aus purpurroter Seide verkleidet, die anscheinend auf den Scheiterhaufen anspielen sollte, den die Kirche für Giuditta vorbereitete. Die Tribüne bestand aus zwei Ebenen. Auf der oberen befand sich ein vergoldeter Thron, dessen Rückenlehne so hoch war, dass es aussah, als würde sie geradewegs in den Himmel führen. Ein wenig unterhalb dieser Ebene, aber immer noch gut sichtbar für die Menge, sogar für die Leute ganz hinten auf der Piazzetta, hatte man vier Sessel aufgestellt, auf denen der Heilige, laut bejubelt von der Menge, und drei andere schwarz gekleidete Männer der Kirche mit ernster Miene Platz genommen hatten. Zu beiden Seiten des Proszeniums, wenn man es denn so nennen wollte, weil der ganze Aufbau wie eine Bühne für eine Theatervorstellung wirkte, erhoben sich zwei Turmgerüste, an deren unterem Ende sich je eine Seilwinde befand. Von deren Spitzen ragte je ein Arm über die Bühne, und in der Mitte vereinigten sich die beiden Streben, an denen dicke ineinander verflochtene Taue eine Art Holzkäfig hielten, der genau vor der Tribüne stand.

Mercurio und Isacco, die in der Menge standen, sahen sich besorgt um. Beide schwiegen, ja sie schienen nicht einmal zu atmen. Ihre Gesichter waren bis zum Äußersten angespannt und wirkten in ihrer Starre wie in Stein gemeißelt.

Als die Zeit gekommen war, schritt der Patriarch Antonio Contarini feierlich heran. Seine lange Schleppe wurde von vier Messknaben getragen. Die Menge verstummte. Der Patriarch stieg die Stufen der Tribüne bis ganz nach oben und setzte sich auf den Thron. Dann wandte er sich dem Dogenpalast zu und gab ein Zeichen.

Daraufhin wurde Giuditta von Hauptmann Lanzafame und seinen Soldaten herangeführt.

Die Menge schrie laut auf und rief ihr Schmähungen zu.

»Hab keine Angst«, sagte Lanzafame zu Giuditta. »Ich werde nicht zulassen, dass dir etwas geschieht.«

Giuditta spürte, wie sich ihre Augen mit Tränen füllten. Verängstigt und voller Scham schleppte sie sich vorwärts.

»Wie haben sie meine Tochter bloß zugerichtet?«, flüsterte Isacco, kaum dass er sie erblickte.

Mercurio senkte die Augen, als könnte er den Anblick nicht ertragen. »Diese Scheißkerle«, knurrte er.

Die von Fra' Amadeo angewiesene Prostituierte hatte Giudittas Gesicht mit einer dicken Schicht Bleiweiß eingeschmiert. Dann hatte sie grellrote Schminke auf ihren Wangen und Lippen verteilt und ihr einen Herzmund geschminkt. Mit einem Pinsel hatte sie die Lider mit dunklem Bister bestrichen. Von den Augenbrauen führten blaue Striche nach außen. Giudittas Haare waren hochaufgetürmt bis auf zwei Strähnen, die ihr über die Schultern fielen und die die Hure blau und gelb gefärbt hatte. Sie trug ein Kleid, dessen weiter Ausschnitt einen großen Teil ihres Busens entblößte, und man hatte ihr Schuhe mit spannenhohen Keilsohlen angezogen, wie nur Kurtisanen sie trugen.

»Was haben sie dir bloß angetan?«, sagte eine Frau zu ihrer Rechten. Giuditta wandte sich zu ihr um und erkannte Octavia, der tiefster Schmerz ins Gesicht geschrieben stand.

»Hure!«, schrie eine Frau neben Octavia.

»Hexe!«, rief eine andere.

Giuditta sah, dass auch Ariel Bar Zadok gekommen war, die Schneiderinnen, der Zuschneider Rashi Sabbatai, alle Frauen aus der jüdischen Gemeinde, die als Erste ihre Hüte gekauft hatten, und sogar der kräftige, ungelenke Joseph, der errötete, als sich ihre Blicke begegneten.

»Hure! Nimm das zurück!«, schrie eine Frau und schleuderte Giuditta ein Kleid entgegen.

Giuditta erkannte sie. Es war eine ihrer Kundinnen. Und das Kleid, das sie ihr zugeworfen hatte, war eines ihrer Kleider. Der angeblich verhexten Kleider.

Lanzafames Soldaten zeigten sich bereit einzuschreiten. Sie hatten Befehl, dass Giuditta nichts geschehen durfte. Sie musste beschützt werden wie das heiligste Gut, hatte ihnen Lanzafame eingeschärft, der Giuditta jetzt mit gezogenem Schwert durch die Menge geleitete.

Als sie die Tribüne erreichten, musste Giuditta den Holzkäfig vor dem Aufbau besteigen. Die Seilwinden an den Turmgerüsten zu beiden Seiten setzten sich in Bewegung, und die Hanfseile, an denen das Gefängnis hing, strafften sich ächzend. Der Käfig schwankte.

Giuditta klammerte sich ängstlich an die Gitterstäbe.

»Hab keine Angst«, sagte Lanzafame.

Der Käfig hob vom Boden ab. Ächzend zogen ihn die Taue hoch. Und je höher der Käfig gezogen wurde, desto schweigsamer wurde die Menge wie angesichts eines Zauberwerks.

Schließlich verharrte der Käfig auf halber Höhe und schwankte in der Luft.

Die Menge schrie auf vor Sensationsgier.

»Was für ein lächerliches Spektakel!«, rief Isacco aus.

»Das haben die gut eingefädelt«, sagte Mercurio düster. »Giuditta! Giuditta! Ich bin hier!«, brüllte er dann.

Ein Mann neben ihm starrte ihn feindselig an.

»Bleib schön unauffällig!«, sagte Isacco leise zu ihm. »Es ist keine gute Idee, wenn du dich verhaften lässt, du Dummkopf. Oder wenn dich die Menge in Stücke reißt.«

»Geht zum Teufel, Doktor! Wie könnt Ihr nur so ruhig bleiben?«

Isacco blickte ihn an. »Siehst du etwa Ruhe in meinen Augen?«

»Verzeiht mir, Doktor«, sagte Mercurio seufzend.

»Nein, du musst mir verzeihen, Junge«, erwiderte Isacco.

Beide sahen wieder auf den Käfig, der hoch oben über ihren Köpfen schwebte. Giuditta klammerte sich völlig verängstigt an die Gitterstäbe und blickte in die Menge, ohne etwas zu erkennen.

Auf einmal verstummten die Leute.

Der Patriarch auf der Tribüne hatte sich erhoben.

»Im Namen und im Auftrag Seiner Heiligkeit Papst Leos des Zehnten aus der erhabenen Familie der Medici und mit Erlaubnis unseres geliebten Dogen Leonardo Loredan«, begann der

Patriarch in feierlichem Ton, »und in Übereinstimmung mit der höchsten Obrigkeit der Erlauchtesten Republik Venedig und unter dem Schutz des Heiligen Markus, erkläre ich, Antonio Contarini, Diener der Kirche und der Republik, die öffentliche Anhörung zu Lasten der Jüdin Giuditta di Negroponte, die der Hexerei angeklagt ist, für eröffnet!« Er wandte sich an die niedrige Ebene der Tribüne. »Inquisitor Amadeo da Cortona vom Orden der Predigermönche stellt die Anklage vor.«

Der Heilige stand auf und verneigte sich vor dem Patriarchen, um dann seine Hände mit den Malen dem Volk zu zeigen, das sogleich laut applaudierte.

Der Patriarch wollte verärgert auffahren, hielt sich aber zurück.

Einen Moment lang wurde es still, und in dieses Schweigen hinein rief Mercurio laut »Giuditta!« und hob seinen Arm.

Giuditta wandte sich in die Richtung, aus der die Stimme gekommen war. Als sie Mercurio erkannte, brach sie in Tränen aus, ihre Beine versagten, und sie sank auf den Boden des Käfigs hinunter. Dann zog sie sich mühsam wieder hoch, suchte erneut Mercurios Blick und ließ ihn nicht mehr los.

»Volk von Venedig«, begann der Heilige. »Das ist sie …« Schweigend zeigte er auf Giuditta, die auf halber Höhe vor der Tribüne in dem Käfig hing wie ein gefangenes wildes Tier. »Das ist sie!«, wiederholte er. »Die Ungläubige! Die Jüdin! Die Hexe!«

Die Menge erregte sich und schrie: »Hexe! Verfluchte!«

»Die Hure Satans!«, brüllte der Inquisitor.

»Hure! Jüdische Hure!«

»Das Krebsgeschwür Venedigs!«, schrie der Heilige noch lauter.

Die Menge begann jetzt, Steine auf den Käfig zu schleudern.

Daraufhin ließen Lanzafame und seine Soldaten ihre Schwerter drohend durch die Luft wirbeln.

»Sag ihnen, dass sie damit aufhören sollen, Mönch!«, schrie Lanzafame den Heiligen an.

»Das ist das Volk des Herrn!«, erwiderte Fra' Amadeo.

»Mönch!«, erhob der Patriarch donnernd seine Stimme.

Der Heilige wandte sich zu ihm um.

»Ich habe dich gewarnt«, erklärte der Patriarch. »Spiel hier nicht den Hanswurst!«

Der Heilige zog die Schultern ein. Dann wandte er sich wieder der Menge zu. »Beruhigt euch«, schrie er. »Der Herr hat seine gerechte und göttliche Bestrafung in meine und nicht in eure Hände gelegt.«

Daraufhin beruhigte sich die Menge.

»Doch befürchtet nichts!«, fuhr der Heilige fort. »Denn diese Strafe wird grausam sein!«

»Gott soll dich mit seinem Blitz treffen!«, knurrte Mercurio. Er legte sich eine Hand ans Herz und sah Giuditta an.

Dieser liefen ununterbrochen die Tränen hinunter und lösten das Scharlachrot auf Wangen und Lippen wie auch das Bleiweiß, mit dem das übrige Gesicht geschminkt war, sodass es aussah, als weinte sie blutige Tränen.

»Der Prozess wird öffentlich abgehalten«, verkündete der Heilige feierlich. »Und zwar von morgen an im Kapitelsaal des Konvents der Heiligen Kosmas und Damian in der Gemeinde San Bartolomeo.« Sein Gesicht war jetzt verschwitzt, und die Haare klebten ihm am Schädel.

Die Menge jubelte dem Heiligen zu.

Mercurio sah sich aufgeregt um. Giustiniani hatte Wort gehalten, Lanzafame und seine Soldaten waren sogleich als Wachmannschaft zu Giudittas Schutz ernannt worden. Doch der Patriarch hatte nur den Ankläger vorgestellt und nichts von einem Verteidiger gesagt.

Der Heilige setzte sich wieder hin, und nun erhob sich einer der drei Geistlichen, die mit auf der Bühne saßen. Auch ihm lief der Schweiß über das Gesicht. »Im Namen Seiner Heiligkeit Leos des Zehnten und unseres geliebten Patriarchen Antonio Contarini und gemäß dem Verfahren der Heiligen Mutter Kirche, wer etwas zu sagen hat ... der spreche jetzt!«

Über die Piazzetta senkte sich dichtes Schweigen. Alle wussten, dass niemand etwas sagen würde.

»Ich bitte um das Wort«, sagte da jedoch eine Stimme.

Die hohen Herrschaften auf der Tribüne, die Soldaten, das versammelte Volk von Venedig, alle wandten sich um.

Da bahnte sich Jacopo Giustiniani, trotz der Hitze in eines seiner prunkvollsten Gewänder gekleidet und reich verziert mit dem Familienschmuck, beschützt von vier Knappen seiner persönlichen Eskorte und gefolgt von seinen beiden blonden Pagen, seinen Weg durch die Menge und kam zu Füßen der Tribüne zu stehen.

Der Patriarch war wie vom Donner gerührt. Etwas Ähnliches war noch niemals vorgekommen. »Ich übergebe Euch das Wort, Edler Giustiniani«, erklärte er ein wenig zögernd. »Kommt herauf.«

Mercurio wurde aufmerksam. Er packte Isacco am Arm und drückte ihn.

Isacco wandte sich zu ihm um. »Was ist los? Was ist auf einmal in dich gefahren?«

Mercurio ließ Giustiniani nicht aus den Augen.

»Wer ist das?«, fragte Isacco.

»Seid still, Doktor«, fuhr ihn Mercurio an.

»Und du lass meinen Arm los, du tust mir weh!«

In der Zwischenzeit war Giustiniani flink die Stufen zu der Ebene emporgestiegen, auf der sich der Heilige und die drei Geistlichen befanden.

Mercurios Blick ging zurück zu Giuditta.

»Sprecht!«, forderte der Patriarch Giustiniani auf.

»Unsere geliebte Republik erkennt die Autorität der Römischen Kirche von Seiner Heiligkeit Papst Leo dem Zehnten ebenso an wie ihr Verfahren«, begann Giustiniani an den Patriarchen gewandt, dann neigte er sich der Menge zu. »Und ihr Venezianer wisst genau, wer der Papst ist, und bringt ihm Respekt entgegen ...«, sagte er und ließ den Satz unbeendet.

Es erhob sich ein leises Murmeln, in dem Missbilligung mitschwang, denn die Venezianer fürchteten stets, die Macht des Papstes und Roms könnte ihre Geschäfte und Handelsbeziehungen beeinträchtigen. Seit jeher wussten sowohl die Führung Venedigs als auch das Volk, dass sie sich ihre Unabhängigkeit von der Kirche erhalten mussten.

Und Jacopo Giustiniani wusste das besser als jeder andere. Deshalb hatte er sich entschlossen, dieses altangestammte und tiefsitzende Misstrauen gegenüber der römischen Kirche nun für seine Zwecke zu nutzen. »Doch zugleich, obwohl ihr den Papst liebt und achtet«, nahm er seine Überlegungen wieder auf, »liebt und achtet ihr über alle Maßen auch Venedig und seine Gesetze, liebt und achtet ihr das Rechtssystem der Löwenrepublik Venedig ...«

In der Menge rumorte es.

Und der Patriarch musste feststellen, dass Giustiniani wieder getrennt hatte, was ihm zu vereinen gelungen war. Jetzt drohte dieser Prozess eine Machtdemonstration der Kirche zum Schaden Venedigs zu werden. »Kommt zur Sache, Edler Giustiniani«, sagte er und versuchte, seine Gereiztheit zu verbergen.

»Patriarch«, sagte Giustiniani daraufhin, »und ihr, Volk von Venedig ...« Auch diesen Satz ließ er unbeendet.

»So redet doch!«, rief der Patriarch aus. Ein Messknabe wollte ihm mit einem gestickten Taschentuch den Schweiß von der Stirn tupfen, doch der Patriarch schob ihn verärgert weg.

»Kann Venedig«, sagte Giustiniani dann an die Menge gewandt, »kann Venedig bei allem Respekt für die Heilige Römische Kirche zulassen, dass ein Prozess in unserer Lagunenstadt mit einem Inquisitor, aber ohne einen Verteidiger geführt wird?« Er sah wieder auf die Menge und breitete die Arme aus. »Kann, ja darf Venedig seine eigenen Regeln brechen, sich ... wenn Ihr erlaubt ... einem Ritual unterwerfen, das gegen seine gesunden Prinzipien verstoßen würde?«

Die Menge murmelte und erregte sich. Die Idee, man könnte einen Verteidiger brauchen, war niemandem in den Sinn gekommen, und ganz bestimmt hielt dies auch keiner für notwendig, da alle schon voller Vorfreude darauf warteten, das Fleisch der jüdischen Hexe auf dem Scheiterhaufen rösten zu sehen. Doch nun war das Ganze von einem Hexenprozess zu einer Machtprobe zwischen dem Papst in Rom und der auf ihrer Unabhängigkeit bestehenden Republik Venedig geworden.

»Edler Giustiniani, was Ihr verlangt, verstößt gegen die Bulle Seiner Heiligkeit Innozenz dem Dritten, *Si adversus vos*. Deshalb bin ich nicht in der Lage ...«

»Verzeiht mir, Patriarch«, sagte Giustiniani und neigte demütig den Kopf, »*Si adversus vos*, ein Schriftstück, das zu studieren ich in meiner Jugend das Vergnügen hatte, sieht doch, wenn ich mich nicht irre, ebenfalls vor, dass der Prozess hinter verschlossenen Türen abgehalten wird.« Eindringlich sah er den Patriarchen an, der daraufhin verstummte. »Oder trügt mich da meine Erinnerung?«

Der Patriarch versteifte sich. Er hatte begriffen, worauf der Adlige aus dem Großen Rat hinauswollte. Wenn man schon eine so große Ausnahme machte, den Prozess öffentlich zu führen statt hinter verschlossenen Türen, warum konnte man dann nicht noch eine zulassen? »Edler Giustiniani, ich verstehe, was Ihr damit sagen wollt ...«, begann er und rang verzweifelt nach Worten, um die Situation wieder zu seinen Gunsten zu wenden.

»Der Doge!«, rief in diesem Moment jemand in der Menge, und alle wandten sich dem Prachtbalkon des Dogenpalastes zu.

Sogar der Patriarch unterbrach seine Ausführungen, drehte sich um und sah, dass Doge Loredan als Zeuge dieser Auseinandersetzung erschienen war. Und dass er sich zeigte, konnte nur eines bedeuten: Er unterstützte Giustinianis Forderung. Und das wiederum, dachte der Patriarch, bedeutete, dass der Große Rat und der Rat der Zehn sich auf dessen Seite stellten.

»Ich verstehe, was Ihr damit sagen wollt«, nahm der Patriarch lächelnd das Gespräch wieder auf und verneigte sich vor dem Dogen, »und als Bürger von Venedig kann ich, wenn auch ein Diener seiner Heiligkeit, nicht anders als Euch beizupflichten ...« Er sah auf die Menge. Es musste ihm gelingen, die Menschen wieder auf seine Seite zu ziehen. »Und aus diesem Grund werden wir den Prozess nach den Regeln der Heiligen Inquisition durchführen, aber auch die Regeln unserer geliebten Stadt Venedig nicht außer Acht lassen!«, rief er aus.

Die Leute, die bis zu diesem Augenblick bereit gewesen wären, Giuditta auch ohne Prozess zum Tode auf dem Scheiterhaufen zu verurteilen, begeisterten sich jetzt für die Gerechtigkeit, allein weil es um eine Machtprobe zwischen Rom und Venedig ging.

Mercurio streckte die Fäuste zum Zeichen des Sieges in die Luft.

Isacco neben ihm hob den Blick zum Himmel und flüsterte: »Dank sei dir, *Ha-Shem.*«

Der Heilige sprang auf. »Ich protestiere!«

Der Patriarch brachte ihn mit einem vernichtenden Blick zum Schweigen. Der Mönch senkte den Kopf und setzte sich wieder.

»Das wird ein Spaß, zwei Mönchen zuzuschauen, die sich öffentlich an den Kragen gehen«, sagte einer aus dem Volk.

»Ob man darauf Wetten abschließen kann?«, fragte ein anderer, und die Umstehenden lachten laut.

Der Patriarch winkte Giustiniani zu sich.

»Ein schlauer Einfall, Giustiniani«, sagte er leise zu ihm.

»Die Idee stammt nicht von mir«, erwiderte Jacopo Giustiniani und meinte Mercurio. Doch er wusste genau, dass der Patriarch an den Dogen dachte.

»Aber ich kann nicht zulassen, dass der Inquisitor und der Verteidiger sich vor aller Augen an den Kragen gehen«, sagte der Patriarch finster.

»Selbstverständlich nicht, Patriarch«, erklärte Giustiniani. »Deshalb habe ich ja an jemand Einfachen gedacht, einen vollkommen unbekannten Mönch, der unerfahren und ergeben ist.«

Der Patriarch lächelte zufrieden und entspannte sich. Es ging also nicht um Gerechtigkeit, sondern nur um Politik. »Ich freue mich feststellen zu können, dass der höchste venezianische Adel so vernünftig ist. Ihr habt mir einen gehörigen Schrecken eingejagt, das kann ich Euch versichern.«

Jacopo Giustiniani kniete vor ihm nieder und küsste seinen bischöflichen Ring vor dem auf der Piazzetta vor dem Dogenpalast versammelten Volk.

Der Patriarch seinerseits verneigte sich daraufhin vor dem Dogen. »Möge die Posse beginnen«, sagte er leise, und diesmal ließ er es sich gefallen, dass der Messknabe ihm den Schweiß von der Stirn wischte.

»Möge die Posse beginnen«, wiederholte Giustiniani seine Worte. »Im Namen unserer geliebten Republik Venedig.«

»Und der Heiligen Mutter Kirche«, fügte der Patriarch zufrieden hinzu.

»Hast du etwas damit zu tun?«, fragte Isacco Mercurio.

»Wie sollte ich?«, erwiderte Mercurio und zuckte die Schultern.

»Stimmt, wie könntest du an solch hochstehende Leute geraten?«, sagte Isacco. »Aber es sah doch ganz so aus, als wüsstest du davon.«

»Redet keinen Unsinn, Doktor«, mahnte Mercurio, der Giuditta nach wie vor keinen Moment aus den Augen ließ.

»Bringt die Angeklagte zurück in ihre Zelle, wo sie ihren Prozess erwarten soll!«, befahl einer der Geistlichen auf der Tribüne.

Die Seilwinden ächzten, als der Käfig wieder heruntergelassen wurde.

»Kommt«, sagte Mercurio zu Isacco. »Versuchen wir, ob wir mit ihr sprechen können.« Er setzte die Ellbogen ein, um sich einen Weg durch die Menge zu bahnen, und versuchte, zu dem Käfig zu gelangen.

Isacco folgte ihm.

Als sie vor der Tribüne angelangt waren, begegnete Mercurio Lanzafames Blick.

»Jetzt?«, flüsterte Lanzafame beinahe unhörbar.

Mercurio schüttelte den Kopf. »Nein, jetzt würde die Menge sie in Stücke reißen«, sagte er und drehte sich zu Giuditta um, die gerade von zwei Soldaten beschützt den Käfig verließ.

Ihr Gesicht war vollkommen unkenntlich. Die Sommerhitze und ihre Tränen hatten die Schminke aufgelöst, ihre Wangen waren von schwarzen, roten und blauen Linien durchzogen. Die beiden bunten Haarsträhnen gaben von ihrer Farbe ab, sodass das Blau und das Gelb über ihren Busen tropfte. Doch inmitten dieser Farbkleckse waren Giudittas Augen weit aufgerissen und von grenzenloser Furcht erfüllt. »Hilf mir ...«, flüsterte sie und streckte eine Hand nach Mercurio aus. Er trat zu ihr vor, ergriff ihre Hand und drückte sie fest. Er öffnete den Mund, um ihr etwas zu sagen, doch er brachte nichts heraus.

Giuditta versuchte, seine Hand festzuhalten, während Lanzafames Soldaten sie fortzogen, um sie vor der Wut der Menge zu schützen.

»Giuditta!«, schrie Isacco verzweifelt, der sie erst jetzt erreicht hatte.

Bei seinem Anblick brach Giuditta in Tränen aus.

»Mein Kind«, sagte Isacco verzweifelt. »Wie haben sie dich bloß zugerichtet?«

Mercurio starrte Giuditta immer noch mit offenem Mund an. Dann drängte sich die Menge so dicht um die Soldaten, dass sie seinen Blicken entschwand. Mercurio schlug um sich und versuchte, ihr zu folgen, weil er fürchtete, dass die Menge Lanzafame und seine Soldaten überrennen würde. Doch kurz darauf sah er, wie Giuditta unversehrt durch das Tor zu den Kerkern des Dogenpalastes geführt wurde.

»Verflucht sollen sie sein!«, knurrte Isacco hinter den Vertretern her. »Ja, sie sollen verflucht sein!«

»Ich muss gehen«, sagte Mercurio. »Ich sollte mich hier nicht sehen lassen.«

Isacco hielt ihn auf. »Ich habe mich in dir getäuscht, Junge«, sagte er.

»Ich muss gehen, Doktor«, drängte Mercurio. »Sagt Anna, dass ich für ein paar Tage nicht nach Hause komme.«

»Und wo wirst du bleiben?«

»Keine Sorge, ich habe einen sicheren Unterschlupf.«

»Aber du kommst doch zum Prozess?«, fragte ihn Isacco beinahe flehend.

»Natürlich«, erwiderte Mercurio. »Aber ich muss mich verkleiden.«

Isacco blickte ihn finster an. »Giuditta wird dich nicht erkennen …«

»Sagt es Lanzafame. Der wird es Giuditta schon ausrichten«, sagte Mercurio und sah in Richtung Dogenpalast. Dort erblickte er den Kommandanten, dem er die Nase gebrochen hatte. »Ich muss gehen.«

Isacco nickte, dann wandte er sich Octavia und Ariel Bar Zadok zu, die ganz in seiner Nähe standen. Auf ihren Gesichtern lag ein Hoffnungsschimmer, der auch ihm wieder etwas Mut gemacht hatte. Giuditta würde einen Verteidiger haben. Da tauchte hinter zwei riesigen Leibwachen Anselmo del Banco auf und kam auf ihn zu. Doch Isacco wollte jetzt nicht mit dem

Obersten der Gemeinde reden und entschwand eilends in der Menge. Beim Weggehen sah er Mercurio im Gespräch mit dem Edelmann Giustiniani.

»Ihr habt den Dogen auf Eurer Seite«, sagte Mercurio gerade bewundernd zu ihm.

»Nein, Junge«, erklärte Giustiniani lächelnd. »Ich habe dem Dogen nur empfohlen, er solle sich gegen Ende dieses Spektakels sehen lassen, weil das Volk von Venedig versammelt war. Und alles, was die Menge und der Patriarch von Venedig daraus abgeleitet haben, ist ihre eigene Sache.«

Mercurio sah ihn voller Hochachtung an. »Wenn ich nicht glauben würde, Euch damit zu beleidigen, würde ich sagen, Ihr seid ein erstklassiger Betrüger.«

»Damit beleidigst du mich nicht. Was meinst du, worum es in der Politik geht?« Giustiniani sah sich um. »Ich habe Scarabello nirgendwo gesehen«, sagte er dann leicht verärgert. »Kommt er denn nicht selbst, um nachzusehen, ob ich mich seiner Erpressung füge?«

Mercurio sah ihn aufmerksam an und wusste in diesem Augenblick, dass er sich nicht irrte, wenn er im Gesicht des Adligen mehr las als Unmut. Vielleicht hatte er es verdient, die Wahrheit zu erfahren. »Scarabello liegt im Sterben, Euer Exzellenz«, sagte er.

Jacopo Giustinianis tiefblaue Augen erstarrten. Die Gesichtszüge des Edelmannes verzerrten sich kaum merklich, doch dann entspannte sich sein Gesicht zu einem übertriebenen Grinsen. »Dann bin ich wohl bald frei«, sagte er theatralisch.

»Ja, Euer Exzellenz«, sagte Mercurio, der die Angst erkannt hatte, die Giustiniani gerade ergriffen hatte.

Doch Jacopo Giustiniani zeigte keine Regung mehr.

»Er ist in Mestre, im Hospital von Anna del Mercato. Das kennt jeder dort«, sagte Mercurio.

Der Edelmann wandte sich an einen seiner Pagen. »Gehen wir«, befahl er.

»Nehmt ihn fest«, hörte man auf einmal eine Stimme in der Menge. »Da ist er! Nehmt ihn fest!«

Mercurio sah, wie der Kommandant der Wache des Dogenpalastes auf ihn zeigte, und war einen Moment später zwischen den Menschen verschwunden.

Die Wachen machten sich sogleich an seine Verfolgung. Einer von ihnen hätte ihn beinahe zu fassen bekommen, als ein Mann aus der Menge stolperte, auf den Soldaten fiel und ihn mit sich zu Boden riss.

»Du Idiot!«, schrie der junge Soldat verärgert auf, weil er durch diesen Zusammenstoß Mercurio unwiederbringlich verloren hatte.

»Verzeiht, mir, edler Herr«, sagte Isacco, erhob sich und klopfte dem Soldaten die Uniform ab, um ihn noch weiter aufzuhalten. »Ich wurde gestoßen ... Es tut mir leid ...«

»Du verdammter Alter«, knurrte der Soldat und stieß ihn weg.

Isacco verneigte sich demütig, bevor er sich wieder unter die Menge mischte. Dann entdeckte er in einiger Entfernung den dunklen Lockenschopf Mercurios, der gerade den Markusplatz verließ. »Ich habe mich in dir getäuscht, Junge«, sagte er leise. »Du verdienst Giuditta wirklich.«

83

Öffne!«, befahl Lanzafame dem Kerkermeister barsch.

»Sie ist nicht da«, erwiderte die Wache.

»Und wo ist sie?«, fragte Lanzafame gereizt.

»Oben. Eine Hure macht sie zurecht«, sagte die Wache anzüglich grinsend.

Lanzafame wandte sich ohne ein weiteres Wort um und eilte, gefolgt von seinen Soldaten, die Stufen zum ersten Stock des Dogenpalastes hinauf. Er kam zu einer kleinen Loggia, vor der er die Gefangenenwächter erkannte.

»Ist sie hier?«

Der Kommandant der Wachen wandte sich träge um. Seine gebrochene Nase war immer noch geschwollen, und unter seinen Augen lagen dicke, bläulich verfärbte Ringe. Er presste sich ein mit Schleim und Wundsekret beschmutztes Taschentuch unter die Nasenlöcher. Wortlos starrte er Lanzafame an und begab sich dann in Richtung eines Zimmers, das von der Loggia abging. »Ist sie fertig? Wie lange dauert das noch?«

»Ich bin so weit«, sagte eine weibliche Stimme aus dem Zimmer.

Der Kommandant der Wache wandte sich an Lanzafame. »Jetzt gehört sie ganz Euch«, sagte er.

Lanzafame betrat das Zimmer.

»Hör endlich auf zu flennen, du dumme Kuh«, fauchte die Hure gerade Giuditta an. »Du machst ja alles wieder kaputt, was ich ...«

Sie konnte ihren Satz nicht beenden, denn Lanzafame war schon über ihr und stieß sie wütend gegen die Wand. »Schweig still, du Schlampe!«, knurrte er. Dann wandte er sich an Giuditta und reichte ihr eine Hand. »Komm«, sagte er freundlich zu ihr. »Wir müssen gehen.«

Giuditta nickte und zog die Nase hoch.

»Komm«, wiederholte Lanzafame und brachte sie hinaus.

Die Wachen lachten und pfiffen anzüglich, als sie sie erblickten, und Giuditta senkte errötend den Kopf.

Lanzafame warf ihnen einen vernichtenden Blick zu und gab seinen Soldaten einen Wink, sich um Giuditta zu scharen. Er selbst ging neben ihr, hielt sie am Arm, als hätte er Angst, sie könnte fallen, und so stiegen sie schweigend die Stufen hinab.

»Ich sehe furchtbar aus«, sagte Giuditta kaum hörbar, als sie das Tor nach draußen erreichten.

»Halt«, befahl Lanzafame seinen Männern. Er sah Giuditta an. Ihr Gesicht war wieder dick und ordinär geschminkt. Der tiefe Ausschnitt ihres Kleides ließ den Busen fast vollkommen frei, und ihre Füße steckten erneut in den hohen Schuhen, wie sie üblicherweise die Kurtisanen trugen.

»Ich sehe furchtbar aus, nicht wahr?«, wiederholte Giuditta.

Lanzafame nahm sein Taschentuch und entfernte damit grob ein wenig von der schwarzen Farbe, die die Hure dick auf Giudittas Lidern aufgetragen hatte. Dann wischte er ihr das grelle Rot von den geschminkten Lippen. »Ja, so ist es besser«, sagte er zu ihr. Sein Blick fiel auf ihren Ausschnitt. »Denk nicht daran.« Er winkte seinen Soldaten, weiterzumarschieren.

Obwohl es noch sehr früh am Tag war, schien die Sonne draußen blendend hell. Die feuchte warme Luft nahm einem den Atem. Die wenigen Leute, die bereits draußen warteten, hatten Schweißperlen auf der Haut.

»Hexe! Hure des Teufels! Verfluchtes Weib!«, schrien sie, kaum dass sie Giuditta erblickten.

»Aus dem Weg!«, befahl Lanzafame.

Die beiden Soldaten an der Spitze des Zuges schlugen ohne

zu zögern auf einen Eiferer ein, der Giuditta angespuckt hatte. Sofort wichen die Leute zurück und folgten ihnen wütend schreiend, ohne jedoch weitere Aufregung zu verursachen.

»Hör gar nicht hin«, sagte Lanzafame zu Giuditta.

»Und wie geht das?«, versuchte Giuditta zu scherzen.

Lanzafame nickte ernst. »Ich kann mir vorstellen, was du empfindest.« Inzwischen hatten sie den Markusplatz hinter sich gelassen und waren in die Calle dell'Ascensione eingebogen, um dann die Salizada di San Mosè zu nehmen. Erst dort fragte Lanzafame: »Hat dein Verteidiger dich eigentlich besucht, um mit dir zu sprechen?«

Giuditta sah ihn erstaunt an: »Hätte er das tun sollen?«

»Verdammte Scheiße!«, fluchte Lanzafame.

»Ist das schlimm?«, fragte Giuditta besorgt.

»Aber nein ... natürlich nicht ...«, antwortete Lanzafame, um sie zu beruhigen. Er verfiel in Schweigen. Dass der Verteidiger sich nicht hatte blicken lassen, war nicht gerade ermutigend. Lanzafame betete stumm, dass der Prozess nicht zu einer reinen Posse geraten würde, während sie sich hinter dem Campo San Mosè nach rechts wandten. Durch diesen Umweg zur Gemeinde San Bartolomeo wollte er vermeiden, dass sich Giuditta in der Calle degli Specchieri, der Gasse der Spiegelmacher, in jedem Schaufenster betrachten musste.

Während sie den Rio dei Fuseri in San Luca entlangliefen, fiel dem Hauptmann ein Boot auf. An Bord erkannte er die beiden hünenhaften *buonavoglia,* die sonst Mercurio herumfuhren. Das Boot folgte ihnen in einigem Abstand beinahe bis San Bartolomeo und legte an einem kleinen Holzsteg an. Lanzafame dachte sich, dass Mercurio sie zu seiner Unterstützung dorthin gebeten hatte.

Vor dem Kapitelsaal des Konvents der Heiligen Kosmas und Damian hatten sich schon zahlreiche Menschen versammelt. Sobald sie Giuditta erblickten, ging ein aufgeregtes Raunen durch die Menge, und sie wogte leicht hin und her, wie wenn ein Windhauch das Wasser der Lagune kräuselte.

»Bildet einen festen Ring um sie und lasst niemanden an sie heran«, befahl Lanzafame seinen Soldaten. Dann drückte er Giudittas Arm. »Keine Sorge. Ich kümmere mich um dich.«

Auf dem Weg durch die Menge, die unter Schmährufen auf die Hexe beiseitewich, blickte Giuditta sich suchend nach Mercurio um. Am Tag zuvor, als sie ihn auf der Piazzetta vor dem Dogenpalast aus ihrem Käfig hoch über der Menge entdeckt hatte, hatte sie gefühlt, dass noch nicht alles verloren war, und wohl erst da hatte sie zur Gänze erkannt, warum sie ihren Vater gebeten hatte, ihm Bescheid zu sagen. Denn wenn Mercurio sie ansah, fühlte sie sich sicherer, mit ihm an ihrer Seite war die Angst nicht mehr so schrecklich. Wenn sie wusste, dass Mercurio mit ihr litt, konnte sie jeden Schmerz ertragen.

»Hure des Teufels! Hexe!«

Lanzafame stieß Giuditta jetzt entschieden vorwärts, weil er den Platz vor dem Konvent rasch hinter sich bringen wollte, um möglichst kein Risiko einzugehen. Doch Giuditta wehrte sich dagegen, weil ihre Augen immer noch nach Mercurio suchten.

»Er wird schon drinnen sein«, beruhigte sie Lanzafame.

Giuditta wandte sich um und sah ihm in die Augen.

»Da ein gewisser Kommandant der Wachen nach ihm sucht, musste er sich verkleiden«, erklärte Lanzafame ihr. »Wahrscheinlich erkennst du ihn nicht einmal ... Aber er wird da sein.«

»Wirklich?«, fragte Giuditta kaum hörbar.

»Ja«, beruhigte sie der Hauptmann. »Jetzt lass uns aber weitergehen. Das gefällt mir gar nicht, hier draußen unter all den Eiferern.« Er sah seine Soldaten auffordernd an. »Marschiert!«

Sie erreichten einen bewachten Seiteneingang des Kapitelsaals. Die beiden bewaffneten Soldaten taten sofort einen Schritt zur Seite, und Lanzafame trat ein, gefolgt von seinen Männern und Giuditta. Der Seiteneingang führte in einen großen, kahlen Raum.

»Dann sind wir also so weit«, sagte der Heilige, als er sie entdeckte.

Sobald der Patriarch von Venedig mit seinem kleinen Gefolge von Messknaben und Geistlichen Lanzafame erblickte, hob er verärgert eine Augenbraue. »In Zukunft soll die Angeklagte hier auf uns warten und nicht umgekehrt«, sagte er verärgert.

Lanzafame breitete entschuldigend die Arme aus. »Verzeiht, Patriarch, aber ... die Frau, die sie auf Befehl des Inquisitors geschminkt hat, war nicht rechtzeitig fertig mit ihr.«

Der Patriarch sah den Heiligen an.

»Das wird nicht mehr vorkommen«, sagte dieser beflissen.

»Auf denn, beeilen wir uns«, sagte der Patriarch und schritt voran.

Ihm folgten der Heilige, die Geistlichen, ein Dominikanermönch, der vorsichtig vorwärtsschritt, die Messknaben und am Schluss Giuditta mit Lanzafame.

Der Kapitelsaal des Klosters der Heiligen Kosmas und Damian war riesig und schmucklos mit einer hohen dunklen Balkendecke und drei Mann hohen Säulen an den Seiten. Im vorderen Teil hatte man eine niedrige Tribüne aufgebaut, auf der der Patriarch und die Geistlichen des Gerichts sitzen würden, rechts davon einen langen Tisch für den Inquisitor und den Verteidiger und links einen Käfig, in den Giuditta geführt wurde.

Als Mercurio sie so sah, eingesperrt wie ein wildes Tier, versetzte es ihm einen Stich ins Herz. Halte durch, dachte er und bemühte sich, nicht selbst dem Schmerz nachzugeben.

Vor der Tribüne und im gesamten Raum waren Kirchenbänke aufgestellt worden, auf denen sich jetzt bereits jede Menge Volk drängte, das gekommen war, um dem Prozess beizuwohnen. Diejenigen, die keinen Sitzplatz mehr gefunden hatten, füllten den übrigen Raum zwischen den Säulen und den Wänden aus und standen dicht aneinandergepresst. Andere drängten sich an der Tür zusammen und versuchten, wenigstens etwas zu hören. Den vielen, die draußen auf dem Vorplatz standen, blieb nur die Möglichkeit, sich vorzustellen, was hinter den dicken Mauern des Konvents geschah.

Der Patriarch schritt auf den Sessel in der Mitte des Raumes zu und machte schon einem Geistlichen in einem Seidengewand mit einer Schärpe aus Damast ein Zeichen, sich neben ihn zu setzen, als der edle Jacopo Giustiniani mit einem flinken Satz auf die Tribüne sprang und den Platz neben ihm besetzte.

»Patriarch«, begann Giustiniani, während die versammelte Menge verstummte, um zu hören, was er sagte. »Dieses Ereignis ist so bedeutend, dass die Obrigkeit von Venedig sich an die Seite der Kirche stellen muss und will.«

Der Patriarch erstarrte. Er hatte nicht vorgehabt, das Verdienst mit anderen zu teilen.

Giustiniani wandte sich währenddessen an die Menge. »Ihr seid die Herde des Herrn, aber genauso unsere geliebten Bürger«, ließ er sie wissen. »Wenigstens wird man nicht sagen, dass nur Schafe im Saal gewesen sind, sondern auch Männer.«

Die Leute lachten laut, während Giustiniani es sich neben dem Patriarchen bequem machte.

»Giustiniani«, zischte der Patriarch ihm zu. »Was fällt Euch nur ein?«

»Patriarch, das wisst Ihr doch ebenso gut wie ich, denn Ihr seid zwar ein Mann der Kirche, aber doch vor allem Venezianer«, sagte Giustiniani freundlich lächelnd. »Venedig kann es sich nicht erlauben, von einem so bedeutenden Ereignis ausgeschlossen zu sein. Wir können nicht hinter der Kirche zurückstehen.« Er breitete die Arme aus. »Ich weiß, dass Ihr mich im Grunde Eures Herzens versteht.«

Der Patriarch versuchte seine Verärgerung zu verbergen und lächelte der versammelten Menge zu. »Der Heilige Prozess soll beginnen«, befahl er. Mit einer Hand wies er auf den Heiligen zu seiner Linken. »Der Streiter für die Kirche, Inquisitor Fra' Amadeo da Cortona.«

Du sollst verflucht sein, dachte Mercurio.

Der Heilige stand auf und verneigte sich vor dem Patriarchen, dann wandte er sich der Menge zu und zeigte ihr erneut seine Hände mit den Wundmalen.

»Kommt näher, Inquisitor, empfangt unseren Segen.«

Der Heilige kniete vor der Tribüne nieder.

»Kommt näher«, sagte der Patriarch. Und als der Heilige fast bei ihm war, nahm er sein Gesicht in die Hände. »Ich küsse Euch im Namen unseres Herrn Jesus Christus ...«, sagte er und näherte seinen Mund der rechten Wange. »Hör endlich auf, diese Löcher herumzuzeigen, du Hanswurst«, zischte er ihm ins Ohr, während er so tat, als würde er ihn küssen. Dann gingen seine Lippen zur linken Wange. »Und denk daran, wir brauchen kein Geständnis. Das Volk hat sie schon verurteilt. Du musst nur dafür sorgen, dass es seine Meinung nicht ändert.« Er sah ihm in die Augen. »Amen!«, sagte er laut.

»Amen«, erwiderte der Heilige und kehrte an seinen Platz zurück.

»Und jetzt der Verteidiger«, sagte der Patriarch mit deutlich weniger Interesse, wie um den Leuten zu zeigen, dass der, den er gleich vorstellen würde, seiner Meinung nach vollkommen unbedeutend war. »Pater Venceslao ... Was für ein Name, Pater«, sagte er lächelnd.

Die Menge lachte.

»Pater Venceslao da Ugovizza«, fuhr der Patriarch fort. »Und wo liegt das?«

Die Menge wandte sich dem Mönch zu, der die typische Tracht der Dominikaner trug: weiße Kutte und Skapulier, schwarzer Umhang mit Kapuze. Unsicher erhob er sich der Geistliche von dem Tisch, an dem er gesessen hatte. Mit seinen weißlich trüben

Augen, die wohl vom Grauen Star befallen waren, blickte er zu dem Patriarchen hinüber, anscheinend ohne ihn genau zu erkennen. »Das ist ein kleiner Ort in den Alpen, Exzellenz, der zum Erzbistum von Bamberg gehört«, erklärte er.

»Dann seid Ihr also Deutscher?«, fragte der Patriarch.

»Nein, Exzellenz ...«

»Na, das ist ja auch nicht wichtig«, unterbrach der Patriarch den Mönch. »Schließlich sind wir nicht hier, um Geografie zu lernen«, sagte er an die Zuschauer gewandt, die daraufhin belustigt auflachten. »Seid Ihr vorbereitet auf Eure ... undankbare Aufgabe, Pater Venceslao?«, fragte er dann.

»Um der Wahrheit die Ehre zu geben, nicht gerade gut«, sagte der Dominikaner und umrundete vorsichtig den Tisch, wobei er die Hände vorstreckte, um nicht zu stolpern. »Ich weiß überhaupt nichts über Inquisitionsprozesse.«

Der Patriarch erstarrte. »Pater, Ihr braucht nicht so bescheiden zu sein«, mahnte er ihn dann.

»Nein, nein, das ist die reine Wahrheit, Exzellenz«, erwiderte der Dominikaner.

»Pater!«, unterbrach ihn der Patriarch laut. »Dann verlasst Euch eben darauf, dass Unser Herr Euch leiten wird.«

»Wie Ihr befehlt«, sagte der Verteidiger und verneigte sich tief.

»Ich habe hier nichts zu befehlen«, berichtigte ihn der Patriarch verlegen. »Ich erteile Euch nur einen Rat.«

»Jeder Rat von Euch ist für mich wie ein Befehl«, sagte Pater Venceslao demütig.

Die Menge lachte laut über ihn.

Isacco, der in einer der ersten Reihen saß, sah zunächst seine Tochter Giuditta an und reckte die Fäuste in die Luft als Geste der Ermutigung, dann zischte er Octavia, die neben ihm saß, wütend ins Ohr: »Das ist eine Posse, und sie machen sich noch nicht einmal die Mühe, es zu verbergen.« Er wechselte einen zornigen Blick mit Lanzafame.

Die Miene des Hauptmanns verhieß nichts Gutes. »Keine Sorge«, flüsterte er Giuditta dennoch aufmunternd zu.

Giuditta klammerte sich an die Gitterstäbe und schaute auf den unscheinbar wirkenden Mann, der sie eigentlich verteidigen sollte, sie aber nicht einmal angesehen hatte. Er hinkte leicht, wirkte demütig und unsicher, fühlte sich anscheinend nicht recht wohl in seiner Haut. Seine Augen waren weißlich getrübt, die knollige Nase grobporig und die Wangen voller geplatzter Äderchen wie bei einem Säufer. Seine Tonsur war von Pusteln übersät. Die Hände mit einem schmutzigen Rand unter den Nägeln fingerten ständig an dem Rosenkranz herum, der ihm an der Seite von einem Ledergürtel herabhing.

»Keine Sorge«, wiederholte Lanzafame.

Giuditta drehte sich zu ihm um. »Sagt Ihr das zu mir oder zu Euch selbst?«

Lanzafame blieb ihr die Antwort schuldig und senkte den Blick.

»Wollt Ihr nicht vorher mit der Angeklagten sprechen, die Ihr verteidigt?«, fragte Giustiniani Pater Venceslao, wie um ihm nahezulegen, dass er dies dringend tun sollte.

Der Dominikanermönch schaute unschlüssig mit seinen leeren Augen zu dem Patriarchen hinüber. Er schwieg einen Augenblick, dann schüttelte er den Kopf. »Nein ... ich glaube nicht«, sagte er und kehrte dann hastig an seinen Platz am Tisch zurück. »Bitte ... sprecht Ihr«, flüsterte er dem Heiligen zu. »Befreit mich aus dieser Zwickmühle.«

»Ich bitte darum, mit meiner Anklagerede beginnen zu dürfen, Patriarch«, erklärte der Heilige feierlich und erhob sich.

»Seid Ihr bereit, *exceptor*?«, fragte der Patriarch den Schreiber, einen schmächtigen kleinen Mann mittleren Alters, der mit einer Gänsefeder mit goldener Spitze in der Hand an einem kleinen Schreibpult saß und sein Schreibgerät nun schnell in ein großes Tintenfass eintauchte, um auf einem viermal gefalteten

Stück Pergament zu schreiben, das von einem doppelt genähten Baumwollfaden zusammengehalten wurde und so sechzehn Blätter ergab.

»Ja, Euer Exzellenz«, antwortete der *exceptor*, der die Aufgabe hatte, den gesamten Prozess bis in jede Einzelheit mitzuschreiben.

»Dann kann die *quaestio* beginnen«, verkündete der Patriarch.

Ja, die Posse kann beginnen, dachte Mercurio und versuchte, Halt in seinem Zorn zu finden, da seine Beine vor Angst und Sorge zitterten. Er sah Giuditta an und bemerkte, dass sie versuchte, ihn in der Menge ausfindig zu machen. Bestimmt hatte Hauptmann Lanzafame ihr mitgeteilt, dass er sich hatte verkleiden müssen, aber Giuditta gab trotzdem den Versuch nicht auf, ihn zu finden. Und auch er sehnte sich danach, sich zu erkennen zu geben, ihr zu sagen, unter welcher Verkleidung er sich verbarg. Doch das durfte er nicht. Gerade damit Giuditta nichts geschah. Sollte er verhaftet werden – und er hatte schon bemerkt, dass der Kommandant der Wache des Dogenpalastes, dem er die Nase gebrochen hatte, die Menschen im Saal auf der Suche nach ihm argwöhnisch musterte –, wäre jede Hoffnung, Giuditta zu retten, dahin. So schwer es auch sein mochte, er musste diese Last allein tragen und durfte sich nicht zu erkennen geben. Nun konzentrierte er sich ganz auf den Heiligen. Er sah ihn hasserfüllt an und wünschte ihm, er möge auf der Stelle tot umfallen.

Der Heilige verneigte sich, umrundete den Tisch, richtete den Zeigefinger anklagend auf Giuditta und schritt schweigend über die ganze Breite der Tribüne, bis er schließlich vor dem Käfig stand. Doch dabei beließ er es nicht. Er steckte den Finger in den Käfig, worauf die Menge erschauerte, und zwang die verängstigte Giuditta zurückzuweichen. »Die Säuberung von Venedig hat begonnen!«, schrie er.

Die Menge verfolgte gebannt und fasziniert das Spektakel.

»Ein guter Schauspieler«, sagte Giustiniani leise zum Patriarchen.

»Ein armseliger Komödiant!«, brummte der Patriarch.

»Und Schlangen des Bösen wie dich werden wir unter unseren Füßen zerquetschen!«, fuhr der Heilige fort. Er zog den Arm aus dem Käfig zurück und eilte dann dicht vor die Menge, wo er sich breitbeinig aufbaute. »Heute und über die Dauer dieses gesamten Heiligen Prozesses, oh arg geplagtes Volk von Venedig, werde ich beweisen, dass diese ...« Er ließ den Satz zunächst unbeendet, als müsste er einen neuen Anlauf nehmen, dann rief er vehement: »... Hexe ... mit ihrem Herrn und Meister Satan höchstpersönlich Ränke geschmiedet hat, um sich der Seelen von Venedigs Frauen zu bemächtigen!« Dann wandte er sich dem Tisch zu, auf dem er blutbeschmierte Rabenfedern, Milchzähne, Schlangenhaut, getrocknete Frösche, Haarknoten und anderes, was man in Giudittas Kleidern gefunden hatte, ausgebreitet hatte. »Und hier seht ihr die Beweise für dieses Hexenwerk!«

Pater Venceslao da Ugovizza stand auf und sah sich die Beweise an, doch da seine Augen so schlecht waren, musste er sich derart tief über jeden einzelnen Gegenstand beugen, dass jemand aus der Menge rief: »Was machst du denn, Mönch, willst du sie erschnüffeln?«

Die Leute lachten laut.

»Ruhe!«, rief donnernd der Patriarch. Dann wandte er sich wütend an Pater Venceslao: »Und Ihr, setzt Euch hin!«

Demütig und verlegen eilte der Dominikanermönch wieder zu seinem Stuhl.

»Hör mich an, Venedig!«, fuhr der Heilige fort, und als er sah, dass viele Leute unter den Zuhörern immer noch auf den Dominikanermönch schauten, wiederholte er etwas lauter: »Venedig! Hör ... mich ... an!«

Da wandte die Menge ihm wieder ihre Aufmerksamkeit zu.

»Satans Pesthauch hat unsere geliebten Gassen mit Schmutz

überzogen und unsere Kanäle getrübt«, fuhr der Heilige fort. »Und diesen Pesthauch hat jene Frau in unsere Stadt gebracht«, er zeigte anklagend auf Giuditta, »und ihr Volk. Die Juden! Die verfluchten Judäer! Kindsmörder, Gottesmörder, die unseren Herrn Jesus Christus und die Unbefleckte Empfängnis verlachen und schmähen! Wucherer!« Der Heilige sah sich im Saal um. »Das Volk mit den gelben Hüten!«

Viele Augen richteten sich auf Isacco, Octavia, Ariel Bar Zadok und andere Mitglieder der jüdischen Gemeinde, die gekommen waren, um dem Prozess beizuwohnen. Der größte Teil jedoch, allen voran Anselmo del Banco, war ferngeblieben aus Furcht vor Ausschreitungen und Übergriffen.

Lanzafames Soldaten und die Wachen des Dogenpalastes legten die Hand an die Waffen, um der Menge zu zeigen, dass sie keine Tumulte dulden würden.

»Angeklagt ist hier scheinbar nur eine Frau, doch eigentlich machen wir heute allen Kindern Satans den Prozess«, donnerte der Heilige.

Giuditta sah besorgt auf ihren Vater. Dann ließ sie ihren Blick wieder über die Menge schweifen, in dem Versuch, Mercurio zu entdecken.

Einen Moment lang war Mercurio versucht, ihr endlich ein Zeichen zu geben, ihre Aufmerksamkeit auf sich zu lenken, um ihr zu zeigen, dass er hier an ihrer Seite war, doch wieder hielt er sich zurück.

Als Isacco bemerkte, dass seine Tochter herausfinden wollte, wo Mercurio war, versuchte er ihr zu helfen. Zu seiner Rechten entdeckte er einen Mann, der etwa seine Statur hatte, mit langen Haaren, die ihm unordentlich ins Gesicht fielen. Er war ärmlich gekleidet und kratzte sich andauernd. Isacco sah ihn durchdringend an und nickte ihm kaum merklich zu.

»Was starrst du mich so an, du beschissener Jude?«, knurrte der Kerl darauf.

Zunächst senkte Isacco betreten den Kopf. Doch dann, nach einiger Überlegung, nickte er. Natürlich, dachte er. Das passte. Er suchte die Augen seiner Tochter und machte sie auf den Mann aufmerksam.

Giuditta musterte ihn.

»Hure!«, brüllte der Mann.

Giuditta blickte wieder zu ihrem Vater und winkte enttäuscht ab.

Isacco schüttelte leicht den Kopf, um ihr zu bedeuten, dass er sich nicht sicher war, ob sie recht hatte.

»Venedig wird bald befreit sein!«, schloss der Heilige. »Denn der Allmächtige leitet uns und hat sie uns gezeigt ... diese Hexe!«

Die Menge klatschte wie entfesselt Beifall.

Dieser Abschaum, dachte Mercurio. Die glauben, sie sitzen im Theater.

»Wollt Ihr etwas sagen?«, fragte der Patriarch den Verteidiger.

»Nein, Exzellenz ...«, stammelte Pater Venceslao. »Ich stimme überein mit dem, was unser Bruder Amadeo da Cortona gesagt hat, welchem unser Herr Jesus Christus, in dessen Namen er spricht, es eingegeben haben muss. *Justus est, Domine, et rectum judicium tuum.*«

»Was hast du gesagt, Mönch?«, schrie eine Frau aus der Menge.

»Er hat gesagt, das Urteil Gottes ist richtig und gerecht«, erklärte der Heilige.

Die Leute wurden unruhig. Selbst wenn anfänglich keiner von ihnen einen Verteidiger für notwendig erachtet hatte, schien das Volk jetzt beinahe enttäuscht zu sein, dass dieser Prozess unaufhaltsam auf ein absehbares Ende zusteuerte.

»Ihr Dummköpfe«, schimpfte Isacco und sah wieder zu dem Mann hinüber, dessen Gesicht unter den Haaren fast verschwand.

»Um euch die Schwere der Beschuldigungen begreiflich zu machen«, schrie der Heilige, »möchte ich jetzt Anita Ziani als Zeugin aufrufen, eine Wäscherin, die bei einem unerklärlichen und schrecklichen Ereignis zugegen war. Führt sie herein!«

Zwei Wachen des Dogenpalastes brachten eine bescheiden gekleidete Frau mit geröteten Händen herein, die angesichts der großen Zuschauermenge sofort eingeschüchtert den Kopf einzog und zu Boden blickte.

»Anita Ziani«, sagte der Heilige, während er hinter sie trat, ihren Kopf packte und ihr Gesicht wieder in Richtung der Menge anhob, »erzählt Euren Mitbürgern mit Euren eigenen Worten, welch teuflische Begebenheiten Ihr beobachtet habt!«

Die Frau errötete und lächelte ängstlich, wobei sie große, dunkle Zahnlücken entblößte. »Euer Gnaden, wie ich Euch ja schon gesagt habe …« Die Wäscherin wandte sich zu dem Heiligen um.

»Erzählt es den Leuten dort!«, forderte der Heilige sie auf, fasste sie an den Schultern und drehte sie der Menge zu. »Erzählt es ihnen!«

Die Wäscherin machte sich wieder ganz klein. »Es war wohl um Pfingsten, und ich war auf dem Weg in meinen Laden, nachdem ich zehn Kopfkissen und Laken aus feinstem Leinen und zwanzig …«

»Erspart uns die Einzelheiten«, sagte der Heilige ungeduldig. »Was geschah dann?«

»Also … dann geschah, dass eine Frau … an ihren Namen erinnere ich mich nicht mehr, Euer Gnaden … also, dass diese Frau plötzlich schändliche Sätze geschrien hat … Es war übrigens auf dem Campiello degli Squelini, wo die Töpfer ihre Werkstätten haben, in San Barnaba …«

»Kommt zur Sache, Weib!« Der Heilige zitterte vor Ungeduld.

»Die Frau hat also Schändliches gerufen …«, die Wäscherin

bekreuzigte sich flüchtig, »und ganz besonders die Heilige Jungfrau Maria geschmäht, und dann, mit Verlaub gesagt ... hat sie ihren Rock gehoben und sich da untenrum nackt gezeigt ... Also alles zwischen ihren Beinen.«

»Und dann?«, fragte der Heilige, um die allgemeine Spannung zu erhalten.

»Dann ist da unten ... also hier ...«, die Wäscherin zeigte zwischen ihre Beine, »ein Ei rausgerollt, ein kleines grünes Ei, das gezittert hat, als wenn da was aus seinem Inneren rauskommen wollte ...«

Die Menge war verstummt. Alle hörten ihr staunend mit geöffnetem Mund zu.

»Und tatsächlich ...«, ermutigte der Heilige sie fortzufahren.

»Und tatsächlich ist das grüne Ei dann aufgebrochen ...«, erzählte die Wäscherin weiter, »und dann ist da ein schreckliches Wesen rausgesprungen, mit boshaften gelben Augen. Es hat ausgesehen wie eine kleine Schlange, obwohl es auch Beine mit Krallen hatte ...«

Ein erschrockenes Raunen ging durch die Menge.

»Und dann?«, bedrängte der Heilige die Frau.

Die Wäscherin richtete sich auf. »Und dann ist dieses grässliche Wesen geflohen ... Und die Frau, die es geboren hatte, hat eins von den Kleidern von dieser Jüdin da getragen, und sie hat gesagt, seitdem sie dieses Kleid trägt, würde sie jeden Tag eins von diesen Eiern zur Welt bringen ...«

»Hure! Hexe!«, beschimpften einige Giuditta.

Der Heilige nickte dazu nur schweigend und ließ die Geschichte in den Köpfen der Leute wirken.

»Und Gott soll mich blenden, wenn das nicht die Wahrheit ist«, sagte Pater Venceslao und wackelte dazu scheinbar gedankenverloren und von der Erzählung gefesselt mit dem Kopf. »Sagt es, gute Frau, denn ein Schwur vor Gott gegen den Teufel wiegt hundert, ja sogar tausend Gebete auf.«

»Nein ...«, erwiderte zitternd die Wäscherin.

Pater Venceslao sah sie erstaunt an. »Warum denn nicht ...?«, fragte er beinahe besorgt und wandte sich an den Patriarchen.

Die Wäscherin schlug ein Kreuz.

Pater Venceslaos Blick galt immer noch dem Patriarchen. »Verzeiht mir, das war nicht meine Absicht ...«, brach er das allgemeine Schweigen.

Jetzt sahen die Leute die Wäscherin mit anderen Augen an, und einige lachten höhnisch.

Der Heilige hatte Schaum vor dem Mund wie ein tollwütiges Tier. »Schwöre, Frau!«, sagte er drohend zu der Wäscherin.

Diese wirkte zwar eingeschüchtert, brachte jedoch kein Wort heraus.

»Schwöre!«, wiederholte der Heilige.

»Ich werde Euch auch so glauben, gute Frau. Auch wenn Ihr nicht schwört«, beteuerte Pater Venceslao.

»Schweigt!«, befahl ihm der Patriarch.

Die Menge lachte.

»Schwöre!«, schrie der Heilige. »Oder bist du mit Satan im Bund?«

»Ich schwöre ...«, sagte die Frau, dann brach sie in Tränen aus.

Der Heilige wandte sich triumphierend an die Menge, doch viele schüttelten zweifelnd den Kopf.

»Verzeiht, Patriarch«, sagte Pater Venceslao, »ich wollte doch nur ...« Er breitete hilflos die Arme aus. Dann wandte er sich gegen Giudittas Käfig und richtete wütend den Finger auf sie. »So verwirrt Satan unsere Köpfe«, schrie er nervös auf.

Die Menge murrte.

»Also hör mal, du bist schließlich ihr Verteidiger!«, rief ein Mann aus dem Volk.

Die Menge lachte höhnisch.

Pater Venceslao war sichtbar erregt und verlegen, er blickte mit seinen trüben Augen in die Menge und sagte mit unsicherer Stimme: »Ich verteidige Gott!«

»Setzt Euch!«, befahl der Patriarch verärgert.

Der Dominikanermönch ging an seinen Platz und setzte sich, nachdem er sich mindesten drei Mal bekreuzigt hatte.

»Dumme können mehr Schaden anrichten als schlechte Menschen«, zischte der Patriarch Giustiniani zu. »Unterweist ihn besser. Sagt ihm, er soll einfach schweigen.«

Giustiniani nickte nachdenklich. Dann warf er Pater Venceslao einen verärgerten Blick zu.

Mercurio sah den Adligen an und fragte sich, ob er wirklich auf seiner Seite stand, wie er erklärt hatte. Tatsächlich wusste er nicht, wem er trauen durfte. Doch ihm blieb keine Wahl.

Inzwischen war der Heilige zu der Wäscherin gegangen und legte ihr einen Arm um die Schulter. Mit der anderen Hand berührte er freundlich ihre Stirn. »Frau ...«, sagte er mitfühlend und ruhig. »Die Prüfung, die du hast überstehen müssen, hätte Märtyrer und Propheten in den Wahnsinn getrieben. Ich fühle aus ganzem Herzen mit dir. Geh nun in Frieden und danke Gott, dass du die Begegnung mit Satan überlebt hast.« Er winkte den Wachen, sie hinauszubegleiten. Dann starrte er schweigend in die Menge. Er konnte den allgemeinen Zweifel spüren. Schließlich nickte er, und seine Schultern sanken herab. »Mein verehrter und unschuldiger Gegner, Pater Venceslao, hat recht. So groß ist die Macht Satans«, sagte er, als würde er nur zu sich selbst sprechen, doch er wusste, dass jeder ihn hören konnte. Dann wandte er sich zum Gehen.

Die Menge verstummte auf einen Schlag.

Doch als er sich scheinbar geschlagen zum Tisch begab, blieb der Heilige mit einem Mal stehen, den Rücken zu den Leuten gewandt, und sah nach links zum Käfig, in dem Giuditta eingesperrt war. Mit kraftlosen Schritten ging er auf sie zu.

Er klammerte sich an den Gitterstäben fest und hatte die

Augen starr auf Giuditta gerichtet, doch sein Gesicht war der Menge dabei stets so zugewandt, dass sein Profil von überall gut zu sehen war. Er rüttelte an den Stäben, schien jedoch mit einem Mal keine Kraft mehr zu haben. Sein Körper begann zu zittern, und dieses Zittern wurde immer stärker. Plötzlich warf er den Kopf zurück und verdrehte die Augen, als würde eine unheilvolle Macht von ihm Besitz ergreifen. Er schien wieder zu Kräften zu kommen, doch gleichzeitig entstieg ein schrecklicher dunkler Laut seiner Kehle, der sich lähmend über den Saal legte. Giudittas Käfig begann zu schwanken wie bei einem Erdbeben, bis der tierhafte Laut abrupt in einem gellenden Schrei endete.

»Hure Satans!«, schrie der Heilige noch, ehe er wie vom Blitz getroffen zu Boden stürzte.

Da vergaß die Menge all ihre Zweifel und forderte nur noch Giudittas Tod.

84

Dieser Schwachkopf hat doch glatt gesagt, er wäre mit dem Heiligen einer Meinung!«, rief Isacco wütend aus. »Das ist eine Posse! Der Verteidiger stimmt dem Ankläger zu? Weshalb sitzt er dann überhaupt da? Das ist doch ein Witz!«

Mercurio nickte ernst. Er stand an Scarabellos Pritsche in dem Stall, den man in ein Hospital verwandelt hatte. Alle hatten sich versammelt: Lanzafame, Anna del Mercato und sämtliche Huren, die sich auf den Beinen halten konnten. Und jeder von ihnen sah einigermaßen entmutigt aus.

Nur Lidia, die Tochter der Hure Repubblica, war nicht bei ihnen. Sie stand an der Stalltür und sah forschend Richtung Kanal in das Zwielicht des lauen Sommerabends. »Das ist gemein«, beschwerte sie sich und ging ein Stück in den Raum zurück. »Ich bekomme überhaupt nichts mit.«

»Ach, jammer doch nicht! Geh lieber raus und pass auf, ob die Wachen kommen!«, befahl Repubblica ihr.

Das Mädchen verzog schmollend das Gesicht.

»Bitte, Lidia«, sagte Mercurio daraufhin. »Mein Leben hängt nur von dir ab.«

»Wirklich?«, fragte Lidia eifrig.

»Ja, ganz bestimmt«, erwiderte Mercurio.

Da gab sich das Mädchen einen Ruck. Der Schmollmund verschwand, und stolz auf ihre Aufgabe verließ sie das Hospital.

Repubblica schaute von Mercurio zu Anna, und die beiden Frauen lächelten einander anerkennend zu. Anna legte Mercurio liebevoll eine Hand auf die Schulter.

»Der Kerl ist so beschränkt, dass er bestimmt nur aus Versehen Zweifel in den Leuten geweckt hat …«, nahm Isacco seinen Protest wieder auf in dem Versuch, sich selbst davon zu überzeugen, dass noch Hoffnung bestand.

Mercurio wollte ihm schon widersprechen, doch als Anna den Griff auf seine Schulter verstärkte, hielt er sich zurück.

»Giuditta wirkte vollkommen verängstigt …«, sagte Mercurio leise.

»Ja«, stimmte Isacco ebenso leise zu.

»Ach ja, das arme Mädchen«, sagte Lanzafame.

Isacco sah Mercurio an. »Wo warst du eigentlich?«, fragte er.

»Ziemlich nahe an Giuditta dran«, erwiderte Mercurio vage.

»Hast du gesehen, wie sie nach dir gesucht hat?«

»Ja, Doktor.« Mercurio nickte betrübt. »Aber Ihr habt ihr diesen Trottel mit den langen Haaren gezeigt …«

»Das warst also nicht du?«

»Nein, Doktor …« Mercurio fühlte sich in der Zwickmühle. »Wir sollten uns auch besser keine Zeichen geben, denn wenn man mich entdeckt, werde ich verhaftet … Und ich darf jetzt nicht im Gefängnis landen. Das versteht Ihr doch?«

Isacco nickte entmutigt. »Du hast recht, verzeih mir, Junge, das müsste jemand wie ich eigentlich wissen. Ich benehme mich wie ein Dummkopf. Seit das Unglück begonnen hat, bin ich zu keinem klaren Gedanken mehr fähig«, seufzte er beschämt.

Mercurio sah Lanzafame an. »Sagt ihr, sie soll mir vertrauen. Sagt ihr, ich bin für sie da.«

»Das habe ich bereits«, erklärte Lanzafame.

»Na, dann sagt es ihr noch einmal. Ich bin für sie da, und das wird auch immer so bleiben«, sagte Mercurio, dem sein tiefer Schmerz ins Gesicht geschrieben stand. »Ach verdammt, warum habe ich bloß den Kommandanten der Wachen angegriffen! Dann müsste ich mich jetzt nicht verstecken!«

»Nun jammer nicht etwas hinterher, was du nicht mehr ändern kannst«, sagte Lanzafame zu ihm. »Pass auf dich auf. Nur das zählt jetzt.« Dann zog er sich gemeinsam mit Isacco in einen anderen Bereich des Raums zurück.

»Sie weiß, dass du da bist«, sagte Anna.

Mercurio sah sie an, und auch alle anderen schauten auf sie.

»Eine Frau weiß das«, sagte Anna bestimmt. »Sie fühlt es.«

In Mercurios Augen standen Tränen. »Diese Dreckskerle!«, sagte er mit erstickter Stimme.

»Ich habe das Essen auf dem Feuer«, sagte Anna zu ihm und wandte sich zum Gehen. »Möchtest du etwas?«

Mercurio schüttelte den Kopf. »Nein, ich sollte besser von hier verschwinden.«

Die Huren kamen einzeln auf ihn zu und umarmten ihn. Sie lächelten ihn an und ermutigten ihn bestmöglich. Schließlich wussten alle, dass Giuditta bestimmt nicht durch ein befreiendes Urteil gerettet werden würde.

»Hat Jacopo sich blicken lassen?«, fragte auf einmal Scarabello mit kaum hörbarer Stimme.

Mercurio fühlte Mitleid mit ihm. Scarabello war nur noch ein Schatten seiner selbst. Er sah ihn an und nickte. »Er hat weit mehr als das getan. Er nimmt am Prozess teil und hat sich neben den Patriarchen gesetzt.«

»Und ...?«

Mercurio zuckte die Schultern. »Ich weiß nicht. Ich begreife das nicht ...«

»Du musst ihn unter Druck setzen, Junge«, sagte Scarabello und versuchte, grimmig dreinzuschauen. »Erinner ihn daran ... dass ich ihn ... bei den Eiern habe ...«

Mercurio nickte.

»Du darfst die Hoffnung nicht verlieren.«

»Nein ...«

»Hast du dir das Geld genommen?«, fragte ihn Scarabello nach einer kurzen Pause.

»Ja.«

Obwohl ihn die gewaltige Wunde an seiner Lippe schmerzte, lächelte Scarabello. »Aus dir hätte ein großer Gauner werden können ...«, sagte er. »Der einzige ... der meinen Platz ... hätte einnehmen können ...«

»Danke«, sagte Mercurio lächelnd.

»Jetzt tu, was du tun musst«, keuchte Scarabello mit Not. »Bis zum bitteren Ende.«

»Bis zum bitteren Ende«, versicherte Mercurio und sah zu Boden.

So blieb er eine Weile nachdenklich stehen. Als er aufblickte, war Scarabello völlig entkräftet eingeschlafen.

Mercurio entfernte sich und ging zu Lanzafame und dem Doktor hinüber. Er ergriff Isaccos Arm. »Haltet durch. Ich brauche Eure Hilfe, Doktor.«

»Was soll ich tun?«, fragte Isacco sofort.

Mercurio holte einen schweren, prall gefüllten Lederbeutel hervor, in dem es metallisch klirrte, und hielt ihn Isacco hin. »Das sind hundertfünfzig Lire in Gold.«

Isacco starrte den Beutel mit weit geöffneten Augen an, ohne ihn zu nehmen.

»Das ist ein Haufen Geld«, flüsterte Lanzafame.

»Geht zum Arsenal«, erklärte Mercurio seinen Plan. »Gleich morgen. Dort fragt ihr nach dem Proto Tagliafico. Dem sagt Ihr, dass er für Euch ein Schiff seetüchtig machen soll. Und zwar in wenigen Tagen. Damit bezahlt Ihr ihn.«

Isacco nahm das Geld.

»Legt den gelben Hut ab«, fügte Mercurio hinzu. »Und rasiert Euch auch diesen Bart ab, Doktor. Ihr dürft nicht wie ein Jude aussehen. Erzählt ihm, Ihr seid ein Reeder.« Er musterte ihn. »Aus Griechenland.«

Isacco starrte ihn zunächst stumm an. Doch dann lag plötzlich ein Funkeln in seinen Augen.

»Schafft Ihr das, Doktor?«, fragte Mercurio.

Isacco lachte. »Verdammt noch mal, und ob ich das schaffe, Junge!« Er richtete einen Finger auf ihn. »Ich bin doch für solche Gaunereien geboren«, sagte er immer noch lachend. Dann sah er zu Lanzafame hinüber »Und da gibt es doch glatt so einen dummen Hauptmann, der immer noch glaubt, ich sei ein Doktor!«

Lanzafame und Mercurio stimmten in sein Gelächter ein.

Die Prostituierten wandten sich beinahe empört zu ihnen um. Doch dann erschien auf vielen Gesichtern ein zaghaftes Lächeln. Seit Tagen hatte in diesem Raum niemand mehr gelacht.«Das Schiff liegt auf der Werft von Zuan dell'Olmo, am Ende des Canale di Santa Giustina, gegenüber der Insel San Michele«, sagte Mercurio.

Isacco nickte.

»Und zum Arsenal müsst Ihr gehen, weil ich mich dort besser nicht blicken lassen sollte«, fügte Mercurio hinzu.

»Sag mal, Junge«, fragte Lanzafame. »Gibt es eigentlich einen Ort in Venedig, wo man es nicht auf dich abgesehen hat?«

Mercurio grinste nur.

»Ich habe dein Boot mit den beiden Ruderern gesehen«, sagte Lanzafame darauf. »Ist es allzeit bereit?«

»Wenn Ihr Eure Meinung nicht ändert, schon«, erwiderte Mercurio.

»Das werde ich nicht«, versicherte Lanzafame.

Mercurio nickte ernst und ging zur Tür des Hospitals.

»Rasiert mir den Bart ab, Hauptmann«, sagte Isacco.

»Für wen hältst du mich? Bin ich etwa dein Barbier?«, empörte sich Lanzafame.

»Kommt schon, Hauptmann, ärgert mich nicht. Jetzt geht es zurück zu den guten alten Betrügermethoden«, sagte Isacco und rieb sich die Hände.

Inzwischen hatte Mercurio das Hospital verlassen und wollte zu Anna ins Haus, um sich von ihr zu verabschieden. Da entdeckte er auf der Schwelle ein Stück Pergament und hob es auf.

In einer ungelenken Kinderschrift standen da nur zwei Worte: BENEDETTA WARS.

Mercurio warf einen raschen Blick auf die Pappelreihen. Im letzten rötlichen Licht des Tages bemerkte er einen dunklen Schatten, der sich schnell hinter einem Baumstumpf verbarg.

»Verschwinde, Zolfo!«, schrie er.

Er knüllte das Blatt zusammen und warf es wütend auf den Boden.

»Was ist los?«, fragte Anna, die hinter ihm in der Eingangstür aufgetaucht war.

»Ach, nichts«, sagte Mercurio finster und warf noch einen Blick zu den Pappeln hin. »Nur so ein Straßenköter.«

»Pass auf dich auf«, sagte Anna und strich ihm liebevoll über den Kopf.

Mercurio lächelte und war im Begriff zu gehen. Doch dann hielt er kurz inne und küsste sie unbeholfen auf die Wange, ehe er mit hochrotem Gesicht davonrannte, ohne sich noch einmal umzudrehen.

Anna sah ihm gerührt nach und ging dann zurück ins Haus.

Zolfo hingegen hatte sein Versteck hinter einem Brombeergestrüpp verlassen. Er wollte Mercurio gerade hinterhergehen und ihn bitten, ihn bei sich aufzunehmen, als er hinter einer Pappel eine dunkle Gestalt mit einer tief ins Gesicht gezogenen Kapuze auftauchen sah. Sofort versteckte er sich wieder. Er sah, dass der Mann mit der Kapuze Mercurio zum Kanal folgte. Misstrauisch geworden, ging er ihm nach.

Zolfo beobachtete, wie Mercurio zu Tonio und Berto ins Boot stieg und der Mann mit der Kapuze sich ins Gebüsch aus Schilf und Binsen duckte und dann an Bord eines leichten kleinen Kahns wieder auftauchte.

Zolfo ging näher an den Kanal heran.

Plötzlich blies ein Windstoß der schwarzen Gestalt die Kapuze vom Kopf.

Zolfo gefror das Blut in den Adern. Er sprang vor, lief so schnell er konnte bis zu einer schwankenden Holzbrücke und kauerte sich darauf. In diesem Augenblick fuhr der Kahn, der Mercurio folgte, darunter hindurch. Zolfo war keine fünf Schritt weit von dem Mann entfernt, der dort ohne den Schutz seiner Kapuze ruderte.

»Nein …«, flüsterte Zolfo starr vor Entsetzen, als er den Mann erkannte. »Wie kann das möglich sein …« Der Mann in dem Kahn wandte sich um und sah nach oben zu der kleinen Brücke.

Für einen Augenblick begegneten sich ihre Blicke. Zolfo befürchtete, dass der andere ihn erkannt hätte. Doch dann wurde ihm bewusst, dass der ihn durch die Holzbalken nicht gesehen haben konnte. Ihm hingegen war eine schreckliche Narbe in Form einer Münze am Hals des Mannes aufgefallen. »Du bist ja gar nicht tot …«, flüsterte er.

Sobald er den Mann in sicherer Entfernung wusste, kam Zolfo aus seinem Versteck hervor. Er rannte zu dem Kanal, weil er Mercurio warnen wollte, doch dessen Boot war schon weit draußen auf dem Wasser.

Zolfo rannte mit hämmerndem Herzen zurück zum Hospital. Atemlos trat er ein und lief zu Lanzafame und Isacco.

»Ich muss mit Mercurio sprechen!«, keuchte er mit weit aufgerissenen Augen. »Ich muss mit Mercurio sprechen!«

Lanzafame und Isacco sprangen auf. Isaccos Gesicht war eingeseift, und Lanzafame hielt ein Barbiermesser in der Hand.

Einige Huren wollten schon eingreifen, doch Isacco hob abwehrend die Hand.

»Ich schwöre Euch … Er ist in Gefahr!«

»Und warum?«, fragte Lanzafame misstrauisch. »Sag es uns, wir werden es ihm ausrichten.«

In Zolfos weit aufgerissenen Augen stand blankes Entsetzen, er war so verwirrt, dass er nicht klar denken konnte. »Nein …«, stammelte er, »das könnt Ihr nicht.«

»Verschwinde, Junge!«

»Aber ... Er ist in Todesgefahr!«

»Warum?«, fragte Lanzafame barsch.

»Weil dieser Jude ...«, begann Zolfo stotternd.

»Was erzählst du uns da für einen Unsinn?«, knurrte Lanzafame wütend und ging drohend einen Schritt auf ihn zu.

»Nein, wartet ...«, sagte Zolfo, wich zurück und streckte die Hände flehend nach dem Hauptmann aus.

»Verschwinde!«, sagte Lanzafame noch einmal drohend.

»Sagt ihm ... der Jude aus Rom ... der ist nicht ...«, keuchte Zolfo immer noch. Er blieb stehen und schüttelte verzweifelt den Kopf. »Bitte, ich muss ihm das selbst sagen, Ihr könnt das nicht verstehen.«

»Wer schickt dich, dieser Mönch oder der Kommandant der Wachen?«, fragte Lanzafame verächtlich.

Zolfo schüttelte wieder den Kopf und sah ihn mit gehetztem Blick an. Dann drehte er sich um und rannte davon.

Er lief zu Annas Haus und hämmerte dort an die Tür.

Als Anna angstvoll die Tür öffnete, waren Isacco und Lanzafame bereits zur Stelle.

»Ich bitte Euch, Signora«, sagte Zolfo flehend zu ihr, während er sich zugleich beunruhigt zu Isacco und Lanzafame umwandte, die nur noch ein paar Schritte von ihm entfernt waren. »Mercurio ist in Gefahr ... Sagt mir, wo er ist ... bitte ... Der Jude aus Rom ist nicht tot ... Er ist hier, Signora ...«

»Ich hab dir doch gesagt, verschwinde!«, rief Lanzafame.

»Was für ein Jude ...?«, fragte Anna nach.

»Bitte ... bitte ...«, jammerte Zolfo und legte sich eine Hand an den Hals. »Er ... hat hier ... eine Narbe ... und ...«

»Das soll dieser Jude sein?« Plötzlich begriff Anna.

»Ja ... der Jude aus Rom.«

»Der ist kein Jude«, sagte Anna darauf. »Der Mann heißt Alessandro Rubirosa. Der Ärmste ist stumm. Ich habe ihm etwas zu essen gegeben, und er hat mir sein Taufzeugnis gezeigt, damit ich seinen Namen erfahre.«

»Nein, nein!«, rief Zolfo. »Das ist der Jude! Warum glaubt mir denn keiner?«

»Vielleicht weil du uns alle hier schon einmal hintergangen hast, Kleiner«, sagte Anna mit zusammengekniffenen Augen. »Mercurio will dich hier nicht haben. Also gehst du lieber, wenn du nicht willst, dass ich dich wegjage.«

Lanzafame packte Zolfo am Kragen seiner schmutzigen Jacke und stieß ihn wütend weg. Der Junge fiel in den Straßenstaub, und als Lanzafame einen Fuß hob, als wollte er ihn treten, rannte er panisch davon.

Er rannte, bis seine Beine vor Erschöpfung nachgaben. Keuchend blieb er stehen und fand sich auf einer ausgedörrten Wiese wieder.

»Du bist nicht tot ...«, flüsterte er.

Er setzte sich auf die Knie, schloss die Augen und sah Ercole vor sich, wie er verwundert seine Wunde anstarrte, aus der das Blut quoll. Langsam sackte Zolfo in sich zusammen. »Ercole tud weh«, sagte er in dessen seltsamer Sprache.

»Du bist nicht tot«, wiederholte er dann noch einmal und presste sich die Hände vors Gesicht.

Und wieder sah er Ercole vor sich, wie er auf der Pritsche in der Hütte an den Armengräbern lag, hörte den grauenvollen Laut, den er ausgestoßen hatte, als das Leben aus seinem Körper wich. Und er sah, wie Ercoles großes, törichtes Gesicht sich furchtsam verzerrte.

»Du bist nicht tot!«, schrie er mit verzweifelter Wut, ehe er aufsprang und voller Entschlossenheit beide Arme gen Himmel streckte.

Jetzt gab es einen Grund für ihn weiterzuleben. Einen einzigen, aber ehrlichen Grund.

85

Shimon ruderte aus Leibeskräften, aber es gelang ihm nicht, die Geschwindigkeit des Bootes zu halten, in das Mercurio gestiegen war. Er sah, wie es sich immer weiter von ihm entfernte. Die beiden Männer an den Riemen waren zu schnell für ihn. Das mussten Berufsruderer sein, dachte Shimon verstimmt.

Die glühende Sommerhitze brachte ihn ins Schwitzen, sie brannte in seinen Lungen und ließ sein Herz rasen.

Shimon biss die Zähne zusammen und tauchte die Ruder in die stehenden Wasser der Lagune. Er hasste diese Stadt immer mehr, in der alles so umständlich war. Wenn man hier jemanden verfolgte, musste man zumeist den Wasserweg wählen, und das war nicht immer einfach zu bewerkstelligen.

Aber er durfte Mercurio nicht aus den Augen verlieren.

In den vergangenen beiden Tagen war Mercurio plötzlich verschwunden und nicht mehr zum Schlafen in das Haus in Mestre zurückgekehrt, und so war Shimon von der höchsten Freude darüber, ihn gefunden zu haben, in die tiefste Verzweiflung verfallen, weil er glaubte, ihn wieder verloren zu haben.

Während er ruderte, sah Shimon sich angespannt um. Das Boot, dem er folgte, verlor sich zwischen Aberdutzenden anderer auf dem Canal Grande, und er konnte es kaum noch ausmachen. Er versuchte, schneller voranzukommen, doch die Kraft in seinen Armen hatte bereits deutlich nachgelassen.

In den letzten beiden Tagen, als er befürchtet hatte, Mercurio für immer aus den Augen verloren zu haben, hatte sich Shimon um das Haus am Bewässerungskanal herumgedrückt und sich dabei so unvorsichtig verhalten, dass die Frau, die dort lebte, ihn bemerkt hatte. Einen Moment lang hatte Shimon gedacht, er müsste sie töten. Aber dann hatte sie ihn in ihr Haus eingeladen, weil sie ihn wohl für einen Bettler hielt, und hatte ihm eine warme Mahlzeit angeboten.

Shimon hatte in der Küche Platz genommen und dabei mit einer Hand den Griff seines Messers fest umklammert gehalten. Die Frau, Anna hieß sie, hatte eine sanfte Stimme, ehrliche Augen und behandelte ihn freundlich. So hatte seine Anspannung sich langsam gelöst, und Shimon hatte ihr sein Taufzeugnis gezeigt. Die Frau konnte tatsächlich lesen, hatte sich das Dokument angesehen und ihn respektvoll mit »Signor Rubirosa« angesprochen, obwohl sie ihn anfänglich für so bedürftig gehalten hatte, dass sie ihm ein warmes Essen angeboten hatte. Shimon hatte deshalb mit dem Finger auf den Vornamen gezeigt, und daraufhin hatte sie ihn lächelnd »Signor Alessandro« genannt.

Das alles hatte Shimon seltsam bewegt. Bei dieser Frau fühlte er sich geborgen. Vollkommen anders als bei Ester, denn Anna erregte nicht seine Begierde. Doch sie hatte etwas an sich, das sein kaltes Herz erwärmte.

»Ich lebe hier mit meinem Sohn«, hatte die Frau dann noch gesagt.

Shimon hatte sie angesehen und gedacht: Und ich bin hier, um dir deinen »Sohn« wegzunehmen. Dann war er aufgestanden und gegangen, weil er es nicht ausgehalten hätte, länger dort zu bleiben.

Shimon ruderte weiter, auch wenn er seine Arme vor Anstrengung beinahe nicht mehr spürte. Als er Rialto erreichte, konnte er Mercurios Boot nirgendwo entdecken. Er hatte ihn wieder einmal verloren, dachte er, und Zorn überwältigte ihn. Er ließ die Ruder fallen. Während er langsam dahintrieb, mit von Schweiß durchtränkten Kleidern und ausgedörrter Kehle, hielt er beständig Ausschau in der Hoffnung, das Boot doch noch an einer der Anlegestellen zu entdecken.

Je länger er erfolglos dahinglitt, desto mehr mischte sich Mutlosigkeit in seine Wut.

Er war nur noch einen kleinen Schritt von seiner Rache entfernt gewesen. Und jetzt musste er vielleicht noch einmal zu dem Haus am Bewässerungskanal zurückkehren und darauf warten, dass Mercurio sich wieder dort blicken ließ. Doch das war nun riskant. Die Frau würde bestimmt Verdacht schöpfen. Und vor allem hatte Shimon gestern bemerkt, dass der Junge aus der Bande sich auch dort herumtrieb. Dieser Zolfo durfte ihn auf keinen Fall entdecken, sonst würde er Mercurio warnen, und dieser wäre für immer verschwunden.

Wütend schlug er so heftig mit der Faust auf die Ruderbank, auf der er saß, dass der Schmerz bis in seinen Unterarm zu spüren war.

Shimon griff wieder zu den Riemen. Die Hand, mit der er zugeschlagen hatte, schmerzte immer noch. Langsam schob er sich den Canal Grande hinauf, auch wenn er kaum noch Hoffnung hegte, und sah sich suchend zu beiden Seiten des Kanals um. Gemächlich fuhr er an der Mole des Dogenpalastes beim Markusplatz vorbei, wo sich die Lagune so sehr weitete, dass sie wie offenes Meer wirkte, obwohl es nur eine große Mündung war. Er wollte schon aufgeben, als er es sich anders überlegte und sich entschloss, doch noch ein wenig das linke Ufer auf der Seite des Markusplatzes abzusuchen. Also fuhr er dort entlang und starrte auf die Stände, von denen der köstliche Duft der *castradine,* des gepökelten und anschließend geräucherten Hammelfleischs, aufstieg.

Als er jegliche Hoffnung verloren hatte, sah er, wie ein Boot mit aberwitziger Geschwindigkeit aus einem Seitenkanal hervorschoss. Er erkannte es sofort wieder. Es war das Boot, das Mercurio in Mestre bestiegen hatte, und die beiden Ruderer waren jene hünenhaften Kerle, die Shimon dort schon gesehen hatte.

Doch Mercurio war nicht mehr an Bord.

Shimon ruderte ans Ufer heran und bog in den Kanal ein, aus dem das Boot gerade gekommen war. Vielleicht bemühte er sich umsonst, aber einen Versuch war es dennoch wert, und die neu erwachte Hoffnung, Mercurio wiederzufinden, ließ ihn augenblicklich den Hunger vergessen, den der Geruch nach Hammelfleisch gerade noch in ihm wachgerufen hatte.

Er fuhr unter dem Ponte della Pietà hindurch und in den gleichnamigen Kanal.

Aufmerksam suchend ruderte er langsam weiter. Jetzt hatte er keinen Anhaltspunkt mehr, er musste Mercurio so finden. Ihm war klar, wie aussichtslos das war, denn er würde ihn höchstens sehen, wenn der Junge sich noch auf der Fondamenta herumtrieb. Doch wieder sagte er sich, dass es einen Versuch wert war.

Der Rio della Pietà war einigermaßen breit und wand sich an einer Stelle wie eine ruhende Schlange, was sehr ungewöhnlich war für Venedig, wo die Kanäle sonst ohne größere Kurven verliefen. Auf dem rechten Ufer sah Shimon eine Wiese, auf der eine Herde Ziegen weidete. Auf der anderen Seite des Kanals entdeckte Shimon einige Knaben und einen Mönch. Als er näher kam, sah er, dass der Mann sich über ein niedriges Tor hinweg mit einer Nonne unterhielt, die auf ihrer Seite des Zauns einige Mädchen beaufsichtigte, die genauso schmutzig und armselig angezogen waren wie die Jungen. Shimon ruderte noch langsamer, als er erkannte, dass in den Häusern dort anscheinend ausschließlich Nonnen, Mönche und Kinder lebten. Es musste sich um ein Waisenhaus handeln.

Bist du etwa hier?, fragte sich Shimon, und das Herz schlug ihm bis zum Hals.

Er wusste, dass Mercurio Waise war, und obwohl er sich keinen Grund vorstellen konnte, warum er ausgerechnet in diesem Waisenhaus sein sollte, hatte er das seltsame Gefühl, dass er ihn hier finden würde. Nein, das konnte kein Zufall sein.

Er vertäute das Boot am gegenüberliegenden Ufer, zog sich trotz der Hitze die Kapuze seines Umhangs über den Kopf und wartete.

Er hatte selbst beobachtet, dass die Wachen des Dogen zwei Mal in Annas Haus gewesen waren, um dort nach Mercurio zu suchen. Also war er wahrscheinlich in Schwierigkeiten und musste sich irgendwo verstecken.

Als Mercurio auch bei Sonnenuntergang immer noch nicht aufgetaucht war, musste Shimon sich eingestehen, dass er ihn doch verloren hatte.

Nun blieben ihm nur noch zwei Möglichkeiten, herauszufinden, wo Mercurio sich aufhielt. Einmal Anna, von der er wusste, dass sie lesen konnte. Doch es bedürfte mit Sicherheit grausamer Mittel, um ihr eine Auskunft zu entlocken, da sie anscheinend wie eine Mutter an Mercurio hing.

Die andere Möglichkeit war das Mädchen mit den roten Haaren. Bei dem Gedanken an sie fuhr sich Shimon genießerisch mit der Zunge über die Lippen. Dieses sinnliche Mädchen zu quälen würde eine wunderbare Erfahrung werden. Als Shimon sie verfolgt hatte, hatte er mitbekommen, dass Mercurio sie bei der letzten Begegnung eher kühl behandelt und schnell wieder fortgeschickt hatte. Und da er ebenfalls beobachtet hatte, wie Mercurio Zolfo mit Steinwürfen weggejagt hatte, nahm er an, dass die Bande mittlerweile auseinandergebrochen war. Also war es durchaus möglich, dass das Mädchen ihm bereitwillig Auskünfte erteilen würde, mit denen sie Mercurio schaden könnte. Vorausgesetzt, sie kannte sein Versteck.

Bevor er sein Boot wendete, um zu dem hochherrschaftlichen Palazzo zu gelangen, in dem das Mädchen jetzt offenbar lebte, entschied er sich jedoch, den Rio della Pietà noch ein Stück hinaufzufahren. Wenn Mercurio sich nicht hier beim Waisenhaus versteckte, hatte er sich vielleicht ein Stück weiter hinten absetzen lassen.

Shimon setzte sich wieder an die Riemen und ruderte langsam vorwärts. An der Stelle, wo der Rio della Pietà auf einen anderen breiten Kanal stieß, wurde die Wasserstraße gerade. Ihr Ende mündete in eine Lagune, die hier sogar noch mehr an die offene See erinnerte als am Markusplatz.

Hier zeigte die Stadt ein vollkommen anderes Gesicht. Im Kanal trieben Exkremente und tote Tiere. Die Anlegestellen bestanden aus alten, halb verrotteten Holzpfählen, die in die schlammigen Ufer gerammt waren. Hier entblößte Venedig schamlos seine Armut. Und diese Armut stank entsetzlich, bemerkte Shimon naserümpfend.

Zu seiner Linken sah er Holzstege mit Fischernetzen und Latrinen. Die ebenfalls aus Holz gebauten ärmlichen kleinen Häuser waren von kargen, von der Hitze verdorrten Gärten umgeben. In einem lief auf der Suche nach ein paar Grashalmen bedächtig eine Ziege umher, die so abgemagert war, dass sie nur noch aus Fell und Knochen zu bestehen schien und ihre Zitzen leer herunterhingen. Ein paar Hühner scharrten im Dreck, und neben einem Zaun lungerte ein Kater herum, dessen Ohren von den Kämpfen mit seinen Artgenossen völlig zerfetzt waren.

Vor sich auf dem offenen Wasser sah Shimon eine mittelgroße Insel und einige Fischerboote.

Rechts von ihm war nichts als eine Fläche aus getrocknetem Schlamm und ein schäbiger, offener Verschlag mit einem notdürftig geflickten Dach, unter dem ein ziemlich heruntergekommenes Schiff stand, an dem ein paar Leute Arbeiten durchführten.

Shimon wollte schon umkehren, als aus der Werft eine Stimme ertönte, die er sofort erkannte.

»Und, alter Mann, was meinst du, wann es fertig ist?«

Shimon fuhr herum und sah Mercurio, der gerade aus dem auf dem Trockenen liegenden Schiff kletterte.

Sein Herz begann zu hämmern, und das Blut rauschte durch seine Adern.

Der Gott der Rache hatte ihn Mercurio finden lassen. Und damit sagte er ihm, dass seine Sache gerecht war. Der Gott der Rache war mit ihm.

Shimon vertäute hastig sein Boot an einem ausreichend weit entfernten Steg, dann ging er an Land und lief eilig zurück zur Werft.

Die Leute, die das Schiff instand setzten, beendeten gerade ihre Arbeit. Nach und nach verabschiedeten sie sich und machten sich auf den Heimweg.

Zurück blieben allein Mercurio und ein alter Mann, der sich auf einen Stock stützte. Ein gestromter Köter mit struppigen Ohren folgte ihnen gemächlich.

Shimon wartete, bis die abendliche Dunkelheit herabsank, bevor er es wagte, sich der elenden Hütte zu nähern, in der die beiden Männer verschwunden waren. Vorsichtig spähte er durch eine Öffnung hinein. Die Hütte bestand aus einem einzigen Raum. In einem Winkel sah er eine Pritsche und ein Stück weiter ein anderes notdürftig aus Stroh aufgeschüttetes Nachtlager mit einer löchrigen Decke darauf. Auf dem Feuer eines wackeligen Ofens köchelte etwas in einem großen Topf vor sich hin.

Mercurio und der alte Mann saßen an einem schmutzigen Tisch und teilten sich einen Berg kleiner Fische, die sie mit den Händen aßen. Der Alte warf dem Hund einen Fischkopf zu, den dieser schwanzwedelnd in der Luft auffing.

Doch plötzlich ließ das Tier den Fischkopf fallen, hob die Nase witternd in die Luft und wandte sich mit leisem Knurren der Fensteröffnung zu.

Shimon überlegte, dass er sich früher oder später um den Hund kümmern musste, aber dazu blieb immer noch genug Zeit.

Sorgfältig darauf bedacht, kein Geräusch zu verursachen, zog er sich zurück und verbarg sich hinter dem Schiff. Eine herrliche Nacht stand bevor. Jetzt musste er sich nur noch entscheiden, wie er Mercurio töten wollte. Wie er ihn leiden lassen würde, und vor allem wie lange.

»Gib mir alles, was du hast, Mistkerl«, sagte unvermittelt eine heisere Stimme hinter ihm.

Shimon fühlte, wie die Spitze einer Waffe gegen seinen Rücken drückte, und wollte sich umdrehen.

»Halt, keine Bewegung«, sagte die Stimme hinter ihm wieder, die jetzt heller und leicht angespannt klang. »Gib mir alles, was du hast«, wiederholte sie.

Sein Angreifer schien Angst zu haben und nicht sehr kräftig zu sein. Und höchstwahrscheinlich nicht gerade erfahren im Rauben, denn die Spitze seiner Waffe drückte ihm an einer Stelle in den Rücken, wo keine lebenswichtigen Organe saßen.

Er hob die Hände zum Zeichen, dass er sich nicht wehren würde.

»Gib mir endlich alles, du Mistkerl«, sagte sein Angreifer noch einmal. Jetzt zitterte seine Stimme.

Ganz langsam ließ Shimon seine rechte Hand sinken, als wollte er seine Geldbörse ziehen. Doch im letzten Augenblick sprang er vor und dann zur Seite, wirbelte mit dem Messer in der Hand um die eigene Achse und stieß es in einer schnellen Bewegung seinem Angreifer von unten tief ins Kinn, dass es bis zum Gehirn eindrang.

Jetzt sah Shimon, dass er sehr jung war.

Im Tod riss der Junge die Augen weit auf, spuckte Blut und sank schwer auf den Boden. Shimon bemerkte, dass die vorgebliche Waffe nur ein angespitztes Stück Holz war.

Du bist für nichts gestorben, Junge, dachte er mitleidlos.

Alles war in einem Augenblick und völlig geräuschlos geschehen. Shimon lauschte. Nein, es war nichts zu hören. Dann sah er hinunter auf den Toten. So konnte er ihn nicht liegen lassen. Shimon blickte sich um und fand nahe bei dem Schiff ein Stück Tau. Dann suchte er sich einen Stein, der schwer genug war, um die Leiche im Wasser zu versenken, und knotete das Tauende daran fest. Er ging zum Ufer und sah es sich genauer an. An der Stelle war es zu niedrig und schlammig, aber etwa ein Dutzend Schritte weiter weg entdeckte er einen Steg. Er würde die Leiche bis an sein äußeres Ende schleppen und sie dort ins Wasser werfen. Dort würde es tief genug sein. Shimon ging also auf den Steg und legte dort den Stein ab, wobei er darauf achtete, dass die Bretter dessen Gewicht trugen. Dann ging er zurück und packte den Toten am Kragen seiner Jacke. Er hatte ihn schon ein paar Schritte hinter sich hergezogen, als er hörte, wie etwas riss. Der fadenscheinige Stoff der Jacke hatte nachgegeben, und nun beleuchtete der Mond den nackten Oberkörper. Und zwei kleine hängende Brüste mit angeschwollenen Brustwarzen, die dunkel schimmerten wie zwei verwelkte Blüten.

Eine Frau.

Shimon sah etwas auf einer der Brustwarzen glitzern, beugte sich hinunter und entdeckte einen weißen Tropfen. Ein Tropfen Muttermilch auf einer schlaffen Brust.

Eine Mutter.

Hastig zog er die Leiche weiter auf den Steg, band das andere Ende des Taus an einem ihrer Knöchel fest und stieß sie ins Wasser.

Als er gehen wollte, bemerkte er im Mondlicht eine rote Blutspur auf den Brettern des Steges. Eigentlich hätte er auch die beseitigen müssen, doch er wusste nicht, wie.

Dann kehrte er zu seinem Posten nahe der Werft zurück und lauschte wieder in die Dunkelheit.

Und diesmal vernahm er ein gedämpftes Wimmern.

Shimon folgte dem Geräusch und entdeckte wenige Schritte weiter hinten einen Holzstapel mit einem Lumpenbündel darauf. Eine fette Ratte knabberte daran. Und in dem Bündel bewegte sich etwas.

Shimon schlug mit der flachen Hand nach der Ratte, und das Tier flüchtete quiekend. Dann öffnete er das Bündel und entdeckte darin eingewickelt einen Säugling, hässlich und unterernährt und mit so verschrumpelter, glanzloser Haut, dass er wie ein auf Zwergengröße geschrumpfter alter Mann aussah.

Shimon bemerkte, dass die Ratte zurückgekehrt war. Sie stand aufrecht auf den Hinterpfoten und streckte die Nase witternd in die Luft, während ihr nackter Schwanz wild hin und her zuckte. Shimon wollte sie mit dem Fuß forttreten, doch das Tier wich geschickt aus, ehe es verschwand.

Inzwischen hatte das Neugeborene wieder begonnen zu greinen. Shimon begriff, warum die Mutter es in Lumpen gewickelt hatte. So war es nicht nur besser vor den Ratten geschützt, man konnte auch sein Weinen nicht hören, während sie versuchte, jemanden auszurauben.

Shimon legte dem Kind die Lumpen wieder über das Gesicht, dann sah er zu dem Steg hinüber. Es wäre gnädiger, es wie die Mutter auf dem Grund der Lagune zu versenken, als es den Ratten zum Fraß zu überlassen, überlegte er. Doch dann nahm er es, einer plötzlichen Eingebung folgend, auf und setzte sich in Bewegung. Er ging den Rio di Santa Giustina bis zum Rio della Pietà entlang, und als er das Waisenhaus erreicht hatte, legte er das Neugeborene dort in der Drehlade ab.

Dich hat der Zufall gerettet, dachte er, denn es war schließlich Zufall gewesen, dass er dort zuvor das Waisenhaus entdeckt hatte.

Er zog an der Klingelschnur neben der Lade und lief schnell davon.

Wieder bei der Werft angelangt, spähte er erneut in die Hütte des alten Mannes. Mercurio war noch dort. Und wieder knurrte der Hund witternd. Shimon dachte, dass er noch nie ein Tier getötet hatte. Und er sagte sich, dass es immer ein erstes Mal gab, während er sich hinter dem Schiff in sein Versteck zurückzog.

Er zückte sein Messer und schnitzte etwas in die Planken des Schiffs, um sich die Wartezeit zu vertreiben.

DIE STUNDE DES GERICHTS IST GEKOMMEN, stand dort zu lesen, als er fertig war.

Auf dem Steg entdeckte er wieder die Ratte, die dem Blutgeruch gefolgt war und jetzt das Holz annagte.

Shimon lächelte selig wie ein Kind.

Das Leben ist schön, dachte er.

86

Führt die Zeugin vor das Heilige Inquisitionsgericht«, befahl der Patriarch.

Fra' Amadeo starrte in die Menge und unterstrich die Ankündigung des Patriarchen, indem er mit ausgestrecktem Arm nach links wies, als würde er die Hauptattraktion eines Jahrmarktspektakels präsentieren.

Die Menge im Kapitelsaal des Konvents der Heiligen Kosmas und Damian verstummte und drehte sich um.

Wie alle anderen wandte sich Mercurio der Tür zu, durch die die Zeugin eintreten sollte. Er war aufs Höchste angespannt. Bis jetzt waren die Zeugenaussagen eher vage gewesen oder ließen eine allzu blühende Fantasie erkennen. Mehrfach war es offensichtlich gewesen, dass die Zeugen, beinahe ausschließlich Frauen, genauestens unterwiesen worden waren, was sie zu sagen hatten. Die Leute im Saal wussten nicht, was sie glauben sollten, und waren eher unentschlossen in ihrem Urteil, doch trotzdem wollten sie die Hexe Giuditta brennen sehen. Dennoch hatte Mercurio bisher all seine Hoffnung, so gering sie auch war, auf diese Unentschlossenheit gesetzt. Diese neue Zeugin jedoch war seit dem ersten Prozesstag mit so viel Aufsehen angekündigt worden, dass er nun befürchtete, ihre Aussage könnte wesentlich mehr Gewicht haben.

Octavia, die wieder in der Menge saß, sah sich suchend um. Isacco hatte sich an diesem Morgen noch nicht blicken lassen, und jetzt war es schon mitten am Vormittag. Doch dann spürte sie, wie eine Hand ihren Arm fasste, und sah, dass Isacco neben ihr aufgetaucht war.

»Wo wart Ihr denn?«, fragte sie ihn und wunderte sich, dass er sein Kinnbärtchen abrasiert hatte, ein farbenprächtiges Gewand trug und keinen gelben Hut mehr auf dem Kopf hatte.

»Ich musste noch ins Arsenal wegen eines … Auftrags«, sagte Isacco leicht außer Atem. »Aber erzählt Ihr doch. Wie läuft es?«

»Nicht gut«, erwiderte Octavia. »Der Verteidiger tut so gut wie gar nichts, und jetzt wurde gerade die wichtigste Zeugin angekündigt.«

»Wer ist das?«, fragte Isacco, während er zu Giuditta blickte, die wie alle anderen auf die Tür starrte, durch die die Zeugin kommen würde.

Auch Mercurio hatte sich Giuditta zugewandt, die sich angstvoll an die Gitterstäbe ihres Käfigs klammerte.

Im Saal herrschte angespannte Stille.

Isacco suchte Lanzafames Blick und nickte ihm bestätigend zu: Proto Tagliafico hatte ihren Auftrag angenommen. Er hob stumm die fünf Finger seiner Hand, und der Hauptmann begriff sofort, was er damit meinte. Innerhalb von fünf Tagen würde Zuan dell'Olmos Schiff seetüchtig sein.

Dann ging ein mächtiges Raunen durch die Menge.

Mercurio wandte sich um.

»Das ist sie!«, flüsterte Octavia.

Isacco drehte sich zur Tür.

Du verdammtes Weibsstück, dachte Mercurio. Verflucht sollst du sein!

»Du bist das, du kleines Miststück …«, sagte Isacco leise.

»Kennt Ihr sie etwa?«, fragte ihn Octavia im Flüsterton.

Isacco erwiderte nichts. Er hatte nur Augen für die Zeugin, die durch den Saal schritt und dabei die ganze Zeit Giuditta herausfordernd und hasserfüllt ansah.

»Wer ist das?«, fragte Octavia noch einmal.

»Das ist eine verdammte kleine Hure«, knurrte Isacco leise.

»Nennt diesem Gericht Euren Namen, damit der *exceptor* ihn zu den Akten nehmen kann«, sagte der Heilige schließlich, nachdem er die Zeugin auf einer Art Kanzel hatte Platz nehmen lassen. Sie war eigens für diesen Anlass errichtet worden, um der Zeugin zusätzliche Aufmerksamkeit zu verschaffen.

»Mein Name ist Benedetta Querini«, erklärte die Zeugin und blickte stolz in die versammelte Menge.

Die Männer im Kapitelsaal starrten sie bewundernd und lüstern an. Obwohl sie nicht besonders prachtvoll gekleidet war, um nicht den Neid der Frauen zu erregen, war Benedetta eine blendende Erscheinung. Ihre kupferroten Haare waren zu einem raffinierten Knoten aus Dutzenden Zöpfchen zusammengenommen, der von mit Süßwasserperlen verzierten Nadeln gehalten wurde. Die Haut ihres Gesichts schimmerte hell, ebenso wie die des großzügig, aber keineswegs schamlos entblößten Busens. Ihr Kleid war zartblau, safrangelb eingesäumt und mit den zarten Spitzen der Insel Burano verziert. Um den Hals trug sie nichts als einen schlichten, tropfenförmigen Anhänger aus Aquamarin, der die Farbe ihres Kleides noch betonte. An den Händen hatte sie hautfarbene Satinhandschuhe und darüber nur zwei Ringe aus minderem Gold und Jade.

Giuditta sah sie schmerzerfüllt an. Sie fühlte die Stärke des Hasses ihrer Widersacherin, und das genügte, um sie niederzudrücken.

»Benedetta Querini«, begann der Heilige und hatte dabei die versammelte Menge im Blick. »Erzählt uns Eure Geschichte ...« Er verstummte kurz und hob den Zeigefinger empor, als wollte er etwas erklären. »Eine Geschichte ... die Ihr uns nur deshalb selbst erzählen könnt, weil Ihr wie durch ein Wunder überlebt habt.«

Die Menge tuschelte aufgeregt und erwartungsvoll.

»Ja, Inquisitor«, erwiderte Benedetta und neigte den Kopf, als müsste sie nachdenken. »Ja, da habt Ihr recht ... Ich wurde durch ein Wunder gerettet.« Sie hob den Kopf und sah auf die

Menge. Ihre Augen waren feucht, als würde sie vor Rührung gleich anfangen zu weinen.

»Du verfluchtes Weibsstück«, zischte Mercurio.

»Gebt mir die Gelegenheit, diesen braven Leuten aus Venedig zu sagen«, fuhr Benedetta fort und tupfte sich die Augen mit einem kostbaren Taschentuch, »dass ich vor allem Euch meine Rettung verdanke, Bruder Amadeo ... obwohl ich ja weiß, dass es Euch lieber wäre, wenn ich dies nicht enthüllen würde.«

Die Leute raunten vor gespannter Erwartung immer lauter.

Das haben sie ja gut einstudiert, dachte Mercurio und wurde rot vor Zorn. Es gelang ihm nur mit Mühe, sich zu beherrschen.

Auch Isacco konnte sich vor Zorn kaum halten und sah sich trotz ihrer Vereinbarung nach Mercurio um. Er entdeckte einen jungen Mönch, der sich die Kapuze seiner Kutte über das Gesicht zog und den Kopf senkte, als er seinem Blick begegnete. Das konnte er sein, Mercurio war ja auch bei ihrer ersten Begegnung als Priester verkleidet gewesen. Er wollte sich gerade zu Giuditta umdrehen, als er bemerkte, dass Lanzafame ihn mit gerunzelten Augenbrauen ansah. Also richtete er wieder alle Aufmerksamkeit auf Benedetta.

»Erzählt, was geschah«, sagte der Heilige, nachdem er zunächst theatralisch abgewehrt hatte, als wollte er wirklich nicht, dass sein großes Verdienst an Benedettas Rettung öffentlich wurde. »Erzählt den Bürgern der Erlauchtesten Republik Venedig, wie Ihr nur knapp dem Tod entgangen seid.«

»Ja, so war es tatsächlich«, erklärte Benedetta ernst. »Die Angelegenheit ist schnell erzählt. Wie viele andere Frauen in Venedig wurde auch ich neugierig durch das, was man sich über die Kleider dieser Jüdin erzählt hat.« Sie drehte sich mit einem kaum merklichen Lächeln zu Giuditta um, damit sie sehen konnte, wie sehr sie das Ganze genoss. »Ja, ich glaube, dass ich sogar ihre erste Kundin war«, sagte sie leise, als spräche sie nur zu Giuditta.

Giuditta fuhr auf. »Du?«, rief sie laut. »Du warst das?«

»Schweig, Hure Satans, wenn du nicht willst, dass man dir die Zunge herausreißt!«, drohte ihr der Heilige und stürzte auf den Käfig zu.

Lanzafame näherte sich den Gitterstäben und flüsterte: »Sag nichts, Giuditta.«

Giuditta sah Lanzafame mit geöffnetem Mund an, als wollte sie ihm widersprechen.

»Sag nichts«, wiederholte Lanzafame leise.

Daraufhin wandte sich Giuditta wieder Benedetta zu, die sie immer noch mit triumphierendem Blick betrachtete.

Mercurio konnte sich kaum noch zurückhalten. Nur zu genau las er all den Schmerz, die Angst und die Verzweiflung in Giudittas Augen. In Benedettas Blick hingegen sah er boshafte Freude funkeln, und er spürte geballte Wut in sich aufsteigen. Dafür würde er sie auf die eine oder andere Weise schon noch büßen lassen. »Und wenn ich dich mit meinen eigenen Händen erwürgen muss!«, zischte er zornerfüllt.

»Fahrt fort«, forderte der Heilige Benedetta auf.

»Ich hatte von den Hüten gehört, die sie anfertigte, und war neugierig auf ihre Kleider geworden«, erklärte Benedetta. »Da ich wusste, dass Juden keine neuen Sachen verkaufen durften, wunderte ich mich und sprach diese Frau darauf an. Daraufhin zeigte sie mir einen kleinen Blutfleck auf der Innenseite des Kleides und sagte, das sei ›Blut von Verliebten‹. Das war der Trick, damit diese Gewänder nicht als neu angesehen werden konnten. So hinterging sie die venezianische Obrigkeit ...«

Die Menge wurde unruhig.

»Außerdem verriet sie mir, dies sei ein Liebeszauber für die Frauen, die diese Kleider trugen ...«, fuhr Benedetta fort.

Bei dem Wort »Liebeszauber« erhob sich empörtes Raunen.

»Hexe!«, schrie eine Frau.

»Und weiter?«, drängte der Heilige. »Habt Ihr Euch verliebt?

Oder hat sich jemand in Euch verliebt?«, fragte er scheinbar belustigt.

»Nein«, erklärte Benedetta zunächst mit einem Lächeln. Doch dann wurde sie wieder ernst. »Ich wurde krank.«

Die Leute im Saal hielten den Atem an.

»Erklärt uns das genauer«, sagte der Heilige.

»Es begann schleichend«, fuhr Benedetta ganz leise fort, als würde sie noch einmal ihre eigene Leidensgeschichte nacherleben, und zwang so die Leute dazu, sich vollkommen still zu verhalten. »Anfangs war es einfach so, dass ich keine anderen Kleider als die von ihr angefertigten tragen wollte ... Ich schob das darauf, dass sie so schön waren. Denn wie ich zugeben muss, waren sie das zweifellos ...«

Einige Frauen im Saal nickten stumm.

»Wenn ich über sie sprach, sagte ich, ich wäre wie ›verhext‹ von diesen Kleidern«, erzählte Benedetta. Sie seufzte dramatisch. »Ich wusste nicht, wie recht ich damit hatte.«

Die Menge zischte empört.

Ich bring dich um! Ja, ich bring dich um!, schrie Mercurio innerlich auf und sah Giuditta an, die unter Tränen Benedettas Aussage lauschte.

»Doch einige Zeit später hatte ich ein qualvolles Erlebnis, das mir immer noch peinlich ist«, fuhr Benedetta fort. »Als ich die Fondamenta del Forner in Santa Fosca entlanglief, spürte ich plötzlich, es war genau vor dem Palazzo Vendramin, einen schrecklichen Schmerz, als würde jemand meine Brust verbrennen, als würde das Kleid, das ich trug, in Flammen aufgehen ... Und dieses Gefühl war so lebensecht, dass ...«, Benedetta schüttelte den Kopf und versteckte ihr Gesicht scheinbar verlegen in ihren Händen, »... ich schäme mich heute noch dafür, auch wenn ich jetzt weiß, dass Hexerei im Spiel war ...«

»Ja und?«, drängte sie der Heilige.

»Wie gut die beiden miteinander harmonieren«, knurrte Isacco wütend. Dann sah er den Verteidiger Pater Venceslao da Ugovizza an, der der Aussage offenbar nicht einmal Gehör schenkte, so vollkommen gleichgültig schien ihm der Ausgang des Prozesses und somit auch Giudittas Schicksal zu sein. »Du verdammter Scheißkerl, *Ha-shem* soll dich mit seinem Blitz treffen!«

»Also gut«, fuhr Benedetta fort, »der Schmerz war so heftig, dass ich zu Boden sank, schrie und mich wand ... als wäre ich von einer Horde Teufel besessen ...«

Zahlreiche Frauen im Publikum legten sich erschrocken eine Hand vor den Mund. Andere klammerten sich ängstlich an ihren Männern fest. Und die Mütter legten ihren Kindern die Hände über die Ohren.

»Schließlich riss ich mir wie eine Besessene das Kleid herunter ... und war ...«, Benedetta verstummte und blickte schamhaft zu Boden, »... vollkommen nackt ...«

Es herrschte absolute Stille.

Und in dieses Schweigen hinein sagte Benedetta: »Und ich spuckte Blut.«

Mercurio sah zu Giuditta hinüber. Ihre Augen waren von Tränen verschleiert. Sie schüttelte ungläubig den Kopf, als wollte sie so dieser schrecklichen Lüge widersprechen. Mercurio wusste genau, was sie jetzt dachte: Dass sowohl Hass als auch Liebe dafür verantwortlich waren, dass sie sterben würde. Sie würde bei lebendigem Leib verbrannt werden, weil Benedetta sie wegen der Liebe, die Giuditta und ihn verband, hasste. Der Heilige schüttelte scheinbar entsetzt den Kopf. »Was Ihr uns hier erzählt, gottesfürchtiges Mädchen, ist zweifellos schrecklich und grauenhaft, aber was für eine Bedeutung sollte es für unseren Prozess haben? Glaubt Ihr etwa, Eure Krankheit und dieses seltsame Ereignis hätten etwas mit dem Kleid zu tun, das Ihr trugt? Gibt es dafür Beweise?«

»Das ist alles Lüge!«, schrie Giuditta plötzlich, und ihre Stimme brach vor Verzweiflung.

»Schweigt«, ermahnte sie der Patriarch sogleich. »Ihr habt einen Verteidiger, der für Euch sprechen wird!«

Und du bist dir sicher, dass dieser Verteidiger den Mund halten wird, nicht wahr?, dachte Mercurio. Ihr könnt alles tun, auch diese Lüge weiterspinnen, weil euch niemand widersprechen wird! Er sah sich um und erkannte, dass die Leute wie üblich nicht an Gerechtigkeit interessiert waren, solange es ihnen nicht selbst an den Kragen ging.

»Nun?«, fuhr der Heilige fort. »Fandet Ihr Beweise?«

»Wie denn, Inquisitor?«, erwiderte Benedetta unschuldig. »An so etwas habe ich doch nicht gedacht. Man kam mir zu Hilfe, und als ich mir das Kleid vom Leibe gerissen hatte, ging es mir sofort besser. Doch ich brachte diese beiden Ereignisse nicht in Verbindung. Nicht einmal, als mir eine Frau erzählte, sie habe in den Nähten des zerrissenen Kleides eine blutige Rabenfeder gefunden. Trotz der geheimnisvollen Blasen auf meinem Rücken, die nur eine schreckliche Hitze wie Feuer hätte bewirken können.«

»Ihr wart also vollkommen arglos ...«, wiederholte der Heilige. Dann sah er in die Menge. »Satan ist gerissen darin, unsere Köpfe zu verwirren, uns in seinen Nebel zu hüllen ...«

»Und das war ich immer noch, als ich Tage später wieder ein Kleid ... dieser Hexe anzog«, sagte Benedetta wütend und sah Giuditta an. »Nicht einmal, als es mir plötzlich schlecht ging und immer schlechter, bis ich schließlich das Bett hüten musste ...« Benedetta lächelte. »Ich war ja so dumm. Nicht einmal im Bett wollte ich mich von den Kleidern dieser Hexe trennen.«

Ein entsetzter Aufschrei ging durch die Menge. Benedettas Aussage bewegte sie wesentlich mehr als die der vorangegangenen Zeugen, die von schlüpfenden Ungeheuern mit gelben Augen und gespensterhaften Stimmen aus der Hölle erzählt hatten.

»Ich wurde immer schwächer ... als würde mir jemand das Blut aussaugen ... oder das Leben ...«, sagte Benedetta leise.

»Oder die Seele!«, rief der Heilige aus.

Daraufhin empörte sich die Menge. Wütend schrien die Leute auf und verlangten laut, die Hexe zu verbrennen. Und hätten Lanzafame und seine Männer sich nicht mit gezückten Schwertern um den Käfig geschart, hätte die Menge Giuditta augenblicklich in Stücke gerissen.

»Ruhe! Ruhe!«, schrie der Patriarch und erhob sich, nicht ohne dem Heiligen einen zufriedenen Blick zuzuwerfen, den der mit einer kaum merklichen Neigung des Kopfes erwiderte.

Mercurio bebte vor Wut, als er dies bemerkte. Diese Posse konnte nur stattfinden, weil alle sich einig waren. Weil alle genau wussten, dass sich ihnen niemand in den Weg stellen würde. Er sah Giustiniani an. Doch auch der sagte kein Wort. Er saß gleichmütig auf seinem Stuhl, und sein Blick ging ins Leere.

»Hättet Ihr mich nicht mit Eurem Exorzismus gerettet«, erklärte Benedetta, als die Menge sich wieder beruhigt hatte, »wäre ich mit Gewissheit gestorben, und Satan hätte sich meiner Seele bemächtigt.« Sie verließ eilends ihre Kanzel und fiel vor dem Heiligen auf die Knie. Theatralisch nahm sie seine Hand und küsste die falschen Stigmata.

Der Heilige zierte sich wieder und zog die Hand zurück, dann half er ihr auf und zeichnete ihr mit dem Daumen ein Kreuz auf die Stirn. »Geh mit Gott, gutes Mädchen. Du hast uns heute einen großen Dienst im Kampf gegen das Böse erwiesen«, sagte er und übergab sie den Wachen des Dogenplastes, damit sie sie hinausbegleiteten.

»Hat denn der Verteidiger keine Fragen an sie?«, fragte Giustiniani, der immer noch an der Seite des Patriarchen saß.

»Was fällt Euch ein, Giustiniani«, zischte ihm der Patriarch zu, während die Wachen stehen blieben und alle sich Pater Venceslao zuwandten.

Der Dominikanermönch mit den weißlich trüben Augen hob den Kopf und sah sie verwirrt an. »Euer Gnaden ...«, fing er an.

»Wenn er untätig bleibt, werden die Leute denken, dass der

Gerechtigkeit nicht Genüge getan wird«, flüsterte Giustiniani dem Patriarchen zu.

»Mir ist nicht wohl bei dem Gedanken, was dieser Trottel anstellen könnte«, erwiderte der Patriarch.

Pater Venceslao sah den Patriarchen weiterhin unschlüssig an. »Vielleicht ... sollte ich zunächst mit der Angeklagten sprechen«, sagte er schließlich.

»Zu welchem Zweck?«, fragte ihn der Patriarch.

»Sie könnte mir sagen, warum wir nicht diesem guten Mädchen glauben sollten, das gerade Zeugnis abgelegt hat«, antwortete der Dominikanermönch. »Oder unter der Last ihrer Taten zusammenbrechen, bereuen und ihre Verbrechen gestehen. Meint Ihr nicht, Exzellenz?«

»Das fragt Ihr ausgerechnet mich?«

Die Menge brach in Gelächter aus.

Pater Venceslao breitete hilflos die Arme aus und zog den Kopf ein. »Ja ... ja, ich muss mit der Angeklagten reden ...«, entschied er sich, doch er klang immer noch unsicher.

»Also gut. Ihr habt eine Stunde Zeit. Währenddessen werden wir eine Stärkung zu uns nehmen«, sagte der Patriarch verärgert. Dann wandte er sich an Lanzafame und befahl ihm: »Bringt die Angeklagte in eine Zelle im Kloster und wacht darüber, dass es zu keinen Zwischenfällen kommt.« Und dem Heiligen sagte er: »Und Ihr, Inquisitor, haltet einstweilen Eure hübsche Zeugin auf, bis wir wissen werden, ob Euer ... würdiger Gegner vorhat, sie seinem sicher äußerst strengen Verhör zu unterziehen.«

Die Zuhörer lachten schallend.

»Ihr verfluchten Mistkerle!«, zischte Mercurio leise. Dann versuchte er, Giudittas Blick aufzufangen, während sie hinausgeschafft wurde, aber sie lief mit gesenktem Kopf vorwärts und war ganz in ihre Verzweiflung versunken.

87

Ganz gleich, was er von dir will oder was geschieht, du kannst mich jederzeit rufen!«, erklärte Lanzafame Giuditta.

»Was sollte denn geschehen?«, fragte Pater Venceslao auf dem Weg in die Zelle, die einer der Mönche aus dem Konvent zur Verfügung gestellt hatte.

Hauptmann Lanzafame warf dem Dominikaner nur einen verächtlichen Blick zu. Dann lächelte er Giuditta beruhigend an. »Ich warte hier draußen. Wenn du rufst, bin ich sofort bei dir«, sagte er und schloss die Tür hinter sich.

Giuditta warf nur einen raschen Blick hinüber zu Pater Venceslao, dann kehrte sie ihm den Rücken zu und ging auf das kleine Fenster am anderen Ende der Zelle zu, von dem aus man auf den Innenhof des Klosters sehen konnte. Sie verachtete diesen Mönch aus tiefster Seele und wusste nicht, was er von ihr wollte, da er doch so offensichtlich mit dem Heiligen und all den anderen im Bunde stand.

»Willst du dich nicht zum wahren Glauben und zur Heiligen Katholischen Kirche bekennen?«, fragte Pater Venceslao mit eindringlich erhobener Stimme.

Giuditta fuhr herum. Jetzt wusste sie, warum er mit ihr hatte sprechen wollen.

»Das wäre besser für dich, Mädchen, so wie die Lage ist«, sagte der Dominikaner. »Es würde einen guten Eindruck machen.«

»Nein!«, sagte Giuditta entschieden.

Pater Venceslao ging auf sie zu.

»Kommt nicht näher, oder ich rufe den Hauptmann!«, drohte Giuditta.

Pater Venceslao schüttelte den Kopf und seufzte tief. »Du bist stolz und hochmütig, wie alle Juden.«

Giuditta richtete sich auf. »Wir Juden ...«, begann sie empört, doch Pater Venceslao schnitt ihr mit einer Handbewegung das Wort ab.

»Ja, ja, das übliche Gewäsch. Du solltest nur wissen, dass es hart wird für dich«, sagte er und machte noch einen Schritt auf sie zu.

»Mit einem Verteidiger wie Euch bestimmt«, erklärte Giuditta mit aller Verachtung, zu der sie fähig war.

»Hüte deine Zunge, Mädchen, und danke deinem Gott«, sagte Pater Venceslao. »Ich bin alles, was dir bleibt.«

»Dann bin ich wirklich arm dran«, erwiderte Giuditta.

Pater Venceslao machte noch einen Schritt auf sie zu.

»Bleibt weg von mir!«

Der Mönch schüttelte den Kopf. »Ich fasse dich schon nicht an, ich will dir nur etwas zeigen«, sagte er und stellte sich neben sie ans Fenster.

»Was?«

Pater Venceslao richtete den Zeigefinger gen Himmel. »Wenn dich nachts in der Zelle die Angst überfällt«, sagte er, und auf einmal klang seine Stimme warmherzig und mitfühlend, »dann vergiss nie, so wie ich jetzt einen Finger auf einen Stern zu richten ... und ihn zu bitten, dass er dich mitnimmt ... wo immer du hinwillst ...« Er wandte sich zu Giuditta um und sah sie eindringlich an. »Und zu wem.«

Giuditta war sprachlos. Jetzt erkannte sie die Stimme. »Aber Ihr ...« Ihre Augen füllten sich mit Tränen. »Du ...«

Pater Venceslao lächelte verschmitzt.

»Mercu[illegible]«, rief Giuditta aus, als Mercurio ihr mitten im Wort mit einem zärtlichen Kuss den Mund verschloss. »Psst, leise, mein Schatz«, sagte er dann und zog sie an sich. »Sei leise, das darf niemand wissen ...«

Giuditta wich zurück. Sie betrachtete das hässliche Gesicht des Dominikanermönchs und schüttelte immer noch ungläubig den Kopf, obwohl sie unter der Verkleidung nach und nach ihren geliebten Mercurio wiedererkannte. Sie musste tief durchatmen und schüttelte weiter den Kopf.

Mercurio zog sie wieder an sich. »Ganz ruhig«, flüsterte er ihr ins Ohr. »Ich bin ja bei dir ...«

»Du bist hier ...«, schluchzte Giuditta und versank in seiner Umarmung. »Ja, du bist hier ... hier bei mir ...«

Wieder rückte Giuditta von ihm ab und schüttelte bei seinem Anblick den Kopf. »Aber ... wie ist es möglich, dass ich dich nicht erkannt habe? ... Ich ... ich ...«

Mercurio lachte leise. »Nur gut, dass du mich nicht erkannt hast, mein Schatz.«

»Aber diese Augen ...?«, stammelte Giuditta verwirrt.

»Das ist ein uralter Trick«, erklärte ihr Mercurio lächelnd, nahm ihr Gesicht in seine Hände und strich ihr zärtlich über die dunklen Augenbrauen. »Scavamorto hat ihn mir beigebracht. Ein Trick, den die Bettler und Taschendiebe in Rom einsetzen.« Er zeigte auf seine Augen. »Das ist Fischgekröse ... also die Darmhaut von Fischen. Die ist ganz dünn. Man schneidet sie sich in der Größe des Auges zurecht und macht in die Mitte ein kleines Loch. Und dadurch kann man dann einigermaßen sehen.« Er lächelte wieder. »Am Anfang brennt es ein bisschen.«

»Das hast du für mich getan ...«, flüsterte Giuditta und kostete jedes ihrer Worte aus.

»Ich habe es für uns getan«, erwiderte Mercurio.

»Mein Vater weiß nichts davon?«, fragte Giuditta.

»Nein. Je weniger Leute von einer Gaunerei wissen, desto geringer ist die Gefahr.«

Giuditta hätte beinahe laut gelacht. »Ich hätte nie geglaubt, dass ich einmal so froh über deine Betrügereien sein würde.«

»Und ich am allerwenigsten«, sagte Mercurio und umarmte sie noch einmal stürmisch. »Zum ersten Mal in meinem Leben danke ich Gott dafür, dass ich ein Betrüger und Verkleidungskünstler bin. Jetzt weiß ich, warum ich diese Gabe besitze ...« Er sah sie durch die weißliche Schicht auf seinen Augen an. »Um dich zu retten«, sagte er feierlich.

Giuditta, die gerade noch beinahe gelacht hätte, verzog die jetzt bebenden Lippen und schloss die Augen, die sich mit Tränen füllten. »Verzeih ... Verzeih ...«, stammelte sie schluchzend. »Ich ...« Sie sah ihn an. »Ich habe dir wohl sehr wehgetan.«

Mercurio wurde ebenfalls ernst. »Ich hätte nie geglaubt, dass ich so furchtbar leiden könnte«, sagte er.

»Ich weiß ... Mir war auch so, als würde ich sterben ...«

»Das war *sie,* nicht wahr?«, fragte Mercurio mit zornerfüllter Stimme.

Giuditta wandte den Blick ab. »Ja. Sie hat mir gesagt, dass der Fürst Contarini nach dir suchen würde, um dich zu töten, und dass sie dich nur beschützen würde, wenn ich mich von dir trenne, und ich ...«

Mercurio schlug wütend mit der geballten Faust gegen die Wand. Dann nahm er sich wieder zusammen. »Entschuldige ...«

Giuditta presste sich leidenschaftlich an ihn. »Ich hatte solche Angst, dass ich dich für immer verloren hätte.«

»Ich auch«, flüsterte ihr Mercurio ins Ohr und fuhr ihr zärtlich durch die Locken.

»Woher kannst du eigentlich Latein?«, fragte Giuditta und legte mit geschlossenen Augen den Kopf an seine Brust, während wieder ein Lächeln auf ihren Lippen erschien.

»Das haben mir die Mönche vom Waisenhaus San Michele Arcangelo in Rom eingeprügelt«, antwortete Mercurio. »Die wollten unbedingt einen Mönch aus mir machen. Ich habe sie dafür gehasst ... Und jetzt muss ich mich bei ihnen bedanken.

Das ist doch komisch, oder?« Er wanderte mit seiner Hand an ihrem Hals entlang und spürte die glatte Haut unter seinen Fingern. »Außerdem hilft mir dieser Giustiniani. Dass ich hier bin, habe ich ihm zu verdanken. Er hat dafür gesorgt, dass Lanzafame zu deiner Bewachung eingeteilt wurde, und hatte die Macht, dir einen Verteidiger zu verschaffen, und ...«

»Warum tut er das alles?«, unterbrach ihn Giuditta ungläubig.

Inzwischen war Mercurio überzeugt, dass der wahre Grund des Adligen keineswegs die Angst war, Scarabello könnte ihn erpressen, aber er sagte nichts dazu und zuckte nur mit den Schultern. »Das weiß wohl nur Giustiniani selbst«, sagte er leise. »Er unterweist mich in dem, was ich tun soll ... sowohl, was den Prozess betrifft, als auch bei unserem weiteren Vorgehen ... Und jetzt erkläre ich dir, was wir versuchen müssen.« Er presste die Kiefer aufeinander und warf den Kopf wütend zurück. »Hast du gesehen, was sie sich einbilden? Sie glauben tatsächlich, dass niemand sich ihnen in den Weg stellen wird, und wenn sie noch so dreist lügen. Sie verbieten dir den Mund, und auch sonst sind sie überzeugt, dass niemand reden wird. Sie kämen nie auf die Idee, dass ich, der dumme Pater Venceslao, ihnen Knüppel zwischen die Beine werfen könnte. Dieses miese Pack. So sieht ihre Gerechtigkeit aus. Sie können sagen, was immer sie wollen.« Er versuchte sich zu beruhigen und sah Giuditta ernst an. »Doch zunächst musst du mir eines versprechen.«

»Alles, was du willst.«

»Sieh mich weiterhin so verächtlich an wie vorher«, erklärte ihr Mercurio. »Niemand darf etwas merken, oder wir sind alle verloren.«

»Ich versuch's.«

»Nein.« Mercurio packte sie fest an den Schultern. »Du wirst es schaffen.«

Giuditta umarmte ihn. »Wie soll ich nur meine Freude verbergen?«

Auf einmal hörte Mercurio hinter der Tür Stimmen und eine lautstarke Auseinandersetzung. »Uns bleibt keine Zeit mehr. Also hör zu ...« Er legte die Lippen an ihr Ohr und flüsterte ihr hastig einige Anweisungen zu.

»Öffnet!«, hörte man währenddessen die Stimme des Heiligen von der anderen Seite der Tür.

»Was willst du, verfluchter Mönch?«, fuhr ihn Lanzafame an.

»Ich befehle dir, diese Tür zu öffnen!«, schrie der Heilige. »Ich bin der Inquisitor!«

»Und ich folge nur den Befehlen des Patriarchen«, hörte man Lanzafame antworten.

»Du weißt Bescheid?«, sagte Mercurio zu Giuditta.

Giuditta nickte lächelnd.

»Nicht lächeln!«, ermahnte Mercurio sie.

Sie lächelte nur noch mehr.

»Öffne!«, brüllte der Heilige.

»Öffnet!«, rief Mercurio aus der Zelle. Dann sah er Giuditta mitfühlend an und sagte: »Verzeih mir, mein Schatz.«

»Was denn?«, fragte Giuditta verwundert.

Die Tür öffnete sich.

Und im selben Moment schlug Mercurio Giuditta heftig mitten ins Gesicht.

Das Mädchen schrie vor Schmerzen auf und sank zu Boden. Sie legte ihre Hand auf den blutenden Mund.

»Du verfluchter Scheißkerl!«, schrie Lanzafame, stürzte in die Zelle und eilte Giuditta zu Hilfe.

Mercurios weißlich trübe Augen begegneten denen des Heiligen, und während er die Zelle verließ, brummte er: »Diese Juden! Das reinste Pack!«

Der Heilige sah Pater Venceslao nach, und einen kurzen Moment kam er ihm verändert vor. Doch dieser Eindruck verflog sofort. »Hexe!«, schrie er Giuditta an und richtete einen

Finger auf sie. »Wenn ich mit dir fertig bin, dann kommt dein Vater dran, da kannst du sicher sein.« Er wandte sich an Lanzafame. »Schafft sie hinunter in den Saal. Der Prozess geht weiter.«

Als die Menge im Saal sah, dass Giuditta wieder in den Käfig gesperrt wurde, erwachte sie aus ihrer Lethargie. Während der Pause hatten sich die Gemüter beruhigt, und Langeweile hatte sich breitgemacht. Doch jetzt würde das Spektakel seinen Fortgang nehmen.

»Ruhe!«, schrie ein Geistlicher, während der Patriarch und Giustiniani wieder zu ihren Plätzen auf der Tribüne schritten.

Als er sich setzte, schaute Giustiniani zu Mercurio hinüber. Selbst sein Gesicht wirkte nun angespannt. Der von der Kirche angestrengte Prozess strebte seinem Ende zu. Nun folgte der letzte Akt. Dann würde das Urteil unwiderruflich feststehen.

Mercurio atmete tief durch. Er hinkte auf die Tribüne zu und verbeugte sich unbeholfen vor dem Patriarchen.

»Also?«, fragte der mit hochgezogener Augenbraue und verzog die Lippen zu einem spöttischen Lächeln. »Habt Ihr Euch entschieden, wie Ihr vorgehen wollt?«

Mercurio kratzte sich an seinem mit Pusteln übersäten Kopf, die nichts anderes waren als mit dem Saft roter Rüben eingefärbte Graupen, die er so lange gekocht hatte, bis sie klebrig wurden. »Nun, Exzellenz ...«, sagte er und legte gleich wieder die Unsicherheit an den Tag, auf der er die ganze Persönlichkeit von Pater Venceslao da Ugovizza aufgebaut hatte. »Nun ja, die Angeklagte hat mir tatsächlich Dinge enthüllt, die ... ja, wie soll ich sagen? ... die wohl noch geklärt werden sollten, also eventuell ...« Er zog die Schultern hoch, breitete die Arme aus und riss die Augen auf. »Selbst wenn ich ehrlich gesagt ...«

»Heißt das, Ihr wollt Benedetta Querini befragen?«, sagte Giustiniani.

»Ja, vielleicht ...«, stammelte Mercurio. »Was meint Ihr?«

Die Menge lachte auf.

Der Patriarch schnaubte gereizt. »Führt die Zeugin Benedetta Querini herein«, ordnete er an.

»Ich danke Euch ergebenst, Patriarch«, sagte Mercurio und erging sich in unbeholfenen Verbeugungen, die die Menge wieder zum Lachen brachten.

Isacco, der in der ersten Reihe und damit in direkter Nähe zu Mercurio saß, zischte ihm wütend zu: »Du gekaufter Pfaffe!«

Mercurio tat, als hätte er nichts gehört. Dann empfing er Benedetta im Saal wie zu einem Fest und führte sie höchstpersönlich auf ihre Kanzel.

Benedetta wirkte äußerst selbstzufrieden. Sie ahnte nichts von dem, was sie erwartete, und warf Giuditta einen hasserfüllten Blick zu, während sie die Kanzel bestieg.

»Wo wohnt Ihr, habt Ihr gesagt?«, fragte sie da der Mönch.

Benedetta fuhr herum und starrte ihn erschrocken an. »Das habe ich nie erwähnt.« Der Heilige hatte sie gewarnt. Contarinis Name durfte unter keinen Umständen genannt werden.

Der Patriarch zuckte auf seinem Sessel zusammen und wandte sich an Giustiniani. »Habt Ihr diesem Trottel denn nicht eingebläut, dass der Name meines Neffen und meiner Familie auf keinen Fall erwähnt werden darf?«, fragte er besorgt.

»Aber natürlich, Patriarch«, erwiderte Giustiniani, »und ich begreife nicht …«

Da wandte sich Mercurio auch schon ruckartig und mit weit aufgerissenen Augen dem Patriarchen zu und spielte wieder den unbeholfenen Pater Venceslao, der erneut einen Fehler begangen hatte. Er rang verzweifelt die Hände, riss den Mund auf und flüsterte verwirrt und scheinbar untröstlich: »Nun ja, was tut es schon zur Sache, wo Ihr wohnt?« Sein Blick wanderte von Benedetta zu dem Patriarchen hinüber. »Ist es nicht so, Exzellenz?«

Die Menge lachte wieder schallend.

Der Patriarch dagegen schwieg mit zusammengepressten Kiefern.

»Ja, sicher ...«, stammelte Mercurio verlegen. »Also ... ich wollte damit nicht sagen ... Was wollte ich denn eigentlich sagen?« Dabei starrte er Benedetta an.

Die hob nur eine Augenbraue. »Vielleicht wolltet Ihr ja sagen, dass ich mir die Fragen am besten gleich selbst stelle«, schlug sie vor und zwinkerte den Leuten im Saal zu, die daraufhin in schallendes Gelächter ausbrachen.

Isacco betrachtete Giuditta nachdenklich. Ihm kam es so vor, als wäre sie nicht mehr so verängstigt, wie sie eigentlich sein sollte. Seine Tochter hielt sich mit der Hand eine Wange, die gerötet war, und ihre Lippe blutete, doch Giuditta wirkte nicht so, als hätte sie Schmerzen. Isacco kam es vielmehr so vor, als würde sie die gerötete Haut geradezu streicheln.

»Ach ja, jetzt habe ich es!«, rief Mercurio plötzlich und schlug sich gegen die Stirn. »Genau!«, wiederholte er. »Ich habe mich gefragt, Exzellenz«, mit diesen Worten wandte er sich an den Patriarchen, »wie man eine Anklage wegen Hexerei aufbauscht ... äh, aufbaut ...«

Die Menge wurde unruhig.

»Was wollt Ihr damit sagen?«, fragte der Heilige.

»Gar nichts, um Gottes willen«, erwiderte Mercurio und verneigte sich vor ihm. »Es ist nur so. Da ich, wie ich Euch bereits sagte, keine Erfahrung in solcherlei Prozessen habe, wollte ich einfach wissen, wie ... wie ... Ach, ich kann es nicht gut in Worte fassen, aber ich würde die Zeugin gern fragen ... ob sie die Angeklagte kennt. Ja, das ist es.«

Benedetta sah ihn mit kaum verhohlener Verachtung an. »Sicher. Sie hat mir ja ihre verhexten Kleider verkauft.«

»Ich meinte eigentlich, kanntet Ihr sie schon vorher?«, fragte Mercurio.

Benedetta antwortete schulterzuckend: »Ja, ein wenig.«

»Ein wenig, hmm ...«, wiederholte Mercurio, als hätte er nicht genau hingehört. »Unter ein wenig versteht Ihr zum Beispiel, dass Ihr und Giuditta di Negroponte gemeinsam nach Venedig gereist seid, auf dem gleichen Proviantkarren im Zug von Hauptmann Lanzafame, der auf dem Rückweg von der Schlacht von Marignano war?«

Benedetta erstarrte und blickte hilfesuchend zu dem Heiligen hinüber.

»Was hat das mit dem Prozess zu tun?«, sagte der hochmütig.

»Also, das weiß ich auch nicht so recht ...«, stammelte Mercurio mit der falschen Unsicherheit, die ihm seine Rolle vorgab, und wandte sich an den Patriarchen.

Dieser wiederum sah auf die Menge. Nun waren alle Augen auf ihn gerichtet. Er merkte, dass ihm nichts anderes übrig blieb, als sich dazu zu äußern. »Na dann, um Himmels willen, findet es heraus, werter Pater Venceslao!«, rief er aus und versuchte, es wie einen Scherz klingen zu lassen.

Die Menge lachte zwar zunächst, doch dann wurden alle Mienen ernst.

»Ich bin dagegen, Patriarch!«, wandte der Heilige ein.

Doch der warf ihm nur einen vernichtenden Blick zu, der zu besagen schien: Zu spät, Dummkopf!

»Ich habe mich gefragt ...«, war Mercurio indessen an Benedetta gewandt fortgefahren, »ob Ihr, gutes Mädchen, noch wisst, dass gemeinsam mit Euch ein kleiner Gauner namens ... namens, ach ja, namens Zolfo reiste? Genau, Zolfo! Und ob es stimmt, dass dieser Zolfo versucht hat, die hier angeklagte Giuditta di Negroponte zu erstechen und ...«

»Nein!«, rief Benedetta aus. »Sie lügt!«

»Und worin lügt sie denn nun genau?«, fragte Mercurio und ging hinüber zu Hauptmann Lanzafame. »Wir haben ja hier den Hauptmann selbst, den Helden der Schlacht von Marignano, der uns bestätigen könnte, ob ...«

»Sie lügt, wenn sie sagt ...« Benedetta brach stammelnd ab, als sie merkte, dass sie nun mit dem Rücken zur Wand stand.

»Wenn sie was sagt ...?«, drängte Mercurio sie fortzufahren.

»Dass ... Zolfo ist doch nur ein Kind ... kein Verbrecher«, erklärte Benedetta.

»Aber er hat versucht, sie zu erstechen«, sagte Mercurio mit Nachdruck.

»Vielleicht ... Ich erinnere mich nicht genau ...«, erwiderte Benedetta.

Mercurio hinkte auf die murrende Menge zu, denn er spürte, dass sich gerade etwas entscheidend zu Giudittas Gunsten wendete in diesem Prozess, der bislang auf ein nur allzu absehbares Ende hinauszulaufen schien. »Ihr erinnert Euch also nicht genau, ob ein Freund von Euch ein Mädchen erstechen wollte, ein Mädchen, das jetzt hier in diesem Käfig sitzt und angeklagt ist, eine Hexe zu sein ...«

»Sie ist eine Hexe!«, schrie Benedetta und deutete, den Blick auf die Zuschauer gerichtet, anklagend auf Giuditta. »Sie ist eine Hexe!«, wiederholte sie aufgebracht.

Doch diesmal erregte die Menge sich nicht, die meisten drehten sich nicht einmal zu Giuditta um. Ihre Augen blieben starr auf Benedetta gerichtet.

»Was wollt Ihr uns damit beweisen, Pater Venceslao?«, fragte der Heilige.

»Das wüsste ich selbst gern, Bruder Amadeo«, erwiderte Mercurio und kratzte sich vermeintlich unsicher mit dem Finger an der Stirn. »Zum Beispiel ... Also, das muss ich Euch fragen. Ich brauche Euren Rat.« Er tat, als suchte er nach den richtigen Worten. »Verzeiht mir, Inquisitor«, fuhr er fort, »aber dieser Junge, der versucht hat, die Angeklagte zu erstechen, der Junge, der mit Eurer Zeugin gereist ist ... die sich nicht so genau erinnert ... Er heißt Zolfo ...« Er ging einen Schritt auf den Heiligen zu, wobei er jedoch immer das Publikum im Blick behielt.

»Also, was ich sagen wollte, ist ... kann es sein, dass dieser Zolfo derselbe ist, der bei Euch lebt und Euch bei Euren Predigten begleitet?«

»Was tut das zur Sache?«, tat der Heilige schulterzuckend die Frage ab.

»Um Gottes willen, gar nichts«, erwiderte Mercurio sogleich. »Ich versuche nur zu begreifen, welche unglaublichen Zufälle es in dieser Sache gibt ...«

Die Menge wurde wieder unruhig.

»Seid Ihr sicher, dass Pater Venceslao wirklich ein Trottel ist?«, fragte der Patriarch Giustiniani leise.

Der blieb ihm die Antwort schuldig und verfolgte stattdessen bewundernd, wie Mercurio seine Intrige vorantrieb.

»Sie ist doch nur eine Hure!«, schrie Benedetta unvermittelt auf. »Nur eine Hure, eine Hexe! Hexe!«

Doch diesmal stimmte die Menge nicht mit ein.

Mercurio wartete, bis wieder Ruhe eingekehrt war. Eine angespannte Stille. Dann hinkte er mit unsicheren Schritten zur Kanzel zurück, wo Benedetta saß, und stieg die erste Stufe hinauf. »Aus welchem Grund genau soll sie eine Hure sein?«, fragte er.

Benedetta schüttelte stumm den Kopf und sah hilfesuchend zu dem Heiligen hinüber.

»Weil ihr das Herz eines Mannes gehört, den Ihr begehrt?«, bohrte Mercurio nach.

Die Leute im Saal raunten überrascht.

»Hat sie dir das erzählt, Mönch?«, erwiderte Benedetta und funkelte ihn zornig an. »Das ist Unsinn. Sie will doch nur ihren Arsch retten und ...«

»Mäßige deine Worte, Mädchen!«, fuhr der Patriarch dazwischen.

Benedetta war hochrot im Gesicht und stand kurz davor, vollständig die Beherrschung zu verlieren.

Mercurio wandte sich Giuditta zu und gab ihr heimlich ein Zeichen.

»Mercurio hat mir alles erzählt«, sagte Giuditta daraufhin Benedetta ins Gesicht. »Er hat mir gesagt, wie lächerlich du dich aufgeführt hast, als du dich in dem Zimmer im Gasthaus zur Roten Laterne für ihn ausgezogen hast …«

»Du weißt ja nicht, was du sagst, Hure …«

»Ruhe!«, rief der Gerichtsschreiber und läutete sein Glöckchen.

»Er hat mir auch erzählt, vor einigen Tagen hättest du ihn besucht und ihm zärtlich über die Haare gestreichelt und geglaubt, er würde weinen. Doch stattdessen hat er nur über dich gelacht«, fuhr Giuditta fort. »Er erzählt mir alles. Auch dass er es abstoßend findet, wie du dich mit den paar Brosamen begnügst, die er fallen lässt …«

»Dreckige Hure!«

»Bringt die beiden Frauen zum Schweigen!«, schrie der Patriarch.

»Er hat mir gesagt, er braucht nur mit dem Finger zu schnippen, und schon wirfst du dich ihm vor die Füße …«

»Ich will dich tot sehen!«

»Ruhe!«

»Und er hat mir gesagt, dass du nichts als Lügen erzählst! Du behauptest, du bist die Geliebte eines mächtigen Mannes, dabei bist du doch nur eine seiner vielen Mägde!« Giuditta lachte verächtlich.

»Hure, du kleine jüdische Hure!« Benedetta wollte offensichtlich ihren Platz verlassen, um auf den Käfig zuzustürmen, wurde jedoch von Mercurio und dem Heiligen daran gehindert. Sie war so außer sich vor Wut, dass ihr die Adern am Hals hervortraten, als sie schrie: »Ich bin die Geliebte des Fürsten Contarini, und der wird dir im Kerker die Kehle durchschneiden lassen, wenn er erfährt, wie du mich beleidigt hast, du Hure!«

Der Heilige schlug sie auf den Mund. »Schweig, schändliches Weib!«, brüllte er sie an, packte sie bei den Schultern und schüttelte sie.

Benedetta sah ihn an, unfähig zu erfassen, was sie gerade getan hatte.

Mercurio wich einen Schritt zurück, wandte sich wieder Giuditta zu und nickte kaum merklich.

Isacco starrte mit aufgerissenem Mund zu Lanzafame hinüber.

Die Menge war verstummt.

»Hoffentlich habe ich da kein Unglück angerichtet ...«, sagte Mercurio in seiner Rolle als erschrockener Pater Venceslao zu dem Patriarchen und breitete hilflos die Arme aus. »Ich ... ich ...«

»Ihr habt nur Eure Pflicht getan, Pater Venceslao«, erwiderte der Patriarch und unterdrückte den Zorn, der in ihm auflodern wollte. Dann richtete er mit einem wütenden Funkeln in den Augen den Blick auf Benedetta. »Diese Frau ist es, die einen schweren Fehler begangen hat ...«

In der Menge brodelte es.

Der Patriarch richtete drohend seinen zitternden Zeigefinger auf sie. »Sie hat meinen Neffen Rinaldo und damit den guten Namen meiner gesamten Familie beschmutzt. Daher wird sie bald schon hier in diesem Saal von meinem Neffen, dem Fürsten Rinaldo Contarini, der Lüge überführt werden.«

»Das habe ich nicht genau verstanden, Patriarch«, sagte da der unbeholfene Pater Venceslao ganz unschuldig und riss die Augen vor Erstaunen weit auf. »Wollt Ihr etwa sagen ... dass diese Frau lügt?«

Benedetta spürte, wie ihr der Boden unter den Füßen wegbrach.

»Der Prozess ist für heute beendet«, verkündete der Patriarch. »Das Gericht zieht sich zurück und kommt in zwei Tagen wieder zusammen.« Er stand auf, versuchte, das wütende Zittern in seinen Beinen zu unterdrücken, und verließ dann würdevoll hinter den Geistlichen den Kapitelsaal des Klosters, während die Messknaben seine purpurrote Schleppe trugen.

Doch die Menge hatte nur Augen für Pater Venceslao.

Unter all den Leuten, die den Dominikanermönch mit den weißlich getrübten Augen anstarrten, der den Verlauf des Prozesses vollkommen auf den Kopf gestellt hatte, sah ihn ein Mann mit größter Bewunderung an. Er stand ein wenig abseits, weil er nicht auffallen wollte, und hatte trotz der großen Hitze eine Kapuze über den Kopf gezogen. Er starrte Pater Venceslao mit brennenden Augen an, während seine Finger an einer seltsamen, wie eine Münze geformten Narbe mitten auf seiner Kehle zupften.

88

Zwei Tage später drängte noch mehr Volk in den Kapitelsaal des Klosters der Heiligen Kosmas und Damian. Die Nachricht von der spektakulären Wende hatte ein Vielfaches an Menschen angezogen, alle bebten vor Neugier auf diesen Prozess im Prozess, der sich vor zwei Tagen angekündigt hatte.

Auch Shimon war in der Menge, um die Verhandlung zu verfolgen. Doch sein Interesse war anders geartet als das der übrigen Zuschauer.

Das erste Mal, als er in die armselige Hütte des alten Seemanns gespäht hatte, war Shimon überzeugt gewesen, dass da in dem Topf auf dem Ofen ein warmes Essen vor sich hin köchelte. Erst als er im Morgengrauen des folgenden Tages noch einmal nach Mercurio sah, hatte er bemerkt, dass dieser eine klebrige Masse aus dem Topf holte und damit sein ganzes Gesicht und den Hals bestrich. Verblüfft hatte er dann dessen Verwandlung verfolgt. Er hatte beobachtet, wie Mercurio die Perücke mit der falschen Tonsur aufsetzte, sich ausstopfte, um dicker zu wirken, und sich einen Stock ans Knie band, um so einen steifen, hinkenden Gang vorzutäuschen. Dann hatte er gesehen, wie der Junge mit roter Farbe die Pusteln auf seinem Kopf anmalte, sich eine feine Schicht Pech auf die Zähne auftrug, damit diese alt und löchrig aussahen, und schließlich war er Zeuge des Tricks mit dem Fischdarm geworden

Shimon war überrascht und fasziniert gewesen. Und er hatte bemerkt, dass es dem alten Mann genauso erging, wenngleich Mercurio ihn vorher in seinen Plan eingeweiht haben musste.

Auch an diesem Morgen war Shimon Pater Venceslao von Zuan dell'Olmos Hütte bis in den Kapitelsaal gefolgt. Seit Tagen schon kostete er in Gedanken den Augenblick seines Todes aus, den er jedoch noch hinauszögerte. Er empfand eine gewisse Hochachtung für Mercurio. Obwohl er schließlich nur ein Junge war, gelang es ihm, ein ganzes Inquisitionsgericht nach seinem Belieben zu lenken.

Shimon hatte sich einen Platz an der Wand nahe einer Säule gesucht, hinter der er sich gut verbergen konnte. Er sah auf die schmale Tür, aus der die Hauptpersonen dieser Posse kommen mussten, angefangen beim Patriarchen von Venedig. Doch als er hinter sich einige Aufregung vernahm, wandte auch er sich in diese Richtung.

Und er sah, wie sich ein kleiner Trupp Wachen des Dogen sich seinen Weg durch die Menge bahnte, um einige vornehme Damen in den Saal zu geleiten, allen voran eine verhärmte ältere Adlige, die stolz und unnahbar wirkte. Dahinter folgten andere, jüngere Edeldamen, die hochmütig geradeaus starrten und so ihren Unmut verbargen, sich gleichsam unter das Volk mischen zu müssen.

Unter dem Murren der Leute, die weichen mussten, räumten die Wachen ohne viel Federlesen die ersten beiden Bankreihen frei. Dann ließ man die Damen in der ersten Reihe Platz nehmen, und die Wachen setzten sich zu ihrem Schutz in die Reihe dahinter.

Der Gerichtsschreiber ließ sein kleines Glöckchen erklingen, um für Ruhe zu sorgen. Die Menge verstummte. Shimon wandte sich wieder der Seitentür zu, die nun der Patriarch durchschritt. Dann folgten der venezianische Adlige, der immer an seiner Seite saß, die gewohnte Schar von Geistlichen und Messknaben, der Ankläger und schließlich Mercurio als Pater Venceslao verkleidet.

Giuditta hatte man bereits in ihren Käfig eingeschlossen. Ohne besonderen Grund allerdings, denn an diesem Prozesstag ging es nicht um sie. Sie wurde nur ausgestellt wie ein fremdartiges Tier.

Kurz darauf sah Shimon, wie zwei Wachen das Mädchen mit den kupferroten Haaren hereinführten, das es ihm so angetan hatte. Sie trug ein armseliges, zerknittertes Kleid mit ausgefranstem Saum und ging mit gesenktem Kopf vorwärts. Die Haare fielen ihr ohne jeden Schmuck auf die Schultern. Als Shimon sie so schwach und niedergedrückt sah, erschien sie ihm noch sinnlicher, und er begehrte sie umso mehr.

Er drehte sich nach Mercurio um, der sie zu dieser Demütigung verurteilt hatte. Die Bande, die ihn in Rom überfallen hatte, hatte sich nicht einfach aufgelöst, sondern war offenbar zutiefst zerstritten. Den Grund hatte diese Jüdin enthüllt, die beschuldigt wurde, eine Hexe zu sein: Benedetta war von Mercurio abgewiesen worden.

Doch keine von beiden würde ihn bekommen, dachte Shimon lächelnd. Mercurio gehörte ihm. Und seine Stunden waren gezählt.

Als der Patriarch seinen Platz erreicht hatte, wandte er sich mit ausgebreiteten Armen der Menge zu und sagte: »Volk von Venedig, heute haben wir die undankbare Aufgabe, einen Betrug aufzudecken, ein falsches Zeugnis, es gilt eine Lüge und Verleumdung zu berichtigen.« Er richtete anklagend seinen beringten Finger auf Benedetta. »Doch ich möchte Euch in Erinnerung rufen, dass neben der einen Zeugin, die hier Lügen gestraft wird, im Laufe dieses Prozesses zehn andere gehört wurden, die absolut glaubwürdig waren.« Er ließ seinen Blick über die Menge schweifen. »Es geht heute also nicht um die Unschuld von Giuditta di Negroponte, sondern einzig um die Schuld von Benedetta Querini.«

Ein Raunen erhob sich.

Mercurio bemerkte beim Blick auf die Zuschauer, dass er den Verlauf des Prozesses offenbar stark beeinflusst hatte. Die Zeugen, auf die der Patriarch anspielte, hatten die Venezianer kaum beeindruckt. Dazu waren ihre Aussagen mit zu vielen unglaubwürdigen Einzelheiten ausgeschmückt oder zu schlecht erzählt worden, und mehr als einmal hatte er als der scheinbar unbeholfene Pater Venceslao sie der Lächerlichkeit preisgegeben. Doch die Absicht des Patriarchen war klar. Er musste den Prozess retten, vor allem aber ging es ihm um den guten Ruf seiner Familie.

Am Tag nach Benedettas Auftreten als Zeugin hatte Mercurio kurz mit Giustiniani sprechen können. Der Adlige hatte ihm gesagt, dass der Patriarch außer sich vor Zorn war und seinen Neffen zwingen würde, Benedettas Aussage zu widersprechen. Und als Mercurio ihn darauf hingewiesen hatte, es wäre doch allgemein bekannt, dass Benedetta die Geliebte von Rinaldo Contarini war, hatte Giustiniani ihm geantwortet: »Die Wahrheit spielt keine Rolle. Es zählt nur, was man behauptet, selbst wenn es den offensichtlichen Tatsachen widerspricht. In Rom werden fünfzehnjährige Sprösslinge edler Familien zu Bischöfen und Kardinälen ernannt, weil sie eines Tages Päpste werden sollen. Fragt man diese Jünglinge nach ihren Liebschaften oder anderen abwegigen Neigungen, streiten sie schlichtweg alles ab, und das gesamte Machtgefüge ist bereit, dies zu bestätigen. Vergiss nicht, in unserer Welt ist Wahrheit das, was die Mächtigen vorschreiben.«

Nun überquerte Mercurio hinkend und unsicher in seiner Rolle als Pater Venceslao die Tribüne und näherte sich Giudittas Käfig. »Zurück, Pater!«, knurrte ihn Lanzafame sofort an.

»Nein«, sagte Giuditta etwas zu schnell. »Er soll ...« Sie unterbrach sich und schüttelte den Kopf. »Er stört mich nicht.«

Lanzafame sah sie überrascht an.

»Man führe den Fürsten Contarini herein!«, befahl der Patriarch.

Alle wandten den Blick zur Seitentür des Saals.

Auch Benedetta hatte sich der Tür rechts von ihr zugewandt.

Dort erschien mit seinem üblichen schwankenden Gang Fürst Contarini. Wie immer war er ganz in strahlendes Weiß gekleidet, allerdings war sein helles Gewand diesmal mit Himmelblau abgesetzt. Zwei Pagen begleiteten ihn.

Die Menge erregte sich leise über seine abstoßende Missbildung.

»Ich werde keine Unruhe im Saal dulden«, donnerte der Patriarch mit harter Stimme.

Und die Leute begriffen sofort, was er meinte, da alle anwesenden Soldaten und Wachen ihre Schwerter zückten.

»Ich werde diese Befragung durchführen«, sagte der Patriarch, »da sich Bruder Amadeo da Cortona ganz auf den Prozess wegen Hexerei konzentrieren muss.« Er wartete ab, bis sein Neffe auf dem eigens für ihn bereitgestellten Sessel Platz genommen hatte.

Der verkrüppelte Fürst starrte hochmütig geradeaus, ohne die Menge zu beachten.

Zum ersten Mal empfand Benedetta so etwas wie Mitgefühl für ihn. Vielleicht, weil sie erstmalig sah und miterlebte, dass ihr Geliebter Furcht empfand. Furcht vor dem Patriarchen.

»Fürst Contarini«, begann der Patriarch, »diese Frau dort, Benedetta Querini, hat hier behauptet, Eure Geliebte zu sein. Entspricht das der Wahrheit?«

Der verkrüppelte Fürst wandte sich kaum merklich zu Benedetta um, dann atmete er tief durch und antwortete mit seiner schrillen Stimme: »Nein, Patriarch.«

»Die Ärmste, jetzt tut sie mir leid«, flüsterte Giuditta.

Mercurio sah sie wie vom Donner gerührt an und entdeckte in ihren Augen nicht die Spur des Hasses, den sie eigentlich hätte empfinden müssen. Dann wandte er sich Benedetta zu und bemerkte zu seinem größten Erstaunen, dass auch er keinen Hass empfand. Jetzt, wo er sie mit hängendem Kopf dasitzen sah, hatte auch er einfach nur Mitleid mit ihr. All das Böse, dass sie sich ausgedacht hatte, wendete sich jetzt gegen sie selbst.

»Und könnt Ihr uns sagen, ob sie in irgendeinem Verhältnis zu Euch steht?«, fuhr der Patriarch fort.

Der Fürst errötete, und seine missgestalteten Züge verzerrten sich noch mehr.

»In unserer Welt ist Wahrheit das, was die Mächtigen vorschreiben«, wiederholte Mercurio leise einen Satz Giustinianis.

»Was sagst du?«, fragte Giuditta.

»Schau sie dir doch an, wie einträchtig sie hier erschienen sind, um ihre Klasse zu verteidigen«, sagte Mercurio halblaut, während er auf die in der ersten Reihe sitzenden adligen Damen starrte. »Wir aus dem Pöbel beschmutzen sie wie Schlamm oder Kot.«

»Nun weißt du, wie wir Juden uns jeden Tag fühlen«, flüsterte Giuditta ihm zu.

»Nun? Wir warten, Fürst«, sagte der Patriarch, und in seiner Stimme lag eine Härte, die keinen Raum für Ausflüchte ließ.

Contarini wandte sich plötzlich Benedetta zu und hielt einen Moment ihrem Blick stand.

Benedetta sah die Angst in seinen Augen und lächelte ihn an, in der Hoffnung, ihn so auf ihre Seite zu ziehen. Und dieses Lächeln wurde ihr zum Verhängnis.

Der Fürst fühlte sich dadurch noch tiefer gedemütigt, und die Wut, die in ihm aufstieg, presste ihm die Kehle zu. »Ich würde mich kaum an sie erinnern, wenn sie nicht für dieses schändliche Ärgernis gesorgt hätte«, rief er erregt aus. »Sie ist eine Magd in meinem Palazzo. Eine von vielen.« Er wandte sich wieder Benedetta zu und sah, dass das Lächeln aus ihrem Gesicht gewichen war. Sie war wirklich schön, und sie hatte die Rolle seiner toten Schwester am besten von allen verkörpert. Keines der jungen Mädchen vor ihr hatte sich so sinnlich auf der Schaukel gewiegt. Es würde nicht leicht sein, noch mal eine wie sie zu finden. »Sie bedeutet mir überhaupt nichts«, behauptete er.

»Und wie war es möglich, dass sie sich zu der Aussage verstieg, Ihr ...«, begann der Patriarch.

»Das weiß ich nicht!«, winselte der Fürst.

Der Patriarch warf ihm einen verärgerten Blick zu.

»Die Frau ist verrückt ... Sie hat mit ihren Fantastereien all meine Bekannten belästigt. Sie sind gekommen, um meine Worte zu bestätigen, falls es nötig sein sollte.« Der Fürst deutete auf die adligen Damen in der ersten Reihe.

Benedetta erkannte die ältliche Aristokratin wieder, die sie gebeten hatte, Giudittas Kleider für sie zu besorgen. Die Frau erwiderte ihren Blick feindselig und abweisend.

Sie ließen sie fallen. Alle wie sie da waren.

Im gleichen Augenblick führte man die Magierin Reina herein und hieß sie, auf der Bank Platz zu nehmen. Benedetta sah, dass ihre Hände gefesselt waren und dass ihr die Haare wirr in das schmerzlich verzogene Gesicht hingen. Ganz bestimmt hatte man sie gefoltert oder zumindest geschlagen.

Mercurio sah zu Benedetta hinüber. Als die Frau den Saal betreten hatte, war sie erstarrt. »Wer ist das?«, fragte er flüsternd Giuditta.

»Ich weiß es nicht.«

Benedetta konnte sich vorstellen, was die Magierin Reina jetzt aussagen sollte, und suchte ihren Blick. »Alles Böse, was man jemandem wünscht, fällt früher oder später auf einen selbst zurück«, hatte die Magierin sie bei ihrer ersten Begegnung gewarnt. Doch Benedetta hatte ihr nicht geglaubt. »Was ich tue, geschieht durch Euren Willen, und die Folgen werden nicht auf mich zurückfallen«, hatte Reina hinzugefügt. Benedetta lächelte traurig. Das Böse war nun auf sie beide zurückgefallen. Mehr einer instinktiven Eingebung folgend als einer vernünftigen Überlegung sprang sie von ihrem Platz auf, rannte zu dem Fürsten und warf sich ihm zu Füßen.

»Verzeiht mir, Fürst!«, jammerte sie schluchzend. »Ich erbitte Eure Verzeihung, ich wollte doch nichts Schlechtes tun ... Ich habe nur davon geträumt, an Eurer Seite zu sein ... Fürst, ich bitte Euch, ich will nichts anderes, als dass Ihr mir vergebt.« Sie sah ihn an und setzte alles auf eine Karte. »Die anderen hier sind mir gleich, Fürst.« Sie sah rasch zum Patriarchen hinüber, damit der Fürst wusste, wen sie meinte. »Für mich zählt nur, dass Ihr mir vergebt.«

Gute Taktik!, dachte Mercurio anerkennend.

»Wachen!«, rief der Patriarch.

Während zwei Wachen Benedetta ergriffen und gewaltsam wegschleppten, begegneten ihre Augen denen Contarinis, und sie wusste, dass sie das Richtige getan hatte.

»Patriarch«, sagte der Fürst daraufhin, »wie Ihr seht, ist diese Frau in mich vernarrt. Sie hat gelogen, das ist wahr. Sie hat behauptet, etwas zu sein, was sie nicht ist. Auch das ist wahr. Sie hat riskiert, meinen Ruf und den meiner vornehmen Familie in den Schmutz zu ziehen ...« An dieser Stelle stand er schwankend auf und streckte seinen verkrüppelten Arm aus. »Aber ich bitte euch, zeigt Euch nachsichtig mit ihr. Ich für meinen Teil werde sie nicht anzeigen, und ich hoffe, Ihr werdet Euch genauso großmütig erweisen wie ich. Es genügt, dass ich sie entlasse und sie aus meinem Haus verschwindet.«

Der Patriarch ballte wütend die Hände zu Fäusten. Sein Neffe versuchte, ihm etwas aufzuzwingen, und er hatte nicht vor, dem nachzugeben.

»Das wird er niemals tun ...«, flüsterte Giuditta.

Mercurio entdeckte echtes Mitleid in ihren Augen und begriff, dass sie Benedetta trotz allem nichts Böses wünschte. In dem Moment beschloss er, zumindest zu versuchen, Benedettas Haut zu retten. »Welch edelmütige Geste«, sagte er laut und trat in die Mitte des Gerichtssaals. »Ja, was für eine edelmütige Geste!«, wiederholte er und fuchtelte seiner Rolle gemäß unbeholfen mit den Händen herum. »Deshalb heißt ein Edelmann ... eben Edelmann, das begreife ich jetzt.«

Verwundert drehten sich alle zu ihm um.

Giuditta sah ihn ebenfalls an. Sie wirkte ernst und stolz.

Dann richteten sich alle Augen wieder auf den Patriarchen.

»Sicher«, brachte das Oberhaupt der venezianischen Kirche mühsam heraus, »die Kirche und Venedig können sich gnädig zeigen.« Sein Blick wanderte von seinem Neffen über Pater Venceslao zu Benedetta hinüber. Sicher …«, wiederholte er mit vor Wut gepresster Stimme. Er sah auf die vornehmen Damen, die erschienen waren, um sich allein zum Schutz ihrer Klasse auf seine Seite zu stellen, und auf die Magierin Reina, die ihn unterstützt hätte, weil Macht und Gewalt sie gebrochen hatten. Kopfschüttelnd versuchte er seinen Ärger zu verbergen. Alles, was er so genau geplant und vorbereitet hatte, war jetzt sinnlos geworden.

Giustiniani hingegen hatte nur Augen für Mercurio. Der Junge war immer für eine Überraschung gut. Er hätte sich rächen und Benedetta wie eine Kakerlake zerquetschen können, und doch hatte er sich auf ihre Seite gestellt. Ja, er hatte ihn wirklich überrascht, und es lohnte die Mühe, ihn zu unterstützen. Er beugte sich zu dem Patriarchen hinüber und flüsterte ihm ins Ohr: »Ihr seid ein Teufelskerl. Die Kirche geht erhobenen Hauptes aus der Angelegenheit hervor, und Eure Familie erntet noch den Ruhm, großzügig und barmherzig zu sein. Meinen Glückwunsch an Euch und Euren Neffen. Welch hübsche Komödie, Ihr habt ihn weiß Gott gut instruiert.«

Der Patriarch fuhr überrascht herum. Giustiniani dachte also, dies sei alles Teil seines Plans? Auf einmal sah auch er die Situation in einem ganz anderen Licht. Und sie erschien ihm geradezu vorteilhaft. Er erhob sich. »So sei es denn. Möge die Barmherzigkeit triumphieren«, verkündete er feierlich. »Ihr seid frei, Mädchen.« Er ließ seinen Blick über die Menge schweifen, während er sich darauf vorbereitete, etwas zu sagen, das wie ein Befehl klang. »Ich weiß zwar nicht, wer Euch nach dem heutigen Tag noch Arbeit geben wird …«, er hielt einen Moment inne, damit alle den genauen Sinn seiner Worte erfassten, »aber

Ihr seid frei. Das verdankt Ihr der Großmut des Fürsten ... die zugleich für die Großmut der gesamten Familie Contarini steht.«

Benedetta spürte, wie das Leben in sie zurückkehrte. Sie verneigte sich demütig, und als sie, während man sie aus dem Saal führte, an Pater Venceslao vorbeikam, fragte sie ihn leise: »Warum habt Ihr das getan?« Sie konnte nicht glauben, dass derselbe Mann, der sie in den Dreck gestoßen hatte, sie auch wieder herausgezogen hatte.

Doch der Dominikaner sah sie nur unschlüssig mit seinen weißlich trüben Augen an und schwieg. Nachdem Benedetta weitergegangen war, wandte er sich Giuditta zu und tauschte einen verstohlenen Blick mit ihr.

Nun erklang wieder das Glöckchen des Gerichtsschreibers.

»Morgen haben der Ankläger und der Verteidiger abschließend das Wort!«, verkündete er.

»Morgen wird das Urteil gesprochen und Gerechtigkeit in Venedig walten«, sagte der Patriarch. Er streckte die Arme aus und erteilte der Menge seinen bischöflichen Segen.

Die Leute wussten nicht recht, ob sie zufrieden oder enttäuscht sein sollten. Es kam ihnen vor, als wäre das Schauspiel, denn als solches hatten sie diesen Tag empfunden, nach der Hälfte plötzlich abgebrochen worden.

»Patriarch, gewährt nur noch, dass diese Frau ihre Aussage macht, wegen der sie gekommen ist«, rief daraufhin der Heilige, als hätte er gespürt, dass er die Atmosphäre wieder anheizen musste. Mit zusammengezogenen Augenbrauen eilte er auf die Magierin Reina zu und richtete gebieterisch einen Finger auf sie. Dann wandte er sich wieder an den Patriarchen, der nach kurzem Zögern nickte. Der Heilige packte die Magierin am Arm und zwang sie, sich zu erheben. Er schleppte sie auf die Mitte der Tribüne und drehte sie mit dem Gesicht zur Menge, um ihnen ihre hohlen Wangen, ihre wirren Haare und die gefesselten Hände zu präsentieren. »Los, rede!«

Die Magierin Reina öffnete gehorsam den Mund. Glühende Eisen hatten sie vergangene Nacht gelehrt, was sie sagen sollte. »Benedetta Querini kam zu mir und fragte nach ... einem Gift für Giuditta di Negroponte«, sagte sie.

Die Menge verstummte. Einige alte Frauen bekreuzigten sich hastig.

»Ich habe ihr gesagt ... dass ich so etwas nicht tue ... Aber sie war wie besessen. Sie kam immer wieder ... schien verrückt geworden zu sein ...«

»Und was hast du da gedacht?«, fragte der Heilige sie.

»Ich war mir sicher, dass jemand sie ... verhext hatte.«

»Verhext? Wie das?«, fragte der Heilige und gab sich erstaunt.

»Weil sich diese Besessenheit nur zeigte, wenn sie die Kleider dieser Jüdin trug«, sagte die Magierin Reina und zeigte auf Giuditta.

Durch die Menge ging ein überraschtes Raunen.

Mercurios Blick fiel besorgt auf Giuditta.

»Morgen wird die Entscheidung fallen, dass das Fleisch dieser Hexe auf dem Scheiterhaufen brennen wird!«, schrie der Heilige triumphierend.

Daraufhin kam wieder Leben in die Menge. Das Spektakel würde von Neuem beginnen, und die Zuschauer im großen Kapitelsaal erschauerten wohlig im Angesicht des bevorstehenden Todes der Angeklagten. Sie fühlen sich dadurch nur umso lebendiger.

Wieder ließ der Gerichtsschreiber das Glöckchen ertönen, um anzuzeigen, dass die Verhandlung für diesen Tag endgültig geschlossen war. Aufgeregt murmelnd verließ die Menge den Saal.

Shimon, dessen Blick dem davonhinkenden Mercurio folgte, verzog seine Lippen zu einem boshaften Lächeln. Vielleicht würde die Menge morgen noch eine Überraschung erleben. Vielleicht würde es ja nur eine Schlussrede geben, die des Anklägers.

Und einen Toten mehr.

89

Die Stimmung im Hospital schwankte an diesem Abend zwischen Aufregung und Besorgnis.

»Morgen«, sagte Isacco noch einmal und verstummte. Doch seine Augen funkelten hoffnungsvoll.

»Wie geht es Giuditta?«, fragte Mercurio Lanzafame. »Wie hat sie aufgenommen, was heute passiert ist?«

»Gut«, antwortete der Hauptmann. »Und sie lässt dich grüßen. Sie hat plötzlich Hoffnung. Seit dem Tag, als dieser Dummkopf von einem Verteidiger sie aufgesucht hat, wirkt sie verändert ... Dabei hat der Kerl versucht, sie zu bekehren, das habe ich mit meinen eigenen Ohren gehört. Und dann hat er sie noch so heftig geschlagen, dass ihre Lippe geblutet hat ...«

»Allerdings hat er dann auch, aber wohl eher aus Versehen, diese Schlampe in Misskredit gebracht, diese verfluchte Hure ...« Erschrocken legte sich Isacco eine Hand vor den Mund und sah die um ihn versammelten Prostituierten an. »Verzeiht«, sagte er zerknirscht.

Repubblica lachte belustigt mit ihrer sinnlichen Stimme.

»Das sind die wahren Huren«, erklärte der Kardinal ernst, und alle Prostituierten nickten dazu.

»Aber dann hat er die Frau gerettet«, sagte Lanzafame. »Und hat zugelassen, dass dieser verfluchte Heilige seinen letzten Trumpf ausspielen konnte. Also, ich traue ihm nicht.«

»Man wird aus ihm nicht schlau. Ich weiß nicht, ob er nun wirklich gerissen ist oder einfach nur ein Riesendummkopf«, sagte Isacco.

»Mit diesem letzten Schachzug von Fra' Amadeo hat er

jedenfalls nicht gerechnet«, erklärte Mercurio düster. »Das hat man genau gemerkt. Er wusste nicht, wer diese Zeugin war ...«

»Im Grunde ist das auch völlig gleich. Aber hast du gesehen, wie sie zugerichtet war?«, fragte Lanzafame und ballte eine Faust in der Luft. »Man hat sie gefoltert. Die hätte auch gesagt, dass der Fürst ein Adonis ist, wenn man es ihr befohlen hätte.«

»Die anderen Zeugen sind eher unwichtig, so viel steht für mich fest«, sagte Isacco entschieden. »Vorher hätte ich ja keinen Marchetto gewettet, aber jetzt ... Das Volk fängt an, den eigenen Verstand zu benutzen.«

»Dann muss man sich wirklich Sorgen machen«, sagte Mercurio.

Anna lachte. »Und nun? Musst du weg?«, fragte sie ihn dann.

»Ja ...«

»Wie gehen die Arbeiten am Schiff voran?«

Mercurio wandte sich Isacco zu und deutete auf ihn. »Dank des griechischen Reeders Karisteas sind sie beinahe fertig«, sagte er. »Morgen werden die Segel angebracht, und dann ist das Schiff bereit, in See zu stechen.«

Anna blickte auf Isacco. »Ihr seht wirklich komisch aus ohne Euren Bart.«

Isacco lächelte. »Diese Männer ... die Arbeiter aus dem Arsenal, also ... Sie sind erstaunlich.« Er wandte sich an Lanzafame: »Wisst Ihr eigentlich, wer die Klafaterer sind, Hauptmann?«

»Kalfaterer«, berichtigte Mercurio.

Lanzafame lachte.

»Das ist doch gleich, wag es ja nicht, mich zu belehren, Junge«, brummte Isacco und wandte sich dann wieder an Lanzafame: »Also, wisst Ihr, was die tun?«

»Du erweckst den armen Mann zu neuem Leben«, flüsterte Anna Mercurio ins Ohr. »Ich habe schon geglaubt, er wird mir krank ... Aber diese Sache mit dem Schiff hat ihn vollkommen in Beschlag genommen. Tonio und Berto haben mir erzählt, dass er sogar Proto Tagliafico herumkommandiert. Sie sagen, er wirkt wie ein echter Reeder.«

Mercurio lachte: »Ja, für einen Doktor kann er sich gut verstellen.«

Anna hakte sich bei ihm unter, und die beiden verließen Arm in Arm das Hospital. Kaum waren sie draußen, blieb Anna stehen. »Hältst du mich wirklich für so dumm?«, fragte sie Mercurio.

»Was meinst du?«

Anna sah verstohlen zum Hospital, wo Isacco Lanzafame immer noch von dem Schiff erzählte. »Kein Arzt der Welt hat so lebhafte Augen«, sagte sie. »Und ihr beide versteht euch zu gut. Ich glaube, ihr seid vom gleichen Schlag ...«

»Glaubst du wirklich?«, fragte Mercurio und gab sich überrascht.

Anna sah ihn an und lächelte. Dann zerzauste sie ihm liebevoll die Haare. »Du bist ein guter Lügner ...«

Mercurio lachte.

Anna sah hinauf zum Sternenhimmel. Eine Weile war nichts als das eintönige Zirpen der Zikaden zu hören. Plötzlich wurde sie ernst. »Es wird alles gut gehen«, sagte sie.

Mercurio erwiderte nichts.

»Hast du Angst?«, fragte Anna.

»Ja. Um Giuditta.«

Anna sah ihn an. »Es ist doch nichts dabei, Angst zu haben«, sagte sie. »Ich an deiner Stelle ... würde mir vor Angst in die Hosen machen.«

Mercurio nickte. »Genau das tue ich.«

Anna nahm seine Hand. »Vergiss nie, du bist etwas ganz Besonderes.« Sie strich ihm über die Wange. »Und besondere Menschen erleben immer besondere Dinge. Du wirst schon sehen, es geht alles gut aus.«

»Sagst du das, weil du es denkst oder weil du es hoffst?«

Annas gütige Augen sahen ihn eindringlich an. »Alles wird gut ausgehen«, wiederholte sie.

»Wenn uns die Flucht gelingt ... kommst du dann mit uns?«, fragte Mercurio sie.

»Kein ›wenn‹«, mahnte Anna. »Sie wird euch gelingen.«

»Du hast meine Frage nicht beantwortet.«

Anna senkte den Kopf, bevor sie wieder zu Mercurio aufschaute und langsam den Kopf schüttelte. »Nein ...«

»Aber du bist ... du bist doch meine ...«, stammelte Mercurio.

Gerührt strich ihm Anna über das Gesicht. »Ja, ich bin deine Mutter«, sagte sie bewegt. »Und ich werde dich auf ewig segnen für die Freude, die du mir geschenkt hast.«

»Und ...«

»Und ich werde immer deine Mutter bleiben. Immer.«

»Aber ...«

Anna legte ihm eine Hand auf den Mund. »Schscht, ich werde immer deine Mutter sein und für dich da sein, was auch geschehen mag.« Sie blickte ihn durchdringend an. »Selbst wenn ich sterbe, werde ich noch deine Mutter sein.« Sie berührte seine Brust auf der Höhe des Herzens. »Und ich werde immer hier drin sein.«

Mercurio wandte den Kopf ab.

Doch Anna nahm sein Gesicht in beide Hände und drehte es zu sich herum. »Hör mir zu. Dies hier ist meine Welt. Ich kann mir nicht vorstellen, an einem anderen Ort zu leben ...«

Wieder wollte Mercurio den Kopf wegdrehen.

Anna hielt ihn auf. »Sieh mich an.«

Und Mercurio gehorchte. Seine Augen waren tränenfeucht.

»Wenn ein Vogeljunges flügge wird, verlässt es sein Nest«, sagte Anna mit ihrer warmen Stimme, die Mercurio nun im Innersten berührte. »So muss es sein. Du konntest zwar schon fliegen, als du zu mir kamst ... aber du hast nie ein Nest gehabt.«

Mercurio merkte, wie ihm die Tränen in die Augen stiegen, und wollte sich umdrehen.

Doch Anna hielt ihn zurück. »Komm schon, sieh mich an. Und wenn du weinen musst, dann wein doch, verdammt noch mal!«, rief sie. »Und finde dich endlich damit ab, dass deine Mutter keine vornehme Dame ist.«

Jetzt musste Mercurio lachen. Und während er lachte, füllten sich seine Augen noch mehr mit Tränen.

»Du und Giuditta, ihr habt euer ganzes Leben noch vor euch. Nehmt es euch. Ohne zu zögern. Es gehört euch.« Anna packte Mercurio an den Schultern. »Du verdienst es, Junge, verstehst du?«

Mercurio nickte langsam.

»Ich will, dass du es selbst sagst«, befahl Anna.

»Was?«

»Jetzt stell dich nicht so dumm. Ich will, dass du sagst, dass du es verdienst.«

»Ich ... verdiene es ...«

»Das klingt wie eine Frage. Als würdest du jemanden um Erlaubnis bitten. Muss ich denn erst wieder fluchen?«

Mercurios Wangen waren tränenüberströmt.

»Sag es!«

»Ich verdiene es, verdammt noch mal!«, sagte Mercurio.

Anna lachte auf und umarmte ihn. »Genau so, mein Junge, genau so.« Sie strich ihm über die Haare. Dann wischte sie ihm die Tränen ab. »Ich werde immer für dich da sein. Immer.«

»Immer«, flüsterte Mercurio.

»Ja, immer.«

Sie blieben eine Weile schweigend stehen.

Dann zog Anna ihn noch einmal fest an sich. »Halt mich fest.«

Mercurio drückte sie an sich. »Ich muss einfach weinen«, schluchzte er.

»Wie gut«, flüsterte Anna. »Wie gut, mein Liebling.« Sie streichelte ihm zärtlich über die Schultern. »Erinnere dich hin und wieder daran, dass du noch ein Junge bist.« Sie schob ihn von sich weg und hob mit dem Finger sein Kinn an, damit er sie ansah. »Versprichst du mir das?«

Mercurio nickte stumm und zog schluchzend die Nase hoch.

Lächelnd putzte ihm Anna mit einem Ärmel ihres Kleides die Nase.

»Bäh, wie widerlich!«, wehrte sich Mercurio.

»Na hör mal, ich bin schließlich deine Mutter«, sagte Anna mit einem schelmischen Grinsen, ehe sie zusammen zu ihrem Haus zurückgingen

Auf der Türschwelle angekommen, rief Anna: »Tonio und Berto, seid ihr fertig mit dem Essen?«

»Ja, sind wir«, erwiderte Tonio mit vollem Mund.

Mercurio wischte sich rasch die restlichen Tränen ab.

Anna warf ihm einen belustigten Blick zu. »Keine Angst, man sieht dir nicht an, dass du geweint hast.«

»Aber nur, weil es dunkel ist«, sagte Mercurio grinsend.

Dann erschienen Tonio und Berto in der Tür.

»Hier sind wir, zu allem bereit.«

»Habt ihr eine gute Mannschaft?«, fragte Anna. »Kann ich mich auf euch verlassen?«

»Wir haben die besten *buonavoglia* angeworben, die es gab, Signora«, erwiderte Tonio. »Diese Karacke wird schnell wie der Blitz dahinsausen.«

»Gut«, sagte Anna. »Und die Seeleute?«

Tonio und Berto zuckten nur mit den Schultern.

»Zuan hat mir gesagt, er hätte all seine alten Seebären zusammengetrommelt«, sagte Mercurio.

»Gut …«, sagte Anna. Ihr fehlten die Worte.

Mercurio sah sie verlegen an. »Ja dann ...«

Tonio und Berto wussten nicht, wohin sie schauen sollten. »Na ja, vielleicht warten wir am besten im Boot auf dich«, sagten sie und liefen in Richtung Kanal.

»Das ist kein Abschied auf immer«, sagte Anna. »Geh. Und vergiss nie, ich werde ...«

»... immer da sein«, beendete Mercurio den Satz.

»Ja, immer.«

Mercurio taumelte davon. Er wusste nicht, ob er sie jemals wiedersehen würde. In seiner Brust spürte er ein schmerzhaftes Stechen. Dann holte er tief Luft. »Wartet auf mich!«, schrie er und lief los, um Tonio und Berto einzuholen, denn jetzt wollte er keinen Moment mehr allein sein.

Die beiden Hünen wandten sich um und warteten auf ihn.

Im gleichen Augenblick lief unbemerkt eine kleine Gestalt ihnen voran zum Boot und versteckte sich dort unter einer Decke vorne im Bug.

Tonio, Berto und Mercurio gingen an Bord, machten die Taue los und ruderten mitten auf den Kanal, ohne zu ahnen, dass sie einen blinden Passagier an Bord hatten. Nach einigen Ruderschlägen begegneten sie einer geschlossenen Gondel. Die beiden Boote streiften einander kurz.

Mercurio betrachtete die Gondel und sah nur eine Hand, die sich am oberen Rand der Tür zum geschlossenen Teil der Gondel festhielt. Im Mondlicht glaubte er an einem der Finger einen Wappenring zu erkennen. Mit einem doppelköpfigen Adler.

»Wer kann das sein?«, fragte Tonio.

Mercurio antwortete nicht. Er sah nur, wie die Gondel das Hospital ansteuerte.

Das Boot legte an, der Gondoliere sprang heraus und vertäute es an einem Pfahl zwischen den Binsen. Dann beugte er sich zur

Tür des überdachten Teils. »Wir sind da, Exzellenz. Wollt Ihr gehen?«, fragte er.

»Noch nicht«, antwortete ihm eine Stimme aus dem Inneren der Gondel.

Der Gondoliere schwieg. Und wartete zwei Stunden, ohne sich von der Stelle zu rühren.

Dann richtete der Mann in der Gondel erneut das Wort an ihn: »Sind die Lichter gelöscht?«

»Ja, Exzellenz.«

»Hilf mir hinaus.«

Der Gondoliere öffnete die Tür und hielt das Boot ruhig. Dann reichte er dem Mann einen Arm.

Der Mann verließ die Gondel, und während der Gondoliere ihm folgte, näherte er sich unsicher dem Hospital. An der Tür blieb er noch einmal zögernd stehen, als wollte er umkehren. Doch dann wandte er sich dem Gondoliere zu und befahl ihm, am Boot auf ihn zu warten.

Vorsichtig betrat der Mann das Hospital. Nur ein paar wenige Kerzen erleuchteten den Raum mit ihrem spärlichen Licht. Alle schliefen, bis auf einen Kranken ganz hinten links, der in einem Buch las. Der Mann näherte sich ihm und blieb dann schweigend vor ihm stehen.

Scarabello blickte von seinem Buch auf. Sein Blick wirkte leer, in Gedanken verloren. Doch er erkannte seinen Besucher sofort. »Jacopo ...«, sagte er leise.

»Ciao, Scarabello«, antwortete Giustiniani.

Scarabello starrte ihn an und legte sich instinktiv eine Hand vor den Mund, um die entstellte Lippe zu verbergen. Doch dann senkte er sie langsam wieder. Sein Blick wurde zynisch und hart. »Bist du gekommen, um mich sterben zu sehen?«

Giustiniani betrachtete ihn im schwachen Schein der Kerzen. »Nein ...«, sagte er dann, »ich bin gekommen, um mich von dir zu verabschieden.«

Scarabellos eisblaue Augen verengten sich zu Schlitzen. Vor Überraschung. Und aus Furcht.

»Darf ich mich setzen?«, fragte Giustiniani.

Scarabello rückte mühevoll ein wenig zur Seite, ohne ein Wort herauszubringen.

Giustiniani setzte sich auf den Rand der Pritsche.

Schweigend betrachteten sie einander.

»Der Junge hat es dir erzählt, nicht wahr?«, fragte Scarabello schließlich.

Giustiniani nickte.

»Das hätte er mir nicht antun dürfen«, sagte Scarabello bitter.

»Ich bin froh, dass er es mir erzählt hat.«

Beide Männer verfielen wieder in Schweigen und sahen einander aufmerksam an.

»Ekelst du dich vor mir?«

»Nein ...«

»Du warst schon immer ein erbärmlicher Lügner.«

Giustiniani schwieg.

»Ich will dein Mitleid nicht«, sagte Scarabello.

Giustiniani starrte ihn weiter durchdringend an. Seine blauen Augen schienen im flackernden Kerzenschein zu funkeln. »Stolz war immer dein schlimmster Fehler«, sagte er. »Ich empfinde kein Mitleid.«

»Was dann?«, fragte Scarabello ein wenig unsicher.

»Schmerz.«

Scarabellos Blick wanderte durch den Raum. »Was hast du dir nur dabei gedacht hierherzukommen?«, brummte er. »Ein Mann in deiner Stellung kann sich doch an einem solchen Ort nicht blicken lassen.«

»Bist du jetzt fertig?«, fragte Giustiniani.

Scarabello seufzte. »Ja ...«

»Gut.«

Wieder senkte sich Schweigen auf sie herab.

»Wirst du dem Jungen auch noch helfen, wenn ich tot bin?«, fragte Scarabello nach einer Weile.

»Warum hängst du so an ihm?«

Scarabello sah Giustiniani an. »Es ist nicht so, wie du denkst.«

»Nein?«

»Nein«, erwiderte Scarabello. Und dann sagte er leise, als müsste er ein furchtbares Verbrechen gestehen: »Niemand hätte je deinen Platz einnehmen können.«

Die Hände der beiden Männer näherten sich einander und berührten sich, aber nur ganz leicht. Schließlich waren sie Männer.

»Und warum dann?«, fragte Giustiniani nach.

»Weil er ein wenig so ist wie wir beide. Er träumt von einer Freiheit, die es nicht gibt ...«

Giustiniani nickte bewegt. »Ich werde ihm helfen, wenn ich die Gelegenheit dazu habe.«

»Du musst tun, was ich sage ... Vergiss nie, dass ich dich an den Eiern habe ...«, sagte Scarabello, dem das Sprechen sichtlich Mühe bereitete.

Giustiniani lächelte. »Angeber.«

Wieder schwiegen sie.

»Hast du große Schmerzen?«, fragte Giustiniani nach einer Weile.

Scarabello zuckte nur die Achseln. »Ich habe immer geglaubt, dass ich durch einen Messerstich in den Rücken sterben werde ...«, sagte er. »Den Schmerz habe ich nie gefürchtet ... aber das ... Das habe ich nicht erwartet ...«

Giustiniani nickte langsam.

»Mein Kopf verabschiedet sich langsam, weißt du, was das bedeutet? Durch diese Krankheit wird man zu einem sabbernden Idioten.« Scarabello atmete schwer und verzog sein Gesicht zu einem höhnischen Grinsen. »Das ist viel schlimmer als die hier ...«, fügte er hinzu und deutete auf die schwärende Wunde auf seiner Lippe.

Giustiniani starrte ihn unverwandt an.

»Nach den Berechnungen des Doktors hier habe ich noch fünf oder sechs Tage zu leben ... Aber so lange möchte ich nicht mehr warten ...« Er sah hinunter auf das Buch und tippte mit dem Finger darauf. »Ich habe versucht zu lesen ... Aber es gelingt mir nicht mehr ... Ich begreife nicht mehr, was da geschrieben steht ...« Er sah Giustiniani eindringlich an. »Und es gibt nur eine Möglichkeit, dass ich früher sterbe«, sagte er erschöpft. »Ich hatte eigentlich den Jungen gebeten, es zu tun ...«

Giustiniani verfolgte angespannt seine Worte.

»... aber lieber wäre es mir, du würdest es tun.«

Giustiniani fühlte, wie sein Herz aussetzte. Er sprang mit einem Satz auf und wandte ihm den Rücken zu. »Nein, das kann ich nicht.«

Scarabello schwieg.

Giustiniani blieb weiter unbeweglich mit dem Rücken zu ihm stehen und starrte auf die Reihen von Pritschen im Halbdunkel des Raumes vor ihm. »Ich bin doch kein Mörder«, sagte er leise.

Als er sich umdrehte, blickten Scarabellos Augen ins Leere. Giustiniani fürchtete schon, die Krankheit hätte ihn mit sich fortgenommen, einfach so, in einem Flügelschlag. Behutsam setzte er sich auf den Rand der Pritsche. »Scarabello ...«, rief er ihn leise.

Scarabello wandte sich ihm zu und starrte ihn an. Er sagte kein Wort.

Doch Giustiniani wusste, dass er noch hier bei ihm war.

Scarabello nickte langsam und ernst.

Daraufhin zog Giustiniani sanft das Kissen unter seinem Kopf hervor.

Scarabello lächelte ihn dankbar an. Er schloss die Augen und wartete.

Mit tränenverschleiertem Blick legte Giustiniani das Kissen auf Scarabellos Gesicht und drückte zu.

Scarabello leistete nicht den geringsten Widerstand. Erst kurz vor seinem Ende streckte er eine Hand aus und fasste Giustiniani am Arm. Doch nicht um sich zu wehren, nicht um ihn aufzuhalten. Er wollte ihn nur spüren. Ein letztes Mal.

Scarabello zuckte noch einmal auf, bevor er reglos liegen blieb.

Giustiniani nahm das Kissen von seinem Gesicht und schob es ihm sanft unter den Kopf. Dann ordnete er die einst so strahlend weißen Haare und blieb in seinen Schmerz versunken neben ihm sitzen. Er hielt Scarabellos Hand in seiner, bis er spürte, dass der Körper des Mannes, den er immer geliebt hatte, langsam auskühlte.

Dann verließ er leise, wie ein Schatten, das Hospital.

90

Tonio und Berto machten das Boot mitten in der Nacht bei Zuan dell'Olmos Werft fest. Mercurio sprang mit einem Satz hinaus und versank sofort mit den Füßen im Uferschlamm. Tonio folgte ihm, während Berto ein Ende des Bootes an einem Pfahl vertäute.

Trotz der späten Stunde war die Werft von vielen Feuern erhellt, und man hörte lautstarke Gesänge.

Als Mercurio, Tonio und Berto sich weit genug vom Boot entfernt hatten, kroch Zolfo unter seiner Decke am Bug des Bootes hervor und sprang an Land. Vorsichtig näherte er sich der Werft, schlich sich von einer erbärmlichen Hütte zur nächsten vorwärts und verbarg sich dabei hinter Bäumen oder den Zäunen der Gärten. Doch diesmal war er nicht der Gejagte, sondern der Jäger. Dabei ging sein Blick nie zur Werft, sondern forschte nach einem Platz, von dem ein anderer sie gut würde beobachten können.

Denn Zolfo war auf der Suche nach dem jüdischen Kaufmann, der Ercole umgebracht hatte.

Erst nach so langer Zeit hatte er endlich begriffen, dass sein Hass nicht etwa den Juden galt, sondern allein diesem Mann. Es hätte nichts geändert, wenn er Muselman oder Christ gewesen wäre. Er hasste den Mann, der Ercole getötet hatte, und dankte dem Himmel und seinem Schicksal, dass der noch am Leben war. Denn nun sah er klar und war mit sich im Reinen. Und er hatte ein Ziel.

Zolfo drückte sich in einen dunklen Winkel und wartete ab.

Weiter hinten an der Rampe der Werft sah er Feuer und viele

Menschen, die tranken und fröhlich feierten. Ihre Blicke waren auf ein großes Schiff gerichtet, das sich dort träge im Wasser wiegte.

»Ihr habt großartige Arbeit geleistet«, sagte Mercurio zu Zuan und bewunderte den glänzenden Kiel des Schiffes, die aufrechten Masten und die auf den Rahen gerafften Segel.

Mosè begrüßte ihn mit freudigem Gebell.

Zuan nahm einen großen Schluck aus einem Weinkrug und hielt ihn dann Mercurio hin.

»Nein danke, ich trinke nicht«, erwiderte der und blickte sich um. Er sah eigentlich nur Männer, die schon ein gewisses Alter erreicht hatten. »Und wo ist deine Mannschaft?«, fragte er Zuan, obwohl er die Antwort zu erahnen glaubte.

Und tatsächlich wies Zuan auf die Männer, die Mercurio gerade so kritisch gemustert hatte.

»Das sieht ja aus, als hätte sich ein ganzes Spital hierher verirrt!«

Doch Zuan war nicht etwa beleidigt, sondern lachte schallend. »Das sind die erfahrensten Seeleute von ganz Venedig«, erwiderte er stolz.

Mercurio betrachtete sie immer noch skeptisch. »Das glaube ich dir, bei all den Jahren, die hier zusammenkommen. Wenn sie da keine Erfahrung gesammelt haben ...«

Zuan lachte wieder und schwenkte seinen Weinkrug den Männern entgegen, die ebenfalls ihre Krüge erhoben. Man merkte ihm an, dass er ein wenig betrunken war. Dann wandte er sich wieder Mercurio zu. »Das sind Seeleute, die die Meere befahren und immer geglaubt haben, dass die Welt dort zu Ende sei ...«, er richtete einen Finger gen Westen, »dort am Horizont des Ozeans ... Und dann stellte sich plötzlich heraus, dass es eine Neue Welt gibt ...«

Er zeigte auf seine Männer. »Sieh sie dir an, die würden sogar dafür bezahlen, nur um sie einmal zu sehen. Wie die kleinen

Kinder freuen sie sich darauf. Glaub mir, trotz aller Beschwerden, die das Alter mit sich bringt, könntest du keine bessere Mannschaft finden. Begeisterung wirkt wie ein kräftiger Rückenwind ...«

»Wer sagt dir denn, dass wir Kurs auf diese Neue Welt nehmen?«

»Junge, du hast zu viel verbrochen, als dass du in der Türkei, in Afrika oder in China unterkriechen könntest«, lachte Zuan. »Das ist einfach zu viel.«

»Wird das Schiff es schaffen?«, fragte Mercurio.

»Shira bringt uns überallhin, wohin wir wollen«, antwortete Zuan stolz.

»Shira?«, fragte Mercurio erstaunt. Er hörte den Namen des Schiffes zum ersten Mal. »Was ist das für ein Name? Was bedeutet er?«

»Das weiß ich nicht«, erklärte Zuan. »Aber denk nicht einmal daran, den Namen zu ändern, das bringt Unglück. Das wäre, als würde man ihr die Seele rauben.«

»Wenn du das sagst ...« Mercurio zuckte mit den Schultern.

Zuan lächelte. »Als wir das Schiff gestern zu Wasser gelassen haben, hat Mosè sein Bein gehoben und dagegen gepisst.« Er beugte sich zu seinem Hund hinunter und tätschelte ihm gutmütig den Kopf. »Das bringt Glück.«

Mosè bellte freudig.

»Blödmann.«

Doch Mosè bellte nur noch lauter.

Zuan und Mercurio lachten belustigt.

»Morgen?«, fragte der alte Seemann dann.

»Ich weiß es nicht, alter Mann. Aber sag deinen Leuten trotzdem, sie sollen sich bereithalten.«

»Das werden sie«, bestätigte Zuan und wandte sich den Seeleuten zu. »He, ihr verdammten Trunkenbolde!«, rief er ihnen mit dröhnender Stimme zu. »Geht nach Hause! Und wenn ihr nicht zu erschöpft seid nach der harten Arbeit, vögelt heute Nacht noch mal tüchtig. Denn ihr werdet lange keine Frauen mehr zu Gesicht bekommen!«

Lautes Gelächter war die Antwort. Dann machten sich die Seeleute auf den Heimweg. Viele von ihnen schwankten bedenklich.

»Ich sage noch einmal, das sieht aus, als hätte ein Spital seine Insassen vor die Tür gesetzt.«

»Einen Seemann beurteilt man danach, was er auf dem Meer leistet, nicht danach, wie er sich an Land verhält«, erklärte Zuan. »Und ich sage noch einmal, du hast keine verdammte Ahnung vom Meer!«

Mercurio lächelte und verständigte sich mit Tonio und Berto per Handzeichen, dass sie wie jeden Tag auch morgen Giuditta und Hauptmann Lanzafame folgen würden. Dann verabschiedeten sie sich voneinander.

Als alle außer ihnen die Werft verlassen hatten, gingen Mercurio und Zuan noch einmal die Rampe hinunter und blieben dort stehen, in den Anblick des Schiffes versunken.

»Sie ist schön, nicht wahr?«, sagte Zuan stolz.

Mercurio nickte ganz ernst. »Ja«, sagte er dann. »Sie ist wunderschön.«

»Die Leute erzählen, dass diese Jüdin es doch schaffen könnte, ihre Haut zu retten«, bemerkte Zuan.

»Kannst du endlich aufhören, sie ›diese Jüdin‹ zu nennen?«, brummte Mercurio.

»Ist sie denn keine?«

Mercurio gab sich geschlagen. »Na gut, nenn sie, wie du willst, du alter Sturkopf.« Er sah Zuan aufmerksam an. »Was meinst du damit, sie könnte es schaffen, ihre Haut zu retten? Halten die Leute sie für schuldig oder unschuldig?«

»Manchmal wundere ich mich schon, wie einfältig du bist, Junge«, stöhnte Zuan. »Die Leute interessiert doch nicht, ob diese Jüdin schuldig oder unschuldig ist. Genauso wenig wie sie wissen wollen, ob etwas stimmt oder gelogen ist. Jeder weiß doch, dass dieser Prozess eine Posse ist ...«

»Und das heißt ...?«

»Die einfachen Leute haben schon lange begriffen, dass Gerechtigkeit ein Scheißdreck ist, der für die Leichtgläubigen erfunden wurde.«

»Das stimmt. Aber was bedeutet das jetzt?«, fragte Mercurio nach.

»Dass sie Wetten darauf abschließen, ob diese Jüdin es schafft oder nicht.«

»Sie wetten also ...«, stieß Mercurio ein wenig bitter hervor.

»Natürlich«, erklärte Zuan. »Und das ist sehr vernünftig.«

»Vernünftig?«, fragte Mercurio sarkastisch.

»Ja, vernünftig. Wenn du ein armer Teufel bist, hängt dein Leben von einem guten Würfelwurf ab ... Und da ist es doch sehr vernünftig, das Ganze nicht so ernst zu nehmen.« Er wandte sich Mercurio zu, sah dessen niedergeschlagenen Blick und schlug ihm freundschaftlich auf die Schulter. »Den Leuten gefällt Pater Venceslao viel besser als dieser Heilige. Und das ist das Entscheidende.«

Mercurio holte tief Luft.

Zuan lächelte beruhigend. »Du wirst es schaffen, vertrau mir.«

»Ja ...«, sagte Mercurio sehr leise.

»Weißt du schon, was du morgen sagen wirst?«, fragte Zuan ihn.

»Mehr oder weniger ...«

»Lass dein Herz sprechen, Junge. Wende dich an die einfachen Leute. Hier geht es nicht um Gerechtigkeit. Begeistere sie, zieh sie auf deine Seite. So läuft das. Und wenn ganz viele auf deiner Seite stehen, wird es für die Mächtigen schwer, sich darüber hinwegzusetzen.«

»Ja ...«

»Von wegen ja. Du hast überhaupt nicht zugehört, stimmt's?«

»Nein«, sagte Mercurio mit einem betrübten Lächeln. »Verzeih.«

»Na, dann soll dich doch der Teufel holen, Junge«, brummte Zuan. »Ich geh jetzt schlafen.«

»Jetzt sei nicht gleich beleidigt ...«

»Komm mit, Mosè«, befahl der alte Seemann und ging auf seine Hütte zu. »Und du leg dich auch hin, Junge. Morgen wird ein anstrengender Tag.«

»Ich bin nicht müde.«

»Na, dann noch einmal, hol dich der Teufel!«, sagte Zuan lachend. Und Mercurio stimmte mit ein.

Dann ging er Richtung Werft und setzte sich dort ans Ufer, ließ die Beine baumeln und betrachtete sein Schiff. »Shira«, flüsterte er. »Der Name gefällt mir.« Bewundernd betrachtete er ihren glänzenden Kiel und versuchte zu lächeln. Doch er spürte, wie der Gedanke an den morgigen Tag schwer auf ihm lastete. Er hatte Angst, dass es ihm nicht gelingen würde, Giuditta zu retten. Alles hing jetzt von ihm ab. Er legte sich eine Hand auf die Brust und atmete tief ein.

Gedankenversunken ließ er den Blick ein wenig nach links zur Lagune wandern, wo sich im Mondlicht die Umrisse der Insel San Michele klar abzeichneten. »Ja verdammt, ich habe immer noch nicht gelernt, wie man betet, Heiliger Erzengel Michael ...«, sagte er. Wütend schlug er sich auf einen Schenkel und schaute in den Himmel. »Entschuldige, ich wollte nicht fluchen ...« Sein Blick ging wieder zu der Insel. »Hilf mir«, sagte er dann leise.

Er vernahm ein Geräusch hinter sich, drehte sich aber nicht um. »Du kannst wohl auch nicht schlafen, was, verdammter Alter?«, fragte er.

Doch er erhielt keine Antwort.

Daraufhin wandte er sich doch um und starrte suchend durch die Dunkelheit, die vom Mond und den allmählich verlöschenden Feuern erhellt wurde. Doch er konnte niemanden entdecken. Seufzend wandte er sich wieder dem Schiff zu.

Da hörte er erneut ein Geräusch hinter sich.

Mercurio sprang auf und drehte sich um, doch die Werft lag verlassen da. Dennoch war er nun leicht beunruhigt und sah sich aufmerksam um. Nichts. Dann sah er zu Zuans Hütte hinüber. Der alte Mann hatte recht, er sollte ebenfalls schlafen gehen.

Mit gesenktem Kopf schlurfte er die Rampe hoch.

Da sah er plötzlich am Ende der Rampe ein Paar schwarze Stiefel vor sich, die ihm den Weg versperrten.

Erschrocken wich er mit einem hastigen Satz zurück. Doch er war nicht schnell genug.

Im Mondlicht blitzte eine Klinge auf und näherte sich blitzschnell wie die Krallen einer Katze.

Mercurio spürte, wie ihn etwas hart in die linke Seite traf wie ein Faustschlag. Dann ein heißes Brennen, als hätte jemand dort ein Feuer entfacht. Der Schmerz war so stark, dass ihm die Beine versagten und er nicht mehr klar sehen konnte. Doch er fiel nicht, denn etwas hielt ihn aufrecht. Es war der Mann, der ihm das Messer in den Leib gerammt hatte und nun die Klinge einmal in der Wunde umdrehte. Vergebens versuchte Mercurio, ihn klar zu erkennen, denn er hatte bereits Lichtblitze vor Augen.

Als der Mann das Messer herauszog, fiel Mercurio um wie ein nasser Sack.

Er vermochte keinen Muskel zu bewegen, konnte keinen klaren Gedanken mehr fassen.

Der Mann stand jetzt über ihm und ließ seine schwarze Kapuze nach hinten fallen.

Mercurio begriff immer noch nicht, wer er war.

Da stieß der Mann ein Furcht erregendes Zischen aus und näherte sich seinem Gesicht.

Erst jetzt erkannte Mercurio ihn. »Du …«, stammelte er. »Du … bist nicht … tot … Ich … habe … dich … nicht … getötet …«

Dann sah er, wie Shimon erneut das Messer erhob.

In dem Moment hörten sie hinter sich ein lautes Knurren, und im nächsten Moment fiel Mosè Shimon an und verbiss sich in seinen Arm. Das Messer fiel zu Boden.

Außer sich vor Zorn und Schmerz packte Shimon den Hund am Hals und am Schwanz. Er hob ihn hoch und schleuderte ihn gegen einen der großen Stützpfeiler der Werft.

Mosè flog durch die Luft und schlug heftig gegen den dicken Balken aus Buchenholz, sodass man zunächst einen dumpfen Aufprall hörte und dann ein Winseln.

Nun bereute Shimon, dass er den Hund nicht schon vorher getötet hatte. Es war ein Fehler gewesen, ihn zu verschonen. Er drehte sich um, weil er sein Messer suchen wollte.

Da sah er sich einem zweiten Jungen gegenüber, der ihn hasserfüllt anstarrte.

»Du Scheißkerl!«, schrie Zolfo, als er Shimon mit aller Kraft das Messer in den Magen stieß. »Du Scheißkerl«, wiederholte er und schlitzte ihm den Bauch auf.

Shimon riss die Augen auf. Seltsamerweise spürte er noch keinen Schmerz. Nur großes Erstaunen. Nein, das konnte nicht sein, dachte er, als er sich zu Mercurio umdrehte, der aufzustehen versuchte. Er spürte, wie die Klinge sich nun in seinen Rücken bohrte. Nein, dachte er, während er beinahe auf Mercurio fiel.

»Mistkerl … Mistkerl«, stammelte Zolfo vor sich hin, während er in blinder Wut immer wieder auf Shimon einstach.

»Hör auf …«, rief Mercurio und streckte die Hand nach ihm aus. »Hör auf … Zolfo … es reicht …«

Zolfo wich einen Schritt zurück. Das Mondlicht brachte das rote Blut auf seinen Händen zum Glänzen. Er ließ das Messer fallen und brach dann in Tränen aus. Das hatte er seit Ercoles Tod nicht mehr getan, und nun weinte er wie der kleine Junge, der er eigentlich war.

»Zolfo ...«, sagte Mercurio leise. Ihm fehlten die Worte. Dann näherte er sich mühsam Shimon, der ungläubig zu ihm aufsah, während ihm das Blut aus dem Mund lief. »Vergib mir ...«, bat Mercurio ihn. »Vergib mir ...«

Shimon starrte ihn an. Er hatte keine Angst vor dem Tod. War es wirklich so einfach?, fragte er sich und empfand mit einem Mal einen tiefen inneren Frieden, eine tröstliche Stille, die ihn sanft umfasste. Er versuchte, in dem Nebel vor seinen Augen Mercurios Züge zu erkennen, doch dann wurde ihm klar, dass dieser Junge, dessen Verfolgung bis jetzt sein Lebenszweck gewesen war, ihm nichts mehr bedeutete. Endlich hatte seine Seele die ersehnte Ruhe gefunden. Bei diesem Gedanken lächelte er – und starb.

Nun war nichts mehr zu hören bis auf Zolfos unterdrücktes Weinen.

»Du ... hast ... mich gerettet«, brachte Mercurio mühsam hervor.

Zolfo sah ihn verständnislos an. »Ich?«, fragte er.

Mercurio presste eine Hand auf die Wunde an seiner Seite. Er zitterte am ganzen Körper. Dann deutete er auf Shimons Leichnam. »Wir müssen ihn verschwinden lassen«, sagte er.

Zolfo nickte abwesend, während er immer noch auf seine bluttriefenden Hände starrte.

»Was ist hier los?«, fragte Zuan, der auf der Schwelle seiner Hütte aufgetaucht war.

»Nichts«, erwiderte Mercurio.

»Ist Mosè bei dir? Geht es ihm gut?«, fragte der alte Mann besorgt. »Ich habe geträumt, dass ...«

Im gleichen Augenblick sah Mercurio, dass der Hund sich mühevoll erhoben hatte.

»Ich habe geträumt, ich hätte ihn winseln hören ...«

»Es geht ihm gut«, versicherte Mercurio ihm. »Der hat sich bloß ... mit einer Katze angelegt ...«

»Dieser blöde Köter«, brummte Zuan. Und ehe er sich umwandte, um wieder in die Hütte zu gehen, sagte er noch einmal: »Komm jetzt schlafen, Junge. Morgen wird ein anstrengender Tag.«

»Ja ... gleich ...«

91

Der Verteidiger hat das Wort«, verkündete der Gerichtsschreiber.

Alle Augen richteten sich auf Pater Venceslao.

Mercurio saß mit gesenktem Kopf da und hatte die Ellbogen auf den Tisch gestützt. Er rührte sich nicht.

Selbst der Patriarch wandte sich ihm zu, und ebenso Giustiniani, in dessen geröteten Augen die Trauer über Scarabellos Tod stand.

Mercurio bewegte sich immer noch nicht. Er schien nach Atem zu ringen.

Zolfo, der in der ersten Reihe neben Zuan saß, sprang besorgt auf.

»Setz dich, Junge«, ermahnte Zuan ihn leise, ohne seinen angespannten Blick von Mercurio abzuwenden, und Zolfo sank wieder auf die Bank.

Durch die Menge ging ein leises Raunen.

»Pater Venceslao«, fuhr ihn der Patriarch ungeduldig an. »Was ist nun?«

Mercurio biss die Zähne zusammen. Er hob den Kopf und nickte mühsam. Dann klammerte er sich am Rand des Tisches fest und zog sich hoch. Die Anstrengung nahm ihm den Atem. Sein Blick wanderte zu Giuditta, die ihm verstohlen zulächelte.

Nein, sie ist völlig ahnungslos, dachte Mercurio beruhigt und lächelte zurück, wobei er seine von Pech geschwärzten Zähne entblößte. Dann wandte er sich der Menge zu. Er sah, dass Zolfo besorgt zu ihm hinüberschaute, und nickte ihm wie auch Zuan zuversichtlich zu. Doch als er einen Schritt vorwärtstat, spürte er, dass seine Beine ihn kaum noch trugen. Die Wunde an seiner Seite, die Zuan am Morgen fest verbunden hatte, schmerzte heftig. Der alte Mann hatte ihm gesagt, er könne in diesem Zustand unmöglich am Prozess teilnehmen, doch Mercurio hatte ihn nur mit finsterer Entschlossenheit angesehen und den Kopf geschüttelt. »Wenn du versuchst, mich aufzuhalten, werde ich mit all meinen verbliebenen Kräften dein Schiff versenken, alter Mann«, hatte er ihm gedroht. Mühevoll hatte er sich wieder in Pater Venceslao verwandelt und sich von Tonio und Berto zum Konvent der Heiligen Kosmas und Damian rudern lassen.

Er tat noch einen Schritt, den Blick immer auf die Menge gerichtet.

Der Heilige hatte eine hervorragende Schlussrede gehalten. Obwohl er wenig in der Hand hatte, war es ihm gelungen, in jedem der Zuhörer Zweifel zu wecken. Heute Morgen noch, beim Betreten des Saals, hatte Mercurio ganz deutlich gespürt, dass er den Sieg beinahe in Händen hielt. Das Volk wünschte sich, dass Giuditta gerettet würde, vielleicht auch, um es den Mächtigen zu zeigen, um sich gegen ein Urteil zu wehren, das bereits von vornherein feststand. Doch die Schlussrede des Heiligen war so beseelt, so leidenschaftlich und packend gewesen, dass die Leute jetzt hin- und hergerissen waren.

Mercurio lächelte die Menschen an und gab sich unbeeindruckt. Zuan hatte ihm gesagt, er solle sein Herz sprechen lassen. Ob er das schaffte? Er wusste ja nicht einmal, ob er in der Lage war, auch nur ein einziges Wort herauszubringen. Das Lächeln auf seinen Lippen erlosch. Er schwitzte und befürchtete, dass der Schweiß seine Schminke auflösen würde. »Bruder Amadeo ...«, begann er.

»Lauter!«, schrie jemand mitten im Saal.

Mercurio fühlte, wie die Verzweiflung ihn überwältigte. Er klammerte sich am Rand des Tisches fest. Hin und wieder trübte sich seine Sicht. Er sah zu Giuditta hinüber. Nun wirkte auch sie besorgt um ihn. Obwohl sie nichts von der Verletzung wusste, schien sie doch zu ahnen, dass etwas nicht stimmte. Mercurio erschrak. Er durfte einfach nicht aufgeben. Entschlossen nahm er eine Hand vom Tisch und tat einen Schritt auf die Menge zu. Sogleich spürte er wieder einen stechenden Schmerz in seiner Seite. Er stöhnte unterdrückt und biss die Zähne zusammen.

»Bruder Amadeo«, wiederholte er und zwang sich lauter zu sprechen, was ihm einen weiteren schmerzhaften Stich in die Seite einbrachte, »hat so gut gesprochen, dass ich die Rede am liebsten noch einmal von vorn hören würde.« Er schüttelte den Kopf, wie um wach zu werden. »Er hat mich eingelullt ... mit seinen Worten.«

Die Menge begriff nicht, worauf er hinauswollte, und wartete gespannt auf eine Erklärung.

»Wirklich«, fuhr Mercurio fort. »Er hat mich eingelullt ...« Er zeigte auf den Platz, an dem er vorher gesessen hatte. »Ihr habt doch selbst gesehen, dass ich eingeschlafen bin.«

Die Menge lachte belustigt.

»Nein, das war kein Spaß ...«, erklärte Mercurio. Je mehr er sich bewegte, desto weiter öffnete sich die Wunde an seiner Seite. Er biss sich vor Schmerz auf die Lippen. Niemand durfte seine Verletzung bemerken. »Ich muss Euch meine ehrliche Bewunderung aussprechen, Bruder Amadeo«, sagte er zu dem Heiligen, der ihn hasserfüllt anstarrte. Dann wandte Mercurio sich wieder der Menge zu, während er zugleich zu Giudittas Käfig ging und sich dort an einem der Gitterstäbe festklammerte, damit er nicht umfiel. »Überlegt doch nur, was für ein unglaubliches Gedächtnis er hat«, erklärte er. »All diese Zeugen, deren Aussagen er uns noch einmal in Erinnerung gerufen hat ...« Wieder richtete er das Wort an den Heiligen. »Danke, von ganzem Herzen danke!«, sagte er zu ihm und wandte sich dann kopfschüttelnd der Menge zu. »Ich dagegen kann mich an keinen einzigen dieser unnützen Zeugen erinnern ...«

Wieder lachte die Menge schallend.

»Genau so, Junge«, flüsterte Zuan.

Zolfo hatte Fra' Amadeo im Blick. Sie hatten sich schon vorher gesehen, jedoch hatte der Heilige ihn nicht einmal gegrüßt. Doch das hatte Zolfo überhaupt nichts ausgemacht. Der Heilige bedeutete ihm nichts mehr, denn jetzt hatte er sein Leben wieder selbst in die Hand genommen. Als sie den Leichnam des jüdischen Kaufmanns in der Lagune versenkt hatten, hatte Zolfo beschlossen, das nun die Gelegenheit gekommen war, ein neues Leben anzufangen.

»Mercurio ist der Beste«, sagte er stolz zu Zuan.

Der alte Mann sah ihn an und nickte stumm.

Mercurio schwieg inzwischen wieder und ließ seinen Blick auf der Menge ruhen. Der Schmerz überfiel ihn nun so heftig, dass er kaum Luft bekam. Er blieb mit offenem Mund stehen und hoffte, er würde die gespannte Aufmerksamkeit aufrechterhalten können, bis er wieder in der Lage war, etwas zu sagen. Mit einer Hand klammerte er sich an die Gitterstäbe des Käfigs. Mit dem Zeigefinger der anderen deutete er in die Menge, wanderte von einem zum anderen, als würde dies irgendetwas bedeuten.

Und die Menge folgte seinem Finger schweigend und wie gebannt.

»Welche Zeugin ist uns denn am besten in Erinnerung geblieben?«, stieß Mercurio schließlich unter größter Anstrengung hervor.

Viele unter den Zuhörern nickten, und einige nannten sogar ihren Namen.

Mercurio deutete auf eine Frau aus der Menge, die gerade etwas vor sich hin gesagt hatte, und forderte sie stumm auf, das Gesagte zu wiederholen.

»Die Geliebte des Fürsten Contarini«, sagte sie. »Ach nein ...«, verbesserte sie sich dann und schlug sich übertrieben heftig an die Stirn. »Sie war ja nur eine Magd des Fürsten.«

Die Menge lachte laut auf.

Der Patriarch wurde vor Wut hochrot im Gesicht und verkrallte beide Hände in die Armlehnen seines vergoldeten Sessels.

»Da ist sie ja!«, rief einer der Zuhörer und zeigte auf eine Ecke des Kapitelsaals.

Alle wandten sich um. Einige Leute standen auf, stellten sich auf die Zehenspitzen oder reckten den Hals. Selbst der Patriarch und sein Gefolge auf der Tribüne sahen hinüber, und ebenso der Heilige, Zolfo und Mercurio.

Benedetta, die sich an eine Wand gedrückt hatte, spürte, dass plötzlich alle Augen auf sie gerichtet waren. Sie öffnete den Mund und sah Giuditta an, als müsste sie ihr etwas sagen.

Mercurio verkrampfte sich.

Doch in Benedettas Augen war kein Hass zu lesen. Sie sagte auch nichts, sondern verließ gebeugt und mit eingezogenem Kopf in ihren einfachen Kleidern den Kapitelsaal, während alle ihr mit Blicken folgten.

Zolfo zog es das Herz zusammen. Er stand hastig auf und bahnte sich dann gewaltsam einen Weg durch die laut tuschelnde Menge, während der Gerichtsschreiber rief: »Ruhe, Ruhe im Gericht!« An der Tür suchten Zolfos Augen Benedetta unter den Leuten, die sich auf dem Vorplatz drängten, aber er fand sie nicht. Daher kehrte er niedergeschlagen in den Kapitelsaal zurück und setzte sich wieder neben Zuan.

»Kennst du sie?«, fragte der alte Mann ihn.

Zolfo sah ihn an. »Vielleicht ...«, flüsterte er mit wehmütiger Stimme. Dann nickte er gedankenverloren und wiederholte: »Vielleicht ...«

»Ruhe! Ruhe im Saal!«, rief der Gerichtsschreiber noch einmal, da die Menge immer noch aufgewühlt war.

Mercurio hielt sich inzwischen mit beiden Händen an den Stangen von Giudittas Käfig fest. Er spürte, wie ihn die Kräfte verließen. Die Stimme des Gerichtsschreibers hallte dröhnend in seinen Ohren. Die Gesichter der Leute verschwammen vor seinen Augen. Er bekam kaum noch Luft, und sein Herzschlag ließ nach. Der Schweiß lief ihm in Strömen über die Stirn und löste allmählich die Schminke auf. Das Sonnenlicht, das durch die hohen, spitzbogigen Fenster hereinfiel, stach ihm schmerzhaft in den Augen.

Keuchend, mit starrem Blick und geöffnetem Mund wandte er sich Giuditta zu.

»Was ist los?«, fragte sie angstvoll und näherte sich ihm von der anderen Seite der Gitterstäbe.

Mercurio schüttelte stumm den Kopf.

Über dem Kapitelsaal war eine unnatürliche Stille herabgesunken. Alle Blicke galten nun diesem seltsamen Dominikanermönch, der sich zusammengekrümmt an den Käfig der Angeklagten klammerte, während seine Hände langsam an den Stangen nach unten glitten.

»Es ... tut mir leid«, keuchte Mercurio.

Giuditta starrte ihn voller Entsetzen an, als sie schließlich sah, was ihm solche Schmerzen bereitete. »Mein Schatz ...«, stammelte sie leise und vor Furcht zitternd, und dann beobachtete der ganze Saal, wie sie die Hand nach seiner linken Seite ausstreckte.

»Es ... tut mir leid ...«, wiederholte Mercurio und ließ die Stangen los. Taumelnd wich er einen Schritt zurück.

An der Stelle seiner weißen Kutte, auf die Giuditta ihre Hand gelegt hatte, breitete sich für alle sichtbar ein großer roter Fleck aus.

Mercurio vollführte eine seltsame Drehung, bevor er in sich zusammensank und auf die Knie fiel.

Die Menge hielt den Atem an.

Giuditta schlug eine Hand vor den Mund, und ihre Augen füllten sich mit Tränen.

»Junge ...«, sagte Zuan entsetzt.

»Mercurio ...«, flüsterte Zolfo.

Giustiniani, der aus seiner Betäubung seines eigenen Schmerzes erwacht war, erhob sich langsam aus seinem Sessel.

Einen Augenblick schien die Zeit stillzustehen.

Diesen Moment nutzte der Heilige. Er sprang auf und richtete einen Finger der einen Hand anklagend auf Giuditta, die andere Hand streckte er hoch, damit alle das Stigma dort sehen konnten. »Hexe!«, donnerte er. »Tochter Satans!«

Die Menge sah ihn an. Dann richteten sich alle Blicke auf Giuditta.

Doch Giuditta hatte nur Augen für Mercurio und schüttelte verzweifelt den Kopf.

»Tochter Satans!«, schrie der Heilige erneut. »Du hast auch diesem braven Diener Gottes seine Seele geraubt, damit er dich rettet! Du hast auch ihn verhext!«

Die Menge erregte sich.

Giuditta blickte zu den Leuten hinüber. Als sie die Hand von ihrem Mund nahm, sahen alle Mercurios Blut auf ihren Lippen.

»Sogar sein Blut hat sie ihm genommen!«, brüllte der Heilige aus Leibeskräften.

Daraufhin war die Menge wie entfesselt. Die Leute vergaßen alles, was sie bis vor Kurzem noch geglaubt hatten, und schrien mit dem Heiligen: »Hexe! Hure Satans! Du wirst in der Hölle brennen! Auf den Scheiterhaufen mit dir! Auf den Scheiterhaufen!«

Mercurio wandte sich an Lanzafame, der wie seine Soldaten das Schwert gezückt und mit ihnen einen schützenden Ring um den Käfig gebildet hatte. »Hauptmann«, rief er ihn mit letzter Kraft.

Lanzafame wandte sich zu ihm um.

Mercurios Maske löste sich weiter auf. »Jetzt oder nie, Hauptmann«, flüsterte er.

»Aber du bist ...«, sagte Lanzafame, der plötzlich erkannte, wen er vor sich hatte.

»Jetzt oder nie«, wiederholte Mercurio. »Bringt sie weg ... Das Boot wartet auf Euch ... Ihr wisst, wo ...«

»Ja, das weiß ich«, erwiderte Lanzafame.

»Geht ...«, keuchte Mercurio und bemühte sich krampfhaft, die Augen offen zu halten, die ihm immer wieder zufallen wollten.

»Mercurio!«, schrie Giuditta auf.

»Rettet sie ...«, sagte Mercurio zu Lanzafame.

Der Hauptmann öffnete den Käfig. »Schutz für die Gefangene!«, befahl er seinen Männern, während die ersten Eiferer versuchten, die Reihen der Wachen des Dogen zu durchbrechen. »Komm, Giuditta, wir gehen«, sagte er und nahm sie am Arm.

»Was tut Ihr da?«, schrie der Patriarch und erhob sich hastig. Schon wollte er den Wachen befehlen, den Hauptmann aufzuhalten, als Giustiniani ihn entschlossen am Handgelenk packte.

»Was tut Ihr da, Patriarch?«, fragte er scharf. »Wollt Ihr, dass die Menge die Angeklagte in Stücke reißt?«

Der Patriarch starrte verblüfft auf Giustinianis Hand, die die seine unnachgiebig festhielt. »Was erlaubt Ihr Euch!«

»Setzt Euch!«, sagte Giustiniani so heftig, dass der Patriarch ihm ohne Widerspruch gehorchte. Dann wandte sich der Edelmann an Lanzafame. »Schnell! Schafft sie weg!«, rief er und richtete gebieterisch einen Finger auf den Kommandanten der Wachen des Dogen. »Und Ihr lasst niemanden durch!«

Lanzafame drückte Giuditta fester an sich. Dann sah er Mercurio an. »Junge ...«

»Geht ...«, flüsterte Mercurio kaum hörbar, immer noch auf

Knien, während ihm sein Kopf kraftlos auf die Brust fiel und seine Augen sich immer mehr trübten.

»Mercurio, nein!«, schrie Giuditta auf.

»Los, marschiert!«, befahl Lanzafame und zerrte Giuditta gewaltsam weg.

»Nein! Nein!«, schrie sie verzweifelt.

Mercurio drehte sich um und versuchte, ihr zuzulächeln. Doch auf einmal sah er bloß noch ein grelles Licht, und kurz nachdem Giuditta durch die Seitentür des Kapitelsaals verschwunden war, sank er mit dem Gesicht nach vorn zu Boden.

Alle Geräusche, Gedanken, Ängste schwiegen jetzt.

Die ganze Welt um ihn verstummte. Und dann war da nur noch Dunkelheit.

92

Verdammt noch mal, Junge, da hast du mich aber reingelegt! Ich habe dich wirklich nicht erkannt!«, ächzte Isacco unter der Last von Mercurios Körper, den er auf dem Rücken trug. »Und wag es ja nicht zu sterben, sonst komm ich höchstpersönlich in die Hölle der Christen und trete dich in den Arsch!«

»Wo ... sind wir ...?«, fragte Mercurio kaum hörbar, als er die Augen öffnete und Venedig für ihn auf dem Kopf stand.

»Du hängst auf meinem Buckel, Junge, und ehrlich gesagt wiegst du so viel wie ein ganzes Kalb«, stöhnte Isacco.

»Hier lang! Hier lang!«, wies Zolfo, der voranging, ihnen den Weg.

»Los, renn schon mal vor und sag ihnen, wir kommen gleich«, rief ihm Zuan zu, der keuchend die Nachhut des kleinen Trupps bildete.

Zolfo lief sofort los.

»Was ... ist passiert?«, fragte Mercurio und stöhnte auf.

»Tut es sehr weh?«, fragte Isacco.

»Ja ...«

»Gut«, erwiderte Isacco. »Das ist ein gutes Zeichen.«

»Was ist passiert?«, wiederholte Mercurio seine Frage.

»Oben auf dem Rücken eines Esels ist gut reden«, keuchte Isacco. »Aber für den Esel selbst ist das nicht so einfach ...«

Mercurio hustete.

»Ich hab dich zum Lachen gebracht, was?«

»Nein ...«

»Komm schon, halt durch, wir sind gleich da«, sagte Isacco.

Als er gesehen hatte, wie Lanzafame Giuditta durch die Seitentür fortbrachte, war Isacco schnell durch den Haupteingang nach draußen gerannt, um dann auf der Rückseite des Konvents zu ihnen zu stoßen. Giuditta hatte ihn mit weit aufgerissenen Augen flehentlich angesehen und nur ein Wort gesagt: »Mercurio.« Mehr war nicht nötig gewesen. Daraufhin war Isacco in den Kapitelsaal zurückgekehrt, hatte sich davon überzeugt, dass Mercurio noch lebte, und ihn sich dann mit Zuans und Zolfos Hilfe auf den Rücken geladen. Und nun lief er, so schnell er konnte, zur Anlegestelle am Rio dei Fuseri in San Luca, denn sie hatten vereinbart, dass Lanzafame dort, solange es nur ging, auf sie warten würde.

Am Ende der Calle delle Schiavine entdeckten sie Zolfo wieder, der dort auf sie wartete und dabei ungeduldig von einem Bein aufs andere hüpfte. »Los, los, beeilt euch!«, rief er ihnen entgegen.

»Dich soll doch gleich der Schlag treffen!«, fluchte Isacco atemlos. »Dein ›Beeilt euch‹ kannst du dir sonst wohin stecken, zum Henker!« Er versetzte Mercurio einen leichten Klaps auf den Kopf. »He, bist du noch da, Junge?«

»Mir ist … so kalt«, stammelte Mercurio.

Zuan, der hinter ihnen gerade an der unbewachten Auslage eines Ladens vorbeikam, packte eine *schiavina*, wie die Venezianer die dicken, schweren Wolldecken nannten, die in dieser Straße hergestellt wurden, und warf sie Mercurio über.

»Wir sind gleich da«, sagte Isacco. »Gib mir jetzt bloß nicht auf, nach der ganzen Schlepperei. Dann wäre all die Mühe umsonst gewesen.«

»Ihr seid … doch ein echter Jude … Doktor …«, versuchte Mercurio zu scherzen.

»Gut, so gefällst du mir«, lobte ihn Isacco und ging noch etwas schneller.

Als sie um die Straßenecke bogen und den Kanal erreicht hatten, entdeckte Zuan, dass jemand ihnen folgte. Ein Mädchen mit kupferroten Haaren und einer Haut so weiß wie Alabaster. Er meinte, in ihr jenes Mädchen aus dem Prozess zu erkennen, auf die alle mit dem Finger gezeigt hatten und von der man sagte, sie sei die Geliebte eines Fürsten.

»Da wären wir!«, sagte Isacco erleichtert, als er an der Anlegestelle am Ponte dei Fuseri Tonio und Berto und das Boot entdeckte.

»Mercurio!«, schrie Giuditta und sprang auf, um zu ihm zu laufen.

Keuchend vor Anstrengung legte Isacco Mercurio auf dem Boden ab und versuchte, wieder zu Atem zu kommen.

Als Letzter kam Zuan hinzu.

»Giuditta ...«, flüsterte Mercurio.

»Mercurio ...«, sagte Giuditta bewegt.

Im selben Augenblick rief einer von Lanzafames Soldaten: »Halt!«

Alle drehten sich um.

Vor ihnen stand Benedetta. Sie schaute Giuditta an und machte einen Schritt auf sie zu.

»Verschwinde ...!«, rief Mercurio ihr ungehalten zu und versuchte sich aufzusetzen.

Doch Benedetta beachtete ihn nicht. Sie sah weiter nur Giuditta an und hatte den Mund leicht geöffnet, als wollte sie etwas sagen.

Alle Augen waren auf sie gerichtet.

»Es tut mir leid ...«, setzte Benedetta schließlich an.

»Hör nicht auf sie, Giuditta!«, stieß Mercurio wütend hervor. »Los, verschwinde endlich, Benedetta ... Hast du noch nicht genug angerichtet?«

Benedettas Blick ruhte immer noch auf Giuditta.

Und Giuditta sah die Qual in den Augen ihrer Rivalin. Behutsam legte sie Mercurio eine Hand auf die Brust, um ihm zu verstehen zu geben, er solle schweigen.

»Es tut mir leid ...«, wiederholte Benedetta leise.

»Sie lügt! ...«, rief Mercurio mit kraftloser Stimme und fasste mühsam nach Giudittas Hand.

»Ich kann ihr nichts mehr tun ... Sieh mich doch an ...«, sagte Benedetta und wandte sich kurz Mercurio zu. Sie breitete die Arme aus, wie um ihr neues, altes Elend zu zeigen.

Und Giuditta nickte Benedetta zu. Nur ein einziges Mal und fast unmerklich.

Benedetta spürte, wie ihr die Tränen in die Augen stiegen. Sie nickte Giuditta ebenfalls kurz zu, mit dem Quäntchen Würde, das ihr geblieben war, dann hauchte sie kaum hörbar ein einziges Wort: »Danke.«

Giuditta sah sie noch einen Moment an, doch ganz ohne jeden Groll. Und auf einmal fühlte sie sich wie befreit. Sie wandte sich zu Mercurio um und schenkte ihm ein zuversichtliches Lächeln.

Als Benedetta erneut schmerzvoll erkannte, wie stark das Band zwischen ihnen war, wich sie unwillkürlich einen Schritt zurück. Dann wandte sie sich um und ging langsam davon.

»Legt ihn ins Boot, wir müssen uns beeilen«, sagte Lanzafame und wies auf Mercurio. Sogleich nahmen seine Männer ihn hoch und trugen ihn zum Boot. Isacco, Giuditta, Zuan und Zolfo gingen an Bord, und Lanzafame folgte ihnen, nachdem er sich von seinen Männern verabschiedet hatte. Als sie alle auf dem Schiff waren, wandte einzig Zolfo sich noch einmal um und sah Benedetta unschlüssig hinterher.

Und während die Leinen gelöst wurden, musste er unwillkürlich daran denken, wie sie nach ihrer Flucht aus Rom alle gemeinsam in Mestre angekommen waren. Er dachte daran, wie Benedetta dort am Hafen, als er sich entschieden hatte, bei Fra' Amadeo zu bleiben, ohne zu zögern über die Reling gesprungen und ihm gefolgt war. Sie hatte auch versucht, ihn vor dem Mönch zu warnen und ihn aus seinen Klauen zu befreien. Da war sie noch ein anderer Mensch gewesen, ohne diesen kaltherzigen Blick.

Da traf er eine Entscheidung – und sprang aus dem Boot ans Ufer.

»Zolfo ... Was tust du da ...?«, fragte Mercurio und warf ihm einen verwirrten Blick zu.

Zolfo blickte zurück, und zum ersten Mal seit langer Zeit lag in seinen Augen so etwas wie ein Hoffnungsschimmer. Vielleicht konnten er und Benedetta gemeinsam noch einmal von vorn anfangen. Vielleicht hatte ja auch sie sich verändert nach allem, was passiert war. Er blickte auf die Calle dei Fuseri, wo Benedetta sich mit hängenden Schultern langsam entfernte.

»Sie ist allein, Mercurio«, sagte er und schüttelte den Kopf, als müsste er sich entschuldigen. »Sie braucht mich ...«

Mercurio versuchte mühsam, sich aufzusetzen, und als Isacco ihn daran hindern wollte, schob er ihn zur Seite. Er sah Zolfo eindringlich an. »Geh ...«, sagte er dann.

In Zolfos Augen standen Tränen. Er hatte Angst, und doch spürte er mit einem Mal ein leises Glücksgefühl in sich aufsteigen. »Danke«, sagte er leise.

»Nun lauf schon ...«, befahl ihm Mercurio lächelnd.

Zolfo erwiderte sein Lächeln, dann wandte er sich mit einem Ruck ab und rannte über den von der Sommerhitze getrockneten Schlamm. »Benedetta, warte auf mich!«, rief er ihr nach.

Mercurio wandte sich Giuditta zu, deren Blick schon die ganze Zeit auf ihm ruhte. Er wusste, woran sie dachte: Sie erinnerte sich ebenfalls an den Tag ihrer Ankunft in Mestre und wie er sie auf dem Schiff der Helden von Marignano zurückgelassen hatte und von Bord gesprungen war, um bei seinen Freunden zu bleiben. Lächelnd schüttelte er den Kopf. »Nein, keine Sorge ... Diesmal springe ich nicht ...«

»Dafür würde dir auch die Kraft fehlen«, bemerkte Lanzafame mit einem Grinsen, während das Boot langsam ablegte.

Mercurio sah Giuditta ernst an und sagte: »Denn nun weiß ich, wo mein Platz ist.«

Giuditta nahm seine Hand und warf einen letzten Blick hinüber zur Calle dei Fuseri, wo Zolfo Benedetta inzwischen eingeholt hatte. Nun standen beide mitten auf der Straße und schienen sich angeregt zu unterhalten.

»Was werden sie jetzt tun?«, fragte Giuditta nachdenklich.

»Sich als Diebe ... und Betrüger ... durchs Leben schlagen«, erklärte ihr Mercurio unbekümmert. Er nahm die Perücke mit der falschen Tonsur ab. »Leute wie wir können doch gar nichts anderes ...«

»Lass mal sehen«, sagte Isacco. »Vorausgesetzt, du traust einem falschen Doktor.«

»Mehr als einem echten ...«, erwiderte Mercurio und legte sich wieder hin.

Isacco schnitt die Mönchskutte mit einem Messer auf und sah sich die Wunde an. Dann schüttelte er stumm den Kopf.

Giudittas Augen füllten sich mit Tränen.

»Wer zum Teufel hat dir denn diesen Verband angelegt?«, fragte Isacco.

»Ich«, antwortete Zuan.

»Dann bleibst du wohl besser Seemann«, brummte Isacco.

Inzwischen hatte das Boot Fahrt aufgenommen. Sie fuhren den Rio di San Mosè entlang und hatten im Handumdrehen den Canal Grande erreicht, wo sie in Richtung Riva dei Schiavoni nach Backbord steuerten.

»Der Junge hier muss unbedingt genäht und ordentlich mit Arzneien versorgt werden«, erklärte Isacco Lanzafame. »Wir müssen zum Hospital.«

»Denk nicht mal im Traum daran, Doktor«, erwiderte der Hauptmann.

»Doch!«, widersprach Giuditta entschlossen.

»Nein«, sagte Lanzafame erneut, »wir können uns mit dir keinesfalls in Venedig blicken lassen, das ist völlig ausgeschlossen. Sobald man bemerkt, dass wir nicht in den Kerker zurückgekehrt sind, wird eine Hetzjagd ohnegleichen beginnen.«

»Aber …«

»Das ist völlig ausgeschlossen«, schnitt Lanzafame ihr das Wort ab. »Wir fahren jetzt zuerst zu unserem Schiff. Und dann wird sich der Doktor von diesen *buonavoglia* nach Mestre rudern lassen, holt dort alles, was er benötigt, und kommt zu uns zurück. Nur so besteht für uns überhaupt eine Hoffnung, nicht erwischt zu werden. Jeder andere Plan ist von vornherein abgelehnt.« Er sah Mercurio an: »Habe ich recht, Junge?«

»Ihr habt absolut recht …« Mercurio hob den Kopf und wandte sich an Tonio und Berto. »Los, zeigt, was ihr könnt«, sagte er zu ihnen. Und dann rief er mit aller ihm verbliebenen Kraft: »An die Ruder – fertig – los, *buonavoglia*!«

Das Boot pflügte durch das Wasser. Tonio und Berto legten so viel Wucht in ihren Schlag, dass die Riemen ächzten.

Ihr Aufenthalt an Zuan dell'Olmos Werft reichte kaum aus, um ihre menschliche Fracht auszuladen, da waren die beiden schon wieder nur mit Isacco an Bord unterwegs nach Mestre.

Mercurio wurde von kräftigen Armen getragen, und Giuditta ließ seine Hand nicht einen Moment los. Behutsam legten Zuans Männer ihn auf das Oberdeck des Schiffes.

Mosè lief jaulend um Mercurio herum, wedelte verhalten mit dem Schwanz und leckte seine Hand.

Als Zuan seine Altmännermannschaft an Bord getrieben hatte und die angeheuerten *buonavoglia* gerade damit beschäftigt waren, die Ruder der Karacke abfahrbereit zu machen, waren auch Tonio und Berto wieder zurück.

Neben Isacco hatten sie auch Anna an Bord, die blass und kummervoll wirkte.

»Ich konnte sie nicht davon abhalten, tut mir leid, Junge«, sagte Isacco im Spaß und kam mit seiner Instrumententasche und einem Beutel mit Heilkräutern und Salben an Deck.

Giuditta saß immer noch neben Mercurio und litt mit ihm.

»Venedig ist das reinste Tollhaus«, erzählte Tonio. »Was für ein Durcheinander! Die Hälfte der Leute will die Hexe fangen, und die andere Hälfte will sie bei sich zu Hause verstecken. Das könnte glatt in einen Bürgerkrieg ausarten!«

Isacco öffnete seine Instrumententasche.

»Mein Junge«, sagte Anna und kniete sich besorgt neben Mercurio.

Seine Lippen verzogen sich zu einem schwachen Lächeln.

Anna schaute ihn voller Liebe an, ehe ihr Blick auf Giuditta fiel, die sie nun zum ersten Mal sah. Ihr ging durch den Kopf, dass Mercurio Himmel und Hölle in Bewegung gesetzt hatte, um für dieses Mädchen die Welt zu verändern. Und als sie nun sah, mit welch inniger Zärtlichkeit Giuditta Mercurio in die Augen schaute, war sie sich endgültig sicher, dass es die Mühe wert gewesen war, dass er sein Glück gefunden hatte.

»Wenn du ihn nicht rettest, dann kannst du dein Hospital vergessen, so wahr mir Gott helfe«, sagte Anna dann resolut zu Isacco.

»Ach, halt den Mund, lästiges Weib«, erwiderte der unwirsch. »Lass mich in Ruhe meine Arbeit tun.«

Anna bekreuzigte sich rasch, schloss die Augen und begann zu beten.

Mercurio betrachtete sie lächelnd. Doch plötzlich schrie er laut auf. Isacco hatte damit begonnen, seine Wunde zusammenzunähen.

Mosè wich erschrocken zurück und bellte laut.

»Jetzt stell dich nicht so an, Junge, man könnte meinen, du bist ein Mädchen«, sagte Isacco. Er wandte sich an Lanzafame. »Er hat wohl nicht gewusst, dass ich eigentlich Metzger bin.«

Der Hauptmann lachte dröhnend.

Mosè sah Isacco an und knurrte leise.

»Ich muss dich weiter zusammenflicken, Junge. Also hör auf zu jammern und beiß die Zähne zusammen«, ermahnte Isacco Mercurio und zückte wieder die Nadel, um den Faden durch die Wunde an Mercurios Seite zu führen. »Und mach bitte diesem Hund klar, dass er mich nicht beißen soll.«

»Brav, Mosè …«, sagte Mercurio, worauf der Hund sich neben ihn setzte und ihm das Gesicht leckte. Als Mercurio wieder die Nadel in seinem Fleisch spürte, stöhnte er erneut auf und umklammerte Giudittas Hand.

»Und brich meiner Tochter nicht alle Finger.«

»Geht zum Teufel, Doktor.«

Als er die Wunde genäht hatte, bestrich Isacco sie mit einer Salbe aus Schafgarbe und Zinnkraut, um die Blutung zu stillen. Dann machte er noch einen Umschlag mit Klettwurzel und Ringelblume, was die Wundheilung beschleunigen sollte. »Hast du genau zugesehen?«, fragte er Giuditta. »Das wirst du ab jetzt jeden Tag tun müssen, bis die Wunde geheilt ist.«

Giuditta nickte.

Isacco übergab ihr die Gefäße mit der Salbe und dem Balsam für den Umschlag sowie zwei weitere Fläschchen. »Das hier sind Weihrauch und Teufelskralle. Lös beides in einer Tasse Brühe oder auch nur heißem Wasser auf. So wird das Fieber bekämpft.«

»Ist gut«, sagte Giuditta tonlos.

»Er wird nicht sterben, mein Mädchen«, flüsterte Isacco ihr ins Ohr, »aber sag ihm das noch nicht, sonst steht er zu früh wieder auf.«

Unter Tränen umarmte Giuditta Isacco. »Ach, Vater …«

»Ach, Tochter«, äffte Isacco sie nach und schob sie brüsk von sich weg. »Was soll denn immer dieses rührselige Getue …« Doch dann musste auch er weinen. Wütend schlug er mit der Faust auf das Deck des Schiffes. »Verdammt! Ja, schau nur hin! Bist du jetzt zufrieden?« Er zog die Nase hoch, um sich dann mit dem Handrücken die Tränen aus den Augen zu wischen.

Giuditta lachte und weinte zugleich. »Vater, du bist ein unerträglicher Grobian!« Sie umarmte ihn. »Aber ich liebe dich trotzdem ... So sehr ...«, Dann ließ sie ihn plötzlich los und schaute ihn ernst an. »Und du willst wirklich nicht mit uns kommen?«

Isacco mied ihren Blick. »Mein Mädchen ... ich ...«

»Wenn ein Vogeljunges flügge wird, verlässt es sein Nest. So muss es sein«, sagte Mercurio leise.

»Was erzählst du da für einen Blödsinn, Junge?«, fuhr Isacco ihn an, um seine Rührung zu verbergen.

Da streckte Mercurio seinen Arm aus und nahm Giudittas Hand. Er sah sie schweigend an und nickte.

Giuditta verkrampfte sich, als wüsste sie nicht, was sie tun sollte. Vielleicht fürchtete sie sich auch ein wenig vor Annas Urteil.

»Mercurio hat mir ja schon erzählt, wie schön du bist, aber ...«, begann Anna da, um sogleich wieder innezuhalten. Kopfschüttelnd verdrehte sie die Augen. »Ach herrje!, ich weiß gar nicht, was ich sagen soll! Da denkt man immer, dass einem in besonderen Augenblicken auch die passenden Worte einfallen müssten.« Sie lächelte verlegen. »Selbst eine einfache Frau wie ich glaubt, sie könnte ... Ach, was red ich nur für dummes Zeug!«, schalt sie sich und wandte sich dann geradewegs an Giuditta. »Komm her und lass dich umarmen, Mädchen. Lass dich umarmen, das muss reichen.«

Ein wenig unbeholfen ließ Giuditta die Umarmung zu.

»Ja, ich weiß, du bist kein kleines Mädchen mehr«, flüsterte ihr Anna ins Ohr, bevor sie sich von ihr löste und ihr eindringlich in die Augen sah. »Es ist nur so, dass wir mehr Angst haben als ihr … Kinder. Es tut mir leid«, sagte sie, und ihre Stimme brach.

Da küsste Giuditta sie zu aller Überraschung plötzlich und ohne jedes Zögern dreimal hintereinander auf die Wange. »Einer ist für meine Mutter, weil ich sie nie habe küssen können. Einer für meine Großmutter, weil ich sie gern noch einmal küssen würde. Und der dritte ist für dich, für Mercurios Mutter, weil ich weiß, wie viel ich dir verdanke.«

Anna errötete vor Rührung und musste mehrfach heftig schlucken. Als sie ihre Fassung wiedererlangt hatte, wandte sie sich an Mercurio und sagte mit fester Stimme. »Nun bin ich beruhigt. Sie wird sich gut um dich kümmern.«

Giuditta spürte einen Kloß im Hals. Sie vermied es, Anna anzuschauen, um nicht haltlos in Tränen auszubrechen.

Auch Anna schien mit den Tränen zu kämpfen, als sie nun Mercurio beinahe grob das verschwitzte Haar streichelte. Als ihre Hand dabei auch seine Stirn berührte, merkte sie, dass sie ganz heiß war.

»Du glühst ja«, sagte sie besorgt.

»Natürlich glüht er! Er hat schließlich Fieber!«, rief Isacco aus. »Was für eine Überraschung!«

Anna blickte zu Giuditta hinüber. »Hast du ein Glück, dass du hier wegkommst«, sagte sie. »Ich dagegen muss ihn weiter ertragen.«

Giuditta lachte, nur um gleich darauf erneut in Tränen auszubrechen. Sie umarmte ihren Vater.

Isacco drückte sie an sich. »Du bist und bleibst mein kleines Mädchen«, flüsterte er ihr ins Ohr. »Vergiss das nie.«

Giuditta nickte unter Schluchzern.

»Es tut mir ja leid, dass ich hier der Spielverderber sein muss, aber wenn wir nicht langsam losfahren, werden sie uns noch finden …«, mahnte Lanzafame.

Isacco löste sich von Giuditta und starrte ihn an: »Habt Ihr gerade gesagt, wenn *wir* nicht langsam losfahren, Hauptmann?«, fragte er ihn verblüfft.

»Ich habe Venedig hintergangen«, erklärte Lanzafame. »Nicht dass es mir leidtut ... aber offen gesagt, möchte ich meinen Kopf gern noch ein paar Jahre auf den Schultern behalten.« Er ließ seinen Blick über Mercurio und die übrige Schiffsbesatzung schweifen. »Außerdem braucht dieser Haufen hier jemanden, der weiß, wie man ein Schwert führt.«

Isacco fühlte sich vom Schmerz überwältigt. »Dann verliere ich heute also noch einen weiteren Menschen«, sagte er traurig. »Nun gut, dann vertraue ich sie auch Euch an«, sagte er und deutete auf Giuditta.

Lanzafame nickte ernst. »Ich schulde dir noch etwas, Doktor. Du hast mich schließlich geheilt.«

»Wovon?«, fragte Isacco erstaunt.

»Von der Knechtschaft des Weines.«

»Das ist ausschließlich Euer Verdienst, Hauptmann«, erwiderte Isacco.

»Nein«, widersprach Lanzafame. »Du hast mir den Weg aufgezeigt.«

»Immer schön ein Tag nach dem anderen ...«, erinnerte sich Isacco lächelnd und nickte dann befriedigt. »So geht es, nicht wahr?«

»So geht es.«

In der allgemeinen Stille sahen die beiden Männer einander lange an, und alle Anwesenden spürten, wie stark und aufrichtig ihre Freundschaft war.

»Hier, Mercurio, häng dir das um«, unterbrach Zuan, der plötzlich wie aus dem Nichts aufgetaucht war, die feierliche Stimmung. Mosè bellte fröhlich dazu.

Isacco drehte sich zu ihm um, und einen kurzen Moment war er sprachlos.

»Das glaube ich nicht ...«, rief er dann aus.

Zuan hielt ein abgenutztes, vom Zahn der Zeit geschwärztes Lederband in der Hand, an dem ein speckiges Ledersäckchen hing.

»Das glaube ich nicht ...«, wiederholte er.

Giuditta lächelte genauso überrascht wie er.

»Deine Medizin ist nichts im Vergleich zu diesem Amulett«, erklärte Zuan Isacco stolz. »Der das gemacht hat, das war ein wahrer Doktor von echtem Schrot und Korn, nicht so einer wie du. Dank diesem Säckchen habe ich in all den Jahren auf See nie Skorbut bekommen. Es heißt ...«

»... Qalonimus ...«, flüsterte Isacco.

»Ach, du kennst es also auch?«, sagte Zuan befriedigt. Er wandte sich wieder an Mercurio: »Du musst wissen, dass dieses wundertätige Amulett von einem Arzt geschaffen wurde, der den letzten Willen einer von Heiden gemarterten Heiligen erfahren hatte und dann ...«

»Wie kannst du nur an solchen Unsinn glauben ...?«, lachte Isacco ihn aus.

»Ich glaube daran«, meldete Giuditta sich zu Wort. »Vater, merkst du denn nicht, dass *Ha-shem* uns segnet, dass er uns ein Zeichen schickt?«, sagte sie mit einem Lächeln. »Vielleicht ist es ja der letzte verbliebene Qalonimus ... und er soll mich an dich erinnern. Jetzt weiß ich ganz sicher, dass du immer bei mir sein wirst.«

Isacco umarmte sie und lächelte ebenfalls. »Wahrhaft seltsam ... Aber lass unseren Gott aus dem Spiel«, sagte er gutmütig zu ihr, ehe er flüsternd nachsetzte: »Ich möchte nicht, dass er sich daran erinnert, dass ich nur ein Betrüger bin«, flüsterte er ihr zu.

Inzwischen hatte Zuan Mercurio das Amulett umgehängt, mit dem Isacco jahrelang sein Geld verdient hatte.

»Das stinkt ...«, beschwerte sich Mercurio.

Isacco lachte laut. »Das muss der Ziegenkot sein«, sagte er

leise zu Giuditta, die ihm daraufhin den Ellenbogen in die Seite stieß.

Während die Sonne langsam hinter den Dächern Venedigs verschwand, senkte sich plötzlich bleierne Stille über die Anwesenden. Alle blickten auf einmal ernst drein, ließen die Köpfe hängen und schwiegen.

Es wurde Zeit.

»Ihr müsst aufbrechen«, sagte Anna del Mercato schließlich. »Es wird schon dunkel.«

Mercurio sah sie durch einen Tränenschleier an. Sie kam auf ihn zu, fuhr mit einem Finger zärtlich über seine Augenbrauen und küsste ihn. »Ich bin stolz auf dich … Pater Venceslao da Ugovizza.« Dann wandte sie sich um, ging zum Fallreep und verließ als Erste das Schiff.

Isacco folgte ihr stumm an die Reling.

»Doktor«, rief Mercurio ihm nach. »Geht zu Isaia Saraval, dem Pfandleiher in Mestre, und lasst Euch dort das Geld geben, das er mir noch schuldet. Verwendet es für das Hospital.«

Isacco nickte abwesend. Er hatte ihm nicht zugehört, da ihn noch ein Gedanke quälte. Er lief noch einmal zurück, packte Giuditta an den Schultern und drehte sie zu sich herum. »Sag mir, es war doch nicht falsch von mir, dich nach Venedig zu bringen, oder?«

Giuditta sah kurz Mercurio an, ehe sie ihrem Vater fest in die Augen blickte. »Nein, Vater, ganz im Gegenteil.«

»Deine Mutter wäre stolz auf dich.«

»Und sie ist stolz auf dich, Vater«, erwiderte Giuditta.

Nun küsste Isacco sie ein letztes Mal, dann ging er von Bord und stellte sich neben Anna del Mercato.

Langsam legte das Schiff ab.

Zuans Mannschaft hisste die Segel. Auf das Kommando von Tonio und Berto tauchten die *buonavoglia* die Ruder in die Wasser der Lagune, und Zuan stellte sich ans Steuer. Lanzafame ging nach Steuerbord an die Reling, und Mosè tollte mit fröhlichem Gebell übermütig auf dem Deck herum.

»Lässt du das wohl, du blöder Köter«, wies Zuan ihn nicht ganz ernst gemeint zurecht.

Ächzend wie die alten Knochen ihrer Mannschaft nahm die Karacke Shira Kurs aufs offene Meer.

Niemand an Bord wusste, was ihn erwartete. Keiner von ihnen hatte die Neue Welt je gesehen. Sie wussten weder, ob sie sie je erreichen noch was sie dort vorfinden würden. Doch sie waren echte Seeleute und wären unglücklich gestorben, wenn sie es nicht zumindest versucht hätten.

Giuditta, die am Heck gestanden und übers Wasser geblickt hatte, bis Zuans Werft nicht mehr zu sehen war, holte eine kleine Schüssel mit Wasser und ein Leinentuch und setzte sich neben Mercurio. »Wie hässlich du aussiehst, mein Schatz«, sagte sie und wusch ihm zärtlich die letzten Reste Schminke von Pater Venceslao vom Gesicht.

Mercurio lächelte sie ermattet an, seine Augen glänzten fiebrig.

»Für eine Weile möchte ich dich erkennen können«, sagte Giuditta. »Keine Verkleidungen. Versprochen?«

»Versprochen! ...«

»Du hast mir das Leben gerettet«, sagte Giuditta leise.

Mercurio sah sie voller Zärtlichkeit an. Dann streckte er mit einiger Mühe einen Arm aus und nahm Giudittas Hand.

Wie schwach er doch ist, dachte Giuditta bewegt.

Um nicht in Tränen auszubrechen, starrte sie geradeaus über den Bug des Schiffes hinweg. Sie erinnerte sich, wie sie nach Venedig gekommen war und mit ihrem Vater das makedonische Schiff an der Pomündung verlassen hatte. Sie dachte daran, wie verheißungsvoll ihr der Fluss damals erschienen war. Und dass sie das Gefühl gehabt hatte, endlich angekommen zu sein. Nie hätte sie sich vorstellen können, nach so kurzer Zeit noch einmal ähnliche Gefühle und Erwartungen zu haben. Doch genau so war es.

Nachdenklich sah sie hinaus in die dunkle, sternenklare Nacht. Das Meer lag genauso geheimnisvoll vor ihr wie ihr zukünftiges Leben.

Einen Moment überkam sie Furcht. Doch dann blickte sie hinunter auf Mercurio, der erschöpft eingeschlafen war. Auf seinem Gesicht lag ein friedvolles Lächeln. Und er hielt noch immer ihre Hand. Sie würden es schaffen, schien das zu heißen.

Giuditta fühlte sich geborgen.

Sie schaute zu dem nächtlichen Himmel empor, richtete einen Zeigefinger auf den Stern, den sie kannte, seit sie ein kleines Mädchen war, und sagte leise: »Weise uns den Weg …«

Anmerkung des Autors

In Venedig, genauer gesagt im Stadtteil Cannaregio an der Fondamenta degli Ormesini, liegt mein altes Zuhause: ein dunkelroter, zweistöckiger Palazzo aus dem siebzehnten Jahrhundert. Direkt vor der Haustür führt eine Eisenbrücke über einen breiten Kanal, den Rio di San Girolamo.

Dieses Haus und besonders dessen *mezza'* hat meine Kindheit maßgeblich geprägt. Der *mezza'* ist eine Art langgestreckter Salon in den alten Häusern der *mediatori d'affari,* der Unterhändler und Geschäftsvermittler. Er verfügt wie die weitläufigen Galerien der Adelshäuser über eine hohe Gewölbedecke und wird an seinen beiden Enden von jeweils dreigeteilten Fenstern dominiert. Bei uns gingen diese auf der einen Seite auf den Rio di San Girolamo und auf der anderen auf einen Innengarten.

Im *mezza'* wickelten die Unterhändler ihre Geschäfte ab. Auf der einen Seite befanden sich die Verkäufer, auf der anderen die Käufer, jeweils gut sichtbar im Licht der Fenster, aber doch weit genug voneinander entfernt, damit sie, ohne von der anderen Partei belauscht zu werden, sich untereinander besprechen oder sich mit dem Geschäftsvermittler beraten konnten. Mit dem Ziel, einen Kompromiss zu finden, wechselte dieser ständig zwischen den Seiten hin und her, überbrachte Gebote, Vorschläge, Ablehnungen und Änderungswünsche. Wie der Name *mediatore* schon sagt, vermittelte er also zwischen den Geschäftspartnern. Und je näher man einem Abschluss kam, desto mehr drängte er die beiden Parteien, jeweils schrittweise aufeinander zuzugehen. War das Geschäft erfolgreich abgeschlossen, trafen

Verkäufer und Kunden dann in der Mitte des *mezza'* zusammen und reichten einander die Hand.

Als kleiner Junge lauschte ich gebannt, wenn man mir davon erzählte. Und in jenen Jahren wurde auch meine Liebe zur Geschichte geweckt, ganz besonders zu der Venedigs.

Vom Fenster zum Rio di San Girolamo aus konnte ich sehen, wenn irgendwelche Jungs auf dem Campo hinter der Brücke zusammenkamen, um Fußball zu spielen. Dann lief ich schnell die Treppen hinunter und über die Brücke, um mich ihnen anzuschließen.

»Früher wäre das nicht so einfach gegangen«, erfuhr ich irgendwann.

Denn jenseits der Brücke befindet sich der Platz des Ghetto Nuovo.

Das »Neue Ghetto« war trotz seines etwas irreführenden Namens der erste Ort in Europa, an dem auf Anordnung der Stadtverwaltung Juden von Christen getrennt leben mussten. Vor dem Edikt vom 29. März 1516 gab es das Wort *Ghetto* in seiner späteren Bedeutung nicht. Es war allein im venezianischen Dialekt gebräuchlich, wo es sowohl in dieser Schreibweise wie auch als *Getto* eine stillgelegte Gießerei bezeichnete, auf deren Gelände dann dieser »Pferch« für die Juden errichtet wurde. Wer hätte damals gedacht, dass dieses Wort einmal eine ganz andere Bedeutung annehmen würde, nämlich die eines Ortes, an dem die Juden in jeder Stadt Europas ausgegrenzt wurden?

Niemand. Und ganz bestimmt nicht die Venezianer jener Zeit.

Damals interessierte ich mich nicht nur für Fußball, sondern in zunehmendem Maß auch für Mädchen. Und für eines schwärmte ich ganz besonders. Ein schlankes Mädchen mit dunklen lockigen Haaren und großen unergründlichen Augen, die mir das Blut in die Wangen schießen ließen, wenn sie – selten genug – meinem Blick begegneten.

Ihren Namen habe ich nie erfahren. Aber sie lebte dort drüben, am Platz des Ghetto Nuovo. Und ihre Haustür war unter den Bogengängen, wo sich einst die Pfandleihen befanden.

Einmal sah ich sie an einem Fenster im vierten Stock eines Hauses, das auf den Rio del Ghetto Nuovo ging. Ich beobachtete, wie sie die Wäsche hereinholte, die auf einer Leine zwischen ihrem Haus und dem Palazzo gegenüber zum Trocknen aufgehängt worden war. Am Abend träumte ich mit offenen Augen davon, wie schön es wäre, wenn ich in dem gegenüberliegenden Haus wohnen würde. Dann hätte ich an dieser Leine mit einer Wäscheklammer eine Liebesbotschaft befestigen und zu ihr hinüberschicken können. Am nächsten Tag hätte das Mädchen die Botschaft zwischen ihrer getrockneten Wäsche gefunden, und dann hätten wir uns jeweils auf Zehenspitzen ans Fenster gestellt und die Arme ausgestreckt, bis sich unsere Fingerspitzen beinahe berührten. Denn diese beiden Häuser standen wirklich sehr nah beieinander.

Und doch, so erfuhr ich, hatte früher eine unüberwindbare Grenze sie getrennt.

Damit wollte ich mich aber nicht abfinden, und ich stellte mir vor, was in jenen vergangenen Zeiten wohl passiert wäre, wenn das Mädchen eingesperrt gewesen wäre und ich nicht. Und ich war felsenfest überzeugt davon, dass ich aus Liebe zu ihr Jude geworden wäre.

Selbstverständlich wusste ich damals noch nicht, dass zu jener Zeit ein Christ, der zum jüdischen Glauben übertrat, unverzüglich von der Inquisition öffentlich auf dem Scheiterhaufen verbrannt worden wäre. Und ich hatte auch keine Ahnung, dass damals alle Fenster zum Rio del Ghetto Nuovo zugemauert waren.

Aber ich glaube, selbst mit diesem Wissen hätte ich weiter davon geträumt.

Dieses Gefühl von damals habe ich in meinem Herzen

bewahrt. Es ging dabei nicht um Ideale von Gerechtigkeit, Moral, Politik, Religion oder sozialem Gewissen. Nur um Liebe. Eine so unschuldige und leidenschaftliche Liebe, wie sie nur ein Heranwachsender empfinden kann.

Nach all den Jahren wusste ich irgendwann, dass ich diese Geschichte, die so nie passiert ist, endlich erleben musste.

Und ich habe mir vorgestellt, dass jenes Mädchen meiner Träume Giuditta hieß.

Danksagung

An erster Stelle danke ich meiner Lektorin Iris Gehrmann, die mich mit sicherer Hand durch das Abenteuer dieses Romans begleitet hat.

Herzlichen Dank auch an die Übersetzerinnen Katharina Schmidt und Barbara Neeb für das große Engagement, mit dem sie die Geschichte ins Deutsche übertragen haben.

Und schließlich Dank an Carla Vangelista, die dieses Romanprojekt mit nützlichen Anregungen und Ideen begleitet hat. Ihre kreative und emotionale Unterstützung ist für mich jederzeit von unschätzbarem Wert.

Zwei Frauen und ein magischer Sommer voller Geheimnisse

Laura Moriarty
DAS
SCHMETTERLINGS-
MÄDCHEN
Roman
Aus dem amerikanischen
Englisch von
Britta Evert
464 Seiten
ISBN 978-3-404-16781-4

New York in den Goldenen Zwanzigern: Eine turbulente Metropole voller Leben, Musik, Abenteuer ein aufregendes Versprechen. Als die fünfzehnjährige Louise aus dem verschlafenen Kansas dorthin reist, um Tänzerin zu werden, geht für sie ein Traum in Erfüllung. Hals über Kopf stürzt sich das neugierige, unkonventionelle Mädchen in diese berauschende Welt sehr zum Missfallen ihrer Anstandsdame Cora, einer Frau mit traditionellen Wertvorstellungen. Doch hinter Coras korrekter Fassade verbirgt sich ein trauriges Schicksal, von dem niemand ahnt. Die Reise nach New York ist für sie eine Reise in die Vergangenheit

Bastei Lübbe Taschenbuch

Ein Roman, der die Tradition des viktorianischen Schauerromans neu belebt – Geheimnisvoll. Gespenstisch. Genial

Sarah Waters
DER BESUCHER
Roman
Aus dem Englischen
von Ute Leibmann
576 Seiten
ISBN 978-3-404-16767-8

Hundreds Hall, ein majestätisches Anwesen im ländlichen England, Wohnsitz der Familie Ayres. Als der Landarzt Dr. Faraday wegen eines Notfalls herbeigerufen wird, ist er wie gebannt von der geheimnisvollen Atmosphäre des Hauses. Doch schon bald erfährt er, dass in Hundreds Hall merkwürdige Dinge geschehen: Möbelstücke, die ein Eigenleben führen, bedrohliche Geräusche, die unerklärbar scheinen. Dr. Faraday begegnet der wachsenden Panik der Familie zunächst mit Ruhe. Doch das Schicksal der Ayres nimmt unaufhaltsam seinen Lauf – und ist enger mit seinem eigenen verwoben, als er ahnt ...

Werde Teil der Bastei Lübbe Welt
f
You Tube
www.luebbe.de/ Meinewelt
Lesen, rezensieren, Bücher gewinnen
Lerne Autoren, Verlagsmitarbeiter und andere Leser kennen
BASTEI LÜBBE
www.luebbe.de